Het complete werk

Meulenhoff Editie

FRANS KELLENDONK

Het complete werk

Meulenhoff Amsterdam

Tweede druk november 1992; de eerste druk verscheen
in een gebonden uitgave

Omslagfoto Angelo Goedemondt
Grafische vormgeving Zeno

Meulenhoff Editie 1285
ISBN 90 290 2754 1 / CIP / NUGI 300

INHOUD

I
BOUWVAL 11

DE NIETSNUT. Een vertelling 101

LETTER EN GEEST. Een spookverhaal 199

II
MYSTIEK LICHAAM. Een geschiedenis 291

III
Achter het licht 455
De waarheid en mevrouw Kazinczy 483

NAMEN EN GEZICHTEN 525
Buitenlandse dienst 527
Tsunami 545
Overige bestemmingen 567
Clara 585
De verheerlijking 595
Dood en leven van Thomas Chatterton 619

DAGWERK 635
Aantekeningen uit de Nieuwe Wereld 637
Een missie 653
Langs de Muur 667
Per veerpont 679
De giraf 683
Muren 687
Kardinaal Simonis en de Kinderen van het Licht 695

Sokken 707
Het ontvreemde gezicht 711

IV
DE VEREN VAN DE ZWAAN 717
Vooraf 719
ZINSONTLEDINGEN
Het werk van de achtste dag. Over de verhalen van F. Bordewijk 725
Lijsten en kooien. Henry James en het probleem van de kennis 749
De humorsoldaat. De satire bij Wyndham Lewis 765
Het mannetje van de radio. De Pisaanse Canto's van Ezra Pound 777
TUSSENPERSONEN
De veren van de zwaan. Shakespeare van Burgersdijk tot Komrij 799
Nederengels. De anglistiek in Nederland 823
OPRECHT VEINZEN
Beeld en gelijkenis. Over God 837
Idolen. Over het tweede gebod 847
Ons wilde Westen. Literatuur en publieke opinie 861

GESCHILDERD ETEN 871
Vooraf 873
Stof. Openbaar college 6.11.1987 875
De een zijn dood is de ander zijn brood. Openbaar college 13.11.1987 895
Crucifer. Openbaar college 20.11.1987 909
Naschrift: Grote Woorden 927

Verantwoording 935

Het complete werk

I

BOUWVAL

Voor Jan Duyx

I

Een paar maanden nadat zijn ouders hadden besloten om oud te zijn en beiden tegelijk hun tanden hadden laten trekken zag de kroonprins het schilderij voor het eerst. Het gezin had juist een nieuw huis betrokken. Beneden zat zijn moeder met de vitrage op haar schoot. Zijn vader dwaalde met een hamer in zijn hand door het huis. Zij had spelden, hij spijkers tussen opeengeklemde lippen. Zo leerde de kroonprins wat verbetenheid is. Pa had alles neergezet waar hij het hebben moest: de kapstok stond tegen de muur in de hal, het kruisbeeld lag op de schouw, het keukenkastje op de keukentafel en het schilderij stond halverwege de trap, op een trede geleund tegen de volgende, met de achterkant naar voren. Vier hamerslagen had Pa nodig om de spijker te krijgen waar hij hem hebben wilde, recht tegenover het smalle raam dat uitzag op het westen. Het schilderij werd achteloos opgetild en zorgvuldig rechtgehangen en zo kon de eerste ontmoeting plaatsvinden tussen de kroonprins en zijn demon.

De lijst bevatte een met glas bedekte krijttekening, een portret van een volwassen jongeman die, half onderuitgezakt op een sofa, met vingers week als asperges tot in alle eeuwigheid blaadjes van een roos moest plukken en verpulveren. Alleen de gestalte van de jongeman was tot in details uitgewerkt; de rest van de tekening was bedekt met slordig aangebrachte, dofgroene krijtstrepen, waar het roomwit van het papier op meerdere plaatsen doorheen schemerde. De beweging van het krijt was overal van onder naar boven, zodat de jongeman naar boven toe uitgerekt leek. Door die twee tegengestelde houdingen – het liggen en dat uitgerekt zijn – ontstond een merkwaardige spanning: het leek haast of de jongeman viel. Onder op de rand van de tekening was een titel geschreven: 'Langueur'. Of misschien was het een signatuur, een schuilnaam. Langueur was in elk geval de naam die de kroonprins voor zijn demon gebruikte.

Bij die eerste kennismaking al nam de slungelige gestalte van de jongeman plaats in een goed verlichte hoek van zijn gedachten en tot zijn ongenoegen werd de kroonprins sindsdien voortdurend aangestaard door Langueurs heldere, ironisch-verveelde blik. Dikwijls stond de jongen met zijn rug tegen de trapleuning het portret aandachtig te bekijken, aanvankelijk omdat hij het zo knap vond van de kunstenaar om met krijt zoiets echts te maken, maar langzamerhand kreeg hij een wonderlijk aanzwellende afkeer van het portret, en die afkeer was een fascinatie op zichzelf.

De vreemde spanning in het lijnenspel maakte dat alles wat de persoon van Langueur insinueerde onwaarachtig werd en de kunstenaar had aan die onwaarachtigheid niets beters weten toe te voegen dan de dofgroene verlatenheid waardoorheen de jongeman zo belachelijk altijddurend aan het vallen was. Langueur droeg een wat slordig zittend jacquet en een half opengeknoopt vest. Blijkbaar was hij juist teruggekeerd van een feest of van een diner. Wat een bespottelijke toestand om jezelf in te laten portretteren! meende de kroonprins. Volgens hem lieten ouderwetse mensen, die zichzelf respecteerden, zich afbeelden in ruitertenue, zittend op een paard, omringd door blaffende fox-terriërs. Desnoods had Langueur zich kunnen laten vereeuwigen terwijl hij op weg was naar zijn partijtje, met een geschenk in zijn handen en een bos bloemen; en dan in olieverf. Hij moest een heel erg onverstandige man zijn geweest om in zo'n onfatsoenlijke staat de eeuwigheid te willen ingaan.

Wanneer de zon scheen werd Langueur één keer per dag, in de namiddag of vroege avond, vernietigd. Aan die momenten beleefde de kroonprins een intens genoegen. Wanneer de zon namelijk recht op het raam stond waartegenover het portret was opgehangen, werd het licht zo fel dat de jongeman helemaal verbleekte. Bovendien maakte de felheid van het licht dat ieder krijtkorreltje zijn eigen minieme schaduw ging afwerpen, als het ware zelfstandig werd, zodat

Langueur uiteenviel in myriaden afzonderlijke krijtkorreltjes en binnen een mum van tijd geheel en al tot stof was vergaan. Maar hij herrees steeds weer.

II *Dies illa*

Van de tien jaar dat hij al leefde had de kroonprins er tien verwacht, maar nog altijd was hij plomp en vormeloos en die doelgerichte, vastomlijnde staat die hij bij zichzelf volwassenheid noemde, was hij nog geen stap genaderd. Hij begon te vermoeden dat de verhevenheid van zijn verwachtingen evenredig was aan de afgrondelijkheid van zijn onvermogens nu wat honderd jaar verveling leek geleid had tot nog niet één jaar vervulling.

Hij zat op de achterbank van zijn vaders Studebaker 'Commander v-8', bouwjaar 1951, en wachtte; hij wachtte al langer dan een kwartier tot zijn vader, Tante, oom Joop en Aapje zouden komen. Loodjes verveling trokken zijn mondhoeken omlaag. Van de kou zagen zijn beentjes blauw en gevlekt als bloedworsten, want de verwarming stond nog uit. Hij mocht van zijn moeder nog steeds geen lange broeken dragen, alsof ze daarmee de komst van de winter zou kunnen uitstellen. Zelf zat ze met haar benen in de zwachtels binnen op een stoel de geboorte van een baby af te wachten. Wat het zitten in de auto nog onplezieriger maakte was de weeë, doordringende stank die er hing, sinds twee maanden geleden, tijdens vervoer, de stop van een mandfles zoutzuur was gesprongen. Op de automatten lag zand en cement, er lag een troffel, een hamer en ander gereedschap en overal lagen spijkers, die uit een half opengescheurd pak waren gevallen. De kroonprins drukte zich weg in een hoek van de bank, vouwde zijn armen stijf voor zijn borst en keek stuurs – zijn hoofd verpakt in de opgeslagen kraag van zijn dikke winterjas – door het autoraam naar de voordeur van zijn ouderlijk huis.

Niettegenstaande de kou had hij het raam een stukje moeten opendraaien om frisse lucht binnen te laten. Het was stil op straat; hij hoorde alleen het zachte geruis van de regen. De druppels bevroren zodra ze de grond raakten en bomen en muren hadden een zwarte glans. Toen de voordeur eindelijk openging klonken de stemmen benepen tussen zoveel stilte. Hij hoorde zijn moeder praten. Ze moest zijn opgestaan om hen uit te zwaaien. 'Kijk alsjeblieft goed uit. Het is zó glad op de weg. En doe Opa de groeten. Zeg hem maar dat ik zeker gekomen zou zijn als ik gekund had. O Carolien, vergeet niet...' De stem werd onverstaanbaar. Daarna hoorde hij zijn vader tegen Aapje zeggen dat ze voort moest maken. Hij hoorde oom Joop lachen. Plotseling zei Tante: 'O! Wat ik zeggen wou...' Waarop de deur weer dichtging en alles opnieuw stil werd.

In de tien jaar van zijn leven was de kroonprins, vergeleken met andere kinderen, heel wat meer in de breedte gegroeid dan in de lengte; hoofd, buik, schouders, armen, alles was rond aan hem. Dat maakte het hem bijvoorbeeld onmogelijk om pijlsnel op een aanstormende bal af te springen en die met onfeilbare precisie weg te plukken voor een doel, of om zichzelf mooi te vinden. Een zittende houding paste het best bij zijn postuur. Zo kwam het dat hij meer nadacht dan goed voor hem was, over vraagstukken als tijd, leven, leeftijd en beleefdheid, en de kroonprins was, zoals dat gaat, juist lang genoeg om één onrijpe vrucht van de boom der wijsheid te plukken, ontevredenheid, die hij omdat het de eerste en vooralsnog de enige was, opat met klokhuis en al. Waarom had nog niemand ontdekt dat hij een kroonprins was? Waarom moest hij een kind van tien jaar zijn? En belachelijk dik bovendien? Nou?

Hij had ooit een droom gehad die hij te mooi vond om er niet een beetje geloof aan te hechten. Op een middag, toen er niemand thuis was, lag hij zich languit op de vloer van de huiskamer te vervelen, tot hij ontdekte dat naast de schouw één paneel van de lambrizering iets duisterder contouren vertoonde dan de andere. Later kon hij zich niet herinneren of de droom nu voor of na die ontdekking was begonnen. In elk geval stemde dat van die contouren wel met de werkelijkheid overeen, want het paneel bevond zich in de schaduw van de vooruitstekende schouw. Na enig tasten en duwen bleek dat het eigenlijk een deur was. Die deur gaf toegang tot een steile, naar duistere diepten afdalende trap. De kroonprins, die toen nog gewoon Ernst heette, liep die trap af, eerst voetje voor voetje, bang om te struikelen, maar allengs bijna zwevend. Hij kwam terecht in een ruimte die ommuurd was met duisternis, een lichte plek in een zich oneindig ver uitstrekkende nacht. In het midden van die ruimte zat een oude man met een grote neus waaruit lange, grijze haren groeiden. Rond zijn kale schedel liep een messcherpe, paarse lijn; het leek haast of je de kruin van zijn hoofd kon afschroeven. Hij wenkte Ernst naderbij. Met iedere stap die hij zette merkte Ernst dat de muren van duisternis dichterbij kwamen, dat de ruimte kleiner werd. Toen hij wat draalde knikte de oude man hem bemoedigend toe. Op zijn schoot lag een fluwelen kussentje en daarop lag een kroon. Ernst maakte een ootmoedige knieval voor zijn voeten, alsof hij steeds geweten had wat hij hier kwam doen. De man was het leven moe, zijn handen trilden, zijn ogen waren leeg. 'Je moet er goed om denken, Ernst,' zei hij, 'dat je hem heel stevig vasthoudt, anders is hij verdwenen wanneer je straks wakker wordt.' De kroonprins voelde hoe zijn nieuwe hoofddeksel hem tot de wenkbrauwen over de schedel zakte; met het stijgen der jaren zou het hem wel beter gaan passen. De muren van duisternis rukten steeds verder op. Het was een kroon van glad, zacht aanvoelend goud. Terwijl het steeds donkerder werd hield hij hem zo stevig vast dat zijn knokkels bleek oplichtten in de schemer, maar het was nog niet stevig genoeg want bij het ontwaken waren zijn handen leeg.

Die droom was hem jaren bijgebleven. Hij was eerder geneigd te geloven dat de kroon was verdwenen door een tekortkoming van hemzelf, dan de vluchtigheid die door iedereen aan dromen wordt toegeschreven als een feit te aanvaarden. Hij was te begerig geweest, te snel wakker geworden; hij had de hele weg door het donker moeten teruglopen, iedere trede van de steile trap moeten beklimmen, de kroon stap voor stap moeten brengen in de alledaagse saaiheid van de huiskamer. Omdat hij zo onvoorbereid was geweest meende hij recht te hebben op nog een kans. Op die kans wachtte hij nog steeds.

Het tikken van de regendruppels werd langzamerhand oorverdovend. Het was de tijd die ze zo luid deed klinken. De arrogantie van grote mensen! Ze meenden hem ongeduldig weg te kunnen sturen en hem daarna volkomen te kunnen negeren. Hij ging zwaar gebukt onder zijn leeftijd. Hij kon niets anders doen dan wrokkend wachten op de om onnaspeurbare redenen zo noodzakelijke volwassenheid. Weer drong zich in de eenzaamheid van het wachten even het beeld van de volwassen jongeman Langueur aan hem op. Hoe een volwassene zo lamlendig op een sofa kon liggen was hem een raadsel. De lippen van de dandy plooiden zich in de welbekende glimlach, de enige gelaatsuitdrukking waarover hij beschikte.

Over het tuinpad kwam een spichtig, plusminus achtjarig meisje aangehuppeld. Ze glibberde over de tegels en maakte hoekige sprongen om de plassen te mijden die haar witte lakschoenen en witte kniekousen zouden kunnen besmeuren. Ze droeg een brilletje en had rouge op haar wangen. Over haar dunne kinderlippen had ze met karmijnrode lipstick een tweede paar geschilderd, dat naar boven tot in haar neusgaten reikte. Aan haar hand hing een gebreid tasje, bezet met gele, donkerblauwe en parelmoerkleurige kralen, dat ze bij elke bokkesprong een halve meter de lucht in zwaaide. Haar naam was Aapje. Wel tien keer per dag kwam ze de trap op- en afgezeuld, maar de beeltenis aan de muur had ze nog nooit opgemerkt. Ze had haar eigen besognes: twee plaspoppen, Peerke en Johanneske, die het almaar in bed konden doen, en dan had je nog de was, en al het eten dat ze niet lustten.

Trappelend van ongeduld klopte ze tegen het autoraam. 'Ernst, Ernst, doe open! Het regent!' De kroonprins voldeed aan haar verzoek met stugge traagheid. 'Schuif es op, Ernst, schuif es op.' Toen ze zich op de bank gehesen had raakten haar voeten niet aan de grond en het kostte haar heel wat gewiebel om haar rokje zo onder zich te schikken dat het niet kon kreuken. Zuchtend opende ze haar tasje en haalde er een spiegeltje uit, waarin ze zich plotseling glunderend bekeek.

Haar wangen trilden van voldoening en haar brilletje trilde mee.

'Vind je me niet móói, Ernst? Eerlijk zeggen.'

Hij zag nu dat ze ook haar ogen had opgemaakt. Omdat ze de haren van haar wimpers niet dicht en talrijk genoeg vond, had ze aan de randen haartjes bijgetekend. Te midden van al dat zwart was het vochtige melkwit en blauw van haar ogen iets obsceens geworden. Er hing een muffe poederlucht om haar heen. Ze leek op tante Carolien. De kroonprins besloot haar vraag te ontwijken.

'Waar blijven ze?' vroeg hij.

'Wat?'

'Waar blijven ze?'

Aapje wendde het beschilderde gelaat van het spiegeltje naar haar broer. 'Er is iets, maar ze komen zo.'

'Wat is er dan?'

'Iets met geld. Ze hebben iets geregeld. Het gaat over het huis van Opa in Alverna, geloof ik. Pa krijgt de loods, weet je wel, die schuur met al die planken, en de timmerfabriek en een stuk van het land. Ze hebben heel ernstig zitten fluisteren. En oom Joop en Tante krijgen het huis omdat ze zoveel kinderen hebben. Wist je dat ik alle kinderen uit mijn hoofd ken?' Ze stak haar hand omhoog en telde ze op haar vingers af. Alleen om te laten zien dat haar nagels roze gelakt waren. 'Tinie. Kees. Jopie. Huub. Jozefien. Yvonne. Elsbeth, Daantje, Dorien, Wimpie. Die laatsten zijn gemakkelijk, maar ik weet niet of het nou Huub-Jozefien of Jozefien-Huub is.'

De kroonprins wist het ook niet. Ze babbelde verder en vertelde dat ze zo laat was omdat Peerke en Johanneske nog naar bedje moesten en omdat ze zich nog had moeten opknappen vanwege Allerzielen, want vandaag ging iedereen naar het kerkhof en dan moest je er netjes uitzien. Aapje was opgewonden, want dit was de eerste keer dat de kinderen meemochten. Allerzielen was een hele traditie in de familie. De doden werden ouderwets herdacht, met veel verhalen, ieder jaar dezelfde. Dat ze daar nu bij aanwezig mochten zijn was een groot voorrecht, een eerste stap. De kroonprins dacht aan alle mensen die op aarde geweest waren; ze lagen allemaal bij elkaar op kerkhoven en op het laatst zou de aarde één groot kerkhof zijn.

'Het is maar goed dat ze nog wat moesten praten,' zei Aapje, 'anders was ik nooit op tijd geweest. Niemand heeft het nog gezien. Vind je het niet mooi?'

'Ja, prachtig,' mompelde de kroonprins voordat hij zich zijn eerdere besluit herinnerde. Het was verschrikkelijk; de onwaarachtigheden en heilloze complicaties waarin het menselijk verkeer je verstrikt; geen twee woorden kunnen gesproken worden of ze bevatten een leugen.

Het bleef buiten maar regenen. Het was een regen, zo fijn als mist en zo koud als sneeuw, die de vertrouwde aarde omtoverde in het grauwe niemandsland van Allerzielen, waar de ontlichaamde overblijfsels van de overledenen troosteloos ronddoolden.

'Opa weet er nog niets van,' zei Aapje samenzweerderig. 'Hij zal het niet leuk vinden. Het is tenslotte zijn huis. Zou er ruzie komen, denk je, Ernst?'

'Ach nee, er komt geen ruzie.' De kroonprins wist al bijna zeker dat er ruzie van zou komen. Hij had een hekel aan ruzie.

Aapje leek teleurgesteld. Ze grabbelde in haar tasje en haalde er een zakdoekje uit dat ze om haar vinger wond, met haar tong bevochtigde en voorts gebruikte om haar brilleglazen te poetsen. Plotseling dook ze in elkaar en drukte zich plat op de bank. 'Daar is Pa,' zei ze met verstikte stem. 'Hij zoekt me. Zeg maar gauw dat ik hier ben. Ik wil niet dat hij me ziet voor we weggaan.' Ze zag uitstekend zonder bril. Inderdaad stond haar vader in de deuropening. Hij riep zachtjes: 'Marie-Cécile! Marie-Cécile!' Uit angst dat de buren hem zouden horen riep hij haar niet met haar bijnaam, maar omdat de buren die naam toch wel zouden kennen durfde hij haar echte naam niet al te luid te roepen. De kroonprins boog zich over zijn ineengedoken zusje heen, draaide het raam een stukje verder open en schreeuwde: 'Aapje is hier!'

Pa legde een vinger op zijn lippen en ging weer naar binnen. Aapje kwam langzaam overeind. 'Nu zullen ze zo wel komen,' hijgde ze. 'Wat stinkt het toch in de auto, hè? Verschrikkelijk.' Ze ging verder met het poetsen van haar bril. Toen ze daarmee klaar was, zette ze de bril met een besliste tik op haar neus en stopte ze het verkreukelde zakdoekje in haar tasje. Ze knoopte het dicht, drukte het tegen haar buik, ging kaarsrecht zitten en hield de sprankelende brilleglazen strak gevestigd op de voordeur.

Dat hielp. Oom Joop kwam spoedig naar buiten. Hij liet de voordeur op een kier staan en kwam voetje voor voetje, met één hand in de zak van zijn dunne regenjas en in de andere een paraplu, over het glibberige tuinpad naar de auto geschuifeld. Hij opende het portier, stak zijn ovale, besnorde en op de kruin kalende hoofd vriendelijk naar binnen, maar toen hij Aapje zag, die hem stralend en vol verwachting aanblikte, liet hij die glimlach snel varen. Zijn snor, die eerst tamelijk breed was, werd nu tamelijk smal. 'O jee,' mompelde hij, 'nog meer complicaties.' Vlug liet hij zich op de voorbank glijden en wreef rillerig zijn schouderbladen tegen elkaar.

'Ziet u niets aan mij?' vroeg Aapje. Oom Joop gaf geen antwoord. Somber staarde hij naar de in bontjas gehulde gestalte van Tante, die met kleine pasjes en gebogen hoofd op de auto afdribbelde.

Haastig opende ze het portier. Ze klapte de rugleuning van de voorbank om en alles wat daarna van haar zichtbaar was bestond uit een groot, rond, met bont bekleed achterwerk, daaronder een paar in nylonkousen verpakte kuiten en nog lager twee op naaldhakken wankelende voeten, die achteruittastend hun weg naar de achterbank probeerden te vinden. 'Opschuiven, kinderen,' klonk een in boezem gesmoorde stem. Toen eindelijk de voeten hun plaats van bestemming hadden bereikt, bleef Tante toch nog in gebukte houding staan. Een beringde hand werd op het achterwerk gelegd en bewoog zich strelend over het opbollend bont naar beneden. Onderaan de mantel aangekomen sjorde de hand wat aan de zoom van de jurk, die onder de mantel uitkwam. Pas toen deze handelingen verricht waren liet Tante zich 'hè, hè' zuchtend op de bank neerploffen. Door de plotselinge herverdeling van de druk veerden Aapje en de kroonprins een stukje op. 'Hebben jullie het je een beetje gezellig gemaakt, kinderen?' vroeg Tante, turend in haar tasje dat haar hand als een nijver molletje aan het omwoelen was. De kroonprins zweeg gekrenkt, Aapje vergat te antwoorden want al haar aandacht werd in beslag genomen door de veelheid van details die samen het fenomeen Tante vormden. Tussen de sjaaltjes en poederdozen uit diepte Tante een spiegeltje op. Ze hield het in alle denkbare posities voor haar gezicht. Terwijl ze de rechterzijkant van haar neus aan het inspecteren was, waarbij de iris van haar linkeroog zo verdraaid werd dat het oog bijna geheel gevuld was met rooddooraderd wit, vielen haar lippen, die tot dan toe stijf en kritisch opeengeperst waren geweest, plotseling vaneen. 'Maar, mijn God! Wat heb je gedaan? Wat zie je eruit!'

'Ik?' vroeg Aapje. Haar ogen waren bijna even groot als haar brilleglazen. Uit haar masker sprak een diepe verontwaardiging.

'Joop, Joop, moet je toch eens kijken!' Tante's masker drukte dezelfde gemoedsaandoening uit, maar het overtrof dat van haar nichtje in dramatische zeggingskracht. Oom Joop draaide zich welwillend om en sprak gelaten: 'Het was mij ook al opgevallen, Carolien.'

'Ga het onmiddellijk afwassen! Dat is toch geen gezicht voor zo'n klein meisje. Wat moeten de mensen wel denken. Zo kun je niet mee.'

Aapje verroerde zich niet.

'En? Komt er nog wat van?'

Aapje's tekst was kort, maar ze wist er heel haar wezen in te leggen: 'Nee!'

De twee maskers staarden elkaar onbeweeglijk aan. Ze stonden stijf van de wilskracht. Ten slotte bezweek Tante als eerste, onder het uiten van een bedreiging. 'Goed. Wacht maar tot je vader komt.' Aapje stak pruilend haar arm door die van de kroonprins en wreef haar hand warm in zijn knuist. Tante draaide het raam dicht en richtte zich met de overgebleven agressie tot oom Joop: 'Heb je de paraplu meegebracht?' Triomfantelijk stootte hij de handgreep van het artikel tegen het autodak. Dat stemde Tante wat milder. Ze ging gemakkelijker zitten, liet het spiegeltje in haar tas vallen en knipte die dicht. Dat knipgeluid deed Aapje afgunstig staren naar het lederen omhulsel van Tante's parafernalia.

'Zou het ons lukken, Joop?' vroeg Tante, geveinsd onderdanig. 'Wat denk je?'

'Afwachten maar, hè.'

'Hij is zo afschuwelijk eigenwijs. Met de jaren wordt dat er niet beter op. Wat zegt hij ook weer altijd? Je leven, dat is een kunstwerk. Zoiets moet je helemaal zelf maken. Iets van die strekking. Bij ons trouwen kon er niet meer af dan een huishoudboekje. Weet je nog, Joop? Een dik schoolschrift. Zelf had hij keurig "huishoudboekje" op het etiket geschreven. Hij heeft altijd een prachtig handschrift gehad, dat wel.' Ze zweeg even om wat haartjes uit haar mantel te plukken. 'Toch hangt hij erg aan familie en traditie en zo. Het zal toch wel de bedoeling zijn dat het huis in de familie blijft.'

'Maak je geen zorgen,' snoefde oom Joop. 'Ik ken zijn gevoeligheden.'

'Een gezin van tien kinderen, in een huis van vijf kamers, dat moet hij toch kunnen begrijpen. Wat dat aangaat heb ik het zelf heel wat beter gehad in mijn jeugd. Wij hadden ieder een grote kamer met een bed waar je wel tien keer in kon. Ik weet nog goed dat het eerste wat ik zag wanneer ik 's ochtends wakker werd die grote lampetkan was voor de spiegel op het dressoir, recht tegenover mijn bed. Dat koude porselein. Ik had een hekel aan opstaan vroeger. Zo'n groot bed was ook niet warm te krijgen, 's avonds. Soms lag je uren wakker.'

'Waar blijft Willie toch? Ik begin het akelig koud te krijgen.' Oom Joop wreef zich rillerig over zijn bovenarmen.

'Vader zal nu wel een pension gaan zoeken,' vervolgde Tante. 'Het zal hem niet meevallen, die ouwe lastpost. Theet trekt in bij zijn zuster in Ewijk. Ik kan me het huis niet zonder hem voorstellen. Maar hij is erg aan het aftakelen. De timmerfabriek heeft hij helemaal laten versloffen.'

'Ik hoop dat ze die litanie dit jaar zullen overslaan,' bromde oom Joop.

'O, dat zullen ze zeker niet doen. Ze zijn zo gehecht aan hun herinneringen.' Tante zuchtte. 'Ze vinden dat ze het aan de doden verplicht zijn om minstens één keer per jaar al die ouwe geschiedenissen op te rakelen. We zullen het wel uitzitten.'

Die laatste noot van berusting bleef nog even doorklinken in het hoofd van de kroonprins. Er werd gezwegen tot zijn vader kwam.

Uitzitten. Zijn hele leven had bestaan uit uitzitten, opzitten, vastzitten, doorzitten. Hij was nog jong, maar als hij alle tijd terug zou krijgen die hij had uitgezeten, dan zou hij jaren jonger zijn. En zo oud voelde hij zich ook: jaren jonger dan tien jaar, ongeboren, vormeloos.

De kroonprins zag eindelijk zijn vader naar buiten komen. Hij bleef even in de deuropening staan om, beginnend bij de onderste knoop, zijn winterjas dicht te knopen. Daarna klopte hij zich met beide handen op de borst en de heupen en diepte hij uit de rechterjaszak een sigarendoos op. Hij had blond krullend haar, tot laag in zijn nek, en een hoog voorhoofd dat al met veel rimpels gelinieerd maar nog onbeschreven was. Op het gazon lag het fietsje van Aapje. Met één vinger lichtte Pa het op en hij droeg het naar de garage. Kalmpjes wandelde hij terug naar de auto. Hij haastte zich nooit. Hij opende het portier, schoof achter het stuur en legde de doos sigaren op het dashboard.

'Heb jij de sleuteltjes, Ernst?'

Hij had de sleuteltjes niet. Hoe was hij dan de auto ingekomen? De kroonprins maakte zijn vader duidelijk dat de auto niet op slot had gezeten. Grote mensen en hun nalatigheden die ze altijd op kinderen probeerden te verhalen...

'Wees eens zo goed naar je dochter te kijken, Wil,' snebde Tante. 'Vind je niet dat ze even haar gezicht moet gaan wassen?'

Pa draaide zijn hoofd naar achteren en mompelde 'God zal-me-liefhebben', toen hij Aapje zag die nog steeds in gespannen afwachting haar tasje tegen haar buik gedrukt hield. Maar toen versmalden zijn lichtblauwe ogen zich en er verschenen glimlachende kraaiepootjes op zijn slapen. 'Heb je je mooi gemaakt voor Opa?' vroeg hij vriendelijk. Aapje knikte glunderend. Pa draaide zijn hoofd weer terug en haalde zijn schouders op. Hij opende de sigarendoos en stak, langzaam het vuur naar binnen zuigend, een sigaar op. 'Daar hebben we geen tijd meer voor,' sprak hij tegen Tante, terwijl hij angstvallig het achteruitkijkspiegeltje in de gaten hield. Hij legde de afgebrande lucifer in de asbak en nadat hij Aapje gevraagd had om de achterruit schoon te vegen stapte hij weer uit om de sleuteltjes te halen. Tante trok haar neus op en zei: 'Je mag van geluk spreken dat je mijn dochter niet bent, Marie-Cécile.'

Aapje sprak van geluk; heel ongehoorzaam gaf ze geen gevolg aan het verzoek van haar vader, alsof ze wilde zeggen: 'Kijk eens, wat ik allemaal mag!' De achterruit was beslagen. Met haar vinger tekende ze een groot oog op het glas. De bijeengeveegde condensdruppels begonnen kronkelend naar beneden te siepelen. 'Kijk,' zei ze vrolijk, 'hij huilt.' Achter het door tranen transparant geworden glas werd de straat weer zichtbaar, maar het beeld was nu onduidelijk, omfloerst; de straatstenen, de zwarte bomen, de tuinhekken, ze hadden hun zelfstandigheid verloren en waren geworden tot vage schakeringen in de droeve stemming van de 'hij' die huilde.

Pa kwam terug met de sleuteltjes. Het was nu net alsof er helemaal geen oponthoud was geweest. De Studebaker reed langzaam de Hazekampseweg uit en maakte via de Wezenlaan en de Oude Mollenhutseweg een hoek om de Goffert. De hemelhoge beuken aan weerskanten van de Oude Mollenhutseweg, die zomers het wegdek feestelijk overhuifden met hun ruisend bladerkleed, waren nu ontmaskerd als uitheemse totems, verwijzend naar een onbekende en daardoor des te angstaanjagender betekenis; het zomerkleed lag half verrot aan hun voeten. Links lag het duistere Jonkerbos onder een grijze hemel, rechts stond de jonge aanplant van de Goffert te huiveren. Bij Welgelegen draaide de auto de Graafseweg op. De stad eindigde bij garage De Crommert en het autokerkhof en plotseling keken ze uit over de naakte uitgestrektheid van het Land van Maas en Waal. Rammelend reed de Studebaker de ijzeren kanaalbrug over en daarna ging het heel geleidelijk bergaf.

In de auto werd het wat behaaglijker want Pa had de verwarming aangezet. Hij vroeg de kroonprins de achterruit schoon te vegen, zonder Aapje een verwijt te maken. Zelf veegde hij nog eens met de mouw van zijn jas over de voorruit. Intussen floot hij het deuntje dat hij altijd floot onder het chaufferen en dat altijd zo ijl boven het gezoem van de motor uitklonk.

'Nou moet je me toch eens vertellen, Wil,' riep Tante, 'waarom het hier zo godsgruwelijk stinkt.'

'Zoutzuur,' zei Pa, wat kortaf omdat hij het fluiten moest onderbreken. Maar nu hij toch was gestopt praatte hij maar verder. 'Dat is me drie weken geleden gebeurd. Je weet toch dat ik bezig was met die verbouwing aan de verzinkerij. Goed. We waren aan 't afbouwen en de muren moesten gewassen worden. Ik zet thuis die fles zoutzuur op de achterbank, want hij was te dik om op de vloer te staan. Bij de verzinkerij wil ik het spul uitladen. Dan zie ik dat de fles is omgerold en het spul eruit stroomt. De stop zat los. Ik kan de wagen wel weggooien. Dat blijft doorvreten, hè, zoutzuur. Over een maand of wat krak ik zo door het chassis heen.'

'Moet je nou verkopen,' suggereerde oom Joop die personeelschef was bij een assemblagefabriek en doorgaans erg deugdzaam.

'Tja,' zei Pa en hij begon weer te fluiten.

Al tientallen malen had de kroonprins die autorit naar Alverna gemaakt en toch veegde hij niet alleen het achterraam maar ook een zijruit schoon om weer naar buiten te kunnen kijken. Hij hield van het gevoel van snelheid. Snelheid ontnam de dingen langs de weg hun concrete hardheid zodat ze even innerlijk konden worden als gevoelens en gedachten. Veilig in een auto zitten en de hele wereld aan je voorbij laten gaan zonder aan de hardheid van de dingen te hoeven lijden, o! wat hield hij daarvan. Daar was het tolhuis, daar de spoorbrug. Er stonden nog steeds twaalf elektriciteitsmasten. Hij kende elke boom, elk huis, elk weiland. Al die dingen had de kroonprins gezien in de tientallen verschillende gedaanten die zich onder de wisseling der seizoenen hadden voorgedaan en steeds wanneer hij ze weer zag werd die waarneming verdiept door de herinnering aan het toegenomen aantal vorige keren dat hij ze had gezien. Terwijl hij keek en herkende bedacht hij dat die vorige keren de laatste tijd steeds minder snel waren toegenomen.

Tot ongeveer een jaar geleden had Pa de vaste gewoonte om iedere zondag na de mis van negen uur naar Alverna te rijden en Opa op te halen voor een borrel in hotel De Laatste Aanleg, dat bestierd werd door tante, eigenlijk oud-tante, Johanna. Tot zijn vijfde jaar mocht hij dan op zijn vaders schoot zitten en aan het stuurwiel rukken, dat onwrikbaar was in zijn vaders handen; dan beukte hij, wat niet mocht, zo nu en dan schaterend van plezier met zijn vuist op de claxon. Niets was zo feestelijk als de geur van Pa's zondagse overhemd, zijn zware stem die trilde tegen zijn achterhoofd, en er bestond geen twijfel over of alle kracht en kundigheid die de auto zo soepel over de weg deden glijden, behoorden ook aan hemzelf toe. Vijf jaar lang was alle lichaam zijn lichaam. De hele wereld was zijn speeltuin. 'Kijk, dat is nou de kleine van Willem van Zypflich,' wees iedereen bij De Laatste Aanleg en tante Johanna, die hangwangen had en zondagsochtends in een nevel van sigarewalm de dorpspolitieke wederwaardigheden placht te bespreken met wethouder Sturkendood, notaris Romville en Opa, totdat de asbakken vol waren en de tafel was bedekt met vettige kringen en lege borrelglaasjes, zou nooit vergeten om, steunend op haar stok, naar het achterhuis te strompelen en daar voor hem uit een speciale groene koffiebus een lolly te pakken.

Toen hij vijf jaar was veranderde dat allemaal. Van toen af zat hij naast Pa in de auto. Het eind van het subtiel bedrog over het autobesturen betekende, zo meende de kroonprins toen, het begin van een op wederzijdse waardering en openheid gebaseerde kameraadschap. Lui achterovergeleund en met zijn arm, zoals dat hoorde, ongemakkelijk hoog op de rugleuning benutte hij die zondagse ritjes om zaken te bespreken die niet voor allemans oren bestemd waren. 'Als ik naar de grote school ga, Pap, mag ik dan bier drinken?' 'Over hoeveel tijd denkt u dat u miljonair bent, Pap? Twee maanden?' Het landschap liet hij dan met een zekere onverschilligheid aan zich voorbijglijden. Bij De Laatste Aanleg dronk hij met een ernstig gezicht zijn chocomel en telkens wanneer hij dacht te begrijpen wat er werd bekokstoofd knikte hij.

Op zekere dag begon Aapje een ongebreidelde belangstelling aan de dag te leggen voor alles wat grote mensen deden wanneer er geen kleine kinderen zoals zij bij waren en haar deelname aan de wekelijkse tochtjes naar Alverna was niet meer te vermijden. Ze zat dan achter in de auto als een echt groot mensje, zich er zeer van bewust dat Ernst het voorrecht nu met haar moest delen. 'Doe maar niet hard rijden, Pa, anders worden wij bang.' De impertinentie van dat woordje 'wij'! Zo werd de kameraadschap, zonder dat Pa het scheen te merken of in elk geval te betreuren, voorgoed om zeep geholpen. Tante Johanna stuurde de kroonprins en zijn zusje steeds vaker met een stuiver naar de pindamachine.

Vorig jaar was tante Johanna overleden. Het hotel werd verkocht, aan de wekelijkse bijeenkomsten kwam een eind en Opa bleef voortaan liever thuis zondagsmorgens. En nu zat de kroonprins zelf achter in de auto, naast Aapje, en de enige vertrouwelijkheid die Pa hem toestond was het uitzicht op zijn nek.

'Ik hoop dat ze die litanie dit jaar zullen overslaan,' bromde oom Joop nog eens, nu tegen Pa, want een ander antwoord zou het onheil misschien toch nog kunnen keren.

'Geen kijk op,' bromde Pa terug.

De Studebaker verliet de Graafseweg en reed de Teersdijk op, richting Woezik. Vanuit de verte al zagen ze hoe bij de spoorwegovergang de rood-witte slagbomen werden neergelaten. Pa trapte op de rem. In de regen klingelden de beveiligingsbellen oorverdovend. Het was stil geworden in de auto. Oom Joop staarde somber naar het grijze weiland. Achterin onderwierp Tante haar make-up zenuwachtig aan een laatste inspectie, als een door plankenkoorts geteisterde actrice, waarbij ze nauwlettend werd gadegeslagen door Aapje. De kroonprins vroeg zich af wat er bedoeld werd met de litanie waarvan iedereen hoopte dat die dit jaar niet door zou gaan. De trein raasde voorbij en de slagbomen richtten zich weer op. Het oorverdovende geklingel stopte even plotseling als het was begonnen. Het liet een oorverdovende stilte na, die Pa verraste want het duurde enige ogenblikken voordat hij eraan dacht weer op te trekken. Die ogenblikken waren als een gat in de tijd: ze veranderden het interieur van de auto in een wassenbeeldenkabinet. Tantes blik gleed af van haar spiegeltje en vestigde zich, tussen de hoofden van oom Joop en Pa, op het verre punt waar de weg aan de horizon raakte. Oom Joop had zijn ogen langzaam van het weiland naar Pa gewend. Hij keek hem aan alsof hij juist een klap van hem in zijn gezicht had gekregen. Ook Aapje's mond viel open. Uit het hoofd van de kroonprins waren plotseling alle gedachten geweken. In hem heersten nu de stilte en de leegte van een lang voorbije voorwereld waarin alles nog geschapen zou moeten worden. Iedereen schrok pas wakker toen Pa verstrooid het gaspedaal indrukte en de wagen schuddend over de spoorrails hobbelde.

Die ogenblikken van stilte en leegte brachten de kroonprins in verwarring. Even was de bodem onder zijn bestaan weggevallen, net als toen hij door het oog op de achterruit had gekeken, maar ditmaal was er geen droefheid.

Aan hun rechterhand lichtten de blauwe neonletters *Reparaties – Gradus Jansen – Occasions* fel op tegen de grijze hemel. De smederij van Gradus Jansen. De kroonprins verbaasde zich over de starheid van grote mensen; wat allang was uitgegroeid tot een groot garagebedrijf noemden ze nog steeds een smederij.

'Gek,' riep Tante. 'Laat ik nou altijd gedacht hebben dat Gradus Jansen aan de andere kant van de spoorlijn zat!'

Zo'n tweehonderd meter verder sloegen ze linksaf en vervolgden hun weg over een modderige laan die aan weerskanten beplant was met een rij magere populieren waarachter dennebomen stonden. De bebossing werd langzamerhand steeds dichter en de weg steeds duisterder, tot plotseling de bomen uiteenweken en men aan de overzijde van een open plek, op een lichte glooiing van het terrein, een betorend, negentiende-eeuws bouwwerkje zag liggen. Het telde drie verdiepingen en de helft van de smalle, hoge voorgevel werd ingenomen door een vooruitstekend trappenhuis, dat men na het beklimmen van een fors aantal halvemaanvormige treden kon binnengaan door brede openslaande deuren en dat naar boven toeliep in een sierlijk, uivormig dakornament waarop een zachtjes heen en weer wiegende windwijzer prijkte. Uit de flanken van dit trappenhuis staken twee stompjes van vleugels, ieder zo breed als de helft van de monumentale entree en elk drie hoge ramen bevattend, voor iedere verdieping één. Het houtwerk zat keurig in de witte verf die spookachtig helder afstak tegen het grauwe landschap. Aan de voorkant van het huis scheidde een brede vijver met zwart water de verwilderde tuin van het bos. De vijver werd overspannen door een houten bruggetje en ratelend kwam daarover de Studebaker aanrijden onder een hels gegak van de ganzen die fladderend en waggelend van overal langs de vijverrand op de wagen afkwamen.

Niet lang na het uitbreken van dat kabaal ging een van de openslaande deuren op een kier en daardoor wrong zich handenwringend de kromme gestalte van de oude knecht, Theet Hundertmark. Op stijve benen klauterde hij de trap af tot de derde trede van onderen. Daarop bleef hij staan en zwaaiend met zijn armen en heftig schuddend met zijn grote hoofd, dat breed en tandeloos lachte, gaf hij aanwijzingen voor het parkeren van de Studebaker, die overbodig waren en door Pa werden genegeerd. Ze stapten uit. Pa en Tante informeerden naar Theets gezondheidstoestand. 'Zo, zo,' zei Theet. ''t Kon erreger,' en hij liet zijn knobbelige handen schommelende bewegingen maken. Zijn klompen klosten luid op het marmer van de gang, toen hij het gezelschap voorging. 'Wa'ne kou,' lachte hij, toen de jassen werden opgehangen. ''t Wintert wir stevig en wij worren er ok ginne dag jonger op. Mor, ik mot zeggen, meheer Van Zypflich houdt zich gewelledig. Tachetig joar en nog gin grientje las. Wa'ne weelde, wa'ne weelde.' Hij keek Aapje onderzoekend aan, maar zei niets. Toen iedereen zich van zijn overkleding had ontdaan, liep hij door naar het eind van de gang en gooide daar wijd een deur open.

De oude meneer Van Zypflich zat in een versleten fauteuil naast het haardvuur. De kamer was ruim, ondanks het sombere weer verrassend licht en nagenoeg leeg. Bij de fauteuil stond een lage, ronde leestafel, bedolven onder boeken en vooral kranten en tijdschriften. Er lag een kaal, vaalgroen tapijt, dat slechts een klein gedeelte van de donkergebeitste, planken vloer bedekte; er stond een boerenkast en een solide, ouderwets bankstel. De wanden waren leeg, op een klein landschap na, geschilderd door een plaatselijk kunstenaar. Het was voor het eerst sinds bijna een jaar dat de kroonprins in deze kamer kwam; bij het binnenkomen doorvoer hem een gevoel van herkenning, want hij was al het een en ander vergeten. De oude man in zijn stoel leek op een zo goed als gedoofde, nog wat nasputterende vulkaan. Hij had een rood hoofd en plukken dun, grijs haar hingen als wolkenflarden rond zijn schedel, die zich scherp aftekende tegen het koude namiddaglicht. Hij rookte een sigaret en liet af en toe een wolkje ontsnappen uit zijn grote, behaarde neusgaten. Naar onder toe werd hij almaar breder. Zijn colbert, vest en pantalon hingen in ruime plooien af van zijn omvangrijke lichaam. Hij was veel ouder geworden sinds de laatste keer dat de kroonprins hem had gezien. Toen het gezelschap binnentrad bleef de oude man aanvankelijk zitten, alsof hij was geschrokken, niet wilde, hen wegwenste, maar daarna doofde hij zijn sigaret in de nikkelen staande asbak en stond hij op, veel kwieker dan de kroonprins had verwacht. Hij kwam op hen toe, glimlachend en met gespreide armen. De kroonprins dacht dat hij een berg zag wandelen. Eerst begroette hij de kinderen door zijn grote rode handen op hun hoofden te leggen, en vervolgens gaf hij ze grinnikend een speelse tik op de wang.

'Onze stamhouder wordt steeds dikker en gezonder, zo te zien,' baste hij, terwijl hij de kroonprins in zijn schouder kneep. 'We hoeven niet bang te zijn dat we uitsterven, voorlopig. Ha, ha.'

'Hoe vindt u mij?' Aapje hield haar hoofd scheef. 'Vindt u mij niet móói?'

Opa tilde haar van de grond, zodat hun gezichten op gelijke hoogte waren. Dat mishaagde Aapje; ze hield haar neus zo ver mogelijk van hem af. Hij kneep zijn wenkbrauwen samen en keek haar bestraffend aan. 'Je bent zo mooi dat je jezelf alleen maar lelijker kan maken. Beloof je me dat je nooit meer met je gezicht zult knoeien?'

Aapje begon te spartelen. 'Nee!' gilde ze. 'Nee!' Opa moest haar loslaten.

'En hoe is het met de vrouw?' vroeg hij aan Pa. 'Het moet nu toch zo gebeuren, niet?'

'Begin december,' zei Pa op verontschuldigende toon.

'En met jullie?' vroeg hij aan Tante en oom Joop.

Enthousiast greep oom Joop de naar hem uitgestoken grote rode hand. 'Goed, heel goed.'

'Naar omstandigheden,' voegde Tante daar zuinigjes aan toe.

Tijdens die begroetingen stond Theet met wankelend en vermoeid lachend hoofd te handenwrijven. 'Zal ik dan mor es 'ne pot thee goan zetten?' bood hij aan toen hij zijn kans zag. Op een knik van de oude heer kloste hij de kamer uit. De anderen gingen zitten, Opa in zijn eigen stoel, Tante in de andere fauteuil en Pa, oom Joop en de kroonprins op de bank. Aapje vroeg haar broer zijn plaats aan haar af te staan in verband met haar plooirokje, dat straks op het kerkhof smetteloos behoorde te zijn – welk verzoek de kroonprins zonder tegenstribbelen inwilligde. Hij nestelde zich op de grond aan zijn vaders voeten. Aapje bezette haar plaats niet onmiddellijk, want ze mocht de sigaren uit de kastla halen. Met een houterige knieknik presenteerde ze er een aan oom Joop en aan Pa, die hem nog niet opstak maar op de armleuning van de bank legde.

'Ernst zullen we nog maar overslaan,' grapte Opa. Hij

keek de kroonprins daarbij door half toegeknepen ogen aan. Ieder zat klaar om zijn web van woorden te gaan weven.

'Vandaag,' sprak Opa, wat officieel en daardoor uitdagend, 'herdenken we de doden. Voor mij is dat geen kleinigheid, want in mijn leven heb ik zo langzamerhand meer doden dan levenden. Jullie wisten zeker nog niet dat Romville eergisternacht het leven heeft gelaten?'

Tante zette grote ogen op. 'Wat vertel je me nou?'

'Mevrouw Vonk vond hem om tien over half een in zijn stoel.' Ze was de hele avond in de keuken bezig geweest, zo had ze zelf aan Opa verteld, en ze wilde het licht uit gaan doen toen ze hem nog in zijn stoel zag zitten met zijn hoofd op zijn schouder. Er hing een leeg glas tussen zijn vingers. Op zijn schoot lag een plasje wijn en daarin was zijn pijp gevallen. 'Wat maar weer bewijst dat er een Voorzienigheid is, anders was er nog brand van gekomen of een gat in het tapijt,' besloot Opa zijn verhaal. Oom Joop lachte hardop.

'Wel, hij had er de leeftijd voor,' sprak Tante tot troost.

'Hij was van mijn leeftijd,' zei Opa.

'Die lieve meneer Romville,' jammerde Aapje, alsof ze hem heel goed gekend had, 'is hij echt dood?' Opa kon dat niet ontkennen.

'Wat zielig,' zuchtte ze. 'Mensen gaan toch niet echt dood, hè Opa? Of tenminste niet helemaal?'

'Nou, reken maar van yes,' zei Tante, onverwacht heftig.

Daar moest Opa weer om lachen. 'Nee hoor, Marie-Cécile,' sprak hij guitig. 'Dat lijkt alleen maar zo. Dode mensen veranderen in spoken die met rammelende kettingen door oude huizen ronddwalen. Liefst huizen waarin ze zelf hebben gewoond.'

Aapje sloeg haar handen voor haar bril en slaakte een namaakgilletje. Hoe speelde ze het toch klaar om zich moeiteloos in het gesprek te mengen zonder berispt te worden? In de ogen van de kroonprins leken de twee jaar die tussen hen lagen, haast een hele generatie. Zij was vrijpostig, grotesk, stelde domme vragen, alleen om de aandacht te trekken, aapte kritiekloos de manieren van grote mensen na en iedereen was geamuseerd en ging een beetje van haar houden. Bij haar vergeleken voelde hij zich oud en wijs, maar ook lomp en hulpeloos. Toch maakte ze de dingen gemakkelijker voor hem. Er was een vraag die brandde op zijn lippen en hij kon hem nu stellen, dank zij haar.

'En de ziel dan, Opa? Die blijft toch bestaan?'

'Hoor daar eens!' lachte de oude man. 'Uit die jongen kan misschien ooit nog iets worden. Er blijft altijd wel iets van je over, Ernst,' vervolgde hij. 'Iedereen verandert de wereld een beetje, ten goede of ten kwade, en misschien blijf je ook nog voortleven in de herinnering van vreselijk oude mensen, zoals ik, als je tenminste niet van lucht gemaakt bent, of van poetskatoen, want de ziel, dat is de persoon.' Hij richtte het antwoord niet speciaal tot Ernst, maar tot het gezelschap in zijn geheel.

Met een vriendelijke, doch doordringende blik boog oom Joop zich voorover naar de kroonprins, die van Opa's woorden maar weinig had begrepen. Oom Joop, ervaren als hij was in het grootbrengen van kinderen, had dat gemerkt en hij meende dat het nu aan hem was om de kroonprins van eenvoudiger repliek te dienen. 'Als je heel lief bent gaat je zieltje naar de hemel en als je heel stout bent gaat het naar de hel. Maar de meeste mensen moeten eerst nog naar het vagevuur om gereinigd te worden.'

'Want van leven, daar word je vies van,' zei Pa. Hij sprak nooit veel in gezelschap en als hij wat zei, dan was het vaak iets raadselachtigs of onaangenaams.

Oom Joops antwoord had, hoe duidelijk het ook mocht zijn, nauwelijks iets te maken met wat de kroonprins met zijn vraag had bedoeld, maar na de opmerking van Pa was hem de zin vergaan om het onderwerp door te zetten. Bovendien was Tante onder al dat heen-en-weergepraat ongeduldig geworden. Al drie keer had ze haar trouwring af- en aangedaan en nu zei ze geïrriteerd: 'Dit is toch niets om in het bijzijn van klein grut te bespreken. Hoe kunnen die kinderen dat nou begrijpen? Een hoop dwaze gedachten krijgen ze in hun hoofd. Daar worden ze maar ongelukkig van.'

'Ja,' zei Aapje geestdriftig, 'nou gaan we over iets leuks praten.'

Iedereen schrok op, want er klonk een harde bons tegen de kamerdeur, die vervolgens openvloog en de immer breed lachende Theet onthulde. Er lag iets verontschuldigends in de manier waarop zijn tong boven zijn vier bruine ondertanden stond te trillen. Hij probeerde op één been zijn evenwicht te bewaren en hield een houten dienblad in zijn knokige knuisten, waarop een theepot, een suikerpot, een roomkannetje, zeven koppen, zeven schotels en zeven lepeltjes stonden te rinkelen. 'We zien glad vergeten koekjes te kopen,' zei hij, behoedzaam over de planken vloer klossend. Tante snelde toe, nam het blad van hem over en schoof het op de leestafel, waardoor een stapel kranten in beweging kwam, die ze net op tijd wist op te vangen en op de vloer legde. Terwijl ze behendig de kopjes aan het uitzetten was, plofte Theet zuchtend neer in haar stoel.

'Dus gullie goat zomestraks wir noar 't kerrekhof?' Theet keek allen een voor een aan. Er scheen een sluw maar toch welwillend licht in zijn wijd open, fletse ogen. Achter zich voelde de kroonprins zijn vader met zijn voeten schuiven. Het gerinkel met het theeservies werd onderbroken. Tante en oom Joop verstijfden. Zou nu de gevreesde litanie beginnen? Toen er geen reactie kwam sloeg Theet zijn ogen neer en hij knikte zwaarhoofdig.

'Da's altied mooi, 't kerrekhof. 'n Vluchtig weerzien mit de dierboaren is 't eigelijk. Dan kujje nog effe oan ze dinken, want da willen ze, heur, ze willen da gullie nog effe oan ze dinkt.' Hij sprak even uitdagend over de doden als Opa, die het onderwerp had ingeleid, maar er was een verschil. Opa's bravoure en macabere grappen leken bedoeld om de droefheid af te schrikken, maar Theet had het niet over zijn eigen doden; zijn bedoeling was plagerig en tegelijkertijd sentimenteel. Hij gooide zijn hoofd in zijn nek en staarde mijmerend naar het plafond.

'Wie leggen er ok alweer zoal? Meheers voader, natuurlijk, ouw grotvoader dus, Willie, en ok de ouwe, Carolien. Die hiette Piet. Ik zie 'm nog veur me; 'ne bonk van 'ne vent en roavezwert hoar hattie. Mor 'ne heer, ik verzeker ou, 'ne heer. Vruug gesturven. Niks oan te doen. En dan meheers moeke, ouw opoe dus, Willie, en ok de ouwe, Carolientje. Nelia van Zypflich-Dommelstein. Da was 'ne toaie. Die is nog ien de tachetig gewurren, is 't niet, meheer?'

'Drieëntachtig,' zei Opa.

'Drieëntachetig, toe moar. Nou, u hoalt 'er nog wel ien, wat ik je brom, meheer. De weduwe mevroj Van Zypflich-Dommelstein. Viefentwintig joar gelejen wier ze ten groave gedroagen. Ik wit 't nog as de dag van gisteren. Gij toch zeker ok nog, Willie? En gij toch ok, Carolientje?'

Tante zette, zonder op zijn vraag te antwoorden, met een harde slag een kopje voor hem neer, maar hij bleef onverstoorbaar doorpraten.

'Prachtige vrouw. Keurige doame. Altied veul respect veur gehad. En dan hajje nog Kobus van Zypflich.'

Tante kondigde aan dat ze een stoel uit de eetkamer ging halen.

'Kobus, 'n ome van meheer hier, was 'ne vrimde snoeshoan, 't buutenbintje van de familje zogezeid, woarmee ik niks kwoads wil zeggen, want 't was 'ne keurige vent. Keurige vent. Och, en meheers bruurs en zusters, ik zou ze nog hoast vergeten. Ze leggen allemoal hier in Alverna, veur zover ze niet euver de oardbojem zien uutgezwerremd. Johanna leit er, tante Johanna, za'k mor zeggen. Mor da hebt gullie nog allemoal mitgemokt, da's nog vers. Mor Willem hebt gullie nie gekend, denk ik. Willem was de peter van Willie hier. De beste van 't hele stel, meheer hier nie te noa gesproken.'

'Willem was een begaafd mens,' zei Opa.

'Da was ie,' beaamde Theet, ''ne begoafde mins.'

Luidruchtig kwam Tante de kamer binnen met een eetkamerstoel, die ze wel een halve meter voor zich uit hield, alsof het een volle stofzuigerzak was. Ze plantte hem met een klap naast de bank, recht tegenover de fauteuil van Theet, die het woordeloos maar niettemin lawaaierige verwijt niet tot zich door liet dringen, verdiept als hij was in de nevelige flarden herinnering die rondom zijn glimlachende gezicht zwommen. Tante, die aanvankelijk van plan was geweest de litanie geduldig uit te zitten, bleek zich nu bedacht te hebben en ze fluisterde tot oom Joop, zo hard dat iedereen het kon horen: 'Als dit nog lang zo doorgaat, dan kan ik niet meer voor mezelf instaan.'

'Wanneer gaan we nou over iets leuks praten?' zeurde Aapje.

Oom Joop kromp ineen en gaf de beide vrouwen sissend te verstaan dat ze beter hun mond konden houden. Pa krabde zich achter zijn oor. Opa onderdrukte een glimlach en na het geurig opsteken van een sigaret begon hij te vertellen.

En de kroonprins luisterde, gezeten aan zijn vaders voeten, zoals hij nog nooit geluisterd had, want het was hem inmiddels langzaam maar zeker duidelijk geworden dat de grote rode handen van zijn grootvader hem tijdens de litanie die komen ging alsnog de begeerde, jammerlijk ontglipte kroon op zijn hoofd zouden kunnen drukken. Vanuit zijn nederige positie blikte hij naar hem op met een warm besef van ondergrondse, onzichtbare wortels, verbondenheid, adel, van een bestaan dat zich verder uitstrekte dan tien ledige jaren in het verleden. Misschien was hij wel een directe nazaat van de keizer van Atlantis! Hij keek langs de omvangrijke buik, over de kin, die nu fermer leek dan hem ooit was opgevallen, recht in de duistere, verrassend en plotseling beangstigend grote neusgaten, precies zoals een paar maanden later, toen hijzelf stond en neerzag en zijn grootvader lag opgebaard.

'Een mens ziet zoveel verandering in zijn leven. Verandering en nog eens verandering. Je vraagt je af waar het allemaal goed voor is. Zelf verander je zo weinig. Steeds minder naarmate je ouder wordt. Er komt een dag waarop ik ze terug zal zien, allemaal, zoals ze waren. Voor Gods troon. Dan worden we allemaal voorgoed veranderd. Intussen is het zover nog niet. Laat ik je dit zeggen: voor de eeuwigheid is ons oordeel niks waard, maar wij moeten wel over de doden oordelen, intussen, of we nu willen of niet. Tenslotte hebben ze niet alleen voor de eeuwigheid geleefd maar ook voor de wereld. Of ze het op prijs stellen om door ons herdacht te worden, dat valt te betwijfelen, want het is me een rotzooitje tegenwoordig. Maar ja, wij hebben de geschiedenis meer nodig dan de geschiedenis ons nodig heeft. Zo is het toch? Het valt anders niet mee. Herinneringen zijn zo week als was. Je pakt ze op, legt ze weg, pakt ze weer op en ze worden steeds ronder. Steeds smoezeliger ook. Soms weet je het ook niet meer. Vroeger was ook niet alles... Maar vast staat dat er veel goeds verloren is gegaan en veel slechts is bijgekomen. Neem ons oude oppidum Batavorum. Wat is ervan geworden? Het is toch onvoorstelbaar dat daar ooit onze beschaving is begonnen. Ze hebben de wallen geslecht, een universiteit gebouwd, industrie aangetrokken, maar de wereld werd steeds kleiner en Nijmegen steeds provincialer. Toch hebben ooit keizers in die stad gewoond –' Daar had je het al! De keizer van Atlantis! De kroonprins keek zijn grootvader de woorden uit de mond. '– voor de oorlog kwam ik graag in de stad. Ik had er zelf aan meegebouwd. Als jongen van dertien stond ik al te metselen aan het oude station. Wij hebben de oude Molenstraatskerk gebouwd, de gasfabriek, de kazerne. Wat in de laatste oorlog is weggevaagd kan nooit meer worden goedgemaakt. Nooit meer. Nu kom ik niet meer in de stad. Als ik al die lege plekken zie dan krijg ik het gevoel dat ik mezelf heb overleefd. Zonder een borrel bij de Harmonie hoeft het voor mij niet meer. Televisieantennes in plaats van torenspitsen. Zo is het toch? Ach, en de mensen... Als jongen heb ik Tinus Pot nog gekend, de bokser van de Vlaamse Gas. Mijn oudooms, Frans en Karel, woonden in de Grotestraat. Dat was een deftige straat in die tijd –' Voor dit soort trivialiteiten had de kroonprins geen belangstelling. Een deftige straat, dat sprak vanzelf. Wat hij wilde weten was: waren ze rechtstreekse afstammelingen van de keizer van Atlantis? Of, als dat te hoog was gegrepen: konden ze hun, voor zijn part onwettige, afkomst herleiden tot de koning van Hongarije? Hij was zelfs bereid zijn verwachtingen zo laag te stellen dat hij met een baron Van Zypflich tot Zavighem al genoegen zou nemen. Ergens moest toch een vergeeld stuk perkament tegen de achterzijde van een oud familieportret geplakt zitten, waar het allemaal op stond? '– ik heb ze alleen als grijsaards gekend, Frans en Karel. Oude vrekken waren het en nog stommer dan het achtereind van een varken. Willem, mijn grootvader, was de enige die een beetje kon lezen en schrijven. Wolfgang, de jongste, ook, geloof ik, maar die is vroeg gestorven. Rond achttienvijftig zijn ze van Kleef naar Nijmegen gekomen. Dat heeft mijn grootvader me vaak verteld. Ze leden daar bittere armoe, daar in Kleef. Ze hadden nog geen veer om van hun lippen te blazen. Het waren geen heiligen, die Van Zypflichs, dat hoor je me niet zeggen. Frans kocht, voor hij naar zijn werk ging, steevast een liter jenever en hij pakte geen troffel beet voordat de fles tot op de bodem leeg was. Karel was slecht voor zijn vrouw, een beest voor zijn kinderen. Toch heb ik ze altijd in ere gehouden –'

Hoe kon Opa zoiets vertellen zonder zich te verwringen van schaamte? Ergens moest een fout zijn gemaakt. Misschien was hij wel een vondeling. Een echt kind van zulk vuig gepeupel kon hij onmogelijk zijn. Hij wilde eigenlijk al niets meer horen. '– ze waren niet te beroerd om hun lot in eigen handen te nemen en iets van hun leven te maken. Op een gegeven ogenblik kregen ze genoeg van die Pruisische armoe. Toen hebben ze hun hele hebben en houden op een kar gegooid, hun oude moeder erbovenop gezet, een aftandse knol ervoor gespannen en zo zijn ze naar Nijmegen getrokken. Dertig kilometer lang, en dat was een hele reis voor die tijd, heeft het mensje zitten hotsebotsen tussen het gerinkel en gerammel van potten en pannen. Drie weken later ging ze ter ziele, in een logement aan de Lage Markt. Daar hadden ze hun intrek genomen. Frans was van zijn vak metselaar en tegelzetter, Karel smid, Wolfgang timmerman en Willem, mijn grootvader, wulvenbouwer. Dat vak is verloren gegaan. Tegenwoordig, met al die nieuwerwetse dakconstructies, heb je geen gemetselde wulven meer, maar neem van mij aan dat er qua stevigheid niks is dat tegen gemetseld wulfsel op kan. Niks. Dat staat duizend jaar en nog langer. Maar goed. Het eerste dat ze met hun stomme koppen deden was zich inschrijven voor de bouw van het franciscanenklooster hier in Alverna. Voor een belachelijke prijs. Ze hadden altijd al in de kerkenbouw gezeten, dat wel, maar van de aannemerij hadden ze geen verstand. Het werk werd hun onmiddellijk gegund. De architect was zo'n neo-gotieke flikker; frutsels, fratsels, geglazuurde baksteen en al die onzin meer. Het klooster stond nog niet of de kruisbloemen en pinakels kwamen van de trapgeveltjes gedonderd. Er bestaat niks mooiers dan glad, massief metselwerk. Het steensverband geeft tekening genoeg. Romaans en Karolingisch, dat is het mooist in de kerkenbouw. De ware vroomheid. Eenvoudig, warm en ontzagwekkend. Maar in die tijd dachten ze er anders over. De provinciaal van de franciscanen was toen ene pater Bonaventura Wagensmid. Als je nu in de kapel komt, dan zie je in de rechterzijbeuk, het derde raam van links, boven het altaar van Sint-Jozef, een gebrandschilderd portret van een dikke franciscaan met een duimstok onder zijn koord en een timmermanspotlood achter zijn oor. En daaronder staat: "Ter Nagedachtenis van Pater Bonaventura Wagensmid OFM, geschonken door Willem, Frans en Karel van Zypflich." Wolfgang was inmiddels overleden. Die Wagensmid kwam volgens mijn grootvader iedere zaterdag op zijn sandalen over het bouwterrein gebaggerd, met een patertje econoom achter zich aan, om de werklui te betalen en de leveranciers. Ik moet nog ergens een foto hebben van de eerstesteenlegging. Daar staat hij op met een toog en met een steek op zijn pinnige hoofd. Hij had die vier schooiers wel in de gaten, maar het waren goeie vaklui, dus hij was zo barmhartig zelf voor de financiën te zorgen en ze verder maar te laten begaan. Voor de Van Zypflichs ging op die manier de aardigheid er al gauw af, dat kun je begrijpen; het was werken geblazen voor een loontje en overhouden was er niet bij.'

Opa zweeg even. De ouderen hadden zitten luisteren met gezichten die strak stonden van verveling. Behalve Theet. Hij had tijdens Opa's relaas voortdurend zitten knikken, sloeg zich nu eens op een knie, dan weer stiet hij een lach van herkenning uit en nu Opa was stilgevallen bleef hij ongeduldig in luisterende houding zitten. Aapje had geprobeerd even verveeld te doen als de anderen, maar af en toe, wanneer de oude man iets zei dat riekte naar onbetamelijkheid, was haar gezicht onwillekeurig opgelicht. De kroonprins, die aanvankelijk bij iedere nieuwe zin een wilde hoop in zich had voelen opvlammen, vreesde nu ieder nieuw woord. Hoe zou hij zichzelf ooit kunnen herkennen in die straatarme analfabeten? De hoop op blauw bloed liet hij maar stilletjes varen.

Er was een groot verschil tussen de sprekende en de zwijgende Opa. Aan zijn stem, die diep was en vol, leek zijn hele lichaam kracht te ontlenen, maar nauwelijks zweeg hij of hij schrompelde ineen. Theet had de oude man al een paar maal bemoedigend aangeblikt, maar toen het zwijgen desondanks was blijven voortduren, zei hij met een slim getwinkel in zijn ogen: 'En toen ging de Woagensmid dood.'

Opa haalde diep adem. 'Er werd indertijd verband gelegd tussen de dood van Wagensmid en de bouw van dit huis hier.' Hij tikte met zijn wijsvinger op de leuning van zijn stoel. 'Vuile lasterpraat, als je 't mij vraagt.'

'D'r wur nog schand van gesproken,' knikte Theet.

'Zullen we dit gedeelte maar overslaan?' vroeg Pa met een stem die zo dun was dat de kroonprins ervan schrok. 'We moeten nog naar het kerkhof vanmiddag.'

Zonder acht op hem te slaan vervolgde Opa: 'Wagensmid stierf, als ik het goed heb, in achttienvierenvijftig. Binnen de orde was er niemand die zijn taak kon overnemen. De nieuwe provinciaal had het te druk, had geen belangstelling voor het werk, weet ik veel. Het patertje econoom was volslagen onbekwaam. Het werd toen in ieder geval zo geregeld dat de franciscanen een rekening openden voor mijn grootvader, waarvan hij de betalingen kon doen, want een eigen fonds had hij nog steeds niet, natuurlijk. Tegenwoordig zouden die vier schooiers allang bankroet zijn geweest, in de bak hebben gezeten, maar in die tijd wilden ze een man nog wel eens een kans geven. Grootvader moest natuurlijk wel een boekhouding bijhouden, maar je begrijpt, nauwelijks een opleiding... bij de vijfde klas al van school gegaan, geloof ik...'

'En toen wier dit huus gebouwd,' drong Theet aan.

'Zijn toegenomen verantwoordelijkheden rechtvaardigden een hogere beloning,' zei Opa langzaam.

'D'r wur nog schand van gesproken. Ze zeggen dat de bouw van 't kloster kwam stil te liggen...'

'Werd vertraagd. Je moet niet vergeten, in die tijd trok men met 'n gerust hart een paar jaar voor zo'n karwei uit, en hoe langer het duurde, des te langer was er brood op de plank, voor de hele streek. Er was niet veel werk, in die dagen. Dank zij mijn grootvader zaliger is het de mensen hier jarenlang voor de wind gegaan. Ze moesten dankbaar zijn, in plaats van zulke lasterpraat te verkopen.'

Tijdens deze woordenwisseling had oom Joop zijn verveelde houding opgegeven en nu zei hij met een samenzweerderige knipoog: 'Reden genoeg om de dood van Wagensmid met een gebrandschilderd raam te gedenken.' Zo had hij ook tegen Pa gezegd dat hij zijn auto moest verkopen.

'De man, niet zijn dood,' zei Opa bits. 'Wagensmid was een heilige man, de beste provinciaal die ze hier hebben gehad. Mijn grootvader heeft altijd met diepe waardering over hem gesproken. Hij en zijn broers hebben hem altijd in ere gehouden. Altijd.' Zijn stem klonk schor van emotie. 'Zoals jullie tegenwoordig denken over geld, jullie doelloze baatzucht... dat kan ik gewoon niet begrijpen. Als je vroeger geld had, dan was dat geld er ook om anderen te helpen. Nog nooit is hier iemand van de honger omgekomen.' Bij de n van nooit ontploften zijn grote, harige neusgaten. Met een veeg van zijn hand gooide hij de kinderen die hij had voortgebracht hun onbegrip in de schoot.

'Da's woar,' zei Theet. 'Vruger hadden de minsen nog wa veur mekoar euver.' Hij likte zijn lippen en loerde sluw naar de oude man, die het gezelschap zijn rozige wang had toegekeerd en met iets grijs in zijn ogen uit het raam staarde. Er lag zo'n vergeefs verdriet over een voorbije wereld besloten in die kinderlijke nukkigheid, dat de kroonprins hem wel had willen troosten, ondanks de reeks teleurstellingen die hij zelf nauwelijks had kunnen verwerken.

'Altied goeie kattelieke minsen gewist, de Van Zypflichs,' mijmerde Theet, 'in of twee uutzonderingen doargeloaten, mor da kump ien de beste famieljes veur.' Tante wierp vanuit haar hoge gestoelte een nijdige blik op Theet en de knecht ving hem op, bij toeval, want zijn hoofd was juist bezig met de opwaartse helft van een knik. Hij begon zich onmiddellijk te verdedigen. 'Gullie ziet toch in van de beste famieljes, hier ien Alverna. Niks op oan te merreken.' Hij sprak rechtstreeks tot Tante, die daardoor in blozende verlegenheid werd gebracht. Klaarblijkelijk had ze de nijdige blik bedoeld als een zaak tussen haar en Theet alleen. Het beschamende verlies van haar zitplaats lag haar nog vers genoeg in het geheugen om, nu hij haar ten tweeden male in moeilijkheden had gebracht, kwaadaardig een snelle tegenzet te doen.

'Ik heb gehoord dat je ons gaat verlaten, Theet.'

'Ja, dat heb ik ook vernomen,' zei oom Joop opgewekt. De vreugde dat hij, zojuist nog de aangevallene, nu zelf in de aanval kon gaan straalde van hem af. Hij was zich er vooralsnog niet van bewust dat Tante de knecht met deze opmerking slechts zijdeling had proberen te treffen.

Door een genadig ingrijpen van Aapje kon Theet de aanval ontwijken. Theatraal sprong ze op van de bank. 'Neeee!' gilde ze. 'U gaat niet weg, hè Theet? U blijft altijd bij ons.' Ze pakte smekend zijn oude hand vast en met overdreven tederheid legde hij, alsof het een gewond vogeltje was, haar handje tussen zijn geaderde knuisten. 'Ins zal 't er toch van motten kommen, m'n dernke.' Hij keek Aapje diep in haar ogen. 'Ik bin al 'ne ouwe mins en werreken da kan ik nie zo hard mir.' Ze draaide zich met een ruk van hem weg en liet zich met haar rug tegen zijn fauteuil naar beneden glijden. Aan zijn voeten bleef ze zitten met lippen die beteuterd 'neeeee' pruilden.

Tante liet zich niet ontmoedigen. Voortvarend richtte ze nu het woord tot Opa. 'Ik veronderstel dat u hier niet alleen en onverzorgd wilt achterblijven, vader.'

Hij keek verbaasd en beetje gekwetst op. 'Wil je me soms iets aanbieden? Dat kan ik echt niet aannemen, Carolien. Je hebt al tien kinderen en dan nog de zorg voor een oude man erbij. Dat zou te veel van je vergen. Bovendien ben je toch al zo klein behuisd...'

'Zeg jij dan iets,' siste Tante naar Pa. Bloed en boezem waren hoog gestegen. Pa tikte de as van zijn sigaar en verpulverde die door er de gloeiende punt in rond te rollen, een hebbelijkheid die erop duidde dat hij diep nadacht. Ten slotte zei hij: 'Ik geloof dat er tussen het klooster en de familie altijd een onverbrekelijke band heeft bestaan, is het niet, vader? Of is dat te veel gezegd?' Hij tuurde naar het dunne laagje aspoeder in de asbak en leek er geen behoefte aan te hebben om na te gaan of zijn vraag bij Tante in de smaak gevallen was.

Dat was heel laf van zijn grote, warme vader, vond de kroonprins, en plotseling voelde hij een pijn en een schaamte, die een uiterst verwarrend besef van universele eenzaamheid in hem deden ontstaan. Was het niet verschrikkelijk dat hij, plompe, onmondige hij, in een man met zulke prachtige krullen, die zo sterk was, zo doelgericht, die zich in zulk een warme sfeer van zelfvertrouwen had gehuld en daarbij sigaren rookte, een fout moest ontdekken en dat die fout uitgerekend lafheid moest zijn? En dat terwijl hij zoëven een belangrijk besluit had genomen. Hij had niet alleen besloten om af te zien van zijn adellijke pretenties; hij had zich bovendien voorgenomen om in het voetspoor van zijn voorvaderen te treden. Hij zou bouwheer worden. Zo soepel was hij in die dagen. Hij was zelfs een zekere minachting gaan koesteren voor die bleekneuzen die zonder aanwijsbare verdienste met adellijke titels liepen te pronken. De adel van zijn geslacht moest zich iedere generatie opnieuw bewijzen in kerken, kazernes en gasfabrieken. En had zich bewezen.

Hij moest denken aan een middag dat hij met Pa mee geweest was naar de bouw. Dat was inmiddels alweer drie jaar geleden. De laatste tijd had Pa geen werk van belang meer aangenomen. Eigenlijk was het een middag geweest vol kwellingen. Hij was erg moe geworden van het gezeul door het rulle zand. De hulp die hij overal had aangeboden was nergens gewenst geweest. Hij had de onbegrijpelijke plagerijen van de bouwvakkers moeten verdragen. Maar tegen het eind van de middag, even na vijf uur, kwam er een prachtig moment. De bouwvakkers hadden hun schafttrommels achter op hun bromfietsen gebonden en waren naar huis gereden. Pa had de gereedschappen opgeborgen, de bouwkeet op slot gedaan en samen liepen ze nog één keer over het terrein om te zien of er niets vergeten was. Vlak voordat ze in de auto zouden stappen en wegrijden, toen Pa het hangslot aan het hek haakte, had de kroonprins gevraagd: 'Is het nou groter geworden, Pa?', vurig hopend op een bevestigend antwoord, want ondanks alle tegenslagen had hij het gevoel dat hij die middag goed zijn best had gedaan. Turend door zijn ooghaaren als een kunstschilder overzag Pa nog eenmaal de grillige wirwar van steigers, stukken muur, galgachtige kozijnen, lieren en betonmolens en hij antwoordde: 'Ja, kijk maar, het is gegroeid.' Toen had hij het zelf ook gezien. En nu dacht hij met een tomeloze scheppingsdrift terug aan de zure geur van specie en de zoete geur van vers, blank hout. Steen te laten groeien! Hij zou bouwwerken maken die alleen nog in dromen hadden bestaan: huizen, kastelen, kerken, kathedralen, paleizen, met honderden torens, trappen en gangen, gebouwen met geheimen die in een mensenleeftijd niet doorgrond konden worden.

'Een onverbrekelijke band is inderdaad te veel gezegd,' sprak Opa, licht verwijtend, 'maar een hechte band heeft er zeker bestaan.'

Tijdens de onderbreking van Opa's verhaal was iedereen op de punt van zijn stoel geschoven, maar nu de stem van de oude man weer de vertrouwde verteltoon had aangenomen ontspande men de ruggen, klauwden de vingers niet meer krampachtig in de stoelleuningen, gleed men weer langzaam wat onderuit. 'En dat blijkt wel hieruit dat mijn grootvader, mijn vader en mijn broer Willem alledrie zijn onderscheiden met het koordje van Sint-Franciscus. Vanwege hun bijzondere verdiensten voor het klooster. Dat wil toch wat zeggen. Grootvader ging iedere winter met het vorstverlet boeken binden in de bibliotheek van de paters. Hij was niet weinig trots op die liefhebberij. Anderen moesten 's winters klompen maken om niet te kreperen van honger en kou, de schobbejakken, maar hij was zo welgesteld dat hij pro deo in het klooster kon gaan werken. Hij mocht een ander graag de ogen uitsteken, mijn grootvader. Met dat boekbinden is hij begonnen toen hij een jaar of vijftig was en na zijn dood heeft mijn vader dat werk overgenomen. Ze kochten zelf varkenshuiden op van het slachthuis in Nijmegen en die lieten ze looien in 's-Hertogenbosch. De pers die ze gebruikten hadden Karel en Frans van Zypflich gebouwd. Die staat nog steeds in het eigenste werkplaatsje waar grootvader en vader boeken hebben gebonden. Broeder tuinman bewaart daar nu zijn schoffels. Zo zijn de tijden veranderd.' Even zweeg en verschrompelde hij. Toen hij weer begon te spreken droeg zijn oude, verzakte gelaat een pijnlijke uitdrukking.

'En mijn broer Willem is dus ook onderscheiden. Hem hebben jullie nooit gekend, want hij is gestorven tijdens de A-griepepidemie van negentiennegentien. Tot groot verdriet van mijn moeder zaliger. Hij was een begaafde jongen.'

'Da was ie zeker,' zei Theet, 'mor d'r zat veur ginne cent pit ien die kerel, niks ginne leveslus. Astie nie zo vruug gesturven war, dan hagge'm nog op kunnen berregen ien Venroay of Vught.'

'Hij was stil, teruggetrokken, een beetje zwartgallig misschien ook. Er waren maar twee dingen waar hij echt om gaf: schilderen en muziek. Hij maakte alleen zelfportretten. Op zijn eerste schilderijen vond je nog een heel landschap of interieur, met in een hoek een klein figuurtje; dat was dan Willem. Maar later ging Willem steeds meer plaats innemen en het landschap of interieur steeds minder. Ik kan me niet herinneren dat hij ooit één schilderij helemaal heeft afgemaakt. Hij begon steeds aan een nieuw schilderij wanneer het vorige driekwart klaar was. Dat kijken in de spiegel heeft hem niet gelukkig gemaakt. Maar in de muziek kon hij zichzelf helemaal vergeten. Vanaf zijn zestiende heeft hij het orgel van de franciscanen bespeeld, iedere zondag onder de hoogmis, zestien jaar lang en geen zondag overgeslagen. De kapel was inmiddels parochiekerk geworden. Dat orgel, dat was zijn leven. Om het halfjaar maakte hij alle pijpen schoon en als het nodig was, dan stemde hij ze ook nog. Zaterdagsavonds, steevast om zeven uur, ging hij het koor schoonvegen en dan werd de zaak in de boenwas gezet en gepoetst tot het daarboven glom en blonk als een hemeltje. Hij wist het orgel ook zo licht en vrolijk te laten klinken, hè. Als je dat gedreun van tegenwoordig hoort – ik geloof dat broeder koster nu altijd speelt, is het niet, Theet? – dan is het net of er een beer op staat te dansen.'

'Nou da ge 't toch euver dansende beren het,' onderbrak Theet hem, maar de oude man was nog niet helemaal uitgesproken.

'We hebben jou naar hem vernoemd, Willy. Je hebt wel iets van hem, in het slechte. Sommige dingen gaan nooit verloren, alle verandering ten spijt. Willem had weer iets van Wolfgang, volgens mijn vader. Een sombere aard.'

'Ik heb geen sombere aard,' lachte Pa, onwennig.

'O jawel.'

Tante ging nog eens rond met de thee. Ze had iets van een boeteling over zich. Door zijn verhaal had Opa zijn ouderwetse, kwetsbare persoon met een broze stilte omgeven. Pa, Tante en oom Joop waren van schaamte log geworden. Van de grote mensen was alleen Theet dezelfde gebleven – sluw en banaal. Er klonk een naargeestig gerinkel van aardewerk. Pa hoefde geen thee meer. 'Nou, graag hoor,' zei oom Joop, geforceerd gretig. 'Opa?' Met dat woord vergrootte Tante de afstand tussen haarzelf en de oude man, maar tegelijkertijd bracht ze hem zo dichter bij de kinderen. Hij antwoordde verstrooid. 'Een half bakje, alsjeblieft.' Aapje en de kroonprins lieten zich nog eens bedienen, alleen om niet te hoeven afslaan.

'Kobus,' steunde Theet, terwijl hij Tante zijn kopje toeschoof, 'bliefde nimmer thee aster ginne scheut brandewijn ien zat.'

'O, ik herinner me ome Kobus,' riep Tante uit met de warme theepot tussen haar handen. 'Grootmoeder liet hem alleen door de keukendeur binnen. Hij mocht nooit in deze kamer komen. Hij was zo verschrikkelijk oud, hij beefde helemaal. Grootmoeder bleef nooit langer dan vijf minuten bij hem. Vaak zat hij de hele ochtend in de keuken.' Ze had zeker geoordeeld dat het voorlopig wijzer was het spelletje mee te spelen.

'Kromme Kobus,' grinnikte Theet, 'de jungste bruur van meheers voader.'

'Ome Kobus?' vroeg oom Joop met dezelfde gretigheid als waarmee hij het kopje thee had geaccepteerd. 'Je hebt me nooit over hem verteld, Carolien.'

'De schand van de famielje. Kromme Kobus, de bereleier. Kobus den Hoepel.' Theet sloeg zich op de knieën van de pret. Opa bestrafte de knecht door het leven van Kobus zo sober mogelijk te schetsen.

'Kobus wilde niet deugen. Hij had een behoorlijk vak geleerd, hij was timmerman, maar hij moest zo nodig de wijde wereld in. Op een dag kwam hij terug uit Polen, met een beer die kon dansen.'

Theet proestte het uit. 'Kobus op je kromme poten! Hoe danst de beer? Hoe danst de beer?' Een traan biggelde uit zijn ooghoek. 'Da riepen we duk toen we nog kiender woaren. En dan deed ie veur hoe de beer danste, met z'ne zatte kop.' Theet stampte met zijn voeten op de planken vloer. Een kromme man gaf een imitatie weg van een kromme man. Er voer een huivering door het gezelschap.

'Kobus,' sprak Opa, 'heeft nooit een rooie cent bezeten. Hij had zijn paard, zijn wagen en zijn beer, meer niet. Wat hij in zijn pet vond verzoop hij meteen. Er was geen kroeg, van de Peel tot de Betuwe en van Kleef tot Tiel, waar ze hem niet kenden. Iedereen kende Kobus, maar Kobus kende niemand.'

'Zo was 't krek. Hij was zo suf as 'n dood knijnd.'

'Die beer moest op een gietijzeren plaat gaan staan. Daar legde hij het beest met twee korte kettingen aan vast, hij stookte er een vuurtje onder, speelde een deuntje op zijn fluit en wanneer de plaat goed heet werd begon de beer te dansen. Aan die rotplaat heeft hij zich veertig jaar lang krom getild. Toen Kobus was gestorven hebben de kraaien zijn lijk in twee stukken moeten breken om het in de kist te krijgen. Mijn moeder zei altijd: Eén stuk zit in de hemel en het andere in de hel. Ze kon die schooier niet goed velen, maar toch is hij bij haar nooit te kort gekomen. Zij bewaarde altijd een fles brandewijn voor hem onder het aanrecht en zijn begrafenis is door haar betaald.'

Theet stak zijn duim omhoog. 'Zo'ne vrouw, tante Nellie. A'k nog dink oan de tied da'ge euveral die vrachtwoagens rond zag rijen mit "Weduwe C. van Zypflich & Zn., Aannemers" d'rop, dan mo'k hoast grienen van spiet, wil je da wel geleuven?'

'Een zakenvrouw,' gromde Pa.

'Zakenvrouw, zakenvrouw, zeker was ze een zakenvrouw.' Ongedurig gooide Opa zijn linkerbeen over zijn rechter. 'Onze vrouwen waren sterk, wijs, fors, krachtig, monumentaal. Wij vereerden ze alsof ze godinnen waren. Ze wilden niet hun hele leven achttien blijven. Als er geen vrouw meer is om te aanbidden wordt de man een niksnut. De hele maatschappij gaat naar de kloten als de vrouwen niet meer deugen.'

'Tante Johanna had veel van haar weg,' opperde Tante, wat onzeker. 'Zij was een erg statige vrouw.' Ze voelde dat er veel vleiends in Opa's woorden stak, maar toch wist ze niet zeker of ze zich niet vernederd moest voelen.

Oom Joop maakte een hartstochtelijke tegenwerping. Hij hield de knokkels van zijn tot vuisten gebalde handen tegen elkaar gedrukt. 'Maar... afgezien van de vrouwen... zijn er toch ook altijd nog de kinderen...' stamelde hij, 'om voor te leven. Voor te werken. De maatschappij...'

'Denk even na, Joop, voordat je iets doms zegt,' fluisterde Pa. Tante loenste achterdochtig.

'Wat wou je eigenlijk zeggen, Joop?'

'Och... niets eigenlijk.' Hij zweeg beschaamd.

Opa's stem klonk vol en teder. 'Het waren de vrouwen die het mensengeslacht in stand hielden. De dochters van vrouwen en hun dochters. Een man is maar een nietig wezen bij hen vergeleken. Mijn vader stierf toen ik nog te jong was om hem op te volgen. Zo bleef moeder achter met een groot bedrijf en haar kinderen, die ze niet alleen in leven wilde houden maar ook nog een goede toekomst wilde bieden. Voor elk van ons had ze een toekomstdroom. Willem zou een kunstenaar worden, Johanna een deftige dame en ik een succesvol zakenman. En wat kwam ervan terecht? Willem stierf, Johanna werd de zakenman en ik de dame.' Hij lachte zo hard dat hij zich de tranen van de wangen moest wissen en hij kon pas verder vertellen nadat hij twee minuten lang met paars aangelopen hoofd in zijn zakdoek had gehoest. 'God bewaar me.' Luid snoot hij zijn neus. 'Er waren maar weinig kerels die het tegen haar durfden op te nemen, maar ze mocht dan nog zo'n mannetjesputter zijn, wanneer ze naar Nijmegen ging voor een inschrijving of om te onderhandelen met de hoge heren dan zag ze altijd lijkbleek van de zenuwen. Ze trok dan de stijfste jas aan die ze in de kast had hangen, perste de lippen op elkaar en zette zich de knijpbril op de neus. Op de Teersdijk werd er voor de hele dag een rijtuig gehuurd en pas 's avonds laat kwam ze terug, een grote hoededoos met flapperende linten in het bagagerek als alles goed was gegaan en anders met een gruwelijk chagrijnig humeur dat dagenlang kon aanhouden. Ze had een helder koppie. Er was geen getal zo groot of het paste erin. Ze heeft net zolang gebakkeleid tot ze het metselwerk kreeg van het oude station en van de Molenstraatskerk. De nieuwe gasfabriek heeft ze helemaal aangenomen. We hebben nooit één dag zonder werk gezeten.'

'De gasfabriek wordt nou gesloopt,' zei Pa.

'Is dat zo?' zei hij, met een soort terloopse belangstelling. Daarna zweeg hij, verrast, en het duurde even tot het feit helemaal tot hem was doorgedrongen. 'Och, het zal ook wel... het station platgegooid... de kerk aan diggelen... en nou gaat dus de gasfabriek tegen de vlakte. Ik dacht dat ik iets verricht had tijdens mijn leven, maar binnenkort zal niemand meer weten dat ik ooit heb bestaan. Die vervloekte oorlog. Ik had al twintig jaar begraven moeten zijn.'

Niemand wilde voor Opa in eerlijkheid onderdoen: niemand durfde hem tegen te spreken. Zijn rode, door een aureool van spinrag omkranste hoofd hing wat voorover op zijn vormeloze romp en hij maakte pruttelende geluiden met zijn lippen alsof hij nadacht alvorens iets te zeggen. Maar hij zei niets meer.

'As gullie niet te loat wil kommen, dan mot gullie nou opstappen,' waarschuwde Theet ten langen leste. 'Het is al drie uur.'

'Je hebt gelijk,' zei Opa. 'Het is zo weer donker.' Hij maakte geen aanstalten om op te staan.

Tante veerde omhoog en streek haar jurk glad langs haar heupen en dijen. 'Wat doen we met Marie-Cécile?' vroeg ze monter. Ze keek met een ergernis die haar ogen sadistisch deed glanzen, naar haar nichtje, dat zich rap en kronkelend als een hagedis over het groene tapijt van Theets fauteuil naar die van Opa voortbewoog, waar ze haar bleke lijfje tussen de knieën van de oude man drukte. 'Zeg dan dat ik meemag naar het kerkhof, Opa. Ik zal heel hard bidden. Zeg het dan!' Opa hief zwijgend zijn hoofd op en keek Tante vragend aan met wazige ogen. Zijn onderlip lag nog over zijn bovenlip, maar pruttelen deed hij niet meer. Aapje keerde haar beschilderde gelaat, dat hol geworden was van paniek, naar de anderen. 'Ik mag mee, hè? Mag ik mee?' Niemand zei iets.

'Willy?' beval Tante.

Pa haalde zijn schouders op. 'Het kan mij niet schelen. We kunnen de kinderen hier laten, als jij dat beter vindt.'

Aapje sprong op en schreeuwde, de vuistjes gebald, ogen stijf dichtgeknepen en tanden tot knarsens toe opeengeklemd: 'Ik wil meeee!'

'Vind je het heel erg om je kleine zusje zolang gezelschap te houden, Ernst?' Tante sprak op een toon die duidelijk deed blijken dat ze de zaak als afgewikkeld beschouwde, of hij nu bezwaren had of niet. De kroonprins zei onmiddellijk en onwillekeurig: 'Nee, hoor.' Meteen daarna voelde hij een hevig protest, maar toen hij zich vervolgens bedacht dat hij liever hier bleef dan dat hij in de regen ronddrentelde over het kerkhof, kon hij zelfs vrede hebben met zijn antwoord.

Stampvoetend schold Aapje allen uit voor gemene rotzak en toen ze merkte dat niemand zich iets daarvan aantrok herhaalde ze dezelfde krachtterm met zichtbare wellust, bij gebrek aan andere, wel honderd keer. Ten slotte werd haar stribbelend lijfje door een grijnzende Theet op schoot genomen. 'Koppig ding da ge ziet, koppig dernke. Theet blieft thuus, Theet blieft bij ou, m'n mokkeltje. Ge wil toch wel bij Theet blieven?'

De kamer was onbehaaglijk leeg na het vertrek van Pa, Opa, Tante en oom Joop. Theet streek het snotterende Aapje door de zijig blonde haren. 'Niemand kan nou mijn nieuwe kousen zien,' snikte ze, maar steeds minder hevig want het interesseerde haar al niet meer. 'En ook mijn lakschoenen niet. Ik had me nog wel zo mooi gemaakt...'

Wat was de leegte kil en akelig. Ze had zich al aangekondigd in het geschuifel van grote-mensenvoeten, het elkaar in jassen helpen, het zoeken van paraplu's, het nerveus gebeweeg van vingers in nog wat ongemakkelijk zittende handschoenen en ten slotte in het kuchend starten van de Studebaker. Nu hij alleen was in die grote, lege kamer met het snotterende Aapje en met de holle stem van Theet, die zijn zusje deels plaagde, deels troostte, had de kroonprins toch weer spijt dat hij zo impulsief 'Nee hoor' had gezegd en niet was meegegaan. De leegte van het grote huis was nauwelijks te verdragen.

Hij wist nu meer dan hem lief was over zijn voorvaderen. Ongeletterde rouwdouwers waren het geweest, afkomstig uit het benepen Kleef. Door diefstal en bedrog hadden ze zich koningen kunnen wanen in het land der blinden. In iedere generatie had dat geslacht een zwarte smet vertoond: de sombere Wolfgang, Kobus, de nietsnut en dronkelap, Willem, die alleen zichzelf zag, en tot zijn schrik zijn eigen zwijgzame vader, die nu al bijna vijftig jaar het leven aan zich had laten voorbijgaan. Hij had gemeend in een glorieus verleden zijn eigen toekomst te kunnen ontdekken. Het gevoel dat hij voor zijn geboorte al had bestaan als iets dat niet alleen mogelijk was maar zelfs onvermijdelijk, verschafte hem nu geen vreugde meer. Hij was een gedoemde. Het was ondenkbaar dat van hun tweeën Aapje de zwakste zou zijn. Hij keek naar zijn ronde beentjes, zijn logge buik, en vroeg zich voor het eerst af waarom God hem dit leven liet overdoen, dat anderen al voor hem hadden geleefd.

Bovendien was er die oorlog die hij niet had meegemaakt.

Er waren twee werelden, een van voor en een van na de

oorlog. De mensen van de eerste wereld hadden van die oorlog nog geen weet. De kroonprins was geboren in de tweede en had er wel weet van. Zijn wereld was onaantrekkelijk, meende hij te begrijpen; hij zou nooit, nooit deel kunnen hebben aan die andere wereld. Wat was er dan gebeurd? Iets bovennatuurlijks. Op een dag was de hemel zwart geworden, hij begon te wapperen als een vlag, werd doorschoten met bliksemstralen en vervolgens was op stormwiekende adelaarsvleugels de Duitse engel neergedaald om vijf jaar lang al brandstichtend de aarde te teisteren. De engel had geworsteld met de mensen van de eerste wereld en doordat ze tegenstander en slachtoffer mochten zijn van zulk een wezen namen hun levens heroïsche proporties aan. Toen de engel was verslagen stierf het heroïsche in de mensen. Ze voelden zich niet zo betrokken bij de wereld van na de oorlog. Het bovennatuurlijke deel van hun leven hadden ze al geleefd. Ze spraken vaak over voor de oorlog, met grauwe stemmen.

Hij wilde dat er weer zo'n oorlog kwam, zodat ook hij een heldenleven zou kunnen leiden. Maar hij had gehoord dat de volgende oorlog een louter mechanische zou zijn. Er zou geen engel meer aan te pas komen. Aan zulk een oorlog had hij niets.

Zou hij ooit bouwheer kunnen worden? Hij zou helemaal alleen opnieuw moeten beginnen.

Theet zette Aapje op de grond en stond op van zijn stoel.

'Gullie mot 't me mor niet kwoalijk nemen da'k efkes de soep goa afmoaken,' sprak hij. De overdreven beleefdheid maakte een hovaardige indruk. De knecht pronkte met de maniertjes van zijn meester. Toen hij op zijn gemak naar de deur was geklost, draaide hij zich nog even om en waarschuwde: 'Doet mor mooi speulen. En broaf zien, heur. Dinkt erum.'

In het midden van de kamer luisterde Aapje naar het zich verwijderend geklos. Haar voeten stonden naar binnen gedraaid en haar schouders hingen af. Ze had haar brilletje in haar handtasje weggeborgen. Elke traan had een nadrukkelijk spoor nagelaten. Op haar wangen vermengde het zwart zich met haar lipstick, die zich door het vele wrijven over haar gezicht had verspreid. Haar rokje zat vol valse plooien. Haar kousen waren afgezakt tot op haar enkels. 'Het is gemeen,' verklaarde ze, zonder veel overtuiging.

De kroonprins wist nog steeds niet wat hij erger vond: modder of deze onbehaaglijke leegte. Desondanks begon hij voor Aapje de modder op zijn vetst en zijn zwartst af te schilderen en liet hij vagelijk doorschemeren wat de gevolgen voor haar witte kniekousen hadden kunnen zijn.

Ze sputterde nog wat tegen. 'Ik ben nog nooit naar het kerkhof geweest. Ik wil Tante zien bidden.'

De kroonprins had Tante ooit zien bidden. 'Daar is niks aan. Ze gaat op haar knieën zitten en dan slaat ze haar handen voor haar gezicht. Je kunt niks zien, eigenlijk.'

'O ja? Is het dan net of ze moet huilen? Alsof ze heel veel verdriet heeft?' De wijze waarop diepe gevoelens zich manifesteren bij grote mensen had altijd Aapje's onverdeelde belangstelling.

'Nee, het is meer alsof ze zich schaamt.'

'Pa bidt nooit,' merkte Aapje op. 'Maar hij vindt wel dat wij moeten bidden.'

'Hij laat ons altijd dingen doen waar hij zich zelf niet aan houdt. Zoals tandenpoetsen. Hij poetst nooit zijn eigen tanden. Voeten vegen doet hij ook nooit.'

'Maar Opa is wel heel vroom, hè Ernst?'

Ja, Opa was wel heel vroom. Terwijl Aapje met behulp van haar spiegeltje staande op één been de schade opnam die haar huilbui had aangericht, probeerde hij te bedenken hoe hij de middag door zou brengen. 'Is het niet verschrikkelijk?' klaagde Aapje met een namaak-mevrouwestem. 'Alles voor niks. O, wat zie ik eruit.'

Hij bood aan haar gezicht schoon te wassen. Dat was tenminste iets dat hij kon doen. Aapje was wel genegen dat aanbod te accepteren, mits de kroonprins haar de arm zou bieden en haar plechtstatig naar de keuken zou geleiden. Aldus geschiedde. Voorzichtig zetten ze de ene voet voor de andere om bij elkaar in de pas te blijven. Ze moesten door de keuken, waar Theet breed uitgezakt aan tafel soepballetjes zat te draaien. 'Schient 't zunneke wir?' vroeg hij plagend, zodra hij haar statig zag binnenstappen. Aapje bleef in haar deftige-mevrouwerol.

'Theut,' sprak ze, 'breng me een washandje en een handdoek.' Ze hief haar kin zo ver op dat ze langs haar neus op hem neer kon kijken.

Theets oude hoofd dook schichtig weg tussen zijn schouders, vanwaar hij haar vals aanloerde. 'Commedeer d'n hond en blaf zellef,' grauwde hij.

Aapje, die het zo kwaad niet bedoeld had, schrok zo van zijn reactie dat ze in haar mevrouwerol verstijfde.

'En vlug een beetje!'

Ze hoorde het zichzelf zeggen met zichtbare verbazing.

Theets vingers klauwden zich vast in de rode homp rundergehakt die voor hem op tafel lag. Langzaam draaide hij zich naar Aapje toe en hij blafte: 'Luuster es hier, juffer Meriezeeziel, ik bin m'n godganselijke leven gecommedeerd gewurren en op m'n achenzestigste loat ik me nimmer opjutten deur zonne snotneus as gij. Begrepen?'

Hikkend begon Aapje te lachen, maar al snel verslikte ze zich in een lachstuip en barstte ze weer in tranen uit. De kroonprins haastte zich om aan Theet te vragen waar de linnenkast was. 'D'r hangt 'ne handdoek oan de wasbak, achter,' mompelde de knecht, nu als een geslagen hond, 'en d'r leit 'n waslapje op de rand.' Hij stond zelfs op om met zijn elleboog – zijn handen waren vet van het gehakt – de deur van de bijkeuken voor de twee kinderen te openen en achter hen te sluiten.

De kroonprins drapeerde de handdoek over Aapje's schouders. Het water uit de kraan was ijskoud. Aapje rilde toen hij met het schuimende washandje haar gezicht begon te boenen.

'Die zeep ruikt helemaal niet lekker,' jammerde ze. 'Ik zal Opa wel eens vertellen hoe onbeschoft Theet is geweest. Hij is maar een knecht. Dat is nog lager dan een kind. Dan kan Opa hem ontslaan.'

'Dat hoeft niet meer,' zei de kroonprins. 'Hij gaat al uit zichzelf weg.' Hij boende haar wangen dat het een aard had. Met krachtige hand waste hij vervolgens het rood van haar lippen. Ze spuwde de zeep uit die haar mondholte was binnengedrongen en rende naar de kraan. Hij moest zijn werk onderbreken.

'Theet is een oude man,' zei hij, terwijl ze haar mond aan het spoelen was. 'Je mag niet de baas over hem spelen.'

Ze spuwde het water uit. Klappertandend hijgde ze: 'Hij praat plat. Hij is geen echt groot mens. Hij begrijpt niet eens een grapje.' Ze moest niezen.

Zeker nu hij moest beginnen aan de delicate taak het vele zwart uit haar ogen te verwijderen waagde de kroonprins het niet om zijn zusje direct tegen te spreken. 'Hij lacht wel veel. Ik snap nooit goed waarom eigenlijk.'

'Au! Au! Het príkt in m'n ogen. Het pri-ikt!'

Haastig wrong de kroonprins het washandje uit onder het stromende water. Eerst wreef hij met het druipende vod de zeep uit Aapje's oogholten en daarna veegde hij de rest van haar gezicht zeepvrij. Ten slotte lichtte hij de handdoek van haar schouders en wikkelde hij hem om haar hoofd. Ze klopte zich voorzichtig droog en reikte hem de handdoek aan om weg te hangen. Haar oogleden knipperden met aan elkaar klevende wimpers. Haar ogen, die door het vele huilen en de prikkende zeep heel lichtblauw geworden waren, keken met een smartelijkheid die een verwijt moest zijn aan heel de wereld, de koude, grijze bijkeuken in. Het duurde even voordat die ogen de kroonprins vonden. Hij stond bij de wasbak zijn verkleumde handen warm te wrijven.

'Wat zullen we doen?' vroeg hij, op een toon die zijn voorgevoel verried dat er niets te doen was en het weer een middag van grenzeloze verveling zou worden. Maar Aapje klapte zich bij het horen van die vraag plotseling in de handen en fluisterde, bang dat Theet haar vanuit de keuken zou horen: 'Zullen we overal stiekem gaan kijken, in alle kamers, overal? Misschien is er een geheim.'

'Wat voor geheim?'

'Nou, een geheim. Iets engs of iets vies. Misschien,' – ze pakte hem bij zijn arm en fluisterde luid en vochtig in zijn oor – 'misschien wel een inktvis of een bruidsjurk met bloedspetters.' Ze liet hem los en huiverde van plezier. 'Brrrah!'

De kroonprins wist ook niets beters te verzinnen. Zijn twijfels omtrent eventuele inktvissen of bruidsjurken hield hij voor zich. Ze liepen terug naar de keuken, waar Theet juist bezig was de soepballetjes een voor een in de pan te laten plonzen.

'De zon ging op, de zon ging onder en de boer die telde z'ne kloten.'

Hij reciteerde het opgewekt, alsof er niets was voorgevallen, maar toch met een zweem van wraakzucht, alvorens hij zich omdraaide.

'Mor juffer, wa ziet ge schon. Ik zie niks zo geer als 'ne frisse toet.'

Aapje keurde hem geen blik waardig: de kroonprins beantwoordde snel zijn grijnslach. In de zitkamer zette Aapje haar brilletje weer op. De kinderen trokken hun schoenen uit en op kousevoeten slopen ze de gang op en beklommen ze, Aapje luid giechelend, de brede trap van droef glanzend eiken.

Ze klommen tot boven in het trappenhuis en betraden het pedante torentje, op welks dak het uivormig ornament met de windwijzer prijkte. Het torentje parodieerde in zijn parmantige overbodigheid het hele huis, dat stond op de enige heuvel – eigenlijk meer een oneffenheid dan een heuvel – die kilometers in de omtrek te vinden was. De smalle drie verdiepingen waren een ijle, romantische en niet zeer overtuigende ontkenning van de vlakke onverschilligheid die het omliggende landschap suggereerde. De huizen in de buurt waren laag en breed, alsof ze zich zo plat mogelijk tegen de aarde hadden gedrukt. Het kleine bos waarin het huis stond, was enigszins een voorbereiding op die eigenwijze verheffing; de bomen waren naar het midden toe steeds dichter geplant, maar ze waren te timide om tussen die kaalte al te hoog te groeien.

Het torentje telde vier ramen. Noordwaarts kon je ondanks het slechte weer zo ver zien als Hernen en Bergharen, westwaarts tot Wijchen en het raam aan de zuidkant bood uitzicht op de sombere nevels van de Wijchense en Hatertse vennen. Maar Aapje en de kroonprins stonden te turen in de richting vanwaar ze gekomen waren. Ze volgden met hun ogen de wijde bocht die de spoorbaan maakte. Aan de overkant van het kanaal rees geleidelijk en solide Nijmegen op uit de vlakheid van het Maas-en-Waalse. Dat was nog eens iets anders dan de frêle en plotselinge verheffing van dit huis. Ze beheersten de hele stad nu, die niet meer was dan een samenstel van duizenden vlekjes, en steeds wanneer ze in een vlekje iets meenden te herkennen schreeuwden ze elkaar hun bevindingen toe. 'Kijk, daar is het autokerkhof!' – 'Waar?' – 'Daar! Kijk maar langs mijn vinger.' – 'En daar het voetbalstadion, die witte vlek, zie je?' – 'En het industrieterrein!' – 'Kun je het zwembad zien?' – 'Nee.' – 'En ons huis?' – 'Nee, maar wel de kerk. Daar!'

De stad bestond. Uit Opa's woorden had de kroonprins de indruk gekregen dat hij was opgegroeid tussen rokende puinhopen, maar de enige rook die hij zag kwam uit schoorstenen; het autokerkhof, waar hij zich dikwijls oppermachtig had gewaand achter het stuur van een wrak, bestond; het industrieterrein met zijn fabrieken van nieuwe baksteen en zijn ruime straten, waarover tussen de middag de arbeiders soms wel met z'n vijven naast elkaar liepen te slenteren in hun blauwe overalls, zodat hij luid bellend halsbrekende slaloms moest maken om op zijn fietsje van het ene eind van de straat naar het andere te komen, dat industrieterrein was echt, bestond.

Vanuit het torentje kon je via een trapje van drie treden de zolder bereiken, die een grote berging en twee dienstbodenkamers bevatte. Hard stampend op de planken vloer rende Aapje als een doldriest paard de zoldergang door en ze gooide snel de drie deuren open. Bang als ze was voor inktvissen en bruidsjaponnen met bloedvlekken vermeed ze naar binnen te kijken; ze draafde onmiddellijk terug naar de kroonprins, die op het trapje was blijven staan en enigszins onthutst de verrichtingen van zijn zusje gadesloeg. 'Kom, Ernst! Kijken!' hijgde ze opgewonden en ze trok hem mee aan de hand.

De eerste dienstbodenkamer was leeg, op een ledikant en een hangkast na. Onstuimig trok Aapje de kast open. Drie kleerhangers schommelden verschrikt aan een spijl; in het linkervak van de kast stonden een paar schappen rechtop tegen de zijwand. Ze rende hard stampend naar de dienstbodenkamer aan de overzijde van de gang. Daar stond eveneens een ledikant. De matras was tegen de muur gezet. Onder het raam stond een wastafel met een marmeren blad. Dat was alles. Ze rende naar de berging. Een dekenkist, twee grote, afgesloten kasten, sleutels onvindbaar, een bezem, een zwabber, een ragebol, stoffer en blik, aan de muur vier schappen met ringbanden, waarin een boekhouding, lopend van 1893 tot 1947, met de voorkant naar de muur gekeerd stond op de vloer een schilderij. Geen spoor van wanorde of avontuur. Niets voor Aapje.

De kroonprins tilde het schilderij op, draaide het om en hield het op ooghoogte. Een schok, een moment van grote helderheid. Het was een onafgemaakt portret van een man. De romp stond slechts met een paar forse penseelstreken op de grondverf geschetst, evenals het raam waar hij voor stond, maar het gelaat en een gedeelte van het landschap waar het raam uitzicht op bood, waren voltooid. In het landschap herkende de kroonprins de vijver en het bruggetje die voor hetzelfde huis lagen waarin hij zich nu bevond, en de lichtblauwe ogen, de smalle neus, de kleine, spottende mond en de bleke teint van het gezicht kende hij maar al te goed van het portret van Langueur. De Langueur van dit portret was alleen iets ouder. Het was de schok der herkenning die hem doorvoer; die schok was des te heviger omdat hij meer herkende dan welbeschouwd mogelijk was. Het gezicht van Langueur, dat op de krijttekening klein en een beetje vaag was, keek hem nu plotseling aan van heel dichtbij en het verontrustende was dat de kroonprins alle details van dat gezicht, die op de krijttekening thuis ontbraken, ook herkende, tot de Geheimratsecken toe, terwijl de Langueur thuis toch nog in het bezit was van een overvloedige haardos. Doemenis! Maar wat een verschil maakte het dat hij zich van die doemenis nu niet, zoals zoeven, door teleurstelling bewust werd. Hij begreep nu, zij het dan intuïtief, de *idee* van doemenis en dat maakte hem blij, niet omdat het een blij idee was, maar omdat het krijgen van ideeën een betrekkelijk nieuwe ervaring voor hem was. Hij voelde zichzelf groeien. Deze idee was paradoxaal, duizelingwekkend veelomvattend: onvrijheid, verbondenheid, geborgenheid en eenzaamheid waren erin tot één geheel gesmeed. En de kans om het tot in zijn deprimerende implicaties uit te denken kreeg hij nog niet, want Aapje had het wel weer gezien hier en trok hem mee, verder.

De zolder af, het trappetje op, het torentje uit, holderdebolder de brede eiken trap af, en weer rende ze, zo wild als ze kon om zich maar onverantwoordelijk te kunnen voelen, een gang door, ditmaal die van de tweede verdieping. Vier deuren gooide ze snel achter elkaar open, zodat de anders zo donkere gang nu ineens leek te baden in het licht, maar de vijfde gaf niet mee. Woedend pompte Aapje de deurklink op en neer en in haar bui van grenzeloze onverantwoordelijkheid meende ze het zich zelfs te kunnen veroorloven om de deur een harde trap te geven. Ze gaf niet mee. De kroonprins ergerde zich. 'Dat is de kamer van Theet,' zei hij streng.

'Hij mag de deur niet op slot doen,' hijgde Aapje. Ze leunde met haar rug tegen de muur en liet zich langzaam op haar hurken glijden. 'Wij mogen onze deur ook nooit op slot doen.' Een snelle schittering in haar ogen gaf de kroonprins bange vermoedens. 'Zou hij soms geheimen hebben? Hij heeft vast heel vieze geheimen. Smerige geheimen. Misschien heeft hij wel een hond!' Ze liet zich op haar knieën vallen en legde haar oor tegen de deur, maar er klonk geen geblaf. Ze lichtte het koperen tongetje op dat voor het sleutelgat hing en zag slechts inktzwarte duisternis, waarvoor waarschijnlijk een zelfde tongetje aan de binnenkant verantwoordelijk was.

'Hij mag geen geheimen hebben,' zei ze boos. 'Hij doet natuurlijk altijd de deur op slot wanneer wij komen. Hij vertrouwt ons niet.'

'Misschien is hij bang voor dieven,' opperde de kroonprins.

Weer die snelle schittering. 'O, Ernst, zijn er dieven?'

Haastig verzekerde hij haar dat ze geen gevaar te duchten hadden.

'Zie je dan wel. Hij vertrouwt ons niet. Hij is slecht.' Onmiddellijk verloor ze alle belangstelling voor de knecht en sprong ze op om aan haar rondgang langs de andere vertrekken te beginnen. Drie deuropeningen gaven toegang tot ruimtes die een even troosteloze aanblik boden als de zolderkamers. Lege ledikanten zonder beddegoed, lege kasten, kraakheldere kale vloeren. In de kamer aan de voorkant waren potjes met verpieterde planten gezet, die wat extra zon moesten hebben. De laatste deur was een wc-deur.

De kroonprins had zich steeds wat afzijdig gehouden. Als grote broer voelde hij zich verplicht een kritisch-toegeeflijke houding aan te nemen ten opzichte van Aapje's dwaasheden. Maar toch was langzamerhand haar opwinding ook een beetje op hem overgeslagen. Hij voelde dat tot nog toe al die doldrieste roekeloosheid van haar slechts bedoeld was geweest om een plan te versluieren en dat de onthulling daarvan nu heel dichtbij was. De tweede verdieping was voor haar nog oninteressanter geweest dan de zolder; toch aarzelde Aapje om opnieuw een trap af te stormen. Ook de kroonprins kon geen voet verzetten voordat iets nadrukkelijk was uitgesproken. Het was Aapje die het ten slotte heel zachtjes uitsprak: 'Zullen we in de kamers van Opa gaan kijken?'

Krachtiger instemming dan een hoofdknik kon hij niet betuigen. Zijn nieuwsgierigheid had de eerbied overwonnen. Beslissend, maar niet glorieus.

'Kom,' zei Aapje.

Hand in hand schuifelden ze de trap af. Ze waren niet alleen beschroomd, maar ook voorzichtig, want de waakzame Theet bevond zich slechts één verdieping lager. Deze etage zag er meer bewoond uit. Er lag een loper op de gangvloer en aan het plafond hing niet zomaar een onbedekte peer, maar een luchter met kristallen staafjes, die beschaafd flonkerden in het vale namiddaglicht dat door de hoge ramen van het trappenhuis naar binnen scheen. De kinderen wisten dat links de grote logeerkamer was, dat achter het duistere einde van de gang de badkamer lag en dat de twee kleinere kamers aan de rechterkant de werkkamer en de slaapkamer van Opa waren.

'Jij eerst,' fluisterde Aapje.

Met beide handen duwde de kroonprins stukje voor stukje

de deur van de werkkamer open. Toen hij naar binnen keek, schrok hij, onwillekeurig, ofschoon er niets schrikwekkends te zien was: dit was de meest ingerichte en bewoonde kamer van het huis, de enige kamer waaruit de mensen zich nog niet hadden teruggetrokken. Er hing een sfeer van lichte ontreddering, alsof hij het interieur in zijn slaap gestoord had. De overgordijnen waren half dichtgetrokken en lieten maar een smalle reep licht door. De meubels, die op de plaatsen waar het licht viel bedekt waren met een zilveren stoflaagje, leken teleurgesteld in hun verwachting; ze hadden hem niet willen zien. Een ogenblik lang overwoog hij de deur weer te sluiten, maar een zachte duw van Aapje's hand in zijn rug was voldoende om hem over de drempel te laten stappen.

De werkkamer bevatte weinig dat Aapje's hang naar het enge en het vieze zou kunnen bevredigen. Er stonden wat ouderwetse, stoffige meubelen: bij het raam een fauteuil, waarover een Schotse deken gedrapeerd was, langs de muur tegenover de deur een bureau en een houten tekentafel, die nog met schroeven bediend moest worden, en tegen de muur tegenover het raam een kleine boekenkast. Op een tafeltje bij de deurwand stond een van zilver vervaardigd boompje met een verwrongen, gebochelde stam en takken die kromgetrokken leken te zijn door het gewicht van tientallen ovale medaillons, waarin fotoportretjes waren gevat. De kroonprins voelde zich een ongemeen brutale indringer; de kamer ademde Opa's geest en ze had de intieme kleur van zijn ziel aangenomen. Hij meende ook in Aapje, die tot het midden van de kamer was doorgedrongen, ontzag en een zekere aarzeling waar te nemen, maar het kon zijn dat ze zo stil was om haar ogen te laten wennen aan het halfdonker.

Ze posteerde zich voor de oogstrijpe, zilveren stamboom en bekeek de fotoportretjes met haar hoofd schuin en haar armen op haar rug, alsof ze in een museum was. Ook de rondgang van de kroonprins werd gekenmerkt door een museale bedaardheid. In een wijde boog liep hij om de fauteuil heen, alsof hij was afgezet met een omheining van dikke koorden, en heel voorzichtig liet hij zijn vinger glijden over het bureaublad, ongehoorzaam aan een denkbeeldig bordje dat hem ontried de tentoongestelde voorwerpen aan te raken. Hij bukte zich om de titels te lezen van een stapeltje boeken met vergeelde en gerafelde omslagen, dat op het bureau lag. Bovenop lagen de octavo's, daaronder de grote fotoboeken. De titels waren indrukwekkend en onbegrijpelijk:

Alle Steensverbanden
Nieuwe Statica en Sterkteleer
Die Gothische Baukunst
Kathedralen van Frankrijk
Ostia

Hij dacht er niet aan die boeken te openen of zelfs maar zijn hand naar ze uit te steken.

Aapje riep hem van de andere kant van de kamer, zonder zich naar hem om te draaien. 'Moet je kijken, Ernst! Een foto van die dikke tante Johanna, van toen ze nog niet zo dik was, parels om haar nek, vijf keer omgeslagen, wat een lang snoer!... en hier, tante Carolien!... ze draagt een zonnehoed van witte kant, heel mooi, haar gezicht zit vol kleine zonnevlekjes, net regen... en, Ernst! wij hangen er ook bij, die domme babyfoto's, weet je wel? We moeten Opa toch eens die foto's geven die van de zomer gemaakt zijn. Kom nou toch kijken!... en Pa met een snorretje. Om te gillen!' Ze sloeg een hand voor haar mond en gilde even. 'Hij kijkt zo ernstig, en... en heel oude foto's van vreemde mensen... een dikke mevrouw met een knotje... hm...'

De kroonprins was inmiddels tot het tekenbord gevorderd. Hij werd te veel in beslag genomen door Opa's tekeningen en boeken om aan Aapje's uitnodigingen gehoor te geven. Op het houten blad van het tekenbord, dat doorzeefd was met gaatjes achtergelaten door punaises, was een groot vel papier bevestigd. Met enigszins onvaste hand had Opa daarop het volgende opschrift gekalligrafeerd: 'Reconstructie kapel Teersdijk, gewijd aan Sint-Antoon met het Varken.' Uit een wirwar van met dun potlood getrokken hulplijntjes materialiseerden zich plattegronden, voor-, zij- en achteraanzichten, die met Oostindische inkt waren overgetrokken.

Naast het grote vel had Opa een archeologisch tijdschrift vastgeprikt dat reprodukties bevatte van prenten waarop de kapel stond afgebeeld, en overal verspreid over het bord had Opa kleine velletjes kladpapier vastgemaakt met berekeningen en uit de losse hand getekende schetsen.

'Ernst, kom nou es, zou dit onze Oma zijn? Ze heeft dezelfde ogen als Pa, één groot en één klein, bijna zonder wimpers...'

Hij stond te genieten van de precisie van al die lijntjes, van de ordelijke symmetrieën, de perfect rechte hoeken, de perfect ronde bogen. Het feit dat wat ooit was geweest en daarna verdwenen, hier, aan deze tekentafel opnieuw kon worden geschapen was toch een prachtig wonder.

'Ik denk dat het onze Oma is... Wie zou de kromme Kobus zijn...' Er klonk gerinkel. Ze tilde de medaillons op met een vinger en liet ze daarna weer terugvallen. Ze streek er met haar vinger langs, zodat ze tegen elkaar aan tikten.

Hij vergeleek de reprodukties in het tijdschrift met de tekening die Opa had gemaakt. De oorspronkelijke prenten waren primitief, weinig gedetailleerd, de meeste waren niet eens met perspectief getekend. Niet alles wat op de prenten voorkwam was terug te vinden in de reconstructie; Opa had een zware steunbeer, die midden in de kapel stond, laten vervallen; sommige ornamenten die op de latere en betere prenten waren afgebeeld – een Mariabeeld dat er natuurlijk niet thuishoorde, gemetselde zitbanken – kon de kroonprins ook niet terugvinden; evenmin als de kippen die op één prent in de kapel rondscharrelden en de dikke boerenvrouw van een andere prent, die op een grote wilgetenen wasmand zat uit te blazen. Omgekeerd bevatte de reconstructie dingen die op geen van de prenten terug te vinden waren, zoals een grimmig hek dat de ingang afsloot, een plavuizen vloer en een groot stenen kruis; bovendien leken de afmetingen van de herrezen kapel veel groter dan uit de prenten kon worden opgemaakt.

Wat je aan zo'n tekenbord al niet kon doen! Dingen die waren geweest opnieuw maken was maar één mogelijkheid. Met een verlangen dat zijn keel haast dichtsnoerde dacht de kroonprins weer aan zijn kastelen, kerken, kathedralen, hun ontelbare torens, trappen en gangen en ondoorgrondelijke geheimen. Hij hoefde maar twee evenwijdige lijntjes te trekken, de tussenliggende ruimte met zwarte inkt in te kleuren, en hup! er stond een muur; liet je een stukje wit, dan had je een raam gebouwd; zette je daar weer haaks een lijn op, dan begreep iedereen dat daar een deur gemaakt moest worden. Het was veel eenvoudiger dan hij ooit had durven denken.

'Ernst, kom nou toch eens... Zouden dit al die mensen zijn over wie Opa daarstraks vertelde, denk je, Ernst? Kom nou toch...' Aapje had zich naar hem toegewend, zodat hij niet langer kon doen of hij haar gezeur niet hoorde. Met tegenzin staakte hij zijn fantasieën en kwam hij bij haar staan.

Aan iedere generatie had Opa een eigen kromgetrokken tak toebedeeld. Bovenin, aan de korte verse spruiten van de zilveren boom, hingen de oudste portretten; de jongste portretten, verreweg de talrijkste, hingen onderaan, dicht op elkaar gepropt, aan de zware, oudste takken. Opa had de alleronderste tak vrijgelaten, alsof hij verwachtte dat hij nog een generatie aan zijn verzameling zou kunnen toevoegen.

'Kijk,' wees Aapje geestdriftig, 'daar hangen wij, en daar – Tinie, Kees, Jopie, Huub, Jozefien (Huub-Jozefien, en niet Jozefien-Huub, zie je dat?), Yvonne, Daantje, Elsbeth (maar het is Elsbeth-Daantje, dat weet ik zeker), Dorien. Opa heeft zeker nog geen foto van Wimpie. Leuk hè?' Bij iedere naam tikte ze met de nagel van haar wijsvinger tegen een medaillon, dat daarop vervaarlijk begon te schommelen.

'Dat,' wees de kroonprins, 'is Willem, die dode broer over wie Opa vertelde.'

'Hoe weet je dat?'

Omdat hij het gezicht van Langueur heeft, Aapje, het dwaze gezicht dat boven de trap aan de muur hangt, het gezicht dat me net op zolder nog van zo dichtbij heeft aangestaard – waarom zei hij dat niet? Hij was bang dat de gelijkenis, die hij zelf heel treffend vond, in haar ogen misschien niet zo sterk zou zijn. Het gezicht op de foto was voller, leefde meer, dan dat op de schilderijen. Maar ook dat had hij steeds geweten, besefte hij nu. De gelijkenis ging dieper dan hij aan de hand van foto en schilderijen ooit duidelijk zou kunnen maken. Hoe moest hij zoiets uitleggen aan Aapje? Hij dacht eraan haar te vertellen over de methode van rangschikking. Die was niet overal even consequent. Bovendien hingen er nog meer broers en zusters van Opa, die in den vreemde gestorven waren of nog leefden misschien. Daarom haalde hij zijn schouders op en zei: 'Ik weet het gewoon.'

Voor Aapje was niets in deze wereld gewoon. Door onverschilligheid liet ze merken dat ze haar broers determinatie van het portret beschouwde als een willekeurige gok. Zonder verdere omhaal vestigde ze zijn aandacht op de foto van een streng uitziende dame, die een tak hoger hing, de dikke mevrouw met het knotje, die haar al eerder aan het peinzen had gezet en ten aanzien van wie ze nu met een voor de kroonprins onbegrijpelijke heftigheid een hele reeks bedenkingen uitte.

'Moet je dat pinnige mens daar zien! Ze kijkt zo kwaad dat ze helemaal wit om de ogen is; en haar neus glimt, zie je dat? En kijk eens, wat ze het haar strak heeft gekamd! Ze draagt zo'n ordinaire ebonieten haarspeld. Afschuwelijk. Ik snap niet dat ze zo op de foto heeft gewild. Lelijk!'

'Da's tante Nellie,' klonk het uit de deuropening, 'deugnieten da gullie ziet!'

De trouwe Theet had zijn klompen verwisseld voor een paar scheefgetrapte sloffen en was naar boven geslopen. Hij stond nu in de deuropening met zijn handen in zijn zij en een scheve glimlach op zijn lippen, die zijn ongenoegen over de ondeugendheid van de twee kinderen moest verbergen en tegelijkertijd uiting gaf aan zijn voldoening hen betrapt te hebben. Ze keken op, bleek van de schrik. Theet greep hen in de nek, alsof ze twee ontsnapte konijnen waren, en sjokte mopperend en brommend met hen naar beneden. Daar plantte hij broer en zus ieder op een keukenstoel aan weerszijden van de keukentafel.

'En woag 't nie je te verruren. Godsakkernondedju.'

Hij keerde zich om en liep naar het fornuis. Meteen leek hij de aanwezigheid van de kinderen volkomen vergeten te zijn. Het werd doodstil in de keuken. Aapje hield strak een door brilleglazen huiveringwekkend vergrote stomme blik vol haat gevestigd op de rug van de knecht, die over het fornuis gebogen stond te roeren in de soep, en na een poosje liet ze haar linkerbeen zo krachtig heen en weer zwaaien dat haar nieuwe, witte lakschoen regelmatig met een harde slag in botsing kwam met de tafelpoot. Theet was echter onverstoorbaar. De warme, vochtige dampen die uit de soeppan opstegen weekten het slijm in zijn neus los en hij moest bij voortduring hard snorken om te voorkomen dat de snot in lange slierten in de soep zou afdalen. Dat maakte hem het spreken voorlopig onmogelijk. Het knetterende gesnork, afgewisseld met de droge tikken tegen de tafelpoot, deed een akelige sfeer in de keuken ontstaan. De kroonprins werd overmeesterd door een grenzeloos gevoel van onbehagen. De keukenstoel was hard, het tafelblad dat zijn elleboog stutte was hard, en de palm van zijn hand waar zijn harde kin op rustte was ook hard. Hij voelde zich niet langer de toegeeflijke grote broer. Hij zag zichzelf nu als het weerloos slachtoffer van Aapje's duivelse invallen. Zo lang duurde zijn lijden onverminderd voort dat hij zich ten slotte de eeuwige kwellingen van de hel heel levendig kon voorstellen. Maar Theet hevelde eindelijk met twee vorken een grote bonk soepvlees over op een plankje, draaide het gas onder de soep klein, scherpte kletterend twee messen tegen elkaar, sneed vervolgens het vlees in kleine blokjes en begon toen, tot aanvankelijke opluchting van de kinderen, te klagen.

Het eerste woord dat hij uitbracht was een honend: 'Soep!', waarna hij het mes naast de plank legde en vervolgde: 'Achenzessetig joar bin ik en niks beter dan 'ne keukenmeid. 't Is godgekloagd. Vruger was dit huus vol leven en ha'k nog wa te betekenen, mor tegesweurdig... d'r is toch gin oarigheid mir oan.'

Hij pakte het mes weer op en ging verder met het blokjessnijden. Tussen de kille rechtlijnigheid van de keuken was hij een grillige figuur.

'Viefentwintig joar gelejen was ik boas euver 't timmerfebriek. Ik hoj zes man onder me. En mo je nou zien, wa'ne dooie boel.'

Hij draaide zich om en richtte het mes op de borst van de kroonprins. 'Ik was zo oud as gij toen ik hier veur 't irst kwam, as krullenjongen op 't timmerfebriek, toen de ouwe Piet van Zypflich nog leefde. Da was ien negentienhonderd-endrie, achenvieftig joar gelejen.'

De knecht smolt wat boter in de pan en gooide daar de blokjes soepvlees in. Daarna legde hij behoedzaam een hand op het smalle gedeelte van zijn rug, bukte zich kreunend en pakte twee uien uit het aanrechtkastje, die hij schoonmaakte, even onder de kraan hield en fijn begon te hakken. Vervolgens sjokte hij vruchteloos van kastje naar kastje, mompelend dat hij kruidnagelen en een laurierblad moest hebben. De kroonprins werd verzocht om op de keukentafel te klimmen en in de bussen te kijken, die in een afdalende rij op een schapje stonden. In een van die bussen lagen een paar vale laurierbladeren tussen een aantal drogisterijzakjes, die geen van alle kruidnagelen bevatten. Na omslachtig wikken en wegen besloot de knecht het gemis aan kruidnagelen goed te maken door een extra laurierblad te gebruiken. Hij installeerde zich weer voor het fornuis.

'Achenvieftig joar gelejen. Toen ik dertig joar war verdiende ik nog mor twee knoaken ien de week. Doar kon ik gin wief van onderhouwen. D'r wast'r gin inne die me wou, mit twee knoaken ien de week. Toch ha'k 't beter dan die lui die iedere week twintig gulden op toafel konden leggen, wat 't natje en 't dreugje oangoat. Doar zurgde tante Nellie wel veur. Mor 'n leven van me eigen, hè, da wast'r nie bij. En ien de crisisjoaren was je blij daje werrek had. Zo was dat toch? En ik hoj goed werrek. Boas euver zes man, hier op 't timmerfebriek. A'k dan die dooie boel van nou zien, dan kan ik me wel opvreten van spiet. Mor da doe'k nie mir. Die ouwe zuukt 't zellef mor uut. Ik veur mij verlang nou niks mir as 'ne rustige ouwe dag. As't nie anders is, dan is't nie anders. Dan goat de zoak mor noar de kloten. Ik heb m'ne plicht gedoan. Ik goj fijn bij m'ne zuster zitten. Die het 'n huuske oan de diek, ien Ewiek. Mor ouw grotvoader, die goat eroan kepot. Die dinkt dat ie nog wa te vertellen het. Nou, geleuf 't mor. D'r blieft niks van 'ne mins euver, al het ie twintig kiender gehad of 'n godsonmeugelijk fortuin bij mekoar geschroapt. De jeugd wil 't toch altied wir anders, en zo is 't mor net.'

'Mogen we nu naar buiten?' vroeg Aapje. Ze vroeg dat flemerig, haar hoofd lag op een schouder, maar de haat was nog niet uit haar ogen geweken.

Theet had al weeklagend vergeten dat de kinderen in de keuken waren om een straf uit te zitten en met een verstrooide verbaasdheid willigde hij Aapje's verzoek in. 'Mor irst 'ne mantel antrekken. Anders vat gullie nog kou.'

Dus trokken ze hun jassen aan. De regen was opgehouden. Het was al bijna donker buiten. Het bos zag zwart van de schaduw. Tegen de muisgrijze hemel stak het huis groot en dreigend af; van de ruiten in hun schelwitte kozijnen blonk een zwarte schittering. Aapje luchtte haar gemoed door joelend achter de spookachtig witte ganzen aan te hollen, die zo snel als ze konden het water in waggelden en zich verscholen tussen het riet. 'Zwanen, kleef aan! Rode zwanen, zwarte zwanen, Engeland is gesloten, de sleutel is gebroken! Kleefzwanen, gele zwanen, wie wil er mee naar Engeland zwanen!' Het gegak van de ganzen en het gejoel waren eenzame geluiden in de landelijke stilte en lang nadat die geluiden weggestorven waren stond Aapje langs de waterkant nog hoekige sprongen te maken en te zwaaien met haar armen.

De kroonprins was op de trap blijven staan, met zijn dikkige handje tegen de uitgesleten zijkant van de balustrade. Hij keek naar de bokkesprongen van het malle, marionetachtige wezentje aan de waterkant, ver weg, dat, zo wist hij, Aapje moest zijn, maar ze was onherkenbaar vreemd nu. Hij had zich ontdaan van Theet en zijn sloffende zelfgenoegzaamheid en voelde zich nu zo licht, zo vrij, dat zijn ziel de hele open ruimte in zich opnam en hij het landschap tot in zijn verste uithoeken kon voelen. Zo wijd moest zijn ziel altijd blijven. Als ze zich nu zou verwezenlijken, dan hoefde ze nooit meer te krimpen.

Hij daalde de trap af en liep door het knarsende grind om het huis heen tot aan de achterzijde. Daar stond, even groot en dreigend als het huis zelf, het gebouw dat onderdak bood aan de loods en aan de werkplaats die met een weids woord de timmerfabriek werd genoemd. Het bestond uit drie rijen van acht gemetselde kolommen, de middelste rij hoger dan de andere twee, waarover een schuin dak van golfplaten was gelegd. De onderste helft was open en met gaas afgerasterd. Dat was de loods. De bovenste helft, de timmerfabriek, had houten wanden. Aan de voorkant staken drie zware takels onder de dakgoot uit. Aan de zijkant leidde een open trap naar de ingang.

Hij dacht weer aan de zure geur van specie, de zoete geur van vers blank hout. De gazen afrastering van de stille loods leek op die van de levende bouw van een aantal jaren geleden en er was een zelfde hek, maar het was niet afgegrendeld, zodat de kroonprins het na enig gesjor en getil zo ver open kreeg dat hij zich erdoorheen kon wringen. Aan een kromgebogen stuk ijzerdraad trok hij een lus in zijn kous, verder leverde het geen ongelukken op. Met een voorzichtige maar regelmatige tred, die zich in deze hoge loods wat minder luidruchtig deed gelden dan op het grind, schreed hij over de betonnen vloer, over het donkerrode gruis van bakstenen die aan de achterkant van de loods stonden opgetast, over her en der gemorst grijs cementpoeder, over houtspaanders en stro, door de smalle gangen tussen de hoog opgestapelde materialen. Hij merkte nauwelijks dat wat er aan specie was hard, korrelig en geurloos zat vastgekoekt aan oude steigerplanken die metershoog in lange rijen lagen opgestapeld, aan een paar roestige betonmolens en een oude waterpomp, aan de rijen kruiwagens en steenwagens die, met de handgrepen omhoog, keurig in het gelid stonden opgesteld, dat het hout veelal oud en gebarsten was en soms rot. Ronde, geschilde steigerpalen lagen tussen vier pilaren, zodat ze niet weg konden rollen, en overal aan de zoldering hingen dikke trossen steigertouw. Schotten en andere elementen van bouwketen stonden ordelijk genummerd bij elkaar. Midden in de loods was een gereedschappenschuurtje dat wel op slot zat. De kroonprins drukte zijn neus plat tegen een ruit, maar ten gevolge van het invallende duister en het bruine stof dat aan de binnenkant van de ruit zat vastgekleefd, kon hij niets zien. Hij had er geen erg in dat zijn handen vuil en geschaafd waren door het keer op keer aanraken van al dat ruwe hout en steen. Hij keerde zich om. Voor het eerst in zijn tienjarige leven voelde hij zijn benen zo licht onder zich dat ze buitengewone bewegingen gingen maken. Je kon er zowaar danspassen in herkennen. Hij boog een knie, liet zich zakken, sprong op, strekte zijn armen uit, greep naar een loshangend eind steigertouw, schopte tegen een kruiwagen, overstemde de holle galm met een woeste kreet, danste! door de gangen, de paden, de open ruimten, langs de rijen hout en steen, door gruis en splinters, tweemaal driemaal viermaal de loods rond – en bij ieder rondje schopte hij krijsend tegen de kruiwagen, bij ieder rondje sprong hij naar het afhangende touw en iedere sprong was hoger, tot hij het touw bij de vijfde keer eindelijk beet had en de tros met een vreemd suizend geluid, dat hem plotseling zijn oren deed spitsen, heel langzaam, naar het leek, over hem kwam neergedaald en hem met een kracht, zo onvermoed hevig dat hij zich loom voelde en moe, duwde tegen de betonnen vloer.

Toen hij zich eindelijk een opening had vrijgemaakt in de hoop dik, geolied touw, zag hij in het duister de zwarte gestalte van zijn vader staan. Hij stond heel stil, zweeg en wachtte geduldig tot de kroonprins uit het touw gekropen zou zijn. Half achter Pa verscholen klampte Aapje zich vast aan zijn jaspand. Ze schokschouderde, beet zich op haar onderlip en toen de kroonprins weer overeind gekrabbeld was en zich beschaamd het stof van zijn zondagse kleren klopte, barstte ze uit in een gegiechel dat niet zou ophouden voordat ze weer in de zitkamer waren.

In de hal stonden de anderen met hun jassen nog aan na te praten over het kerkhofbezoek. Het was een uur of vijf nu en donker buiten. Theet had zich bij hen gevoegd en luisterde met gebogen hoofd. Ze waren uitbundig, maar nog steeds niet echt vrolijk. Lachend vertelden ze dat ze bij tante Johanna geweest waren, waarmee ze niet haar graftombe bedoelden, hoewel ze die ook bezocht hadden, eerder op de middag, maar hotel De Laatste Aanleg. Het was zo zalig geweest om iedereen, of wie er dan nog over was, eens terug te zien, een praatje te maken onder een borrel, wat van de oude gezelligheid... Zwierig hielpen ze elkaar uit de jassen, ze wreven hun handen stevig warm en toen de handen allang warm waren bleven ze doorwrijven om de knusheid van De Laatste Aanleg over te brengen naar hier, want de ongezellige sfeer waarin de middag was begonnen was blijven hangen. Pa was heel bleek, zag de kroonprins nu, zijn lichtblauwe ogen hadden een zilveren glans en een glimlach zat aan zijn mond vastgenageld. Tante, die juist wat rood was in het gezicht, nam Opa apart en informeerde opgewonden naar wat er nu eigenlijk waar was van al die laatste nieuwtjes die haar ter ore waren gekomen in De Laatste Aanleg, en nu en dan antwoordde Opa, nogal plichtmatig, met een weervraag, een bevestiging, een opmerking van algemeen levensbeschouwelijke aard. Oom Joop, die even opgewonden was als zijn alter ego, onderhield Pa en Theet intussen met kliekjes van de bittertafel, zeer persoonlijke en altijd, zij het dan vaak in details, afwijkende meningen die onder de borrel misschien niet zo goed uit de verf waren gekomen of in elk geval belangrijk genoeg geacht werden om nog eens met nadruk verkondigd te worden. Aapje en de kroonprins stelden vast dat het gezelschap enigszins beschonken was. Ten slotte wist Opa zich van Tante los te maken door luid te roepen: 'Nog één borrel?'

Nog één borrel, morde Theet, alsof hij met al dat werk, koken, op de kinderen passen en noem maar op, tijd had gehad om een borrel te drinken: één borrel, dat was de laatste borrel, maar de eerste borrel, die mocht Opa hem wel aanbieden. Van oom Joop hoefde het ook de laatste nog niet te zijn. Opa sloeg zijn schoonzoon joviaal op de rug en duwde hem de zitkamer binnen. Ja, ze waren heel uitbundig, maar ze brachten een hoop kou mee van buiten. Hun uitbundigheid maakte hen zo afzonderlijk, vond de kroonprins. Het was alsof die stemming hun eigenschappen vergrootte, waardoor de onderlinge verschillen extra benadrukt werden en hun uniforme volwassenheid naar de achtergrond week. Pa kwam heel recht en stil de kamer binnengelopen, Tante drukdoend met veel gebaartjes, oom Joop met de kwajongensachtigheid van een doorgaans voorbeeldig brave jongen, Opa, die misschien nog het meest in zijn normale doen was, langzaam en zwaar van oud gezag.

De lange gordijnen van kalend groen velours werden dichtgetrokken, de schemerlampen met hun gedraaide poten en goudbrokaten kwasten door een ruk aan een touwtje ontstoken, en het grote licht werd uitgedaan. Heel wat sneller dan hij de thee had aangedragen bracht Theet de glazen, de fles jonge klare en een karaf anisette-likeur. Met een lachende twinkeling in hun ogen, die ook begerig kon zijn, keken ze lui achterovergeleund in hun fauteuils naar hem op, behalve Tante, die zonder erbij na te denken weer op de rechte eetkamerstoel had plaatsgenomen. Ze wilde geen anisette, vertelde ze, heel recalcitrant, maar cognac. Oom Joop protesteerde, maar Tante stond erop. 'Wat in het vat zit verzuurt niet,' verzuchtte hij, 'dus daar kan het ook maar het beste blijven, want als de wijn in de vrouw is, dan dansen de poppen op...' Gaandeweg werd hij onverstaanbaar. Tante daagde hem uit zijn verhaal af te maken, maar hij deed al net of hij niets gezegd had. Opa beduidde Theet, die zich met tegenzin weer had omgedraaid, te gaan zitten en zich een borrel in te schenken; hij zou de fles cognac zelf wel halen. Aapje vroeg om chocolademelk maar die was er niet, limonade dan – was er ook niet. Het was nog niemand opgevallen dat ze haar gezicht gewassen had. Ze liep kwaad naar de keuken met twee borrelglaasjes, vulde die tot de rand met water en kwam terug met haar bril op het puntje van haar neus, de glaasjes voorzichtig op borsthoogte balancerend tussen duim en wijsvinger. Ze liet zich door haar knieën zakken en terwijl het over de randen klotste zette ze de glaasjes op het tapijt. Tante kreeg haar cognac. Opa schonk hem, nog nahijgend van de tocht naar de kelder, voor haar in met een buiging voor en een buiging na. Proost! Gezondheid! Morituri salutant. Ginnegappend gingen de kinderen languit op de vloer voor de glaasjes liggen, ze legden hun bovenlip over de rand en slurpten proestend het eerste slokje water naar binnen. Daarna lieten ze hun tong uit hun mond hangen en hijgden luidruchtig, als hondjes.

Oom Joop, door het dolle heen, vroeg Opa of hij niet bang was voor de dood, waarmee hij iedereen in verlegenheid bracht, behalve Theet en Opa zelf. De oude man antwoordde dat hij blij was nog steeds te kunnen zeggen dat hij bang was voor de dood. Theet verklaarde ongevraagd dat hij niet bang was, omdat hij zijn plicht had gedaan. Het leven is vol verschrikkingen, meende Pa, de meeste heel wat erger dan de dood. ‘Dood, waar is uw prikkel? Waar uw overwinning?’ grapte hij. Die opmerking wekte Opa’s woede op. ‘Jij weet niet wat angst is,’ beet hij Pa toe, ‘want je geeft nergens om.’ De kroonprins hoorde zijn vader vreugdeloos grinniken. ‘Dies irae, dies illa,’ lalde oom Joop. Pa fluisterde, tussen zijn verstijfd glimlachende lippen door: ‘Solvet saeclum in favilla.’

Voorlopig bleef dit een op zichzelf staand incident, want vooral Tante en oom Joop was er alles aan gelegen dat de gezelligheid behouden bleef. Weer werd de geest van notaris Romville opgeroepen, ditmaal om door het gezelschap geoordeeld te worden. Wat vermochten dat sporadische glas te veel, die ongelukkige affaire uit negentientweeëntwintig, waarvan niemand meer het fijne wist, en die keer dat hij de weduwe Nelia van Zypflich-Dommelstein zo ongenadig had belazerd tegen zijn talloze verdiensten? Het waren slechts zandzakken die de hemelvaarder bij de gratie van hun vergiffenis uit zijn ballon mocht werpen. Ze zwegen even en soezerig van de drank zagen ze voor hun welwillend geestesoog de ballon langzaam verbleken tegen een korenbloemblauw uitspansel. Vaarwel, notaris Romville! Bid voor ons.

Het was tijd voor de soep en het zuurvlees. De bodempjes jenever en cognac werden staand achterovergeslagen. Aapje en de kroonprins probeerden of ze hun borrelglaasjes liggend, zonder handen te gebruiken, helemaal leeg konden drinken, waarbij wederom enig water op het tapijt gemorst werd. Aapje slaagde erin haar tong in het glaasje te wurmen. Ze trachtte opschudding te verwekken door te grommen en rare gezichten te trekken, waaruit men diende te begrijpen dat ze het glas niet meer van haar tong af kon krijgen. Tante trok het glas los met een geïrriteerd grijpgebaar en schold haar uit voor dwaas kind. Aapje tolde door de kamer, roepend: 'Ik blen zlo vleselijk zlat. Zlo vleselijk zlat!'

Ook in de eetkamer werden de gordijnen gesloten. Het duurde even voordat iedereen zijn plaats aan tafel gevonden had, alsof het een belangrijke conferentie betrof. Aapje probeerde stiekem een hele kant van de tafel voor zichzelf en de kroonprins alleen te krijgen, maar Tante pootte haar neer op een stoel tussen de hare en die van oom Joop in. Opa nam plaats aan het hoofd van de tafel, de tegenoverliggende kant werd vrijgehouden voor Theet, en Pa en de kroonprins gingen zitten aan de lange zijde, tegenover Tante, Aapje en oom Joop. Toen Theet de borden had opgeschept en rondgedeeld – Aapje moest, toen ze haar bord kreeg, van Tante haar bril afzetten, zodat die niet in de soep kon vallen – stond Opa op en dankte hij Onze-Lieve-Heer voor al deze gaven. Aapje stemde in met een volborstig 'amen' en liet haar lepel in de soep vallen.

Algauw klonk alleen nog het getik van de lepels tegen de borden en nu en dan wat geslurp. De kroonprins voelde dat er iets ophanden was. Onuitgesproken gedachten duwden tegen het oppervlak van de stilte als rubberballen die onder water gehouden worden. Op een gegeven moment merkte hij dat Tante haar lepel niet hoger kon tillen dan haar schouder. Haar hand was verkrampt. Ze probeerde haar lippen naar de lepel toe te brengen, maar toen haar mond er nog een centimeter of vijf boven hing, besefte ze dat ze zich onbetamelijk laag zou moeten bukken. Haar meelijwekkende toestand was duidelijk zichtbaar voor iedereen. Ze begon te blozen en legde de lepel terug op het bord. Daarna haalde ze diep adem en zei met kwade stem: 'Wat gaat er nu gebeuren?'

Iedereen schrok. Opa keek niet op van zijn bord. 'Hoezo?'

'Carolien bedoelt met het huis,' zei oom Joop, behulpzaam als altijd.

'Ik bedoel,' sprak Tante haastig, maar ze wist niet goed hoe ze verder moest gaan en ze werd steeds roder en kwader omdat ze zich zo geneerde. 'Theet gaat weg, dus...'

'Ach ja,' zei Opa, alsof hem een licht opging, 'Theet gaat weg.'

Theet voelde zich ten onrechte aangesproken. Zweetparels stonden hem op het bruin en roze gevlekte voorhoofd. Meteen begon hij zich te rechtvaardigen: 'Ik heb m'ne plicht gedoan. Ik bin achenzessetig en 'ne vrije mins nou. Da kan niemand me betwisten. Ik zal 't verders wel eiges rooien vamme'ne oa-oo-wee. Ik heb ouw nimmer nodig. Ge kunt allemoal noar de kloten lopen veur mien part.'

Die laatste opmerking was in het bijzonder voor Opa bedoeld. De oude man blikte de knecht minzaam toe en leek het teveel aan emotie dat Theet in zijn woorden had gelegd nogal vermakelijk te vinden.

'Je bent vrij om te gaan en staan waar je wil, als je dat soort vrijheid bedoelt. Wat dat aangaat, Theet, heb je meer vrijheid dan ik. Maar je hoeft me geen trap na te geven. Je bent hier altijd goed behandeld.'

'Ik bin zat behandeld,' gromde de knecht, verwoed spittend in zijn soep.

Weer viel er een stilte. Theet zat koppig over zijn bord gebogen en vermeed Opa aan te kijken; Opa daarentegen hield, een en al minzaamheid, zijn blik op de gevlekte schedel van de knecht gevestigd. Wat een laagheid, wat een ondankbaarheid, vond de kroonprins die, naast zijn stille vader gezeten, onthutst de woordenwisseling tussen de twee bejaarden had gevolgd. De hele middag had hij zitten porren, zitten prikken, zitten steken; toen de anderen naar het kerkhof waren had hij steen en been lopen klagen; en nu meende hij de man aan wie hij alles te danken had de meest grove verwijten naar het hoofd te kunnen slingeren. Aapje had gelijk. Standsverschil was toch iets wezenlijks, een knecht was niet voor niks een knecht, je kon hem altijd herkennen aan zijn laag moreel gehalte. Dat was wel geruststellend. Maar er was ook iets verontrustends. Het was nog niet eerder bij de kroonprins opgekomen dat er tussen Theet en zijn grootvader een menselijke verhouding kon bestaan. Nu bleek dat die verhouding, ondanks de uiteenlopende niveaus van zedelijke verheffing, niet alleen bestond, maar zelfs dat Opa op een aantal punten volkomen van zijn ondergeschikte afhankelijk was. Zijn heroïsche voorstelling van de oude man werd, welk een pijn, aangevuld met sombere, tragische contouren.

'Waar hadden we het ook weer over?' vroeg Pa geniepig.

'Het huis.' Oom Joop, die het gesprek graag zo snel mogelijk in de gewenste banen geleid zag, probeerde het nog eens.

'Je loopt te hard van stapel, Joop,' zei Opa. Hij schepte er een kwaadaardig genoegen in om zichzelf en het gezelschap te tarten. Alles moest worden uitgesproken. 'We waren nog niet bij het huis. We hadden het over Theet.'

Met een ruk stond de knecht op. Hij begon razendsnel de tafel af te ruimen. Aapje was nog niet klaar met eten, maar Theet bekommerde zich daar niet om en blind van verontwaardiging trok hij het bord onder haar neus vandaan. Ze was zo verrast dat ze vergat zich te beklagen.

'Ik heb ou zessetig joar van mien leven gegeven. Zessetig joar! Ik loat me nimmer becommederen. Prebeer 'n ander mor zo gek te kriegen. Koale kak! Ik heb niks mir mit ou te moaken.' Iedere klemtoon werd onderstreept met overvloedig bordengekletter. Met trillende handen laadde hij de borden op het dienblad.

'Met verwijten kun je niets meer goedmaken,' zei Opa, 'als je vindt dat je hier je tijd verknoeid hebt.'

'Zuuk 't eiges mor uut,' schreeuwde Theet en hij verdween naar de keuken.

Opa lachte en in de oren van de kroonprins zwol die lach aan tot een kreet van de zwartste wanhoop. Vervolgens richtte hij zich tot Tante met de mededeling dat het hoofdstuk Theet wat hem betrof nu was afgesloten en dat ze, als ze daar nog zin in mocht hebben, door kon gaan. 'Je ziet hoe ik ervoor sta,' sprak hij vrolijk. 'Een aftandse boerenkinkel beschikt over mijn lot. Doe maar wat je denkt dat je doen moet. Ik beveel me geheel aan in jullie handen.'

Tante zei niets. Ze hield haar servet samengepropt in haar vuist en keek oplettend naar Aapje in de hoop dat het kind haar een aanleiding zou verschaffen om in te grijpen. Maar Aapje was een en al stille aandacht. Pa deed alsof de zaak hem niets aanging. Zijn gelaat was even uitdrukkingsloos als het tafellaken dat hem helemaal in beslag scheen te nemen. Ten slotte nam oom Joop met een kloekmoedigheid die de ware verdediger van haard en huisgezin verried het initiatief. Hij stond op en zoals hij dat in zijn functie van personeelschef bij de assemblagefabriek ontelbare malen had gedaan zette hij beide handen voor zich op tafel en liet hij zijn lichaam iets vooroverhellen. Zo had hij horden werknemers vervelende mededelingen gedaan, alle begrip getoond, een weinig begrip gevraagd en vervolgens uitvoerig de omstandigheden geschetst die de directie tot dit voor alle betrokkenen zo onaangename besluit hadden genoopt, om zich dan plotseling op te richten, zijn hand uit te steken en de gedupeerde met een glimlach, waarin de totale vergeefsheid van 's mensen streven tot uitdrukking kwam, naar de deur te brengen. Maar zijn jarenlange ervaring liet hem nu een beetje in de steek. Misschien kwam het door de drank, misschien door de opgekropte emotie die hem had uitgehold, afgemat; in elk geval maakten zenuwachtig getrek van mond- en ooghoeken en een verlamde onderlip het hem onmogelijk om zijn gezicht in de gewoonlijke plechtige, zelfverzekerde plooi te zetten.

'Ik begrijp niet waarom u hier nog zou willen blijven wonen, vader,' begon hij, na eerst diep ademgehaald te hebben. Hij had al die adem echter niet nodig, want Opa onderbrak hem onmiddellijk.

'Zo, begrijp je dat niet? Wel, ik had niet anders verwacht. Jij...'

‘Ik begrijp,’ herstelde oom Joop zich haastig, ‘dat u diepgewortelde banden hebt met dit pand... U hebt hier het eerste levenslicht aanschouwd, uw hele vruchtbare leven heeft zich hier verder afgesleten, maar zoals de zaken er nu voor liggen, zie ik niet in wat voor u het huis nog kan doen, of wat, omgekeerd, het huis nog voor u kan doen.’ Na deze lapidaire formulering laste de geoefende spreker een korte pauze in waarin hij Opa, Pa en daarna ook Tante indringend aankeek.

‘Dan is het dus zo,’ vervolgde hij, een beetje uit het veld geslagen want uit geen der indringend aangekeken gezichten had hij enige aanmoediging kunnen puren, ‘dat ik hier aan deze kant van de tafel, samen met mijn vrouw, Carolien, uw dochter, vader ben van een tienkoppig kroost, dat ook gehuisvest moet worden. En dát leg ik nu op tafel, te uwer consideratie, want, zoals u ongetwijfeld bekend zal wezen, is het slechts zeer bekrompen onder de pannen.’

‘Om van jezelf maar niet te spreken,’ gromde Opa.

Op dat moment kwam Theet binnen met het zuurvlees.

‘Ik loat me nimmer op m’ne kop zitten!’ schreeuwde hij uitzinnig. ‘’t Het lang genuug geduurd zo. ’t Zal me ’ne zorreg zien wa gullie allemoal bedisselt en beslisselt. Ik vrit wel ien de keuken.’ Hij wierp voor elk een bord op tafel en liet het bestek ernaast vallen, waarna hij met het lege dienblad en een smak van de deur weer vertrok.

Bij het zuurvlees had hij een witte wijnsaus met stukjes ui en wortel gemaakt en vlees en saus had hij uitgespreid over gebakken sneeën brood. De borden waren verder rijkelijk voorzien van zilveruitjes en augurken.

‘Wisten jullie,’ vroeg Opa, terwijl hij een schijfje augurk aan zijn vork prikte en in de hoogte stak, ‘dat mensen op hun sterfbed heel vaak om augurken vragen?’

Iedereen begon met zeer veel toewijding te eten, behalve oom Joop, die zijn pleidooi nog niet had beëindigd. Hij was in sprekershouding blijven staan en trommelde ongeduldig met zijn vingers op het tafellaken.

‘Als ik na deze onderbreking de draad weer mag optillen,’ sprak hij, toen het weer stil was, ‘dan zou ik aldus willen vervolgen. Wat nu op tafel ligt is probleem één. Daar ga ik probleem twee naast leggen. Wat is dat? Dat zal ik je vertellen. Wat we zoëven hebben bijgewoond zijn de onverkwikkelingen waarin men in de schemer van de levensavond verstrikt kan raken. Men is met handen en voeten gebonden aan de medemens en kan zijn leven niet meer op eigen benen slijten. Als die medemens bovendien slechts met hangen en wurgen het hoofd boven water kan houden, dan is men, dacht ik, duidelijk aan een oplossing toe. Daarmee dacht ik het onderhevige geval voldoende gekenschertst te hebben. Welnu. We leggen dit probleem twee naast probleem één op tafel' – oom Joop plaatste probleem twee met beide handen op tafel, alsof hij een demonstratie weggaf in een scheikundeles – 'en wat zien we, tot onze verbazing? De problemen lossen elkaar op.' Zijn gezicht straalde blijde verrassing uit, maar zijn leerlingen bleven uiterst skeptisch kijken. 'Hoe gaat dat in zijn werk? Als volgt. De formule voor probleem één is ondercapaciteit. De formule voor probleem twee kunnen we, als we in aanmerking nemen dat vader in een ongeschikte en' – met zware nadruk – 'veel te grote ruimte gehuisvest is, op overcapaciteit stellen. We plakken beide problemen op elkaar' – oom Joop klapte in zijn handen – 'en ze heffen elkaar op.'

Opgelucht keek hij de tafel rond, maar de anderen zaten nog steeds met gefronst voorhoofd te turen naar de wolken van hun onbegrip in de hoop daarachter de zon van oom Joops oplossing te zien opgaan. Hij deed een laatste concessie aan hun domheid.

'Laat ik het dan nóg anders zeggen. Carolien en ik en onze kinderen betrekken deze woonruimte en u, vader, verhuist naar een verzorgingsappartement.' Uitgeput liet hij zich in zijn stoel vallen.

'Ah!' riep Opa, 'het ouwemannenhuis! Nou snap ik het.'

'Is het nou Jozefien-Huub of Huub-Jozefien?' vroeg Aapje aan Tante, met volle mond.

Tante schrok op uit haar sombere gedachten. 'Wat bedoel je?'

'Is het nou: Tinie, Kees, Jopie, Huub, Jozefien, Yvonne, Elsbeth, Daantje, Dorien, Wimpie, of: Tinie, Kees, Jopie,

Jozefien, Huub, Yvonne, Elsbeth, Daantje, Dorien, Wimpie?'

'Wat bedoelt het kind in godsnaam?'

De kroonprins schoot zijn zusje te hulp. 'Marie-Cécile wil weten wie nou de oudste is: Jozefien of Huub,' zei hij vriendelijk.

'Ik heb geen idee,' bracht Tante uit in opperste verwarring. 'Ik zou het je niet kunnen zeggen. Tinie is de oudste.' Haar ogen deden een dringend beroep op Pa om haar een en ander alsjeblieft uit te leggen. Als antwoord lachte Pa geluidloos, hysterisch bijna, met zijn vuist tegen zijn voorhoofd en zijn elleboog op zijn vork.

'En wat heb jij met dit plannetje te maken, Willy?' vroeg Opa.

Pa's gezicht verstrakte plotseling. Hij hief het op uit zijn hand.

'Ik had mezelf de loods toebedeeld,' zei hij, als in een opwelling van eerlijkheid, waarna hij weer uitbarstte in doodstil lachen. Zijn antwoord leek nu op een mislukte grap. De vork werd gebogen onder de druk van zijn trillende arm. Tante stond op van tafel. Met het servet tussen haar tanden snelde ze de kamer uit.

'Ik denk dat ze moet huilen,' sprak Aapje tot de kroonprins met een diepernstige blik in haar ogen. 'Ik moet ook.' Ze klauterde van haar stoel en liep bedaard naar de deur. Toen ze die opende drong Tantes gesnik de kamer binnen. Aapje stemde daar onmiddellijk mee in, met het gevolg dat Tante plotseling ophield en snel de deur dichttrok.

Er waren grote gaten gevallen rond de tafel. Pa boog op zijn knie de vork terug in zijn oorspronkelijke vorm. De kroonprins at of zijn leven ervan afhing. Zijn hart was vol angst om zijn vader, zijn grootvader, om zichzelf. De dreiging die zo plotseling tussen de oude man en zijn zoon ontstaan was zou iets onherstelbaar vernietigen. Door er niet aan te denken, door slechts te eten, probeerde de kroonprins dat gevaar te keren. Opa keek op van zijn bord.

'Waar wil je die loods voor hebben?'

Aapje kwam terug met roodomrande maar droge ogen.

'Tante wil alleen zijn,' vertelde ze. 'Ik huil nooit wanneer ik alleen ben.'

'Waar wil je die loods voor hebben?'

'Voor mijn bedrijf,' zei Pa, bijna fluisterend.

'Ik wist niet dat je een bedrijf had. Ik dacht dat je een soort beunhaas was. Schoorsteentje hier, muurtje daar, alles zwart. Dat noem ik geen bedrijf. Je hebt al jaren geen werk meer aangenomen.'

'Het zijn slechte tijden voor de aannemerij.'

'Het zijn beste tijden. Ze worden nooit meer zo goed.'

'De mensen kunnen niet meer aan kapitaal komen. Er is een rentevoet van zes procent.'

'Die rentevoet wordt nog veel hoger. Het is nu of nooit, Willy. Maak je geen illusies.'

'Vader heeft gelijk,' knikte oom Joop. 'De economie floreert als nooit tevoren. Ik als man van het bedrijfsleven merk het elke dag weer. We kunnen de arbeidskrachten gewoon niet aangesleept krijgen.'

'Maak je geen illusies,' herhaalde Opa. 'Als zakenman moet je verdomd goed weten wat je kunt en wat je niet kunt. Kun je iets niet, vergeet het dan.'

Pa prikte met de rechtgebogen vork vierkantjes bestaande uit vier maal vier putjes in het tafellaken. Vier van die vierkantjes vormden een nieuw vierkant. Een nog groter vierkant werd gevormd door vier van die nieuwe vierkanten. 'Illusies,' schamperde hij.

'Jazeker, illusies,' barstte Opa uit. 'Jaar in jaar uit heeft de zaak hier op je staan wachten. Theet heeft alles keurig netjes bijgehouden. Als ik maar de geringste reden zou hebben gehad om aan te nemen dat het je menens was met je "bedrijf", dan had je maar met je vingers hoeven knippen. Maar al die jaren heb je er nog niet naar omgekeken. Je wist dat het er allemaal was voor jou en daaraan had je genoeg. Zo kon je blijven denken dat je een bedrijf had, dat je ooit nog wel iets groots zou verrichten, en intussen heb je kans na kans voorbij laten gaan. Ik zal je vertellen waarom je die loods wilt. Omdat je voor jezelf niet durft te erkennen wat voor slappe vent je bent.'

Opa had zich opgewonden. Zijn gezicht was rood aangelopen. Tijdens het spreken had hij zijn arm in de lucht gegooid en hij had een paar keer met zijn vuist op tafel geslagen. Oom Joop keek schichtig naar de deur waarachter Tante zich moest ophouden. Aapje en de kroonprins kauwden verwoed op het taaie zuurvlees. Pa had zijn oude vader gelaten aanhoord en schijnbaar besteedde hij al zijn aandacht aan het uitwissen van de putjes in het tafellaken. Nu gaf hij kalm antwoord. Maar die kalmte was niet innerlijk. Het was slechts de ontkenning van Opa's opwinding.

'Dat is het niet, vader.'

'Wat is het dan wel?'

'Ik heb nooit uw ambitie gehad om grootse dingen te verrichten. Ik bouw geen standbeelden voor mezelf. Ik verdien meer dan genoeg. Waarom zou ik me al die zorgen op de hals gaan halen?'

'Ik heb het voor jou gedaan.'

'Ik ben niet van plan dezelfde fout te maken.'

'Jij hebt ook een zoon.'

De kroonprins bloosde tot achter zijn oren. Hier werd over hem beslist. Pa haalde even zijn schouders op.

'Dus je wilt de loods niet?'

'Het kan me niet schelen.'

'Waarom heb je er dan om gevraagd?'

Pa dacht even na. Toen antwoordde hij: 'Ik heb geen illusies. U hebt illusies. Ik heb om die loods gevraagd om u een plezier te doen. Maar denk niet dat je de toekomst kunt bezitten. Ik heb mijn eigen leven en daar heb ik mijn handen vol aan. Ik wandel hier niet rond alleen om te getuigen dat er ooit een zekere Frans van Zypflich heeft bestaan.'

Een stilte.

'Mag ik het uitspugen?' vroeg Aapje met een dikke prop in haar wang. Ze had ijverig zitten eten, maar het vlees was zo taai dat ze het niet kon doorslikken. Opa gaf toestemming door ongeduldig met zijn arm te zwaaien. De kroonprins wou dat hij ook zo'n verzoek had ingediend, want even tevoren had hij een dikke prop uitgekauwd vlees doorgeslikt en die was nog steeds op weg naar zijn maag.

‘Dus zo denk jij erover,’ zei Opa, alsof hij het na al die jaren nog niet kon geloven.

Pa zweeg.

Somber staarde Opa enige ogenblikken naar zijn bord; plotseling schoof hij het resoluut van zich af.

‘Joop, ga je vrouw halen.’

Toen oom Joop wat verbaasd talmde, voegde hij daaraan toe: ‘Ik heb jullie iets mee te delen.’

In zijn haast vergat de schoonzoon de deur achter zich te sluiten, zodat een dwingend gefluister vanuit de keuken de eetkamer binnendrong alvorens Tante, de ogen neergeslagen, in de deuropening verscheen met in haar handen het dienblad, waarop nu vijf caramelpuddinkjes stonden te bibberen. Zonder een woord te zeggen schoof ze het blad op het buffet en deelde aan iedereen, behalve zichzelf, een puddinkje uit. Daarna ging ze weer op haar oude plaats zitten. Ze legde haar handen in haar schoot, als een kind dat berouw voorwendt. Oom Joop schoof weer naast haar aan tafel.

Het kostte Opa enige moeite om tot spreken over te gaan, maar ten slotte kuchte hij eens en zei: ‘Willy had het er net over dat hij me een plezier wilde doen. Welnu, ik heb nieuws voor jullie. Je kunt je alle moeite besparen. Er is iemand die een voorlopig koopcontract in zijn zak heeft voor dit perceel.’

‘Wat?’ riep Tante, voor ze zich kon bedwingen. ‘Wie?’

‘Gradus Jansen. Volgende week woensdag wordt de zaak overgeschreven, althans, dat lag in de bedoeling. Het kan wat vertraagd worden. Ik weet niet wie de zaken van Romville gaat overnemen... de kandidaat-notaris, waarschijnlijk. Jansen wil hierbeneden alles gaan uitbreken en er een showroom van maken...’

‘Een showroom!’

‘En de loods wil hij verbouwen tot reparatiewerkplaats. De bomen worden gekapt, als hij een vergunning kan krijgen, de vijver wordt gedempt en het hele terrein wordt geasfalteerd.’

Verbijsterd zagen Tante en oom Joop in elkaars ogen hoe er een barstje op hun droom verscheen, dat groter werd, zich vertakte, steeds sneller, tot die eens zo gave, sterke droom in elkaar zakte en er niets overbleef dan een amorf hoopje scherven. Pa liet, hoe verrast hij ook mocht zijn, niets merken.

'Hoeveel hebt u ervoor gekregen?' vroeg hij.

'Drie ton.'

'Da's geen slechte prijs.'

'Het is een hoop geld, als je dat bedoelt.'

'Dat bedoel ik, ja.'

De oude man had zijn mededeling gedaan zonder enige boosaardigheid. Hij zat er nu wat uitgeblust bij, met zijn servet ouderwets tussen zijn hals en de boord van zijn overhemd, een toonbeeld van fatalisme. Niemand at van de puddinkjes, waarop zich nu glazige plasjes water gingen vormen. Opa pulkte zijn servet los en stak met onvaste hand een sigaret op. Oom Joop stond op van tafel, liep naar de deur, legde zijn hand op de kruk, vertrok zijn gezicht tot een pijnlijke grimas, keerde zich om en riep: 'Hoe hebt u zoiets kunnen doen!'

'Voor het geld. Waarvoor anders?' zei Pa, alsof de hele zaak hem niets aanging, alsof hij het altijd wel geweten had, bijna alsof hijzelf nooit zoiets zou doen.

'O, vergis je niet, ik ben nog veel cynischer dan je denkt, Willy.' Opa's stem klonk moe, bedroefd, ongelukkig. Tegen oom Joop zei hij: 'Ik zal je vertellen waarom ik het heb gedaan.'

Maar voordat hij verder ging bedacht hij zich. 'Het is natuurlijk nog niet definitief,' zei hij snel. 'Er is nog niets overgeschreven. Jansen heeft alles al rond met zijn importeur, maar er moeten nog een paar vergunningen afkomen. Hoewel... ik twijfel er niet aan of de gemeente zal...' Weer onderbrak hij zichzelf. Hij stond op en zei: 'Ik heb geen illusies.' Oom Joop ging weer zitten. Pa's mondhoeken krulden zich, zoals dorre bladeren omkrullen in de herfst. Opa deed een paar stappen in zijn richting. 'Daarvoor ben ik te oud. Ik wil alles zien zoals het werkelijk is. En toch weet ik dat het allemaal heel anders had kunnen zijn. Dat kan ik niet vergeten, Willy.' De oude man wendde zich nu tot het echtpaar aan de overzijde van de tafel. 'Jullie kunnen me nu wel zo beschuldigend zitten aankijken, maar je moet goed beseffen dat wat ik nu doe het rechtstreekse gevolg is van wat hij hier heeft nagelaten.' Vlak voor zijn zoon bleef de oude man staan. Hij stond nu zo dichtbij, zijn lichaam was zo groot en dreigend dat de kroonprins hem niet meer in zijn geheel kon zien; Opa was nu eens het woedende gezicht met de dikke, bleekrode lippen en vergeelde tanden, dan weer de oude hand die steun zocht bij de tafel voor het zware lichaam. De wijsvinger van de linkerhand wees naar Pa. 'Jij... jij geeft nergens om,' stamelde de oude man, 'het is jou allemaal om het even. Maar je zult weten wat je hebt aangericht. Je zult het weten!'

'O, Willy!' jammerde Tante, en haar klacht klonk minstens zo beschuldigend als Opa's uitval, 'Willy, Willy, Willy, Willy!'

Opa schuifelde langs de rand van de tafel terug naar zijn stoel. Pa was blijven glimlachen, maar in zijn ogen brandde iets dat het midden hield tussen witte verontwaardiging en grijs verdriet. Opa ging weer zitten en zei: 'Tot vandaag heb ik alle mogelijkheden voor je opengehouden, maar nu staat mijn besluit vast. Ik kan niet zeggen hoezeer het me spijt.'

In oom Joop was een groeiende onrust ontstaan. Zijn ongelovige blik ging als een metronoom heen en weer tussen Pa en Opa, Opa en Pa, en verleende aan de effen stilte, het doffe zwijgen dat gevolgd was op Opa's laatste woorden, een gejaagd en zenuwachtig ritme. Toen de anderen zich al met de nieuwe situatie verzoend hadden – vastberaden lippen, wenkbrauwen die eindelijk niet meer fronsten getuigden daarvan – stond hij andermaal op van tafel. Hij liet zijn slap afhangende handen een keer tegen zijn dijen vallen en liep naar het raam. Daar maakte hij een kiertje in het gordijn. 'Dit is óf een grap, óf een gruwelijke vergissing,' zei hij, terwijl hij verbijsterd naar buiten staarde, waar het nog steeds november was.

'Geen van beide,' mompelde Pa. 'Dit had al veel eerder moeten gebeuren. Het is alleen vervelend dat er altijd iemand moet zijn die de schuld krijgt bij dit soort onvermijdelijke beslissingen.'

Oom Joop dekte de buitenwereld weer toe en wendde zich

hoofdschuddend naar de tafel. 'Ik ben het er niet mee eens.'

Pa lachte. Opa leunde, plotseling ontspannen, achterover in zijn stoel. 'Laat maar eens horen,' knipoogde hij.

De slordige huisvader, ronde schouders, te lang haar dat bij iedere hoofdbeweging over zijn slapen en voorhoofd viel, trok zich bedachtzaam aan de wilde baardgroei in zijn hals en mompelde iets vaags over traditie. Traditie, brabbelde hij, gaf vorm en richting aan de geschiedenis, zo was het in de godsdienst, zo was het in de vaderlandse geschiedenis en zo was het toch ook, mutatis mutandis, in een familie, een steun bij de opvoeding was het, de traditie dus, reikte de mens mogelijkheden aan tot ontplooiing, moest behouden blijven, harmonie tussen staat en burger, mocht in geen geval verloren gaan, en was het nu niet ontegenzeggelijk zo (hij bracht duim en wijsvinger van zijn hals tot voor de punt van zijn neus, opende ze en staarde met onverholen walging naar de bloedvlekjes op beide vingertoppen) dat de vorm die de traditie in deze familie had aangenomen, vorm, steengeworden om de eeuwen te trotseren, dit huis was, nietwaar, een monument waarin de Geest van de Familie zich geopenbaard had, een gewijde plaats zou je het haast willen noemen, dit huis, en zo voelde het ook aan, en zou het dan niet doodzonde zijn wanneer het buiten de familie zou raken, door een kleine twist, een onenigheid van geen belang, met alle gevolgen van dien voor het ontwortelde nageslacht, hij wilde maar zeggen, niet alleen hijzelf zou ermee gebaat zijn wanneer hij met zijn gezin op deze plaats die oude lijn nog iets verder zou mogen doortrekken, maar ook de continuïteit van...

Langzaam had Opa zich voorover laten leunen, steeds verder waren zijn ogen uitgepuild, zodat er veel rooddooraderd wit zichtbaar was geworden; bij het woord 'continuïteit' kon hij zich niet langer inhouden.

'Jij bent helemaal geen familie van mij, Joop Wekethee! En hoe durf je over vorm te praten, jij, met je vormeloze hoop kinderen! Ik moet toegeven dat jij je best gedaan hebt om de traditie in stand te houden, maar je bent zeker vergeten dat de spoeling wel erg dun wordt op die manier? Probeer me niet te lijmen met dat soort onzin. Ik ben nog niet kinds.'

'De naam is Steketee,' zei oom Joop geschrokken, maar Opa hoorde hem niet.

'Ik zal mezelf een hoop ellende besparen, Joop, ik zal mijn laatste dagen niet laten vergallen door jouw ongeduld. Zo verschrikkelijk veel tijd is me niet meer toegemeten. Als je een huis wilt kopen, dan kun je van mij het geld krijgen dat je nodig hebt. Op één voorwaarde: dat je me nooit meer van die lasterlijke beuzelpraat zult verkopen. Maar dit huis krijg je niet, met dit huis is het voorgoed afgelopen.'

Een gunst verleend uit minachting, een slag uit liefde toebedeeld; de krachten van die tegenstelling zouden een oplossing kunnen uitwerken, een zekere gemoedsrust was het voorlopige gevolg.

'Dat is... dat is erg... fideel van u, vader,' stamelde oom Joop. 'Dat vind ik reuze fideel.'

Het had best leuk kunnen zijn, ruzie tussen grote mensen. Aapje had er veel van verwacht en aanvankelijk had ze het allemaal nauwlettend gevolgd, maar op den duur was haar aandacht toch verslapt. De emoties van de grote mensen hadden zulke ontzaglijke proporties aangenomen dat zelfs zij was gaan begrijpen dat ze voor imitatie en daarom ook voor bestudering niet langer geschikt waren. Ze had gemeend de tranen van Tante nog wel aan te kunnen, maar zelfs die waren veel te echt. Nog een paar keer had ze geprobeerd zich in het gesprek te mengen; in plaats van de gebruikelijke hilariteit had dat verwarring en ergernis teweeggebracht. Toen had ze het opgegeven. Er werd geschreeuwd, er werd gefoeterd. Alles aan het tafereel was veel te werkelijk, onbeheerst, op het onsmakelijke af. Eigenlijk hield ze alleen van poses. Tijdens de laatste toespraak van oom Joop was ze geknield op haar stoel gaan zitten en had ze zich verveeld over de tafel naar de kroonprins toe gebogen. Wat duurde het toch allemaal lang. Peerke en Johanneske zouden wel weer vreselijk hebben liggen pissen en poepen. Vond hij ook niet dat het hoog tijd was om naar huis te gaan?

Hij wilde niets liever. Zoals het nette jongens betaamt had hij tijdens het gesprek van de grote mensen zijn mond alleen maar geopend om er een met voedsel beladen vork in te brengen, maar intussen hadden zijn ogen en oren des te wijder opengestaan. De betekenis van wat er allemaal werd gezegd drong niet onmiddellijk tot hem door. Slechts heel langzaam was hij, al kauwend, een paar dingen gaan begrijpen en dat weinige had hem zo geschokt dat hij niets meer wilde horen nu; hij wilde alleen nog naar huis. Niets bleek te zijn zoals hij dacht dat het was. Opa was de slaaf van zijn knecht. Pa was niet alleen laf, maar bovendien een nietsnut. Oom Joop, die zulke prachtige onbegrijpelijke toespraken kon houden, was een leuteraar. Zelf was hij dus geen kroonprins. Dit kasteel was voortaan een garage. Tante, die altijd zo'n praatjes had, wist nu geen zinnig woord uit te brengen. Aapje was... Aapje was Aapje, hoe hard ze ook probeerde om iemand anders te zijn. In zijn verwarring meende hij dat hij heel veel van zijn zusje hield. Dat gaf hem een huilerig gevoel.

Zelf was hij geen kroonprins. Dat was tot daar aan toe. Zelf was hij geen bouwheer en hij zou het nooit worden ook. Dat was een ramp. Het had hem moeite genoeg gekost om zich te verzoenen met de gedachte dat hij van proletarische afkomst was; hij was daar ten slotte in geslaagd doordat hij het edele ambacht dat al zijn voorvaderen hadden uitgeoefend ook tot het zijne had weten te maken. Maar nu zou het huis verkocht en ontluisterd worden, waarmee dan meteen zijn nog niet eens begonnen loopbaan als bouwheer van kathedralen en paleizen was afgelopen, want hoe hij ooit iets zou kunnen aanvangen zonder de loods kon hij zich niet voorstellen. Kroonprins af, bouwheer af. Op één middag tweemaal het uitzicht op een toekomst benomen te worden was meer dan hij goed kon verwerken. Hij raakte in een toestand van doffe berusting. Wat begreep hij de dingen toch slecht. Niets ging zoals hij vond dat het moest gaan. Mocht hij zichzelf dan alleen maar twijfel veroorloven? Moest hij dan altijd maar zijn oordeel opschorten, niets doen, niets denken, alleen wachten, altijd maar wachten? Het was alsof hij viel, steeds maar viel, net als Langueur in het schilderij dat thuis hing aan de muur van het trappenhuis. Het leek wel of hij nooit vaste grond onder zijn voeten zou voelen.

De kinderen waren niet de enigen die haast hadden om weg te komen. Na de maaltijd kreeg iedereen last van onbehagen, alsof er een raam was opengewaaid en het plotseling ijskoud was geworden, alsof ze nu al midden in een showroom zaten, in een schelwit daglicht, tussen het glanzend blik en chroom van automobielen, beschaamd onder de domme, begerige blikken van voorbijgangers die hun neuzen, voorhoofden en vingertoppen platdrukten tegen grote spiegelruiten. Het afscheid had iets opzettelijk onnadrukkelijks en leek daardoor definitiever dan het eigenlijk was. Het was alsof ze 'tot ziens' moesten zeggen tegen iemand van wie ze wisten dat hij dezelfde avond nog zou sterven. Toen Aapje en de kroonprins hun jasjes aan hadden duwde Tante hen de keuken binnen om dag te gaan zeggen tegen Theet. Zelf zou ze geen afscheid van hem nemen. Ze bleef kaarsrecht in de gang staan met haar polsen voor haar schoot gekruist en haar kin op haar borst. Theet was met de afwas bezig en de hand waarin de kinderen hun knuisten mochten leggen was rood en vochtig. Hij vroeg hun of ze hem in Ewijk zouden komen opzoeken en dat beloofden ze. Hij was heel vriendelijk nu, helemaal niet meer kwaad. 'Wat raar dat u nog een zus hebt, Theet,' zei Aapje. 'Is zij ook zo oud?' Theet vertelde dat ze open benen had en nauwelijks meer kon lopen. Ze heette Dina. Hij zei dat hij hen zou missen, vooral Aapje. Hij kneep haar in haar wang. De kinderen werden ongeduldig. Hij hoopte dat ze, wanneer ze zo oud zouden zijn als hij, wat meer dankbaarheid mochten ontvangen. Aapje stak haar hand in de jaszak van de kroonprins en prikte hem met haar wijsvinger in zijn heup. Oud zijn is geen lolletje, vond Theet. 'Nou moeten we gaan,' zei de kroonprins. 'Dag.' 'Houdoe,' zei Theet.

In de gang hadden Pa en oom Joop zich bij Tante gevoegd. Ze stond nog steeds kaarsrecht, de kin nog steeds op haar borst. In haar ogen lag een sombere blik. Ze gebood de kinderen ook Opa even gedag te zeggen. Dat bedrukte hen en maakte hen wat huiverig, want meestal liep Opa mee naar buiten of, wanneer het regende, toch tenminste mee naar de deur, om hen uit te zwaaien. Toen de kinderen binnenkwamen zat hij afwezig in het lamplicht, dat alle plooien en rimpels van zijn gezicht benadrukte, naar de vlekken en de gemorste as op het tafellaken te staren. Hij was verrast. Hij stond onmiddellijk op. 'Ik dacht dat jullie al weg waren,' zei hij, en meteen daarop: 'Doe je de groetjes aan Mama?' De kinderen merkten dat Opa zich, net als Theet zojuist, een beetje schuldig voelde. Ze wisten dat grote mensen hun schuld aan kinderen graag dubbel kwijtgescholden krijgen door ze iets te laten beloven. Hun edelmoedigheid kende nog geen grenzen; voor de tweede maal deden ze een belofte. Opa's eerbiedwaardige ouderdom had nu iets belachelijks. Aapje leek haast een elfje naast zijn teveel aan vlees dat zijn persoon omkleedde in sombere plooien en trieste verzakkingen. De kroonprins, die zich anders bitter bewust was van zijn eigen lichaamsomvang, voelde zich klein en licht en zijn lichaam kwam hem nu plotseling heel doelmatig voor. Hij werd er bijna vrolijk van en een tikkeltje lichtzinnig. 'Ja, we zullen Mama de groetjes doen,' herhaalde hij, wat overmoedig.

'Het is niet zo'n mooie wereld waarin jullie moeten opgroeien,' verzuchtte Opa. Die opmerking leek bedoeld te zijn om alle lichtzinnigheid in de kiem te smoren. 'Niet zo'n mooie wereld als die van vroeger. Jullie zijn te beklagen.' Hij praatte over het hoofd van de kroonprins heen, tegen de muur, of door de muur, tegen de weilanden, de spoorbaan, het industrieterrein. 'De wereld wordt steeds maar ouder. Je vader is ouder dan ik en jij bent weer ouder dan je vader. En alles vergaat tot stof en alle stof vormt weer lichaam. Zo gaat dat, tot de jongste dag. Evenveel stof vormt steeds meer lichaam, tot stof lichaam is en lichaam stof.'

'Was alles vroeger echt veel mooier?' vroeg Aapje. 'Is het waar dat vroeger altijd de zon scheen en dat het iedere winter schaatsen was?'

Opa glimlachte en zei: 'Ja.' Ze gaven hem een hand en liepen, keurig naast elkaar omdat ze wisten dat hij hen nakeek, de kamer uit.

Toen de kinderen de trap afkwamen zaten de drie ouderen heel rechtop met strakke gezichten te wachten in de auto. De motor draaide al. Er werd niet gesproken. In het donker, onder het intieme gesnor van de motor, was ieder afzonderlijk en onbereikbaar ver. Totdat ze de smederij van Gradus Jansen voorbijreden en ze allemaal tegelijkertijd hun hoofden wendden naar de neonletters *Occasions – Gradus Jansen – Reparaties,* die blauw oplichtten in de duisternis. Toen stroomde de wagen vol met schaamte. Pa, die over het stuur gebogen zat, begon te grinniken.

'Zijn jullie nu tevreden?'

'Ik kan me voorstellen dat jij heel wat minder tevreden bent,' zei Tante.

'Ik heb gekregen wat ik wilde. Jullie niet.'

Tante begon te lachen. 'Wij zijn tevreden,' zei ze. 'Jij niet.'

De spoorbomen stonden omhoog, maar nauwelijks waren ze over de rails en de bielzen die daartussen en daarnaast gelegd waren, gehobbeld of de bel begon weer luid te klingelen, het rode licht begon te knipperen en de bomen kwamen kreunend naar omlaag. Pa draaide de autolampen op klein, want ze naderden de verlichte Graafseweg. Het met motregendruppeltjes bespikkelde lantaarnlicht had iets warms en vertrouwds. Ze draaiden de grote weg op en aan de horizon zagen ze de gloed van de stad. Het werd ineens een stuk behaaglijker in de auto. Tante sloeg haar bontjas open en ging wat ruimer zitten. Oom Joop duwde een zijraampje open.

'Het is maar het beste zo,' zei hij, om een punt achter de hele zaak te zetten. 'Vind jij ook niet, Carolien?'

Tante kon het wel met hem eens zijn. 'Ik heb het nooit een plezierig huis gevonden. Zo ouderwets. God weet wat het gekost zou hebben om het een beetje bewoonbaar te maken. Nu kunnen we tenminste iets zoeken dat aan onze wensen is aangepast. Modern sanitair en zo, dat is toch wel belangrijk.' Ze liet haar vingers glijden door het zijige blonde haar van Aapje, die zich tegen haar bontmantel had aangevlijd en nu langzaam in slaap dommelde. 'Toch vind ik het niet juist dat hij het aan die Jansen verkocht heeft.'

'Wat kan het jou schelen,' mompelde oom Joop. Pa grinnikte weer. Hij had een van zijn sombere binnenpretjes.

De kroonprins had zitten spelen met een voegspijker die op de bodem van de auto lag tussen allerlei ander gereedschap. Hij had hem tussen zijn beide schoenen geklemd, een beetje opgetild, laten vallen en met de neus van zijn schoen zover mogelijk onder de automat geschoven die een beetje omkrulde waar de bank begon. Nu tastte hij met zijn schoenzool over de mat om te voelen waar de spijker precies gebleven was. Hij voelde niets. Hij bukte zich en duwde met zijn vingers op de harde matharen, maar nergens voelde hij iets dat de vorm van een voegspijker benaderde. Hij bukte zich dieper, trok de stugge mat omhoog, keek, terwijl hij de mat met één hand ophield, wat hem heel wat krachtsinspanning kostte, tussen zijn benen door over de vloer. En schrok.

Hij keek in een oneindig diepe nacht waardoor myriaden kometen zich met een duizelingwekkende snelheid voortspoedden. Ze spatten uiteen, maar steeds werden nieuwe kometen gevormd. Hij werd naar die diepte toe gezogen. Het bloed dat eerst door het bukken naar zijn hoofd toe was gestroomd trok nu weer in de richting van zijn hart. Hij werd door misselijkheid bevangen. Hij wilde wat zeggen, schreeuwen, maar er drukte iets tegen zijn keel. Hij moest blijven kijken. Steeds sneller gingen de kometen. Tot de snelheid minderde en het beeld langzaam verstarde. De myriaden kometen werden myriaden stofdeeltjes. En in die stofdeeltjes ging zich iets aftekenen; een benenpaar, rustende armen; heel vaag, maar de kroonprins herkende het onmiddellijk, een gezicht. Het leek wel een flauwe grap, een hoop drukte om iets dat hij zo langzamerhand toch wel wist; tenslotte was hij vandaag al een paar keer door de kartonnen werkelijkheid heen gestoten. De grijze stipjes hadden zich op ontelbare manieren kunnen groeperen, ze hadden zich helemaal niet hoeven te groeperen. De onafwendbaarheid van dit ene, gehate beeld maakte de kroonprins woedend, maar zijn woede kon het niet vernietigen. Het was er en hij begreep dat het bij hem zou blijven.

Pas na een poosje besefte hij dat er een gat in de vloer van de auto zat en dat hij keek naar het met asfalt en steenslag bedekte wegoppervlak. Het gat had een doorsnee van vijftien centimeter en het ijzer eromheen was roestig, brokkelig en ingescheurd. De auto stond te wachten voor een stoplicht.

'Wat ben je toch aan het doen, Ernst?' vroeg Tante.

'Er zit een gat in de vloer.' Hij richtte zich op en legde de mat terug.

'Wat?'

'Er zit een groot gat in de vloer.'

'Die wagen kun je wel weggooien,' zei oom Joop.

III

Vanaf die dag installeerde de kroonprins zich steeds vaker voor het schilderij, uitdagend, gefascineerd door zijn eigen onheil. Langzaam ging hij begrijpen dat zich in Langueur de geest van zijn familie aan hem had geopenbaard. Maar de vreugde die het pure begrijpen hem op die dag van Allerzielen had verschaft verdween toen hij ook ging *voelen* dat hij aan de geest van zijn familie onderworpen was. Hij werd somber.

Toen ze die dag thuiskwamen, na Tante en oom Joop voor hun kleine huurwoning te hebben afgezet, zat zijn moeder in een rechte rookstoel voor het tuinraam, heel stil en tevreden. Haar zware, omzwachtelde benen leken op boomstammen. Ze zat wijdbeens en had haar gebloemde positiejurk tussen haar benen in geduwd; daarboven bolde haar buik op. De jurk was bedrukt met kamperfoeliepatronen: groene stengels en bladeren, dikke lila bloemtrossen. Ze had een koortsige blos op haar wangen, haar ogen straalden met een licht dat van binnenuit leek te komen. Pa was opgewonden. Helemaal tegen zijn gewoonte in had hij voor haar monumentale onbeweeglijkheid lopen ijsberen, druk gesticulerend had hij zijn verhaal verteld. Toen hij haar ten slotte om haar mening had gevraagd, had ze geglimlacht. Ze had maar wat zitten suffen, zei ze; ze had niet geluisterd.

Een maand na Allerzielen werd het kind geboren; een meisje. Voorlopig veranderde er niet veel. De kroonprins was wat meer alleen. Aapje kreeg heftige aanvallen van afgunst. Nu eens was ze jaloers op het kind, dan weer op de moeder.

Opa stierf op tachtigjarige leeftijd aan een hartaanval, een week voordat hij naar een bejaardentehuis en Theet naar

Ewijk zou verhuizen. Theet had hem in een verkrampte foetushouding in zijn bed aangetroffen. De kroonprins ging het lijk bezichtigen in de chapelle ardente, waar het lag opgebaard. Hij vond het moeilijk om een overeenkomst te ontdekken tussen het dode lichaam in zijn witte hemd, met de verstrengelde vingers, waardoorheen een rozenkrans was gevlochten, en de levende Opa die hij gekend had. Het meest opvallend aan het lijk waren de grote neusgaten. Daardoor had de ziel het lichaam verlaten.

Op een zomeravond kwam het bericht dat de loods-cum-timmerfabriek in vlammen was opgegaan. Gradus Jansen had na de middag over het terrein rondgestruind en in opperste voldoening over de aanstaande verbouwingswerkzaamheden had hij achteloos zijn sigarepeuk over zijn schouder geworpen. De hoog verzekerde, vermolmde en verroeste inhoud van het gebouw, die Jansen indertijd niet had willen overnemen, was na de dood van Opa het eigendom van Pa geworden.

Tante en oom Joop kochten een groot huis in de stad. Ze noemden het *Jocatikejohujoyveldadowi*.

DE NIETSNUT

Een vertelling

I

Andere mensen mogen na hun dood al snel afslijten tot een skelet en wat anekdotes, maar mijn vader moest intact gehouden worden, want er kwam een rechtszaak. Ze zouden me vragen stellen, 'Meneer Goudvis, acht u het waarschijnlijk dat uw vader de verdachte verzocht zou hebben...' Ik zou het niet weten. Zevenentwintig jaar had ik hem gekend, in weinig mensen had ik me zo verdiept als in hem, en nu, nauwelijks twee weken na zijn dood, kon ik me niet eens meer zijn uiterlijk voor de geest halen. Ik bewaarde alleen wat verbrokkelde herinneringen die ik onmogelijk tot een geheel kon passen – zijn voorkeur inzake stropdassen, wat bon mots, een intonatie, een favoriet handgebaar en een haast eindeloze reeks verhaaltjes natuurlijk, keurig gekapte, met reukwater besprenkelde weergaven van wat misschien ooit echt was gebeurd. Ik wist niet wie hij geweest was; laat staan dat ik hem in hypothetische situaties zou kunnen navoelen. Toch was het nodig dat ik met gedegen antwoorden kwam, niet om die ellendeling van een Dirkzwager een hak te zetten – het zou me een genoegen zijn, daar niet van –, maar omdat er met de vraag hoe hij aan zijn eind was gekomen voor mij meer gemoeid was dan die paar ton van oom Richard of zelfs die tbr van Dirkzwager.

Toen ik een jaar of twaalf was heb ik eens zijn portret nagetekend, een foto van hem als gave jongeman van vijfentwintig. Ik legde er eerst een velletje calqueerpapier overheen en trok met een potlood zo precies mogelijk de lijnen van zijn gezicht na. Soms beefde mijn hand. Soms week hij wat af met een onverbeterlijke eigenzinnigheid. Toen ik de tekening naast de foto hield was de gelijkenis niet frappant. Ik werkte hem verder uit, zonder me al te nauw aan mijn voorbeeld te houden – zette ogen en mond wat aan, wreef schaduwen in met mijn duim. Er ontstond een gezicht dat niet het zijne was en me toch heel bekend voorkwam.

Iets dergelijks deed ik nu weer. Ik vulde de schrale contouren van mijn herinnering met stukjes en beetjes van mezelf. En het bleek te werken: de roerselen die ik hem toedichtte kleurden wonderwel bij zijn stropdassen. Ik kreeg het gevoel dat ik hem door en door kende. Ik zag hem niet alleen zoals ik hem had meegemaakt, maar ook op kantoor, op straat, zelfs slapend, compleet, tot in de fijnste emotionele schakeringen. Vaak leek het ook alsof hij nooit echt had bestaan.

Het werd, al met al, volstrekt onduidelijk waar hij ophield en ikzelf begon. Het probleem was niet zozeer dat hij mijn creatuur werd – dat zou bovendien een heel goede manier zijn geweest om me van hem te ontdoen –, maar dat hij in dezelfde mate waarin ik bezit nam van hem, bezit van mij nam. Ik acteerde hem, welbewust aanvankelijk, maar later moest ik mijzelf erop betrappen dat ik zijn hebbelijkheden overnam. Zo was ik iets gebukt gaan lopen en steeds vaker keek ik mensen schuin van opzij aan, zoals hij dat deed, en perste ik mijn lippen samen wanneer ik naar ze luisterde. Het was eerder een parodie dan een imitatie, in opzet althans een manier om me hem van het lijf te houden. In feite veranderde ik in mijn vader. Ik vermoed – bewijzen kan ik het niet, want dat velletje flinterdun overtrekpapier is zoek, verwaaid, verloren – dat ik vijftien jaar geleden mijn eigen gezicht van nu heb getekend.

Het zou niet zo erg zijn geweest, als ik mijn vader niet had verafschuwd. Hij was geen goed mens. Intelligent, ja, gevoelig, zeker, maar niet goed, niet edelmoedig. Hij was ook geen slecht mens. Zijn voornaamste deugd, beweerde hij, was dat hij zich altijd gedeisd had gehouden in een wereld die aan vlijt ten onder gaat. Een spijbelaar, een deserteur, een lafaard, dat was wat ik van hem vond.

Er hield zich een mug op in mijn slaapkamer. Een uur of wat, erg lang, had ik al slapeloos op het balkonnetje van mijn woonark gezeten. Een half pakje sigaretten opgerookt; tien, twaalf peuken met een luide sis in het water laten vallen. Op een vlonder, bij het balkon, lagen twee zwanen knus ineengerold te slapen. Als slagroom *touffes*, dacht ik – en zo had ik nog tientallen onnutte gedachten. Uitgerekend wanneer je niet kunt slapen moet alles wat er omgaat in je hoofd, hoe onzinnig ook, je fascinerend helder voor ogen staan. Op mijn loopplank zat een eendengezin, netjes in de rij, snavels op de rug, te slapen. Alles sliep. Behalve een enkele rat. En die reiger, die ineens zijn turen had gestaakt, zijn vleugels uitsloeg en rauw krijsend opwiekte van de kade, rakelings langs mijn balkon. En de muggen. En ik.

Iets dat bij daglicht niet eens in je op zou komen kan dan een goed idee lijken. Ik ging de keuken binnen, liet de deur open en knipte de tl-buis aan. Mijn ogen deden pijn van de slaap. Ik wachtte tot er wolken watermugjes aan het plafond hingen, tot ze de snorrende lamp haast verduisterden en overstemden met hun zenuwslopend gedrein. Toen sloot ik de deur en zette ik de stofzuiger aan. Grinnikend hield ik de slang in het gewriemel. Wat ze erin verdwenen! Met slierten tegelijk werden ze, hoe ze ook tegenstribbelden, van het licht weggeslorpt. Maar het duurde langer dan ik had gedacht. Na de grootste opruiming bleef de zoldering bespikkeld met mugjes; ik kon er zoveel opzuigen als ik wilde en toch kwamen er steeds ongeveer evenveel bij, waarvandaan wist ik niet. Na een kwartier gaf ik het op. Vastbesloten om eindelijk in slaap te vallen wierp ik me zo krachtig op mijn bed dat ik even bleef nadeinen. Ik hoorde nu niet één mug meer. Ik hoorde er wel twintig.

Ik maande mezelf om heel stil te blijven liggen en na te denken. De wekker wees vier uur aan – nog twee uur tot zonsopgang. Ik trok een laken van mijn bed, dronk snel een slok water in de keuken – de muggen kwamen evenzo vrolijk weer door de stofzuigerslang naar buiten, zag ik –, liet de eenden door mijn gestamp van de loopplank tuimelen en vlijde me neer op de achterbank van mijn auto, waar ik voor het eerst van mijn leven baadde in maanlicht. Wit maanlicht, dun als melkwei, vloeide tussen mijn oogleden. Ik had ooit, in een geïllustreerd weekblad, een artikel gelezen over een Londense middenstander die sinds de *Blitz* niet meer had geslapen. Hoe zou dat zijn, zo'n spookbestaan – de dag veel te schel en te hard te vinden en iedere nacht opnieuw te worden besprongen door je eigen wangedachten? Ik ging rechtop zitten, het laken om mijn schouders, en zei: 'Laat ik maar vast gaan,' hardop, om die inval het gewicht van een besluit te geven.

De avond ervoor was het nog een vaag en waarschijnlijk heilloos plan geweest, iets dat ik morgen eventueel zou kunnen doen, en gerijpt was het in die tussentijd ook niet. Ik rende dan ook driest, opzettelijk driest, de kamers door met mijn koffertje en veegde er binnen een minuut ondergoed, sokken, overhemden, broeken in, alles wat op het schapje boven mijn wastafel stond, een fles Southern Comfort – waarom ook niet –, geld, nog wat geld, portefeuille, adresboekje, vulpen, sleutels, paspoort, papieren en zelfs een van die boeken – ik heb er een apart plankje voor – die me al jaren op reis vergezellen zonder dat ik ze ooit uitkrijg, in dit geval *The Big Sleep*. Tweemaal was ik in dat boek begonnen en beide keren was ik halverwege vergeten waar het over ging. Met een beetje geluk zat ik binnen drie uur te ontbijten op het terras van Hotel Eden. Als het nog bestond. Als het nog zo heette. Ik sloot af, koffer in de kofferruimte, en om het me maar snel onmogelijk te maken van gedachten te veranderen gaf ik meteen flink gas, zodat ook tussen de andere boten langs het pad plotseling reigers opvlogen en de lucht een paar seconden lang vol was van een bloedstollend gekrijs. En daarna was de stad doodstil. Waarom kon ik hier de slaap toch niet vatten? Ik moest de neiging onderdrukken om af te sturen op zo'n goedmoedig knipperend stoplicht of me met auto en al te laten verdwijnen in het kalme, donkere water. Ik minderde vaart en toen ik bij de oprit naar de snelweg, in het oranje schijnsel van een booglamp, een lifter zag staan, zo'n engel van verlatenheid, zijn spijkeroutfit in een roodkoperen gloed alsof hij net was neergedaald uit een hemelstreek even voorbij de westereinder, kwam ik bijna vanzelf tot stilstand. Deur open. Mijn lastige, slecht zittende lichaam tot een bal rollen. Touw eromheen. Doe me maar weg. De auto mag je houden.

In plaats daarvan vroeg ik: 'Hebt u soms een rijbewijs?'

Er was welbeschouwd niets verkeerd aan dat zinnetje, alleen: zelf zou ik het nooit gevraagd hebben. En die toon! Alsof ik een daverend gelach verwachtte. Kun je rijden? had ik moeten zeggen. Ik was nu ook al als mijn vader gaan *praten*.

'Ik bedoel, kunt u rijden?'

Hij knikte. Ik opende het andere portier en schoof opzij. Met de van lifters bekende montere zwaai deponeerde hij zijn weekendtas op de achterbank, nam plaats achter het stuur en vroeg waar de reis heen ging.

'Ooit gehoord van Mohrbach-St. Hubert?' Ik beluisterde een onaangename, sarcastische ondertoon in mijn stem, maar hij antwoordde eenvoudig: 'Nee.' Niettemin zette hij zijn handen aan het stuur, duwde zijn rug naar achteren en verstelde de bank.

'Wacht even! Zou u het erg onbeleefd vinden als ik op de achterbank ging liggen? Het is wat ongebruikelijk, maar ik voel me echt heel beroerd –'

Ik begreep aanvankelijk niet waarom hij nu zo waanwijs grijnsde, maar, ach natuurlijk, hij dacht dat ik dronken was! Het was misschien het best om hem voorlopig in die waan te laten. Toen ik de weekendtas had verplaatst en tegen het portier leunde, mijn benen voor me uitgestrekt, zei ik: 'Rijdt u eerst maar naar Maastricht. Dat is alvast wat dichter bij Afghanistan, of Nepal, of waar u ook moet wezen.' Mijn vader had het me niet kunnen verbeteren. 'En laten we elkaar alsjeblieft tutoyeren. Ik heet Frits. Frits Goudvis.' Hij zweeg. Het was me al vaker overkomen dat er op die mededeling met enige argwaan werd gereageerd. 'Men schijnt vaak te denken dat dat een joodse naam is, maar we zijn al sinds mensenheugenis rooms-katholiek,' mompelde ik erachteraan, waarom wist ik niet, maar wel dat ik het mijn vader ooit precies zo had horen zeggen.

'Ik heet Ben,' gaf hij ten slotte toe.

Toen we reden vroeg hij in de opgewekte prentbriefkaartstijl die blijkbaar hoort bij dit soort gelegenheden: 'Vakantie?'

'Nee. Nauwelijks. Mijn vader is gestorven in Mohrbach-

St. Hubert. Meer een soort pelgrimstocht, een bedevaart eigenlijk.'

Het woord dat ik zocht was *kruisweg*. Pas op dat moment begreep ik iets dat ik eigenlijk steeds geweten had, maar onvoldoende beseft, namelijk dat er sprake was van symmetrie, dat dit traject een paar weken daarvoor ook al was afgelegd, daarom had ik dus niet kunnen slapen – daarom had ik ook een lifter meegenomen, alleen om de symmetrie te vervolmaken. Ik boog me voorover en fluisterde, alsof mijn vader niet alleen een stem, maar ook nog oren had: 'Ik weet dat ik een bezopen toon aansla. Ik kan het zelf niet helpen. Ik ben wat uit mijn gewone doen –'

Mijn adem in zijn nek. Hij verstijfde.

'Och, dat valt...'

'Nee, het is alsof er iemand door me heen spreekt, alsof ik een medium ben, begrijp je?'

'Och, ik vind helemaal niet...'

'Maar ik kan het allemaal uitleggen. Je moet het me laten vertellen, het is een lang verhaal, maar ik zal het helemaal uitleggen –'

Hoe hij opstond. Het ontwaken. Het afscheid van die stille hengelaar, zijn ziel, die hij in de koelte moet achterlaten. De barre tocht over het slaapwater. Zonnestralen die zich met geweld door de gordijnen breken. De benauwende terugkeer in zijn lichaam. Dan het heimwee naar het rustig samenzijn met zijn ziel. Ochtendziekte, noemde mijn moeder dat. En dan niet eens dat heimwee meer. Een andere slaap die waken heet.

Nog voor hij zijn ogen geopend heeft daalt hij in gedachte al af naar de kelder, naar die stoffige pupiters waarop nog driehonderd, ooit vijfhonderd, flessen Veuve Clicquot, zodat de tijdsspanne tussen nu en het moment waarop hij werkelijk die trap zal afdalen uitstel wordt, bij voorbaat verloren is. Hij tilt zijn oogleden op, maar laat ze meteen weer zakken om eens op zijn gemak vast te stellen hoe hij zich voelt. Wel fris eigenlijk, of misschien een tikkeltje misselijk? Van katers heeft hij sinds een maand of twee geen last meer (zijn larmoyante drankprobleem bestaat nu drie maanden). Hij doet maar net alsof hij verkwikt opstaat, zoals het een gezond mens betaamt.

Voorzichtigheid blijft niettemin geboden; een onbezonnen begin kan je de hele dag bederven. Hij laat de gordijnen gesloten. In de schemer lijken de kamers halfgeschapen en lijkt hijzelf niet meer dan een schim, waardoor de overgang van slapen naar waken geleidelijker schijnt dan hij is. Na een bezoek aan het toilet en een kwartier onder de douche vindt hij die onvoorwaardelijke opsluiting in zijn lichaam al wat minder verschrikkelijk. Onder het straalkacheltje dat boven de badkamerdeur is opgehangen wrijft hij zich goed droog – natte plekken op het lichaam zijn slecht voor het humeur –, dan kijkt hij of de wijzer van de weegschaal nog op nul staat en controleert zijn gewicht. De laatste tijd woog hij vaak wat meer dan de tweeënzeventig kilo die hij langer dan dertig jaar gewend was geweest. Dan zat er een vetring om zijn middel. Een woestijngordel, noemde mijn moeder dat. Zij wist allang wat voor ontberingen hem te wachten stonden.

De kleine lichamelijkheden van het *se lever* schonken hem altijd veel troost. De koele streling van zijn gebatikte ochtendjas langs zijn huid, het kammen van zijn haar (het eerste, voorlopige kammen, zonder spiegel), het klaarmaken van zijn ontbijt (een tosti, een gekookt eitje, een sinaasappel en twee bekers hete thee) in de eveneens verduisterde keuken. Onder het kauwen rijst onvermijdelijk de vraag of hij al dan niet naar zijn werk zal gaan. Meestal besloot hij wel te gaan, maar flink te laat te komen; dat gaf hem nog steeds een luxueus gevoel. Zo ook vandaag. Vandaag zal zijn laatste werkdag zijn. Gepurgeerd, geschrobd, gevoed acht hij zich zelfs sterk genoeg om op zijn katoenen slippers die krocht van licht, de hal, binnen te sluipen en de krant van de mat te pakken. Eén blik op de koppen overtuigt hem van zijn overmoed. Hij stopt hem snel in zijn aktentas. Voor onder de lunch misschien.

Hij had iets waardoor hij mensen op den duur vaak tegen zich innam, iets ongenaakbaars. De een vond hem verwaand, de ander verlegen. De man die iedereen kende werd elke morgen opnieuw voor de spiegel geschapen. Hij scheert zich met een mesje, want hij meent dat zijn huid niet tegen het raspen van een apparaat kan. Poetst langdurig zijn gebit, een wonder van tandheelkundig vernuft inmiddels. Sprenkelt haarwater over zijn zilvergrijze lokken, die hij zorgvuldig net iets te lang houdt, zodat ze met een zweem van jeugdige nonchalance een beetje krullen in zijn nek en aan zijn slapen. Slaat wat after-shave tegen hals en wangen, voelt met welbehagen hoe zijn huid samenkrimpt, kamt zijn haar, nu definitief, losjes achterover en kijkt dan die man in het gelaat over wie ze het altijd met hem hebben, een zekere Lucas Goudvis, tweeënvijftig jaar oud, een keurig, beschaafd, charmant persoon, die echter nogal onberekenbaar is, want wanneer hij hem wat haartjes uit de neusgaten probeert te knippen ontsnappen ze, verdraaid!, steeds weer aan het tangetje. Vroeger heb ik eens tot mijn verbazing gezien hoe hij, om dat gezicht in de spiegel in de gewenste stand te krijgen, tegen zijn kin en kaken stond te duwen.

Zijn ijdelheid is slechts gedeeltelijk debet aan dat omslachtige toilet; het dient ook om tijd te doden. Maar nu kan dan het moment volgen dat aan al het uitstel een eind zal maken. Toch vindt hij het nodig om eerst nog aarzeling voor te wenden – zijn horloge uit de slaapkamer te halen en te kijken of hij het moment niet stiekem vroeger wil laten aanbreken dan gisteren, wat, naar mag worden aangenomen, inderdaad het geval blijkt te zijn, zich af te vragen of zijn maag wel in orde is en voor de zekerheid nog een glas melk te drinken, eens de vraag op te werpen waarom hij nooit eens vergeet wat hij nu gaat doen, terwijl hij anders zo vergeetachtig is (een verhaaltje van mijn moeder: hij wilde ooit een vuil glas wegzetten en een prop papier weggooien, maar besloot eerst een boterham te gaan halen in de keuken, vanwaar hij terugkeerde met een kan water voor de planten, die nog even dorst moesten lijden omdat haar kat een schemerlamp omverliep, die hij vergat recht te zetten aangezien hij zich het glas en de prop herinnerde, waarna hij het glas deponeerde in de vuilnisbak en de prop op het aanrecht), en zichzelf ten slotte al die omhaal te verwijten.

Want hij had die flessen champagne al tweeëneenhalf jaar in huis en hem was verzekerd dat ze echt niet veel langer konden blijven liggen. Bovendien dronk hij ze niet zomaar voor zijn genoegen leeg. Een paar jaar geleden, bij gelegenheid van het honderdvijfentwintigjarig jubileum van de Tielsche van 1847, ons familiebedrijf, waarbij mijn vader een bizarre reeks functies heeft vervuld, wilde mijn oom Richard, de president-directeur, eens extra goed voor den dag komen, en in plaats van een handelaar in relatiegeschenken aan te trekken gaf hij mijn vader, voor wie geschikt emplooi steeds moeilijker te vinden was, de opdracht om over de geschiedenis van het bedrijf een boekje samen te stellen. Een kolfje naar zijn hand! Wekenlang verdeelde hij stof in het bedrijfsarchief, hij bezocht zelfs een paar keer de Koninklijke Bibliotheek en slaagde erin het manuscript maar een klein beetje later dan gepland in te leveren. De eerste zin luidde: 'Nimmer grijnsde de geschiedenis zo vals als toen het Haagse gepeupel bij opbod de vingers, tenen en geslachtsdelen verkocht van Johan de Witt, de grondlegger van de levensverzekeringswiskunde.' Ook stond er geen enkele tabel in. Oom Richard was razend. Om het weer goed te maken kocht mijn vader inderhaast via een kennis, een heuse Chevalier de Tastevin, die weer relaties in Reims had en wel eens met de graaf Chandon de Brailles had getafeld, duizend flessen Veuve Clicquot, gegarandeerd *cuvée speciale,* voor wat om en nabij de kosten van het boekje zouden zijn geweest, inclusief de etiketten die vermeldden dat deze fles u werd aangeboden ter gelegenheid van het 125-jarig bestaan van de Tielsche van 1847. Maar oom Richard bleef boos. Duizend flessen was veel te veel. Totdat, een halfjaar later, een wat minder heuglijk feit werd herdacht: dat vijfentwintig jaar daarvoor mijn vader bij de zaak was gekomen. Hij ging naar de receptie met een gouden horloge aan zijn pols, een zilveren sigarettenkoker met monogram in zijn binnenzak, en als het niet zo lastig was geweest had hij ook nog een Friese staartklok meegenomen, maar oom Richard was toch slimmer – hij deed hem de overgebleven vijfhonderd flessen champagne cadeau.

Zodat hij het ledigen van die flessen als een plicht beschouwt, als een verdiende straf voor zijn falen, die hij niet mag ontlopen. Grimmig ziet hij zijn taak onder ogen en daalt nu werkelijk de keldertrap af, huiverend in zijn dunne ochtendjas. Met een stofdoek veegt hij alvast – hij zal er eens flink de beuk in zetten vandaag – twee flessen schoon. Zet ze in de koelemmer en neemt ze mee naar boven. Glas. Servet. Sluiting los, kurk los, die vreselijk enerverende knal en het eerste glas meteen wegwerken. Aaahr. Zo. Dat valt gelukkig niet slecht. Hij heeft een hekel aan dat ontkurken. De inspanning en behendigheid die ervoor nodig zijn passen eigenlijk niet bij de gelatenheid waarmee hij zijn straf wenst te ondergaan. Maar enfin, hij kan toch moeilijk wat gaan schutteren om vooral geen verkeerde indruk te wekken. Hij is hier tenslotte alleen. Ben ik soms niet alleen? Natuurlijk is er niemand. (Ik zie het allemaal, vader, maar trek je van mij niets aan.) Neuriënd schenkt hij zich een tweede glas in dat hij meeneemt naar zijn studeerkamer. Onderweg hoort en negeert hij de plof waarmee de post op de mat valt.

Het was zijn gewoonte om aan het begin van de dag een uurtje te lezen. Hij had uitgesproken voorkeuren. 'Literatuur?' vertelde hij me eens, 'alleen Shakespeare en Tsjechov. Dat is literatuur voor volwassen mensen. Romans kan ik niet lezen. Al die bêtises. Weet je wat het is met romans? Ze zijn te lang. Het genre is bedoeld om mensen die zelf niets meemaken iets van het grote leven te laten proeven. Keukenmeiden, getrouwde vrouwen en jonge slampampers zoals jij. Nee, het theater heeft altijd de grootste talenten getrokken. *The soldier's pole is fall'n: young boys and girls are level now with men. The odds is gone, and there is nothing left remarkable beneath the visiting moon.* Zo is het precies. En dan de klassieken natuurlijk.'

En de klassieken natuurlijk! De charlatan. Het had de oprechte mening kunnen zijn van een moegelezen grijsaard, maar uit zijn mond klonk het belachelijk. Hij mocht graag op me neerpraten. Jarenlang heeft hij me op het hart gedrukt om toch vooral mijn rechtenstudie af te maken. Zelf had hij, herhaalde hij tot vervelens toe, zijn studie wegens omstandigheden – hij bedoelde zijn huwelijk – moeten afbreken. Maar nauwelijks had ik mijn titel, of zijn aansporingen maakten plaats voor spot; alsof hij me zo gek gekregen had om een kathedraal te bouwen van luciferhoutjes.

Ik heb hem overigens nooit betrapt op het lezen van bellettrie. Wat hij nu leest, achter de lichtbundel van zijn bureaulamp, met zijn vingers op de voet van het gezellig sprankelende glas champagne, is Spinoza. Hij pakte meestal een moeilijk filosoof uit de kast en las dan een paar willekeurige bladzijden. Niet dat hij er een woord van geloofde; hij deed het alleen om zijn gedachten te disciplineren.

Vandaag zal hij zijn boek opengeslagen op zijn bureau laten liggen en ik zal zien dat hij een zin heeft onderstreept: 'De Blijheid welke voortspruit uit de voorstelling dat iets dat wij haten vernietigd of door enig kwaad getroffen wordt, is niet zonder enige Droefheid.' In de kantlijn schrijft hij met potlood: *ook omkeerbaar?* En ik zal me afvragen wat hij daarmee heeft bedoeld. Dat de Droefheid welke voortspruit uit de voorstelling dat iets dat wij liefhebben vernietigd of door enig kwaad getroffen wordt, ook niet zonder enige Blijheid is? Dat de Droefheid welke voortspruit uit de voorstelling dat iets dat wij haten enig goed geschiedt, niet zonder enige Blijheid is? Of dat de Blijheid welke voortspruit uit de voorstelling dat iets dat wij liefhebben enig goed geschiedt, niet zonder enige Droefheid is? Dat hij toch wel iets om me gaf? Dat hij me toch wel een beetje haatte?

Het is tijd om zich aan te kleden. Eerst moet hij de kleur van zijn stemming bepalen. De beste dagen zijn van goud, de slechtste rood. Vandaag voelt hij zich blauw, sereen. Maar wanneer hij zijn kleerkast opentrekt ziet hij dat de in beter tijden hoge tas overhemden geslonken is tot een stapeltje van drie, dat er in de la alleen nog beige, roze en lichtgroene sokken liggen, dat zijn blauwe kostuums hoognodig naar de stomerij moeten, en van lieverlede wordt zijn stemming beige-groen-bruin. Gelukkig vindt hij nog een aardige stropdas, sabel met zilveren *fleur de lis*, en bijpassend lefdoekje. Het precieze, regelmatige tikken van zijn schoenzolen op het parket geeft hem weer een gevoel van eigenwaarde. Hij belt een taxi. Dan rent hij, plotseling onbeheerst, van raam naar raam en rukt de gordijnen open, zodat het zomerdaglicht met het geweld van een natuurramp de kamer binnenstort. Vijf jonge katjes, die op een van de crapauds in een kluwen hebben liggen slapen, knipperen met hun ogen, staan op en geeuwen, de poten gestrekt, de ruggen gebold.

Toen moet hij die kamer gezien hebben zoals ik hem later aantrof. Overal beduimelde glazen. Lege champagneflessen die tegen plinten, tafel- en stoelpoten waren gerold. Alle laden en kastdeuren stonden open, alsof er pas was ingebroken. Het antieke chinoiseriebehang hing over de hele kamer tot op een halve meter hoogte in flarden van de muren, het werk van de katjes. Alles grijs van het stof.

Er wordt driemaal geclaxonneerd. Hij pakt, nog nahijgend, zijn hoed, de koelemmer, waar hij zijn regenjas overheen drapeert, en wanneer hij de voordeur openmaakt en over de stapel post heen stapt, schurkt de kat, die alweer een hele nacht buiten is gebleven, zich krijsend langs de deurstijl naar binnen.

Elf uur is het nu. Dat betekent, exclusief een maximum van twee uur lunchtijd, een vierurige werkdag. Daar moet doorheen te komen zijn. Comfortabel achter in de taxi, hand op zijn regenjas, waaronder de koelemmer, wisselt hij zijn eerste zinnen van die dag met de chauffeur. Ondanks zijn verlegenheid is hij een dwangmatig prater. Een tic die hij heeft overgehouden van zijn tijd in de buitendienst. Het trillen van zijn stembanden brengt hem in een genoeglijke roes – hij vindt het heerlijk om lege ruimtes te vullen met golven warm stemgeluid. Hij praat over de kunstwerken van Rijkswaterstaat, stoplichten, flessehalzen, wegomleggingen, met een niet van echt te onderscheiden belangstelling. Hij spreekt zonder te haperen vandaag, hoeft niet één keer naar het juiste woord te zoeken, zijn tong beweegt zich snel en soepel, zonder te struikelen. Tevreden ziet hij hoe aan het eind van de Afrikadreef het grijze beton van Business-o-Rama, het modernste kantoorgebouw van de stad, zich langzaam losmaakt van de vaalwitte zomerhemel.

Op weg naar zijn werk is zijn stemming meestal opperbest, maar bij het passeren van de hoofdingang overvalt hem steevast, mét de droge en naar het muffe neigende lucht van de air-conditioning en de dito muzaktonen, een gevoel van ontgoocheling. Hij is zo'n starre optimist dat zijn voorstelling van kantoor na al die jaren nog steeds niet aan de werkelijkheid beantwoordt. Zonder hem aan te kijken zwaait hij met zijn hoed naar de portier. 's Mans argwaan groeit voelbaar. Vroeg of laat zal hij hem vragen wat hij daar bij zich heeft. Wat? Dat ketsende geluiden voortbrengende voorwerp dat u dagelijks onder uw regenjas vervoert, meneer Goudvis. O, dat? Dat is een vogel, Cerberus. Vogel in kooi. Nachtvogel. Slaapt nu. Ssst. Laat hem niet graag alleen. Watervogel, uit poolstreken. Heeft iets van een uil, heeft ook iets van een albatros. Uniek vanwege zijn metalige gesnurk. Môgge, Cerberus. Mag zo'n geüniformeerde bewakingsdienstemployé eigenlijk fouilleren?

De Tielsche van 1847, het bedrijf waarbij hij het in zevenentwintig jaar heeft weten te brengen van veelbelovend jongmens tot vijfde wiel aan de wagen, huist op de tiende verdieping. De receptioniste verwelkomt hem als gebruikelijk. 'U bent weer te laat voor de koffie, meneer Goudvis.' Hij is zich er pijnlijk van bewust dat hij voor het lagere personeel een slecht voorbeeld moet zijn en maakt er een punt van, ook al vanwege de koelemmer, om altijd in haast te arriveren. Op zijn kamer deponeert hij hoed, regenjas en emmer in de kast. Uitvoerig handenwrijven, waarbij hij onwillekeurig moet grijnzen. Een blik op zijn bureau. Niets. Leeg. Een lichte paniek bevangt hem, vrees dat het hem niet zal lukken (kom, kom, dat valt wel mee) die vier uur hier door te komen (de tijd verstrijkt immers vanzelf). Hij kijkt uit het raam. Boven Buitenveldert en Amstelveen breekt een blauw gat in de vaalwitte hemel en onmiddellijk klimt zoemend tussen de dubbele ruiten de automatische zonwering omhoog. Wanneer die met een klik tot stilstand komt is het in de kamer koel en schemerig als in een grafkelder. Hij kan óf het licht aanmaken, óf de zonwering laten zakken door op een knop onder de vensterbank te drukken, maar doet geen van beide. Hij voelt zich bij nader inzien toch niet erg expansief vandaag. De duisternis bevalt hem. Uit de kast pakt hij een glas, dat door een rij ordners aan het gezicht onttrokken wordt, en schenkt zich in.

Wat nu? Op de een of andere manier moet hij zijn aanwezigheid kenbaar maken. Hij zou bij de directiesecretaresse kunnen binnenwippen, of nee, hij kan haar beter even bellen, om te vragen of er nog iets is. Is er nog iets, mevrouw Dieckhoff, iets dringends, een zaak die mijn ogenblikkelijke attentie vereist? Of misschien hebt u iets dat, hoewel niet als uiterst dringend, toch als belangrijk kan worden aangemerkt? Iets onbelangrijks dan? Tien tegen één dat ze hem, volop genietend van haar medelijden – ze is niet alleen van alles op de hoogte, maar leeft bovendien met iedereen mee – zou zeggen dat ze, helaas, momenteel niets voor hem heeft, maar hem zal waarschuwen zodra zich iets, van welke aard dan ook, zal voordoen. Die vernedering bespaart hij zich liever. Wat hij ook zou kunnen doen natuurlijk is naar het toilet gaan en dan de omweg langs de postvakken nemen. Wie weet zal hij Bethlem dan tegen het lijf lopen. Bethlem is vermaard om zijn bakken. Dan zou hij kunnen uitbarsten in een onbedaarlijk gelach. Een homerisch geschater. Dat is een prima idee. Hij leegt zijn glas, zet het weer achter de ordners en begeeft zich op weg.

Jaloers luistert hij naar het monotoon geratel van elektrische schrijfmachines, het over en weer van onduidelijke stemmen dat van achter de deuren klinkt. In zijn postvak vindt hij alleen een gestencild bericht van de interne beheersdienst. Iets over het papierverbruik. Niemand vertoont zich op de gang. Hij stapt een van de toiletten binnen, telt tot zestig, wast zijn smetteloze handen en vervolgt zijn weg. Schril fluiten wil ook wel eens helpen. Hij fluit. Geen mens. Wanneer hij, weer op zijn kamer, zijn horloge raadpleegt blijkt hem dat de hele wandeling nog geen vijf minuten geduurd heeft. Hij bezweert zichzelf kalm te blijven, schenkt zich andermaal in, en valt ten prooi aan een mateloze opwinding die hem eerst bijna tegen de muren van zijn kamer drijft en hem dan, zijn voornemen ten spijt, naar de telefoon doet grijpen.

'Ja, mevrouw Dieckhoff, Goudvis hier. Wilt u tegen mijn zwager zeggen dat ik graag vandaag nog een onderhoud met hem zou willen hebben?'

Ze is bang dat meneer Van Kessenich tot laat in de middag in bespreking is. Bang is ze alleen bij wijze van spreken. Wanneer hij haar vraagt of ze zo vriendelijk wil zijn om een afspraak voor hem te maken belooft ze te zullen kijken wat ze voor hem kan doen. Ze belt nog terug.

Zijn ochtend is nu in elk geval enigszins gevuld: hij moet eens goed nadenken over wat hij tegen zijn zwager zal gaan zeggen. Maar nu kan elk moment, een vast punt in zijn dag, de werkster komen. Hij pakt een stapel papier uit een la, legt die op het bureau en buigt zich erover. Zo blijft hij zitten totdat ze zonder te kloppen binnenstommelt en met haar stofdoek langs de meubels gaat. Dan komt ze naast hem staan, haar dij raakt de armleuning van zijn stoel, ze vraagt hem de stapel papier even op te tillen en wanneer ze vervolgens over zijn bureaublad wrijft, de doosjes en bakjes verzettend waarop zijn vingers net nog hebben gerust, voelt hij zulk een aangenaam *frisson* dat hij zijn ogen moet sluiten. 'Dat u kunt lezen, zo in het donker,' zegt ze verbaasd, wanneer ze zijn kamer verlaat.

Hij moet die onrust zien kwijt te raken. Zo kan hij niet nadenken. Een wandeling, het is nu toch bijna lunchtijd. Hij verlaat het gebouw. Deuren lijken nooit naar buiten te leiden. Het is alsof hij per abuis de helse stad Dis is binnengestapt. Vrijwel ogenblikkelijk welt zweet uit al zijn poriën. Het trottoir van de Van Lidth de Jeudelaan is opgebroken. Met een schuin oog op de gehelmde bromfietsers die rakelings langs hem heen slingeren schoorvoet hij over de stoeprand, als over een evenwichtsbalk. Tussen hopen stinkend zand spannen en ontspannen zich glimmend bruine torso's, arbeiders van publieke werken die aan zieke elektriciteitskabels rukken. Rechts van hem wacht bumper aan bumper een lange rij gloeiende automobielen voor een veraf stoplicht. De mannen erin bewegen zich langzaam, spasmodisch, als levend kokende kreeften. Raampjes staan open. Radio's spelen. Nieuwsberichten, forumdiscussies, reclameboodschappen. Aan het carillon van de nabije universiteit zit iemand de Heer te loven. Van tijd tot tijd het alles overstemmende gebulder van een naar Schiphol afdalend vliegtuig. Alles is met alles verbonden, luidruchtig, zinderend, en tot vier keer toe moet hij zich eraan herinneren dat hij op weg is naar het Amsterdamse Bos.

Waar hij merkt hoe massief stadslawaai is op zo'n drukkende zomerdag. Het draagt niet ver. Nauwelijks is hij binnen de beschutting van het geboomte of het lijkt onschuldig gemompel. Goed, dat gesprek. Wat hij moet zeggen. Ik kom binnen. Eén tik op de deur, niet wachten, meteen binnenstappen. Richard zit achter zijn bureau. Eerst een routinepraatje. Het nieuwe briefpapier. De lopende advertentiecampagne. Dat het beter zou zijn om komend jaar een ander reclamebureau te proberen. Jonger, agressiever. Een vrijblijvend, maar niet onbelangrijk onderwerp, iets vaags waarover we het roerend eens kunnen worden. Verbroedering. En dan: Richard, we moeten eens praten... Maar hij denkt niet echt na. Eigenlijk luistert hij naar het knarsen van het grind onder zijn schoenen, volgen zijn ogen het wegflitsen, ineens roerloos stilstaan, weer wegflitsen van een eekhoorn, voelt hij het zweet drogen onder zijn overhemd. Hij weet allang wat hij moet zeggen: Ik neem het niet meer. Maar óf hij dat zal zeggen hangt helemaal van Richard af. Zou hij wel achter zijn bureau zitten? Misschien telefoneert hij. Lastig. Staat hij. Is hij er niet eens. Heeft hij onverwacht bezoek. Misschien begint hij meteen over *haar*.

De koelte hier bevalt hem. Dat opgeblazen gevoel van zoeven is hij kwijt; zijn huid past hem weer perfect. Hij is overigens niet de enige die zich hier vertreedt. Als je goed kijkt zie je dat het wemelt van de gestalten – mensen die wat schimmig in de luwte van het pad van boom tot boom schuiven, takjes en steentjes wegtrappend, veel te vaak op hun horloge kijkend. De baas z'n tijd. Bekende gezichten ook. Hij knikt en groet, maar al die mensen die in de Business-o-Rama desnoods een halfuur tussen de liftdeuren blijven staan om hun praatje af te maken, kennen hem nu niet, of ontbloten alleen heel even hun tanden.

Wanneer hij al bijna besloten heeft om rechtsomkeert te maken ziet hij een kobold die zich op merkwaardige wijze voortbeweegt, namelijk door van het ene kromme, knoestige been op het andere te springen, waarbij het uitgedijde bovenlichaam heftig heen en weer zwaait. Zweet gutst in dikke stralen over zijn nek, zijn meest gespierde lichaamsdeel, het knellende tennisshirt is kletsnat, het sportbroekje, dat vrijelijk wappert waar dijen en billen hadden moeten zitten, wordt bij de rug ontsierd door een donkere vochtvlek. Zijn manier van draven is zo weinig doeltreffend dat mijn vader zijn pas maar iets hoeft te versnellen om hem bij te houden. Het is vooral die nek die hem herinnert aan de president-directeur van de Tielsche van 1847. Maar steken er werkelijk van die knoestige takken in zijn perfect geperste broekspijpen? Is het echt mogelijk dat wat onder zijn vest een degelijk embonpoint leek, zo mensonterend kan schudden? Dat er onder het rugpand van zijn jasje, onder het zitvlak van zijn pantalon, helemaal niets is? Toch wijst verder alles onmiskenbaar op Richard. Richard, op de hielen gezeten door zijn tweede hartaanval.

Gefascineerd volgt hij zijn zwager onder dekking van het bladerdak. Lichtspikkel dwarrelt over zijn haar en schouders. Hij maakt zich vrolijk over deze toevallige ontmoeting. Hoeveel tijd zou Richard nog toegemeten zijn? Hij is een matig drinker. Roken doet hij al jaren niet meer, louter om het genoegen de fiscus voor een gulden vijftig per dag 'bij de veter te hebben', zoals hij dat uitdrukt. Maar hij is vrijgezel. Vrijgezellen sterven gemiddeld vijf jaar eerder dan gehuwden. En dan dat hart. Hij geeft Richard hooguit nog een jaar of tien. Kijk hem eens rennen en bukken en zwaaien met zijn armen!

Na een uiterst moeizaam eindsprintje vindt de trimmer het welletjes. Hij laat zich op het gras vallen. Terwijl hij daar ligt, met gesloten ogen en heftig zwoegende borstkas, besluipt mijn vader hem van achteren en knielt neer bij zijn hoofd. Hij geeft hem zijn kaartje en vraagt: 'Vindt u het niet hoog tijd om eens te denken over een levensverzekering?'

II

‘Tragisch,’ aldus Ben, mijn bewaarengel. ‘Een tragische geschiedenis.’

Nieuwsgierig nam ik hem op. We hadden intussen anderhalf uur in elkaars gezelschap vertoefd en elkaar nauwelijks aangekeken, niet meer dan de hoogst noodzakelijke woorden gewisseld. Net toen ik had aangekondigd hem alles te zullen vertellen waren we een stortbui binnengereden. Het water zeeg in lappen langs de ruiten en de regendruppels roffelden zo hard op het autodak dat ik mijn eigen stem niet meer kon horen. Ben had, over het stuur gebogen, geprobeerd om door de watersluiers heen te kijken. Zo reden we stapvoets door, een minuut of tien, tot eensklaps de regen ophield. Toch bleef Ben voorovergebogen zitten.

‘Er ligt iets op de weg,’ zei hij.

Hij zette de auto aan de kant en we stapten uit. Op het zwarte asfalt, tussen de regenplassen, zilver op sabel, lag een dood beest, een aangereden hond. De buik was opengereten. Maag en darmen puilden eruit. Ze waren grijswit; door de stortregen was ieder druppeltje bloed uit de aderen gehamerd en weggespoeld. We pakten het lijk op. Het was ijskoud. Even was ik bang dat mijn handen eraan zouden vastvriezen en mijn lichaam door dezelfde kou bevangen zou worden, alsof de dood een besmettelijke ziekte was. We legden het in de berm en toen we weer verder reden hield ik mijn handen tussen mijn dijen geklemd, alweer onmachtig tot spreken, en opnieuw boog Ben zich over het stuur, om de snelheid voorlopig niet meer onder de honderdtwintig kilometer te laten zakken.

Ik was vervolgens in een halfslaap gesukkeld, een bang schommelen tussen waken en slapen, en zo kwam het dat ik in Ben even de gesluierde gestalte van mijn moeder dacht te herkennen en in zijn zwijgen haar zwijgen, want zij had evenmin met me willen spreken, die middag na de begrafenis, hoewel ik haar toen voor het eerst sinds maanden weer zag. Dat ze in de kerk niets had willen zeggen kon ik begrijpen, maar ook na afloop, terwijl we naar huis reden over de andere helft van deze zelfde weg, bleef ze zwijgen. Ik strekte in mijn halfslaap een hand naar haar uit. Ze wendde haar gezicht af, keek naar buiten, naar een veld vol rode gladiolen en een vogelverschrikker die voorovergeheld stond, alsof hij op de stoep voor zijn stamkroeg een lantaarnpaal wilde omarmen. Ik schrok wakker. Noordwest sloeg om in zuidoost, dag in nacht, ik gleed van de bank, moest me vastgrijpen aan de rugleuning vóór me en hees me, danig in de war, terug op mijn zitplaats.

'Gaat 't een beetje?'

'Misschien kunnen we straks ergens stoppen,' opperde ik, 'voor een kop koffie of zo?'

Links in de verte blaakte even later een wegrestaurant. Ben reed met een onnodig abrupte zwenking het parkeerterrein op. We moesten door een tunnel, onder de weg, om bij het restaurant te komen. Gesecondeerd door reusachtige schaduwen die zich op de tegelwanden over ons heen bogen, schudden we onze stijve benen en bleven halsstarrig voor ons uit kijken, want we hadden inmiddels zo lang gezwegen dat iedere opmerking nu van een verpletterende onbenulligheid zou blijken. Pas toen we langs een service counter en een knikkebollende caissière waren gelopen en met onze koppen koffie aan een tafeltje zaten, voor het eerst samen in het volle licht, bij een raam met als enig uitzicht de weerspiegeling van het interieur waarin we ons bevonden, een grote glanzende leegte waarin niets het aankijken waard was, keken we elkaar aan.

'Hier vlakbij,' vertelde ik, quasi terloops, 'ligt het geboortedorp van mijn vader. Daar hebben we hem een paar weken geleden ter aarde besteld.'

Ben liet onmiddellijk zijn blik afdwalen, met beleefde weerzin. Dat gezonde, nuchtere onbegrip van hem was precies wat ik nu nodig meende te hebben. Misschien zouden mijn hersenspinsels, die nu nog trilden en glinsterden van gevoel en betekenis, droomachtig ijl en niet tegen de taal bestand blijken te zijn en aan flarden waaien zodra ik ze onder woorden probeerde te brengen. Eindelijk weer frisse lucht! Maar wat ik vooral niet moest vergeten, was dat ze gesponnen waren tussen stakerige feiten.

'Zal ik je eerst maar vertellen wat er eigenlijk is voorgevallen? Dat is natuurlijk wat je het meest interesseert,' ging ik dapper voort. 'De feiten zijn deze. Mijn moeder besluit, een maand of drie geleden, om "een eigen leven" te gaan leiden. Ze wil in dat streven niet gedwarsboomd worden en vertrekt zonder een spoor achter te laten. Mijn vader begint zeer stevig te drinken, raakt overspannen, doet een zelfmoordpoging, of iets dat daar veel van weg heeft, belandt via de GGD in een psychiatrische inrichting en dreigt daar, omdat er vrees bestaat voor herhaling, een zogenaamde rechterlijke machtiging te krijgen. Met die machtiging kun je tegen je zin worden vastgehouden. Hij wordt getipt door een staflid, zo'n jonge antipsychiater, die het er niet mee eens is, en loopt weg. Daar heeft hij dan nog steeds het volste recht toe. Tot zover is er een volstrekt invoelbare samenhang tussen de feiten. Maar: inmiddels heeft zich een andere patiënt aan hem opgedrongen en met hem doet iets ongerijmds zijn intrede in de geschiedenis. Die man, een zekere Dirkzwager, een nogal extreme gek, die wél onvrijwillig zit opgesloten, krijgt lucht van mijn vaders plannetje, ontsnapt tegelijkertijd met hem, en, ik weet niet of hij hem bedreigd heeft, maar verder is het samen uit, samen thuis. Ze gaan naar Mohrbach. Waarschijnlijk heeft mijn vader vermoed dat mijn moeder zich daar schuilhield. Dat blijkt een misverstand. In Mohrbach wordt hij door Dirkzwager gewurgd. Nog diezelfde avond rijdt de moordenaar een afgrond in en op dit ogenblik ligt hij al zo'n week of drie met een gebroken nek naar een wit ziekenhuisplafond te staren, in afwachting van zijn berechting.'

Ben had ernstig geluisterd, maar hij had er kennelijk moeite mee om een gepaste reactie te vinden. Dat kon ik hem niet kwalijk nemen; tenslotte kampte ik met hetzelfde probleem.

'Het is het soort relaas dat je wel eens in de krant leest,' verduidelijkte ik, 'en meteen weer vergeet. Onooglijke feiten, slordig bij elkaar geharkt. De verwerkelijking van een aantal overbodige mogelijkheden. Geen verhaal, niet iets dat je kunt onthouden. Het is allemaal te echt gebeurd. Misschien wordt het wel een verhaal als ik het tien, twintig keer heb verteld. Jij bent het nu al vergeten, zeker?'

'O nee,' zei hij geschrokken. 'Nee hoor.' En opgelucht presenteerde hij me het eerste woord dat hem te binnen wilde schieten. 'Tragisch. Een tragische geschiedenis.' Alsjeblieft. Zo goed?

Hij leek, bij nader inzien, niet erg op de engel waarvoor ik hem had gehouden in het oranje licht van de snelweg. Er zat nogal wat aards vuil onder de nagels van zijn stompe vingers. Iemand die een zware dag achter de rug had. Veel grauw om zijn ogen. Verwijde pupillen. Oogleden die aan de randen iets waren omgekruld, zodat er een strookje vochtig, roze vlees zichtbaar was. Dat hij zojuist bovendien gegeeuwd had, weliswaar achter zijn hand, maar onmiskenbaar, opzettelijk onmiskenbaar, kon mij toch niet van mijn apropos afbrengen.

'Tragisch? Er kleeft juist zo weinig tragiek aan. Dat is voor mij het onverteerbare. De geschiedenis doet me te veel denken aan een anekdote die ik ooit bij een beroemde Ierse schrijver gelezen heb. Een meisje zal na vele jaren haar moeder weerzien. Een disselboom stoot door een raam van het rijtuig waarin ze zit, een puntige glasscherf doorboort haar hart en ze is op slag dood. De schrijver is het niet eens met een verslaggever die dat een tragisch ongeval noemde, omdat, zegt hij, het verhaal noch medelijden, noch angst inboezemt, volgens Aristoteles de twee essentiële fasen van de tragische emotie. Je zou daartegen in kunnen brengen dat ieder overlijden tragisch is, want we zijn tenslotte allemaal sterfelijk. Maar die disselboom, en ook Dirkzwager, brengen je in de verleiding om te spreken van een ongelukkige samenloop van omstandigheden, te zeggen: Als die er niet geweest waren, dan had het niet hoeven te gebeuren, en te denken: Mij zal dat nooit overkomen.

In detectives gebeurt meestal iets dergelijks. Eerst is er een lijk. Laten we zeggen dat het op een stoel zit. Het hoofd ligt op één schouder. Uit de mond hangt een onwaarschijnlijk lange, dikke tong. De vraag die dan het eerst bij je opkomt, is niet: Wie heeft dat gedaan? maar: Hoe kan iemand die pas nog leefde er nu zó bij zitten? Hoe kan iets dat er net nog was, 's mans ziel, nu spoorloos verdwenen zijn? Dan volgt een reeks verwikkelingen, meestal bizar, en met elk nieuw gegeven dwaal je verder af van het eigenlijke probleem, zodat je ten slotte, wanneer de meesterspeurder de dader aanwijst, het raadsel als opgehelderd beschouwt en tevreden het boek dichtklapt. Een spannend verhaal, hoor, maar zoiets zal jou nooit overkomen. In feite krijg je knollen voor citroenen en een kat in de zak op de koop toe.'

Dat had ik hem toch even keurig uitgelegd. Helder en inzichtelijk. Maar hoorde ik het goed? Zat hij met zijn lepeltje tegen de rand van zijn schotel te tikken? 'Hetzelfde dreigt nu te gebeuren,' zei ik nog. 'Er komt een rechtszaak. Alles wordt op een rijtje gezet, ze stellen vast hoe van het een het ander is gekomen, mijn vader wordt van top tot teen omzwachteld met redeneringen, en dan – zand erover. Maar voor mij is dat niet genoeg. Die feiten blijven in me rammelen zolang ze niet in een verhaal zijn gezet, begrijp je?'

'Weet je wat jij moest doen?' zei Ben. Hij schudde zijn onverschilligheid van zich af, liet het lepeltje op de schotel kletteren. 'Jij moest je koffie eens opdrinken. En dan moesten wij maar eens snel maken dat we wegkwamen. Kijk eens naar buiten. Het wordt verdomme al licht! Ik wil eindelijk wel eens naar *bed*, begrijp je?'

Ze had, in haar zwarte rouwfloers, nauwelijks geleken op de fleurige vrouw die ik kende en daarom had het even geduurd voor het tot me doordrong dat ik, voor het eerst sinds maanden, weer tegenover mijn moeder stond. Ze kwam uit de auto van mijn oom Richard gestapt en wilde meteen doorlopen naar de gereedstaande rouwwagen, maar toen zag ze mij ook. Ze vouwde haar handen voor haar schoot, een geduldig gebaar dat betekende dat ik haar kon kussen, en ik stond al voorovergeheld om mijn lippen op haar wang te drukken toen ik merkte dat ze een voile voor had en niet van zins was om het gaas op te tillen. Even stond ik te wankelen op mijn voeten, zwaaide ik als een dronken schooier voor haar heen en weer, zodat ze me bij mijn arm moest grijpen. Met haar kleine, sterke hand duwde ze me naar de rouwwagen. 'Ik zag de annonce in de krant,' zei ze zacht. 'Richard heeft me verteld wat er gebeurd is' – een voorlopig antwoord op de reeks vragen die ze moest hebben zien branden op mijn lippen, mijn belachelijke lippen die de lucht kusten.

De requiemmis was genadig kort. De enige echte beproeving was het geween van twee mij onbekende vrouwen, een paar banken achter ons, dat vooral tijdens de preek, elke keer dat de naam werd genoemd van 'deze zoon van ons dorp, die elders het fortuin gezocht en de dood gevonden heeft', 'Karel' volgens de pastoor, in hernieuwde, telkenmale ongekender hevigheid opgierde. Deze Karel, verzekerde de pastoor ons terwijl hij handwassende bewegingen maakte, had zijn lijden blijmoedig gedragen en, voortreffelijk echtgenoot en huisvader die hij was, had hij mogen sterven in de gerechtvaardigde verwachting te zullen opgaan tot de heerlijkheid Gods. Op het kerkhofje werd de kist niettemin aan nieuwe, blanke koorden neergelaten in een kuil naast het graf van mijn grootmoeder. Ik had haar alleen tegen het eind van haar leven gekend. Ze was toen zeer dement en niet minder devoot en breien was voor haar zoiets als wat brevieren voor een priester moet zijn. Mij werd vaak opgedragen om onder de tafel te gaan zitten en wat ze van boven breide, haar eeuwige zaligheid, van onder weer uit te trekken, want het werd toch nooit wat en het was maar zonde van die dure wol. Het werd één lange lap, die in haar onvaste verbeelding nu eens de gestalte aannam van een trui, dan weer een borstrok of een paar sokken voor 'Matthieuke'. Matthieuke, dat was ik. Matthieuke was haar overleden kind. Vaak zei ze met bevende kin versjes op van Gezelle, van wie ze een groot aantal mopjes uit haar hoofd kende, en vooral bij 'Het kindeke van de dood' biggelden de tranen langs haar oude neus en keek ze me aan alsof ze heus wel wist dat ik niet *echt* daar onder de tafel zat.

Zij leefde en leefde tweemaal toen
zij 't tegen heur herte sloot,
en driemaal, toen ze 't dáár mocht voên,
heur kindeke… van de Dood.

Het kwam wel eens voor dat ze ons aan het schrikken maakte door midden onder het gesprek hard te roepen: 'Kerk-Avezaath! Allemaal uitstappen!'

Na het defilé drukten we op het kerkplein wat handen. Ook de twee wenende vrouwen kwamen condoleren. Ze waren zusters, misschien wel tweelingzusters: allebei waren ze even klein en onder dezelfde spierwitte wollige permanenten hielden ze ons dezelfde opgedroesde bekjes voor, zodat we wel moesten kijken naar hun lekkende ogen, in hun lillende mondholtes, waaruit nog steeds een beetje gejammer steeg. Ze lieten onze handen niet los voordat oom Richard hun op een wenk van mijn moeder elk een tientje had gegeven.

'Ik wist ineens weer wie ze waren,' zei ze. We zaten nu gedrieën in mijn oom Richards auto. 'Ze kwamen ook op de begrafenis van oma Goudvis, maar daar werden ze overstemd door de claque van haar schoonzusters. We hebben ze toen niets betaald. Maar eigenlijk doen ze het meer voor hun plezier, geloof ik. Heb je trouwens gezien dat alle viooltjes van oma's graf waren afgegeten? Dat hebben vast de konijnen gedaan.'

En verder zei ze niets. Die hele rit lang, van mijn vaders geboortedorp, nu tevens zijn laatste rustplaats, tot in Amsterdam, bleef ze zwijgen. En ik zat achter haar, met de blaren op mijn lippen, net zoals later toen ik mijn vader over de andere helft van deze zelfde weg zou nareizen naar Mohrbach en de feiten van zijn dood zou uitwringen om een paar druppeltjes poëtische genade. Onder die voile was haar gezicht niet meer dan een bleke vlek. Ze keek star naar buiten, glimlachend, leek het – ze hield althans haar neus wat omhoog, alsof ze iets zaligs rook. Ze zag er gekrompen uit in dat zwarte rouwfloers, bijna een oud mensje, nauwelijks meer aanwezig omdat het grootste deel van haar leven nu bestond uit verhalen die niemand meer kon bevestigen. Ik dacht terug aan een avond – ik was een jaar of elf toen – dat mijn ouders thuis zouden komen van vakantie. Ineens *wist* ik dat ze verongelukt waren. Ik viel op mijn knieën, alleen in het lege huis, en bad, tegen beter weten in: O God, laat het niet waar zijn, ik wil het niet, ik wil geen wees zijn, ook al ben ik dan nog zo rijk en vrij! Toen ging de voordeur open. Hun opgewekt gebabbel. Mijn lichaam verstijfde in hun omhelzingen door een raadselachtig gevoel van teleurstelling.

Pas toen we stonden te wachten voor het eerste stoplicht van de stad werd de stilte verbroken. Oom Richard vroeg mijn moeder waar hij haar af mocht zetten.

'Oh... je weet wel waar.' Ze probeerde haar stem weg te foezelen onder het stationair brommen van de motor.

Zo. Wist hij dat wel. En dat appeltje dan, dat we nog moesten schillen? Dacht ze werkelijk dat ik haar zomaar weer zou laten gaan? 'O nee,' zei ik. 'O nee. Je zult echt een uurtje voor me over moeten hebben.'

'Thuis dan maar?' Oom Richard hakte de knoop door. Zo doortastend kon slechts een volmaakt onverschillig iemand zijn. Vlak voor hij alleen, en blij toe, wegreed greep hij me bij mijn pols. 'Eh... Frits. Ik moet binnenkort een paar dingetjes met je bespreken. Zakelijk. Ik bel je eerst nog wel. En eh... probeer de vrede een klein beetje te bewaren, ja?'

'De werkster is ook maar meteen weggebleven,' lichtte ik toe. Ik had de lege flessen in dozen aan de straat gezet, de gordijnen rechtgehangen, de ingedroogde kattekeutels onder de kasten uit geveegd, gestofzuigd – het had me een hele middag gekost en nóg was het in huis even goor alsof er een detachement Hunnen ingekwartierd was geweest. Ze leek er geen notitie van te nemen. Midden in de kamer sloeg ze de voile terug, zette haar hoedje af en schudde haar iets naar achter gebogen hoofd, een gewoontegebaar dat volgde op het uittrekken van een haarpen en voorafging aan het uitrollen van haar lange donkerblonde haar. Donkerblond *geverfde* haar, besefte ik nu. Die voorbereidingen bleken rudimentair: het was zo kort als dat van een non en asgrijs. Ze keek me aan met een gezicht zonder een spoor van make-up, zelfs haar rouw stak er nog frivool bij af, en kennelijk wilde ze iets zeggen ('En Frits, vertel eens, hoe gaat het?') om mijn vragen voor te zijn ('Waarom zie je er zo uit? Waarom ben je weggegaan? Waarom heb je al die tijd niets van je laten horen?'), toen ze met een gil opzij sprong en de kat, die zich stilletjes langs haar benen had geschurkt, op een poot trapte.

'Van wie is dat beest?'

Blazend en met opgezette staart was het dier een hoek in gevlucht, mijn kans om eindelijk eens met haar te kunnen praten in zijn vaart met zich mee slepend. 'Waar ben je geweest? Wat heb je gedaan, al die maanden?' vroeg ik nog, maar dat onderwerp kon blijkbaar rustig wachten.

'Mag ik alsjeblieft even gaan zitten?'

Nee, die kat, die vond ze pas interessant.

'Heeft *hij* voor het dier gezorgd?'

'Hoe oud is het?'

'En wie geeft het nu te eten?'

'Wordt het wel eens buiten gelaten?'

'Van wie *is* die kat?'

'Die kat is van jou.' Er zat voor mij niets anders op dan geduld te oefenen. 'Je was net twee dagen weg toen dat meisje van een paar huizen verder hem kwam brengen. Dat kleine meisje, met die vlechtjes. Haar mamma vond dat hij te lastig werd, zei ze, en de mevrouw had gezegd dat hij wel hier mocht wonen. Toen heeft *hij* voor hem gezorgd, ja. Hij moest wel. Het beest tiranniseerde hem. Hij was er als de dood voor.'

Alles wilde ze erover weten. En dus vertelde ik haar wat mijn vader aan mij verteld had. Dat hij het beest had gehaat. Dat het zo vraatzuchtig was. Dat het de katpâté niet volwaardig en compleet genoeg vond. Als mijn vader aan tafel zat, kwam het gezellig naast zijn bord zitten en na enig beleefd wachten legde het een poot met uitgestrekte nagels op zijn vlees. Het probeerde zich te laten insluiten in de ijskast. Het was zo hartstochtelijk carnivoor dat het 's avonds de afvalemmer omwoelde op zoek naar botjes om af te kluiven en slagerszakjes om helemaal schoon te likken. En dat terwijl het ier zo dik was dat zijn buik haast over de grond sleepte. En het ergst van al was dat het mijn vaders afkeer beantwoordde met blinde liefde. Hij zat nog niet of het wipte aanminnig snorrend bij hem op schoot en als hij het dan geïrriteerd op de grond zette sprong het, met de vergevensgezindheid van een heilige, gewoon weer terug. Het wilde met hem naar bed. Daar kuste het hem onstuimig, likte hem zelfs het zweet uit de oksels en als het de slaapkamer werd uitgezet, dan was het niet te beroerd om precies als andere afgewezen minnaars voor de deur te gaan zitten kermen, net zolang tot het zich mocht neervlijen op mijn vaders hoofdkussen en hem allerlei verliefde onzin in het oor kon knorren.

Heel voorzichtig probeerde ik het gesprek om te buigen. 'Hij was overspannen,' zei ik. 'Daarom werd hij zo door die kat geobsedeerd.' Alles wat zijn wereld steeds gewillig en bescheiden had bevolkt begon medelijden te eisen. Het behang mompelde. De klok keek scheel. Het glas gilde tussen zijn vingers. Maar tegenover mij hield hij zich groot. 'Als je denkt dat die beesten echt van je houden,' had hij me toevertrouwd, 'dan heb je het goed mis. Montaigne schrijft ergens dat hij niet weet wie wie voor de gek houdt als hij met zijn kat speelt. Nou, ik wel. Hij houdt zichzelf voor de gek. Wat ik je vragen wou, Frits, zou jij dat hoopje misère niet willen overnemen? – Nee?'

'En hoe heet hij?' vroeg mijn moeder nu. Ze vroeg dat bijna geanimeerd.

'Volgens dat meisje heet hij Hein. Maar dat is eigenlijk niet zo'n geschikte naam.'

Mijn vader was op een ochtend wakker geworden door een luid gespin. Hein lag niet op zijn kussen. De kastdeur stond open en op de vloer voor de kast lagen wat overhemden in een verfomfaaide hoop. Hij was opgestaan en had in de kast gekeken. Op een schap, tussen het ondergoed, lag Hein, en uit zijn onderbuik kwam een slijmerig, zwart pakketje, dat hij met zijn ruwe tong aflikte tot er een klef, piepend katje overbleef. Zo werden binnen een uur nog vier katjes geboren.

'En wat is er met die jongen gebeurd?' hield mijn moeder aan, met geanticipeerde ontzetting.

'Die heeft hij verdronken.' Nu moest het maar eens afgelopen zijn. 'Wil je me nou eindelijk vertellen waarom je bent weggegaan? Mag ik dat soms niet weten? Is er ruzie geweest? Was je op hem uitgekeken?'

De kat was, kort van geheugen, bij haar op schoot gesprongen en duwde zijn schedeltje tegen haar nerveus krauwende vingers, haakte zijn nagels in het krip, dat met die ruwe geërodeerde textuur en steenkoolzwarte glans meer mineraal dan zijde leek.

'Op hem uitgekeken?' Ze sperde haar ogen wijd open, alsof ze alleen zo de enormiteit van mijn vraag kon overzien. 'Nee, dat was het beslist niet. Wat je na een aantal jaren wel beseft, is dat je elkaar nooit beter zult begrijpen. Maar daarmee kon ik vrede hebben. Nee, er was iets anders – een impasse. Maar dat gaat je niets aan. Ik zal ook niet getuigen op het proces. Ik had het volste recht om weg te gaan.' Ze bracht haar vingers van de kat naar dat nieuwe, grijze haar en voelde er even aan. 'Of vind je soms van niet?'

'Hoe kan ik daar nu antwoord op geven?'

Ze keek van me weg, het zonlicht in, dat schuin door het raam naar binnen viel en haar ogen, overeenkomstig haar bedoeling, opaak maakte. Maar ik had al gezien hoe rood het in de oogstreek was geworden. Dat betekende water in de sloot. Ik moest een wreed gevoel verbijten. Ze liet de tranen echter kalm komen en haar stem was alleen een beetje aangesnoerd.

'Berusting, of zelfs maar onverschilligheid, dat hebben we nooit gekend. Het ging steeds hard tegen hard. Tederheid werd na verloop van tijd onmogelijk. Het was oprechter om te kwetsen. Maar toen was er ook geen weg meer terug. Ik kon zijn aanraking niet meer verdragen, ieder woord dat hij zei maakte me razend, alles wat hij deed vond ik even verwerpelijk, dom, ergerlijk. Een onverklaarbare afkeer, waardoor je jezelf weer gaat tegenstaan, die zichzelf steeds in het kwadraat verheft, tot je een en al haat geworden bent.'

'En daarom heb je hem plotseling in de steek gelaten?'

'Nee. Daarom heb ik hem niet *plotseling* in de steek gelaten.'

Haar vingers plukten aan de kat die, vanwege de nog steeds gezwollen, kaalgesabbelde memmen, op z'n zij in haar schoot lag, en bleven doorplukken toen ze me vervolgens dat vreemde verhaal vertelde over haar droomverschijning, haar incubus, dat zij liever verzwegen en ik liever niet gehoord zou hebben. Waarom ze het dan toch heeft verteld? Ik denk dat de gedachte aan een wrokkende zoon haar moet hebben gehinderd in haar nieuwe, grijsharige bestaan, dat ze vergeven wilde worden, maar toen het verhaal uit was kon ik haar niets verwijten en dus ook niets vergeven.

'We hadden geen – omgang meer,' zei ze. 'Maar we sliepen nog wel in één bed. Hij beweerde dat hij zonder mij niet kon slapen. Ik sliep op de rand, werd haast uit het bed geduwd door al dat verschrikkelijks dat tussen ons in lag. Maar soms, dan gebeurde het toch. Soms droomde ik. Van iemand. Een man die – bij me kwam. Niet meer dan een nevel, een sfeer, een diffuse aanwezigheid was die man. Ik merkte dat ik hield van die man. En dan werd ik wakker. En dan lag ik in *zijn* armen. Ik raakte in paniek, ik had hem wel van me af willen schoppen. Ik draaide me om en van schaamte viel ik dan weer in slaap. We spraken er niet over, de volgende dag.

Het was onbespreekbaar. Ik wilde apart gaan slapen, op de logeerkamer, maar ik durfde er niet over te beginnen. En het gebeurde *weer*. Weer had ik die droom, over die man, die vage, warme aanwezigheid, aan wie ik me met hart en ziel wilde geven, en dan werd ik wakker, niet plotseling, maar langzaam, zoals een vis moet merken dat hij een fuik is ingezwommen, en dan lag ik daar met *hem*, met dat lichaam dat ik zo nerveus, zo grijperig, zo minderwaardig vond. O, wat was dat benauwend, alsof ik levend begraven was, zo voelde dat. Ik verdacht hem ervan dat hij me in mijn slaap – beroerde, en zo die droom, die heerlijke droom bij me opriep en me dan – gebruikte. Maar ik schaamde me nog steeds te erg om er met hem over te durven spreken. En ik wilde het ook niet meer. Ik wilde niet dat het op zou houden. Ik wilde die man van mijn dromen koste wat kost terugzien. Desnoods liet ik me *hem* maar welgevallen, zoveel hield ik van die man.

Het droombeeld was – werkelijker dan enige droom die ik

ooit had gehad. En het kwam steeds terug. En elke keer dat het terugkwam werd het duidelijker, ik herkende het elke keer iets meer, het was niet zomaar een verschijning, een demon, maar een *man*, met een ziel, met een heel bepaalde uitstraling, die zo sterk, zo individueel was, dat ik uiteindelijk *wist*, ik wist het zeker, dat die man ook buiten mijn dromen bestond, dat ik hem niet verzonnen had.

Ik duwde hem niet meer van me af. Het was geen gewone droom, die bij het ontwaken ineens vervliegt, nee, ik kon hem vasthouden, in een soort halfslaap, ik kon het droombeeld onder mijn oogleden gevangen houden. Ik wist inmiddels heel zeker dat ik die man kende, maar wie hij was, daar kwam ik niet achter, want ik kreeg nooit zijn gezicht te zien. Ik voelde zijn aanwezigheid, soms zag ik zelfs iets van zijn lichaam oplichten in die schemer die in dromen heerst, zijn borst, zijn bovenarmen, zijn dijen, zijn nek – het was een prachtig, sterk, groot lichaam, maar het was altijd zo dichtbij dat ik het nooit helemaal kon zien en het gezicht lag altijd verborgen in mijn hals.

Ik *moest* te weten komen wie hij was. Misschien was het een herinnering aan een vriend van vroeger. Niets had me ervan kunnen weerhouden om onmiddellijk naar die vriend toe te gaan en de rest van mijn leven bij hem te blijven. Want ik had inmiddels ontdekt waarom *hij* me zo tegenstond. Ik kon hem niet meer verdragen omdat ik steeds gehouden had van een ander, zonder te weten van wie, zonder zelfs maar te weten *dat* ik van een ander hield. Het was zo heerlijk, zo'n bevrijding, om van iemand te houden, om dat te weten, afgezien nog van dat prachtige gevoel zelf, na jarenlang uitgemergeld te zijn door – haat. Ik dacht heel sterk aan iedere man die ik ooit gekend had. Soms is een oogopslag, een gebaar, een stembuiging, genoeg om je een voorstelling te kunnen maken van de hele persoon, tot in elke porie van zijn huid. Dat is een vrouwelijke gave,' zei ze snel, 'daar begrijp jij toch niets van. Maar niemand die ik me kon herinneren gaf me precies dát gevoel, of zelfs maar een heel zwakke versie van dat gevoel – er was steeds iets dat wezenlijk verschilde. Ik dacht zelfs aan mijn vader, aan Richard, zelfs aan jou... ik heb me de verschrikkelijkste dingen in mijn hoofd gehaald. Toen besloot ik dat het iets telepathisch moest zijn, dat het een man was die ik nog nooit had ontmoet maar die zich langs telepathische weg aan mij mededeelde.'

Haar handen lagen stil op de zoet spinnende kat. Ze zweeg nu, kennelijk om de rest van het verhaal even te recapituleren, en er verscheen zulk een wrange uitdrukking op haar gezicht dat ik dacht wel te kunnen raden naar de afloop. 'En toen ben je weggegaan,' zei ik. 'Je bent stad en land afgereisd, op zoek naar die man. Overal maar in de trein gestapt, kriskras door het land getrokken, in de hoop hem tegen te komen. En je hebt hem natuurlijk niet gevonden.'

'Nee, zo is het niet gegaan,' zei ze. 'Ik heb zijn gezicht gezien. Dat was de laatste droom. Ik weet niet hoe dikwijls het al gebeurd was, het heeft al met al jaren geduurd. Ik kon het droombeeld intussen heel lang vasthouden en die keer duurde de droom zo lang dat hij zijn hoofd uit mijn hals tilde en me aankeek. Nog nooit heb ik een gezicht zo mooi gevonden.'

'En heb je het herkend?'

'Ja.' De kat draaide zich plotseling om in haar steenkoolzwarte schoot. Ze had het dier, in de ban van haar herinnering, te hard in zijn pijnlijke buik geknepen. Met wijd open kaken schoot het nu af op de zich vergrijpende hand en zette er zijn tanden in. Ze merkte het niet eens. 'Ja. Met een schok. En op datzelfde ogenblik veranderde het in het lelijkste, afstotelijkste gezicht dat ik kende. *Hij* was het. Dezelfde man die ik overdag niet kon luchten of zien was 's nachts de man van mijn dromen. Toen ben ik voorgoed uit die droom ontwaakt. En de volgende ochtend heb ik hem verlaten.'

Even later, op zijn studeerkamer, vond ik de opengeslagen *Ethica* en terwijl ik me stond af te vragen wat mijn vader zou hebben bedoeld met de aantekening 'ook omkeerbaar?', trok mijn moeder een half openstaande bureaula helemaal uit en greep in het donkere, achterste vakje. 'Leeg,' mompelde ze, op een toon of ze een belangrijke ontdekking had gedaan, en ze zette de koperen leeslamp op de rand van het bureau.

'Natuurlijk is het leeg,' zei ik. 'Hij heeft de sleutel meegenomen.'

Ze bleef delven in die la, tussen papier, enveloppen, radeermesjes, vlakgommen en de onderdelen van tientallen gedemonteerde ballpoints. 'Nee, er waren *twee* sleutels.' Ineens hield ze haar hand stil: hebbes.

'Zie je dit?' Een sleutel. En nog eens, er kwaad mee tikkend in de lucht: 'Zie je dit?' Alsof ze er mijn schedel mee zou kunnen inslaan, zo hield ze die sleutel voor mijn gezicht. 'Begrijp je dan niet wat er gebeurd is? Toen ze hier in huis zijn geweest, hij en die Dirkzwager, op de avond dat ze zijn ontsnapt, toen hij hier de auto heeft opgehaald, ja?' – ja, ik kon haar nog steeds volgen – 'toen heeft hij in dit vakje, waarin dus twee sleutels horen te liggen, maar één sleutel gevonden. En dáárom is hij naar Mohrbach gegaan, omdat hij gedacht heeft dat ik de andere sleutel had meegenomen. Maar die andere sleutel, *deze* sleutel, had hij ooit ernaast laten vallen. Je wéét toch hoe hij was...'

Ik zag hem weer voor me, verontwaardigd wijzend op zijn horloge terwijl zijn trein voor zijn ogen het station uit rolt; tastend naar zijn portefeuille, over zijn hele lichaam, behalve in zijn linkerbinnenzak, want daar grijpen zakkenrollers het eerst en bewaart hij hem dus niet; proppen op het aanrecht deponerend en vaatwerk in de vuilnisbak; en ik knikte – haar veronderstelling, hoe weinig er ook door werd verklaard, klopte. Ze herademde. Ze liep naar de kamer en borg de sleutel op in haar tas. Knip. Voor haar verklaarde die veronderstelling precies genoeg.

‘Ik had hem natuurlijk wel gezien,’ had mijn oom Richard gezegd, naar aanleiding van de ontmoeting in het Amsterdamse Bos, ‘maar ik hoopte dat hij me met rust zou laten. Ik voelde me allerbelabberdst.’ En toen, op de haast vertrouwelijke toon die hij nu voor het eerst tegen me gebruikte: ‘Mensen die elkaar intussen dertig jaar niet liggen hebben steeds hetzelfde gesprek. Ik had echt geen zin in dat gesprek.’ Waarna hij, demonstratief puffend, zonder zich te verontschuldigen zijn stropdas lossjorde en een raam openschoof. Flarden verkeerslawaai woeien van de straat naar binnen. De vitrage deinde. ‘Je lust wel een glas cognac, zeker.’ Toen hij zich omdraaide leken zelfs de plooien in zijn nek me toe te grijnzen.

Hij bewaarde zijn drank in een kleerkast, zag ik. Sinds de dood van mijn grootmoeder, acht jaar geleden inmiddels, woonde hij in deze hotelkamers, in een geleende omgeving die zich nooit naar hem zou voegen. Geen dag lieten de kamermeisjes de meubels hier op precies dezelfde plaats staan, zodat hij steeds moest uitkijken waar hij liep. Hij had me opgebeld en gevraagd eens langs te komen, ‘om een beetje te praten over wat er is gebeurd,’ ongetwijfeld met het oog op de komende rechtszaak, en dit was de eerste keer dat ik deze kamers zag. Hier speelde hij tweemaal per week tot diep in de nacht backgammon met zijn vrienden – onroerend-goedmagnaten, aborteurs, projectontwikkelaars, notarissen, mannen die over veel, gemakkelijk verdiend geld beschikten dat ze, volgens mijn moeder, met duizenden guldens tegelijk aan hem verloren. Ik kreeg mijn cognac, in een whiskyglas. Zelf dronk hij water.

Hij liet zich in zijn stoel vallen en strekte zijn benen. Zijn voeten staken in een paar vilten slippers, een huiselijke noot die hier nogal vals klonk. Voordat hij verder praatte wreef hij met beide handen krachtig door zijn gezicht, alsof zijn glimlach hem pijn deed. 'Ik had mijn wagen bij de Amstelveenseweg staan en hij liep met me mee. Je kunt me ten minste een lift terug geven, zei hij. Maar ik moest me nog douchen en omkleden. We zijn toen hierheen gereden. Ik had een pestbui. Ik vroeg hem of hij al iets van je moeder gehoord had. Nee, zei hij. En jij? vroeg hij. Ik zei nee. Ik kreeg de indruk dat hij me niet geloofde. Ten slotte hadden we toch weer datzelfde oude gesprek, hier, in deze kamer. Ik heb toen niets bijzonders aan hem gemerkt. Hij deed erg lijdzaam. Nou ja, hij hoorde het allemaal al voor de honderdste keer, natuurlijk. Ik bedoel, ik kan me voorstellen dat je zou denken dat er, laten we zeggen, ongewoon harde dingen gezegd zijn, gezien wat er daarna is gebeurd, maar het was echt niets bijzonders. Hij wilde weer eens weten waar hij stond.'

'En waar stond hij dan?' Oom Richard had al laten merken dit een erg afgezaagde vraag te vinden, maar ik stelde hem desondanks.

'Tja. Ik zal niet ontkennen dat zijn positie beroerder was dan ooit. Zijn positie is altijd beroerder geweest dan ooit. Hij had dat zelf ook verdomd goed in de gaten. Een onbestorven weduwnaar, een werkloze met een riante baan, noemde hij zich. Maar zeg nou zelf, Frits, wees nou eerlijk, het was toch allemaal zijn eigen schuld? Er was toch niets meer dat ik voor hem kon doen?'

Hij rolde met zijn ogen, hief zijn handpalmen ten hemel, en ik zou het zonder meer beaamd hebben: Ja, oom Richard, ik weet het, niemand zou het u nadoen, u bent een engel van geduld. Maar ook al wist ik het, dan had ik het misschien nog niet begrepen en al had ik het wel begrepen, dan was ik er vast nog niet van doordrongen.

'Het spijt me dat ik het zeggen moet, maar je vader heeft er bij de Tielsche totaal niets van gebrouwen. Dertig jaar geleden dachten we allemaal: Die man moeten we hebben. Het is echt niet zo dat hij bij ons is ingetrouwd zonder enige verwachtingen van onze kant. Hij was ontwikkeld, charmant, een vlotte prater, geknipt voor de buitendienst. Hij werd eerst inspecteur, met de speciale opdracht om die toentertijd nieuwe tweetrapsstijgingsverzekering te propageren, waarvan Starhutte, zijn opvolger, later zo'n succes heeft gemaakt. Twee jaar lang heeft hij ermee lopen leuren en, geloof me, hij bracht er niets van terecht. Toen kwam hij ons vertellen dat hij morele bezwaren had tegen gemengde verzekeringen, verzekeringen dus met een risico- en een spaaraandeel. Als het levensverzekeringsbedrijf ergens groot door geworden is, dan is het wel door de gemengde verzekering. Maar nee, mensen konden beter met hun spaarcenten naar een bank gaan, vond hij. Alsof ze daar *niet* bedonderd worden. Hij wou alleen nog risicoverzekeringen doen. Er was op dat moment voor hem geen plaats op die afdeling, dus kwam hij naar de binnendienst. We hebben werkelijk *alles* geprobeerd. Personeelszaken. Sociale zaken. Hij is researchcoördinator geweest. Tenslotte was hij een soort factotum. Schreef wel eens een speechje voor mij. Ging wel eens naar een receptie. Dingen waar ik geen tijd voor had. Veel stelde het niet voor. En hij slaagde er steeds opnieuw in om de stomste blunders te maken. Je kent dat verhaal van die duizend flessen champagne? Zo zijn er nog tientallen voorbeelden. Op een keer schoot hij me aan, ik zal het nooit vergeten, en hij zegt: Richard, ik heb een voorstel. Voor de draad ermee, zeg ik. Richard, zegt hij, waarom vervangen we het woord levensverzekering niet door *overlijdens*verzekering, dat is toch veel correcter? Nou vráág ik je. Soms wist je echt niet of hij je in de maling nam. Ja, waarom niet meteen *doods*verzekering? Bracht me wel op een idee, trouwens. Ik heb nog laten uitzoeken of het mogelijk zou zijn de mensen naast hun levensverzekering ook nog zo'n zogenaamde overlijdensverzekering te verkopen – ik had al wat aardige condities bedacht – maar dat is me toch afgeraden.'

Zijn eigen slimmigheid vertederde hem nu zozeer dat hij ook wat milder gestemd werd jegens mijn vader. 'Nou ja, helemaal zijn eigen schuld was het ook niet. Toen hij bij de zaak kwam was er bijvoorbeeld van concernvorming nog geen sprake. Dat kwam pas later. Nu zijn veel belangrijke afdelingen gecentraliseerd: de hele buitendienst, de administratie, noem maar op. De functies waar hij eventueel in zou passen werden schaarser. Zoals je weet zijn fusies binnen onze bedrijfstak niet mogelijk, vanwege de Wet op het Levensverzekeringsbedrijf, anders was er niemand geweest die hem de hand boven het hoofd had kunnen houden. We hebben een efficiency-onderzoek gehad. Vijf doctorandussen in de economie hadden we over de vloer. Die stonden de hele dag te turven hoe vaak je naar het toilet ging, hoeveel papier je gebruikte, hoe lang je je handen stond te wassen. Och, och, wat heeft ie 'm geknepen toen! En wat heeft het mij een moeite gekost om hem niet te ontslaan. Want ik mag dan president-directeur van de Tielsche zijn, binnen de VLVB ben ik maar een hele kleine jongen. Hij was een blok aan mijn been. En dan dat salaris. Hij was veel hoger ingeschaald dan massa's anderen die stuk voor stuk honderd keer meer voor de zaak gedaan hebben. Begrijp je dat ik me heb rotgeschaamd?' Hij zweeg, niet omdat hij werkelijk begrip van mij verwachtte, maar om in één teug zijn glas water te legen en vervolgens met schorre stem te concluderen: 'Laten we wel wezen, Frits, hij was een nietsnut, een volslagen nietsnut.'

Hoe vaak had ik dit al gehoord? Twintig, vijfentwintig jaar lang had hij deze apologie gehouden en altijd op die iets te nadrukkelijke toon die verried dat hij er almaar net niet in slaagde om zelf te geloven in wat hij zei. Want zijn verontschuldigingen, hoe terecht ze ook waren, bedroegen precies de helft van de hele waarheid. De achterkant van de medaille, die hij zichzelf met zoveel fanfare op de borst had gespeld, zag er heel wat minder edel uit. Door zijn onuitputtelijke welwillendheid had hij het mijn vader in feite onmogelijk gemaakt om de Tielsche inderdaad de rug toe te keren. Telkens wanneer die beslissing dreigde, bleek er een geschikter functie vacant, een ruimer salaris voorhanden, en bij elk nieuw fiasco raakte mijn vader er vaster van overtuigd dat wat hem bij de Tielsche niet was gelukt, elders nog minder kans van slagen moest hebben. Zo bleef hij maar woelen in zijn gespreide bedje, akelig dromend over zijn onbeproefde talenten.

Of hij me nog eens kon inschenken, vroeg oom Richard,

maar ik had nog nauwelijks van mijn glas gedronken. Toen schoof hij de sigarettendoos wat dichter naar me toe, een gebaar dat moest voorkomen dat ik zijn conclusie: 'Meer is er die middag niet besproken,' zou opvatten als een teken om te vertrekken. Hij voerde dus iets in zijn schild. Maar wat eerst volgde was de normale conversatie van twee semi-onbekenden. Je woont nog steeds? Bent nog altijd met? Hoe lang. Hoeveel. Werk. Plannen. Welwelwel. Hij zat nu rechtop in zijn stoel, vriendelijkheid als een nylonkous over zijn gezicht getrokken, zich er niet van bewust hoe beledigd ik was door de goedmoedigheid, af en toe verstoord door ongeduldig oogknipperen, waarmee hij mijn antwoorden aanhoorde. En toen hij eindelijk ter zake kwam, 'Er is nog iets, Frits,' schrok ik, alsof ik plotseling de loop van een pistool in mijn rug voelde.

'Een vervelende kwestie...' Hij aarzelde nu, zijn rechterhand tot een vuist gebald, de geveinsde aarzeling van de kaartspeler die een slag gaat slaan. 'Ik kan je maar beter voorbereiden op wat anders waarschijnlijk als een pijnlijke verrassing gekomen zou zijn. Je vader had zijn leven bij ons verzekerd, in weerwil van zijn prachtige principes. Nu zou de uitslag van het proces tegen Dirkzwager er wel eens toe kunnen leiden dat de Tielsche aan de begunstigden, aan de erfgenamen in dit geval, aan jou en je moeder dus, niets hoeft uit te betalen.'

'Me dunkt dat aan alle voorwaarden is voldaan. U hebt hem zelf mee helpen begraven –'

'Dat is het punt niet. Het gaat mij om de manier waarop hij aan z'n eind is gekomen. We betalen namelijk niet uit in geval van zelfmoord.' Hij spreidde zijn vingers. De bloem van zijn bedoeling bloeide open.

'Zelfmoord? Er is toch geen enkele reden om aan zelfmoord te denken?'

'Zeker wel, en die reden ken je maar al te goed: er was een eerdere poging.'

O ja, dat kopje-onder in de badkuip. Het had geleken op een serieuze zelfmoordpoging, maar doordenkend over de vreemde omstandigheden was ik er steeds minder van gaan begrijpen. 'Dat is maar de vraag,' zei ik, 'hij was stomdronken... Bovendien, er ligt een wereld van verschil tussen een poging tot zelfmoord en een geslaagde zelfmoord; zo'n poging is meestal een noodkreet... En die bekentenis dan, die bekentenis van Dirkzwager, daar valt toch niet meer aan te tornen?'

'Daar hoeft geen tittel of jota aan veranderd te worden. Er moet alleen iets aan worden toegevoegd. Het zou moord op eigen verzoek kunnen zijn – euthanasie – zelfmoord bij volmacht.'

'O, kom nou...'

'Het gaat mij om de jurisprudentie. Het is, verzekeringstechnisch gezien, een belangwekkende zaak. Het zou verkeerd zijn om die zomaar te laten schieten.' Ik zag dat hij zich op het nippertje wist in te houden; anders had ik vast een vroom prevelement te horen gekregen over gevoelens enerzijds en zakelijke belangen anderzijds en over hoe hij het beste met iedereen voorhad. 'Het is zelfs denkbaar dat hij niet met zoveel woorden om, nou ja, moord verzocht heeft, maar zich in zo'n positie heeft gemanoeuvreerd dat het wel *moest* gebeuren. Hij wist immers dat hij met een gevaarlijk sujet van doen had.'

'Zo wordt de bewijslast wel erg licht.'

'Misschien. Ik weet het zo net niet. Sta me toe dat ik wat speculeer,' zei hij, op een toon of hij nu zijn helderste licht ging laten schijnen op het probleem van de werkelijkheid Gods. 'Voor iemand met een intens, een haast masochistisch zelfmedelijden moet een dergelijke gang van zaken z'n bekoring, ik druk me wat ongelukkig uit, laat ik zeggen, z'n rechtvaardigheid hebben. Voor iemand met diepe grieven tegen de wereld moet het onbevredigend zijn zich *zelf* het leven te benemen; dat is tenslotte iets dat je jezelf aandoet, daarmee blijft de juistheid van je gevoelens onbewezen. Maar vermoord te worden door zo'n gek, *de* exponent van een volkomen normloze wereld, dat is een martelaarsdood, snap je wat ik bedoel? Hoe meer ik erover nadenk, des te plausibeler het wordt. Misschien zijn er helemaal geen concrete aanwijzingen; in dat geval heb ik, heeft de Tielsche, bedoel ik, geen been om op te staan. Maar je moet echt rekening houden met de mogelijkheid dat je moeder en jij voor een lieve cent getild zullen worden door hetzelfde bedrijf waarbij je vader zevenentwintig jaar lang heeft gewerkt, dat voor de helft van jullie is – in zekere zin, dat valt me nu pas in, heb je er op de lange termijn evenveel belang bij dat de Tielsche wint als dat je zelf zou winnen. Het is bijna lood om oud ijzer.'

Dat was een hele geruststelling. 'Zou de advocaat van Dirkzwager ook op dit onwaarschijnlijke idee komen, denkt u?'

'Die vraag is immaterieel. Hij is al op het idee gebracht.'

Zo zat dat. Hij perste zijn lippen samen, sperde zijn ogen wijd open – hij kon het warempel ook niet helpen. Zaken zijn zaken en gedane zaken nemen geen keer.

'Wat me brengt op een aanverwante kwestie,' vervolgde hij snel, want ik was al half opgestaan om hier nooit meer terug te keren. 'Je ouders zijn indertijd getrouwd zonder huwelijkse voorwaarden, een dwaze regeling, maar enfin, het was een *affaire de coeur* en je moeder wilde het niet anders. Het zij zo. Bij zijn overlijden was je vader dus voor een kwart eigenaar van de aandelen van de Tielsche en omdat hij geen testament heeft gemaakt, ook al zoiets, gaat daarvan de helft naar je moeder en de andere helft naar jou. Jij bent nu dus feitelijk voor een achtste eigenaar van het bedrijf, minus de successierechten. Die zullen, ik zal het niet voor je uitrekenen, maar die zullen een smak geld bedragen. Heb je daarover al nagedacht?'

Ik had, integendeel, steeds geprobeerd daar niet aan te denken.

'Je zou natuurlijk kunnen verkopen. Dan heb je een aardige som, waarmee je je belastingschuld kunt voldoen en je houdt ook nog wat over om een paar jaar te pierewaaien. Prachtig. Iedereen zou ervoor tekenen. Er is echter ook een andere mogelijkheid. Het is misschien wat cru om het zo te stellen, maar door de dood van je vader is er een vacature ontstaan. Over de invulling van die baan zullen we het wel eens kunnen worden. Je bent jong, afgestudeerd jurist, getalenteerd, enzovoorts. Geen probleem. Je krijgt een goed salaris en je hoeft je niet overstuur te werken, helemaal niet nodig. Als je bij ons komt werken, dat is mijn voorstel, en je verkoopt je aandelen niet, dan zorg ik voor de aflossing van je schuld. Ik weet wat je nu denkt. Je denkt: hij is bang dat de VLVB ze op een slinkse manier laat kopen' – ik dacht dat ik iets heel anders dacht – 'hij wil die aandelen met alle geweld in de familie houden. Dat is ook zo. Daar heb je volkomen gelijk in. Maar je kunt het ook anders bekijken. Verkoop zou niet in mijn belang zijn, dat is waar, maar ook niet in het jouwe. Vergeet niet dat je, als je een beetje kien bent, over pakweg vijfentwintig, dertig jaar het hele aandelenpakket onder je beheer zou kunnen hebben, want je bent je moeders enige erfgenaam en ook nog steeds de mijne. Je zou hier een macht kunnen uitoefenen zoals ik nooit gehad heb. Het is natuurlijk een belangrijke beslissing en het moment om die te nemen is wat al te snel gekomen, daarover kunnen we het eens zijn, maar dat moment lag, hoe dan ook, in het verschiet. Denk er eens rustig over na.'

Die bedenktijd had ik niet nodig. Ik wilde hem ook wel meteen van mijn besluit in kennis stellen, maar hij sloot resoluut zijn ogen en wuifde afwerend met zijn hand.

'Nee. Zeg me nu nog niet wat je gaat doen. Ook al staat je besluit vast, ik wil het nog niet horen. Over een paar weken pas. Nu nog niet.'

'Ik –'

'*Nee.*'

Hij keek me nu aan en ik had ineens met hem te doen: hij moest een minstens zo erge hekel aan mij hebben als ik had aan hem. Meteen daarna had hij me weggestuurd, 'Vergadering morgen, moet nog wat paperassen doornemen,' bijna alsof dit onderhoud op *mijn* verzoek had plaatsgevonden, en terwijl ik de trap afliep, tussen gesausde wanden, over rode lopers die wel het geluid, maar niet het gewicht van mijn lichaam wegnamen, wist ik dat zijn rare herschepping van mijn ontzielde vader voortaan tot de mogelijkheden behoorde; alleen al omdat wat hij gezegd had niet onmogelijk was, wist ik ook dat mijn besluit me ooit, ergens, al was het maar heel even, zou berouwen. Ik haat dat, beslissingen te moeten nemen, mogelijkheden af te snijden, ook mogelijkheden die helemaal niet in aanmerking komen – me weer iets verder te moeten afwenden van dat eindeloze verschiet van levens die ik geleefd zou kunnen hebben, en ik hoorde het mezelf al zeggen, in allerlei spijtige toonaarden: 'Ik had president-directeur kunnen zijn van een bloeiende, kleine levensverzekeringsmaatschappij.'

Op de middag van mijn zevenentwintigste verjaardag mocht ik een telefoontje ontvangen van mijn vader in een gloednieuwe, verrassende creatie: mijn vader als vader.

'Frits! Met je váder! Van harte gelukgewenst, jongen! Je gaat nu zeker een feestje bouwen? Ik bedoel, ook al zou je er zelf geen zin in hebben, dan zouden je vrienden je er wel toe dwingen, zeker? Je *hebt* toch van die vrienden, hoop ik?'

Een vochtige stem. Een stem die over een weidse plas flonkerwijn naar me toe kwam gedreven. Ik had voor 's avonds inderdaad een paar mensen uitgenodigd. Een paar, vertelde ik hem met nadruk. Het zou niets grandioos worden. Zijn vingers gingen intussen van rompompom op het telefoontafeltje. Toen ik was uitgesproken stopten ze abrupt.

'Prachtig! Zou je het erg vinden als ik kwam? We hebben zoveel in te halen. Je bent me veel te snel ontgroeid. Ik *moet* opnieuw kennis met je komen maken, en dit lijkt me een prima gelegenheid, te midden van je vrienden, in je natuurlijke element. Bovendien krijg ik het vaak wat benauwd 's avonds, sinds je moeder, eh, voortvluchtig is. Weet je wat? Ik zorg voor de champagne!'

Mijn woonark ligt aan de rand van de stad, in het oostelijk havengebied, waar de rest van de wereld begint. Wanneer een stad wordt uitgehold door de metastase van lege kantoorruimte, steeds weer dezelfde zalen waar dag en nacht licht brandt en nooit iemand komt, beginnen er uitstulpsels op te groeien. In zo'n uitstulpsel woon ik. Tussen rangeerterreinen, overslagplaatsen en pakhuizen dobbert hier een amfibische stadswijk, een bonte vloot van woonarken, drijvende gokhuizen, van bordeelschuiten en slagschepen van het Leger des Heils. Er liggen echte vaartuigen-in-ruste, maar vooral betonnen casco's met daarop in glas en hout uitgevoerde dromen: houtvesterijen, riante bungalows, keurige eengezinswoningen en zelfs suikertaartchâteaux compleet met vlaggemasten, torentjes, kantelen, balkonnetjes en ophaalbruggen. Fata Morgana of De Vliegende Hollander heten deze bouwsels, De Blaauwe Reiger, De Witte Raaf of Episode – namen die weemoedig getuigen van de onbestendigheid dezer stadswijk. Het kan gebeuren dat 's avonds, wanneer je thuiskomt, het pand van je buurman verdwenen blijkt te zijn, spoorloos: zelfs geen gat in de grond is er achtergebleven, alleen water dat kabbelt alsof het daar altijd gekabbeld heeft. Mijn woning lijkt nog het meest op een luxe doorzonappartement dat bij een zware storm van een flatgebouw is afgewaaid.

De glazen en flessen drank stonden nog stram in het gelid te twinkelen, die zomeravond; het schemerde, de ark wiegde een beetje, want er was een flinke wind opgestoken, en ik bekende mezelf dat ik dit moment eigenlijk het mooiste van zo'n verjaardagsfeest vond, zo mooi dat ik de rest er graag voor zou schenken, toen hij als eerste over de loopplank kwam, vrolijk protesterend tegen die dollende wind (Nou, nou! Poe, poe!), zoals altijd tot in de puntjes gekleed, een wat afwijkende combinatie van beige, groen en bruin ditmaal, en zoals meestal sinds kort prettig aangeschoten, met in elke hand één fles, niet van zijn eigen Veuve Clicquot, maar een goedkopere Heidsieck.

'Nou niet zeggen dat ik dit niet had hoeven doen, Frits! Ze zijn je van harte gegund. Zevenentwintig! Ik was al jaren een gehuwd en achtenswaardig man op die leeftijd –'

Een zwaai. Hoed en regenjas hingen aan de kapstok. Nog een zwaai. Hij zat op een stoel. En met een derde zwaai gooide hij zijn ene been over het andere. Sigaartje. Er kronkelden wat woorden met de rook mee omhoog. Slierten rook waaraan woorden hingen.

'Wist je dat het in China tijdens de Culturele Revolutie verboden was om goudvissen te houden?'

Hij begon maar ergens te praten, dat was zo zijn gewoonte. Zinnen kwamen uit zijn mond als pingpongballetjes, eerst balorig stuiterend, om na een steeds sneller gerikketik te blijven liggen in een stoffige hoek van mijn aandacht. Zijn jovialiteit was schilferdun. Ik hoorde nauwelijks wat hij zei, maar bekeek hem des te aandachtiger. Hij zag er niet goed uit in dit schemerlicht, een beetje grauw, een en al plooi. Zijn wijsvinger verdween af en toe achter zijn boord, en dan staarde hij met een gekweld verlangen naar buiten. Vaak greep hij verstrooid naar zijn neus, of hield hij een klinker veel te lang aan, omdat een gedachte, misschien een volstrekt lege, luchtbelachtige gedachte, zijn woordenstroom kruiste. Zo zat hij tegenover me, iets van mij afgewend, langs me heen kijkend, alsof er iemand naast me zat die veel interessanter was dan ik, alsof ik in nog sterkere mate lucht was dan de lucht naast mij. Ik ben hier niet, leek hij te zeggen. Jij bent lucht. Zolang je niet kunt aantonen dat je geen lucht bent, blijf ik weg.

Geen teken dat hij er rekening mee hield dat ik misschien ook niet paste in mijn lichaam, in mijn geschiedenis, dat ik er evenmin was, hier, onder de lage zoldering van mijn schommelende woonark, onder die weifelende lamp. Ik heb dat lichaam waar zijn blik langs gleed vaak genoeg gezien, op foto's, in spiegels, om zeker te weten dat het niets van mij heeft. Op kiekjes van familie en kennissen zit het wat schuldbewust tussen dierbare gezichten. Ik kom het vaak tegen in vestibules, badkamers, winkels; het schuifelt dan van me weg, met een blik die me steeds opnieuw belooft dat dit echt de laatste keer was. Ik ben er nogal verlegen mee, met dat grote houthakkerslijf en het daarbij zo vreemd afstekende langoureuze gezicht (rechte neus, zwaarbewimperde ogen, ontevreden mond), een tegenspraak die, naar het zich laat aanzien, over een jaar of vijftien zal zijn opgelost in de definitieve vormeloosheid van een dikke laag spek. En mijn geschiedenis? Keurig, onberispelijk. Een nette jongen van nette ouders. Kan het nog een heel eind brengen. Juist mijn vader moest toch weten dat ik met zo iemand niets gemeen had. Als hij dat maar even zou laten merken, dan zouden we tenminste het begin van een verstandhouding hebben.

Maar nee, hij babbelde liever. Over Chinese goudvissen. Over mijn oom Richard, die hij 's ochtends verrast had in het

Amsterdamse Bos ('Maakt het niet lang meer, die oom Richard van jou. Ben benieuwd wie hem zal opvolgen. Zou ik nog een kansje maken, denk je?'). Over de kat en haar jongen ('Ze is bezig haar jongen te verstoten. Snauwt ze af, drijft ze in een hoek. Beesten zijn zo afschuwelijk eenzaam.). De lichtjes die opglommen in zijn ogen, doofden al snel van verveling. Hij maakte gebaren die voortijdig verwelkten. Met een nadrukkelijk gebrek aan overtuiging speelde hij dat hij hier met mij zat te praten.

Druppelsgewijs arriveerden mijn andere gasten. Ik was blij jassen te kunnen opbergen, iedereen aan iedereen te kunnen voorstellen, Louella H. aan Eef B., Eef B. aan Jan V., Wilbert S. aan Louella en Jan, mijn vader aan mijn vrienden, mijn vrienden aan mijn vader, drankjes aan te dragen, de bescheiden rol van gastheer en middelaar te spelen, me kleiner te maken dan ik was en zo de suggestie van een geheimzinnig surplus op te roepen. Het understatement, de nederige hoogmoed, de methode waarop *hij* het patent had, maar die hem vooralsnog niet zou baten vanavond, want behalve ik kende niemand hem hier.

Ik had ogen in mijn achterhoofd. Terwijl ik, praatjesmakend, van de een naar de ander kuierde, hield ik hem nauwlettend in de gaten, alsof hij een kind met kuren was. Eerst zat hij met glimmende oogjes wat over zijn glas heen te spieden, maar dat duurde niet lang.

'Conceptual art?' hoorde ik hem zeggen tegen Louella, een mannequin, die haar hand in een griezelige positie onder haar kin hield en intussen belangstellend luisterde. 'Zijn dat niet die kunstwerken die nooit meer dan één idee bevatten?'

En het duurde niet lang voor ze van hem wegliep in haar luid ruisende janitsarenbroek van rode zijde, die toen ze ging zitten iets later, als een parachute, neerzeeg op haar stoel.

'Ja, wat wil je. Het landschap is te vlak.' Hij had het tegen Eef, die zijn lippen kritisch getuit hield tussen zijn baard. 'Dat het hier ooit overal moeras geweest is zie je er niet meer aan af, maar je voelt het wel: het zuigt aan onze voeten, het trekt onze hersens omlaag en het houdt onze harten, onze *sursum corda*-harten, zo lang op de rechte plaats dat ze daar verstenen.

Het volk is bezeten van afgunst, dat merk je aan de belastingen. We hebben geen *esprit*, *wit*, *Geist* – we hebben er niet eens een woord voor. Vrijwel al onze grote mannen waren van buitenlandse afkomst: Willem de Zwijger, Thorbecke, Vondel, Spinoza, noem maar op. Een beetje aanzienlijk persoon vertrekt spoorslags naar het buitenland, heden ten dage, of heeft er altijd al gewoond. Ik ben ook een volbloed Nederlander; vandaar dat ik zo'n nul ben.'

Eef Bakmans bekeek zichzelf in een denkbeeldige spiegel en verklaarde: 'Mijn grootmoeder was een Russin.'

'Bof jij even. Ik voel me zo schuldig tegenover die zoon van mij. Die Frits daar, dat is mijn zoon. Ik had met een Italiaanse moeten trouwen, een Française, een Luxembourgeoise desnoods. Nu heeft hij het bloed van zijn moeder er ook nog bij.'

Het zachte wiegen van de ark was inmiddels overgegaan in een onmiskenbaar schommelen. De planten wandelden kalmpjes over de vensterbank; de glazen voerden een ingetogen trippeldansje uit op tafel. Ik zag mijn gasten visachtig happen en het leek of hun ogen wat los in hun kassen waren komen te liggen. Aan Jan vertelde mijn vader een verhaal dat kennelijk dateerde uit zijn tijd als inspecteur, het soort verhaal waarmee je kunt laten zien hoe goed je je tong nog in bedwang hebt.

'Ik kom een man tegen. Begint me een mop te vertellen. "Kaninebaal ontmoet vaten bier," zegt hij. "Vraagt vaten bier aan kaninebaal –" "Vaten bier?" onderbreek ik hem. "Nee," zegt hij, "vaten bier!" Toen begon het me te dagen. "O, bedoel je soms een Batavier?" "Surpries!" zegt hij. "Ik kan er niks aan doen, zie je, ik heb een braakgesprek."'

Jan lachte hard en lang, met veel tandvlees. Toen hij was uitgelachen vroeg hij: 'En hoe ging die mop verder?'

'Welke mop?'

'Die man vertelde een mop –'

'Ik weet het niet...' Hij wist het echt niet. 'Ik kon er geen touw aan vastknopen. Alle vrees is als glas, dat was de clou. Alle vrees is als glas. Maar ik zal je nog wat vertellen. Het gaat over mijn zoon. Die Frits daar, dat is mijn zoon. Hij was net drie turven hoog. Er was een keer wat afgrijselijke muziek op de radio, dus ik zeg tegen hem: "Draai die knop eens om." "Ponk," zegt hij. "Wat ponk?" zeg ik. "Knop omgedraaid," zegt hij. Hij denkt dat hij alles kan doen met woorden. Die radio bleef natuurlijk gewoon doorspelen.'

Zo had hij nog uren kunnen doorgaan, als hij niet te dronken was geworden. Iedereen werd dronken. Toch was het niet zo dat het woonschip echt rolde en stampte, want er zat slechts een paar millimeter speling in de meerkabels. Toegegeven, die schok, elke keer dat de ark tegen de afhouders botste, was niet prettig en de lamp hing wel erg aanstellerig aan de zoldering te zwaaien, maar zo was die lamp nou eenmaal, en daarom wentelden onze schaduwen zich ook zo radeloos over de vloer – ze leken wel geketende galeiboeven die bij zware zee van hun banken zijn gevallen. Ik legde uit dat het allemaal veel erger leek dan het was, maar dat hielp niet. Het collectieve verlangen om zo snel als het kon weg te wezen werd haast tastbaar. Mijn vader was de eerste die zich bleekjes kwam verontschuldigen.

'Zou je een taxi voor me willen bellen, Frits? Er schiet me net iets te binnen, iets dringends, dat nog voor morgen gebeuren moet.' En vlak voor hij de deur uitging: 'Weet je zeker dat je niet zo'n leuk scheepskatje wilt voor je verjaardag? Echt niet?'

Meteen na zijn vertrek begon ik aan een lange anekdote over het leven op het water, om de anderen nog even bij me te houden. Het verhaal van een schijnzwangerschap die zijn oorzaak vond in het feit dat 's ochtends de sluizen van dit kanaal opengaan, waarna het waterpeil een meter zakt. 'Ik woonde nog maar pas op deze ark,' vertelde ik monter, 'toen ik een vage kennis te logeren kreeg. Ze was op de vlucht voor haar echtgenoot, die haar "geestelijk mishandelde", zoals ze dat noemde. Alles ging goed, tot ze merkte dat ze elke dag om acht uur 's morgens, vlak na het opstaan, bevangen werd door misselijkheid. De conclusie lag voor de hand – bij al haar ellende moest ze ook nog zwanger zijn. Maar wat zo eigenaardig was: rond dezelfde tijd voelde *ik* ook braakneigingen. Nou had ik wel eens gehoord over zekere Indianen die in hun hangmat gaan liggen kreunen, terwijl hun vrouwen kinderen baren op de akker. Ik wilde best aannemen dat er nog iets van de *bon sauvage* in mij school, maar dat hield dan meteen in dat ik de verwekker van het kind moest zijn! Onmogelijk was het niet, maar erg waarschijnlijk evenmin. Maar goed, ik ben tenslotte een man van eer, dus ik bood haar aan de dokter te betalen als ze het vruchtje zou laten afdrijven. Wat bleek? Ze wilde er niet van horen! Of ik me wel realiseerde wat zoiets voor een vrouw betekent? Nee, volgens haar was de enige oplossing dat ik de hare zou worden voor de rest van mijn leven...'

En wat deed mijn vader in de tussentijd?

Behalve een verse fles champagne heeft hij uit de kelder een juten aardappelzak meegenomen, die hij in de tuin met een baksteen verzwaart. In de kamer zitten de jonge katjes nog steeds samengedreven in een hoek, zo ver mogelijk van hun moeder, die zich nu en dan met een ruk omdraait en dan blaast, diep uit haar keel, vol ergernis, haar kaken zo ver opengesperd dat al haar tanden te zien zijn. Al een week zijn ze niet meer door haar gevoed, wordt hun ontlasting niet meer opgevreten, worden ze weggejaagd wanneer ze in haar buurt komen. Mijn vader staat naast het buffet, een glas in de hand, dat hij somber en langzaam leegt. Dan houdt hij de zak open voor de verschrikte kluwen. Drie van de vijf katjes kruipen nieuwsgierig naar binnen. 'Braaf zo,' zegt hij, 'héél verstandig.' Maar wanneer hij de zak dichtdraait beginnen ze te piepen, en de andere twee kruipen angstig achteruit onder een stoel. Hun moeder loopt nerveus rond de zak, laat een geruststellend bedoeld gebrom horen, haakt af en toe met een klauw in de jute en kijkt dan met grote pupillen naar hem op. 'Doe maar niet zo huichelachtig,' praat hij tegen haar, op dezelfde bromtoon die zij gebruikt heeft. 'Je hebt heel lelijk naar ze gesnauwd.' Met een schoteltje melk weet hij de twee achterblijvers onder de stoel uit te lokken. Terwijl hij met de zich wild naar alle kanten uitstulpende zak op weg is naar de voordeur, heeft hij de grootste moeite om niet te struikelen over de moeder, die achten draait om zijn voeten en de zak geen moment uit het oog verliest. 'Het zijn indringers, lastige indringers. Ik heb heus wel gezien dat je met ze aan het vechten was.' Hij steekt de straat over. De kat posteert zich in de verlichte rechthoek van de deur, voorpoten op de drempel. Langs de gracht, tussen de bomen, schijnen de straatlantaarns op de onderkant van het in de wind rimpelende gebladerte, een teer groen dat overdag verborgen blijft. Door even zijn vingers te spreiden, bijna per ongeluk, bijna alsof hij verstrooid aan zijn neus wil trekken, laat hij de zak verdwijnen in het donkere water. Dan draait hij zich om en ziet nog net hoe de kat zich in de deuropening eveneens omdraait.

Eef stond met zijn handen plat tegen de wand. Zijn lange jas hing om zijn schouders. Zo kon hij tegelijkertijd zijn evenwicht bewaren en Louella gevangen houden, die tussen zijn armen met haar rug tegen de muur stond. En niet alleen in letterlijke zin. Hij wreef zijn rechterwang tegen de hare en drukte toen zijn lippen in de scherpe bocht van haar hals. Lijdzaam keek ze over zijn schouder.

'Waarom moet er toch altijd die seks bij?' klaagde ze, meer in het algemeen.

'Het is veel gezelliger met seks,' mompelde hij in haar hals.

'Waarom kunnen we niet gewoon goede vrienden zijn?'

'Gewoon? Gewoon?' Hij hief zijn moede hoofd op en keek haar streng in de ogen. 'Weet je dan niet dat je daarvoor eerst slechte minnaars moet zijn geweest?' Hij legde een arm om haar middel. 'Kom mee.'

De wind sloeg naar binnen toen hij de voordeur openmaakte. Hij duwde haar voor zich uit naar zijn auto, tegen de wind in, die haar zijden broek strak om haar lange en, naar nu pas bleek, merkwaardig dunne benen blies.

Zij waren de laatsten. Niet eens dronken plofte ik neer in mijn door elkaar gehusselde interieur, met het plan eens rustig de schade op te nemen. Naast me stond de telefoon, het snoer knus om zich heen gekruld. Ik had nauwelijks naar het apparaat gekeken of het schrok rinkelend wakker. Ik nam op. Aanvankelijk hoorde ik niets, bijna een halve minuut lang, of het moest de echo zijn van mijn eigen ingehouden adem, totdat iemand aan de andere kant van de lijn, zo te horen met een potlood of een plastic balpen, tegen de hoorn begon te tikken. Niet ongeduldig, ook niet nerveus of achteloos; het was een beheerst tikken, met tamelijk lange, tamelijk regelmatige tussenpozen – het had een bedoeling. Als er nog iemand in mijn kamer was geweest, zou hij alleen hebben gezien dat ik doodstil zat te luisteren, iets bleker dan normaal waarschijnlijk. Wat hij niet gemerkt zou hebben was dat ik ineenstuikte, dat mijn nagels in het tapijt haakten, dat ik wegsidderde, onder de bank, achter de kast en dat elke tik me niettemin met een vlijmende pijn wist te raken.

De hand werd onvaster, na verloop van tijd. Het potlood, of wat het ook was, tikte niet meer maar schraapte over de hoorn, gleed erlangs, viel kletterend op een tafel of vloer, en ik verbrak de verbinding. Ik twijfelde er niet aan dat ik wist wie het geweest was. In mijn hoofd bleef het getik doorklinken. Het werd het getik van een klok, het schrapend getik van een klok die aanstonds gaat slaan. Binnen vijf minuten, een recordtijd, was ik aan het andere eind van de lijn.

Er brandde geen licht aan de voorkant van het huis en daarom ging ik achterom. Bij de tuinpoort werd ik opgewacht door de kat. Ze draaide om mijn voeten, dribbelde vervolgens weg en verdween tussen het lange gras. Voor een rozenperkje stond ze even veelbeduidend te jammeren, als zo'n beest uit een televisieserie, dat alles kan maar spreken toevallig net niet, waarna ze zich weer bij me voegde met een blik van: Ik begrijp niet waarom je me niet begrijpt. Alleen het badkamerraam was verlicht. Ik ging naar binnen door het souterrain. De kat bleef maar om me heen drentelen, gebruikte me als uitgangspunt voor korte expedities naar allerlei hoeken en gaten, met geen ander doel, voor zover ik kon nagaan, dan om dat jammergeluid daar uit te stoten. In de hal knipte ik het licht aan. Mijn vaders jas hing over een stoelleuning. Zijn hoed lag ernaast op de vloer. De kat wrikte er een poot onder en keek erin. De hoorn rustte op de telefoon; een potlood of balpen was in de onmiddellijke nabijheid niet te bekennen. Van de hoed liep de kat naar een op zijn kant staande kartonnen doos, waarin wat overhemden lagen, bedekt met haren en roestbruin ingedroogde bloedvlekken. Weer die naargeestige klacht. Het kwam tenslotte door de penetrante stank in huis, die niet goed viel te rijmen met de aanwezigheid van slechts één zindelijke kat, dat ik begreep wat het dier scheelde.

'Zoek je de kleintjes? Ben je de kleintjes kwijt?' Ik verwachtte half dat ze heftig zou gaan knikken. Ze keek me weer aan, ditmaal alsof ze wilde zeggen: Heel goed – en nu dóórgaan!

Waarmee ze niet bedoelde dat ik naar boven moest lopen. Onder in de gang bleef ze me staan nakijken en als ze dat gekund zou hebben, dan had ze haar hoofd geschud, omdat ik niet begreep dat die traptreden veel te hoog waren voor vier weken oude pootjes.

Het schijfje van de badkamerdeur stond op wit. Ik klopte. Geen antwoord. Ik deed open en keek uit op iets dat leek op een zeegezicht, een Ruysdael, een Turner, kruitdamp trekt op na de zeeslag: heetwaterdamp, daarboven het nuchtere licht van een tl-buis, onbeweeglijke schimmen, poelen water op de vloer. Pas daarna mijn vader, onderuitgezakt in de badkuip. Zijn hoofd werd naar me opgeheven, het mompelde iets, iets dat klonk als 'nee', en zakte toen, onmiddellijk berustend in mijn aanwezigheid, op zijn borst. Zuipschuit in de mist gestrand.

Het was er om te stikken. Al mijn goed was binnen een mum van tijd klam. Ik stak de vloer over, met grote passen, en zette het raam open. Zijn dampende arm wees naar mij. 'Nee.' De arm viel slap over de rand van de kuip.

'Kom dat bad nou maar uit.'

Hij grinnikte, een binnensmonds gegrinnik, en verloor zijn houvast in de gladde badkuip, ging bijna helemaal kopjeonder en grinnikte onder water verder. Ik pakte hem bij zijn oksels, zette hem rechtop en trok de stop uit de afvoer. Met iets dat leek op woede spuwde hij het badwater uit en even verstrakte hij, leek hij bij kennis te komen, maar terwijl het gedempte geslorp van de afvoer heviger werd, ontspande zijn gezicht zich weer in een wezenloze grijns, zakte hij weer langzaam onderuit.

Opnieuw greep ik hem onder zijn oksels, dit vlees waarvan mijn vlees het vlees was. 'Hopsakee! Nog maar eens proberen.'

Beschamend braaf rolde hij zich om en trok zijn knieën onder zijn buik. Hij plaatste zijn handen op de rand van het bad en duwde zich dampend en akelig wit uit het grijze water omhoog. Ik probeerde niet te kijken naar zijn geslacht, dat als een doorweekt vod tussen zijn benen hing, en op datzelfde moment kapseisde hij. Daar lag hij weer, nu op zijn zij. Grijze vuilvlokken sloegen neer op zijn lichaam. Met een luid gegorgel verdween het laatste water door de afvoer.

De damp trok dralend door het badkamerraam naar buiten. Moest ik hem nou echt gaan douchen, afdrogen, in zijn bed leggen? Het klaarde wat op; ik kon nu de muur zien, de medicijnkast, waarvan het deurtje openstond. Daaronder, op de toilettafel, lag een bergje tubes, apothekershulzen, drukkaarten. Een voor een pakte ik ze op. Aspirines – leeg. Vitamine C en vitamine B – allebei leeg. Pijnstillers – leeg. Fluortabletten – leeg. Slaaptabletten, twee doosjes – leeg. Ik verfrommelde ze en gooide ze in de pedaalemmer. Op de toilettafel lag ook een citroenstampertje. En daarnaast stond een glas waarin dat alles blijkbaar was verpulverd en gemengd. Een restje – van de bodem liep het smal toe naar de rand – van een kleffe, korrelige substantie. En nóg wilde het niet meteen tot me doordringen dat hij die moest hebben opgedronken.

Pas na lang waden door walm, door geroezemoes, vond ik die middag een veel te afgelegen tafeltje. Het was niet bijster slim geweest om af te spreken in deze populaire gelegenheid. Ik achtte het niet uitgesloten dat ik hem op de avond na de ontsnapping had gezien in Zand en Schut, die Willem Kieft, assistent-psychiater, maar ik kon me hem niet herinneren en aan de telefoon had ik me ervoor geschaamd om dat aan hem te bekennen. Een achteraf onbegrijpelijke gêne. Ik had hier veel liever gezeten met een buitengewoon hoofddeksel of een bos rozen dan nu zo schielijk rond te moeten spieden en tot mijn schrik verschillende net zo schielijk rondspiedende bezoekers te ontwaren. Wat mij betrof konden ze allemaal die assistent-psychiater zijn. Een paar veerden zelfs op met een vragende blik toen ik ze even aankeek, waarna ik mijn ogen maar snel afwendde, want, dacht ik, stel dat hij het niet is, stel dat we na een beleefde inleidende babbel geschokt tot de ontdekking moeten komen... Zo had ik ooit telefonisch een afspraak gemaakt op het Utrechtse Hoog Catherijne, in een restaurant dat niet bleek te bestaan, met een mij van gezicht onbekende heer. 'U kunt me herkennen aan mijn blauwe hoed, zwarte wollen overjas en rode sjaal,' had hij me verzekerd. Het was een bar slechte zomer, maar die dag was het kwik plotseling gestegen tot vierendertig graden. Ik zag niemand van zijn beschrijving; wel een man die een blanco foliovel schrijfmachinepapier voor zijn buik hield. Vier keer liep ik die man voorbij voordat ik hem durfde aan te spreken en toen bleek ik nog de verkeerde voor me te hebben. Stel, dacht ik nu, dat we geschokt tot die ontdekking kwamen, opstonden en tegelijkertijd, een paar tafeltjes verder, twee andere heren geschokt zagen opstaan – zelfs in dat geval was er nóg een vergissing mogelijk!

Panisch zat ik me met die overwegingen te amuseren toen ik op mijn schouder werd getikt. Ik keek om. Een man die ik inderdaad nooit eerder had ontmoet en toch – als ik even had nagedacht had ik hem gemakkelijk kunnen herkennen aan dat verband om zijn hoofd.

'U moet Goudvis junior zijn,' zei hij. 'Ik zag het meteen. U lijkt echt sprekend op uw vader.'

'Hoe gaat het met... eh –' Ik wees op mijn kruin.

'O beter, stukken beter. Het was maar een lichte hersenschudding. De wond was nogal lelijk, maar die groeit keurig dicht. Over een week kunnen de hechtingen eruit.'

Hij ging zitten. Een kleine, beheerst-nerveuze man. Franke oogopslag. Kraakhelder overhemd onder zijn trui. Van onder zijn tulband zat hij me hinderlijk klinisch te bekijken. 'Het is nauwelijks een fysieke gelijkenis,' zei hij verbaasd. 'Helemaal niet eigenlijk. En toch zag ik het meteen. Wonderlijk. Meer uw habitus, uw stem –'

'Dat is iets van de laatste tijd,' lachte ik betrapt, 'van na mijn vaders overlijden. Het lijkt wel op een zielsverhuizing.'

Toch was het *soort* ervaring niet helemaal nieuw voor mij. Vaak is het alsof ik, buiten de som van mijn beperkingen, geen enkele identiteit bezit, alsof heel mijn geheugen, al mijn ervaring een sluimerend repertoire zijn, een kast vol halfvergeten, zeer verschillende rollen. Vroegere stemmingen, afgeleerde tics, ze kunnen onweerstaanbaar terugkomen. Ontmoet ik bijvoorbeeld een leraar die ik in geen vijftien jaar heb gezien, dan word ik weer op-en-top de schooljongen; ik kan alleen wat dwaas gemompel uitbrengen, zit weer barstensvol ressentiment, ik weet me met mijn figuur geen raad. Als ik een oud dispuutsgenoot tegenkom voel ik me plotseling niet te goed om hem op de schouders te slaan en een onzin te berde te brengen waarvoor ik anderen diep zou verachten. Bij een oude tante word ik het schattige neefje; bij een schattig neefje de aardige oom, met hetzelfde overrompelende gemak.

En nu vertolkte ik de geest mijns vaders. Had William Shakespeare niet de rol van de Geest gespeeld in *Hamlet*? Ik had die rol gespeeld tegenover mijn oom Richard, tegenover mijn moeder, en speelde hem opnieuw tegenover deze assistent-psychiater, die blijkbaar, net als de anderen, zo zijn eigen belang bij deze zaak had.

'We vermoeden dat een van beiden nog heeft opgebeld naar Zand en Schut,' zei hij, toen we wat besteld hadden, 'om te vragen hoe ik het er had afgebracht. Een verdraaide stem. Ze moeten flink in de rats hebben gezeten. Overal politiesirenes hebben gehoord. Maar ze kregen alleen de portier te spreken en die wist nergens van.'

En dat speet hem, verzekerde hij mij. Het was allemaal heel ongelukkig gelopen, daar waren we het roerend over eens. Hij deed er, net als de anderen, erg lang over om dat eigenbelang van hem ter sprake te brengen. We knikten. We schudden ons hoofd. We staarden grimmig in onze glazen thee. Toen vertelde hij dat hij in een moeilijk parket zat.

'Uw vader is namelijk niet stiekem weggelopen, maar met mijn medeweten. Het was zelfs mijn idee. Dat Dirkzwager ook de benen zou nemen heb ik echt niet kunnen voorzien. Ik moet nu maar aannemen dat Dirkzwager volkomen op de hoogte was. Niet alleen wist dat uw vader zou weglopen, bedoel ik, maar ook dat ik die ontsnapping had gearrangeerd. Dus wanneer de zaak voorkomt kan mijn aandeel geen geheim meer blijven. Daar ga ik maar van uit, veiligheidshalve. Ik ben bang dat mijn superieuren dan zullen proberen om me voor de medische tuchtraad te slepen. Ik heb nogal wat conflicten gehad in Zand en Schut, ziet u. Het was een anarchistische daad van mij, ik heb met opzet de regels gebroken. Omdat de beslissing om voor uw vader een rechterlijke machtiging aan te vragen apert fout was. Ik vind dat altijd een verfoeilijke maatregel en in dit geval was hij dubbel ongerechtvaardigd: uw vader vormde noch voor zichzelf noch voor anderen een gevaar, daarvan ben ik nog steeds overtuigd. Ze hadden mijn mening moeten respecteren, tenslotte was ik de behandelende geneesheer. Formeel gezien had ik die beslissing natuurlijk aan de rechter moeten overlaten, maar de praktijk leert dat iedere aanvraag automatisch wordt ingewilligd. Ze zullen zeker proberen om me te pakken. Daarom is het voor mij van levensbelang dat er bij de rechtszaak zoveel mogelijk de nadruk op wordt gelegd dat uw vader compos mentis was en dat die machtiging niet aangevraagd had moeten worden. Dat zou een verzachtende omstandigheid zijn, begrijpt u? U hebt toch nog contact gehad met uw vader, die laatste dagen?'

'Alleen op de avond van de zelfmoordpoging. Het valt moeilijk vol te houden dat hij toen in zijn normale doen was.'

'En verder niet?'

'Nee.'

En hij vloekte achter zijn tanden, deze keurige man, ik hoorde het duidelijk. 'Toen hij bij ons werd gebracht,' zei hij, 'door de GGD, was hij kalm, absoluut niet agressief. Wat in de war natuurlijk, dat valt te begrijpen. Ik heb hem alleen een klein beetje librium gegeven. Wel een tijdje in een isoleercel gehouden, voor de zekerheid. Dat is gebruikelijk –'

Kon ik mijn vader nog volgen?

Zijn maag is leeggepompt. Door zijn aderen stroomt het bloed van een vreemde. Hij ligt vastgesnoerd aan een brancard, staart naar de witte jassen, in de slechtgeschoren halzen van de brancardiers en wordt intussen door een lange gang het gebouw binnengedragen. Onder de voetstappen van de dragers mengt zich een andere voetstap, iemand komt met de brancard meegehold, een zware man, een man met grote voeten, die vriendelijke klopjes op het dek geeft, 'Welkom in Zand en Schut! Heerlijk relaxen in vakantiesfeer!', die zich, terwijl er wordt haltgehouden voor een deur, over hem heen buigt (een kaal hoofd, gele tanden die wijd uit elkaar staan, een belegen stinkende adem) en subversief fluistert: 'Iedereen is hier knettergek, maar ik ben je vriend. Vergeet dat niet!'

Deuren gaan zuchtend open en dicht. Papieren worden overhandigd. Op effen toon worden vragen gesteld en beantwoord. Een kalm heen en weer van mensen die klaarblijkelijk weten wat ze doen. Ze weven een cocon van geruststelling om hem heen, na dat wat ontmoedigende welkom. Een arts stelt zich voor als 'Kieft' en neemt hem een korte anamnese af. 'We zullen nog vaker met elkaar te maken krijgen, meneer Goudvis. Misschien wilt u me nu alvast een paar dingetjes vertellen?' Zijn optreden is prettig, professioneel.

Zijn vingers gaan ritselend door de status; de vragen waaien er als het ware uit op. Zeker wil hij hem wel een paar dingetjes vertellen. Wie eens besloten heeft zijn leven te verliezen, heeft het voor altijd verloren. 'Hm, zozo,' bromt de dokter. Ik zal het leven voortaan alleen in de spiegel des doods aanschouwen. 'Juist, ja.' Ik ben nu voor de rest van mijn bestaan een slaapwandelaar. 'Ach! Zo is het wel genoeg voor vandaag.' De status wordt dichtgeklapt. Hij moet zijn kleren afgeven, krijgt een papieren onderbroek en een wijd scheurhemd aan en wordt naar een isoleercel gebracht. Vier muren, slechts onderbroken door een deur en een bovenlicht van matglas. Op de grond een kartonnen po en een matras.

Een witte begrafenis. Hij wordt wit en dun als papier. Alles wordt wit. Nu hij alleen is met zijn ziel, is hij vreemd voor mij. Ik verfrommel hem. De ziel is het sterfelijkste deel van een mens.

Hij wordt pas de volgende ochtend weer zichtbaar, wanneer hij zijn kleren terugkrijgt en wordt afgehaald door Kieft. 'We gaan nu naar de PSM,' zegt Kieft. Ze lopen door de gang, langs Marokkaanse gastarbeiders die boenmachines voortduwen. 'Dat is een bijeenkomst van staf en patiënten. We spreken dan gezamenlijk de voorkomende problemen door. Daarmee beginnen we elke ochtend.' Dan vertelt hij hem over de dagindeling, over de boekbinderij, de schilderswerkplaats, de typekamer, over het vlechten van pitrietmandjes. Het blijkt geen eenvoudige opgave om de dag hier een beetje te vullen. Aan het eind van de gang opent Kieft een deur. 'Na u.'

Een overbelicht zaaltje. De mensen, gipsen afgietsels van mensen in al dat zonlicht, zitten verdeeld in twee tableaus, één links en één rechts, en zwijgen. Omdat hij binnenkomt? Node mist hij zijn hoed. Hij knikt en mompelt onhoorbaar, behalve voor hemzelf, 'Neem me niet kwalijk, neem me vooral niet kwalijk,' een ergerlijke gewoonte waarop hij zichzelf steeds vaker betrapt de laatste tijd – vooral bij loketten en toonbanken prevelt hij dat zinnetje onophoudelijk. Snel stapt hij af op een groepje onbezette stoelen, aan de rechterkant. Kieft, die naast hem gaat zitten, wil hem iets vertellen, bedenkt zich en brengt het hortend gefluister dat uit de linkergroep is opgestegen tot bedaren door zich traag te verheffen en te zeggen: 'Ik zou jullie een nieuwe patiënt willen voorstellen –'

Vooraan in de linkergroep opent iemand zijn mond. Achter aan zijn verhemelte hangt een prothese die met fel blikkerende beugeltjes om zijn hoektanden is geklemd. Hard en nadrukkelijk lacht hij. Het is dezelfde man die met de brancard is meegelopen. Hij kijkt om zich heen, draait zich zelfs om, speurend naar bijval. Het linkertableau schuddebuikt, biggelt.

'Dirkzwager!'

Wie heeft dat geroepen? De beugeltjes klappen op elkaar. Patiënten verbergen hun hoofd in de schoot, of bijten in hun onderarm. De tranen stromen van hun wangen. Kieft buigt zich naar mijn vader en zegt: 'Ik had u eigenlijk moeten vertellen dat de patiënten links zitten en de stafleden rechts. U bent dus bij de verkeerde groep gaan zitten.'

'Neemt u me niet kwalijk. Duizend excuses.' Nooit eerder heeft iemand van hem kunnen zeggen dat hij zijn plaats niet heeft geweten. Hij staat al.

'Zitten!' Dezelfde stem van daarnet. En hij zit alweer.

'Het is juist heel goed dat u bij de verkeerde groep bent gaan zitten,' legt Kieft uit. 'Dat past uitstekend in het beleid hier.'

Uit de gelederen van de staf zoemt een man naar voren in een elektrische rolstoel, naar het midden van het niemandsland tussen de twee groepen, waar hij de verbluffend kleine draaicirkel van zijn wagentje demonstreert en remt. De man ('Dokter Jansen Alpendam, de eerste geneesheer,' fluistert Kieft achter zijn hand) zet zijn zonnebril af, schikt zijn plaid over zijn benen en wrijft, voor hij tot spreken overgaat, langdurig met een zakdoek door zijn rode oogkassen. ('Dokter Jansen Alpendam heeft veel last van migraine.') Dezelfde stem die net zo luid geroepen heeft lijkt nu uit een barst in de muur te komen.

'Moet ik het nu *weer* vragen... waarom moeten jullie *al*tijd deze bijeenkomsten saboteren... waarom gaan jullie *el*ke morgen op een kluitje zitten... hoe kunnen we zo nou *ooit* een goed overleg krijgen, het wantrouwen doorbreken... sta eens *op*, verspreid de stoelen door de zaal... ga verdorie eens ge*zel*lig door elkaar zitten...'

Hij kijkt het tableau rechts aan, hij kijkt het tableau links aan, niet met zijn ogen, maar met zijn voorhoofd – en ontmoet aan beide kanten dezelfde gipsen verstarring. Dan haakt hij de zonnebril achter zijn oren en stuurt, razendsnel accelererend, zijn wagentje op de patiënten in. Stoelen vallen om; de mensen fladderen met hun armen, struikelen over elkaar, drukken zich plat tegen de muur. Te midden van de verwoestingen laat Jansen Alpendam het wagentje opnieuw honderdtachtig graden draaien. Iedereen houdt zijn adem in. Hij knijpt zijn voorhoofdsvel samen en zegt: 'Houd het alsjeblieft kort. Ik ben weer kots-*kots*ziek vandaag.'

Voorzichtig schuifelen de mensen terug naar hun plaats. Ze gaan in een kring om de eerste geneesheer zitten, als gezond vlees om een zweer, allemaal, behalve één jongen, een bleke, magere knaap met borstelig haar die tegen de muur gedrukt blijft staan. Over het niemandsland heen ontwikkelt zich nu een gesprek, het vervolg op een oud gesprek, tussen Jansen Alpendam en Kieft, die gevraagd heeft of hij, in plaats van de gebruikelijke huishoudelijke problemen, een fundamenteler, wezenlijker –

'Dat zijn geen fatsoenlijke woorden, collega, dat zijn waardeoordelen...'

'...uw actie van daarnet toch zullen moeten bespreken en wel omdat de situatie waarvan we zojuist getuige zijn geweest de innerlijke tegenspraak van de psychiatrie bijzonder treffend illustreert en –'

'Niet illustreert. Uitdrukt, bedoel je. Let maar niet op mijn hoofdpijn...'

'...de patiënten zich afzijdig houden van de staf, dan reproduceren ze ongewild de ziekteverwekkende maatschappelijke verhoudingen, die binnen de kliniek verdedigd en vertegenwoordigd worden door de repressieve, paternalistische psychiatrie. In plaats van de aard van deze situatie te onderkennen reageert u met geweld, onverbloemd geweld, en toont zo, eveneens ongewild, de ware gedaante van het medisch geweld waarmee u de patiënten probeert te dwingen naar uw maatschappelijk bepaald werkelijkheidsbeginsel dat –'

'Liever dan naar een door prietpraat bepaald werkelijkheidsbeginsel, collega. Ik maak de mensen niet beter door ze jouw werkelijkheidsbeginsel voor te spiegelen en dan terug te sturen naar dezelfde rotwereld. Jullie zaak moet er wel hopeloos voorstaan, dat je de revolutie wilt beginnen in een krankzinnigengest –'

Een knal, als van honderd simultaan losschietende champagnekurken. De magere jongen is door het niemandsland gerend, heeft een aanloop genomen, zijn lichaam gebald en is tegen de grote ruit gesprongen, een perspexruit, die in zijn geheel uit de sponning schiet, zich trillend recht in de lucht en nu neerzijgt op het gazon. Twee verplegers klauteren over de vensterbank en hollen de jongen achterna.

'Wat mankeert Dirkzwager eigenlijk?'

'Dirkzwager is een borderline,' antwoordde Kieft, blij eens te kunnen praten over iemand aan wie zo'n etiket gemakkelijk blijft kleven. 'Borderlines zijn erg agressief. Dirkzwager is een paar keer eerder opgenomen geweest wegens geweldpleging, maar hij had nog nooit iemand naar het leven gestaan. En splitting, dat is ook heel typisch. Ze kunnen geen genuanceerd beeld van iemand krijgen. Een ander is óf helemaal goed óf helemaal slecht. Uw vader was helemaal goed vanaf het moment dat hij het paviljoen binnenkwam. Het is *de* geestesziekte van deze tijd. Wat die hysterica's en neuroten waren voor Freud, dat zijn de borderlines voor de psychiatrie van nu. Ik ben al een tijdje bezig met een onderzoek over het onderwerp. Dirkzwager was een van mijn patiënten.'

'Wist mijn vader iets van dat ziektebeeld?'

'Ik denk het niet. *Ik* heb hem er tenminste niet over verteld. Zolang ze in de kliniek waren bestond er geen gevaar. Ik heb dit ook niet aan zien komen.'

'Pikstaanderig weer vandaag,' meent Dirkzwager. Hij staat

bij de deur, kin omhoog, vuisten in de zakken van zijn grote manchester broek, klappertandend als een kat die op een vogeltje loert. ‘Stramme leden eens strekken?’ Hij snuift diep, zijn borst zwelt, hij duwt zijn vuisten naar voren in die grote broekzakken. ‘Een mens wordt zo verrekte sloom van dat hangen hier, de hele dag. Wat jij, Goudvis?’

Alles wat u zegt, denkt Goudvis, die er inmiddels achter is dat elke mening, elk voorstel van Dirkzwager met uitbundige instemming begroet dient te worden. ‘Prima idee,’ zegt hij. Eigenlijk is het jammer dat die ideeën van Dirkzwager hem bij voorbaat moeten tegenstaan, want het is ontegenzeggelijk zalig buiten. Na de hitte van de dag is er eindelijk geur in de neus, kleur in de ogen.

Jammer ook dat Dirkzwager zo’n kletsmajoor is. Nu heeft hij het over zijn antiquariaat, dat hij voor de duur van zijn opname heeft moeten sluiten. Er is weinig handel, zegt hij. Haast niemand heeft nog een eigen boekerij. Als hij eens bij een overleden hoogleraar de kast mag leeghalen, wat vindt hij dan? Dissertaties, meneer, alleen dissertaties en geschenken. Maar wel mooi twee auto’s voor de deur. Of dat geen schande is. Jazeker! Of die hoge salarissen soms bedoeld zijn om buitenhuizen en plezierjachten van te kopen. Nee, beslist niet! Alles wat u zegt. En om iets terug te doen vraagt mijn vader of hij ook gespecialiseerd is in bepaalde uitgaven. Zonder te jijen en te jouen, want dat mag misschien zo horen in de handel, hij hoeft zich daar niets van aan te trekken.

Driemaal laat Dirkzwager zijn afgemeten ‘Ha!’ schallen, drie waarschuwingsschoten lijken het wel, voordat hij zijn grapje vertelt. ‘Gespecialiseerd? Nee. Alleen in de uitgaafjes van de Nederlandsche Bank!’ Hij heeft mijn vader alle lust tot lachen benomen.

Uit de verte klinkt rinkelend damesgelach. Een spottende echo.

‘Hoor je dat, Goudvis?’ Dirkzwagers linkerhand grijpt dieper in zijn broekzak. Zijn mondhoeken verstrakken. Hij beent mijn vader vooruit naar de plek vanwaar het gelach geklonken heeft, de vijver langs, een bruggetje over, naar de muziekkiosk.

Op de bovenste tree van het trapje zitten twee dames met sluik inrichtingshaar en grauwe inrichtingssnoetjes, waarop de resten van lachrimpels bestorven liggen. De oudste is grijs en mager en draagt een gewatteerde peignoir en roze sloffen met een voering van wit imitatiebont. De jongste, een dikke donkerblonde van een jaar of veertig, grijpt naar haar hart en wanneer de twee mannen tot aan het trapje genaderd zijn zegt ze: 'Foei! Was me dat even schrikken.' Ze staat op en pakt een melkfles onder de rododendronstruiken uit. 'We zitten hier te pimpelen, begrijpt u. We dachten even dat u van de verpleging was.' Om beurten zetten ze de fles aan hun mond.

'Is geen melk hoor,' zegt de oudste, 'is jenever.' En trots wijzend op de melkfles: 'Dat is dus mijn bloemenvaas. Ik zet gewoon een paar bloemen in de jajem en geen haan die ernaar kraait. Ze dreigen altijd met een refusalinplant, ziet u, maar zolang ze geen drank gevonden hebben kunnen ze niets bewijzen. Wat ze al niet bedenken om je van de drank af te brengen. Verschrikkelijke dingen. Ze hebben me een keer apomorfine gegeven. Daar word je ziek van, godsjezus, wat word je daar ziek van.'

Dirkzwager komt op het trapje zitten, twee treden lager dan de jongste, en leunt gezellig tegen haar benen. Ze legt haar vingers op zijn glanzende schedeldak, haast zoals een kind een handje uitsteekt naar een begeerde pop. 'Wat heb jij een gaaf bolletje, jongen. Móói hoor.' Voor Dirkzwager aanleiding om zijn rechterhand te laten verdwijnen in het duister tussen haar dijen. De linker ontvouwt zich in zijn broekzak, maakt daar strelende bewegingen. 'Ga je mee de struiken in, voordat je niet meer op je benen kunt staan, lekkere meid dat je bent?'

'Nee, ik heb geen zin,' lacht ze. 'Ik moet geen kerels meer. Ik heb me te vaak laten gaan. Wil jij hem, Annie?'

'Och...' Annie gordt haar peignoir wat strakker aan. 'Nou ja... waarom niet...'

Mijn vader is op een paar passen afstand blijven staan, half afgewend van het trapje, de houding die buurlieden aannemen wanneer ze over de tuingrens heen een praatje staan te maken; hoe belangwekkend is dan een dor blaadje op het eigen erf, een klavertje tussen het eigen gras! *Ik hoor hier niet*, dat is zijn enige gedachte. Maar dan, ineens, is het of een aardverschuiving de tuingrens heeft weggevaagd.

Klappertandend heeft Dirkzwager gedreigd de dames te zullen verklikken bij de hoofdzuster. 'Als Ria niet de struiken in wil, dan is dat toch haar zaak?' heeft Annie gezegd en Ria heeft daar verzoenend aan toegevoegd: 'En misschien wil ik straks wél de struiken in. Wie weet. Ik moet eerst nog een beetje nadenken en een beetje drinken.' Toen heeft Dirkzwager de fles van haar mond weggegrist, en daarvoor in de plaats zijn vlezige lippen aangeboden, heeft Ria haar wangen met lucht gevuld en dat gezicht met die getuite lippen onder de jenevernevel gesprietst. En nu haalt Dirkzwager uit en slaat Ria driemaal met de vlakke hand in het gezicht: *Ha! Ha! Ha!*

Wanneer Ria zich vervolgens gedwee door Dirkzwager overeind laat trekken en meevoeren naar de struiken, staat mijn vader te worstelen met gevoelens die, tot zijn eigen ontgoocheling, niets ridderlijks hebben. Ik hoor hier niet, ik hoor hier niet, hamert het maar door zijn hoofd. Wel roept hij nog: 'Zeg! Dat gaat zomaar niet!' en zet hij die waarschuwing zelfs kracht bij door een stap te doen in Dirkzwagers richting, maar hij laat zich snel, veel te snel voor zijn eigen gemoedsrust, overreden door Annie, die hem met peignoir en al de weg verspert. 'Blijf hier, man!' zegt ze. 'Je ziet toch wat een gevaarlijke vent dat is. Kom maar bij mij zitten.' En hij komt bij haar zitten, op het trapje.

Daar zitten ze dan met hun tweetjes, starend naar het schuddende gebladerte (vogels fladderen verstoord op, witte en rode bloemblaadjes dwarrelen neer), luisterend naar het noeste hijgen van Dirkzwager – Ria geeft geen kik. Annie wrijft een roze geslofte voet tegen een spataderig onderbeen. Na verloop van tijd begint ze te praten. Ze zet een gedachtengang voort die gelijk op blijkt te zijn gegaan met die van mijn vader.

'Had ik me er dan mee moeten bemoeien? Hij zou me lamgeslagen hebben. Of hij was naar de hoofdzuster gegaan. Dan hadden we een inplant gekregen. Of we hadden kunnen weglopen. Maar waar moet ik heen? Al mijn spulletjes staan opgeslagen bij de gemeente. Ik heb ze in geen twee jaar gezien. God weet wat ervan over is. De hele boel verrot en beschimmeld natuurlijk. Ik heb geen huis. Moet ik naar zo'n huis voor alleenstaande vrouwen. Daar wordt gezopen, je houdt het niet voor mogelijk. Nee, we zitten hier best. Af en toe een uitspattinkje, dan kun je er weer tegen. Nou, en Ria en ik, wij zijn beste vriendinnen. Hebben hetzelfde probleem. Zij is wel een stuk jonger natuurlijk, maar als je samen een probleem hebt, dan vallen de verschillen al gauw weg. Dat maakt het leven een beetje draaglijk. Ik heb ook een zoon. Mijn man is dus gestorven. Maar een zoon heb ik nog. En een schoondochter. En kleinkinderen. Twee. Ik heb ze nooit gezien. Ik heb ook geen foto's. Mijn zoon doet het heel goed. Goeie baan. Wil mij niet meer kennen. Gelijk heeft ie. Zo'n oud lor. Niet dan? Ik heb ook geen boodschap aan die mensen. Ik ben zestig. Mijn man is dus voor tien jaar terug gestorven. Toen is het begonnen. Steeds slechter ging het. Ik kon niet tegen de eenzaamheid, hè. Ik mag graag een praatje maken. Maar de mensen praten niet terug, zeker niet als je een borrel op hebt, dan begrijpen ze je ineens niet meer. Een huis heb ik momenteel niet. Ik kreeg schulden. Huis verkocht. Opgenomen. Huis gehuurd. Opgenomen. Huur een tijd niet betaald. Hebben ze mijn spullen opgeslagen bij de gemeente. Daar staan ze nou. Te beschimmelen en te verrotten.'

Ze glimlacht, aangenaam verrast, alsof het haar ontgaat dat het niet komt door haar vertelkunst, maar door de inhoud van haar verhaal dat ze het bij elk willekeurig punt kan beginnen en binnen vijf minuten weer bij hetzelfde willekeurige punt is aangeland, en ze trakteert zichzelf op een ferme slok jenever. Ze verslikt zich. Hoest. 'Jesses, het valt niet mee om kleine slokjes te nemen van zo'n grote fles.' Met de mouw van haar peignoir veegt ze de druppels van haar kin. 'Mens, wat hebben die twee lang werk. In onze tijd deden we dat toch heel wat vlotter.'

De struiken blijven inderdaad maar schudden in die windstille avond. Ze lijken haast te lachen, een vreugdeloos, smekend lachen, net als dat van Dirkzwager. Vogels fluiten zenuwachtig, nu eens veraf, dan weer dichtbij. Dan gaat eindelijk die wervelwind liggen. Het gehijg stopt en Dirkzwager herrijst uit de struiken. Hij grijnst met al zijn tanden en met alle gaten ertussen. 'De engel des Heren heeft aan Maria geboodschapt!' Ria volgt. Ze tilt haar jurk op tot voorbij haar middel, als een klein meisje, trekt draaiend met haar achterste haar panty omhoog, en spuugt op de grond, vlak voor Dirkzwagers voeten. Een ontzagwekkende fluim wit speeksel.

Die avond raakt Dirkzwager maar niet uitgepraat over zijn wapenfeit. 'Wat een meid, die Ria! We gaan de dames beslist weer eens opzoeken!' Met elke knipoog wordt zijn falen een eclatanter succes en met elke stoot van zijn elleboog straalt weer iets meer van dat succes af op mijn vader. 'Twee kranige jongens als wij, daar is geen enkel vrouwenhart tegen bestand!'

'In de PSM, de volgende morgen, beklaagden de dames zich over Dirkzwager en zijn handlanger. Dirkzwager deed zeer verontwaardigd. Ze hadden het slachtoffer met geen vinger aangeraakt, beweerde hij. Intussen nam niemand de moeite om ook maar enige nadruk te leggen op uw vaders onschuld. Hijzelf evenmin: hij weigerde de zaak in het openbaar te bespreken. Hij vond het te pijnlijk om alle schuld op Dirkzwager te moeten afschuiven ten overstaan van een zaal vol mensen, vertelde hij me later. Heel begrijpelijk, maar het streek Jansen Alpendam en hoofdzuster Van Rensselaer wél tegen de haren in. Om maar te zwijgen van de andere patiënten, die zich beroofd zagen van een sappig hapje leedvermaak. Bij ons moet *alles* in het openbaar besproken worden. Hoewel er ook op die regel weer uitzonderingen zijn. Dat bleek me 's middags, in de stafvergadering, toen ik de mededeling kreeg dat voor uw vader een rechterlijke machtiging zou worden aangevraagd. Spuit de mensen plat, gooi ze in de isoleer, houd ze binnen de muren, dan zijn *wij* van een hoop gelazer af – dat is daar de filosofie. Je reinste afweer. De rechter zou donderdags komen. Nu stond er voor woensdag een strandwandeling op het programma en dat leek me voor uw vader een prima gelegenheid om onopvallend te verdwijnen. Meteen na de stafvergadering heb ik hem dat plannetje ontvouwd. U weet hoe het verder gelopen is.'

Ik kreeg nu het gevoel dat ik iets diende in te zien; dat meende ik te begrijpen uit Kiefts verwachtingsvol naar mij toegewende, gladgeschoren, franke gelaat. 'Ziet u?' vroeg hij. Maar ik zag slechts omstandigheden die om mijn vader heen stonden, verwikkelingen waarin hij tot onzichtbaar wordens toe verwikkeld was geraakt.

Het blijkt nog een zware opgave om achter te raken bij de rest van de groep. Dat boeket schommelende zonnehoeden komt veel te vaak tot stilstand. Steeds opnieuw blijven de invalidenwagentjes steken in het rulle zand. De patiënten die wel kunnen lopen moeten de wagentjes voortduwen of zijn zo daas van de medicijnen en de felle zon dat ze alleen sjokkend en slingerend vooruit kunnen komen.

Als weer eens een wagentje muurvast is gelopen met zijn bandjes van massief rubber, wordt 'meneer Dirkzwager' erbij geroepen. Ter gelegenheid van deze strandwandeling draagt hij een met afbeeldingen van gitaren verlucht turquoise vakantiehemd. Met energiek gespuug in de handen, vertoon van biceps en de bekende grijns onder zijn strohoed tilt hij dan het wagentje inclusief patiënt en picknickmand hoog op en zet het zaakje een meter verder neer, iets harder dan strikt nodig. Waarna hij de groep weer voorgaat in het gezang van 'Een Potje met Vet', 'Rijen Rijen Rijen in een Wagentje' en andere marsliederen, met zijn bulderende stem waar het ijle gekweel van de anderen zich losjes omheen wingert.

Helemaal vooraan loopt Kieft, zoals afgesproken, om zijn arm een mandje vol tubes ContraLume en tryptisolpillen. Van die pillen heeft hij een doosje aan mijn vader gegeven, 'voor als u het te kwaad mocht krijgen, wat ik overigens niet verwacht – en dan niet meer dan twee tegelijk en niet meer dan zes per dag'.

Gelukkig is het eb. Wanneer de groep een hard, wasbordachtig stuk strand is genaderd waarin de wagentjes niet zullen blijven steken, hurkt mijn vader neer en legt hij omslachtig een nieuwe strik in zijn rechterschoenveter. De linkerveter ondergaat een even nauwgezette behandeling en nadat hij ook nog eens uitgebreid in de zee heeft gepist kan hij de waggelende groep, die inmiddels ver weg is geschoven tussen het vrijwel witte strand en de vrijwel witte zomerhemel, al gadeslaan met een ontroerd en schilderkunstig oog. Wat pennekrabbeltjes aan de horizon. En hijzelf voor hen, voor mij, niet meer dan een vliegestrontje op een blanco vel papier.

Hij heeft een lange wandeling voor de boeg, helemaal naar Haarlem, want op het station van Duindorp-Zuid zou hij iemand van de inrichting tegen het lijf kunnen lopen. Boven, in de duinen, voelt hij een steentje duwen in zijn schoen. Een bankje, even zitten. Terwijl hij zijn schoen leegschudt hoort hij het plof-plof van grote voeten in zand.

'Goudvis! Gou-oudvis!'

Dan staat Dirkzwager voor hem, hijgend, met pompende schouders, een fles limonadegazeuse in zijn hand, en lachend, voor het eerst echt verheugd lachend door zijn hijgen heen.

'Ik heb hem zijn hersens ingeslagen!' Hij slingert de fles de struiken in.

'Wie?'

'Kieft!'

In de verte staan nog juist zichtbaar kleine mensjes aan kleine wagentjes te rukken. Dirkzwager slaat een arm om mijn vaders schouders. Omwikkelt hem met de geur van zijn zweet.

'We zijn vrij! Goudvis, we zijn vrij!'

'...Als je terug zult denken aan deze rit, denk je dan: 4 uur 15 Oudenrijn, 4 uur 45 Eindhoven, 5 uur Weert? Denk je dan zelfs maar aan een reis van Amsterdam naar waar je ook moet wezen? Wat je je waarschijnlijk zult herinneren, dat zijn enkele details, een paar beelden. Hoe het voelt om voortdurend veel te hard te rijden, bijvoorbeeld. Of hoe gezellig en warm het was in dit kamertje op wielen. Deze gore zonsopgang boven Midden-Limburg –' En ter verlevendiging van mijn betoog wees ik naar buiten met mijn vrije hand, naar een half ontmanteld gebouw van de Staatsmijnen en het grauwe ochtendgloren daarachter. In de andere hand hield ik de fles Southern Comfort geklemd, die ik had moeten weggrissen uit de kofferruimte, zo'n haast had Ben gehad om weg te komen. De geparfumeerde smaak was even wennen geweest, op dit nuchtere uur, maar na een paar slokken raakte ik al in een zeer milde stemming.

'Waar ik aan terug zal denken,' sprak Ben langzaam – hij spande zich in om een paar centimeter te winnen op een flauwe bocht – 'is hoofdpijn. En aan een zeurstem die tegen mijn rug iets onduidelijks probeert te vertellen.' Hij was steeds kribbiger geworden, sinds hij in het wegrestaurant tegen zijn schoteltje had zitten tikken – een onaangename echo van een ander getik, maar dat kon hij niet weten.

'Mij best,' zei ik gul. 'Wat ik wil beweren is alleen, dat in het geheugen tijd, snelheid, verandering, groei, verval, kortom alle dynamische processen, verstillen tot statische beelden. Dus wanneer een leven is voltooid, welke vorm heeft het dan? Is het iets dat lineair voortschrijdt van, zeg, 1926 tot 1978? Is het als water dat naar de zee stroomt? Leiden alle wegen tot het graf? Dat is de benadering van de biografen, het chronologische drogbeeld. Of lijkt het meer op een berg, met geboorte en dood ergens onopvallend aan de voet, op een vaas, een ster?'

'Een paar oude botten, zou ik denken...'

'In de volksverbeelding blijft Napoleon altijd dezelfde. Hij houdt zijn hand half weggeschoven onder zijn tuniek en kijkt stuurs onder zijn steek uit. Shirley Temple blijft eeuwig een kind met pijpekrullen. Er is maar één portret van de eigenlijke Marx; alle andere portretten zijn voorstudies of slechte kopieën. Dat zijn levens waarop de verbeelding greep heeft gekregen. Terwijl we ons heel moeilijk de gezichten voor de geest kunnen halen van mensen die ons nabij staan, die we van jaar tot jaar hebben zien veranderen –'

Ik vertelde Ben het verhaal dat mijn moeder me verteld had, het verhaal van de incubus, maar zonder te vermelden over wie het ging. '...Die man van haar dromen had geen gezicht, niet omdat ze het was vergeten of had verdrongen, maar juist omdat ze zich er *te veel* van herinnerde. Over het beeld van zijn blonde haar was het beeld van zijn grijze haar geschoven, over de gave huid een gerimpelde, over zijn lachende mond een pruilende mond en een verbeten en een gemene mond, en het resultaat was een soort stroboscopische foto: al die verschillende trekken en staten kwamen over elkaar heen te liggen. Ze wisten elkaar uit. Ik zit met een dergelijk probleem. Alles wat ik van mijn vader weet is even belangrijk of onbelangrijk. Ik moet een vorm vinden voor zijn leven, ik moet er een verhaal van maken. Zoals het nu is verdwijnt het tussen de omstandigheden. Het meest opmerkelijke aan zijn leven is zijn volstrekt toevallige dood. Water dat wegkronkelt tussen keien, dat is het nu. Wat ik probeer te vinden is een soort genade, een immanente genade. Ik ben dat water aan het zeven, als een goudzoeker.'

De weerzin was Ben de rug op gekropen. Hij probeerde hem te vermorzelen tussen zijn schouderbladen. 'Wat zeur je toch steeds over een verháál? Je bent toch geen artiest? Ik zet je hier acuut uit je eigen wagen, hoor!'

'Nee, ik ben geen artiest.'

'Een schrijver zeker, zo'n penridder?'

'Nee, ook niet. Ik ben jurist. En dat ook nog maar in naam, want ik heb geen baan momenteel.'

'Wat zeur je dan over een verhaal?'

'We leven toch allemaal in ons geheugen, in onze verbeelding. Iedereen probeert toch de brokstukken tot een eenheid te smeden –'

'Eenheid? Werken, vreten, schijten, neuken, sterven. Dat is meer dan genoeg van hetzelfde, dunkt me. Wat zeur je nou?'

En slapen. Hij was slapen vergeten. De kans om hem daarop te wijzen kreeg ik echter niet.

'Luister nou eens naar *mij*. Ik heb ook schoolgegaan. Na de hbs heb ik zelfs nog een paar maanden college gelopen in een of ander vak waarmee je de wereld kunt verbeteren. Maar nu ben ik marktkoopman. Belgisch boerenantiek, dat is mijn handel. Zei je net dat het na vijven is? Klopt dat? Nou, dan heb ik er nu een werkdag op zitten van vierentwintig uur. Gistermorgen om vijf uur heb ik de wagen ingeladen en ben ik naar Amsterdam gereden. Die rit, in die oude hakkepoffer, dat is al een hele dagtaak voor een modaal mens. Voor mij was dat nog maar het begin. Van negen tot vijf heb ik op het Plein gestaan. De hele dag soebatten – en het resultaat? Ik heb het vuil onder mijn nagels nog niet verdiend. "Leuk kacheltje, meneer, alleen dat klepje scharniert niet goed" – "Aardig stoeltje, wel jammer van die houtworm" – "Prachtige kast, hoeft zeker niet veel te kosten met die barst in dat paneel?" Als ze alles perfect willen hebben, waarom gaan die zeikerds dan niet meteen naar de Bijenkorf? En ik alles wat krom is maar rechtpraten met mijn gladiolengezicht, want thuis zitten mijn vrouw en mijn kind met de lepel op tafel te slaan. Wat ik thuis ook nog heb, trouwens, dat zijn drieëntwintig juke-boxen van rond negentienvijfenvijftig, mét de originele plaatjes, Will Tura, Bobbejaan Schoepen, dat genre, als je daar soms belang bij hebt. Geen interesse? Nou, je bent de enige niet, hoor.'

Hij zat zich danig op te winden. De auto begon er vervaarlijk van te slingeren. Alle meters die hij in het afgelopen uur op bochten had uitgespaard, waren inmiddels weer verkwist.

'Maar als je de trotse eigenaar van een hakkepoffer bent, waarom ga je dan liften?' vroeg ik, vriendelijk.

'Daar wou ik net op komen. Na de markt ga ik een pilsje drinken bij café Waterloo en om zeven uur ga ik weer inladen, zo ongeveer alles dus wat ik had uitgeladen, en daarna ga ik nog een pilsje drinken bij café Waterloo. Om negen uur wil ik wegrijden. Er is geen beweging in het kreng te krijgen. Ik kruip eronder en pas na twee uur friemelen kom ik erachter dat de krukas is gebroken. De hele stad heb ik afgebeld, maar wat wil je, zaterdagavond, iedereen heeft het veel te druk om me te komen helpen. Ik heb de hele vracht onbeheerd moeten achterlaten. Pas maandag komen ze 'm wegslepen. Geen treinen meer. En uitgerekend dit weekeind mogen mijn vrouw en ik weer de geslachtsdaad bedrijven, vanwege de periodieke onthouding, nadat we twee weken lang als hondjes om elkaar heen hebben gedraaid. Daarom ben ik gaan liften, snap je, omdat ik heel dringend naar huis moet.'

'Het zou een zegen zijn voor de verkeersveiligheid als je vrouw op de pil zou overstappen,' merkte ik op, behulpzaam.

'O nee. We zijn echt geen macrobioten, maar die pil, daar beginnen we niet aan, dat is vergif. Maar ik zal je nog eens wat vertellen. Jij hebt schandalig gemazzeld. Weet je wat dit is?' Hij stak iets in de hoogte dat hij uit zijn broekzak opgediept had, een klein zwart doosje, met een rood knopje. 'Nee?' Met zijn duim verschoof hij het knopje; een blinkend lemmet sprong te voorschijn. 'Die had je in je donder kunnen krijgen,' foeterde hij, zwaaiend met zijn stiletto, 'als je niet heel toevallig, over genade gesproken, precies dezelfde kant uit had gemoeten als ik. Ik was zo over mijn toeren dat ik de eerste de beste die voor me zou stoppen zonder pardon uit zijn wagen had gezet of had ontvoerd, dat had ik besloten. Het kon me niks meer schelen. En ik ga je nu alsnog ontvoeren, een klein stukje, een paar kilometer, tot ik thuis ben.' En met die woorden zette hij de stiletto rechtop in het trijp van de bank, uit pure nijd, leek het wel, om zijn verijdelde wanhoopsdaad, en even later nam hij met triomfantelijk gegier van banden de afslag richting Vaals.

Toeval. Ik werd erdoor achtervolgd. Ik had mijn vader van de dood gered, mogelijkerwijs bij toeval, en door een samenloop, een samenzwering van omstandigheden had hij drie dagen later toch moeten sterven. En hier zat ik, ontvoerd, zonder dat ik het wist, en stomtoevallig maakte dat niet het geringste verschil – ik had evengoed niet ontvoerd kunnen zijn. Het leek wel of iemand bezig was zorgvuldig al mijn sporen te verwijderen. Elke poging van mij om het lot een andere wending te geven werd ongedaan gemaakt, bij voorbaat al. Het lot ging onverstoorbaar zijn eigen gang. Ik zou veel liever een robbertje met Ben hebben geknokt, zelfs ten koste van een lelijke wond – dat zou tenminste een bewijs zijn dat ik me tegen de loop der dingen had verzet. O, ik kon best begrijpen waarom hij net zijn mes in de bank had geplant.

Nederschreven heette het gehucht waar Ben woonde, vijf huizen, meer niet, die gevaarlijk dicht aan de rand van een mergelafgraving stonden. Hij hield halt bij een vervallen hoeve, waarvoor al een tiental automobielen geparkeerd was. 'Allemaal van mij,' zei hij. 'Volgens de kansberekening zou er toch eentje tussen moeten zitten die kan rijden...' Hij wachtte even met uitstappen. 'Als je wilt kun je hier wel blijven slapen. En ik zou dat maar doen ook. Je ziet eruit als een spook.'

Een paar uurtjes slaap konden geen kwaad. Anders zou ik toch op een onmogelijk uur in Mohrbach zijn aangekomen. Ik volgde hem door het onderdeurtje van de grote poort. Op de binnenplaats werd hij verwelkomd door een dolgelukkige hond. Het beest moest zo'n twintig keer gezegd worden dat het braaf was voor het inderdaad braaf wilde zijn. Het was hier een waarachtige gribus. Rechts een rij ingestorte vertrekken; aan de overkant een grote schuur, afgedekt met een plastic zeil dat opbolde en flapperde in de ochtendbries; links het woongedeelte, witgekalkt, met groene luiken. Ben haalde een slaapzak voor me en wees me de bank, in de woonkamer. Hij wenste me welterusten. 'En nog bedankt voor de lift. Het is eigenlijk geen verdienste van jou, maar je hebt me toch een hoop narigheid bespaard.'

Ik droomde dat ik een kind was en na een lange logeerpartij terugkwam in mijn straat. Het was een stralende zondagmiddag. De huizen waren allemaal eender, beneden een deur en een groot raam en boven drie kleine ramen, en overal waren de gordijnen gesloten: alle vaders en moeders waren bezig met hun middagslaapje. Ik wist niet meer in welk huis ik woonde. Vervolgens voelde ik iets kriebelen onder mijn neus. Ik opende mijn ogen en voelde meteen dat ik veel te kort geslapen had. De deur stond op een kier. Aan het eind van de smalle lichtschacht, vlak naast me, stond een jongetje van nog geen twee jaar oud, met zijn armpjes op zijn rug. Het trok vriendelijke grimassen en sprak schokschouderend: 'Gwa na poepoe stjoepie? La? Zwa hapaflifli!' Of woorden van gelijke strekking.

Pas na moeizaam peinzen schoot me een antwoord te binnen. 'Mama boeboe, papa petspets.' Hij keek me aan of ik gek was geworden.

De streep licht werd breder. Een vrouw kwam binnen, een jonge, zandblonde vrouw in geruit manshemd en corduroy broek. Het jongetje huppelde op haar af en duwde zich tegen haar hoge benen. 'Zwi hee flafla tzjoem taha waat dodo ploefff!'

'Nee, dat is geen baard, Wimpie,' zei ze, 'dat is een snor.' Ze moest een talenwonder zijn.

'Znô,' herhaalde Wimpie.

'En dat had je niet mogen doen.'

'Nie mo doe nee?'

'Nee. En geef die viltstift maar aan mij.'

'Znô!' deden Wimpies spraakorgaantjes nog eens, terwijl hij de viltstift in zijn broekzak liet verdwijnen.

Ze schakelde over op een iets ander soort vriendelijkheid en richtte zich tot mij. 'Ga maar weer lekker slapen. Ik zorg wel dat hij niet meer binnenkomt.' Ze leidde het jongetje de kamer uit. Zachtjes trok ze de deur achter zich dicht.

Na enig rondtasten ontdekte ik dat ik mijn horloge nog om had. Ik schoof het gordijn een stukje opzij. Tien uur en schitterend weer buiten. Ik hees me in mijn broek en sloop blootsvoets de kamer uit. Van de binnenplaats klonk het zangerige gebabbel tussen moeder en kind. Keuken. Bijkeuken. Badkamer. Onder de neus van mijn gezicht in de spiegel prijkte een slordige zwarte inktvlek. 'Znô,' ademde ik. Het gezicht verdween achter een wolk.

III

Wat is het toch benard wakker worden uit die katteslaapjes. Je wilt je ogen opslaan, maar dat lukt niet. Je benen optrekken – lukt niet. Het dringt tot je door dat je niet in je bed ligt. Maar waar dan? Midden op straat, waar iedereen je kan zien? In het huis van bewaring? Je hebt het koud en die stijfte van je lichaam, is dat misschien rigor mortis? Lig je al in je kist? Een verwoede, maar nog puur denkbeeldige inspanning om althans een sprankje leven te voelen; dan begint (het flauwe schijnsel van een zaklantaarn, je schreeuwt onhoorbaar door de prop in je mond) je bloed te tintelen en toen wist ik ook waar ik was, in mijn auto, en hoorde ik opnieuw de stem die me had gewekt, een ijl, benepen roepen, als van een drenkeling, *'Salaud! Qu'est-ce-que tu fous là?'*, en herinnerde ik me hoe ik hier was gekomen, in dit laantje, en dat het gebouw, achter die bomen en struiken waar de schaduw uit kwam geslopen, Hotel Eden was.

Het had geleken of ik naast de werkelijkheid zat in plaats van er middenin, ja, naast mezelf – of mijn bemoeienissen met stuur, gaspedaal, rem en versnellingspook, hoewel een zekere sierlijkheid er niet aan ontzegd kon worden, evengoed achterwege konden blijven, omdat mijn auto volkomen vanzelf heuvel op, heuvel af ging, *zoef,* Eupen in plonsde, *vroemm,* weer een helling nam en me zo, slechts gestuurd door de witte streep, voerde langs hei, bossen van kale, magere stammen die alleen in hun kruinen nog wat naaldjes droegen, een tapijtwinkel van bevallig geplooide heuvelflanken, langs Baraque Michel, Xhoffraix, Bévercé, Malmédy. De auto spoorde precies in de juiste groef van mijn geheugen. Zonder mankeren vond hij de weg van Malmédy naar Mohrbach, via een wit huis, een met glasscherven ingelegd kapelletje, een boerderijgevel die schuin op de weg stond, allemaal herkenningspunten die ik me vast niet zo feilloos herinnerd zou hebben als ik volledig bij mijn positieven was geweest. Ik zat erbij. Ik kéék ernaar, bijna weer die jongen van zeven jaar, die door zijn moeder naar Mohrbach werd gereden. (Van tijd tot tijd, met een luie regelmaat, raakte haar wijsvinger mijn schouder aan: 'Een pepermuntje?' Door daarop te zuigen kon je de tijd laten krimpen. Ik hield er een verschrompeld verhemelte aan over, een maquette van het landschap, dat me zo voor mijn snelheid strafte – een Dorian Gray van me maakte, vanbuiten nog een kind, maar vanbinnen een gerimpelde oude man.)

Mohrbach was ik binnengereden rond een uur of één, het dode punt van de dag. De rolluiken van de winkels waren neergelaten; uitgestalde fruitkisten met canvas afgedekt. Door een onzichtbare meid werd een plens schrobwater uit een deur gesmeten. Om alvast even te genieten van het gevoel aangekomen te zijn, een wat voorbarig gevoel, zette ik de auto op het stadspleintje langs de stoeprand. Een jongen op een amechtig knetterende brommer kwam een paar keer, steeds uit een andere zijstraat, het pleintje opgeraasd. Verder was er geen verkeer.

Het was nu twintig jaar geleden dat ik hier voor het laatst op vakantie was geweest. Bijna een hele week was ik toen alleen met mijn moeder. Mijn vader beweerde het zo druk te hebben dat hij pas in het weekend kon komen; hij zou ons daarna terugrijden. Het voelde onwennig om zo lang met haar alleen te zijn. De ruimte die mijn vader steeds tussen ons had ingenomen moest worden overbrugd. Zonder hem bleek ik haar maar half te kennen. Ze zag er hier ook anders uit dan thuis. Haar gezicht was helemaal niet zo streng. Nu pas zag ik hoe helder het blauw van haar ogen was. En haar wenkbrauwen – die toevallige gratie, net veertjes die op haar voorhoofd waren neergedwarreld. Wanneer ze zat te lezen of te handwerken kon ik ademloos naar haar kijken, op een stoel, mijn benen onder me gevouwen. Schaduwen van allerlei geheimzinnige gedachten gleden over haar gezicht. Een mondhoek kwispelde. (Skeptisch? Vrolijk?) Haar neus was vaak nog ongeduriger dan een kind in een schoolbank. Dat humorloze plekje er vlak boven, waar haar wenkbrauwen elkaar net niet ontmoetten, daar zou ik graag eens hard op duwen met mijn duim. Ademloos, tot ze er verlegen van werd en me naar buiten stuurde.

Aan dit plein lag nog steeds dezelfde modezaak waarvoor ze toen zo vaak bleef dralen. Zo vaak dat het me niets zou verbazen om haar spiegelbeeld weer op de etalageruit te zien staan als ik het rolluik op zou trekken (het lange donkere haar dat ze niet meer heeft, die knalgele jurk met zwarte bladmotieven, die allang tot papier verwerkt is). Ze *deed* wel of ze de flauwe zomertoiletjes in die etalage bewonderde; aan haar hand die heel even langs haar taille streek, iets aan haar schouder verschikte, merkte ik dat die bewondering alleen haarzelf gold. Had dat weer lang genoeg geduurd, dan draaide ze zich met een ruk om, haar jurk zwiepte langs mijn arm en ongeduldig trok ze me mee, net of *ik* zo had staan treuzelen. Aan dit plein lag ook het terras waar we na de boodschappen koffie gingen drinken. Daar hoorde ik voor het eerst dat lachje. Twee mannen kwamen bij ons aan het tafeltje zitten en begonnen een babbel. Het ging in het Frans, dat ik niet verstond, maar ik begreep dat ze haar iets te drinken aanboden, wat ze afsloeg, en ze zullen haar ook wel gevraagd hebben of ik haar kleine broertje was. Het lachje kwam diep uit haar keel. Haar anders zo beweeglijke gezicht stond star, haar mond halfopen, haar ogen waren op blind gedraaid. Een kreunend, bijna hongerig lachje was het en het stond me helemaal niet aan.

Kort na die laatste vakantie werd mijn vader van de buitendienst overgeplaatst naar kantoor. Door middel van een salarisverhoging werd hem vriendelijk verzocht dat als een promotie te beschouwen. We gingen nooit meer naar Mohrbach. 'Och, je wordt er een beetje te groot voor,' zei mijn moeder toen ik haar vroeg waarom. 'En je bent er een keer bijna verdronken, weet je nog? Daar willen we liever niet aan herinnerd worden. En Papa zegt dat er aardstralen zijn.' Het huis was eigendom van de Van Kessenichs. Hoe meer mijn vader ervan doordrongen raakte dat hij bij de Tielsche nog slechts geduld werd, des te strikter hield hij zich aan het principe om geen enkele gunst van de familie te accepteren, behalve zijn dagelijks brood dan.

Ik had de wagen gestart en was kalmpjes het stadje uitgereden, de heuvels in. Zelf had ik geen sleutel van het huis, maar ik wist dat de eigenaar van Hotel Eden er een bewaarde voor zijn werksters, die zo nu en dan ook bij ons stof kwamen afnemen. Ik zou ook maar meteen een overnachting boeken in het hotel. De onheilsplek leek me geen geschikte slaapplaats en ik was veel te moe om meteen terug te rijden.

Onderweg passeerde ik het meertje waar we vroeger gingen zwemmen. Daar, over de beek die van de heuvel kwam gehuppeld, lag nog steeds dezelfde betonnen plaat, op de plek waar het beekwater uitmondde en verdween in het groene stoffige water van het meertje. En op die plaat had ik gezeten. Het was dat vreemde namiddaguur geweest wanneer alles verhevigd lijkt, scherpere contouren krijgt en klinkt met een ongewoon heldere resonans. Ik liet mijn benen bungelen tussen het lauwe groene en het koude heldere water en keek naar mijn dijen. Had ik maar net zulke gespierde benen als de grote jongens, die aan de overkant tegen de badhokjes geleund stonden, met hun zorgvuldig gevouwen badhanddoeken om hun schouders, rokend, druk lachend en pratend. Dat zat ik daar te denken. Vlak bij mij dansten libellen, die zo metalig blauw waren dat ze van blik leken.

En daar, op het zandstrandje aan de overkant, zo duidelijk zichtbaar in het voetlicht van de ondergaande zon dat ik ze zag als door een toneelkijker, lagen mijn ouders. Mijn wonderlijk bleke vader was tegen de middag aangekomen na wat hij deed voorkomen als een week hard werk en een lange reis per trein en bus. Nu strekte hij lui een arm uit (iedere vinger, elke beweging van iedere vinger kon ik volgen), raakte als het ware bij toeval mijn moeders schouder, streelde die schouder schijnbaar onopzettelijk en ging daar toen mee door, naar het leek omdat die vingers dat strelen nu eenmaal onder de knokkel hadden en zo gauw niets beters wisten te verzinnen. Mijn moeder deed eerst alsof ze niets merkte; toen veerde ze plotseling op, duwde hem op zijn buik, sloeg het lange haar over haar hoofd en liet het kietelend van zijn nek tot in zijn knieholten trippelen, en onderwijl stuiterde hetzelfde lachje dat ik eerder op het terras had gehoord over het water naar mij toe. De lucht om me heen trilde, van het nerveuze dansen van de libellen, van die vreemde, verdwaalde giechels. Haar tanden flitsten tussen de donkere haarstrengen; ze beet hem in zijn nek. Hij rolde zich om, ze viel van zijn rug, almaar lachend, een lachen dat overging in gillen – de ricochet van die blije gil: 'Nee! Nee! Nee!' bereikte me pas toen ze elkaar al kusten en zij zich om zijn bleke lichaam krulde.

Het werd koud. Ik stond op. Wrijvend over mijn benen waarin het ruwe beton putjes had achtergelaten slenterde ik langs de waterkant terug naar het strandje. Ik liep niet naar mijn ouders toe, maar bleef bij het water staan. De andere baders waren vertrokken, behalve de jongens. Het zand, dat in de felle zon zo blond had geleken, was nu grijs, verkreukt en verfomfaaid. Lakens na een onrustige nacht. Mijn ouders keken bedrukt, grimmig zelfs. Er was zeker iets gebeurd – onder het lopen had ik naar de grond gekeken omdat ik niet in een scherpe steen wilde stappen met mijn blote voeten. Mijn vader strekte opnieuw zijn hand uit naar mijn moeders schouder, maar zij was druk doende om met klauwende vingers zandkorrels uit haar haren te harken en ze schudde hem af. Ik stak een voet in het water. Het was niet meer zo lauw. Het voelde koel en vriendelijk aan.

'Kom hier, Frits,' riep mijn vader. 'We gaan weg.'

'O verdomme, verdomme, verdomme, *verdomme!*' Dat was mijn mopperende moeder.

'Ik wil nog zwemmen.'

'Je hebt de hele middag kunnen zwemmen. We gaan weg.'

'Komt u ook in het water?'

Steeds maar klauwend door die haren voor haar gezicht zei mijn moeder: 'Je vader kan niet zwemmen.'

'Heel eventjes maar.'

Achteruit liep ik het water in. Het leek veel helderder, nu de zon haast weg was. 'Kom dan.' Mijn voeten zakten weg in de weke, warme modder. Lekker-vies vond ik het om ze weer uit de zuigende bodem los te moeten trekken en zo elke keer wat modder op te laten wolken. 'Kom nou.' Telkens wanneer ik een stap achteruit zette duwde ik het water met de vlakke hand van me af. Ik liet me even op mijn rug drijven, kantelde toen weer overeind.

'Kom dan, lafaard!'

Hij wilde me niet horen. Languit, op één elleboog gestut, lag hij messcherp te grijnzen naar mijn moeder. Zij keek verstrooid rond, waarbij ze zijn blik ruimschoots omzeilde, graaide wat spullen bij elkaar, boek, strandbal, zonnebrandolie, en liet die overdreven nonchalant in haar tas vallen. 'Lafaard!' riep ik nog eens. Nog steeds achteruitlopend begon ik met gestrekte armen op het water te petsen. 'Nietsnut! Volslagen nietsnut!' En ineens bleef al mijn woede boven water achter.

Zelfs op de onbeholpen leeftijd van zeven jaar blijk je over allerlei onverhoopte talenten te beschikken. Nog nooit had ik mijn ogen open durven houden onder water en nu ik in dat gat was gestapt deed ik het moeiteloos. Volkomen op mijn gemak zat ik in dat water. Alsof ik knus genesteld in de hoek van een veel te grote fauteuil door een prentenboek bladerde, heel sereen, me niet eens meer van mezelf bewust, zo bekeek ik de onderwaterkleuren die zich in slierten om me heen wonden. Ik zag zilver, het zilver van ingehouden tranen, droomloze slaap: geel – van laat wakker worden en ook van ellende en uitputting; bruin, monkelend bruin, van aarde, van geheimen tegen wil en dank; het groen van tevredenheid en het groen van afgunst; het grijs van alles wat ik vergeten was en nog vergeten zou; en blauw, het blauw van mijn vaders ogen, zijn maandagen en boodschappen, scheermessen, van blauw-blauw, en het blauw van mijn moeders ogen. Wat ontbrak was rood, maar misschien deed ik het niet. Tegelijkertijd moet ik geweten hebben dat ik bezig was, zo niet om te stikken, dan toch om te sterven, want die minuten waarin de sterke koude onderstroom me bij mijn benen greep, me om en om deed tollen, me omlaagzoog, de onderwaterwereld in, en een paar keer opstuwde naar de schrille pijn van het moment boven water, waar alles overbelicht leek, die ogenblikken herinner ik me als de enige waarin ik mijn leven heb kunnen zien als iets volledigs, iets dat niet alleen een begin en een midden had, maar ook een eind, iets dat afgerond was en mooi.

Boven me tastte een mal, bleek ding door het water. Toen ik weer omhoogkwam greep het me onder een oksel en sleurde me het bovenwatergeweld in.

'Sla je armen om mijn nek –'

Had ik iets mooi gevonden? Het spatte uit elkaar bij de aanraking van zijn stem. Alles werd weer even warrig, even schril.

'Om m'n schouders – je wurgt me! M'n schouders!'

Hangend aan mijn vaders rug, een vale rug met hier en daar een weinig opmonterende sproet, werd ik schokje voor schokje naar de kant gezwommen. Lieflijk gekwinkeleer van vogels roffelde op mijn trommelvliezen. Een zoel briesje gierde om mijn hoofd. Aan de kant gleed ik als een zak van zijn rug. We kropen op onze knieën het water uit, hij even goed als ik, en nu pas werden we bang, met terugwerkende kracht. We trilden zo onbeheerst dat we niet overeind konden komen: hij zette zich af op mij, ik probeerde me aan hem op te trekken en zo zakten we keer op keer door onze knieën, ploften we voorover in het zand. Twee clowns op schaatsen. Een beschamende vertoning. De grote jongens waren naar voren gekomen. Hun polshorloges fonkelden in de laatste zon. Roerloos en zwijgend stonden ze ons aan te staren op hun gespierde benen. Het leek waarachtig wel of er iets ergs was gebeurd.

Terwijl ik langs dat meertje reed, was die halfvergeten gebeurtenis weer bovengekomen. En op dat moment begreep ik ook hoe ik er zo zeker van had kunnen zijn dat ik op de avond van mijn verjaardag was opgebeld door mijn vader. En was ik er ineens niet meer zo zeker van.

We hadden voor die haag van jongens gestaan. Mijn vader had zijn zelfbeheersing het eerst herwonnen. Al die bevende spieren van zijn lichaam werden met een ruk strak aangetrokken. Te strak – hij wilde me slaan, ik voelde het. Mijn hoofd verschanste zich tussen mijn schouders, de tranen zetten zich schrap achter mijn ogen, zo wachtte ik tot ik krijsend opnieuw geboren mocht worden, tot mijn wereld opnieuw binnenstebuiten zou worden gekeerd, van baarmoeder tot moeder aarde. Maar hij sloeg me niet. Hij had me nog nooit geslagen. Hij duwde de jongens opzij en stapte, zijn hoofd vooruit, op mijn moeder af, die niets had gemerkt van wat er was gebeurd. Ik was hem gevolgd, met een brok in mijn keel die er niet meer uit zou verdwijnen.

Bij dat meertje besefte ik dat ik me misschien door mijn geheugen had laten beetnemen, dat die tikken, die tikken die ten slotte schraapten, alsof eindelijk, na een oponthoud van twintig jaar, mijn uur zou slaan, even goed afkomstig konden zijn van een anonieme grappenmaker. Ik zou het nooit weten.

In het laantje naast Hotel Eden liet ik de auto staan en ik wandelde naar de receptie over een saaie grindvlakte, een parkeerplaats waarschijnlijk, maar ik zag geen auto's, geen bandensporen. Vroeger was daar een tuin geweest, een uitgestrekt gazon met sinaasappelboompjes, die 's winters binnen werden gezet, bloembedden en vijvertjes. Aan het eind van dat gazon leidden een paar treden naar een lager gedeelte van de tuin, waar de doolhof was met de lachspiegels. De heggen, die twintig jaar geleden elke week secuur werden gesnoeid, waren nu onontwarbaar in elkaar verstrengeld. De luiken van de gastenvertrekken op de eerste en tweede verdieping waren allemaal gesloten. Het seizoen was zeker voorbij; het was al bijna september. Aan de balie sloeg ik drie keer met mijn vuist op de dienstbel. Niemand kwam. Ik bleef staan luisteren in de halfdonkere lobby, starend naar de schaduwen tussen de krullen en het rolwerk van de kroonlijsten langs het plafond. Het was zo stil dat ik na verloop van tijd het gebouw meende te horen ademen. Terug bij mijn auto liet ik de voorbank zakken. Deze dagen waren nog zo luxueus lang. Ik stopte mijn voeten diep onder het dashboard, ging achteroverliggen, sloot tevreden mijn ogen... Ik zat thuis, in mijn woonkamer, in mijn lievelingsstoel, en las een belangwekkend boek. Toen ik even opkeek van mijn lectuur, merkte ik dat mijn raam niet, zoals gebruikelijk, uitzag op de straat, maar op de woonkamer van mijn buurman. Mijn raam was tevens *zijn* raam. En mijn voordeur *zijn* voordeur: hij kwam zomaar naar binnen gestapt, vergezeld van zijn hond, die met zijn voorpoten in mijn tapijt begon te wroeten, neerhurkte en...

'Salaud! Qu'est-ce-que tu fous là?'

Rustig blijven liggen. Niet bewegen, dan gaat die schreeuwlelijk vanzelf wel weg. Een tijdlang niets. Om te zien of hij inderdaad weg was, bracht ik even mijn hoofd voor het portierraampje en daar begon het weer: *'Salaud!'* Van twee passen afstand werd ik met een beledigend gebrek aan belangstelling gadegeslagen door een bejaarde bouvier. Om zijn nek was een dik touw gebonden. Ik volgde het, met mijn slaperige blik, meterslang, tot aan het eind waar het werd vastgehouden door een in smoking geklede heer. Hij droeg een joyeus, zadelvormig kapsel, dat fonkelde van de brillantine; in het midden was het gescheiden en van de slapen met een fraaie welving naar achteren gekamd. *'Qu'est-ce-que tu fabriques là?'* riep hij weer, met een wat dunnere stem, want ik stond inmiddels naast de auto. Zenuwachtig rolde hij het touw op. De hond liet zich sullig naar hem toe sleuren.

Toen ik begreep dat de man bij het hotel moest horen, wist ik ook wie hij was, maar met elke stap die ik zette leek hij te krimpen ten opzichte van de door mij verwachte lengte, want ik kende hem van vroeger, toen hij nog een grote jongen was, een van de jongens die gezien hadden hoe mijn vader en ik niet meer op onze benen konden staan van angst.

'Meneer Vanderheyden?'

Etienne Vanderheyden *fils* knikte aarzelend. Hij leek niet te kunnen besluiten of het geruststellend was of juist angstaanjagend dat ik zijn naam wist. Ik legde hem vriendelijk uit wie ik was, dat zijn vader me nog wel zou kennen, dat hij me een groot plezier zou doen door me voor een uurtje de sleutel van het huis te lenen en, als het gelegen kwam, zou ik ook graag in zijn hotel overnachten –

'Hoe gaat het u, hoe gaat het u? Excuseer mijn voorzichtigheid, maar gezien wat er gebeurd is, là-haut... Mijn vader is dood, meneer, een paar jaar al. U wilt het huis verkopen?'

'Nee, alleen een kijkje nemen.'

'Een kijkje nemen?' Hij trok zijn wenkbrauwen op en wisselde een blik van verstandhouding met zijn hond. Ze vonden het allebei maar vreemd. 'Enfin, zoals u wilt. Er zijn al zoveel mensen geweest. De politie van Luik, de politie van Nederland, een juge d'instruction, journalisten. Wilt u mij volgen?'

Ik wachtte met de hond op het terras voor het hotel, terwijl hij binnen de sleutel ging zoeken. Toen hij terugkwam had hij zijn haar gekamd (de welvingen waren nog fraaier) en het smokingjasje om zijn buik geknoopt (de knoopsgaten schreeuwden van pijn). Hij bleef even staan in de deuropening en maakte een globaal handgebaar, dat het hotel bestreek en alles wat erbij hoorde, de grindvlakte, de dichtgegroeide doolhof.

'Il y a eu beaucoup de changements depuis la mort de mon père,' zei hij. 'En niet ten goede. Ze komen niet meer, die Hollanders. Ja, pour une journée misschien, maar niet voor langer. Verderop is een camping' – hij sprak het woord uit als kam-*pieng*; het klonk alsof er een kassala werd dichtgeschoven – 'die doet wel goede zaken. Ik heb het meeste personeel zijn consigne moeten geven. Kijk eens naar het labyrint. U herinnert u de lachspiegels? Die lachen nu elkaar uit in de kelder.'

Hij maakte dat globale handgebaar en het was alsof hij alles uitwiste.

'Komt u maar mee.'

Het was een stevige klim naar het huis. Vanderheyden hijgde, zijn zadelvormige coiffure zwoegde op en neer en van tijd tot tijd moest hij een schrikkelpasje invoegen. Op enige afstand liepen twee draperieachtige wenkbrauwen, onmiddellijk gevolgd door de hond. Ik herkende een lotgenoot in de hotelier. Hij werd ook op de kop gezeten door de geest zijns vaders. Ik stelde me voor dat de oude Vanderheyden hem de sporen gaf met zijn hemelse laarzen, stevig gezadeld in die glimmende kuif. Intussen bracht de arme zoon me verslag uit.

'De avond voordat ik het ontdekte, ah non, het was laat in

de middag, c'est bien ça, heb ik een wagen gezien in dit laantje, met een Hollandse plaque d'immatriculation. Deze weg gaat niet verder, zoals u weet, en hier zijn geen huizen behalve het uwe, dus toen de wagen niet terugkwam heb ik gedacht, dat zijn cambrioleurs, die zijn gekomen voor antiek. Maar ik was niet zeker, dus bij het vallen van de avond ben ik gaan kijken, samen met Sebastien. Zulke brigands zijn voorzien van breekijzers en glassnijders, en zelfs wapens tegenwoordig – men kan niet voorzichtig genoeg zijn. On marche vers la maison, en cotoyant la voie. Ik zie de wagen, voor het huis, en een stoel, op de veranda, maar er is geen licht – ah, pas si vite, je vous en prie – dus ik denk... dus ik denk – attendez! Ayez pitié de mes petites jambes!'

Hij bleef even staan uithijgen, zijn handen vastgeklampt aan de revers van zijn smokingjasje, tot Sebastien ons had ingehaald. 'Dus ik denk dat ze zijn gaan slapen.'

'Hoe bedoelt u?'

'O, het was mij klaar intussen dat het geen cambrioleurs waren, die zouden sinds lang weer weg zijn, en bovendien, er is daar toch niets te stelen. J'ai pensé plutôt à un jeune couple qui voulait se faire la fête, begrijpt u, dat is ons al vaker gebeurd zoals u zult zien, dadelijk. Bon. Alors, ik loop weer naar het hotel en ik maak mij op de politie te bellen, of de wagen komt terug. De gendarme zou wel in het café zitten, die kon hem nooit meer inhalen, dus ik heb gedacht: ik ga hem morgen verwittigen, dat voorkomt een hoop moeilijkheden. De ochtend erna ga ik eerst de schade opnemen. De stoel is nog steeds op de veranda. De deur is niet afgesloten. Ik loop naar binnen en daar, op de vloer, ligt uw vader.'

Hij gluurde me aan om te peilen op welke toon hij zijn verslag moest vervolgen. Wat hij zag in mijn gezicht was schaamte. Toen meende hij er beter aan te doen het tafereel niet te beschrijven. Hij was naar huis gerend en had de politie gewaarschuwd, vertelde hij.

'U weet toch dat de moordenaar bij Trois Ponts van de weg is geraakt en zijn nek heeft gebroken? Weet u ook hoe men hem gevonden heeft? Hij lag een twaalftal meters dieper dan de weg, tussen de struiken en de broussailles – niets te zien van het wrak. Maar de radio speelde, een transistor, die de hele nacht doorging. 's Morgens zendt men een mis uit. Een oude vrouw passeert, op weg naar de kerk, en ze hoort engelenkoren. Hardop biddend strompelt ze het dal in op haar oude benen, want ze gelooft dat de Heilige Maagd haar zal verschijnen, dat ze op haar oude dag een nieuwe Bernadette zal worden. En zo is het dat ze tussen de brem dat autowrak heeft gevonden en in dat wrak de moordenaar met zijn geknakte nek.'

Het laantje ging nu zo steil omhoog dat hij geen adem overhield om te spreken. Na een bocht keken we plotseling schuin tegen het huis aan, La Belle au Bois Dormant, zo heette het, en al vanuit de verte zag ik het zand tussen de sponningen, het stof, hoorde ik de planken kraken, rook ik de twintig jaar oude muffe lucht. Het huis leek nog slechts bij elkaar gehouden te worden door het dikke, ambere namiddaglicht; het leek of de verf bij de geringste aanraking zou gaan bladderen, de planken zouden kromtrekken, de spijkers met een nijdig geluid zouden losschieten en het huis na een droog laatste kuchje meteen tot stof zou verkruimelen.

Zo moest mijn vader al vanuit de verte hebben gezien dat hij zich door zijn nostalgie had laten misleiden. Ze is er niet. Naast hem ontbloot Dirkzwager zijn tanden, zijn hals zwelt van wilskrachtig optimisme. 'Dus dit is het droomkasteel, Goudvis? Perfect! Dan gaan we *nu* Doornroosje wakker kussen!' Mijn vader treuzelt met uitstappen, mompelt iets over het pokdalige gazon, 'Molshopen, kettingpollen, moet je dat zien – daar betaal ik nou ieder jaar een smak geld voor.' De traptreden, de planken vloer van de veranda kraken inderdaad, kreunen in hun slaap, wanneer ze naar binnen gaan, en het huis schrikt als een oude vrijster wanneer hij de sleutel, die bedrieger, in het slot steekt.

Ik wilde meteen over de drempel stappen, maar Vanderheyden hield me tegen. 'Eh... het is misschien beter meteen gezegd dat het er daarbinnen niet zo proper uitziet als u het zou verwachten. U weet van mijn moeilijkheden sinds mijn vader overleden is. Het huis is wel de laatste van mijn zorgen geweest. U bent nu de eigenaar?'

'Nee, het is van mijn moeder. Het is altijd van mijn moeder geweest.'

'Ah, bon. Entrez. Ik prefereer buiten te wachten, si cela ne vous dérange pas.' En de arm, die me eerst de weg versperd had, maakte nu een uitnodigend gebaar.

'O, één ding nog, meneer Vanderheyden. Heeft de politie iets meegenomen?'

'Bien sûr. Een paar flessen champagne en la serviette. Dat is alles, geloof ik.'

'La serviette?'

'Ja, de handdoek, de natte handdoek.' Gegeneerd wendde hij zijn ogen af, toen hij zag dat ik het nog niet begreep. 'Het moordwapen.'

Ik ging naar binnen. Mijn vader gaat naar binnen. Hij had het kunnen weten. Je haalt je rommelzolder overhoop en je merkt dat je niets bent vergeten, dat iets één keer beleven precies voldoende is; de tweede keer voel je voornamelijk schaamte en spijt.

Er is geen verraderlijker gevoel dan nostalgie. Dit is geen huis voor mensen meer. Hier wonen alleen nog stilte en stof, een flonkerend, twinkelend muizevel van stof, waaronder het norse meubilair niet gestoord wenst te worden. Het buffet laat zich slechts met een gemelijk gekreun openmaken. Het opgevouwen tafelkleed dat hij aantreft op een schap is het tafelkleed van zijn herinnering: het heeft daar niets aan toe te voegen. In een la vindt hij een pakje sigaretten, een aangebroken pakje Lexington, dat volgens de banderol tachtig cent heeft gekost.

Ik klopte er een vergeelde sigaret uit en stak hem op. De rook was scherp en heet. Al na één trek had ik een lange, scheefgebrande askegel en ik moest de peuk snel uitdrukken, wilde ik mijn vingers niet branden. Zo bleef ik, tijdens mijn rondgang door het huis, de ene na de andere sigaret opsteken, die ik dan meteen in de dichtstbijzijnde bloempot of wastafel doofde, tot het pakje leeg was.

Hij maakt zijn rondgang door het huis en inspecteert de vertrekken, zoals hij vroeger deed. Het snoer van de ijskast hangt over een deurklink. De hoofdschakelaar van de elektriciteit staat uit. De butagasfles onder het aanrecht is niet aangesloten. Nee, ze kan hier onmogelijk geweest zijn. Aan de muur hangt een schijfje boomstam, waarover een felgekleurde foto van Mount Assiniboine is geplakt. Opnieuw, precies als twintig jaar geleden, is hij iemand die nog nooit Mount Assiniboine heeft bezocht. Met dit verschil, dat hij niet meer gelooft de berg ooit te zullen zien. Dirkzwager, die eerst bescheiden bij de deur is blijven staan om Goudvis en zijn vrouw de gelegenheid te geven elkaar te begroeten, schuifelt nu de keuken binnen in zijn turquoise, met afbeeldingen van gitaren verluchte vakantiehemd. Aarzelend, als om de mogelijkheid dat ze bijvoorbeeld boodschappen is gaan doen niet onmiddellijk uit te sluiten, zegt hij: 'Ze is er niet?'

Ik liep naar boven. Mijn vader loopt naar boven. Overal in huis is de verf verschoten, gebarsten. Zijn kalme tred genereert een gemoedelijk probleem: moet hij het hier niet eens laten schilderen? In een van de twee slaapkamers heeft een brandje gewoed dat blijkbaar door gebrek aan zuurstof vanzelf is gedoofd. Over de rand van het bed hangt een gedeeltelijk weggesmeulde matras. Een muur en een stuk van het plafond zijn bedekt met roet. De geur die er hangt is niet onplezierig. Kruidig. Er heeft hier zeker een zwerver gebivakkeerd. Een stel opgeschoten jongelui misschien. In de andere slaapkamer maakt hij twee bedden op. Wanneer hij de lakens uitslaat blijken de vouwranden door het lange liggen bruin verkleurd te zijn. Onder aan de trap wordt hij opgewacht door Dirkzwager. Zijn kale schedel is overdekt met zweetdruppeltjes, oogjes, die hem allemaal aankijken. 'Ze is er niet –'

'Ik moet het hier eens laten schilderen,' zegt hij.

Ik trof twee opgemaakte, maar onbeslapen bedden aan. Dat was tenminste een feit. Verdachte en slachtoffer waren kennelijk van zins de nacht in het huis door te brengen. Beneden stond op de vloer met krijt de omtrek van mijn vaders lichaam getekend. Nog een feit. Het slachtoffer werd aangetroffen op de vloer van de woonkamer, halverwege de tafel en de openslaande deuren. De krijtomtrek was wat te ruim getekend. Mijn vader was kleiner. Ik strekte me uit op de vloer. Mij paste hij precies.

'Ze is er niet.'

'Nee, ze is er niet.'

De zon schijnt nu horizontaal naar binnen. En al was ze er wel geweest, meneer Dirkzwager. Op het grasveld zitten zes konijntjes aan de klaver te knabbelen. Hun staartjes wippen wit op wanneer ze weer het bos in schieten. Al was ze er wel geweest. Beesten, die zelfgenoegzame, ondoordringbare natuurtjes, ze vervullen hem van een onbeholpen verdriet. Hij zegt: 'We zullen hier toch maar overnachten.'

Dirkzwager staat achter hem, met een borst vol adem. 'Wat bedoel je?'

'Het wordt straks immers donker. En we hebben bedden hier, lakens, dekens. Niets te eten, maar we zouden morgenvroeg iets kunnen gebruiken in Mohrbach, voordat we teruggaan.'

'Teruggaan? Waarheen?'

'Naar huis.' Maar hij kan niet blijven doen alsof hij de man niet begrijpt. 'Ik ga naar huis.' Die zware ademhaling. Er zit veel te veel lichaam aan die man. Hij verbruikt minstens dubbel zoveel lucht als een gewoon mens. 'Ik kan gaan en staan waar ik wil. Ik had het volste recht om te vertrekken uit Zand en Schut. Ik zat daar tenslotte nog steeds vrijwillig, zonder rechterlijke machtiging.' Hij wil zich omdraaien, maar doet het toch niet; Dirkzwagers mond hangt vast open. 'Voor u moet de keus toch ook niet zo erg moeilijk zijn? Of u moet u voortdurend verscholen houden, met alle narigheid vandien, óf u gaat terug, uit eigen beweging –' Er ontbreekt iets aan die zin. 'Met alle narigheid vandien.' Met trage pas verlaat Dirkzwager de kamer. Hij klost over de veranda. Hij doet het trapje onder zijn ellende kraken.

En dan is Dirkzwager weg. Waarom of waarheen wil mijn vader niet weten; hij wil alleen even kunnen denken dat die man hier nooit is geweest. Hij pakt een rieten leunstoel en gaat op de veranda zitten kijken hoe het dal volstroomt met duisternis. Eerst spoelt het donker door de straten van Mohrbach. Enkele gevels, die schuin op het westen staan, lichten nog hel op, als zeilen, maar worden dan ook verzwolgen, het haantje van de kerktoren vat vlam, als de feniks, dan rolt de rode bal van de zon achter de heuvels en klimt het duister rap langs de heuvelflanken omhoog. Hij zou hier wel voor altijd willen blijven zitten, op deze veranda, met zijn gezicht naar het westen, en zijn leven laten inkrimpen tot volstrekte roerloosheid, tot een eeuwig ogenblik. Het lukt hem om volkomen gedachteloos te blijven, niet eens meer te weten dat hij daar zit tot hij – hij weet niet na hoe lang – weer de wrokkige voetstap van Dirkzwager hoort, eerst in de keuken, dan op de trap, op de overloop, op de trap, weer in de keuken. De man klappertandt. Hij zou die prothese eens moeten laten repareren. Geschuifel. Gesnuif. Huilt hij? Nee, niet omkijken, daar krijg je maar medelijden van. Plof, plof-plof. Wat doet hij? Waarom zet hij die kraan open? Wil hij zijn gezicht wassen? Als hij maar niet huilt. Daar komt hij. Niet omkijken. Plofplof, plof-plof. Die grote voeten. Alles is te groot aan die man. Zijn handen. Zijn emoties. Dat turquoise hemd. Wat een clown. Hoe kan iemand die zulke hemden draagt nu denken dat ik vriendjes met hem wil zijn? Zou hij werkelijk gemeend hebben dat we hier voor altijd samen... O God, hij huilt echt. Ja hoor, het loeide even in zijn keel. Hou op. Nee, ze is er niet en al was ze er wel geweest, dan... Hé, niet zo dichtbij. Ga toch weg. Nee zég, dit is kóud, dit is *nat* –

Maar hier schrik je wakker uit je droom. Hier moet ieder verhaal eindigen. Ik stond op van de vloer, uit de krijtomtrek, en liep naar buiten, waar Vanderheyden zo enorm zat te geeuwen dat het leek of hij de ondergaande zon op wilde eten. Hij zat in de rieten leunstoel, die al die weken op de veranda was blijven staan.

'En?' vroeg hij. 'U hebt nog iets ontdekt?'

'Nee,' zei ik. 'Ik geloof van niet.'

Een ontdekking deed ik pas 's avonds, op mijn hotelkamer. Voor mij op tafel stond een lamp en aan de hemel stond de maan. Toen trokken er wolken voor de maan en groene weersbeestjes dartelden om de lamp. Het begon te regenen. Ik sloot het raam. Waar eerst de maan was, stond nu op de ruit de reflectie van de lamp. Het was een korte, hevige stortbui, die het hotel veranderde in een waterorgel en ineens ophield. Terwijl een echo van het ruisen nog doorklonk in mijn hoofd, gorgelde het water door de goten, tikte het langs de kapotte regenpijpen. De laatste wolkenflarden dreven uiteen en op de ruit stond nu een bol van helder wit licht, helderder dan het licht van de maan, die precies achter de reflectie op de ruit was geschoven, helderder dan het licht van de lamp, nu slechts een zwakke afspiegeling van zijn eigen spiegelbeeld.

Als herboren – zo stond ik op, de volgende ochtend. Mijn lichaam was precies de juiste maat, het zat me als gegoten. Nog nooit had ik me zo goed gevoeld.

Vanderheyden was beneden in zijn hagelwitte hemdsmouwen bezig om de koperen deurknoppen op te poetsen. Hij was zo vriendelijk me tijdens mijn ontbijt gezelschap te houden. Ik dronk mijn koffie; hij rookte smakkend een sigaretje en laafde zich aan een gifgroen vocht, het leek op kruisbesseprik, maar het was pils, vertelde hij, met een scheutje crème de menthe, en hij verzuchtte: 'Zo ziet u maar weer: de ledigheid is de moeder van alle ondeugd.' We namen afscheid. Hij wenste mij bonne route en ik wenste hem veel voorspoed en geluk.

De terugtocht was aanvaard, waarmee tegelijkertijd het onderzoek was afgesloten. Het werd dus zo zoetjesaan tijd om de balans op te maken. Welnu, dat was in een ommezien gebeurd: mijn speurtocht had geen enkel nieuw gezichtspunt opgeleverd. Weliswaar bungelde dat charivari van voor- en toevallen nu aan een deugdelijke causale ketting, maar een bewijsstuk of redenering om in te brengen tegen de visies van Willem Kieft en mijn oom Richard had ik niet kunnen ontdekken. Over wat mijn vader had bezield had ik alleen wat kunnen fantaseren, of liever: projecteren. Ik had wat rondgestruind in zijn schoenen, met als enig gevolg dat hij, wat mij betrof, nu even onwerkelijk was als het monster van Loch Ness of de Verschrikkelijke Sneeuwman. Alsof ik hem zelf had uitgevonden. En heus niet bij gebrek aan feiten. Feiten te over! Stille en kletsgrage getuigen, sporen, een vuilnisbelt vol sporen: een weggegooide limonadefles, een natte handdoek, opgemaakte bedden, een krijttekening, een doosje tryptisolpillen, flessen champagne, een autowrak, een gebroken bek, een hersenschudding – wat een verspilling. Een béétje detective zou daaruit allang een meedogenloos sluitende reconstructie hebben gewrocht, die geen enkele vraag onbeantwoord liet. Zo niet Frits Goudvis. Die zag alleen rommel en chaos, het gat in de hand van de werkelijkheid.

Toch konden die sombere gedachten mijn opperbeste stemming niet bederven. Ook de dode beesten die ik her en der op mijn weg vond konden dat niet. Gemangelde katten, kwakjes duivemoes waaruit nog verepluimpjes opstaken, tot deurmatten geplette egels. Een boswachter stond een hond af te schieten die bij het oversteken nog net een tik had gekregen en nu radeloos rond zijn verlamde achterlijf rende, als een dolgedraaide klok. Ik kon dat aanzien, zonder me af te vragen hoe *ik* me zou voelen als ik van de heupen af verlamd een geweer op me gericht wist. Met dat oeverloze medelijden was het nu gedaan; dat was het verrassende resultaat van mijn kruisweg. Doordat ik mijn voetstappen in mijn vaders spoor had gedrukt was zijn spoor verdwenen. Doordat ik mijn ervaringen over de zijne had geschoven had zijn tocht naar Mohrbach nooit plaatsgevonden. Door in die krijtomtrek te gaan liggen had ik hem uit zijn eigen silhouet gedrukt en degene die uit het aldus ontstane gat was opgestaan was ikzelf, Frits Goudvis. Eén ding wist ik nu zeker: ik wilde niet meer vertoeven in de eenzaamheid van de ziel waar je ijl bent en vluchtig en elke gedaante kunt aannemen die je wordt voorgespiegeld door je ambitie of medelijden. Mijn vader had zich daar te veel opgehouden; daarom was hij nu zo volslagen dood. Ik moest mijn leven maar eens met anderen gaan delen. Een degelijke loopbaan beginnen, dát was de oplossing. Hoe lang zou mijn oom Richard nog te leven hebben? Met dat hart? Vijf jaar, zes op z'n hoogst. Bij een volgende blik in de spiegel zou ik een toekomstige president-directeur begroeten. Ik zou hem in mijn armen sluiten, op zijn schouders slaan – we zouden de dikste vrienden worden. En dat proces? Het recht mocht van mij zijn loop hebben. Zelf twijfelde ik er niet aan dat het zelfmoord was geweest, behalve misschien in de technische zin van het woord. Zo dadelijk zou ik, of Ben dat nu leuk vond of niet, eindelijk dat verhaal gaan vertellen in Nederschreven; met behulp van die wirwar van omstandigheden, waarin ik geen genade had kunnen ontdekken, zou ik dat verhaal moeten verzinnen.

Ik had de grens al een tijdje achter me gelaten toen ik werd klemgereden door een witte Porsche die me vanaf zijn dak in vlammend rode letters het woord STOP toevoegde. Of ik mijn papieren wilde tonen. Ik vroeg de agent beleefd wat ik volgens hem verkeerd had gedaan. Aandachtig besnuffelde hij mijn adem.

'Het gaat om dat inhalen van u, meneer.'

'Ik heb mijn richtingaanwijzer toch gebruikt?'

Ja, dat was prima in orde.

'Heb ik dan niet netjes ingevoegd?'

Keurig. Niets op aan te merken. En ik had ook niet te hard gereden. 'Nee, wat mij bevreemdde, meneer, was dat u maar blééf inhalen, kilometers lang, de ene auto na de andere. Maar er waren geen auto's. U was al die tijd de enige weggebruiker.'

LETTER EN GEEST

Een spookverhaal

INHOUD

Kapel 203
Het persoonlijke vlak 214
Jakobsladder 224
De nieuwe meneer Brugman 233
Mandaat zit omhoog 240
Twee beschamende herinneringen 248
De Witte Ballon 252
Phaëton 266
Laatste rit 277

Kapel

Een geleerd man, Van de Kerckhove genaamd, heeft ooit betoogd dat de gracht waaraan ons gebouw ligt de langste van de wereld zou zijn, want verderop verandert ze van naam, loopt door tot in de Rijn en de Rijn mondt, zoals bekend, uit in zee. Ze zou ook de mooiste gracht van de wereld zijn, want ze is de mooiste gracht in de fraaiste stad van de prachtigste provincie van Nederland en zoals bekend is Nederland de parel van Europa, dat, op haar beurt, de keizerin der continenten is. Helaas kan ons gebouw zelf op geen enkele superlatief aanspraak maken.

De gevel is van doodgewone waalsteen en stamt uit de Eerste Wereldoorlog. Hij probeert iets te hebben van een gevel uit een waardiger tijd; gevolg is dat de hoge ramen je, van onder hun festoenen, aanstaren met een blik zoals je ook wel vindt in de ogen van dames die twijfelen aan hun kleding, getart en tartend tegelijk. Het is een keurig symmetrische gevel en ook de ruime hal belooft orde en overzichtelijkheid, in elk geval 's ochtends om halfnegen, wanneer er net gepoetst is en de werksters, leunend op hun zwabbers, nog wat staan na te keuvelen bij de portiersloge en het binnenkomend personeel een goede dag toewensen.

Het was ruim voor halfnegen toen Mandaat zijn nieuwe schoenen schraapte voor de ingang van ons gebouw. En het was ruim twee uur daarvoor dat hij is opgestaan en zonder verwijl in de kleren is geschoten. Een patent stel kleren: broek van stemmig grijs, visgraatcolbert, pullover met v-hals, daaronder een lichtblauw overhemd en een grijze stropdas. Mandaat loopt tegen de dertig. De klap die dat geeft kan hard aankomen, dat weet hij. Met het oog daarop heeft hij besloten dat hij zijn leven maar eens met anderen moet gaan delen. De trein heeft hem door een Nederland gevoerd dat hij nog niet kende. Een duisternis waartegen fabrieken en kantoren dapper hun lichten hebben opgestoken. Drommen mensen, van nu af lotgenoten, zijn rozig van de slaap ingestapt. Hij heeft gezien hoe de ramen van de trein besloegen door de meegebrachte nestwarmte. Werkend Nederland! Al deze treinreizigers hebben hun bezigheden. De een freest, draait, schaaft; de ander onderwijst en vergadert; er is er een bij die alles afweet van vulcaniseren, ocrateren, siliconeren, sherardiseren, eloxeren; iemand die bestuurt en beheert; een ander die stempelt en stanst. Wat Mandaat precies gaat doen weet hij nog niet. Op het perron heeft hij nogmaals, ten overvloede, het stadsplattegrondje geraadpleegd, om daarna zijn voortaan dagelijkse weg te vervolgen. Over een tijdje zullen zijn voeten elke oneffenheid van de trottoirs op zijn route kennen. De naambordjes langs de straten zullen zich hebben aaneengedicht tot een litanie die hij 's avonds ook van achter naar voor zal kunnen opzeggen.

Het is de eerste werkdag van het nieuwe kalenderjaar. Vandaag begint zijn openbare leven.

(Dat wil zeggen...)

Er komt iemand op hem af, beide armen ter verwelkoming uitgestoken. 'Daar hebben we de waarnemer voor de heer Brugman! Komt u binnen – gaat u zitten.'

De grote liefde van zijn moeder is bij een verkeersongeval omgekomen. Zijn vader was haar tweede keus. Hun eerste kind werd dood geboren. Daarna kwam hij. Nu komt hij waarnemen voor de heer Brugman. Dit is overigens niet zijn eerste bezoek aan ons gebouw. Een paar weken geleden heeft hij hier een sollicitatiegesprek gehad met een man die zo zijn best deed om geen ongeïnteresseerde indruk te maken dat Mandaat het gevoel kreeg louter uit beleefdheid te zijn uitgenodigd. Inmiddels vermoedt hij dat hij de enige sollicitant is geweest.

'We zijn erg blij dat u hebt willen inspringen. Op zo korte termijn, bovendien – heel vriendelijk van u. Het werk mag niet te lang stil liggen. In de collectievorming kunnen leemten vallen die nooit meer aan te vullen zijn...' Bij die mogelijkheid droomt de ander even weg, zo te zien niet eens onaangenaam. 'Dit is toch uw eerste baan?' Hij lacht verontschuldigend: 'Nou ja, *baan...*'

Mandaat zegt dat hij ooit eerder een beroep heeft uitgeoefend.

'Een vrij beroep?' Geamuseerde verbazing. 'Met uw filologische vooropleiding?'

Makelaars in evenementen. Een Siamees meervoud dat hij stug volhield in het 'wij' dat aanbood, kon leveren, voor akkoord tekende, onder een briefhoofd in reliëfdruk, verlucht met gouden inkt. Hij heeft congressen georganiseerd.

'Ach...!'

Bespreken, daar kwam dat werk op neer. Hij besprak zalen, hotelkamers, artiesten, plannen, problemen. Hij besprak zelfs sprekers. Op elke overnachting, boeking, op elk couvert ontving hij een commissie van vijftien procent. Hij verzorgde de programma's voor de dames. De diamantairs en de glas- en porseleinwinkels bij wie hij hen langsstuurde betaalden hem gul voor zijn klandizie. Hij heeft tonnen gelds verdiend aan die makelaardij. Hij heeft ervan gereisd en de rest, niet erg avontuurlijk, belegd in onroerend goed en spaarbrieven, zodat hij er nu nog een klein inkomen aan heeft.

'De droom van iedere dichter! U moet haast een dichter zijn, dat u zulk zegenrijk werk niet hebt voortgezet...'

Het was werk dat hij na een halfjaar vanuit zijn bed kon doen; dat hij na een jaar vanuit zijn bed dééd. Naast hem, op een tafeltje, had hij zijn telefoon, dicteerapparaat, agenda, potje thee. Hij wachtte op de post. Hij wachtte tot hij opgebeld zou worden. Hij wachtte op de avond. In de verte het geluid van metaal op beton, heiwerkzaamheden. De eerste maandag van elke maand om twaalf uur de sirene. Vanaf dat bed, dat steeds meer op een ziekbed ging lijken, had hij uitzicht op een lichtkoker: drie muren bedekt met gebarsten cement, een ervan wit geschilderd. Roestige muurankers. Op de bodem van die koker lag grind, erboven dreef de hemel en met iedere weersgesteldheid veranderde het grind van kleur. Er raakte wel eens een mus of een merel in verzeild. Alleen tussen de middag verliet hij soms het huis. Bij de slager kocht hij nooit minder dan twee biefstukken, bij de bakker steevast twee bolletjes, uit schaamte voor zijn eenzaamheid. 's Nachts hield het kloppen van zijn hart hem uit de slaap en als hij eindelijk toch afscheid kon nemen van zijn bewustzijn raakte hij in paniek, dwong hij zichzelf zijn ogen te openen, wilde hij *zien,* om zeker te weten dat hij niet dood was.

Die koker is er ook nu, ongezien. Er gebeurt van alles in huis. Post valt. Een muis komt achter een plint vandaan en scharrelt snuffelend over de vloer. De wijzers van de klok, de schijf van de elektriciteitsmeter, het licht van de dag wentelen, wentelen om. De gasmeter tikt. Stof valt. Ongezien door Mandaat. Want nu moet het eindelijk beginnen.

Nu zit hij hier, in een van onze directiekamers, dit resultaat van verantwoorde voeding, medische en tandheelkundige zorg, van lager, middelbaar en wetenschappelijk onderwijs. In een paar decennia heeft naoorlogs Nederland iets geschapen dat in vroeger tijden generaties en fortuinen zou hebben gekost: een heer. De heer kijkt uit het raam. Het uitzicht is nauwelijks een verbetering op de lichtkoker. Dezelfde minimale, vlijmende schoonheid: baksteen en grijs, voornamelijk het grijs van kleinschalige wanhoop, maar hier en daar toch ook een sprankelend grijs.

'U weet van uw salaris?' vraagt de ander. 'Vakantiedagen, ziektekostenverzekering, personeelsfonds, inhoud van uw werkzaamheden?'

Nou, dat laatste...

'Komen we zo op.' De ander glimlacht. 'Tja. U had misschien verwacht dat de bibliothecaris u zou ontvangen, maar u zult het met mij moeten stellen. We krijgen hem zelden te zien en, laat ik dat meteen zeggen, hoe minder hoe beter, want als hij zich aan ons vertoont doet hij altijd kond van een sterfgeval. Vorige maand de oude mejuffrouw Pelkmans nog...'

Uit het geamuseerde zwijgen dat nu intreedt meent Mandaat te begrijpen dat zich toen iets grappigs heeft voorgedaan. De ander geeft een klap op zijn stoelleuning, roept zichzelf tot de orde.

'Merkwaardige man, onze bibliothecaris. Hij is met geen stok van zijn kamer af te krijgen. Ik wou dat ik u dat vertrek mocht laten zien. De inrichting is al meer dan honderd jaar niet veranderd. Dat is zo bij testament beschikt door de verzotte weduwe van een voorganger. Het stro steekt aan alle kanten uit de crapaudtjes. Op het bureau staan miniatuurportretjes van mensen die niemand meer kent. Er hangt daar, in een geborduurde krantenhanger, een krant die is verschenen op de dag dat de aanbeden echtgenoot het leven liet. In dat vertrek schrijft hij boeken. Hij beheerst zo'n vijftig talen en daar zijn talen bij waarvan u vast nog nooit hebt gehoord: Oriya, Cebuano, Hiligayon, Telalog, Ilocano, Kanaada, Pushtu, Telugu, Tamil. Zijn Duits en Engels zijn overigens wat onder de maat, daar komt u nog wel achter. Niemand weet beter dan hij hoe verschrikkelijk veel er al geschreven is; dat hij toch meent daar nog iets aan toe te moeten voegen is een teken van ofwel een groot geloof, of van verstandsverbijstering. Onze bibliothecaris is iemand die, eh, een beetje – ach nee, laat ik niet alles *meteen* verklappen.'

De ander buigt zich naar Mandaat toe, er ligt een geheim op zijn tong. 'Als u ooit een verloren ogenblik hebt, dan moet u voor de aardigheid eens in de catalogus kijken onder de namen van onze medewerkers. U zult merken dat haast iedereen erin voorkomt – met een overdrukje, een in eigen beheer uitgegeven dichtbundeltje, het doet er niet toe wat, als Jansen maar bij Joyce kan staan en Pietersen bij Proust. Niet aldus uw dienaar.' Zegevierend valt hij terug in zijn stoel. 'Van mij is nog nooit één letter gedrukt!'

Deze ander is B.C. Latour van Uffel, lid der directie. Toen Mandaat zoëven bij de deur van de directiekamer stond te wachten en zijn nieuwe schoenen ondanks het ferme schrapen een flinke modderpoel op het linoleum gedrenteld hadden, kwam de privé-persoon Latour van Uffel schichtig langs hem heen geschuifeld, twee druipende, slappe overschoenen voor zich uit houdend, die hij vervolgens, pijnlijk traag, als ondervond hij veel hinder van Mandaats aanwezigheid, naast de deur schuin tegen de plint zette. Hij is toen in zijn kamer verdwenen, om er pas na tien minuten weer uit te komen, als directielid, als 'Van Uffel', beide armen naar de nieuwe werknemer uitgestoken.

God had net een passer gekregen toen hij Van Uffel schiep. Alles is rond aan hem, het meest nog de abdominale partij, en met zijn handen, die hij op de wijze van apen en bedelaars tot kommetjes gekromd houdt, beschrijft hij als hij aan het woord is krul na krul. Zijn donkergrijze, tikje groene ogen blijven star in een boogje over Mandaat heen kijken, maar als je iets onverwachts zou zeggen ('Doe toch gewoon, Van Uffel!'), dan zou zijn blik even hulpeloos rondspartelen in de jouwe als een vlieg in een glas limonade. Hij draagt een Engels wollen kostuum van een besmettelijk antracietgrijs waarop de privé-persoon Van Uffel terdege zijn sporen heeft nagelaten: op de rechtermouw ligt een geel strooisel, er zit een glimmende veeg op het vest, boter waarschijnlijk, en over het hele front prijken broodkruimeltjes. Het overhemd daarentegen is zo kraakhelder dat de prikken van de wasserijspelden er nog herkenbaar in staan. Er waait je uit die kleren een compleet vrijgezellenbestaan tegemoet.

'Genoeg gekletst, meneer Mandaat,' – hij komt uit zijn stoel en klapt opgeruimd in zijn handen – 'het is de hoogste tijd voor de rondleiding door ons gebouw.'

De indruk van orde en overzichtelijkheid die de gevel maakt is op z'n zachtst gezegd misleidend. 'Komt u maar mee!' gebiedt Van Uffel en hij voert Mandaat door een doolhof van zijvleugels en uitbouwen die middels schele trappetjes, entresols, gaanderijen zijn verbonden met tussenbouwen en achtergebouwen, door het directielid achteloos aangeduid als 'de bloembollenschuur' of 'de refter' of nog zo'n naam waarvan de betekenis is weggesleten; hij voert hem langs portretten die zwartgeblakerd zijn door het smeulen der eeuwen, portretten van mannen met verlatijnste namen. Er is een schilderij waarop Hugo de Groot onder het toeziend oog van zijn Maria in de boekenkist stapt. Of is dat die Gorinchemse weduwe en komt hij er net uit? 'Beidt uw tijd!' voegt verderop een zekere Donellus de nieuwkomer toe, tussen de kussens van zijn sterfbed. Mandaat beidt zijn tijd. Hij is van zijn bed gekomen en betreedt nu de geschiedenis.

Van Uffel duwt een deur open en wenkt Mandaat naar binnen. 'De afdeling systematiek,' kondigt hij aan, met gedempte stem. 'U zult met deze afdeling veel te maken krijgen. De systematische catalogus is de meest bewerkelijke in een wetenschappelijke bibliotheek – en jammer genoeg ook de minst geraadpleegde. De heer Schiettekatte, het hoofd hier, waakt over de hiërarchie der kennis. Hij is, in eigen persoon, zoiets ongrijpbaars als het organisch verband van alle wetenschappen. Het is dat we ons niet nu al aan roddel te buiten moeten gaan, anders zou ik u veel over hem kunnen vertellen. Kijk, daar staat hij, bij de redactie van het trefwoordenregister.'

Die redactie zit om een lange tafel, beladen met kaartenbakken, computeruitdraaien en stapels boeken waar formulieren uit steken, en aan de manier waarop de redacteuren hun schouders gekromd houden valt al enigszins af te lezen wat voor hoofd zij torsen. Dat hoofd kan niemand anders zijn dan de kleine heer die met zijn rug naar de bezoekers staat. Op die rug wriemelen, onzichtbaar voor de redactie, zijn korte vingers, net de pootjes van een omgevallen schildpad. Schiettekatte draait zich op zijn hielen om, want Van Uffel heeft zijn keel geschraapt, en wanneer Mandaat aan hem wordt voorgesteld zet het hoofd zijn bril af en met een smetteloos witte pochet, die hij wapperend uit zijn borstzak heeft getrokken, begint hij de glazen op te wrijven. Van Uffel doet het woord en Schiettekatte zwijgt, werpt slechts zo nu en dan een duistere, zijdelingse blik op Mandaat en houdt zich intussen onledig met poetsen: houdt de glazen tegen het licht, begint opnieuw, hoofdschuddend, als wil het er bij hem niet in dat niet zijn bril, maar de wereld troebel is. Wanneer Van Uffel is uitgesproken knikt hij, legt de pochet weer in de vouw, steekt haar weg en plaatst de bril met een misnoegde tik op zijn neus.

'Dan moesten wij maar eens een afspraak maken, meneer... hoe was de naam ook weer?'

Niet alleen kinderen schiet vaak een kikker in de keel bij het uitspreken van hun eigen naam en Mandaat is toch al zo iemand die dikwijls moet merken dat de taal binnen zijn hersenpan een veel gewilliger medium is dan daarbuiten. Van dat euvel zal hij niet lang last meer hebben. Nu is zijn naam nog pijnlijk persoonlijk (voluit heet hij trouwens Felix Mandaat; wij hier volstaan met de familienaam), maar straks zal hij zijn omgesmeed tot harde munt. Zoals de koningin kijkt naar haar beeltenis op de gulden, zo zal hij luisteren naar de naam Mandaat.

Schiettekatte heeft zijn agenda getrokken en gaat met een vinger over bladzijden die al even onbezoedeld zijn als de pochet. 'Morgen niet,' mompelt hij, zeer verstaanbaar, 'óverleg met de directie... woensdag automatiseringscommissie Den Haag... wat dacht u van donderdag, tien voor halftwee?' 'Tot uw dienst,' zegt Mandaat. 'Hebt u dan tijd genoeg om te lunchen?' 'Ik haal het wel.' 'Misschien kunnen we beter een afspraak maken voor de volgende week?' 'Doet u geen moeite.' 'Zoals u wilt. Het is een beetje krap an, maar voor deze ene keer...' En Schiettekatte klapt het nog steeds even onbeschreven boekje dicht. 'Wees zo goed die afspraak niet te vergeten!'

'Die man! Breek me de bek niet open,' mijmert Van Uffel wanneer ze aan de andere kant van de deur staan. 'Komt u maar mee.'

Gaandeweg wordt het duidelijk dat het directielid deze rondleiding al zo vaak heeft verzorgd dat hij er ten behoeve van iemand die slechts komt waarnemen een sterk ingekorte versie van kan leveren. In genadeloos tempo voert hij Mandaat langs alle afdelingen. Titelbeschrijvers, acquisiteurs, koffiedames, de bemanning van de uitleenbalie, de magazijnmeester en zijn knechten heten hem welkom, hartelijk, terughoudend, nieuwsgierig, verstoord, op zoveel verschillende manieren dat de nieuwkomer er geen ander gevoel dan verwarring aan overhoudt. 'Komt u maar mee,' gelast Van Uffel en nu maakt Mandaat kennis met zijn collega's, zoals daar zijn: een collega Turks-Oezbeeks, die slecht geslapen heeft en hem niet wenst te begroeten, een collega die trots en klaaglijk vertelt dat hij in zijn eentje alle gamma-wetenschappen beheert ('Al uw collega's zijn ooit ergens mislukt,' zegt

Van Uffel. 'Iedereen die hier komt werken heeft het elders niet gehaald. Ik ook, hoor. En u zult ook mislukt zijn, als u het al niet bent. Komt u maar mee!'), een collega voor filosofie die het, evenals de collega rechten, niet eens is met de benoeming van Mandaat, doch hem plechtig belooft te zullen trachten hem desondanks 'loyaal te bejegenen', een collega Oosterse handschriften die afwezig is – voor elk gebied van wetenschapsbeoefening zit ergens in het gebouw wel een vakreferent. Sinds zijn eerste dag op kostschool en zijn eerste dag in militaire dienst is Mandaat niet meer aan zoveel mensen tegelijk voorgesteld. Het is één wilde warreling van neuzen, kinnen, stofjassen, kunst- en echte gebitten, handdrukken van uiteenlopende vochtigheidsgraad, rimpels, snorren, mannen en vrouwen met en zonder bril, sproeten, bleekheden, blossen, levervlekken, soorten haar en kaalhoofdigheid en namen die, haast zonder uitzondering, met een zilveren flits door de mazen van Mandaats geheugen glippen.

Eén naam heeft hij wel onthouden, die van mevrouw Qualing. Ze waren stil blijven staan voor een deur met geribbeld glas en Van Uffel had de knokkel van zijn wijsvinger net in de aanslag toen er van binnen een vrouwenstem klonk, een onverstaanbare stem die zich door toonhoogte en geluidssterkte niettemin als een telefoonstem deed kennen. Ze zagen toen ook hoe over de glasribbels een schaduw uitgewaaierd lag, een formidabele vrouwenschaduw. De krullen van het telefoonsnoer zigzagden weg uit haar hand, als een bliksemschicht. 'Kennelijk bezig,' peinsde Van Uffel. 'Nou ja, gelegenheid te over om met háár kennis te maken.' Pas toen ze een paar deuren verder waren zei hij: 'Dat was mevrouw Qualing, met ku-u. Uw assistente.' Hij opende zijn kaken, sloot ze weer resoluut en zei toen: 'Nee, Van Uffel, geef de jongeman toch eens de kans om zich *zelf* een oordeel te vormen.'

Langs een weg die Mandaat met geen mogelijkheid zou kunnen reconstrueren zijn ze tenslotte aangekomen in het gedeelte van ons gebouw dat de Kapel wordt genoemd. 'De Kapel van de Gefaliede Bagijnen.'

‘Nonnen zult u hier niet meer tegenkomen, maar een sanctum is het nog wel, want tegenwoordig hebben we hier ons magazijn. Daar staan ze dan, meer dan drie miljoen banden, verzameld in de loop van vier eeuwen.’

De ruimte is van wand tot wand gevuld met een stalen gevaarte dat reikt tot aan het dak. De stalen balken zijn bedekt met dofgroene verf in talloze knobbelige, rimpelige lagen, zodat ze op boomstammen zijn gaan lijken. Ze beklimmen krakende wenteltrappen, tot vlak onder het dak, waar ze de negentiende-eeuwse stellage log voelen schudden onder hun voetstappen. Ze lopen over rammelende roosters en wanneer ze naar beneden kijken zien ze zich door tien van zulke roosterlagen boven een afgrond wandelen.

‘Dit is de *cortex cerebri* van onze academie, dit labyrint met acht verdiepen. Hier zijn ze bijgezet, de stoffelijke overschotten van myriaden gedachten, van evenzovele pogingen om de wereld naar menselijke maat te snijden,’ declameert Van Uffel met een pathos dat onder het wulfsel indrukwekkend weergalmt. Op meer gemeenzame toon voegt hij eraan toe: ‘Wanneer het magazijnpersoneel vergadert kom ik hier wel eens stiekem preken, over ijdelheid en jagen naar wind, over boeken schrijven zonder eind – wat trouwens erg *en vogue* is, heden ten dage – en veel studeren dat het vlees vermoeit. Mijn struikelblok is namelijk de theologie geweest. Bent u gelovig, meneer Mandaat?’

Daarover zou ik graag eens met u van gedachten wisselen, bij koffie en een glaasje drambuie en contemplatief schemerlicht, wil Mandaat zeggen, maar Van Uffel wijst zichzelf al terecht. ‘Ik wil u niet in verlegenheid brengen, hoor. Ik wil u slechts voorbereiden op een andere vraag. Wie of wat garandeert ons dat wat hier staat, in deze duizenden stellingen, geen volstrekt onbegrijpelijke nonsens is? “God” kunt u zeggen; dan is het woord inderdaad vlees geworden en moeten we zo af en toe wel eens waarheid spreken. Maar bij Zijn ontstentenis? Hoe weten we zo zeker dat we iets begrijpen wanneer we lezen? Er is geen groter eenzaamheid dan die van de taal. Hebt u daar ooit over nagedacht?’

Heeft hij daar ooit over nagedacht? Mandaat weet het zich,

twintig meter boven de begane grond, staand op een constructie die hij voor geen cent vertrouwt, nauwelijks te herinneren. Van Uffel kijkt nu even niet over hem heen; zijn blik rust op Mandaats hals, op zijn wang en veroorzaakt daar een branderig gevoel. 'Er is nóg iets,' zegt het directielid, 'er is een naam voor...' Mandaat blijft hem het antwoord schuldig en de ander straft hem daarvoor, wreed, teleurgesteld. 'Ja, er is een woord voor, maar ik kan het momenteel niet uit mijn strot krijgen. Kom, ik breng u naar uw leeszaal. De rondleiding is afgelopen. U hebt het vast niet beseft, maar iemand met uw probleem had naar geen betere plaats kunnen komen. Jazeker, u hebt een probleem. Ik ken mijn broeders. Ik zie het aan die serene, die haast autistische gelaatsuitdrukking van u. Dat hoofd van u is zo glad als een urn. Onthoud één ding: wat boeken ook mogen betekenen, voor ons bibliotheekmensen zijn het toch eerst en voor al voorwerpen. We werken ze in, we voeren ze af, we slaan er vliegen mee dood en gebruiken ze als protheses voor manke stoelen. En als wij naar een onbewoond eiland moesten zouden we nooit een *boek* meenemen. Komt u maar mee.'

Het persoonlijke vlak

In een tijd voordat Mandaat hele dagen op zijn bed lag, bij dat raam met uitzicht op het gebarsten cement van zijn luchtkoker, lag hij, 's zomers tenminste en wanneer het weer het toeliet, op een stil plekje tussen het riet langs de rivier die voorbij zijn geboortestad stroomt. Altijd op hetzelfde plekje, iets links van een lange krib, op honderd meter afstand van een oude steenfabriek.

Over de drassige grond vouwde hij er een bodem van rietstengels. Daar ging hij dan op liggen en met net niet geloken ogen keek hij naar de stengels die om hem heen stonden, de roerloze rietpluimen, zwart tegen de witte zon. Hij zweette, zachtjes, gestaag. Sloeg het meegebrachte boek open en maar weer dicht. Sukkelde in slaap, sukkelde weer wakker. Er was geen verschil tussen hemel en papier, tussen staren en lezen. Het wit van het papier werd het wit van de zon; de drukletters begonnen te iriseren en werden groene en lila vlekjes zoals er toch al over zijn netvlies dartelden. Het waren net wuivende zakdoekjes, die vlekjes. Namen ze afscheid? Lokten ze hem mee? Ze verdwenen van zijn netvlies en kwamen, net als de bal bij videotennis, op een onverwachte plaats weer terug. Buiten zijn blikveld, daar was het ergens. Wanneer zou het eindelijk beginnen?

Er was geen verschil tussen beeld en nabeeld, tussen waken en dromen. Wanneer hij zijn ogen sloot werd het niet donker en zijn bewustzijn reikte niet verder dan zijn gloeiende huid, zijn slaap niet dieper. Hij wist niet eens of hij zich behaaglijk dan wel onbehaaglijk voelde. Geen verschil.

Wanneer de zon onderging en er een rilling trok over zijn lichaam, dat zat was van de zon, ziek van gezondheid, stond hij op en slenterde hij terug naar de stad. Het rivierwater was dan van zilver, hij trad op de golfjes, zilveren zomen, er klonk een ruisen als in een balzaal, wanneer de muzikanten hun instrumenten inpakken, de gasten zich naar de garderobe spoeden. Die vergelijkingen! De isomorfie van alles! Elk verschijnsel rijmde op een ander verschijnsel, in eindeloze monotonie, zoals golf rijmt op golf en in een woordenboek elk woord weer verwijst naar andere woorden. Alles schikte zich in concentrische cirkels rond dat ene middelpunt: Mandaat. Alles en iedereen was naar zijn beeld en gelijkenis geschapen. Wie zich zo verheft brengt de wereld ten val.

Mandaat is nu hier om zichzelf ten val te brengen.

'Meneer Brugman,' zegt ze, 'rangschikt die doorslagen volgens bestelnummer, nooit alfabetisch. Er staat een alfabetische bestelcatalogus op de afdeling titelbeschrijving.' Mandaat sluit de bak formulieren weg in zijn bureau en raadpleegt hem voortaan stiekem. 'Meneer Brugman,' zegt ze, en ze draait een van de elastiekjes om haar pols op tot een veer, 'gaat altijd om elf uur 's ochtends naar de nieuwe boeken kijken en pas daarna haalt hij de tijdschriften op.' Ze laat het elastiekje los en het wervelt terug tot zijn oude vorm; bekaf schommelt het na. 'Niet dat het wat uitmaakt.' Van achter dikke brilleglazen kijken haar ogen hem even scherpzinnig aan als twee pruimen in een weckfles. 'Meneer Brugman zit altijd drie halve dagen op de leeszaal, op woensdag- en donderdagochtend en vrijdagsmiddags. Ik zou dat graag zo houden. Heb je daar bezwaar tegen?' Hij zegt dat hij daar helemaal geen bezwaar tegen heeft. Als zij kans ziet om meneer Brugman... 'Vind je het bezwaarlijk om zelf ook die tijden aan te houden, bedoel ik.' Jazeker, elke vezel van zijn lichaam maakt bezwaar, alleen: argumenten willen hem niet te binnen schieten.

'Ik hoop dat we prettig zullen samenwerken,' heeft ze hem bij hun eerste kennismaking verzekerd. Ze draagt een katoenen jurk zonder bepaald model, die de ene dag grijs is en de andere grauw. Ze heeft flinke, blondbehaarde kuiten en loopt op verstandige schoenen.

Ze is zijn assistente. Uit hoofde van zijn functie moet hij

haar soms een verzoek doen, maar hoe beleefd hij dat ook inkleedt, zodra hij in haar kantoortje staat klettert het uit zijn mond, als het gebietste lepeltje uit de mouw van de dienstbode. Pruttelend van kalmte zit ze achter haar bureau, alles binnen handbereik, en haar jarenlange ervaring doet het werk. Ze ziet tevreden uit naar de koffie, of naar de thee, en haar warme voldaanheid na die hoogtepunten houdt met gemak tot vijf uur stand. Ze onderhoudt banden die zich uitstrekken tot voorbij zijn blikveld – en toch niet tot buiten dit gebouw. Zodat hij begrijpt dat hij nog steeds niet hier is. Dat hij nog steeds nergens is. 'Mijn afspraak met meneer Brugman,' zegt ze. 'Omdat je toch maar tijdelijk bent,' zegt ze. Hij staat nog steeds zijn schoenen te schrapen voor de ingang.

Ze maakt een zending tijdschriften klaar voor de binder. Om elke jaargang knoopt ze een stuk vliegertouw dat ze strak aantrekt en eventjes, voor ze het afknipt, laat janken. Ze eet een sinaasappel. Ze heeft de schil met haar zakmesje in zes repen verdeeld die ze voor zich op tafel heeft gelegd. Wanneer ze het vruchtvlees verorberd heeft, de pitten in het exotische wikkeltje op een hoopje heeft gelegd, trekt ze de witte binnenkant van de schillen tot driemaal toe over de rasp van haar ondertanden. Daarna reinigt ze haar gebit met een speld. Ze eet een boterham en wanneer ze die boterham op heeft wrijft ze de gelooide binnenkanten van haar handen tegen elkaar, droge huid tegen droge huid, een knisterend geluid dat hem door merg en been snijdt omdat het, mogelijkerwijs, onnodig is, omdat er, mogelijkerwijs, géén kruimeltje op haar handen is achtergebleven. En waarom moet ze, wanneer dat hypothetische broodkruimeltje allang op het tafelblad gedwarreld is, dóór blijven wrijven, de ene droge hand tegen de andere, met daarboven die samengeperste lippen, die vastberaden blik vis-à-vis alle onaangenaamheden des levens, waaronder een broodkruimeltje kennelijk niet de geringste is, en moet ze, wanneer dat wrijven eindelijk voorbij is, met een star oudevrouwengebaar, mechanisch als het bewegen van een ruitewisser, ook nog de inmiddels verkruimelde broodkruimels van het tafelblad vegen en daarna, wat achtelozer en met de linkerhand, over haar schoot strijken en, ten slotte, een dreigende blik werpen op het stuk vloer voor de tafel waar dan de driemaal verpulverde broodkruimels zouden moeten liggen?

'En? Wil het een beetje lukken?' heeft Van Uffel geïnformeerd, met een modicum aan medeleven. 'Kunt u het wel vinden met de weduwe Brugman? De onbestorven weduwe natuurlijk,' heeft hij Mandaat meteen gerustgesteld. 'Grapje, grapje. O! Voor ik het vergeet' – op het punt van weggaan stak hij zijn vinger omhoog – 'u moet haar wat ontzien. Ze is een beetje zwanger.'

Mandaat is een aantrekkelijke verschijning. Hij is één meter tweeëntachtig lang, heeft een geoefend, gespierd lichaam, grijsblauwe ogen en donkerblonde krullen waartussen hij soms, in de spiegel, een verraderlijke grijze haar ziet opflitsen, als een glasscherf op een fietspad. Hij is hier gekomen om dienstbaar en solidair te zijn, om in liefde opnieuw geboren te worden. Hij merkt dat hij zich oefent in haat.

Met het werk heeft Mandaat weinig moeite. Rond negen uur komt een cretin van een jaar of veertig, Tiny heet hij, met de postkar en overhandigt hem een paar interne-postenveloppen. Dat zijn folioformaat zakken van manillapapier die geperforeerd zijn, zodat je kunt zien of er iets in zit. Aan beide zijden zijn ze bedrukt met hokjes. In die hokjes dient men de naam van de geadresseerde te schrijven, die geadresseerde vervolgens zelf moet doorstrepen als hij de enveloppe opnieuw wenst te gebruiken; zo gaat zo'n zak wel honderd keer mee. Mandaat, die liever even naar iemand toestapt wanneer hij iets wil weten, heeft binnen twee weken al een manshoge stapel van zulke enveloppen opgespaard.

Hij vindt er briefjes in van collegae (dezelfde briefjes komen vaak twee, drie keer terug), uitgevers- en antiquariaatscatalogi, correspondentie van buiten en conceptbrieven van anderen met teksten als deze: 'Geachte prof. Thangapragasam Pillay, het door u verlangde hs. Bierenbroodspot 25.15 fol. 17r komt tot mijn spijt in onze collectie niet voor. Achtend, drs. W. A. Krijtkamp, conservator', waaronder dan met de hand geschreven staat: 'Ter vertaling.' Krijtkamp heeft nog niet de moeite genomen om zich aan Mandaat voor te stellen, evenmin als de bibliothecaris, die hem wijdlopige epistels stuurt met dezelfde opdracht ('Amice! Met weemoed denk ik nog vaak aan de zonovergoten dagen die we samen mochten doorbrengen in Pearl City Hawaii, tijdens het World Librarians' Congress in 1963...'). Mandaat raadpleegt zijn taakomschrijving; er staat niets in over het vertalen van brieven.

'Meneer Brugman,' vertelt zijn assistente, 'vertaalt die brieven altijd.'

Hij voelt zijn gemoed ineenkrimpen tot een kleinheid waartoe hij het nooit eerder in staat heeft geacht. 'Gezien' schrijft hij op de concepten, hij parafeert ze en stuurt ze met dezelfde enveloppe terug aan de afzender.

De brieven van de bibliothecaris ziet hij nooit weer; die van Krijtkamp wel en ze gaan dan vergezeld van persoonlijke mededelingen in de marge.

'Wat heeft dat te betekenen?'

'Gezien.'

'Wie denkt u wel dat u bent?'

'Gezien.'

'Gezien?' schrijft Krijtkamp. 'U hebt mij nog nooit gezien. Terwijl ik u meteen heb herkend: u was dat ene onbekende gezicht tussen honderd overbekende gezichten. Ik heb besloten dat uw gezicht mij niet aanstaat. Ik word naar van uw haar. Uw oren kunnen mij niet bekoren. Uw neus is affreus. Uw mond is een kont. Van uw kaken moet ik braken. Al met al denk ik van uw bakkes: ajakkes. Tot een mening over mijn gezicht bent u niet bevoegd. Gegroet, Krijtkamp.'

'Gezien' laat Mandaat weten, onverschillig als God zelf.

Schiettekatte heeft hun afspraak tweemaal verzet. Op een vrijdagmiddag heeft hij Mandaat ten slotte wegwijs gemaakt in de systematiek. Hij heeft hem uitgelegd hoe hij trefwoorden moet maken. 'Spaanse griep,' heeft het hoofd geleraard, 'Bornholmse ziekte, doch: Queensland fever! Geen verwijzing. Echter: ziekte van Parkinson, zie: Parkinson, ziekte van. Parkinson, wet van, zie: wet van Parkinson. Ruimte, Hilbertse, zie: Hilbertse ruimte, niet: Hilbert, ruimte van.

Laurence, Moon en Biedl, syndroom van, zie: Moon, Laurence en Biedl, syndroom van, zie: Biedl, Laurence en Moon, syndroom van, zie: syndroom van Laurence –' anderhalf uur lang. Op zijn rug wriemelden, onzichtbaar voor Mandaat, zijn korte vingers.

Aan het eind van die middag heeft het hoofd hem getrakteerd op een teleologische beschouwing, want net als Van Uffel denkt Schiettekatte veel na over de laatste dingen. 'Een goede bibliotheek kan de wereld vervangen. Alles staat er, compact teruggebracht tot de zesentwintig letters van het alfabet, gestold en onveranderlijk. Daarom is de neutronenbom ook zo'n prachtige uitvinding,' heeft hij gezegd. 'Als er dan toch een kernoorlog moet komen is de neutronenbom mij duizendmaal liever dan de waterstofbom. Weg met de mensen, leve de boeken.'

'Maar' – dat bezwaar lag toch erg voor de hand, vond Mandaat – 'als niemand die boeken komt lezen?'

Schiettekatte glunderde. 'Mijn beste man, wie leest *ons*?'

Als vakreferent Germaanse Talen houdt Mandaat zich voorts bezig met bibliografische naspeuringen, leeszaaldiensten en vooral met het lezen van geleerde tijdschriften, althans die gedeelten ervan die gevuld zijn met boekbesprekingen. Dat is geen opbeurende lectuur. Het zijn óf loftuitingen, geschreven door iemand die iets heeft met de besproken auteur of nog iets met hem hoopt te krijgen; óf het soort van enerzijds-anderzijdsstukken dat zich geen buil wenst te vallen en steevast tot de slotsom komt dat het onderhavige werk 'bovengenoemde bezwaren ten spijt' toch 'een substantiële bijdrage' is tot het een of ander; en dan willen er ook wel eens besprekingen verschijnen van boeken die al jaren geleden zijn aangeschaft, altijd ongunstig, omdat de recensent last van wroeging heeft of zich al trappend tracht te verheffen. In de afzondering van studeerkamers woeden tornado's waar geen zandkorrel door beroerd wordt. Door de fysieke afwezigheid van de tegenstander kan de heldenmoed daar gigantisch groeien. Mandaat schrijft alle titels, behalve die van evident waardeloze boeken, over op bestelformulieren en uit de aldus ontstane stapel doet hij maandelijks een keuze. De omvang daarvan wordt bepaald door zijn budget, dat is opgesplitst in deelbudgetten voor Gotisch, Oudgermaans, IJslands, Fries, Nederlands, Duits, Engels-Amerikaans, Deens-Noors en Zweeds. Hij kan zich bij het kiezen tevens laten leiden door een collectieprofiel, waarin de zogenaamde 'aandachtsgebieden', dat wil zeggen de liefhebberijen van de hoogleraren, beschreven staan.

Veeleisend is dat allemaal niet. De tijd die overblijft, zo'n drie dagen per week, brengt hij door met het lezen van biografieën van romantische dichters. Hij loopt met Hölderlin van Bordeaux naar Nüttingen, vergezelt Keats naar de Protestantse begraafplaats in Rome – 'Here lies one whose name was writ in water'. Totdat Tiny hem op zekere dag een geoffset pamfletje brengt, *Bacon the Poet of Shakespeare's Plays. Confirmation by Newly Discovered Cryptograms*, met bijgevoegd briefje van de acquisitie: 'Hr Mandaat – geschenk opnemen?' Het pamflet is geschonken door de schrijver, een Dipl. Ing. uit Tübingen ('I am a Mechanical and Optical Designer without connection to professional cryptology'), die volgens de methode van het symmetrische anagram bewijst dat kanselier Bacon de auteur is van Shakespeare's toneelspelen, vier komedies uitgezonderd. Mandaat verdenkt de optische intrigant ervan die methode zelf ontwikkeld te hebben. Bezige weken volgen. Met behulp van symmetrische anagrammen bewijst Mandaat dat Shakespeare de auteur is van de *Essays* van Francis Bacon, de *Quaestiones* van Roger Bacon, de Statenvertaling van het Hooglied, de gedichten van J.J.A. Goeverneur en het pamflet van de Dipl. Ing. uit Tübingen. Wanneer dat werk geklaard is ontwerpt hij een kastensysteem waarin boeken horizontaal kunnen worden opgeborgen, want het is hem opgevallen dat de leeszaalbezoekers bij het aflezen van de ruggen dikwijls een stijve nek krijgen. Hij vermeit zich in fantasieën over een papierbom, die bankbiljetten, behang, boeken en Schiettekatte in de as legt, doch mensen en dieren spaart.

Het is hier altijd Pinksteren. De lezers lenen hun stemmen aan al het verhevens dat ooit is gedicht en gedacht en spreken in honderd talen; maar alleen onder hun eigen schedeldaken – daarbuiten hoor je niets. In dit gebouw, dat tot de nok toe is volgestouwd met woorden, moet in stilte worden gewerkt. Het is hier net zo stil als in een trappistenklooster, waar de monniken hun mededelingen in elkaars handen spellen. De taal leidt hier een ontlichaamd, postuum bestaan. Ze is hier ontstegen aan spieren, slijm, adem, aan alles wat vochtig en sterfelijk is. De lezers beoefenen hun glossolalie zwijgend. Natuurlijk zijn ze van vlees en bloed en moeten ze wel eens kuchen, hoesten, zuchten of snot ophalen, maar als ze iets te zeggen hebben gebruiken ze hun stembanden niet, dan fluisteren ze. Ons personeel dient over die stilte te waken.

Maar om halfelf, om halfeen en om kwart voor drie, dan stroomt het personeel uit alle hoeken van ons gebouw naar de kantine. Dan gaat het elastiek van het plastic trommeltje, het aluminiumfolie wordt opengevouwen en men nuttigt een boterhammetje, schilt een appel, pelt een mandarijntje. De beheerster van de kantine heeft tussen de middag een grote pan soep klaarstaan die elke dag weer een verrassing is. De shagbuil gaat rond, met tussen de tabak vaak een dikke aardappelschil tegen het uitdrogen. Dan kan er eindelijk wat gekletst worden.

Het eerst komen de magazijnbedienden en administratieve krachten. Zij gaan niet bij elkaar zitten; vanwege de democratie en ook wel omdat ze elkaar na al die jaren niet meer zo goed kunnen velen, verspreiden ze zich over de gezellige hoekjes. Daar nemen ze de beste zitmeubels in beslag, ze vouwen hun armen, trekken een neutraal gezicht. Amuseer ons, als je kunt, delen ze mee. Laat ons maar eens lachen. Volgen de assistentes. Wat die te bepraten hebben – en dat is heel veel – is helaas alleen voor assistentes van belang. Zij zouden best graag bij elkaar kruipen, als maar niet overal dat voetvolk al zou zitten. Een intieme babbel over zelfgesponnen schapewol en baby's kun je wel vergeten wanneer je zo'n nurks van een magazijnknecht tussen je in hebt. En als je de zoom van je rok laat zien gaat zo'n vent er nog wat van denken ook. 'Is het al wat beter met uw vrouw, meneer Verwaayen?' vragen ze en blijven dan net zolang met hun halsketting schuiven tot ze het sluitinkje precies op het midden van hun nek voelen.

Handenwrijvend en groetend arriveren dan de referenten, waaronder Mandaat, gestudeerde mensen toch, die iets te vertellen moeten hebben, maar juist dat moeten maakt de zwijgzaamheid die inherent is aan hun vak des te ontzaglijker. Voor het lagere personeel is het geen punt om met de kaken stijf opeen wat te gaan zitten koekeloeren, maar een referent die niets te melden heeft schuift op het puntje van zijn stoel, begint kouwelijk over zijn knieën te wrijven, idioot te grijnzen, onbedwingbaar te knikken.

Het wachten is nu op de leden van de directie en de conservatoren.

Wat hebben die veel in hun handen als ze komen: stapels paperassen, een pijp, een bril, een vulpen, plus de kop koffie met voetbad die ze bij het buffet hebben gehaald. Je kunt wel zien dat ze hun hoge salarissen dubbel en dwars waard zijn. Ze ploffen uitgeput neer op de voor hen opengehouden plaatsen. Een feestelijke glimlach verjaagt alle zorgen van hun gelaat. Meteen slaat hun opluchting op de anderen over. Ze zitten! Ze zijn er! Deze heren mompelen niet. Zij ontdekken niet midden in een zin dat ze niet meer weten wat ze zeggen wilden. Hun spreken is gespatieerd en beklemtoond, het is overvloedig en royaal en toch slechts het topje van een ijsberg. Een referent houdt een warrig betoog, verliest de draad, zinkt weg in zwijgen en slaakt dan de noodkreet: 'Begrijpt u?' Zij knikken, klassiek verwoorden ze wat de referent niet heeft kunnen zeggen, ze gunnen hem de eer iets bedoeld te hebben. Hun spreken is voor iedereen een verademing.

Maar meestal komen ze niet, de leden van de directie en de conservatoren. Dat kun je die heren nauwelijks kwalijk nemen. Ze hebben wel iets beters te doen. En gezellig kun je het hier niet noemen. Veel personeelsleden proberen allang niet meer om met elkaar te praten. Wekenlange schaakpartijen worden in onze kantine gespeeld. De truien die hier gebreid worden vallen altijd te groot uit. Er zijn zelfs werknemers die hier gaan zitten *lezen*.

Er zijn er ook die manhaftig pogen om toch een conversatie gaande te houden. Er wordt een verbaal soort domino gespeeld. Men is bijvoorbeeld benieuwd hoe de boontjes het dit jaar zullen doen. Vorig jaar prachtige tomaten. Van het tuintje komt men op zon en regen en van de regen alweer in de drup. Het veer Anna Jacobapolder-Zijpe is wegens mist gestremd. Blind. Dubbel blind.

Vroeg of laat maar onafwendbaar komt er dan een moment dat Mandaat telkens met afgrijzen tegemoetziet: het moment voor de sterke verhalen. Iedereen blijkt ooit te hebben gekoorddanst boven de afgrond van de dood. Koperen ketel met volgroeide palmboom stort neer vlak voor de voeten van de argeloze wandelaar. Men heeft, zoals dat heet, geluk gehad. Onstuitbaar dalen de spoorbomen, de hekken rammelen, reeds nadert de trein en nog altijd is er geen beweging te krijgen in de auto die dwars op de rails staat. Bus gemist en daardoor op het nippertje ontkomen aan gruwelijke hotelbrand. Voor hetzelfde geld had men op de plek kunnen staan waar de bliksem insloeg. Wat een mazzel! Men feliciteert zichzelf. Er is bijzondere genade verleend. Deze mensen, zoals ze hier zitten, hadden evengoed morsdood kunnen zijn. Men leeft omdat men niet gestorven is. Bent u niet blij, meneer Mandaat?

Jakobsladder

Dinsdags heeft hij tot tien uur avonddienst. De andere personeelsleden slaan hun sjaals om, schieten hun jassen aan, behaaglijk schurkschouderend, als willen ze zeggen: 'Ik heb het niet eerder laten merken, maar *brrr* wat is het hier killetjes!', ineens praatgraag en opgewekt verdringen ze elkaar bij de trappen en voor de uitgang, echtgenoten nu, ouders, broers, zusters, in plaats van 'de heer' of 'mevrouw', en Mandaat kijkt hen na achter het raam van zijn leeszaal, achter het verveloze gebarsten kozijn waardoor het de hele winter getocht heeft. Hij werkt hier nu twee maanden en weet nog niets van deze mensen.

Hij ziet Tiny beneden over de voorplaats lopen, met zijn ronde buikje, dikke achterwerk, zijn aardappelhoofd, zijn broek met bretels die tot vlak onder de borst is opgesjord en zulke korte pijpen heeft dat boven zijn geblokte kousen ringetjes bleke zwartbehaarde huid zichtbaar zijn. Hij heeft op zijn veertigste de lichaamsbouw van een achtjarig kind. Al die weken heeft hij hier elke ochtend de postkar naar binnen en weer naar buiten geduwd, zonder de nieuwe vakreferent ook maar aan te kijken, als zou de personeelswisseling nog onbeduidender zijn dan andere gordijnen of, gut, een begonia op de vensterbank. Bij de poort wordt hij opgewacht door een vrouw – ze lijkt een beetje op een wolvin in haar vale zwarte jas. Over de astrakan bontkraag hangt de punt van een hoofddoek die ze boers heeft vastgeknoopt onder haar kin. Ze staat achter een poortdeur, schuw, op de grasstrook, waardoor de haastige passanten haar niet opmerken, maar Mandaat een des te beter zicht op haar heeft. Ze heeft dezelfde zwarte wenkbrauwen als Tiny en ogen van hetzelfde donkerbruin, alleen schieten de hare vuur. Veertig jaar heeft ze lopen zeulen met dat kind dat steeds maar kind is gebleven. Zelf is ze nog steeds twintig en nog steeds even fijn katholiek en even hels op de vader die ze (het is haar allemaal aan te zien) precies één nacht gekend heeft. Tiny steekt zijn knuist onder haar arm door en veel achterlijker dan hij binnen dit gebouw ooit is wordt hij door haar meegetrokken. In die paar seconden als voyeur heeft Mandaat meer over hem ontdekt dan in de afgelopen twee maanden.

Zijn assistente ziet hij pas naar buiten komen wanneer er iemand op haar afschiet, een slungelige man van een jaar of vijfendertig die met een klauwende beweging zijn arm naar haar uitstrekt en meteen aangebrand terugtrekt, want zonder het geringste teken van begroeting, zonder haar al wat schommelende pas in te houden (ze is niet zo'n beetje zwanger; ze is al zes maanden heen) begint ze tegen hem te praten. Hij volgt haar, blijft iets achter haar, het hoofd gedwee knikkend over haar schouder gestoken, als een secretaris die tussen twee conferenties door nog wat instructies ontvangt van zijn minister. De aanstaande vader! Mandaat krijgt maar niet genoeg van 's mans scheefhangende regenjas, de lubberende jaszakken, volgepropt met, nou, verfrommelde Kleenex waarschijnlijk en doosjes Potter's Linea. Tot in de punten van die zakken schouwt Mandaat en vindt daar een harde koek van zeer oude drop, tabak en uitgekauwde buskaartjes. Hij ziet de knokige vingers onder het lange nekhaar naar een puistje tasten en dan, terechtgewezen, wegfladderen naar het hengsel van haar mandje, dat hij even voor haar moet vasthouden zodat ze haar mantel kan dichtknopen. Haar mantel dichtknopend, pratend op de manier die Mandaat zo goed van haar kent, toonloos, met een gezicht waarin niet meer dan de mond beweegt, verdwijnt ze met hem uit zijn blikveld. Een paar seconden maar en Mandaat weet al meer dan genoeg.

De leeszaal waarnaar hij zich nu omdraait is leeg, want tussen vijf en zeven is de bibliotheek voor bezoekers gesloten. Hij trekt zijn vingers over het glas van de vitrinekast, waarin hij op paars fluweel zijn nieuwe aanwinsten heeft uitgestald. Zet de boeken die op de tafels zijn blijven liggen terug op de planken. Tikt de leren en linnen banden weer netjes in het gelid. Inspecteert het gipsen pantheon dat boven op de eiken kasten staat – Milton, Shakspere, von Göthe, Schiller, van de Vondel, Hooft, allemaal present. Net als 's ochtends om halfnegen, wanneer er ook geen bezoekers zijn om zijn verbeelding in haar expansie te stuiten en hij een halfuur lang heer en meester is van het opgeruimde, opgewreven lokaal, kan hij zich in een cisterciënzerabdij wanen, ver weg, hoog en verscholen tussen een paar Alpen, kan hij zelfs het sneeuwlicht tegen de gestucte kapitelen en de guirlandes op het plafond zien weerkaatsen.

Tegen zevenen keert hij terug van restaurant De Oude Toelast. Omdat op avonden als deze niets de tijd zo snel verdrijft als een stevig gevulde maag, heeft hij zich daar te goed gedaan aan raasdonders 'zeevaardersstijl'. Het ambt van dienstdoend bibliothecaris aanvaardt hij met een wandeling langs de leeszalen, om te controleren of de werkstudenten op hun post zijn die daar toezicht moeten houden 's avonds. Ze zijn op hun post. Verder wordt er niet veel van hem verlangd, eigenlijk niets meer dan zijn aanwezigheid.

Op de leeszaal Germaanse Talen zou het nog even cisterciënzers zijn geweest als hij die ene, enige bezoeker had kunnen wegdenken, maar jammer genoeg is die een der meest saillante vertegenwoordigers van het soort dat zich niet wegdenken laat: rossig, met bijpassende sproeten en bleke ogen, een eeuwige loopneus, en immer gekleed in een denim broekpak van het genre dat ten tijde van de laatste Parijse revolutie een voordeelaanbieding was bij de Textielkoning. Een paar keer per week zet hij alle Duitse woordenboeken die niet meer dan twee delen tellen voor zich op tafel en wijdt zich dan hoofdkrabbend aan de vertaling van een werk met de titel *Heissgeliebte Islandpferde*. De vertaler komt om de haverklap met de vakreferent van gedachten wisselen over schakeringen als boeg en voorborst, hals en manenkam, over stipjes, bloempjes, kollen, bles, sneb, snip en snuitje, op een fluistertoon die veel doordringender is dan enige spreekstem ooit kan zijn, en zo heeft Mandaat kunnen vaststellen dat het boek, de titel ten spijt, echt over paarden gaat. Met welk doel het figuur dat boek vertaalt is Mandaat lang duister gebleven, want te oordelen naar zijn beheersing van het Duits kon het voor de kost niet zijn, en toen hij op een van zijn vrijblijvende speurtochten in de bibliografieënzaal ontdekt had dat het boek al eens vertaald was, in 1959, onder de minder onstuimige titel *IJslandse paardjes* ('Van dezelfde schrijfster is verschenen: *Liefdesbrieven rondom Arabische paarden*') heeft hij dat ook met zoveel woorden gevraagd. Het figuur heeft daar toen met fiere eenvoud op geantwoord: 'Uit liefde voor het paard.'

Hoe geschift het ook mocht lijken, Mandaat heeft bij binnenkomst net gedaan alsof hij zijn enige bezoeker helemaal niet opmerkte. Tevergeefs, want hij heeft zijn krant nog niet opengevouwen of er hangt, zoals de Duitsers zeggen, een paard in de lucht. Met grote passen, die hem leken te voeren over een modderige landweg met bergen dampende stront, is het figuur op hem afgebeend, boek in de hand en een vinger op de regel waar de crux zit. Nu staat het naast zijn stoel en vestigt een blik op hem. Het is trouwens niet waar dat mensen als hij altijd op hun lievelingsbeest gaan lijken, of het moest zijn dat hij thuis een terrarium heeft en een geheime passie voor de wandelende tak. Het is een geduldige blik. Soms zou Mandaat wat graag zo iemand zijn die Jezus in zijn hart heeft toegelaten en sindsdien alles even tof en jofel vindt en iedereen gelijkelijk liefheeft, of misschien de mafkezen en kreupelen van geest iets meer, omdat die het meer nodig hebben.

Hij had niet uit zijn ooghoek naar het figuur moeten loeren. Het schraapt zijn keel. '*Doppelmistbeet*,' leest het voor. Zijn fluistertoon klinkt in deze stilte nog doordringender dan anders. Dat Mandaat zich zojuist geschift gedragen heeft is *hem* niet opgevallen. 'Staat niet in het woordenboek.'

'Kijk eens bij *Mistbeet*,' oppert Mandaat, 'en wat je daar vindt moet je dan met twee vermenigvuldigen.'

Het figuur bijt op zijn onderlip, knikt en, wijsvinger nog steeds op het woord, als op een zeldzaam en uiterst beweeglijk insekt, beent het terug naar zijn plaats en laat Mandaat achter met het gruwelijke vooruitzicht hier de godganse avond, terwijl het buiten stikkedonker is en de natte sneeuw over de ruiten biggelt, in zijn gezelschap opgesloten te zitten en met een nog gruwelijker hekel aan zichzelf.

Bij de portier vraagt hij, als was het de gewoonste zaak van de wereld, om de sleutels van het magazijn. Alsof de magazijnmeester hem niet met een detectoroog heeft afgetast toen hij samen met Van Uffel voor het eerst de Kapel bezocht en men hem niet tot vervelens toe heeft voorgehouden dat je een boek daar maar eventjes op een verkeerde plaats hoeft te parkeren en het is voor altijd verloren. Alsof niet elke keer dat hij er een voet over de drempel heeft gezet iemand op hem is afgeschoten en streng heeft gevraagd: ‘Wat is er van uw dienst?’ ‘De sleutels van het magazijn, alstublieft,’ zegt Mandaat, in de hoop dat de regalia van dienstdoend bibliothecaris op de portier meer indruk maken dan op hemzelf. Zonder protest licht de man een ring met zware sleutels van een haak en overhandigt ze, samen met Mandaats ‘pieper’, een zaklantaarn en het verzoek of hij wél de deuren achter zich op slot wil doen – ‘Er loopt hier soms vreemd gespuis rond ’s avonds, weet u.’

En of hij dat weet, portier.

Drie deuren moet hij passeren: eerst de eiken deur in de cataloguszaal, waarachter de boekenkarretjes gestald staan, dan een metalen deur die toegang geeft tot een vijftien meter lange brandgang en aan het eind van die gang opnieuw een metalen deur. Dan is hij in de Kapel. Hij zoekt met de zaklantaarn het knoppenpaneel, draait op regelmatige afstanden schakelaars om en net zoals je op een kade, kijkend naar een voorbijvarend schip, het gevoel kunt hebben dat je zelf vaart, is het alsof hij zelf knippert met zijn ogen en wakker wordt bij klaarlichte dag wanneer overal, in de gang onder de boekenstellage, in de loopgangen tussen de stellingen en boven tegen het gewelf dat het magazijn omspant, ongelijktijdig tientallen tl-buizen aanknipperen.

Mandaat loopt de gang in die onder de stalen, acht verdiepingen hoge boekenstellage door voert, tot in het hart van het gevaarte, waar het trapgat is, en klimt dan naar boven, langs onafzienbare rijen boeken die daar in de loop der jaren min of meer op volgorde van ontvangst zijn neergezet, de *Poésies* van Mallarmé naast *The Life and Letters of Charles Darwin,* theosofie naast astrofysica, duplo's van uitleenformulieren op de opengevallen plaatsen, acht rijen boeken per verdieping, folio's en quarto's onder, daarboven zes rijen octavo's, en op de bovenste planken smalle rijtjes duodecimo's of dozen met pamfletten, en het enige waarneembare verband tussen al die geschriften is hun signatuurnummer, 2347 D 35 staat naast 2347 D 36, een systeem, rekent Mandaat snel uit, waaronder tegen de zesentwintig miljoen titels geborgen kunnen worden.

Een brein, heeft Van Uffel gezegd, de Kapel is net een menselijk brein. Wanneer Mandaat helemaal bovenin staat ziet hij dat het Kapelgewelf inderdaad net een reusachtige schedel is; de miljoenen boeken in deze doolhof van loopgangen en stellingen zijn grijze massa, hersencellen, de miljarden drukletters engrammen, de noten en literatuurlijsten synapsen, dendrieten, neutrieten, een kluwen van tentakels waardoor al die boeken met elkaar in verbinding staan, de magazijnmeester en zijn knechten elektrische potentialen die pas slaafs in werking treden bij impulsen van buitenaf. Maar wiens brein dan? Andermans brein, waarin hij niet meer is dan de gedachte aan een zekere Mandaat? Of misschien loopt hij rond in zijn eigen brein, op het gevaar af tussen eindeloze verdubbelingen verdwaald te raken, als in een spiegeltent op de kermis. Op dit moment, nu de uitleen is gesloten, is het in elk geval het brein van een slaper. Is hijzelf dus een droombeeld, of een bloedprop, een virus misschien.

Nee, hij is ook een brein, een bewustzijn, en dan kleppert de vergelijking om, daarboven in het heiligste van de bibliotheek, net als dat speeldingetje waar hij vroeger uren zoet mee kon zijn, jakobsladder werd het genoemd, zes houten blokjes die met strookjes canvas zo ingenieus aan elkaar vastzaten dat je ze almaar om en om kon blijven klappen – een brein lijkt evenzeer op een bibliotheek. Zoals dit een opbergplaats is voor taal, is de taal zelf weer een opbergplaats voor gewaarwordingen. Uit wat Mandaat te hooi en te gras heeft gelezen over informatietheorie en waarnemingsfysiologie – een goede bibliothecaris leest uitsluitend te hooi en te gras – is hem één feit bijgebleven: dat de lichtzincellen in het netvlies per seconde tweehonderd miljoen informatie-eenheidjes opnemen, terwijl de gezichtszenuw ten allerhoogste een miljoen vezels ter beschikking heeft voor de verwerking daarvan. Ogen zijn natuurlijk buitengewoon gevoelige lichaamsdelen, maar gemiddeld is het toch niet meer dan één procent van de door de zintuigen opgenomen informatie die wordt doorgegeven aan de hersenen, net zoals slechts een fractie van alles wat in druk verschijnt de bibliotheek bereikt. En keer op keer vindt die ene procent vakreferenten als Mandaat op zijn weg, in de hersenstam, in de midden- en tussenhersenen, in de grote hersenen, en met een collectieprofiel in de hand laten ze alleen het soort gewaarwordingen door dat ze altijd al doorgelaten hebben. Het is een wonder dat hij soms nog iets nieuws meemaakt. Dat hij nog kan lachen van tijd tot tijd.

Klip klap klip klap klip klap, gaat het jakobsladdertje. Een brein in een brein om een brein is hij, een bibliotheek in een bibliotheek om een bibliotheek, een ondoordringbaar solipsistisch systeem, een huiveringwekkende parodie op Plato's grot, waar de schimmen die je ziet door jezelf geworpen worden, waar niets verwijst naar de zekerheid van transcendente ideeën, noch van de knie die over een straatsteen schaaft, de tong die, uitgesproken, in een kus een andere tong ontmoet. Inderdaad, Van Uffel, er is geen groter eenzaamheid dan die van de taal.

(Maar hoorde je daar niet iets, Mandaat?)

Hij verstrakt. Luistert. Dat hij iets hoort durft hij niet te beweren, maar wel is er nu bij hem het besef van een *ritme*. En dat terwijl er, buiten het getsjirp van de tl-buizen en af en toe wat gegorgel in de leidingen, inderdaad niets, nee niets te horen valt. Een ritme zonder geluid en voor zover hij kan zien ook zonder enige beweging, dat is haast even merkwaardig als de grijns van de Cheshire-kat en toch: het is onmiskenbaar. Onmiskenbaar het ritme van voetstappen bovendien, het loopritme van een volwassen man. Hij denkt: Die deuren heb ik toch achter me op slot gedaan, precies zoals ik beloofd heb. De portier heeft natuurlijk duplicaatsleutels, maar waarom zou hij... Voetstappen ja (hij luistert), maar zonder *présence*, er zit geen vlees aan. Zou het erg idioot zijn om tegen zo'n hersenschim 'wie is daar?' of 'hallo?' te roepen?

Het klinkt bespottelijk.

De aanwezigheid loopt in dezelfde pas verder. Mandaat rent naar het trapgat, roffelt twee trappen af en met zijn hand op de railing luistert hij opnieuw, eerst vergeefs, want het metaal zingt nog na, het bonken van zijn hart verdringt elk ander ritme, en dan zijn de voetstappen er weer, overigens niet duidelijker, noch dichterbij – ze zijn nog steeds geluidloos. Het lijkt of er wordt gelopen in een ruimte waar de bekende akoestische wetten niet gelden.

Ervoor zorgend zo min mogelijk lawaai te maken, zodat hij door het dreunen en rammelen van de roosters heen het voetstapritme kan blijven volgen, sluipt hij langs de stellingen. Maar of hij nu sneller gaat lopen, zich onverhoeds omdraait, stilstaat, naar rechts of naar links afslaat, het ritme blijft zonder geluid, zonder lichaam, even onruimtelijk. De minuten dat hij zo rondsluipt lijken uren en dan, plotseling, splitst hij zich in twee Mandaten, klimt hij boven zichzelf uit, net zoals je, wanneer je van de trap valt, tegelijk wel en niet je vallende lichaam kunt zijn, want hij had niet meer verwacht nog iets te zien. Wat hij heeft gezien, van zo'n tien meter afstand, is maar een glimp, een configuratie van licht en schaduw, een vluchtige gestalte net voor die om een hoek verdween. Mandaat versnelt zijn pas. Hij slaagt er niet in de afstand te bekorten, maar het blijft hem nu wel lukken om de aanwezigheid, telkens voordat die weer om de hoek van een stelling verdwijnt, een paar seconden op de rug te zien. Het is een mannengestalte, recht van postuur, met een kalme, krachtige tred. Hij is het duidelijkst waarneembaar op donkere plekken en wanneer hij in het schijnsel van een lamp treedt verbleekt hij eerst en lost dan geheel op.

Ectoplasma. Een spook.

Eerst verspreidt zich een sprankelende helderheid door Mandaats hoofd. Gevaar is de onversnedenste cocaïne. Hij volgt het spook, hardnekkig, de roosters laat hij nu zo hard rammelen als ze willen, trap op, trap af dreunt hij. Maar wanneer hij de verschijning geen halve centimeter blijkt te naderen en de afstand tussen hen steeds maar gelijk blijft, zo'n meter of tien – het is net of die afstand precies datgene is wat hen aan elkaar *bindt* – gaat zijn vreugde tanen. Hij port zichzelf aan: 'Een spook, dit is een spook!' Een lichtnevel, in de vorm van een mens, zo ziet een spook er dus uit. De ervaring wordt er niet opwindender door. Het is alsof hij bezig is een foto te maken. Gespannen kijkt hij door de lens van zijn aandacht, maar wat hij ziet moet nog ontwikkeld worden, wat hij ziet bestaat nog niet en buiten wat hij ziet bestaat er niets. Zo loopt hij door dat brein. Zo had hij uren kunnen lopen.

Als hij niet opnieuw geschrokken was, veel heviger dan daarnet. Hij tolt om zijn eigen as, alsof hij midden in een zwerm horzels staat. Wild mept hij om zich heen. Iets zit hem vlak op zijn huid, iets veel naargeestigers dan de voetstap van een spook – een doordringend gepiep is het, het wil maar niet van hem wijken, een stipt regelmatig piep-piep-piep-piep.

Beneden, in de portiersloge, staat met opgetrokken schouders, boek opengeslagen in de hand, vinger op een woord dat kan springen als een vlo, het figuur geduldig te kijken naar een plek hoog op de wand waar niets te zien valt. Naast hem, voor het seinapparaat, zit de portier te wachten tot hij aan die nieuwe vakreferent – hoe heet die knul en waarom drukt hij het rode knopje op zijn pieper nou niet in – kan vertellen dat hij hier een lezer heeft die een inlichting wenst.

De nieuwe meneer Brugman

Een dwingende reden om de geestverschijning in verband te brengen met de heer Brugman is er niet. Maar wel is Mandaat één overeenkomst opgevallen: beiden worden verzwegen.

De dinsdagavond volgend op de buitennatuurlijke ontmoeting is hij weer naar het magazijn gegaan. Tijdens dat tweede bezoek heeft hij urenlang zitten wachten, zachtjes ademend, het innerlijk oor gespitst, zonder dat het spook verscheen, en hoewel hij dacht juist daarop gehoopt te hebben, want voor zo'n fenomeen is een zinsbegoocheling de makkelijkste verklaring, voelde hij toch dezelfde verontrusting als de migrainelijder ervaart wanneer hij al een halve dag niets heeft gevoeld op die plek daar, nee dáár, achter zijn rechteroog; en net zoals die migrainelijder de terugkeer van zijn pijnscheuten kan begroeten met een voor anderen onbegrijpelijke opluchting, was Mandaat blij om bij zijn derde bezoek, de daaropvolgende dinsdagavond, andermaal trap op trap af, gang in gang uit achter zijn spook aan te kunnen draven, zonder het overigens dichter dan tot op tien meter te naderen of, al was het maar heel even, van aangezicht tot aangezicht te zien. Het spook is daarmee, tenzij hij gek is, maar ach nee, dat is hij niet, tot een empirisch feit geworden en dus kan het haast niet anders of meer mensen hebben er weet van. Waarom wordt er dan over gezwegen? Tenslotte ontleent een gebouw adel aan de inwoning van een spook en net als met een erfelijke titel heeft het pas zin er geheimzinnig of bescheiden over te doen als iedereen ervan op de hoogte is. Nee, er moet meer aan de hand zijn.

Iets dergelijks geldt de kwestie Brugman. Zo'n tijdelijke afwezigheid is toch bij uitstek een gelegenheid om iemands voors en tegens eens breed uit te meten, maar over Brugman geen woord. Wanneer Mandaat zo tussen neus en lippen door blijk geeft van zijn belangstelling wordt er ontwijkend gereageerd. Het komt wel goed met Brugman. Nee, met Brugman zijn er nooit problemen geweest. Keurige vent. Hoe oud hij is valt moeilijk te zeggen. Gehuwd? Gek, maar niemand heeft daar ooit bij stilgestaan. En juist de vragen die je zelf in een oogopslag zou kunnen beantwoorden – of hij een bril draagt, haar heeft en zo ja van welke kleur, hoe lang hij is, hoe zijn *rug* toont – zouden getuigen van een ongezonde nieuwsgierigheid als je ze aan een ander zou stellen.

Wie wél over Brugman praat – en over vrijwel niets anders – is mevrouw Qualing, maar zij beschikt weer over te weinig verbeelding om haar held, want dat is hij, tot leven te kunnen roepen. Zijn neurotisch onwrikbare gewoonten, daarover raakt ze maar niet uitgepraat. Hij zal nooit iets laten versloffen; hij is iemand op wie je de klok gelijk kunt zetten – wat ze dan ook gedaan heeft, zoals Mandaat dagelijks merken moet. Dat ze zich bij haar loftuitingen onveranderlijk van het praesens bedient geeft hem te denken. Brugman *was* en wellicht zal hij zijn, maar degene die *is* heet Mandaat. Haar gedrag vertoont kortom alle kenmerken van onverwerkte rouw. En waarom zou ze om hem rouwen als het toch wel goed komt met Brugman? Als hij niet overleden is? En om hier rond te kunnen spoken moet hij overleden zijn, onder omstandigheden die alles te maken hebben met deze omgeving, dit gebouw, wat dan meteen verklaart waarom men hier zo halsstarrig over hem zwijgt.

'We hebben het altijd uitstekend kunnen vinden samen,' zegt ze, en die woorden krijgen iets galmends onder het overkoepelend besef dat het ook heel anders kan. 'We kennen elkaar nu zeven jaar en we weten wat we aan elkaar hebben. We hebben *veel* aan elkaar.' Nu Mandaat doordrongen is van hun volmaakte symbiose kan hij in staat geacht worden om haar lof voor zijn voorganger naar waarde te schatten. 'Hij is een man uit duizenden, een van de weinige mannen die ik een heer zou durven noemen.' Je moet natuurlijk wel een dame zijn om te weten wat een heer is; en die arme Mandaat weet nu zelfs niet meer wat een dame is.

Of ze ook kan zeggen wat de heer Brugman scheelt, dat hij zo lang verlof heeft moeten nemen. Is het iets van lichamelijke of misschien van psychische aard? Maar ze houdt zich op de vlakte. Het is 'niets bijzonders'. Na zeven jaar trouwe dienst moet iedereen er een tijdje uit. Het zou niet goed zijn als het niet zo was. Mandaat kijkt onwillekeurig naar haar grote buik.

'Ik zou hem namelijk graag een keer ontmoeten,' probeert hij opnieuw. 'We hebben die Rhymers' Club-verzameling, waar al jaren niets aan gedaan is, nou ja, je weet dat ongetwijfeld beter dan ik' – dat zinnetje is een refrein geworden in hun conversatie – 'en nu heb ik een brief gekregen van een particulier die van allerlei te koop heeft op dat gebied. Ik wil daar eens met hem over praten. Denk je dat hij mij zou kunnen ontvangen?'

'Hoe moet ik dat weten?'

'Ik dacht dat je misschien nog contact met hem zou hebben. Er is in die zeven jaar toch zoiets als een vriendschap ontstaan? En anders weet je altijd zo goed wat Brugman gedaan zou hebben.'

'Ik heb geen flauw idee,' zegt ze, nuffig op het beledigde af, 'geen flauw idee.'

Er staan geen tandafdrukken in de potloden die de voorganger in het pennenbakje heeft achtergelaten. Zijn handschrift is, net als dat van Mandaat trouwens, verzwolgen door het schoonschrift waarin mevrouw Qualing alles kopieert. In een bureaula ligt de fotokopie van een typoscript, auteur 'K. Brugman', getiteld 'Ontwerp ener systematiek voor de Germaanse Talen'. In de alfabetische catalogus vindt Mandaat onder 'Brugman, K[ornelis]' een fiche van een overdrukje uit een bibliotheekwetenschappelijk tijdschrift: 'Prolegomena bij een systematiekontwerp voor de Germaanse Talen. Enige problemen.' Hij draait het telefoonnummer dat achter Brugman in de personeelsgids staat. 'Met mevrouw Vlasakker... Jawel hoor, die woont hier. U spreekt met zijn hospita... Nee, hij is er niet. Hij is niet goed geworden, twee maanden geleden, en omdat hij hier niemand heeft die voor hem kan zorgen, is hij toen maar vertrokken... Dat heeft hij me niet verteld, maar weet u wat, belt u zijn werk eens, daar zullen ze het adres wel hebben... Graag gedaan. Goedemiddag.'

Nooit raakt Mandaat zijn assistente aan, ondanks haar verdubbelde omvang en haar waggelende loop. Hier zijn de vingers van zijn hand, daar zijn haar vingers, altijd aan tegenovergestelde kanten, van formulieren, potloden, scharen. Alsjeblieft. Dankjebeleefd. Zij heeft haar kantoortje, hij zijn stek op de leeszaal. Ze hebben hun werkzaamheden zo ingedeeld dat ze elkaar nauwelijks hoeven te zien. 's Ochtends confereren ze even, nemen ze door wat er die dag gedaan moet worden. Zij weet alles veel beter. Ze werkt hier precies even lang als Brugman, samen met hem is ze in het vak gegroeid, ze zijn zoiets als broer en zus. Brugman kent haar werk even goed als dat van hemzelf en rechtvaardigerwijs zou het omgekeerde ook waar moeten zijn, maar dat is het niet. Brugman weet veel meer van Germaanse Talen dan zij: hij weet alles van de wetten van Grimm, de boompjes van Chomsky, hij kan het onzevader in het Gotisch bidden, veel van de schrijvers die zij alleen van naam kent heeft hij gelezen. Mandaat beschikt ook over die kennis, maar wat zij met enige moeite bereid is in Brugman te bewonderen kan ze hém niet vergeven.

De heer Brugman is niet aanwezig en niet afwezig en door zijn ongrijpbaarheid toch ook weer alomtegenwoordig. Na de theepauze, wanneer de werkdag er grotendeels op zit, wil Mandaat wel eens wegdoezelen achter zijn bureau, en bij een van die gelegenheden verrijst uit het samenspel van stof en middaglicht een gestalte. De lezers zitten gebogen over hun werk. Op hun hoofden liggen twinkelende netjes zonnedraad. De stilte in het lokaal is van het tevreden, genoeglijk brommende soort. Uit de sfeer en de geschiedenis van deze zaal, waar Brugman zoveel voetstappen heeft liggen, komt dan die gestalte naar voren, zoals Christus naar voren is gekomen uit de zweetdoek van Veronica, een levensgrote gestalte van licht en schaduw. Hij staat voor het raam en op een zacht rillen na beweegt hij niet. Wanneer er een wolk voor de zon schuift is hij verdwenen.

Een zinsbegoocheling natuurlijk, ditmaal wel, en het is niet de enige. Op een vrijdag komt Mandaat even na vijven – haastig, hij moet nog afsluiten – zijn leeszaal binnen. De deur staat wijd open en hij stokt op de drempel wanneer hij binnen, op de rand van zijn bureau, een heer ziet zitten, half van hem afgewend. Zijn kaak staat strak van een glimlach, de schouders, waarover in een fraaie val een lichtgrijze winterjas hangt, komen iets omhoog en hij snuift een lucht op die voor hem geparfumeerd lijkt met herinneringen. Alsof hij hier een berg jaren teruggevonden heeft, zo zit hij erbij. De schouderbreedte en de welving van het achterhoofd, die kloppen perfect. Mandaat stapt op hem af – hij wijkt niet. Hij kijkt om. Een gezicht van een jaar of vijftig, vriendelijk, glad, rozig, een gezicht als een koude lentedag. Komt overeind en blijkt dan zeker een kop kleiner dan hij had moeten zijn. 'Ik zou hier op Hanneke wachten...' Hij steekt Mandaat een hand toe: 'Qualing is de naam.'

Hanneke. Bij elkaar een uur per dag praat ze door de telefoon. Het enige wat Mandaat van die gesprekken heeft kunnen opvangen, terwijl hij zich stond te verbijten voor het geribbelde glas van de deur voor haar kantoortje, is het woord 'Mam', soms ook een smekend 'Mammie' en de repeterende breuk waarin al die gesprekken eindigen: 'Dag... Tot bellens... Ja... Zal ik doen... Tot bellens... Doe ik... Ja... Dag.'

Hij speurt vertwijfeld of er iets is aan haar dat hem zou kunnen ontroeren: haar hals misschien, haar nek, de rondheid van haar wangen, het dons bij haar slapen. Of had ze maar iets uitgesproken lelijks, een pukkel of een trekkende gezichtszenuw, iets dat zijn medelijden zou kunnen opwekken. Ze laat hem onverschillig. Wat hij zo onbeholpen haat is zijn eigen onverschilligheid. 'Wie verlost me van mezelf?' roept hij, onder zijn stolp. Maar dan ruikt hij haar adem. Mondverfrisser. Een lucht die zijn nieuwsgierigheid tot het uiterste prikkelt, net als toiletspray, lysol, formaline, een lucht die door zijn onoprechtheid de stank die hij tracht te verhullen fantastisch versterkt. Ze heeft in haar zevende maand nog steeds last van ochtendbraken.

Ze rouwt. Ze verkeert in blijde verwachting en ze rouwt. De heer Brugman is niet zomaar afwezig, hij heeft een leemte achtergelaten. De welbepaalde vorm waarin hij wordt gemist staat er borg voor dat die leemte door niemand anders kan worden opgevuld dan door de heer Brugman. Intussen heeft het kind zich een ruimte gebaand waarin het onbekend en onbepaald en toch aanwezig is. Ze vreest haar kleine onbekende. Ze verlangt naar Brugman. Haar vrees is de keerzijde van haar verlangen. 'En ik dan?' roept Mandaat geluidloos. Maar ze is emotioneel volgeboekt: tussen haar verlangen naar de een en haar vrees voor de ander is voor Mandaat geen plaats.

'Zou je het raam een stukje willen openzetten?' vraagt ze. 'Ik ben wat duizelig.' Mandaat springt op; zijn hart springt op. 'Ga je tussen de middag de stad in? Wil je dan lichtblauw machinegaren voor me kopen?' (Ze maakt alvast dwangbuisjes en spanlakentjes voor haar kleine onbekende.) 'En een harinkje? Ik heb zo'n trek in een harinkje.' Hij komt terug van zijn middagpauze, met een klosje garen, een in vetvrij papier verpakt harinkje dat zacht is geworden in zijn jaszak en stinkt, met een glaasje zure augurken en een pond geschrapte wortelen. Ze rekent alles tot op de cent nauwkeurig af. Ze eet. Ze kotst. Ze eet. Mandaat kan zijn handen haast niet in bedwang houden als hij haar ziet. Hij wil ze om haar grote buik heen leggen en de kleine laten voelen dat er ook nog een zekere Felix Mandaat bestaat.

Wanneer Tiny hem op een ochtend zijn post heeft gebracht en de afgeplakte boeken in de kast heeft gezet waar ze moeten wachten op de komst van de fiches, sjokt hij voor het eerst niet meteen weer weg. Hij blijft vlak voor Mandaat staan en wendt hem, zonder een spoor van verlegenheid, een gelaat toe waaruit niets valt op te maken. 'Ik lees graag over de oorlog,' deelt hij zomaar mee. 'Over de aantallen doden en gewonden. Doden het meest, gewonden niet zo erg. Stalin wist niet eens dat Nederland in de Benelux ligt. Weet jij veel van oorlog?' Mandaat zegt vriendelijk dat hij er vast niet zoveel van weet als Tiny. 'Meneer Brugman wist er ook niets van.

Jij bent toch de nieuwe meneer Brugman?' Mandaat aarzelt, want die vraag noopt hem tot een minstens drieledig antwoord, en dan heeft Tiny hem, opnieuw geheel vrijblijvend, verteld dat het al iets beter gaat met zijn moeder. 'Ze doet nu weer zelf de boodschappen en die pillen heeft ze weggeflikkerd.' Mandaat beweert dat hij blij is zulks te horen. 'Ja,' zegt Tiny afwezig en doet geen moeite om het gesprek voort te zetten, maar aanstalten om zijn karretje eens verder te duwen maakt hij evenmin; hij houdt Mandaat slechts zijn wezenloze gezicht voor, zijn hangende mond, platte neus, brilleglazen zo dik dat het is of je in wakken kijkt. Hij vraagt om liefde, denkt Mandaat, die anderen niet beter begrijpt dan zichzelf. Hij wil dat ik van hem houd. Als je van zo iemand kunt houden, kun je dan van iedereen houden? Of is het juist makkelijker om te houden van iemand die zielig en lelijk is?

'Ik zal die lege enveloppen maar meenemen,' bromt Tiny. Hij pakt de stapel interne-dienstenveloppen van het bureau, maakt er twee stapels van en stouwt die onder in zijn karretje. 'Meneer Brugman had er ook altijd zo veel. Hij zei nooit iets tegen mij. Hij stond altijd voor dat raam daar –' en Tiny wijst naar het raam waarvoor Mandaat zijn gestalte heeft zien staan. 'En dat kind is ook van hem. Dat zeggen ze hier tenminste.'

'Welk kind?' vraagt Mandaat.

Die Qualing hoeft natuurlijk niet haar echtgenoot te zijn. Misschien is hij haar schoonvader, of haar vader, want Mandaat heeft nergens vermeld zien staan dat ze er ook een meisjesnaam op na houdt. En als dat van haar kind nu eens geen flauw verzinsel was... Lampen schommelen in een kille tocht. Ergens waait krakend een deur open. Tegelijkertijd slaat een andere deur met een klap dicht. Hij weet niet of hij voor of achter zich moet kijken en telkens wanneer hij haar tegenkomt stort hij haast van zijn benen, door zijn hart, dat dan met het geweld van een kerkklok begint te luiden; eerst wil hij het niet geloven, maar hij moet ten slotte wel erkennen dat hij behekst is met een tegendraadse, ongewenste verliefdheid.

Mandaat zit omhoog

De afgelopen winter zijn er dagen geweest dat Mandaat graag naar zijn werk ging. Dat waren de dagen van bevroren bovenleidingen en ondergesneeuwde baanvakken, toen er geen trein was die op tijd reed. Wanneer hij even voor halfacht het station binnenkwam was het op de perrons een gekrioel van mensen, wangen roodgloeiend, ogen wit stralend, blij als schoolkinderen dat ze een geldig excuus hadden om te laat op hun werk te komen. Op de banken en de houten wagens, die in lange ketens stonden te wachten op de posttrein, zaten blauwgekielde nachtploegers te klaverjassen en bier te drinken. In de restauratie kwam Mandaat mensen tegen die hij in geen jaren had gezien en die het uur dat ze zomaar cadeau hadden gekregen graag gebruikten om eens gezellig bij te praten. En het plezierigst waren de telkens weer nieuwe gezichten die hij tegenover zich trof wanneer hij eenmaal in de trein zat.

Die koude dagen zijn nu voorbij. Nu kan hij zich doorgaans niet eens herinneren hoe hij in de trein is gekomen. Tegenover hem zitten dezelfde ochtendgezichten als gisteren en eergisteren, met valse slaapvouwen en valse schaduw van het kunstlicht. Zwijgzaam, nurks, dommig, traag zitten ze schouder aan schouder te schudden op de treinbanken, in hun sleetse corduroy, hun berberwollen vesten, aktentassen voor zich op schoot alsof er wonderwat in zit, achter hun brillen en de knevels en baarden die hun iets eigens moeten geven en waardoor ze allemaal op cavia's lijken. Altijd hebben ze wel een groezelige pleister op hun voorhoofd of om een vinger. Altijd zijn ze verkouden. Het moest verboden zijn om mensen voor zonsopgang naar hun werk te sturen. En dan te bedenken dat in de trein op het andere spoor precies zulke mensen zitten die wonen in de stad waar deze mensen werken en gaan werken in de stad waar deze mensen wonen. In die andere trein zit vast ook ergens een tweede Mandaat.

Hier heeft hij verlangend naar uitgezien toen hij op school en in dienst zat, toen hij studeerde, toen hij makelaar in evenementen was, al die jaren dat hij zich gruwelijk verveelde. Nu verveelt hij zich meer dan gruwelijk, want er is niets meer om naar uit te zien, dit is zijn feest der vervulling. Zo ongeveer, meent hij te begrijpen, moet bij de mens het idee van een hiernamaals hebben postgevat.

Als hij om zes uur 's avonds thuiskomt gaat hij vaak eventjes liggen, 'om bij te komen', zoals hij zichzelf verontschuldigend voorhoudt, want niets ontregelt zo grondig als de starre regelmaat van een volledige werkweek, en midden in de nacht – één uur wijst de wekker, alle lampen branden nog – wordt hij stijf, koud en plat op zijn buik wakker. Uit zijn ooghoek ziet hij drie muizen in colonne over de vloer hollen; ze beschrijven een ingewikkelde lus en dan nog eens precies dezelfde lus. Ze hebben zo lang het rijk alleen gehad dat ze zich weinig meer aan hem gelegen laten liggen, ook niet wanneer hij met knarsende gewrichten van zijn bed komt om te zien of er misschien een maaltijd valt te bereiden uit de levensmiddelen die hij, onderweg naar het station, bij elkaar heeft gegrist in een supermarkt. Het draait meestal uit op een omelet of een ander eenpansgerecht, dat in zijn doorslapende mondholte naar niets wil smaken en eenmaal binnen zijn maag hard wordt als specie. In een stoel voor de kachel, met een paar dekens om zijn schouders, zit hij urenlang klaarwakker te zijn en om halfzeven, het tijdstip waarop hij eigenlijk zijn bed uit zou moeten, begint hij weer slaap te krijgen.

En dan: *da capo.*

Het is de eerste mooie dag van het jaar. Met de haak die naast het raam hangt heeft Mandaat een bovenlicht opengetrokken en meteen is er toen een duif binnengevlogen. Zijn vleugelgeklapper klonk onverwacht luid tussen de vier muren van de leeszaal. Bladzijden sloegen om, vellen papier stegen op van de tafels en moesten met de vlakke hand worden neergeslagen. De duif is boven op een van de boekenkasten neergestreken en daar zit hij nog steeds, tussen de gipsen borstbeelden van J.W. von Göthe en W. Shakspere, het kopje over de sierlijst gestoken.

Het is een van die dagen dat Mandaat, hij kon er niets aan doen, heeft zitten treuzelen met zijn ontbijt, maar niet uitgelezen raakte in de krant van gisteren die naast zijn bord lag, en op den duur gedwongen was een trein later te nemen, een iets legere trein die hem door een iets lichter Nederland heeft gevoerd. Toen hij op zijn leeszaal kwam waren ze er allemaal al: de studente met het opgestoken haar en de hockeyschouders, die haar vinger zo krachtig in haar oor kan laten vibreren; de begenadigde docent die nog nooit iets heeft gepubliceerd en hier elke dag komt zoeken naar een onderwerp; Pietje Kraal, Landloper & Alcoholist (het landlopen is seizoenarbeid, maar het alcoholisme beoefent hij het hele jaar door), zit met twee overjassen aan tegen een radiator, midden in een stortbad van zonlicht, en bladert op de momenten dat hij wakker is tongklakkend door een deel van de *Brockhaus*; achter in de zaal zit het rossige hoofd van 'het figuur' over zijn vertaling gebogen; professor Hafmans, die watermerken bestudeert, houdt aan zijn gereserveerde tafeltje boekbladen tegen het licht van een sterke lamp; al die lezers, van wie er twee op de dertien linkshandig zijn, zoals Mandaat na tien weken turven heeft vastgesteld, hebben ook zonder hem hun weg hierheen wel gevonden.

'Hoe-a, hoe-a,' roept de duif op de boekenkast.

Hoofden worden betast en gekrabd; er wordt gezucht, gekucht, gebroed op scheten en gedachten; geknauwd op ballpoints en lastige passages; kruisgeuren en verlangens kruipen waar ze niet gaan kunnen. Mandaat heeft een lang recensieartikel opgeslagen waarin de merites van vijf nieuwe studies over de fonologie van het Oudnoors tegen elkaar worden afgewogen en glijdt van de vierde zin van de tweede alinea telkens terug naar af. Al zijn lange schooljaren komen weer bij hem boven. Hij is nooit helemaal wakker. Net als toen zit hij de godganse dag maar wat te dromen en net als toen heeft hij nauwelijks op zijn stoel plaatsgenomen of hij heeft een forse erectie staan die, hoe hard hij ook denkt aan prikkeldraad, gemalen glas, ijswater, van geen wijken wil weten. En nu zit hij er moederzielalleen voor, anders dan op zijn dertiende, toen hij tenminste Woutje Jansen nog naast zich had, voor wie de ene dienst de andere waard was.

'Hoe-a, hoe-a.'

Het is een doffer. Wat een droef geluid! Het is een van die geluiden die altijd wel ergens op de achtergrond van zijn leven hebben geklonken, maar tussen vier muren en van zo dichtbij, zo lang achtereen, heeft hij het nog nooit beluisterd. Hij wordt week tot in zijn botten van het vermoeide verlangen dat hij erin meent te horen. 'Hoe-a, hoe-a.' Het is een verlangen naar voleinding. De lezers proberen te doen alsof ze niets merken, maar aan het versmallen van hun pupillen, de aangezichtsspieren die zich onwillekeurig ontspannen, kun je zien dat ook in hun bloed een onstuimige weemoed opsteekt.

De sfeer in de leeszaal wordt stilaan zondagsnamiddags drukkend. Mandaat kan aan niets anders denken dan aan dat ding dat tegen zijn gulp staat te kloppen, die schandpaal waaraan hij zit vastgenageld, en aan het klaaglijke geroep van de doffer. De rest is mist. Er komt een lezer naar hem toe die wil weten waarom deel zes niet staat waar het zou moeten staan en waar het eventueel wel zou kunnen staan. Hij opent zijn mond en er komt alleen een schor gekraak uit.

'Wat zegt u?'

'Straks,' kraakt hij.

Hij doet beide knopen van zijn colbert dicht, pakt wat papieren uit een la, en schrijdt met een ambtelijke gelaatsuitdrukking de leeszaal uit. Op de gang en in het trappenhuis krijgt zijn pas door zijn gestrekte wapen noodgedwongen iets militairs. 'À la guerre comme à la guerre,' denkt hij grimmig en stapt het middelste van de drie herentoiletten binnen, het enige dat niet bezet is, om daar het heft in eigen hand te nemen.

Hij heeft het driftig kloppende stuk ongeduld in een wip bevrijd, maar dan wordt er aan weerszijden doorgetrokken, deuren slaan open en dicht, de kranen boven de wasbakken worden opengedraaid en boven het geklater uit bast de linkerheer tegen de rechterheer: 'Goedemorgen! Wat een zalig weertje, vindt u ook niet?' En de rechterheer tegen de linkerheer: 'U haalt me de woorden uit de mond.' Wat de gedachte aan scherp, schrijnend en koud niet vermocht blijkt nu een fluitje van een cent.

'Ik vind het elk jaar opnieuw iets ontroerends hebben,' vervolgt de rechterheer, 'wanneer de knoppen op barsten staan en er hangt over de boomtakken zo'n vaag groen – dinges.'

'Waas/zweem/schemer,' zegt Schiettekatte, want dat is onmiskenbaar Schiettekatte, daar links. 'Zeker, dat heeft wel *iets*. Over vaag en groen gesproken, wat is uw mening over onze...'

'Waas – precies! Elk jaar weer word je er zo aan herinnerd dat je zelf ook jong bent geweest,' mijmert rechts bulderend. 'Iets van de vroegere onrust begint dan weer in je te – dingesen.'

'Woelen/zich te roeren/de kop op te steken,' helpt Schiettekatte en Mandaat ziet zijn cycloop met teleurgestelde schokjes, snikkend als het ware, ineenkrimpen tot een dwerg, terwijl in het enige oog van de voormalige reus een dikke, heldere traan opwelt, een traan waarin het troosteloze hok een ogenblik binnenstebuiten wordt gekeerd, de tegelwanden de buitenmuren worden van een futuristisch bol gebouwtje, dat dan wordt uitgerekt tot een lange, ijle, naalddunne minaret.

'Inderdaad: woelen! Oude bokken, groene blaadjes. De dans der hormonen. De hypofyse! Je zou haast gaan uitkijken naar een andere, een andere –'

'Vrouw?'

'Baan, bedoelde ik eigenlijk. Ja, een zeker *je ne sais quoi* valt aan de lente niet te ontzeggen,' concludeert ferm de rechterheer, die vast hoogst belangrijk is, te oordelen naar Schiettekatte's strijkages en zijn hoorbaar ademstokken bij die voorbijgaande glimp op een vacature. De bibliothecaris? Wie anders dan de bibliothecaris, naar wie Mandaat al maanden razend nieuwsgierig is, maar die hij nu liever niet onder ogen komt. Hij wacht. 'Coming soon: Willem,' leest hij op de wc-deur, en: 'Geen zaligmaker maakte mij lamlendig,' en: 'Dood aan de doe-het-zelvers!' De heren vertrekken gezamenlijk. Wanneer hij zelf zijn handen wast heeft zijn gezicht in de spiegel dat trillend weke dat hij zich zo pijnlijk goed herinnert van klas 2B en staat zijn erectie weer net zo stram als tevoren.

Op de gang, tegenover de deur van de leeszaal, schroeft Pietje Kraal de dop op zijn heupflacon en tussen het aflikken van zijn lippen door moppert hij dat het een aard heeft. '... dan nergens op deze wereld een rustig plekje te vinden?' vangt Mandaat op, wanneer hij langs hem heen glipt. 'Dat stomme wijf. Godgeklaagd is het. Hé jij, jij daar, moet jij hier geen orde houden?'

Mevrouw Qualing staat wijdbeens op de grote tafel in het midden van de zaal, een paar stevige benen met daarboven een ontzaglijke buik en nog hoger gaat haar hoofd schuil tussen het steenrode rotsgrijze wolkenwitte gefladder van een viertal panisch rondwiekende duiven, terwijl er voor het raam, boven de voorplaats, nog eens zoveel pasgetrouwd en dolgelukkig door de lucht buitelen. '*Ksssjt! Ksjsjt!*' doet mevrouw Qualing. Met de haak die Mandaat heeft gebruikt om het bovenlicht open te trekken port ze tussen J. W. von Göthe en W. Shakspere naar de doffer die nu zwijgt en zenuwachtig heen en weer drentelt op zijn vreemde plastic pootjes. '*Ksjsjt!* Weg jij!' Studenten staan in hun handen te klappen, ploppende geluiden te maken. Hafmans heeft zijn bril op zijn voorhoofd geschoven en houdt zijn stapel aantekeningen tegen het tafelblad gedrukt. '*Ksjsjt!* Weg, viespeuken!' De duiven vertikken het zich naar de uitgang te begeven. Ze proberen steeds weer neer te strijken op de boekenkasten, maar daar worden ze meteen weggemaaid door de lange haak die mevrouw Qualing nu als een vendelstok boven haar hoofd laat zwaaien. 'Hou op!' roept Mandaat. 'Ze poepen,' schreeuwt ze terug, 'die beesten poepen! Er zit ammoniak in vogelpoep. Auto's roesten ervan weg. Hele steden worden verwoest door duivenmest. *Ksjtsjt!*' En jawel, daar heeft Mandaat al een fluim op de zijkant van zijn neus, een half spinaziegroene, half okeren fluim, ziet hij, wanneer hij hem met zijn wijsvinger tegen de vloer kwakt.

De rondzwaaiende haak krijgt steeds meer vaart, ze wordt erdoor meegesleurd en wankelend van het ene been op het andere staat ze log als een ton op de tafel te tollen. De haak komt lager, de leeszaalbezoekers maken dat ze wegkomen, lager, scheert langs Mandaats hoofd, nog lager, Mandaat grijpt hem vast, houdt hem stevig beet en wankelend blijft mevrouw Qualing het andere eind van de steel vasthouden, maar ze kan geen weerstand bieden aan haar eigen gewicht en helt langzaam voorover. Het kind! Mandaat zet een stap naar haar toe, duwt de haak naar voren, ze laat niet los en komt weer overeind, om daarna nog zwaarder dan eerst voorover te hellen, de stok los te laten, tijdens haar val – gelukkig! – een halve slag te draaien en neer te komen in de armen van Mandaat.

Hij houdt haar in zijn armen, de vrouw op wie hij verliefd is, hoe ongewenst dan ook – een zwaar en onthutsend vreemd lichaam. Haar rug duwt tegen zijn borst, haar donkerblonde haar tegen zijn neus (het ruikt naar niets, niet eens naar zweet), haar brede achterwerk tegen zijn kruis en zo strompelen ze samen achteruit over de vloer, naar een van de boekenwanden, waartegen ze tot staan komen, waar Mandaat met die vrouw op zijn schoot neerzijgt en er een floers voor zijn ogen trekt. Alles wordt geleiachtig en zo voelen ook zijn knieën; de stok staat heviger dan ooit te bonken tegen zijn gulp, tegen het achterwerk van mevrouw Qualing, dat ze probeert op te tillen uit zijn schoot en machteloos laat neerploffen, nog maar eens, weer ploft ze neer, tot drie, vier keer toe, en na een paar onwillekeurige samentrekkingen van zijn lies springt zijn zaad zich in het duister van zijn broek te pletter, 'O, mevrouw Qualing!', de duiven zijn nu neergestreken op de kast en zijn zaad springt zich te pletter, 'Hanneke!', de doffer herneemt zijn weemoedige geroep en zijn zaad springt zich te pletter. 'Ik moet even...' zegt hij, 'even...' – hij duwt haar van zich af, de doffer heeft nu een duivinnetje naast zich, ze liefkozen elkaar met hun snavels, de vleugelspitsen van het duivinnetje sidderen, Mandaat strompelt naar zijn stoel en vanuit zijn kruis bereikt hem een trieste geur die lijkt op de geur van verregend papier.

Twee beschamende herinneringen

Hij zag die vrouw pas toen ze er al een tijdje moest hebben gezeten. Ze zat in het gras gehurkt, bij de rand van het weiland, waar de rivier 's winters een stuk van het grasland had afgekalfd en anderhalve meter lager een strook zandstrand was ontstaan. Met de wig van haar handen duwde ze haar lange katoenen rok tussen haar dijen en ze staarde naar hem, ook toen hij terugkeek bleef ze kijken, met bruine ogen die vreemd wijd open stonden in het helle licht. Ze had lang haar, dat scheef was uitgegroeid en door de zon was verschoten, en een versleten blouse hing veel te ruim om haar magere bovenlijf. Toen ze haar lippen opende en de grashalm uitspoog waarop ze had zitten kauwen bleek ze een voortand te missen. Er lag een ongezond, grijzig waas over haar huid.

Hij had al horen verluiden dat er Ossewaarders in de buurt zouden zijn en toen hij die ochtend naar zijn plekje was gelopen had hij op een stille inham langs de dijk twee woonwagens gezien. Er was daar geen mens te bekennen geweest. Deuren en luiken waren gesloten en tussen de wagens waren lijnen gespannen waaraan, roerloos als op een schilderij, wasgoed te drogen hing.

De vrouw stond op en liep weg door het gras. Hij hoorde haar sandalen tegen haar voetzolen klappen. Ze slenterde, maar niet doelloos. Tien zomers lang had hij daar gelegen, blakend van een gezondheid die tot niets diende, en in die afzondering had hij zich een beeld van anderen geschapen dat geheel uit verlangen bestond. In geen enkel opzicht leek ze op dat beeld.

De sandalen zogen zich vast aan haar voetzolen en lieten dan los met een vochtig flapgeluid, terwijl ze over de kromme zandweg slenterde in de richting van de voormalige steenfabriek. Op een afstand van zo'n dertig, veertig meter volgde hij; hij had alleen een zwembroek aan en sprong op de ballen van zijn voeten door het hete zand. 'De dochter van de Farao' – die woorden hadden zich losgemaakt uit de taal en dansten door zijn hoofd. In de schelle verlatenheid van die middag was zelfs de blik van een adder voelbaar. Alleen al doordat ze niet één keer omkeek wist hij dat ze hem mee wilde tronen. Ze leek haast niet vooruit te komen in die hitte.

De steenfabriek was niet veel meer dan een grote overkapping, een half doorgezakt en ingestort latwerk met hier een vogelnestje, daar klimop en ook gedeelten waarop nog pannen lagen, en onder dat dak stond een ovaalvormige steenklomp met zo'n twintig ovens, sommige slordig dichtgemetseld, andere duistere holen. Het was zinderend stil op het terrein, dat geplaveid was met betonnen platen. Ze keek nog steeds niet om, maar dat ze hem achter zich wist bleek wel uit de manier waarop ze haar rug recht hield en uit een flauw wiegen van haar heupen. Ze wandelde, rechtsom, naar de achterzijde van de steenovens en zodra ze uit het zicht was spoedde hij zich met groteske sprongen dwars over het mozaïek van zon en schaduw dat de overkapping op het plaveisel legde naar de hoek waarachter ze verdwenen was.

Ze was nergens meer te zien; ze moest een van de ovens zijn ingegaan. Als ik nu terugging naar mijn plekje, dacht hij, zou er niets zijn voorgevallen, maar zijn hart tekende daartegen een bonkend protest aan en haast kokhalzend van opwinding sloop hij van oven tot oven, tuurde het duister in en vond er zand, puin, dorre takken, hoopjes as, zwartgeblakerde conservenblikken.

'Hé!'

Het was een mannenstem die dat riep, toen hij bijna om de achterkant van het ovaal heen was, en meteen daarop ketste er, vlak achter hem, een steentje tegen het beton. Hij keek snel om zich heen – niemand – en weer tikte er, nu naast hem, een steentje tegen de grond. Deze keer zag hij het gebeuren: er zat zo'n kracht achter dat het nog eens een meter verder sprong en daarna nog eens een halve meter.

Een paar minuten hield hij zich schuil binnen een steenoven en toen rende hij – zijn spieren waren eerst nachtmerrieachtig stug – door plekken licht schaduw licht om de ovens heen naar een tas bakstenen die midden op het terrein was blijven staan en waarachter hij zich gedekt kon houden. Vandaar kon hij haar zien. Ze stond boven op de ovens en naast haar stond nog iemand van haar soort, een jongen, met dezelfde wijd open ogen, dierlijke ernst, hetzelfde donkerblonde haar, even mager, even kalm. Kalm bracht de jongen zijn hand omhoog toen Mandaat opnieuw wegschoot. Mandaat rende, rende, achtervolgd door steentjes die hem – dat wist hij, akelig helder – nooit zouden treffen, rende zo snel dat zijn blote voeten de grond alleen tikkend raakten en noch door de hitte noch door de scherpte van het steenslag werden gedeerd, terwijl de opwinding van zojuist uit hem wegsijpelde en alleen de zekerheid bleef dat hem nooit iets kon gebeuren.

Een bruiloftsfeest, ongeveer vijf jaar geleden. Plaats: het grachtenhuis van een studentenvereniging. Tijdstip: een nog niet dronken ogenblik. Hij stond in de hal tegen een deurpost geleund en keek een blonde vrouw na. Ze was lang, of in elk geval hooggehakt, en sloop opvallend stilletjes een trap op. Halverwege keerde ze zich naar hem om, '*Pssst!*' deed ze en boven aan de trap ging, '*Pssst!*', opnieuw haar wijsvinger tegen haar lippen. Hij wou wel eens zien of wat hij dacht dat er zou gebeuren ook precies zo gebeuren zou, meer niet, en kwam haar achterna. Op de overloop boven kwamen vier deuren uit waarvan er drie gesloten waren; de vierde stond zo ver open dat hij er net langskon. In de lege ruimte erachter kon hij geen hand voor ogen zien en van de vrouw hoorde hij een tijdlang niets meer, tot weer dat '*Pssst!*' klonk, van onverwacht ver weg. Hij schuifelde in de richting van het geluid, botste daarbij een paar maal pijnlijk tegen stalen richels die om de een of andere reden uit de vloer staken, een eeuwigheid schuifelde hij, stuitte toen op een zwaar gordijn en vond, na wat tasten, een kier waar hij door kon. Drie traptreden – en in een grijzig licht zag hij haar op een bed liggen, een hemelbed, min of meer zoals hij had bevroed, dat wil zeggen: naakt. Alleen haar schoentjes had ze aangehouden of, waarschijnlijker, uit- en weer aangetrokken. Hij hing zijn jas over een zwarthouten armzetel, die een zwaar antieke indruk maakte, net als het andere meubilair dat er stond, maar toen hij een begin wilde maken met wat er kennelijk van hem verwacht werd overreedde ze hem onder veel gevlei en gefleem om eerst al zijn kleren uit te doen. De sprei die over het bed lag rook muf en zat onder het zand en het bed zelf was niet zo solide als je van zo'n monumentaal hemelbed zou verwachten; de vrouw daarentegen bleek aanstekelijk geestdriftig, haar huid was zo zacht en glad en alert als hij eerlijk gezegd nog nooit een huid gevoeld had, ze rook naar appelzolder en naar niets anders, ze kreet en jammerde wel een beetje, maar niet zo luidkeels dat je je ging afvragen waar je eigenlijk mee bezig was – al met al was het voorspelbare van de gebeurtenis toch weer van een dusdanig verfrissend gehalte dat hij er steeds meer plezier in kreeg en daarom pas toen hij applaus en bravo-geroep hoorde bemerkte dat het gordijn was opgehaald, dat er lampen op hen gericht werden – en pas toen het oogverblindende schijnsel hem het zicht benam op de toeschouwers, minstens tien zo te horen, de sprei om zichzelf en de vrouw heen sloeg en struikelend over de decorstukken voor *De Hertogin van Amalfi,* bloeddrama van John Webster, daar de avond tevoren opgevoerd, het toneel afvluchtte.

Pas wanneer de hele collectie Frisius, zo'n twintig meter oude theologie, op een woensdagochtend met groot geweld van de planken gekieperd blijkt, bekent de magazijnmeester dat hij al weken de wanhoop nabij is. Er zijn uitzonderlijk veel boeken verdwenen de laatste tijd en ook spoorloos gebleven, op een paar na, die hij op de raarste plekken heeft aangetroffen: onder een stelling op de vloer, ergens verscholen achter op een plank – en hij heeft ook boeken teruggevonden die netjes in het gelid in een verkeerde kast waren gezet, tussen oud bestand met heel andere signaturen, twee verdiepen lager dan waar ze hadden moeten staan, een paar maar, van de hemel mag weten hoeveel. Al veertien dagen schaduwt hij zijn personeel, dat er doodzenuwachtig van wordt, en hij heeft niemand op een fout kunnen betrappen. 'Ik ben toch niet gek aan het worden?' jammert hij hologig. 'We moeten zo snel mogelijk een bestandcontrole houden. Jaren werk is dat! Maar daar kunnen we niet aan beginnen als we niet eerst dat uilskuiken hebben gegrepen, die idioot, dat mispunt, die glui-glui-glui...!' Het is een triest gezicht, die berg oud papier: zware convoluten liggen krachteloos plat boven op elkaar, de ruggen gebroken, ingewanden open, bladzijden dubbelgevouwen en gescheurd, een papieren massagraf. De restauratie zal maanden vergen en over de kosten en het geëmmer van gedupeerde lezers denkt men liever nog niet na.

Mandaat zet zijn bezoeken aan het magazijn ogenblikkelijk stop, maar hij wandelt toch al in een klamme mist van achterdocht, dat voelt hij. De portier heeft natuurlijk meteen doorgebriefd dat hij dinsdagsavonds in het magazijn rondscharrelt. Niemand neemt hem in vertrouwen. Mevrouw Qualing, de enige die hem misschien over de verschijnselen verteld zou hebben, is de maandag na hun versmelting met zwangerschapsverlof gegaan en wat hij ervan weet heeft hij moeten afluisteren uit andermans gesprekken. Wanneer hij er zelf een keer over begint krijgt hij een verhaal te horen over gemechaniseerde magazijnen, waar de lopende band wel eens bekneld raakt en stalen grijparmen de boeken met tonnen tegelijk uit de kasten maaien. Daar is dit niks bij. Nee, dit is van een heel andere orde.

Er zit niets anders op, begrijpt hij, dan diep adem te halen en alles maar eerlijk op te biechten, op het gevaar af dat hij zich tot de risee van de hele academische gemeenschap maakt. Hij loopt binnen bij Van Uffel en met wat hij zich voorstelt bij een stalen gezicht doet hij verslag van zijn paranormale ontmoetingen. Het directielid slaagt er ditmaal niet in om met een boogje over hem heen te blijven kijken; broeierig staart het hem aan, wanneer het woord 'spook' eenmaal gevallen is, onafgebroken, met zuigende pupillen.

'Zo, een spook...' mompelt het tenslotte. 'Nee, nooit eerder iets van gemerkt, van een spook... Dus je bent er heel zeker van? Het vervelende van zo'n bovennatuurlijke verklaring, die overigens een heel nieuw en verhelderend licht op de zaak werpt, waarvoor mijn erkentelijkheid, is dat ze een oplossing in *praktische* zin beslist niet dichterbij brengt. Ik bedoel: hoe vang je een spook? De rooms-katholieke Kerk kent een ceremonie voor de uitdrijving van onreine geesten, dat wel, maar voor zover ik weet is die alleen van toepassing op lichamen, op mensen, niet op gebouwen. Ik wil dat wel eens voor je uitzoeken. Heb je intussen enig idee omtrent de identiteit van het spook? Is het misschien een oude non uit het voormalige klooster? Een vermoord kind? Ik noem maar wat...'

Mandaat, die al zielsblij is dat Van Uffel hem niet in zijn gezicht heeft uitgelachen, vertelt hem van zijn vermoeden.

'Brugman? *Brugman*? Hoe kom je daarbij, in vredesnaam? Brugman is toch niet dóód?'

Dat is maar helemaal de vraag, legt hij het directielid uit. Als het spook de geest van Brugman zou zijn, dan zou alles kloppen. Zo ligt het eigenlijk.

'Dan zou alles kloppen, zeg dat wel...' Van Uffel schudt de nevels uit zijn hersenen. 'Luister, Felix – je heet toch Felix? ik mag je toch Felix noemen? – voel je je hier wel op je plaats? De mensen hier zijn zo eenzelvig. Ik besef best dat het niet meevalt om ingeburgerd te raken. We moesten eens wat bijpraten, vind je ook niet? Niet hier, ergens waar het gezellig is...'

Maar Mandaat heeft niet eerst al zijn moed bijeengeraapt om zich nu van zijn apropos te laten brengen. 'Gaat u alstublieft een keer met mij mee het magazijn in – volgende week dinsdagavond, wanneer ik weer dienst heb. Goed? Dat ik geestelijk ontspoord zou zijn, die mogelijkheid wil ik heus wel openhouden, maar daarover praten we pas daarna. Akkoord?'

'Akkoord,' heeft Van Uffel gezegd, en vanuit zijn kieuwen trok er toen een purperen blos over zijn gezicht. 'Afgesproken.'

Ze hebben tevens afgesproken om voordat ze aan hun wake zouden beginnen iets te gaan eten samen. 'Zalig lijkt me dat, om voor de verandering eens niet in mijn eentje te dineren,' glunderde Van Uffel. 'Lijd jij ook zo onder de naargeestigheid van restaurants, van staandebeens voor het aanrecht genuttigde ontbijten? Zie je wel. Ik wist wel dat jij ook zo'n solitair was. Al bij onze eerste ontmoeting zag ik dat we heel veel gemeen moesten hebben.' Mandaat heeft toen snel de revers van zijn jasje afgeklopt.

Het Emmahotel is zo'n keurige kleinsteedse gelegenheid. Veel mahonie, koperen hang- en sluitwerk, spiegels, luchters, gezandstraald glas en geen gast te bekennen. Tegen een flonkerende achtergrond van flessen en karaffen staat een barman met een hele sterrenhemel op zijn gepommadeerde hoofd glazen te poetsen en wanneer Mandaat door de vleugeldeuren de bar betreedt knipoogt de man tegen Van Uffel, die prompt een halve zwenking met zijn draaikruk maakt. Deze Van Uffel is niet het directielid, doch evenmin de privépersoon. Het wollen pak is verwisseld voor een messcherp gevouwen pantalon met blauwe blazer en uit een openstaand overhemd bloeit een zijden sjaaltje op. Het borstelsnorretje, dat anders met grijs doorschoten is, is nu egaal zwart. Met in de ene hand, onwennig, een emperor-size filtersigaret en in de andere, pink merkwaardig gekromd, een hoog glas, laat hij zich van zijn kruk afglijden.

'Ga zitten, Felix. Wat had je willen drinken? Harry hier schudt cocktails die alles als bij toverslag in Caribisch maanlicht hullen. Martini? Martini, Harry, wit, droog, zonder flauwekul. Vanavond, Felix, na afloop van ons experiment' – een knipoog verzekert Mandaat dat hun geheim nog steeds veilig is – 'neem ik je mee naar De Witte Ballon.'

'De Witte Ballon!' hijgt Harry. Quasi ontzet zuigt hij zijn wangen hol. 'Asjemenou!' Mandaat, die rechtstreeks van zijn werk komt, zegt bang te zijn dat hij niet gekleed is op De Witte Ballon. 'Gekleed?' Harry laat de droogdoek bevallig langs zijn borst omlaagglijden. 'In De Witte Ballon komt iedereen gewoon zoals hij is.'

'Wees zo goed die ordinaire scheur van je dicht te houden, Harry.' Dit is inderdaad een heel andere Van Uffel.

'Wat het, eh, fenomeen betreft,' zegt even later, wanneer ze aan tafel zitten, iemand die weer meer van het directielid heeft, 'ik heb er enkele boeken op nageslagen en ik heb iets gevonden, in een oude uitgave van het *Rituale Romanum.*' Hij trekt een paar dubbelgevouwen vellen papier uit zijn binnenzak. 'Gedrukt te Madrid anno 1631, om precies te zijn. Zat tussen die Frisius-puinhoop, dus dat was nog een heel gezoek. Ik heb de gelegenheid te baat genomen om de tere band stevig plat te drukken op de kopieermachine. Het boek heeft een aanhangsel waarin een document is opgenomen onder het hoofdje' – hij strijkt de kopieën glad op het tafelkleed – '"Exorcismus domus a daemonio vexatae". Bezweringsformules, een paar toepasselijke psalmen, precies wat we nodig hebben kortom.' Zijn vingertoppen strelen verlegen het papier. 'Ik ben, lang geleden, tot priester gewijd,' vertelt hij dan, 'en de wijding drukt een onuitwisbaar merkteken in je ziel, net als het doopsel. Ik ben dus nog steeds bekwaam de sacramenten en sacramentaliën der Heilige Kerk toe te dienen en ook al doe ik dat ongeoorloofd, toch zijn ze geldig. Ik wil dat spook graag voor je uitdrijven, Felix, maar voor we daartoe overgaan moeten we nog een andere mogelijkheid, *twee* andere mogelijkheden onder ogen zien. De eerste is dat je me in de maling neemt... Goed,' wuift hij, wanneer Mandaat dat haast met de tranen in zijn ogen wil gaan ontkennen, 'je neemt me niet in de maling. Tweede mogelijkheid: je verbeelding heeft je parten gespeeld, je hebt gehallucineerd.'

'Steeds op dinsdagavond – weken achtereen?'

'En telkens op dezelfde plek, in een wel heel suggestieve omgeving. Wist je dat een bibliothecaris – we zullen Brugman voor het gemak maar met die titel vereren – dat zo'n muffe klerk een stereotiep droompersonage is? In oude droomboeken staat er veel over geschreven. Eeuwen voor Freud was al bekend dat de schijnbare inhoud van dromen dikwijls recht tegenovergesteld is aan hun ware betekenis. Dromen over een apostel, bijvoorbeeld, betekent ongeluk; over een aartsbisschop, gevaar bij nacht; en een droom over een bibliothecaris beduidt geestelijke verwarring en is een voorteken van krankzinnigheid.'

'Hadden we niet afgesproken,' heeft Mandaat daarop gezegd, 'om dat voorlopig in het midden te laten?' – een afspraak waaraan Van Uffel zich toen toch maar heeft gehouden, met het gevolg dat de mogelijkheid levensgroot tussen hen in is blijven liggen. Na het eten heeft Van Uffel bij Harry een fles Courvoisier gekocht ('Je hoort een beetje te drinken bij een wake') en zijn ze op hun gemak naar de bibliotheek gekuierd. Zoals elke dinsdagavond heeft Mandaat de magazijnsleutels gehaald bij de portier die, toen de beide heren wilden weglopen, zijn hoofd om de hoek van de deur stak en riep: 'Vergeet uw sein niet, meneer Mandaat!' Voor hij terugholde heeft hij Van Uffel toen de sleutels in handen geduwd en dat het directielid weinig vertrouwen heeft in zijn geestelijk evenwicht is hem nu duidelijker dan ooit, want hij heeft ze niet meer teruggekregen.

Zelf krijgt hij trouwens ook zijn twijfels. Ze staan in het magazijn, onder de stellage, gelijkvloers bij het trapgat, en wachten, wachten almaar vergeefs op de spookverschijning.

Van Uffel staat op zijn gemak tegen een kast geleund, blazer los, buik vooruit, en giet met straffe regelmaat cognac in het flessedopje dat hij telkens even aan Mandaat voorhoudt en dan boven zijn eigen keelgat leeggooit. Hij laat zijn ogen door hun kassen rollen en alsof hij nergens een reden bespeurd heeft om nog langer zijn mond te houden barst hij na tien minuten dwaze stilte los: 'Mijn roeping, Felix, daar moet ik je nodig eens over vertellen.'

'*Ssst*,' doet Mandaat.

'Ach, schei toch uit met die nonsens!' Wegwerpgebaar, uitgewrongen gezicht; er is geen houden meer aan. 'Mijn roeping – ik weet nog als de dag van gisteren hoe ik me ervan bewust werd. Dat was tijdens mijn eerste jaar op kostschool, in de Klein-Figuur. Ik stond boven op mijn bed en keek door het tuimelraam op de cour. Daar liepen groepjes jongens uit de hogere klassen te flaneren, te roken, te lachen. Bij de ingang van de slaapzaal was een kamertje, waar de surveillant zat te studeren, met open deur, en van zijn toog dwaalde een vleugje stijfselgeur mijn chambrette binnen. De deuren van die chambrettes reikten niet tot de vloer, moet je weten – je snapt wel waarom. Ik rook die stijfselgeur, het kamertje baadde in het laatste zonlicht, een gloed van heiligheid leek het, en in een flits was er die adembenemende zekerheid: ik was geroepen tot iets hogers dan de mensenliefde. Zo begonnen de mooiste jaren van mijn leven.'

Dat die anekdote niet meer is dan een opmaat, daar kan Mandaat niet omheen; hij kan slechts hopen dat die jaren snel voorbijgevlogen zijn. Maar Van Uffel slaat ze helemaal over en algauw blijkt dat over tegenspoed veel meer valt te vertellen.

'Tijdens mijn priesterwijding ben ik mijn geloof verloren,' herinnert Van Uffel zich, met de duimen onder zijn broeksband. 'Letterlijk haast. Op het moment dat ik geknield voor de bisschop zat, vijfentwintig jaar oud, in maagdelijk witte albe, in staat van heiligmakende genade, en de monseigneur mij zijn handen oplegde, op datzelfde moment, *pffft!*, ontvlood het mij. In plaats van de geest van het priesterschap daalde er doffe ellende in mij neer. Ik begrijp nog steeds niet goed hoe dat zo plotseling heeft kunnen gebeuren. Je hoort wel eens dat mensen ineens niet meer verliefd zijn. Het nagloeien van de verliefdheid is nauwelijks te onderscheiden van de verliefdheid zelf, je waant je nog steeds verliefd en dan, vaak op een belangrijk ogenblik, voor het altaar of tijdens de eerste huwelijksnacht, merk je dat het opgehouden is. Zoiets moet het geweest zijn. De misgewaden werden ontplooid en om een ongelovige gehangen, mijn handen werden gezalfd en samengebonden, ten teken dat ze voortaan werktuigen van de Heer zouden zijn, terwijl ze verlamd waren door twijfel.' Hij toont Mandaat zijn handen, draait zijn polsen – mollige, onpriesterlijke handjes zijn het, en hij zegt ongelovig: 'Werktuigen van de Heer! Sindsdien heb ik geen gelukkig ogenblik meer gekend, alleen heimwee naar een geluk dat ik nu niet anders kan zien dan als illusoir. Ik voel niets meer, behalve mijn eigen benauwdheid; ik weet niet of ik iets begrijp noch of ik zelf begrepen word. Ik praat, ik praat voortdurend, in de hoop dat ooit iemand hetzelfde zal verstaan als ik bedoel. Misschien zou dat louter toeval zijn, misschien een bewijs van genade. Eigenlijk zou ik net zo goed kunnen blaffen, of op mijn hoofd gaan staan, maar ik praat. Ik proef woorden. Ik probeer te ontdekken of ze meer substantie hebben dan enkel lucht. Het woord "tafel", waar de wijsgeren zo dol op zijn. De t is de stevigheid der poten en de l het lange der poten. De a is de uitgestrektheid van het blad. Een prachtig woord! Maar ik heb nog twee klanken over, een f, een e. Wat stellen die voor? Lucht, meer niet. Het tocht onder de tafel. Ik doe de deur dicht. Weg ermee! Wat houd ik over? Taal. O, als ik eindelijk weer iets met zekerheid' – hij sluit zijn ogen die in de duisternis achter zijn oogleden in religieus verlangen omhoogstaren, dat zie je aan de gotische verdraaiing van zijn wenkbrauwen en voorhoofdsvel, en hij legt zomaar zijn hand tegen Mandaats wang – 'met zekerheid zou kunnen *voelen*!' Bloed ijlt naar de aangeraakte plaats en Van Uffel kijkt Mandaat nu vorsend aan, laat zijn wijsvinger rusten op zijn duim, naast het blozende gelaat, en vlijmend schiet een nagel tegen de wang. 'Wangngng,' zegt Van Uffel, alsof dat een woord is uit een vreemde taal en hij het voor het eerst uitspreekt. Het geluid golft weg als een gongslag, als de pijn in het gelijknamige lichaamsdeel, en daardoor komt het dat Mandaat aanvankelijk niet merkt dat de warmte die hij door zijn kruis voelt vloeien hem wordt meegedeeld door het andere werktuig van de Heer.

Mandaat is onlangs voor zijn hart bij de dokter geweest. De dokter weigerde hem te onderzoeken. 'U bent veel te jong voor een hartkwaal. U hebt een normaal postuur, normaal gewicht. Doet u aan sport?' 'Nooit, dokter,' loog hij, 'en ik rook twee pakjes sigaretten per dag.' 'Komt u dan over tien jaar maar eens terug.' Hij is er nog steeds niet gerust op. Zijn hart klopt nu met een heftigheid die hij ook zelf schromelijk preuts en overdreven vindt. Hij ademt zwaar; als een angstig paard houdt hij zijn neusgaten wijd opengesperd. Hij zit op de tweede magazijnlaag, gehurkt op een pallet, zodat hij van onderaf niet door de roosters gezien kan worden, en hij moet zich met zijn handen op het hout in evenwicht houden, zo onbedaarlijk trillen zijn benen. Ergens beneden hem, waar precies kan hij van hieraf niet bepalen, sluipt Van Uffel. Voetstappen zijn niet te horen – hij moet dus nog op het beton lopen – maar telkens wanneer het directielid zich omdraait rammelen eventjes de sleutels in zijn jaszak.

'Felix?'

'...'

'Doe niet zo truttig, Felix. Kom hier. Het zal niet weer gebeuren, ik beloof het je. Het was een aanschouwelijke grap, meer niet. Er zal je geen haar gekrenkt worden, erewoord!' Hij praat omlaag en naar opzij, niet omhoog. Hij praat alleen maar om het geluid van zijn voetstappen te overstemmen, want hij is bezig om voetje voor voetje de trap te beklimmen. 'Felix?' Hij liefkoost dat woord alsof het een intiem, doorgaans onder twee lagen textiel verborgen stukje huid is dat Mandaat na lang drenzen voor hem heeft ontbloot.

Het directielid loopt nu over de eerste magazijnlaag, op kousevoeten. Mandaat heeft over de rand van de pallet gegluurd en hem rond zien dwalen, de schoenen in zijn hand, de cirkels gezien die zijn kruin beschrijft, glimmend van geleend licht, als de maan, steeds aarzelender cirkels. Dan blijft hij staan en zegt vermoeid: 'Ik houd afstand, wees maar niet bang. Geef me de kans om te praten, meer vraag ik niet van je. Laat me je vertellen over De Witte Ballon.' Hij doet nu geen moeite meer om de richting van zijn stemgeluid te verdraaien en moet dus wel menen wat hij zegt. 'Boze mannen als ik doen niets liever dan praten, Felix. We willen amusant zijn, interessant zijn, in de hoop dat we anderen door hun belangstelling kunnen compromitteren. Luister je?' O zeker, Mandaat luistert. Intussen haalt hij ook het sein uit zijn binnenzak en legt het achter een rij boeken, boven de pallet.

'De Witte Ballon – zo noemen wij, boze mannen, dat etablissement nog steeds. Het is een donker, negentiende-eeuws huis hier in de stad, in een stille wijk waar jij waarschijnlijk nooit bent geweest. Op de deur zit een discreet naamplaatje: "Ganymedes Services", maar wij zeggen liever: De Witte Ballon. Als je daar aanbelt wordt er eerst door een luikje gegluurd. Mij kennen ze wel, ik heet "meneer Van Veen". Luister je, Felix?' Jawel, hij luistert nog steeds. Intussen trekt hij wel zijn schoenen uit, net zoals Van Uffel heeft gedaan, en terwijl het directielid verder praat en zich door zijn eigen verhaal laat meeslepen, schuifelt hij vlak langs de schaduwzijde van een stelling weg van de pallet.

'Iemand in een te strak driedelig kostuum doet open, de bedrijfsleider. Bastiaan noemen we hem. Nog niet zo lang geleden was Bastiaan een frisse jongen; nu is hij een oud wijf. Elke keer heeft hij weer wat nieuws. "We hebben een paar Turkse jochies momenteel, meneer Van Veen. Zijn zeer rein op d'r eigen. Doen niks as wassen en zo. Ze zijn krap zestien en snoepen doen ze hoegenaamd niet, bij lange na niet zoveel as Ahmed bijvoorbeeld, die toch ook een rinkelend blank gebit heb."

Bastiaan gaat me voor, de trap op. Hij houdt een gordijn opzij. Of ik wil denken om het afstapje. Je komt dan in een donkere zaal waar mijn gevoelsgenoten met regenjassen op hun schoot naar een film zitten te kijken. Soms zijn die films mooi, op een onvoorziene manier. Ik heb er een gezien die zich afspeelde in een gedroomd New York. Een neger zat onderuitgezakt op de achterbank van een limousine, met rechts stuur. Voor hem zat een blanke jongen geknield die zijn gezicht in zijn schoot duwde. Het verkeer reed links. Op straat waren alle reclames en beletteringen in spiegelschrift en bij een lantaarnpaal greep een linkshandige straatzanger naar zijn hart, dat bleek te kloppen in de rechterhelft van zijn borst. Maar meestal voel ik me voos, zondig, buitengesloten, wanneer ik zo'n film zie. Alleen als een jongen zich in eenzaamheid staat af te rukken en daarbij van tijd tot tijd de camera in kijkt alsof hij aan mij denkt, dan wil ik mezelf wel eens vergeten. Wanneer ik 's avonds laat met de trein langs de gevangenis kom, zie ik hetzelfde soms in het echt...'

Mandaat blijft in de buurt van de pallet. Hij sluipt naar de rand van de stellage, zo ver mogelijk weg van het trapgat. Vlak om de hoek van een stelling ligt een platgevouwen kartonnen doos op de roosters. Daarop gaat hij staan.

'Achter het filmzaaltje is een andere ruimte. De inrichting daarvan houdt het midden tussen een burgermanssalon en een verkennershonk. Doorgezeten fauteuils, staande asbakken, een met boomschors betimmerde bar. De muren zijn behangen met bordeauxrode pluche en daarop zijn illustraties gespeld uit masturbatieblaadjes. In die ruimte zitten, hangen, liggen altijd een stuk of tien jongens, niet ouder dan achttien, bleek, slecht gevoed. Ze dragen strakke broeken en bloesjes die ze niet hebben dichtgeknoopt, maar voor hun buiken gestrikt hebben. Onbehaarde, wat opgezwollen buiken hebben ze, met kinderlijke navels die doen denken aan kinderlijke aarsjes. Ze hebben kringen onder hun ogen, ze geeuwen, ze draaien vijfenveertigtoerenplaatjes op een draagbare pickup. Er hangt een zure lucht van urenlange verveling. De Turkjes hebben stompe vingertjes, met van die platte vierkante nagels. Ik moet ze niet. Ik kies twee andere jongens – altijd Duitse Peter, als hij er is, en voor het contrast meestal ook een donker tiepje. Dan ga ik naar kamertje zes.

Ik zou je zo graag eens meenemen naar kamertje zes, Felix.

Er staat een bed met daarop alleen een laken en twee kussens. Voor het raam hangen knalrode coulissegordijntjes van amper tien centimeter breed. Het licht komt er voornamelijk van buiten en verder enigszins uit twee geschrokken schemerlampjes aan weerszijden van een grote spiegel. Er staat ook een houten droogrekje, zo'n driedelig klapgeval dat mensen vroeger bij slecht weer voor de kachel zetten en waar de ramen zo van besloegen. Dan komt Bastiaan binnen met de jurk. Die heeft hij, als een echte couturier, over zijn onderarmen gehangen. Plechtig draagt hij die voor zich uit en zegt dan: "Uit de collectie van Ermyntrude von La Warr, de dikste dame van Noordwest-Europa. Hierin heeft ze haar triomfen gevierd, op duizenden kermissen. Zij was een goede vrouw."

Die jurk, een blauw satijnen jurk is het, aan hals, zoom en mouwen bestikt met zwarte twijgmotieven, die tent, die hemel van een jurk wordt over mijn schouders gehangen, het droogrekje wordt uitgeklapt, ik ga ertussen staan, Bastiaan drapeert de jurk erover en houdt de zoom omhoog voor de jongens, die dan naar binnen kruipen, om mij te bespelen... Ik zou willen dat je me zo zou zien, Felix. Het zweet breekt me uit, ik sta te schokken als een reusachtige marionet en uit het diepst van mijn longen wringt zich een woord naar boven dat tot nog toe altijd beschamend, blasfemisch, dodelijk heeft geklonken, maar misschien, in jouw bijzijn...'

Hij bevriest. 'Wat is *dat*?'

Het sein heeft gesproken. Met zijn gepiep heeft het Van Uffel de mond gesnoerd, de oren doen spitsen en Mandaats voormalige schuilplaats verraden. Onder het rode knopje wacht de stem van de portier en ongeduldig en toch beheerst, in het regelmatige, allesdoordringende ritme dat Mandaat zo goed kent van zijn hart tijdens slapeloze nachten, klinkt het 'piep-piep-piep-piep'. Grijnzend komt Van Uffels hoofd uit het trapgat omhoog. 'Nou, Felix,' streelt hij, alsof hij een muis toespreekt die weliswaar kermt onder het klemmetje van een val, maar heus niets te duchten heeft van grote lieve dikke meneer Van Uffel. 'Felix toch, wees niet zo bang. Heb ik je niet beloofd dat ik afstand zou houden?' Hij grinnikt. Kennelijk twijfelt hij er niet aan of Mandaat houdt zich op achter de stelling waaruit dom en onverstoorbaar het gepiep blijft klinken. 'Weet je waaraan dit me doet denken, dit verstoppertje spelen van ons? Aan mijn nachtelijke dwaaltochten. Ik ben zo iemand die met zijn oude kont in een voetbalbroekje en een scheidsrechtersfluitje om zijn nek door bossen en parken sluipt. Een gluurder. Er gebeurt daar van alles 's nachts. Mannen zitten elkaar achterna – urenlang. Ze wringen zich door het gebladerte. Er vallen druppels. Hele bloemperken van papieren zakdoekjes worden er aangelegd.' Het sein zwijgt. De portier heeft er genoeg van. 'Felix?' Stilte. Schaduw. 'Wat ze zo opwindend vinden, die mannen, is het jagen zelf,' legt het directielid uit aan de stelling waarachter zich geen Mandaat bevindt. Ook op de platgeklapte doos staat geen Mandaat meer, want Mandaat sluipt nu weer richting pallet, door de gang naast die waarin Van Uffel staat. 'Het vangen van de prooi is noodzakelijk, uiteraard, anders kan er ook geen jacht zijn, maar dat verlangen dat steeds sterker wordt, dat lichte gevoel in hun hoofd, daar gaat het ze eigenlijk om. Hebben ze hun prooi eenmaal in het nauw gedreven, dan komt er een pijnlijk moment, dan zijn ze niet meer alleen met hun verlangen, dan moet er een belofte worden ingelost. Ik zie dat. Ik houd mijn adem in. Ik loop op mijn tenen. Daar zijn er weer twee bezig. Vlees ziet er grauw en doods uit, in het donker. De een houdt zijn ogen dicht. Hij staat tegen een boom geleund. Hij schaamt zich, hij doet alsof het een droom is, alsof hij nog steeds alleen is. De ander schaamt zich ook, maar hij moet zijn schaamte te boven komen, wil er iets gebeuren. Hij zou natuurlijk weg kunnen gaan, die ijdeltuit tegen die boom kunnen laten staan. Een paar maal aarzelt hij, ik zie de twijfel door zijn ledematen kruipen, maar juist op die momenten beweegt de schijnslaper zich, draait hij loom met zijn bekken en dan tijgt de ander maar weer aan het werk. Hij grijpt, knijpt, gromt als een wild beest, maar ook hij doet alleen alsof, daar in het veilige verraderlijke donker, hij geeft een imitatie weg van hartstocht. Ze zijn bijvoorbeeld niet zo intiem dat ze elkaar kussen. Er zijn grenzen. Maar net als bij vinnige wind en kou, wanneer je de tranen in de ogen springen en je verdrietig wordt omdat je huilt, zo laten zij zich door hun lust bedriegen, gaan ze denken dat ze echt hartstochtelijk zijn, dat ze echt, echt van elkaar... Ik sla dat gade vanuit mijn schuilplaats. Ik weet wat die twee daar lijden, Felix, en ik lijd mee. Ik weet wat voor wanhoop zich in hun zielen roert en met angst zie ik het opperste ogenblik tegemoet dat nog niet voorbij zal zijn of ze zullen worden overmeesterd door afkeer en laf als honden wegsluipen. Weet je wat ik dan doe, Felix? Ik spring te voorschijn uit mijn schuilplaats en blaas op mijn scheidsrechtersfluitje. Alsof het de zevende trompet is. Het kogeltje tolt op mijn adem, de hele aardbol lijkt even mee te tollen en wanneer de omgeving lam ligt van schrik, dan roep ik het woord.

Felix?

Herinner je je nog dat ik je heb verteld over een woord, een doodgewoon woord, dat ik nauwelijks uit mijn strot kan krijgen?'

Mandaat, die nu vlak achter hem staat, herinnert zich die keer dat Van Uffel op dat woord gezinspeeld heeft heel goed. Hij meent ook te weten welk woord het is. Het is een woord dat, onbeantwoord, even waardeloos is als een halve wasknijper.

'Bij het horen ervan stuiven ze weg, de lafaards, heimelijk opgelucht, want ze hebben zichzelf tenminste niet tot het uiterste bedrogen – daarvoor heb ik ze behoed. Wanneer ik bij De Witte Ballon ben en daar sta te schokken voor de spiegel, met het zweet op mijn voorhoofd, terwijl ik van onderen word bespeeld door die twee schandknapen, dan schreeuw ik dat woord en mijn spiegelbeeld schreeuwt het naar me terug. Opdat ik weet wat ik mis, alleen daarom. Ga straks met me mee, Felix. Ik geloof dat ik het daar vanavond in jouw bijzijn kan uitspreken. Het kan ons verlossen. Mij kan het zeker verlossen en wie weet jou ook. Misschien kan ik het zelfs hier –'

Nee, hier niet. Er wordt een arm om zijn hals geslagen, die zijn keel dichtknijpt, en tegelijkertijd tast Mandaats andere hand in zijn jaszak naar de sleutels. Het geweld van de overval staat in geen verhouding tot de weerstand die Mandaat ontmoet. De sleutels laat Van Uffel zich zomaar ontfutselen. Hij leunt met zijn hele inerte gewicht tegen Mandaat, die niet weet wat hij aan moet met dat warme dikke lichaam, vreemd is het, anders, net als dat van mevrouw Qualing – het na radeloos rondkijken maar van zich af laat glijden, op de vloer, en wegrent.

Hij heeft zijn dienst plichtsgetrouw tot tien uur uitgezeten en wanneer hij, keurig op tijd voor de trein van tweeëntwintig uur zeventien, even zijn pas inhoudt voor de pas op! automatische deuren van de stationshal, giert er een taxi het plein op. Nog voor de wagen is gestopt zwaait een achterportier open en zich vasthoudend aan het handvat en aan de zitbank vóór hem laat B.C. Latour van Uffel zich half naar buiten hangen en brult door de provinciaalse verlatenheid: 'Nu ga ik het zeggen, Felix! Luister naar me! Ik ga het zeggen!' De wagen staat stil, Van Uffel glijdt, valt eruit en op benen die alle kanten tegelijk op willen strompelt hij het plein over. Het zijden sjaaltje zit nu als een servet in zijn overhemd gepropt, uit de rechterzak van de blazer steekt een bloemenvaasje en Van Uffel brult: 'Ik –!' Mandaat heeft even omgekeken en is toen, bleek, kaarsrecht, iets sneller doorgelopen. De pas op! automatische deuren sluiten zich achter hem, openen zich voor Van Uffel. 'Ik –!' De trein komt binnengereden. Er stapt niemand uit en Mandaat kan zonder te hoeven wachten een treinstel binnengaan. Wanneer hij zijn voet op de treeplank zet verstijft Van Uffel op het perron. 'Ik –!' slikt hij, alsof opnieuw een arm zijn keel dichtknijpt, en nog eens: 'Ik –!'

Phaëton

Hij is een tengere man, opvallend klein, en het is meteen duidelijk dat hij deze zaal bij wijze van uitzondering betreedt. Hij komt niet binnen, hij komt *op*, snelwandelend als een dirigent, het opzien dat hij baart negerend, en wanneer hij bij het midden van de vloer halt houdt ontstaat daar als vanzelf een podium. Hij duwt zijn kin omlaag, bevingert zijn manchetboorden, vouwt zijn armen voor zijn borst, heft met een ruk het hoofd en vertelt dan aan niemand in het bijzonder waarom hij het voltallige personeel verzocht heeft om zich nu, op maandagochtend om negen uur, hier in de kantine te verzamelen.

'Jongstleden zaterdag bereikte ons het bericht dat onze collega Brugman is, eh, gestorven. Ik weet zeker dat u allen door dit nieuws even diep geschokt bent als ik. Toen hij enige maanden terug met verlof ging zal niemand van ons beseft hebben dat het afscheid toen voorgoed zou zijn. Voor zover ik weet laat hij geen verwanten achter; toch moeten er vele harten zijn waarin voor hem altijd een warm plekje bewaard zal blijven, want we hebben hem leren kennen, de afgelopen zeven jaar, als een hulpvaardige collega, een onberispelijk mens, een man die onze bibliotheek, op zijn eigen onopvallende manier, naar beste vermogen gediend heeft. Hij heeft steeds zozeer voor anderen opengestaan en, bescheiden als hij was, zo weinig aandacht opgeëist voor zichzelf dat ik hem nu, postuum, beslist niet, eh, in verlegenheid wil brengen door al te langdurig de loftrompet over hem te, eh, dingesen.'

'Steken,' souffleert Schiettekatte, de handen voor zijn onderbuik gevouwen.

'Steken. Laten we liever enige minuten stilte in acht nemen

waarin we hem, ieder op zijn eigen wijze, gedenken.'

Over zijn wijd open blik laat hij een floers dalen. Het is alsof ze met z'n allen geschaard staan rond een zwembad zonder water. Enige minuten blijkt een tijdsspanne waarin eindeloos van voet verwisseld en naar elkaar geloerd kan worden. Met een knik maakt de bibliothecaris een eind aan de algemene verlegenheid en achtervolgd door denderende golven applaus, het gestamp en geroep van een dolzinnige menigte, snelt hij de zaal uit. Een toegift, maëstro, wij smeken u, een toegift! Het hoofd zo diep gebogen dat zijn zelfvoldane glimlach in schaduw schuilgaat, snelwandelt hij terug. Het golvende haar op zijn rechterslaap wordt met de vlakke hand gladgestreken. 'Wij mochten vanmorgen ook een ander, een prettiger bericht ontvangen,' zegt hij toegeeflijk. 'Mevrouw Qualing heeft dit weekeinde het leven geschonken aan een dochter.' En alsof hij het zelf zo geregeld heeft: '"Verwacht geen vreugde zonder pijn; dood loopt met leven aan één lijn."'

Een komen en gaan, een lach en een traan, zo is dus het leven, jawel, maar dat het *Groot Citatenboek* de aangewezen plaats zou zijn om een verklaring te zoeken voor dit toeval wil er bij Mandaat niet in. Hij zou wel eens willen weten of dat overlijden van Brugman nu voor of na de geboorte heeft plaatsgevonden en ook waarom hij sinds het Frisius-incident niets meer heeft vernomen over vreemde verschijnselen in het magazijn. Dat het ook een dochter kon worden, daar heeft hij trouwens geen moment bij stilgestaan.

Diezelfde middag wordt hij ontboden bij het directielid waarmee hij eind vorig jaar ook zijn sollicitatiegesprek heeft gehad, een vermoeide zieke man die in afwachting van zijn vijfenzestigste verjaardag even bleek zit te worden als het verschoten behang van zijn kamer. Bij het binnentreden van Mandaat blijft hij uit het raam zitten kijken, de rimpelende weerschijn van het grachtwater op zijn brilleglazen.

'We doen hier niet aan complimenten,' zegt de mond in het witte gezicht, 'maar waar een woord van waardering op zijn plaats is zullen we het ook niet verzwijgen. We zijn zeer ingenomen met uw werk – dat wilde ik u laten weten.'

Mandaat wist niet dat men hier belangstelling had voor zijn werk. Hij glimlacht verrast.

'Nu door het verscheiden van Brugman – die de afgelopen zaterdag, zoals de kranten dat plegen te zeggen, levenloos is aangetroffen – nu zich door het verscheiden van uw voorganger de mogelijkheid voordoet om onze waardering tastbaar te maken en uw tijdelijke aanstelling om te zetten in een vaste, zijn wij van onze kant niet te beroerd om die mogelijkheid te baat te nemen. Mits u er ook voor voelt, natuurlijk, mits u er ook voor voelt.'

Mandaat geeft door een grimas te kennen dat hij de ander tot zover begrepen heeft. Eigenlijk heeft hij alleen begrepen dat Brugman waarschijnlijk niet zaterdag is overleden, maar eerder, misschien wel veel eerder, de stakker, die nacht bijvoorbeeld toen de collectie Frisius van de planken is gestort. Buren vragen zich af waarom de gordijnen steeds gesloten blijven. De postbode krijgt de brieven niet meer in de overvolle bus geduwd. Het constant hoge gasverbruik wekt argwaan bij het energiebedrijf.

'De vraag is dus: Voelt u ervoor?' Nee, hij heeft er niets van begrepen. 'Om hier in vaste dienst te komen, bedoel ik.'

Meer nog dan door het voorstel wordt Mandaat overvallen door zijn eigen reactie erop, een reactie die hij tot voor kort niet voor mogelijk zou hebben gehouden: hij twijfelt. 'Ik weet het niet,' zegt hij, want hij ziet nu duidelijk de Mandaat voor zich die zich uit dit web zal hebben losgerukt. Eén vleugel heeft dat beest en het sleept zich met een gebroken ruggetje voort op tweeëneenhalve poot.

Mandaat merkt dat hij voor op zijn stoel is geschoven, zijn handen op zijn knieën heeft gezet en, bijtend op zijn onderlip, zwakbegaafd zit te knikken. Het is weer koffiepauze en tijd voor sterke verhalen. Geschrokken neemt hij een ontspannen houding aan. Zijn blik komt in botsing met die van een ander. Hij merkt dat hij zich in zijn kruis zit te knijpen. Hij slaat zijn armen om de stoelleuningen, drukt zich plat tegen de rug, probeert met de punt van zijn kin zijn adamsappel aan te raken. Hij zit erbij alsof hij een schapedoes op schoot heeft die net een modderbad heeft genomen. Het liefst van al zou Mandaat nu een bol sokken zijn. Meestal ligt een bol sokken knus in de la van de linnenkast, rond en perfect geplooid als yin en yang. Op een bol sokken kan worden gezeten en gestaan. Een bol sokken valt zonder schade van de trap.

'Lang geleden,' hoort hij vertellen, 'is er iets heel merkwaardigs gebeurd...' De stem die dat vertelt klinkt zo raar, zo onder uit de keel, zo *kreunend*, dat hij er niet meteen zijn eigen stem in herkent.

Het moet aan dat grommen hebben gelegen, anders begrijpt hij ook niet hoe ze hem zover hebben kunnen krijgen. 'Urrgh,' heeft hij gegromd, in zijn onbehagen. Steeds vaker is dat niet te onderdrukken gegrom uit zijn borst opgeweld en met allerlei grimassen heeft hij getracht het te laten doorgaan voor een teken van, tja, iets anders, van verbazing, binnenpret, instemming voor zijn part. Ze hebben het opgevat als ongeduld. Ze hebben gedacht dat hij zat te popelen. Aller blikken hebben zich op hem gevestigd. U wilt ook een duit in het zakje doen, meneer Mandaat? Zit u daarom uw keel te schrapen? Gaat uw gang! Hij klemt zich nog steviger vast aan de stoelleuningen. Eén ding neemt hij zich voor: ik ga het niet over mezelf hebben, aan mijn lijf geen dispensatie!

'... iets heel merkwaardigs. Het was in de crisisjaren, vlak voor de oorlog, en het was hartje winter. Mijn grootvader werkte toen ergens in het noorden van Duitsland, nog voorbij Bremen, als tegelzetter. Dat was zo'n drie, vier uur rijden met de motor. Hij was al achter in de vijftig. Je moest er heel wat voor overhebben om een paar centen te verdienen. Hij had negen kinderen. Romme was toen minister van sociale zaken en als je niet in Duitsland wilde werken, dan had je ook geen recht op steun. Zondagsnachts vertrok hij van huis en zaterdagnacht kwam hij weer terug. Die warme vetpakken van tegenwoordig hadden ze nog niet in die tijd. Tussen zijn ondergoed en zijn werkkleren stopte hij stro en oude kranten, daaroverheen droeg hij een leren jas met een dikke voering en op zijn hoofd een leren pet met oorkleppen. Wanneer hij thuiskwam – en dat was altijd midden in de nacht – was hij zo stijf als een plank. Hij reed de deel op, gaf een brul en dan kwamen mijn vader en zijn broers er aangehold, of anders een buurman, en die tilden hem met hun vieren van de motor en legden hem in de huiskamer voor de kachel. Zijn kleren werden losgeknoopt, kruiken werden aangelegd, hij werd beklopt en warm gewreven, mijn grootmoeder goot voorzichtig een maatje vieux in zijn keel, kortom: geen middel werd onbeproefd gelaten om hem de volgende ochtend op tijd en netjes in de kerk te krijgen.'

De beheerster van de kantine heeft het rolluik voor het buffet half laten zakken. Ze is nu doende de asbakken te legen en de koffiekoppen op een dienblad te laden, met veel waarschuwend gekletter. Dames, heren, zegt ze straks, de hoogste tijd! Hoe lang zou het nog duren voor ze bij dit hoekje is? Mandaat bidt dat het snel mag zijn. Tot dusver heeft hij niets hoeven te verzinnen, maar nu is voor hem het moment van de leugen toch aangebroken. Hij heeft er namelijk geen flauw idee van hoe zijn verhaal zal aflopen. Onder de druk der algemene verwachting heeft hij er zomaar iets uitgeflapt. Intussen belooft dit wel de meest frappante geschiedenis te worden die hier vandaag is opgedist. Zijn toehoorders wachten ademloos; astrant kijken ze hem aan.

'Het is weer zaterdagavond. Na het werk is mijn grootvader een biertje gaan drinken en nog een biertje en, hup, nog een' – deze wending van het verhaal bevalt Mandaat uitstekend – 'en ach, waarom niet ook een biertje met een glaasje brandewijn ernaast? Hij heeft het reuzegezellig gehad, er is ook nog een spannende vechtpartij geweest en wanneer het tijd is om op te stappen is hij in een neuriënde stemming. Mijn grootvader was een sterke man, klein van postuur, maar breed en taai, en hij had zo'n zware Amerikaanse motorfiets, een Indian, meen ik, of een FN, in elk geval zo'n merk dat nu is uitgestorven. Zo tegen een uur of tien pakt hij zich in en hijst zich op zijn machine. Het is voorlopig één lange rechte weg naar huis, een van Hitlers heirbanen, pas aangelegd door ingenieur Fritz Todt en GEZUVOR, namen die onderweg door zijn hoofd gaan zingen: "Tod, gehe zuvor. Tod, gehe zuvor," een vreemd samenraapsel van woorden dat allengs even geheimzinnig en resonant wordt als poëzie, als een gebed. Hij zit daar best, op zijn motor. Hij heeft het lekker warm van het bier en de schnaps en hij zit zich nog prettig op te winden over de vechtpartij. Overal om hem heen ligt sneeuw, zover het oog reikt, en daarboven, voor zich, ziet hij een heldere zuiderhemel, vol rode, blauwe, gele en witte sterren. Daar heb je Orion, daar ligt Sirius en meer naar het westen Eridanus, het sterrenbeeld waar hij straks recht opaan zal koersen en dat hem weer thuis zal brengen, naar zijn dorp, met zijn brede grijze rivier en lange rijen peppelbomen en de kroeg waar na de mis het licht zo amberkleurig over de teek valt. Allerlei levensbeschouwelijke gedachten komen bij hem op. Hoe wonderlijk het is dat je sterren ziet stralen die al jaren gedoofd zijn. Dat de mensen met al hun beschaving feitelijk niet meer zijn dan een beetje schurft op de huid van moeder aarde. Heel dat grootse, ondoorgrondelijke uitspansel behoort hem toe, terwijl hij vol gas door de nacht raast.'

Zo komt van het ene woord het andere. Dat was trouwens geen slecht idee, om de sterren erbij te halen; daardoor heeft het verhaal iets kosmisch gekregen. En middels die verborgen toespeling op de mythe van Phaëton en zijn zonnewagen bovendien iets van alle tijden. Zo kan hij er nog alle kanten mee op. Maar *welk* verhaal dan? Het wordt tijd dat er eens iets gebeurt. Mandaat mag zijn gehoor dan geboeid hebben, de boeien waarin dat gehoor hém gevangen houdt knellen aanzienlijk pijnlijker. De koffiedame heeft de kantine nu voor de helft aan kant. Nog vijf minuten, schat Mandaat.

'Koud had hij het overigens helemaal niet, en dat terwijl het vroor dat het kraakte. Hij begon het eerder knap warm te krijgen, hij zweette zelfs, maar dat deerde hem niet, want er was van alles waarover hij moest nadenken. Zo besloot hij om morgen na de kerk eens met de pastoor te gaan smoezen. Hij had al een halfjaar geld te goed voor werk dat hij had uitgevoerd bij een fabrikant in de buurt. Morgen zou hij de pastoor eens op die uitzuiger afsturen... Mijn grootvader was een driftig mannetje. Het zweet druppelde gestaag uit zijn poriën, het drong door zijn ondergoed, doorweekte het stro, de kranten... Hij had zoveel aan zijn hoofd. Die opgeschoten jongens van hem, bijvoorbeeld, die moest hij eens flink onder handen nemen. Die deden niks dan kermissen aflopen, drinken en achter de meiden aanzitten. Van hem mocht de oorlog gauw uitbreken. Dan zouden ze gemobiliseerd worden en waren ze tenminste het huis uit... Hij maakte zich druk, hij zweette...

Maar dan – hij heeft inmiddels zo'n uur of twee gereden – krijgt hij het snel, overrompelend snel, ijskoud. Bij de eerstvolgende stad moet hij echt afstappen en zich ergens warmen voor hij verder gaat. Na een tijdje ziet hij aan zijn rechterhand de weerschijn van een grote stad en dan een afslag. Hij wil gas terugnemen – en merkt dat zijn vingers stijf bevroren zijn. Er is geen beweging in te krijgen! Niet in zijn vingers, niet in zijn armen, in geen van zijn ledematen! Zijn doordrenkte kleren zijn bevroren tot een hard pantser, waarin hij even stijf gevangen zit als springstof in een projectiel. Hij passeert de ene afslag na de andere, de warme weerschijn van zo'n vijf zes steden trekt aan zijn neus voorbij. Dat de motor vanzelf tot stilstand zal komen, daar is voorlopig geen kijk op, want er zit nog volop benzine in de tank. Geleidelijk verdwijnt het gevoel van koude en wat ervoor in de plaats komt is: niets, dood, gevoelloosheid die hem vanuit zijn benen bekruipt. Hij wordt moe, slaperig, het liefst zou hij gaan liggen. Straks zal hij zijn als het licht van zo'n gedoofde ster: met grote snelheid zal zijn motor over de weg blijven jagen en de mensen zullen niet weten dat de motorrijder die ze zien niet meer is.'

Niet meer is, denkt Mandaat, zo'n ster niet, mijn grootvader niet en dit verhaal al evenmin, want het gaat maar door, terwijl het toch allang is afgelopen. Kom, koffiedame, bidt hij. Kom, mevrouw Cornelissen. Buig wat star is, verwarm wat koud is, geleid wat is verdwaald.

Onder de toehoorders wordt nu wat gemompeld. 'Het *kan*,' vertrouwt een collega een andere collega toe. 'Bevriezing is geen pijnlijke dood.' 'Onmogelijk is het niet,' beaamt de andere collega. Deze twee, dezelfden die het niet eens zijn met Mandaats benoeming en beloofd hebben hem desondanks loyaal te bejegenen, laten geen gelegenheid ongebruikt om hem het voordeel van de twijfel te gunnen. Mandaat snapt niet wat die mensen zo belangwekkend vinden aan de waarheid. De waarheid kun je ook opzoeken in een encyclopedie. Maar in een leugen legt iemand zijn hele ziel bloot.

Hij vervolgt: 'De afslag die hij had moeten nemen om thuis te komen is hij al voorbij en hij weet niet hoe de weg verder loopt. Komen er bochten? Nee, bochten ziet hij niet; wel een reeks tekenen die erop duiden dat er van een weg spoedig geen sprake meer zal zijn. Eerst is er geen bewijzering meer, dan geen straatverlichting, daarna verschijnen langs de kant van de weg keetwagens, walsen, stapels bekistingshout en betonijzer. Dan wordt hij iets gewaar aan de horizon, daar waar de weg aan de horizon raakt, een schaduw, misschien een hoop zand, misschien wat slordig neergezette wegversperringen, en hij beweegt de enige lichaamsdelen waarover hij nog macht heeft, zijn beide oogleden, die warm en veilig achter zijn mica bril hebben gezeten, en verliest het bewustzijn.'

Dat zijn grootvader zo prompt het bewustzijn mag verliezen dankt hij aan de komst van de beheerster. Ze heeft haar dienblad op het tafeltje gezet waar ze met hun allen omheen geschaard zitten en buigt zich over het vaatwerk, met haar duifgrijs gespoelde kapsel, haar bril die aan een doublé ketting voor haar boezem bungelt, met heel haar onkreukbare voorkomen.

'Is onze tijd om, mevrouw?' vraagt Mandaat, zo onderdanig als hij kan. 'Voor de deur staan zeker drommen studenten te trappelen van ongeduld om binnen te mogen? En ik zit hier iedereen van zijn werk af te houden. Het is geen manier van doen, eigenlijk.'

'De studenten mogen pas binnen om kwart over elf.' Ze richt zich op, trekt op haar rug de strik van haar schort wat aan. 'Het is geloof ik nogal spannend, hè, wat u daar vertelt. Ik heb met een half oor meegeluisterd, onder het afruimen – dat vindt u toch niet erg, hopelijk? Ik wist niet dat u zo mooi kon vertellen. Zou het nog lang duren, denkt u?' Tot Mandaats schrik laat ze doorschemeren dat hij vandaag, bij wijze van uitzondering, een potje bij haar kan breken.

'Dat valt moeilijk te zeggen,' antwoordt hij, geheel naar waarheid. 'Misschien moet ik nu maar besluiten met een "wordt vervolgd",' probeert hij, 'en het verhaal een andere keer afmaken?'

'Hè, *nee*,' vindt iedereen en mevrouw Cornelissen geeft stralend te kennen dat ze daar vandaag, bij wijze van uitzondering, met heel haar goede vrouwenhart mee kan instemmen. Zij is het die vervolgens lucht geeft aan het algemene gevoelen: 'Ik denk niet dat ik rustig zou zitten, hoor, als ik niet zou weten hoe het afloopt.'

Dat kan Mandaat zich maar al te levendig indenken. Hij zou elke tijdsfractie dat zijn grootvader op die motorfiets zit te vernikkelen, in tweeën willen splitsen en elke gesplitste tijdsfractie opnieuw. Nooit zou het dan oorlog worden. Nooit zou zijn grootvader zijn lot inhalen, net zomin als Achilles de schildpad. Bezwaar is dat hij dan wel erg in herhalingen zou vervallen.

'Vertelt u maar, meneer Mandaat.'

Of hij zou kunnen zeggen: 'Al zo'n veertig jaar wordt op acht graden oosterlengte en honderdtweeënzeventig graden westerlengte de gehele aardbol rond eens in de twee weken een stramme motorrijder waargenomen. Hij is gekleed in een soort kartonnen jas en in grijze vodden waaronder volgens sommigen die hem voorbij hebben zien flitsen niets meer schuilgaat dan een bleek skelet.' Aan dit slot kleeft het bezwaar dat het al eens eerder is gebruikt.

'Nou, meneer Mandaat, komt er nog wat van?'

'In het huis van mijn grootvader,' zou hij kunnen vertellen, 'staat op zolder een kist. Daarin zit een pak papier van naar schatting vijf kilo, de correspondentie die hij gedurende dertig jaar heeft gevoerd met het gemeentebestuur van Bad W. en het ministerie van verkeer en waterstaat van de deelstaat Noordrijnland-Westfalen over zijn verzoek om langs de snelweg ter hoogte van kilometerpaal 324 een kleine kapel of een ander gedenkteken te mogen oprichten.' En dan zou hij kunnen vertellen dat een schillenboer uit de buurt, op influistering van wat hij later 'een blauwe dame' zou noemen, er die nacht met zijn paard en wagen opuit is getrokken en zo zijn zieltogende grootvader heeft aangetroffen.

('Heeft hij dat wel meer, dat hij zo ineens stilvalt?'

'Ik zou het niet weten. Je kunt pas stilvallen als je eerst gesproken hebt. Meestal doet hij geen mond open.')

Dat slot verklaart weer te weinig. En bovendien: als je aan je eigen lijf geen dispensatie wenst is het niet aardig om die een ander wél aan te smeren.

Misschien is het beter om als volgt te besluiten: 'Ineens houdt het wegdek op. Een stoot, een slingerende beweging door mul zand en dan rijdt de motor een eindje tegen een zandwal op, die daar onlangs moet zijn opgeworpen. De wielen draaien furieus. Het zand spuit achter hem omhoog en na verloop van tijd hebben de wielen zich zo ver in de berg gegraven dat hij in een kuil zit die tot aan zijn oksels reikt. Wat een geluk! De warmte van de motor, die eerst door de luchtweerstand verloren is gegaan, kan nu niet meer ontsnappen, blijft hangen in de kuil en terwijl hij en zijn machine woest heen en weer geslingerd worden tussen de wanden van de kuil, doordringt de hitte eerst zijn kleding en dan, langzamerhand, zijn lichaam. De motor begint te horten en valt, verstikt door al dat zand, stil. Een paar uur later wordt hij gevonden, tot aan zijn nek onder het zand, nog steeds buiten bewustzijn, en er is geen bot in zijn lichaam dat niet gebroken of gekneusd is; maar hij leeft en hij kan het allemaal navertellen.'

('Het is tien over elf, mensen. Ik zet hem er zo uit.'

'Ga je mee, Annette? We hebben nog meer te doen. Dit wordt toch niets.'

'Hoogste tijd. Dames. Heren.'

'Hè, wat naar. Nou blijft die arme motorrijder maar in mijn hoofd rondspoken.')

Maar dat slot verklaart weer veel te veel. Hij kan zijn grootvader ook gewoon motorpech laten krijgen, een verstopte sproeier of een vuile bougie. En wat dan? Je kunt een verhaal niet anders dan gekunsteld en onnatuurlijk besluiten. Hoewel... er is voor elk verhaal, net als voor ieder leven, één natuurlijk eind: de dood. Natuurlijk, de dood! 'Of alles precies zo in zijn werk is gegaan als ik nu heb verteld,' zal hij zeggen, 'kan ik niet garanderen en valt ook niet meer te achterhalen, maar één feit is er: aan het eind van die lange weg stond een vervaarlijk brok staal geparkeerd, een stoomwals, en daartegen heeft mijn grootvader zich te pletter gereden.' Waarmee hij dan zowel die motorrijder als de verwachtingen van zijn gehoor een doodsmak zal laten maken. 'Ik heb het!' roept hij uit.

Hij roept dat in een kantine die geheel verlaten is, op mevrouw Cornelissen na. 'Zo, hebt u het?' zegt ze. 'Nou, houdt u het maar.'

Laatste rit

Als Mandaat plaatsneemt in een middel van openbaar vervoer zoekt hij gewoonlijk een passagier uit in wiens armen hij, mocht dat onverhoopt nodig blijken, eventueel zou willen sterven, maar om halfacht 's avonds zijn de treinen nagenoeg leeg en hij is de enige reiziger in dit compartiment, afgezien van een landloper die, paars van de drank, een vlieg probeert te vangen. Het is de laatste keer dat Mandaat over dit traject forenst. Hij bladert door zijn agenda: tweemaal dagelijks, vijf dagen per week, tot en met de tiende april. Dat zijn honderdtweeënveertig treinreizen. Toch een respectabel aantal. Of het er nu honderdtweeënveertig zijn, houdt hij zichzelf voor, of duizenden, zoals een trouw werknemer er in de loop van zijn actieve leven moet doorstaan – beide aantallen zijn groot, groter dan je je zomaar kunt voorstellen.

Hij klapt de agenda dicht, maar houdt er een vinger tussen, bij de tiende april, en met het prettige gevoel dat zijn morele boekhouding ergens best klopt nestelt hij zich in de hoek van de treinbank. Die onvoorstelbaarheid maakt de grootheden vergelijkbaar. Hij heeft het kruis op zijn schouders genomen. En hij heeft het niet neergelegd vóór hij wist hoe zwaar het kan zijn. Onvoorstelbaar zwaar.

Maar terwijl de bloembollenvelden en poldervaarten voor de honderdtweeënveertigste keer aan zijn oog voorbijtrekken voelt hij zijn gemoedsrust weggezogen, weggeslorpt worden door een gat diep in zijn borst. Het vergaat hem zoals de lezer die in zijn linkerhand een flink pak papier houdt en tussen de vingers van zijn rechterhand nog maar een paar velletjes. De lezer voelt voor het eerst papier, niet meer dan papier. Hij betrapt zich erop dat hij leest zoals een kat televisie kijkt: hij ziet enkel letters, zwarte drukinkt. Hij merkt dat hij op een stoel zit, in een kamer met witte muren. Er tikt een klok. Zijn been tintelt. Memento mori! Zo meteen is het verhaal afgelopen. Wat hij heeft gelezen is een boek, een ding, dat hij straks zal dichtklappen, met een tik zal bijzetten in zijn boekenkast, tussen andere banden, gerangschikt volgens alfabetische willekeur, misschien om het er nooit meer uit te pakken. 'Nog niet! Laat die woordmagie nog even doorwerken! Laat nog even de taal mijn lichaam zijn!' Maar in zijn longen verzamelt zich al adem. Straks zal hij met een zucht overgaan tot de andere wereld die het boek omringt, zoals de dood het leven.

De landloper gniffelt gegeneerd, telkens wanneer de vlieg hem weer eens te slim af is geweest. Hij grijpt om zich heen naar het insekt, dat overigens geheel denkbeeldig is, raakt verstrikt in zijn eigen armen, komt handen te kort om ze te ontwarren en gaat dan, in verknoopte toestand, maar een liedje zingen. Mandaat bekijkt zijn wijsvinger, die tussen zijn zakagenda zit geklemd. Hij trekt hem los, met een veel te harde ruk, en steekt hem in zijn mond. Hij merkt dat zijn honderd dagen dienstverband nu al ineenschuiven, versmelten tot iets dat hij maar al te gemakkelijk kan bevatten: één herinnering. (Nee, bij hoge getallen kun je je inderdaad niets voorstellen. Geen wonder dat je dienstverband één brij wordt. Je had het kunnen weten, Mandaat. Denk eens aan die avond – waar was het – in Mexico-Stad, toen je hebt zitten luisteren naar twee jongens, een jaar of twaalf waren ze pas, die voor het gebouw van de Lotería Nacional winnende lotnummers stonden af te roepen. Tot diep in de nacht schreeuwden ze die ellenlange cijferreeksen, achter elkaar door, eerst riep het ene jongetje een nummer, het andere herhaalde het dan, en op die ten slotte uitgestorven avenida was jij de enige die luisterde. Je hoorde hun stemmen vergruizen. Je hoorde de tijd verschrompelen. *Zoals het blad van de wijnstok valt. Het verdorde loof van de vijg.*)

Opnieuw bladert hij door zijn boekje. Hij kan beter proberen om elke dag afzonderlijk recht te doen. Maandag 5 februari: '15 u. prof. Bronbeek.' Hij is die middag op bezoek geweest bij professor Bronbeek. Geen twijfel aan, hij weet het nog heel goed. Bronbeek wilde een handbibliotheekje op zijn instituut en daarover moest gepraat worden. Zo zat dat. O ja, er schiet Mandaat van alles te binnen. Bronbeeks hoorapparaat (dat hij tijdens lezingen onder het oog van de spreker pleegt uit te doen om ongestoord door zijn eigen gesnurk een uiltje te kunnen knappen). Bronbeeks oorschelp. Die is blauw gemarmerd en bedekt met een schimmelachtige beharing, eigenschappen die je ook aantreft op zijn neus. Het hoorapparaat is van groezelig, vergeeld plastic. Maar zodra Mandaat die kenmerken gaat benoemen raken ze los van professor Bronbeek. Het oor en de neus zitten niet meer aan de hoogleraar vast. Het hoorapparaat bestaat onafhankelijk van zijn groezeligheid en zelfs van zijn plastic. 'Gemarmerd', 'schimmelachtig', 'vergeeld' – woorden, klanken, letters, as op zijn tong. Van de afgelopen honderd dagen kan hij alleen zeggen dat ze verstreken zijn, niet dat hij iets heeft meegemaakt.

Mandaat zit in de trein. Hij herinnert zich dat hij in de trein zit. Zijn geheugen is hem vooruitgereisd. Jetlag, déjà-vu! Hij merkt dat zijn geheugen de honderdtweeënveertig treinritten, deze incluis, al heeft samengebald tot één lange reis. Zijn eerste werkdag viel in het holst van het jaar en anderhalve maand is het, zowel 's ochtends rond achten als rond zessen 's avonds, buiten donker gebleven. Zoetjes aan heeft het licht zich toen over zijn werkdag verspreid en steeds heeft de zon daarbij links van hem gestaan, want van achteruitrijden houdt hij niet, zodat het verschil tussen zonsopkomst en -ondergang is verdwenen en daarmee ook elk besef van richting. Nu en in zijn herinnering reist hij door een valse dageraad naar nergens. Het is negentien uur dertig en hij reist naar de ledigheid en ijdelheid die zijn dienstverband omringen. Mandaat tuurt in de diepte van dat valse gloren en daar ziet hij wat verstrooid lag in de tijd door zijn herinnering gebonden tot één deel. Iets om dicht te klappen, bij te zetten en, wie weet, nooit meer in te kijken. ('Nog niet!' echoot het onder je schedel. 'Laat me nog eventjes blijven!')

Ze hebben een borrel voor hem gehouden in het café waar

ook de betaaldagen worden gevierd, een afscheidsborrel, ten teken dat hij in die drie maanden en tien dagen een indruk heeft achtergelaten die niet meteen uitwisbaar is. Een grote tafel, de obligate blokjes kaas en schijven worst, prikkertjes die gebroken werden, onder nagelranden werden doorgehaald, terwijl aan de andere kant van de spiegelruit drommen mensen wél regelrecht naar huis konden; horloges die, naarmate het aantal lege glazen groeide, weer onder mouwen verdwenen; een stemming die van lieverlede vriendelijker werd, zelfs een beetje ontroerd.

Er zijn mensen niet gekomen. Omdat ze niet graag drinken, zo vroeg op de avond, of omdat ze thuis op het eten werden verwacht. Of ze hebben het zomaar laten afweten, zonder opgaaf van redenen. Krijtkamp heeft de laatste gelegenheid voorbij laten gaan om zich aan Mandaat kenbaar te maken. Het spijt hem dat Van Uffel is weggebleven, al snapt hij dat wel. Maar er zijn ook mensen komen opdagen die hij niet verwacht heeft, onder wie de eerbiedwaardige conservator Molhuysen.

Er zijn dingen ongezegd gebleven. 'Je hebt groot gelijk, Mandaat. Ik kijk ook al een tijdje uit naar iets anders. Het is hier niks gedaan. Geen vooruitzichten. Je moet niet te lang op dezelfde stoel blijven zitten; dat is niet goed, voor jezelf niet en voor het bedrijf evenmin.' Zoiets zou hij tussen de beleefdheden door graag gehoord hebben. Het is namelijk geen moment bij zijn collega's opgekomen dat hij weg zou gaan zonder hogerop te kunnen, hoe vaag hij ook over zijn toekomst gedaan heeft. 'Ik zie wel,' heeft hij gezegd, 'ik kijk eerst eens op mijn gemak rond.' Ze denken dat hij, net als haast iedereen in de bibliotheek, het gevoel heeft voor hoger honing bedoeld te zijn en, anders dan de rest, ook het lef heeft om zijn vleugels uit te slaan en die honing hogerop te zoeken. Als ze hadden geweten dat hij terugging naar zijn schulp, naar zijn larvebestaan, dan was de veroordeling té scherp geweest. 'Liever niets dan jullie' – bij zoiets kun je alleen je schouders ophalen.

Nee, wat dat betreft verkeerden ze in zalige onwetendheid. Ze vonden hem bewonderenswaardig, benijdenswaardig en ze hebben hem ook bewonderd en benijd, zoveel als hun gevoel voor eigenwaarde hun toestond, maar tijdens die borrel verwachtten ze iets van *hem*, want wat ze wél wisten was dat zijzelf voorlopig moesten blijven en dat voorlopig altijd langer duurt dan je denkt. In het volle besef dat voor Mandaat de geschiedenis pas drie maanden geleden is begonnen en zalig onkundig van het feit dat ze inmiddels voor hem alweer voorbij is, hebben ze het gehad over 'vroeger'. Personeelsreisjes naar Gaasterland en Ootmarsum en hoe leuk die waren en wat je een lol kon hebben met meneer Frederiks, die alweer twee jaar met pensioen is. Ze waren gezelliger, vriendelijker dan hij ze ooit daarvoor had meegemaakt, maar dat waren ze vooral tegen elkaar; hij mocht, en moest, dat gadeslaan. Iemand riep 'Advocaat met slagroom!'; hilariteit bij iedereen, behalve bij Mandaat, die eerst dacht dat het om een bestelling ging, toen begreep dat het een duistere, nee, een kennelijk zonneklare toespeling was en zich ten slotte hevig begon af te vragen of hij wel ontslag had moeten nemen. 'Er zijn dingen waar jij geen weet van hebt, Mandaat,' gaven ze te kennen. 'Eigen schuld! Je had erin kunnen delen, maar je hebt jezelf en ons geen kans gegeven. Jij gaat hogerop en wij moeten blijven, maar we zijn niet ontroostbaar, bepaald niet!'

Pas naderhand, toen conservator Molhuysen met hem was opgelopen naar het station, heeft hij begrepen dat ze alleen zijn zegen wilden, geen berouw. En hij wilde *hun* zegen. Daarom is die borrel, ondanks alle vrolijkheid, geëindigd in teleurstelling, bedrukte gezichten.

De conservator is een man die boeken heeft geschreven en dan geen boeken met meningen waar niemand om gevraagd heeft of gevoelsuitstortingen waar je niets wijzer van wordt, nee, boeken propvol feiten, een lijvig werk bijvoorbeeld dat handelt over een geslacht van zestiende-eeuwse lettergieters van wie nu dank zij hem meer bekend is dan zij wisten van zichzelf. Hij bezorgt teksten. Dag in dag uit priegelt hij aan tittels en jota's, met een geestkracht waarmee anderen werelddelen hebben ontsloten. Hij houdt het verleden levend. Hij meent niet alleen dat zoiets kán, hij meent ook dat het belangrijk is. Hij heeft geen last van vage ambities en oceanische gevoelens. Hij doet wat hij vindt dat hij doen moet. Zo iemand kan de geschiedenis niet zien als een warreling van blinde monaden. Zo iemand gelóóft.

Mandaat was al vereerd door zijn aanwezigheid bij de borrel en terwijl ze getweeën over straat liepen, iets langer dan een halfuur geleden, voelde hij voor hem wat een misdienaar die net een wierookvat heeft omgestoten moet voelen voor een bisschop. Molhuysen liep links, in een deinende regenjas, met zijn fiets aan zijn rechterhand. Het spitsuur was voorbij en op de in allerijl verlaten straten heerste nu een slordige stilte. De lucht was van een porseleinen wit, met honingblonde vegen, de temperatuur aangenaam en een briesje van minder dan drie beaufort streelde langs hun gezichten. Het rijwiel, dat door de conservator bij de stuurstang werd vastgehouden, zwikte af en toe een beetje om; toch pakte hij het niet bij het handvat, misschien uit angst dat het terugtrekken van zijn hand zou worden uitgelegd als een blijk van kilte. Het was, kortom, niet duidelijk wie als eerste het woord moest nemen, totdat Mandaat zich afvroeg wat het hem nog kon schelen. 'Erg aardig van u,' zei hij, 'om me te komen uitwuiven.'

Gewone lucht is te ijl voor het spreken van de conservator; het is zo gewichtig dat het uitsluitend kan worden gedragen door de vette rook die hij zonder ophouden uit zijn pijp zuigt. 'Ik vind het jammer dat je weer zo snel vertrekt. Je zult er heus goede redenen voor hebben...' Hij zei dat niettemin op een toon alsof er betere redenen waren om te blijven. 'Er *is* natuurlijk van alles dat niet klopt bij ons. De bibliothecaris is een lastige autocraat en bovendien een autocraat die niet weet wat hij wil. En zo'n eeuwenoud instituut als het onze bouw je niet om van vandaag op morgen. Maar er *is* iets veranderd de laatste jaren, desondanks...' En uitvoerig vertelde hij over allerlei zaken die een vooruitstrevende jongeman toch moesten aanspreken, de automatisering van zus en van zo, verdubbeling van de budgetten binnen vijf jaar tijds, efficiëntere werkverdeling.

'Daar gaat het me helemaal niet om,' zei Mandaat.

'Hm.' Met gefronst voorhoofd trachtte hij de fiets in evenwicht te houden. 'Waar gaat het je dan wel om? Je hebt moeilijkheden gehad met Van Uffel, niet?'

'Ach nee, het ligt niet aan Van Uffel. Het heeft meer met mezelf te maken.' (Alles met jezelf te maken, Mandaat. Alles heeft altijd alles met jezelf te maken. Je wilde niet meer zo belangrijk zijn. Je wilde jezelf verliezen en je leven redden. Je bent gekomen om een mens onder de mensen te worden, in de hoop dat die stolp van ijdelheid aan scherven zou barsten. Het is je niet gelukt. Je denkt dat het je nooit zal lukken. Er ontbreekt namelijk iets, dr. Molhuysen. Er is een woord voor, een woord dat anderen heel gemakkelijk in de mond nemen. Als u dat woord eens zou uitspreken, dr. Molhuysen? U bent zo gewetensvol en precies. Als u het zou uitspreken, *dan* zou hij geloven dat het iets betekent.)

'Je voelt je bij ons niet erg op je plaats? Heb je al een geschiktere werkkring gevonden?'

'Nee.'

'Hoe oud ben je eigenlijk?'

Even had hij de neiging om te jokken. Zevenentwintig – dan zou het minder schandalig lijken. 'Ik word dertig binnenkort.'

'Als je ooit iets wilt *doen,* weet je, dan is het hoog tijd om ermee te beginnen.'

(Dat hoeft u hem niet te vertellen, dr. Molhuysen! Dat woord!) 'O, ik voel voortdurend een hete adem in mijn nek. Ik ben wild van paniek! Maar mag ik u eens een vraag stellen, een nogal persoonlijke vraag?' Molhuysen liet de stuurstang voorzichtig los en pakte zijn fiets nu bij het linkerhandvat. 'Kunt u me zeggen wat het werk dat u doet voor u de moeite waard maakt – uiteindelijk, begrijpt u?'

De conservator rukte de pijp tussen zijn tanden vandaan; hij wisselde een blik van verstandhouding met de hemel; hij liet een wereldwijs 'Ha!' schallen. 'Daar vraag je me wat! Er zijn allerlei antwoorden op die vraag, maar "uiteindelijk"...' Zonder pijp wist hij alleen wat onbeholpen gemompel uit te brengen. 'Het is rustig werk. Om vijf uur trek je de deur achter je dicht en je hebt er niets meer mee te maken...' (Dat woord, dr. Molhuysen! Als u dat woord zegt, zal hij weten of hij zich vergist heeft. Dan zal hij op zijn besluit terug durven komen.) 'En het werk *ligt* me. Ik heb er aardigheid in.' (U hoeft het niet echt uit te spreken. Vorm het alleen met uw lippen, hij zal het herkennen.) 'Ik heb er aanleg voor, dat is reden genoeg, dunkt me. Je moet altijd doen wat je het beste kunt. Ik beheers het vak heel aardig intussen.' (Dr. Molhuysen! Dat woord! De eerste letter is een...) 'En uiteindelijk, tja... bewijs ik er anderen een dienst mee.'

Molhuysen bleef staan. 'Uiteindelijk,' heeft hij gezegd en met een kwaad steekgebaar heeft hij toen zijn pijp weer tussen zijn tanden geplant, 'is het nuttig.'

En het uitspansel kromp ineen als een boekrol die wordt opgerold. De lezer klapt het boek dicht dat urenlang zijn lichaam is geweest en blaast zijn laatste adem uit. Zijn ziel is verhuisd naar een lichaam dat van hem alleen is. Alles wat hij nu gewaar wordt, wordt hij alleen gewaar. De witte muren. De tinteling in zijn been. Het tikken van de klok.

Mandaat had aan dat gesprekje met Molhuysen in elk geval een beetje schrale troost overgehouden. Hij mocht dan sinds zijn indiensttreding geen stap zijn opgeschoten, een verkeerde stap leek hij tenminste niet gezet te hebben; en ook al was hij dan niet echt solidair geweest met de arbeidende massa's, hij meende nu toch bij benadering te weten hoeveel slapeloosheid verveling spijt wrevel haat onverschilligheid grijze haren het kost om het wel te kunnen zijn. Maar van dat gereken en geredeneer heeft zijn geheugen zich niets aangetrokken. Het is onverstoorbaar in de weer geweest met het schuurpapier der vergetelheid, met plamuur en beits, en wanneer zijn gedachten afdwalen naar al die mensen die hij nooit meer zal zien, tweeëneenhalf uur nadat hij voor het laatst zijn stoel onder zijn bureau heeft geschoven, merkt hij dat ze getransfigureerd zijn. Ze zijn verheerlijkt. Hij ziet ze als het ware in een kring zitten. Ze houden elkaar hun gezichten toegewend en Mandaat begrijpt dat ze iets met elkaar hebben, iets waar hij nooit bij zal kunnen en dat zich veruiterlijkt in een glimlach die niet slechts *in* elk van hen is, maar ook tussen en boven hen allen te zamen. Hij denkt aan Schiettekatte; en Schiettekatte, die hij nooit anders heeft gekend dan met gestreken en gesteven gelaat, glimlacht. Tiny, die zo achterlijk is dat hij niet eens kán glimlachen, glimlacht. Van Uffel glimlacht. Zelfs zijn assistente glimlacht. Ze vormen een Gemeenschap van Heiligen. Ze maken allen deel uit van hetzelfde Mystieke Lichaam.

Dan merkt hij dat iemand zich uit die glimlachende gemeenschap losmaakt, iemand uit de groep wordt iemand in het bijzonder, een meisje, een Indisch meisje van wier bestaan hij zich de afgelopen maanden half bewust is geweest, hoe heet ze, dat voor hem nooit meer is geweest dan één van de honderdentwaalf bibliotheekemployés, een vrij klein meisje, klein genoeg in elk geval om hem nooit opgevallen te zijn, op welke afdeling werkt ze ook weer, bij de acquisitie meent hij, of misschien bij de systematiek, een Indisch meisje uit Voorburg, juist, dat altijd wat nerveus haar hoofd naar voren stak als ze iets ging zeggen – dingen die hij niet eens dacht te weten komen bij hem boven – en dan glanzende, bolle ogen kreeg, dat als ze lachte haar schouders optrok, haar neus plooide, een knuffelende lach had ze... ze heeft een zomerjurkje aan (je slaat op hol, Mandaat, ze heeft steeds dikke truien gedragen, corduroy broeken, het is steeds winter geweest) van een gaasachtig beige weefsel met steenrode en roze opdruk... en alsof er ineens iets blijkt te kloppen beseft hij dat zij vanavond bij de borrel was, terwijl er toch geen enkele reden was voor haar aanwezigheid, waarvan hij niettemin nauwelijks notitie heeft genomen. Dat meisje keert hem haar gezicht toe, haar glimlach, waardoor ze tegelijkertijd met de andere heiligen verbonden blijft, *legato con amore in un volume,* en nu hij haar vast nooit meer zal zien verschijnt ze hem in het licht van een prachtig en meteen al hopeloos gevoel. (Heb je ooit dieper medelijden met jezelf gehad, Mandaat? En weet je heel zeker dat het je daar niet eigenlijk om is begonnen?)

Door het looppad komt de zwerver, die zijn vlieg vergeten is, van bank tot bank geslingerd, totdat hij tegenover Mandaat is aanbeland. Hij gunt hem een blik op wat er rest van zijn tanden, trekt zijn dikke winterjas strak om zich heen en gaat zitten. 'Wist u,' beweert hij, met een vinger op Mandaats borstbeen, en een holle, bijna echoënde stem, 'dat als je geld vindt, een bankje bedoel ik, zeg maar een meier, of *verliest*, want dat komt ook voor, en je weet het serienummer niet, als eigenaar, en je weet het serienummer natuurlijk nóóit, – hij zwijgt theatraal – 'dat je dan echt niet hoeft te proberen om het aan te geven bij de politie, het héél gerust kunt houden, bedoel ik, als eerlijke vinder, of het dus wel op je buik kunt schrijven?' Hij buigt zich voorover, kijkt naar Mandaat op met een wit licht in zijn ogen, zijn tong hangt uit zijn mond en uit zijn keelgat scheurt een geluid als van een betonmolen op volle toeren. Hij lacht tot hij volledig is uitgelachen, richt zich op en verzucht dan: 'Ja ja, er gaan wat treinen vandaag de dag. *Ik* ben hedenmiddag naar Noordwijk geweest. En,' verklaart hij, 'ik heb er geen spijt van!' Hij trekt een zakdoek uit zijn broek, vouwt hem open en toont Mandaat een briefje van honderd. 'Ik heb het nog steeds. Hoe bestaat het, hè?'

Alles aan de man lijkt vermomming. Het is net of zijn verkreukte vel niet meer dan verpakking is. Leeg etalagemateriaal, te oordelen naar zijn holle stemgeluid. 'Niks zeggen,' gromt hij, 'gewoon niks zeggen. Ik ken jouw soort. Dat zwijgen kan je lelijk opbreken, jongeman. Wie zwijgt heeft niet bestaan. Ik heb ook veel gezwegen in mijn tijd.' Hij staat op. 'En toen was mijn tijd om.'

De trein beschrijft een lange bocht over de spoordijk en biedt een paar seconden lang uitzicht op havens, schepen, grauwe vrijheid, voor hij onder de stationsoverkapping verdwijnt. Werktuiglijk komt Mandaat van zijn plaats en stelt zich op voor het portier. Schuddend gaat hij over de wissels, zoals de lezer nog wat in zijn vaart gestuit wordt door de laatste verrassingen in een laatste alinea – de trein staat stil – Mandaat, of liever de macht der gewoonte, drukt op het knopje naast de pneumatische deuren, die gedwee vaneenwijken – hij stapt over de treeplank en staat op het perron. Als vastgenageld. De landloper zwaait langs hem heen. Wapperend met zijn jaspanden zwalkt hij richting uitgang, keert dan min of meer terug op zijn schreden, boert vol overgave, onderwerpt de inhoud van een gele vuilnisemmer aan een vrijblijvend, visueel-aftastend onderzoek en voor hij zich definitief naar de uitgang begeeft grijnst hij nog eens vriendelijk naar Mandaat, die op dezelfde perrontegel is blijven staan, onbeweeglijk als een punt

II

MYSTIEK LICHAAM

Een geschiedenis

Voor M.A.W.

INHOUD

I *Valse lente*
De zonnevogel 297
De kameel 301
Prima olie 309
Doos 317
Het museum van de toekomst 324
Nog een doos 332

II *De moederkerk*
À la baisse 343
Het spookje 354
Epithalamium 359
De idioten 372
Envoi 387

III *De geschiedenis*
De wederkomst 395
Vade retro 408
Enfant perdu 420
De witte jood 430
Bruids- en grafwerk 441

I *Valse lente*

De zonnevogel

Eén oog op een kier probeerde A. W. Gijselhart aan het licht te raden hoe laat het was. Overwoog zelfs of hij zijn arm zou optillen om zijn horloge te raadplegen, maar toen werd er opnieuw geroepen. 'Lamzak!' verstond hij nu. Het was te vroeg, zoveel was zeker. Door datzelfde geroep moest hij ook daarstraks, dromend van naaktheid en hoogtevrees, eventjes wakker zijn geworden, hoe lang geleden, toen hij gerustgesteld was ingedommeld, na tussen zijn benen te hebben gevoeld of hij zijn drievuldigheid nog had. Twee keer was er geroepen minstens door wie. Hij kroop dwars over zijn bed op zijn ellebogen, een log reptiel, trok het gordijn wat opzij. In de ochtendmist, aan het andere eind van zijn tuin, zag hij iets wits op zijn poortstijl zitten. Een engel. Zo een als de wacht houdt bij de ingang van een grafakker, zijn huis een tombe en hijzelf dus overleden. Niet aan denken. Gijselhart begroef zich zo diep als hij kon in zijn eigen lichaamswarmte.

Of hij weer was ingeslapen wist hij niet, toen het scheldwoord hem voor de derde keer deed opschrikken. Het was beter om de ramen 's nachts dicht te houden voortaan. Lamzak. Hij begreep niet helemaal waarom hij zich door dat woord gestreeld voelde en sloop nogmaals naar het raam. Het gras leek wel ijzervijlsel, zo heiig was het in de tuin, het jonge boomblad blikkerde metaalachtig, de perebomen met hun stijf gebalde knoppen leken van gietijzer. Het witte iets zat er nog, boven op de bakstenen kolom. Geen engel. Een nevelsliert die zich verdicht had tot een luchtgeest. Als het een wit wief was moest hij oppassen dat hij geen bijl in zijn hersens kreeg vandaag. Maar ach nee, het was Magda natuurlijk lamzak. Had je toch kunnen weten. Magdamaagdje, zijn

Prul. Ze was terug. Nu nog een kwartiertje zalig slapen in de zekerheid dat zijn Prulletje terug was.

De kerkklokken maakten Gijselhart ten slotte helemaal wakker. Het was intussen een beetje opgeklaard buiten, zag hij door de kier in de gordijnen. Prul zat er nog steeds, niet eens ongemakkelijk. Benen over elkaar, het witte regenmanteltje kouwelijk om zich heen gewikkeld, haar hoofd wat dromerig of, als je onvriendelijk wilde zijn, onnozel scheef. Ze leek met één oor te luisteren naar de vogels die, toen het klokgelui bedaard was, krassen maakten op de ochtendstilte. Streek af en toe een sisaltouwblonde haarlok weg uit haar gezicht. Voor iemand die meer dan twee meter van de grond zat, boven op een poortstijl, zat ze daar wonderlijk rustig en tevreden.

Over de steenslag langs de asfaltweg kwam een lange zware vrouw aangefietst. Uit mijn gezicht, Tonia! Gijselhart hield niet van andere mensen, zeker niet nu zijn Prul zo dichtbij was. De vrouw had haar zondagse jas aan, van kin tot knieën dichtgeknoopt, en hield het stuur in haar handen alsof ze een bruiloftstaart droeg waar ze nauwelijks overheen kon kijken, lang als ze was. Ga weg, ander mens! Naarmate ze dichterbij kwam begon ze steeds woester te slingeren. Achter op de bagagedrager liet Antenétje, haar dochter van zes, zich willoos heen en weer gooien. Rij door, berg met die muis die je gebaard hebt! Ze stapte af, door zich met gestrekte benen van het zadel te laten vallen, pakte Antenétje onder een arm en hielp haar op de grond. Het rijwiel werd op de standaard gezet. Toen dat allemaal gebeurd was posteerde ze zich voor de poort en loeide naar boven: 'Een goeiemorgen, Magda! Ben je weer terug?'

Alsof ze dat zelf niet kon zien, de bemoeial. Toch was Gijselhart teleurgesteld toen Prul de vraag niet beaamde. 'Goeiemorgen Tonia!' riep ze naar beneden. 'Een zalige Pasen nog.'

'Insgelijks, Magda. Dag Droes! Dag brave jongen!' Droes duwde zijn snuit door de spijlen van het poortwerk. Hij had aan de binnenkant van de poort gestaan in een houding die een honds equivalent was van Magda's dromerij. Tonia krabde hem onder zijn zwarte kin en gluurde intussen nieuwsgierig het erf op, waar niets zich roerde. 'De baas ligt nog te slapen zeker?'

De baas grijnsde achter de gordijnen. De Heer is waarlijk opgestaan. Zalig die niet zien en toch geloofd hebben. Prul haalde kouwelijk haar schouders op. 'Iedereen is wakker behalve mijn vader heb je ooit zo'n lamzak meegemaakt?'

'Die zien we toch nóóit voor tienen buiten,' bulderde Tonia bedaard. 'Altijd als ik hier 's morgens voorbijkom zit het huis potdicht. Een gepleisterd graf is het hier. Maar geef hem eens ongelijk. Ik zou ook een gat in de dag slapen als ik slapende rijk kon worden. Zijn geld werkt voor hem. Leuke jurk trouwens die je daar aan hebt. Zit-ie niet wat ruim?'

Magda nam de zoom links en rechts tussen duim en wijsvinger en tilde die een stukje op. 'Vind je Tonia?' En het onderwerp prompt vergetend: 'Hallo Antenétje!'

Het minuscule meisje groette niet terug. Ze tuurde een poosje naar de vrouw op de zuil en trok toen haar moeder aan de jas. 'Wat doet zij daarboven? Is ze bang van de hond?'

'Weet ik veel. We zijn van haar wel gekkere dingen gewend.' Waarna ze weer omhoogbulderde: 'Moet je horen, Magda. Zeg tegen je vader dat ik morgen even langskom. Ik heb mooie spinazie voor hem, de eerste van het jaar en dat is altijd de lekkerste weet je. Radijs heb ik ook, als hij daar zin in heeft.' Bergen radijs hadden zich opgehoopt toen ze eindelijk een vraag stelde, zo vertrouwelijk en zachtjes dat Gijselhart hem niet kon verstaan. Er kwam geen antwoord op, behalve dan dat Prul haar handen voor haar mond sloeg. Die moest veranderd zijn in een litteken, wist Gijselhart, en daar werd hij zo vrolijk van dat hij zoemend achter zijn tanden van het bed kwam. 'Allez meid,' klonk het nog van buiten, 'we moeten voortmaken, willen we op tijd in de kerk komen.' Ze was terug, zijn enige eeuwige dochter, en deze keer misschien voorgoed.

Buiten droogde Magda haar tranen met een grote herenzakdoek, die ze daarna in de mouw van haar manteltje propte. Ze schoof voorzichtig naar voren op de zuil, tot ze zich op de rand nog net in evenwicht kon houden, en zette haar rechtervoet stevig op de poort. Maar ze kwam niet overeind, met een weifelmoedig schoppende linkervoet bleef ze op de rand zitten. In de wei aan de overkant van de weg stond een zilveren paard met de achterhand naar haar toe en zwiepte kalmpjes met zijn staart. Ze zuchtte. Een vijfentwintigwatts zonnetje brandde achter de ochtendgrijsheid. Ze huiverde en trok haar schouderbladen samen onder haar regenjas. Bleef tot ze ontzet werd afwisselend zuchten en huiveren. De nevel was in haar witte haar gekropen, fijne druppeltjes hadden zich afgezet op haar wenkbrauwen, wimpers, het anders onzichtbare dons van haar wangen en nek. Voor de binnenkant van de poort, in de metalen tuin, drentelde de hond zwarte oneindigheidstekens.

De kameel

De poort werd bekroond door de naam Doornenhof in smeedijzeren letters. Erachter, en achter het gras dat grauw zag van de heiigheid, achter de perebomen die glommen als lantaarnpalen, stond een hoog en ondiep huis. De ramen in de voor- en zijgevels waren gevat in de gestucte lijsten met gargouilles. Wanneer het regende gulpte het water uit hun loden kelen, om het huis lag dan een ring van geklater.

Die ring bleef aan de achterkant open. De achtergevel was blind, op een lage deur na. Onder de witkalk waren daar de littekens van een amputatie zichtbaar. Het huis leek een half huis, de stenen roerloosheid leek te verlangen naar een verloren wederhelft. Maar die wederhelft was er nooit geweest. Het pand maakte zo'n onvolledige indruk omdat het vroeger gediend had als woonhuis bij een boerderij, waarvan de bedrijfsgebouwen in de loop der jaren waren gesloopt en het land stukje bij beetje was verkocht. Stukje bij telkens duurder beetje was het land gevoerd aan het garagebedrijf links en aan het recreatieterrein aan de zuidkant. De Doornenhof ging langzaam op in geld.

Tussen de poortspijlen en fruitbomen door, achter het raam linksonder, kon je 's avonds Gijselhart zien zitten. Daar had hij zijn kantoortje. 'Comptoirtje' zei hij ouderwets. Hij had dan het avondblad voor zich liggen, opengeslagen op de advertentiepagina of de pagina financiën. De pendellamp was dicht op de krant getrokken en belichtte alleen de onderste helft van zijn gezicht. Baardstoppels flonkerden als rijp, terwijl hij over het montuur van zijn leesbril en over de krant heen zat te staren. De oude lippen rekten zich traag, stulpten zich uit, twee slakken.

Avond aan avond speelde hij daar zijn spelletje solitaire. Er zwermden dan in zijn hoofd getallen rond die guldens vertegenwoordigden en samen als het goed was het bedrag één miljoen moesten vormen. A.W. Gijselhart was miljonair, maar binnen de klasse der miljonairs behoorde hij tot de minima. Hij had de grootste moeite om zich te handhaven boven de magische streep die hem scheidde van al degenen die financieel geen naam mochten hebben. De getallen in zijn hoofd hadden de zenuwslopende onhebbelijkheid om af te dwalen van de zwerm, als je even niet keek tot een lager getal te verspringen of zelfs op te lossen in het niets. De balans die zijn accountant ieder jaar voor hem opmaakte kon hem over zijn rijkdom even weinig vertellen als een luchtfoto over de dramatiek van het weer. Zijn rijkdom was iets ongrijpbaars. Rijkdom was iets in je hoofd, het was zinloos die vast te willen leggen op papier. Uiteindelijk was zijn rijkdom zijn gevoel over zichzelf.

Het hoofd van Gijselhart vertaalde bezittingen in geld, geld in bezittingen, de getallen erin waren voortdurend op drift, ze dijden optimistisch uit, krompen somber ineen, en de oude lippen bootsten die bewegingen na. De laatste tijd voelde Gijselhart zich overwegend arm, de slakken lagen uitgedroogd tegen elkaar aangekruld. Zijn bezit bestond uit vastgoed her en der in de stad, tien kilometer verderop – oude woningen en drie terreinen met autostallingen. Een zekerder belegging dan vastgoed was er niet, zijns inziens, maar daken gingen lekken, er braken brandjes uit, de garagedeuren liepen om de zoveel tijd van hun katrollen, op de meest ongelegen momenten stuurde de gemeente je aanschrijvingen. De helft van de week was hij op karwei om die euvels te verhelpen. Hij werd te oud voor dat werk. Soms stootte hij een pand af, na lang delibereren. Een maand later had hij toch weer een ander ervoor in de plaats gekocht.

De loods achter zijn huis was volgestouwd met oud ijzer en sloopmetalen, die elke dag van waarde veranderden, als je de markttabellen in de krant mocht geloven. Vijfentwintig jaar had hij aan die schrootberg gebouwd. Als je het erts erbij dacht waaruit de metalen gewonnen waren, en de grond die ervoor was afgegraven, dan moest het de hoogste berg van

Nederland zijn. En toch was de berg voor zijn gevoel vaak niet hoger dan een molshoop. Alles lag door elkaar: koper, lood, zink, ferro en non-ferro. Hij had er leidingbuizen van koper en lood, dubbelzwaar door de aangekoekte cement, een grote partij groen bladkoper dat van een kerkkoepel gesloopt was, een bronzen scheepsschroef, ijzeren potkachels, accu's, regenpijpen en zinken gootbekleding, stroken zink in lubben gevouwen en samengeperst, maar ook traploperroeden van messing, deurklinken, kandelaars, tussen het gras gevonden patroonhulzen, stukjes koperdraad opgeraapt achter de elektricien.

Nooit had hij er een gram van verkocht. Wie weet was de hele handel geen rooie cent waard, dan zou het uit zijn met zijn spelletje solitaire. Hij wist niet hoe zwaar de berg was. Hij wilde het ook niet weten. 'Een berg' of 'ik weet niet hoeveel ton', dat was de maat die hij hanteerde wanneer hij de koersen van de London Metal Exchange doorlas en het schroot omsmolt tot spijs voor zijn fantasie.

Lood en zink brachten niet veel meer op tegenwoordig. Het allesverziekende communisme dumpte die metalen op de markten van het Westen, door een gat in het IJzeren Gordijn. In de bouw werden ze bovendien nauwelijks meer gebruikt. Maar koper was nog steeds goed aan de prijs. Hij smolt het koper om tot een spiegel waarin hij zich een Guggenheim of Van Saxen-Coburg kon wanen. Wie zich in koper spiegelt, spiegelt zich zacht. Venus had zich in koper gespiegeld toen ze bij Cyprus uit zee was gekomen.

Gijselhart koperkoning! Steengruis, de haakworm die ingewanden doorzeeft, zwavelbranden, houtsplinters en steenbrokken die moorddadig uit schraagpalen en mijnwanden gemitrailleerd worden, water vergiftigd door arsenicum en zuur dat je blaren en gezwellen bezorgt, al die plagen waren voor hem, Gijselhart, door mijnwerkers getrotseerd in de woestijnen van Atacama en Mohave, in Canada en de Andes. Om het koper naar hem toe te brengen slingerden zich uit alle windstreken goederenwagons over rails die KatangaKatangaKatanga zongen. Hij, kleine man verborgen in een speldeprik op de wereldkaart, had een fantoomvinger in de pap van

Kennecott en Anaconda, van Phelps Dodge, Calumet & Hecla, O'okiep en de troebele Union Minière. Als hij zijn handel van hij wist niet hoeveel ton op de markt zou gooien, dan konden couponknippers van Stockholm tot Buenos Aires met hun kunstdrukaandelen hun salonnetjes behangen. Ze moesten eens weten! Hij hield van zijn koper en toch, soms was hij het liever kwijt dan rijk.

Geld was zijn religie. Schuld, boete, kwijtschelding – voor hem sprak het vanzelf dat die termen evenzeer thuis zijn in de boekhoudkunde als in de biechtstoel. Zijn miljoen was zijn zaligheid, het ging erom die intact te houden. Verkwisting was zonde, precies zoals de volksmond zegt. De fiscus was de erfzonde. Tegenover anderen kon hij hartstochtelijk mopperen op de belastingen, maar als ze niet bestaan hadden zou hij zich overbodig en ongelukkig hebben gevoeld. Belastingen scheppen schuld, van jaar tot jaar, voortdurend, en het delgen van die schuld was de dynamiek van zijn leven. In zijn hart hield hij van de belastingen, omdat ze hem in staat stelden om ieder jaar zijn ziel rein te wassen. Hij was schuldeloos als een pasgedoopt kind, dank zij de belastingen. Hij stond bij niemand in het krijt. Hem konden ze niets maken. Per saldo was hij door het leven gegaan zonder dat het leven een spoor op hem had nagelaten.

Voor wie hem zijn gierigheid verweet had hij een mystiek antwoord klaar: 'Geld is het bloed van het sociale lichaam, het brengt het voedsel naar de hongerende leden. Bloed is liefde, geld is liefde. Ik ben een groot minnaar.' Een groot minnaar? Een bloedprop, een trombose. Dat was niet de reden waarom hij hield van geld. Hij hield ervan omdat het verschilt van alle tijdelijk bezit, waarvan we meer houden voordat we het in handen krijgen dan daarna. Geld houdt het verlangen heel, het is hebben en verlangen ineen, het verleent de vrek de eeuwige jeugd die de dichter ontleent aan zijn woorden. Gijselhart geloofde vast dat geld uit de hemel komt. Zo niet uit Gods hemel, dan toch uit de Hemel der Ideeën.

Dat een dollarmiljonair meer waard is dan een guldenmiljonair was voor hem geen reden tot zorg. In Gods ogen zijn alle miljonairs gelijk. Hij vond het helemaal niet vreemd dat het moeilijker is om miljonair te worden in de Verenigde Staten of in Engeland dan in roomse streken met hun zwakke valuta. Italië is het land van de miljonairs, zoals het ook het land is van de heiligen en de prelaten. Wat hem wel zorgen baarde was de geldontwaarding. Geldinflatie en taalinflatie waren gelijk op gegaan in het woord miljonair, vanaf het ogenblik dat het in zwang gekomen was in het oude beursgebouw aan de rue Quincampoix te Parijs, tijdens de windhandel rond de Mississippi-maatschappij toen bochelaars fortuinen verdienden door zich als schrijftafel te verhuren aan haastige speculanten. De miljonair van vandaag had drie procent minder te betekenen dan de miljonair van een jaar geleden. Het zou kunnen dat God Zijn genade in steeds grotere hoeveelheden over de aarde uitstortte en dat het daardoor gemakkelijker werd om te worden uitverkoren, maar wanneer Gijselhart de prijsindexcijfers bestudeerde las hij daaruit vooral af dat de mens tot alle kwaad geneigd is en voor de zekerheid paste hij een inflatiecorrectie toe op zijn definitie van het begrip miljonair, waarbij hij het jubeljaar van zijn eigen uitverkiezing, het jaar waarin hij vijftig was geworden, op honderd procent stelde.

Van de kameel en het oog van de naald had hij nog nooit gehoord.

Een van de weinige dorpelingen met wie Gijselhart wel eens sprak was de kruidenier. In een witte jas, een hoed op zijn hoofd, stond de man achter zijn toonbank en klaagde. Hij klaagde dat hij ten gevolge van die hoed zweette op zijn schedel, waardoor hij licht kouvatte. Maar als hij geen hoed droeg had hij weer last van zweetvoeten.

'Wat erin zit moet eruit,' zei Gijselhart.

Hij had ook last van een muis, die in zijn magazijn de zakken met bloem en suiker kapotvrat. 'Hij maakt één gaatje, aan de onderkant. En niet om wat er in de zak zit, dat laat hij rustig op de vloer lopen terwijl hij aan de volgende zak begint. Nee, waar het hem om gaat is me het bloed onder de nagels uit te halen en me het gekkenhuis in te pesten en mijn zaak naar de verdommenis te helpen.' Het moest een reusachtige muis zijn die de kruidenier zo klein kon krijgen.

De man was een zeur en toch had Gijselhart met hem te doen. Hij had dezelfde sores als deze middenstander, mét al zijn geld. Aan zijn eigen mooie getallen werd ook geknaagd, vaak waren de zes nullen van zijn miljoen ook lege zakken waaruit alle waarde was weggelopen, of zeepbellen, of dressuurhoepels voor idioten, of ijzeren ballen waaraan hij zat vastgeketend, al naar gelang de soort wanhoop waartoe hij verviel wanneer hij het geloof niet had. Want geld was een kwestie van geloof, welbeschouwd, en net als ieder geloof baatte het je niets als anderen het niet met je deelden. Stel dat het als staatsgodsdienst zou worden afgeschaft, of dat het vaderland failliet zou gaan... O ongrijpbare, onherroepelijk symbolische gulden, die op zo'n dag des oordeels als loos verzinsel ontmaskerd zou worden! Dan zou fl voor flut en flauwekul komen te staan en Gijselhart voor gek, met zijn buidel om zijn hals.

Het gebied waar men weet had van zijn kredietwaardigheid besloeg maar een paar vierkante kilometer. Daarbinnen wist men dat de toonder van het Gijselhartgezicht goed was voor de somma van één miljoen gulden, dat het in de rangorde van Vondel, Frans Hals, J.P. Sweelinck, de zonnebloem en de watersnip het hoogst bereikbare vertegenwoordigde, maar daarbuiten was zijn geld hem niet aan te zien, al liet hij het bedrag op zijn voorhoofd tatoeëren. Eigendom werd nooit eigenschap. En geld was niet eens eigendom, eerder vage belofte, volksbegoocheling, God mocht weten wat het was.

De muis van Gijselhart was een vrouw. Bij uitbreiding ook 'de' vrouw.

Toen hij pas weduwnaar was had hij een paar keer een prostituée bezocht, in de stad, in nachtclub De Keizerskroon. Slangemensen en buikdanseressen werkten zich daar star glimlachend voor je in het zweet, een bandje speelde in een doorzakkend tempo en schudde zichzelf af en toe wakker met een onverhoedse dissonant, een dame troonde je mee naar boven. In de dagen na zo'n bezoek trachtte Gijselhart zijn schaamte en de scherven van zijn verlangen op te ruimen door met een handeltje het schandegeld terug te verdienen. De sterrekijker die zijn zoon thuis had laten staan of de naaimachine van zijn overleden echtgenote werden dan haastig te gelde gemaakt. Was zijn portefeuille weer even vol als vóór het incident, dan beschouwde hij zijn zonde als vergeven en vergeten.

Eén keer had hij echter een vrouw van de straat opgepikt. Die was vast goedkoper, dacht hij, en dus minder slecht. Op het tippeltrottoir, aan de voet van de kruittoren, stond ze haar zwarte haar te borstelen, dwars over haar hoofd naar links, dan een gelijk aantal slagen naar rechts, dan weer evenveel naar links, met een mechanische ijver. Wanneer de haren uitwaaierden in het lamplicht waren ze eventjes van goud. Ze had zijn oude Lincoln eerst willen negeren, maar was toch ingestapt toen hij voor de derde keer langsreed. Ze was een buitenlandse, een Française zo te horen of misschien een Algerijns heidinnetje, in elk geval sprak ze bar weinig Nederlands. Ze reden naar een hotel dat zij genoemd had. Daar was ze de meest kil-routineuze en zwijgzame hoer geweest die hij tot dusver had meegemaakt.

Ze waren vooraf geen prijs overeengekomen. Elke cent die hij haar zou betalen voor het lege en hopeloze gevoel dat ze hem bezorgd had leek hem nu te veel. Ze had zijn verlangen verdonkeremaand en niets is zo ellendig, ook een lekke fietsband of een magazijn vol kapotgeknaagde zakken bloem niet, als een man zonder verlangen. Toen hij zijn jas aan had vroeg ze hem vijftig gulden. Met een aalmoesgebaar gaf hij haar drie tientjes. Ze wierp haar magere lijfje tegen de deur, ineens een vals beest. Vijftig gulden moest ze hebben, jammerde ze in haar mishandelde Nederlands, vijftig!

Dit gedrens was zelfs het rotwoord napezen onwaardig. Met zo'n wilde kat kon hij geen zaken doen. Beduusd nam hij twee geeltjes uit zijn portefeuille en vroeg de dertig gulden terug, wenkend met de middelvinger van zijn rechterhand, als naar een lastig kind. Ze ging tekeer alsof hij haar beroven wilde. Drukte de vuist waarin de drie briefjes deerlijk verfrommeld werden tegen haar buik.

'Vijftig! Vijftig!'

De vrouw had geen benul van geld. Ze moest meteen op transport worden gesteld, de heidin, terug naar de woestijn waar ze thuishoorde. Hij wilde weg. Om van het gezanik af te zijn gaf hij haar het geld en vroeg haar opzij te gaan. Maar nu eiste ze honderd gulden.

'Honderd! Ik wil honderd!'

Ze sjacherde niet, ze eiste hysterisch. Hoe meer je haar gaf, des te groter werd je schuld. Ze had de smaak te pakken van het voedsel waarvan je almaar ergere honger krijgt. Had hij zich maar omgedraaid toen hij het geld uit zijn portefeuille haalde, ezel die hij was! Gijselhart werd bang. Het was een astronomische angst die hem beving, de angst van Pascal voor de oneindige ruimten en hun eeuwige stilte. Achter haar ogen en haar ordinaire mond opende zich een helleput die met geen miljoen te dempen was. Hij schoof haar opzij, veel te ruw. Met twee handen pakte hij de duivelin bij haar schouders, die onaangenaam weerloos aanvoelden, alsof de botten er los in zaten, en gooide haar tegen het bed.

Op straat voelde hij zich niet lichter. Er drukte een doem op zijn hart die nooit helemaal zou verdwijnen. Wanneer hij 's avonds achter zijn koersen en indexen zat kon uit de stilte ineens die gruwelijke stem klinken, bedragen eisend die inmiddels onuitsprekelijk hoog waren opgelopen. Zijn halfuur met die vrouw was misschien eeuwig zonde geweest, hij kon slechts bidden dat het niet zo was. Het was maar al te denkbaar dat hij zich schuldig had gemaakt aan een doodzonde, waarover hij altijd rente zou moeten betalen, aan de aflossing waarvan hij nooit zou toekomen.

Prima olie

Gijselhart leefde in voortdurende afwachting van de thuiskomst van zijn dochter. De hele dag zat hij mentaal voor haar klaar. Ze kon dus nooit onverwachts komen, het was een loterij waarin hij nu en dan wel winnen moest. Tegenover haar beroemde hij zich op een vaderlijke telepathie, een verborgen bloedmysterie. Voortdurend was hij bezig met het opknappen van het Prulmuseum, zoals hij haar kamers op de Doornenhof noemde, met het gevolg dat hij haar meestal geen behoorlijk onderdak kon bieden wanneer ze een keer zo goed was om zijn voorgevoel te vervullen.

Ditmaal had hij, alvorens te beginnen aan de zoveelste opknapbeurt van het museum, een oliehaard uit zijn oudijzerverzameling verwijderd en provisorisch op de kamer boven het kantoortje geïnstalleerd. Het was een magische handeling geweest en ze had haar uitwerking niet gemist, want zijn dochter, die hem in geen maanden met een bezoek had vereerd, was toch maar mooi komen opdagen. In de tank, een groene ton waarvoor hij een rek had getimmerd op de veranda, had hij bovendien in plaats van petrolie huisbrandolie gegoten, omdat die ten eerste goedkoper was in de aanschaf en ten tweede nauwelijks zou branden in de haard, wat die olie in het gebruik nog goedkoper maakte. Gijselhart telde zijn geluk liefst in centen en dubbeltjes en deze besparing stelde hij zich voor als een gestaag druppelende gelukskraan. Dat nauwelijks branden, wat de meeste mensen toch overwegend nadelig zouden vinden, betekende in zijn ogen een derde en doorslaggevend voordeel: Magda, die hem enerzijds dankbaar zou zijn voor het plaatsen van de haard, zou hem om die olie anderzijds weer vervloeken, ze zou in grote gevoelsmatige verwarring geraken en verwarring was hetgeen waarvan haar vader het moest hebben. Hij zou altijd en overal zoveel mogelijk verwarring stichten om er dan, als de enige die de chaos nog een beetje doorzag, zijn voordeel mee te doen.

Bij het opstaan stootte hij zijn hoofd aan de zorgen die nog van de vorige dag in de kamer waren blijven hangen en het duurde even voor hij besefte dat hij het kalm aan kon doen vandaag. Het was immers Paasmaandag. Eerst Prul maar eens bevrijden uit haar toren. Komt ze er misschien achter dat er een prins schuilt in dit oude karkas. Hij trok een pantalon aan over het ondergoed waarin hij had geslapen, zich verkneukelend om wat hij allemaal voor haar in petto had, en zocht zijn pantoffels. In de keuken zette hij theewater op en liet zich van alle kanten beschijnen door zijn eigen stralende humeur, tot de ketel begon te fluiten.

Droes wachtte hem op bij de achterdeur. Het beest blafte moord en brand toen hij naar de loods liep om een ladder te halen. Het liep hem voor de voeten toen hij de ladder naar de straat bracht. 'Naar je hok jij! Vort!' Het achterlijke dier wilde niet luisteren. Gijselhart zette de ladder tegen de poortkolom en probeerde de hond, die nu dom stond te kwispelstaarten, in zijn nekvel te grijpen. Droes vloog hem naar de keel en zwijgend worstelden ze in de ochtendgrijsheid, de halfnaakte oude man en het zwarte beest.

Gijselhart had een krachtige tors, uit de borstrok kwam grijs krulhaar gesproten, alleen bij de oksels en in de hals was zijn huid geplooid. Zijn schouders waren hoog en rond, als de schouders van een bokser, en nu hij oud was stond zijn hoofd er niet meer recht bovenop, maar kwam er schuin en agressief uit naar voren gestoken, hetgeen, voor zover dat een oude kameel mogelijk was, een scherpzinnige indruk maakte. Het gezicht was gerimpeld en verkreukt als een oud bankbiljet, maar er stonden gloednieuwe ogen in, de ogen van iemand die nog aan zijn leven moet beginnen. 'Naar je hok!' hijgde hij. Droes luisterde niet. Hoe vaak hij de zwarte schim ook van zich af slingerde, het dier bleef hem bespringen, met onuitputtelijke veerkracht, een warme bal spieren. Gijselhart werd nijdig. Hij schopte op de hond in, die onzeker begon te loensen, te drentelen. Na enig zenuwachtig beraad zette hij zijn tanden in de oude man z'n arm.

Hij liet pas los toen Magda halverwege de ladder 'Af Droes!' gilde. Zakte door zijn achterpoten en liet braaf zijn tong uit zijn bek hangen. Gijselhart wreef over de tandafdrukken, verwensingen mompelend, verlegen met zijn figuur.

Magda mopperde. 'Vandaag of morgen legt u het nog eens af tegen die hond.' Bij wijze van begroeting en ook om zichzelf te warmen boende ze hem krachtig over de gewonde arm en vervolgde op de zeurende dreigtoon die ze altijd tegen haar vader placht aan te slaan: 'Mensen zoals ik begrijpen u niet eens hoe kunt u dan verwachten dat Droes met zijn hondeverstand niet knettergek van u wordt? Wat hij daarnet deed heb ik al zo vaak willen doen helaas ben ik geen redeloos beest.' Ze zweeg even om op haar gemak te klappertanden. 'En waarom moet de poort op het hangslot als die valse hond toch losloopt u denkt nooit aan mij Pappie anders had u me wel een sleutel gegeven of tenminste een bel aan de poort gemaakt. Het laat u ijskoud dat ik nu helemaal vernikkeld ben u bent een monster.'

Gijselhart bromde maar wat, beschaamd en gelukkig, en begon toen te grinniken. 'Ik wist waarachtig niet wat me overkwam toen ik uit mijn raam keek. Er zit een kip op mijn poort, dacht ik. Wat een grote witte kip, misschien is het wel de kip met de gouden eieren! En toen was het alleen maar mijn Prulletje, wat een sof.' De vorige keer had ze eruitgezien als een kale gewurgde kip. Nu was haar nek gelukkig niet meer zo schraal, ze was iets dikker.

'Mijn tas staat nog aan de straat,' zei ze.

'Tas met prullaria. Zal hem zo pakken! Heb je een grote tas meegebracht, of maar een kleintje? Een blijftas, of een tas van voorbijgaande aard?' Hij was blij dat ze het antwoord, hoe het ook luiden mocht, nog even voor zich hield. Zijn arm gloeide, maar veel meer van haar handen dan van de hondebeet, en gelukzalig babbelde hij verder: 'Ik had je geloof ik nog niet verteld dat ik het Prulmuseum opnieuw aan het schilderen ben. Een licht olijfgroen wordt het nu. Het wit op de muren was vuil geworden, ik zou niet weten waarvan. Ik heb je Prullemand versleept naar de kamer boven mijn comptoir. Je moet hem wel zelf opmaken, want ik heb geen hulp vandaag. Ik heb er ook een oliehaard geplaatst, dus je kunt er studeren als je wilt.' Zo, die haard was alvast terloops genoemd. Een toespeling op zijn paranormaal vaderschap kon nu ook geen kwaad: 'Maar wat ben je vroeg, meisje. Ik had je niet vóór de middag verwacht.'

'O had u me dan verwacht?' Haar verwondering was nog even groot, zij het niet meer zo ongeveinsd als bij de eerste manifestatie van Gijselharts gave, twaalf jaar daarvoor.

'Natuurlijk! Gisteren heb ik nog met mezelf gewed: je zult zien dat je morgen bezoek krijgt van Prul. En kijk eens aan!'

Hij moest zich geweld aandoen om niet te laten merken hoezeer hij in zijn sas was met de terugkeer van zijn dochter, buiten wie hij op de hele wereld niemand had. Zij van haar kant probeerde zo nurks en onuitstaanbaar te zijn als ze maar kon. Verkleumd zat ze in de keuken te foeteren op haar lamzak van een pappie, die zich opsloot als een mensenschuwe kluizenaar en zijn bloedeigen kind van de kou zou laten sterven omdat hij te beroerd was om zijn nest uit te komen. Daar kon hij best tegen, hij kende zijn Prul en haar kuren. Toch was hij teleurgesteld dat de tas die hij voor haar van de straat haalde geen grote tas bleek te zijn, niet wat je noemt een blijftas. Ze wilde zeker eerst nog wat tranen storten en ongenoegens luchten voor ze zich door hem liet overhalen tot het besluit dat ze allang genomen had. Hij zou haar het jongste besluit om weer bij haar vader te komen wonen met liters honing en vals mededogen door de strot moeten duwen. Hem best. Ze mocht hem gerust de schuld van dit laatste uitwoningsfiasco geven, het zou de eerste keer niet zijn dat hij voor zondebok moest spelen, hij kon intussen alles hebben. Zolang hij haar maar thuis had.

Maar hij kreeg de kans niet om het aanstootgevende woord te zeggen waarna, als op een tik van de dirigeerstok, haar klaagzang volgen zou. Met opgetrokken schouders zat ze over een beker dampende melk gebogen. Ze had geen zin om met hem te praten, zei ze. Ze wilde alleen zijn. Hij vond het niet aannemelijk dat ze daarvoor naar huis was gekomen.

Maar een paar minuten later vertrok ze inderdaad met een potje thee op een dienblad naar boven, hem alleen latend met zijn offervaardigheid.

Hij slofte naar zijn kantoor en zat zich daar ongewenst en oud te voelen, tot hij hoorde hoe ze een fauteuil verschoof en de haard probeerde aan te steken. De voorstelling begon wat vroeger dan verwacht, maar bleek verder precies volgens plan te verlopen. Elk geluid dat van boven kwam bracht een grijns van herkenning op zijn gezicht. Nu zet ze het palletje om. Nu ziet ze de olie in het stookgat vloeien en ontdekt ze dat de lont geen vlam wil vatten. Hij hoorde haar via het raam op het verandadak klauteren. Nu laat ze de peilstok in de tank zakken. Toen ze streng om haar pappie begon te roepen stond hij al onder aan de trap, met een gezicht dat van de prins geen kwaad wist.

'Jaaha Prul, wat izzer?'

'Die olie deugt niet het lijkt wel stroop die olie.'

'Onzin. Die olie, dat is prima olie.' Nu niet te rap naar haar toekomen. Kalm, Gijselhart, je weet van niets. In kleermakerszit zette hij zich met de doos lucifers voor de haard.

'Dat is geen petrolie wat daarin zit geef het maar eerlijk toe!'

In plaats van te antwoorden had haar vader het wonder verricht: er stond een blauwe vlammenkroon achter het raampje. 'Wat heb ik je gezegd? Als jij je vader niet had!'

Hoogstens tien minuten zou de haard mooi blijven branden. Hij wachtte het verdere verloop af op zijn kantoor, met een maag vol geniepige spanning. Prul had bladmuziek uit haar tas gepakt en speelde drie maten op haar dwarsfluit, twintig keer dezelfde drie maten. Haar muzikale bereik was vandaag niet groter dan dat van een mus. Toen ze met fluiten ophield wist haar vader dat de vlammen rood geworden waren en de haard langzaam was gedoofd. Ach! De blauwe kroon was slechts een dwaallicht geweest. Hij hoorde de geërgerde tik toen de fluit op de muziekstandaard werd gelegd. Nu opent ze het haardvenstertje en merkt dat de kachel vanbinnen onder een centimeterdikke roetplak zit. Ze wordt heel boos op haar pestpappie. Het juiste moment om zijn hoofd belangstellend om de hoek van de deur te steken. 'Krijg je het een beetje warm hier?' En dat hoofd dan bij het zien van het smerige stookgat meewarig te schudden, alsof het allemaal haar eigen domme schuld was. Hij haalde stoffer en blik en een vuilniszak en ging recht voor de haard op de vloer zitten. Sigaartje. Zo. Hem kreeg je daar voorlopig niet meer vandaan.

Het huis telde genoeg vertrekken die wel goed verwarmd konden worden. Het was warm in de keuken en in de woonkamer. Het was zelfs behaaglijk in de kerk, tien minuten gaans over de asfaltweg, hoewel de pastoor maanden achter was met zijn gas en licht en Tonia er deze Pasen minder bloemen zag dan verleden jaar. Gijselhart en zijn dochter zaten niettemin bij elkaar in een koude kamer. Met haar laatste krachten trok Magda de sprei van haar Prullemand, zoals haar vader het ledikant van haar eenzaamheid beliefde te noemen, en wikkelde zich erin. Ze ging, twee gemakkelijke stoelen ten spijt, op het voeteneind zitten, naar het raam toe, zodat haar ogen, die troebel waren als smeltend ijs, opblonken in het grijze licht. Een schimmig vrouwtje, het haar gebleekt met waterstofperoxyde, om haar hals een hanger van bergkristal, van voeten tot schouders stijf als een mummie in de gehaakte witte sprei gewikkeld.

'Waarom toch vindt u het zo leuk om mij het leven te vergallen heb ik het vanzelf al niet moeilijk genoeg?' Eindelijk klonk de opmaat tot haar klaagzang. Gijselhart ging gezellig verzitten. 'En waarom maakt u dat gat niet schoon met de stofzuiger? Ik ben voor mijn rust hier gekomen ik houd het niet meer uit op mijn flat. Steeds denk ik daar kreten te horen. Vorige week zijn op de bovenste verdieping een vrouw en haar kind verbrand hebt u het niet in de krant gelezen? Ze heeft een blik benzine leeggegoten over een matras is daar met haar kind op gaan zitten en toen heeft ze een lucifer aangestreken en laten vallen of zoiets. 's Nachts word ik wel twintig keer wakker dan droom ik van een soort röntgenfoto een rode gloed met daarvoor een groot skelet dat een klein skelet omhelst. Ik moet daar weg koste wat kost ik wil zo dolgraag een huisje met een tuin Pappie met een boom waar ik een schommel aan kan hangen en een kruidenperkje naast de keukendeur.'

Secuur veegde Gijselhart de kachel schoon, hoewel hij wist dat die binnen de kortste keren weer even dik onder het roet zou zitten, en intussen luisterde hij tevreden naar Prulletjes hese alt, het mooiste geluid dat hij kende. 'Je hebt een huis met een tuin gehad, Prul, weet je nog?' bromde hij. 'Je was zo dol op je tuin dat je hem hebt laten volstorten met beton door die schoenveterverkoper uit la bella Italia, die bijverdiende als huwelijkszwendelaar.'

'O wat bent u toch gemeen en negatief over mensen altijd Pappie. Damiano was geen huwelijkszwendelaar hij was ongelukkig getrouwd en die tuin zat vol mieren.'

'En daarvoor heb je een ander huis gehad met een tuin, weet je nog? Waar je die gestolen automobielen bewaarde voor je haremhaan uit de Libanon. Blijf toch gezellig hier. Om met mij te kunnen praten hoef je tenminste niet eerst een linguafooncursus te volgen. Je museum is over twee weken klaar en mijn tuin staat nu al tot je beschikking.'

Ze wentelde zich kreunend van het bed en liep met geisjapasjes naar het raam. Daar ging ze ter verootmoediging van haar Blauwbaardpappie wanhopig naar buiten staan hunkeren. 'Hoe kan ik ooit gelukkig zijn bij een vader die zulke nare dingen doet als smeerolie in de tank? U maakt iedereen zwart in mijn ogen omdat u me het licht in mijn ogen niet gunt. Ik treed nog liever in het klooster dan dat ik weer hier kom wonen.'

'Als jij in een klooster ging dan had je er binnen een week een hoerenkast van gemaakt. Het is me een raadsel hoe het je steeds weer lukt om een schurk te strikken, de recherche zou er jaloers op worden. Je lijkt er een sport van te maken om je te laten flessen en belatafelen. Ik denk weleens dat je het alleen doet om *mij*...'

'U bent jaloers u bent benepen u bent een oude verbitterde man die alleen maar van zichzelf houdt en misschien dat niet eens.' Opgewonden ademtochtjes lieten grijze nevels achter op de lucht, alsof elk woord een kogel was geweest.

'Voor mijn part, voor mijn part...' Maar hij kon haar geen

gelijk geven, ze deed hem willens en wetens onrecht. Ook al wist Gijselhart dat hij nu beter zijn mond kon houden, hij moest het zeggen: 'Maar je vergist je in één ding, meisje: ik hou zielsveel van jou.'

Ze gaf hem volop reden tot berouw. Verstarde voor het raam en keerde zich toen naar hem om, zo hol en bleek dat de grijsheid van buiten door haar heen schemerde. Ze rukte zich los van de vloer en rende de kamer uit, de sprei zakte ineen op de drempel, van de trap klonk een hees getier. 'Zeg dat niet nog eens Pappie! Als ik dat hoor dan voel ik me toch zo wanhopig dan is het net of de bodem uit mijn hart valt. Waag het niet dat nog eens te zeggen! Als u dat nog eens zegt dan doe ik gif door uw koffie of ik maak mezelf van kant ik spring van het dak als u dat nog eens zegt!'

Doos

De sfeer verpesten, daar was ze al volleerd in geweest als kind, toen haar moeder nog leefde. Al om acht uur 's morgens waren in die dagen de ramen beslagen door de hitte van haar ongenoegens. Een vast punt van beklag wanneer ze 's morgens naar beneden kwam waren haar kleren. Die zaten nooit lekker, of als ze wel lekker zaten, dan stonden ze niet goed. Niets deugde. De nonnen op school deugden niet, om van de meiden in haar klas maar te zwijgen. Prul zweeg geenszins. Vreemd toch, hoe hardnekkig je die kift van haar telkens weer vergat.

Gijselhart werd er snel genoeg aan herinnerd. Ze hoefde alleen het gezicht van toen te trekken – hoofdpijnrimpel tussen haar wenkbrauwen, martelaarsmond – om die oude beklemming weer op te roepen. Met dat gezicht zat ze die tweede paasdag in een hoek van de kamer, nog steeds in kritieke gemoedstoestand en geen teken van herstel. Gijselhart drentelde peinzend over het parket, zoals hij op zon- en feestdagen gewoon was. Punt van aankomst en vertrek was een boograampje met gekleurd glas-in-lood en een vensterbank van travertin. Dat was zijn altaar. Daar bewaarde hij zijn portefeuille, zijn sleutels, zijn kistjes sigaren. Er lag een Danneman te smeulen in een asbak die hij zelf had gedraaid van een blok eiken. Een koperen plaatje aan de voorkant droeg het opschrift: 'Mobilisatie 1939. Ter herinnering.' Ernaast sprankelde een half geleegd borrelglaasje. Wanneer hij daar stilstond om van zijn klare te nippen gluurde hij schuldbewust en guitig over de rand van het glas naar zijn stuk ongeluk, dat in de stoel hing alsof het daar met geweld was neergesmeten.

Na een uur zwaarmoedig mimetheater deed hij een voorstel. 'Weet je wat we doen, Prul? We gaan vanavond naar de

Hooge Schans.' Gijselhart, die zich voor zijn plezier nooit onder de mensen zou begeven, hulde zich een ogenblik in zwijgen, om haar gelegenheid tot verbijstering te bieden. 'Ja, we gaan uit eten in de Hooge Schans,' bevestigde hij toen. 'We hebben tenslotte iets te vieren.'

'Wat dan?' snauwde ze achterdochtig, maar hij was al naar zijn kantoortje gelopen en had daar de hoorn van de zwarte wandtelefoon genomen. Op de bevelvoerderstoon die dat toestel vereiste reserveerde hij een tafel, 'in de belvédère vlak aan het raam, en zet de verwarming vast hoog, anders bevriezen we nog achter die glaspui – mijn dochter is toch al zo kouwelijk aangelegd'.

Om zes uur stonden ze in de hal. Magda had een dozijn kammen en spelden in het witte haar gestoken en in haar bleke gezicht alleen de ogen opgemaakt. Ze droeg een mosgroene hangjurk die tot haar kuiten reikte. Gijselhart zag nog rozig van het halfuur dat hij zich had staan scheren. Hij was gekleed in een glimmend kermispak, waaronder een overhemd met geplooid front en manchetknopen met chrysolieten. Zijn grijze haar had hij bovenop met een tandenborstel een paar graden uitbundiger geblondeerd dan geloofwaardig was, een geplogenheid die hem in het dorp de bijnaam 'Goudhaantje' had bezorgd. Ze zagen eruit, zo getweeën, als een paar overgebleven bijfiguren in een blijspel, die van de gewetenloze schrijver ook zo nodig nog lang en gelukkig moeten leven.

De hond trippelde naar de voordeur, 'Waf!', trippelde terug en opnieuw naar de deur. 'Hij voelt gewoon dat we weggaan,' zei Gijselhart bewonderend en recalcitrant. 'Die beesten hebben een veel fijner gevoelsleven dan mensen. Kijk hem toch eens!' 'Ik heb het heus wel gemerkt Pappie wat u daar deed in uw jaszak dat u rammelde met uw autosleutels.' De vader drukte een grijnslach plat tussen zijn lippen. 'Zie hem nou eens aan. Hij wil mee.' 'Néém hem dan mee ik blijf wel thuis. Zo'n fijngevoelig beest is vast veel prettiger gezelschap dan ik hij is zo dol op u dat hij u wel kan opvreten.' 'Jij bent bang van die hond, daar wordt die hond bang van.' Magda zweeg nadrukkelijk. 'Droes mee met het baasje?'

teemde haar vader, en liefkozend: 'Mag niet. Droes moet van Prul thuisblijven.' Hoopvol krabbelde Droes aan de deur. 'Zie je wel?' 'Wrroeoef! Wrrraf!' 'Hoor nou toch eens!'

Een halfuur later zaten ze in de auto, de kwart eeuw oude Pontiac, die zogenaamd onzichtbaar was bijgeschilderd, 'met plakkaatverf' naar men in het dorp wist te vertellen, en waar volgens Gijselhart meer was op zat dan kilometers. Droes stond voor zijn hok aan de ketting te rukken en jankte de hemel aan scherven. De auto was gevorderd tot de straat, het slot hing aan de poort, en nu het er alle schijn van had dat ze echt wegreden remde Gijselhart. 'Een ogenblik.' 'Wat nu weer?' klaagde Prul met haar laatste restje puf, maar haar vader liet vragen doorgaans onbeantwoord, net als zijzelf trouwens. 'Ik ben zo terug.' Hij stapte uit en was zoals beloofd binnen een paar minuten terug met een boodschappentas die hij tussen hen in op de bank zette. Magda ritste hem open en bracht een blauwe metalen doos aan het licht.

'Dat is toch geen acculader Pappie jawel dat is een acculader! We nemen een taxi of nee ik blijf gewoon thuis nu ben ik het echt zat.'

'Maak je niet dik, Prullebol. We rijden toch?'

'U hoeft mij niet te vertellen hoe een acculader eruitziet dat weet ik nog heel goed van vroeger van dat stuk roest die Lincoln die nooit wilde starten.'

Maar Gijselhart had gelijk, ze reden, en Magda schakelde over op een wat minder furieus register. 'Als ik daar nog aan denk aan die ochtenden wanneer er nachtvorst was geweest wanneer we dat bakbeest moesten aanduwen voor we naar school gingen Leendert en ik. Dan zwoegden we ons de longen uit het lijf om dat gevaarte de bult af te krijgen handen plat tegen de achterbak waar je vingers aan vastvroren voeten schrap op de weg en we zagen geen steek door de wolken asem die we uitstieten. Nee niet door de uitlaatgassen o nee want u zat dan wel achter het stuur waar u nauwelijks overheen kon kijken met glinsterende ogen kin omhoog en oren gespitst maar dikwijls genoeg vertikte u het om te starten. Dan dacht u zeker het gaat eigenlijk best zo zonder motor dat spaart benzine. Jawel dat dacht u ontken het maar niet. En als we eindelijk onder aan de bult waren en de motor liep nog steeds niet dan maakten we ons uit de voeten als de hazen Leendert en ik en de hele weg naar school stikten we van het lachen als hij niet in Amerika zat kon hij nu zweren dat ik de waarheid spreek.'

Gijselhart gniffelde gestreeld. Hij was opgelucht dat Prul niet meer pruilde. Ofschoon hij heel goed tegen haar buien bestand was. Ze stelden hem gerust, in zekere zin, die nukken van haar. Een ander zou ze niet kunnen lijden, dus hoe lelijker ze deed, des te meer was ze van hem. Geen betere oudedagsreserve dan een lelijke dochter. Hij chauffeerde ongeveer zoals ze zojuist had geschetst, maar ontspannen, tevreden, vier vingers lagen losjes onder in de holte van het autostuur.

'Jij zult niet erg hard geduwd hebben,' plaagde hij. 'Je was altijd veels te bang om je kleren te bevuilen.' En hij vertelde: 'Deze wagen zuipt nog meer benzine dan mijn oude Continental, maar dat kost me geen cent. Garage Roelofs ligt namelijk met zijn betegeling drie meter over de kadastrale grens met mijn perceel en daarom heb ik bedongen dat ik vrij bij hem mag tanken, als pacht voor die strook grond. Veel rij ik niet, maar hij was intussen goedkoper uit geweest als hij me bovendien een zuinige wagen cadeau had gedaan, daar is hij nu wel achter.' En vertrouwelijk snoevend: 'Ik heb die tegels indertijd zelf voor Roelofs gelegd.'

'O wat bent u toch een boef geen wonder dat iedereen een hekel aan u heeft en *ik* word op die rotstreken aangekeken!'

Gloeiend van afkeuring en trots, precies zoals hij had gehoopt. Geen dankbaarder publiek dan zijn malle Prul. Het was nergens voor nodig geweest om zo schuchter te doen met die acculader.

Restaurant de Hooge Schans lag langs de Rijksweg, op een steile heuvel van geel zand dat werd bijeengehouden door grijze pollen, uitlopers, dode wortels. Hier en daar stonden tegen de helling wat ten hemel schreiende wintertakken. Om boven te komen moesten Magda en haar vader, die de boodschappentas droeg, een pad van glibberige boomstammetjes op, dat ze tree voor tree beklommen, met statig wederzijds hulpbetoon. Ze zagen grijs van de mistdruppeltjes toen ze de belvédère binnenstapten, een zich langs de hele voorgevel van het restaurant uitstrekkende serre van glas en groengeschilderd staal. Daar kregen ze een tafeltje met uitzicht op het weiland aan de overzijde van de Rijksweg, op de rivierdijk, en als het niet zo mistig en schemerig was geweest, dan hadden ze ook gezien hoe daarachter de Maas zich breed en bedaard naar het westen boog.

'Voor mij een jonge klare en voor mijn dochter een mineraalwatertje, want zij drinkt niet. En roep je baas even,' commandeerde Gijselhart handenwrijvend tegen de ober, die de menukaarten alsof ze breekbaar waren voor hen op tafel vlijde.

De man glimlachte weerspannig. 'Ik ben bang dat hij bezig is op het moment.'

'Kan me niet schelen waar je bang voor bent. Roep hem maar even. Zeg hem dat Gijselhart er is, van de Doornenhofseweg, dan komt hij wel.'

Even later zagen ze de eigenaar van achter het buffet naar hun tafeltje komen, zijn dikke gezicht glimmend van neerbuigendheid en nieuwsgierige ergernis, en Magda verklaarde: 'Wat ik niet snap is waarom de mensen geen stoel onder de deurklink zetten en hun oren niet met doppen barricaderen als u in de buurt bent na alles wat ze met u hebben meegemaakt.'

'Wat kan ik voor je doen, Gijselhart?'

'Ga zitten,' gebaarde de vader. En krabbend achter zijn oor: 'Ik was in het Verlichtingspaleis, voor een paar dagen terug, en daar trof ik Tonnie de Korte, die met al die bloedbuilen weet je wel, en hij wist me te vertellen – als het niet zo is moet je het maar zeggen – maar hij beweerde dat jij op zoek bent naar een acculader.'

'Kan zijn, dat ik me zoiets heb laten ontvallen, Gijselhart.'

'Nu wil het geval,' zei de vader luchtig, 'dat ik er eentje voor je heb, een heuse General Electric, een paar jaar oud, maar nooit gebruikt, zeg maar zo goed als nieuw. Het ding staat bij mij achter, ik doe er niets mee, dus ik dacht, laat ik Lammie van de Hooge Schans eens polsen, misschien kan ik hem er een plezier mee doen.'

'Ligt eraan wat die attentie me gaat kosten, Gijselhart.'

'Nou' – de vader sloeg zijn benen over elkaar, stokdoof voor ironie – 'ik weet het goed met je gemaakt. Je kunt hem voor niets krijgen als je ons vrijhoudt vanavond.'

Zijn rechterhand lag breeduit op het tafellaken, naast de poenige manchetknoop, en de middelvinger tikte op en neer, ten teken dat er grenzen waren aan zijn tijd en mensenliefde. Nu de nieuwsgierigheid bevredigd was lag de ergernis open en bloot op het gezicht van de restauranthouder. 'Een heel aantrekkelijk voorstel, Gijselhart. Alleen, je begrijpt dat ik er nu niet op in kan gaan, een andere keer graag. Ik zal het apparaat eerst eens moeten zien.'

Invoelend geknik van het Gijselharthoofd. 'Spreekt toch vanzelf, Lammie. Daarom heb ik het ding voor je meegebracht. Ik haal het eventjes uit de garderobe. Niet weglopen, hoor.'

Het was niet voor het eerst in haar leven als dochter dat Magda bleef zitten met iemand die moeite had om allerlei onaardigs jegens haar vader achter zijn tanden te houden. Ze zat vaag en onnozel naar de beklagenswaardige man te glimlachen, handen in haar schoot, tot Gijselhart terugkwam van de garderobe, de acculader ceremonieus en voor de hele zaak zichtbaar in zijn handen. Er viel een gewijde stilte om hem heen, die hij verbrak met de woorden: 'Alsjeblieft, Lammie. Gloednieuw, ik heb niets te veel gezegd. Toch een mooie ruil niet?'

'Ik heb mijn huur, mijn personeelskosten, ik kan niet zomaar...' sputterde Lammie gedempt tegen.

'Ach wat! Je hebt een uitverkochte tent vanavond. Aan een boom zo volgehangen enzovoort. Ik krijg op mijn leeftijd haast niets meer door mijn keel en kijk eens wat een scharminkel mijn dochter is, die eet nog minder dan een kanariepiet. Nou, wat zeg je ervan?'

'En wat ik ook niet snap Pappie,' vond Magda, toen de restauranthouder Gijselhart had gesmeekt om zich gedeisd te houden en alsjeblieft te gaan zitten, en zich met de acculader half onder zijn colbert naar het buffet repte, 'dat is waarom er geen sirenes gaan loeien of stoppen doorslaan wanneer u zegt ik weet het goed met je gemaakt. De mensen moesten toch beter weten.'

'Hebzucht, meisje, platvloerse hebzucht. De mensen zijn reddeloos verknocht aan het stoffelijke. Ik ben dat niet, ik houd alleen maar van geld. Ik zou zelfs mijn enige dochter verkopen, als er iemand was die haar hebben wilde.' Die opmerking moest weer goedmaken wat hij thuis verkeerd had gezegd. Magda leek de bedoeling te waarderen. 'Kom, sla de menukaart eens open. De keuze kan vandaag niet moeilijk zijn, we nemen het duurste dat ze hebben. En je drinkt een glaasje wijn mee, want je moet die acculader voor me terugverdienen.'

Het museum van de toekomst

De menukaart van de Hooge Schans was niet te Parijs geschreven. Geen adelaarseieren, geen wezelhersens gesauteerd in ooievaarskuitevet, geen pommes d'Hesperides. Niet eens koninginnensoep met kwartels. De toetjes waren niet getooid met de namen van legendarische operadiva's en in je laatste glas wijn werd door de ober geen parel geworpen. Juliennesoep kon je er krijgen en het duurste dat het menu te bieden had waren kalfsoesters, zonder truffelsaus. De kaart stemde teleurstellend precies overeen met het degelijke doe-maar-gewoon van de inrichting. Het was welbeschouwd geld over de balk gooien, vond Gijselhart, om uit eten te gaan in een tent als deze. Acculaders zouden overal wettig betaalmiddel moeten zijn, deelde hij de ober mee, voordat hij zijn bestelling deed van tweemaal kalfsoesters à zevenentwintig gulden vijfenzeventig, tweemaal een heldere bouillon van vijf gulden en, na een boze woordenwisseling met zijn dochter – ze lustte geen vis meer, zei ze, vis smaakte naar dood in haar mond de laatste tijd, ze was niet goed snik – één toastje zalm van twaalf gulden vijftig en, vooruit dan maar, het geld groeide hem toch op de rug, een avocadococktail. Daarbij een half flesje Chablis en een Bourgogne. De weerspannige ober informeerde of hij bij zijn kalfsoesters niet liever een Riesling of een Elzasser zou drinken, maar Gijselhart had die goochemerd wel door, hij bleef bij zijn Bourgogne van negenendertig vijfennegentig. Op de bodem van zijn sigarendoos rekende hij uit dat zijn acculader hem tot dusver honderdeenenveertig gulden en vijfennegentig cents had opgebracht. 'Exclusief fooi.'

'U bent toch niet van plan om straks weg te lopen zonder de ober iets te geven dat kan echt niet Pappie ik zou me doodschamen.'

‘We zullen zien, Prul. Honderdeenenveertig gulden en vijfennegentig cents is knap weinig voor een zo goed als nieuwe acculader. Maar als je straks flink je best doet met het dessert, wie weet zit er dan wel een fooi aan voor die sloeber.’

Gijselhart leunde achterover, als na gedane arbeid, en met een zelfingenomen krul in zijn lippen deed hij zich te goed aan de doodsbleke en mosgroene aanblik van zijn dochter. Hoewel woorden als schaamte, fatsoen en netjes haar in de mond bestorven lagen vond ze het in haar hart heerlijk dat haar vader zo’n ongelikte beer was met wie je je nergens kon vertonen. Dat was althans de vaste overtuiging van Gijselhart. Prul was voor honderd procent zijn dochter. Ze had niets van de truttigheid van haar moeder zaliger die zich, als over een rotte balk boven een moddersloot, voetje voor voetje en bange kreetjes slakend door het leven had bewogen. Wat een dichtgeknoopte trien was dat toch geweest, met haar handschoentjes, haar lippenstift en jujubes die almaar zoek raakten in haar handtas, God hebbe haar ziel. Prul vond niets prettiger dan de rest van de wereld tegen zich in het harnas te jagen, de verdomhoek was haar element. Dezelfde verdomhoek waar Gijselhart zich eenzaam oefende in de financiële heiligheid. Ze hoorden bij elkaar, vroeg of laat moest ze dat inzien.

Zachtjes stovend in zijn tevredenheid zat Gijselhart te luisteren naar de dreun van haar hese alt, een muziek even knus en kalmerend als het denderen van een lange nachttrein. Een beetje alert moest hij wel blijven, teneinde snel een wissel te kunnen omgooien wanneer haar stem hysterisch begon te accelereren, maar hij wist dat het voor zijn gemoedsrust beter was om met omfloerste oren te luisteren en wat ze zei niet tot zich te laten doordringen.

En hij had zelf zoveel om over na te denken. Bijvoorbeeld hoe onbegrijpelijk het was, achteraf, dat hij er jaren over gedaan had om van zijn dochter te leren houden. Maar de liefde was een hoge wetenschap, hijzelf hardleers, Prul een taaie les. Om te beginnen had ze niet eens geboren willen worden, die zaterdag, dertig jaar geleden, toen suiker en textiel nog op de bon waren en het gezin wegens de woningnood op een zolderverdieping in de stad huisde. Haar moeder was al dertien dagen uitgeteld en nog kwamen er geen weeën. De dokter, die dat weekeinde naar buiten wilde, naar zijn paarden, had haar pillen gegeven. De bevalling duurde van één uur 's middags tot vier uur 's nachts en alles wat dat titanenwerk voortbracht was een onooglijk ding van amper vier pond, vol rimpels en blauwe plekken. Gijselhart had het op het eerste gezicht Prul gedoopt. Het had dauwworm en moest elke dag gebaad worden in zemelenpap en stijfsel. Het wilde niet eten, niet slapen, alleen zo zenuwtergend krijsen dat hij het op een nacht uit de wieg had genomen en uit het raam van de dakkapel had laten hangen, dertig meter boven de rijweg. 'Nou is het uit of ik smijt je naar beneden!' Hij had dat verhaal nog dikwijls moeten horen, het was een van Prulletjes dierbaarste anekdotes geworden.

Nu, in zijn herinnering, was het moment dat zijn liefde voor haar wakker werd onmiddellijk aan die anekdote gemonteerd. Een lang verschiet van baksteen met de kleur van verwelkte rozen, een lange muur waarachter speelplaatsen, schoolgevels, een patronaatsgebouw, een klooster, allemaal in dezelfde zwartrode tint. Boven de ingang van de bewaarschool een nis met een hardstenen beeld van een pedagogische heilige die, belerend en zegenend, een wijsvinger opstak. Het vette groen van de kastanjebomen in de late zomerzon, donkergroen van klimop en op de straatklinkers, die ook weer die kleur van verwelkte rozen of geronnen bloed hadden, de ongerijmdheid van witte schoenen en sokken, van plissérokje, wit bloesje, zwabber blond haar en kindervlees.

Van zijn dochtertje, kortom, dat met uitgespreide ledematen voor de bumper van een auto lag, alsof het uit de lucht was komen vallen. Dat was het slot van haar eerste dag op de bewaarschool. Hij had haar opgewacht bij de poort, tussen het plotseling opgestoken geschetter en gefladder, en nog voor hij haar in de zwerm kon ontdekken had ze zich laten overrijden.

In zijn pas ontwaakte gevoel voor zijn dochter, toen nog een onbeholpen schuldgevoel, had hij meteen een rivaal gekregen. Uit de snotgroene Austin die haar had aangereden was een man gekropen. Het was een veel te grote man voor zo'n wagentje, hij liep dan ook wat krom. Elke dag kwam hij haar in het ziekenhuis bezoeken. Een man met een hangsnor, in een gabardine regenjas die hij nooit dichtknoopte en nooit uittrok. De eerste dag bracht hij een pluchen beer mee. 'Zeg eens dankjewel, Prul.' Ze zei niets, ze was betoverd door de ongelukkige verschijning. Het met bloedkorsten bedekte gezichtje op het ziekenhuiskussen monsterde hem gefascineerd en hij keek terug, hongerend, en ook zonder een woord te zeggen.

De volgende dag bracht hij een grote tuit vol schuimpjes en spekjes en dropveters, die ze gierig zou bewaren tot het snoep muf was geworden en moest worden weggegooid. De derde dag werd ze al ontslagen. Ze had alleen een lichte hersenschudding. Toen ze haar kartonnen kinderkoffer had gepakt en aangekleed naast het bed stond kwam de man met een blikken fornuisje waarop je echte poffertjes kon bakken. In plaats van blij te zijn dat ze zich zo voorspoedig hersteld had was hij ontroostbaar. Ze moest thuis nog een paar dagen het bed houden en ook daar kwam hij op bezoek, hij had een jurkje voor haar gekocht van wit katoen, bedrukt met allerlei ooft in vrolijke kleuren. Hij zou nog veel vaker gekomen zijn als haar moeder niet had gezegd dat hij het kind niet zo mocht verwennen. Die automobilist was de eerste geweest van een stoet besnorde mannen, die nu in het bewustzijn van Gijselhart waren ineengevloeid tot een abstracte vijand, de Vreemde Man.

Prul was toch nog uitgegroeid tot een flinke meid. Alleen was ze ten gevolge van haar moeilijke geboorte scheel gaan zien: met haar linkeroog keek ze normaal voor zich uit, maar het rechteroog hemelde. Lui kon je dat rechteroog niet noemen. Ze had intussen vijf operaties achter de rug waarbij de oogspier telkens iets was ingekort, maar na iedere ingreep richtte het zich toch weer eigenzinnig op het hogere. Het was juist een bijzonder taai en koppig oog. Haar broer noemde het haar 'Heilige Rita'-oog. Omdat ze scheel was heette ze lelijk, en toch was haar lelijkheid boeiender dan welke conventionele schoonheid ook. De wanorde der lelijkheid verveelt nooit. Haar oog was het oog van een storm die nu dertig jaar raasde.

Ze wilde haar cyclonische talenten dolgraag ook buiten de Doornenhof uitproberen en kon maar niet begrijpen dat een storm in een glas water nog altijd meer te betekenen heeft dan een storm in een woestijn of op een uithoek van de oceaan waar niemand er last van heeft. Ze besefte niet dat ze haar gevoel van onomstotelijke Prulheid alleen binnen de familiekring had kunnen hebben en dat het daarbuiten wat Prulgevoeligheid betrof ongelooflijk woest en ledig was. Het slepende lijden van haar school- en studiejaren was daaraan te wijten. De al of niet ingebeelde pesterijen op school waren niets vergeleken bij de verhalen die ze er thuis onder het avondeten over deed. Daar raakten haar vader en haar broer er tot gapens toe gedeprimeerd van, terwijl de nonnen van wie ze les kreeg hun vespers baden met een gelijkmoedigheid die in de ogen van Prul het toppunt was van hypocrisie en dikke huid. En 's avonds beloonden ze haar proefwerk met een zes min of nog erger!

Ze kwam pas tot bedaren wanneer haar vader opperde dat het hoog tijd voor haar was om van die achterlijke meidenschool af te gaan en de rest van haar dagen te slijten in het gezelschap van haar Pappie, die inmiddels een zielige weduwnaar was en wel eens beloond mocht worden voor alle opofferingen die hij zich voor zijn zorgenkind getroost had. Dan hield ze zich een hele week koest.

Dat de nonnen representatief konden zijn voor de hele buitenwereld was een zo huiveringwekkende gedachte dat ze bij Prul niet opkwam. De opluchting na haar eindexamen was van korte duur: ze kondigde aan dat ze medicijnen ging studeren. Ze bracht dat plan ten uitvoer op dezelfde manier als haar voornemen om piano te leren spelen, kwaadschiks en *con furore*. Van formalinelucht moest ze overgeven. De hoofdpijntjes van vroeger verdichtten zich tot een migraine. Kilo's gestencild collegedictaat werden tegen de muur gesmeten en onder geweeklaag weer bijeengeraapt. Maar dit lijden kende Gijselhart slechts voor de helft uit eigen aanschouwing, omdat met haar studie ook haar omzwervingen begonnen waren, een twaalfjarig dolen tussen de Doornenhof en de stad, die een universiteitsstad was.

Prul moest en zou op kamers. Het is normaal dat studenten op kamers wonen en ze wenste in geen enkel opzicht abnormaal te zijn. Het was haar vader die een woning voor haar vond, in een van zijn eigen panden. Hij stond erop die woning zelf te schilderen, kasten te timmeren, deuren opnieuw te hangen, en in zijn loods had hij nog ergens een driepitsgasstel en een oventje en een haard staan, die hij voor haar schoonmaakte, lakte en aansloot. Hij verhuisde haar zelf, met zijn oude Pontiac en zijn aanhanger, haar meubeltjes en heel haar garderobe in twee keer, en de derde en laatste keer haar zwarte Blüthnerpiano. Toen ze echt niets meer nodig had zei hij bedremmeld: 'Nou, tot ziens dan. En je weet het, als het je hier niet bevalt, dan is er altijd een adres waar je terecht kunt.'

Na een paar dagen kwam hij langs, onaangekondigd. Hij had de gewoonte om bij iedereen zomaar zijn hoofd om de hoek van de deur te steken, verlegen, alsof hij op zijn hoede moest zijn voor vreugdeuitbarstingen van een Droesachtige uitbundigheid, en dan met een grimas op zijn bruine gerimpelde gezicht en een witte twinkeling in zijn ogen rond te kijken en goeiendag te zeggen. Maar voor Prul kon hij evenmin onverwachts komen als zij voor hem. Ze had het geïllustreerde boekwerk over het orgasme bij de vrouw altijd klaarliggen op de salontafel. Wist hij meteen hoe het met haar stond! Haar eigen vermogen om feiten die haar niet zinden te negeren had ze echter van geen vreemde. Dat had ze kant-en-klaar van hem geërfd. Hij vroeg of de deur nog klemde. Zijn timmerkist stond in de auto, hij kon het zo in orde maken. Nee, de deur klemde niet meer. Of het oventje goed werkte. Ze had het oventje nog niet gebruikt. Ze was in drie dagen evenzovele kilo's afgevallen.

Ellendig zat ze op haar bankje en zonder aanleiding begon ze hem verwijten naar het hoofd te slingeren. Dat hij gierig was en mensenschuw, een lafaard, dat hij haar minachtte, misbruikte, haar alles misgunde, het bekende rijtje. Hij deed alsof hij het niet hoorde. Ze vertelde dat hij nog geen drie minuten weg was geweest, de vorige keer, of het was als een messteek tot haar doorgedrongen dat ze in haar blinkend keurige nieuwe woning niemand had om tegen te praten. Zo had ze zich haar nieuwe leven niet voorgesteld! Ze had geprobeerd om geduld te oefenen, maar dat had ze ook nog nooit alleen gedaan. Ze had zich voorgenomen om een vriendin te vinden, of nog beter een vriend, maar iedereen leek behept met een wonderlijk vooroordeel tegen haar. Niemand nam haar serieus. Het leek wel een komplot. Haar vader had het huis behekst, hij had iets door de verf gemengd waarvan ze het gierend op haar zenuwen kreeg en dat de mensen buiten de deur hield, een soort Gijselhartessence. Ze begon te huilen van spijt en opluchting en vroeg of hij geen borreltje wilde uit de fles die hij zelf in haar koelkast had gezet, zodat ze haar arme vader een glaasje kon schenken wanneer hij op visite kwam en hij kon zien of er herenbezoek was geweest. Nee, zei hij, hij kon maar beter gaan. En hij ging. Drie weken later woonde ze weer thuis.

Dat was de eerste geweest van een hardnekkige reeks pogingen tot zelfstandig wonen. En ook wel de kortste. Soms hield Prul het drie maanden uit in haar eentje, soms duurde het zelfs zes maanden, maar telkens kwam toch het ogenblik dat haar vader op de drempel stond en met hoofdschuddend leedvermaak kon vaststellen dat ze er weer een janboel van had gemaakt. Hij was de tel kwijt van de keren dat hij haar zwarte piano op zijn aanhanger had verhuisd. Als je het instrument aansloeg klonk er een gebroken onderwatermuziek uit op die heel de treurnis van haar leven verklankte.

Bij elke uitwoonperiode hoorde een reïncarnatie van de ontroostbare automobilist, een nieuwe versie van de Vreemde Man. De Man was minstens twee keer zo oud als Prulletje zelf en stiekem getrouwd. Hij lachte alsof hij bang was om zich te bezeren aan het mes tussen zijn tanden. Ze had hem lang geleden eens aan haar vader voorgesteld door theatraal een kastdeur open te trekken. Daar stond hij op doorgezakte knieën tussen haar kleren en grijnslachte tegen zijn borst. Dat was Adonis de Griek geweest, als Gijselhart zich niet vergiste, en hij kon zich ook een Hongaar herinneren, een

Griekstalige Libanees, Damiano de Italiaan, allemaal orgeldraaiers versierd met snorren en krullerige namen. Haar liefdeleven kostte haar handenvol geld. Het enige dat ze eraan overhield was een uitgebreide talenkennis.

Steeds duidelijker tekende zich in haar leven het patroon van een doolhof af en intussen werkte haar vader op de eerste verdieping van zijn eigen huis gestaag aan de inrichting van het Prulmuseum. Een oude commode herbergde de afdeling memorabilia. De beer die haar was toegekend voor haar ongeluk, thans kaal en afgelebberd, had een plaatsje op het marmeren blad, naast haar pop Germa, die voluit Made in Germany heette op haar plastic ruggetje. Er was een la met inentingsbewijzen, rapporten en diploma's, ook een la met foto's. Maar in hoofdzaak was het museum gewijd aan de toekomst die Gijselhart voor zijn dochter in gedachten had. Het museum *was* haar toekomst, met elk stuk dat hij eraan toevoegde kwam die toekomst dichterbij. De oude man, die voor zichzelf nooit iets gewild had dat geen geld was, scharrelde rond bij antiquairs en op veilingen, waar hij bieders die uit waren op een koopje graag de voet mocht dwarszetten. Hij kocht daar voor zijn dochter blauwe perzen, kasten van notehout, zilveren sierschalen en theeserviezen, meters kant, kristallen messeleggers, etsen en oude olieverfschilderijen. Hij ging de boer op om het fineerwerk te kopen waar de streek bekend om stond. Van kunstgeschiedenis en antiek wist hij weinig, maar hij kwam nooit met een slecht stuk thuis, omdat hij zelf een ambachtsman was en een gedreven hand meteen herkende. Zijn levenslang onderdrukte gevoel voor wat mooi was kon hij nu botvieren ten behoeve van zijn dochter, die het museum overigens zelf beschouwde als een liefhebberij van haar vader en niets meer. Ze zat liever beneden in de keuken, wanneer ze thuis woonde. Het museum gebruikte ze alleen om er piano te spelen en mensen te ontvangen die ze weer snel weg wilde hebben. Maar Gijselhart kon er urenlang zitten kijken naar de gedaanteverwisselingen van de spullen onder het rondlopende licht. Hij wist welke tinten bij welke lichtval zouden opgloren en hij genoot daarvan, uit naam van zijn gedroomde dochter.

Nog een doos

'Weet u nog dat ik u verteld heb over die nieuwe collega keelneusoor,' sprak Prul snel, toonloos en inleidend. Ze had het over haar werk, zo te horen. Haar werk was een ver en veilig onderwerp. Gijselhart keek naar het mes en de vork in haar handen. Die leken hoogtevrees te hebben en de duik in het voedsel almaar niet aan te durven. Hij keek naar haar linkeroog, dat bij een of ander innerlijk vergezicht verwijlde en geen aandacht had voor zijn bemoedigende blikken richting eetgerei.

'Die ze bij ons op het ziekenhuis ontslagen hebben die ze gekruisigd hebben de Farizeeërs. Achjawel datweetutoch, van die man die zich voor wel een half miljoen had ingekocht en binnen drie maanden weer op straat stond enkel en alleen omdat de directie hem niet lijden mocht hij is een jood daarom, en die nu nergens werk kan vinden terwijl hij omkomt in de schulden want hij heeft die praktijk met twee ton verlies van de hand moeten doen. Sallie Appelsien hebben ze hem gedoopt met onverbloemde rassehaat daar moest u nog zo om lachen met uw imbeciele hoofd. Achjawel! Die te vrijpostig was met de kinderen als hij hun amandeltjes moest knippen dat vonden tenminste de woudezelinnen die de deur bij ons platlopen met hun kroost en niks gewend zijn hebiktochverteld!'

Met grote schoppen werden er kolen in de vuurhaard van haar spraaklocomotief geladen. Gijselhart spoedde zich naar het remhokje. 'O ja,' bromde hij huiselijk, 'nu je het zegt...'

'Na zijn ontslag is hij bij me thuis geweest en hebben we 't erover gehad dat hij er niets van begreep van al die haat en onrechtvaardig behandeld was en zou gaan procederen. Hij heeft een hekel aan procederen hij is zo gevoelig door alles wat hij heeft meegemaakt in zijn familie. En op mijn werk zeiden ze, dat loeder van een Evelien Hoppenbrouwers voorop dat over alles ongevraagd haar mening rondbazuint, "Dat jij zo'n misdadiger over de vloer haalt," zei ze, "en als hij nog aantrekkelijk was, maar hij heeft een dikke pens en korte beentjes en is al zesenvijftig." Dat is toch van een benepenheid zeg nou zelf u was tien jaar geleden al zesenvijftig.'

'Wil je niet vergeten om een beetje wijn te drinken, meisje? Als je nu goed je best doet kunnen we straks misschien nog een fles bestellen.'

'Wekenlang heeft het op het ziekenhuis gegonsd van de verdachtmakingen allemaal hadden ze hun gifangels uit. Dat hij een dief en een kinderverkrachter zou zijn terwijl hij juist zo goed is met kinderen en ik ben zelfs gewaarschuwd door wie zal ik niet zeggen dat mij wel eens hetzelfde kon overkomen ontslag dus als ik mijn deuren niet voor die man zou sluiten. Wat gaat het hun aan wat ik uitvoer in mijn eigen huis waar het zo akelig is sinds die vrouw is verbrand...'

Het bestek in haar handen bleef maar huiveren voor de afgrond. 'En eten, Prul. Neem maar flink van die witlof. Je moet eten voor twee. Je oude vader heeft vandaag niet zo'n honger.'

'Hij heeft een huis in Amsterdam althans de helft ervan het is geërfd van zijn ouders de andere helft is van zijn zuster die het zelf bewoont en een paar jaar jonger is dan hij en ook alleenstaand. Het zit mudjevol met kunstvoorwerpen tot voor vijftien jaar heeft ze in Italië gewoond archeologisch puin hoeken van kapitelen tabletten met inscripties het lijkt wel een steenhouwerserf. Bruno of Sallie zoals u hem noemt zegt dat ze een arm van de Venus van Milo heeft de neus van Socrates de mannelijkheid van Antinoüs in een la die altijd op slot zit je kunt wel met hem lachen soms afijn de vloeren buigen ervan door. Sallie wil het huis verkopen om zijn schulden te vereffenen anders gaat hij bankroet en wordt het alsnog verkocht aangezien hij voor de helft eigenaar is dus u begrijpt dat hij haar in de tang heeft. Esther zo heet ze wordt al beroerd als ze aan verhuizen denkt ze wil er niet van horen en heeft alle deuren tegen hem vergrendeld. Als ze de stad in wil loopt ze eerst naar zolder waar ze een goed uitzicht heeft om te zien of hij zich niet in de buurt ophoudt en zal inbreken wat hij namelijk al eens geprobeerd heeft.'

'Eet,' beval de vader. 'Ik wou dat je me de oren niet van het hoofd kletste, maar at, net als vroeger. Neem nog wat aardappelen. Maak dat schaaltje maar leeg. Ober!' riep hij, toen hij het boven haar bord had omgekeerd, 'nog wat aardappelen graag. Was ik maar zo oud als jij. Ik kon bunkeren. Een meid van dertig moet een hele zij spek naar binnen kunnen slaan. Wat zou zo'n extra bak piepers kosten? Een rijksdaalder misschien. Je hoeft hem straks niet leeg te eten, hoor, laat maar staan. Was 's mans beste vriend maar hier, onze droevige Droes, die nu voor zijn hok ligt te treuren. Hij zou er wel raad mee weten!'

Zijn dochter keek hem aan alsof hij een onverstaanbaar brabbelende peuter was. Ze haalde diep adem. 'Dat ik een man die wordt vervolgd en uitgejouwd en met zichzelf geen raad weet zo nu en dan geborgenheid heb geboden is toch geen misdaad vindt u ook niet en hij houdt voor mij de spoken op een afstand bovendien. Mijn leven is een nachtmerrie Pappie. Het is niets dan werken en zorgen en 's avonds thuis die ongezelligheid waar een vrouw nog veel weerlozer tegen is dan een man. Mannen laten zich met raketten de eindeloze ruimte in schieten ze vinden het avontuurlijk om in hun ruimtepakken door die zwartheid te tollen terwijl een vrouw zou sterven van onbehagen. Een vrouw wil het een beetje knus en warm hebben maar als je weet dat zwangerschapsverlof onder de ziektewet valt dan kun je nagaan hoe levensvijandig het toegaat op mijn werk. De medische wetenschap heeft geen eerbied voor het leven en wil helemaal niet genezen wat die wil is godgelijk zijn en in zijn laboratoria mensen scheppen waar de wind dwars doorheen waait die nooit rust zullen vinden omdat ze niet uit een vrouw geboren zijn. Mannen hebben geen vertrouwen in de meest klaarblijkelijke levensfeiten daarom doen ze alles wat God gedaan heeft nog eens over, bouwen ze hun schijnwerelden vol gammele torenhoge staketsels die toch nooit tot in de hemel zullen reiken. Al het scheppen van mannen komt voort uit gebrek aan geloof en vertrouwen. Wat mij dus het allerschattigst lijkt is een hummeltje aan mijn borst kan me niet schelen of dat ongeëmancipeerd is. Ik heb vijfentwintig jaar in de schoolbanken gezeten ik heb een verantwoordelijk beroep waar negenennegentig procent van de mannen te stom voor is en toch is het mooiste dat ik bedenken kan een hummeltje aan mijn borst. Een man wil ik ook wel maar liever nog zo'n hummeltje. Ze kunnen kletsen wat ze willen die tantes die bang zijn van hun van God gegeven biocreativiteit *zij* zijn het die zich de mannenmoraal hebben laten opdringen ik niet. Ik voel dat ik een dwaalspoor bewandel als ik me niet door mijn vrouwelijke bestemming laat leiden begrijpt u wat ik bedoel Pappie u hebt tenslotte zelf kinderen al bent u voor ons nooit wat je noemt een vader geweest.'

'Weet je waar ik de hele tijd aan zit te denken, Prul? Aan die lange gespleten tong van Droes en aan zijn enorme kaken. Aan hoe hij dit eten dat jij laat staan zou opslobberen, hoe zijn maag zou opzwellen, zijn vacht zou gaan glanzen. Nee, geef mij maar een hond, met een hond heb je tenminste eer van je gulheid, die laat zijn eten niet verpieteren.'

Een kregele frons woei over het voorhoofd van de schim tegenover hem. 'Nou Sallie Appelsien zoals u hem noemt ook niet die kan eten als een wolf. Wanneer hij opbelt dat hij komt moet ik vlug een biefstukje gaan ontdooien en zijn flesje wijn op de schouw zetten want het eerste dat hij zegt bij binnenkomst is dat hij rammelt van de honger. En zit hij te eten dan fulmineert hij aan één stuk door met volle mond tegen mijn afkomst en mijn familie. We zijn maar schorem vindt hij hoewel het helemaal niet duidelijk is van welke boom hij zelf is komen vallen over zijn vader heb ik hem nooit gehoord. Volgens mij is het zijn zus Esther die hem deze onzin influistert zij heeft het zo hoog in de bol. U noemt hij altijd het oude aasdier geld adelt niet zegt hij maar geen geld verpaupert geheid dat merk je wel aan hem de schrokop. Over Leendert zegt hij dat zo'n broer van de verkeerde kant op verworden bloed wijst dat iemand die zelf jood is zulke taal uitslaat vind ik een gotspe wie boter op zijn hoofd heeft moet niet in de zon gaan lopen. Ik deug ook niet ik heb geen innerlijke beschaving mijn pianospel is voor een bordeel nog te ordinair ik zie eruit als een heks en praat als de middengolf op een heldere avond veel te grofbesnaard ben ik voor een man als hij maar hij vindt me wel goed genoeg om vijfendertigduizend gulden van te lenen.'

Gijselhart schrok, eerst van de stilte die ze op deze woorden liet volgen en met een halve minuut vertraging nog eens van de nagalmende woorden zelf. 'Je wilt toch niet zeggen, Prul, dat je die man vijfendertigduizend gulden hebt geleend?'

'Natuurlijk heb ik hem vijfendertigduizend gulden geleend je kunt een drenkeling je hand niet weigeren.'

'Je hebt daarvan hoop ik akte laten maken en hem dat bedrag niet uit de losse hand toegestopt? Wat voor rente heb je hem berekend? Welke termijn heb je hem gesteld?'

'Ik sleep mijn vrienden niet naar de notaris dat doe je niet als je tenminste geen A.W. Gijselhart heet. Ik heb het geld van de bank gehaald dat kostte driehonderdvijftig gulden boete en het hem renteloos voorgeschoten tot hij het terug kan betalen. Ik heb dat gedaan om onze vriendschap te bestendigen maar sinds hij de poen heeft heb ik hem niet meer gezien ik ben zo ongelukkig Pappie!'

Nu ze eindelijk haar vaders aandacht had bracht Prul haar mes en vork naar het bord en begon het met een beestachtige ijver leeg te eten. Gijselharts onderkaak kwam langzaam omlaag. Een regiment geüniformeerde frasen als 'dat doet maar', 'dat leeft er maar op los', 'dat heeft de oorlog zeker niet meegemaakt' stormde holderdebolder van zijn tong. Vroeger had hij zich altijd gevleid gevoeld wanneer ze hem tegen zich in het harnas probeerde te jagen, maar dit was niet leuk meer. Zat hij zich hier uit te sloven om een paar tientjes te verdienen, en zij duwde alsof het niets was de eerste de beste schooier vijfendertigduizend gulden in zijn knuist.

'Soms denk ik dat je onmogelijk een dochter van mij kunt zijn. Ik vraag me ernstig af wie er aan de deur is geweest, in de winter van '52. Je moeder heeft het geheim in haar graf meegenomen, maar volgens mij was het de duivel zelf. Je weet hoe ik me mijn leven lang heb afgebeuld en nog blijk jij, mijn zogenaamde dochter, de waarde van geld niet te kennen.'

'Geld hééft ook geen waarde Pappie,' kauwde Prul, 'evenmin als een koortsgrafiek temperatuur heeft. Je zou hoogstens kunnen zeggen dat geld waarde uitdrukt of vertegenwoordigt.'

En dan nog nuffig doen ook. 'Hou die wijsheid maar voor je! Ik heb geld en jij hebt het niet, dat staat als een paal boven water, hoewel je beslist zou kunnen zeggen dat jij het vertegenwoordigt, voor die sujetten die jou de een na de ander komen leegschudden. Jij hoeft me niet te vertellen hoe ik moet denken over geld. Dat ik er juist over denk kun je met één oogopslag aan mijn bankafschriften zien. En jij, wat heb jij overgehouden aan die duizenden en nog eens duizenden guldens die door je vingers zijn gegaan? Een drakerig verhaal over bruine ogen en witte tanden en een lege portemonnee aan het eind van ieder hoofdstuk. Dat dure leven van jou staat voor één gulden vijfentwintig bij iedere supermarkt in het rek. En nu hoop je natuurlijk stiekem dat ik gauw doodga, zodat je de erfenis er ook nog doorheen kunt jagen.'

Zielige versleten man bedelend om genegenheid. O Prulletje, laat nu alsjeblieft zien dat je in je hart toch houdt van je komijnensplitsende Pappie. Dat je de man die je leven heeft verwoest niet doodwenst. Dat je hem niet zou willen missen, zelfs niet voor al het goud dat hij bij elkaar heeft geschraapt. Maar ze zei: 'Wat ik eigenlijk hoopte was dat u Bruno z'n helft van dat huis zou willen kopen dan kon ik daar gaan wonen en in Amsterdam werk zoeken dan moest hij me wel zien of hij wilde of niet maar nu u zo reageert kan ik beter mijn mond houden geloof ik.'

Een huis kopen helemaal in Amsterdam met zijn Kostverlorenkade en Onbekendegracht, in die heksenketel vol onterende liefde, waar al zoveel meisjes gekrepeerd waren, en opdat ze daar kon gaan samenhokken met een bejaarde bankroetier! Zelfs voor een bijziende scharrelkip als zijn Prul was dit idee te onzalig. Waar zag ze hem voor aan? Als hij ergens een hekel aan had, dan was het wel om belazerd te worden. Was het niet erg genoeg dat de rest van de wereld uit dieven en oplichters bestond, moest hij nu ontdekken dat ook zijn eigen dochter een duivelin met een gapende geldhonger was, een luizenplaag in zijn tuin van gierig gebalde beloften?

'Hoer,' blafte hij.

'Wind u niet op Pappie het was zomaar een idee.'

'Straatslet.'

'Zomaar een idee maar als het u niet bevalt dan vergeten we het gewoon.'

Dromensloopster! Sloerie! Bodemloos bankbiljettenvretend pu-dinges! Een zware depressie kwam over het Gijselhartgemoed, stemmingen en koersen zakten er tot ongekende laagten. Hij had met zijn dochter de helleput in huis gehaald, hij was verdoemd. Zij zat tevreden te boeren achter haar servet. Met de behendigheid van de drukbezette arts had ze haar bord in een ommezien helemaal schoongegeten.

'Je neemt nog een dessert.'

'Nee dankuwel ik heb zalig gegeten ik vind het reuze aardig dat u het zo vriendelijk vraagt maar...'

'Gun je me niet eens een behoorlijke prijs voor mijn acculader? Je neemt nog een dessert!'

'Nee. En laat dat tafellaken los straks gaat uw couvert nog over de grond.'

Hij moest weg van haar, en snel, voor hij een ongeluk beging. Een handeltje. Al eerder die avond, tijdens een van Pruls monologen, had hij vriendelijk zitten knikken naar een echtpaar dat enige tafeltjes verder monumentaal zat te zwijgen. De twee brachten alleen kauw- en snuifgeluiden voort. Ze leken zelfs aanstoot te nemen aan het geklets om hen heen, alsof de ernst van hun huwelijksramp erdoor miskend werd. Gijselhart liet zijn dochter zitten met een kop koffie en ging zijn complimenten maken aan het paar dat thuis, zo wist hij, een antieke kussenkast had staan, een erfstuk. Hij leverde rustiek commentaar op de kou en de mist, met veel krachttermen en verbasterde klinkers, en kwam zo vanzelf op molm en de kussenkast. 'Dat onding is toch niet meer van deze tijd,' adviseerde hij de twee vertrouwelijk, 'en het dondert zowat van wrakkigheid in elkaar.' Hij wist het goed met hen gemaakt. Als de man de twee iepen achter in zijn tuin kwam snoeien, dan wilde hij 'die sta-in-de-weg' wel voor hen opruimen. De echtelieden leken nauwelijks vereerd dat Gijselhart van de Doornenhofseweg ongenood aan hun tafel was bijgeschoven. Ze keken elkaar gramstorig in de ogen. Ze moesten er eerst eens over nadenken, zeiden ze.

Alles raakte hij kwijt, zijn rijkdom, zijn overredingskracht, alles, zijn dochter incluis. Berooid keerde hij naar haar terug. 'We gaan,' zei hij. Ze volgde gedwee. Op de trap van boomstammetjes was het aardedonker en nog gladder dan daarnet. De hiel van zijn schoen gleed af langs een te smalle tree, de lege boodschappentas bobsleede naar de parkeerplaats, hij belandde op zijn stuit. Dofheid wolkte in hem op als inkt in water. Had Prul hem niet overeind getrokken, dan zou hij zich aan de trap hebben laten vastvriezen.

In de auto meende hij zeker te weten dat ze die avond met haar mededelingen slechts de omtrek beschreven had van een nog onaangenamer bericht. Hij voelde de aanwezigheid van het vooralsnog onbekende feit, ze had erop gezinspeeld, misschien had ze het zelfs genoemd. Hij voelde het als een manshoge doos in de hal van zijn leven staan, onwrikbaar en geheimzinnig, een nieuwsgierigheid prikkelend waarvan alleen ellende kon komen. Op zijn dagelijkse gangen zou hij steeds weer tegen die doos aan lopen. Hij zou de belettering bestuderen, een exotisch schrift, het zou best eens van dat achterstevoren Hebreeuws kunnen zijn. Alleen de adressering aan A.W. Gijselhart was hem duidelijk, tussen die vreemde tekens. Tegen beter weten in zou hij na een paar dagen een mes halen, de touwen en het plakband doorsnijden, hij zou iets in ontvangst nemen wat hij nooit had willen hebben.

'Prul,' zei hij, voor het deurtje in de Doornenhofse achtergevel, 'Prul,' zei hij, over de drempel hinkend, 'je moet straks even naar mijn been kijken. Ik geloof dat die zweepslag van verleden jaar weer opspeelt, of misschien is het de meniscus.' In de keuken stelde ze hem een lijst bezorgde vragen die hij uitgebreid en zo veelduidig mogelijk beantwoordde. 'Pijn, Prul, wat heet pijn? Ik heb zoveel pijn geleden in mijn leven dat ik niet meer weet wat pijn is. Misschien voel ik daar wel pijn, ja.' Pas toen het schrikbeeld van een hulpbehoevende vader was weggemasseerd durfde ze te gaan slapen.

II *De moederkerk*

À la baisse

Wanneer Broer Leendert Gijselhart zich afvroeg waarom hij niet hield van zijn vader, dan hoefde hij slechts terug te denken aan hun enige gesprek van man tot man. De gloednieuwe ogen waren toen weerloos en koket naar hem opgeheven, de kameelhals was iets naar opzij gedraaid als viel er een suikerklontje te verwachten en uit de mond, die strak stond van sluwheid, waren de volgende woorden gekomen: 'Jongen, zorg ervoor dat je nooit zo wordt als je vader!'

Broer was toen twaalf geweest. In die tijd werd hij begin elke maand naar de stad gestuurd om de huren te innen van de krotwoningen, opslagplaatsen en autostallingen die A.W. Gijselhart daar bezat. Met een gevoel alsof hij een hoed op had en in de binnenzak van zijn duffelse jas een pak kwitanties, bijeengehouden door een elastiekje, fietste hij een lijst adressen af waar geen eind aan leek te komen.

'Waarom komt je vader niet zelf?'

'Te druk,' zei hij dan, wetend dat Gijselhart op de bank lag te slapen, mond als een kapotte deur opengevallen, en er van zijn huig een ronkend geluid kwam dat stokte wanneer de telefoon ging, en opnieuw begon wanneer de telefoon eindelijk was uitgerinkeld. Te schijterig – dat was de waarheid. Want altijd was er wel wat: de afvoer van de gootsteen lekte, of zijn vader had nog een pak rammel te goed, of hij had een fiets in beslag genomen vanwege een maand achterstallige huur.

Broer had op zijn twaalfde donkerblonde krullen, een blauwe blik, en je hoefde maar naar hem te wijzen of hij bloosde al. De mensen waren niet onaardig tegen hem. Hij was sinds kort een halve wees, en met zo'n vader kon je nog beter een hele wees zijn. Ze lieten hem in de keuken en gaven hem een glas limonade of een kop thee. Kalenders, viskommen, draadomroepradio's hadden de neiging reusachtig uit te dijen terwijl die mensen overlegden wat ze zouden doen. Als de man kwaad werd, was de vrouw altijd vriendelijk. Of omgekeerd. Of ze waren allebei vriendelijk, ondanks het geju en gelazer.

'Ik geef je vijfentwintig gulden. Als de afvoer gerepareerd is betaal ik de rest. Zeg dat maar tegen je vader.'

Maar hij zei niets tegen zijn vader. Hij gooide het geld op tafel, samen met de kwitanties voor de huurders die hij niet thuis had getroffen. Gijselhart telde, telde opnieuw. De zware vingers renden, stonden verdwaald stil, liepen ongerust terug. *Alles* moest hij zelf doen, *niemand* kon hij vertrouwen, die lummel van een zoon wel het minst.

Elke woensdagmiddag moest Broer op een gammele Corona schrijfmachine stapels brieven uittikken. Die brieven besloten onveranderlijk met de zin: 'Mocht u in gebreke blijven, zoo aarzel ik niet om een advocaat in den arm te nemen.' Gijselhart was ouderwets gul met woorden en spelling, die toch niets kostten.

Broer reed op een geconfisqueerde fiets. Wanneer hij de straat op ging was hij altijd bang dat hij de eigenaar zou tegenkomen. De tweedehands schaatsen die hij in november kreeg werden een maand later weer verkocht omdat zijn vader er een tientje winst op kon maken. Broer had het leer opgepoetst, de ijzers met staalwol spiegelglad gewreven en ingevet. De schaatsen werden van een brandende schoonheid toen ze weg waren. De wereld van zijn vader was er een waarin je niet genieten mocht, alleen beheren. Alles moest vroeg of laat en liefst vroeg worden geliquideerd tot geld. Hoe meer geld, des te beter rentmeester.

Broer wilde geen rentmeester zijn. Later, toen hij kunstkritieken schreef, werd hem verweten dat hij zo dikwijls de woorden onbeschrijflijk en onbetaalbaar gebruikte. 'Ze mogen slechte stijl zijn, die twee woorden,' verweerde hij zich, 'maar ze zijn goede esthetiek. Ik heb een vader gehad die mijn hemd onder mijn gat uit verkocht. Ik haatte zijn eeuwige gesappel. Dezelfde haat voel ik nu voor de gladjanussen die overal woorden voor hebben. Ik heb als jongen gesmacht naar dingen die zich niet laten omrekenen of omkletsen tot wat je maar wilt, die zich niet laten vergassen tot geld of taal, dingen die onaantastbaar, onoplosbaar zijn, niets anders dan zichzelf, en nu heb ik ze gevonden, in de wereld van de kunst. "Mooi" is voor mij synoniem met "echt". En als ik nu iets tegenkom dat niets anders is dan zichzelf, dat werkelijk is, dan eer ik het door "onbeschrijflijk" of "onbetaalbaar" te zeggen en aldus bij wijze van spreken mijn mond te houden.'

Hij was binnengegaan in de wereld van de kunst, een gotische kerk, in zijn voorstelling, licht in plassen op de vloer. De pilaren streven verticaal ten hemel, maar in de transcendente hoogten van de kerk buigen ze zich – voor de maagd, die in het schip van de kerk staat, speciosior sole, met de heiland op haar arm en alle sterren van de hemel in haar kroon. Ze is wel zes meter hoog, die maagd, en ze is van vlees en bloed. Achter haar, door een doksaalboog, zie je twee engelen zingen, theologische schepselen, die toch niet groter zijn dan mensen. Ook achter haar, in een nis, staat een madonna van aardewerk, een kunstmaagd van mensenwerk, stukken kleiner dan levensgroot, die in het niet zinkt bij de toren van vlees ervoor. Dwaze pottenbakker! Uit het leem waaruit hij zelf gevormd is vormt hij broze beelden, nietige goden, en zijn hart wordt enkel as, zijn hoop geringer dan zand, zijn leven waardelozer dan het leem dat hij kneedt. Steen buigt voor vlees. De hoge ogiefbogen voegen zich naar de rondingen van het maagdenvlees. De kerk is dun en plooibaar, een gewaad, en zit het maagdenlichaam als gegoten.

Het paneel eindigde boven in een rondboog, een halo om het ovale voorhoofd van de maagd, die wat suffig stond te kijken naar de wereld buiten de lijst. Broer had het leren kennen van een reproduktie, als jongen, toen hij op de zolder van de Doornenhof een ingebonden jaargang doorbladerde van een oud maandblad, in het colofon stoffige namen, Emmy van Lokhorst, prof. Julius Röntgen, Henri van Booven. Sindsdien had hij duizenden schilderijen bekeken, van tientallen was hij gaan houden, maar deze *Madonna in de kerk* van Jan van Eyck was voor hem het schilderij der schilderijen gebleven. Het liet zien dat het vlees eerst verf moet worden, wil het triomferen. Alleen de kunst kan het vlees over de kunst laten zegevieren. Broer kende het paneel al een jaar of tien toen hij naar Berlijn was gegaan om het in het echt te zien. Als het niet in een vitrine had gestaan had hij het zonder veel moeite in zijn zak kunnen steken, zo klein was het. De zes meter lange maagd mat in werkelijkheid achttieneneenhalve centimeter.

Nu woonde hij op Manhattan, dakloze kathedraal met kantoorpilaren die zich niet bogen, maar halverwege de hemel onaf ophielden, als om binnenkort nog hoger te gaan. 'Geiselhart' heette hij daar, voor het Amerikaanse gemak. Het was juni toen hij er in zijn bus een luchtpostbrief van zijn zuster vond. Ze had hem nooit eerder geschreven in de vijf jaar dat hij uit Nederland weg was, en hij kon het handschrift van de adressering niet meteen thuisbrengen. Het was ruim gespatieerd, ritmeloos, het handschrift van een dommekracht. Broer had zorgen, goed nieuws mocht hij nauwelijks verwachten, met weerzin scheurde hij de brief open. 'Lieve broer, spoedig zal ook ik niet meer alleen zijn...'

Ook ik! Een koddige sprookjeswereld klapte bij die twee woorden als een vouwprent open, een grijns trok over zijn gezicht, de tranen schoten hem in de ogen toen hij het licht in keek dat binnenviel door de glazen parterredeur. Daardoor duurde het even voor hij zag dat buiten, op het trottoir van West 23 Street, een man ongeduldig naar hem stond te zwaaien met een dubbelgevouwen krant. Broer zwaaide vorstelijk terug, met drie minzame vingertjes, en bleef nog even talmen in de hal van het appartementsgebouw. Toen duwde hij de brief in zijn zak en beende de deur uit, zijn schouders opgetrokken, richting metrostation.

De man waggelde op platvoeten achter hem aan. Een zwetende, ongeschoren man. Een hol en opgewonden geluid kwam uit zijn keel, alsof er binnen in hem iemand levend was begraven, en hij sloeg met de vlakke hand op zijn *New York Times*, pagina Arts & Letters.

'Read this? Stuk over die show van Abe Silver bij Schleiermacher. Silver is heading for the top of the charts, nu Geiselhart op Louisiana is uitgekeken. Dat schrijft Ronsted, het serpent. De hele stad weet het nu. Geiselhart is uitgekeken op Lafayette Louisiana. My name is mud, you sneak! Hoe heb je me dat kunnen aandoen?'

Broer was gestreeld wanneer er in zijn bijzijn over 'Geiselhart' werd gesproken. Soms sprak ook hij in de derde persoon over zichzelf, het voorrecht van kleuters en van de groten der aarde. Het gaf hem een gevoel van trots en onverantwoordelijkheid. De straten van Manhattan stonden even vol met standbeelden als eertijds de straten van Rome. Het was altijd plezierig om jezelf daar tegen het lijf te lopen en te merken dat het minder slecht met je ging dan je dacht. Monter voortstappend zag Broer vanuit een ooghoek dat de man, een zich Lafayette Louisiana noemende kunstschilder, er daarentegen ellendig aan toe was. Paarse kringen om zijn ogen, aanslag op zijn tanden. Broer had onlangs drie vroege schilderijen van Lafayette laten veilen, *Black Ivory* VI, VII en IX getiteld, die hij vier jaar eerder voor een habbekrats van de schilder zelf had gekocht, uit medelijden. Ze hadden op de veiling maar de helft van hun taxatiewaarde opgebracht, toch altijd nog zo'n dertigduizend dollar.

'Het was een noodsprong, Lafayette. Ik ben platzak,' bekende hij opgewekt. 'Bij Giovanelli hebben ze me bezworen dat de herkomst van die schilderijen geheim zou blijven. In ons beider belang – it's bad for a critic's credibility if he's known to be out of pocket. It seems someone's been shooting his mouth.'

'Yessir! And guess who? Danny Dastard, that punk!' De man had zijn krant nu opgerold tot een knuppel waarmee hij onzeker heen en weer zwaaide, als zag hij zich omringd door belagers en wist hij niet wie hij het eerst een mep moest verkopen. 'Hoe heb je dat ongedierte in je huis kunnen laten? Hij is de huisrat van Giovanelli, dat weet je toch. Hij heeft die schilderijen meteen herkend en binnen een mum van tijd wist iedereen het, van de dood die ik op jouw muur gestorven ben. Had je me tenminste niet kunnen waarschuwen? Gisteren heb ik de hele dag schuldeisers aan de deur gehad, de expositie waar ik al een halfjaar aan werk is afgezegd, Tischbein heeft mijn Emerald Rock uit zijn etalage gehaald, ik wed dat hij daar nu een Abe Silver heeft staan. Het is afgelopen met mij. Weet je hoe zoiets heet? Moord!'

Gezaghebbend tuitte 'Geiselhart' zijn lippen. 'Maak je toch niet zo druk, Laffy. Het lijkt allemaal heel erg, maar het is een verkapte zegen. Je was veel te hoog geprijsd, vond ik. Te weinig agio voor de speculanten. Je zakt nu even flink en over een tijdje ben je weer een goudmijn. Dan kan niemand zo'n hoge belastingaftrek bieden als jij. Het is heel goed dat die show niet doorgaat. Je kunt beter even wachten. You'll get on top again, je bent een goede schilder.'

De goede schilder bleef boven aan de trap van de subway staan, weifelend, en mepte daar gemeen tegen de muur met zijn kranteknots. 'Take care!' voegde Broer hem toe en hij huppelde de treden af. Hij bleef opgelucht huppelen, tot vlak voor de stalen nachthekken. Daar bracht een gevoel alsof hij werd opgeheven hem eventjes tot staan. Het gevoel had hem de laatste jaren vaker verrast, altijd op straat. Het duurde een fractie van een seconde, niet eens lang genoeg om te kunnen vallen of struikelen. Het was een duizeling, een plotselinge toestand van ontspanning en gewichtloosheid. Broer noemde het maar een opheffing, om niet te hoeven zeggen dat hij dan eventjes dood was. Hij voelde het moment alleen komen en gaan, daartussen voelde hij niets. Was het voorbij, dat aarzelen van zijn organisme, dat besnuffelen van de dood, dan kwam er eerst schrik over hem, maar algauw kreeg hij heimwee naar zijn afwezigheden, een lust om ontbonden te zijn. Lage bloeddruk, zei de dokter. Een steelse knuffel van de dood, wist Broer.

Hij was achter in de twintig toen hij naar New York was gekomen. Hij geloofde in de gezondheid van zijn smaak en meende er groots werk te kunnen verrichten. Maar hij had al snel ontdekt dat smaak overbodig was geworden in de hemel der ideeën. Smaak heeft de pad die naar de weegbree kruipt wanneer hij door een spin gebeten is. Smaak leidt het varken naar de truffel, de misselijke hond naar het gras, de bizon over duizenden mijlen naar de zoutsteen. Smaak heeft de zwaluw die de blindheid van haar jongen wil genezen en vanzelf de weg vindt naar het sap van de stinkende gouwe. Smaak is weten wat goed voor je is, maar op de steenrots waar de hoogmoed zijn kerk had gebouwd waren alle functies van het instinct uitbesteed aan specialisten en hun technologie. In plaats van hersens hadden de rotsbewoners micro-elektronica, in plaats van papillen diëtisten, in plaats van gezondheid een medische wetenschap en wat ze mooi moesten vinden werd voor hen uitgemaakt door de kunsthandel.

Het probleem van de schilderkunstige smaak was voor altijd opgelost toen iemand op de simpele gedachte was gekomen om kunst fiscaal aftrekbaar te maken: je mocht de dagwaarde van een kunstwerk op je belastbare jaarinkomen in mindering brengen als je het aan een museum schonk. Dat eenvoudige beginsel regeerde de kunsthandel en zorgde voor een permanente inflatie, want iedereen wilde graag goedkoop aanschaffen en dan zo duur mogelijk wegschenken. Eerst waren de oude meesters voor miljoenen weggegaan, daarna achtereenvolgens de impressionisten, de fauvisten, de kubisten en sinds een schilderij van De Kooning op een veiling evenveel had opgebracht als een Rembrandt was er een aanhoudende vraag naar nieuwe generaties, nieuwe stromingen, wier werk jaarlijks in waarde verdubbelde. Schilders konden nog geen verfkwast vasthouden of ze heetten al klassiek. Geen provincieplaats zo onbeduidend of er werd een museum voor moderne kunst gebouwd waar het publiek zich klein en dom mocht voelen ten overstaan van manshoge doeken vol doffe verf.

'I believe one of the principle obstacles to the progress of modern art to be the high prices given for good modern pictures.' Dixit John Ruskin anno 1870. Tegenwoordig werden in de kathedraal van s.s. Lucifer & Moloch ook voor slechte schilderijen kapitalen neergeteld. Pietro de Medici liet Michelangelo een beeldhouwwerk van sneeuw maken. De apen op de steenrots gaven marmer aan banketbakkers. Hoe moest je mensen aanspreken op hun smaak als ze dat zintuig misten, er niet eens een herinnering aan bewaarden? Broer had het maar opgegeven.

Er bestond tussen de onfortuinlijke Lafayette en de schrijfster van de brief die hij in zijn zak had een verborgen, alleen aan Broer bekend verband. Lafayette maakte deel uit van een school die zijn oorsprong vond in een terloopse opmerking van Magda, jaren geleden. Op een nacht, die naarmate de jaren verstreken een steeds belangrijker keerpunt in Broers leven zou blijken, had ze hem verweten dat hij op seksuele ruimtevaart was gegaan. Waarmee ze bedoelde dat hij zich tot zijn eigen geslacht bekend had en de vrouw had afgezworen. 'Hij heeft moeder aarde vaarwel gezegd en is op seksuele ruimtevaart gegaan. Ingebeeld en dom is hij en eenzaam zal hij sterven dat is waar zijn mannenwaan toe leidt!' Hij had zich haar woorden herinnerd toen hij, een arme gelukszoeker nog, kennis had gemaakt met een schilder die zich Adam Adams noemde. Adam schilderde in die dagen ruimtevaartdoeken, geënt op de barokke en doodse stijl van Géricault, en in zijn vrije tijd was hij homoseksueel. Broer legde hem uit dat hij die twee afdelingen van zijn leven slechts hoefde samen te voegen om van zijn werk iets opzienbarends te maken. 'Mannenliefde is ruimtevaart, seksuele ruimtevaart. Schilder de utopie van de biologische onafhankelijkheid!' Hij had lang op de schilder moeten inpraten voordat die begreep wat hij bedoelde. Samen hadden ze toen aartsvijandin Sooperwooman en haar ontzagwekkende tillen verzonnen, de eeuwig jonge homoseksuele krijgers en alle andere figuren van hun nieuwe mythologie, die sindsdien gestalte had gekregen in reeksen met titels als 'Lunar Plantation', 'The Birth of the Zimbu' en 'Sooperwooman Refus'd Access to the Moon'. Adam had zijn navolgers gekregen, onder wie Lafayette, en zo was, *pace* William Burroughs, de school van de Wild Boys geboren, waar de kunstbeleggers nu alweer een paar jaar omheen zwermden. Museumcollecties te Cheyenne Wy., De Funiak Fla. en Eindhoven, Nederland, waren met werk van de Wild Boys verrijkt.

Broer was de theoreticus achter de nieuwe beweging. Hij schreef er artikelen over in de kunsttijdschriften. Voor de dure illustraties werden de clichés vriendelijk geleverd door een galerie waar hij als adviseur op de loonlijst stond. Hij werkte ook als taxateur en kreeg voor zijn expertises tien procent van het verschil tussen aankoopprijs en taxatiewaarde, een commissie die ten gevolge van de steile prijsstijgingen dikwijls meer bedroeg dan de som die Adam en zijn bentgenoten voor hun werk hadden mogen bedingen. In het interieur van Broer z'n hoofd zou een effectenmakelaar zich thuis gevoeld hebben. De *Times/Sotheby Art Index* zat er compleet in, lange kolommen waarin de namen van Motherwell, Kitaj, Clemente, Adams, Schnabel, Louisiana volgens de laatste noteringen gerangschikt waren. Woorden als hausse en rendement verschenen onverhoeds tussen het jargon van Broers artikelen. Het woord onbetaalbaar liet hij nog weleens vallen, maar voor 'onbeschrijflijk' was hij te glad geworden.

Arme Lafayette, met zijn *Emerald Rock*'s en *Black Ivory*'s! De hoogglanzende namen die hij voor zijn schilderijen verzon konden niet voorkomen dat ze allereerst Louisiana's bleven, aandelen in zijn faam. Een olieverfschilderij mocht het inbegrip van oorspronkelijkheid en onvervangbaarheid zijn, voor de faam van de schilder was het een dekking, meer niet, en kon het even diep verborgen blijven in de museummagazijnen als het goud in de kelders van de staatsbank. Geld was het idee der ideeën, in deze hemel der ideeën. Geen hogere idealist dan de geldwolf. Kleur, vlakverdeling, textuur, alle eigenschappen die een schilderij werkelijk maken, kunnen de geldwolf gestolen worden. Hij ziet alleen de hemelse gedaante van het kunstwerk, de lichtende cijfers op zijn zakcalculator.

Met al zijn aanzien, invloed, de bergen geld waarover hij soms kon beschikken, mocht Broer zich op zijn drieëndertigste reeds als mislukt beschouwen. Die morele mislukking dreigde nu ook nog financieel te worden. Hij meende een krach van de kunstmarkt te voorzien. Zo kon het onmogelijk doorgaan. In elk geval kon de conjunctuur, die grillige wind die het geld als dorre bladeren van de ene goot naar de andere blaast, niet altijd zijn kant uit blijven waaien. De dag naderde dat de Wild Boys passé zouden zijn.

Hij had een vernuftige manier bedacht om nog snel het

onderste uit de kan te halen. Hij begon zelf in schilderijen te speculeren, à la baisse. Dat werd hem mogelijk gemaakt door de cocaïne, die op de steenrots van de hoogmoed gebruikt werd ter vervanging van gedrevenheid. Hoe slechter het ging met een schilder, des te meer coke gebruikte hij en des te nijpender was zijn geldnood. De Wild Boys snoven de laatste tijd zakken van het poeder en Broer verstrekte hun leningen, in ruil voor opties op schilderijen. Zo'n optie was een waardepapier, een belofte om het kunstwerk, kort aangeduid als bijvoorbeeld '1.50 × 2 m. olieverf op doek door Lafayette Louisiana', op een toekomstige datum te leveren. Zo had Broer het nominale schilderij uitgevonden en van de schilderijenhandel een volwaardige effectenhandel gemaakt. Hij verkocht zijn opties weer door aan galeriehouders en nam daarmee de verplichting op zich om het werk dat in de optie werd beschreven op termijn te leveren tegen de waarde die het op de dag van belofte had. Steeg de waarde van het werk vervolgens, dan zou hij het verschil aan de kunstenaar moeten bijbetalen, maar zakte die waarde – en daar speculeerde Broer op –, dan kon hij het verschil in zijn zak steken. Hij had intussen zo'n dertig opties verkocht, allemaal ondertekend door zijn eigen Wild Boys. Dat moest maar genoeg zijn. Lang zou hij met die handel niet kunnen doorgaan. Bij de galeriehouders begon achterdocht het van hebzucht te winnen.

Om de trend alvast wat naar beneden te helpen had hij op een ogenblik van marktslapte de drie *Black Ivory*'s bij Giovanelli laten veilen. 'Hoe heb je me dat kunnen aandoen?' had Lafayette willen weten. Het was maar goed dat hij niets begreep van la haute finance. Dat Danny Dastard de herkomst van de doeken had verklapt kwam Broer niet eens zo ongelegen. Zijn enige angst was dat zijn protégés zich zouden doodsnuiven. Hij was een verklaard tegenstander van coke.

Op een terras bij Lincoln Centre, na afloop van een operavoorstelling, had hij onlangs een hoogbejaarde Hongaar ontmoet, die in 1929 schatten had verdiend met speculaties à la baisse op de beurs van Parijs. Broer had nog nooit zo'n lelijke oude man gezien. Hij had een leepoog. Op zijn voorhoofd groeiden de wenkbrauwen in lange scheefgewaaide pollen, als op een oude vestingwal. Maar het afstotelijkst was de lobbes van een buik die bij hem op schoot zat. De gevlekte handen fladderden er bibberig en onderdanig omheen. De benen van de oude man leken te zwak om de buik te dragen, zijn mond te klein om hem van voedsel te voorzien. De man leek doodmoe van het onderhouden van de buik, die er niettemin ontevreden uitzag, alsof hij liever bij iemand anders op schoot zou zitten. De man leek wel met zijn buik getrouwd.

'Van de ene dag op de andere was ik de rijkste man van de beurs geworden,' vertelde de grijsaard. 'Ik liep met mijn neus in de wind, ik kon alles kopen wat mijn hart begeerde, mijn binnenzak was te krap voor mijn portefeuille. De deuren van casino's en restaurants gingen al voor me open wanneer ik een stipje aan de horizon was. Maar er weerklonk geen lachje in die gelegenheden, de sfeer was verdwenen. Obers en barmannen waren mijn enige gezelschap. Orkesten speelden voor lege danszalen en tussen de nummers vielen ontluisterende stiltes. Al mijn vrienden zaten thuis, berooid, neerslachtig. De wereld die voor me openlag was een wereld van na de neutronenbom.'

De grijsaard loerde naar de buik, die zich verbeten inspande om uit het vest te barsten. 'Het is een verschrikkelijk spel, de baisse,' mompelde hij.

Broer begreep dat hij zijn langste tijd in New York erop had zitten.

Het spookje

In een rustige hoek van de 8th Avenue-exprestrein naar Washington Heights haalde hij de luchtpostbrief uit zijn zak, benieuwd naar wat zijn zuster te orakelen zou hebben. Haar woorden lieten in zijn hoofd vaak een diepzinnige galm na, juist omdat ze niet wist wat ze zei. De waarheid kwam uit de baarmoeder, volgens Broer, hysterie was een vorm van helderziendheid. De oude Grieken hadden hun Pythia op een driepoot gezet, boven een kloof waaruit zwaveldampen opwalmden, precies zoals ze hun hysterische vrouwen boven een dampend kruidenbrouwsel lieten hurken.

'Spoedig zal ook ik niet meer alleen zijn.' De bij tweede lezing al onvergetelijke beginwoorden schiepen een Gijselhartse enclave, daar in de crypten van Manhattan. Magda trad hem er theatraal en zalvend uit tegemoet. Ook ik! Een slang kwam uit haar mond, de kop schoot naijverig en verongelijkt alle kanten uit.

Hij was blij dat ze eindelijk een man had gevonden, als ze dat tenminste bedoelde, hoezeer die man ook te beklagen was. Natuurlijk had ze net als iedereen het recht om niet alleen te zijn. Maar de brief was gedateerd van de Doornenhof, zag hij nu, ze lag weer in een wederzijdse wurggreep met A.W., en de volgende zin sloeg de muffe toon aan van de gevallen vrouw, bekend uit door roest en schimmel aangevreten romannetjes. 'Veracht mij niet! Lang heb ik over deze stap nagedacht. Ik kan je niet vertellen hoeveel nachten ik heb liggen woelen telkens opschrikkend uit nare dromen en geloof me sinds mijn besluit genomen is heb ik eindelijk de rust die ik veel te lang heb moeten ontberen.'

Nee, dat was geen plezierige toon. Hij fronste zijn wenkbrauwen tegen het onherroepelijks dat hem nu zou worden medegedeeld. 'Leendert ik hoop dat je niet schrikt van dit bericht maar over vier maanden zal ik moeder worden.' En of hij schrok! Dat zij een kind verdiende nopens de gelijkberechtiging van kansarme Magda's, akkoord, maar waaraan had het kind zo'n moeder verdiend? Om zijn mening werd echter niet gevraagd, alleen om zijn bijval, en als hij die niet geven wilde bleef het gewoon zoals het altijd geweest was: Magda tegen de rest van de wereld.

'Vorige week heb ik een echografie gehad als je weet wat dat is,' denderde het handschrift voort. 'Mijn buik groeide te snel en stond al vier weken verder dan zou moeten. De gynaecoloog dacht aan een tweeling' – het had veel erger gekund, of hij alsjeblieft blij wilde zijn – 'maar dat bleek niet het geval. Via geluidsgolven die op een monitor werden geprojecteerd heb ik het kindje toen in mijn buik zien spartelen. Ik mocht er maar tien minuten naar kijken sindsdien kan ik nauwelijks wachten tot ik het in mijn armen heb.'

Dat was heel mooi. Daar kon hij met goed fatsoen niets tegen inbrengen. Een nieuwe alinea. En nu het slechte nieuws. 'De vader is Bruno Pechman die je geloof ik nooit ontmoet hebt. Hij vindt het een achterbakse streek van mij dat ik zonder overleg zwanger ben geworden maar hoe het anders had gemoeten weet ik ook niet ik zal het kind alleen moeten grootbrengen denk ik. Pappie doet toch zo merkwaardig. Hoewel het mijn eigen beslissing is geweest legt hij de schuld geheel bij Bruno die hij Sallie Appelsien noemt met onverhulde jodenhaat en oude bok hoewel hij zelf veel ouder is tien jaar om precies te zijn. Hij lijkt wel jaloers. Het ene ogenblik smijt hij me woorden in het gelaat zoals ik nooit eerder uit zijn mond heb gehoord en niet eens durf te denken laat staan hier neer te schrijven en dan weer zegt hij vertrouw op je pensioengerechtigde Pappie Prul ik zal voor jou en je kindje zorgen veel te oud als ik daar intussen voor ben en hoe anders ik me mijn levensherfst ook had voorgesteld. Bruno heeft zich in geen maanden laten zien de lafaard terwijl hij nog zó gezegd heeft dat hij me niet in de steek zou laten maar er is altijd nog een bloedproef waarmee ik zijn wettelijk vaderschap kan laten vaststellen mocht dat op een radeloos moment nodig zijn. Soms belt hij op om zich te beklagen en te vertellen dat hij wegens zijn schulden voorlopig blijft waar hij is ver weg in Zwitserland. Iedereen om me heen op mijn werk vooral heeft vreselijk te doen met zichzelf op de allereerste plaats en pas dan met het ongeboren schepsel en het onheil dat kwaadaardige babybrakende beesten zoals ik over de wereld uitstorten. Ik word er keihard van en voel dat ik alles met gemak aankan hoe gemeen ze ook proberen om me dat gevoel af te nemen.

Nu moet ik je iets schrijven wat je misschien al weet omdat er zo ontstellend veel gekletst wordt alsof de mensen aan hun eigen narigheid niet genoeg hebben. Drie jaar geleden toen ik thuis woonde en me van alle kanten door Pappie ingekerkerd voelde ben ik ook zwanger geweest. Ik zag geen andere uitweg dan mijn enige vrouwelijke wapen mijn baarmoeder in stelling te brengen, zoals Pappie gemeend heeft het hoogstongelukkig te moeten uitdrukken, en op te laden en dan daarmee een bres in de muur van mijn kerker te schieten aldus nog steeds je vader. Ik kan me nog goed mijn opwinding herinneren toen de menstruatie twee weken op zich liet wachten en het ringetje zichtbaar werd in de spiegel en hoe ik me langzaam voelde opstijgen in het luchtschip zwangerschap toen mijn buik een beetje zwol mijn borsten een beetje zwollen en hoe ik me een paar weken eventjes boven de aarde voelde zweven. Maar op een dag werd ik bang. Wanneer ik 's avonds alleen met Pappie in de keuken zat wist ik niet meer zo zeker of een kind me van hem zou bevrijden wie weet zou het me nog steviger aan hem binden en die twijfel kwelt me nu opnieuw. Ik heb de vrucht toen laten afdrijven ik ben een engeltjesmaakster geworden ondanks de eed van Hippocrates. In de kliniek terwijl ik nog op tafel lag in mijn papieren nachtpon werd me gevraagd of ik hem wilde zien voor hij in de afvalemmer verdween maar ik durfde het lijkje niet aan te kijken van de wroeging.

Leendert ik had van mijn baarmoeder een moordkuil gemaakt. Ik had angstdromen ik droomde bijvoorbeeld dat ik een kindje in mijn armen hield het was een dood kindje grauw en slap hing het tegen mijn linkerbovenarm met een gerimpeld oudemannengezicht de ogen gesloten. Ik kon mijn tranen niet bedwingen ze vielen op het kind en toen gebeurde er een wonder, ze wasten het schoon en laafden het, het bloeide op van mijn tranen de oogjes gingen open en het lachte! Maar nauwelijks waren mijn ogen droog of het kind verschrompelde en stierf opnieuw ik wist dat mijn verdriet nooit groot genoeg zou zijn om het in leven te houden.

Maar veel erger dan mijn dromen was het waken. De zwangerschap was niet afgebroken maar woekerde op een onstoffelijke wijze voort nu de vrucht van de baarmoederwand was losgezogen groeide er in mijn lege buik een spookkindje. Wanneer ik mijn hand op mijn buik legde voelde ik de lege harteklop van het spookje en in mijn twintigste week voelde ik voor het eerst zijn holle voetjes tegen de kale buikwand schoppen. Op een ochtend werd ik wakker met de zekerheid dat het er was los van mij en hulpeloos je zult het niet geloven maar ik wist zeker dat ik in mijn slaap van het kind bevallen moest zijn. Ik kon het niet zien ik kon zijn aanwezigheid alleen voelen ik hield de ontroostbare schim aan mijn borst 's nachts hield hij me urenlang wakker met zijn onhoorbare gekrijt. Hij had geen naam en ik wist er ook geen te verzinnen omdat ik zijn gezicht niet kende. Als ik op mijn werk was en ik was daar bezig een moeilijk infuus aan te leggen of ik moest opletten bij de hartbewaking dan verloor ik soms alle aandacht omdat ik mijn spookje meende te horen. In onbereikbare eenzaamheid lag hij te schreien en scheurde mijn ziel zowat uit mijn lijf. Toen drong het pas goed tot me door hoe verkeerd ik gedaan had. Als het leven niet heilig is dan is niets meer heilig en als niets meer heilig is hoe kan er dan nog geborgenheid zijn onder de mensen? Ik vierde de eerste verjaardag van mijn spookje dat aldoor honger had naar een voedsel dat deze aarde hem niet kon geven ik vierde de tweede verjaardag. Er was maar één manier om mijn zonde ongedaan te maken en toen ik dat wist wist ik ook hoe mijn spookkindje heten moest want hij was een voorafschaduwing geweest een wegbereider die mijn echte kind mijn eniggeborene noodzakelijk en onontkoombaar moest maken. Ik had hem nodig om mezelf die weg op te dwingen en nu ik opnieuw zwanger ben is hij eindelijk terug naar die andere wereld waar hij thuishoort.

Naar ik van harte hoop zul jij een beetje meer begrip tonen dan de anderen Leendert tenslotte ben jij, buiten onze onberekenbare Pappie en zijn hulpeloze kleinkind straks, de enige die ik op deze laffe wereld heb. Al heb ik jou met mijn nieuws wellicht zwaar belast zelf ben ik nu hoogst opgelucht en als het waar is wat ik via via heb horen verluiden, dat je over niet al te lange tijd terug zult komen, dan hoef je tenminste niet raar op te kijken van wat er geschied is met je liefhebbende zuster MAGDA.'

Epithalamium

De luchtpostvellen zaten tot een propje fijngeknepen in Broers vuist. Wat een aanstellerij! Het verhaal over het tranenkindje kwam uit een hagiografie over het Heilig Treesje van Lisieux, die hij op de Doornenhof blind uit de boekenkast zou kunnen trekken. En dat gekonkel! Ze was zeker bang dat haar kind straks te dunne lucht moest ademen. De vrouwelijke natuur gruwt van dunne lucht. Broer was heftig solidair met de foet in haar buik. Ze had hem gemobiliseerd met haar wansmakelijke brief, ontegenzeggelijk. Vrouwen! Door en door verpolitiekte wezens waren het volgens hem. Hun waarheid lag altijd in een door eindeloos gemanipuleer en gekonkelefoes te bepalen midden. Hij streek de velletjes glad op zijn knie en schoof ze terug in de envelop.

Zo bezien was ook zijn eigen vader een soort vrouw en hij kende wel meer mannen die met dat pek besmet waren. Allemaal heteromannen uiteraard. Ofwel je raakte verwijfd, of je verviel tot een zielige vrouwenhaat, wanneer je tot Sooperwooman veroordeeld was. Hij prees zich gelukkig dat hij haar bij de eerste gelegenheid de rug had toegekeerd. Toch was zijn kunstleven niet echt bestand tegen de biologische terreurdaad van zijn zuster. Hij zat te trillen van een atavistische opwinding, een plaatsvervangend vadergevoel, en hij was opgelucht, dat bovenal, alsof een gammel dak eindelijk onder juichend gekraak in elkaar was gezakt. Want dat er een kind van haar op komst was wist hij al jaren. Aan de kern van haar mededeling twijfelde hij niet. Dat ze een spookzwangerschap doormaakte wist hij al vijf jaar inmiddels, sinds de Tobiasnacht die gevolgd was op de bruiloft van Scotty Newman en Liliane in Brussel.

Liliane was een jaargenote van Magda geweest en hoewel

zijn zuster alle vrouwen als haar natuurlijke vijandinnen beschouwde was het de Brusselse toch gelukt om een der weinige uitverkorenen te worden die de nuffige titel 'kennisjes' mochten voeren. Ze was blond, vrolijk en volgens Magda 'licht in het hoofd'. Ze bezat een ruim hart en had zich over Magda ontfermd in de mening – die een misvatting was – dat Magda niet genoeg plezier in het leven zou hebben. Liliane's idee van plezier was uitgaan en feesten. Ze had niet veel zin in het huwelijk gehad. Het was een mariage de raison, dat eigenlijk tussen de handelsfirma's van de schoonvaders werd gesloten. Terwijl Magda haar broer naar Brussel chauffeerde zat ze zich een stijgende verontwaardiging aan te praten. Liliane trouwde alleen om haar vader te plezieren. Scotty was een misbaksel, er was allerlei schandelijks waarover ze liever haar mond hield. Tegen de tijd dat ze aankwamen bij de gerestaureerde molen aan de rivier de Dijle, waar de bruiloft werd gevierd, was Magda van jaloezie een zenuwinzinking nabij.

Onder de gasten heerste een vastberaden, zelfs grimmige stemming. Hier werd een grote overwinning van de betamelijkheid gevierd. Broer had nog nooit zoveel juwelen op damesvlees tentoongespreid gezien. De joodse schoonfamilie uit de Verenigde Staten, een vliegtuig vol, had voor folklore gezorgd, klederdrachten en volksdansen uit de *shtetl*. Op de keistenen van de binnenplaats sprong de witgekielde en gepofbroekte bruidegom het ene gat na het andere in de lucht en daar ontdekte Broer, met de homoseksuele radar die zo'n diep geheimenis is voor andersbegaafden, tussen de omstanders een lange jongen met rechte schouders, sjofel gekleed in een te krap colbertje, ongestreken wit overhemd, een witte katoenen broek met te korte pijpen, net op het ogenblik dat de jongen nadrukkelijk werd overgeslagen door een ober in jacquet die verversingen rondbracht. Voor het eerst zag Broer een verschijnsel dat hem nog veel vaker zou verwonderen: hoe de vooralsnog onbekende jongen al het daglicht naar zich toetrok. Het was alsof er een wolk voor de zon schoof en speciaal voor hem een reepje onbedekt liet.

Hij dwaalde zijn kant uit en zodra ze zij aan zij naar de

pralende stampende dansers stonden te kijken sprak de jongen hem aan, met een stem die Broer altijd gekend had. 'Vind je het geen mop, van Scotty?' Het was een groenogige en van dichtbij vreemd leeftijdsloze jongen. In zijn ooghoeken had hij meer levenswijsheid dan een zesenzestigjarige in heel zijn gerimpelde vel. Broer zette een glimlach op die een en al enchanté betekende en vertelde dat hij Scotty niet kende, tot zijn spijt, en geïnviteerd was door de bruid.

'Ze kunnen het best goed vinden samen, hij en Liliane, maar waar Scott eigenlijk van houdt, dat zijn jongetjes van rond de twaalf. In Amerika heeft hij daarvoor vastgezeten. Zie je niet hoe opgelucht zijn familie is, dat hij nu netjes is getrouwd?'

'Ben je een vriend van hem?'

Het was een vraag met een moraal, die aan de jongen niet besteed bleek. 'O ja. Ik ken hem al tijden, sinds hij in Europa is. Hij is meteen uit de bak hierheen gekomen om zijn studie af te maken. Hij logeert vaak bij mij in Den Haag, want ik heb altijd kinderen in huis. Ik heb een filmprojector, en een kast vol plaatjes die ze kunnen draaien. Ik ben dol op kinderen. Ze zijn zo aanhankelijk en nieuwsgierig, die jochies. Alles wat Scott wil gebeurt vanzelf, hij hoeft zich aan niemand te vergrijpen.'

'Ben je een soort pooier?'

'Een pooier!' Voor het eerst hoorde Broer zijn verbaasde lach. 'Ja, zo kun je me wel noemen.' Maar toen hij zag hoe teleurgesteld Broer keek legde de jongen snel zijn vingers op zijn arm. 'Er gebeuren nooit ongelukken, hoor. Ik blijf er altijd bij.'

Het waren vingers die veel wisten, vingers die konden strelen en pikken. Broer vroeg: 'Je voert ze niet dronken?'

'Ach welnee. Ze worden door hun moeders naar me toegestuurd. Ik ben *goed* voor ze.' Hij wist wat dat woordje betekende, dat bleek wel uit die rijpe, volle nadruk, hij wist het misschien beter dan wie ook, en vanaf dat ogenblik was Broer aan hem geklonken en begon hij zich te verdiepen in een eigenaardige ethiek die hij nooit echt zou begrijpen.

Dat ethiek een te zwaar woord zou kunnen zijn werd hem

meteen duidelijk uit de eerste les, die hij kreeg na afloop van het feest toen hij zich had laten overhalen om met de jonggehuwden de bruidsnacht te delen. Halverwege de avond – ze kenden elkaar een veel te korte eeuwigheid – had de rijpere jongen hem een voorstel gedaan. 'Ik heb een misschien wat vreemde vraag, Leendert, maar die komt van de bruidegom en hem mag je niets weigeren vandaag, dat weet je. Morgen gaan Scott en Liliane op huwelijksreis en deze nacht beschouwen ze als... nou ja, niet zozeer als hun eerste, maar meer als hun laatste. De allerlaatste van hun vrijheid. Ze zijn een beetje in een rouwstemming, die twee, en nu hebben ze van alle mensen die hier bij elkaar zijn' – hij maakte een handgebaar dat het verzamelde roodverbrande gemiddeld vijfenvijftigjarige en intussen lillende en lallende vlees omvatte – 'ons beiden uitgekozen om hun eerste huwelijksnacht te delen. Wat vind je daarvan?' Broer kon niet zo gauw besluiten wat hij daarvan moest vinden. 'Ze hebben een reusachtig bed, in Brussel. Ik ben er al eerder te gast geweest. Zeg maar ja.'

Uren daarvoor had Broer al bepaald dat de zon pas weer zou mogen opgaan als hij met die vreemde jongen de nacht had doorgebracht, maar hij had zich dat samenzijn anders, intiemer, voorgesteld. Het was de tweede keer die dag dat de jongen hem shockeerde, en hij was al zo verliefd dat er een verdrietige achterdocht in hem begon te woeden, om nooit meer helemaal te betijen.

Hij probeerde zich eruit te draaien. 'Je weet dat ik hier met mijn zuster ben.'

'Dan vragen we haar ook.'

'Ik zal het haar niet vragen.'

'Dan vraag ik het.'

Magda had zonder aarzelen ja gezegd. Haar ethiek was zeker zo raadselachtig als die van de groenogige jongen. In het vaderhuis liet ze zich doorgaans van haar preutse en schijnheilige kant zien, omdat de oude Gijselhart daar hoge prijs op stelde, en bijgevolg was dat de kant die haar broer het meest vertrouwd was. Magda zure zedenles, Magda het kijfwijf, de vithit. En nu had ze zonder meer ingestemd met dat schandalige voorstel van het bruidspaar. Tijdens de rit naar Brussel met haar bars zwijgende broer had ze die andere kant gebagatelliseerd door te doen alsof het voorstel in het geheel niet schandalig was, juist bijzonder attent van Scott en Liliane achter wie ze zoveel fijngevoeligheid nooit vermoed had. 'Ik zag er zó tegenop om weer helemaal terug naar huis te moeten vannacht ik zie geen steek in het donker wil je dat wel geloven?' Hij moest dat wel geloven, of hij wou of niet. Magda durfde niet sneller dan stapvoets te rijden. Ze zat turend over het stuur gebogen en streek voor haar gezicht dwangmatig haar weg dat er niet hing. Het volgen van de witte streep eiste al haar aandacht. Broer moest voor haar de verkeersborden en stoplichten en andere weggebruikers in de gaten houden.

'Dat was een aardige jongen,' zei ze, 'die uit Den Haag die ook meekomt naar Liliane hoewel niet direct iemand die ik daar verwacht zou hebben. Mooie warme stem heeft hij en prettige manieren al zag hij er wat sjofel uit voor een gelegenheid als deze maar zo zie je weer dat schijn bedriegt.' Ze legde stapels nieuwsgierige voors en tegens op de weegschaal en hield die angstvallig met elkaar in evenwicht, zodat haar oordeel zou kunnen doorslaan naar het positieve bij het geringste tikje van haar norse broer, die zich misschien niet geamuseerd had? of wat te veel had gedronken? of zich schaamde voor zijn zuster? Nou, hij mocht zo nurks doen als hij wilde, haar humeur was voor de verandering eens niet kapot te krijgen.

Na drie kwartier slenterrijden door nachtelijk Brussel herkende ze bij toeval de straat waar Liliane woonde. Het was een hellende kromme straat en het huis lag aan de elleboog, in een tuin met studentikoos verwilderd struweel. Naast de voordeur was een nis met een Heilig-Hartbeeld. De gestigmatiseerde handen wezen traditiegetrouw naar het hart, dat traditiegetrouw bloedrood was en straalde. Maar op de schouders stond geen hoofd; dat lag met onverminderd zachtmoedige blik voor de gestigmatiseerde voeten. 'Dit is gebeurd,' herinnerde Broer zich, 'opdat de Schrift zou vervuld worden: van zijn gebeente zal niets worden verbrijzeld.'

Waar de hals was afgebroken was het gips nog wit. Scott

deed open, in kamerjas, en Broer vroeg hem hoe het zo gekomen was, met dat hoofd.

'Oh, there's Liliane's father for you! Hij kwam eergisteren met dat beeld aanzetten. Hij vond dat Liliane in een net gojs huis moest wonen. But the darn thing wouldn't fit into the niche, so he struck off the head.'

Scott ging hen voor naar de bruidskamer boven, waar Liliane en de leeftijdsloze jongen in het schemerduister op het bed zaten, zij zonder sluier, maar verder nog in vol ornaat, hij in zijn shorts. Zijn ogen glommen blij op toen hij hen zag binnenkomen, maar Broer durfde hem niet aan te kijken, het idee van de bruidegom toonde zich hier in zijn volle onzaligheid, het immense bed met zijn blauwzilveren lakens had onder het maanlicht nog het meest weg van een poolvlakte.

Broer kon nu blij zijn dat hij Magda bij zich had. Voor het eerst van zijn leven was hij haar zelfs dankbaar dat ze nooit eens haar rebbel kon houden. Zij was de enige die bij het zien van het bruidsbed niet sprakeloos werd van beklemming en het stroeve samenzijn nog een beetje wist te smijdigen. Wat in de auto schijnheiligheid had geleken was misschien toch onnozelheid, en in elk geval een dekmantel waaronder ze allemaal hun schaamte konden verbergen. Ze bewonderde de lakens, en de lavendelgeur die ervan opsteeg, en fleurde de onherbergzaamheid op met haar monotone guirlandezinnen. Ze hielp de bruid met uitkleden en bij elk stukje zijde, tule en kant dat door haar vingers ging – vingers die haast statisch waren van jaloezie – woei er een vlaag Nederlandse taal uit haar mond waaraan ze zich allemaal konden warmen.

De bruid nestelde zich in négligé tussen de kussens. Magda had in een kast voor zichzelf ook iets doorschijnends gevonden en legde nachtvlechten in het haar van haar vriendin, die zich afvroeg of het erg verkeerd was dat ze die dag niet had gehuild.

'Ik heb me toch zo hardvochtig gevoeld! Heb je gezien hoeveel tranen de moeder van Scott heeft geplengd?'

'Het staat altijd wel mooi een paar tranen,' vond Magda. 'Maar het is net als met parels overdaad schaadt. Een oudere vrouw kan meer hebben natuurlijk.'

'En toch zit het me niet lekker dat het zo'n droge bruiloft is geweest, wat Scott en mijzelf betreft. We hebben de hele dag braaf meegespeeld, dat wel, maar zonder te willen weten wat we deden. En natuurlijk was het maar een huwelijk in de sacristie, aangezien Scott een Israëlitische hond is, maar toch heb ik zo'n gevoel dat we misschien te ver zijn gegaan, dat we ons zomaar voor de lol iets onherroepelijks hebben aangehaald. Ik bedoel, gif kun je innemen badend in het zweet, uit een fiool die je bibberend naar je lippen brengt, of door bij de thee achteloos een bonbon in het gat van je mond te gooien, maar gif blijft het. Het is niet niks, zo'n huwelijk.'

Dat was Magda met haar eens. Het huwelijk was een onderwerp waarover ze uitgebreid had nagedacht. Ze zei: 'In de katechismus staat dat het een teken is van het verbond tussen hemel en aarde tussen God en Zijn volk.' Ze liet de laatste vlecht uit haar hand glijden, het Heilige-Ritaoog blonk peinzend op in de schemer. 'Weet je wat ik de hele dag al gewild heb Liliane? Even jouw bruidsjurk aan te mogen even maar mag dat even? Ik ben wel wat magerder en wat langer dan jij maar het gaat wel denk ik mag het?'

Ze was inderdaad schijnheilig en onnozel bovendien, maar anders dan Broer had gemeend. Alleen om eventjes voor bruid te kunnen spelen was ze dus meegekomen! Een smalend gnuiven wrong zich uit zijn neus en mond, en Liliane liet een al even smalend lachje schallen toen ze haar toestemming gaf. Magda laadde de berg tule in haar armen en repte zich naar de badkamer, vanwaar even later een droge elfachtige bedrijvigheid klonk, begeleid door een tevreden gebrom diep uit de Magdakeel. Er leek een hele zwerm kameniersters bezig, achter de lichtkier van de badkamer.

Op het bed met zijn gladde lakens was men meteen na haar vertrek weer tot een ongemakkelijke roerloosheid vervallen. Broer had zijn colbert uitgedaan, als tegemoetkoming, de bruidegom zijn kamerjas waaronder hij net als de jongen alleen shorts droeg. De bruid zat nog steeds in de kussens gestut, verlegen met haar vlees. Een bed vol lichamen, overgoten met een bleke maansaus. Maanlicht glazuurde het vel op de ribben en knoken van de twee naakte mannen. Zestien besluiteloze armen en benen, kriskras door en over elkaar, met veertig vingers en veertig tenen, of liever achtendertig tenen, want bij de jongen waren er aan elke voet twee met elkaar vergroeid, die dus bezwaarlijk volledig konden meetellen. Er hing een stilte die druilde van de vraag waar ze in 's hemelsnaam aan begonnen waren. Het leek wel de werkplaats van een poppendokter, waar in sprookjes de poppen 's nachts tot leven komen, maar in werkelijkheid blijkbaar niet.

Het moest geweest zijn uit angst, dacht Broer nu, angst voor de heilige woorden die ze ijdellijk in de mond genomen hadden, dat de echtelieden hun bruidsnacht liever niet alleen doorbrachten. Magda had hen er zojuist plompverloren aan herinnerd: ze hadden gezworen om vannacht het huwelijk van hemel en aarde te voltrekken, maar hoe konden ze die eed ooit gestand doen, deze vreemdelingen voor de verbondsbelofte? De loze vormen waarnaar ze zich voor de lol gevoegd hadden namen wraak. De geest waarin ze tot één mystiek lichaam waren gedoopt begon akelig rond te spoken in de bruidskamer. Die geest rook mensenvlees. Die geest eiste gemeenschap. Wordt één lichaam! commandeerde hij. Bouw uit die ribben en knoken van jullie, op deze matras, maar eens een kerk!

Ach, een kerk – op deze trage verlegen poolvlakte. De bruidegom deed wel alsof hij het probeerde, halfhartig schoof hij op handen en knieën over het bed, hij scharrelde naar links, naar rechts, maar niet naar zijn bruid uiteindelijk, hij kroop naar de jongen, bij wie hij zijn beschaamde gelaat in de schoot legde. De jongen lachte nerveus, zonder geluid, hoofd achterover, adamsappel zwoegend tegen het licht van de dolende maan. Hij schudde de tentakels van de kleine behaarde bruidegom van zich af, maar die kwam steeds opnieuw over hem heen, de hond Israël, die zijn baas kwispelstaartend verkeerd bleef begrijpen.

De badkamerdeur werd opengetrokken en uit het licht kwam een grote gehavende mot de kamer binnengefladderd – Magda. Ze sjorde aan de schouders van de bruidsjurk, die te wijd was in de hals en een centimeter of tien boven haar magere enkels hing. Toen viel haar blik op de bruidegom, die tegen het schelle licht een arm voor zijn hoofd had geslagen. Een vlaag hese verbazing woei door de kamer.

'Maar Scott dit is je bruidsnacht naar je vrouw jij!'

'Naar je vrouw jij!' De jongen verschanste zich achter haar orthodoxie, hij bauwde haar na. 'Beschouw ons maar als getuigen. Als vroeger de bruid ontmaagd werd stond ook de hele buurt er met zijn neus bovenop. Wij hangen straks de lakens buiten.'

'Het is je plicht Scott,' sprak Magda.

'Je heilige plicht Scott,' jende de jongen. 'Je bruid heeft haar aangezicht al voor je ontsluierd, kijk dan.' Een dwingende vinger werd naar haar uitgestoken. 'Pak 'r dan! Wie weet zul je vannacht de ziel van jullie Messias planten.'

Vanuit de kussens klonk de stem van de bruid. 'Laat mijn man met rust!' gemelijk en verveeld, alsof ze er al veertig jaar huwelijk op had zitten. 'En Scott, kom hier jij.' Hij vlijde zich neer aan de voeten van zijn bruid, overgedienstig. De drie mannen hielden zich nu roerloos en stom, geïntimideerd door het vrouwelijke misprijzen. Magda deed het badkamerlicht uit en nam plaats in een stoel voor het raam, waar ze haar vleugels achter haar spichtige lijf vouwde. Ze liet een lange doodlopende zucht door de stilte meanderen.

'Daar lig je nu Liliane gebaad en geolied,' klaagde ze, 'daar ligt de heerlijkheid van je vlees in je doorzichtige niemendalletje één en al zin en bereidwilligheid en dan moet je merken dat je bruidegom niets van jou en je lichaam weten wil. Godgeklaagd is het verkeerd pervers.'

'Verkeerd en pervers, zeg dat wel. En dit is pas mijn eerste huwelijksnacht nota bene.'

'Wat een treurige tijden Liliane de mannen ijle dwazen ze zijn tegen ons in opstand gekomen ze hebben zich van ons afgewend ze denken aan elkaar genoeg te hebben. Alsof ze niet weten hoe bijkomstig ze zijn en afhankelijk van ons vrouwen die de ware traditie de stevigheid de ruggegraat van het mensengeslacht zijn. Blikkig tinkelende bedeltjes zijn ze aan de keten van ons vrouwen ons erfdochters Liliane.'

'Praat me er niet van, Magda. Zo nietig als ze zijn, zo hoog hebben ze het in hun bol.'

'Mannenwaan ijle mannenwaan. Hun geschiedenis van knokpartijen hun cultuur van dode dingen allemaal baarmoedernijd. Welke man is ooit bij machte geweest om iets zo absoluuts en onweerlegbaars en boven alle kritiek verhevens als een kind uit zichzelf te scheppen? Dat kunnen wij toch alleen en met veel minder zweet dan zij vergieten moeten voor hun wereldrecords hun onsterfelijke kunstwerken.'

'Wij zijn de genieën van de natuur, Magda, als je het goed bekijkt.'

Het besef dat ze zaten opgescheept met twee genieën drukte bij de drie heren alle heteroseksuele dartelheid de kop in. Stilletjes en stukje voor stukje trok de rijpere jongen een deken over zich heen die aan het voeteneind opgerold had gelegen.

'Is het jou ook opgevallen Liliane hoe klein mannen naast hun vrouwen lijken? Je staat altijd verbaasd als je de centimeter langs ze legt pas na vijfentwintig jaar huwelijk en liefdevol vetmesten krijgen ze een beetje présence.'

'Het zijn miezerds, Magda.'

'Eigenlijk kunnen we met veel minder mannen toe voor de instandhouding van de soort één op vijf vrouwen zou al genoeg zijn.'

'Alsjeblieft niet. Ze zouden ontploffen van verwaandheid als ze met minder waren. Kijk eens wat een mannenoverschot we hier hebben, en nog komen we te kort.'

'Ik wil alleen maar zeggen hoe onbeduidend en grotendeels overbodig die miezerds feitelijk zijn verder niets Liliane. En uit afgunst onthouden ze je het enige dat ze in te brengen hebben dat kikkervisje nog kleiner dan een speldeprik waar jij een complete baby uit kunt toveren.'

'Ik hoef geen baby, Magda. Ik eis alleen wat me toekomt als bruid.'

'Natuurlijk wil jij een baby en liefst een dochter je lijkt wel gek om geen baby te willen. Er gaan wel vier doopkleden uit deze jurk je kunt er wel drie wiegen mee stofferen. Waar zou je anders voor trouwen?'

Het kalm verontwaardigde vrouwenduet kon de mannen niet tot een seksueel reveil prikkelen. Ze zwegen somber en zelfs wanneer een arm of been gevoelloos was geworden van het lange liggen verroerden ze zich niet, alsof ze stenen nabootsingen van mannen waren. De bruidsnacht werd van lieverlee een wake.

Door niet meer dan zijn colbert uit te doen had Broer de anderen geen ogenblik laten vergeten dat hij onder protest aanwezig was. Hij lag zichzelf op zijn hoekje van het bed hartgrondig gelijk te geven: het was dom en verkeerd geweest om mee te gaan. De naaktheid van de jongen, waarvan hij zich op het bruiloftsfeest wonderwat had voorgesteld, werd hier door de naaktheid van de bruidegom gecamoufleerd en was hem bovendien met zo weinig ceremonieel opgediend dat hij er niets appetijtelijks aan vond. Het was geen unieke, alleen voor hem bestemde naaktheid, meer die van een militaire keuring. Ook was hij vreemd ontgoocheld toen hij zag dat de jongen en de bruidegom dezelfde shorts droegen, Amerikaanse boxer's shorts met precies hetzelfde streepje, die vast en zeker uit dezelfde fabriek kwamen, misschien zelfs uit dezelfde winkel of uit een en dezelfde verpakking. Er was nog veel meer dat hem niet beviel aan de jongen. Hij was te mager, zoals ze allemaal te mager waren, de bruid uitgezonderd. Hij had te grote handen en voeten met platte nagels en in zijn borst een kuiltje dat vast niet prettig was om aan te raken. Maar op zijn rechte schouders viel ook door Broers huidige klinische oog niets aan te merken en wanneer hij zat hingen zijn armen er ontspannen vanaf, als marionettearmen bijna. Hij had een gladde hoge buik en benen die hem verlengden tot achter de horizon van het weidse kille beddelaken.

Vlak voor de duivenschemer, toen de duisternis het zwartst was, klonken uit de tuin beneden geluiden, onaangenaam, metalig, gekras. Magda stond op van haar stoel om uit het raam te kijken, maar Liliane siste haar toe dat ze als de weerlicht naar het bed moest komen en ze sjorde Broer, die op zijn knieën was gaan zitten en zijn hals rekte, paniekerig aan zijn arm. Hij negeerde haar. Tuurde de tuin in. Tussen de struiken zag hij een oorbel fonkelen, een dasspeld, een ring, ook de vochtige weerschijn van een oog, een gelakte nagel – en plofte toen terug op de matras.

Beneden op het tuinpad stonden Liliane's ouders, twinkelend van de sieraden, harpij en griffioen. Gouden tanden waren bakens in de vochtige mondholten die het gekras voortbrachten. Ze krasten, met gekrulde tongen, over een hoed van rozen en perels van ongemene glans. Over hanegekraai, drupp'lende dauw, verflauwende sterren. Over het bruidsbed, maagdengraf en moederwieg en over de feniks, hun kind. Ze waren niet erg tekstvast en braken herhaaldelijk uit in een obsceen geschater en gerochel. Dauw rijmde op gauw, merels op perels, rozen op blozen, beloofd op ooft. Met grote angstogen luisterden de vijf in de bruidskamer naar het ouderlijk victoriegekraai, dat door hoestbuien onderbroken werd en dan toch weer begon, alsof het tot gekwordens toe onderdrukt was geweest, en eindelijk waren ze tegen elkaar aangekropen op het bed, opgetuigde Magda in het midden, de anderen om haar heen aan haar tule vastgeklampt. Het krassen duurde tot het licht werd en alles grauw. Er klonk een slotakkoord, slaande autoportieren en het starten van een motor, en het was weer stil.

Om van de schrik te bekomen dronken ze de fles roze champagne leeg die voor het eerste ontbijt bedoeld was. Om halfvijf bleken Broer en de rijpere jongen, tot hun eigen en ieders verbazing, verwikkeld in een kus.

De hele tijd dat ze op het bed lagen had Broer hem niet één keer aangekeken, want hij schaamde zich en was boos, het meest op zichzelf, dat hij zo'n verongelijkte spelbreker moest zijn. Tot het moment dat de jongen zijn champagneglas had weggezet, zich op zijn zij draaide en Broer, als een verpieterde plant, geen andere keus had dan zich te wenden naar het licht van de groene ogen, dat op hem en op niemand anders gericht was. Het was alsof er boven hem een luik dichtklapte. Ze waren met elkaar alleen in die blik, ze gleden naar elkaar toe, Broer panisch, en na een adembenemende afdaling ontmoetten ze elkaar in een kus van een embouchure zo stevig en teder dat Broer eventjes werd verlost van zijn benepen Broerheid. Het duurde maar eventjes, precies zo lang als de verbouwereerdheid van Magda, die toen ze haar ogen kon geloven de historische woorden sprak: 'Kijk eens Liliane Scott kijk toch eens! De dwazen ze verspillen hun liefde aan elkaar kijk toch eens. Ze hebben moeder aarde vaarwel gezegd ze zijn op seksuele ruimtevaart gegaan. Ingebeeld en dom zijn ze en eenzaam zullen ze sterven dat is waar hun mannenwaan toe leidt. Dat ik mijn bloedeigen Broer zo tegennatuurlijk bezig moet zien!'

Het drong tot Broer door dat deze kus, die naar binnen toe van een onstuitbare ernst was en de kus van zijn leven zou blijken, van buitenaf werd opgevat als een koddige nepkus. Buiten waren nu in alle tuinen de vogeltjes zich aan het loszingen. Mannetjes zongen tot hun wijfjes, lijsters tot merels, uit honderden syrinxen werd van piepkleine melodietjes een hemelsbreed muzikaal gobelin geweven, en voor het eerst merkte Broer dat ze een parodie waren, de rijpere jongen en hij, of ze nu wilden of niet, een tegenzang in de biologische tragedie. Gegeneerd en lacherig vielen ze uit elkaar, voor het eerst een duo.

De idioten

Op de 181ste Straat stapte Broer uit. In zijn broekzak voelde hij naar de sleutel die de jongen hem had meegegeven. Die moest passen op een kamer in een gebouw dat zich het Hotel Colchester noemde, het adres waar de jongen sinds een maand of drie woonde. Hier, ter hoogte van George Washington Bridge, bevond Broer zich al in het eigenlijke, het lege Amerika, met zijn loenslicht en breedgeschouderde wind en bakstenen muren zo verstrekkend dat niet eens de melancholie ze kon bevatten. Het Colchester was een zwarte, twintig verdiepingen hoge tas stenen, een airconditioner in elk bestoft raam. Het lag aan de overkant van een zesbaansweg en om er te komen moest hij als een laboratoriumrat over een baileybrug, onder een huif van gaas door.

Een hotel in de gebruikelijke zin was het Colchester niet. Het was een tehuis voor minvermogende ouden van dagen. Die zag je er krom onder hun gedachten door de gangen dwalen, de meesten op pantoffels, bruine papieren zakken dragend met daarin hun dieet van zoutjes en blikjes bier. In de monumentale hal van zwart en beige marmer zaten ze, ieder apart, star voor zich uit te mummelen. Een ijl gelach om niets druppelde soms uit hun monden, zomaar, alsof binnenin de leertjes kapot waren.

'Ik houd van oude mensen,' had de jongen gezegd, op de vraag van Broer waarom hij zijn intrek had genomen in dat voorgeborchte. 'Je hebt nooit van oude mensen gehouden.' 'Ik houd *nu* van oude mensen.' De jongen had altijd van kinderen gehouden. Het was voor hem gemakkelijker om te onderwijzen dan om zelf iets te leren. In Flushing, in Brooklyn, aan de overkant in New Jersey, overal waar hij gewoond had liepen kinderen rond die hinkelden en boter-kaas-en-eieren speelden. Hij had een paar eigenaardigheden die voor kinderen onweerstaanbaar waren: het kuiltje in zijn borst, oren waarmee hij kon flapperen, zijn zwemtenen (in Nederland was hij een eend geweest, hij was de oceaan op eigen kracht overgestoken). Hij verhuisde naar het Colchester toen hij eindelijk geloven moest dat hij ziek was. Hij had zich verstopt in de meest verborgen hoek die hij kon vinden.

Goedkoop was het er niet, moest Broer merken toen hij twee weken huur vooruit betaalde bij de conciërge. Het ventje monsterde hem belangstellend van achter zijn balie. 'So you're that sick boy's buddy, are you?' Het droeg een grote broek die het vlak onder zijn oksels had vastgesnoerd. De mond leek speciaal gemaakt voor de sigaar die erin stak. 'How's he doing? Not very well eh? Is it true he's got that new disease? They say it's an affliction sent by the Good Lord as a punishment for your kind. You *are* his buddy or whatever you call yourselves, aren't you?'

Er was een glazen tussendeur die pas zoemend open zou gaan wanneer de conciërge de goedheid zou hebben om op een knop te drukken. Die had hij eventjes niet. 'The old folks here may look pretty dumb, but they know what's going on.' Gis getik tegen de bolle slaap. 'They've been watching him. By the time he was ready to go into the hospital you could see right through him, like he was a lampshade and the bulb inside might give out any moment. Snap!' De pupillen werden realistisch nauwer bij de stervensflits van de denkbeeldige gloeilamp. 'Strange thing was, for a long time he didn't seem to know anything was the matter with him. And the people didn't ask him nothing. Just talked amongst themselves, about how strange it was that he didn't seem to know he was slowing down and becoming all pale and transparent. He must have thought the old folks were speeding up and recovering their strength. And so they were, in a way, they always get a kick out of somebody who's got the sign of death written all over him, especially if it's a younger person. Like they seen the Angel of Devastation go by and not notice them and they know it'll be a while before his next time around. Oh they're a mean and miserable old lot, clinging on to life for all they're worth, however little that may be. No teeth, but sharks all the same. So tell me, do you yourself expect to be among the numbered?'

Broer vroeg of er post was. Die was er. En of de deur open mocht. Maar natuurlijk. Op de twaalfde verdieping, waar de jongen zijn kamer had, kwam een naakte man uit de wasruimte, kwabben hingen als gestold kaarsvet van zijn opgebrande lichaam. Hij hobbelde voor Broer uit door de doolhof van gangen, door elke gang die hij inliep moest Broer hem volgen. Kamer 1241 was een eenvoudige cel, drie bij vier meter, een planken vloer, donker gebeitst. Een overbelicht uitzicht op de Hudson River. Onder het raam een zware ouderwetse verwarmingsradiator, pokdalig van de vele lagen verf. De zon zat als een gevlekt lui beest achter het vuile raam, en het was stoffig in de cel, nu er al meer dan een maand niet in gewoond was.

Hier had hij zitten wachten. Aan de deur hing zijn bokserskimono van parachutezijde, te ver gescheurd in de rug om nog mee te kunnen naar het ziekenhuis. De sprei van calico die over het bed hing, vol dunne plekken, was vijf keer de oceaan mee overgestoken. Die moest wel mee. De jongen was net een kleuter, zo verknocht als hij was aan zijn lappen en doeken. In de rangschikking van zijn eigendommen waren zijn hand en zijn zorg zo levendig aanwezig dat Broer hem ieder ogenblik binnen verwachtte, de mond met blije tanden, de sterke vingers op zijn schouder en de stem vlak bij zijn oor – 'Ik ben er weer!' En toen hij zichzelf terechtwees – want nee, hij kwam niet meer terug – zag hij wat hij nooit gezien had: wat een eksternest het leventje van de jongen geweest was, een toevallige configuratie van rotzooi.

Hij bekeek de snuisterijen, zonder ze aan te raken. Sommige waren vroeger van hemzelf geweest. Een vestzakformaat waterverfdoosje. Een padvindersmes. Zilveren aansteker. Albumblad met gedroogde bloem. Een blauwe agaat. De jongen had ze in zijn woning bevingerd, twee keer, drie keer, en toen opgepakt. 'Mag ik dat hebben?' Dan was er een gierigheid over hem gekomen. 'Waarom wil je dat hebben? Alles wat van mij is, is ook van jou.' Terwijl die waardeloze snuisterijen omhooggehouden werden, in die grijpgrage vingers, hadden ze ook voor Broer een nieuwe glans gekregen. Hijzelf gaf ze die glans, via de ogen van de jongen. Waarna ze, zodra zijn vriend voor de zoveelste keer bij hem was weggegaan, stilletjes verdwenen bleken en devoot werden meegesjouwd van het ene onderkomen naar het andere, samen met de lappen en de doeken. Aan het verschil tussen de glans van toen en hun huidige ontluistering kon Broer afmeten hoeveel minder hij zou zijn zonder zijn vriend. Hij zag nu ook zijn eigen leven als niet meer dan eventjes een rimpeling op de wereld, een gril van de wind, alle kostbaarheden die door zijn handen waren gegaan ten spijt. Hef me op, bad hij. Hef me op, zoals daarstraks bij de nachthekken, maar dan voorgoed.

Tot hij zijn rijpere jongen ontmoette had hij het wel praktisch gevonden om geen vrouwenvlees te hebben. Hij hoefde tenminste niet bang te zijn dat hij als prijs voor zijn lustbevrediging de slaaf van een gezin zou worden. Seks was voor hem een vrijetijdsbesteding geweest, een omheind reservaat waar hij zo nu en dan geheel verzorgd op safari ging.

Door de jongen werd hij voltijds homoseksueel. De Brusselse bruidsnacht, en de kus in de marge ervan, hadden toch een huwelijk ingeluid. De eerste weken na hun kennismaking was hij misselijk van verliefdheid geweest. Hij at niet, sliep niet, zijn skelet begon brutaal door zijn vlees heen te schemeren. In plaats van te werken sleet hij een verveloos pad uit op zijn vloer. Hij sprak zichzelf streng toe, maar zijn hart gehoorzaamde niet. Voor het eerst bleek hij behept met die fondanten gemeenplaats, een hart. Hij kon zich niet meer herinneren waarvoor hij geleefd had toen hij zijn jongen nog niet kende. Zijn vroegere bestaan leek dor en onecht, het was al haast vergeten. Hij verachtte zichzelf om deze obsessie, maar waarvoor hij anders zou leven en werken dan ter ere van zijn jongen wist hij niet.

Zijn liefde maakte hem zielsongelukkig en toch was ze niet wat doorgaans een ongelukkige liefde heet. Ze werd beantwoord, met een vanzelfsprekende onthutsende graagte. De achterdocht die van meet af aan in Broer had gesmeuld laaide nu op tot een uitslaande brand. Hoe was het mogelijk dat de jongen van hem hield? Van zo'n achterdochtig en onuitstaanbaar iemand? Daar moest iets achter steken. Hij was haast opgelucht toen hij grond voor zijn achterdocht kreeg. De jongen stuurde hem briefjes op het papier van driesterrenhotels, een slinkse manier om eerlijk te bekennen hoe hij aan de kost kwam. Hij bleek te werken voor een zekere Ferry uit Dordrecht, van de 'Bel Ferry'-contactadvertenties. Drie, vier keer per week ging hij op karwei met een aluminium koffertje vol erotisch gereedschap. Met hetzelfde koffertje kwam hij vrijdagsavonds naar Broer.

'Telkens is het weer afwachten of de klant komt opdagen. De helft van de tijd sta ik voor joker, naast de fotoautomaat in de altijd eendere stationshal. En als hij komt, dan is hij vaak zo nerveus dat ik wel een uur bezig ben om zijn nek los te maken, één bonk verknoopte spieren is het daar dan.' (Broers nek was vaak één bonk verknoopte spieren.) 'Ze hebben allemaal zo'n meelij met me. Allemaal vragen ze bezorgd waarom ik dit werk eigenlijk doe, om zich tenminste beter dan mij te kunnen voelen. Dan vertel ik over de hersentumor van mijn vader en over hoe trots ik was als klein jochie dat ik de enige was wiens vader een hersentumor in zijn hoofd had.' (Tederheid was onstuitbaar in Broer opgeweld toen hij het verhaal van de tumor zelf te horen had gekregen.) 'Ze zijn allemaal getrouwd. Vrouwen schijnen in het huwelijk verschrikkelijk doof en autoritair te worden. Meestal gaat het die klanten niet eens om de seks. Ze willen alleen met een man intiem zijn en blijken vaak reuze aardig. Het is nuttig werk, maar ik krijg het er wel van aan mijn maag.'

Broer smeekte hem dat zondige pad te verlaten. De jongen was meteen akkoord, met een schouderophalen. Die Ferry was een uitbuiter, vijftig procent commissie vroeg hij voor zijn telefoonnummer, en zoveel aardige klanten waren er ook weer niet.

Zowat vijf jaar geleden waren ze samen naar New York gekomen, omdat hun transcendente liefde alleen op een transcendente plek kon gedijen. Broer was het daar goed gegaan en de jongen, al met al, zeer slecht. Hij had geen werk kunnen vinden en mettertijd ontdekt dat hij ook niet wilde werken. Er waren slepende problemen met de vreemdelingenpolitie. Hij kreeg opnieuw last van zijn maag. Hij kon niets eten, dronk alleen warme melk en sloot zich dagenlang met de televisie op in een slaapkamer. Het waren de oude maagzweertjes, dacht hij, maar hij wist het niet zeker. De dokter die geraadpleegd werd stuurde hem voor onderzoek naar het ziekenhuis. Broer betaalde de rekeningen – het was niet bij de jongen opgekomen om zich te verzekeren tegen ziektekosten. Maar toen hij in de taxi naar het vliegveld stapte, na de eerste definitieve ruzie, zaten die doktersrekeningen in zijn bagage om in Nederland bij een verzekering te gelde te worden gemaakt.

Dat de jongen een dief was had Broer steeds geweten, maar hij had zichzelf op grond van hun liefde verschoond gewaand. De jongen stal dwangmatig, maar discreet en met een behendigheid die Broer wel bewonderen moest wanneer ze samen gewinkeld hadden en de heupzakken van de legerbroek thuis werden leeggehaald. Het was een vorm van goochelen. Deze laatste truc getuigde van dezelfde hoge vakbekwaamheid, maar nu hij er zelf het slachtoffer van was kon Broer er geen waardering voor opbrengen. Flessentrekkerij en ideale liefde, dat ging maar moeilijk samen.

Een half jaar na hun eerste scheiding kwam hij midden in de nacht thuis, beschonken, zoals wel vaker gebeurde sinds zijn jongen weg was. Achter zijn raam zag hij een kaars branden. Hij holde de trap op, zijn hart bonkte van spanning en verlangen en hij was op slag nuchter toen hij in werkelijkheid datgene zag waarvan hij tijdens zijn eenzaamheid tegen beter weten in had gedroomd. De jongen, die was ingeslopen met zijn veiligheidsspeld ('mijn onveiligheidsspeld'), lag blakend van gezondheid onder de kaars op hem te wachten, huiselijk in zijn boksersjas, met een toversigaretje en een glas wortelsap. 'Ik ben er weer!'

Die tweede keer ging het iets anders. Toen had hij er wel aan gedacht om een reisverzekering af te sluiten, maar die bleek het geld dat Broer opnieuw had moeten voorschieten, veel meer geld dan de vorige keer, niet te willen uitkeren 'aangezien de kosten waren gemaakt voor een kwaal die reeds vóór het ogenblik van vertrek bekend was', volgens een schrijven dat Broer nooit te zien had gekregen en dat vermoedelijk door de jongen was verzonnen. Vermoedelijk was die hele maagkwaal door hem verzonnen, al had je je niets overtuigenders kunnen wensen dan zijn grauwe teint, zijn klamheid en die lange handen op de zielige maag, waaruit een giftig chemisch geborrel klonk als je er een oor tegen hield. Het was dat 'vermoedelijk' waardoor Broer zich nu een veel achterbakser schurk dan zijn vriend voelde, want deze keer, de derde en niet vermoedelijk, maar vast en zeker de laatste keer, leed het geen twijfel dat de jongen echt ziek was. Te ziek om naar Nederland vervoerd te worden. Het ziekenhuis had de illegaal alleen willen opnemen op voorwaarde dat Broer zich garant zou stellen en dat had hij gedaan. Alleen de verpleegkosten beliepen nu al meer dan tienduizend dollar. Hij had Lafayette niets dan de waarheid verteld, toen hij zei dat hij platzak was.

Hun ideale liefde had nooit een toekomst gehad. Er kon niets uit voortkomen. Ze was noodzakelijkerwijs in zichzelf gekeerd. Alleen in een sfeer van verheven gekte kon ze zich handhaven. Daarom moest ze wel een obsessie worden. In bed lukte het nog het best om de uitzichtloosheid te bezweren. Nergens aan denken, alleen de bedwelming van dit jongensvlees, zacht en stevig, meegaand vlees. Ze kwamen het bed haast niet uit. Het had ook wel zijn voordelen om met een hoer getrouwd te zijn, merkte Broer. Als hij het lichaam van de jongen tegen zich aan hield, zijn haar rook, en huid wreef over huid, zachtjes en vriendelijk zwetend, dan was de wereld van tijd en verval, van de vrouw, slechts schijn. Zijn waan was dan zo sterk als de rotsen. Met zijn mond vlak bij het oor van de jongen legde hij uit dat er in een aan de tijd ontstegen bovenwereld, waar schoonheid waarheid is en omgekeerd, een eeuwige vaas zou bestaan die van een hemelse balustrade in dit hiernumaals was gevallen, en dat zij van die vaas twee tijdelijke scherven waren. De meeste mensen hadden geen idee van die vaas, maar zij tweeën hadden scherpe kantjes die precies in elkaar pasten en konden er samen deel aan hebben. Ze konden hier al een beetje in de hemel leven, als het ware.

De jongen huiverde van Broers adem op zijn trommelvlies. Hij duwde de dwingende kin weg met zijn schouder. 'Ik vind het niet zo'n geweldig beeld,' giechelde hij. 'Een vaas... Je moet echt een precieuze nicht zijn om zoiets te verzinnen. Als we toch in de hemel leven, noem ons dan liever twee engelen. Er zijn toch ook engelen gevallen?'

Maar een vaas bleef het. Dat de jongen nog andere breukvlakken had, waar weer andere scherven aan pasten, deed niets af aan het beeld. Daaraan ging het zeker niet mank, meende precieuze nichterige Broer. Integendeel.

En dat hun liefde in een andere onbereikbare wereld werkelijker was dan hier klopte ook. Ze hoorden bij elkaar, de rijpere jongen en hij, hoe halsstarrig ze dat in de vijf jaar van hun huwelijk ook hadden ontkend. Ze waren in die tijd hooguit vijf maanden niet van tafel en bed gescheiden geweest, maar dat was lang genoeg om doodmoe te worden van hun folie à deux. Hun liefde was een verhaal van scheidingen, genre Tristan & Isolde of A.W. Gijselhart & dochter, een klassieke en onpersoonlijke hartstocht. Ze spraken over het grote feit van hun beider leven alsof het een kunstwerk was waarmee ze zichzelf hadden overtroffen. Het overschaduwde hen, het had hen niet meer nodig. Van kunstenaars waren ze tot publiek geworden.

Zelf hadden ze niets over hun huwelijk te vertellen. Het was in de hemel gesloten. De idee was sterker dan hun vlees. Broer vervloekte deze in zichzelf gekeerde mannenliefde. Wat was er eigenlijk zo geweldig aan, om een scherf van een ideale vaas te zijn? Je kon lijmen wat je wou, het ding viel hier op aarde toch steeds weer in dezelfde gruzelementen. Waarom hou ik van je, als ik je niet kan uitstaan? Waarom haal je zulke rotstreken uit, als je van me houdt? Waarom gaan we niet uit elkaar, net als iedereen? (Scott and Liliane waren intussen uit elkaar, ondanks hun twee kindertjes.) In hun jaren op de steenrots van de hoogmoed hadden ze het vaak genoeg geprobeerd. Na iedere scheiding waren ze elkaar binnen een maand weer tegengekomen, toevallig, als je tenminste niet in telepathie geloofde en geen acht sloeg op de dromen en de onrust die hen beiden terdege gewaarschuwd hadden dat er iets ophanden was. Ze kregen het er benauwd van, zoals ze voor elkaar geschapen bleken. Ze waren machteloos bij die ontmoetingen. Ze werden vanuit de hemel naar elkaar toegedreven, door een kwajongensachtig opperwezen. Als twee robots koersten ze op elkaar af, dwars door drommen voetgangers, theaterbezoekers, receptiegasten heen, en wanneer ze ten slotte, dat wil zeggen vrijwel onmiddellijk, tegenover elkaar stonden, dan trapte Broer de jongen per ongeluk tegen de schenen, een arm van de jongen schoot uit naar Broers hals en werd halverwege geschrokken ingehouden, ze stootten glazen uit elkaars handen, stonden op elkaars tenen, ze putten zich uit in verontschuldigingen, de oude gebaren sloegen en schopten waar ze niet beminnen konden, tot ze in ere waren hersteld.

Het was nu een jaar geleden dat de jongen in alle vroegte op West 32 Street voor de deur had gestaan, met zijn oude karweikoffertje. Terwijl Broer in de keuken voor een ontbijt zorgde en niet durfde te vragen of hij gekomen was voor een nieuwe aflevering van hun huwelijk, had hij rondgedrenteld door het appartement, neuriënd, hier en daar bazig klopjes gevend op de stille getuigen van hun leven samen. Ze schoven aan tafel en daar vertelde hij dat hij een paar dagen in het ziekenhuis had gelegen. In theevisitestijl, met lakonieke wegwerpgebaren van zijn lange handen en een automatisch pratende mond, vertelde hij dat hem de dood was aangezegd. Bij een controle was onlangs gebleken dat zijn bloed niet in orde was. Hij had een kleine operatie ondergaan, een lymfeklier was uit zijn oksel weggenomen. De dag na de ingreep had om acht uur 's ochtends de behandelende geneesheer aan zijn bed gestaan, met een onheilspellende deernis in zijn ogen. Het klierweefsel zou onder de microscoop van de patholoog-anatoom 'een wild beeld' vertoond hebben. Dat had de jongen, die nog wat daas was van de narcose, aanvankelijk niets verbaasd, zijn hele leven gaf immers een wild beeld te zien, maar de geneesheer had vervolgens de naam genoemd van een fatale bloedziekte en gezegd dat de jongen waarschijnlijk nog een jaar, hoogstens anderhalf jaar, te leven had.

'Voordat hij vertrok zei hij nog dat het geen erg prettig jaar zou worden, als zijn diagnose juist was. Daar lag ik dan. Ik keek naar dit lichaam van mij, probeerde me in te prenten dat ik ten dode opgeschreven was. Het lukte me niet, ik geloofde het niet. Ik probeerde boos te zijn op dit lichaam. Je leven lang heb je het te eten en te drinken gegeven, je vertroetelt het, neemt het elke dag mee uit wandelen, en dan flikt het je zoiets. Stiekem blijkt het een milt te bevatten, nieren, een alvleesklier, een lymfenstelsel, een heel leger muitende verstekelingen. Ondankbaar stuk vreten!' De jongen lachte hautain en ongelovig. 'Toen ik vanochtend wakker werd heb ik een besluit genomen. Ik moest zo snel als ik kon uit dat ziekenhuis weg, wilde ik van de weeromstuit niet echt ziek worden.'

Om halfzeven had hij zijn koffertje gepakt en was weggeslopen. Die ziekte was een medisch drogbeeld, zo stelde hij zichzelf gerust. Hij had geen klachten, geen pijn. Toch had hij zich een paria gevoeld toen hij over Manhattan naar Broers woning slenterde, alsof het hem was aan te zien dat de artsen op zijn lot een datum gestempeld hadden. Onderweg had hij bij een kiosk sigaretten gekocht. Het pakje en het wisselgeld werden hem door het duistere loket van quarantaine-afstand aangereikt. De drukte om hem heen bewoog zich als achter glas, in een ander medium, een ander ritme.

Zijn ogen scharrelden tijdens het lakonieke verslag schuw over de tafel. In Broer was het akelig kil geworden. Toen barstte de jongen zomaar in snikken uit. Broer zag dat zijn ongeloof een harde knauw kreeg van die uitbarsting. Dat verraderlijke lichaam! Als je onverhoeds begon te snikken, terwijl je niet eens geloofde dat je ziek was, dan zou je ook weleens onverhoeds de pijp uit kunnen gaan. De jongen rende naar de kraan en plensde water in zijn gezicht. 'Dit betekent niets, echt niet!' snotterde hij met zijn rug naar Broer toe. 'Je hoort toch te huilen wanneer je zoiets vertelt? Het is alleen mijn conventionele bolster die gehuild heeft. *Ik* geloof echt niet dat ik dood zal gaan. Ik kan het me niet voorstellen. Iedereen gaat dood, behalve ik.'

Daar had Broer om moeten lachen. Een zenuwachtig gekraai was die ochtend zijn eerste bijdrage aan het gesprek geweest. '*Ik* denk er precies zo over,' had hij gekraaid, en dat was het eerste wrikken van het breekijzer. Want wat wilden die woorden anders zeggen dan: van jou daarentegen kan ik het me wél voorstellen? Dat Broer zich door zo'n belachelijke stelling in het nauw moest laten drijven! Bezwerend sloeg hij zijn armen om de jongen heen en zei: 'Ach nee, natuurlijk ga je niet dood, ik voel het.' Maar wat hij voelde was iets dat de jongen ineens zeer sterfelijk maakte, een vreemd hard bol iets op zijn linkerzij – 'Wat is dat?'

De jongen trok zijn trui uit. De wond in zijn oksel was bedekt met een grote pleister, waar een slangetje onderuit kwam. Aan dat slangetje hing een plastic bal, een plastic appeltje aan een plastic steel. Het was een drain die het lymfevocht opving dat uit de wond lekte. Er liep een evenaar van schroefdraad over het appeltje. De jongen draaide het open. Hij hield de onderste helft aan Broer voor.

'Je kunt me bewijzen dat je niet in mijn dood gelooft. Door dit op te drinken.'

Er zat een dik vocht in de dop, wat verkleurd door bloed. Het leek op roze champagne.

'Opdrinken, dit? Stel je niet aan.'

'Doe me een lol en drink het op. Het is gewoon een soort zweet. Van mijn zweet ben je toch nooit vies geweest? Of ben je soms bang dat hier kanker in zit?'

Het was obsceen van de jongen om zo te schermen met een sterfelijkheid die hij met jan en alleman gemeen had. Het 'tot de dood ons scheidt' was toch nooit op hun ideale liefde van toepassing geweest? Ze hadden toch altijd maling gehad aan de proleterige sterfelijkheid? Broer pakte de dop aan. Met doodsverachting gooide hij hem leeg in zijn mond. 'Zo goed?' De dop vloog tegen de wand, stuiterde over de vloer. Er was iets helemaal verkeerd. 'Heb je het gezien? Geloof je me nu?' Faliekant verkeerd. Het filtrum, dat vettig, een zweempje bitter, grotendeels naar niets smaakte, onttoverde hem. Hij werd van de jongen weggejaagd, door dezelfde kracht die hem in Brussel en zo dikwijls nadien naar hem had toegedreven. Hij stond tegenover een vreemde. De gedeukte borst, de schouders recht als een juk, groene ogen met hun duistere hoeken, hij kon zich niet herinneren waarom hij daarvan had gehouden.

'Idioot,' zei de jongen zachtjes.

Hij trok zijn trui en meteen ook zijn jack aan. Pakte het koffertje. Bij de deur stelde Broer hem een vraag die hij niet kon verzwijgen, hoe ongepast sterfbedachtig ze ook klonk. 'Ben ik goed voor je geweest?' wilde hij weten. De jongen antwoordde eerst niet. Hij hield alleen zijn linkerhandpalm omhoog, een gebaar van vroeger, wanneer hij zondagsavonds op de trein naar Den Haag werd gezet door Broer, die dan zijn veel kleinere rechterhand op de andere kant van het treinraam legde. 'Zie je wel, past precies!' deden hun monden dan aan weerszijden van het glas. 'Zie je wel?' vroeg de jongen nu.

De medische ziekte sloeg een tweespalt in de jongen. Hij verhield zich tot zijn lichaam alsof hij het delen moest met een Siamese tweelingjongen die ziek was. Die ander moest maar verstandig zijn, vond hij, en het ervan nemen in het jaar dat hem restte, een wereldreis gaan maken of gaan vissen in Canada. Zelf wenste hij aan de ziekte geen concessies te doen.

Op één punt moest hij toch toegeven. Elke twee weken legde hij tegen heug en meug een bezoek af aan Klein-Transsylvanië, zoals hij de bloedkankerkliniek noemde. De deernis had bij de behandelende geneesheer het veld geruimd voor solidariteit met de zieke tweelingjongen, voor verraad dus. Wie door zijn eigen lichaam is verraden heeft geen medestanders meer. De arts geloofde even halsstarrig in de sterfelijkheid van zijn patiënt als de patiënt er zelf aan twijfelde. De controles waren veldslagen in een geloofsstrijd, waarbij de arts de werkelijkheid van de ziekte en de jongen die van de gezondheid verdedigde.

Hij kwam elke keer deerlijk geblutst van het slagveld. Hij beschikte alleen over subjectieve argumenten. 'Ik voel me niet ziek' – dat was zijn enige verweer. Maar hij voelde zich ook niet goed en de geringste vermoeidheid of verkoudheid bracht zijn geloof aan het wankelen. De geneesheer beschikte over zijn wetenschappelijke belangeloosheid. Over een meetlint, dat hij langs de knikkerharde klierpakketten kon leggen. Hij had stapels papieren vol cijfers die vertelden wat er zoal aan bezinksel en lymfocieten en andere waarden in het jongensbloed rondkrioelde. Hij kon hem stevig op zijn milt drukken en hem zo een 'Au!' ontfutselen dat behalve objectief ook bar subjectief was.

Er volgden nieuwe ziekenhuisopnamen. Nieuwe klierextirpaties, met als resultaat telkens een nieuwe diagnose, totdat de kwaal van de jongen een eigen naam kreeg, een bizar letterwoord. Toen had hij dat letterwoord, maar over de betekenis ervan waren de artsen het nog steeds niet eens. Wel hadden ze alvast prednison, interferon, corticosteroïden in zijn bloed losgelaten, een grootscheepse drijfjacht gehouden op het ottertje dat zich daar schuilhield en, zonder het te vangen, een woestenij gemaakt van het lichaamsparadijs. Ze hadden de zege behaald met hun chemische oorlogvoering. De jongen kon het niet meer loochenen: hij was ziek.

Nu het werk van de artsen was overgenomen door de koorts en hij sinds een maand in Klein-Transsylvanië bleek en doorschijnend lag te worden, zoals de conciërge gezegd had, was voor Broer de trieste vraag wie van hen beiden de grootste dief was geweest: zijn langvingerige vriend of hijzelf, met zijn spiegeltjes en kralen? Het was weliswaar onzin om deze ziekte te moraliseren, deze kwestie van virussen die zich nestelden waar ze konden, zonder aanzien des persoons, die in hun millimicronwereld geen benul hadden van hogere ijdelheden als 'de jongen' en 'Broer', hoogstens van mensenvlees – en toch kon Broer het niet laten. Want ze stonden bij elkaar in het krijt. Ze hadden een ruilhandeltje bedreven, ze hadden zichzelf voor elkaar leeggeschud en onderling opnieuw verdeeld, in de hoop ook in dit hiernumaals even passend en complementair en voor elkaar geschapen te kunnen worden als man en vrouw in beginsel zijn. Wie is het mannetje en wie het vrouwtje? Voor ieder aspect van hun leven samen hadden ze die hatelijke vraag moeten beantwoorden. Zo was er een broos en ingewikkeld stelsel van yinnetjes en yangetjes ontstaan. Was de jongen mager, dan was Broer dik; de een zacht, dan de ander hard; de een spontaan, dan de ander berekenend; enzovoorts. Het hele scala van conventionele tegenstellingen moest worden verdeeld, het was een minnehandel waar geen eind aan kwam. Ze werden karikaturen van zichzelf. Ze werden een duo en een duo is altijd komisch. Een duo is een vleesgeworden paradox. En een duo spat altijd uit elkaar, omdat tegenstellingen die maar heel betrekkelijk zijn in de grote wereld binnen het duo extreem en absoluut worden. In een klassiek huwelijk gaan de man en de vrouw op elkaar lijken, maar twee mannen die zo averechts zijn om samen door het leven te willen worden elkaars tegenvoeters, en vaak elkaars vijanden. Ik Kaïn, jij Abel. Jij Don Quichote, ik Sancho Panza.

Als Don Quichote lag de jongen nu op zijn sterfbed – *In de nesten van verleden jaar zijn dit jaar geen vogels. Ik was gek en ben thans wijs.* In Broers hoofd hing nu een liefdeloze icoon van de jongen. Hij lag op bed in een pyjama, kledingstuk dat hij bij welzijn nooit had gedragen, uniform der moribunden. De dekens waren teruggeslagen en er was veel pyjama, weinig jongen. De blauwe zijde maakte golven met zwarte kruinen, ruggen van puur licht, blauwe dalen. (TerBorch had de icoon geschilderd.) Onder in de dalen tekende zich hier en daar de omtrek af van het lichaamswrak, ribben en botten waartussen vraatzuchtige virussen kruisten. De handen en het hoofd lagen naast de blauwe zijde, door de golven op het strand geworpen. De huid zat er strakker omheen dan toen hij gezond was, het begin van een doodsgrijns trok aan zijn lippen, de rimpels waaruit hij zijn oudemannengezicht had proberen te raden, het gezicht dat hij nooit krijgen zou, waren zowat verdwenen.

De trieste vraag voor Broer was of hij zijn vriend niet had bezwendeld, of hij voor het goud dat hij ontvangen had alleen rommel had gegeven, een blauwe agaat, een waterverfdoosje, padvindersmes. Met de versleten sprei en de post die hij uit het Hotel Colchester had opgehaald bestormde hij de ziekenhuistrap, overdreven veerkrachtig en gezond. Bij iedere stap die hij zette galmde het door het trappenhuis en de gangen: hij wel, ik niet, hij wel, ik niet. De jongen was ziek en hij niet. Hij was vol en de jongen was leeg. Straks zou de jongen dood zijn en mocht hij nog een tijdje leven. Hij had hem leeggeroofd en maakte met de buit nu schuldbewuste sier. Voor de ziekenkamer hield hij zijn pas in om op adem te komen, maar zijn hart wilde niet bedaren, het zweet brak hem uit. De verpleging had een kartonnen bord aan de deur gehangen: WASH YOUR HANDS BEFORE YOU LEAVE THANK YOU.

Envoi

Hij kreeg zijn hand niet op de klink. Naast de deur zakte hij op zijn hurken. Hij duwde zijn rug tegen de gangmuur en bad. Hij bad tot zijn zuster, zijn gebed was een brief. Haar profetische woorden waren vervuld. Eenzaam zullen ze sterven, jawel! Ze had het gruwelijkste gelijk van de wereld gekregen. Hij moest eraan geloven. Zijn liefde moest verkwanseld worden voor het pondje vlees in haar buik, in een lafhartig mea culpa.

'Wees gegroet, zuster, vol van nijd, niemandsbruid,' bad hij. 'Je bent de gesjochtenste onder de vrouwen en gesjochten is ook de foet in je schoot. Maar je nijd is genade, je zelfzucht schepping, je buik wieg der geschiedenis. Daarom, nijdige Magda, moeder van een hoerenkind, wend ik me tot jou, nu, in dit uur van mijn levenslange dood. Moeder modder, mater materia, heerseres over het rijk van geboorte, copulatie en dood, gegroet! Tot jou roep ik, eens kind van een vrouw, toen deserteur uit de vrouwendienst, nu balling, tot jou zucht ik, klaag ik, ween ik, vanuit mijn barre mannenwereld. Kwaadspreekster, kromspreekster, wees mijn voorspreekster. Die schele ogen van jou, sla ze op mij neer. Dochter van de Doornenhof, toren van vlees, toren van het vlees dat altijd het laatste woord heeft, voor jou buig ik.

Je hebt toen in Brussel profetisch gesnoefd, zuster. Mijn liefde was absurd, je had gelijk. Het was dwaas om in opstand te komen tegen de genieën van de natuur en hun biologisch overwicht. Het is mij vergaan als de Draak van de Apocalyps. Ik heb vijandschap laten zaaien tussen mijzelf en de vrouw en nu sta ik uitgeblust op het strand van de zee. Mijn enige verlangen is het verlangen naar de overkant. Mijn enige lust de lust om ontbonden te zijn. Eschatologische masturbatie, zoals daarstraks voor de nachthekken van de ondergrondse, dat is mijn enige troost.

Maar heb erbarmen met deze uitgebluste draak, Magda, en denk je eens in wat het betekent om als man geboren te worden. Al achter de spijlen van mijn Doornenhofse looprek moet ik het huwelijk van onze ouders hebben gadegeslagen met een skeptische frons in mijn peutervoorhoofd. Zo! Dus de heer der schepping is eigenlijk een ondergeschikte, die almaar zwoegen moet, overdag in zijn beroep en 's nachts in bed. Wat een vooruitzicht voor een aanstaande man! Ik voelde er niets voor om een arbeider te worden in het rijk van de vrouw. Ik had me van het leven iets heel anders voorgesteld.

En denk je voorts eens in wat een openbaring het was om te ontdekken dat er ook een ander rijk bestaat, de mannelijke waanwereld waar wetenschap, handel, kunst en meer van dat schimmigs worden bedreven. De alchemist bereidt er zijn goud, dr. Frankenstein schept er zijn monsters, dr. Faust waant zich er godgelijk. De enige vrouwen daar zijn door Pygmalion en dr. Coppelius naar eigen beeld en gelijkenis geschapen. Niemand minder dan Plato beweert er dat het krijgen van kinderen de laagste vorm van creativiteit is. Allemaal baarmoedernijd, inderdaad, daar ben ik nu ook achter. Met verbeten geknutsel en vernuft proberen die mannen na te doen wat de vrouw en de natuur vanzelf klaarspelen. Maar toen wist ik dat niet en al was het me verteld, ik had er niets van willen weten. Zo rond mijn zestiende ben ik aspirantbewoner van die wereld geworden. Ik begon ringetjes te dragen die ik van niemand gekregen had. Mijn waan werd zo sterk dat ik de vrouw kon afzweren. Ik ontdekte het dolend ridderschap zonder vrouwendienst, de homoseksualiteit als specialisme. De geëmancipeerde man was homo! Ik werd een Frankenstein in het seksuele.

Je kunt tien jaar, twintig jaar in een gloed van geilheid leven, al je bloed vlak onder je huid, en dan ineens merken dat je vanbinnen bestorven bent, een bloedeloos kreng aan een vleeshaak. Je merkt dat je tijdens de liefde naar liefde smacht zoals de kettingroker tijdens het roken smacht naar zijn volgende sigaret. Seks zonder voortplanting, al is het maar de angst daarvoor, wordt een dwangneurose. Om van de fysica der lustbevrediging iets duurzaam opwindends te maken moet er een beetje metafysica bij. Mannen en vrouwen hebben samen het verbond van God met zijn volk. Daarvan kon ik geen deelgenoot zijn. Ik verzon zelf maar wat, een krakkemikkige doe-het-zelf-metafysica, een levensvijandige bovendien, omdat hij rimpels, verveling, het alledaagse voorbijgaan der dingen gladweg ontkende. Ik meende dat sterven en dood iets was van vrouwen, en met vrouwen had ik immers niets meer te maken.

Nu durf ik nergens aan te denken. Achter deze deur ligt een vervaagde herinnering aan mijn jongen. Hij heeft geen kracht meer in zijn vingers, de tover is uit zijn ogen, zijn kont is weg. Vroeger droeg hij het licht in een lus om zijn lichaam, van de schouder liep het schuin over de oksel (zijn doorboorde oksel), de zij, en dan ging het met een sprongetje over zijn heup vrijwel recht omlaag naar zijn lies toe. Dat schouderkoord van licht is weg, verzwolgen door zijn grauwe vel. Straks ga ik naar binnen en dan zegt hij: "Waarom kom je toch steeds? Ik wil je niet meer zien." We hebben elkaar niets te zeggen. We zijn moederziel alleen wanneer we bij elkaar zijn, een stel idioten.

Mijn oorlog tegen Sooperwooman, mijn jongenskolonie op de maan, mijn hemelse vaas, het is allemaal nichterigheid geweest, allemaal theater. De nicht die altijd jong is of op z'n minst jeugdig, die voor zijn part mismaakt wordt van de korsetten en de face-lifts als hij nog maar eventjes jeugdig mag lijken, één momentje nog alstublieft, en die boven een zekere leeftijd gewoon ophoudt om nicht te zijn, die nicht speelt voor een lege donkere zaal waar na het vallen van het doek niets dan stilte heerst. De dood is zijn publiek, hij speelt voor zijn leven. Want hij heeft zichzelf onhuwbaar gemaakt, maar niet om het rijk der hemelen. Het DNA is bij hem op de rotsen gevallen, nooit zal hij een heruitgave van zichzelf met zijn herrezen jeugd begeerte zien wekken en evenmin kan hij de dood tarten door hem, in de zekerheid van het eeuwige leven, te vragen waar zijn prikkel, waar zijn overwinning is.

Eeuwigheid, waar vind je nog eeuwigheid in dit tijdsgewricht? In de kunst een beetje, daar zijn woorden als eeuwigheid en onsterfelijkheid nog tamelijk gewoon. Dus is de nicht behalve jong of althans jeugdig ook artistiek of althans artistiekerig. Stileert hij zijn gebaren, draagt nostalgische of, als hij er het geld voor heeft, de allerlaatste kleren, kan geen verhaal vertellen zonder er een hoogsteigen kunstzinnige en leugenachtige draai aan te geven. De Jugendstil is zijn lievelingsperiode. Alleen het woord al! De onderwerpen die vooral moeten worden geësthetiseerd, of liever geanesthetiseerd, zijn dood en verval. Ophelia bekeeuwd drijvend tussen de lissen. Dode jongens. Zijn lijken zijn altijd jong. "De tuinman en de dood" is het mooiste gedicht hem bekend. Mijn eigen verzinsels zijn precies zo doodsbenauwd en levensgevaarlijk geweest.

De angst voor het niets vervalst zelfs het enige dat authentiek en oprecht is in de nicht, zijn liefde. Ook die wordt naaperij in zijn mannenwereld. Nergens ontmoet je zoveel Don Juans en nymfomane hotemetoten als juist daar. Hofmakerijen, echtverbintenissen compleet met trouw totterdood, jaloezie, gooi-en-smijtwerk, alle vormen en conventies die zijn voortgekomen uit de zorg om het kroost worden er zonder enige noodzaak en daarom lachwekkend geïmiteerd. De homoseksualiteit, die buiten de geschiedenis staat en geen eigen vormen heeft, is tot imiteren en overdrijven gedoemd. Ze wordt door iedere homo opnieuw uitgevonden. Met iedere homo begint ze opnieuw. En omdat hij niemand is, een naakte Adam, imiteert hij de man en wordt een Blauwbaard. Of hij imiteert de vrouw en wordt een grande cocotte. De homo schmiert, omdat hij nergens bestaat, behalve in het oog van de geschiedenismakende hetero. Wat in de heterowereld gebeurt als tragedie, herhaalt zich in de homowereld als klucht. De liefde daar is trouw aan de vorm van de rechtgeaarde liefde en verraderlijk naar de inhoud. Die liefde is parodie.

Allemaal krijgen we last van onze cothurnen, vroeg of laat, en allemaal zullen we dat keihard ontkennen, keihard als we hebben moeten vechten om te worden wie we zijn. We blijven liever het theater van de levensvervullende geilheid spelen. En de hetero's geloven ons. Ze benijden ons zelfs om onze seksverslaving. Ze willen ook pervers zijn. Net wanneer je gaat twijfelen aan de zin van je eigen geaardheid moet je merken dat de perversie ieders seksuele ideaal is geworden. Iedereen wil seks zonder geschiedenis, sexe pour sexe, die zich onttrekt aan het huwelijk van hemel en aarde. Overal om je heen zie je mannen en vrouwen die elkaar naar het leven staan en hun eigen geslachtelijkheid niet meer aanvaarden. Juist de oogappels van de natuur, de vrouwen, zijn de felste opstandelingen. Die heerseressen hebben zich blijkbaar zo liederlijk zitten te vervelen in hun paleizen, dat ze weleens een keertje slaaf willen zijn. Het matriarchaat is beurs van de feministische molm, het bezwijkt onder zijn eigen weelde. Om het hardst betogen vrouwen dat de voor hen zo voordelige natuurlijke orde een vrouwvijandige kerker is. Ze eisen dat de greep van de mannelijke cultuur op hun levens verstevigd wordt. Ze kwellen zich af met nieuwe rolpatronen, ontmoetingsroosters, ochtend- en avondpillen, pessaria, spiraaltjes, sterilisaties, vruchtafdrijvingen, een hele technologie wordt er ontwikkeld, alleen opdat ze het paradijs van de homo deelachtig mogen worden. Degenen in wier oog wij bestaan spiegelen zich aan ons. De geïmiteerden gaan hun imitators imiteren. Het komt eens te meer neer op de teloorgang van de smaak. Het is de eindzege van de kunstmatigheid. De hele wereld gaat in vrijwillige ballingschap naar dit duivelseiland Manhattan, de hoofdstad van de twintigste eeuw.

Ja het is waar wat je via via hebt horen verluiden: ik kom terug. Prepare for touchdown, hier komt Antaeus. Ik zal komen om het vlees te prijzen, de enige ware successie van het vlees, waarin jij nu gekroond bent door de Pechman die je de kroon van het hoofd heeft gestoten. Voor jou is het leven geen kunst, Magda. Ik zal worden vergeten, maar jij malle bep die je benen niet op slot kunt houden zult voortleven in je kinderen en kindskinderen, tot in de eeuwen der eeuwen. Gezegend zij het vlees, dat trotsen van hart uiteenslaat, heersers van hun troon stoot, maar de geringen verheft. Dat zegeviert over het sarkasme en de sarkofaag. Dat de steen uitholt, niet door zijn kracht, maar door er generaties overheen te sloffen. Het domme, humorloze, onkunstzinnige, proleterige, almachtige vlees, dat nu in jou zijn intrek heeft genomen. Toon me de vrucht van je afgunst, Magda, het heil dat je de wereld hebt bereid, dat licht voor de heidenen, en laat je dienaar dan in vrede gaan.'

III *De geschiedenis*

Distinctiedrift is levensdrift
Eenheidsdrift is doodsdrift

CARRY VAN BRUGGEN

De Doornenhof was van een gepleisterd graf veranderd in een drukke woonstee. Voor het eerst sinds twintig jaar werd er 's ochtends beddegoed uit de ramen gehangen. Achter op het erf wapperde tweemaal per week was van beiderlei kunne en diverse leeftijden. De bakker en de SRV-man, die het geamputeerde huis vroeger hadden overgeslagen, gaven nu een routineuze klap op de claxon en sprongen meteen van de treeplank om de deuren van hun rijdende nering vast open te zetten. A.W. Gijselhart zelf kon je vaak bij het krieken van de dag al buiten treffen, schoffelend en harkend in de moestuin die voor het eerst sinds de dood van mevr. Gijselhart geb. Jansen weer was ingezaaid. Er stonden nu boontjes, zomerkool, radijs, sla onder glas en, tegen de witte muur met de littekens die op het zuiden lag, tomateplanten. Daar had Gijselhart ook een ren gebouwd voor vier witte Leghorns. Eén werd tot bloedens toe in de kraag gepikt en legde niets. De andere drie legden de helft van de tijd windeieren.

Er kwam zoveel bezoek tegenwoordig dat de poort nooit meer op slot ging. Droes kon die ommekeer maar niet begrijpen. Voor de zekerheid vloog hij alles aan wat bewoog. Toen hij zijn rug had gebroken tegen de auto van de dorpsarts, die door Prul collegiaal werd ontboden bij ieder kuchje van haar baby, werd hij genadig naar de andere wereld geholpen om daar te toeven in het gezelschap van de onnoembare Doornenhofmoeder, het tranenkindje, ten slotte ook van de rijpere jongen, Gijselhartse spoken allemaal en bien étonnés de se trouver ensemble.

Het had maanden geduurd voor Gijselhart had willen inzien dat hij met Prul een Trojaans paard binnen zijn muren had gehaald. Zij kende zijn onbevattelijkheid voor slecht nieuws. Na het etentje in de Hooge Schans had ze besloten dat het maar bekend moest worden op de wijze van de boze droom die geen droom blijkt te zijn. Haar spataderen waren het eerste onheilsteken geweest. Dikke blauwe ranken omwingerden haar benen, een geheimschrift – het leek wel Hebreeuws – dat hem vast iets heel onaangenaams trachtte te vertellen. Hij zeurde dat ze die spataderen moest laten weghalen, het was een ingreep van niks, een spuitje. Ze beweerde dat ze zo'n spuitje niet hebben mocht. Ga weg, een gezonde meid als zij!

Toen herinnerde hij zich iets soortgelijks van haar moeder. Hij keek haar eens goed aan. Zag nu dat ze al maanden bezig moest zijn om de vorm aan te nemen van een wandelende surprise, van die doos die tweede paasdag voor zijn geestesoog was opgedoemd. Of ze soms dacht dat ze zwanger was, wilde hij weten. Ze dacht van wel, ja. En of ze ook enig idee had van wie ze zwanger meende te zijn. Van Bruno. Hij kende geen Bruno. Achjawel, Bruno Pechman, dezelfde die haar vijfendertig mille had afgetroggeld. Dat was te erg om waar te zijn. Net iets voor Prul, met andere woorden.

Hij had er nooit bij stilgestaan dat zijn dochter zwanger kon worden. Een echte Gijselhart wordt niet zwanger, alleen een genaturaliseerde Gijselhart geb. Jansen doet zoiets. Een echte Gijselhart is niet zomaar een doorgeefluik van de natuur. Het was vast een windei. Maar de kleine in haar buik trok zich van zijn twijfels niets aan. Hij groeide, danste in de baarmoeder, benam zijn dochter de adem. Ze was nog nooit zo gezond geweest. Geen hoofdpijn meer, geen kwaaie zin, ze zou wel altijd zwanger willen zijn. Dat beviel haar vader helemaal niet. Hij wou zijn oude Prul terug. Dit was niet meer de Prul die van hem alleen was omdat verder niemand haar wilde hebben.

De bevalling verliep probleemloos en was binnen anderhalf uur voorbij. Magda was een natuurtalent, verkondigde de vroedvrouw, het zou zonde zijn om het bij één kind te laten. Gijselhart dacht aan de pijn en de moeite waarmee Prul zelf ter wereld was gekomen. Monkelend moest hij die onverbiddelijke natuur nageven dat ze tenminste niet haatdragend was en elke generatie een schone lei gunde.

De naam waarmee hij naar de burgerlijke stand werd gestuurd was Victor. Eerst had Magda iets willen kiezen uit de familievoorraad van de biologische vader, je wist nooit waar het goed voor was. Gijselhart had er niet van willen horen. 'Als die lui het kind te min vinden voor hun schitterende achternaam, dan moet het voor Sallie of Maupie of Sem ook maar te min zijn. Ik zou het gewoon Bas noemen als ik jou was, naar de heilige Bastardus.' Ze had toen overwogen om Gijselhart aan het kind te verplichten door het A.W. te noemen, en die knieval vervolgens overbodige eer geoordeeld – haar vader zou vanzelf wel bijdraaien. Dan maar een naam die niet utilitair was, een móóie naam. Zo was ze op het metonymische Victor gekomen.

Het jongetje kon zijn leven zonder kneuzen of kreukels beginnen. Het neusje stond recht, de oortjes lagen plat tegen de bol. Het was niet slechts gaaf, merkwaardigerwijs was het ook mooi. Tonia, die sinds de bevalling niet van de Doornenhof was weg te slaan, vertolkte het raadsel het bondigst: 'Het is sprekend de moeder, en toch is het mooi!'

Het was blond, net als Magda, de ogen waren net als de hare rond en blauw, de welvingen van de lippen, de onderkaak voor zover aanwezig en het voorhoofd waren precies de hare, maar terwijl die kenmerken te zamen de moeder onaantrekkelijk maakten, op het lelijke af, voegden ze zich in het kind aaneen tot een engelachtig mooi gezichtje. Men begon Magda anders te bekijken. Haar lelijkheid was misschien slechts schijn, een vertekening die geheel te herleiden was tot haar hemelende oog. Als je het kind naast haar hield kwam haar latente schoonheid aan het licht.

Magda hield haar zoontje voortdurend naast zich. Ze legde hem krullen in het haar en tutte hem op met strikken en kwikken. In de woonkeuken kreeg hij een ereplaats, bij de schoorsteen, alsof hij een trofee was. De kinderwagen was haar zegekar. Hij had haar als vrouw een volledig eerherstel gebracht. Hij toonde onweerlegbaar aan hoe verkeerd het van de wereld was geweest om haar van het moederschap te willen uitsluiten. Het was háár bolletje dat door het hele dorp geaaid werd, háár lach die iedereen verblijdde.

Het kind was een pop, met zijn witblauwige albasten huidje en knikkerogen en zuignapmondje en tongetje dat het altijd tot een gootje geplooid hield. Je had het zo boven een wijwaterbak kunnen hangen. Behalve wanneer het honger had, dan kwam er een geluid uit waarvoor het volume van de longetjes vele malen te gering leek. Toch bleek er met het verstrijken der maanden iets vreemds mee te zijn. Hoe goed het ook at, het groeide te langzaam. Ook was het sloom. Het wilde eerst niet zitten en toen wilde het niet staan. Na een halfjaar kon het nauwelijks kruipen en het zou pas met lopen beginnen toen het vijftien maanden was.

Volgens de kinderarts was het lui, lichamelijk mankeerde het niets. Volgens Gijselhart lag het aan het ras van de vader. 'Er zijn maar twee ledematen die de jood graag beweegt en die zijn allebei botloos. Het ene is zijn tong en het andere ken je ook. Wacht maar tot de jongen wat groter is, dan krijg je nog heimwee naar je slome baby.'

Hij kon zijn geluk niet op en hij geneerde zich daarvoor. Hij wilde niet laten merken hoe dankbaar hij het ventje was dat het hem zijn dochter had terugbezorgd. Maar het vertederde hem, tegen wil en dank. Op zijn oude dag werd hij bevangen door een chauvinistische liefde die hij vroeger voor zijn eigen baby's nooit had gevoeld. Hij bedelde bij Victor om tekenen van vriendschap. Met een despotisch geduld zat hij voor de kinderstoel bekken te trekken en brabbeltaal uit te slaan, in de hoop dat het ventje de armpjes omhoog zou werpen of even de tandvleesheuveltjes zou ontbloten. De metonymische Victor volgde die inspanningen met statige wentelingen van zijn babyogen. Af en toe gaapte hij roze. Magda werd bang dat haar vader van dat gebrabbel en gebekketrek zelf nog verbabied zou raken. 'Praat liever een beetje verstandig tegen dat kind!' snauwde ze hem toe.

Maar hij kon het niet met rust laten. Hij vond het heerlijk om het manneke in zijn handen te houden en te voelen hoe sterk het was. Wat er allemaal niet worstelde en rukte en zich rekte onder dat poezelige babyvet! 'Babyvlees ruikt zo lekker!' riep hij en dan werd Victor kannibalistisch geknuffeld. Hij liet hem over zijn schouder hangen, beklopte het ruggetje en in geen opera klonk ooit een zo geestdriftig 'Bravo!' als wanneer eindelijk de boer kwam. Oorverdovend waren de boeren van de kleine Victor Gijselhart (Pechman poe!). Dan volgde wat peristaltiek en begon de luier klam aan te voelen, tijd om de wonderjongen aan Prul te overhandigen.

De hemelse kou was uit zijn oude hart verdreven. De dooi was ingetreden toen het babygezichtje zich van een gebalde vuist was gaan ontplooien tot een menselijk gelaat. Hij had dat gelaat herkend. Het was, hoe jong ook, zo oud als de wereld. Hij herinnerde zich dat hij het doorgezopen smoel van zijn oom Willem Gijselhart eens had afgebeeld gezien op een eeuwenoud schuttersstuk en ook had hij eens horen vertellen – het was een joods volksgeloof als hij zich niet vergiste – dat iedere mens een incarnatie is van een sinds het begin der tijden bestaande ziel. Wanneer hij het kind aankeek wist hij dat de menselijke mogelijkheden niet onbeperkt zijn. We kennen en bevatten ze allemaal. Ongeborenen, levenden en doden, allemaal zijn we één familie, één lichaam. Gijselhart wist dat hij niet alleen was wanneer hij zijn kleinzoon aankeek. Sterker nog: hij wist dat hij nooit alleen was geweest en ook nooit alleen zou zijn.

(En behaaglijk nestelde zich nu de Geschiedenis in deze geschiedenis der Gijselharten. Want wat is er mooier dan een verhaal over dat zwervende ingewand, de schoot, dat dier in een dier, zoals de Ouden de baarmoeder noemden, dat tegen alle verdrukking in ruim baan maakt voor de Geschiedenis en haar trouwste bondgenote is? Onwaardeerlijke Prul! Ach, schreven alle klerken van Clio maar zulke zalige geschiedenissen. Weg met het presens van het geheugen, dat geen tijd kent, weg met het preteritum van de kroniekschrijver, zo'n plop-plop-plop van feiten als druppels uit een lekke kraan. De Geschiedenis wilde niets anders meer horen dan haar eigen glorieuze imperfectum, de tijd van de engelen, de tijd van het Boek. Al te lang was ze aangezien voor gedane zaken, historie, terwijl ze toch het Verbond was, de regenboog die het verleden aan de toekomst en de aarde aan de hemel had gekoppeld. Hier kon ze zich weer in haar ware gedaante tonen, zoals ze lang geleden boven de wateren der vergetelheid aan Noach was verschenen.

'Nu nog een slotakkoord, klerk, een beetje toekomstmuziek. De regenboog houdt in de verte ineens op, en al kan de snuggere lezer nu zelf wel uitrekenen waar het potje met goud begraven is, het zou aardiger zijn als jij dat voor hem deed.')

Gouden tijden waren aangebroken. Zijn leven lang was Gijselhart in de weer geweest om met zijn manisch-depressieve gereken de aarde naar de hemel te brengen en nu had Prul voor hem de hemel op aarde gebracht, achteloos, uit Prulse balorigheid. Vlees geeft de hoogste rente. Zalig de eeuwige wederkeer van het vlees en het selectieve geheugen van de natuur! De wereld begon opnieuw met deze twijg aan de schijndode Gijselhartstronk. Grote macht bracht hij en eindeloze vrede aan de Doornenhof. Hij verloste de oude man uit zijn lange nacht van cijfermatige zorgen. Later, wanneer het ventje groot zou zijn, dan zou het zich niet de idioot in de metalen tuin herinneren, maar een gouden grootvader, te midden van perebloesem, barstensrijpe tomaten, wolken lobelia's die voor de vensterbanken vlinderden. Een wonderbaar raadsman, goddelijke held, vader voor immer, vorst van de vrede.

Zo grootmoedig was hij nu, dat het hem zelfs lukte om vergiffenis te schenken aan zijn vrouw, de onrustige dode die, in een half doorzichtig gewaad met ruches en volanten, twintig jaar lang op de Doornenhof had rondgespookt, klagend dat ze stikte in dit gehucht, dat ze terug wou naar de stad waar ze was getrouwd. Hij had haar leren kennen toen ze een vulgair schepseltje was van negentien lentes, met kwieke domme vogeloogjes en aanstellerige maniertjes die ze had opgedaan bij de kakfamilie waar ze 'in betrekking' was. Gijselhart hikte van het lachen wanneer de klauwtjes in zijn schouder haakten en zijn trommelvlies gekieteld werd door gekwetter en getjilp. Ze vleide hem, noemde hem 'Pappie', perste hem koddige beloften af. Voor de grap trad hij met haar in het huwelijk. Zijn trouwfoto's leken met een zelfontspanner genomen. De Gijselhart van toen, die zichzelf een groot mensenkenner achtte omdat hij iedereen belazeren kon, knipoogde lijp naar de oude man, die moest toegeven dat hij zich in zijn echtgenote had vergist.

Want het was haar menens geweest. Ze beschouwde haar huwelijk als een promotie. Voortaan was ze zelf een 'mevrouw'. Ze verruilde haar schort voor het veel-leven-om-niets-gewaad waarin ook haar postume gestalte gehuld zou gaan. Ze had een zwak voor blue curaçao, pisang ambon, persicot, giftig getinte likeurs waarvan ze een uitgebreide verzameling aanlegde achter het luik van de kruipkelder. Voor faience, antimakassars, vitrages die in slagroomachtige plooien geregen waren, velours gordijnen gefestonneerd met gouddraadpassementen, dikbuikige mahonie meubels op rococo-spillebenen, met gouden galonnen versierd, rommel allemaal, die hij na haar dood gauw verkocht had. Ze was kleurenblind en zag alleen verschil tussen harde en zachte kleuren. Harde kleuren vond ze het mooist. Er zat altijd een jujube achter een van haar wangen. Kwam er bezoek, dan sprak ze met een snerpende falsetstem, alsof ze eigenlijk een man was. Ze had donker golvend haar waar menige mevrouw jaloers op zou zijn en bedierf het door er elke twee maanden een permanentje in te laten leggen, zodat het droog en kroezig werd en tot deftige wanhoop stemde.

Net in de dertig had ze de tijd rijp geacht om te klagen over de grilligheden van haar bloeddruk. 'Wappers' noemde ze die opvliegingen. In de nacht van twee op drie maart 1963 schudde ze Gijselhart wakker. 'O Pappie, Pappie, wil je me vergeven?' Hij bromde dat ze niet zo mal moest doen. 'Ga toch slapen, trien.' Toen hij de volgende ochtend oudergewoonte uit zijn achterste trompetterde om haar het bed uit te jagen bleek ze levenloos naast hem te liggen

Eindelijk, na twintig jaar, heerste er geen holle woede meer in het Gijselhartgemoed wanneer haar schim na een van haar ongelegen bezoeken uit zijn gedachten was weggefladderd. Hij kon nu over zijn hart strijken: 'Goed dan, trien, ik vergeef je.' Ze mocht dan gepimpeld en gekijfd hebben, maar ze was een moeder, net als Prul, besefte hij nu. Geen kwaad woord over moeders, hoe lorrig ze ook zijn. Alle moeders zijn heilig.

Hij beterde zijn leven. Staakte zijn financieel-mystieke oefeningen, sliep daardoor rustiger en stond vroeger op. 's Ochtends kwam hij geschoren en met een hemd over zijn borstrok naar beneden. Hij ging met een opschrijfboek zijn immobiliën langs. De slechte percelen stootte hij af, hij kocht er een paar betere bij, achterstallig onderhoud werd ingehaald en hij legde tien procent op de huren van zijn garageboxen, die hij vanwege de slechte tijden en uit luiheid drie jaar achtereen niet had verhoogd. In het Prulmuseum zette hij geen voet meer nu de toekomst was aangebroken. Prul was na haar zwangerschapsverlof eerst halve dagen gaan werken, maar daar kreeg ze zo'n hoofdpijn van dat ze ontslag nam. Na dertien jaar had Gijselhart haar waar hij haar hebben wilde, thuis en afhankelijk van zijn gunsten.

'Pas tegen je zeventigste kom je als man aan een familieleven toe,' bekende hij aan Tonia. Ze zat tegenover hem aan de keukentafel, lang en skeptisch, snuivend en pinkogend, de armen gevouwen voor haar onneembare boezem. 'Pas tegen je zeventigste, wanneer je het je financieel permitteren kunt, en dan word je er dertig jaar jonger van. Let wel, ik heb het over een *familie*leven. Op het gezin heb ik het nooit zo gehad. Het gezin is een verband van kettinggangers, hulpeloze kindertjes die geketend zijn aan hun moeder, die weer met handen en voeten gebonden is aan een kostwinner, die zelf weer de slaaf is van zijn baas... Het gezin heb ik maar overgeslagen, zo goed en kwaad als het ging, en nu op mijn oude dag heb ik een familie gesticht, van ineens drie generaties.'

'Een familie!' Wel een kuub lucht werd naar binnen gesnoven door de kolossale moeder van Antenétje, tevens echtgenote van een zwart mannetje dat op de Doornenhof 'De Kruimel' heette. 'Een onecht kind, een ongehuwde moeder en een AOW'er. Dus zoiets noem jij een familie, Gijselhart!'

'Een *heilige* familie noem ik zoiets, Tonia. Dit is nog maar het begin. Wij gaan de wereld veroveren!' En om haar een idee van de toekomst te geven vertelde hij wat er vroeger bij hem thuis allemaal aan tafel had gezeten. Aan het ene eind een homp vlees in bretels en helemaal aan het andere eind een homp vlees met een kijfstem en daartussenin een Duits grootmoedertje dat nooit iets zeggen mocht en een ongetrouwde oom die later zo ondankbaar zou zijn om zich te verhangen en nog iemand van wie Gijselhart nooit begrepen had wat die met de familie had uit te staan en maar liefst negen kinderen waarvan hij zelf nummertje vier was. Het was altijd gezellig in de familie, ondanks de schijn van het tegendeel. Je leerde er geven, zij het niet van harte, en je leerde er nemen, desnoods met geweld. Gijselhart moest zijn bed delen met een broer die bedwaterde. Zijn zondagse pak en goede schoenen deelde hij met een andere broer, zodat ze geen van beiden vaste verkering konden krijgen tot ze genoeg verdienden om zelf een net pak te kopen. En zo hoorde het ook! Kreeg je het met een vreemde aan de stok, dan wist je je gedekt door een heel leger gemene kerels en vuilbekkende vrouwen, en als je met de familieauto een aanrijding had veroorzaakt en was doorgereden met je dronken hoofd, dan kon je altijd zeggen dat je broer achter het stuur had gezeten.

'Ja, zwetsen, Gijselhart, dat heb je altijd goed gekund.'

'Eén voor allen, allen voor één,' jubelde hij. 'Geen diender of deurwaarder die het durft op te nemen tegen een familie. Het gezin is hulpeloos, maar een familie is een complete verzorgingsstaat. De familie is economisch weerbaar. Ze kan een zieke verplegen, een huis bouwen, een weg aanleggen als het moet. Een verband van vrije mensen, dat is de familie.'

Hij kwam spijbelend de trap af, elke tree een pretpark. Beneden in de hal wachtte een familielid. Als hij het lang genoeg liet wachten zou het misschien vanzelf weggaan. Een taxi was het erf op komen rijden. Drie oude, uitpuilende koffers, extra verstevigd met broekriemen, waren op de stoep gezet. Er was bij Gijselhart een misselijk gevoel opgekomen terwijl hij achter zijn overloopraam stond te kijken. Hij had de voortekenen genegeerd. Een jaarlang waren er brieven bezorgd, via airmail, correo aereo, allemaal gericht aan Prul. 'Hij komt thuis,' had ze na elke brief aangekondigd, 'hij weet alleen nog niet wanneer,' en Gijselhart had dan gezegd: 'Het zal me benieuwen.' Hij had erop vertrouwd dat de dreiging weer zou overgaan, net als de stank van de varkenshouderij verderop, die ook soms de Doornenhof aandeed wanneer de wind verkeerd stond. Daar wachtte hij niettemin in de hal, de verloren zoon, moe van het hoeden der Newyorkse zwijnen.

'Het heeft hem niet meegezeten de laatste tijd,' luidde de samenvatting die Prul van zijn brieven had gegeven, 'zakelijk niet met zijn gezondheid niet en evenmin met die jongen die indertijd is meegegaan...'

'Die verwijfde knul met dat geverfde haar.' Alleen mensen die nog niet toe waren aan een grijze kop, zoals Gijselhart zelf, hadden het recht om hun haar te verven, vond Gijselhart.

'Het fijne weet ik er ook niet van maar het hoeft niet half zo erg te wezen als het klinkt om toch vreselijk te zijn.'

Het gezicht van zijn zoon was altijd het Gijselhartgezicht geweest, maar dan popperig geretoucheerd. Meer iets voor een plakplaatje dan voor een bankbiljet. De popperigheid was eraf gesleten in de voorbije vijf jaar, maar wat te voorschijn was gekomen was geen Gijselhartgezicht. Het was een rotgezicht. Leendert was mager geworden. Een neus als een stenen bijl had hij gekregen. Zijn hoofd was zwaar, er lag een bom somberheid in, dat zag je aan zijn schichtige ogen. Vogelpoepgrijs op zijn slapen, het leven had hem flink ondergescheten. Zou hij bij zichzelf pikuurtjes zetten, zoals er wel meer deden in zijn kringen? Afgeleefd was hij, een lege verfrommelde zak van een vent. En geen sou te makken, naar die versleten koffers te oordelen. De muizen moesten daar in Nieuw Urk dood in de kast hebben gelegen. Als hij maar niet dacht dat zijn vader het gemeste kalf voor hem zou slachten.

'Lang niet gezien,' zei Gijselhart geheel naar waarheid toen de laatste tree genomen was, en Broer zei slechts: 'U ziet er goed uit.' Gelukkig zorgde Prul ervoor, met haar eentonige exaltatie, dat ze het woord niet meer rechtstreeks tot elkaar hoefden te richten.

Vale gier, schold Gijselhart in stilte, wat moet die haveluinige schaduw van jou boven mijn herwonnen paradijs? De komst van zijn zoon gaf hem een nieuwe en onplezierige kijk op zijn aartsvaderschap. Hij had twee kinderen de wereld in gestuurd, en nu had hij ze allebei van de wereld retour gekregen, het ene ongehuwd zwanger, het andere voortijdig afgeleefd. Daar zouden de mensen *hem* wel eens op kunnen aankijken. Die jongen moest weg, liever vandaag dan morgen. Toch durfde hij hem niet te vragen hoe lang hij van plan was te blijven. Hij wilde geen kwaad bloed zetten, die bom somberheid mocht eens ontploffen.

Hij bracht hem onder in de loods, bij zijn oude metalen. Dat reliek van zijn eigen kluizenaarsleven leek hem wel een passende opbergplaats voor zijn zoon. Vlak onder de nok was een hangkamertje getimmerd, dat hij als gereedschapsschuur gebruikte, en daar spreidde hij een bed, hij hing er juten zakken voor de ramen, stalde de drie koffers in een hoek. Tijdens het op- en aflopen van de trap naar het gierenest kreeg hij een inval. Deze loods moest worden afgebroken, tot de grond toe, en wel onmiddellijk! Zijn humeur knapte geweldig op van dat voornemen. Hij was een dwaas geweest, geen haar beter dan de kwezeltjes die met het sparen van kroondoppen en zilverpapier de eeuwige zaligheid proberen te verdienen. Die vakken met hun bergen onedele metalen herinnerden hem maar aan zijn dwaasheid van vroeger, weg ermee! Achter op het erf zou hij tegelijkertijd een kleinere schuur bouwen. Dan had hij tenminste iets om handen deze zomer. Voor het ventje zou het een opvoedend schouwspel zijn, om zijn grootvader bezig te zien met titanenwerk.

Een week later zette hij 's ochtends het looprek naast de moestuin en zijn kleinzoon achter de tralies. Hij wachtte tot Leendert op de fiets vertrokken was en begon met het slopen van het golfplaten dak. Achtenzestig was hij, maar nog zo rap als een eekhoorn klauterde hij over de ladder die hij schuin tegen het dak gelegd had. Zo iemand had toch zeker het volste recht om zijn haar te verven? Wanneer de platen weerspannig naar de grond suisden klonk er een machtig blikken geratel. Kijk eens naar je opa: Wodan aan zijn onweersmachine! Victor had twee vingers in zijn mond. Een lieveheersbeestje kroop over zijn wang.

Tegen de avond waren alle platen eraf. Op de spanten waaronder zich het hangkamertje bevond, nu slechts door een zachtboard zoldering van de hemel gescheiden, bevestigde Gijselhart een hooidek van zwart plastic. 'Dat dek is tegen het inregenen,' legde hij zijn zoon uit toen die thuiskwam. 'De temperatuur zal niet prettig zijn daaronder. Maar als het straks kouder wordt kun je daar toch niet meer wonen.'

Een opkoper had twee dagen werk om de bergen schrootmetaal met zijn vrachtwagen af te voeren. Weg met die schande, weg ermee! Dat lood was trouwens toch geen cent meer waard. Het pvc-tijdperk was aangebroken. Gijselhart gaf het nu ruiterlijk toe. En zijn koper had hij niet meer nodig. Hij hoefde zich niet meer in koper te spiegelen, voortaan spiegelde hij zich in Victor, die vreemd onaangedaan bleef door het af en aan rinkelen en kletteren van de vrachtwagen en zich ruggelings liet aanstaren door de wijd open blauwe hemel.

In het dorp werd een rijdende schildterssteiger geleend. Binnen twee dagen had Gijselhart de muren van de loods geslecht, halfsteensmuurtjes die onder zijn mokerslagen gedwee in elkaar zakten. Alleen het opruimen van het puin zat hem tegen. Het kostte hem veel meer tijd en zweet dan voorzien, om de zware puinbrokken op zijn aanhanger te laden. Twee keer, drie keer reed hij naar de stortplaats en de puinhopen leken nauwelijks te slinken. Hij reed een vierde keer, een vijfde keer, met telkens langere tussenpozen. 's Ochtends moest hij Prul roepen om zich van zijn bed te laten hijsen. Zijn rug was een grafzerk, onwrikbaar. Tonia werd gevraagd of ze de Kruimel wilde vragen of hij het werk wilde afmaken. Victor werd in de voortuin gezet.

Het zware balkwerk van het geraamte kon Gijselhart onmogelijk in zijn eentje slopen. Daarvoor zou hij bovendien een dure lier moeten huren. Het geraamte bleef de hele zomer staan. Het stond er, op de betonnen vloer, als het skelet van een jammerlijk verdwaalde walvis. Binnen in het skelet zag je de trap naar het hangkamertje zigzaggen, alsof de walvis iets verkeerds had ingeslikt. Het dek van zwart plastic maakte bij de geringste wind regengeluiden. Woei het harder, dan begon het zenuwachtig te klepperen. Of het bolde langzaam op, de touwen waarmee het aan de spanten was vastgebonden knarsten en kreunden, tot het weer neersloeg, met een gemene, duizelingwekkende klap.

Broer had uit den vreemde een knus beeld van zijn verwanten meegebracht. Gijselhart een oude clown en touwharige Magda ten langen leste voorzien van felbegeerd hummeltje. Tussen die twee komische en statische figuren, tegen een achtergrond van gekwaak en getsjilp en geritsel in het gras, zou hij de gekwelde held komen spelen. Want over de ziekte van zijn jongen was inmiddels wat meer bekend geworden. De kans was groot dat Broer hem ook zelf onder de leden had. De inhoud van hun parodieliefde was veel verraderlijker geweest dan hij steeds had gemeend. Misschien hadden ze elkaar met de dood bevrucht. Het Doornenhofse drama – werktitel 'Een Man Keert Terug' – zou al dan niet op zijn vroegtijdige dood en hoe dan ook op bitterzoete lotsaanvaarding moeten uitlopen.

Voor de katharsis, die hij zich voorstelde als een plotselinge vleesbeaming, had hij hoge verwachtingen van een zelfbedacht subplot. In het gat dat de afwezige Pechman had laten vallen, en waarin Magda fantastisch was uitgedijd tot matriarch, en Gijselhart tot wonderbaar raadsman en vredevorst, had hij ook een eigen bizarre droom tot bloei laten komen. Hij was naar de Doornenhof gereisd met een beeld van zichzelf als oom en mentor. Als beschermend over het kind gebogen gestalte, helpende hand, wijze stem die trilt tegen het kneedbare kinderbolletje. Hij zou het knaapje op zijn eerste schreden begeleiden, het onheil dat Magda vast en zeker zou stichten zou hij meteen keren, het hoofdje, nog zo weerloos tegen de onzin der overige Gijselharten, zou hij harden met nuttige kennis. Hij zou zich exclusief aan de pedagogische eros gaan wijden, nu hij een hypochondrische oude man van vijfendertig was.

Van zijn rijpere jongen had hij alles over baby's gehoord, behalve dat het zo moeilijk was om ermee in contact te treden. Zijn jongen had altijd met kinderen kunnen praten, ongeacht hun leeftijd, maar Broer moest al bij de eerste kennismaking merken dat er met zijn neefje niet te communiceren viel. Magda had hem haar 'Torretje' in de armen gelegd met een blik van 'Zo, en raak nu maar reddeloos aan het ding verslingerd!' Wat een raar, bol mannetje. Die porseleinige huid, argeloze ogen, die miniatuurvingertjes en -teentjes, wat een sentimenteel namaakmensje! Broer had de geniepige aanvechting om het bolletje tegen de muur kapot te tikken. Hij voelde zich belachelijk met die paar kilo mals vlees in zijn handen. Het was smakelijk gekleurd en ongetwijfeld kort en fijn van draad. Het beste kon hij het misschien maar slachten en opeten. Nee, bij nader inzien hield hij helemaal niet van baby's, niet in de gevoelsmatige zin des woords tenminste.

Na een tijdje begon het hem op te vallen dat er bovendien iets niet klopte met Victor, die de hele dag op zijn rug bleef liggen en alleen een beetje met zijn lippen speelde. Als je hem de houten pennen en blokken gaf waarmee hij later een tweede Cornelis Lely of Gustave Eiffel kon worden wist hij niets beters te verzinnen dan ze door de kamer te smijten. Wat je hem ook in handen gaf, hij gooide het weg, of hij probeerde het te slopen. Belangstelling had hij alleen voor geld, dat hij in zijn mond stopte en pas na geduldig geflikflooi wilde uitspugen. Gijselhart beweerde dat hij die trek van zijn grootmoeder had.

Aanvankelijk weet Broer het aan zijn afkeer van de babysoort in haar algemeenheid, dat hij Torretje zo achterlijk vond. Maar zulk gedrag kon voor een kind van die leeftijd niet normaal zijn, zoveel wist hij toch wel van baby's. Het moest aan Magda liggen. De sloomheid van Victor paste precies op haar verstrooidheid. Er ging de laatste tijd een dreigend gezoem van haar uit. Als je goed luisterde hoorde je haar hysterie stationair draaien. Somnambuul waarde ze door het huis, bezig met tien klussen tegelijk die ze halverwege vergat. Het kind werd op vaste uren gevoederd, verschoond en in bed gelegd, verder vergat ze het. Het kon dan de muren uit hun voegen krijsen, ze hoorde het niet eens.

Broer probeerde haar aan het verstand te brengen dat ze het verwaarloosde. 'Je hebt toch weleens gehoord, Prul, dat een kind aandacht en genegenheid nodig heeft? Kijk hem eens liggen daar. Achttien maanden, en hij kan niet eens Papa zeggen!'

Maar hij had beter zijn mond kunnen houden, merkte hij. Ze snauwde hem af voor zijn bezorgdheid. 'Natuurlijk kan hij geen Papa zeggen tegen wie zou hij Papa moeten zeggen tegen jou soms?'

Het duidelijkste teken dat ze met haar hoofd elders was waren de flarden van Chopin-etudes die sinds een paar weken weer uit het Prulmuseum gewaaid kwamen. Toen ze nog een zwervend bestaan leidde had Chopin altijd onheil voorspeld. Bang luisterde Broer naar de onderwatermuziek van de oude Blüthner. Naar welk verloren Polen of verzuimd Braziel zou ze daarboven zitten hunkeren? Had ze eindelijk haar kind, en nu was het nog niet goed. Dit was geen vergoddelijkte Prul, geen toren van vlees waarvoor hij zich verootmoedigen kon. Dit was nog steeds de onvoldane Prul van vroeger.

Het pastorale decor wilde hem niet als hoofdrolspeler erkennen. Elke baksteen van de Doornenhof was gerimpeld met de boerenslimme rimpels van zijn vader. Alles was er georganiseerd rond zijn zuster. Prul en A.W. hadden het hele toneel voor zichzelf nodig. Zo was het vroeger en zo was het nog steeds. Hij was een dwaas geweest om te denken dat daar ooit verandering in kon komen. Voor Broer was er alleen een plaatsje tussen de coulissen, waar opdringerige herinneringen hem gezelschap hielden.

Hij zag een jongere A.W. Gijselhart met krullen over het erf banjeren. Slappe vilthoed op het achterhoofd, stropdas halfstok, een groezelig, ooit zondags kostuum. Stapte door het hoge, wilde gras van twintig jaar geleden, tuurde schuin voor zich uit, beet nagels, schopte nu en dan tegen een verroest blik, een dorre tak. Spuwde de afgebeten nagelranden uit. Zette zijn hoed af, haalde een kam uit zijn achterzak en trok evenwijdige voren in zijn gebrillantineerde krullen die even later toch weer zouden lijken op een hoop kapotte springveren. Stapte vertoornd peinzend, slingerend, rond het huis. Trok uit een verfrommeld pakje een sigaret die hij aanstampte tegen de muis van zijn hand, opstak en na een paar trekken, de punt van zijn tong tussen zijn tanden, uittrapte. Almaar grommend: 'Ik laat me niet voor de gek houden. Wat denkt ze wel. Ik laat me niet...'

Liep Broer in het huis de trap af, dan zag hij op het bordes, waar de trap een knik maakte, een zevenjarige Prul staan met twee van haar nichtjes. Ze hielden hun rokjes omhoog en toonden elkaar drie precies dezelfde blauwe onderbroeken. De nichtjes keken bang naar Prul, die haar kin en schouders vooruitgestoken hield, in een kramp van raadselachtige afgunst.

Of hij was opnieuw blootsvoets, en klaar om bij de eerste aansporing weer naar boven te hollen kwam hij tree voor tree naar beneden. Halverwege zag hij, door de openstaande deur van de eetkamer, zijn zusje boven op de tafel staan. Er was tumult om haar heen. 'Kom dan, meisje,' klonk het, 'kom maar bij mij!' Ze droeg een nachtpon en daarover haar bruine winterjas met capuchon. In haar armen hield ze Germa, die over haar pyjama ook een winterjasje droeg. Pruls pupillen waren zo groot dat haar ogen zwart zagen, terwijl ze toch in het volle lamplicht stond. De tafel onder haar voeten was feestelijk gedekt met hoogtijdamast en het mooie ontbijtservies, het zilveren bestek, vaasjes met fresia's. 'Kom dan!' klonk het, maar Prul leek niets, of iets anders, te zien en te horen. Zachtjes kreunend kneep ze met haar voeten het feestdamast samen en begon toen op de plaats te trappelen. De theekopjes klepperden op hun schotels, de eierdopjes vielen om. 'Word toch wakker, meisje!' klonk het. 'Wakker worden, Prul!' 'Uuh huuuh,' kreunde Prul. Ze trappelde harder, de bloemenvaasjes vielen om en het water kronkelde over het fraai gestreken tafellaken. Ze klemde het plastic bolletje van Germa tegen haar borst en de mooie ontbijtborden trilden weg van de trappelende Prullepootjes, naar de rand van de tafel waar ze, telkens wanneer ze eroverheen dreigden te springen, opgevangen en teruggezet moesten worden. Er heerste een noeste verbroedering om de tafel, als bij een dijkdoorbraak, tot Prul voorzichtig over een theekopje, toen over een bord heen stapte, van de tafel, die even opwipte en met het hardste serviesgekletter tot dan toe weer neerkwam, op een stoel en van die stoel op de vloer hupte, haar jas aan de kapstok hing en door de plotselinge luwte de trap opliep, straal aan Broer voorbij, om samen met Germa weer braaf te gaan slapen in haar bedje boven.

Dat broeierige en donkere hangkamertje, terzijde van het huis, terzijde van de geschiedenis, was in alle opzichten de juiste plek voor Broer, na een tijdje zag hij dat ook zelf wel in. Onder het zieltogende geklepper van het hooidek heerste een sfeer van ingehouden geweld, als voor een onweersbui. Broer kon aan niets anders denken dan aan wat zich vermoedelijk afspeelde in zijn lichaam. Zijn hersens waren verziekt. Ziekte bepaalde het verloop van zijn gedachten en ze liepen allemaal uit op dood.

Ziekte en dood hadden zich gemetamorfoseerd tot een economische wet die hij ontdekt meende te hebben, de Wet van de Proliferatie van Rotzooi. Wie zijn geld verdient met het vervaardigen of verhandelen van rotzooi zal er zelf ook weer rotzooi voor kopen en zo andere rotzooiproducenten rijk maken. Broer kon het weten. Had hij zelf de markt niet bedorven door cocaïnemiljonairs voor grof geld slechte kunst aan te smeren? *Wealth is the possession of the valuable by the valiant,* las hij bij Ruskin. Broer beweerde: Een rijk man zonder smaak verarmt de hele gemeenschap. En rijkdom was haast synoniem geworden met smakeloosheid. Alleen patsers en ambtenaren hadden nog geld te besteden. In het gunstigste geval delegeerden ze hun smaak aan specialisten, alsof smaak op zichzelf kon bestaan, los van je overige levensfuncties. Het was de hoogmoed van Axel, die zijn bedienden voor zich liet leven.

Deze wet, die onontkoombaar zou leiden tot een wereldwijde vuilnisbelt, moest verklaren waarom de Wild Boys er zo lang over hadden gedaan om te sterven. Pas toen de optietermijnen verstreken waren hadden ze het tijdelijke verwisseld voor de eeuwigheid van een voetnoot in de kunstgeschiedenis. Broer had nauwelijks winst gemaakt met zijn baisse-speculaties. Dat weinige werd hem ook nog eens betwist. Toen er in drie staten tegelijk processen tegen hem dreigden te worden aangespannen had hij van zijn laatste dollars een ticket naar huis gekocht.

Het sterven van de rijpere jongen was al even langgerekt geweest. Het had een vol jaar geduurd. Cel voor cel moest hij gesloopt worden. Had hij geen overdosis morfine gekregen, dan waren laatste levensresten, koppig als Japanners in de oerwouden van Sumatra, nog veel langer doorgegaan met hun achterhoedegevechten. Broer bewaarde nauwelijks herinneringen aan hem. Wanneer hij aanklopte bij de afdeling 'rijpere jongen' van zijn geheugen, dan sloeg er een hond aan, hij hoorde gestommel, maar de deur bleef dicht. Er was echter één beeld dat hij maar niet kon kwijtraken. De jongen had hoogstverbaasd gekeken toen hij eindelijk werd weggedragen in Morfine's armen. Wat had hij gezien? Met die vraag bleef Broer zijn hersens pijnigen. Het moest iets overbekends zijn, de blik was er ook een van herkenning geweest. Hij probeerde zich het sterven voor te stellen. Een almaar terugwijken voor het laatste ogenblik, zo stelde hij het zich voor. Maar bij wat je dan ten slotte ervaart wist hij alleen zoiets te verzinnen als het stilstaan van de tijd. Hij kwam er niet achter. Het was ook absurd, dat getob over die onkenbare dood. Er zat waarschijnlijk meer in zijn gefilosofeer dan waar hemel en aarde van dromen. Een bewustzijn dat zichzelf kan wegdenken is een onmogelijkheid, dat weten we al sinds Descartes.

Zijn lichaam liet zich intussen aan zijn hypochondrie niets gelegen liggen. Broer kreeg goed te eten op de Doornenhof. Gijselhart was vanouds erg secuur op voedsel en zolang hij niet zeker wist dat zijn zoon financieel aan de grond zat was hij er trots op hem gegarandeerd sulfietvrij vlees te kunnen voorzetten en onbespoten groente vers uit de tuin, die Prul in een vergiet *al dente* moest stomen. Broer was sinds lang niet zo gezond geweest. 's Ochtends fietste hij heen en weer naar de stad, waar hij in de universiteitsbibliotheek iets over zijn kunstervaringen op de steenrots poogde te schrijven. (Hij las er de werken van John Ruskin. Sloeg het frontispice op met 's mans portret, en keek de profeet net zolang in de vorsende ogen tot het hoofd, met zijn aapachtige manen, bedroefd begon te schudden.) 's Middags zwom hij en lag hij in de zon. Bij het vallen van de avond liep hij tien kilometer hard door de bossen. Hij matte zich af, om de doodsgedachten op een afstand te houden, en hij sliep diep onder het flapperende hooidek. Na drie weken was zijn bloed sterk en koppig, het bruiste van de boslucht, zijn huid was gebruind en glansde, de zon had zijn haar gebleekt, zodat je het grijs haast niet meer zag. Zelden was iemand zo florissant stervende geweest.

Waarom zou hij zich eigenlijk zorgen maken? Hij kon binnenkort doodgaan of niet, met dat dubbele vooruitzicht moest iedereen leven, tenslotte. Leven met de dood voor ogen, dat was trouwens al sinds zijn veertiende zijn regime geweest. Hij had toen aan slapeloosheid geleden en daar pillen voor gekregen die hij nooit had ingenomen, maar had opgespaard tot hij er genoeg bij elkaar dacht te hebben om zelfmoord te kunnen plegen. Er was daarna een grote gemoedsrust over hem gekomen. Vanzelf sliep hij ook weer beter. De onafzienbare toekomst had hem bedrukt. Die pot van bruin glas tot de rand vol pillen was zijn vrijheid. Hij had zich voorgenomen om op zijn negentiende te sterven, een voornemen dat hij glad vergeten was toen het moment kwam om het ten uitvoer te leggen.

Nee, met de dood was hij altijd de beste maatjes geweest. Dus waarom was het nu zo wazig om hem heen, waarom voelde hij zich zo onvrij? Het was toch juist de dood die vrijheid schiep, die de grenzen trok zonder welke je je niet vrij kon voelen?

Een mooie en diepzinnige paradox, van die begrensde vrijheid, maar nu hij er wat dieper op doordacht geloofde hij niet meer dat die grenzen door de dood getrokken worden. We trekken ze zelf, door de dood uit te stellen. Door elke dag te zeggen: Nog niet! Het voor je uit schuiven van de dood schonk vrijheid, de dood zelf niet. Vrijheid is een suïcidale toestand, concludeerde Broer. Voor de verdediging van je vrijheid was de kernbom inderdaad het meest geëigende wapen. Hij voelde zich op het ogenblik zo onvrij omdat hij niet meer kon leven alsof hij zijn dood in eigen hand had. Elk moment kon hij Hoog Bezoek verwachten. Het was een slordige afspraak. Rond een uur of twee, drie zou het Bezoek langskomen, misschien. Broer was zenuwachtig. Hij had de schilderijen rechtgehangen, de fluitketel vast gevuld. Hoe langer de Gast over tijd was, des te groter zijn onrust. Misschien had hij zich in de datum vergist. Hij was veroordeeld tot wachten. En wachtend wilde hij nog maar één ding: doodgaan, zijn jongen achterna. Steeds heviger verlangde hij naar het ogenblik dat de tekenen van het einde zich in zijn lichaam zouden openbaren. Dan zou iedere dag weer meegenomen zijn.

(De Geschiedenis zat niks lekker meer in deze geschiedenis der Gijselharten. Het verhaal had een zéér bedenkelijke wending genomen. Die haveluinige schaduw boven de Doornenhof, ze moest er net zo weinig van hebben als A.W. Gijselhart. Als die overbodige Broer zo graag dood wou, waarom hielp de klerk hem dan geen handje? Een koud kunstje toch, voor een klerk. Ze kon geen overbodigheid velen. Er is maar één Geschiedenis, en dat is de Geschiedenis van iedereen. Of er is Geschiedenis, of er is overbodigheid, het is het een of het ander. Die Broer moest weg, wilde de klerk het gezellig houden. Onverdraaglijke jeuk kreeg ze van zulke piepkleine marginale mensjes.

En er zat ook ergens een jood in het verhaal verstopt, ze voelde het. Flikkerij en jodendom, dat was van hetzelfde overbodige laken een pak. De Geschiedenis wist heus wel dat het ondankbaar van haar was om zo te denken. De joden hadden haar immers uitgevonden. Zij hadden de hemel, die loodzwaar drukte op de Egyptenaren, een flink eind omhooggekrikt, zodat er plaats vrijkwam voor haar glorieuze regenboog. Ze waren haar moeder, en alle moeders zijn heilig. Maar ze hadden zichzelf meteen tot het uitverkoren volk benoemd en zo de rest van de mensheid overbodig verklaard. Vreselijk volk! Ze hadden toch kunnen nagaan dat ze zelf overbodig verklaard zouden worden. De Geschiedenis had haar buik vol van joden. Ze kon geen jood meer zien. Maar als een steentje door een kapotte schoen – ze voelde het! – zo zwierf nu ook door dit verhaal weer zo'n eeuwige jood.

'Klerk,' waarschuwde ze, 'doe iets aan die ongerechtigheid! Je ruimt die Broer op en houdt de Jood buiten de deur, of ik ga weg!')

Iedereen heeft een eigen manier om zijn veters te strikken, maar bij de benzinepomp in het dorp zag Broer iemand die het deed op de manier van zijn rijpere jongen. Zonder zijn rug te buigen zette deze andere jongen snel een knie op de grond en legde even omslachtig dezelfde dubbele strik. In Broers geheugen zwaaide de deur waar hij zo dikwijls vergeefs had aangeklopt als bij toverslag open. Toen de andere jongen weer was opgeveerd, naast zijn brommer, stond Broer oog in oog met de liefde die hij kwijt dacht te zijn. Ik ben er weer!

De liefde was er weer, althans iets dat er sprekend op leek, met dezelfde hebzucht, dezelfde drammerigheid. Broer wist waar hij deze andere jongen kon tegenkomen. Naast de kolk waar hij 's middags ging zwemmen was over de rivier een brug gebouwd. Die moest in de toekomst verbonden worden met een snelweg, waarvoor al een stuk zandwal was opgeworpen, en deed in de tussentijd dienst als openluchtdiscotheek. 's Avonds werden er fakkels neergezet. Kreten stuiterden weg over het water. Van ver hoorde je er de rolschaatswieltjes over het asfalt snorren, tenminste op de ogenblikken dat de meegebrachte lawaaibakken geen muziek in repen scheurden. Later op de avond, wanneer er gedronken was, groeiden stengels pis van de rivier tot aan de brugleuning.

Broer begaf zich onder de dorpsjeugd. In het donker kon hij er nog best mee door. Hij deelde blikjes bier en sigaretten uit, vertelde over de nieuwe wereld waar de klok een werkdag achterliep en de westerse beschaving met haar gadgets en televisieseries al jaren verder was. Voor de ogen van de luisterende andere jongen, kleurloze ogen vooralsnog, werd met een automatisch kamgebaar dik blond haar weggestreken (laat mijn hand jouw kamhand zijn), zijn lippen stonden een fractie open. Hij rolschaatste, en ook op de brug zag Broer dat snelle neerknielen, alsof hij rechtstandig wegzonk door het asfalt, het gefrunnik met de veters. De jongen mocht nooit zijn haar laten afknippen, niemand mocht hem vertellen hoe je makkelijker een strik zou kunnen leggen, hij moest vooral uit de buurt blijven van de dorpsmeiden die, in veel te strakke truitjes, bij de brugleuning stonden te ginnegappen. Maar een lome halfslaap beschermde de jongen. Alleen wanneer hij Broer in de ogen keek werd hij eventjes stralend wakker – en morgen meegaan naar de kolk, dat leek hem leuk ja, best wel.

De kolk lag in een knik van de rivierdijk. Het armoeiige stukje bos tussen de weg en het water, dat zestien meter diep was en Britse bommen heette te herbergen, was tijdens Broers afwezigheid tot beschermd natuurgebied verklaard. Het was afgezet met prikkeldraad en had een archaïsch gespelde fantasienaam gekregen. Vuil en puin mochten er niet meer gestort worden, (brom)fietsers werd de toegang ontzegd.

Broer had er 's middags het rijk alleen. Tot drie keer toe was hij er overrompeld door gelukzaligheid, tegen het eind van de middag, toen hij lag af te koelen in het zwarte water en de hemel werd een dieper blauw, langs de kant trilde het blauw van libellelijfjes, twee blauwe bolletjes onzichtbaar bijeengehouden, tussen de kromme berkjes en de wilgen die zich over de kolk bogen flitste het blauw van eksterflanken. Zijn zorgen waren onzichtbaar geworden als het grijs in zijn haar en meteen daarop had een giftig verdriet zich verspreid tot in de verste uiteinden van zijn lichaam, dat zwaar werd en willoos naar de bodem zonk.

Hoe het hem gelukt was om de vijand in zichzelf de baas te worden wist hij niet, maar telkens had hij zich op de waterkant weten te trekken, dezelfde waar hij nu lag te gluren langs het lichaam van de bromfietsende andere jongen. Langs zijn blonde buik die met schokjes op en neer ademde. Zou hij zijn arm om deze jongen heen leggen en hem bij wijze van proef tegen zich aan trekken? Het was een proef die dringend genomen moest worden, net als de roze champagneproef van de rijpere overledene indertijd. Door zich met deze jongen te verenigen zou hij zichzelf bewijzen dat hij niet werkelijk in zijn ziekte geloofde. De jongen kon hem genezen.

De afstand tussen hun lichamen bedroeg niet meer dan vijf centimeter. In aanmerking genomen dat er in de wijde omtrek verder niemand te zien was leek dat alleszins een uitnodiging om toe te tasten, ware het niet dat er langs de kolk maar weinig ligplaats was. Tussen de berkjes en de wilgen was bijna de hele waterkant met braamstruiken overwoekerd. De stukken gras waarop je liggen kon waren nergens breder dan een meter. Die vijf centimeter betekende op zichzelf dus even weinig als de innige nabijheid van twee passagiers in een overvolle tram, stelde behoedzame Broer omzichtig vast.

Maar hij bespeurde een warmte die niet alleen van de zon kwam. Die had ook iets menselijks en, heel anders dan de warmte in een overvolle tram, iets hartelijks. Toen hij de andere jongen eens schichtig aangluurde zag hij die gewaarwording bevestigd in het warme onthaal van de groene ogen (het waren groene ogen, tot overmaat van parallellie) en toen hij daarna snel wegkeek in de vreemde hand die al een poosje op zijn zwetende onwetende dij moest hebben gelegen.

'Er wordt over je gekletst,' zei de jongen met een onwillekeurige fluisterstem. 'Rare dingen worden er over je verteld...'

Dat was Broer ook opgevallen. Aan de Doornenhofseweg was een weiland waar hij niet langs kon zonder dat er een schaap begon te mekkeren. In een mum van tijd stond een hele wei vol schapen hem smalend uit te blaten en met een rode kop moest hij dan verder. Koeien wierpen hun achterlijf omhoog wanneer hij langskwam, en buiten zinnen van nieuwsgierigheid draafden ze naar het prikkeldraad, waar ze hem zonder enige gêne nagaapten. 'Wat wordt er zoal verteld?' gromde hij tussen zijn tanden, die de uitkomst van het geweifel in zijn hoofd niet hadden afgewacht en maar meteen waren gaan knagen aan de blonde oorlel, langs de iets donkerder haarlijn en nek van het jongenslichaam dat zich met ieder rillinkje gastvrijer voor hem spreidde.

'Niets dat gelogen is, gelukkig,' zuchtte de jongen en Broer probeerde zich voor te stellen hoe loos een humaan seksverzakend gebaar nu zou zijn, hoe katterig ze zich zouden voelen als ze straks onverrichter zake uiteen zouden gaan. Zou hij het echt over zijn hart kunnen verkrijgen om één vlees te worden met deze droom van een blonde jongen, zoals hij nu metterdaad werd, indien hij werkelijk de dood in zijn lijf zou dragen? Hij was toch geen onmens.

En mocht over een tijdje desalniettemin blijken dat hij de jongen met de dood had bezwangerd – zo meende hij, toen ze afscheid namen bij de houten tourniquet waar de brommer stond, toen de katterigheid toch was gekomen en hij toch niet genezen bleek van zijn ziekte – dan had die onbedoelde uitwerking tenminste de schoonheid van de symmetrie. Want tegenover de dynastie van het leven die Prul had gegrondvest zou hij dan een geheime dynastie van de dood hebben gesticht ('Gaat heen en vermenigvuldigt u,' riep hij de eventuele millimicronbeestjes in de jongen zwijgend na), een antischepping tegenover haar schepping. Nu gebleken was dat hij zich onmogelijk kon onderwerpen aan haar vrouwelijk schrikbewind was dat de enige waardige uitweg. Ja, bedacht hij, fietsend langs akkers waar sproei-installaties tuiltjes nevel uitzwiepten, in de kruin van elke neveltuil een eenpersoons regenboogje dat meedraaide met de blik van de fietser – als ik geen engel kan zijn, dan ben ik maar een duivel.

Enfant perdu

Met dor haar en doffe blik kwam Magda die ochtend naar beneden. Tekenen van nachtelijk woelen en ethisch gepieker, tekenen dat er een bitter besluit verguld was. 'Bruno komt vanmiddag langs,' zei ze, alsof ze een pan aangebrande pap op tafel zette. Lust je het niet, dan laat je het maar staan.

Gijselhart zat de baby blokjes witte boterham met appelstroop te voeren. Een blokje voor Opa. Een voor Prul. Een voor de zieke kippen. Een voor het paard aan de overkant. En vooruit, ook maar eentje voor Leendert, aan wie Gijselhart het reageren op haar aankondiging graag overliet. Broer zei: 'Bruno? Ik ken geen Bruno.'

'Hij is op doorreis naar Amsterdam en komt om twee uur even naar zijn zoon kijken ik weet wat jullie zeggen willen maar ik kon het hem onmogelijk weigeren. Hij heeft recht op Victor en Victor heeft recht op hem.' Onder het afgetobde omhulsel zat een andere Magda belangstellend af te wachten hoe de twee haar eigenmachtige besluit zouden opnemen. 'Hoezo recht? Niet zonder plicht!' souffleerde die keiharde Kernmagda haast hoorbaar.

Maar er werd doods gezwegen. Victor at een blokje brood voor niemand in het bijzonder.

'Ik kon het hem niet weigeren het was kiezen tegen jullie of tegen hem tussen twee kwaden.'

'En je hebt feilloos het ergste van de twee gekozen. Daarvoor had je ons advies niet nodig.'

Ons. Gijselhart keek zijn zoon van opzij achterdochtig aan. '*Wij* hebben weer eens niets in te brengen,' zei hij niettemin solidair.

De inmenging van haar vader was voor Magda het sein om nu de jammertoon van wijlen haar moeder aan te slaan. 'Het liefst zou u me opsluiten in een kerker en langzaam laten verpieteren oude egoïst. Altijd houdt het kind me aan huis gekluisterd eindelijk heeft iemand eens de goedheid om me in dit gat te willen bezoeken maar zelfs die kleine afleiding probeert u me te ontzeggen. Weerloze vrouwen doodpesten dat kunt u!' Ze meende dat ze nu genoeg agressie over zichzelf had afgeroepen om alvast de beledigde partij te kunnen zijn en tilde Victor uit de stoel. Ze laadde hem op haar arm. Ze vertrok.

De kamer die ze achterliet zinderde van de vijandigheid, maar die was nauwelijks tegen haar en de verwekker van haar kind gericht. De nieuwe bondgenoten waren hun vroegere gevoelens voor elkaar nog lang niet vergeten. Die gevoelens waren des te intenser nu ze in dit rare pact aan elkaar geklonken waren. Ze zaten hoogst verlegen met hun gruwelijke eensgezindheid. Elk bewaakte zijn eigen woede en fronste er krampachtig zijn wenkbrauwen overheen.

'Die Pechman komt er niet in,' gromde Broer experimenteel, zonder zijn vader aan te kijken.

'Alleen over mijn lijk,' grauwde Gijselhart star voor zich uit.

'Alsof het niet erg genoeg is dat ze zich door hem heeft laten bezwangeren.'

'We zullen de loper voor hem uitrollen, nou goed?'

'We moesten haar ontoerekeningsvatbaar laten verklaren.'

'Snap je nu waarom ik haar liefst binnen houd? Ze is niet te vertrouwen.'

'Ze zou een ratel moeten meenemen als ze de straat opgaat.'

'Een zotskap met bellen zullen we haar opzetten.'

Hun beurtzang klonk verrassend harmonisch. Broer probeerde eens een duet. 'Hebt u dat alarmpistool nog? Dat vroeger in de la van het bureau lag?'

'Ik weet het niet. Ik denk van wel.' Gijselhart mijmerde nu wat voor zich uit, alsof hij niet met Broer zat te confereren, maar met een innerlijke stem waartegen hij de gekste dingen zeggen kon. 'De Kruimel heeft een buks. Voor de merels in zijn bongerd.'

'Ik ga die buks straks lenen.'

'Moet je doen. Jaag die jood maar een schot snippengruis in zijn achterste.'

'Ik schiet op hem omdat hij een schurk is, niet omdat hij een jood is.'

'Mij best. Als je die jood maar voor zijn donder schiet. Echt Prul, om uitgerekend een jood te nemen. Die vriendin van haar, hoe heet ze, die stevige met die krullen...'

'Liliane.'

'Die had er toch ook een? Liliane een jood, dus Prulletje ook, met iets anders kan ze geen genoegen meer nemen. Ik ga achter de deur staan met een eind hout, voor het geval je hem mist.'

'Waarom zou ik hem missen? Wat is dat voor onzin? Ik mis hem niet. Niet met een schot hagel.'

'Goed, dan ga ik niet achter de deur staan. Maar we maken hem af.'

'Hij moet het eens wagen om een voet op dit erf te zetten.'

'Ik laat me niet voor de gek houden. Wat denkt ze wel,' besloot Gijselhart en hij geeuwde krokodillerig van verveling en weerzin tegen alles.

Het vooruitzicht van de buks bracht Broer in een vervaarlijke opwinding. Op het erf zag hij aan de overkant van de greppel weer dat andere kind staan. Een week, warm, dom kind, met smeer op het bleke toetje, een vaan uit de broek, slijmsporen op de bovenlip en een duim die over het tandvlees streelde. Het andere kind keek. Broer, vijf jaar oud, keek terug. Alleen kinderen kunnen zo zwijgen. In zijn ene hand hield Broer een baksteen en in de andere een lange tak. Hij gooide de baksteen vlak voor de voeten van het kind en liep weg. Het kind sprong over de greppel en sjouwde achter hem aan, strelend over zijn tandvlees met zijn rimpelige duim. Broer bleef staan. Het kind bleef staan. Broer knoopte zijn gulp open en piste het kind in een van zijn gummilaarzen. Het kind sopte achter Broer aan. Pas toen Broer zich omdraaide en met de tak door het gezichtje veegde maakte het kind rechtsomkeert.

Hij had lang gedubd of hij Magda moest vragen een receptje voor hem uit te schrijven, zodat hij weer een vrije zelfmoordenaar kon worden. Het was moeilijk uit te leggen, dat hij die pillen nodig had om zich van dag tot dag *niet* van kant te maken. Ze zou hem vast niet geloven, en nu ze een baby had was ze onwankelbaar pro-life. Bovendien slikte je die pillen thuis, op je bed, en hij werd liever niet door haar of zijn vader dood aangetroffen. Ook met de nasleep moest je rekening houden als je het juist niet wilde doen, om geen oneigenlijke uitvluchten te hebben.

Toen noemde Gijselhart de buks. Een kogel, op een stille plek in het bos, dat was veel eleganter. Hij zou de Kruimel vertellen dat hij de vogels wilde verjagen van de perebomen, of gewoon wat op blikjes wou oefenen, maar hij kreeg die smoezen niet over zijn lippen toen hij ontvangen werd door Tonia. Ze torende even hoog in haar keuken als de Berlijnse Madonna in haar kerk. Ze stond voor haar houten keukentafel, die van rand tot rand was bedekt met sprankelende weckflessen vol kersen. Ze haalde de klem van de flessen, tilde ze aan het glazen deksel op en luisterde of er geen lucht uit kwam, met een grimas van strenge tevredenheid. De Kruimel was naar het dorp, vertelde ze.

Een buks was trouwens nog onhandiger dan pillen, nu hij er nog eens over nadacht. Je moest een touwtje vastbinden aan enerzijds de trekker en anderzijds je grote teen, en in negen van de tien gevallen eindigde je door de zenuwen achter het raam, als kamerplant van vlees. Eén zwakzinnige in de familie was ruimschoots genoeg. Maar toen hij het huis verliet, zonder gezegd te hebben waarvoor hij was gekomen, had hij toch stiekem het buksgeweer van de muur gelicht. Het hing in de gang, met de mond omlaag. De Kruimel had het glanzend opgewreven, nergens zag je een vingerafdruk. Op de kolf vormde de draad van het hout een fraai moiré. De bascule was beslagen met gegraveerde platen, waarop een vernuftige arabesk van vleugels, veren en takken. Zijn moordlust was binnenstebuiten gekeerd bij die aanblik. Van een zelfmoordenaar was hij in een moordenaar veranderd.

Achter het overloopraam, op dezelfde plek waar zijn eigen

aankomst was gadegeslagen door Gijselhart, zette hij het buksgeweer nu tegen zijn schouder. Hij probeerde een paar dreigende houdingen uit. Het raam lag in de schaduw op dit uur van de dag en was misschien niet goed zichtbaar vanuit de tuin. Hij zou goed zijn keel moeten schrapen zodra hij Pechman in het oog kreeg en dan luid en duidelijk 'Halt of ik schiet!' moeten roepen. Want van werkelijk schieten zou het niet komen. Het geweer had twee trekkers, één voor de hagel- en één voor de kogelloop, en dat maakte het wapen voor Broer, die niet wist welke trekker bij welke loop hoorde, tot een groot geheimenis. Waarin het trouwens zinloos was zich te verdiepen, want hij had in de gauwigheid nergens patronen kunnen vinden.

Het ging hard tegen tweeën. Hij liep naar beneden om de achterdeur af te sluiten. Op de terugweg hoorde hij een geluid dat, nog voor hij het kon thuisbrengen, een overbekend gevoel van verstikking bij hem deed bovenkomen. Het hele huis leek weer mee te deinen op de zee van saaiheid waarop hij vroeger zo dikwijls reddeloos had rondgedobberd. Hij hoefde de deur van de voorkamer niet te openen om zijn vader op de sofa te zien liggen, plat op zijn rug. Hij zag de mond openhangen, een haaiebek, hij zag de hals met zijn grove poriën en baardstoppels, de neusgaten met hun dorre vegetatie waar de sirocco van zijn adem door woei. Hij hoorde die adem langs de huig schuren, knorrend, fluitend, soms onrustig of kwaadaardig. (In een vlaag van aanhankelijkheid was Prulletje eens tegen de slapende reus aangekropen. Het snurken stokte, korte getroubleerde knorren werden uit de haaiebek gestoten. De dikke oogleden gingen een stukje open, dicht, verder open. Er verschenen twee niets ziende, niets ontziende lichtblauwe ogen. Het landschap van vlees en haar beefde even en met een veeg van de reuzenarm werd Prulletje tegen de grond gesmakt. Ze was opgekrabbeld en kalm naar buiten gelopen. Daar had ze gegild, onpersoonlijk, onbedaarlijk.)

De omgeving van de Doornenhof leek wijd en zijd besmet door de slaap van de vader, terwijl Broer achter zijn raam de komst van Pechman zat af te wachten. De hoogspanningskabels leken dieper door te buigen dan anders, onder de witte, droomloze hemel. Als er even iets zoemde of gonsde, dan klonk dat geschift tussen het reuzenzwijgen. Een tractor stond onbemand op de akker schuin aan de overkant en meeuwen wachtten suf in het gelid tot er misschien weer een voor getrokken en iets lekkers opgewoeld zou worden. Zelfs de kraaien, die aan de rand van hetzelfde veld samenschoolden, waren loom. Vlak voor Broers ogen was een rups doende om heftig met zijn lijf heen en weer te rukken aan een dunne slijmdraad die afhing van de dakgoot. Belangstellend volgde Broer de beheerste wanhoop van het insekt. Het was vast door een stommiteit dat het zo voorbarig tussen hemel en aarde was komen te zweven. Een embleem voor het leven van Leendert Gijselhart! Maar ook de rups bezweek onder de algehele lusteloosheid en bleef uitgeput hangen.

Binnen in Broer zat onderwijl een klaarwakkere haat zijn nagels te scherpen. Het was een oersterke haat, waarvan Broer zich de mindere voelde, niet meer dan een uitvoerend orgaan. Zijn lichaam tintelde tot in de verste uiteinden, net als wanneer hij in de kolk zwom, maar met dit verschil dat zijn huidige gelukzaligheid verdrietbestendig was. Elk gevoel van onlust werd meteen door de haat verslonden, het beest werd er alleen maar dikker en gezonder van. Magda had hem iets veel beters dan een pot pillen geschonken: een vijand. Weliswaar een gepantserde vijand, want hij was een jood. Sluwe Magda! Evenmin als je in je hart van een slachtoffer kunt houden kun je het voor je fatsoen haten. Zet een jood in een gezelschap en alle anderen krijgen last van een nazi-verleden. Ze kon haar omgeving terroriseren met wereldhistorische krachten, door zich met een jood te verbinden. Maar dan had ze toch buiten haar Broer gerekend. Die was geen racist. Die had de oorlog bewust niet meegemaakt. Die haatte deze Pechman niet als jood, maar egalitair als vijand. Ongeduldig, als een dompteur met zijn vlammende tijger, wachtte Broer op het begin van de voorstelling.

Stipt om twee uur, als betrof het een staatsiebezoek met streng protocol, kwam een blauwe Jaguar met Zwitsers nummerbord het erf opgereden. Broer leunde zo ver als hij kon uit het raam, de buks aan zijn schouder, en richtte het geweer min of meer op de indringer. De wagen stopte, de haat stond op zijn achterpoten en zwaaide krijgshaftig met zijn staart, het 'Halt of ik schiet!' bleef echter in Broers mond steken, want het portier dat geopend werd was niet het portier van de bestuurder en degene die uitstapte was niet de biologische vader, maar een in de opwinding helemaal vergeten Magda. Het haar in pieken, een gebloemde soepjurk om haar botten, geen kousen, barrevoets – Magda. Ze moest het huis uitgeslopen zijn en haar verkrachter hebben opgewacht langs de kant van de weg. De kleine Victor werd nu uit de auto gehesen en op de arm gezet. Ze keek naar boven, tegen de zon in (gezicht jonge mijnwerkersweduwe), en sprak lijzig: 'Schaam je Leendert wil je soms een bloedbad! Je zult eerst Torretje en mij moeten vermoorden als je Bruno wilt doodschieten!'

'Ga weg met die jongen,' jubelde hij, 'zodat ik die lamstraal van je overhoop kan knallen!'

'Leendert doe niet zo Zuideuropees en gooi dat gevaarlijke ding naar beneden!'

Zo'n mooi geweer naar beneden gooien, waar zag ze hem voor aan? Door het dolle heen van vrijblijvende strijdlust schreeuwde hij: 'Ik heb je gewaarschuwd dat ik een ongeluk zou begaan als je die lamstraal in huis haalde. Je hebt het zelf gewild!'

Vanuit de auto werd nu dwingend gefluisterd tegen Magda, die beslist haar hoofd schudde. 'Nee Bruno blijf! Ik laat me door die Broer van mij de wet niet voorschrijven. Er zal je niets gebeuren daar staan Torretje en ik met onze levens voor in.'

Deze woorden werden evenzeer gericht tot Broer en een denkbeeldig publiek als tot de biologische vader, die niet te zien was door de langwerpige iriserende vlekken op de voorruit van zijn auto. Een muf gevoel van onwerkelijkheid begon Broer te beklemmen. Magda wist dat hij theater speelde. Ze speelde mee! Maar als ze wist dat ze niets te vrezen had van zijn geweer, waarom had ze dan niet gedaan alsof hij lucht was? Vast niet om zijn gezicht te redden, zoiets lag niet in haar aard. Wilde ze risicoloos de heldin uithangen? Of moest Pechman, die nu waarschijnlijk onder zijn dashboard was gekropen, nodig geïntimideerd worden? Als dat de opzet was, dan mocht die geslaagd heten. Ze moest van haar verkrachter vlak naast het geopende autoportier komen staan, zodat hij achter haar rug kon kruipen zonder zich aan de schutter te hoeven blootstellen. Met twee mannetjes aan zich vastgeklampt, een van voren en een van achter, bewoog ze zich fier en omslachtig naar de voordeur, terwijl Broer vanuit het raam loze dreigementen wegslingerde naar de indringer, die wat kleiner was dan Magda en behalve een glimpje schedelhuid alleen twee weldoorvoede flanken aan de openbaarheid prijsgaf.

Broer voelde zich gefopt en opgelucht tegelijk. Maar hoe moest het nu verder? Wilde hij doorgaan met zijn heroïek, dan moest hij naar beneden rennen, Magda bij haar schouders pakken, met Torretje en al opzijschuiven en de verkrachter doodschieten, wat zonder munitie onmogelijk was. Hij zou ook op de vuist kunnen gaan met de achtenvijftigjarige snoodaard, die het aan zijn nieren had, 'een familiekwaal', zoals hij telefonisch had verteld aan Magda, die haar Victor meteen nefrologisch had laten bekijken, met gelukkig negatief resultaat. Het was niet ridderlijk om een zieke oude man in elkaar te timmeren. Er zat niets anders op dan zijn zuster te bejegenen alsof ze onschendbaar was en geen vinger naar haar uit te steken, waardoor Pechman zich weliswaar veilig kon voelen, maar ook ingepeperd kreeg hoe laag en loederlijk het van hem was geweest om zich wél aan haar te vergrijpen.

Met het geweer nog steeds aan zijn schouder draaide hij zich om naar de trap. Maar nu leek het alsof *hij* degene was die werd belaagd. Het nucleaire matriarchale gezinnetje kwam langzaam, log, als op rupsbanden, de treden opgestommeld. Pechman maakte gebruik van de dekking die Magda's rug hem bood om een paar onomwonden meningen op Broer af te vuren.

'Is dat nu een manier om uw schoonfamilie welkom te heten? Kom ik uit Zwitserse ballingschap helemaal hiernaar toe om mijn zoon aan mijn borst te kunnen drukken en dan word ik opgewacht door een gek met een schietgeweer! Die Broer van jou moest worden opgesloten, Prul!'

Prul noemde de indringer haar, hij hoorde er al helemaal bij! En hij vatte al aardig de sfeer van de Doornenhof, waar de bewoners, zo ze van zichzelf niet vonden dat ze opgesloten zaten, van elkaar vonden dat ze nodig opgesloten moesten worden.

Magda huichelde verbazing, alsof ze niet anders gewend was dan haar verwanten met schietgeweren te zien zwaaien. 'Vind je dat nou werkelijk Bruno?'

'Jazeker! In het cachot of in een dwangbuis, liefst in allebei! Je had me weleens mogen vertellen dat mijn zoon hier in een schiettent moet opgroeien.'

Pechman had een hoofdstedelijke tongval. Liberaal spuug oliede zijn woorden en ze werden zijn mond uit geschoten met het kruit van een exuberant egoïsme. Hij liet doorschemeren dat hij zich opzettelijk wat overdreven uitdrukte en probeerde zo de buks te bagatelliseren. Hij had zichtbaar moeite om niet achter Magda's rug vandaan te komen, zo graag wilde hij aardig gevonden worden.

Het vleesgevaarte was nu boven aan de trap en Magda draaide de geschutkoepel richting Broer. Lijzig nam ze hem onder vuur. 'Waarom behandelen Pappie en jij me toch altijd alsof ik tegen mezelf in bescherming genomen moet worden en niet voor vol mag worden aangezien terwijl *ik* degene ben die *jullie* moet afhouden van idiotieën zoals de moord die je daarnet bijna begaan hebt. Ik ben een vrouw en moeder wat jullie nooit zullen begrijpen en nu ga ik je iets vertellen waar je wel weer van zult gaan steigeren maar dat is jouw zorg. Bruno en ik hebben afgesproken dat we binnenkort gaan trouwen.'

Er vielen nu twee stiltes, de ene vóór en de andere achter haar.

'Trouwen, Prul?' werd er na een voorzichtige kuch achter haar rug geïnformeerd.

'Trouwen!'

'Trouwen, Magda?' vroeg Broer. 'Met deze adder?'

('Ho ho, "adder" – matig uw woorden, jongeman!')

De geweerloop tastte haar omtrek af naar een randje Pechman en Broer vroeg: 'Met deze pseudo-dokter, profiteur, failleur, belastingontduiker, met dit kind van achtenvijftig?'

('Zeg, Prul, wat heb je hem eigenlijk over mij verteld?')

'Vertrouw jij deze man?'

Een openbare aanklager had die vraag niet retorischer kunnen stellen. Het was een ogenblik vol ernst, die nog verdiept werd door de dreigende geweerloop. Maar met één oervrouwelijk woord wist Magda het executieblok om te toveren in een altaar. '*Ja!*,' zwoer ze en ze schreed naar het Prulmuseum, haar kind op de arm. Pechman liet ze onbeschut in de vuurlijn staan. Schiet hem maar dood als je kunt! Heen en weer zwenkend als een bang konijn vluchtte de indringer haar achterna.

De witte jood

Het opstaan van de sofa diende in één ruk te geschieden. Gijselhart tilde zijn benen op en bracht ze vervolgens met een flinke zwaai naar de grond, zodat zijn onderlichaam een hefboom werd waarmee hij tegelijkertijd het bovenlichaam overeind kon krijgen. Hij zat even te duizelen, na die inspanning. Zijn nek was stijf. Langzaam liet hij zijn ogen door hun kassen rollen. De saaiheid die hij had liggen uitwasemen sloeg op hemzelf terug. Hij wriggelde met zijn neus. Hij had wel iets gehoord, door de dikke muren van zijn slaap, maar verstaan had hij niets. Hij had net genoeg geluid toegelaten om te kunnen bepalen wanneer het weer stil zou zijn en hij van de sofa kon komen. Een geeuw werd tussen zijn kaken vermorzeld. Hij had dorst. Waar zou Prul uithangen? Zeurderig riep hij: 'Prul! Kom eens hier en zet een potje thee voor je vader!'

De stilte in huis, die eerst leeg en geruststellend geleken had, werd een geladen stilte toen hij buiten op het grind de vreemde auto zag staan. Hij liet de stilte door zijn holle hoofd wentelen. Snoof of er in het bouquet al iets te merken was van die Andere Man, de Jood. Nu raakte hij toch benieuwd naar wat er zich tijdens zijn tuk had afgespeeld. Die ochtend had hij Prul (O waar zou Prul zijn? wat zou ze uitspoken?) tussen neus en lippen door de plannen van haar broer verraden. De Jood een schot hagel in zijn lijf jagen – alleen een rabiate antisemiet zou op dat idee komen. Moest je zo iemand willens en wetens zijn gang laten gaan?

Prul had met een wit gezicht naar Gijselhart geluisterd en niets gezegd, een teken dat ze haar tegenmaatregelen al in haar hoofd had. Hopelijk walgde Leendert nu zo erg van zijn vader dat hij uit zichzelf zou opkrassen, zonder dat die gierehorst onder zijn voeten afgebroken hoefde te worden.

'Pru-hul! Waar zit je?'

Door de valse vredigheid sloop hij naar boven. De kleine Victor lag pastelkleurig te slapen in zijn kamertje. Gijselhart had het zelf behangen en geschilderd. Het bed met uitneembaar zijhek had hij eigenhandig getimmerd. Waar had die jongen een vader voor nodig met zo'n opa die al zijn wensen kon vervullen? De verrichting waaraan de Jood de titel van vader ontleende – wat stelde die nu voor naast het timmeren van dit bed waar geen schroef aan zat, dat je zuiverste meubelkunst was? Ondankbare dochter! Hij luisterde aan de deur van de kamer boven zijn comptoir, nog steeds haar slaapkamer. Niets. Maar uit het Prulmuseum kwam wel geluid. Uitgerekend in dat monument van vaderliefde had ze zich met de Jood afgezonderd. Het deurpaneel trilde mee op hese en behaagzieke keelgeluiden. Prul *lachte*. Een soort kirren was het meer.

De Andere Man was geestig, dat had ze vaak genoeg verteld. Het was lang geleden dat Gijselhart haar had horen lachen. Ze vond haar vader al jaren niet meer geestig, en er waren wel meer eigenschappen die ze in hem miste. Ze was er blind voor geworden, daar kwam het door. Het was wreed en onrechtvaardig dat ze daarbinnen tegen een vreemde aan het kirren was. Prul, kir nog een keertje tegen mij! Kietel mijn ziel met gelukkig gespin! Gijselhart zette zijn grijns op. Zachtjes opende hij de deur. Even zachtjes trok hij die meteen weer dicht. Twee voetzolen hadden hem, onzedelijk hol geknepen, door de kier aangekeken. Tussen de voeten door had Gijselhart een paar teelballen zien schudden, tegen een ander ritme in. Ze werden geschud door een reusachtig naakte witte Prul die, haar achterste uitgestoken naar de deur, schrijlings de Ander bereed. Prul heeft ballen! was bij die aanblik zijn ontstellende eerste indruk geweest.

Maar nu hij het samenstel van ledematen in gedachten deconstrueerde, begreep hij dat de ballen moesten toebehoren aan de Ander. Ze waren samen het Ding aan het bouwen daarbinnen, zomaar op de blauwe pers. Het mensonterende sacrament van de seks werd daar gecelebreerd. Dat je er als vader niets tegen kon ondernemen was blijkbaar nog niet erg genoeg. Je moest zelfs goedvinden dat ze er je huis mee ontheiligden. Gijselhart boog zijn hoofd. Hij slofte weg. Alles wat Prul in hem miste was te herleiden tot dit Ene Ding, dat ze als vader en dochter nu eenmaal niet konden delen en waar tegenwoordig bespottelijk veel drukte om werd gemaakt, als je het hem vroeg. Dat Ene Ding gaf de Andere Man een oneerlijke voorsprong. Terwijl ze toch vaak genoeg had laten doorschemeren – iets dergelijks meende hij althans te begrijpen wanneer hij haar woorden met beide benen op de grond zette – dat Pechman het Ding liever met piepjonge meisjes bouwde. Het leek wel of de hele natuurlijke orde in gruzelementen was gevallen en al die gruzelementen weer verkeerd aan elkaar waren gelijmd. Prul had haar zenuwslopende voorkeur voor Andere Mannen van een zekere leeftijd. Haar broer was behept met neigingen waar in bijbelse tijden hele steden voor werden weggevaagd. Om dit huis tot een compleet rariteitenkabinet te maken ontbrak alleen nog een derzulken als het Ding bedreven met hun eigen vlees en bloed. Ja, daar mankeerde het nog net aan!

De vreemde auto bleef de rest van de dag voor op het grind staan. Toen hij aan Prul vroeg hoe lang de Ander van plan was te blijven had ze het te druk om hem antwoord te geven. Ze was bezig om haar ledikant uit elkaar te halen. Ze versleepte het naar het museum en bouwde het daar weer op. De volgende dag stond de auto er nog steeds. Het was een bezoek voor onbepaalde tijd.

Had hij het museum maar dichtgetimmerd! Dat zilver, kantwerk, fineer, die gravures, de kussenkast met gedraaide kolommen die zijn laatste aanwinst was geweest, anderhalf jaar geleden, al die relieken van zijn inmiddels vervulde verlangen had hij de deur uit moeten doen, net als zijn oude metalen. Overbodigheid baart plagen. Ruïnes worden dievenholen, vuilnisbelten rattensteden. Het museum, dat Prul vroeger koud had gelaten, werd nu het middelpunt van haar leven, een spil die ze als een molenpaard draaiende hield. Het was een afzonderlijk huishoudentje binnen de Doornenhofse economie. Pechman had in zijn auto een stapel vuile doktersjassen meegebracht die moesten worden uitgekookt en gesteven. Zijn overhemden mochten niet in de machine, maar moesten door Prul op de hand gewassen en eveneens gesteven worden. 'Wanneer heb je ooit *mijn* overhemden gesteven?' wilde Gijselhart verontwaardigd weten. Voor het hele dorp zichtbaar wapperden die doktersjassen en overhemden van buitenissig korte en brede snit aan de lijn. Zonder een klacht of zelfs maar een zucht droeg Prul dienbladen naar boven. Elke avond biefstukjes, die de Ander moest eten vanwege zijn problematische nieren. 's Ochtends witte boterhammetjes met hagelslag. En flessen advocaat – kennelijk zat hij daarboven de godganselijke dag advocaat te lepelen. Gijselhart zorgde ervoor de bladen met een flinke portie hoon te verzwaren. 'Alweer een fles advocaat voor Koning Zoetekauw! Weet je wel zeker dat het een man is die je boven gevangen houdt, en geen oud wijf? Ik word kotsmisselijk als ik je zo zie sloven, Prul, en waar blijft mijn koffie als ik vragen mag?' 's Middags, wanneer Torretje lag te slapen, was Prul een uurtje zoek. Dan werd in het museum het Ding gebouwd. Maar gekird werd er niet meer, die troost had Gijselhart tenminste.

En al die tijd hield de Ander zich verborgen. Hij waagde zich alleen buiten het museum om het toilet en de badkamer te bezoeken. Soms probeerde Gijselhart hem op de overloop te verrassen. Snel schoot de gezette gestalte dan weg achter een deur. Meteen volgde het klikken van een slot.

'Wat heeft dat te betekenen, Prul? Waarom sluit die Appelsien zich op? Wat heeft hij op zijn kerfstok?'

'Hij is bescheiden Pappie dat is alles. Hij wil zich niet opdringen zeker niet aan mensen die hem een kogel door zijn bast zullen jagen als ze de kans maar krijgen.'

'Smoesjes! Je weet best dat die buks allang terug is naar de Kruimel. Zeg eens eerlijk: wordt Appelsien op de hielen gezeten? Je hebt me zelf verteld dat hij zich in Zwitserland gedrukt heeft moeten houden. Is het vanwege zijn schuldeisers?'

'Bruno is de vader van mijn kind Pappie is het zo gek dat hij een tijdje bij zijn jongen wil zijn? Van schuldeisers weet ik niets.'

'O nee? En die vijfendertigduizend gulden die je hem renteloos hebt geleend, heb je die al teruggekregen?'

'Dat gaat u niets aan dat is een zaak tussen Bruno en mij!'

'Of schaamt hij zich soms, durft hij me daarom niet onder ogen te komen? Nergens voor nodig! Ik zal hem decoreren voor zijn heldendaad. Ik zal hem een pensioen geven voor de rest van zijn levensdagen! Volgens mij chanteert hij je met de kleine. Eerst heeft hij je zwanger gemaakt, tot je eeuwigdurende schande, en nu wil hij daar nog voor beloond worden ook. Kijk eens wat een slons je bent geworden. Je hebt je baan eraan gegeven, straks is je geld op. Wie moet er dan zorgen voor jou en het wurm?'

Leendert had hem verteld over haar trouwdromen en hij zat klaar om ze met spot te bekogelen. Maar ze zei er niets over, en ook het andere antwoord waartegen hij zich bewapend had ('*U* Pappie *u* moet zorgen voor mij en het wurm') hield ze wijselijk voor zich. Ze zuchtte, het was weer zo'n lange wispelturige cul-de-sac van een zucht. Ze had geen idee, zei ze. Ze wilde er ook niet over nadenken. 'Over een tijdje ga ik misschien weer aan het werk maar eerst moet Victor uit de luiers.'

Hoezeer hij ook walgde van de logeerpartij, er was bij dat ongeluk één groot geluk, en wel dat zijn zoon er nog veel erger van walgde. Finaal overstuur was Leendert van het bezoek en vooral van de trouwaankondiging. 'Ze gaat met open ogen haar ondergang tegemoet,' had hij zijn vader bezworen en vervolgens, met een zwenking van huiver naar cynisme, die de dégeneré toch als een echte Gijselhart deed kennen: 'Ze doet maar! Ik ben niet sterk genoeg om haar tegen te houden. Maar dat ze een onnozel kind in de afgrond meesleept, een misdaad is het, ik wil er niets mee van doen hebben!' En sindsdien had Gijselhart van hem haast even weinig gezien als van de Jood. Wat helemaal niet erg was en gerust zo mocht blijven. Laat de Satan de Satan uitbannen. Leendert zou uit zichzelf vertrekken als de Ander maar lang genoeg bleef en met die Ander kon de oude man daarna op zijn gemak zelf afrekenen.

Hij ondernam een diplomatieke demarche. Op een middag (Prul was met de jongen naar de zuigelingenzorg) wachtte hij onder aan de trap tot hij Pechman op sanitaire expeditie hoorde gaan en sloop toen snel naar boven. De deur van het museum stond aan, hij kon zo binnenlopen. Er hing een muffe geur in de kamer, die hem over de Ander veel meer vertelde dan hij weten wilde. Een angstgeur was het. Hij zette alle ramen open en ging zitten in de Willem III-fauteuil die de indringer tot vaste zitplaats moest dienen, te oordelen naar de schikking van leesbril, halfvol glaasje advocaat en maagtabletten op het tafeltje ernaast. De oude voorwerpen leken verlegen met het bezoek. Ze stonden iets van Gijselhart afgewend, schuldbewust en dof. Ze schaamden zich voor de Prullemand die zich plomp in hun midden gedrongen had. Voor wat zich daarin onder hun neus had afgespeeld. Hadden ze kunnen spreken, ze zouden niet minder bedremmeld gezwegen hebben.

Pechman keerde terug onder begeleiding van een ruisende stortbak, op kousevoeten, sjorrend aan zijn gulpsluiting. Hij gaf de museumdeur een duw met zijn achterwerk en bleef toen even op doorgezakte knieën staan. Was hij de verkeerde kamer binnengelopen? Hij had zich al half omgedraaid toen hij tot het verwarrende inzicht kwam dat hij zich niet vergist kon hebben. Op de verschijning in de fauteuil werd een blik vol twijfel geworpen. Gemompel. ‘Momentje, neem me niet kwalijk...’ Van de secretairestoel werd een stropdas weggegrist. De Ander ging voor de spiegel in doofstom spoedberaad met zichzelf, de strikbewegingen een panische gebarentaal.

Colbert werd aangeschoten. ‘Wat kan ik voor u doen?’

‘“Wat kan ik voor u doen?” Ga zitten, man!’ Even laten merken wie in dit gekkenhuis de directeur is. ‘Nee, niet in die stoel, daar krijg je steenpuisten van. Die andere, ja.’ Eerst nam Gijselhart de Jood eens kalmpjes in ogenschouw, want zijn voetzolen en scrotum waren, hoe gerimpeld ook, wat karakterloos geweest. De neus stelde hem teleur, het was geen vooroordeelbevestigende kokkerd. Maar de twee dikke rode tastorganen daaronder en de pruimkleurige lodderogen waren puur Kismet, een fata morgana van het gesuikerde Oosten. Wat haar ordinaire smaak betrof aardde Prul toch meer naar haar moeder. 'Zo, en vertel me eens,' vroeg de directeur joviaal, 'hoe bevalt het je hier?'

'Ach, wat zal ik zeggen...' Argwaan en hoop worstelden roerloos verstrengeld op het andere gelaat. 'Het is een mooie kamer die ik hier heb. Het uitzicht is weids, zij het wat eentonig, zeker als je het vergelijkt met de speelplaats waar ik op uitkijk als ik in Amsterdam ben. Hier zie je alleen tractoren en kraaien. De kookkunst van uw dochter laat nog veel te wensen over, op dat punt ben ik weer eens te goed van vertrouwen geweest. Ik ben erin getuind! Maar dat is tot daar aan toe. Alleen die zoon van u, die desperado – wat heb ik hem misdaan dat hij me naar het leven staat?'

Dus Prul had hem nog niet uit die bange droom geholpen. Als Gijselhart het niet dacht! Ze bedreigde hem met haar broer, daarom durfde hij het museum niet uit. Ze meende zeker dat ze hem zo tot een huwelijk kon dwingen. Hoe kon ze toch tegelijkertijd zo doortrapt en zo dom zijn?

'Volgens mijn zoon ben je een boef,' sprak Gijselhart ernstig. 'Hij beweert dat die auto van jou op een andere naam staat. En ook dat je je, lang voor je ontslag, van hier hebt laten overschrijven naar een adres in Zürich, waar je nooit hebt gewoond. Hij zegt dat je een administratief vraagteken bent, zonder vaste woon- of verblijfplaats, onvindbaar voor je schuldeisers en voor de belastingen.' Het woord belastingen kreeg een donderprekerige nadruk.

'Waarom sluipt hij dan achter me aan met een schietgeweer? Als ik toch vogelvrij ben, waarom verlinkt hij me dan niet gewoon?'

Omdat die aantijgingen slechts slagen in de lucht waren van A.W. Gijselhart zelve, die nu zei: 'Hij is bang dat Prul hem dan nooit zou vergeven. Hij zegt dat jullie trouwplannen hebben. Klopt dat?'

'Zoiets hebben we inderdaad afgesproken. Met dien verstande,' clausuleerde de Ander, en zijn rode mond verschrompelde tot een vijg, 'dat ik eerst mijn schulden moet afbetalen, en mijn Zwitserse zaken moet afhandelen en geld moet vinden om hier een praktijk en een huis te kopen en, nou ja, nog zo het een en ander.'

En nog zo het een en ander. Prachtig, al die ontbindende voorwaarden. Gijselhart had geen moment hoeven vrezen dat deze man serieus met Prul wenste te trouwen. 'Eerlijk gezegd begrijp ik niets van mijn zoon,' zei hij gul. 'Zijn hoofd zit vol zwarte fladdergedachten. Allemaal wind en duisternis.'

'Een vader die niets van zijn zoon begrijpt!' De Jood schudde zijn hoofd. 'Wat is de erfelijkheid toch een geheimzinnig iets. Gelukkig is mijn Victor in alles precies zoals ik en kan ik nu een tijdje hier zijn om met mijn voorbeeld zijn natuurlijke aanleg in de gewenste banen te leiden. Een jongen die zonder zijn vader moet opgroeien loopt groot gevaar om een homofiel te worden, weet u.'

Nee, daar weet ik niets van! Wat een lef, om dat lijmige woord in vrijwel dezelfde adem te noemen met vaderschap en erfelijkheid. 'Nou, een jood heb je alvast van hem gemaakt, dus dat kan er nog wel bij.'

De Ander had het glaasje advocaat naar zich toe getrokken en een volgeladen lepeltje naar zijn lippen gebracht. Met de bolle kant boven legde hij het op zijn tong, waarna de tongpunt langzaam door de lepelholte werd getrokken. Gijselhart zag hoe het dikke spul zijn slijmvliezen prikkelde, hoe er in zijn mond zachte smaakontploffinkjes plaatsvonden, waarbij heerlijk scherp onmiddellijk beloond werd met nog heerlijker zoet. 'Voor de joodse wet is Victor helemaal geen jood,' zei de Ander met veel spuug. 'Alleen voor de nazi's. Voor de nazi's zou hij hooguit een halve jood geweest zijn.'

'Een halve jood, maar helemaal dood. Nee, dat is iets vreselijks waarmee je hem hebt opgezadeld. Ik ben zelf vaak genoeg voor vuile rotjood uitgescholden om te weten wat het is. Wat vroeger wel een witte jood genoemd werd, dat ben ik,' bekende Gijselhart, en hij verzuchtte: 'Ach, die joden van vroeger, Judas Hachelaar, Judas Orgelist, Judas Agurkiesman – waar zijn ze gebleven?' Je zou haast denken dat hij ze zelf stiekem had opgepeuzeld, zo schijnheilig vroeg hij dat.

De Ander zat gepikeerd te blazen. 'Allemaal sappeljoden, zo te horen! In mijn familie zul je geen marskramers vinden. Mijn voorouders zijn in de vorige eeuw uit het Rijnland gekomen. Wij hebben vroeger textielfabrieken bezeten. Een eersteklas afkomst, dat is waar ik Victor mee heb "opgezadeld". En van u, meneer Gijselhart, heb ik een grootvader gemaakt, een achtenswaardig man. Iemand van uw jaren moet zijn kindskinderen gezien hebben, anders heeft hij niet ten volle geleefd.'

Gijselhart waande zich haast weer in een vooroorlogse uitdragerij, waar de voddenjood zijn achenebbisjhandel met slissende tong omtoverde in een schatkamer. Toch had hij wel een beetje gelijk, deze Pechman, die stokoud moest worden wilde hij zijn eigen kindskinderen te zien krijgen. Het was niet zomaar wat vuilnis, wat je bij terugkeer in de christelijke wereld in je handen bleek te houden. Gijselhart had zich sinds de geboorte van Victor inderdaad voor het eerst een achtenswaardig man gevoeld. Op een tikkeltje dankbaarheid mocht de Jood wel aanspraak maken, te meer omdat zo'n tikkeltje een tik voor Leendert zou zijn.

Hij stuurde het gesprek in kalmer vaarwater, naar de tijden, die slecht waren, zoals de tijden meestal zijn, en klaagde dat er te weinig geld onder de mensen zat. Pechman klaagde op zijn beurt dat er geen amandelen meer gepeld werden. (Hij was zeker een amandelpeller, zoals je ook tandartsen had die alleen kiezen trokken.) 'Wordt niet meer gedaan. Vindt men ouderwets. Ik heb nog meegemaakt dat we vier kinderen in één bedje legden en van 's ochtends acht tot laat in de avond sloederden, zoals dat heet in onze vaktaal.'

Ze spraken over het landsbelang en waren het met elkaar eens dat het hemd nader is dan de rok. Gijselhart, wiens gedachten door de Jood fataal naar de oorlog werden getrokken, schetste een jongere Gijselhart met puttees en op zijn hoofd een sjako, die verruild moest worden voor een helm. 'Vaderlandsliefde is iets prachtigs, maar net als alle liefde moet ze wel van twee kanten komen. Ik vond het niet aardig van het vaderland dat het me vrijwel in mijn eentje op de moffen afstuurde. Eén nuttige les had ik in het leger geleerd, namelijk dat granaten nooit tweemaal op dezelfde plek inslaan. Ik ben van krater naar krater gesprongen en zo heb ik me het vege lijf kunnen redden. Tot heil van het vaderland. Want mij heeft het na de oorlog nog een paar belastingstuivers afhandig kunnen maken, maar wat is het beter geworden van al mijn dode kameraden? Geen cent toch. Eigenbelang *is* landsbelang.'

'Mijn idee, meneer Gijselhart!' lachte de Ander. 'Als iedereen zo verstandig was als u, dan zou deze wereld stukken veiliger zijn. Ik zeg altijd: Mijn vaderland ligt me zeer na aan het hart.' En hij klopte zich op zijn colbert, ter hoogte van waar hij zijn portefeuille bewaarde, een draagbaar, uitvouwbaar en – nu wist Gijselhart het zeker – belastingvrij vaderlandje. De achtenswaardige mond lachte twijfelachtig met de bandiet mee.

Gijselhart stond op. 'Nu hebben we toch prettig gebabbeld, nietwaar? Wat ik zeggen wou, Pechman: doe niet zo ongezellig en kom voortaan beneden zitten, bij ons.' Gooi alsjeblieft je ballen in onze politieke soep, Pechman. 'Er is geen enkele reden om je te verschuilen. Dat geweer is allang terug naar de rechtmatige eigenaar, vraag het maar aan Prul. En van mijn zoon zul je geen last hebben, dat garandeer ik je.'

's Avonds zei hij tegen Leendert: 'Wat jij gaat doen weet ik niet, maar ik heb vrede gesloten met de Jood.' En aartsvaderlijk met zijn vuist op het tafelblad timmerend: 'Ik duld geen onenigheid onder mijn dak. Ik ben een oude man, en ik wens niet te leven in een door twisten verscheurd huis. Hij valt me trouwens honderd procent mee, die... Bruno.' O wat keek zijn zoon vies, toen hij bakvisachtig schuchter 'Bruno' zei!

Magda kwam hem argwanend melden dat Bruno hem geprezen had. Prul, je Pappie is een verstandige man, had hij met zoveel woorden gezegd. Wat had dat te betekenen? Nooit eerder had iemand Gijselhart verstandig genoemd.

Bruids- en grafwerk

'Er was eens,' vertelde Pechman, 'diep diep diep in Afrika een groot leeg land waar het nog heter was dan in een spoelkeuken, en niemand wist dat zich in dat land het precieze midden van de wereld bevond. Met leeg bedoel ik niet dat er geen bomen groeiden, want die groeiden er wel: hoge pluimachtige bomen die jufferachtig rilden in de hitte. En met leeg bedoel ik evenmin dat er geen beesten waren, want die waren er ook: luie beesten die traag in de zon lagen te woelen en daarbij geeuwden als ophaalbruggen, en ook snelle beesten die voortijlden over de horizon en met hun voeten nooit de grond leken te raken. Maar mensen, die waren er niet en er was ook niets dat door mensenhand was geschapen. Het was een groot leeg heet land en dat was het altijd geweest en dat zou het ook altijd gebleven zijn als niet vanuit het noorden een neger het land was binnengewandeld en tegelijkertijd vanuit het zuiden een jager.'

Loom en zangerig vertelde Pechman zijn verhaal, zittend op de trap naar het hangkamertje. Victor luisterde devoot op zijn knie. In het donker boven aan de trap, achter de deur die op een kier stond, luisterde nog iemand, iemand die Pechman haatte, die de geschiedenis van het vlees oudtestamentisch vervloekte – *Ze steunen op verzinsels, spreken valsheid. Gaan zwanger van gekonkel, baren onheil.* Broer zou de deur wel willen dichtdoen, maar dat gebaar zou contact met de indringer betekenen. Zelfs zo'n vijandig contact was hem te veel. Dus moest hij blijven luisteren; het verhaal hield hem gevangen.

'Het scheelde maar een haartje of de jager en de neger waren elkaar niet tegengekomen en het land was weer even leeg geweest als voorheen. Dan had deze geschiedenis niet verteld hoeven worden. Maar ze liepen elkaar tegen het lijf op een plek die datzelfde ogenblik het precieze midden van de wereld werd. En datzelfde ogenblik klonk uit de hemel een donderstem die zei: "Uw jager zij jager, uw neger zij neger." En de beesten woelden en ijlden gejaagd en de pluimbomen negen hoewel er geen wind stond.

De jager had nooit van zichzelf geweten dat hij een jager was en de neger was zich al even onbewust geweest van zijn negerschap. Ze hadden beiden rond van onwetendheid over de aarde gerollebold, zonder benen, dik tevreden, en nu, op dat plotselinge middelpunt, begonnen ze zich te ontpoppen: de neger kreeg kroeshaar en de jager sluik haar, de neger werd zwart en de jager blank, de neger droeg een rokje en de jager een halfkorte broek. Ze bevochtigden een vinger en wreven over elkaars huid om zich van de kleurechtheid te vergewissen Ze trokken een haar uit elkaars hoofd en spanden die als een snaar tussen hun tengels. Ze keken elkaar in de keel om te zien of ze vanbinnen ook verschillend waren.

Vanbinnen hadden ze allebei de kleur van varkensvlees en bij nader inzien was de neger niet zwart, volgens de jager, maar donkerbruin, en volgens de neger was de jager niet blank, maar roodgevlekt. De neger had ontegenzeggelijk kroeshaar, maar de jager had krullen. Dat was allemaal zo erg nog niet – 's nachts is het ook niet pikdonker en geen straat zo zonnig of er is wel een streepje schaduw –, maar dat de neger een speer in zijn roze handpalm klemde alsof hij een jager was, dat was een onduldbare inbreuk.

"Geef op die speer," zei de jager. "Ik ben de jager hier."

"Geef me je krullen, geef me je sproeten, dan krijg je mijn speer," antwoordde de neger. "En trouwens, neger ben je, jager kun je worden."

Die bezwaren waren niet eens zo onredelijk, vond de jager, en omdat hij niet wist wat hij er anders tegen in moest brengen, zette hij zijn geweer ertegen in. Hij zette het aan zijn schouder, maar nog voor hij kon aanleggen had de neger slim zijn speer in de loop gestoken. Die loop zat nu potdicht als een Hollandse winterneus. De jager probeerde de speer los te wrikken, maar de speer brak af en in het stuk dat de loop verstopte was geen beweging meer te krijgen. De bomen en de beesten, die de schermutselingen respectievelijk roerloos en ademloos hadden gadegeslagen, begonnen weer vredig te knikken en te schudden.

"Jammer dat je geen geweer meer hebt," zei de neger. "Ik zou best nog eens mijn speer in de loop willen steken. Jammer dat ik geen speer meer heb."

"Jij bent zonder speer nog steeds een neger. Maar wat ben ik zonder mijn wapen?" kermde de gewezen jager. "Een man met drieëntwintig sproeten, terwijl jij een en al sproet bent." En verdrietig ranselde hij de neger met het afgebroken eind van de speer.

De neger en de gewezen jager gingen toen hun wijfjes halen en ze bevolkten het grote lege land met generaties negertjes en voormalige jagertjes, zodat het er steeds voller en kleiner werd. Op school leerden de kinderen hoe ze allemaal tegelijk "O negerland mijn jagerland" moesten zingen en het verlies van dat ene geweer werd honderdduizendvoudig goedgemaakt. Maar telkens wanneer heden ten dage zo'n gewezen jager een neger tegenkomt welt het verdriet van zijn oervader in hem op en...'

De wind kroop onder het hooidek. Het plastic repelde, de touwen knerpten. Het verhaal werd overstemd door de harde, vermoeide slagen van het dek tegen de spanten, het stuiptrekken van een reusachtige vogel. *Addereieren broeden ze uit en spinnewebben weven ze aaneen,* vloekte Broer. *Wie van hun eieren eet gaat dood. Breekt men ze open, een slang schiet eruit.*

Pechman had aan de uitnodiging gevolg gegeven. Hij was achter Pruls rug vandaan gekomen en afgedaald naar de begane grond. Daar tilde hij deksels van pannen, deed op eigen gezag nog een snufje zout bij het eten. Nam de telefoon aan en blafte kortweg 'Pechman!' in de hoorn. Bij het boograampje in de woonkamer trok hij de sigaren van Gijselhart onder zijn neus door en legde ze misprijzend terug in de doos. Hij haalde gemalen schelpen voor de kippen. De kippen knapten ervan op.

Voortaan zat hij met zijn glaasje advocaat in de tuin, op een klapstoel, bij de lobelia's die blauw voor de vensterbanken dartelden, naast de vrijwel rijpe tomaten voor de muur met de littekens, of in de schaduw van de door wespen omdreinde perebomen. Wanneer je binnen een straal van vijf meter rond de klapstoel kwam ging de mond van Pechman automatisch open, zijn wenkbrauwen gingen steil staan, liberaal gefoeter verstoorde de Doornenhofse rust. Want het was een dolle wereld waarin B. Pechman leven moest. Een wereld die haar eigen middelpunt, B. Pechman, niet wilde kennen. Zijn eigen zuster ontzegde hem de toegang tot zijn eigen huis. Zijn zogenaamde collegae beletten hem de uitoefening van zijn beroep in eigen land. Als hij niet uitkeek werd zijn eigen zoon tegen hem opgezet. Boven was hij een deerniswekkende gevangene geweest, maar hier stak hij een wijsvinger in zijn oor wanneer Gijselhart iets terugzei, en liet die daar drillen tot de verstandige man was uitgesproken.

Broer en A.W., zelfs Magda, liepen met een grote boog om hem heen. Alleen Victor was graag bij hem. Victor hoefde zijn stem maar te horen of hij kraaide van plezier. Tegen zijn 'prinsje', zoals hij de jongen noemde, kon Pechman tomeloos leuteren. 'Je moeder, mijn prinsje,' hoorde Broer hem eens hardop mijmeren, 'die heb je nodig in je luiertijd, wanneer je hand je mond nog niet weet te vinden, om je buikje te vullen en je stront op te ruimen. Maar straks, wanneer je genoeg hebt van die dierlijke moederliefde, wanneer je de jaren des onderscheids bereikt, dan kom je vanzelf naar je vader, die steeds op je heeft gewacht. Hij zal je wegwijs maken in de grote wereld. Hij is opgegroeid in het donker, hij ziet bij het licht van zijn eigen ogen. Hij is een schriftgeleerde, een droomduider, hij zal nooit verdwalen in de piramide!'

Wat niemand gelukt was lukte Pechman: Victor werd eindelijk wakker uit zijn sloomheid. Op een keer toen Broer uit zijn horst kwam zag hij dat de jongen een vet knietje op de onderste traptree had gelegd en zich aan de volgende tree omhoog probeerde te worstelen. Zodra hij zijn oom gewaarwerd staakte hij die pogingen en keek hem aan, voor het eerst, met lachende ogen. Een fontein van veelkleurige kreetjes klaterde langs de treden omhoog. Snel kwam Broer naar beneden en pakte hem bij zijn polsen. Half zwevend, half stappend, klokkend en murmelend, beklom Victor de veertig treden naar het giereverblijf. Maar in dat kale en donkere vertrek, waar het rook naar wee plastic, stof, muf hout, drong het tot hem door dat hij met Broer alleen was en liet hij zich onwillig neerploffen op de planken vloer. Met zijn beentjes voor zich uit krijste hij, krijste tot het Broers eigen zenuwen leken die krijsten. *Wie van hun eieren eet gaat dood. Breekt men ze open, een slang schiet eruit.*

Deze keer had Gijselhart met zijn Realpolitik een chaos gesticht die hij niet beheersen kon. Rond de as Victor-Pechman was zich op de Doornenhof een omwenteling aan het voltrekken en de vredevorst en vader voor immer kon er niets tegen doen. Naar de bevelen die hij uitvaardigde ('Kom eens in mijn huisje, Victor!') werd niet meer geluisterd. Hij was een dictator in zijn nadagen. Somber zat hij aan de keukentafel en spuwde met wrange mond druivepitten op een bord. O die Jood, die infiltrant, die kletsmeier!

Hij was blij toen Pechman na een paar weken zijn vleugels wat verder uitsloeg en met zijn morganatische zoon uitstapjes ging maken. Had hij tenminste eventjes rust. Het waren voorzichtige uitstapjes, aanvankelijk, die terdege werden voorbereid. De Jaguar werd gewassen, Prul kocht nieuwe schoentjes voor Victor en pakte voor onderweg leeftocht en luiers in. Bij de poort keek ze de auto na tot die van de Doornenhofseweg was verdwenen, om dan droefgeestig naar het huis terug te dwalen, een haarstreng om een vinger windend, als was het een afscheid voorgoed.

Het eerste uitstapje voerde tot twintig kilometer van het dorp, naar het internaat voor schipperskinderen waar Pechman tijdens de oorlog met zijn zuster ondergedoken had gezeten. Het liefst herinnerde hij zich de Esther van toen, die een jaar of tien, twaalf was geweest, en het allerliefst de 'Essie' van de paar weken dat ze samen geelzucht hadden en apart gehouden werden van de andere kinderen. Ze moesten in bed blijven, hoewel ze zich kiplekker voelden. Ze kregen glazen karnemelk met een twee duim dikke bodem suiker. Borstplaat zelfs, midden in de oorlog. En het zaligst van al:

tegenover elkaar hoefden ze niet de schijn op te houden dat ze uit De Lemmer kwamen en dat hun ouders op een schuit van honderdzesentwintig ton zand en grind vervoerden. 'Ik heb me nooit meer zo vrij gevoeld als op dat ziekenkamertje,' zei hij. 'Ik heb nooit meer zoveel plezier gehad. Samen anders is veel knusser dan hetzelfde als iedereen.'

Het bezoek aan het internaat was een triomf. Alle nonnen waren langsgekomen in de ontvangstkamer om het kind te bewonderen. Eerst de oude nonnen, die zich Pechman nog wisten te herinneren van veertig jaar geleden, daarna ook jongere nonnen in korte rokken. Geen van allen wilden ze zich de kans laten ontgaan om een kindje vast te houden. Ze hadden Pechman thee geschonken en die was nog even zwart en bitter geweest als vroeger. Een kortgerokte non was naar de bakker gefietst om lange vingers te kopen. Die werden in de thee gedoopt en aan Victor gevoerd en natuurlijk morste hij, de kleine smeerpoets, en moest hij worden schoongewreven en bemoederd, besnuffeld en door zijn zijige haar gestreken. De tuinnon had Victor meegenomen naar het konijnehok. Daar was een blaadje sla met rukjes weggeknabbeld uit zijn hand en hij had gehikt van het lachen. Even later was hij op de tuinnon haar blauwe voorschoot pardoes in slaap gevallen. Soezerig was het geweest rondom de slapende guit, vredig, en er was zachtjes gevraagd of Pechman nog meer kinderen had. Wat moest hij zeggen, nu hij met Victor zoveel eer had ingelegd? Hij had er twee kinderen bij verzonnen, uit een eerder huwelijk (de nonnen hadden kies gezwegen), en meteen ook een drukke praktijk. Het joodse verschoppelingetje van weleer was de held van de middag geweest.

Het was een herboren Pechman die op de Doornenhof van het bezoek verslag deed. Allerlei accessoires werden onder het praten terloops opgediept uit de veertien zakken van zijn kostuum. Etuitjes en foedraaltjes van soepel leer dat bevingerd en gestreeld wenste te worden, met daarin leesbril, autobril, nagelgarnituur, tensieboog. Gewichtig zat hij daarmee te spelen. Met een zilveren mesje werd een peer geschild en toen de peer op was boerde hij zoet. Hij was de man die alles al heeft, een zoon incluis.

Hij ging door met zegevieren, hij kon er niet meer mee ophouden. Om Victor alvast te laten wennen aan zijn voorname afkomst nam hij hem mee naar zijn oude kinderloze oom Jaap in Zeist. Oom Jaap had willen weten wat dat voor kind was en Pechman had geantwoord: 'Dat is mijn zoon, oom, hij heet Jacob.' En oom Jaap had gezegd: 'Ik wist niet dat je getrouwd was,' en Pechman: 'Getrouwd, wat is tegenwoordig nog getrouwd, oom? De moeder is een vrouw met moderne opvattingen, de huwelijksband zou haar maar beknellen, maar is dat een reden om het kind onecht te noemen? Kijk eens naar dat gezichtje, als dat geen certificaat van echtheid is – zijn hele stamboom staat erin gegriefd!' 'Gegrift, Bruno,' had oom Jaap gezegd, en Pechman: 'Hij heeft de neus van grootvader, ziet u wel? En het voorhoofd van oom Bram, en die mond, dat is toch zuiver de mond van oom Simon? En van u, oom Jaap, heeft hij de hartelijkheid en het gevoel voor humor.' 'Hij heeft blond haar en blauwe ogen. Als zijn moeder van die eigentijdse opvattingen heeft, hoe weet je dan zo zeker dat het jouw kind is?' Drieëntachtig was oom Jaap, maar knollen voor citroenen liet hij zich nog steeds niet verkopen. 'Alle baby's hebben blond haar en blauwe ogen, oom, dat trekt nog wel bij.' En zonder verder heen-en-weergepraat had hij zijn omgedoopte kind bij de grijsaard op schoot geplempt. Die had een glazige, geplooide wijsvinger naar het dier uitgestoken en het ernstig onder het kinnetje gekrauwd. Victor was een erfgenaam, Pechman durfde er zijn kop onder te verwedden!

Hop hop hop mijn paardje, met je vlossenstaartje! Zingend, fluitend, het kind met de veiligheidsriem tegen zijn buik aangesnoerd, reed Pechman langs bij alle Pechlieden die er te vinden waren, tot in de derde graad. Victor was nu Jaapje, om hem wat voorlijker te doen lijken was zijn leeftijd verlaagd tot tien maanden, de onbekende moeder heette ziek, of bij de kapper, of ook wel dood te zijn. Alleen het bezoek aan Esther werd telkens verdaagd, hoezeer Pechman 'ondanks alles' ook op haar gesteld was. Totdat Esther zelf naar de Doornenhof belde. Van Pechlieden uit alle windstreken hoorde ze dat hij een kind had verwekt. Met die nieren van hem, zonder een behoorlijk dak boven zijn hoofd! En de draagmoeder – de Pechlieden hadden haar de oren van het hoofd gevraagd wat die draagmoeder wel voor iets moois mocht zijn dat Bruno zich niet met haar durfde te vertonen. Ze eiste uitsluitsel.

Tegen het eind van augustus toog hij met Victor, doch opnieuw zonder Prul, naar Amsterdam. De ontvangst was weer niet hartelijk geweest, vertelde hij naderhand. Esther was niet meer de Essie van toen. Ze had Pechman de huid volgescholden. Ze was een heks. Maar Victor had ze tussen haar knieën gehouden en toen hij zanikte omdat een van zijn schoentjes knelde – wat groeide die jongen toch hard! – had ze het hem uitgetrokken en de benarde voet tot de hiel in haar lelijke mond gestopt. Hij moest eens wat vaker met Victor bij haar op bezoek gaan, misschien zou het dan toch nog goed komen tussen hen beiden.

Geen detail van de uitstapjes werd de Gijselharten onthouden. Ze luisterden apathisch. Ze zeiden niets. Victor lachte immers. Hij liep. Hij brabbelde. De dag kwam dat hij ineens de beginselen van de zindelijkheid snapte. Hij was uit de luiers. Pechman was blijkbaar precies wat Victor nodig had.

Bij één uitstapje mocht hij zijn vader niet vergezellen. Het was zakelijk van aard en duurde een hele week. 'Tati! Tati!' riep hij telkens wanneer er een auto over de Doornenhofseweg kwam. Er stak een woest verlangen in de jongen op, dat hem stuipen bezorgde, hoge koorts en schuim op de lippen, drie dagen lang. De rest van die week was hij weer de slome, pre-Pechmanse Victor geweest.

En nu was alles veranderd. Prul was weg. Het was het laatst van de nazomer, of het vroegste begin van de herfst zo je wou. September. Een boomblad zeeg naar het gras, om een onzichtbare as wentelend, tegen de klok in. De zucht die je zou verwachten toen het na een ogenblik weifelen de grond raakte bleef uit. In de tuin van de Doornenhof stond een precies zonlicht. Aan de lijsterbessen langs de betegeling van Garage Roelofs was elk blad een afzonderlijk draakje tegen de lichtblauwe hemel. Ook Gijselhart en zijn zoon, die in de tuin zaten, de stoelen haaks ten opzichte van elkaar, hadden scherpe contouren. De hele zomer waren ze groter dan zichzelf geweest. Nu hadden ze exact hun eigen afmetingen.

Twee, drie bladeren tegelijk beschreven pijpekrullen door de lucht. Gijselharts ogen draaiden naar de kraakheldere hemel. Ze zaten hier wel bij elkaar, hij en zijn zoon, maar dat had niets te betekenen nu Prul weg was. Ze was met Victor in de poenige Pechmanwagen gestapt en naar het buitenland gereden. Zodra de wagen de straat opdraaide was haar wuivende hand uit het raampje naar binnen getrokken. Dit afscheid had op geen enkel voorgaand afscheid geleken. De Prul die wegreed was een veranderde Prul. 'Ik ben van geen enkel belang meer,' was sinds de komst van de Jood haar houding geweest. Als een spin had ze een cocon voor haar larf geweven. Als een spin was ze gelaten weggekwijnd. Haar bestemming was tevens haar verdwijnpunt. Adieu, Prul labyrinthica! Je hebt jezelf uit de weg geruimd met je gekonkel, je bent een echte dochter van je vader. De poort zat weer dicht, Gijselhart had de ketting er weer aangehangen.

Broer hoorde zijn adem schuren, gejaagd, haperend. Hij had het geluid voor het eerst gehoord toen Gijselhart het nieuws bekend maakte. 'Ze gaat met het koekoeksjong naar koekoeksklokkenland!' Als een boos kind, met opgetrokken schouders en gebalde vuisten had zijn vader tegenover hem gestaan. 'Bruno moet terug naar Zürich om daar zijn fabuleuze zaakjes uit de knoop te halen, kwam ze haar Pappie zojuist vertellen. Ze heeft besloten om met hem mee te gaan. Werk heeft ze al, daarginds, als praktijkwaarneemster. Zij gaat de centjes verdienen en die pooier gaat zijn hand ophouden, vertelde ze me twee minuten geleden heel eerlijk na er een maand haar bek over gehouden te hebben. Je zou haar toch wat! Waaraan heeft die Jood mijn Prul verdiend? Heeft hij geen oog dichtgedaan toen ze in haar wieg lag te schreien, heeft hij haar bloedend van de straat opgeraapt, heeft hij jarenlang last gehad van haar hoofdpijn? Nou dan! Wie heeft er ernstig gekeken toen iedereen haar uitlachte? Ik toch! Aan elke nuk en gril van haar heb ik toegegeven om haar niet kwijt te raken en het enige dat ze steeds gewild heeft is weg van mij, met de muziek mee. Bij de eerste gelegenheid ruilt ze me in voor een ander en geeft hem kosteloos een zoon op de koop toe. Waarom wil ze wel zijn leven delen en het mijne niet? Wat kan die Jood haar meer bieden dan ik, behalve een hoop misère en kapsones?' Hij spitste zijn oren en zweeg, als klonk er een antwoord op die vraag. Zijn borstkas pompte en voor het eerst hoorde Broer dat geluid van rafels en gaten. Hij rook zurige adem. Gijselhart schreeuwde: 'Maar ik rij gewoon achter haar aan met de aanhanger. Ik zal haar de piano achternabrengen, al moet ik er de Alpen voor over. Ik breng de hele reut achter haar aan en dan moet ze me eens de deur durven wijzen. Ik neem mijn timmerkist mee en mijn bankje en ik zal voor de kleine een hekje maken boven aan de trap en gordijnrails voor haar ophangen en de Jood zal erbij staan met zijn lamme poten die alleen kunnen sloederen en zelfs dat niet. Ik zet een fles jenever in de ijskast en ik schilder het huis dat ze daar gehuurd heeft van boven tot onder zachtgeel. Ik heb achter nog een bus van die verf staan. Barstend heimwee zal ze krijgen. Prul kan niet zonder haar vader. Alleen met mij erbij kan ze die Jood verdragen. Als ze mij niet meer heeft om te pesten met die Jood, dan heeft ze hem nergens meer voor nodig. Dan is ze binnen een maand weer terug, let op mijn woorden. Ik laat me niet belazeren, wat denkt ze wel. Nee,' rochelde hij, 'dan kent ze haar Pappie nog niet als ze denkt dat ze hem belazeren kan.'

Hij had zijn duimen in zijn vuisten verstopt gehouden terwijl hij tegen zijn zoon stond te schreeuwen. Hij was ziek, besefte Broer toen. Onzichtbare wezentjes waren in hem aan het kluiven, met myriaden knabbeltandjes. Het eenzame lichaam, dat Broer in de tuin scherpomlijnd naast zich zag zitten, werd vezeltje voor vezeltje verteerd door de sarkastische infanterie van de dood. Alles was tot stilstand gekomen en onbereikbaar geworden nu Prul weg was. Prul was weg en het achtergebleven vlees had geen geschiedenis meer. Vrijwel pijnloos, met een tinteling die niet van leven te onderscheiden was, knauwden de knabbeltandjes kriskras hun gangen door het geschiedenisloze vlees. Poreus zou het straks in elkaar zakken.

Tijd voor een liedje, vond Broer. Een hoogliedje op de dood. Zijn zelfmoordgedachten waren niets anders dan ongeduld geweest. Hij was niet meer ongeduldig. Hij meende nu te weten wat de verbazing van zijn rijpere jongen betekend had. Zelfmoord was een kamertjeszonde vergeleken met de bruidsnacht waarmee zijn geduld beloond zou worden. De dood, daar kon je staat op maken, die zou nooit verstek laten gaan. Zekerheid die alles onzeker maakt, neuriede hij, trouwe allemansvriend, niet-zijn dat, meer dan wat ook, *is*, aan jou ben ik al in de moederschoot uitgehuwelijkt. Ik zocht naar jou en vond je niet en al die tijd heb je me naar het altaar geleid. Carnivoor der carnivoren, sarkofaag der sarkofagen, boven de miljarden steek je uit, als de poolster boven de zeeën. Je schenkels zijn cenotafen op basementen van graniet, je armen bekkenbrekers. Je voorhoofd is een grafsteen waar, als ik het mos heb weggekrabd, *mijn* naam op blijkt te staan. Je oog is een drenkeling in een poel, je wang een rotswand met een bakkebaard van alpinistenlijken. Je lippen vloeien van lava, in je keel staat het vuur waarin wij die niet trouwen branden moeten. (Kinderen van Babylon, kinderen van Egypte, hij is ons aller minnaar, ons aller geliefde.) Ondenkbare aan wie ik aldoor denken moet, ik zal jouw boodschap verbreiden onder de kinderen van Jeruzalem. Doodsrozen zullen ontspruiten aan mijn doornenstam. De zon zal nooit opgaan boven je Transsylvaanse imperium. Tot mijn vlees bruidswit is zal ik je werk doen, in de zekerheid dat ik door jou zal worden opgeheven en over de drempel gedragen, onsterfelijke dood.

III

Achter het licht

De dagen liepen nog krom onder de winter toen uit het duister van de buitenwereld de heer Cranckx de stationsrestauratie binnenwandelde. Een voor zijn dertig jaren ongewoon statig man, gekleed in deftige loden winterjas en driedelig streepjespak, hoed in de ene hand en in de andere een zware leren koffer, gevuld deels met pervitinetabletten, deels met morfineampullen.

In de restauratie overnachtte 's winters het uitschot van de stad. Om een uur of zes, zeven begon het binnen te komen. Het kocht aan het buffet flessebier, dat het met bevende handen in papieren bekertjes schonk, en dan bleef het drinken tot het in slaap viel. Om vijf uur 's ochtends, wanneer het etablissement voor een paar uur sluiten moest, werd het door dodelijk vermoeide kelners weer de vrieskou in gejaagd.

Aan de tochtige ingang stond Schoft. Schoft ging gebukt onder een bochel zoals Sint-Christoffel onder het kindeke Jezus. Hij postte hier vijfmaal per week om de treinreizigers deelgenoot te maken van Christus' boodschap. Hij verkocht brochures en een maandblad met de titel *Het Licht*. Maar de mensen praatten hier niet graag. De restauratie was onherbergzaam: zo hoog en breed dat je de hele ruimte en alles en iedereen erin in één oogopslag kon overzien. Het uitschot kroop bij elkaar langs de muren en liet het midden van de uitgestrektheid leeg, zodat de enkele treinreiziger die zich binnen waagde zich onmiddellijk bedreigd voelde en weerloos. Hij bouwde zich in tussen zijn koffers vol veiligmakende bezittingen en gluurde stom.

Schoft was ziek. Hij schilferde langzaam af. Wanneer hij liep dwarrelden de schilfers uit zijn mouwen en broekspijpen. Zo werd hij langzaam transparant. En wat door het dunner wordende omhulsel heen zichtbaar begon te worden was niet zijn naderende dood, maar, vreemd genoeg, een zachte, jeugdige glans.

Nauwelijks was Cranckx de grote glazen deuren gepasseerd of Schoft hield hem zijn waaier van pamfletten onder de neus. 'Meneer, mag ik...' begon hij, maar Cranckx duwde hem van zich af en liet zijn blik door de walmende ruimte waren.

Tussen het geelkoper van een tafeltje en een met geelkoper gelambrizeerde pilaster zat een travestiet: zwartgekouste, over elkaar geslagen benen, zilvergrijze pumps – één bungelend aan de losse voet – waarop tulen theerozen bloeiden, een japon van bleekrode cheviot, en onder een chic hoedje met opgeslagen zwarte voile, onder een krullende pruik in herfsttinten, droeg ze een geblanket gezicht met twee torren van ogen en een mond als een geprepareerde rode vlinder. Cranckx zette zijn koffer voorzichtig bij het tafeltje naast het hare. Terwijl hij zijn hoed voor zijn borst hield en lichtelijk vooroverneeg, verzocht hij: 'Als ik u niet ontrief, mevrouw, zoudt u dan zo vriendelijk willen zijn om even op mijn spullen te letten?'

Haar oogjes glommen van welwillendheid. Ze gaf een stijlvolle knik die haar hoedje deed wankelen en toen hij terugkwam van het buffet met een kopje koffie nodigde ze hem uit om bij haar aan het tafeltje te komen zitten.

'Mag ik me eerst even voorstellen? Dokter Cranckx.'

Ze nam zijn gehandschoende hand in de hare. 'Miss Troostig. Aangenaam.'

'Wat een allercharmantst pseudoniem!'

'Koud weer de laatste tijd.'

'Zegt u dat wel. Bitter koud.'

Hij stroopte zijn handschoenen af en wierp ze in zijn hoed. Zijn handen waren als zijn gezicht: lang, bleek, mager. Miss Troostig was stil verrukt van zijn grote ronde polshorloge waarvan de cijfers waren ingelegd in een parelmoeren fond. Zijn sluike zwarte haar droeg hij zorgvuldig naar achteren gekamd met een scheiding links. Hij had een mooi gaaf gebit en vreemde ogen met heel wijde pupillen die altijd ernstig stonden, ook als zijn mond lachte. Ze had het gevoel dat ze hem ergens van kende.

Miss Troostig was, zoals gebruikelijk op dit uur van de avond, een beetje aangeschoten. Voor haar op tafel stond een heel assortiment lege bierflesjes. De conversatie was levendig.

'Ik ben nogal veel op weg omdat ik reiziger ben,' vertelde Cranckx. 'In medicinale poedertjes, drankjes, pilletjes, noem maar op. Als u ooit een naar adem happende wildeman mocht tegenkomen, juffrouw Troostig, met de bibber in zijn benen, stuurt u hem dan gerust naar dokter Cranckx. Ik weet hoe ik hem beter moet maken.'

'Ach zo.'

'En wat doet u voor de kost, als ik vragen mag?'

'Wat zal ik u zeggen? Ik zit hier elke avond en weet bij God niet hoe ik mijn weduwengeld moet opkrijgen.'

Vol welbehagen schurkte Miss Troostig zich in haar stoel en wel zo dat haar been dat van Cranckx lichtjes raakte. Hij trok niet terug en waarom zou hij ook: grotendeels werd het gesprek toch al onder de tafel gevoerd.

Maar Cranckx was daarvoor niet gekomen. Hij zocht iemand, legde hij uit, een zeer beminnelijke, roodharige dame, die dit lokaal ook placht te frequenteren. Het was jaren geleden dat hij haar het laatst had gezien, maar misschien wist Miss Troostig wie hij bedoelde. Ze heette Edith.

Miss Troostig trok van schrik haar been in. Ze herinnerde zich nu waar ze Cranckx van kende. 'Edith is mijn hartsvriendin,' vertelde ze, 'maar u zult haar hier voorlopig niet meer tegenkomen.' Ze boog zich naar hem toe en fluisterde met een gemene twinkeling in haar ogen: 'Ze zit voor een paar maandjes vast in de Koepel. Winkeldiefstal.'

Ze verzweeg voor Cranckx dat ze zelf aan het feit medeplichtig was geweest. Op een koude middag, toen ze weer hard toe waren aan wat lingerie, waren ze spiernaakt onder hun bovenkleding gaan winkelen. Ze had in een paskamer gestaan en net drie behaatjes om haar borst gegespt, toen ze van griezelig dichtbij een stem hoorde zeggen: 'Wilt u maar even meekomen, mevrouw?' Eerst dacht ze dat die woorden tot haar gericht waren, maar er gebeurde niets. Toen had ze het gordijn een klein stukje opengetrokken. Ze zag een winkeldetective. Hij hield de arm vast van Edith, die als gehypnotiseerd stond te staren naar de kier in het gordijn, met ogen als alarmschellen. Een witte, een roze, en een blauwe onderjurk kwamen maar al te duidelijk onder de zoom van haar rok uit. Even dacht Miss Troostig dat Edith tegen haar zou gaan schreeuwen, maar ze wist zich in te houden. Toen haar hartsvriendin was afgevoerd had ze snel een onderjurkje gepakt, dat ze vervolgens met kloppend hart was gaan afrekenen aan de kassa. Het bonnetje had ze zorgvuldig bewaard.

'Eeuwig zonde,' glimlachte Cranckx en na enig geschuifel vond hij haar been terug.

Wat een keurige heer was hij toch, wat een knappe man. Om haar warmere gevoelens voor hem op te drijven verstevigde ze het benencontact een beetje. Haar wangen begonnen te gloeien en ineens, omdat bij de gedachte dat hij haar straks alleen zou laten haar handen klam werden van het zweet, wist ze dat ze verliefd was. Even later stond ze op, midden in het gesprek, en zei met afgewend hoofd, terwijl haar vingers, die niets liever wilden dan Cranckx strelen, trillend haar manteltje dichtknoopten: 'Ik moet naar huis.'

En toen hij niets zei: 'Is het niet wat laat om nog een hotel te zoeken, dokter Cranckx?'

Toen hij nog niets zei: 'Als u het ongemak voor lief wilt nemen, dan... dan kunt u gerust bij mij overnachten.'

'Heel graag,' zei Cranckx.

Hij klopte zijn hoed af, zette hem op en deed kalmpjes zijn handschoenen aan. Zonder zich te haasten pakte hij zijn koffer. Miss Troostig mocht haar arm door de zijne schuiven. Maar op het triomfantelijke moment dat ze arm in arm met een echte heer de restauratie uit wandelde voelde ze een dorre, stoffige angst.

De hemelstolp glom, de sneeuw glinsterde, alles leek van glas buiten. Ze liepen in een glazen bol, bespied door een kwaadaardig grijnzende god. Ze stapte snel door. Af en toe zei ze iets dat rauw in haar keel bleef steken: 'Linksaf.' 'Hier rechtsaf.' 'Pas op.' 'Daar is het.'

Op de bovenste verdieping van een huis aan het eind van een doodlopende straat bewoonde ze een kamer met uitzicht op de spoorweg. Er was geen kachel, de elektriciteit was afgesloten. Maar het hele jaar door rook het er naar Fleurs de Rocaille.

Ze grabbelde in de zakken van haar bontmanteltje op zoek naar de sleutel. Uit de hoek van haar oog zag ze hoe Cranckx de zware koffer, die hij steeds zonder een spoortje van inspanning had gedragen, even neerzette en zich weer oprichtte. Hij richtte zich op met een aarzelende, een haast verlegen beweging en die beweging veranderde hem volkomen. Onder zijn strenge jas en streepjespak vermoedde ze nu een warm en vragend lichaam. Ze was niet meer bang. Ze was nog nooit zo verliefd geweest.

Cranckx bleef in de deuropening staan. Het maanlicht dat de koude kamer binnenviel maakte onderscheid tussen grijze, grijzere en zwarte tinten. Hij keek wat rond, pakte de koffer op en schoof hem onder het bed. Miss Troostig probeerde een grapje. 'Nu zullen we er in elk geval niet doorheen zakken,' maar het bevroor. Ze trok de dunne gordijnen dicht. Cranckx ging zitten en maakte zijn veters los. Zij moest zich nu ook uitkleden. De angst kwam terug. Met haar rug naar Cranckx toegekeerd liet ze zich snel de kleden van het lijf glijden. Toen ze naakt was – ze had een ouwelijk jongenslichaam, onbehaard, mager en hoekig – waste ze haar gezicht met ijskoud water. Ze moest zich inhouden om niet te trappelen van de kou. Daarna draaide ze zich om. Cranckx had zijn kleren netjes in de vouw over een stoel gehangen. Hij lag stil onder de dekens, zijn hoofd op zijn handen, en het was alsof alle duisternis van de kamer door zijn ogen in hem vloeide. Even wist ze, dacht ze te weten: ik zal nooit meer gelukkig worden, maar toen ze bij hem kroop en haar gezicht dat nog nagloeide van het koude water op zijn schouder legde, begon ze, onwillekeurig schreiend, als vanzelf zijn lichaam te verkennen met haar lippen en de toppen van haar vingers.

Dat was het begin van Miss Troostigs korte huwelijksleven. Cranckx liet de volgende ochtend een gaskachel plaatsen, kocht wat extra dekens, betaalde de huur, het gas, licht en water en bracht de koffers naar een geheime bergplaats. Voortaan ging hij elke avond mee naar de stationsrestauratie. Terwijl Miss Troostig op haar vaste plaats van haar bier zat te nippen, hield hij spreekuur aan de andere kant van de hal voor een tafeltje waarop hij zijn horloge, hoed, handschoenen, agenda en vulpen had gelegd. Broodmagere halfdoden kwamen de een na de ander hun opwachting bij hem maken en samen met hen stippelde hij de route uit voor zijn middagwandeling van de volgende dag. Iedere halfdode kreeg een codenummer dat met de tijd, de plaats en een symbool voor het te leveren artikel in de agenda werd bijgeschreven. 's Middags zette Cranckx zijn hoed op, hing een paraplu om zijn arm, stak een sigarenkoker met ampullen, een portefeuille met pilletjes en een stiletto in zijn binnenzak, kuste Miss Troostig op beide wangen en begon aan zijn wandeling die hem zou leiden langs openbare urinoirs, parkbankjes, bushaltes en ondergrondse voetgangersoversteekplaatsen.

Iedere ochtend bekeek ze, tronend voor haar spiegel, met diepe voldoening de zuigvlekken die Cranckx de nacht tevoren in haar hals gemaakt had. Een mooier collier kon ze zich niet wensen. En ze bespotte de overspeligen die hun vlekken moesten verstoppen onder sjaaltjes, halsdoeken en coltruien. Zij hoefde zich niet te schamen, ze had een man die van haar hield. Maar haar geluksroes was van korte duur.

Na een week al bleek Cranckx een erg lauwe minnaar te zijn. Meer en meer sloot hij zich op in zichzelf. Wanneer hij tegen de middag zijn bed uitkwam wond hij eerst met gefronste wenkbrauwen zijn prachtige horloge op; de rest van de dag liep af op de maat van het getik. 's Nachts voor het slapen gaan eiste Miss Troostig dat hij zijn echtelijke plichten vervulde, maar zijn lichaam was van rubber. Onder de druk van haar liefkozingen vocht het terug tot het zijn eigen vorm herwonnen had. Ze kon het strelen of kussen, ze kon het bijten of krabben; het gaf niets prijs. Dan maakte ze scènes.

'Waarom sta je met je rug naar me toe?'

'Ik kijk uit het raam.'

'Ik besta niet eens voor je.'

'Hoe zou ik je bestaan kunnen ontkennen?'

'Hoe? Door met je rug naar me toe te gaan staan! Wat is er toch verkeerd aan mij?'

'Ik zou het niet weten.'

'Alsjeblieft, Cranckx...'

'Ik weet het niet.'

'Je zou willen dat ik me niet zo optutte. Je walgt van me. Je hebt een hekel aan mijn soort. Zeg het maar eerlijk!'

'Doe maar gewoon waar je zin in hebt.'

Maar als hij zich zou omdraaien, dan waren er zijn ogen. Ze was doodsbang voor zijn ogen. Er lag een geheim ongeluk in besloten. De pupillen waren altijd verwijd alsof ze bedruppeld waren met belladonna, het giftige sap van de wolfskers dat ze zelf wel eens gebruikte om zich een mysterieuze blik aan te meten. Hij keek naar de duisternis achter het licht. Er lag zo'n eindeloze verlatenheid in zijn ogen. Hij keek aan alle kanten om haar heen en dwars door haar heen en ze durfde niet om te kijken om te zien waar hij naar keek, ze werd stijf van angst, alleen al bij de gedachte aan dat bodemloze gat dat achter haar lag, aan de eindeloze verlatenheid die in zijn ogen werd weerspiegeld.

'Was wissen Männer, die Männer, von Liebe?' zong Miss Troostig. Ze tuitte haar lippen, gaf een knipoogje hier, daar een rukje met de schouder. Ze zong het hele lied uit en bij de laatste regel, 'und kommen langsam vom Mann auf den Hund', sloeg ze, haast stikkend in een natte dronkemanslach, met haar beringde vuist op tafel. Ze was aangeschoten: het lauwe bier, de kleine, steeds snellere nipjes aan het papieren bekertje. Schoft hield van haar en nam al het hare voor lief. Hij zat bij haar aan tafel, herfstig afbladderend. Het uitschot hing in grijze jassen langs de muren. Het sliep of staarde; het stierf.

Toen Schoft zijn tas met tijdschriften en brochures had opgehaald, was hij, alvorens zich bij de ingang van de restauratie op te stellen, even bij Miss Troostig aangeschoven. Af en toe scheurde een ijskoude tochtscheut door de ruimte, die alle geur verjoeg. Maar de geuren keerden terug: vettige dampen van hot dogs, rookworsten en frieten kwamen weer aandrijven van het buffet, een vage koffiegeur en duffe, dode sigaretterook. Op de achtergrond de lucht die hoorde bij deze hal, het bezinksel van alles wat hier ooit gegeurd en gestonken had; en dan de bonte ruiker van parfums waarin Miss Troostig zich had verkleed, een vermoeden van bloemen.

'En wat weten de vrouwen van liefde?' schooljufferde Miss Troostig met opgeheven wijsvinger. Ze gaf zelf het antwoord: 'Sinds Eva komen ze uit elkaars flamoesjes gekropen. Ze pakken al mijn mooie mannen af om weer nieuwe vrouwen te maken. Ze houden alleen van zichzelf.'

'Wees niet zo bitter,' zei Schoft met bedroefde stem. Hij vertelde haar van de liefde van Christus, maar zag hoe alle woorden die hij aanreikte om haar te troosten, hoewel ze hem uit het hart gegrepen waren, tussen hen op tafel bleven liggen en onder de bleke ernst van haar ongeluk zelf verbleekten, onlichamelijk werden en doodgingen. Hij voelde zich ellendig.

Miss Troostig droeg een grote paarse hoed. Schoft was zover afgeschilferd in de loop der weken dat zijn hoofd en handen nog maar net uit zijn pak staken; zijn bochel rees daarentegen des te hoger boven zijn schouders. Maar ook die zachte jeugdige glans was sterker geworden en had bovendien een duidelijke kleur gekregen: bloosrood. Schoft bloosde als een zwangere vrouw.

Zij vroeg hem of de dokter hem nog iets verteld had, maar hij wilde niet over zichzelf praten. Zij vertelde hem over Cranckx.

'Ik heb vaak geprobeerd dokter Cranckx te benaderen,' zei Schoft, 'maar hij is een zeer ontoegankelijk man.'

'Praat me er niet van,' zei Miss Troostig. 'Ik hou zo zielsveel van hem, Schoft. Ik weet niet wat ik doen moet. Hij ziet me niet eens staan.'

Schoft sloot zijn ogen en voelde hoe zijn lichaam in die duisternis werd opgetild, niet door de armen van een moeder om warm te worden ingestopt in het geloof, maar aan de takel van de twijfel – die hem ergens in eenzaamheid liet vallen. De dokter had hem verteld dat het spoedig afgelopen zou zijn. 'Ik durf u dit te vertellen,' had de dokter gezegd, 'omdat ik weet dat u een diepgelovig mens bent.' Hij besefte nu dat er behalve de draaiing van het leven met de tijd mee, van nacht tot dag en van dag tot nacht, ook nog een zijwaartse beweging was, een veel langzamere, die maakte dat hij, naarmate hij ouder en zieker werd, niet langer vooruit leefde, maar naar opzij draaide en nu, ten slotte, keek hij achteruit, met zijn gebochelde rug gekeerd naar de dood. Gespannen wachtte hij zo tot hij op zijn schouder zou worden getikt. Natuurlijk was het God die hem manipuleerde met een bedoeling die een diep geheim was. Maar dat bange wachten!

Hij deed zijn ogen open. Miss Troostig zat hem met gefronste wenkbrauwen op te nemen.

'Voel je je wel goed?' vroeg ze bezorgd.

Het viel hem moeilijk tegelijk geruststellend te glimlachen en hongerig terug te blikken op alles wat aards was aan zijn liefde, op Miss Troostig en haar bonte kleurenpracht die, verstild tot nauwelijks van elkaar verschillende tinten, werd herhaald in het geelkoper van de lambrizering.

Ze begon zich te beklagen. 'Wie kan er ook houden van zo'n slons die d'r hele leven alleen maar heeft gehoerd en gesloerd. Ik heb me altijd volgepropt met de liefde van mooie mannen, zo gulzig, nooit genoeg, en nou ben ik nog helemaal leeg vanbinnen. Ik ben een aftandse trut, ik heb niets meer te bieden, aan niemand niet.'

'Praat niet zo over jezelf,' zei Schoft, onvermoed fel. Miss Troostig schrok. 'God houdt van je,' zei hij zacht.

Ze pakte zijn hand en lachte luidkeels. 'Ach, m'n lieve Schoft, weet je wat ik wou? Ik wou dat ik je mooie bult had. Dan zou ik alle klokken luiden van de stad en fabeltjes vertellen, de godganselijke dag, in plaats van zo te zitten meieren.'

'Ik houd van je,' zei hij. 'Het is voor mij erg belangrijk dat je gelukkig bent.'

Het had een tijdje gedooid, maar juist die nacht was het weer gaan vriezen en het had even gesneeuwd, zodat de straten en paden bedekt waren met bobbels en richels ijs met daarover een dun laagje sneeuw. Schoft kwam moeizaam vooruit. Hij glibberde over de bobbels en bleef keer op keer met de neus van zijn schoenen haken achter de richels en moest oppassen niet te struikelen. De sneeuw lag over de stad zoals witte lakens liggen over het meubilair van een kamer waarin niet meer wordt gewoond. In de lucht hing een dikke grijze dreiging van nog meer sneeuw. De stad zag eruit of ze zo kon verdampen.

De straat waar Miss Troostig woonde bestond aan de ene kant uit huizen en aan de andere kant werd hij van de spoorlijn gescheiden door een glooiing waarop populieren stonden die met een heel fijn pennetje waren geschetst op het grijze papier van de lucht. Op het wegdek lagen ondiepe plassen die aan de oppervlakte waren bevroren en besneeuwd. Schoft was er al een paar keer doorheen gestapt en had nu ijskoude, kletsnatte voeten. Zijn oren gloeiden en er zat ijs in zijn haar. Hij liep niet door tot het dode einde van de straat, maar hield halverwege halt. Er lag een voor driekwart ondergesneeuwd stuk zeil op de glooiing. Hij trok het los, klopte het af, legde het aan de voet van een populier, ging erop staan en wachtte.

'Beste meneer Schoft,' had Cranckx gezegd, wriemelend met zijn horloge, 'tussen uw werken en de mijne bestaat meer overeenkomst dan u zou denken. Beiden zijn we verschaffers van troost. Beiden trachten we de mensen in hun kommervolle leven wat verlichting te brengen. U vertelt de mensen van het Koninkrijk Gods; ik laat ze zachtjes wegdommelen in

Morfine's armen. Tegen het naakte bestaan is niemand opgewassen, daarover zijn we het eens. Onze werken zijn werken van barmhartigheid. Het zou uiterst cynisch zijn om onze tijd te verdoen met kinderachtige competentiekwesties, terwijl er zoveel nood te lenigen valt. Er is leed genoeg voor ons allebei. Bovendien zult u geen vat op mij krijgen, meneer. Niemand zal me ooit met grote doses betrappen en voor de kleine doses die ik bij me draag kan ik te allen tijde recepten overleggen. Ik sta geregistreerd als morfinist. Bepaalt u tot uw eigen zaak, dat is mijn dringende advies.' Hij was opgestaan en had zijn lange bleke hand uitgestoken. Schoft had die zonder nadenken gedrukt.

Bij de politie was hij ontvangen door een lange kale rechercheur, die op zijn revers een speldje droeg met het opschrift 'Vigilat ut Quiescant'. Een stoel kreeg hij niet aangeboden en hij moest zijn verhaal doen terwijl de man in zijn volle lengte voor hem stond, armen op de rug, hippend van tenen op hakken, van hakken op tenen. Schoft stopte zijn handen in zijn zakken, haalde ze er weer uit, schuifelde wat met zijn voeten, trok zich aan zijn oorlelletje en intussen regende de vloer vol met huidschilfertjes. Pas toen hij zijn verhaal had afgehakkeld mocht hij met de rechercheur aan het bureau komen zitten. Een formulier werd uit een la getrokken.

'Naam en adres?'

Schoft gaf ze hem.

'Juist. Beroep?'

'Ik ben een gezant van Christus.'

De grote wangen van de kale rechercheur vulden zich met lucht en het duurde even voordat hij opschreef wat Schoft hem verteld had. Toen vouwde hij het formulier dicht, sloeg erop met de vlakke hand en gooide het in een la.

'We zullen er werk van maken. Als we u nog nodig hebben dan hoort u wel van ons.'

De eerste paar dagen had Cranckx normaal spreekuur gehouden, maar daarna bleef hij een avond uit de restauratie weg. Hij ontbrak nog een avond en nog een en na een week dacht Schoft dat hij Cranckx hier nooit meer terug zou zien. Hij kon wel juichen. Maar na twee dagen had Cranckx weer aan zijn vaste tafeltje gezeten en had hij zijn werken van barmhartigheid op de oude voet voortgezet.

Schoft wachtte. Een locomotief met een lange zwarte sleep van kolenwagons naderde denderend in de verte en Cranckx sloot de deur achter zich van het huis aan het dode eind van de straat. Hij kwam rustig aangewandeld, kaarsrecht, zijn paraplu schommelde heen en weer aan zijn arm, regelmatig als de slinger van een klok. Hij liep Schoft voorbij zonder hem zelfs maar aan te kijken. Schoft wilde op hem toelopen, gleed half uit over het zeiltje, riep: 'Meneer Cranckx! Ik moet u spreken!' maar werd overstemd door het gedender van de zwarte kolentrein. Hij strompelde achter Cranckx aan. Cranckx keek niet eens om, hij wandelde rustig door, het deed hem niets dat de straat zo glibberig was. 'Stop! Ik wil met u spreken! Wacht dan even!' Schoft hoorde zichzelf nauwelijks, alleen het gedender van de lange zwarte trein. Hij strompelde, gleed uit, zakte door een knie, verloor bijna zijn evenwicht, schuifelde door, struikelde, viel, kwam terecht op zijn hand, richtte zich weer op, schreeuwde: 'Stop dan toch!' Naast hem denderde de trein. Hij glibberde verder en toen de trein eindelijk voorbij was, was Cranckx kalm verdwenen om een hoek.

Schoft bleef staan en veegde de hand waarop hij was gevallen af aan zijn jas. Er knapte iets in zijn hoofd en in zijn longen. Zijn hele lichaam begon te tintelen, de tranen sprongen hem in de ogen. Toen hij wat op adem gekomen was liep hij voorzichtig verder.

Hij was altijd dankbaar geweest voor de enkele keer dat hij *Het Licht* uit zijn zwarte aktentas had mogen halen en voor vijfendertig cents had mogen verkopen, al moest hij dan maar afwachten of de mensen het blaadje zouden inkijken. Hij had nooit geklaagd omdat hij wist dat wat hij deed uiteindelijk zinvol was. Binnenkort zou hij moeten sterven. Vroeger had hij met verbazing oude mannen gadegeslagen die zich bemoeiziek door de straten sleepten en grommend papiersnippers en schillen met hun wandelstok de goot inschoven. Nu wist hij waarover ze zich zo druk maakten. Hij kon de wereld niet verlaten zolang Cranckx ongestoord zijn gang ging.

Hij sloeg de hoek om. Op het trottoir zag hij een door de dikke grijze dreiging vervaagde gestalte: Cranckx, die – kaarsrecht, paraplu om de arm – stond te wachten voor een rood voetgangerslicht. Cranckx keek even opzij toen Schoft zijn vrije arm greep en pakte hem toen zonder iets te zeggen onder zijn schouders. Zo staken ze de modderige straat over. Aan de overkant was een café. Cranckx zette hem in een stoel bij de kachel, knoopte zijn jas los en riep tegen de kastelein die, zijn dikke armen over zijn schort gevouwen, van achter de bar stond toe te kijken, dat meneer hier net op straat was uitgegleden en dringend een kop koffie moest hebben. Tegen Schoft zei hij: 'Ik moet even weg, maar over vijf minuten ben ik weer terug.' Hij betaalde de koffie aan de bar en lichtte snel zijn hoed op: een niet verontschuldigend, niet beleefd, nietszeggend gebaar.

Schoft zat te dampen naast de kachel en de warmte verdoofde hem zozeer dat hij niet eens de teleurstelling voelde die Cranckx hem had aangedaan door zich zo van hem af te maken. Hij zat onderuitgezakt in de houten stoel naast de gloeiend hete kachel. Hij voelde de hardheid van de armleuningen en de zitting, hij voelde zijn lichaam tintelen en dat was om en nabij zijn hele bewustzijn. Een serveerstertje zette de koffie naast hem neer. Op haar vraag of het al wat beter ging liet hij zijn hoofd dommelend voorovervallen. Hij nam een kleine slok, maar de koffie had geen smaak. Na verloop van tijd begon hij te ontdooien. Alles werd langzaam weer werkelijk: de smyrnatafelkleedjes, de koperen asbakken en bloempotten, de mandflessen aan de muur, de donkerbruine kleur van de koffie. Toen hij naar zijn handen keek zag hij dat ze vuurrood waren. Bij de tweede slok had de koffie al wat smaak en voelde hij warm aan in zijn maag. Het tintelen werd minder. Cranckx had hem afgescheept, want de vijf minuten waren allang voorbij, maar er was een grauwe onverschilligheid in hem blijven hangen die hem deed denken dat het hem niet kon schelen. Toch was hij verbaasd, gekrenkt, verward, hoopvol, toen Cranckx het café binnenkwam in een wolk van koude haast.

'Ik dacht dat u niet meer terug zou komen.'

'Het spijt me dat ik me wat verlaat heb,' zei Cranckx, en hij voegde er ter verontschuldiging aan toe: 'Ik moest mijn handeltje nog ophalen.'

'Uw handeltje.'

'Ja,' zei Cranckx. 'Bent u weer wat opgeknapt?'

Schoft knikte en wachtte op wat komen zou. Cranckx gespte zijn horloge los en legde het op tafel. Het parelmoer glom als olie en over die zachtgekleurde ondergrond probeerde de secondewijzer de minuutwijzer in te halen en de minuutwijzer de uurwijzer en als het ze gelukt was dan moesten ze weer opnieuw beginnen; intussen bleef het parelmoer zacht glanzen en de wijzers konden het alleen met hun schaduwen beroeren. Cranckx ging snel met zijn duim door zijn agenda.

'Ik heb maar een paar minuten, laten we het dus kort houden. Een tijdje geleden kreeg ik een oproep voor een onderhoud met de recherche. Ik heb tijdens dat onderhoud een opsomming gegeven van alle ziekten met daaruit voortvloeiende complicaties waaraan ik ooit geleden heb. Ik heb zoveel geleden dat ik één groot litteken ben. Ik heb mijn kaart laten zien. Ik kon gaan. U had u alle moeite kunnen besparen. Zorgt u voor uw zielen, dan zorg ik voor de mijne.'

'Ik ben meer in u geïnteresseerd dan in uw zielen,' zei Schoft, 'en meer in Miss Troostig dan in u.'

'U kunt me misschien vernietigen, maar menselijkerwijs kunt u geen vat op me krijgen. Ik ben een robot, een machine van vlees en bloed.' Cranckx deed zijn horloge weer om. 'Wat mij betreft zijn we nu uitgepraat. Ik moet gaan.'

Hij stond op en Schoft deed hetzelfde. Cranckx liet de cafédeur achter zich dichtvallen alsof hij niet wist dat Schoft hem volgde, maar toch zo dat hij er gemakkelijk door kon. Hier waren de trottoirs schoongemaakt; in de goten lagen vormeloze hopen sneeuw, vlak naast de trottoirband had het smeltwater een riviertje uitgesleten. Met een paar snellere tussenpassen wist Schoft Cranckx in te halen. Zwijgend liepen ze naast elkaar en het was alsof ze heel alleen op de top van een berg door het binnenste van een wolk liepen. Soms trachtten neonletters boodschappen door te seinen zonder betekenis. Etalageramen lichtten op, de onaantrekkelijke visioenen van de burgerman. Schimmige figuren gleden plotseling langs, mensen.

Na een gemompeld excuus ging Cranckx een urinoir binnen. Het was een klomp van grijs beton die zich oploste in de grijze nevel of misschien een verdichting van de nevel was. Toen hij weer opdoemde met zijn portefeuille in zijn hand verdween de schim van een halfdode in tegenovergestelde richting.

Het begon zachtjes te sneeuwen en Cranckx stak zijn paraplu op. Hij was zo lang en hij hield de paraplu zo hoog dat de sneeuw Schoft toch nog in het gezicht waaide. Cranckx leek zich met zijn aanwezigheid verzoend te hebben en daarom waagde Schoft het iets tegen hem te zeggen.

'U moet me beloven dat u Miss Troostig niet ongelukkig zult maken.'

'Ongelukkig?' zei Cranckx. 'Ik weet niet wat dat woord betekent.' Hij sprak niet tegen Schoft, maar tegen een stem binnen in hem.

'Zij houdt van u.'

'Daar doet ze verkeerd aan. Ik ben er niet om van te houden. Laten we een bus nemen.'

Ze stonden voor een overdekte bushalte. Cranckx klapte zijn paraplu dicht en Schoft sloeg de sneeuw van zijn jas. Weggenesteld in een hoek zat een man. Zijn armen hield hij voor zijn borst gekruist en zijn handen klampten zich vast aan zijn schouders. Hij hield zijn hoofd voorovergebogen. Hij had een warrige bos haar, een grote neus en de rest van zijn gezicht was schaduw. Hij rilde in zijn korte jack. Cranckx hield hem zijn sigarenkoker voor en zei: 'Neemt u er maar drie.'

De man had stijve vingers en het lukte hem niet de capsules vast te pakken. Met zijn handschoenen aan haalde Cranckx ze voor hem uit het doosje. Een voor een liet hij ze in de bibberende uitgestoken hand vallen. In ruil daarvoor stopte de man hem met stijve, onhandige bewegingen een paar bankbiljetten toe.

Een bus stopte. De deuren klapten open en een golf van

vochtige, stinkende warmte spoelde naar buiten. Cranckx kocht twee kaartjes bij de chauffeur. Schoft nam plaats bij het raam. Door de omfloerste ruit zag hij hoe de halfdode de capsules in het borstzakje van zijn jack duwde en houterig opstond. Hij liep weg met zijn hoofd diep tussen zijn schouders. De sneeuw was dichter geworden, zijn gestalte werd snel weggegomd, alles werd wit. Wrede sneeuw, bad Schoft, goede sneeuw, alles te vergeten... De bus trok op. Cranckx zat naast hem en steunde met beide handen op de paraplu die tussen zijn benen stond. Zijn lichaam ging heen en weer met lichte schokjes. Zomaar uit zichzelf begon hij weer te praten tegen die stem binnen in hem.

'Ik ken de dood die alles omringt, de oneindige leegte achter het zichtbare. Ik kijk door alles heen.' Hij zweeg even en zei toen, alsof het hem nu pas te binnen schoot dat Schoft naast hem zat: 'En God is nergens te bekennen.'

Schoft barstte uit in een milde woede. 'Is het dan niet genoeg dat Jezus Christus ons heeft verteld van Zijn Vader, dat Hij voor ons heeft geleefd en is gestorven? Zijn woord is het licht in onze duisternis. Het enige dat Hij van ons vraagt is dat wij ons hart voor Hem openstellen.'

'Mijn hart is doof,' zei Cranckx, 'van het luisteren naar de stilte en het is blind van het turen in het donker. Stralende woorden, zingende zonnen: voor mij is het klinkklare onzin.'

Cranckx schokte zachtjes heen en weer met zijn handen op zijn paraplu. Schoft zweeg verbitterd. Cranckx boog zich over hem heen en duwde op het knopje naast het raam. Even later stopte de bus voor een bioscoop.

'Alle films van De Sprinkhanen nu voor het eerst samen in een marathonvoorstelling tot a.s. zaterdag' zeiden de aan- en uitknipperende lampjes. Cranckx gaf Schoft zijn kaartje en kocht zelf een nieuw kaartje aan de kassa. De zwaarbewimperde oogleden van de kassajuffrouw waren zowat over haar ogen gezakt en ze moest haar hoofd gestut houden in de palm van haar hand. De ouvreuse vertelde dat er al drie films uit de serie vertoond waren: *De Sprinkhanenplaneet*, *De Sprinkhanen Bezetten de Aarde* en *Het Rijk van de Sprinkhanen*, en voordat de film *De Sprinkhanenoorlog* gedraaid zou worden was er tien minuten pauze.

De zaal was met een man of veertig nauwelijks bezet. Een paar mensen zaten koffie te drinken uit thermosflessen en bananen en broodjes met ham en kaas te eten, een paar lagen te slapen op luchtbedden in de gangpaden, maar de meesten wandelden rond en strekten hun stijve benen. Cranckx voegde zich bij een groepje halfdoden dat over het zijpad heen en weer liep te drentelen. Toen de namaaksterren in het plafond doofden zocht Schoft zich een plaatsje in de zaal.

Horden sprinkhanen wierpen voortjachtende schaduwen over kaalgevreten landschappen in panavision, waarin mensen met brandende ogen, even stakerig als de bomen zonder loof en lommer, ronddoolden, de armen ten hemel geheven. Acridiidae, Grylliidae en Tettigoniidae tsjirpten oorverdovend. Er zou een vervolg komen: *Terugkeer naar de Sprinkhanenplaneet.*

Schoft stond op. Hij was moe en had pijn in zijn nek. Het groepje halfdoden zat nog in de zaal, maar Cranckx was verdwenen. Het kon hem niet meer schelen. Cranckx had gelijk: ze waren uitgepraat. Hij was zo moe dat hij alleen nog kon denken aan zijn pijnlijke nek, zijn stijve benen en het niet te lokaliseren onbehagen dat een middag van kou, nevel en sneeuw in hem had achtergelaten. Toen hij via de foyer onder de luchters van geslepen glas naar buiten wilde gaan werd hij tegengehouden door een van de halfdoden. De man sloeg een arm om zijn bochel. Schoft kromp onder dat gebaar ineen.

'Heb ik je daarnet niet samen met dokter Cranckx gezien?' Hij kneep Schoft in de holte van zijn schouder.

'De zaken van dokter Cranckx gaan mij niets aan,' zei Schoft huilerig. De arm om zijn schouder woog zo zwaar dat hij door zijn knieën wilde zakken.

'Ik dacht dat je een vriend was van die mooie meneer. Ik dacht dat je me misschien zou kunnen helpen.' Zijn langgerekte klinkers verrieden onverschilligheid en verveling. Hij richtte zijn ogen op het plafond, maar daar vielen ze vanaf; hij liet ze rusten op de muur, maar ze gleden naar beneden; hij keek naar de luchters en door de schittering van de glazen tranen werden ze zo dol dat ze in alle richtingen tegelijk begonnen te schieten.

'Die film, zeg,' sprak hij lijzig, 'al die insekten. Ze zeggen dat de insekten de mens zullen vernietigen. En dan al die kleine krioelende bacteriën die een onzichtbare oorlog voeren, ze zijn overal, denk je eens in, om gek van te worden. En vooral in de sneeuw, nergens vind je zoveel bacteriën als in de sneeuw...'

'Laat u me alstublieft met rust,' smeekte Schoft. Hij rukte zich los en rende naar buiten.

Het was nu acht uur en donker. Een enkele sneeuwvlok kwam nog omlaaggedwarreld. Hier in de buitenlucht voelde hij zich lichter, nu die arm van hem af was, maar de lijzige, onverschillige stem klonk nog door in zijn oren. De woorden bonkten in zijn hoofd, hard, want ze losten zich niet op in een betekenis. Zijn neus begon te lopen en hij snorkte een paar keer krachtig, als een waarschuwing aan zichzelf vooral dat hij zich flink moest houden, maar langzaam, naarmate hij het kouder kreeg en hij het Huis dichter naderde, het Huis, waar hij en de andere gezanten de naakten kleedden en de hongerigen voedden, verloor hij zich toch weer in een zwarte verlatenheid en de enige Christus aan wie hij kon denken was de Christus die aan Zijn Vader had gevraagd: Waarom hebt Ge Mij verlaten?

Bij de ingang van de restauratie stond Edith, een mager vrouwtje van een jaar of veertig. Ze stond wijdbeens en had haar handen in haar zij gezet. Haar bolle groene ogen rolden woest in hun kassen op zoek naar iets of iemand en op haar hoofd lagen klitten rood haar die deden denken aan de bananeschillen die de Bosjesman op zijn hoofd legt tegen de zon. Ze haalde haar handen uit haar zij. Haar bolle ogen namen een uitdrukking aan van kwaadwillende vastberadenheid. Wiegend met haar magere heupen schreed ze door het lege midden van de restauratie, eigenlijk danste ze, langzaam. Uit haar bewegingen – het been dat iets te lang van de grond bleef opgetild, een iets te heftige ruk met het hoofd – sprak ingehouden agressie. Ze zwaaide en glimlachte naar alle aanwezigen, behalve naar Miss Troostig. Aan de overkant van het lege midden zat Cranckx, zijn attributen voor zich uitgespreid op tafel en een druk pratende halfdode naast zich. Ze hield stil voor het tafeltje en wachtte, met haar heup naar opzij gedraaid. De halfdode, onder de indruk van haar woestheid, stond prompt op en bood haar zijn stoel aan. Miss Troostig keek gespannen toe van de overkant. Edith ging zitten, sloeg haar magere benen over elkaar en zette haar spitse ellebogen met een droge tik op tafel. Ze nam Cranckx z'n hand en klemde die tussen haar wang en haar schouder. Ze streek hem onder zijn kin, door zijn haar, kuste haar vingers en hield ze tegen zijn mond. Onderwijl babbelde ze aan één stuk door met een valse glimlach van schaapachtige gelukzaligheid. Cranckx liet haar begaan.

'Waar kent zij hem van?' vroeg Schoft, die naast Miss Troostig zat.

'Van vroeger,' antwoordde Miss Troostig. Ze had een

spiegeltje in haar hand. Het was geen damesspiegeltje, maar een zakspiegeltje voor heren, rechthoekig met scherpe randen.

Edith stond op, aaide Cranckx teder over zijn hoofd en danste weer door het lege midden, aanvankelijk in geen bepaalde richting, alleen om gezien te worden, maar na verloop van tijd kwam ze, schijnbaar onopzettelijk, terecht bij Miss Troostig. Ze kuste haar vriendin op beide wangen en schoof aan met een stoel.

'Hoe is het met jou, zus?'

Miss Troostig opende haar mond, maar zei niets. Edith wachtte even op een antwoord en hield haar hoofd scheef. Tenslotte zuchtte ze: 'Ik heb je gemist, zus. Waarom ben je niet eens op de thee gekomen?'

Daarvoor had Miss Troostig twee verklaringen. De tweede lag op dit moment zo voor de hand dat ze alleen zei: 'Ik was je helemaal vergeten.'

'Maar!' riep Edith en ze sloeg haar handen ineen. 'Vergeten!'

'Vergeten,' herhaalde Miss Troostig toonloos, het spiegeltje in haar vuist klemmend.

'Hoe kun je je beste vriendin nou vergeten?' zei Edith op licht verwijtende toon, maar ze glimlachte nog steeds. 'Je beste vriendin die drie maanden heeft moeten opknappen. Heb je echt niet één momentje aan me gedacht?' Plotseling verdween alle gelukzaligheid uit haar gezicht. Ze spuugde naar Miss Troostig en gilde: 'Smerige poot!'

Een seconde later keek Miss Troostig zonder het helemaal te begrijpen naar de bloederige scherpe hoek van het spiegeltje dat ze in haar vuist hield. Edith betastte voorzichtig en ook maar half begrijpend haar wang op zoek naar de diepe snee die haar vriendin erin gekerfd had. Toen ze hem gevonden had en het bloed op haar vinger zag werd ze eerst bleek; daarna verspreidde een ziedende woede zich razendsnel tot in de toppen van haar vingers. Ze gilde het uit en zonder dat Schoft ook maar de mogelijkheid had om het te verhinderen sleepte ze Miss Troostig, die juist berouw aan het krijgen was, naar het lege midden en begon haar daar te krabben, te slaan en te trappen waar ze haar maar raken kon.

Het grijsgejaste uitschot hees zich van de muur en sleepte zich grinnikend en grijnzend naar het midden, waar het een kring vormde en over elkaars afhangende schouders gaapte naar Miss Troostig die nog nooit als vrouw gevochten had en naar Edith die, hevig bloedend uit haar wang, haar tegenstandster ontvrouwde: haar de hoed en de pruik van het hoofd af sloeg, haar stuk voor stuk de kleren van het lijf trok, bontjasje, jurk, kousen, en haar krabde, sloeg, trapte. Kelners kwamen zenuwachtig aangedribbeld, riepen 'Hou op!', keken wanhopig in het rond voor hulp, maar zagen alleen elkaar naar elkaar kijken te midden van die grijze, grijnzende massa.

Schoft spoedde zich langs het gewoel naar de overkant, naar Cranckx, die rustig aan zijn tafeltje zijn nagels zat te politoeren.

'Doe er iets aan,' smeekte hij.

Cranckx keek schichtig, betrapt, naar hem op. 'Ik ben machteloos,' zei hij zacht. 'Ze hadden me alleen moeten laten. Wat heb ik met die mensen te maken? Het is tuig, onwaardig, hysterisch tuig.'

Miss Troostig, zonder pruik, in een gescheurde onderjurk, ontvrouwd, kon niet vechten: door het gerafelde goed was het oude, rechte jongenslichaam te duidelijk te zien. Ze zou zich alleen als vrouw verdedigd kunnen hebben, door te krabben met gelakte nagels, door Edith aan haar vuile rode haar te trekken, door eropin te timmeren met haar naaldhakken – maar ze was ontvrouwd,dat lukte niet meer. Cranckx had toegestaan dat Edith hem voor haar ogen had aangehaald. Zonder er bij na te denken had ze dat gewroken met het spiegeltje. Hij had niet ingegrepen toen Edith haar aanviel. Hij had haar verloochend. Nu besefte ze pas ten volle dat het tussen hun twee nooit of te nimmer iets zou kunnen worden. Intussen bleef Edith woedend trappen en slaan. Dat dwong haar iets zeer mannelijks, zelfs politieagent-achtigs te doen, een daad om de orde te herstellen, een daad die eigenlijk niets te maken had met de belediging haar aangedaan. Ze greep Ediths armen, zette haar knie in haar rug en dwong haar op de grond. Zo wachtte ze tot Edith zou kalmeren. Ze had zich buiten het gevecht geplaatst, alsof ze er part noch deel aan had, en zo had ze Cranckx voorgoed opgegeven.

Het grijze gepeupel was ontgoocheld. Het had zich verlekkerd op het lelijkste en gemeenste dat er bestaat, een gevecht tussen twee vrouwen, en nu had een van die vrouwen zich ontpopt als een man. Grommend slenterde het terug naar de muur en hing het zich weer op. De kelners klopten opgelucht hun witte doeken uit en keerden luid kwetterend terug naar het buffet. Edith kalmeerde snel. Ze dacht de eigenlijke overwinnaar te zijn in dit ongelijke gevecht. Bij haar eerste gesmoorde 'Lamelos' bevrijdde Miss Troostig haar armen en haalde ze haar knie van haar rug. Ze durfde niet op of om te kijken. Toen ze Schofts handen tegen haar schouder voelde schikte ze zich in wat onvermijdelijk was geweest. Ze zocht haar gescheurde kleren bij elkaar en ging, voor het eerst sinds maanden weer alleen, naar huis.

En de tijd, zachte doch dwingende heelmeester, genas alle wonden bijna. De hechtingen waren uit Ediths wang genomen en waar de jaap had gezeten zat nu een dikke, rode strook vlees. Miss Troostig had zich bij het naderen van de lente een nieuwe, luchtige garderobe aangeschaft en ze lonkte weer als een vuurtoren naar elke grote knappe man. En het was al lang geleden dat Cranckx, die slechts had kunnen leven door de zwarte eeuwigheid voortdurend op te snijden in kleine stukjes tijd, weer op de trein was gestapt met een zo goed als lege koffer en een portefeuille propvol bankbiljetten. Alleen voor Schoft bestond er geen tijd meer; na een steeds snellere afschilfering was hij in het ziekenhuis ontslapen. Veel meer dan een geest was er niet van hem overgebleven, reden voor de kerkhofpieren om zich kronkelend van ergernis uit de ontdooide grond naar boven te wurmen.

Miss Troostig had van Schoft gedroomd. Ze had gedroomd dat hij zich vastklampte aan het kruis van een hoge kerktoren. Er stond een harde wind, die hem afpelde; hij sneeuwde schilfers. Hij leed erg veel pijn en was nog roder dan tijdens zijn leven. En toen had ze gezien dat de wind alle schilfers van zijn bochel had afgeblazen en dat er een bult overbleef waarop een zilverig doorschijnend vlies zat gespannen. Het vlies barstte en zoals een bloem uit de knop schiet, zoals een vlinder zich ontpopt uit zijn cocon, zo ontvouwden zich twee grote vleugels bedekt met zilveren veren. Ook de rest van zijn lichaam werd schoongeblazen en onder de oude schilferige huid bleek een jong velletje te zitten met donzig blond haar.

Ze hield er niet van om lang te mokken en besloot Edith te vergeven. Maar Edith was voor haar leven geschonden en eiste genoegdoening. Daarom had ze zelf maar vergiffenis gevraagd, waarbij ze een groene waaier ten geschenke had gedaan die heel mooi kleurde bij het rode haar en de groene ogen. Edith smeedde het ijzer toen het heet was en stond erop dat Miss Troostig bovendien beloofde voortaan voor haar inkopen te doen, want ze kon zich niet meer in winkels vertonen zonder onmiddellijk argwaan op te roepen. Miss Troostig beloofde het. In het begin verliep de hernieuwde vriendschap stroef, met stekelige opmerkingen over en weer, maar zodra Miss Troostig de voorjaarscollectie had binnengehaald was alles weer haast als vanouds.

Ze zaten weer zusterlijk bij elkaar in de stationsrestauratie, die vrijplaats, die, hoewel midden in de stad, eigenlijk al buiten de stad ligt. Edith had een wit sjaaltje om haar hoofd gebonden, waaronder het litteken schuilging, en ze droeg een witte japon en kousen van hetzelfde groen als de waaier, Miss Troostig een blauwe japon, een blonde pruik, waarover een witte voile met blauwe mouches; onder haar jurk had ze een kussen gestopt en om haar middel een breed geel lint gespannen dat ze boven op de bult prachtig had gestrikt. Na het vertrek van Cranckx was Miss Troostig toch niet helemaal meer de oude.

'Ik heb pas een droom gehad,' vertelde ze. 'Ik heb gedroomd dat Schoft een engel werd.'

'Dat mocht ook wel,' zei Edith, 'na het rotleven dat die sloof hier gehad heeft. Dag in dag uit stond hij daar in de tocht. Volgens mij is hij daarvan zo ziek geworden. Maar nu zit hij in het bovenste nokje van de hemel en dat is een hele troost om te weten.'

Maar die engelwording was niet het einde en misschien zelfs niet het belangrijkste van Miss Troostigs droom. Het zwangere bloosrood van de oude Schoft was niet verdwenen. De jonge engel, het kruis van de toren nog steeds met beide armen omklemmend, bekeek zijn gloednieuwe lichaam en toen hij zag hoe donzig, zacht en mooi het was vloeide vanuit zijn hals een vlammend schaamrood in zijn wangen en zijn huiverende borst. Hij klapperde met zijn grote gevederde vleugels, heel even maar en heel voorzichtig, en hij werd bang. Miss Troostig had willen roepen: 'Laat het kruis toch los, aanbiddelijke sufferd, de wind zal je wel dragen,' maar ze had geen stem gehad in haar droom. Ze mocht alleen maar toekijken. Daarmee was haar droom geëindigd.

De waarheid en mevrouw Kazinczy

After we came out of the church, we stood talking for some time together of Bishop Berkeley's ingenious sophistry to prove the non-existence of matter, and that every thing in the universe is merely ideal. I observed, that though we are satisfied his doctrine is not true, it is impossible to refute it. I shall never forget the alacrity with which Johnson answered, striking his foot with mighty force against a large stone, till he rebounded from it, 'I refute it *thus*.'

Boswell's *Life of Johnson*

Go, go, go, said the bird: human kind
Cannot bear very much reality.

T.S. Eliot, *Burnt Norton*

I

's Ochtends had Van Stakenburg nog gedroomd de dag te kunnen besluiten in een riant appartement, bijvoorbeeld met uitzicht op Hampstead Heath – tegen beter weten in weliswaar, maar de tevredenheid waarmee hij nu in een gammele fauteuil een kamertje van drie bij drieëneenhalf zat rond te kijken deed hem zelf versteld staan. Reginald Court, Bayswater, heette het hier. Uitzicht op een kokersmalle binnenplaats met een bodem van vuilnisemmers. Vergeeld behang met bij de plinten zwarte strepen, nagelaten door de schoenen van god mag weten hoeveel kostgangers die zich hier niet hadden kunnen wenden of keren. En een hospita, iets waar hij al helemaal niet mee gerekend had. Maar deze eerste dag in Londen had hem geleerd dat het allemaal veel erger had kunnen zijn. Het belangrijkste was dat hij morgen meteen aan de slag kon.

Alleen al het feit dat er een taak op hem wachtte stemde hem innig content. Als student had hij zich jarenlang overbodig en bij voorbaat mislukt gevoeld. Berichten in de kranten over werkloosheid onder academici bezorgden hem doffe, dagenlange depressies. Hij besefte maar al te goed dat een student in een buitenmaatschappelijk niemandsland leeft. De angst dat hij straks met zijn diploma en al zijn kwaliteiten nog steeds buitenspel zou staan vergalde zijn leven. Hij verklaarde zich een vijand van de kapitalistische economie. En nu, nauwelijks een jaar afgestudeerd, kon hij een toekomst tegemoetzien die hem langs steeds hogere loonschalen van promotie tot promotie zou voeren. Hetgeen overigens niet zijn bedenkingen tegen het kapitalisme wegnam. Wel zijn revolutionair elan.

Zijn tevredenheid was des te inniger omdat hij die gunstige keer van zijn vooruitzichten in de eerste plaats aan zichzelf te danken had. Iets minder dan een jaar geleden had hij in een advertentie gelezen dat bij Sotheby's een onuitgegeven briefwisseling van Gerhard Vossius met een zekere John Latham geveild zou worden. Toevallig wist hij het een en ander over die obscure Latham. Oxford antiquary, verzamelaar van roddel en oudheidkundige wetenswaardigheden, een misantroop met een scherp oog voor andermans fouten. Maar dat hij een correspondent van Vossius was geweest kwam voor Van Stakenburg als een volkomen verrassing. Hij slaagde erin de bibliothecaris van de universiteit voor het geval te interesseren. Die had een voorzichtig bod laten doen en omdat de belangstelling betrekkelijk gering was, waarschijnlijk vanwege de zomervakanties, had de universiteit de briefwisseling kunnen aankopen voor de zachte prijs van dertigduizend gulden.

Voor Van Stakenburg, de kersverse Latham-specialist, betekende dat een promotieplaats en het eind van zijn depressies. Hij schreef een artikel over het manuscript in het *Charlottesville Journal of Stuart Bibliography* en ontving van het Engelse Arts Fund een beurs om een halfjaar lang in Londen aan de uitgave van de correspondentie te werken. Die uitgave zou hij vergezeld doen gaan van een levensbeschrijving van Latham en een bibliografie van zijn werken. Ook speelde hij al met de gedachte een nieuwe uitgave te bezorgen van Lathams *Historia Cleri Brittanniae*, die nu alleen in een gebrekkige vroeg-Victoriaanse editie voorhanden was. Hij zag zijn proefschrift al voor zich: een in grijs linnen gebonden boekdeel met deftig blauw opdruk, onmisbaar voor wie zich serieus wilde verdiepen in zeventiende-eeuwse culturele betrekkingen. Zijn dissertatie zou geen opgeklopt geval zijn, half lucht, half ontleende feiten, maar de vette room waarvan anderen hun pretentieuze proefschriftjes konden kloppen.

Nu hem een taak was toegemeten had de radeloosheid van zijn studententijd plaats gemaakt voor een adembenemende gulzigheid. Hij was vijfentwintig en leefde alsof iedere dag zijn laatste kon zijn. De gedachte aan verkeersongelukken, hersenbloedingen, multiple sclerose maakte hem razend. Op steeds jeugdiger leeftijd werden mensen getroffen door hartaanvallen, kanker en ongeneeslijke overspanning. Geen seconde mocht onbenut blijven. Iedere avond moest hij aan de creditzijde van zijn levensboekhouding een alinea kunnen toevoegen.

Hij was die dag om 10 uur 30 op het vliegveld Gatwick aangekomen. Om 12 uur 25 stapte hij uit de trein op Victoria Station. Om 13 uur 30 stond hij voor het gebouw van het Arts Fund in Winter Gardens. Maanden voordat hij naar Londen zou vertrekken had hij aan een aantal bibliotheken bestellingen doorgegeven voor microfilms en fotokopieën. In Durham was een misschien wat afwijkend exemplaar van de derde druk van de *Historia*, de Schotse Nationale Bibliotheek bezat twee brieven die op Latham betrekking hadden, en zo meer: alles te sturen aan W.H. van Stakenburg, c/o The Arts Fund, Winter Gardens, London. Zo hoopte hij zich veel reizen en tijdverlies te besparen. Maar toen hij zich op de tiende verdieping van het gebouw vervoegde bleek het stapeltje post voor hem veel kleiner te zijn dan hij had verwacht. Bijna overal hadden fotografische afdelingen te kampen met achterstanden van twee tot drie maanden, zo bleek uit de laconieke briefjes die hem ter geruststelling waren toegestuurd. Hij knipte met zijn vingers van ergernis. De hostess die hem was toegewezen, een jong meisje dat stijf stond van make-up en hulpeloosheid, deed haar best om begrip en medeleven in haar bruine ogen te leggen. Op alle twaalf verdiepingen van het luxueuze Arts Fund-gebouw werden mensen als Van Stakenburg, meest hypernerveuze Indiërs en godslasterlijk tierende Amerikanen, door hostess-meisjes tot bedaren gebracht.

Het was vervolgens zaak zo snel mogelijk onderdak te vinden. Van Winter Gardens ging hij per bus naar Bentinck Place, waar de Arts Fund Accomodation Service gevestigd was. Daar kreeg hij zonder omhaal – een prettig vervolg op zijn eerdere teleurstelling – een lijstje met vijf adressen. Hij maakte telefonisch afspraken en besloot het eerst langs te gaan bij de enige die hem zonder een buitenlands accent te woord had gestaan, een dame met de weer wat raadselachtige naam Petrinelli, in Onslow Mews, South-Kensington.

Het was een zomerse dag, midden mei, en tijdens de wandeling van het metrostation naar Onslow Mews kreeg hij last van gezwollen voeten. Zijn aktentas, die hij niet bij de rest van zijn bagage op Victoria Station had willen achterlaten, hing hinderlijk zwaar aan zijn arm en zijn volslagen overbodige regenjas gooide hij nu eens van zijn schouder over zijn linkerarm, dan weer van zijn linker- over zijn rechterarm en van zijn rechterarm weer over zijn andere schouder. Onslow Mews oogde vriendelijk: bomen aan weerskanten van de straat met gietijzeren hekjes, grote herenhuizen van rode baksteen, geraniums in de vensterbanken. In de fraaie marmeren entree van het opgegeven adres zat de portier met zijn hoofd op tafel te slapen. Van Stakenburg nam de lift naar de derde verdieping, waar het appartement van mevrouw Petrinelli zich moest bevinden. Hij kreeg goede moed. Maar toen de deur openging – eerst een knipoog van het kijkgaatje, toen een smalle, zich onder onverstaanbaar gemompel langzaam verbredende kier – en hij een eerste blik naar binnen wierp, wist hij dat mevrouw Petrinelli onmogelijk een kamer te huur kon hebben.

Ze was een klein, stokoud vrouwtje, een wirwar van bleek, in de rimpels grijsbruin vlees, tot op de kuiten omhangen met een roze nylonjurk, waarover ze een gerafelde stola droeg, gehaakt van zwarte wol. Uit dat warrige samenstel staarden hem twee grote, waterig blauwe ogen blij verrast aan.

'Ik heb vanmiddag opgebeld. Mijn naam is Van Stakenburg. Ik zou langskomen.' Hij kon niet zomaar weglopen, zonder iets te zeggen.

Ze deed de deur nu wijd open, ging wat opzij staan en trok hem met haar blij verraste blik naar binnen. Alle deuren van het driekamerappartementje stonden open. Het was van de vloer tot het plafond, tot in de uiterste hoeken, volgestapeld met oud papier. Het vrouwtje moest haar leven lang met nauwgezette toewijding ieder stuk drukwerk dat haar in handen was gekomen hebben opgespaard: snoepwikkels, reisfolders, kranten en weekbladen, reclamebrochures, telefoonboeken, kruidenierszakken. Ruimte om te zitten of te lopen was er nauwelijks. Tussen de bergen papier lagen links en rechts hopen wasgoed en voedselresten. Ze bood hem geen stoel aan.

'Let maar niet op de rommel,' zei ze. 'U ziet dat ik een drukbezette vrouw ben. British Petroleum, Royal Dutch Shell, mijn belangen in Zuidafrikaanse diamantmijnen niet te vergeten... voor een vrouw alleen is het haast niet bij te benen. Gelukkig heb ik heel mijn leven in zakenkringen verkeerd, veel ervaring opgedaan, zodat ik tegen deze immense taak' – ze maakte een weids armgebaar dat alle stapels papier behelsde – 'wel opgewassen meen te zijn.' Blijkbaar ongevoelig voor de helse temperatuur in het appartement trok ze haar wollen stola strakker om zich heen. 'Ja... wat ik u vragen wou, waar kwam u eigenlijk voor?'

'Een kamer,' zei hij, want hij wist zo snel geen ander antwoord te verzinnen. 'Ik zoek een kamer.'

'Ach, een kamer... Tja, ik verhuur helemaal geen kamers. Ik zou u graag helpen, maar u ziet zelf hoe vol het hier is. Kamers, het idee. Mensen die wel onderverhuren ken ik ook niet. Veel contacten heb ik niet meer, ziet u. Tijd om een praatje te maken met een buurvrouw blijft er eigenlijk niet over. Zaken, steeds maar zaken. Daar heeft meneer Petrinelli zaliger me mee opgescheept. Hij is indertijd heel plotseling overleden. Een tragedie.'

Hij slikte. 'Dan zal ik u niet langer ophouden.' Maar ze legde vlug haar koude, trillende vingers op de rug van zijn hand.

'Nee, ga nu niet weg! Dit is interessant. Hoe komt u aan mijn adres? Iemand moet u over mij verteld hebben. Ze zijn me nog niet vergeten, daarbuiten. Wie heeft u mijn adres gegeven?'

Toen hij het Arts Fund noemde was ze teleurgesteld.

'Het Arts Fund, zegt u? Daar heb ik toch geen belangen in. Voor zover ik weet, let wel. Misschien is er iets in mijn uitgebreide correspondentie... er staat me iets bij... Dit is toch niet van regeringswege? Inkwartiering, staat van beleg? Nee? Ik vraag het maar even. Je weet het nooit met die jonge heethoofden die tegenwoordig de dienst uitmaken. Het Arts Fund dus. Eens even kijken...'

Ze pakte een stok die tegen een deurspijl stond geleund en schuifelde in de richting van een half tussen de stapels papier verscholen secretaire. Op willekeurige plaatsen trok ze enveloppen uit de stapels, die ze vlak voor haar ogen hield en dan liet vallen. Van Stakenburg voelde zijn vermoeide lichaam aanzwellen tot de proporties van een Samson: als hij niet snel vertrok zou hij het dak van de muren scheiden. Ze kwam naar hem terug.

'Neemt u me niet kwalijk. Waarom bent u eigenlijk hier? Ik weet zeker dat ik u dat al eens gevraagd heb, maar uw antwoord is me ontschoten. De oude dag...'

Hij moest het weer zeggen. 'Ik zoek een kamer.' Het klonk nog ongerijmder dan de eerste keer.

'Maar ik verhuur helemaal geen kamers!'

'Dat weet ik.'

Verbaasd hief ze haar wijd open, vaalblauwe ogen naar hem op. Toen begon ze te kraaien van het lachen. 'Een oude vrouw voor de gek houden! Foei, foei, foei!' Ze wreef zich over haar onderarmen, nog wat nagrinnikend. 'Arts Fund!' riep ze toen uit. 'Nu herinner ik het me,' en schuifelde opnieuw van hem weg.

Weer graaide ze links en rechts in de stapels oud papier, mompelde iets over 'aandelen', 'dividenden', vond ten slotte een stuk papier dat haar belangstelling opwekte en liet zich daarmee neer op een houten draaistoel, die ondanks haar geringe gewicht een krakend geluid wist voort te brengen. Ze legde haar handen op haar knieën, knikkebolde, zei: 'Ik kom zo bij u,' liet het hoofd voorovervallen en sukkelde in slaap.

Van Stakenburg was verbijsterd. Mevrouw Petrinelli zat luid te snurken, voorovergebogen, met afhangende schouders. Door het pluizige haar heen zag hij de schrale hoofdhuid. De gerafelde stola gleed van haar schouders en de met ruches afgezette onderjurk kon de ruïnes van haar borsten niet langer verhullen. Hij had nooit eerder met heel oude mensen te maken gehad. Er was een sterke drang in hem om de wanden van haar megalomane schijnwereld neer te halen. Helderheid van blik beschouwde hij als zijn voornaamste deugd. Hij wenste zijn lot zelf te sturen en moest de krachten die inwerkten op zijn leven kunnen erkennen voor wat ze waren. Toch wekte mevrouw Petrinelli, de troebelogige, behalve weerzin ook tederheid bij hem op.

Wat moest hij doen? Stilletjes vertrekken leek hem de beste oplossing. Ze zou hem toch al vergeten zijn wanneer ze wakker werd. Op zijn tenen liep hij naar de deur. Langzaam draaide hij het slot naar links. Voordat hij wegging keek hij even om. Mevrouw Petrinelli zat kaarsrecht op haar stoel, klaarwakker. Haar ogen stonden vol tranen, die zich grillige omwegen baanden door de rimpels van haar wangen. Ze giechelde en riep met overslaande stem: 'O Clarence! Ik heb weer gedroomd van uitjes!'

Drie treden tegelijk nemend snelde hij door het koele halfduister van het trappenhuis naast de lift naar beneden. Bij de hal hield hij zijn pas wat in. De portier knikte hem toe met halfgeloken ogen. Haastig, maar zonder te weten waarheen hij ging, liep hij de straat uit. Toen hij merkte dat hij op de Cromwell Road was ging hij een koffiehuis binnen. Daar wrong hij onder een tafeltje bij het raam zijn voeten, die sinds zijn aankomst in Londen geen rust hadden gehad, heimelijk uit zijn schoenen.

Tegenslagen kliefden onmiddellijk door zijn aangeleerde zekerheden heen. Ook al werd hij niet meer, zoals tot voor een jaar geleden, aanhoudend geplaagd door vragen als: Wie ben ik? Wat doe ik hier?, toch was er weinig voor nodig om hem in vertwijfeling te dompelen. De aanblik van mevrouw Petrinelli's vergeefse leven was daarvoor al genoeg. Vond hij haar leven zinloos? En zijn eigen leven dan? Wat maakte dat werkelijker dan het hare? Maar een dergelijke stemming was niet vol te houden. Het al of niet bestaan van een werkelijkheid buiten zijn eigen bewustzijn mocht dan een kwestie van geloof wezen, honger, pijn, geilheid, heel zijn instinctieve leven, maakten dat geloof onontkoombaar. Hij was een wetenschapper. Die werkelijkheid bestond als het welomschreven object van zijn onderzoekingen. Hij probeerde er structuur in te ontdekken, een waarheid. Die opdracht gaf hem zelfrespect. Zijn depressies van vroeger waren, achteraf gezien, onnodig geweest. Zijn leven tot nog toe was een groot succes. Toen zijn glas leeg was en zijn voeten weer comfortabel in zijn schoenen pasten, was de twijfel verslagen.

Per underground reisde hij van de ene ontgoocheling naar de andere. In Kings Cross toonde een vriendelijke Pakistaanse dame hem een woning waar in iedere kamer zes tot tien van haar landgenoten huisden. In Islington werd hij opgewacht door een Westindische huisbaas die bij wijze van versiering twee fietskettingen om zijn stierenek droeg. In Highgate viel op zijn bellen een dronken vrouw door de voordeur naar buiten. Zo leerde hij het moeilijke, menselijke Londen kennen – door de muffe geur van de tochtige underground, de chaotische architectuur, de aanplakbiljetten en het bleke vlees dat over straat liep.

Zijn laatste adres, zijn laatste hoop, was 83 Reginald Court, Porchester Gardens, Bayswater. Precies om zeven uur, de tijd die hij per telefoon had afgesproken, belde hij daar aan. Hem werd opengedaan door een vrouw van naar schatting midden veertig, met dik zwart haar en een getaande huid, die zich voorstelde als mevrouw Kazinczy. In niets leek ze op mevrouw Petrinelli. Er straalde kracht van haar uit. Ze was mager, had felle bruine ogen en een brede mond met stevige tanden. Ze gedroeg zich zakelijk, bijna kortaf. Hij werd ontvangen in een kleine lounge die met een ronde eettafel, vier stoelen en twee kasten, alle van somber mahonie, zo goed als vol stond. Ze informeerde discreet naar zijn werkzaamheden en hij hoefde niet te veel uit te leggen. Al gauw wisselden ze glimlachjes van wederzijdse sympathie uit.

Om de hoek van een van de vijf deuren die op de lounge uitkwamen verscheen een dik, besnord hoofd. Mevrouw Kazinczy keek er dreigend naar, maar kon niet verhinderen dat de deur verder openging en een buikige dertiger, een Arabier, met joviaal uitgestoken hand op Van Stakenburg toetrad.

‘Mag ik u voorstellen,’ sprak ze verwijtend, ‘dr. Buni – mijnheer Van Stakenburg.’

Ze zei mijnheer, niet mister, waardoor ze een verstandhouding tussen haarzelf en de Nederlander wist te bewerkstelligen die de plompe Buni ontging. Daarmee had ze Van Stakenburg voor zich gewonnen.

Dr. Buni nam hem een kruisverhoor af: Vak? had Van Stakenburg al een graad? getrouwd? ging hij vaak uit? en hoe stond het met de financiën? Daarna toespelingen: Mevrouw Kazinczy is een dame, vergis u niet, maar ook een vrouw die begrip voor de mannen heeft. De meisjes, olala, je kunt versieren wat je wilt, maar laat mevrouw Kazinczy je hier niet betrappen! Hij schaterde het uit.

'U zult het niet geloven, mijnheer Van Stakenburg,' zei ze, 'maar dr. Buni is slechts een kamerhuurder hier. De kamer die nu is vrijgekomen heeft hij bewoond, tot een week geleden. Na het vertrek van dr. Muhammed, zijn collega, is hij verhuisd naar de grote kamer.' Ze wees op de deur waardoor Buni was binnengekomen. 'Dr. Muhammed heeft vrouw en kinderen laten overkomen, ziet u.'

Buni hief een schalkse klaagzang aan op het lot van zijn collega, maar halverwege werd hij door zijn hospita onderbroken. 'U wilt de kamer natuurlijk even zien?'

Van Stakenburg mocht haar. De diepe glans van haar verzorgde zwarte haar, de nerveuze maar precieze handgebaren, haar zakelijkheid – ze bevielen hem buitengewoon. En toen ze hem toevertrouwde dat ze goede hoop had dat dr. Buni binnenkort het voorbeeld van dr. Muhammed zou volgen – ze waren nu op het kamertje en alleen – was zijn besluit genomen.

De kamer zelf viel wat tegen. Hij mat drieëneenhalf bij drie meter. Er stond een divanbed, een gammel werktafeltje met dito stoel, en een fauteuil. Alles overdekt met antimakassars en van vakantie meegebrachte souvenirdoeken. Paris. Wien. København. 'Het ziet er keurig uit,' zei hij en dat was ook zo: er was geen stofje te bespeuren.

Twaalf pond per week, voor ontbijt werd niet gezorgd, en vijfentwintig pond borgsom, meteen te voldoen. Het koken van warme maaltijden was niet toegestaan; andere maaltijden moesten op de kamer genuttigd worden. Bezoek mocht hij ontvangen zoveel als hij wilde, maar het mocht niet blijven overnachten.

‘Ik stel u maar meteen in kennis van de regels van het huis,’ besloot ze, een en al glimlach, ‘dan krijgen we tenminste geen moeilijkheden.’

II

Van Stakenburg zag zijn leven als iets kwetsbaars, als een bol wol, die door de willekeur der omstandigheden her en der werd gestoten en dreigde afgerold te worden tot een lange slingerende draad met overbodige lussen en zelfs knopen, een draad die gemakkelijk ergens bekneld raken kon, knappen. Zijn opdracht van alledag was de bol netjes rond te houden en hem slechts stukje voor stukje af te winden, zodat de schikgodinnen van zijn dagen een warm en nuttig iets konden breien.

Een van die overbodige lussen – want ze waren niet te vermijden – werd gemaakt door zijn waardering van mevrouw Kazinczy. De koele verstandelijkheid die hem aanvankelijk zo aangenaam in haar getroffen had bleek niet meer dan een speciale kennismakingspose te zijn. Al zeer snel werd ze de karikatuur van de hospita. Over allerlei zaken, hoe onbenullig ook, wist ze zich buiten proportie druk te maken en na enige tijd betrapte Van Stakenburg zich erop dat hij in huis niet meer gewoon liep, maar sloop. Dat haar huis niet het zijne was maakte ze hem duidelijk door elke dag opnieuw zijn tandenborstel terug te stoppen in zijn toiletzakje, dat hij alleen dichtgeritst op de badkamer mocht laten staan. Zijn washandje, een uitheems en viezig geval in haar ogen, bracht haar meer dan eens tot aan de rand van de razernij; met het natte ding tussen duim en wijsvinger was ze hem al een paar keer radeloos achternagelopen. Ze was niet omstreeks vijfenveertig, maar zestig jaar oud, zoals ze hem trots vertelde. Ze verfde haar haar. Overal, in het bad, op zijn beddesprei, op het aanrecht, vond hij die lange, dikke, stugge, zwarte haren met hun grijze uiteinden. Ze had last van reumatiek, verkeerde voortdurend in geldnood, had geen gevoel voor humor, voelde zich door het leven mishandeld en bedrogen, was ijdel en gierig, herhaalde zichzelf – zelden had Van Stakenburg zich zo in iemand vergist.

Ze was verpleegster in een ziekenhuis in een van de Londense voorsteden, Selsdon of Sutton, meteen toen ze de naam genoemd had was hij hem vergeten. 's Avonds kwam ze vol agressie thuis van haar werk, zwetend van de lange rit per bus en underground, zeulend met overladen boodschappentassen, en met razende zin in thee en gezelschap. De thee werd gezet van bladeren die nog van het ontbijt in de pot zaten en voor het gezelschap voelde Van Stakenburg zich verplicht te zorgen. Wanneer de pot op tafel stond ging ze zitten, legde ze haar voeten op de stofzuiger en wanneer ze haar weerspannige haar van haar voorhoofd had geblazen begon ze te praten, aan één stuk door, zonder de moeite te nemen om herhalingen te vermijden of, zij het dan slechts enigszins, aansluiting te vinden bij de interesses van haar gesprekspartner. Op zijn vaste plaats, een keukenstoel die net paste tussen de tafel en de kast, moest Van Stakenburg dan aanhoren hoe hard haar jongere collega's haar nog lieten pezen op haar leeftijd, met haar reumatiek die haar het tillen onmogelijk maakte, wat die stompzinnige, verwaande Engelsen achter haar rug om over haar fluisterden. Hij probeerde niet te horen wat ze zei, maar op onverhoedse ogenblikken vroeg ze hem naar zijn mening en om discussies te voorkomen moest hij erop letten dat die volkomen met de hare overeenstemde. Wanneer ze wat was uitgeraasd vertelde ze hem een stukje van haar leven, want zij was een oude vrouw die veel, te veel, had meegemaakt en hij een jongeman die nog veel moest leren.

Ze vertelde hem dat haar vader een beroemd dichter was geweest. Hij geloofde haar niet. De Hongaarse literatuur was onbekend terrein voor hem, maar hij vertikte het om de naam die ze genoemd had in een encyclopedie op te zoeken. Ze beweerde dat haar man, van wie ze gescheiden leefde, een vermaard cardioloog was. Hij dacht dat ze zat te fabelen. Ze zei dat ze Kandinsky en Bartók gekend had, bevriend was geweest met Arthur Koestler. Hij moest zich inhouden om niet in smalend schateren uit te barsten. Ze klaagde erover dat de opbrengsten van haar vaders boeken, waarop ze recht meende te hebben, haar door de neus werden geboord, dat ze door haar huidige povere omstandigheden van haar vroegere milieu vervreemd was geraakt, en hij balde zijn vuisten, wilde opspringen en schreeuwen: 'Je liegt! Je liegt! Je liegt!'

Nog nooit had hij zulk een hevig instinctief wantrouwen jegens iemand gevoeld. Het overviel hem, hij leed eraan, kon het nauwelijks verklaren. Misschien was het de repercussie van zijn aanvankelijke goede vertrouwen, zijn wraak voor het feit dat ze hem daarin beschaamd had. Maar het ging ook dieper: mevrouw Kazinczy wondde hem, net als mevrouw Petrinelli, in datgene wat hem het liefst en het heiligst was.

Al op de avond dat dr. Buni naar Hampstead verhuisde in navolging van zijn collega was Van Stakenburg door dat ongeloof overvallen. Nauwelijks had de Arabier zijn borgsom geïnd en zijn koffers in een taxi geladen, of hij hoorde mevrouw Kazinczy de kamer binnenstommelen met emmers, stoffer en blik en de stofzuiger. Met veel geraas werd het vertrek in gereedheid gebracht in afwachting van een nieuwe kostganger, die zich overigens, zolang als Van Stakenburg in Reginald Court woonde, niet zou aandienen. De kasten werden langsgejut, de dekens over de waslijn gedrapeerd, het tapijt en de gordijnen over de balkonrailing gehangen. Maar plotseling hield de bedrijvigheid op. Van Stakenburg luisterde achter zijn werktafeltje. Stilte. Daarna vinnige voetstappen en een dwingende klop op zijn deur. 'Komt u eens even.' Hij opende de deur. Haar gezicht stond verbeten; ze had een onaangename verrassing in petto, zoveel was zeker. 'Gaat u eens met me mee.' Gedwee volgde hij haar naar de voormalige kamer van Buni. 'Kijkt u daar eens.' Haar uitgestrekte arm wees op de blootgelegde matras. Op het midden van die matras zag hij bruine kringen van ingedroogde pis, concentrisch als de jaarringen van een boom, de trieste annalen van Buni's verblijf hier. Ze keek hem aan met een tot barstens toe gespannen blik. Hij moest iets zeggen.

'Hoogst ongebruikelijk... Wie had dat ooit kunnen denken...' Hij stamelde maar wat.

'*Ik* in ieder geval niet,' schreeuwde ze bijna. '*Ik* zal mensen niet van zoiets verdenken. Dit heb ik van mijn levensdagen nog niet meegemaakt!'

Van Stakenburg probeerde haar te kalmeren. 'Het komt wel meer voor, bij sommige mensen...' Maar haar woede moest kunnen groeien, kunnen razen, kunnen sterven.

'Ik ben vaak bedonderd, maar zo, op zo'n in-smerige manier nog nooit. Dit is wel de vuilste streek die me ooit geleverd is. Gauw ervandoor gaan met de borgsom en mij met de rotzooi laten zitten. Die matras is naar de knoppen. Wat moet ik doen, wat moet ik in godsnaam doen?'

'Tja...' meende Van Stakenburg.

'Vindt u zoiets normaal? Moet ik dit maar accepteren? Moet een arme, alleenstaande, gescheiden, werkende vrouw dit zomaar over haar kant laten gaan?'

'Misschien heeft hij een adres achtergelaten?'

'Een adres?' Ze stiet een honende lach uit. 'Hij kijkt wel uit. Hoe kom ik nou aan een nieuwe matras?'

Met haar in het wilde weg beschuldigende optreden chanteerde ze hem bijna om een nieuwe matras voor haar te kopen; tegelijkertijd wist hij dat ze zo'n aanbod verontwaardigd van de hand zou wijzen. Deze hele vertoning was alleen bedoeld om hem een beetje mee te laten lijden aan haar ellende. Dat botte raffinement van haar. Wat had hij eigenlijk met het mens te maken? Toen kreeg hij het vermoeden dat dr. Buni die piskringen helemaal niet in de matras gemaakt had. Dat ze er al jaren in zaten. Of misschien probeerde ze zich nu alvast te rechtvaardigen voor het feit dat ze de matras straks zou omkeren en er nog generaties kostgangers op zou laten slapen. Moest hij zich zo laten gebruiken?

'Als u hem omkeert gaat hij nog wel een tijdje mee,' zei hij.

Haar reactie gaf hem een wreed gevoel van voldoening. De volgende dag al liet ze hem, met een houding van 'Wat denkt u wel?' een spiksplinternieuwe matras zien. En ze benaderde hem voortaan ook wat omzichtiger.

De dagelijkse thee werd tot een gewoonte die koste wat kost in acht genomen diende te worden. Meldde Van Stakenburg zich niet binnen vijf minuten na haar thuiskomst in de keuken, dan kwam ze voor zijn deur staan en jengelde:

'Thee!', in de absurde veronderstelling dat hij zijn dagelijkse beproeving vergeten zou zijn. Bij een van die gelegenheden vroeg hij, omdat hij zo nu en dan wat zeggen moest, waarom ze niet in Hongarije gebleven was. Ze keek hem aan met een gerimpelde glimlach vol vertedering over zijn paradijselijke onschuld. 'Ik?' vroeg ze, alsof hij inmiddels beter moest weten. 'Ik ben toch een staatsgevaarlijk element? Geen dag had ik ze met rust gelaten. O nee, ik zou veel te lastig geweest zijn.' Mevrouw Kazinczy als contrarevolutionair extremiste, de gedachte amuseerde hem nogal. Hoe was ze dan in Engeland terechtgekomen? Door list en bedrog, meneer! Door een vuige samenzwering tussen dr. Thomas Kazinczy en de Russen. Uit de chaos van de Tweede Wereldoorlog was ze herboren als een fier strijdster voor gerechtigheid. Ja, ze noemde zich toen communiste, dat mocht Van Stakenburg best weten. Terwijl de beroemde cardioloog slechts afkeer en minachting voelde voor het arme proletariaat, zich alleen bekommerde om zijn pleziertjes. En doordat ze haar idealen steeds met alle kracht die ze in zich had tegen zijn spot en egocentrische hoogmoed in bescherming moest nemen, was ze aanvankelijk blind geweest voor de tekenen aan de wand: de gevangenneming van Béla Kovacs, het verdwijnen van Ferenc Nagy, de val van Tildy. Maar het had niet opgehouden: Laszlo Rajk werd opgeknoopt, kardinaal Mindszenty veroordeeld, Imre Nagy verdween van het toneel. Wat het haar niet gekost had om het te durven zien! *Hij* had het altijd al geweten, natuurlijk. Fier als ze was had ze zich niet laten ontmoedigen, maar zich bij de opstandelingen aangesloten. Trots, vrijheidsliefde, wat mocht het nog baten. Ze had moeten vluchten, haar gezin was verscheurd. Dr. Thomas Kazinczy had de gelegenheid aangegrepen om een scheiding door te voeren. Hij had haar met de kinderen in Londen afgezet en was zelf doorgereisd naar New York.

Was het echt mogelijk, vroeg Van Stakenburg zich af, dat een idealistische, jonge vrouw kon verworden tot een kleingeestige kamerverhuurster die geen groter genoegen kende dan zelfbeklag? Kon er echt zo weinig van iemand overblijven? Het viel hem makkelijker te geloven dat ze uit angst voor confiscatie van een of ander miezerig kapitaaltje naar Engeland was gevlucht, ervaren had dat ze op het verkeerde paard gewed had en nu in leugens een rechtvaardiging zocht voor haar verspilde leven.

Zo nu en dan kreeg ze visite van een Hongaarse vriendin. Het appartement was dan vol van zeurderige, zangerige Hongaarse klanken, van zoete nostalgie en hees gelach. Van Stakenburg, die de bedwelming op zijn kamertje kon voelen, vroeg zich af of ze spraken over de poëzie van mevrouw Kazinczy's vader of over de muziek van Liszt en Bartók, die hij hier overigens nog niet had gehoord. Op een dag werd hij uitgenodigd om een glaasje mee te drinken. De vriendin, een blonde, mollige vrouw, die Magda heette en een losbandige reputatie genoot, had hem in het voorbijgaan al eens belangstellend toegeblikt. Ze spraken Engels – in het gezelschap van derden was mevrouw Kazinczy altijd zeer beleefd – en zo kwam hij erachter dat ze het hadden over Hollywood. Over Darryl Zanuck, Zsa Zsa Gabór, Kim Novak, Bela Lugosi.

'Wist je dat Paul Newman een Hongaar is?'

'Néé!' gilde mevrouw Kazinczy. Ze kon haar geluk niet op. 'Je méént het!'

Iedereen was ergens wel een Hongaar. Hongarije was overal, als je goed oplette. Hollywood heette al sinds jaar en dag Klein-Hongarije. Je kon geen jampot openmaken of hij bevatte Hongaarse confituren. Geen viool kon weerklinken of de stok werd gevoerd door een volbloed Magyaar.

'Hij lijkt sprekend op Rock Hudson,' zei wulpse Magda met een knipoog naar de Nederlander en Van Stakenburg merkte tot zijn ergernis dat mevrouw Kazinczy dat als een compliment aan zichzelf opvatte.

Ze leed aan heimwee naar Boedapest, en dan vooral naar Boeda met zijn heuvels, deftige lanen en geneeskrachtige bronnen, naar de carrousels en de worstkramen van Margiteiland, naar de haarwrong, de gebloemde zomertoiletjes die ze droeg in die tijden vol licht en schaduw toen dr. Kazinczy nog geen miljonair en geen smiecht was. En Van Stakenburg betwijfelde of Boedapest wel echt bestond.

'Als meisje van zeven jaar was ik zo licht als een elfje. In een boom kon ik me vasthouden aan een héél dun twijgje.'

Haar jeugd was één grote vakantie geweest, dank zij Papa. 'Papa had een krullende baard die aan mijn wangen kriebelde. Ik was zijn lieve kleine meid. Hij was zo trots op mij, hij liet me aan iedereen zien, ook aan al die beroemde kunstenaars die bij ons op bezoek kwamen. Ik was altijd vreselijk verlegen, maar dan maakten ze me heel hard aan het lachen!'

Zelfs toen haar bakvisjaren voorbij waren en het onbedwingbare geschater was bedaard, kwam aan haar geluk nog geen eind. 'Iedere avond gingen we dansen. We waren net feeën in onze witte japonnetjes. En iedere dag van de zomer werden we een beetje mooier. De jongens waren zo wild, zo romantisch. Ze droegen hun haar halflang, schuin over hun voorhoofd, volgens de mode van die tijd. Ik geloof in liefde en romantiek. Wat heeft een mens anders om dankbaar op terug te zien?'

Ze had twee kinderen. Haar zoon Lajos woonde nu in New York. Zijn jeugd had hij in Engeland doorgebracht, bij haar, maar op zestienjarige leeftijd was hij naar zijn vader overgelopen. Dat had ze haar man nooit kunnen vergeven. Een zoon trekt naar zijn vader, dat is de gewoonste zaak van de wereld, beweerde ze, maar toch besteedde ze een groot deel van haar monologen aan het schuldbewust rechtvaardigen van de opvoeding die ze hem gegeven had: een kind grootbrengen, dat was toch een onbegonnen werk voor een vrouw alleen, zonder inkomen, in een vreemd en xenofobisch land. Ook Lajos was medicus: hematoloog. Even briljant als zijn vader. Hij was onlangs onderscheiden, ze moest nog een foto hebben van de plechtigheid.

Van Stakenburgs skepsis stond de laatste tijd duidelijk van zijn gezicht te lezen: hij trok eigenaardig met zijn mond en keek alsof hij werd geplaagd door een gemene hoofdpijn. Het gebrek aan weerklank dat mevrouw Kazinczy bij hem vond met haar verhalen zette haar ertoe aan zich nog wijdlopiger uit te drukken dan voorheen, en ze voelde zich verplicht om elke bewering met bewijzen te staven. Die foto moest en zou getoond worden. Als Van Stakenburg zo goed wilde zijn om even te wachten, dan zou ze hem van haar kamer gaan halen.

Na een kwartier kwam ze weer onverrichter zake de keuken binnen. Ze klaagde over haar slordigheid en haar slechte geheugen. Van Stakenburg verklaarde, met spastisch trekkende mondhoek, dat het nu toch echt tijd voor hem was om wat werk te gaan doen en ging naar zijn kamer.

Tot werken kwam hij niet. Die hele verdere avond hoorde hij kastdeuren open- en dichtslaan, laden uitgetrokken worden, vertwijfeld gesteun en gemompel. Hij schaamde zich voor zijn wreedheid. Die vrouw wist het slechtste in hem naar boven te brengen. Om halftwaalf trok hij zijn pyjama aan en kroop in bed, maar bleef klaarwakker liggen luisteren, want slapen kon hij niet wanneer er nog mensen op waren in huis. Om één uur kwam ze zonder kloppen zijn kamer binnen. Ze trok het licht aan en duwde hem een ge-offset vod onder zijn neus. Haar gezicht was bleek en bloedeloos, haar ogen schitterden koortsig. Het vod was een aflevering van het *New York City Hospital Bulletin* en op pagina drie stond een wazige foto afgedrukt met het onderschrift: 'Last week dr. Lajos Kazinczy, intern at this hospital, was awarded the Hunter M. Zupp prize for special merits in the field of haematology. Congratulations!' Dit vod had alle kenmerken van een goedkope vervalsing. Hij gaf het aan haar terug en knikte. 'Zie je wel,' kraaide ze schril, 'zie je wel! Ik wist dat ik het ergens moest hebben. Ik wist het!'

Van het bestaan van haar dochter had hij lange tijd niet geweten. De naam Jenny was vaak genoeg gevallen – 'Hoe is het met Jenny?' 'Redt Jenny het wel op haar eentje?' – maar had nooit zijn nieuwsgierigheid opgewekt. Op een avond zou ze op bezoek komen. 'Ik heb u nog niet verteld van mijn dochter,' zei mevrouw Kazinczy vlak voor het einde van de theesessie. 'Ze is schizofreen.' Terwijl ze dat zei speurden haar felle bruine ogen zijn gezicht af naar tekenen van ongeloof. Hij was geschokt en geërgerd. Schizofreen, een vuilnisbakwoord, het kon van alles betekenen. Er was natuurlijk niets met haar dochter aan de hand. Het kwam door haar vader, legde mevrouw Kazinczy uit, doordat haar vader haar verlaten had, en door de Russen, die haar uit haar land hadden verdreven. Ze woog tweehonderdvijftig pond, was vierendertig jaar oud en barstte bij het minste of geringste in tranen uit. Een moeder kon het nog zo goed voorhebben met haar kind, maar als anderen kwaad wilden, dan baatte moederliefde ook niets. Van Stakenburg vond haar nu echt weerzinwekkend. Altijd had ze haar mond vol over haar zoon en nu noemde ze pas haar dochter. Ze schaamde zich natuurlijk voor Jenny, omdat ze zo dik was. Wat een monsterlijke ijdelheid, wat een grenzeloos egoïsme...

Hij hoorde die avond een zwaar, aritmisch geklos in huis, als van een manke olifant, en een hoge, kirrende stem die voortdurend boven het zenuwachtig sussende stemgeluid van zijn hospita uitklonk. Hij verbood zichzelf te gaan kijken. Toen Jenny weg was kwam mevrouw Kazinczy voor zijn deur staan en vroeg hem met overslaande stem een kop koffie met haar te gebruiken. Ze was op van de zenuwen.

'Hebt u haar gezien?' vroeg ze onmiddellijk.

'Nee,' zei hij.

'Ook niet heel even, terwijl u naar het toilet ging bijvoorbeeld?'

'Ik ben mijn kamer niet af geweest.'

Haar getaande gezicht, de grote ogen, de brede mond die voor iedere emotie een eigen curve had, lag helemaal voor hem open. Ze was verbijsterd; ze kon zijn houding niet begrijpen. Nu pas zag hij hoe verschrikkelijk belangrijk het voor haar was om hem van haar ellende te overtuigen.

'Waarom hebt u haar niet willen zien?'

Nog nooit had ze hem zo'n rechtstreekse vraag gesteld. Hij haalde zijn schouders op en zweeg.

Langzaam zei ze: 'U wilt me niet begrijpen. U bent nog zo jong. U wilt een vrouw als ik niet begrijpen.'

Verstard van woede zat hij op zijn keukenstoel. Terwijl ze in haar klaaglijke Engels de ongevoeligheid van de jeugd breed uitmat – de ware menselijkheid kon je pas bereiken in de misère van de oude dag – moest hij zijn lippen op elkaar klemmen om haar niet hardop uit te schelden. Ik begrijp je maar al te goed, dacht hij, je wilt mijn medelijden, jij walgelijk vieze vrouw, daarom draag je je zogenaamde ellende zo plechtig voor je uit. Wat ben je een smerig wijf. O, wat haat ik je!

Ze begon te schokken onder korte snikken die haar als zweepslagen troffen en langzaam overgingen in een diep gekreun. Hij rende weg. Pas te midden van de slenterende toeristen, het gekwetter van Chinese hoeren, de zorgeloze avonddrukte van Queensway en Bayswater Road werd hij weer wat kalmer.

III

Mevrouw Kazinczy's pathetische leugens deden Van Stakenburg hongeren naar feiten. Zijn wetenschappelijke werk gedijde wonderwel onder zijn benarde huiselijke omstandigheden. Tegenover haar sentimentaliteit stelde hij hardnekkig een wakkere intelligentie. Iedere avond pende hij, na haar vorm- en zinloos gebabbel verdragen te hebben, bij wijze van stille wraak een bladzijde helder, beknopt proza neer. Zij was scheefgegroeid en verpieterd, als een plantje op een tochtige plek. Ze was teleurgesteld. Dat sterkte hem in zijn wil om te slagen. Hij begreep dat voor het behoud van zijn integriteit succes een absolute voorwaarde was.

De microfilms en fotokopieën waren de een na de ander alsnog binnengekomen. Ze hadden geen aanleiding gegeven tot ingrijpende herzieningen. Hier en daar vertoonde zijn werk nog wat leemtes, maar die zouden te zijner tijd zonder al te veel problemen kunnen worden opgevuld. Ten tijde van het incident omtrent Jenny waren zijn uitgave van de briefwisseling en de bibliografie van Lathams werken zo goed als voltooid. Hij had een uitvoerige inleiding geschreven, nauwgezette transcripties gemaakt van de brieven van Vossius en de afschriften die Latham van zijn eigen brieven had bewaard, de correspondentie tot in de kleinste details geannoteerd. Van alle drukken van Lathams boeken had hij meer dan tien exemplaren gecollationeerd. Voor het eerst voelde hij nu vorm en richting in zijn leven.

Eén belangrijke klus, de levensbeschrijving van Latham, had hij bewaard tot de laatste maand van zijn verblijf in Londen. Veel was er over de man niet bekend. De meeste gegevens werden, stevig gekruid met haat en nijd, opgedist door Lathams collega's Aubrey en Wood. Aubrey beschreef hem in zijn *Brief Lives* als 'a very bald man, plagu'd by warts and ulcers, with a fearful stoop, which he, being of an exceedingly shy and retiring disposition, affects to shirk an honest meeting of countenances'. Anthony à Wood wist te vertellen dat hij in 1591 geboren was te Abingdon, 'the son of a wheelwright', en noemde hem voorts een 'counterfeit scholar', 'vindictive liar' en een 'pedlar in fraud'. Schilderachtige vuilspuiterij, maar niet erg bruikbaar. Meer betrouwbare gegevens putte hij uit de registers van Christ Church, Oxford, die overigens bevestigden dat zijn vader radermaker van zijn vak was geweest. Ook uit de briefwisseling kon wel iets van Lathams leven worden gereconstrueerd. Vooral de ontmoeting met Vossius, die had plaatsgevonden in 1629, toen de Leidse hoogleraar een bezoek aan Oxford bracht, werd keer op keer in bloemrijk Latijn beschreven, zowel door Latham als door Vossius zelf. Van Stakenburg bleef zich verbazen over die warme vriendschap tussen de vermaarde geleerde en de niet bepaald briljante Engelsman.

Drie weken voordat hij naar Nederland terug zou gaan baande Van Stakenburg zich, met het manuscriptnummer van Lathams testament, dat hij in zijn schrift had genoteerd, en een aanbevelingsbrief van het Nederlandse consulaat, zwenkend en laverend een weg tussen de wapperende zwarte togen van de rechtsgeleerden die zich twee aan twee door Chancery Lane naar hun stamkroegen spoedden. Het was lunchtijd. Aan het eind van de straat lag het Public Record Office, de goorgrijze burcht waar 's lands archieven werden bewaard. Bij de ingang werd hem verzocht zijn pasje te tonen. Dat had hij nog niet. Hij moest zijn aktentas openen. Pas toen die grondig doorzocht was werd hij doorgelaten. Hij kwam op een binnenplaats waar wetenschappers met wollen shawls om hun nek bedachtzaam hun boterhammetjes zaten op te peuzelen. Een tweede ingang. Tas opnieuw open. Zijn inktpotje werd eruit gelicht. Hij moest zijn vulpen inleveren. Hier mocht alleen met potlood geschreven worden. Of hij zich even bij het bureau inschrijving wilde vervoegen voor een pasje.

Het bureau inschrijving was verlaten. Van Stakenburg

ging op een houten bank zitten. Hij had niets bij zich om de tijd te doden, want zijn tas had hij moeten achterlaten in de garderobe. De verwarming reutelde met onregelmatige tussenpozen. Aan een van de deuren die op het vertrek uitkwamen hing een bordje 'Entrance prohibited'. Met het wachten werd de drang steeds sterker om eens een kijkje achter die deur te nemen, maar hij wist zich te bedwingen. Na een halfuur kwam de functionaris binnen, een oude man met een felrode blos op zijn gele konen, in een bedwelmend bouquet van kroeggeuren. Zijn brilleglazen flonkerden opgewekt in het vroege middaglicht. Hij ging de verboden deur binnen. Er klonk geklater van water, geruis van een stortbak. Frunnikend aan zijn gulp kwam hij terug. Waarmee of hij Van Stakenburg van dienst mocht zijn? De Nederlander overhandigde hem de aanbevelingsbrief.

'...boek over Latham, wat?' neuzelde de functionaris, '...waardevolle manuscripten met een gerust hart toevertrouwen... met de meeste hoogachting... Dat liegt er niet om, meneer, dat is werkelijk heel fraai.' Van Stakenburg gaf hem zijn paspoort en naarstig schreef de man de gegevens op het pasje over.

'Geen betere investering dan een goed onderzoeksproject, zeg ik altijd. Straks keert u terug naar uw vaderland met uw typescript, bewijs van vlijt en doorzettingsvermogen, en alle deuren openen zich voor u. Zijn de Nederlanders werkelijk zo geïnteresseerd in deze meneer Latham? Ik moet u bekennen dat ik nog nooit van de man heb gehoord. Kerkhistoricus, wat? Ach, de wetenschap vandaag de dag, dat is een industrie. Produceren, blijven produceren, geeft niet wat. U moet dit vooral niet opvatten als een kritiek op u, hoor. Alstublieft. Nu nog een fotootje.'

Van Stakenburg mocht plaats nemen op een kruk, die de functionaris eerst met een energieke draai van zijn hand een flink stuk had laten zakken. 'Even glimlachen, meneer. U gaat een rooskleurige toekomst tegemoet. Geen enkele reden om zo sip te kijken.'

De foto was niet helemaal geslaagd. De kruk stond te laag. Van Stakenburg gluurde over de rand van de foto heen. Boven zijn hoofd stonden de woorden 'Entrance prohibited', duidelijk leesbaar. Toen hij zich gegeneerd met zijn pasje uit de voeten maakte, hoorde hij achter zich hoe de man met lange, vochtige uithalen stond te gieren van het lachen.

Hij noteerde het manuscriptnummer op een aanvraagformulier, leverde het in bij een onverschillige Pakistaan in stofjas, die tegen de balie geleund stond, en zocht zich een plaatsje in de zaal. De wetenschappers keerden terug van hun lunchpauze, hun dunne huid schraal en rood door de najaarskou. Ze droegen kranten onder hun arm, een enkeling een boek dat hij snel was gaan kopen. Verkwikt wierpen ze zich op hun inventarislijsten, procesverslagen, patentbrieven, edicten, verdragen, notulen. Telkens wanneer iemand een nieuw manuscript aan zijn tafel kreeg gebracht ontstak er een gretig licht in zijn ogen. Meestal doofde het na een vluchtig doorlezen, maar een enkele keer bleef het branden. Van Stakenburg kon zich de opwinding van zo'n man of vrouw levendig indenken. Hij voelde zich hier thuis, in deze gezellige werksfeer, tussen deze mensen, die allemaal net als hij aan boeken en artikelen bezig waren, op zoek naar de waarheid, die zich ergens onder het grillige, chaotische oppervlak van de werkelijkheid verborgen moest houden.

Het testament werd gebracht, een vergrijsd stuk vellum, volgekrabbeld in een onduidelijke secretarishand die bij eerste lezing nog nauwelijks iets van de tekst prijsgaf. Hij besloot het document woord voor woord over te schrijven. De aanhef was verrassend puriteins en somber: 'In the name of God, Amen. Hereby I doe commit my sinnful soule into the handes of God to dispose of it as Hee wisheth and noe doubt Hee shall place it in eternall fire to suffer unsustainable paines (that cannot bee but sustained), and my vile and useless bodie to the earth, whence it came and where it may rot till not a shredde of it remains.' Dat loog er alvast niet om. De oude man was het leven grondig zat. Het testament beloofde een waar document humain te worden. Hij schreef verder. 'Item I doe bequeath the letters of Gerhard Vossius that are in my possession, each and every one of them utter frauds, as also my forged answers thereunto, to the worshippful congregation of scholars, in order that they may sow bewilderment and confusion and perpetuate ridiculous vanitie.' Hier klopte iets niet. Frauds? Van Stakenburg voelde dat hij op een onaangenaam feit was gestoten. Maar hij moest vooral geen overhaaste conclusies trekken. Hij kon alles nog niet overzien. Straks zou het wel duidelijk worden. Hij probeerde angstvallig om niet na te denken en schreef verder. 'Item I give ten pounde to my daughter, likewise a fraud, by mee begotten on the fat bodie of a lecherous milke-maide. Item I give my cloak, stools, chaires and desk to Master Philipott, at whose house I have lodged these past three yeares, that hee may be pestered by wood-wormes for the remainder of his dayes. Item I leave my bookes to Christ Church, Oxon. And I doe hereby nominate and appoint my brother Peter Latham to bee the Executor of this my last will and testament, unto whome I leave all the rest of my estate, that is to say a debt of three pounde six shilling five pence to bee paid to Mr. Tho. Rowbottome, Cittizen and Innkeeper of Old ffish streete London. Signed sealed and published by mee, John Latham, the four and twentieth daye of November in the yeare sixteene hundred and seventy two, the five and twentieth yeare of the raigne of our Sovereigne Lord Charles II, King of England, Scotland, ffrance and Ireland, in the presence of William Quinton, Joseph ffield, etc.'

Hij borg zijn kopie diep weg in zijn tas en ging naar huis. Uitstel. In de underground dwong niets hem tot denken. Chancery Lane. Holborn. Tottenham Court Road. Om hem heen mensen die alle persoonlijkheid hadden afgelegd, bezig aan de dagelijkse rit der vergetelheid. Uitstel. Op het perron van Bond Street Station meende hij in een oude dame met een grote plastic tas mevrouw Petrinelli te herkennen. Zinsbegoocheling. Zoiets gebeurde alleen in romans van Iris Murdoch. Thuisgekomen schoof hij aan zijn werktafeltje en bladerde door het manuscript van zijn tekstuitgave. Pas toen stak er onrust in hem op. Het was of de bladzijden aan zijn vingers kleefden, smeekten om verscheurd te worden. Hij pakte zijn transcriptie van het testament uit zijn tas en las haar nu voor de eerste keer grondig door. Er was geen twijfel mogelijk: 'each and every one of them utter frauds.'

Hij kon het niet geloven. Iedere gebeurtenis waarvan in de correspondentie gewag werd gemaakt had hij nagetrokken. Niets in de briefwisseling had hem ook maar de geringste aanleiding tot argwaan gegeven. Het handschrift van Vossius was niet van echt te onderscheiden. De dateringen klopten tot op de dag, waar na te gaan tot op het uur met Vossius' biografie. Was het mogelijk dat een middelmatig man als Latham de eruditie van zo'n groot geleerde kon nabootsen? Dat was volstrekt onaannemelijk. Latham moest aan verstandsverbijstering hebben geleden toen hij zijn testament opmaakte, dement zijn geweest, misschien had hij een grap willen uithalen. Dat was de meest voor de hand liggende verklaring. Maar daartegenover stonden de getuigenissen van Aubrey en Wood, die altijd al aan Lathams goede trouw getwijfeld hadden. Dat klopte weer als een bus met het testament. Van Stakenburg kende het academische wereldje te goed om niet vooruit te weten dat zijn toekomstige critici hem met de onvermijdelijke gevolgtrekking naar hartelust om de oren zouden slaan.

Hij zou die conclusie zelf kunnen trekken. Maar wat was de zin van een wetenschappelijke uitgave van een vervalsing? Hij zou zich onsterfelijk belachelijk maken. Uit zijn ontdekking van die middag kon hij alleen journalistieke munt slaan. John Latham: Rancune en wroeging van een geniaal vervalser. Een amusant artikel, maar een schraal rendement voor een investering van dertigduizend gulden. Hij zou thuis niemand meer onder ogen durven komen.

Wat was nu werkelijker: het testament of zijn tekstuitgave? Hij wikte en woog. Nu eens leek de uitgave bleek en schimmig, de werkelijkheid van het testament verzengend helder; dan weer dacht hij aan de maanden hard werken die hij aan dit tweehonderd pagina's dikke manuscript besteed had – daarbij vergeleken was het testament een vod, dom, waardeloos, zonder bestaansrecht. Had hij dan al die tijd voor niets gewerkt? Je kon toch niet zomaar een groot stuk uit je leven hakken? Een klein stukje, zoals deze middag in het Public Record Office misschien wel, maar een groot stuk... nee.

Hij stevende nu zonder omwegen op een besluit af. Het recht dat het stuk papier zich had toegeëigend diende het weer ontnomen te worden. Het zou vervangen moeten worden door een document dat het bestaan van zijn tekstuitgave op geen enkele wijze zou aantasten. Uitstel tot in eeuwigheid gerekt was geen uitstel meer. Hij besloot de leugen tot waarheid te verheffen en Lathams berouw, als je het zo mocht noemen, ongedaan te maken. Met een stuk oud vellum, een inkt van de juiste kleur en een ganzeveer moest het hem lukken de vervalser te vervalsen.

Hij was nu te gepreoccupeerd om zich nog aan mevrouw Kazinczy te kunnen storen. Hij verdroeg haar gepraat zonder kritiek, zonder twijfel, maar nog steeds zonder geloof. Zij voelde zich door zijn onverschillig zwijgen aangemoedigd.

'U kijkt zorgelijk,' zei ze. 'U werkt te hard. U overdrijft. Mijn Lajos was ook een harde werker, op school al, maar hij ontspande zich op tijd. Daar heb ik op gestaan. Zondagsochtends tenniste hij. 's Woensdags ging hij naar zwemmen. En hij was geweldig populair bij de Engelse meisjes. Daar heb ik me nooit mee bemoeid. Dat hoort erbij. Niet dat ik zo weg ben van Engelse meisjes. Ik vind ze zó stijf, zó conventioneel. De vrouw die hij getrouwd heeft heeft tenminste één goede eigenschap: ze is geen Engelse. Dus één of twee keer in de week ging hij ook nog eens uit dansen of naar de film. Heeft zijn carrière daaronder geleden? Helemaal niet.'

Het vinden van de inkt leverde weinig problemen op. Bij Portobello Road ontdekte hij een winkeltje waar in groezelige potjes zelfbereide inkten werden verkocht, waaronder een sepiakleurige die redelijk overeenstemde met de inkt van het document. Met het stuk vellum had hij meer moeite.

Hij meende er het beste aan te doen een in vellum gebonden zeventiende-eeuws boek te kopen. In Kensington Church Street zag hij een etalage met een paar bandjes die wellicht voor zijn doel geschikt waren. De bibliopool ontving hem met veel strijkages. Wat of meneer wenste? Meneer een verzamelaar? Van Stakenburg knikte. Bepaald onderwerp? Nee. Ging het hem soms om de typografie? Ook niet.

Om de bandjes dan? Ja, zei Van Stakenburg, vol bange voorgevoelens. Of hij dan maar even wilde meekomen.

De oude drukken werden bewaard in een achterkamer, in met glas afgeschermde kasten. Rondneuzen was er niet bij. Met een gewijd gebaar haalde de handelaar een fraai bewerkte, rood marokijnen band te voorschijn. 'Samuel Mearne, meneer, met koninklijk wapen.' Van Stakenburg mompelde 'Te duur', zonder van enige belangstelling blijk te geven. De man werd ijzig correct en pakte iets bescheideners van de plank. 'Prima bandje, schutbladen wat gevlekt, maar verder uitstekende staat.' Van Stakenburg wees op een in onbeschreven vellum gebonden foliodeel.

'Maar dat is toch een volslagen oninteressante band? Dertien in een dozijn. Wat is daar nu aan te beleven?'

Van Stakenburg nam het boek in zijn handen. Het vellum zat aan de binnenkant stevig vastgeplakt, zodat hij niet kon zien of het aan de achterkant beschreven was. Dat was een risico. Maar het kostte hem weinig moeite dat risico te nemen. Hij wilde de zaak zo snel mogelijk verlaten. 'Hoeveel kost dit boek?'

'Tien pond, meneer, omdat u het bent. Verzamelt u misschien toch boeken naar onderwerp? Theologie, hè? Of was het natuurkunde? Wat maakt het ook uit. Moet ik het inpakken of gaat het zo mee?'

Het ging zo mee. Thuisgekomen maakte hij het vellum voorzichtig los. Er bleven wat harde lijm en papier op zitten, maar die konden met schuurpapier verwijderd worden. Hij vouwde het open. Aan beide kanten van de rug was het iets ingeknipt. Die stukken moesten weggescheurd worden. Daarom had hij ook een folioformaat gekozen. Nu alle randen opengevouwen waren kon hij het vellum omdraaien. Alleen de bovenste centimeters waren beschreven, het stuk dat toch afgescheurd zou worden. De schrijver had na de eerste vier woorden een paar lelijke inktvlekken gemaakt.

'U hebt wallen onder uw ogen,' zei mevrouw Kazinczy. 'Ik zie niet graag dat mijn onderhuurders wallen onder hun ogen hebben. Ik hoor u steeds maar ijsberen op uw kamer. Dat houdt me uit mijn slaap. Is er soms iets niet in orde?'

'Och, allerlei zaken die nog op het laatste moment geregeld moeten worden. Niets bijzonders.'

'U werkt te hard. U ziet zo bleek. U moest eens een paar dagen de stad uit. Wat frisse lucht. Daar zou u van opknappen.'

Uitrusten kon hij over tweeëneenhalve week, wanneer hij naar huis zou gaan, maar hij moest nu eerst een ganzeveer zien te vinden. Hij zwierf een hele dag door King's Road en omgeving, door Portobello Road en omgeving. Hij ontdekte boetiekjes die zich specialiseerden in bloedkralen, in winkeljuffers, in negentiende-eeuws kerkantiek, Coca-Colaspiegels, snuifdozen, miniatuur stoommachines. Hij zag pauweveren bij de vleet, stola's van struisvogelveren, waaiers van papegaaieveren, maar nergens ganzeveren. Hij bracht een bezoek aan de Londense dierentuin. Flamingo's stonden verwaten te dromen. Een ooievaar streek neer op een hoog en eenzaam karrewiel. Eenden staken vlak voor zijn voeten over. Hij zag kolibries en gieren, maar geen ganzen. Bij een Pakistaanse winkel in Notting Hill trok hij een paar veren uit een kip die ongeplukt in de deuropening hing. De acht kinderen van de winkelier achtervolgden hem joelend tot in Bayswater. De kippeveren waren te dun en te zwak om mee te schrijven.

'Weet u wat, mevrouw Kazinczy? Ik geloof dat ik uw raad maar eens opvolg. Ik trek er een dagje tussenuit.'

'Ziet u wel? Ik weet wel wat goed voor u is. U bent een beetje raar aan het worden. Straks bent u overspannen. Ik heb die veren met dat geronnen bloed wel in uw prullenbak zien liggen. Een dagje de vrije natuur in. Dan wordt u weer helemaal de oude.'

Hij huurde een fiets. Het kostte hem een halve dag om Londen uit te komen. Om een uur of twee 's middags bereikte hij de eerste weilanden. Het was fris, maar stralend weer. De heldere herfstkleuren verrasten hem en hij werd duizelig van het verre uitzicht. Het afgelopen halfjaar was hij de stad nauwelijks uit geweest. Hij sloeg steeds kleinere wegen in, zonder erop te letten waarheen hij reed. Hij had zadelpijn. Hij was een martelaar. Het was doodjammer dat niemand zijn lijden kon bewonderen. Aan de rand van een kleine plas, naast een boerenerf, stond een gans. Hij stapte af. De gans bleef staan, ook toen hij vastberaden op haar toekwam. Toen hij twee meter van haar vandaan was waggelde ze hem sissend tegemoet. Luider sissend. Ze pikte hem in zijn kuiten, flapperde met haar vleugels, vloog tegen zijn borst op, krijste met onbeholpen rollende kraalogen. Hij greep haar bij de hals en hield haar zo ver mogelijk van zich af, terwijl hij de andere hand uitstrekte om haar een veer uit te trekken. Met een onvermoed harde klap sloeg ze een vleugel tegen zijn uitgestrekte hand, die plotseling koud en lam voelde. Pas toen werd hij bang. Hij kneep. De gans krijste, rochelde. Hij voelde machtige spierbewegingen in de vuist van zijn hand, golven kracht persten zich steeds en steeds weer door zijn samengeknepen vingers. Eindelijk was het waanzinnig geschreeuw voorbij. Hij hield een vreemd, wit, stil ding voor zich uit. Hij hoorde een angstig gepiep. Het kwam uit het riet. Voorzichtig legde hij het ganzelijk op de grond en trok er snel een handvol veren uit.

De terugtocht was lang en koud. Hij viel ten prooi aan de oude wanhoop. Zijn lijden had niets bewonderenswaardigs meer. Bij een off-licence kocht hij een halve liter gin. Om elf uur 's avonds bereikte hij de Londense binnenstad. Hij wilde niet thuiskomen zolang mevrouw Kazinczy nog op was. Koud, stijf en dronken reed hij rondjes op zijn onverlichte fiets. Taxichauffeurs schreeuwden hem scheldwoorden toe en probeerden hem van de weg af te drukken. Op Piccadilly Circus zag hij mevrouw Petrinelli staan. Ze droeg een lange, grijze winterjas en daarover haar gerafelde stola. Glimlachend trotseerde ze de drommen bioscoop- en theaterbezoekers die links en rechts langs haar heen schampten. Ze hield een lange stok in haar handen waaraan een stuk karton bevestigd was met het opschrift: 'Ik ben de Weg, de Waarheid, en het Leven.'

Om halftwee kroop hij in bed. De volgende dag maakte hij zijn vervalsing. Op paleografiecolleges was hem altijd voorgehouden dat je een oud handschrift het best leert lezen door het zelf te leren schrijven. Van Stakenburg was zijn oude docent innig dankbaar. De zinsneden die betrekking hadden op de vervalsing liet hij weg; verder bracht hij geen veranderingen aan in de tekst van het origineel. Hij had erg veel moeite met het verouderen van het stuk. Met heel fijn schuurpapier trachtte hij de tand des tijds na te doen. Hij liet het geschrift dagenlang in de zon voor het raam liggen. Hij legde het onder het bed waar mevrouw Kazinczy vanwege haar reumatiek nooit stof verwijderde. Het effect was eerder besmeurd dan dof. Maar hij kon zich onder de gegeven omstandigheden geen ontevredenheid permitteren. Vanaf het moment dat zijn vervalsing klaar was voelde hij zich kalm. Hij begon te geloven dat zijn versie van het testament de meest juiste was. Die in het Public Record Office was een vreemde gril. Hij had de wetenschap een niet geringe dienst bewezen.

'Dat dagje uit heeft u echt goed gedaan,' zei mevrouw Kazinczy. 'Heb ik het u niet voorspeld?' Dat had ze zeker.

Hij koos een druk tijdstip uit om de verwisseling te bewerkstelligen: dinsdagochtend om halftwaalf. Hij vouwde zijn vervalsing in de *Guardian* van die dag en met de krant onder zijn arm en zijn tas aan de hand begaf hij zich ten tweeden male naar het Public Record Office. Bij de ingang werd zijn tas doorzocht. Hij liet zijn pasje zien. De portiers barstten in lachen uit. Die meneer van het bureau inschrijving zat altijd vol grollen en grappen, vertelden ze, vooral 's middags. Binnen werd zijn tas opnieuw gecontroleerd. Hij legde de krant op een tafeltje, gaf zijn jas en tas af bij de garderobe, pakte de krant weer op, liep naar de leeszaal, schreef het manuscriptnummer op een aanvraagformulier en ging zitten. Hij doodde het wachten met het lezen van de krant, maar de binnenpagina sloeg hij niet op. Toen het testament gebracht was schoof hij het in de dichtgeslagen krant en met dezelfde beweging trok hij de vervalsing eruit. Hij vouwde de krant op en zette zich vol toewijding aan het overschrijven van zijn eigen vervalsing.

IV

Achteraf was zijn stemming van dat laatste weekend voor hem het bewijs dat hij overspannen moest zijn geweest. Hij kon er alleen met walging aan terugdenken. Toen hij op zaterdagochtend, vier dagen voor zijn vertrek, nog stijf van de slaap de deur van zijn kamer openmaakte, zag hij in de schemerige lounge met haar rug naar hem toe zijn hospita staan. Het was de eerste keer dat hij haar zag en zij hem niet, en ze leek klein, licht en teer nu, zonder haar drukke gebaren, haar agressief gepraat. Ze had het zwarte haar opgebonden tot een glimmende wrong, waardoor haar lange, smalle en verrassend gladde nek vrijkwam. Ze droeg een nachtjapon, die wijd naar onderen uitwaaierde en met twee smalle bandjes over haar schouders hing. Ze bewoog die schouders even naar links, naar rechts, een huiver trilde door de dunne stof van haar nachtgewaad, ze maakte een danspasje op de maat van een onhoorbare muziek, draaide zich om met gesloten ogen en legde haar vingers op de schouders van een onzichtbare partner. Glimlachend walste ze, de ogen steeds gesloten, door de kamer,

paardansend,
dansparend,
transparant!

En in zijn ogen veranderde ze volkomen. Uit dat bewegende lichaam, de wisselende gestalten die zich over elkaar op zijn netvlies vastlegden, abstraheerde zich haar ziel, haar persoonlijke schoonheid, die tot dan toe verborgen was gebleven onder dikke lagen smart en vooroordeel. Ze was weerloos helder en hij zag wat zestig jaar lang integer en onaangetast was gebleven.

Weer draaide ze zich naar hem toe en nu opende ze haar

ogen. Schrik wiste in één veeg alle zaligheid van haar gezicht. Schor mompelde ze dat ze een oude vrouw was, met dwaze herinneringen, en ze snelde de badkamer in, met gebogen hoofd en een bittere trek om haar mondhoeken.

Die laatste dagen week hij niet uit haar buurt. Hij ademde op de maat van haar voetstap. Steeds wanneer hij haar de keuken hoorde binnengaan kwam hij haar achterna. Ze stond dan zenuwachtig te rommelen voor het gasstel met de fluitketel of de koekepan en verzon van alles om zich niet naar hem te hoeven omdraaien. Ze had het haar onmiddellijk weer losgemaakt. Hij zei dat ze het weer moest opsteken, het stond haar zo goed. Ze was bang dat hij haar bespotte en weigerde hem serieus te nemen, maar toch voelde ze zich gevleid – iets in haar rug vertelde hem dat. Hij wilde haar zeggen wat hij gezien had, maar haar schaamte maakte hem dat onmogelijk.

Die zondag stond hij vroeg op om kranten voor haar te kopen. Ze bracht die dag gewoonlijk door met het bekijken van advertenties voor dingen die ze toch niet kon betalen. Maar toen hij haar de kranten bracht vertelde ze dat ze vandaag een vriendin in Slough ging bezoeken. Terwijl ze met haar geopende handtasje door de flat draafde probeerde hij een gesprek aan te knopen.

'Het spijt me,' zei hij.

Ze deed alsof ze haar portemonnee niet kon vinden.

'Het spijt me, mevrouw Kazinczy.'

Ze keek hem aan. Haar ogen smeekten hem om op te houden.

'Ik heb u steeds verkeerd beoordeeld. Dat spijt me ontzettend.'

Ze vond haar portemonnee in haar jaszak. 'Luister,' zei ze. 'Ik weet niet wat u bedoelt. Ik wil het ook niet weten. Ga naar uw kamer. U staat hier in de weg. Ik moet een trein halen. Als er voor me wordt opgebeld zeg dan dat ik pas laat thuis ben.'

Ze vertrok in overdreven haast. Hij sloop haar kamer binnen, waar alles naar haar geurde. Hij ging op haar bed liggen en viel in slaap. Bij het ontwaken voelde hij zich sereen als nooit tevoren. Hij bekeek gefascineerd de geheimzinnige

Hongaarse titels in haar boekenkast. Hij nam een boek ter hand, las bladzijde na bladzijde zonder ook maar één woord te begrijpen en improviseerde hardop een uitspraak van de taal. Daarna ging hij naar zijn kamer om haar een brief te schrijven die alles verduidelijken moest. Boven het papier verzonk hij in onbestemd gepeins. Ten slotte schreef hij twee vellen vol met fantasie-Hongaars. Hij legde ze op haar hoofdkussen, maar na een kwartier haalde hij ze weer weg, verfrommelde ze en gooide ze door de stortkoker. Mevrouw Kazinczy kwam diep in de nacht thuis. Hij hoorde hoe ze heel voorzichtig het slot omdraaide en op haar tenen naar binnen sloop. Toen hij zijn deur openmaakte vluchtte ze in paniek haar kamer in.

Op maandag ging hij, meer uit gewoonte dan uit noodzaak, naar de leeszaal van het British Museum. Hij trok een aantal citaten in zijn manuscript nog eens na op overschrijffouten, maar kon er geen ontdekken. Zijn nauwkeurigheid was haast pathologisch. Hij wandelde wat lusteloos langs de boeken op de open planken, trok hier en daar een band te voorschijn en bleef dan op goed geluk wat staan bladeren. Hij hield van de sfeer in die grote ronde leeszaal en vond het moeilijk afscheid te moeten nemen. Hij maakte hier en daar een praatje met nieuwsgierige Amerikanen die hem steevast vroegen waarmee hij bezig was en vertelde hun dan gloedvol over Latham en zijn briefwisseling met Vossius. Hij voelde zich nu een volwaardig lid van die 'worshippful congregation of scholars', waarover Latham zo laatdunkend had gedaan. Op een van zijn slentergangen viel zijn oog op een dun deeltje met de titel *A Choice Selection from the Wills of Our Eminent Men of Letters,* samengesteld door Sir William Fitzmaurice Williams.

Fitzmaurice Williams had zich van het woelige begin tot aan het decadente einde van de negentiende eeuw stierlijk zitten vervelen op zijn landgoed in Hertfordshire. Hij werd geplaagd door een ongeneeslijke zwartgalligheid, die waarschijnlijk voortkwam uit het feit dat hij geen vinger hoefde uit te steken om aan de kost te komen. Nu eens verdiepte hij zich in de geschiedenis van de aardewerkindustrie, dan weer trachtte hij de astrologie al zijn aandacht te schenken, om zich vervolgens te wijden aan de biografie van de dichter John Skelton, maar niets vermocht hem blijvend te boeien. Pas toen hij negenennegentig was mocht hij dood. Hij liet een menigte publikaties na, die zich door twee dingen onderscheidden: een dilettantistische onnauwkeurigheid en een weelde aan tot dusverre onbekend feitenmateriaal, opgediept uit de meest onwaarschijnlijke hoeken en gaten. Latere geleerden zagen zich genoodzaakt al zijn werk nog eens grondig over te doen. Hij kreeg het predikaat onbetrouwbaar, maar kon niet genegeerd worden. Hij was een olifant geweest in de porseleinkast van de wetenschap.

Van Stakenburg pakte het bandje met een geïrriteerd gebaar van de plank en sloeg het register op. Geroutineerd bladerde hij door naar de letter L. Fitzmaurice Williams maakte zijn pesterige reputatie opnieuw waar: 'Latham, John. M.A. Oxon. Antiquary. 1591-1672, p. 82.' En op bladzijde 82 stond de tekst van Lathams testament afgedrukt, wemelend van de transcriptiefouten – sew voor sow, pence voor pound, boots voor stools – maar de zinsnede 'each and every one of them utter frauds' had hij correct overgenomen.

Het was vreemd, maar hij voelde alleen opluchting, een tinteling tot in het diepst van zijn ziel. Langzaam ontwaakte dat deel van hemzelf dat hij had moeten verdoven omwille van het onhoudbare geloof in de werkelijkheid van zijn vervalsing. Hij was weer heel en vrij! Maar meteen daarna raakte hij opnieuw verstrikt in de overwegingen die op zijn ontdekking van Lathams testament gevolgd waren. Alles begon van voren af aan: de angst om met lege handen thuis te komen, het onverteerbare verdriet om een verknoeid jaar, de zekerheid dat zijn veelbelovende loopbaan voortijdig geëindigd was, dat hij geen tweede kans meer zou krijgen. En hoewel hij steeds op deze bevrijding gehoopt had – daarvan werd hij zich nu pas bewust – deed het hem pijn dat voor hem de voldoening niet was weggelegd die Latham wel had mogen smaken: zelf schoon schip te maken en daarmee de wereld voor paal te zetten. Zijn tekstuitgave zou onopgemerkt in de prullenmand verdwijnen. Wanneer hij zijn vervalsing weer zou hebben omgeruild voor het origineel (dat hij had bewaard omdat hij zich niet veilig kon voelen zonder van tijd tot tijd het lot te tarten), zou er van zijn inspanningen geen spoor meer over zijn. Hij was een roemloos slachtoffer der omstandigheden. Latham had met een luide plons een steen in het water gegooid en hij was een stille kring.

Maar hij moest sympathie hebben. Hij kon dit verdriet niet voor zich houden. Mevrouw Kazinczy had een zoon en een ex-echtgenoot in de wetenschap: zij moest begrip voor hem kunnen opbrengen. 's Avonds wachtte hij vol ongeduld op haar thuiskomst. Hij gaf haar amper de tijd om thee te zetten. Hortend, zijn stem onvast en soms schril van tranen, vertelde hij haar het hele verhaal, van zijn hooggestemde verwachtingen tot de bevrijdende ontdekking van die ochtend. Niets liet hij onvermeld, zelfs niet dat hij een moedergans gewurgd had.

Ze was eerst verbaasd, ten slotte ontredderd. Schichtig rolde ze met haar grote, bruine ogen. Ze wilde opstaan. Hij smeekte haar te blijven zitten. Ze stond toch op, maar verliet de keuken niet. Ze pakte haar boodschappentas uit en borg de kruidenierswaren lawaaierig op in de provisiekast. 'Een wetenschapper is vóór alles oprecht,' declameerde ze zenuwachtig, 'een man die de waarheid respecteert, een onopvallende held.'

'Maar begrijpt u me toch alstublieft! Begrijpt u toch hoe ik me een plaats moet veroveren in een wereld die me helemaal niet nodig heeft!'

'De wereld heeft de wetenschap wel nodig.' Ze beet het hem toe. 'De hematologie is iets waar de mensheid enorm veel baat bij vindt. U hebt een kleine tegenslag gehad. Meteen laat u het hoofd hangen. U hebt geen ruggegraat. Wat weet u eigenlijk van de wereld? U hebt nog niets meegemaakt.'

'Maar al mijn werk is overbodig, het stoelt nergens op, het is belachelijk!'

Ze liet zich nu niet meer uit het veld slaan. Ze bedolf hem onder woorden. Hij kreeg de kans niet meer iets terug te zeggen.

‘U overdrijft natuurlijk. Al mijn onderhuurders hebben het ver gebracht in hun leven. Wekelijks krijg ik nog brieven. Waarom zou u een uitzondering zijn? U hebt nu een tegenslag gehad. Misschien zult u wat meer tijd nodig hebben om uw werk af te maken. Maar uiteindelijk zult u succes hebben, dat staat voor mij als een paal boven water. Mijn zoon heeft dag en nacht moeten werken om er te komen, op de middelbare school al. Jarenlang heb ik me alles uit de mond gespaard om zijn toekomst veilig te stellen. Toen ging hij naar zijn vader en liet hij mij in de steek. Hij wist niet beter. In de Verenigde Staten heeft hij ’s nachts als benzinepompbediende moeten werken om zijn studie te bekostigen. Die vader van hem heeft nooit een cent voor zijn onderhoud betaald. En nu heeft hij de Hunter M. Zupp-prijs gekregen. Wat hij kon moet u toch ook kunnen, met uw zeeën van tijd en uw riante toelage van regeringswege. Hij is getrouwd met een verwende Amerikaanse vrouw, die hem voortdurend aan zijn kop zeurt over nieuwe kleren, nieuwe vloerbedekking, nieuwe auto, nieuw huis, die de kinderen niet aankan en van het huishouden geen zier verstand heeft. Als dat geen tegenslag is, dan weet ik het niet meer. Toch heeft hij de Hunter M. Zupp-prijs in de wacht weten te slepen. U bent ongehuwd, u hoeft voor niemand te zorgen. En dan meent u te mogen klagen? Neem mezelf nou. Als ik geen ruggegraat had gehad, dan schooide ik nu langs de vuilnisbakken achter een oude kinderwagen, met een versleten herenoverjas om mijn kromme schouders. Maar ik heb altijd het hoofd hoog gehouden. Ik kan er tientallen aanwijzen die met heel wat minder ellende volkomen in de vernieling zijn gegaan. Had de wereld mij nodig? Had de wereld mijn dochter nodig? Hoe kon ik weten dat de wereld mijn zoon nodig had? Ik heb me dat nooit afgevraagd, meneer. Ik heb er nooit aan getwijfeld. Tot voor een halfjaar geleden had ik nog nooit van de Hunter M. Zupp-prijs gehoord. Ik weet nog steeds niet wie die Hunter M. Zupp geweest is. U moet vertrouwen hebben. Zonder vertrouwen bereikt u niets. Er zijn genoeg mensen die de wereld kan missen als kiespijn. Dr. Thomas Kazinczy is er in elk geval één van. Maar vrouwen die door dik en dun voor hun kinderen zorgen en jonge, energieke wetenschappers, daarvan heeft de wereld er nooit genoeg, gelooft u mij maar.'

En daarmee was het onderwerp afgehandeld. Ze glimlachte even op een manier die je bemoedigend zou kunnen noemen als haar onderlip niet getrild had, en liet hem alleen. Hij probeerde zich te herinneren wat hij die zaterdagochtend in haar had gezien. In plaats daarvan kwam hem zijn gedrag van zondag voor de geest. Hij schaamde zich. De zekerheid dat het onopgemerkt zou blijven, geen gevolgen zou hebben, maakte zijn schaamte des te pijnlijker. Hij verlangde naar straf. De volgende ochtend ging hij terug naar het Public Record Office om de twee stukken vellum opnieuw te verwisselen. Hij deed het op dezelfde manier, met een krant. Toen hij zijn pasje toonde, hoopte hij dat de portiers in de belachelijke foto een vingerwijzing zouden zien, maar ze kenden hem nog van de vorige keer. De bediende kwam hem met hetzelfde verveelde gezicht zijn vervalsing brengen. Het maakte allemaal niets uit. De Pakistaan gaf geen knipoog van verstandhouding. Hij kreeg geen pluim voor zijn deugdzaamheid. Er volgde geen dramatische ontknoping. Deze bleke gang van zaken stelde hem diep teleur. 's Avonds pakte hij zijn koffers.

Het afscheid van mevrouw Kazinczy was gehaast. Het vond plaats in de schemer van de lounge, 's morgens om halfacht. Ze stond op het punt om naar haar werk te gaan. Ze had twee tassen en een paraplu in haar handen en droeg een plastic regenkapje op haar hoofd. 'Schrijf me hoe het verder met u gaat,' zei ze. 'Al mijn vroegere huurders schrijven me brieven. Ze trouwen, krijgen kinderen en verdienen veel geld. Het zal u precies eender vergaan. Gooit u de voordeursleutel straks door de brievenbus? Ik hoop dat u hier een prettige tijd hebt gehad.'

Toen ze weg was ijsbeerde hij kamer in kamer uit en probeerde verdriet te voelen. Hier zou hij zijn grote ambities moeten achterlaten. Hij streek met zijn vingers langs de muren, kneep in stoelleuningen tot hem de tranen in de ogen sprongen, maar de sentimentele bevrijding waarop hij had gehoopt bleef uit.

De rest van de ochtend ging verloren in het zenuwachtig wachten op taxi's, het nahollen van kruiers, veilig stellen van zitplaatsen. Omdat hij nu veel meer bagage had dan toen hij kwam ging hij per boot terug. Hij had een tweedeklas-ticket gekocht, want hij vreesde de verveling van de overtocht en wilde mensen om zich heen, luidruchtige, schaamteloze mensen. Zodra zijn koffers waren weggeborgen zocht hij zich een plaats aan de bar en goot zich plechtig vol met gin-tonics. Om hem heen zaten Engelse bouwvakkers die naar Duitsland gingen om hun beurzen te spekken. Ze lieten foto's van hun vrouwen en kinderen zien aan goedgemutste Nederlandse zeelieden, op weg naar huis van Bristol voor een lange vakantie. De Nederlanders verbroederden zich met de Engelsen en beantwoordden nieuwsgierige vragen over de bordelen van Rotterdam en Hamburg en de seksuele gewoonten op het vasteland. Culturele betrekkingen, dacht Van Stakenburg, dit zijn dus internationale culturele betrekkingen. Hij werd vrolijk, kletste gezellig mee en nam deel aan de rondjes. Naarmate hij Hoek van Holland dichter naderde kreeg hij steeds meer zin om rechtsomkeert te maken. Hij zou een emigré zijn in eigen land. Tegelijkertijd was hij blij dat hij nu niet meer terugkon.

Na negen gin-tonics moest hij wat frisse lucht gaan happen. Stevig ingepakt in zijn winterjas klom hij het ijskoude, winderige dek op. Om zich heen zag hij niets dan mist en water, in hun herfstige grijsheid niet van elkaar te onderscheiden. Hij hoorde wind en golvengeklots en nog iets. Daar doorheen klonk, heel zachtjes, getik van breinaalden en onderdrukt gegiechel. Het kwam van ergens schuin boven hem, net buiten zijn gezichtsveld, steeds buiten zijn gezichtsveld, hoe hij zijn nek ook kromde. Het waren zijn schikgodinnen die met groot plezier hun broddelwerk uithaalden.

NAMEN EN GEZICHTEN

Buitenlandse dienst

De enige reden waarom ik geen spionnetje heb is de grote ruit van het bedrijfspand pal tegenover mijn huis. Daar kan ik hem heel gerieflijk op gadeslaan, elke dinsdagochtend om tien voor halfnegen, wanneer hij beneden voor mijn deur staat te wachten. De afspraak is dat hij zich precies om halfnegen te mijnent vervoegt; aangezien hij te ongeduldig is om zich aan die afspraak te houden en hij anderzijds ook niet te vroeg wil komen, wacht hij eerst een poosje, kin stuurs geheven, armen slap gekruist voor zijn gedrongen persoon. Een lang ogenblik na tien voor halfnegen, zo lang dat geen klok het becijferen kan, komt zijn arm omhoog, verlangend en dreigend, zoals een slang zich rekt naar de fluit van de slangenbezweerder, en drukt op de belknop. Met zo'n kracht dat in mijn portaal het plastic beschermkapje van de schel valt.

Hij komt mijn huis schoonmaken. Ik heb mijn bureau dan al opgeruimd, haardotjes uit de douche geplukt, het toilet met Glorix gereinigd, mijn bed opgemaakt, de avond tevoren de afwas gespoeld zodat hij geen vieze etensresten onder ogen hoeft te krijgen, alle sporen van mijn lichamelijk bestaan verwijderd die misschien zijn weerzin zouden wekken en zijn trots, een trots zo groot als een struisvogelei, zouden krenken.

Ik duw het kapje op zijn plaats. Ik ren naar beneden en trek de voordeur open, met gulle welkomstzwaai. Om hem elke week weer terug te zien deinzen. 'Was u in de bed?' Of ik me soms heb verslapen, bedoelt hij. Dan: 'Heeft u de vakantie?' En ten slotte: 'Is u ziek van de griep?'

Dit zijn herinneringen – zoals je ze ook wel krijgt aan allang betaalde rekeningen – aan de drie keer dat ik indisponibel ben geweest en hij onverrichter zake heeft moeten vertrekken. Drie keer in de drie jaar dat hij mijn hulp is. Ik wil er wel meteen bij gezegd hebben dat hij geen telefoon heeft, dus niet kan worden afgebeld. Hij woont nu eens hier, dan weer daar, in kraakpanden, naar ik me heb laten vertellen, waar hij in een hoek van een keuken of een overloop een territoriumpje heeft ter grootte van zijn matras, afgebakend met een oud gordijn. Hij heet Gamal. En verder? Zelfs al wist ik het, dan moest ik het nog verzwijgen, want hij is hier illegaal. Hij komt uit Egypte.

Zijn vaderland en het mijne. Beide zijn de open handpalm van een groot continent. Aan de vingers flonkeren havensteden. Het zijn moerasdelta's, allebei, met eindeloos geploeter ingedamd en ingedijkt. Zijn voorouders hebben net als de mijne elke kluit aarde op het water bevochten en duizendmaal omgedraaid. En we zijn allebei ballingen. Daar houdt elke overeenkomst tussen ons op.

'Nee hoor,' zeg ik gezellig, alsof ik niet voel dat hij me die drie keer tot in zijn mohammedaanse hel zal blijven nadragen. 'Kom maar gauw binnen.'

'Ik niet vroeg?'

Hij weet heel goed dat hij te vroeg is, ook al draagt hij geen horloge. Ik van mijn kant weet dat hij het weet omdat hij *altijd* te vroeg is, en altijd punctueel tien minuten. 'O nee – nee hoor.'

Staat mijn hemdsboord overeind, hangt er een klodder scheerzeep bij mijn oor of kijk ik wat ongelukkig uit mijn ogen, zoals 's ochtends sporadisch voorkomt, dan deinst hij nogmaals een stap terug. Beweegt de vlakke hand afwerend heen en weer, alsof ik een duivel ben of van de vreemdelingenpolitie. 'Nee! Ik wachten! Een kwartiertje.' En wijkt geen duimbreed, wat ik hem ook smeek. Op de grote ruit bij mij tegenover staat zijn spiegelbeeld vervolgens weer naast de deur, in zijn oude colbertjasje, trouw naast de deur, ook al hagelt of stortregent het. Dat hij ons nare klimaat nog steeds geen overjas waardig heeft gekeurd, is volgens mij omdat hij Nederland als iets voorlopigs wil blijven beschouwen; en dat een kwartiertje onder die omstandigheden niet langer dan zeven minuten kan duren, ook daarvoor heb ik natuurlijk alle begrip.

Zodra hij bij me binnen is worden het colbertjasje en 's winters zijn trui over een stoelleuning geworpen. Hij trekt zijn overhemd uit zijn broek, doet schoenen en sokken uit, legt zijn bril op tafel en wiebelt op duikelaarsvoetjes naar de koude keuken. Wat ik nog te zeggen heb wordt niet meer gehoord. Ik moet wegwezen. Hij wenst onder het werk niet gezien te worden. Of hij de koffie opdrinkt die ik voor hem op een pitje laat staan weet ik niet. Een worstebroodje dat ik bij zijn eerste bezoek voor hem in de oven heb gezet lag 's avonds in de vuilnisemmer. De mokkapunt ter gelegenheid van mijn verjaardag ('Kijk, Gamal, een mokkapunt. Voor jou') insgelijks. Of ik wil wegwezen astublief.

Elke dinsdagochtend verlaat ik mijn woning alsof een engel met vlammend zwaard me op de hielen zit. Het is voor mij geen geringe opgave om een hele halve dag van huis te zijn. Ik ben verknocht aan mijn etagewoninkje. Ik ben ermee vergroeid geraakt, des te inniger omdat ik het met niemand deel. Het is een tweede lichaam.

Tussen mijn meubeltjes, mijn boeken en siervissen leid ik er een keurig werklozenleven. Ik slaap elke nacht precies zeven uur en vijfendertig minuten, zonder mankeren. Mijn gezondheid is nog nooit zo goed geweest. Zoals de bleke idioot in het gesticht, de douairière die haar leven slijt in haar rechte stoel, maak ik een goede kans de honderd te halen. En al mijn liefde gaat op aan spulletjes, aan mijn boeken, mijn prenten, een oude asbak en een doos vol wijnkurken niet uitgezonderd, stomme spulletjes die mijn genegenheid niet op de proef stellen en in die gestolde emotie gevangen zitten, als in amber.

Vroeger was ik leraar. Geen tijd waar ik met plezier aan terugdenk, daar niet van, maar ik bestond. Tegenwoordig ben ik iemand van wie brieven en formulieren wekenlang op een hoekje van ambtelijke bureaus blijven liggen, om er ten slotte ongemerkt vanaf te vallen. Zo verdwijn ik. Zo besta ik uiteindelijk alleen nog voor mezelf. Doorgaans vind ik dat niet ondraaglijk, soms heb ik het gevoel dat ik op sterven na dood ben. Ik speel wel eens met de gedachte om een grafiek te maken van mijn goede en mijn slechte dagen, teneinde statistisch vast te stellen of ouder worden inderdaad is wat ik al een tijdje vermoed dat het is, maar telkens vind ik het toch verstandiger om dat in het ongewisse te laten. Ik probeer braaf van mijn goede dagen te leven. Van tijd tot tijd vertonen mijn slechte dagen de niet meer te loochenen neiging om elkaar steeds sneller op te volgen. Dan ga ik een weekje logeren bij mijn zuster in Montferland. Bij thuiskomst vind ik dat leventje van mij opnieuw niet ondraaglijk.

Ik ben dus heus wel eens langer dan een halve dag van huis als het zo uitkomt, maar of het zo uitkomt zou ik liever niet door Gamal laten bepalen. Wanneer hij mijn huis schoonmaakt is het alsof ik onder narcose ben, ziek van een pijn die ik niet kan voelen. Alsof er in me gesneden en gepulkt wordt. Mocht u ooit een ziel zonder lichaam willen aanschouwen, dan moet u me maar eens volgen wanneer ik dinsdagsochtends door de stad zwerf. Eerst zit ik een uurtje in een koffiehuis over een ochtendblad gebogen. Kranten, en ochtendbladen in het bijzonder, zorgen gegarandeerd voor een uitschieter naar beneden op mijn dagengrafiek; maar dinsdags lees ik een ochtendblad, want vóór tienen zit er in een koffiehuis niets anders op. Ik lees, door mijn oogharen, over de zegetocht van mijn levensstijl. Over de maandelijkse stijgingspercentages, over het miljoen dat binnenkort gehaald zal worden. Nog een paar jaar en er zijn al meer werklozen dan vrouwen. Binnen afzienbare tijd zal mijn bestaanswijze de meest algemene menselijke conditie zijn. Toch willen wij daar nog niets van weten, mijn lotgenoten en ik. Wanneer we even vóór tien uur met ons allen staan te wachten bij de ingang van de openbare leeszaal, doet iedereen nadrukkelijk werkhebbend. Ik zorg ervoor altijd een map met paperassen bij me te hebben. Anderen komen met twee brillen of een bonte rij ballpoints in hun borstzak. Zodra de deuren opengaan probeert elk van ons om als eerste bij de tijdschriften te komen, want we zijn allemaal tuk op hetzelfde glanzende papier, dezelfde paginagrote kleurenfoto's die ons binnenlaten in de tuinen van Schönbrunn en Sissinghurst, de tempels van Tikál, de schatkamers langs de oude handelsroutes.

Of dacht u soms dat wij geen vakantie nodig hebben?

Bij mooi weer laat ik de leeszaal voor wat ze is. Dan wandel ik over de markt. Ik reken me rijk door op zoveel mogelijk voordeelaanbiedingen in te gaan. Ongegeneerd verwen ik mezelf. Ik heb vijftien stukken zeep in de kast liggen, scheermesjes en schoenveters voor jaren, stapels ondergoed in onaangebroken verpakking, alleen omdat ik dinsdagsochtends zo'n diep medelijden heb met mezelf. Tussendoor ga ik naar huis (ik woon in de binnenstad) om mijn draagtas met aankopen onder aan de trap te zetten. Daar blijf ik even staan luisteren, in de hoop het oorstrelende gebrul van mijn stofzuiger op te vangen. Het wil wel gebeuren dat ik dan niets hoor. Geen nijvere voetstappen, geen doffe tik van een emmer of trapleer die verplaatst wordt. Er heerst dan een ademloze stilte, hoe gehorig het huis ook is, het soort stilte dat uitgaat van iemand die zich verbergt. Ik heb nooit het hart gehad om dan boven te gaan kijken. Wel heb ik eens mijn eigen nummer gebeld, omdat ik vergeten was aan Gamal te zeggen dat er een leverancier aan de deur zou komen. Hij nam niet op. Elke keer dat de telefoon overging zag ik zijn opgetrokken schouders lijfelijk voor me.

Om twintig over twaalf mag ik mijn huis weer in. Dat tijdstip is door Gamal bedongen, ik vermoed omdat hij klokke twaalf moet bidden. Meestal tref ik hem aan op een stoel, waar hij roerloos zit te wachten, de handen over elkaar voor zijn buik en het hoofd, zoals altijd wanneer hij niet werkt, eigenwijs geheven. Bij mijn binnenkomst veert hij op en beantwoordt mijn groet niet. Een enkele keer is hij nog bezig, zingend met een hoge keelstem. Het duurt dan even voor mijn aanwezigheid tot hem is doorgedrongen, waarna hij iets verontschuldigends mompelt en zijn werk zwijgend en in razende vaart voltooit. Ik steek intussen een sigaretje op en doe alsof ik mijn post doorneem. 'Ik kijk niet, zie je wel!' roept heel mijn weggedraaide gestalte hem toe. Wanneer hij klaar is wast hij zijn handen en voeten, kleedt zich aan en stelt zich op voor dezelfde stoel waarin hij anders zit. Zonder iets te zeggen. Zonder een waarschuwend kuchje, hoe zacht ook. Zelfs met zijn blik wenst hij me dan niet aan te porren.

Het moment van uitbetalen is met gemak het pijnlijkste van de hele dinsdagochtend. Ik heb geprobeerd eronderuit te komen door zijn geld van tevoren klaar te leggen, maar hij stoft er angstvallig omheen, wenst het met geen vinger aan te raken. Evenmin is het me geoorloofd om hem zijn briefje van vijfentwintig rechtstreeks te overhandigen. Ik dien het op de rand van de tafel te leggen en het daarna zogenaamd te vergeten. Alleen dan, wanneer ik quasi even niet kijk, is hij zo goed het zich toe te eigenen. Met het biljet tussen duim en wijsvinger, kennelijk bang om als hij het zou wegbergen een poenig geritsel te veroorzaken, snelt hij zonder een woord van afscheid, met gebogen, geslagen hoofd, mijn deur uit. Ik heb een bang vermoeden dat hij elke week een vloek uitspreekt boven mijn drempel. Wanneer hij beneden de straatdeur achter zich dichttrekt zwaait de deur van mijn woning vanzelf weer open. De klink is dan met zo'n stille kracht omlaag gedrukt dat die drie dagen nodig heeft om zich weer op te richten. 'Wie is daar?' horen mijn buren me dagenlang roepen, want tot vrijdags blijft mijn deur bij de geringste tochtstroom in het trappenhuis openvallen.

Wanneer ik me omdraai naar mijn ontredderde interieur is het alsof niets ooit nog hetzelfde zal worden, alsof ik die ochtend naar het station ben geweest en daar voor altijd afscheid heb moeten nemen van een teerbemind iemand. Op de plankenvloer krimpen vochtplekken. Mijn prenten hangen er onthutst bij. Mijn afgestofte prullaria zijn ongevoelig, beledigend fout teruggezet. In het aquarium houden de guppen zich schuil tussen de rotsjes. De elektrische klok op mijn bureau loopt een kwartier achter, het kwartier dat hij het stopcontact gebruikt heeft voor de stofzuiger. Door alles terug en gelijk en recht te zetten maak ik me mijn woonruimte weer eigen. Mijn tweede lichaam komt bij kennis en raakt meteen in een postnarcose-depressie. In de keuken controleer ik wat Gamal na de afwas verkeerd heeft opgeborgen en ik scheid aardewerk van glaswerk, platte borden van diepe borden, messen van vorken van lepels. Er is één keukenkast die hij tot verboden terrein heeft verklaard. Wat er uitkomt zet hij er niet in terug. Er staan daar wat koppen, kommen, schalen, niets bijzonders, maar hij ontziet die kast alsof ze een tabernakel is, mijn heilige der heiligen, alleen om me zo zijn onverzoenlijke discretie te tonen.

Zo gaat het nu al drie jaar tussen ons. Misschien zou ik beter af zijn als ik een andere hulp zou nemen, of liever helemaal geen hulp. Ik zou inderdaad tijd winnen door het werk zelf op te knappen, gezien al mijn voorbereidingen, mijn nazorg en de verloren ochtend daartussen. Maar op tijd hoef ik niet te beknibbelen, dank u wel, die heb ik in overvloed. Die vijfentwintig gulden zou een betere reden zijn. De pijn aan mijn ziel die ik me zou besparen een nog betere. Toch eet ik de helft van de week dunne soep met droog brood om deze zoon van de woestijn zijn loon te kunnen betalen. Omdat het mijn enige trots is. Niemand kan dat geld zo goed gebruiken als hij. Ik weet zeker dat hij er geen cent van zal afdragen aan woekeraars en oorlogshitsers. Zolang hij erover beschikt zal geen bank, geen belastingkantoor er iets van zien. Ik benijd hem die vrijheid. Het is me een voorrecht hem die vrijheid een beetje mogelijk te kunnen maken. En het mooist van al is dat ik, een werkloze, dank zij hem een werkgever kan zijn. Samen zijn we een kleine economie.

Daarom is het zo pijnlijk dat onze omgang in vaste regels verslonst. Regels maken de ene dag gelijk aan de andere. Mijn hele leven vloeit weg in regelmaat. *Mijn dagen zijn sneller dan een weversspoel, en lopen af, bij gebrek aan draad.* Ik blader terug in mijn dagboeken en merk dat de chronologie uit mijn geheugen is verdwenen. Wanneer heb ik die vleugellamme spreeuw op mijn stoep gevonden? – het had vanochtend kunnen zijn, maar ik moet er vijf cahiers voor terug, het is jaren geleden. Niets van wat me overkomt heeft een geschiedenis.

Ik doe er inderdaad verslag van, en zeer nauwgezet, van dit experiment in het laboratorium van de eenzaamheid. Alleen mensen als ik, die nooit iets meemaken, die op de asbelt van de geschiedenis liggen, zoals Trotski ooit zei, hebben de tijd om een dagboek te schrijven. Het gaat over ontmoetingen die niet hebben plaatsgevonden, gemiste kansen, heimwee naar de dagelijkse kwellingen van mijn leraarstijd (leerlingen die ik nu pas begin te zien; een vrachttrein die stapvoets een spoorwegovergang passeerde, voorafgegaan door een man met een rode vlag; de condensadem van de ongeduldig wachtende fietsers; een gezicht op het Centraal Station vanaf Kattenburg, 's ochtends om zeven uur, toen het de eerste zon ving en schitterde als Byzantium). Ik maak voorwerpen van mijn herinneringen, ik vat ze in het amber van mijn gestolde liefde.

Een paar van die aantekeningen gaan over Gamal. Ik schrijf ze hier over om het amber eraf te smelten, om die voorvallen een vervolg, een geschiedenis te geven. Verwacht van dit relaas geen ontknoping. Ik schrijf het om er een ontknoping mee te bewerkstelligen, een verzoening, een ruzie desnoods. Het slot ligt aan de overzijde van de stilte achter de laatste zin. Ik zal zorgen dat Gamal deze bladzijden onder ogen krijgt. Ik zal ze op tafel leggen. Hij zal de verlokking van zijn eigen naam niet kunnen weerstaan. Dan zal hij zichzelf door mijn ogen zien. Ik ben je vriend, Gamal! Vroegere verhalen hebben het leven slechts beschreven; dit verhaal moet mijn leven veranderen.

Deze keer doet hij bij binnenkomst niet meteen zijn colbertjasje uit. Hij grijpt in zijn binnenzak en trekt een brief te voorschijn die hij, na even gecontroleerd te hebben of het nog dezelfde brief is, aan mij overhandigt. Ik zie mezelf daar staan, tot in de eeuwen der eeuwen, mijn ogen blij en groot, wijzend op mijn borst: Voor mij? Natuurlijk wil ik zielsgraag schriftelijk met hem van gedachten wisselen, als hij dat liever heeft.

Maar hij zegt: 'Corrigeer astublief.'

Het schrijven blijkt gericht aan een zekere Dolly. Ze staat me meteen ten voeten uit voor de geest: lang geblondeerd haar, een vaal strak T-shirt en vale strakke jeans. Haar achterwerk schuift over een fietszadel; op het linkerbilpand is met grove steken een knalroze hart genaaid. Een Dolly en zo'n preutse Arabier, daar kan niets goeds van komen.

'Is die brief niet een beetje te persoonlijk, om aan mij te laten lezen?'

'Corrigeer astublief.' Of ik maar gewoon wil doen wat hij zegt.

Twee gelinieerde ringbandvelletjes, beschreven met groene viltstift. Beletseltekens en uitroeptekens waar woorden te kort schieten. Ik zal de brief meenemen naar de leeszaal, beloof ik. Om twintig over twaalf krijgt hij hem terug.

'Corrigeer *nu* astublief.'

Om mijn tegenzin niet onopgemerkt te laten houd ik de velletjes ver van me af. '1 Souk el Selah St., Cairo' is het adres dat, als een vage belofte, in de rechterbovenhoek vermeld staat. Hij schrijft de Dolly dat hij beide oren nog heeft en ook een beetje ouder is dan zes. 'De slechten' hebben iets over hem beweerd. 'Met het houden van een domse komen veel moeiten,' verzucht hij wijs. De Dolly is weigerachtig. Hij bedreigt haar met zijn romantische gevoelens. 'Liefde heeft water nodig... uit twee handen... een enkele hand alleen kan de plant bijna nooit voeden...!' Dat heeft hij vast bedacht op die matras van hem, achter zijn gordijn. Zij is zijn maanlicht in de trieste nachten. 'Zonder jou wordt alles met Nihil vrienden,' besluit hij. Gamal spreekt zijn talen en hij spreekt ze liefst allemaal tegelijk. 'God' luidt de ondertekening.

Er zijn een paar zinsneden die opheldering behoeven. Terloops vraag ik hem ook wat de bedoeling van die ondertekening is. Het blijkt allemaal 'te moeilijk voor Nederlands'. 'Hoe kan ik je brief nu verbeteren als ik niet weet wat er staan moet?' 'Corrigeer astublief.' Ik schuif wat met de woordvolgorde, vervang 'domse' door 'zottin' en 'zottin' weer door 'domse'.

'Is de brief prachtig, vindt u, manier Job?'

Ik verzeker hem dat het een prachtige brief is. Hij glundert. Zijn wangen glimmen, zijn ogen worden blind van geluk, geluidloos kraait hij en toont me de leemte waar ooit een voortand in heeft gezeten. Eventjes zie ik Gamal als baby in dat hoekhuis aan de Souk el Selahstraat, onder de mollige polsen van zijn moeder, waaraan gouden munten hun toekomstmuziek tinkelen.

'Mag ik nog vragen, manier Job?' Natuurlijk wil de efendi hem gaarne nogmaals zo'n kosteloos plezier doen. 'Doet u mij genoegen,' zegt hij en zwijgt en herneemt, 'te vertellen of ik het heb, ja, hoe moet ik zeggen' (hij rolt met zijn ogen, speelt met zijn vingers) 'of ik het heb, dat u denkt, om haar minnaar te zijn?'

Ik sta hier op een voetstuk! Hij schijnt oprecht te menen dat ik louter vanwege mijn Nederlanderschap de gevoelens kan schouwen van een Dolly die ik nooit ontmoet heb. 'Ik heb geen idee, Gamal,' antwoord ik eerlijk, opdat hij wete dat er ten dezen en ook in talloze andere opzichten geen verschil tussen ons is. Dat bevalt hem niet, zijn gezicht gaat hangen als een vlag zonder wind. Ik probeer hem alsnog behulpzaam te zijn. 'Misschien moet je haar wat meer vleien. Maanlicht in donkere nachten – dat zal haar niet veel zeggen. Geef een opsomming van alles wat je mooi aan haar vindt en zeg erbij waarom. Begin bij haar tenen, sla niets over, dan weet ze zeker dat je houdt van haar en niet van iemand anders.' Ik had hem op zijn schouders moeten slaan, merk ik, en alvast geluk moeten wensen met zijn verovering. Hij buigt zijn hoofd. 'Dank u wel, manier Job.' De brief verdort tussen zijn vingers.

Wanneer ik hem de volgende dinsdag vraag of hij de Dolly heeft kunnen vermurwen, zegt hij kortaf dat hij de brief niet verstuurd heeft. Waarom niet? Omdat ik hem gecorrigeerd heb met een rode pen. Rood, zegt hij, is de kleur van de haat. Een merkwaardig bijgeloof en nog merkwaardiger is dat hij zijn beschuldiging heeft verzonnen: ik heb een zacht, uitgombaar potloodje gebruikt. 'Ik haat je niet, Gamal!' Ook heeft hij gemerkt, vervolgt hij, dat ik contact heb gezocht met Dolly en haar 'dingen' over hem heb verteld. Hoe heb je dat dan gemerkt, Gamal? Is er soms een duif op je schouder neergestreken en heeft die het je ingefluisterd? Hij raakt in verwarring, mompelt dat hij 'tekens' gezien heeft, 'naast haar deur'. En nu wil hij liever gaan schoonmaken.

Waarna alles weer wordt als vanouds.

Op een decemberse dinsdag, maanden later, wanneer hij zoals gewoonlijk zwijgend en geslagen is vertrokken, wanneer achter hem de deur openvalt en mijn woning even lijkt te wankelen aan de rand van het trapgat, vind ik op het bordes voor mijn drempel een andere brief van zijn hand die ('voor mij?') wél geadresseerd blijkt aan 'Manier Job'. De brief hangt half over de rand van de bovenste traptree; hij heeft hem als het ware per ongeluk laten vallen, 'ondanks mij', zoals hij zegt wanneer hij een glas gebroken heeft.

''t Is de derde jaar dat ik werk bij u. We zijn nu op de deuren van een nieuwe jaar. U hebt iets beloofd maar u niks voldoet... U gaf mij niks terug, u bracht mij niks weerom. Ik heb mijn beste gedaan, maar soms staan de middelen invalide om iets te bewijzen. Dit is 'n waarheid die de Nederlanders en u en de anderen hem niet kunnen realiseren!

Ik houd veel van Nederland. Ooh, wat mooi land met groen en rood en met water...! In de Nederlanders de ziel is groot door liefde van goedheid, maar ook is er de oorlog van de ziel en de gulzigheid en dan de gulzigheid wint. Bananen voor haar eigenaren! In Egypte de ziel is klein door armoede. Ik ben verlegen voor de Nederlanders, manier. Ze hebben mijn brieven geopenen en mijn gedachten gebruiken. De Nederlanders haat mij.

Soms komt de vertaling van binnen verkeerd naar buiten. En het enige verschil tussen de bos en die andedere van de mens is dat de dieren niet kunnen spreken... Ongelukkig! Iets van de veiligheid in het verstand gaat dan vertrekken. (Zwarte pen bedoelt niks... het komt zomaar!) U bent wat u verstaat.'

Ik pak mijn jas van de kapstok en hol naar buiten. Hij heeft ongelijk als hij zegt dat praten slechts tot misverstanden kan leiden. Zijn bekentenis heb ik ontroerd gelezen, al viel er even een schaduw over die ontroering toen ik zag dat ook deze brief ondertekend was met 'God'. Maar ik verjaag die schaduw. Waarschijnlijk is het een afgesleten compliment aan het adres van zijn Genadevolle Erbarmer. Allah Akhbar, God is groot, aan Hem behoren het oosten en westen – zoiets zal het wel zijn. Geen reden tot ongerustheid. Als ik voortmaak haal ik Gamal misschien nog in. Ik meen te weten waar zijn huidige kraakpand is. Ik moet hem nu spreken. We hebben veel meer gemeen dan ik steeds heb gedacht. Ben ik niet evenzeer een vreemdeling in dit mooie Nederland? Ik woon dan nog wel in mijn eigen huis, maar ik ben verstoten uit de samenleving. Ook ik word gek van de onverschilligheid om me heen en daarom vlei ook ik me met de illusie dat ik word gehaat. Zijn verdriet is tweeling van mijn verdriet, ik ben wat ik versta. Zouden onze eenzaamheden ons niet kunnen samenbrengen?

Arme Gamal! Als hij denkt dat de Nederlanders hem haten, dan overschat hij ze. De Nederlanders kunnen niet haten, evenmin als ze kunnen liefhebben – ze bedreigen hem slechts met hun logge onverschilligheid. Jij bent degene die haat, Gamal! Ik voel ook haat. De Nederlanders zijn zo onverschillig omdat de democratie suffe slaven van hen heeft gemaakt. De politici belijden die staatsvorm als 'het minste van alle kwaden'. Dat noemen ze een overtuiging. Dat durven ze een geloof te noemen! In de Griekse polis, daar kenden de burgers elkaar, daar kon je samen besluiten nemen. Maar hoe gaat dat bij ons? Hier regeert de anonieme macht van het getal. De meerderheid beslist, maar de meerderheid is niemand, ze kan nergens op worden aangesproken. Haar beslissingen en vergissingen zijn natuurrampen, waar geen verweer tegen is. Geef mij maar een despoot, die kun je tenminste vermoorden. De meerderheid verklaart ons Nederlanders tot vijanden van de Rus, maar niemand voelt vijandschap. De meerderheid dreigt met totale vernietiging. Als ik dat zou doen was ik een smakeloze fantast, een krankzinnige. De meerderheid heeft besloten dat ik mijn beroep niet meer mag uitoefenen en elke Nederlander bij wie ik me beklaag zegt dat het een schande is. Kijk eens naar al die boeken bij me thuis. Ik heb ze allemaal gelezen, sommige zelfs drie, vier keer. Van Georg Wilhelm Friedrich Hegel ken ik lange uittreksels uit mijn hoofd. De wijsheid der eeuwen! Nietig verklaard, door de meerderheid. De democratie is een ramp. De waanzin is aan de macht, de staat is de grootste bedreiging van de burger.

Heb je het echtpaar wel eens ontmoet dat boven mij woont, die twee opgeblazen rompen met hun kleine, overbodige hoofden en ledematen? Die twee zijn ook werkloos.

Praten doen ze al jaren niet meer. Ze openen hun mond alleen nog om er voedsel in te stoppen. Over niet al te lange tijd zullen ze door de vloer komen zakken. Elke dag klinkt hun voetstap doffer, elke dag kraken de balken boven mij iets vervaarlijker. Het zijn brave mensen. Het geld dat ze van staatswege toegestopt krijgen zetten ze braaf om in stront. Twee spijsverteringskanalen zijn ze, twee verbindingsbuizen tussen de overheid en de riolering. Wanneer het hard regent kan de afvoer hun uitwerpselen niet meer aan, zo flink doen ze hun best. De drollen drijven dan beneden door het halletje, over de stoep en door de goot. Dan moeten er twee mannen van de gemeentereiniging komen. Ze hebben lange bamboestokken bij zich, die aan elkaar worden geschroefd. De ene man port daarmee in het riool. 'Loopt de pap al?' vraagt hij aan de andere, die in de volgende put staat te kijken. Hij port net zolang tot de pap weer loopt en het geld weer kan rollen.

Wij, Gamal, wij hebben samen een economie op menselijke schaal. De problemen van die andere economie zijn simpel op te lossen. Vraag en aanbod schaffen we af. Weg met de onberekenbare consument. We sluiten de fabrieken rechtstreeks aan op installaties die goederen vernietigen. In het midden monteren we een belastingheffing en we laten de zaak precies zo hard draaien als we nodig vinden. *Ons* sadomasochisme heeft een vriendelijk gezicht!

Toen ik jubelend aankwam bij de hoek waar zijn kraakpand had moeten staan, vond ik daar een zandkuil, afgerasterd met gaas. Ik trof er nog een doorsnee aan van het leven dat zich in het huis had afgespeeld. Die stond geprojecteerd tegen de zijgevel van het belendende pand: een stukje tegelwand hier en daar, een wasbak op onbereikbare hoogte, de afdruk van een trap zigzagde schuin omhoog, voor een meer dan ooit decoratief behangetje zwaaide een lichtkoord in de wind.

De Gamal die de dinsdag daarop vóór mij de trap beklimt wil de brief niet geschreven hebben. Hij houdt zijn benen belachelijk wijd en krom. Hij stampt. Bij iedere stap blaast hij machinaal door zijn neus. Hij laat een parodie zien op de loop van de loonslaaf. Hij giebelt in zichzelf. 'Kijk me eens lopen!' vertaal ik. 'Stap-stamp, stap-stamp, net een oude telganger. Op de voet gevolgd door mijn meester. Ben ik geen beklagenswaardige sukkel? Maar ik lach om mezelf. Ik vind Gamal koddig, manier Job!' Boven, wanneer ik hem aankijk, spuit hem de vrolijkheid uit zijn ogen en bakvisachtig wendt hij zijn gezicht af, dat een beetje rood is aangelopen. 'Is er iets, Gamal?' 'Nee, nee, geeft niet,' proest hij, 'geeft niet.' Zijn Egyptische blos neigt naar oranje. Hij schaamt zich zeker. Om zijn schaamte weg te nemen zeg ik dat zijn brief me ontroerd heeft, ontroerd en verontrust. 'Nee, echt, geeft niet,' wuift hij en hij giechelt. 'Het is maar een molièrisme.' Pardon? Een molièrisme, ik heb hem goed verstaan. Zelf vind ik het ook niet eenvoudig om te volgen wat ik allemaal zeg wanneer ik, na een moeizaam bevochten overwinning op mijn gemakzuchtiger ik, toch mijn hart voor hem uitstort. Ik breng hem in verlegenheid met mijn ernst. Hij knikt en is het op voorhand volkomen met me eens. Hij bestudeert de zool van zijn schoen, een zool met gaten. Het lijkt haast of ik hem de mantel sta uit te vegen. Zijn haar staat in korte plukken alle kanten op, als bij een kuiken dat net uit het ei is gekropen. Het is pas geknipt. Iemand moet dat voor hem gedaan hebben, zelf is hij daar te onhandig voor. Ik zie hem onder die knippende hand zitten, hoe zijn ogen klein worden van tevredenheid. Ik maak een eind aan mijn gedram. Als hij iemand heeft die zijn haar voor hem knipt, waar zou hij mij dan nog voor nodig hebben?

Dat gegiebel wordt een vaste gewoonte van hem en ik merk dat het niet altijd onverdeeld vrolijk is. De konen onder zijn bril zijn soms vochtig. Zou het kunnen dat hij de afgelopen drie jaar wat gealiëneerd is geraakt? Zijn zwijgende, gebukte bestaan hier, de last der armoede die zijn ziel beestachtig klein houdt, de overdadige porties verveling die wij westerlingen verstouwen – het kan haast niet anders of het is hem zoetjesaan te veel geworden en iets van de veiligheid in zijn verstand is tersluiks vertrokken.

Er is ook een 'mevrouw Liesje', de vriendin die mij aan Gamal heeft geholpen. We hebben van alles geprobeerd om hem van dat 'meneer' en 'mevrouw' af te brengen, maar hij houdt er star aan vast en, och, we vinden het niet eens onaangenaam, het klinkt eerbiedig, dankbaar, het geeft ons iets edelmoedigs. Liesje heeft een druk leven als arts en een bewerkelijk huishouden, met drie whippets en een echtgenoot. Bij haar komt hij tweemaal per week. Ik bel haar en vraag of ze ooit iets vreemds aan Gamal heeft opgemerkt. Haar stem klinkt gerieflijk, ze heeft wel zin in een gezellig telefoongesprek en al wil haar niet meteen iets te binnen schieten, ze neemt ampel de tijd om alsnog iets vreemds aan Gamal op te merken. Hij breekt wel eens een bord. Vrijwel elke week breekt hij een bord. Hij heeft haar parket eens geschrobd, zodat ze het helemaal opnieuw in de was heeft moeten zetten. Een maand of twee geleden heeft hij zich 's ochtends buitengesloten; toen ze 's avonds om zes uur thuiskwam trof ze hem blootsvoets op de stoep aan. 'Hoezo?' wil ze weten.

Ik lees haar zijn nieuwjaarsbrief voor. Hoe heb ik daar ooit de klacht van een verwante ziel in kunnen horen! Getier van een achtervolgingswaanzinnige is het, onmiskenbaar. Hetgeen mij helaas niet vrijpleit van zijn aantijgingen. Juist omdat het verzinsels zijn heb ik er geen verweer tegen. *Non liquet.* Ik vertel Liesje over zijn doldwaze verliefdheid. Ze klakt meewarig met haar tong. Ze doet moeite om zich meer te herinneren. O ja, hij heeft haar ooit geconsulteerd over maagpijnen. Hij bleek zich in hoofdzaak te voeden met suikerwerk. Er waren ook seksuele problemen die hij niet met name wilde noemen. En dat kleurfetisjisme, heeft ze daar ooit iets van gemerkt? Nu ik het zeg – op haar bank heeft ze een rood zitkussen dat altijd kwijt is wanneer hij is geweest. Ze vindt het terug op de vreemdste plaatsen: onder haar bed, in de meterkast.

We zijn nu een meerderheid van twee, Liesje en ik. We grinniken om hem met onze gefilterde stemmen en dan neemt een van ons, ik weet niet meer wie, het woord *ontslag* in de mond. O, slechts als een onmogelijkheid: 'Je kunt het zo'n jongen eigenlijk niet aandoen, om hem te ontslaan' – iets dergelijks moet een van ons gezegd hebben. Maar wanneer het woord eenmaal gevallen is hangt het lot van Gamal aan een zijden draadje. Ik zit ermee te jojoën, in mijn zetel naast de telefoon. Op en neer gaat het lot van Gamal terwijl we de voors en tegens van zo'n stap aan elkaar voorleggen. Zou het niet in zijn eigen belang zijn als we hem door ontslag zouden dwingen om naar Egypte terug te keren? Een toekomst heeft hij hier niet. Zijn leven lang zou hij hier schoonmaker moeten blijven en van kraakpand naar kraakpand moeten zeulen met zijn matras en zijn oude gordijn. Hij zou krom gaan staan van het schrobben, geen tand meer overhouden door alle chocola die hij eet. Liesje oppert dat hem problemen wachten in zijn vaderland. Er staat haar iets bij – had hij niet een buurmeisje bezwangerd? Bij ons kennismakingsgesprek, lang geleden, liet hij doorschemeren dat zijn denkbeelden in Cairo subversief gevonden werden. Was hij niet weggestuurd van de universiteit? We pakken hem in met ons geroddel. Hoewel we alleen veronderstellenderwijs gesproken hebben is hij vrijwel klaar voor verzending wanneer ik de hoorn op de haak leg.

Ik ben de krokodil. Ik rust in de modder, tussen de waterwilgen, beschut door de schaduw van de lotus. Door mijn niezen danst het licht, maar ik ben teder, liefdevol houd ik mijn kaken open voor het krokodilwachtertje, dat over mijn tanden wandelt en daar met zijn lange snavel de etensresten en de bloedzuigers wegpikt. Jij bent dat vogeltje, Gamal! Elke dinsdag ontvang ik hem met het vaste voornemen hem te ontslaan, maar nooit doet zich een geschikte gelegenheid voor, zo strikt is onze omgang gereglementeerd.

Vrijwel dagelijks ga ik rond een uur of zeven 's avonds uit wandelen. Dan is het voor de meeste mensen etenstijd en heb ik de stad voor mezelf. Vandaag veegt wind uit uiteenlopende richtingen de iepebloesem in sluiers over de straatstenen. De flinterdunne penninkjes hopen zich op langs de stoepranden en met slepende voeten loop ik door de goot, door de bloesembergen die tot boven mijn enkels reiken, en ik schop het spul de lucht in, waar de wind het opnieuw pakt. De zwaartekracht lijkt opgeheven. Boven me schuiven wolken langs en over elkaar heen en er zijn hemelse openbaringen – een schelle zon die me verblindt en me het gevoel bezorgt dat ik uit louter licht besta. Het is of ik na een lang ziekbed voor het eerst weer buiten ben en ik denk aan mijn dood, zoals een jongen soms aan zijn dood denkt, met een verlangen dat alleen zo hevig is omdat het nog heel lang onvervuld zal blijven.

Dan zie ik aan de overkant van de gracht, schuin voor me, Gamal lopen. Het is de eerste keer dat ik hem buiten het werk ontmoet. Als ik nu naar hem toe ga zullen we het moeten stellen zonder onze ingesleten rituelen. Dit is onze kans om opnieuw te beginnen. Ik zie zijn zwarte haar, een poot van zijn bril, zijn broekspijpen die in vermoeide plooien, zwaar van het straatvuil, op zijn schoenen hangen. Aan zijn hand – alleen de vingertoppen komen onder de mouw van zijn scheefgezakte colbert uit – hangt de plastic draagtas met de vrijwel weggesleten letters, dezelfde waar hij al drie jaar mee rondloopt. 'Vers van uw slager blijft toch het lekkerst' heeft er vroeger op gestaan. Hij loopt zonder op of om te zien, gehaast, alsof hij uit werken moet.

Roept iemand achter je rug je naam, zelfs al is het iemand die je tot elke prijs wilt ontlopen, dan geven je benen onwillekeurig acht – maar Gamal sjouwt door wanneer mijn stem tussen de gevels schettert, de draagtas aan zijn hand schommelt in hetzelfde ritme verder. Ik zet duim en wijsvinger aan mijn lippen en fluit. 'Gamal!' Hij loopt door zonder een spoor van aarzeling, alsof hij stokdoof is. Ik blijf staan aan de grachtkant. Even heb ik de aanvechting om over het water naar hem toe te rennen, zo dicht is het bezaaid met bloesem.

Ik ben met schuld beladen, diepbedroefd. Nee, ik heb nog lang geen orde op zaken gesteld. Dat stervensbereide gevoel van daarnet was geheel voorbarig. Treurend om Gamal slenter ik rechtsaf een smalle steeg in. Ik wandel een brug over, een winkelstraat door en draai me dan met een ruk om, want op de etalageruit van een strijkinrichting heb ik zijn gestalte door een landschap van hagelwitte overhemden zien lopen, nog steeds even wezenloos en mechanisch. Hoe kan hij me zo snel hebben ingehaald? Meer dan een minuut is er naar mijn gevoel niet verstreken sinds ik aan de grachtkant stond. Maar misschien heb ik daar staan dromen, ben ik de tijd vergeten. 'Gamal! Heb je even? Ik moet met je praten.' Hij antwoordt niet. De zon sprankelt van zijn brilleglazen. Nu is er geen water tussen ons. Drie grote stappen en ik ben bij hem. Wanneer ik hem bij zijn arm wil pakken is het alsof we twee gelijke magnetische polen zijn – het lukt me niet, ik moet hem laten gaan.

Tijdens de rest van mijn wandeling, die zoals altijd voert langs een parcours zo grillig dat ik het zelf niet zou kunnen natrekken (en toch altijd hetzelfde parcours, ik weet het zeker), bekruipt me bij herhaling het gevoel dat hij zich nog steeds in mijn buurt ophoudt, als een volgtijger. Een gevoel dat dan telkens op niets waarneembaars blijkt te berusten. Des te verrassender is het wanneer ik later die avond thuis mijn raam wil sluiten en hem nog een keer voorbij zie lopen, beneden op straat. Wat ben jij voor iemand, Gamal, dat je het huis van je slavernij toen met geen blik hebt willen gedenken?

Tsunami

I

Tijdens die drie verloren dagen hadden ze de speelruimte van het toeval ingeperkt waar ze konden, maar toen ze elkaar ten slotte tegen het lijf liepen gebeurde dat toch nog bij toeval. Zij had haar reistas alvast weggesloten in een locker op het busstation en het kaartje voor San Diego zat al in haar portemonnee. Dat ze die middag over Embarcadero kuierde was uitsluitend om de tijd te doden, alleen omdat haar bus pas om vier uur zou vertrekken en ze haar hotelkamer vóór enen had moeten ontruimen. Voor zover ze hem nog had gezocht was dat een dwaas overbodig zoeken geweest, uit gewoonte.

Het duurde eventjes voor hij haar zag. Een paraplu hing aan zijn onderarm, hij hield een boek in zijn hand geklemd en iets schever, schichtiger, iets ouder en grauwer dan in haar herinnering, maar volkomen authentiek, liep hij over het trottoir. Hij liep zoals hij altijd liep, wat zigzaggend, alsof de mogelijkheid dat ze elkaar zouden missen nog volop bestond, de schouders een beetje opgetrokken. *Met opgetrokken schouders* – bij die ineens weer overbekende tic snapte ze al niet meer hoe ze hem in wel honderd anderen herkend kon hebben. Ze stak een arm naar hem op, een loodzware arm die veel te traag omhoogkwam.

Hoe begroet je elkaar in zo'n geval? Kreten van verrassing of een omhelzing waren ondenkbaar geworden. Het kwam tot een mislukte kus, een schampen van droge lippen, en vervolgens sprakeloosheid. Steeds holler door de wegvloeiende spanning liepen ze naast elkaar voort, sprakeloos. Pas toen ze in een koffiehuis zaten durfde ze hem goed aan te kijken. Hij was bleek, zag ze, er waren kloven in zijn lippen gevallen, en dat gaf haar weer wat moed, want het was duidelijk dat hij ook had gezocht, misschien wel even ontredderd was geweest als zij. Toen ze begonnen te praten, of liever: geluiden te maken tegen elkaar (ze zeiden: 'Goh, ik had er niet meer op gerekend' en: 'Hoe gaat het nou?'), klonken hun stemmen van heel ver. Er was die afstand van anderhalf jaar natuurlijk, en daar kwam nog het verschil bij dat de afgelopen dagen hadden gemaakt.

Ze vielen elkaar ongewild in de rede. Luisterden niet. Zwegen te lang. Maar dat was allemaal niet meer dan de naschok. Toen ze het koffiehuis verlieten was de grond onder hun voeten weer tot bedaren gekomen en zij besefte toen nauwelijks meer dat ze op andere aarde stond dan hij, dat ze zich aan weerszijden van een breuklijn bevonden, een stukje verder van elkaar dan vroeger. Ze haalde haar tas op van het Greyhoundstation en trok in op zijn hotelkamer. 's Avonds gingen ze naar de opera, zoals ze zo vaak hadden gedaan in de tijd dat ze getrouwd waren. Er werd een vroege opera van Donizetti opgevoerd, zijn zevenentwintigste pas, een farza, waarin de figuren elkaar steeds op ongelegen momenten voor de voeten liepen. Ze dommelde tijdens de voorstelling een paar keer weg tegen zijn schouder.

De daaropvolgende dagen lieten ze elkaar twee verschillende steden zien die allebei San Francisco heetten.

Later zou ze een poging doen om hem te vertellen wat er met haar gebeurd was, in die drie dagen dat ze naar hem had gezocht. Ze zaten in het Japan Center, in een restaurant dat Yokohama heette, en ze had eindelijk weer iets warms gegeten. Wat ze zei kwam haarzelf ook onwezenlijk voor nu haar bloed niet meer zo schraal was. Haar woorden galmden in haar eigen oren; ze was er nog niet aan gewend dat er iemand naar haar luisterde. Ze zei: 'Het wil me maar niet uit mijn hoofd dat er hier weer een aardbeving zal komen. Ik denk daar steeds aan. Tafels die over de vloer dansen. Mensen worden misselijk en gek van angst, vluchten de straat op. Er breken branden uit. Ontploffingen. Misschien komt er weer net zo'n vuurzee als in 1906. Gezinnen tussen hun huisraad midden op de openbare weg. Ik herinner me ergens gelezen te hebben dat onze beschaving niet meer is dan een gammele brug, een gammele brug boven een gapende afgrond. Toen ik dat las moest ik lachen. Ik zag de man die dat beweerde helemaal voor me – zijn lederen clubfauteuil, zijn glaasje port... de sigaar op zijn wijsvinger,' zei ze, juist toen haar voormalige echtgenoot een sigaartje tussen zijn vochtige lippen rolde. Ze besloot, aarzelend, boos omdat ze alleen in gelijkenissen had gesproken: 'Maar hier kan ik me zo'n pessimisme heel goed indenken.'

Hij glimlachte in zichzelf. Hij verzekerde haar dat een ramp als toen niet meer zou voorkomen. 'Die houten huizen waar de mensen hier in wonen kunnen heel wat hebben. Grote gebouwen zijn nu schokbestendig. Gas- en waterleidingen zijn horizontaal verstevigd.' Het was haar eigen schuld dat hij nu de man van de wereld kon uithangen. Hij zoog vuur door zijn sigaartje en gooide de lucifer brandend in de asbak. 'Ik sprak laatst iemand die bij de aardbeving van Napels was, eerverleden jaar november. De schokken begonnen daar om tien over halfacht 's avonds. Een paar seconden lang ging de aarde op en neer, en na een korte pauze kwamen de schokken in lange golven. Dat duurde een minuut. De mensen vluchtten de parken in en toen het voorbij was hadden ze niks geen behoefte om thuis te gaan kijken, ze wachtten een vol uur voor ze naar huis gingen. Iedereen was na afloop botergeil – vind je dat niet merkwaardig? En nog gekker: precies een week later, om tien minuten over halfacht, kwamen alle Napolitanen uit zichzelf de straat op, als op een afgesproken teken.'

Wat interessant, had ze moeten zeggen. Dat zo'n ramp toch een band schept... Maar ze trok wit weg van woede en riep veel te hard: 'Belachelijk! Tien minuten over halfacht! Dacht je echt dat ik zoiets zou geloven? Je weet niet eens waarover je praat. Ik ben geen kind meer!'

Een halfuur daarvoor had hij haar verteld dat ze niets was veranderd! Nu kende hij haar niet meer terug. 'Wat *heb* je?'

Maar ze zei: 'Niets.' Ze zei niets. De vrouw met wie hij zeven jaar getrouwd was geweest keek naar hem zonder hem aan te kijken, alsof hij een oude foto was.

2

Zij werkte sinds anderhalf jaar in de Verenigde Staten, in Wisconsin. Om nog preciezer te zijn: in het plaatsje Nicolet, 'inc. 1870, pop. 3,131', waar ze docente was aan een instituut voor hoger onderwijs, het College of St. Scholastica. Hij was in zaken ('Een zakenman?' had haar vader, zelf in zaken, haar tien jaar daarvoor al gewaarschuwd – 'ik weet wel prettiger manieren om ongelukkig te worden') en hij moest voor zaken in Syracuse, N.Y. zijn; aan dat bezoek zou hij dan een paar dagen Californië vastknopen. Ze waren getrouwd toen zij veel te jong was, net twintig, en na zeven steeds magerder jaren maar weer gescheiden. Ze wist dat er indertijd voor hun scheiding redenen genoeg waren geweest, maar in Amerika was ze die vrijwel allemaal vergeten. De redenen die haar nog bijstonden vond ze nu te kinderachtig voor woorden. Het was op haar aandringen dat hun Californische vakantie, waar hij aan het eind van de zes brieven die ze van hem had mogen ontvangen telkens vrijblijvend op had gezinspeeld, als een soort teken van onverminderde hoogachting, nu toch zijn beslag had gekregen.

Dat er iets zou misgaan, daarop was ze voorbereid geweest. Ze was op alles voorbereid geweest. Die laatste week in Wisconsin was het een heksenketel in haar maag, grote bellen die barstten en waaruit dan een wolk van misselijkheid opsteeg. Ze had gemeend dat ze verdraagzamer was geworden, beter tegen hem was opgewassen, maar dat was haar tegengevallen. Toen hij haar, twee dagen voor haar vertrek, in plaats van op te bellen of een brief te schrijven, een telegram stuurde, kwamen flarden van oude ruzies terug en daarmee ook, pijnlijk intact, de redenen voor hun scheiding. 'Aankomst 15 maart, 23.55 u., vlucht CL 229, Oakland Airport.' Een onbekend vliegveld. Een idioot tijdstip. *Had je niet een béétje meer rekening kunnen houden...*

Ze was zo onverstandig geweest om Praxedis, haar sectiehoofd, over het aanstaande rendez-vous te vertellen. Lang geleden, in Chicago, had Praxedis blonde krullen gehad en Estelle Hirschbach geheten. Had ze haar mond maar gehouden. De non had haar bloedeloze handen weggestopt onder haar scapulier en gezegd: 'Pas op voor de iden van maart. Je weet wat er toen met Julius Caesar is gebeurd.'

St. Scholastica was een Liberal Arts College voor rooms-katholieke dochters. De vijftien gebouwen stonden op een vroeger onooglijk stukje prairie, nu, na drieënzeventig jaar noest zaaien, wieden en maaien, een fraai verschiet van geterrasseerde gazons. Het liefst had ze hem daar ontvangen. *Dit is zo'n beetje mijn leven tegenwoordig.* Ze zou hem hebben rondgeleid door Fontevrault Hall, waar ze haar kantoortje had. *Deze bouwstijl heet University Gothic.* In de gangen zouden ze nieuwsgierig zijn toegeknikt door de benedictinessen, witte gezichten dobberend op golvende habijten. *Natuurlijk weten ze van mijn scheiding. Maar we zijn toch nooit voor de kerk getrouwd? Daarom zijn ze voor mij net zo aardig als voor elke andere hoer.*

Het ging haar niet slecht, daar in Wisconsin. Ze kon zichzelf voor het eerst van haar leven mooi vinden. Uit het meisje dat ze dertig jaar lang donzig en onbestemd was gebleven had zich eindelijk een vrouw bevrijd. Een wat strakke vrouw misschien, maar wel een met wat ze hier 'a lot of class' noemden. Haar studentes droegen haar op handen omdat ze, anders dan de schoolfrikkerige nonnen, met haar kennis wist te spelen en daarbij een bron van wetenswaardigheden was over die elegante oude wereld, waar niet werd gesnoept, corduroy broeken uit den boze waren ('You're quite right, Tracey. It never gets *this* cold in Europe') en de vrouwen duidelijk articuleerden en om de andere dag heur haar wasten. 'Professor' noemden ze haar. *Amper zevenhonderd dollar per maand, meer betekent 'professor' hier echt niet.* Maar ze zou hem getoond hebben dat het wel degelijk meer betekende: een plaats, waardering, een leven. En wanneer hij dat gezien had, wie weet zou ze het dan ook zelf weer zien, want ze was intussen danig uitgekeken op St. Scholastica.

Maar hij zou algauw gemerkt hebben dat ze er wat vereenzaamd was. Zelf had ze het pas gemerkt aan het soort mannen dat koppig haar gezelschap bleef zoeken. Ongelukkig getrouwde mannen. Ze roken het aan haar, ze hadden er een speciaal zintuig voor. Timide jongens die bij haar wél durfden. Dove Dick Blumenfeld, die ieder weekeinde overkwam uit Madison, zogenaamd voor zijn moeder. Jim Hanlon, die haar nooit zijn liefde had hoeven verklaren omdat zijn plastic hartkleppen zo ratelden wanneer hij in haar buurt was.

Toen ze wegging had er op de fraaie gazons nog een halve meter sneeuw gelegen. Ze had hem niet eens durven vragen om naar Nicolet te komen.

3

Op de vijftiende was ze 's middags om twee uur in San Francisco gearriveerd en al tegen vieren had ze, niet ver van Union Square, een aardig hotel gevonden. Het had iets van een posada, met zijn betegelde binnenplaats. Ze had de receptionist gezegd dat ze die avond haar echtgenoot verwachtte en, op de vraag voor hoe lang ze de kamer wenste, dat ze minstens drie dagen zouden blijven. Boven de wastafel stonden twee glazen, gesteriliseerd en vacuüm verpakt, 'for your protection'. Ze had een fles wijn gekocht en een kurketrekker, kaas, crackers, olijven en een bosje bloemen en had dat alles op de kaptafel gezet, de bloemen in een van de glazen, recht voor de spiegel, zodat het meer en feestelijker zou lijken.

Die voorbereidingen hadden haar gerustgesteld. 's Avonds in de ondergrondse merkte ze dat het geborrel in haar maag was opgehouden, en ze was niet meer zo wankelmoedig. Ze voelde een ijle, geleidelijk stijgende opwinding, alsof ze een bruid was en op weg naar de kerk. Oakland, 12th St., overstappen op de Fremont-lijn. Ze hield van metro's, ze waren zo efficiënt en geruisloos. Omdat ze nu onderweg was naar hun afspraak, was hun hereniging al een halve werkelijkheid, en dat het steeds stiller werd in de trein, en ze niemand zag die reisbagage bij zich had, daaruit hoefde ze niets af te leiden. Toen ze was uitgestapt bij Coliseum voerde een blauwe verflijn op de stationsvloer haar naar een bushalte. Ze was de enige die daar stond te wachten. Kwart voor elf. En vervolgens de enige passagier in het shuttlebusje, bestuurd door een norse geüniformeerde vrouw die haar nog net wilde vertellen dat er na middernacht geen treinen meer gingen en dus ook geen busjes. Ze werd afgezet bij de oprit naar het vliegveld, niet bij de terminal, zodat ze tien minuten moest lopen in de richting van rode neonletters die steeds duidelijker (haar bril nam ze alleen mee naar de bioscoop of als ze moest rijden) *Oakland Military Airport* spelden. Ze wenste daar vooralsnog niets van te denken. Ze was een uur te vroeg.

In de aankomsthal trok ze haar blouse, voor twee dollar gekocht in een winkel van het Leger des Heils, wat losser uit de ceintuur. Ze zag er echt veel beter uit dan ooit. Ze had meer kleur dan vroeger, was zelfs al gebruind. Ze hoefde alleen haar blondverschoten wenkbrauwen een beetje aan te zetten. *Dag jongen! Wat ben ik blij dat je er bent!* Haar wangen gloeiden, ze had zeker koorts. En zie je wel, ze had groot gelijk gehad zich geen zorgen te maken over dat 'military', want er was een lange rij vertegenwoordigingen van burgerluchtvaartmaatschappijen. Die waren echter allemaal gesloten.

Ze haalde het telegram nog maar eens uit haar tas: CL 229. Wat zou CL betekenen? De inlichtingenkiosk voor burgers was ook al dicht; die voor militairen niet, maar de man daar had geen flauw idee. Wel wist hij dat de laatste vlucht van die dag een uur daarvoor was geland en dat er pas om zes uur de volgende ochtend weer een vliegtuig werd verwacht. Ze wandelde de balies langs en zag op een monitor dat een vlucht CAL 229 om tien uur uit Toronto was aangekomen. Tien uur was geen 23.55 u., CAL was niet precies CL, Toronto – Toronto zou eigenlijk best kunnen en 229 was onloochenbaar 229. Konden er echt zoveel fouten in een telegram zitten? Of als die gegevens wel klopten, konden er dan zoveel ook op een andere manier kloppen? Daar, voor die monitor, beet de twijfel na lang roerloos loeren eindelijk toe. *Ik heb precies gedaan wat je hebt gevraagd – kijk dan zelf, hier is dat vod dat je me gestuurd hebt.*

Tot vijf minuten voor middernacht wist ze zich op te houden in de gedachteloosheid die ligt tussen hoop en vrees. Het was gaan regenen, een vette plensbui. Alles was zwart buiten, twee gele taxi's uitgezonderd die het licht van de terminal vingen. Ze had honger. Een zelfbedieningsrestaurant was opengebleven, naar het leek speciaal voor haar, want er zat niemand. Bij elk gerecht dat ze onder de vitrine zag dampen terwijl ze er met haar blad langs schoof dacht ze: Nee, dit lijkt maar op voedsel, dit kun je niet eten – en ten slotte nam ze alleen een kop koffie. Ze vond een rondslingerende *San Francisco Chronicle* en streek die glad op haar tafeltje. Een jongen, Wayne heette hij, achttien jaar oud, had de politie de plek aangewezen waar hij het lijk van een vrouw had begraven. Een dag later had hij opgeknoopt in zijn cel gehangen. Er stond een foto bij: een in touwen gesnoerd pakket dat half uit de grond stak en een paar meter verder de jongen, met afgewend hoofd, bijtend op zijn vingertoppen. Ze keek naar haar eigen vingertoppen: ze waren groezelig geworden door het strijken over de krant en ze maakte ze schoon met een servetje en wat speeksel. Toen vlucht CL 229 aanstonds zou landen in een wereld waarin alles volgens afspraak verliep, stelde ze zich op bij de passagiersuitgang.

Terwijl ze voor die gaping heen en weer drentelde kwam er een herinnering aan haar ex-echtgenoot bij haar boven. Hij zat te telefoneren en draaide een verkeerd nummer. Het stond boven of onder het nummer dat hij in zijn adresboekje had opgezocht. Hij verontschuldigde zich uitvoerig en, hoe beledigend het ook moest zijn voor de ander om slechts per ongeluk te zijn opgebeld, er ontspon zich een lang gesprek. Jaren werden ingehaald. Een eetafspraak, een kostelijke avond, een hernieuwde vriendschap waren het gevolg. Zoiets zou haar nooit overkomen.

Ze spiedde blozend om zich heen of er soms iemand naar haar keek. Ze had hem zien komen, eindelijk, met gespreide armen en een brede glimlach, in slow motion vanwege de parachute die hij met zich mee zeulde. Ze was dat drogbeeld tot halverwege de gang tegemoetgerend. *Afspraak moet thans binnen 1 x 1 kwartier worden nagekomen. Indien u hieraan niet voldoet, stellen wij u nu voor alsdan in gebreke met alle daaraan voor u verbonden gevolgen...*

Dat kwartier verstreek. Ze nam plaats op een van de polyester zitmeubels in de hal, onder zwijgende luidsprekers, en ging daar door met wachten. Om, mocht dat ooit nodig zijn, te kunnen zeggen: Het is geen kwestie van vijf minuten geweest, ik heb me ruimschoots aan onze afspraak gehouden. Uit ongeloof. Om zich ervan te vergewissen of haar contract met de rest van de mensheid inderdaad was opgezegd.

Een jonge, goedgeklede vrouw kwam voor haar staan en overhandigde haar een kaartje. De tekst luidde: 'I am a deaf-and-dumb mother of three. Please help me support my family.' Ze gaf de vrouw een dollar en zei vriendelijk: 'Heel wat moeders zouden u benijden.'

Een zwarte schoonmaker honoreerde zijn arbeidsovereenkomst door stipt elk kwartier bij haar langs te sjokken, uit een staander naast haar een blinkend schone asbak te pakken en deze om te keren boven een canvas zak die om een beugel aan zijn karretje was gespannen.

Om één uur rende ze door de regen naar de taxistandplaats. Een chauffeur die onder de overkapping stond te lummelen, even misplaatst als zijzelf, wist haar te vertellen dat een rit naar San Francisco zo'n vijfentwintig dollar zou kosten. Ze duimde snel door haar portemonnee. Waarschijnlijk zou ze net iets te kort komen, zag ze, en ze vroeg of hij geen bedrag vooruit wilde. Nee, ze moest de meterprijs betalen. Terwijl de taxi door de halmen water maaide die op het wegdek groeiden, hoorde ze zichzelf praten. Ze probeerde opgewekt te klinken, maar haar stem was zompig van tranen. Ze geneerde zich voor haar gekakel; ze was bang dat ze zou gaan huilen; het gezicht van de chauffeur zwol op van verlegenheid en ergernis (wat gaat mij dat aan? waarom moet ik hiernaar luisteren?); en toch lukte het haar niet om haar mond te houden, ze praatte maar door over haar warhoofdige, kinderlijke, onbetrouwbare, onbereikbare gewezen man.

Aan het eind van Oakland Bay Bridge was de chauffeur linksaf geslagen en hij koerste nu stapvoets in zuidelijke richting over Mission Street. Toen ze bij 16th Street waren vroeg ze hem waar hij heen ging. Hij haalde zijn schouders op – 'Dunno.' Hij reed nooit in San Francisco, zei hij.

'Ik moet naar Sutter Street. U weet toch wel waar Sutter Street is?'

'Not my territory.'

'Turn round, go back!'

Er klonk een paniek in haar stem die ze tot haar verbazing geheel niet voelde. De meter wees inmiddels achtentwintig dollar aan. De chauffeur reed dezelfde weg terug, even langzaam en aarzelend. Hij had zijn raampje opengedraaid en speurde naar andere taxi's. De regen was opgehouden. Op het moment dat de meter op dertig dollar sprong gaf ze hem twee biljetten van tien dollar. 'Laat me eruit,' zei ze.

'No way, lady – you owe me ten dollars.'

Maar hij durfde haar niet tegen te houden toen ze toch uitstapte, kennelijk beducht voor de hysterie die steeds bij haar op de loer had gelegen. Ze wist dat ze nog maar een paar blokken van haar hotel af was. Het was stil op straat, behalve waar gootwater door de putjes klaterde. Het asfalt, de huizen geurden, als planten. Ze werd ingehaald door de taxi. 'You bitch!' schreeuwde de chauffeur haar na. Het woord kreeg een rare staart door de snelheid van de wagen. Ze was merkwaardig kalm. Ze was niet eens bang om in het donker over de uitgestorven straat te lopen. Ook toen ze dat besefte werd ze niet bang. Op Union Square blonken de druipende palmen en buksushaagjes alsof ze pas geverfd waren. De lichtreclames voor elektronica en luchtvaartmaatschappijen waren zo helder en schoon dat ze binnen handbereik leken. Ik heb geen mensen nodig, dacht ze – waarom zou dit niet genoeg zijn? Terug op haar hotelkamer keek ze van grote hoogte neer op de vrouw die met haar bloemen en verlangen zulk een leegte had geschapen.

4

Ze hield een diepe slaap over aan dat gevoel van harmonie, maar het bleek niet bestand tegen het daglicht, dat alles hard, veraf en geurloos maakt. Al bij het wakker worden voelde ze zich bedrukt. De witte rozen. De olijven. De crackers. Wat een zieligheid op die kaptafel. Ze probeerde roerloos te blijven liggen, maar het begon in haar te toornen en ze sprong uit bed. *Uilskuiken*, schreef ze op haar notitieblok, daaronder het adres van haar hotel en haar kamernummer. Ze stopte het vel in een enveloppe, die ze van zijn naam voorzag. Uit haar tas pakte ze een kakibroek die ze had meegebracht voor een dag wandelen en klimmen in Yosemite of Big Sur (de peilloze blauwe hemel, het steile graniet van de rotsen en daartussen, nietig, menselijk, hun gesprek: 'Zijn de afgelopen drie jaar jou ook zo hard gevallen?' Verrast zou hij opkijken: 'Ja.' 'We waren veel te jong toen we trouwden, maar ik denk wel eens, wie weet hebben we, jong als we waren, toch juist gekozen...' 'En heeft het ons tien jaar gekost om erachter te komen dat het de juiste keuze was?' 'Misschien rechtvaardigen zulke beslissingen zichzelf op den duur. We hebben misschien te weinig geduld gehad.' En zo verder, tot het hoge woord) – nee, aan iets hulpeloos zou ze vandaag meer hebben: ze koos een katoenen jurkje, oudroze, dat ze niet meer had gedragen sinds augustus.

De brief mocht goed zichtbaar achter de glaswand op de balie liggen, en zou er weken blijven liggen, op de tiende verdieping van het gebouw aan California waar het Nederlands consulaat huisde. Ze werd daar geholpen door een forse dame, die een ruimzittende, hooggesloten blouse droeg, met een broche, een gouden twijgje met briljanten. Ze had in geen tijden een vrouw gezien die een broche droeg. En ze had in geen tijden Nederlands gesproken. De dame had een licht Rotterdamse tongval. Ze hoorde in dat accent de tram over de Coolsingel denderen, het gemurmel van het boomblad boven de Mathenesserlaan – maar meer kon ze zich van haar schaarse bezoeken aan Rotterdam niet herinneren. En zo vlot als de dame de mensen die ze spreken wilde aan de telefoon kreeg en binnen een mum van tijd ook de gewenste inlichtingen had! De letters CL stonden voor Capitol Airlines en vlucht CL 229 was de vorige avond volgens schema geland, niet op Oakland, maar op San Francisco International. Dat had ze al vermoed, zoals ze al zoveel vermoed had. Even later wist ze ook dat 'uw vriend' (zo had ze hem voor het gemak maar betiteld) inderdaad voorkwam op de passagierslijst. Of hij ook was aangekomen, dat was informatie die Capitol niet mocht verstrekken. Ze nam voetstoots aan dat daar gewichtige redenen voor waren. Hij had in elk geval geen boodschap achtergelaten op het vliegveld.

'En nu maar afwachten – iets anders zit er niet op,' zei de dame, voorlopig nabeschouwend. 'Vroeg of laat komt hij hier wel langs.' Ze wist al zeker dat het idee om eens langs te gaan bij het consulaat nooit bij hem zou opkomen – doorgaans wist ze precies wat hij niet zou doen –, maar omdat ze de moeite van de dame niet onbeloond wilde laten knikte ze instemmend. 'Wat erg toch – u had zich er zo op verheugd... Anderhalf jaar is een hele tijd.' Als een zotte kip die op een leeg ei zit te broeden, zo zag ze zich eventjes weerspiegeld in de meelevende bruine ogen tegenover haar, al had in de opmerking geenszins de vraag doorgeklonken wat dat wel voor 'vriend' mocht zijn die je anderhalf jaar niet zien kunt. Maar ach nee, natuurlijk had die wijze vrouw al vermoed dat er veel en veel meer moest steken achter die benaming, want ze zei, zakelijk, maar daarom niet minder meelevend: 'Belt u me tegen het eind van de middag – en morgen rond een uur of twaalf, als dat dan nog nodig is. Hebt u een adres vermeld in uw brief? Geef het mij ook even, voor de zekerheid.' Dat deed ze graag; het was alsof ze een zware last overhevelde toen ze het opschreef en ze schaamde zich ineens voor het woord *Uilskuiken* dat ze door de envelop heen zag schemeren en toen ook voor haar dunne jurkje. Als om de ernst van haar zaak te beklemtonen zei de dame ten afscheid: 'Mochten we morgen nog niets hebben gehoord, dan moeten we de politie maar bellen.'

De politie... stel dat het een politiezaak zou zijn, dacht ze op straat, en toen: Ik wou dat hij dood was. Netjes overleden aan een hartaanval of een hersenbloeding, op zijn hotelkamer in Syracuse, al zijn bescheiden bij de hand zodat er geen verwarring zou ontstaan. Zo'n groot en simpel verdriet was precies wat ze nodig had. Het zou haar louteren. Ze liep meteen een telefooncel binnen. Een jubelende angst sloeg haar om het hart toen ze zei: 'I want to report a missing person.' Voor de tweede keer die ochtend deed ze haar verhaal. De bureauagent vroeg waar hij het laatst gesignaleerd was. Ze begreep die vraag niet. Door wie? Door haar?

'Ik weet het niet,' zei ze. 'Op het vliegveld, denk ik, als hij daar is aangekomen. Hij stond op de passagierslijst.'

'Dan moet u de politie van San Mateo hebben. Het vliegveld valt onder San Mateo.' 'Maar hij zal dan vast niet op het vliegveld gebleven zijn!' Waarschijnlijk zou het niet eens tot hem zijn doorgedrongen dat hij haar naar de verkeerde plaats had gestuurd; hij zou gedacht hebben dat zíj in gebreke was gebleven. 'Ik ben er zeker van dat hij dan naar San Francisco was gekomen.' 'Misschien wel, misschien niet. U moet San Mateo hebben.'

'Dank u wel,' zei ze. Zomaar dood, nee, dat zou te gemakkelijk zijn. In die mogelijkheid kon ze na het gesprek niet meer geloven. Ze was doodop, alsof ze na een middag winkelen met een lege tas was thuisgekomen. Ze belde de politie van San Mateo niet. Ze had gedaan wat ze kon.

5

Ze vond dat ze maar verstandig moest zijn en moest proberen om ook zonder haar ex-echtgenoot van haar vakantiedagen te genieten. Bovendien maakte ze de meeste kans hem alsnog te ontmoeten wanneer ze net als elke andere toerist de bezienswaardigheden af zou gaan. Ze beklom Telegraph Hill en bekeek Coit Tower. 'Gebouwd in opdracht van Lillie Coit, een miljonairsweduwe die een zwak had voor brandweerlieden'; toen ze opkeek van haar gids zag ze dat de toren inderdaad de vorm had van het mondstuk van een brandslang. Ze liep de steile straten op en af, de kleurige houten huizen langs die trapsgewijs, als uitgeklapte naaidozen, tegen de heuvels stonden. Ze schuifelde tussen de kinderen en ouden van dagen over Fisherman's Wharf en langs de winkeltjes op Pier 39 en Ghirardelli Square. Een kind dat op een lolly liep te zuigen reikte per abuis omhoog naar haar hand. Ze raakte in de war door de warmte van het knuistje. Ze durfde het kind niet te zeggen dat het zich vergist had. Straks zou het opkijken en schrikken. Toen ze haar kans schoon zag schoot ze weg uit het gedrang.

Haar omzwervingen waren rusteloos en plichtmatig, ze gunde zich nauwelijks de tijd voor een kop koffie of een paar bladzijden van haar boek. Ze beeldde zich in dat ze Praxedis was en sprak zichzelf bestraffend toe. *Dwaas die je bent! Ge-*

ringeloorde slet! Of begon met hém te bekvechten. *Hoe moet ik weten wat jij in je peilloze achterlijkheid...*

Ze had niet alleen op het consulaat bericht voor hem achtergelaten, maar ook op het Nederlands verkeersbureau en het KLM-kantoor. Ze had andere mogelijkheden overwogen (American Express, aanplakbiljetjes op de drukste straathoeken in de trant van: Wie heeft mijn rode katertje gezien, hij heet Boris en heeft groene ogen) en verworpen. Meer dan dat ze Nederlanders waren hadden ze in deze stad niet gemeen.

Ze bleef bellen met de dame van het consulaat. Zonder hoop op nieuws overigens. Ze deed het alleen om die stem te horen, om eraan herinnerd te worden dat er een land was, hoe ver ook, waar een taal werd gesproken die berustte op afspraken die ze begreep en waar ze zich aan kon houden. Maar ze hadden elkaar algauw niets meer te zeggen. 'Het spijt me dat ik u niet helpen kan,' zei de dame, '... ik sta ook machteloos... het spijt me verschrikkelijk... het spijt me meer dan ik kan zeggen...' De dame geneerde zich voor haar onmacht en begon die vrouw lastig te vinden. Dat Rotterdams kon ook ijzig vreemd klinken.

Die drie dagen at ze nauwelijks. Wat groene appelen en verder alleen oud brood, hoe ouder hoe beter, dat ze bij de afgeprijsde artikelen in supermarkten vond. Vooral voedsel dat gekookt en week was en geuren afscheidde wekte haar weerzin. Honger had ze alleen terwijl ze at. Als loutering voldeed honger misschien even goed als verdriet. Ze legde haar handen op haar buik en merkte tot haar voldoening dat die de vorm kreeg van een steeds grotere, steeds legere schaal. Ze moest zich dwingen om melk te drinken. Melk bestond uit onverteerbare witte bolletjes, kraaltjes van zacht plastic.

Net als iedere toerist die te lang in een stad blijft rondhangen kreeg ze de neiging om telkens dezelfde route te lopen. Afwijkingen daarvan ging ze als onverantwoorde avonturen beschouwen. Zo werd de kans op een ontmoeting nog groter, dacht ze vergoelijkend, maar ze durfde die ontmoeting allang niet meer aan. De spanning was te hoog opgelopen; er moest iets barsten als ze hem werkelijk zou zien. Toch bleef het gebeuren dat ze zijn gestalte dacht te ontwaren, in paniek door een stugge menigte drong, haar pas versnelde terwijl golven vergiffenis door haar heen spoelden, en dan, aan de hand van een bril, een baard, een overhemd van een merk dat hij nooit zou dragen, altijd iets dat er niet wezenlijk toe deed, moest vaststellen dat hij het alweer niet was. Ze wist op den duur niet meer hoe hij eruitzag. Iedereen had wel iets van hem. Behalve zijzelf. Zij was de enige vreemde.

Toen ze 's ochtends de treden voor de ingang van haar hotel afkwam werd ze daar opgewacht door een jongen. Een joch van vijftien, hooguit. Nog geen een meter zestig, in een zwart windjack, met los om zijn hals de koptelefoon van zijn walkman waar droesem van rockmuziek uit lekte. Op zijn bolle gezichtje lag een overduidelijk als glimlach bedoelde grimas. Die had ze, een seconde lang, niet kunnen negeren, maar ze glimlachte niet terug en liep door.

In Nicolet droeg ze, om de nonnen te sparen, uitsluitend ingetogen kleuren. Mosgroen, grijs, bruin, kleuren waar ze zich een wandelend natuurreservaat in voelde. Ze had zichzelf daarom voor deze vakantie getrakteerd op jurken die, merkte ze nu, vroegen om moeilijkheden. Haar eenzaamheid stonk hier tien keer zo penetrant als in Wisconsin. Ze moest goed opletten dat ze niet ging slenteren, dat haar tred iets doelgerichts bleef houden. Er kwamen drommen ongedierte op haar af. Zwervers, veteranen, verslaafden, met hun bodemloze ontberingen. Ze hadden geen sigaretten, geen kleingeld voor de bus of de telefoon, geen eten, geen tanden, maar één arm of één been, geen *smack*, geen vrouw, geen drank, geen greintje menselijkheid. Uitschot! Maar zelf was ze ook uitschot, ze ontbeerde zelf ook. Misschien was er zoiets als een ondergrondse van verworpenen. Ze zag soms vrouwen... vrouwen in gekreukte regenmantels, altijd wriemelend, met hoofdsjaaltjes, styrofoam bekers, voedsel. In hun manier van bewegen, die dwars stond op het ritme van anderen, herkende ze iets. Ze wachtte om te zien of de herkenning wederzijds was. Doorgaans sloegen die vrouwen geen acht op haar; de enkele keer dat ze dat wel deden bleken ze krankzinnig.

Er kwam een man met haar opgelopen. Zo vanuit haar

ooghoek schatte ze hem een jaar of vijftig. Hij droeg een gebreid vest van een kinderlijke snit en kleur, zachtgeel. Hij wilde een dollar van haar en verkeerde hardop in twijfel of hij die aan een pilsje dan wel aan een hot-dog zou besteden. Ze hoefde hem die dollar niet voor niets te geven, zei hij; hij wilde er best iets voor doen. 'I don't care if I fuck a woman, a man, or a dog, it's all the same to me.' Ze probeerde te doen alsof hij niet naast haar liep, maar zonder te gaan hollen lukte dat niet. 'I couldn't begin to tell you what disgusting things I have done for money.'

Met een enerverend gemak bleef hij bij haar in de pas. 'I've eaten shit,' zei hij, en na een kort zwijgen: 'There's nothing to it, you just swallow.' Nu moest ze hem wel aankijken. Hij grijnsde terug, zijn losgeklapt kunstgebit half uit zijn mond geduwd. Ze gaf hem zijn dollar en hetzelfde moment dat hij die van haar aanpakte bleef hij staan.

Ze werd aangesproken door heilscolporteurs die haar hun eeuwige zaligheid wilden aansmeren. Tegen hun blijmoedig gedram had ze geen verweer. Ze begreep die mensen niet. Straten lang bleven ze op haar inpraten. Anticommunisme. Vegetarisch pantheïsme. Jezus Christus in allerlei vermommingen. De schijn dat ze 'ergens heen' moest viel op den duur niet meer op te houden. Ze barstte in tranen uit. Dan kreeg ze een kaartje, of een brochure, een zaadje voor haar omgeploegd gemoed.

Wat heb ik fout gedaan? vroeg ze zich af. Had ik niet zo naar hem moeten verlangen? Verkeerde beweegredenen? Had ik geen rozen moeten kopen? Hoe heb ik de goden mishaagd?

Gewone, alledaagse, fatsoenlijke mensen – die joegen haar de grootste angst aan. Doodgemoedereerd zaten ze in een kabeltram die in razende vaart van een helling kwam. Waar haalden ze hun vertrouwen vandaan? En de zakenlieden die ze kriskras door het Financial District zag lopen, hun hoofden als omzwermd door muggen, koffertjes aan de arm, stropdassen als uurwerkslingers voor hun borst, op weg naar afspraken en daarna weer andere afspraken. Hoe kon dat allemaal goed gaan? Ze hield haar adem in bij hun gedoe. Ze durfde die mensen niet aan te kijken, bang dat haar blik hun hoogtevrees zou bezorgen. Eén verkeerde beweging van haar en de wereld zou instorten!

6

De jongen met het zwarte jack kwam langszij op een racefiets. Het was niet zijn eigen fiets, want zijn voeten reikten met moeite tot de pedalen. Hetzelfde opgeduwde gezichtje lachte haar toe. Krijtwitte, wat doorschijnende tandjes. Bruine ogen in een mist van vriendelijkheid. Ditmaal glimlachte ze kort terug, zonder haar pas in te houden. Een tijdje later zag ze hem opnieuw. Hij sprintte voor haar uit op zijn sneakers en sloeg zijn benen daarbij meisjesachtig naar opzij. Zijn haar droeg hij lang in zijn nek, in een lome krul die met tegenzin meerende. Bij een rood voetgangerslicht stond hij haar weer toe te gloren, frontaal. Onder zijn jack ging de ontvanger van zijn walkman op en neer tegen zijn hijgende borst.

'Ik ben je gevolgd,' zei hij, alsof hij commentaar verwachtte.

'Zo,' zei ze.

'Ook gisteren al. Gistermiddag, toen ben ik je ook gevolgd.'

'Waarom?'

'Je bent zo aantrekkelijk.' Ze lachte haar leraressenlachje. 'Je bent zo blond en zo rank en je hebt zulke blauwe ogen en satijnen armen –'

'Satijnen armen!'

'En je bent zo *debonair* en sierlijk en vrouwelijk en... aantrekkelijk.'

Nu zij weer. 'Dank je wel,' zei ze.

'Ik meen het.'

'Als ik gedacht had dat je loog had ik je niet bedankt.'

'Mag ik met je meelopen? Ik heet Ruben.'

Ze vond het prettig dat hij met haar meeliep. Hij legitimeerde haar geslenter. Tante en neefje. En aan het overwicht dat ze op hem had kon ze zich zelf weer optrekken. Ze vroeg hem hoe oud hij was. 'Ik word zeventien,' antwoordde hij en ze zei: 'Ik word misschien wel honderd.' 'Ik heb een hoop meegemaakt,' wierp hij tegen. 'Eigenlijk kom ik uit Bethel, Connecticut. Mijn ouders zijn gescheiden. Mijn moeder woont nog in Bethel. Ze deed nooit boodschappen, de ijskast was altijd leeg als ik uit school kwam. Nu woon ik bij mijn vader. He's all right. Maar die Californiërs, they're such dorks, zo sloom. Met de jongens op school kan ik niet overweg. They talk shit all the time. Over een jaar ga ik van school af, dan word ik banketbakker.'

Een uurtje later lag ze op een waterbed en op haar lag dat warme, bezwete kind. Alsof ze het net had gebaard. Een televisie stond aan met weggedraaid geluid. Uit een radio klonk de rockmuziek waar hij geen ogenblik buiten kon. Ze had zich zonder protest laten overreden, willoos als Sneeuwwitje. De jongen was er zenuwachtig van geworden. In de keuken had ze haar schoenen uit moeten doen. Hij had de rolgordijnen neergelaten, niet alleen op de slaapkamer maar ook beneden aan de voorkant. Zijn zweet rook niet scherp. Broeierig, groeizaam. 'You're so warm and toasty,' gromde hij en schurkte zich over haar heen met zijn kleine onhandige lichaam. 'Oh, I love you, I love you so much.' Lachstuipen wrongen zich van haar keel naar haar tenen, het bed deinde, hij schommelde heftig en rolde van haar af.

'You bitch, you're laughing at my zids, right?' Ze wist niet wat zids waren. 'You know, what I got all over my face,' legde hij uit.

De telefoon rinkelde. Hij sprong van het bed en was binnen een paar seconden beneden, bij het toestel. Aan zijn verknepen stem hoorde ze hoe hij zijn best deed om niet te laten merken dat hij buiten adem was. Het was zijn vader geweest, vertelde hij toen hij weer boven kwam. Zijn vader had willen weten welke maat papieren servetjes ze nodig hadden voor hun servethouder.

'Ik wil je wat vragen,' zei hij. Hij kroop dicht tegen haar aan en blies zijn warme adem in haar oor. 'Mag ik bij jou blijven? Het is afschuwelijk hier. Wanneer mijn pa van kantoor komt trekt hij een leren pak aan met zilveren kettingen. Hij heeft een teddybeer met net zo'n pakje – een leren broekje en een motorrijdersjack en op zijn bol een leren petje met een zilveren adelaar. Met die beer op zijn arm loopt hij elke avond over Castro Street. Hij haalt de gemeenste kerels in huis. Ze kunnen niet van me afblijven. Ik heb geen moment rust. Neem me alsjeblieft mee naar Amsterdam. Dan ga ik bij een bakker werken en over een paar jaar begin ik mijn eigen zaak.'

'Ik ga nooit meer terug naar Amsterdam.' Pas toen ze dat had gezegd besefte ze dat ze echt besloten had om nooit meer terug te gaan naar Amsterdam.

Die wending beviel hem niet. Een poosje bleef hij nukkig zwijgen. Toen probeerde hij: 'Vertel me eens over Wisconsin.'

'Ik denk dat het er nu lente wordt,' herinnerde ze zich. 'De eekhoorntjes komen weer bovengronds en misschien zijn de roodborstjes ook al terug. Over een paar weken bloeien de meidoorns. De hemel ziet dan zwart van de tornado's. Het blad worstelt zich uit de knoppen, zogoed als volgroeid, schreeuwgroen blad. Er zijn geen nachtegalen in Wisconsin. De lente is er voorbij voor je het weet.'

'Neem me alsjeblieft mee. De kou kan me niet schelen. In Connecticut hadden we ook koude winters.'

'Nee, ik ga nooit meer terug naar Wisconsin' – en ze besloot ook meteen: 'Ik ga naar San Diego.'

'Wat moet je nu in San Diego? Het is daar vergeven van de matrozen. Kaalgeschoren matrozen die elke vrouw grijpen die ze tegenkomen en dan zeven, acht keer verkrachten. Het is er gevâârlijk.'

'Ik wil daar een broche kopen. In San Diego staan de mooiste pandjeshuizen van de wereld. Die puilen uit van de juwelen, juwelen uit alle windstreken. Een broche,' mijmerde ze, 'en misschien een ring.'

Hij drukte zijn hoofd diep weg in het kussen, zodat ze zijn ogen niet kon zien. 'Ik moet je wat vertellen,' ademde hij in de plooien. 'Ik heb kanker. Dat heb ik al vanaf mijn geboorte, maar pas onlangs, een paar weken geleden, is het... eh... actief geworden. Ik heb niet lang meer te leven. De dokter kon niet precies zeggen hoe lang. Een paar maanden, zeker niet langer dan een jaar.'

'Waar heb je kanker?'

'Aan mijn keel. Keelkanker. Wist je dat kankerpatiënten dope moeten roken tegen de pijn? Ik kan gewoon dope blijven roken.'

'Wat een bof,' zei ze.

'Neem me alsjeblieft mee. Ik wil hier weg.'

'Nee. Ik ga een broche kopen in San Diego en misschien een ring en daarna loop ik de Stille Oceaan in.'

'Laat me dan meegaan naar San Diego. Ik wil ook de oceaan in lopen. Ik houd het hier niet meer uit.'

'Heb je veel pijn?'

'Hoezo?'

'Aan je keel.'

'Nee. Nu niet tenminste, maar dat komt nog. Ik krijg nog veel pijn.'

'Het is nogal belachelijk om met z'n tweeën de oceaan in te lopen. Het zal een heel verkeerde indruk wekken,' zei ze. 'Maar andermans indrukken zijn van geen belang wanneer je eenmaal voorgoed alleen bent met jezelf. Goed dan.' Ze gleed van het bed en raapte haar kleren van de grond. 'Kom morgen om twaalf uur naar het Greyhoundstation. Zorg dat je een identiteitskaart bij je hebt. We mogen geen onnodige deining veroorzaken. De wereld is al wankel genoeg.'

Dat terugwijken in zijn ogen was haar niet ontgaan toen hij zei: 'Okay, I'll be there.' Dan moest hij maar achterblijven op de gammele brug. Toch wachtte ze op hem, tot een vol uur na het afgesproken tijdstip bleef ze wachten. Trouw aan de levenden was een gewoonte die ze niet gemakkelijk afleerde. Het was vreemd om te merken hoe haar tijdsbesef wegsmolt terwijl ze nauwgezet de wijzers van de klok boven de loketten bleef volgen. Pas wanneer je het tot je door laat dringen hoe gelijk de ene minuut is aan de andere krijg je een idee van de eeuwigheid. Maar wachten dat altijd zou kunnen duren is geen wachten meer. Eeuwige trouw is eeuwige ontrouw. Onthechting. Niet opnieuw beginnen. Geen hereniging. Niets – alleen die broche nog. Dat moest een purperen bloem zijn, met blaadjes van emaille die nooit zouden verwelken, een amarant.

Ze sloot haar tas weg in een locker, want er zou pas om vier uur een bus naar San Diego gaan. Kalm liep ze tussen de winkelende huisvrouwen en de bedelaars over Market Street, richting Embarcadero.

7

Ze lieten elkaar twee verschillende steden zien die allebei San Francisco heetten. Ze wandelden over Grant Avenue, langs de viswinkels van Chinatown. Daar hoorde zij een dof gedreun. 'Hoor je ook zo'n gebulder?' vroeg ze, maar haar gewezen echtgenoot hoorde niets. In het museumpje van de Chinese Historical Society bekeek ze voor de tweede keer vergeelde foto's van Chinese gastarbeiders die, hangend aan een touw, staven dynamiet in rotswanden staken en dan moesten maken dat ze wegkwamen. Hij rekende uit dat ze elkaar net waren misgelopen op de blauwgeglazuurde trottoirtegels van Mission Dolores. Het had niet meer dan een uurtje gescheeld. Toestel op de zelfontspanner. 'Als we slakken waren geweest en zilveren sporen konden maken...' *Klik*, en doordraaien. Wat niet op de foto kwam waren de barsten die ze in het trottoir zag springen. De grond eronder bolde op als overkokende melk. Ze struikelde. 'Wat heb je?' vroeg hij. 'Niets,' zei ze. Ze zei niets. Ze gingen door de ochtendnevel met de bus naar Berkeley. Op Telegraph Avenue kocht hij een nieuwe ceintuur voor haar en zij liet meteen twee gaatjes bijponsen in haar oude ceintuur. Ze was kilo's afgevallen. Ze hadden het nog even over de Donizetti-opvoering. 'Wat moet dat een zelfverzekerde man zijn geweest,' zei ze, 'om binnen een paar jaar dertig van die saaie opera's te kunnen componeren.' Hij lachte. 'Dat dacht je maar. Donizetti is krankzinnig gestorven.' Ze dacht: Het blijft wringen langs de breuklijn, tot de volgende aardbeving. Hij nam haar mee naar Sausalito. Ze dronken wat op een terras aan de baai en daar zag ze hoe het water zich binnen tien minuten kilometers ver terugtrok. Er hing een verrotte stank, de boten in het jachthaventje lagen schots en scheef op het slijk en ze hoorde weer net zo'n gebrul als in Chinatown. In de grijze verte stond een muur van water. Ook goed, dacht ze, dan komt de oceaan maar naar mij toe. Ze zei niets. 'Wat heb je toch?' vroeg hij bezorgd en angstig, want ze had weer naar hem gekeken alsof hij een oude foto was, een doormidden gescheurde en weer aan elkaar geplakte en zo voor altijd veranderde foto. 'Niets,' zei ze.

Overige bestemmingen

I

'Mijn jeugd kan me gestolen worden,' beweert Joris, twintig jaar oud. Hij kijkt kwaad uit het treinraam met zijn nieuwe gezicht. 'Al die mensen met wie je alleen door stom toeval te maken hebt gekregen. Ouders. Onderwijzers. Buren. Ze hebben je veranderd zonder het zelf te willen, zonder dat jij het wilde. Ik ben nu hard. Ik kan iedereen op me laten afketsen.'

We reizen naar V., een mergelstenen stadje in het zuiden, met het doel geld los te praten bij zijn vader. Op weg van het station naar zijn ouderlijk huis zien we boerenvrouwen die wijdbeens op straat staan te wateren. Het is carnaval. 'Verkespu, doa loat ich mich veur haange,' wordt er gezongen, 'verkespu, die waaggele in de jus.' Onderweg ontmoeten we ook een tachtigjarige met een wandelstok in zijn rechter- en een missaal in zijn linkerhand, die de vader blijkt te zijn. Hij is eigenaar van twee hotels, een touringcar-onderneming en een reisbureau. Joris moet hem een paar keer nadrukkelijk aanspreken voordat hij het kind van zijn oude dag herkent.

'Carnaval is een anachronisme,' meent de vader. 'Vroeger, toen er nog gevast werd, had zo'n uitspatting zin. Toen ik jong was...' Met zijn stok houdt hij al te opdringerige feestvierders op een afstand. Hij negeert de eerbiedige groeten van voorbijgangers. In zijn jeugd. Toen hij zo oud was als wij. Joris waarschuwt me dat hij hardhorend is. Gedurende de twee dagen dat we in het stadje logeren blijft de vader aan het woord. Zestig jaar geleden. Ik heb me al vaker verwonderd over de egocentriciteit van oude mensen. Het lukt ons niet de geldkwestie ter sprake te brengen.

'Het zoonschap is altijd ingrijpender dan het vaderschap,'

zegt Joris. 'Mijn bestaan maakt voor die oude man weinig uit. Hij is voor mij veel belangrijker dan ik voor hem. Toch heeft hij mij kunnen kiezen en ik hem niet. Zoiets vind ik verschrikkelijk. Het zal me niet meer overkomen.'

Joris z'n kamer is sinds de dag waarop hij dit huis heeft verlaten niet veranderd, maar zoiets is aan hem niet besteed. Hij geeft niet om het uitzicht: het kasteel op de heuvel, de bosrand daarachter, de paarden in de weilanden die afglooien naar het bochtige riviertje. Hij opent de piano, maar wat hij speelt lijkt nergens meer op. Ik laat het extra bed dat de huishoudster voor me heeft opgemaakt onberoerd en slaap bij Joris. Hij is mager. Zijn lichaam is onderverdeeld in symmetrische spierbundels. Ik vraag hem hoe hij zo kan verlangen naar Satori zonder te weten wat het is. We hebben dit gesprek al eerder gevoerd.

'Omdat ik weet dat alles wat ik meemaak niet Satori is.'

'Maar waarom denk je dat je het juist in India zult vinden?'

'Hoe weet de bloesem waar hij bloeien zal?'

Dit is geen beeld. Dit is Zen. Hij zal me geen begrijpelijk antwoord toestaan. We zijn alweer uitgepraat.

2

Nog onlangs zou ik me heel wat williger onderworpen hebben aan het hogere begrip van Joris. Hij is tenslotte mijn redder. Ik heb hem ontmoet toen ik een jaar van huis was, een jaar waarin ik me met hartstocht had overgegeven aan iedere ondeugd die maar enigszins binnen mijn bereik lag, met het gevolg dat ik me op mijn negentiende ziek, blasé en impotent mocht noemen. Hij is geduldig. Ik heb heel wat lange middagen met hem doorgebracht in zijn kamer op Bolwerk nummer zeven. Met behulp van yoga heeft hij me geleerd hoe naar lichaam en geest weer kalm te worden. Gaandeweg ben ik in de ban geraakt van zijn serene uitstraling. Met verliefde bewondering ben ik hem gevolgd op zijn speurtocht door de oosterse wijsheid. Eerst moest ik lachen om de omslachtige manier waarop hij vraagt of ik een kop thee blief, maar ik heb het allemaal leren begrijpen. Hij is nu Zenboeddhist. Af en toe trippen we. Dat is een korte weg naar prajna, volgens Joris; bodhi kan echter alleen via de lange, moeilijk begaanbare weg bereikt worden. Het zij zo. Ik heb gemerkt dat ik niet erg religieus ben. Mijn hoogste ambitie is naast Joris wakker te worden door het getinkel van oud ijzer, dat om de hoek, in de Karregas, gelost wordt. Mijn Nirwana is die kamer op Bolwerk nummer zeven. Maar hij is vastbesloten om naar India te gaan en ik doe wat hij van me vraagt. Mijn tegenzin is mijn enige inbreng.

We zijn nu in Londen, omdat je van hieruit goedkoop naar Delhi kunt vliegen, maar ook voor zo'n goedkope vlucht ontbreekt ons het geld. We hebben geen bagage. Vóór de reis heb ik in een dumpstore een veel te ruime koddebeiersjas gekocht met zilveren knopen en vier grote zakken, die al mijn bescheiden plus een tweede verschoning kunnen bergen. We hebben eerst gebivakkeerd in een blauwgeschilderde voormalige sportschool in Drury Lane. Voor vijf shilling krijg je daar een matras, een slaapzak en 's ochtends een ontbijt van bacon-and-eggs, cornflakes, toast en marmelade dat voor de hele dag voldoet. Maar aan geld is daar niet te komen. Er wordt alleen een inflatoire handel gedreven door zenuwachtige Franse hippies die allemaal met stuff meer stuff proberen te verdienen. Zelfs die vijf shilling zijn te veel geworden.

En nu heeft Michael Moon zich over ons ontfermd, een grote Texaan met lang bruin haar. Hij woont in City Road, Islington, achter een met gehavend pleisterwerk bedekte gevel, vlak bij Angel Station. 's Ochtends, 's middags en 's avonds voeden we ons uit een grote schaal die midden in de suite tussen de schuifdeuren staat en een gerecht bevat dat wordt aangeduid met de naam *Peanut Delight*, een mengsel van pinda's, rozijnen, linzen en macrobiotische olie. Van vroeg in de morgen tot diep in de nacht gaan er joints rond, zodat we niet merken dat we hard op weg zijn om van de honger om te komen. Joris en ik slapen ieder aan een van Michaels zijden, op een versleten matras in een rustige hoek van het huis. In elke schouder heeft hij een hoofd, bij elke tepel een mond en onze armen grijpen elkaar op zijn buik. We worden meestal gewekt door de meisjes, Dominique en Marie, die met hun nachtvlechten nog in en hun huid witgepoederd naakt door het huis dansen. Dominique is kort en stevig, kleine borsten, brede heupen, en Marie, die een Pakistaanse moeder heeft, snel, rank en tenger. Ze dansen altijd. Ook Tequila Sheila is er 's morgens nog vaak, vergeten, ergens in huis op een stoel, haar lakleren handtas op haar schoot. 'Ik ga maar eens,' zegt ze dan en staat krakend op uit de houding waarin ze de hele nacht heeft doorwaakt. Om halfnegen moet ze op haar werk zijn. Sheila heeft altijd wel een paar munten voor de gasmeter. Iedere avond gaan we dansen bij *Louise.*

Dit leven van nietsdoen en vergeten bevalt mij goed, maar Joris wordt met de dag ongeduriger. Ik laat het voor mezelf onzeker of ik mee zal gaan naar India. Joris heeft zijn prikken al gehaald, zijn visum al aangevraagd; ik heb nog niets ondernomen. Het wachten is op geld voor een ticket. Het wachten! Ik begrijp zijn vertrouwen niet. Hij heeft zoveel geld nodig, zegt hij, dat hij het met werken niet kan verdienen. Daarom mediteert hij. De frons op zijn voorhoofd wordt elke dag dieper.

3

Het mannetje staat glunderend op de rand van de dansvloer bij *Louise.* Zijn dunne haar is van opzij over zijn kale schedel geplakt. Hij is klein en mollig en op zijn omhooggestoken neusje rust een grote roze getinte bril. Zijn glimlach heeft iets dwangmatigs, omdat zijn kiezen gestaag in de weer zijn met een stukje kauwgum. Hij is niet gewoon bleek, maar zelfs uitgesproken wit; of speelt een herinnering me parten hier: zijn naakte, royaal gecapitonneerde schouders, rug en billen in de schemer? Als een opgewonden baby rammelt hij met een sleutelbos. Misschien om zijn weinig indrukwekkende verschijning wat meer glamour te geven door de suggestie van huizen en auto's. Types als hij komen hier vaker. We weten wat hij wil. Op de dansvloer doet Michael een beer na die hij als kind heeft gezien in Minnesota. Na hem even enthousiast te hebben gadegeslagen neemt het mannetje op een barkruk plaats, de benen wijd uit elkaar, en knipt een paar maal met zijn vingers om te laten zien dat hij ook een beetje swingt. Hij bestelt een rondje voor de hele zaak. Sheila roept weer dronken dat ze zo high is. Goed dat er tequila bestaat, ze hoort er nu helemaal bij, ook al is ze een keurige secretaresse die door een tragisch toeval verliefd is geworden op dat huis in City Road. Vooral van Marie is ze bezeten. Ze wil van donkere Marie een vrouwelijke Mick Jagger maken. Sheila kent het mannetje.

'Piss off, Jim Brewer,' gilt ze naar hem. 'Je weet toch dat we niet drinken. We're a happy family. We moeten jou niet. No trade today. We're closed.'

Maar Brewer is onverstoorbaar goedmoedig. Hij negeert haar. En wij negeren hem. Puny Davie zingt 'Two Humps on a Camel', er wordt een hele kant gedraaid van Trevor Small's 'The Last Café on the Road to Nowhere' en Sheila's humeur verbetert zienderogen bij het horen van Do Snayl en haar 'Chihuahua Sunrise'.

Toch vermengt de grijns van Brewer zich druppelsgewijs met de eerst zo veilige sfeer van sympathie en rozigheid in *Louise* en worden we ons langzaam bewust van een vage onrust. Ineens staat Brewer naast me. Zijn tanden en ogen glimmen van onaangenaam dichtbij. 'Wanna see some *real* action?' Hij meent het. De man is bezield van de beste bedoelingen. 'Ik ben hier met een vriend,' zeg ik, maar een dikhuid als hij laat zich door zo'n simpele hint niet afschepen. 'O, neem je vriend gerust mee.' Zonder een zweem van irritatie. Een en al vriendelijkheid. Voor de vorm loop ik naar de hoek waar Joris poogt te mediteren. Hij kijkt kribbig, want Michael heeft met zijn argeloos gebabbel zijn concentratie verbroken. Zijn grote lieve lichaam staat naast Joris tegen de muur geleund. Het is duidelijk dat hij de woordenwisseling tussen Brewer en mij van commentaar heeft voorzien.

'Die Brewer is de geilste filmproducer in Londen,' grinnikt hij me toe. 'Een echte zombie. Heb jij even sjans.'

Ik kan zijn plezier niet delen. Joris kijkt op. 'Een filmproducer, hè? Hij ziet eruit als een rijke kerel.' Zijn belangstelling bevalt me niet.

'Hij houdt de allerwalgelijkste orgieën. Volgens Sheila smijt hij met geld.' Michael ziet nu ook wat ik zie. 'Je bent toch niet van plan met *hem* mee te gaan? Ik zou liever een jaarlang hot dogs verkopen. Echt.' 'Het boeddhisme maalt niet om trots of zelfrespect,' leert Joris. 'Eigenwaan wordt bestraft met klappen en stokslagen. Zelfvernedering is een noodzakelijke stap op weg naar sunyata, zolang je daarin tenminste geen prikkel tot hoogmoed vindt.' Terwijl hij dit zegt kijkt hij heel nederig naar de vloer.

Michael is stomverbaasd. Maar hij weet wat voor stijfkop Joris is en hij is gezond genoeg om de strijd om een verloren zaak bij voorbaat op te geven. Hij slaat een arm om mijn schouders. 'Jij blijft bij me, hè? Laat George maar naar die vette Brewer gaan. Ik zou sterven van de kou als ik alleen moest slapen.'

'Dat is niet nodig,' zegt Joris, fijntjes in het midden latend wat niet nodig is.

Ik laat bangig de gelegenheid passeren om Michael antwoord op zijn vraag te geven en dat ontgaat hem niet. Hij wordt nijdig.

'Ik wou dat ik in iets geloofde. Het geeft je zo'n *macht* over andere mensen.'

Dat Joris mij in zijn macht heeft staat buiten kijf. Hem omringt immers de heiligheid van een helder waargenomen bestemming, terwijl mijn lot niet meer dan een lot is – bij iedere toevallige impuls kan het een andere richting in stuiteren. Alleen een andere heilige zou mij van hem kunnen scheiden. Ik wil mijn lot zolang als hij dat wenst aan zijn bestemming ondergeschikt maken en dat ik niet meer gunsten van hem mag verwachten dan hij me al heeft toegestaan, ach, daar leg ik me bij neer. Het is wel vervelend dat die bestemming helemaal in India ligt.

Michael is geen heilige. Hij mort nog wat en geeft ons dan zijn zegen. Het is onrechtvaardig dat ik me heimelijk teleurgesteld voel en hem oppervlakkigheid verwijt, want die zogenaamde oppervlakkigheid is van hetzelfde laken een pak als de zorgeloosheid die me juist zo bekoort in dat huis aan City Road. Voor het eerst voel ik helemaal mee met die bespottelijke Sheila. Brewer staat al bij de uitgang, rammelend met zijn sleutelbos.

4

Het is Joris niet vergund de weg van de zelfvernedering te bewandelen, want Jim Brewer heeft alleen oog voor mij. Voor vijfentwintig pond, soms meer, die wat onbeholpen, maar daarom niet minder aanlokkelijk in het licht van de schemerlamp op het nachtkastje liggen, wacht ik, de armen stijf langs mijn lichaam gedrukt, tot ik het flapgeluid van zijn blote voeten op de badkamervloer hoor, duw ik mijn gezicht in het kussen en probeer me vergeefs te ontspannen, terwijl hij onder het uitslaan van geile praat over mijn rug schuift. Hij is, goddank, een zakelijk en efficiënt minnaar, voor kussen en strelen heeft hij geen geduld, en hij hoeft nooit langer dan vijf minuten te huppen voordat hij met een tevreden zucht van me afglijdt. Dan volgt de moeilijkste taak: met mijn vingertoppen moet ik een trippeldans uitvoeren op het spek van zijn rug. Al snel snurkt hij verzaligd. Ik voel me een dief als ik het geld van het kastje gris. Rillerig breng ik een kwartier door op het bidet. Waarom geeft hij me het geld niet gewoon? Ik besluit dat hij het zo fijngevoeliger vindt, want hij is, zo heb ik moeten vaststellen, ondanks zijn slechte manieren een aardige, vriendelijke man. Hij minacht me niet om mijn diensten, maar bejegent me steeds met dezelfde botte hoffelijkheid. Ik voel me vies en schuldig wanneer ik, niet al te dicht, in bed kruip bij onbezoedelde Joris, die me voor de rest van de nacht wel naast zich wil dulden.

Het was een vale zaterdagochtend waarop we van City Road zijn verhuisd naar Brewers woning aan South Eaton Place, Chelsea. Iedereen sliep nog, behalve Sheila. Halfwakker bleef ze, uit een nauwelijks begrepen gevoel voor decorum, bij de verveloze voordeur staan terwijl wij richting Angel Station stapten. Ik voel me hier als een spook in een verkeerd huis. De vertrekken zijn voor Brewers maatschappij ingericht door een neoclassicistische binnenhuisarchitect: schaaltjes met marmeren eieren en schemerlampen die in Pompeï hadden kunnen staan. Onze voetstappen gaan verloren in de dure vloerbedekking. Zijn we hier wel echt?

Ik maak mezelf verwijten. Ik hoor hier niet. Ik ben een dief. Het geld ligt niet voor mij op het nachtkastje. Vijfentwintig pond is een veel te ruime fooi. Ik zou niet zo stiekem moeten wegsluipen zodra mijn plicht erop zit. Maar Brewer maakt geen aanmerkingen. Hij lijkt tevreden. 's Morgens zie ik hem nooit. Hij is de hele dag weg en komt pas tegen een uur of zeven thuis. De avond brengt hij door met whisky en lange telefoongesprekken naar Los Angeles. Vaak stopt hij me, 'for taxi fares and drinks', nog wat kleingeld toe, alsof ook hij zich schuldig voelt, misschien omdat hij zo weinig tijd voor me heeft. Al dat geld brandt in mijn broekzak, ik vind het verkeerd om het op te sparen, zo gewonnen hoort zo geronnen te zijn, maar Joris weet me ervan te overtuigen dat het beter is om onze slavernij zo kort mogelijk te houden en daarom verplaatsen we ons per bus en niet per taxi, blijf ik de onelegante koddebeiersjas dragen en gaan we 's avonds als vanouds naar *Louise* in plaats van naar duurdere gelegenheden, zodat we Michael en de meisjes blijven zien.

Ook Michael minacht me niet. Hij is even hartelijk als voor ons vertrek en de laatste tijd begroet hij ons zelfs met een zekere opluchting. Hartstocht zaait verderf in het paradijs aan City Road.

'Sheila is getting *so* fucked up,' klaagt hij. 'Ze is meestal stomdronken en dan zit ze Marie achterna, kamer in, kamer uit, het hele huis door, en probeert haar de kleren van het lijf te rukken. Een gegil, een gekrijs! *Ze komt er niet meer in.*' Hij zegt dat met zoveel nadruk dat het hier om een voornemen en niet om een feit moet gaan. Ze komt in elk geval nog steeds bij *Louise*, waar ze ongewoon sloom, met grote starre ogen en een achterlijke grijns om haar lippen aan de bar zit.

Onze tijd in Londen, die, wat mij betreft, de beste tijd van ons leven had kunnen zijn, wordt tussentijd, niemandstijd, een saai interval. We liggen lang op bed en banjeren overdag van hot naar haar door de stad, want op South Eaton Place lopen we iedereen voor de voeten. Op een keer zien we door het raam van een zelfbedieningsrestaurant een man. Hij zit helemaal alleen in de zaak, mes en vork in de hand, een papieren servet achter zijn hemdsboord geduwd, voor een leeg bord, en hij lacht. De tranen rollen van zijn wangen. Alle wanden zijn bekleed met spiegels. 'Satori in Londen,' zeg ik.

Joris slaat me in het gezicht, een oud en veelbeproefd Zenmiddel, maar in plaats van verlichting voel ik donkere woede.

Brewer staat erop dat we samen met hem eten. Hij is geen prettige tafelgenoot. Het schijnt in Amerika niet de gewoonte te zijn om tijdens het kauwen je mond dicht te houden. Voor de maaltijd zet hij zijn bril af en na afloop slikt hij maagtabletten. Er zijn dikwijls gasten, waaronder veel filmsterren, in verband met onderhandelingen over een nieuwe film. We hebben Brewer er vaak over horen praten. 'Overstroming van Londen. Tienduizenden doden. Plunderaars in speedboten. Ratten. Cholera. Enorme ramp. Beste script dat ik ooit onder ogen heb gehad. Zeer geavanceerde animatie. Miljoenenproduktie.' Esther Williams doet mee als reddend zwemmende grootmoeder. Brewer heeft ook al een regisseur, een jongeman met een lange zijden sjaal om zijn nek, die hem trouw als een schaduw volgt. Omdat er geen kok in huis is krijgen we elke dag Brewers lievelingsmenu: een salade niçoise, een sirloinsteak van mesozoïsche afmetingen en ijs toe, door Brewer zelf klaargemaakt met behulp van Steve, de huisknecht-chauffeur, en door de regisseur onveranderlijk als 'very excellent' geprezen. Bij de gesoigneerde of bestudeerd nonchalante verschijning van de sterren steken ons lange haar en onze luizenmarktconfectie beschamend ongunstig af. Ze weten wat we hier doen en *kijken* naar ons, de een nieuwsgierig, de ander misprijzend. Brewer bevadert ons: dappere jongens, willen wat van de wereld zien, wou dat hij zelf nog zo jong was. Omwille van Brewer en hun gage blijven de sterren beleefd en ze proberen zelfs met ons te converseren. Of we ook bij de film willen, wordt er gevraagd. 'Je ziet toch dat ze niet van water houden,' zegt de regisseur gemelijk. Steve onderstreept het ongerijmde van onze aanwezigheid nog eens door ons als eregasten te behandelen, het grootste stuk vlees toe te schuiven en onderdanig te vragen of het gesmaakt heeft, tot hilariteit van de anderen, behalve Jim, die Steve's bekommernis met welgevallen beziet. De echte zaken worden onder de koffie gedaan, voor ons de gelegenheid om onopvallend weg te sluipen.

5

Steve brengt ons, in opdracht van Brewer, het ontbijt op bed. Hij trapt de deur open, deponeert het dienblad achter de drempel, blijft vervolgens met gevouwen armen in de deuropening staan en bekijkt met gemene voldoening hoe wij ons schamen voor onze naaktheid. 'Als u nog iets mocht wensen, heren,' zegt hij voordat hij eindelijk weggaat, 'dan haalt u het zelf maar in de keuken.' Er ontbreekt steeds iets aan het ontbijt: de ene dag is het de koffie, de volgende het brood, dan weer de boter. Hij slaat tegen ons een toon aan van klaplopers-onder-elkaar, vooral tegen Joris, want ik verricht nog wat arbeid in ruil voor al het geld dat Brewer me geeft. Zelf is hij aartslui. Hij zit de dienstmeisjes wat achter de vodden, bestelt telefonisch de boodschappen, wast zo nu en dan de auto's, die overigens zelden worden gebruikt, maar het grootste deel van de dag brengt hij toch door in de salon, weggezakt in Jim Brewers fauteuil, kettingrokend, verbolgen zwijgend en, naar ik veronderstel, zinnend op middelen om nog meer geld te verdienen zonder ervoor te hoeven werken. Wanneer we vier dagen op South Eaton Place gelogeerd hebben, zijn de acht briefjes van tien pond die ik tussen de bladzijden van het Tibetaanse Dodenboek had gelegd verdwenen. Joris is razend. 'Dit moet je tegen Brewer zeggen,' briest hij, 'dit pík ik niet!' Maar ik heb weinig zin om Brewer te vertellen dat ik zijn geld heb opgespaard. We openen een bankrekening. Ik bewaar het geld voortaan een paar dagen op mijn blote huid en breng het dan naar de bank.

Steve lijkt ons die voorzorgsmaatregelen niet kwalijk te nemen. Integendeel. Hij wordt langzamerhand wat vriendelijker. We beginnen eraan te twijfelen of hij wel de dader is. Hij klopt tegenwoordig, laat het ontbijt voor de deur staan en verwijdert zich dan discreet. We hoeven ook nooit meer iets bij te halen. Hij is nu zelfs niet te goed om een praatje met ons te maken.

'Ik wil nog steeds een keer naar Nederland,' bekent hij. 'Je hoort er zoveel over. Klompen. Tulpen. Grachten. Philips. Koningin Juliana. Het is toch te gek dat ik er nooit geweest ben terwijl het zo dichtbij is. Engelse mensen gaan altijd naar het zuiden. Griekenland, Italië en zo. Waar de zon schijnt, begrijp je, vanwege dat bleeding rotklimaat hier.' Ach, hij valt eigenlijk reuze mee. Een eenvoudige, wat stugge Cockney, die liever eerst de kat uit de boom kijkt. Wij zijn wel blij met wat aanspraak hier in huis. Hij laat ons zijn paspoort zien.

'Het is misschien wat snobistisch, maar ik ben gek op stempels. Hier, kijk eens. De Verenigde Staten, zie je. Japan. Australië. Ik heb wat gevaren tot voor kort, moet je weten.' En waar of wij overal geweest zijn en of we daar ook stempels van hebben. Een groot kind, die Steve. Wij halen onze paspoorten en hij klakt bewonderend met zijn tong bij het zien van het aantal stempels dat wij op onze leeftijd hebben weten te verzamelen. Hij bekijkt ook de oude pasfoto's en plaagt ons met die vreemdgekapte puberkopjes, waarmee we nog nauwelijks enige gelijkenis vertonen. Voor het eerst sinds weken kunnen we weer eens onbevangen lachen. We weten nu zeker dat het een van de dienstmeisjes is geweest die het geld heeft gestolen. Steve's belangstelling voor Nederland blijkt geen pure beleefdheid geweest te zijn. Een paar dagen later komt hij vertellen dat hij besloten heeft er zeer binnenkort een lang weekend naar toe te gaan. Ter voorbereiding heeft hij alvast een grondige studie van de kaart gemaakt. Of we zo goed willen zijn hem even te testen op zijn aardrijkskundige kennis.

'Uit welke plaats kom jij?' vraagt hij me zelfverzekerd.

Ik noem de provinciehoofdstad A.

'Die ligt aan de rivier de R.,' zegt hij trots.

Bravo! Maar A. is een middelgrote stad aan een grote rivier, terwijl V., waar Joris vandaan komt, een klein stadje is aan een miezerig dun stroompje. Het gaat er dus echt om spannen wanneer hij dezelfde vraag aan Joris stelt.

'Uit V.,' zegt Joris.

'Dat ligt aan de G.,' beweert Steve correct. En hij is niet eens trotser dan toen hij de R. noemde, hoewel hij toch een veel knappere prestatie heeft geleverd.

Het is hartverwarmend die overbekende namen in den vreemde te horen noemen, ook al spreekt Steve ze wat verbasterd uit. En dan blijkt hij plotseling nog veel meer te weten.

'Jouw ouders wonen Regentessestraat 8, telefoonnummer 085-543877,' zegt hij tegen mij, niet trots meer, maar met iets loerends in zijn ogen. Ik ben te verbaasd om hem uit te leggen dat hij het adres en telefoonnummer van mijn ongetrouwde tante heeft gevonden. 'En de jouwe,' tegen Joris, 'Wittemseweg 43, telefoonnummer 04406-3231.' Dat klopt wel. Hij kijkt van mij naar Joris, van Joris naar mij en glimlacht. 'In het postkantoor, drie straten verderop, hebben ze alle telefoonboeken van de wereld,' legt hij bescheiden uit.

We weten dat Steve over een hoop vrije tijd beschikt en we begrijpen dat hij zich soms moet vervelen, maar zijn belangstelling heeft nu de grenzen van het fatsoen toch wel overschreden. Te meer omdat hij dingen weet die hij zo snel niet weten kan. En alle gekheid zit nu ineens op een stokje.

'Jullie dragen tien pond per dag aan mij af. Gebeurt dat niet, dan worden jullie ouders ingelicht over wat hun zoons hier uitvreten. Mochten jullie me aan Brewer willen verklikken, dan gebeurt hetzelfde. Blijken jullie plotseling verdwenen te zijn, ik grijp onmiddellijk de telefoon en bel jullie ouders.'

6

Een rekensom leert me dat we bij betrachting van de uiterste zuinigheid op zijn minst nog drie weken zullen moeten blijven, wil ik het geld voor één ticket naar Delhi en mijn eigen terugreis bij elkaar krijgen en tegelijkertijd tien pond per dag aan Steve afdragen. Nog eenentwintig orgasmes van Jim Brewer, eenentwintig sirloinsteaks, eenentwintig dagen Steve, die de ontbijten inmiddels weer onvolledig achter de drempel zet. Het vooruitzicht maakt me ziek.

'Laten we er alsjeblieft mee ophouden,' stel ik voor. 'Steve mag mijn tante gerust bellen. Ze spreekt toch geen Engels. En met V. kan hij van hieruit niet rechtstreeks telefoneren. Volgens mij is hij te lui om een gesprek aan te vragen.'

'Hij was niet te lui om die telefoonnummers op te zoeken,' zegt Joris.

Heb ik me niet vergist door mezelf deze nederige rol toe te bedelen? Ik doorzie maar al te goed het bedrog van verpleegsters en wereldverbeteraars, van al die mensen die ons voorspiegelen dat we allemaal gelukkig zullen worden als we elkaar maar genoeg helpen. De lafaards! Maar ik verwacht geen geluk. Ik wil alleen een man dienen die zijn vervulling in zichzelf of in God vindt om aan mijn lot nog iets van een bestemming te geven. Kan ik dat nog voor Joris opbrengen? Met de tegenslagen nemen ook mijn twijfels over zijn bestemming toe. Stel dat het flauwekul is dat Zenboeddhisme, met zijn prajna's, bodhi's, sunyata's en wat al niet. Ik wil me er wel voor hoeden de fout van de atheïst te maken, die omdat een ander het absurde geloof in iets hogers aanhangt het nog absurdere geloof dat er niets hogers is verkondigt. *Ik* zal nooit weten of het flauwekul is.

'Je bent nu zo vrij, Joris,' zeg ik, 'je bent nu zo hard, wat kan het jou schelen dat je vader ervan hoort? Je bent toch niet van hem afhankelijk? Bovendien heb jij je niet te grabbel gegooid. Dat heb ik gedaan.'

'Het zou zijn dood zijn,' antwoordt Joris. 'En dat zou mijn geweten weer tot leven brengen. Ik ben juist bezig om me van mijn geweten te ontdoen.'

Op een goede dag sta ik op met het gevoel dat ik er nu echt genoeg van heb. Wat heb ik met al die mensen te maken? Het wordt tijd dat ik mezelf eens serieus ga nemen. Ik was me voor de verandering eens met koud water. Voor de spiegel kam ik grondig mijn haar. Wat is dat, daar in mijn mondhoeken, in mijn ogen, aan mijn kaken? Krijg ik een nieuw gezicht? Dat is het teken waarop ik gewacht heb. Ik trek mijn jas aan. Ik houd van die lelijke jas. Haar netjes. Jas recht. Dan stap ik de slaapkamer binnen en schud Joris wakker.

'Luister eens hier, Joris. Voor mijn part krijgt je vader een beroerte. Wat maakt het ook uit. Hij is toch al tachtig. Ik zal altijd met dankbaarheid aan je denken. Maar nu is de maat vol. Als je in plaats van in bed te liggen naar de urinoirs onder Piccadilly Circus zou gaan, dan kon je per dag drie klanten van het kaliber Brewer afwerken. Binnen een week was je dan uit de brand.' Hij zwijgt. Hij denkt dat ik toneel speel.

Dat is ook zo. Hij weet alleen niet dat ik deze nieuwe rol zal blijven volhouden.

Boven aan de trap zie ik de gepommadeerde schedel van Brewer omhoogzwoegen.

'Moet u eens luisteren,' zeg ik met wonderlijk vaste stem. 'U bent een aardige man. Eigenlijk een van de aardigste mensen die ik ooit ontmoet heb. Toch heb ik een hekel aan u gekregen. Dat ik het zover heb laten komen! Maar u hebt me ook verwaarloosd. U hebt zich nooit afgevraagd waarom ik me dit allemaal maar laat welgevallen. Was u bang? Interesseerde het u niet? Of bent u nog zo iemand die alleen maar aan zichzelf denkt? Nou, zo iemand ben ik nu ook.'

'Maar Fritz!' zegt hij verbaasd.

'Ik heet geen Fritz. U noemt me Fritz, maar zo heet ik niet. U hebt nooit moeite gedaan om mijn naam te onthouden.'

'O, dat spijt me. Je had me moeten verbeteren.'

'Het is nu te laat. Ik heb nu een ander gezicht. Vaarwel.'

Waardig daal ik dan de trap af. Buiten staat Steve wat aan de auto's te poetsen.

'Steve, je moet eens even goed naar me luisteren. Ik heb er alle begrip voor dat je door milieu en opvoeding zo'n onderkruiper bent geworden, maar ik laat me niet langer door je terroriseren. Kijk me maar eens goed aan, dan zie je wat ik bedoel. Je kunt nu verder doen wat je goeddunkt. Mij kan het niet meer schelen.'

Wat aangeslagen knijpt Steve de spons uit. Dan veegt hij zijn handen af aan zijn overall en geeft me de vijf. 'Well, it was great fun while it lasted,' zegt hij sportief. Ik ben blij dat hij het zo opvat.

Zo moet je dat aanpakken, bedenk ik voor de spiegel. Steek die nek maar eens uit! Maar bij nadere inspectie zie ik toch weer hetzelfde vertrouwde gezicht. Geen staalglans in de ogen, de kaken niet vierkanter, aan de mondhoeken geen tekenen van onvermoede daadkracht. Niets opmerkelijks. Geen reden dus om wat dan ook te ondernemen. Ik ga er gewoon mee door.

Wel sta ik dag na dag duizelig op van een agressief vrijheidsverlangen dat steeds verpietert zodra ik me serieus ga afvragen wat ik met die vrijheid moet beginnen. Joris doet nu de slaapkamergordijnen niet meer open, om beter te kunnen mediteren. Hij is erin geslaagd zijn tijdsbesef kwijt te raken, verschijnt niet meer aan tafel, maar laat zich door mij hapjes aandragen, die ik met grote omzichtigheid uit de ijskast haal wanneer Steve niet in de buurt is. Het is vooral zijn zelfbeheersing, de aanblik van zijn doodstille, magere gestalte op de verfrommelde lakens, die me ervan overtuigen dat het beter is om nog even vol te houden. Wat zijn mijn onlusten toch nietig vergeleken bij zijn heiligheid.

Dan, we hebben nog slechts één week te gaan, roept Brewer me bij zich. 'Eh...' begint hij, zijn hand op zijn korte nek, afwezig kijkend naar zijn vrolijk glimmende schoenneuzen, 'ik... eh... ga terug naar L.A., voor onbepaalde tijd.' Hij verwacht dat ik reageer. Ik ben bang en blij tegelijk. 'De film is nu zover rond dat ik hier niet meer nodig ben. Begrijp je? Dit huis wordt gesloten. Ik zou je graag meenemen, maar omdat ik ginds een vrouw en vier kindertjes heb...' Hij zwijgt. Het is voor het eerst dat ik dat hoor. 'Toch wil ik je niet zomaar wegsturen,' bloost hij, tastend in zijn broekzak, 'en daarom heb ik een cadeautje voor je.'

O God, bid ik, laat het op zijn minst honderdvijftig pond zijn. Zou een heel klein opgevouwen pakje bankbiljetten passen in het vuistje dat hij me nu voorhoudt? Hij opent zijn vingers. Het is een gouden ring.

'Pak hem dan,' zegt hij gul. 'Kijk maar eens naar de binnenkant.'

Jim x Fritz, staat erin gegraveerd.

Hij wordt verlegen. 'Als aandenken, snap je?'

Ik weet niet hoe ik hem moet bedanken.

7

Dominique gluurt nors onder haar zwarte wenkbrauwen uit. Als rupsen hangen ze aan haar voorhoofd. Het is vanwege Marie. 'Wat was dat een naar gezicht,' herinnert Michael zich, 'dat bruine armpje zo helemaal verkeerd aan haar schouder.' Hij wordt er opnieuw wee van. We missen het lachende wit van haar tanden en ogen, haar feeëriek hoge stem en het stampen van haar voeten, zoals dat nu eens van links, dan weer van rechts, van boven of onder ons klonk terwijl ze van kamer naar kamer danste. Allemaal de schuld van Sheila. In een dronken bui is ze boven op dat broze lijfje gesprongen. 'Je moet!' gilde ze, allang niet meer wetend wat Marie moest, 'ik wil het!', zonder nog het flauwste benul van wat ze wilde, 'omdat ik van je hou!' Toen schoot die arm uit de kom. Terwijl Michael hem weer heel voorzichtig op z'n plaats probeerde te zetten, kreeg Sheila een gênante lachaanval. Zodra de arm weer goed zat heeft Marie haar biezen gepakt en is, om erger te voorkomen, met onbekende bestemming vertrokken. Sheila heeft nog een week lang alle post onderschept en opengereten in de hoop haar nieuwe verblijfplaats te vinden. Nu slaapt ze weer gewoon in een bed, in haar eigen huis. 'Ze had ons met rust moeten laten,' klaagt Michael. 'Waarom moeten mensen zich toch altijd met je bemoeien?'

Ik had Brewer niet meer dan een hand willen geven, maar tot mijn schrik ging hij, de ogen gesloten, op zijn tenen staan om door mij gekust te worden. Hij leek op een doodgeboren kindje zo, merkte ik in mijn moment van aarzeling, met zijn blauwige oogleden, die natte plukken haar op zijn kalende hoofd, dat vermoeide, bolle, witte gezicht. Ik heb hem vervolgens gekust. Even. Steve kwam om voor de laatste keer zijn tien pond op te eisen. 'Die telefoonnummers heb ik nog steeds,' dreigde hij, eigenlijk alleen omdat hij niet wist wat hij anders tegen me zou moeten zeggen. Zwijgend gingen we terug naar City Road. Joris leek me mijn gevoel van opluchting kwalijk te nemen, alsof ik het eind van ons verblijf bij Brewer wat te veel bespoedigd had door er te hevig naar te verlangen. Hij gelooft in dat soort dingen.

Hij kan het gevoel niet kwijtraken in het zicht van de haven gestrand te zijn, ook al houd ik hem nog zo vaak voor dat we op geen enkele andere manier binnen zo korte tijd zoveel geld hadden kunnen verdienen. Hij laat zich niet overtuigen. Is hij gaan twijfelen aan de zin van de hele onderneming of probeert hij me weer voor zijn karretje te spannen?

'Je hebt nu genoeg geld om te gaan liften,' zeg ik. 'Tot Istanboel kun je liften en verder kun je goedkoop met treinen en bussen reizen.'

Michael ziet nog een andere uitweg. 'Ik ken een koppelbaas. Bij Ironbridge tussen Wolverhampton en Shrewsbury worden hoogovens gebouwd. Ze hebben opperlieden nodig. Er worden geen sociale premies betaald en je bent niet verzekerd. Tricky. Steiger op, steiger af, dat soort werk. Maar het betaalt vijfenzeventig pond per week, bed and board included.'

Joris doet alsof hij weifelt tussen deze twee mogelijkheden, maar ik weet dat hij ze geen van beide serieus zal overwegen zolang ik er nog ben. Daarom zeg ik: 'Overmorgen ga ik terug. Ik wil met Pasen thuis zijn.' Als Michael er niet bij was geweest had ik dat nooit zo durven zeggen. Joris reageert niet.

Pas 's avonds, wanneer Michael even weg is, komt hij erop terug. 'Jammer dat je niet meegaat.' Zo van: ik ben blij dat we er eindelijk over kunnen praten. Het is een toon die niet bij hem past.

'We hebben toch niet genoeg geld.'

'Afgezien daarvan.' Hij bedoelt: stel dat er wel genoeg geld was, zou je dan meegaan? Hij hoopt op een ontkennend antwoord, niet om mij verwijten te kunnen maken, maar om zelf vrijuit te kunnen gaan.

'Afgezien daarvan zaten we nu samen in een klooster,' zeg ik en wie weet is dat nog waar ook. 'Afgezien daarvan had ik nu as op mijn hoofd. Afgezien daarvan was ik nu hopeloos verdwaald in mijn innerlijke leegte.'

Alleen bij wijze van overdrijving zou ik kunnen stellen dat hij in deze weken al mijn gevoel voor hem heeft versleten, dat er nu precies niets meer over is, dat er daarom niets te vergeven, niets te vergeten valt.

Op de ochtend van Paaszaterdag ga ik terug. Het is fris, maar nu en dan strijkt een lauwe vleug lente langs mijn huid. Ik ben een uur te vroeg op Liverpool Street Station. Meteen na de juiste vertrektijd van mijn trein te hebben vastgesteld verlaat ik die grote bedompte hallen weer. Op straat merk ik dat ook het zonlicht verandert. Van tijd tot tijd schieten zilveren flitsen van chroom en ruiten en worden de gezichten van voorbijgangers bleek en anoniem. Ik slenter een steeg in waar een straatschenner alle vuilnisemmers blijkt te hebben omgegooid. Links en rechts liggen ze op min of meer regelmatige afstanden over de stoepranden met hun gedeukte bodems omhoog en spreiden de willekeur van hun inhoud tentoon. Lege wijnflessen, glasscherven en een gebroken brilmontuur lijken te getuigen van een mislukte fuif. Maar wat te denken van die combinaties van rotte citroenen, visgraten met staarten en oude kranten? Van een gescheurde zwarte jurk te midden van bossen verwelkte narcissen? Van een verminkte pop, twee versleten tandenborstels en een pan vol spaghettislierten? Van sinaasappelschillen, melkcontainers, bloederig verband, verfrommelde briefconcepten? Het is oogverblindend. Het is prachtig.

Is dit misschien Satori? Aan het eind van de steeg is een telefooncel. Ik sprint erheen, zo hard als ik kan, recht tussen de hopen afval door, en draai het nummer van het huis aan City Road. Maar voordat iemand heeft kunnen opnemen heb ik, bij gebrek aan woorden, de hoorn weer neergelegd.

Clara

Hij was haar naam vergeten. Net toen hij de hoek wilde omslaan van de straat waar ze woonde merkte hij het. Hij kon geen stap meer zetten.

Drie maanden lang had hij die naam zonder ophouden gezucht, geschreeuwd, gezongen. Als klacht, jubelkreet, vloek gebruikt. Met de neus van zijn schoen had hij hem gespeld op de vloer onder zijn bureau, met de top van zijn vinger in het stof op zijn vensterbank. Meer dan eens had hij zich erop betrapt dat hij, moe van het studeren, zijn kladblok had volgeschreven met lange, slingerende rijen die louter bestonden uit die naam. Een paar seconden geleden nog was dat lieve woord hem van de tong gegleden, zomaar, vanzelf. Hoe kon hij het dan vergeten zijn?

Hulpeloos tastte hij rond in dat gat in zijn geheugen. Misschien had hij haar naam te veel geproefd en was hij in zijn mond weggesleten, als een toverbal. Ach, nee. Het kwam door de zenuwen. Rustig blijven staan. Een black-out, meer niet. Waaraan had hij gedacht toen hij net nog in het park, op weg van zijn kamer naar hier, van bloemperk tot bloemperk was gedwaald en het sprietige boeket bloemen had samengesteld dat hij nu zo onthutst in zijn hand hield? Aan haar toch, alleen toch aan... Er zat een o in haar naam, een lange o, dat wist hij zeker. Monica, Cora, Toos, Roos, Rosa. Zoiets. Anders proberen. Hij kon beter denken aan hoe ze eruitzag, aan haar tengere, kleine lichaam, haar grijs-groen-bruin gespaakte ogen, smalle handjes, donker krullend lang haar, aan het dons in haar nek dat zichtbaar werd wanneer ze die lange krullen in haar smalle handjes nam om ze dan weer, schuddend met haar hoofd, over haar schouders te laten vallen. Zeker. Maar hoe heette ze nou? Stel dat straks een meisje zou opendoen dat in ieder opzicht aan deze beschrijving beantwoordde, maar eigenlijk niet op haar zou lijken, een zus bijvoorbeeld, of stel dat ze haar lokken had geverfd, of afgeknipt, zou hij dat dan zien, zou hij weten of ze het was?

Hij moest gewoon doorlopen en aanbellen, er zat vast een naambordje op de deur. Maar ze had hem verteld dat mevrouw Haagsma, wier naam hij trefzeker uit zijn geheugen trok, haar hospita dus, het onnodig vond om het beschamende feit dat ze een onderhuurster had ook nog eens op haar voordeur aan te plakken. Hij moest terug naar huis. In de kantlijn van het uittreksel dat hij had gemaakt van Hilgard, Atkinson & Atkinson's slaapverwekkende *Introduction to Psychology* moest haar naam veelvuldig voorkomen. Maar dat zou minstens een uur kosten. Ze had voor hem gekookt, hij kon haar geen uur met het eten laten wachten.

Dus vermande hij zich. En in de hoop dat hij op haar kamer een rondslingerende enveloppe zou aantreffen, sloeg hij, onwillig ineens, als was het een pagina van Hilgard & Co, de hoek van de straat om.

Hij was negentien en heette Thomas. Soms kwam zijn naam hem vreemd en willekeurig voor, maar hij wist er geen te bedenken die beter bij hem zou passen. Zij was al tweeëntwintig en bovendien verliefd op een ander.

Op maandagavonden hulde ze zich in een zwart jurkje met laag uitgesneden hals, in zwarte visnetkousen, stak een roos in haar krullen en dan zong ze over *amour* in café De Sportcentrale, dat voor die gelegenheid werd omgedoopt in Club Rive Gauche. Ze zong over Parijzenaars die te veel van de liefde gehouden hadden en op sombere zondagmiddagen nog even aan wat seringen snoven alvorens zich aan een van de stadspoorten te verhangen, over minnaars voor één dag, die, hand in hand, lichaam aan lichaam, waren doodgebleven, over meneer Lenoble die liever voor het gas ging liggen.

Toen Thomas net drie dagen in de universiteitsstad was waar het hier beschrevene plaatsgreep en zich wat alleen begon te voelen, was hij toegetreden tot het dispuut Armageddon, als enige eerstejaars, naar later bleek. Verder bestond het dispuut uit een man of tien van onbestemde jaargang, oud genoeg in elk geval om levendige herinneringen te bewaren aan het existentialisme. Zo vriendelijk en spontaan werd de nietsvermoedende groen in het gezelschap opgenomen dat hij het hart niet had om weer uit te treden toen hij ontdekte dat de gelederen de afgelopen tijd drastisch waren uitgedund door wat voorzichtig werd omschreven als een tragische reeks geslaagde suïcidepogingen. Dit merkwaardige dispuut vormde het vaste gehoor van de melancholieke chanteuse. Thomas had maar twee maandagavonden nodig om zich ervan te overtuigen dat zij zijn kans was om aan de zelfmoordclub te ontkomen. Met hart en ziel raakte hij verslingerd aan dat heel *petite*, heel *svelte* meisje.

De ander, op wie zij verliefd was, heette Johan Hoogstraten. Hij was drieëndertig jaar, kandidaat in de klassieke letteren en kon door zijn baan als leraar aan een plaatselijk lyceum een Volkswagen rijden. Hij beantwoordde haar *amour* slechts dan wanneer zijn vaste vriendin een weekend de stad uit was. De hel, dat was inderdaad die eeuwige ander.

Ze was niet helemaal afkerig van Thomas. Wanneer de voorstelling uit was, het publiek vertrokken en haar accordeon ingepakt, mocht hij vaak even bij haar komen zitten. Buiten, in het akelige licht van de lantaarn tegenover De Sportcentrale, stond dan, al meer lijk dan mens, de stille jongen die haar begeleidde op de piano en die hem steeds weer met aandoenlijk trillende handen pilsjes kwam brengen.

'Je bent zoveel mooier dan Johan,' verzuchtte ze dan en de stille jongen zag door de witte geschilderde letters die samen De Sportcentrale spelden, hoe ze haar smalle handje door zijn haar liet glijden, 'je hebt zulk prachtig blond haar', hoe ze hem in zijn ogen keek, '...zulke helder blauwe ogen, met van die lange wimpers, en zo'n aristocratische neus...', hoe ze haar wang tegen zijn bovenarm legde, '...brede schouders...', hoe het rappe handje hem over zijn dijen streek, '...lange, harde benen, veel slanker dan de zijne...', en de stille jongen ging dan maar naar huis, hopend dat er tussen nu en de volgende maandag een wonder zou gebeuren. 'Maar,' zei ze dan, terwijl ze rechtop ging zitten en deed alsof ze niet merkte dat Thomas gloeide over heel zijn lijf, 'jij bent een jongetje van negentien en ik ben een volwassen vrouw. En ik hou nu eenmaal van Johan.' En met een tweede zucht besloot ze: 'Zal ik ooit van hem verlost worden?'

Was het die Volkswagen die haar zo in Hoogstraten boeide? De man had dun haar, geelgerookte tanden, een onbeholpen buikje. Hij droeg oude terlenka pantalons waarin zijn dikke knieën zakken hadden uitgesleten en vettige colbertjassen die uitpuilden van de tabaksbuidels, pijpen en jumbodozen aardgaslucifers. Dat ze ondanks al die lelijkheid, ondanks het feit dat ze Thomas veel aantrekkelijker vond, toch van die Hoogstraten meende te moeten houden, maakte haar eigenlijk alleen maar interessanter. Door wat anderen misschien een tikkeltje belachelijk, ouderwets, aan haar vonden leerde Thomas een gevaarlijke, voor hem tot dan toe totaal onbekende gevoelswereld kennen.

Toch beviel het hem maar matig dat *amour* gepaard hoorde te gaan met een hoop *malheur*. Zijn eigenlijke rivaal was die exotische hartstocht, begreep hij – de onwaarschijnlijke Hoogstraten was alleen een voorwendsel. Steeds vaker probeerde hij haar over te halen tot een wat inheemser vorm van liefdesbeleving, maar ze kon alleen maar waanwijs glimlachen om zijn geredeneer, en Thomas oefende geduld en schreef haar naam in lange rijen op zijn kladblok terwijl hij probeerde te studeren voor zijn tentamen Inleiding in de Psychologie.

Pas toen hij bewusteloos aan haar voeten lag wilde ze hem met andere ogen bezien.

Weken gingen voorbij waarin er tussen hen niets gebeurde. Zij hield van Johan Hoogstraten. Hij hield van haar. Behalve op maandagavonden moest zijn liefde het zonder haar aanwezigheid stellen en groeide desondanks. Woekerde. Toen ze op een avond ineens onaangekondigd voor zijn deur stond leek ze bij de wildgroei van die liefde zelfs wat bleek en nietig. Toch kon hij van opwinding geen woord uitbrengen.

'Je moet iets voor me doen,' zei ze. 'Je mag het me niet weigeren, Thomas. Stel geen vragen.'

Ze had een plastic draagtas bij zich. Hij volgde haar langs

de laatste vleugjes jasmijngeur van dat jaar. Het was begin oktober, nog warm tussen de huizen, maar kil op de pleinen. Ze droeg een dun wit katoenen jurkje en dribbelde zo hard dat hij snelle tussenpassen moest maken om haar bij te houden. Af en toe snikte ze en dan veegde ze met de rug van haar hand door haar gezicht. Bij de hoek van de straat waar Johan Hoogstraten woonde bleef ze staan.

'Wat...'

'Alsjeblieft, Thomas! Hier, pak aan.'

Ze gaf hem de draagtas. Er zat een zaklantaarn in en een lang stuk touw.

'Je gaat je toch niet...'

Snel legde ze haar vingers op zijn mond. 'Niet echt,' fluisterde ze. 'Ik wil hem alleen maar aan het schrikken maken. Daarom neem ik jou ook mee. Zodat er niets kan misgaan. Ik ben zo ongelukkig, Thomas. Je *moet* me helpen.' Ze nam haar vingers weg en kuste zijn lippen. Het was een kus vol smart – zout, nat, koortsig. Niet de kus waarvan hij had gedroomd.

Katteogen keken hen kil glinsterend na toen ze hem door een doolhof van tuinpaden leidde tot waar een eik over een brokkelige tuinmuur groeide.

'Weet je hoe je een strop moet maken?'

'Kom,' zei hij, 'we gaan hier weg.'

'Het hoeft geen echte strop te zijn. Alleen iets dat erop lijkt. Met een knoop die kan glijden.'

Ze opende het tuinhek en trok een veilingkist met bloempotten het sintelpad op. Ze haalde de bloempotten eruit. 'Ik moet ergens op staan,' verklaarde ze, 'om te kunnen vallen.'

Johan Hoogstraten bewoonde de eerste verdieping van het huis aan het andere eind van de tuin. Eerst brandde er licht in de keuken. Dat ging uit en nu ging achter een van de andere ramen het licht aan. Over de plooien van de gordijnen golfde een schim. De schim had een pijp in zijn hoofd. Thomas maakte een knoop die kon glijden.

'Goed zo,' zei ze terwijl ze de knoop heen en weer schoof langs het touw. 'Nu moet je in de boom klimmen en het touw vastbinden aan een stevige tak. En als ik ja zeg moet je met de zaklantaarn op me schijnen.'

'Ik begrijp niet...' treuzelde hij. Hij voelde zich misselijk.

Ze legde haar handen om zijn nek en haar natte, gloeiende wang tegen de zijne. 'We doen maar net alsof,' fluisterde ze. 'Ik wil hem alleen maar de stuipen op het lijf jagen. Zo gaat het niet langer. Er moet iets gebeuren.'

Hij deed maar wat ze van hem vroeg: klauterde tegen de muur op en hees zich de boom in. Maar hij bond het touw niet vast. Hij sloeg het een keer om een dikke tak en hield het in zijn hand. Zo wachtte hij. Wat was het koud. In een naburige tuin begonnen de katten verliefd te gillen. Er verscheen een kier in de gordijnen achter het verlichte raam op de eerste verdieping. Waarom gaf ze nu een ruk aan het touw? Hij had het gelukkig goed vast.

'*Ja*.'

Hij knipte de zaklantaarn aan en zag haar voor het eerst van zijn leven naakt. Ze stond, heel bleek, op het omgekeerde veilingkistje, de strop om haar hals, oprijzend uit haar jurkje, dat ineengezegen aan haar voeten lag. Als een beeldhouwwerk, dat zojuist onthuld was en nu onbewogen een beschaafd applaus in ontvangst nam. Zijn hand trilde, de lichtbundel van de zaklantaarn trilde en beroerde haar bleekheid. Op de eerste verdieping zwaaide het raam open. Hij voelde weer een ruk aan het touw. Waarom toch? Net te laat liet hij los. In een regen van dorre bladeren viel hij van krakende tak op krakende tak. 'Sodeju!' schalde de stem van Johan Hoogstraten door de heldere herfstavondlucht. 'Kolerechristus!' Thomas verbaasde zich over de hardheid van het grasveld.

Hij bleef maar even bewusteloos. Toen hij bijkwam stond Hoogstraten met gebalde vuisten naast haar. Ze had het touw nog om haar nek en hield het jurkje met beide handen tegen haar borsten gedrukt.

'Bel dan een dokter,' huilde ze. 'Blijf daar toch niet staan, Johan. Misschien heeft hij wel een hersenschudding!'

'Donder op!' schreeuwde Hoogstraten. 'Laat je hier godverdomme nooit meer zien of ik draai je godverdomme je nek om!'

Thomas stond op en strompelde naar de heg. Behalve dat

hij zich van zijn leven nog niet zo misselijk had gevoeld mankeerde hij niets.

Of was het een a? Sara, Carla, Barbara, Babs? Of Beps? Beppy, Bernadette, Bernardina? Erna, Dina, Dieneke, Diny? Iny, Ina, Ine, Ineke? Tineke, Tiny, Riny, Rina? Marina, Trees, Maria, Marian of Marja? Ria? Serpentines van kleurige meisjesnamen ontrolden zich voor zijn radeloos geestesoog terwijl hij zijn wijsvinger langzaam naar de belknop bracht. Stel dat mevrouw Haagsma zou opendoen. Moest hij dan zeggen: Is... eh... eh... dingetje thuis? Of: Is uw onderhuurster thuis? Het woord onderhuurster zou haar niet bevallen. Huisgenote?

Hij belde. Dorothée? Désirée? Het was niet mevrouw Haagsma die opendeed, maar een klein, tenger meisje. Het had grijs-groen-bruin gespaakte ogen, smalle handjes en lange donkere krullen. De woorden die haar beschreven had hij goed onthouden – en ze pasten. Maar hij merkte dat hij alleen veronderstelde dat zij het was. En hij dacht: Dit is een anoniem meisje, ik ken dit meisje niet.

Hij zei: 'Ik heb bloemen voor je meegebracht,' net op tijd een punt achter 'meegebracht' intonerend.

'Wat lief van je!' jubelde ze. 'Asters!' En toen ze hem voorging naar haar kamer zei ze schalks lachend over haar schouder: 'Je bent nog niet eerder hier geweest, geloof ik, hè?'

Geloof ik! Wist ze dan werkelijk niet dat dit zijn allereerste bezoek was? Ze wees hem een stoel. Hij ging zitten, maar stond meteen weer op toen ze naar de keuken liep om de bloemen af te snijden en in een vaas te zetten. IJsbeerde langs posters waarop holle wangen, zwart aangezette ogen – Mistinguett, Barbara, Edith Piaf, Colette, doodse dienaressen van de *amour*. De kamer was keurig opgeruimd. Terwijl hij toch zeker dacht te weten dat ze een erg rommelig meisje was. Het was er zo netjes dat hij niets durfde aan te raken, ook niet het stapeltje brieven dat, met de adreszijde naar beneden, op het smetteloze bureaublad lag. Misschien niet eens zozeer uit angst dat ze zijn nieuwsgierigheid zou ontdekken, maar omdat hij bang was te zullen moeten merken dat het vinden van haar naam haar niet echt terug zou brengen. Hij haatte deze ordelijkheid en hij werd overvallen door een gevoel van nostalgie, alsof hij al niet meer van haar hield. Ze kwam binnen met de bloemen, die ze allemaal tot gelijke lengte had afgesneden, en bleef net zolang schuiven met de vaas totdat hij, zo lelijk, zo onaangenaam, op het exacte middelpunt van de tafel stond. Ze is natuurlijk net zo nerveus als ik, stelde hij zich gerust, daarom doet ze alles verkeerd.

Ze dronken cynar. Hij was zwijgzaam en gespannen, bang dat ze door zijn liefde heen zou barsten, alert op alles dat zijn zo lang gekoesterde gevoel zou kunnen bevestigen. Zij praatte. Verontschuldigde zich voor haar onbezonnen gedrag. Ze had hem er nooit in mogen betrekken. Maar ze was wanhopig geweest. Ze had iets moeten forceren. En misschien kon het Thomas tot troost strekken dat haar ogen die avond waren opengegaan. Hoogstraten was inderdaad een zak van een vent. Hij had haar een brief geschreven. Het was de bovenste brief van het stapeltje. Thomas kon niet besluiten of hij nu teleurstelling voelde of opluchting toen ze de aanhef oversloeg en alleen het slot voorlas.

'"Voorts wil ik je erop wijzen dat een buurvrouw, ongelukkigerwijs zowel een prominent lid van het schoolbestuur als een onverbeterlijke kletsmajoor, afgelopen vrijdagavond van je waaghalzerij getuige is geweest. Aangezien ik hoog op de nominatie sta om dhr. Bruins, die komend jaar de pensioengerechtigde leeftijd bereikt, als conrector op te volgen, zouden de gevolgen van je actie niet minder dan rampzalig kunnen zijn. Ik zie mij genoodzaakt je voortaan de toegang tot mijn huis te ontzeggen, teneinde van het risico van verdere exhibities gevrijwaard te blijven. Ten slotte heb ik het genoegen je niet uit te nodigen voor mijn huwelijk dat 28 oktober aanstaande voltrokken zal worden."'

'Als ik ooit trouw,' besloot ze, 'zal ik mijn huwelijk zeker niet laten *voltrekken*. Het klinkt als een vonnis.'

'Een zak, verdomd,' zei Thomas. 'Een rammelende zak.'

'Ga door!' riep ze geestdriftig.

'Een lompenboer. Een handelaar in oude talen.'

'O Thomas! Je scheldt ook zoveel beter dan hij.'

Hij haatte Hoogstraten niet echt, merkte hij. De man liet hem vreemd onverschillig.

Het was tijd om te eten. Uit de keuken haalde ze twee grote artisjokken en een kommetje zoute botersaus met knoflook en basilicum. Onder de uitgehongerde blikken van de dames aan de muur braken ze schubben van de distels, doopten die in de saus, trokken ze wrikkend tussen de klem van hun tanden door, bouwden elk een muur van schubben op de rand van hun bord. Het wond hem op haar te zien eten, schransen bijna, met behendige gebaartjes. Ze dronk overvloedig van de wijn. Gaf zich nauwelijks de tijd om even te glimlachen met zo'n schub tussen haar vochtig glanzende tanden. Haar voorhoofd was bedauwd met zweet. Flitsend snel likte de punt van haar tong haar lippen af. Zo was ze vlees en bloed, zo kon hij van haar houden. Bijna had hij het gezegd: Luister eens, beloof me dat je niet boos zult worden, maar ik hou zoveel van je, ik heb me zo zenuwachtig gemaakt, dat ik je naam ben vergeten! Als ze maar niet gepraat zou hebben. Maar dat deed ze juist wel. Ze beet, kauwde, slikte, praatte.

'Ach, de liefde, Thomas,' praatte ze, 'dat is mijn levensvervulling, dat is plus fort que moi. Ik heb me vergist in Johan. Bijna is dat me noodlottig geworden. Gelukkig was jij er,' – ze raakte zijn arm aan – 'om het te verhinderen. Ik kan het niet helpen, het komt door mijn hartstochtelijke aard. Ken je dat liedje van Barbara...'

'Nee,' gromde hij.

'Elle est morte au petit jour...' Ze neuriede even. 'Elle est morte au petit jour, d'avoir trop aimé l'amour. Het zal me niets verbazen als ze dat van mij ook zullen zeggen.'

Hoe durfde ze te praten over liefdesverdriet voordat het goed en wel aan was? Wat waren dat voor manieren?

'O Thomas, je moet me beloven dat je me nooit in de steek zult laten. Ik ben zo dom geweest, zo blind...'

Het leek wel of ze niet kon wachten tot hij haar in de steek zou laten. Het was ook haar eigen schuld dat ze geen naam had. Ze smeekte er gewoon om vergeten te worden. Hij was voor haar niet meer dan een lastige, maar noodzakelijke voorwaarde voor zijn eigen afwezigheid. Zichzelf waardeerde ze alleen om het verdriet dat anderen zouden voelen na haar vertrek uit dit tranendal. Pas toen hij bewusteloos ter aarde lag begon hij voor haar te bestaan.

'Het gaat maar door, Thomas. Les chagrins d'amour, ça tourne la tête. Er komt geen eind aan. Zo ben ik nu eenmaal. Si un jour la vie t'arrache à moi... ik moet er niet aan denken.'

Thomas sneed de harige toupet van de artisjokbodem en zag de grote plak bleek vruchtvlees. Schubje voor schubje had hij afgekloven en nu ineens zo'n dikke plak. Weerzinwekkend. Die kon hij niet eten. Zij at het spul met smaak op, besmeerde er stukjes toost mee, besprenkelde het met peper en zout, likte haar vingers zelfs af.

Hij stond op. 'Ik moet weg,' zei hij.

Ze legde haar mes neer. 'Is er iets? Voel je je niet goed?'

'Nee, ik voel me best. Ik moet echt weg. Ik heb...' ja, wat moest hij nu zeggen? '...ik heb nog een andere afspraak.'

'Maar, Thomas, er is nog veel meer te eten! Er zit je iets dwars. Vertel het me maar. Je bent de hele tijd al zo gespannen.'

Hij schudde zijn hoofd, schoof de stoel onder de tafel en liep, met een poging tot een verontschuldigende blik in zijn ogen, achteruit naar de deur. 'Ken je dat liedje,' stamelde hij, 'ik weet niet van wie, "Strange Fruit", over die man die in een boom hangt? Je zult het prachtig vinden.' Zij zat onbeweeglijk op haar stoel, kruimels op haar onderlip, handen lam op het tafelblad, stomverbaasd over deze ongebruikelijke abrupte manier om in de steek gelaten te worden.

Buiten gleed haar naam hem te binnen, zonder schok van herkenning, en even had hij de aanvechting om terug te gaan, maar haar naam was nu al niet meer dan een herinnerde naam, een die hij beter kon opbergen en heel af en toe zou betreuren, in een wat onwerkelijk sentimentele bui.

De verheerlijking

'Hij was een stil water,' vertelde Guido me, toen we onlangs bij Excelsior herinneringen zaten op te halen, 'maar in dat stille water hield zich een monster schuil, een kleinburgerlijke wurgslang die steeds vaker de kop opstak. Zelden heb ik me zo in iemand vergist. Hij was bijvoorbeeld akelig op de centen. Elk entreekaartje, elke kop koffie werd aangeslagen en opgeteld, in dat dapper glimlachende hoofd van hem. Als ik hem in de ogen keek kon ik daar zowat het bedrag van mijn tegoed zien staan. Want ik zorgde er wel voor dat ik altijd sneller was met afrekenen – ik had geen zin om ook van mijn eigen hoofd een boekhoudmachine te maken. Het was één wedstrijd, van vroeg tot laat – wie het eerst de ober zou roepen, wie het eerst bij het loket zou zijn. We trokken onze beurzen alsof ze pistolen waren.'

Hij had het over iemand die jaren geleden een nieuwe vriend was geweest. Die vriend had toentertijd pas iets gedaan dat de kranten had gehaald. Wat precies is allang weer vergeten, iets kunstzinnigs waarschijnlijk, in elk geval iets op grond waarvan hij geprezen en veelbelovend gevonden werd. Guido mag zich, zoals bekend, graag koesteren in andermans brille (omdat hij zo'n plezierige jongeman is staan we dat allemaal graag toe) en hij had zich aan het nieuwe licht laten voorstellen. Toen hij de vriend, kort daarop, gevraagd had om mee naar Frankrijk te gaan, was die nauwelijks meer dan een vreemde geweest. Tijdens de reis zou hij alleen maar vreemder worden.

'En hij had een kuchje, zo'n droog kuchje, dat regelmatig leek te komen, maar zodra je erop ging letten en erop ging anticiperen, en dat *moest* ik wel, op den duur, bleek het een ritme te gehoorzamen dat niet te pakken was. Ik werd er telkens door verrast. In het begin probeerde hij nog te converseren. Pontificeren is een beter woord. Geen opmerking zo triviaal, of hij bracht die alsof hij bezig was het academisch jaar te openen. Later beperkte hij zich tot verzuchtingen, "jemig" of "alsjemenu", orthografisch uitgesproken. Je begrijpt wel dat er veel gezwegen werd tussen ons. Op den duur verviel hij tot volslagen idiotie. Het werd in hem zo stil en donker als in een gesloten graf om middernacht.'

Een gesloten graf om middernacht! Guido moest nog steeds hevig ontdaan zijn, anders had hij zich niet zo dubbeldik uitgedrukt.

Aanvankelijk had hij de verlegenheid op een afstand weten te houden door zich met de vriend onbesuisd van oord naar oord te spoeden. De vriend was niet in het bezit van een rijbewijs geweest en Guido zat daarom altijd wat verongelijkt achter het stuur. Ondanks het rookverbod dat ze zichzelf hadden opgelegd voor zolang als ze op de weg zaten, stond er een bedompte lucht in het zonlicht dat de auto van alle kanten binnenviel. Alleen een klein zijruitje mocht van Guido op een kier. De twee cassettebandjes die ze allebei mooi vonden, van de zesentwintig die ze hadden meegenomen, werden dagelijks in het eerste uur van de rit afgespeeld. De rest van de tijd hield de vriend zich onledig door propjes op te rapen van de vloermatten, ze glad te strijken en van het onherstelbaar gekreukte zilverpapier kelkjes te vouwen.

Cambrai, Amiens, Rouaan. Het was een bewolkte avond toen ze in Rouaan op het plein voor de kathedraal stonden. Het gebouw werd vanaf de omliggende huizen zo belicht dat de toren tegen het wolkendek geprojecteerd stond. Een ronde lichtplek, die geleidelijk vervloeide met de avondhemel en waarbinnen een reusachtige spooktoren hing. Honfleur. St. Malo. Quiberon. Samen voor elkaar op de loop. Parkeren, uitstappen, rondwandelen om en door kathedralen, de ene de grootste van het land, de andere met de hoogste klokketoren, tussen dolmens, menhirs en cromlechs die weigerden tot de verbeelding te spreken. Na een week had Guido er genoeg van gekregen. Op hun hotelkamer had hij zijn kennissen gebeld die her en der in Frankrijk hun villegiatuur hielden: een beroemde oude man, die ik hier 'de persoonlijkheid' zal noemen, Cassandra de schilderes en een andere vriendin die een huis had helemaal aan het meer van Annecy (waar u, lezer, straks een glimp zult opvangen van mij, uw dienstwillige informante). Elk gesprek, gevoerd op een toon die zowel luid als intiem was, een verwijt aan de erbij zittende en ernaar kijkende vriend.

Als troubadours of bedelmonniken zouden ze de rest van hun vakantie langs de huizen van Guido's kennissen trekken. Meteen de volgende dag hadden ze hun tocht aanvaard. Hun eerste pleisterplaats was het huis van de oude man, een van de selecte beroemdheden met wie onze gregarische Guido op voet van vertrouwen verkeert. Ooit had deze persoonlijkheid gevaarlijk geleefd en hij had al jaren terug tragisch overleden moeten zijn. In creatieve zin was hij inderdaad overleden. Sterker nog: met elke scheppingsdaad die hij jaarlijks stelde overleed hij opnieuw, want in de vaderlandse pers werd er dan telkens een zogenaamd overzichtsartikel aan hem gewijd dat, op de aanleiding na, alles van een necrologie had. Met die schijndood waren zowel de persoonlijkheid als de pers meer gebaat dan ze geweest zouden zijn met een werkelijk leven of een postume faam, en ook het publiek leek dik tevreden, want de man was beroemder dan ooit. Het was voor het eerst van zijn leven dat de vriend een zo hoge doorluchtigheid ontmoette.

'Hij mocht trots zijn dat hij die man in het echt te zien kreeg,' vertelde Guido me. 'Zo'n bezield mens, een waarachtig gedrevene. Een gouden bladzijde voor zijn memoires! Maar het leek wel of hij een bezem had ingeslikt. Er was nauwelijks een woord uit hem te krijgen. Hij zat maar straf te glimlachen en te giechelen en aan het tafelkleed te plukken. Een enkele keer vond hij dat hij toch ook iets moest zeggen en dan sloeg hij een malle interviewerstoon aan, een soort naäapdwang kwam er dan over hem. Het was om je rot te schamen. Pas aan het eind van de logeerpartij, 's nachts, vlak voor we naar bed gingen, begon hij te praten. Zo zwijgzaam als hij daarvoor was geweest, zoveel praats kreeg hij toen. Ik was bekaf, maar hij heeft me tot drie uur 's ochtends uit de slaap gehouden met zijn pedante geredeneer.'

De nadering tot de oude kasteelhoeve met zijn geschilferde bakstenen ommuring waartegen klimop en wilde wingerd groeiden, het platte stenen bruggetje, zo vaak beschreven en gefotografeerd – volgens de vriend had het allemaal meer gehad van een thuiskomst dan van een avontuur. In de poort was toen de beroemde persoonlijkheid zelve verschenen om hen welkom te heten. De iets gebogen gestalte, het gehavende gebit, de scherpe trekken, tot en met de bloeduitstorting onder het rechteroog, die niet de eerste was, had de vriend al zo vaak gezien (zo probeerde hij zijn ronduit zielige gedrag goed te praten) dat hij, verre van opwinding over deze ontmoeting in levenden lijve, slechts teleurstelling voelde. De man was een kopie geweest van zijn eigen portret.

'En een slechte kopie ook nog, zeker?' had Guido gemord.

'Nee, een perfecte kopie. Dat was juist het griezelige ervan.'

Telkens wanneer de persoonlijkheid, die een charmante gastheer was, zich rechtstreeks tot de vriend richtte, begon toegesprokene te stotteren van verlegenheid. 'Het was alsof er een one-way screen tussen ons in stond. Ik voelde me net een voyeur. Daarom reageerde ik zo betrapt wanneer hij iets tegen me zei.' De oude man had daar overigens weinig hinder van. Hij was nu zo oud en beroemd dat anderen hem nauwelijks nog interesseerden. De belangstelling die hij voor zichzelf koesterde was daarentegen heviger dan ooit en hij sprak met verve over zijn leven, dat tevens zijn kunstwerk was. Maar rond elk van zijn uitspraken, vooral als de toon ervan vertrouwelijk was, had de vriend aanhalingstekens zien dansen. 'Waar heb ik dat gelezen?' vroeg hij zich steeds dwangmatig af, alsof hij meedeed aan een quiz. Die aanhalingstekens leken niet alleen citaten te markeren maar de ingesloten woorden ook in twijfel te trekken, zodat de man, hoeveel hij ook babbelde, per slot van rekening niets had gezegd.

Met zijn non-verbale gedrag was het al niet anders. Wanneer hij een boer of een wind liet (want zelfs zijn onbehouwenheid had hij tot kunst verheven) dacht de vriend: Wat karakteristiek! Wat typisch! De man doet precies als... als zichzelf! Op zeker ogenblik, toen hij sprak over zijn liefdeleven en lucht gaf aan gevoelens waar geen woorden voor zijn, had hij tussen opeengeklemde tanden sissend zijn longen volgezogen en daarna driftig zijn hoofd geschud, alsof daaruit een boze droom geklopt moest worden. Hetzelfde had hij ooit voor de televisie vertoond en duizenden hadden het hem nagedaan. Omdat anderen de persoonlijkheid imiteerden, leek de persoonlijkheid met alles wat hij deed zichzelf te imiteren, met het gevolg dat zijn gedrag verziekt werd door een onoprechtheid die – dat besefte de vriend heel goed – enkel schijn was. Er ging onder de persoonlijkheid geen ware persoonlijkheid schuil. De man had zichzelf alleen volledig uitgedrukt en zodoende opgeheven.

Meedogenloos had de vriend zijn poot tussen de deur van de slaap gehouden en Guido moest wel luisteren, met een hoofd vol doffe woede. 'Hij had zo houterig gedaan omdat hij zo fijnbesnaard was. Wij waren te lomp om zo'n gevoelig instrument te bespelen. Dat wou hij met zijn valse geredeneer aantonen.' In die slapeloze uren had Guido zijn kleine wraakoefening bedacht.

De volgende ochtend, een paar uur voor ze verder zouden trekken naar St. G., het stadje in de Languedoc waar Cassandra toentertijd woonde, had hij gezegd dat hij 'nog eventjes met de auto naar een garage moest'. 'Doe je een beetje snel?' had de vriend gepiept. 'We willen toch voor het donker in St. G. zijn?' Voor het donker, niet eens 'voor het invallen der duisternis'. Doodsbenauwd was hij om met de persoonlijkheid alleen gelaten te worden. Het lachen was al begonnen toen Guido, elleboog uit het open portierraam, van de kasteelhoeve wegreed en zich voorstelde hoe de twee tegenover elkaar moesten zitten. De persoonlijkheid breeduit verhalend, de vriend catatoon van paniek! Samen met Guido was hij een auditorium, kon hij de overbekende anekdotes en snaaksheden betrekkelijk onbekommerd over zich heen laten gaan en, net als bij een toneelvoorstelling, ongegeneerd de illusie koesteren dat deze publiciteitsstunt een echt mens was, zonder er een moment echt in te hoeven geloven. Maar nu! Zijn gezicht zou aan scherven vallen van de grimassen die hij trok, zijn plichtmatige opmerkingen zouden achterstevoren uit zijn mond komen!

De wagen bolderde een verlaten steengroeve binnen en kwam daar vanzelf tot stilstand. Was ik erbij geweest, dan zou ik Guido niet herkend hebben. Het portier viel open, een dubbelgeslagen lichaam rolde in het stof en tegelijkertijd weerkaatste van de steile groevewanden een gelach dat de vreugde ver voorbij was. Die door en door kwaadaardige vrolijkheid, kwam die echt van Guido, de graag geziene gast, de beschaafde praatjesmaker? Het lichaam klopte zich het stof uit de kleren, wiste zich de tranen van de wangen, snoot zich de neus: onder de moddervegen op het gezicht ging de effen teint van Guido schuil. Maar die mondhoeken dan, wanstaltig uitgerekt, haast onder protest, alsof een tandarts naderde met zijn boor? Dat waren inderdaad de mondhoeken van Guido, dezelfde die anders, vriendelijk en bij voorbaat, nooit hoger dan een tikje opwaarts staan.

Steeds was er weer een nieuwe rest opgekropte ergernis die er hikkend uit wilde. Hij lachte zich leeg, tot op de bodem van zijn gemoed, totdat hij daar een noordpool had ontdekt waar geen gevoel zich roerde. Op de terugweg waste hij aan een drinktrog de gruis- en tranensmurrie van zijn gezicht. Een koe sloeg hem daarbij vragend gade. Door haar lang en diep in de slordige ogen te kijken ging hij zich weer een beetje mens voelen. Berouw welde in hem op. Toen hij over het bruggetje voor de hoeve reed was hij volkomen bereid de vriend om vergiffenis te vragen.

'Hij zat alleen in de woonkeuken. Ik vroeg hem, een beetje vals, een beetje besmuikt, of ze plezierig gebabbeld hadden, maar het was meteen duidelijk dat hij met de schrik was vrijgekomen. Hij was geschokt, maar ongeschonden. Dat leek me al een kwaad voorteken. Ik wilde hem vragen waar de oude was en toen sloeg de angst me echt wild om het hart, want ik kreeg de naam niet over mijn lippen. "Waar is Dinges," vroeg ik. Hij haalde zijn schouders op. "Weg," zei hij. Ik had hen niet alleen mogen laten. Niet na wat hij me allemaal verteld had. Ik wist toch dat hij niet in de man kon geloven, als mens van vlees en bloed, als iemand met wie je een gesprek kon voeren zonder verlamd te raken door... door onwerkelijkheid? Nou, dat had hij hem maar eerlijk bekend. Hij had het hem *gezegd*. Hij zat erbij als een ondeugende tovenaarsleerling. Ik hoefde geen berouw te hebben, *hij* had berouw. Ik dacht toen werkelijk dat hij de oude onzichtbaar had gemaakt – door een stommiteit, per ongeluk. Ik holde de keuken uit, het hele huis door, nergens kon ik de man vinden. Uiteindelijk heb ik hem aangetroffen bij zijn mestvaalt, achter de schuur. Hij stond daar, leunend op een hark, in de vlammen te kijken van, zo bleek, een auto-da-fe. "Hoog tijd dat ik met sterven begin," zei hij. Hij was zijn archief aan het verbranden, brieven, schetsen die hij had bewaard. "Dat geworstel, dat lijden," zei hij, "het is allemaal zo oninteressant, veel te persoonlijk." En daarna, het was gruwelijk dat te moeten horen van zo'n reus: "Pak me vast, Guido, alsjeblieft! Is het waar dat ik alleen uit andermans adem besta, uit lucht?" Toen had ik die nieuwe vriend van mij, die moordenaar, op de trein moeten zetten. Dan was Zwaanhilde voor ons behouden gebleven.'

De persoonlijkheid had zijn gasten drie flessen wijn, een mandje nectarines en goede raad over de te volgen route meegegeven. Hij had Guido ten afscheid aan zijn oude borst gedrukt en ook de vriend, die niettemin bleef volharden in zijn ongeloof.

Na driehonderd bedompte kilometers rees St. G. stil en grijs op uit de rotsen. Het eerste waar de twee het die dag over eens werden was dat ze daar best een paar dagen zouden willen blijven. Het huis van de schilderes lag om een hoek van het marktpleintje. Op hun bellen werd uit een raam op de tweede verdieping een bakermuts gestoken, waaronder een bril met halve glazen. De muts werd afgezet, dik blond haar uitgeschud als een zwabber. Cassandra spreidde haar bleke poezelige armen, pofmouwtjes aan de schouders, over de hele breedte van de vensterbank en ging met haar kin op haar handen en een welwillende desinteresse naar de twee heren op straat zitten kijken.

Ze was toen nog niet zo volstrekt doorluchtig als de persoonlijkheid, maar wel hard op weg om het te worden. Het was de tijd dat ze labyrinten schilderde in wat ze 'moederkleuren' noemde: terracotta, oker, zandgeel. Blinde muren, lege poorten die uitzagen op blinde muren en geen spoor van de stier die daardoor, paradoxalerwijs, des te angstaanjagender aanwezig was. 'Hoi, Cassandra!' riep Guido. Zijn stem klonk kwetsbaar en onzeker tussen de hoge geblindeerde gevels. Ze beantwoordde zijn groet op een voorlopige toon, 'hallo', waarmee ze leek te willen zeggen dat zijn naam haar misschien nog te binnen zou schieten, en Guido zei: 'Nou, eh, daar zijn we dan!' Die constatering was lang niet zo overbodig als je zou denken. Het was niet eens een constatering, naar bleek. Hij begreep dat ze er nog lang niet waren. Ze geeuwde. 'Ik ben aan het scheppen, jongens, ik heb geen tijd. Kom overmorgen terug, dan ben ik wel klaar.' Dat hij driehonderd kilometer had gereden en haar bovendien van tevoren had gebeld beliefde ze op te vatten als een compliment waarvan ze hoogstens de intentie kon waarderen. Alsof ze met een 'alsjeblieft, voor jou' de bloemen aangereikt kreeg die ze van alle bloemen toevallig het lelijkst vond. Ze grijnsde hen toe van haar onbereikbaar hoge tweede verdieping.

Toen ze de bakermuts weer over het blonde haar had getrokken, vlak voor hij was afgedropen met de vriend, had ze zich zijn naam herinnerd: 'O, Guido...!' En had ze zich ook iets anders herinnerd: 'Je raadt nooit wie er dood is! Ik kreeg vanmiddag telefoon uit New York. Iemand die zei dat hij bezig was om een telefoonrekening te bouwen zo hoog als de toren van Babel. Die hoefde toch niet meer betaald te worden, zei hij. Hij was over de hele wereld aan het bellen, naar alle nummers in de telefoonklapper van Zwaanhilde. *In plaats van kaarten.* Zwaanhilde is overleden. Vind je het niet ongelooflijk?' Dat was inderdaad wat Guido ervan vond. Niemand van ons kon het toch geloven, toen het bekend werd in die vroege zomer van 1975? 'Hoezo overleden, vroeg ik. Nou gewoon, zei hij, mensen gaan wel eens dood. En toen hing hij op. Mij is het nooit opgevallen dat ze daar al aan toe was, jou wel? Ik dacht eerst aan een flauwe grap. Maar hoe langer ik erover prakkezeerde... Als ik zo'n flauwe grap wilde uithalen, dan toch niet op eigen kosten. En een ander zou er zijn toestel ook niet voor lenen. Tenzij hij dood was, natuurlijk.' Met een speld, had Guido nog tegengeworpen, met een speld en een openbare telefoon van een oud model kon het ook. Zelf had hij die truc vaak genoeg gebruikt om bijvoorbeeld naar St. G. te bellen. Cassandra was zo goed om even te twijfelen. 'Misschien. Misschien was het een inbreker. Ik kende de vent niet en hij *had* haar adresboekje.' En voor ze het raam sloot: 'Ik moet weer aan de slag, jongens. Prettige reis. Is het niet on-ge-looflijk van Zwaanhilde?'

De vriend stond voor aan de straat en had daar achteloos het deurtje van de brievenbus geopend. Hij had er zowaar een hand voor uit zijn broekzak gehaald. Nu deinsde hij terug: er kwam een zwerm vuilgele wespen uit gevlogen. Wie beschrijft zijn verrassing, dacht Guido, die stond te luisteren voor de deur en tot dusver alleen het zuchten van het lange gras had gehoord. Blij dat de vriend eindelijk zijn handen liet wapperen bonkte hij nog eens krachtig met de klopper tegen de half openstaande deur en ging weer naar de loden hemel staan kijken.

De vriend had het niet zo erg gevonden om de schilderes te moeten overslaan en hij had de hoop uitgesproken dat zij de laatste beroemdheid was geweest. Guido vertelde hem niet dat Zwaanhilde ook beroemd was. Als Cassandra de waarheid had gesproken zou ze nu beroemder zijn dan ooit. 'Het meer van Annecy,' had de vriend pedant gemijmerd, in de auto, voordat hij tot zijn gewoonlijke stilzwijgen was vervallen. 'Ik ken het alleen van dat schilderij, van Paul Cézanne. Een van de blauwste schilderijen die ik ooit gezien heb. Op de bovenste helft zie je bergen, een wirwar van diagonalen; in het weerspiegelende water op de onderste helft worden die keurig verticaal en evenwijdig getrokken. Een boom op de voorgrond houdt de twee helften samen.'

Het meer van Annecy was, toen ze er de volgende dag langs reden, een van de meest grijze meren geweest die ze ooit gezien hadden. De bergen werden aan het gezicht onttrokken door een regenbui in de verte, evenwijdig diagonale regenstralen die de waterspiegel een pokdalig aanzien gaven. Hier was het droog. Guido luisterde. Alleen het geweeklaag van het uitgeschoten gras hoorde hij, verder niets.

Voorovergebogen, beide handen in zijn zakken, inspecteerde de vriend de brievenbus. 'Er hangt een raat in,' deelde hij mee, 'van een draderige grijze substantie.' Hij kwam op Guido toegeslenterd en knikte naar de badmintonrackets die her en der in het gras lagen, de jerrycans van een doorschijnend plastic waar bodempjes droge rode droesem in zaten. 'Wil je hier heus blijven? Er heerst hier iets. Verveling, zou ik denken.'

Om zichzelf op te vrolijken dacht Guido ingespannen aan de woorden 'draderige grijze substantie'. Hij duwde de deur open en op onwillige afstand gevolgd door de vriend liep hij door een garage-achtige ruimte, waar een opblaasbaar of lek bootje lag en tegen de muur een surfplank stond. De trap op. In een kamer aan de voorkant leken detectiveromans die over armleuningen hingen en lege glazen de diagnose van de vriend te bevestigen. Een van de deuren op de overloop was gesloten. Guido klopte.

'Ik hoor dat geklop weer,' zei iemand binnen. Een andere stem zong uit volle borst: 'Wilt u zich bekend maken?' Verheugd ging Guido op zijn tenen staan. 'Guido,' schalde hij, als in een beurtzang, maar het werd vervolgens weer stil en zijn hakken zakten terug op de vloer. Na een poosje verklaarde de welluidende stem: 'Dit wordt niks, mensen.' 'Ik dacht dat ik "Guido" hoorde zeggen,' sprak nu een derde stem (*mijn* stem, lezer) en degene die het geklop had gehoord viel haar bij: 'Dat dacht ik ook.' 'Onzin,' beweerde de zangstem, 'ik had Guido een paar dagen geleden nog aan de telefoon. Overmorgen zou hij... Wacht eens even.'

Pas toen ging de deur open, een klein stukje, en een blond dameshoofd met bolle grijze ogen en een vinger op de lippen werd door de opening gestoken. 'Kom binnen en houd je eventjes koest,' beval het. 'Ga daar maar zitten. We moeten deze seance afmaken. Er is net toch zó-iets raars gebeurd.' Guido en de vriend stapten een verduisterde kamer binnen. De dame nam weer plaats. 'Klaar?' intoneerde ze en zong vervolgens, opnieuw uit volle borst: 'Wilt u zich bekend maken?'

De kamer was niet volkomen verduisterd. Een blauw nachtlichtje was in een stopcontact gestoken. Vaag waren vier personen te onderscheiden, drie dames en een herengestalte, die roerloos om een tafel zaten. Er lag een koude blauwe weerschijn op hun gezichten, hun huid leek te fosforesceren en waar vermoedelijk mond en ogen zaten was slechts schaduw. Ze zagen eruit alsof ze in staat van ontbinding verkeerden. Een aantal fiches van een scrabblespel en wat snippers papier lagen in een kring gerangschikt op de tafel. Een drinkglas stond in het midden van de kring, met de bodem naar boven, en op die bodem hadden de vier elk de top van een vinger gelegd. Dat leek een uiterste aan concentratie of zenuwen te vergen, want de vingertoppen trilden. 'Zachtjes, zachtjes,' zong de gastvrouw, 'niet duwen, alsjeblieft.'

Het glas kwam na verloop van ongeveer een minuut in beweging. Aarzelend schokte het in de richting van de omtrek van de kring, trok zich terug naar het middelpunt, bleef daar wat schoorvoeten en waagde het er nogmaals op. Nu had het zijn keus bepaald: het stevende af op een letter, aanvankelijk kuierend, toen, alsof het door een magneet werd aangetrokken, met een zo grote versnelling dat een paar vingers moesten afhaken. Deze letter en de letters die het glas daarna op zijn dans over het gladde tafelblad in steeds snellere successie aantikte werden alle op dezelfde effen toon door de voorzitster afgeroepen. Ze vormden ten slotte het woord *fama*. De gastvrouw zuchtte. 'Kent iemand hier ene Fama? Zeker weer zo'n plaaggeest. Ik denk niet dat we nog serieus bericht krijgen vanmiddag. Ouija,' verduidelijkte ze, ten behoeve van haar nieuwe gasten, terwijl ze de gordijnen openschoof en liet zien wat een stevige Hollandse vrouw ze was. 'We hebben vanmiddag contact met het hiernamaals gehad en we zijn er finaal van ondersteboven.'

Wat de drie aan tafel betrof leek dat meer in het bijzonder te gelden voor de heer, wiens haar, dat zuinig over zijn bleke schedel verdeeld was, goud opblonk in het middaglicht. Hij was onbeweeglijk blijven zitten. Verwezen staarde hij voor zich uit. Zijn handen had hij tot vuisten gebald voor zich op tafel liggen; uit de rechtervuist was de wijsvinger blijven steken en hij scheen niet te merken dat die in een beschuldigende kramp op een van de dames gericht was, een jonge vrouw bij wie geen haartje, geen plooitje verkeerd zat. Ze keek naar de vinger alsof ze hem van de hand zou willen branden.

'Hallo Peet, hallo Guus,' deed Guido, olijk door zijn knieën knikkend. Het echtpaar Guus en Petra was *sine nobilitate,* zoals portiers wel zeggen, maar hij was er herhaaldelijk tegenaan gelopen op feesten waar het druk was in plaats van gezellig. Nummer vier van het gezelschap, een veel te grote glimmende meid van een jaar of twintig, die zich zo krachtig uitrekte dat haar achterhoofd tegen de muur klapte, werd aan hem voorgesteld als 'Wandje'. Dat, lezer, was ik en dat was mijn eerste kennismaking met Guido. De vriend kende niemand en niemand kende de vriend.

De gastvrouw had tijdens de begroetingen handenwringend staan popelen. Haast gillend van ongeduld zei ze nu: 'Je raadt nooit wie er vanmiddag doorkwam. Drie keer achtereen kregen we dezelfde naam: Zwaanhilde. Begrijp je nu waarvan we zo ondersteboven zijn? Iedereen hier kent maar één Zwaanhilde...'

Mijn jongere ik moest haar nu terechtwijzen. 'Ik ken helemaal geen Zwaanhilde. Ook jullie Zwaanhilde niet.' Ik liet mijn stoel weer op vier poten neerkomen. 'Doe me een lol.'

'Niemand hier heeft verder zelfs maar een vage kennis of een ver familielid van die naam. Besef je wel wat dat betekent?'

'Dat ze is overleden?' Het was de vriend die dat opperde.

De gastvrouw stelde het iets voorzichtiger: 'Dat ze overgegaan zou zijn.'

Toch was het niet eerder zo onomwonden gesteld en er trad nu een ernstig zwijgen in, dat Guido de gelegenheid bood om voor alle zekerheid te gaan zitten. 'Nou, ze *is* overleden,' zei hij en keek toen hoe de anderen het zouden opvatten.

We werden er nog stiller van. Ongewoon toonloos vroeg de gastvrouw ten slotte hoe hij dat wist. Guido vertelde ons over zijn bezoek aan Cassandra.

'Al die kilometers tussen St. G. en Annecy had dat nieuws me als een steen op de borst gelegen,' bekende hij me naderhand, 'maar toen ik het eindelijk kwijt kon luchtte dat me nauwelijks op. Ik vond het stuitend om te zien hoe jullie de feiten die ik te melden had opschrokten. Ik was Cassandra haast dankbaar dat ze me niet meer had kunnen vertellen. Waarom moeten overlijdensberichten toch altijd zo'n geniepig leedvermaak teweegbrengen? Alsof jij aan een ramp ontsnapt bent omdat die een ander is overkomen. Alsof er maar een beperkte hoeveelheid ongeluk in de wereld zou zijn! Maar één voordeel had het wel, hoe weerzinwekkend het ook was, namelijk dat ik mijn nieuwe vriend terzijde kon schuiven en vergeten.' Precies zoals ik terzijde geschoven en vergeten was. Ik moest hem eraan herinneren dat ik de rest van de dag samen met die saaie vriend van hem langs de zijlijn had gezeten.

De rouwverwerking ging die namiddag met een sprong van start. Guus was uit zijn trance ontwaakt. Dat was eerst alleen te merken aan de tranen die hem over de wangen vloeiden, kalm en geruisloos en even verontrustend als water dat onder een badkamerdeur door komt gesijpeld. Ik wilde er net iets van zeggen toen hij zonder waarschuwing van zijn stoel sprong en Guido – en daarmee ook zichzelf en zijn laatste gouden haar – ruw dooreen begon te schudden. 'Je liegt toch niet, hè!' loeide hij. 'Dat zou een verdomd zieke bak zijn, Guido!' Wat Guido zich ook uit de schroef van zijn vingers trachtte los te wrikken en hijgde van: 'Laat los, joh! Doe niet zo primitief, joh!', Guus hoorde hem niet, Guus bleef maar rukken aan zijn schouders. 'Het is afschuwelijk!' loeide hij almaar. 'Ik kan het niet geloven!'

Kennelijk was hij het slachtoffer van liefdesverdriet; daarom kon dat gebrek aan zelfbeheersing hem nauwelijks euvel worden geduid. Maar zijn echtgenote zou hetzelfde excuus hebben als ze wél aanstoot zou nemen aan zijn wanstaltig grote smart. Dat deed Petra echter niet, tenzij je haar kalme bezorgdheid als een verwijt wilde opvatten. 'Moet je soms een zakdoek, jongen?' bemoederde ze hem. 'Kom, ik droog je tranen even.' Hij werd als een kind. Gedwee liet hij zich naar zijn stoel terugleiden. Hij liet zich een glaasje water inschenken. Hij liet haar vlugge vingers zijn haar rechtleggen, alsof het een gehaakt kleedje was en hij een nachtkastje. Guus was twaalfdejaars bouwkunde in Delft en had pas bericht ontvangen dat hij iets hemelhoogs kon worden in Bahrein als hij binnen drie maanden zou afstuderen. Of het hem lukken zou of niet maakte weinig uit; in beide gevallen kon Petra, tot de dood hen zou scheiden, over een grief beschikken.

Het beloofde een heel ongezellige avond te worden. Ik kwam naast de vriend zitten, op de bank, die een eindje van de grote tafel af stond. 'Iedereen kent Zwaanhilde. Iedereen, behalve ik. Of ken jij Zwaanhilde ook niet?' vroeg ik. 'Als je haar niet kent weet je niet wat je gemist hebt. Het schijnt dat ze dood is.' Hij reageerde niet en luisterde verder naar het gesprek van de anderen, kin op een vuist en een geboeide glimlach op zijn dunne lippen. Ik liet me zwaar tegen de rug van de bank vallen. Ik deed een schoen uit en telde mijn tenen. Ik stak een vinger in mijn glimmende neus. Ik probeerde het met bekketrekken. Ik was eenentwintig en lelijk. Hij was niet aan de praat te krijgen.

De gastvrouw had haar ogen verlicht ten hemel geslagen. 'Alleen haar naam kregen we door. Geen boodschap, geen verzoek. Maar nu snap ik het. Ze wilde ons laten weten dat ze goed was aangekomen. Heel attent.'

Petra was pal tegenover haar man gaan zitten. 'Ik vond het anders nogal onnadenkend van haar,' meende ze, 'om in New York te overlijden. Het is gewoon al zo moeilijk om eraan te wennen dat iemand er niet meer is, ook al heb je hem in zijn kist zien liggen en heb je die kist in de grond zien zakken. Ik begrijp best dat Guus het niet kan geloven. Zelf kan ik het ook nauwelijks geloven. Zo'n overlijden aan de overkant van de oceaan is niet meer dan een gerucht, alles welbeschouwd.'

'Nee, nee, nee, Peet,' klingelde de gastvrouw met opgeheven vinger. 'We hebben nu bevestiging van twee kanten, van boven én van Guido. Je kunt nu eindelijk je twijfels opzij zetten. Als je nog een bewijs nodig had, dan is dit het wel.'

'Ik wou dat ik het geloven kon. Echt, het zou een pak van

mijn hart zijn. Nu is het alsof ze elk moment weer kan opduiken, net als Martin Bormann of Mengele.' Guus wilde hier iets op zeggen en zei het bij nader inzien niet.

In de loop van het gesprek bleek Zwaanhilde, als een gecanoniseerd kunstenares, haar 'perioden' te hebben gehad. Eerst was er een Amsterdamse, toen een Parijse en ten slotte dus de Newyorkse periode. In de tijd waarin deze gebeurtenissen zich hebben afgespeeld, de gezegende tijd dat onze vrienden hun huizen in Frankrijk nog niet hadden verkocht, verhielden die steden zich tot elkaar als de trappen van vergelijking, zodat de indruk dat Zwaanhilde op weg was geweest naar de top en daar misschien zelfs was aangekomen alleszins gewettigd leek. Het was duidelijk dat de gastvrouw en Petra, die ook een Parijse periode hadden gekend zonder dat daar een Newyorkse op gevolgd was, het nakijken hadden gehad. Dat was trouwens in Parijs al zo geweest, waar de twee aanwezige dames een druk representatief leven hadden geleid in de prêt-à-porter sectie van de modewereld en Zwaanhilde op eigen gelegenheid goede sier had gemaakt met Cocteau (Cocteau?), met Buñuel, met Regis Debray. Dat waren feiten en daarover konden ze het eens zijn. Maar wat het eensgezind rouwen nogal bemoeilijkte was dat het leven van Zwaanhilde arm was geweest aan feiten en rijk aan de imponderabilia die voor de een haar charme uitmaakten en haar in de ogen van de ander, te weten Petra, bestempelden tot een smakeloze, genadeloze, talentloze, hoe dan ook loze arriviste.

'Wat heeft ze bereikt?' – dat was de vraag waarnaar Petra telkens opnieuw terugkeerde, met zwaarder nadruk naarmate duidelijker bleek dat er geen afdoende antwoord op kwam. 'Drie, vier foto's in *Vogue* die er nu niet meer uítzien, zo *vachement* ouderwets zijn ze. Dat bijrolletje in die film van Godard. Wat stelt dat onder het aangezicht van de eeuwigheid nou vóór? New York – ach, New York onttrekt zich aan ons gezichtsveld. Daar hebben we haar niet meegemaakt. Maar ik betwijfel of ze ooit een superstar zou zijn geworden. Daar was ze al twee levens te oud voor. Dat op de eerste plaats. En ze miste de onbeteugelbare roekeloosheid van bijvoorbeeld een Baby Jane Holzer. Ze was te uitgekookt. Geen drugs. Geen kuren. Geen openbare seks. Nooit eens in het gips of in scheiding of in ongenade. Die drang tot zelfvernietiging, die wezenlijk is voor een idool, die had ze niet.'

'Ga weg, Peet. Ze is dóód.' Guido had haar geduldig aanhoord, maar nu moest hij toch protest aantekenen. 'Kan iemand nog verder gaan?'

Petra leek deze voorwaarde om in de verleden tijd over Zwaanhilde te kunnen spreken eventjes oprecht vergeten te zijn, maar ze herstelde zich snel. 'Zo ver gaat zelfs de grootste nul, vroeg of laat. Ik zie daar op zichzelf geen bijzondere verdienste in. Volgens mij is het geen dood geweest die ze gezocht heeft. Voorshands neem ik aan dat het een ongeluk is geweest. Hebben jullie haar ooit dronken gezien? Waarom dacht je dat ze alleen champagne bliefde? Niet omdat ze zo extravagant was, want dat was ze niet. Omdat ze met goed fatsoen geen Seven-up kon drinken, daarom. Ze is steeds een Apeldoornse troel gebleven. Niet dat ik iets tegen troelen heb – wat zou er van de wereld worden zonder troelen? – maar laten we alsjeblieft reëel blijven en geen groot talent van haar maken nu ze niet meer het levende bewijs van het tegendeel is.'

'Ze was móói,' vond de gastvrouw – nou goed, ze was mooi, gaf Petra toe, maar... – 'ook vanbinnen. Ze was de zonnigheid zelve. Typisch Zwaantje, om wanneer ze net is aangekomen aan gene zijde gauw een berichtje naar ons te sturen. Terwijl ze het daar toch razend druk moet hebben met haar vader die tien jaar geleden is overgegaan, met haar grootouders die ze sinds haar vroege jeugd niet meer gezien heeft en de hemel weet wie nog meer. Zo aardig was zij alleen.'

Terwijl ze zo hartgrondig van mening zaten te verschillen was buiten de grijsheid opgetrokken. De dag werd nog een uurtje mooi, op de melodramatische wijze van een houtblok dat nog eenmaal opgloeit voor het in as uiteenvalt. Op de muur tegenover het raam groeiden de schaduwen van de aanwezigen. De schaduwen leken zich te verdringen om de naam van Zwaanhilde en toen ze over het plafond heen groeiden leken ze zich over haar naam te buigen, alsof die in een wieg lag en zij feeën waren. Het was eigenlijk helemaal geen dodenherdenking; men was hier op kraamvisite bij een pasgeboren reputatie.

Onder het eten was het overwegend Guido die het woord voerde. Om de plastic jerrycans voor te zijn had hij de flessen wijn van de persoonlijkheid uit de auto gehaald. Bij het ontkurken sprong de knoop van Guus z'n broeksband. De gastvrouw had een grote gietijzeren pan opgewarmd, waarin een ratatouille die op weg was naar een egaal bruine kleur. We hadden er de dag daarvoor al van gedineerd en ondanks de nieuwe gasten zou de pan ook deze keer niet leeg raken. Guido sprak over de Zwaanhilde van de Amsterdamse periode, een geheel andere dan de onderling weer zo verschillende Parijse Zwaanhildes die door Petra en de gastvrouw waren opgeroepen. Zijn Zwaanhilde had beschikt over een onwaarschijnlijke energie, hele nachten was ze doorgegaan, om meestal tegen acht uur 's ochtends naneuriënd zijn trap op te zweven, een ontbijt klaar te maken en, terwijl ze honderd uit praatte over waar ze overal gedanst, wie ze allemaal gezien, wat iedereen gezegd had, met de beker koffie in haar hand pardoes over haar eitje in slaap te vallen, omdat de energie dan plotseling op was ('omdat de speed dan was uitgewerkt,' verduidelijkte Petra, die zeker vergeten was wat ze gezegd had over drugs of misschien niet vond dat ze consequent hoefde te zijn om gelijk te krijgen). Ze was net een Assepoester, herinnerde Guido zich, wanneer hij haar slapende lichaam dat bijna niets woog en dat niets meer had van de betovering die zo wezenlijk was voor Zwaanhilde, in zijn nog warme bed legde. Wanneer hij 's avonds van zijn werk kwam was ze alweer op pad, dan vond hij een briefje op de keukentafel en de ontgoocheling die hem telkens weer beving bij het lezen van haar handschrift, dat voor de eenvoudigste boodschap nooit minder dan twee vellen papier nodig had, die leegte vanbinnen die hem vertelde hoe efemeer, zo niet overbodig, hij was voor haar bestaan en tegelijkertijd hoe grauw het zijne was zonder haar, dat wanhopige gevoel had hij natuurlijk oneindig veel ondraaglijker nu ze voorgoed...

Bij dit punt van Guido's vertoog stond Guus op van zijn stoel en verklaarde rochelend: 'Ik houd dit niet meer uit.' Urenlang was hij een toonbeeld geweest van hoe ondraaglijk het al was om een Zwaanhilde te moeten verliezen die hij slechts heel uit de verte gekend had. Petra zei hem dat hij maar even lekker moest gaan liggen en tot de anderen, toen hij die raad had opgevolgd, dat hij na het eten altijd eventjes lekker ging liggen. Ook vertelde ze dat hij in bed altijd zijn sokken aan hield.

Tijdens de koffie met *fine* was het opnieuw: Zwaanhilde. Onder de afwas bleef het: Zwaanhilde. En nog steeds toen dan toch de beurt kwam en weer verstreek van de autochtone wijn uit de jerrycans, die vlekken op onze tanden maakte zodat we eruitzagen als een bijeenkomst van vampiers.

En al die tijd zat ik samen met de vriend langs de zijlijn. 'Weet je wat *ik* ga doen?' vroeg ik hem. Ik had twee uur lang aan mijn haar zitten frunniken, mijn kapsel moest intussen lijken op dat van Medusa en misschien had ik zo ook het vermogen gekregen om mensen in steen te veranderen – hij reageerde tenminste niet toen ik hem zei dat ik mezelf overhoop ging schieten. 'Ajuus,' zei ik. 'Ajuus,' zei hij.

Ik bleef. De roddels en herinneringen zwermden om de naam van Zwaanhilde. Ze kleefden eraan vast, alsof die naam een Vaponastrip was, een tros stervende anekdotes uiteindelijk, die nog wat met één vleugel klapperden en met een paar pootjes door de lucht fietsten, in futiele herhaling. Alleen Petra liet zich niet lijmen. Ze werd niet moe de verdiensten van de overledene te kleineren. Guido was allang geheel verstomd. De gastvrouw was de enige die nog af en toe tegen haar in zoemde.

'Zwaanhilde was een vrouw uit één stuk. Daarom was ze zulk zalig gezelschap. Misschien zagen Cocteau en Buñuel een filmster in haar, of een model (dat laatste eerder, denk ik, ze was zeker geen actrice), maar zo'n carrière zou wat haarzelf betreft iets afgeleids en daarom bijkomstigs zijn geweest. Een vorm van toegepaste kunst, als het ware. Die onsterfelijkheid van papier of celluloid, waar jij zo aan hecht, heeft vergeleken bij de onsterfelijkheid van onze ziel niet veel te betekenen.

Monroe en Mondriaan zijn wat dat aangaat niet onsterfelijker dan wij. Zwaantjes *zuivere* kunst was haar leven. Ze was gewoon een toffe meid. We hebben *lol* gehad, Peet, dat ben je toch niet vergeten? Wat wou je nog meer?'

Wat Petra nog meer wou was Guus. Ze bleef al haar welsprekendheid aanwenden om te betogen dat Zwaanhilde zoveel drukte niet waard was, ze wilde 'het niet eens meer over haar hebben', ze was 'de hele Zwaanhilde spuugzat' en zo zorgde ze ervoor dat Zwaanhilde desondanks onderwerp van gesprek bleef. Zwaanhilde dood was veel gevaarlijker dan Zwaanhilde levend. Hier op aarde was ze onbereikbaar voor Guus geweest; nu ze dood was kon ze van hem gehouden hebben. Zijn dutje, twee deuren verder, was een monsterlijk necrofiel overspel. Nu de anderen tot een beschaamd zwijgen vervallen waren en Petra niemand meer had om tegen te spreken, sprak ze zichzelf maar tegen en probeerde haar gekakel te overstemmen met almaar meer gekakel. Panisch stevende ze af op een zenuwinstorting. Machteloos gefascineerd zagen wij toe.

Toen we samen deze herinneringen zaten op te halen, een paar weken geleden, heb ik Guido gevraagd of hij wist waarom de vriend juist op dat moment met zijn opzienbarende mededeling was gekomen. Guido kon het niet precies zeggen. 'Hij was een moordenaar, Wandje. En een lafaard bovendien. Hij durfde Zwaanhilde pas om zeep te brengen toen hij zeker wist dat Petra hem zou helpen. Het was wraak. Op mij, op ons allemaal. Dat *denk* ik. Als ik hem aardig vond zou ik zeggen dat hij het gedaan heeft uit deernis met Petra. En misschien was het waar wat hij zei. Misschien drong het echt pas toen tot hem door dat hij dezelfde Zwaanhilde gekend had.'

Want dat was de mededeling die Petra op het nippertje voor de ineenstorting behoedde. Voor het eerst sinds zijn binnenkomst hoorden we zijn bescheiden stemmetje: 'Als ik me niet vergis heb ik jullie Zwaanhilde ook gekend.' 'Had ik je soms iets gevraagd?' spuugde Petra hem toe, waarop hij terugkroop in zijn hoek van het bankje en ik zijn woorden moest herhalen. 'Luister nou, Peet, hij zegt dat hij Zwaanhilde ook gekend heeft.' '*Hij*?' – Guido's hoofd schoot onze kant uit. De kamer maakte slagzij, het zwaartepunt verplaatste zich van de tafel naar ons bankje, waar de vriend van alle belangstelling, die als een lawine op hem afkwam, nerveus met zijn ogen begon te knipperen.

Zijn bescheidenheid was een weldaad, na het verhitte gedoe van die avond. Dat ze elkaar regelmatig zagen was alweer meer dan tien jaar geleden, vertelde hij. 'Ze woonde toen vierhoog in de Marnixstraat, op een halve etage. Er stonden zeven sigarenkistjes op de schouw, waarin ze voor elke dag van de week wat kleingeld bewaarde, en in een hoek van de kamer stond een bed. Meer meubilair had ze niet. Haar kleren lagen in stapels op de vloer. Maar het was ook toen al duidelijk dat ze het ver zou schoppen. Ze zei altijd dat ze iets wilde gaan doen met paarden, of anders wou ze masseuse worden.'

De drie aan tafel keken elkaar aan. Moest dát Zwaanhilde verbeelden? En waarom had hij dat niet eerder gezegd?

'Ik had aanvankelijk niet door dat jullie het over háár hadden. De Zwaanhilde die ik gekend heb was heel anders. Ik woonde naast haar, in die tijd, en ik heb een poosje boodschappen voor haar gedaan, haar eten gebracht, toen ze het bed moest houden vanwege die miskraam...'

'Een miskraam? Zwaanhilde?'

'Ze was helemaal niet in orde en zat vol lucht. Er ontsnapten haar steeds van die droefgeestige schedebabbels. De buil van Aeolus was er niks bij. Toen heette ze trouwens Annie.'

'Annie!' Petra kraaide. 'Als ik zo heette zou ik mijn naam ook veranderd hebben. Maar toch nooit in Zwaanhilde.'

'Ik ben haar Annie blijven noemen. Die nieuwe naam kon ik nooit onthouden. Ze betuttelde mij, wanneer ik haar wel eens tegenkwam, in later jaren. Ze had zo'n hoge vlucht genomen. Ze cirkelde toen in jullie kringen. Dag buurjongen! zei ze dan, alsof voor mij de tijd had stilgestaan. Ze vond het niet prettig om aan vroeger herinnerd te worden. Ik wist natuurlijk dat ze intussen masseuse geworden was. Internationaal masseuse. Daar heeft ze tegenover mij nooit een geheim van kunnen maken.'

Bedoelde hij soms...? Dat was inderdaad wat hij bedoelde. Zelfs Petra vond het toen overbodig om hardop te zeggen dat alles daardoor veel begrijpelijker werd. Zwaanhilde's sociale snelheid, geheimzinnige retraites, haar geld, haar armoe – alles kwam met een plof neer op dat platvloerse masseuseschap. Maar, vonden Guido en de gastvrouw na de eerste schrik in duet, dat deed niets af aan haar charme, niets aan haar schranderheid en geestigheid, als je tenminste geen last had van kleinburgerlijke vooroordelen en ook masseuses in hun waarde kon laten. Hoe had ze zich anders tot een internationaal niveau kunnen opwerken? Ze bleef dezelfde Zwaanhilde. Dat wil zeggen: ze zou dezelfde Zwaanhilde gebleven zijn als ze het niet verborgen had gehouden. Kennelijk had ze het zelf niet zo ruim gezien. Als het waar was wat de vriend beweerde. En dát waagden Guido en de gastvrouw, rijkelijk laat, te betwijfelen. Kwam de Zwaanhilde van de vriend ook uit Apeldoorn? Over de Marnixstraat had Guido haar wel eens iets horen zeggen. Het was niet ondenkbaar dat hij er zelf iets over gezegd had vanavond. En zo ging het met ieder feit dat hij probeerde te verifiëren: het toonde alleen maar aan dat er aan tafel geen aspect van Zwaanhilde onbesproken was gebleven.

Petra had geen bewijzen meer nodig. Ze geloofde vast dat de vriend de waarheid had gesproken en met die waarheid zeepte ze de gastvrouw opgewekt in. 'Een vrouw uit één stuk, zeg dat wel! Ze was nog veel attenter dan je dacht, lieve schat. Dat was dus haar vorm van toegepaste kunst. Ik *wist* dat er iets niet klopte. Guus zal ervan ophoren!' Necrofiel overspel! Ze kon nu smakelijk lachen om haar achterdocht van zojuist. Een hoerenloper was hij, een eeuwige echtgenoot.

Maar zo blijmoedig als de gastvrouw aan het begin van de avond had gepleit voor het bovenzinnelijke, zo koppig volhardde ze nu in een sombere skepsis. 'Ik kan dit niet zonder meer aannemen. Ik vind dit heel onwaarschijnlijk.' Daar wist Petra wel iets op. 'Laten we eens boven informeren. Even kijken of de lijn niet bezet is. Waar zijn de fiches?' Ze trok van het dressoir het tinnen bord waar de gastvrouw de ouijafiches in geschoven had en kieperde het om boven de tafel. 'Het glas.' Zuchtend pakte de gastvrouw het glas. 'Het nachtlichtje.'

Even later voelde ik die vreemde kracht weer door mijn hand stromen, maar veel sterker dan tijdens onze middagseance. 'Is er iemand?' had de gastvrouw gevraagd. Na een korte, gespannen roerloosheid begonnen mijn voorarm en vingers tintelend te schokken, de pols van mijn rechterhand kwam iets omhoog, beslist tegen mijn wil, en ik had een onaangename gewaarwording in mijn elleboog, alsof ik door een gezagsdienaar tot doorlopen werd gemaand. Met Guido en de gastvrouw leek hetzelfde te gebeuren (om de kans op beïnvloeding zo klein mogelijk te houden speelden Petra en de vriend niet mee; ze keken toe buiten het blauwe schijnsel) en het glas schoof naar een snipper papier waar 'ja' op stond geschreven. 'Wilt u zich bekend maken?' Het glas schoot nu snel heen en weer tussen de fiches, het was alsof mijn vinger het niet voortduwde maar volgde, en binnen luttele seconden waren alle letters aangetikt van de sneeuwwitte naam die zonder ophouden was gevallen die avond. Waarna het stil werd. En bleef.

'Nou?' kwam de stem van Petra uit het duister. 'Vraag dan wie ze spreken wil.'

De gastvrouw vroeg niets. Ze liet ons daar maar zitten, met onze popelende vingertoppen op het glas. De vreemde kracht in mijn hand was nauwelijks in toom te houden. Het was alsof op alle kerkhoven van de aarde de overledenen tegen hun grafstenen duwden om hun geheimen uit te schreeuwen, tot ik de kracht ineens uit mijn arm voelde wegvlieden. Het licht ging aan en ik zag de gastvrouw midden in de kamer staan tegenover een zegepralende Petra, die met de woorden 'Groot gelijk, schat – van de doden niets dan goeds' langs haar heen glipte, haar wollen vest en schoudertas van een stoel pakte en, na ons een goede nacht gewenst te hebben, uit de kamer verdween. Ik kan me vergissen, maar ik had de indruk dat de vriend haar hypercorrecte verschijning met lede ogen zag vertrekken, dat hij de hoop op een beetje dankbaarheid, op een kleine fooi voor zijn inlichtingen zag vervliegen.

Guido vertelde me dat niemand sindsdien geprobeerd heeft om na te gaan of Zwaanhilde werkelijk was overleden. 'Of ze nu dood was of niet,' zei hij, 'begraven was ze zeker, en we wilden dat allemaal graag zo houden. Niemand durfde haar nog onder ogen te komen.' Van de dagen dat we nog bij elkaar gebleven zijn, daar aan het meer van Annecy, staat me niet veel meer bij. Badmintonshuttles die steeds verdwaalden, druilerigheid, een gestaag klokken van wijn en tussen iedereen een adembenemende sfeer van vijandschap. Het was er niet om te harden en toch wilde niemand het gezelschap als eerste verlaten, ook ik niet, want net als de anderen was ik doodsbenauwd dat er, zodra ik mijn hielen had gelicht, over mij geroddeld zou worden.

Dood en leven van Thomas Chatterton

'Nee, ik sta niet voor u op. Ik sta niet meer op. Toen ik jong was, ik weet niet hoe lang geleden, lang geleden, als er dan bezoek kwam, verstopte ik me achter een deur. Dan trippelde ik met gebogen knieën en op mijn tenen de kamer binnen. Niet deze kamer. Een andere kamer. Iedereen was gecharmeerd. Zulke fratsen moet ik tegenwoordig achterwege laten. Ik zak door mijn enkels. Zelfs als twee bedienden me ondersteunen zak ik door mijn enkels. Ziet u wat de jicht met mijn handen heeft gedaan? Ze leggen tegenwoordig kalksteentjes. Lopen als een kip kan ik niet meer, maar mijn handen leggen nu tweemaal 's jaars een kalkeitje. Ik bewaar ze in die urn daar, om er een kiezelperkje mee te laten aanleggen op mijn graf.

Als u bang bent voor *le catch-cold*, zoals men zegt in uw geteisterde vaderland, dan wil ik mijn nurkse Zwitser wel schellen. Ik raad u echter aan om het raam liever zelf te sluiten. Philippe is aan de fep en houdt zich doof voor mij. Zelf word ik niet meer verkouden, sinds ik geen hoeden meer draag.

Dit is Tonton. Geef de jongeman eens een poot, Tonton. Tonton is te dik om de jongeman een poot te geven. Hij is me nagelaten door uw betreurde landgenote Madame du Deffant. "Je suis tombé dans le néant... je retombe dans le néant," placht ze te zeggen en ik zeg het haar nu na. Tonton kan zich niet verroeren omdat hij te dik is en ik niet vanwege mijn jicht. We zijn veroordeeld tot elkaar en tot deze canapé. Je leeft en je leeft en dan, op een dag, word je dood wakker.

Als Philippe niet zo'n kwaaie zin had zou ik hem kunnen vragen om u rond te leiden door dit peperkoekkasteel van mij. Helaas heeft Philippe tegenwoordig altijd kwaaie zin.

Maar ik zal u vertellen wat u zien moet. Wat u zeker zal interesseren is mijn collectie maliënkolders en wapentuig. Ja, ik merk wel dat u een krijgshaftige jongeman bent, ik merk dat aan uw postuur, aan uw dijen vooral. Die verzameling staat in het trappenhuis. Schilden van neushoornhuid, handbogen, pijlen en kokers, allemaal afkomstig – althans dat zegt men en ik geloof het oprecht – allemaal afkomstig van mijn verre voorvader, de roemruchte Sir Terry Robsart!

Sir Terry Robsart. De Engelse kruisvaarder. Ridder van de Kouseband...

François Premier, zegt die naam u iets? Uw kunstminnende koning, inderdaad. Als Fransman zult u zeker belang stellen in *zijn* wapenrusting. Die is ingelegd met goud. U kunt haar vinden in de vestibule voor de bibliotheek. Als u dan doorloopt, de bibliotheek in, komt u oog in oog te staan met een ander pronkstuk, het schilderij voorstellende de echtvereniging tussen onze Hendrik VI en uw Margaretha van Anjou. Twee hoogbegaafde mensen, maar een ongelukkig huwelijk. Onze landen waren toen in oorlog, net als nu. Wilt u dan ook even omhoogkijken, naar de plafondschildering? Die heb ik zelf ontworpen. In het midden prijkt mijn familiewapen. Doe dat voor mij, alstublieft. Ik heb het in geen maanden gezien.

En dan heb ik nog een verzoek. Of u in geen geval met uw vingers wilt kijken. Een predikantsvrouw uit Birmingham heeft de vorige week een van de pijpen gebroken die admiraal Tromp rookte tijdens zijn laatste zeeslag. Een paar dagen later bleek mijn Romeinse adelaar zijn snavel kwijt te zijn. Het mag een wonder heten dat *ik* al mijn tanden nog heb. Ik zit hier maar de hele dag, als een stuk antiek. Het vlees dort van mijn botten. Een oude takkenbos ben ik, alleen nog goed voor het vuur. Komend jaar word ik tachtig. Laatst hoorde ik een bezoeker zeggen: "Kijk eens, Annabel, zie je die mummie daar? Zo zagen de fatten eruit in grootvaders tijd." Straks zullen ze ook aan mij gaan frunniken. Ach, kijk eens, hij is kaal onder zijn tour. Een oor breekt af, een oog rolt over de grond. Steek maar gauw in je zak, Annabel, dan zal niemand het missen.

Hebt u trouwens een kaartje? U weet dat toegangsbewijzen vooruit en schriftelijk moeten worden aangevraagd. Het spijt me dat ik die regel heb moeten instellen, maar aangezien deze optrek slechts uit broodkorst, behang en gebrandschilderd glas bestaat kan ik niet meer dan vier bezoekers per dag ontvangen. En beslist geen kinderen.

U hebt *geen* kaartje.

U bent *niet* voor de bezienswaardigheden gekomen.

Heb ik u ooit eerder ontmoet?

Speelt u faro? Speelt u lanterlui? Blieft u een kopje thee? Of anders ijswater? Ik drink alleen ijswater, vanwege mijn kwaal. Nee? Wilt u soms een snuifje? Een snuifje neem ik nog graag, zij het dan van mijn vingertop, want mijn tabatière anatomique heb ik aan de jicht moeten offeren. Uitgelezen tabak, komt uit Fribourg. Nee? Alweer nee.

Dan zal ik u een aardig verhaal vertellen. Het gaat over Madame de Choiseul, in jonger dagen, toen ze twee minnaars had, prins Joseph van Monaco en Monsieur de Coigny. Alsof dat nog niet genoeg was wenste ze vurig ook een papegaai te bezitten die een wonder van welsprekendheid zou zijn. Ara's, papegaaien, kaketoes en wat dies meer zij heeft Parijs in overvloed, zoals u weet, en de prins wist snel een Jaco te bemachtigen, die door de dankbare nimf tot haar secretaris werd benoemd. Om Monsieur de Coigny niet achter te stellen kreeg ze ook een hevig verlangen naar een aap. Vreemd genoeg waren apen toentertijd wél een schaars artikel in Parijs – nu niet meer, geloof ik – maar de andere paladijn wist er met veel moeite toch een te vinden in een restaurant, waar het dier werkzaam was als koksjongen. Madame de Choiseul was verrukt en stelde de aap aan als haar kamerheer. Monsieur de Coigny had echter verzuimd te vertellen – met opzet of uit vergeetachtigheid, daar wil ik af zijn – in elk geval had hij haar niet verteld dat de kamerheer in zijn vorige betrekking zeer bedreven was geraakt in het plukken van gevogelte en toen Madame op een kwade dag thuiskwam van een visite...

Ach, u kent het verhaal al? U houdt niet van beuzelpraat. U bent een *serieuze* jongeman. O.

Ik heb stokoude markiezinnen gekend die duizendmaal amusanter waren dan u. Natuurlijk zagen ze er niet uit als de Apollo Belvédère. Uw dijen heb ik nu van alle kanten kunnen bewonderen. Ze zijn goddelijk, maar vast niet te koop, dus breng deze oude spullenbaas niet langer in bekoring en ga alstublieft eens zitten, op een van die honderden stoelen hier. Zo. En vertel me nu eens openhartig waaraan ik de eer van uw bezoek dan wél te danken heb.

Chatterton?

Chatterton.

Onze landen zijn in oorlog. Geen schip kan het Kanaal oversteken. Brieven worden onderschept en gekopieerd door uw *cabinet noir* of hoe het ook heten mag in deze bloedige tijden. Geleuter daarentegen is nog steeds zo vrij als de wind. Chatterton – tsjak-tjak-tjak. Een oerwoud vol apen hoor je kleppen in die naam. U stelt me teleur. Bovendien bent u helemaal niet *au courant.* Over Chatterton zijn we hier in Engeland al tien jaar uitgepraat.

Maar u nog niet...

U nog lang niet...

Nou zeg, u weet uw tong te roeren! Peper het me maar in! Alsjeblieft, zomaar een chiasme: "le martyre perpétuel et la perpétuelle immolation" – dat is een chiasme, een ander kauwt daar eerst een hele pen voor plat. En die antithesen van u, net vuurstenen, de vonken vliegen ervan af. Toe maar, scheld me de huid maar vol. Uw retoriek is wonderbaarlijk, Madame de Choiseul had zich geen begaafder papegaai kunnen wensen. Het lijkt wel of u het allemaal voorleest. Die ironie! Schitterend, vlijmscherp, net als uw guillotine. Neem me niet kwalijk, *hun* guillotine. Ik dacht eerst dat u een officier was, maar u laat woorden marcheren – u bent een dichter. Daar ontsnapt u zomaar een alexandrijn, pas op dat u niet spontaan gaat rijmen. Bent u bij de jezuïeten op school geweest? Jammer dat het grote flauwekul is wat u zo fraai verwoordt.

Nee, steek dat ding maar terug, die galanteriedegen. Flauwekul, ik blijf erbij. Een schorpioen, noemde u hem zojuist, de voormalige jongen? Gevangen in een cirkel van vurige kolen, opgehoopt door het kwaadaardige burgerdom. Hij zoekt een uitweg, vindt die niet en in wanhoop steekt hij zichzelf dood. Een aangrijpend beeld voor het benauwde dichtergenie, dat geef ik toe. Alleen: schorpioenen kunnen zichzelf niet doodsteken, dat is bijgeloof. Geheiligd door eeuwenlang overschrijven en nabauwen, maar desalniettemin bijgeloof. Het kan geen kwaad om af en toe het Grote Boek der Natuur eens op te slaan, ook voor een dichter kan dat geen kwaad.

Ach, uw schorpioen komt uit een *poëtisch* bestiarium. Hij is een fabeldier, net zoals de basilisk en de griffioen. Dan wilt u het me vast wel vergeven als ik die Chatterton van u ook niet helemaal letterlijk neem.

Toch nog een verhaal over apen en papegaaien! Want hemeltjelief, wat hébben ze dat schoffie opgekalefaterd, in het Walhalla van de kletspraat. Onherkenbaar veranderd is hij. U had het over zijn "profil d'un jeune Lacédémonien". Hebt u hem ooit gezien? Een portret? Zeker, er bestaan portretten van hem, net als van de eenhoorn en de aartsengel Gabriël. Zelf heb ik hem ook nooit mogen aanschouwen, maar degenen die hem gekend hebben, dat weet ik wel, *die* zijn het erover eens dat hij hier op aarde een bol kinderlijk voorhoofd had en een mopsneus. Zijn ogen waren niet "noirs", ze waren grijs, en wat betreft dat "très grands, fixes" en, wat zei u ook weer? – juist ja, "perçants", dat is een heel aardige beschrijving van zijn rechteroog, maar niet van het linker. Zijn blik had op z'n zachtst gezegd iets onevenwichtigs. Dan dicht u dit joch van zeventien een voorkomen toe dat u "militair et ecclésiastique" noemt. Wat moet ik me daarbij voorstellen? Wilt u soms beweren dat hij eruitzag als een aalmoezenier? Hij liep krom en ging gekleed in vodden, in lompen die bredere ruggen en sterkere benen gekend hadden. Een verklede aap was hij, anders niet.

Zangvogeltjes moet je niet te veel zaad geven? Haha! Wie zei dat – heb *ik* dat gezegd? Armoe is het kapitaal van de dichter? Ook al een gevleugeld woord van mij? Het doet me waarlijk deugd, dat me via de kringloop van de zotteklap ook eens iets geestigs terugvloeit. Hardvochtig, dat wel, maar toch ook gevat! Dat ik mezelf op mijn oude dag nog aan het lachen kan maken...! De vruchten van mijn slechte naam zijn toch niet allemaal wrang. Staat u mij toe...

Ik laat u wegsturen door mijn Zwitser, als u me niet toestaat om u te vertellen wat precies mijn betrokkenheid is geweest bij deze fantasmagorie. Ja, ga maar weer ijsberen. Laat de vloer maar dreunen onder uw Wertherlaarzen. Het porselein beeft voor u. Nu u toch loopt kunt u misschien even die vier banden voor me uit de kast pakken, tweede plank van boven. Die bandjes waar *Chattertoniana* op gestempeld staat, natuurlijk. Dank u wel. U ziet, ik heb al het geleuter verzameld. En geannoteerd. Niet dat mijn gekriebel tegen zulke kloeke drukletters veel kan uitrichten. Maar een aap is niet compleet zonder zijn vlooien.

Chatter-chatter-Chatterton. Dat ik deze schertsfiguur van u, deze kleuter op stelten, door mijn onachtzaamheid, nee, door mijn hooghartigheid, u zei hooghartigheid, tot zelfmoord zou hebben gedreven – dat is niet zomaar een verzinsel, dat is laster. Dat is een leugen die mij, een onschuldige, al langer dan vijfentwintig jaar het leven vergalt. Met u dient zich nu al de tweede generatie pennekluivers aan die dit erbarmelijke wicht als martelaar en patroonheilige vereert en mij een gruweldaad aanwrijft die ik nooit begaan heb. Nooit begaan kán hebben. Zoals ik al zei: ik heb de wonderjongen nooit ontmoet. Ik kan me slechts met grote moeite en dan nog zeer zijdelings bij deze zaak betrokken voelen. Als ik voor hem een engel des doods ben geweest, dan heeft hij zich laten vellen door...

Door een losgewaaide veer. Luister nu goed. Dat de jongen zich van het leven had beroofd hoorde ik pas in '71, bij het jaarlijkse banket van de Koninklijke Academie te Londen. Dat vindt altijd plaats in april: hij was toen dus al een halfjaar dood. Oliver Goldsmith...

Oliver Goldsmith, de glazige Ierse aardappel, de begenadigde dwaas, de schrijvende chirurgijn...

Goldsmith tikte tegen de rand van zijn bord. Belangrijk nieuws! En vertelde met zwaar aplomb dat te Bristol, in de kathedraal van St. Mary Redcliffe, kortelings een kist was ontdekt vol oude manuscripten. En geen rekeningen of oorkonden, nee, bellettrie: kronieken, gedichten, poëtische drama's, allemaal geschreven door een vijftiende-eeuwse monnik, Thomas Rowley genaamd. Wij – Reynolds, Johnson, enzovoort...

Stelt u zich de andere heren maar voor als bloemkolen, knollen, koolrapen, wat doet het er ook toe...

Wij lachten de brave dokter in zijn gezicht uit. Hij moest de laatste man in Londen zijn die niet wist dat deze manuscripten vervalsingen waren. Dat uit het duister van Rowleys monnikskap de snotneus van Thomas Chatterton de wereld in...

Niet aan die bel komen, alstublieft! het is een echte Benvenuto Cellini – tenminste, dat is me verteld toen ik hem kocht. Ga toch eindelijk eens zitten!

We lachten Goldsmith dus smadelijk uit in zijn glazige gezicht en ik herinnerde me, en ik heb het gezelschap toen ook verteld, dat ik de letterlievende wereld al jaren eerder had kunnen verblijden met die dode mus. In '69, ik sla het even voor u op – 27 maart 1769 had ik een briefje ontvangen van Thomas Chatterton, in die dagen leerling-klerk te Bristol. Hij schreef me dat hij oude documenten in zijn bezit had die me zouden interesseren. Er zou uit blijken dat het schilderen met olieverf hier te lande al in de twaalfde eeuw werd beoefend, en wel door een augustijner abt uit zijn vaderstad. Als ik u nu vertel dat ik kort daarvoor in druk had betoogd dat Jan van Eyck niet de uitvinder van die kunst kon zijn, dan zult u begrijpen dat ik zeer verguld was met dat nieuws. Ik hapte toe, ik heb de jongen geloofd en dat is het enige onrecht dat ik hem ooit heb gedaan. Vervalsers zijn vleiers en ik was gevleid. Ik heb hem bemoedigend teruggeschreven. Pas daarna heb ik deskundigen geraadpleegd, mijn vriend William Mason...

Mason, een eminent geleerde, neem dat van me aan, en anderen, en die maakten mij duidelijk dat ik met een bedrieger van doen had. De afschriften die hij van enkele documenten had meegestuurd waren gesteld in een macaronisch taaltje dat net zomin middeleeuws was als dit huis van mij. De omslachtige spelling, het consequent barbaarse idioom, dat waren de onmiskenbare waarmerken van de vervalsing, werd me verzekerd, zoals de nimmer afwezige signatuur en het nooit ontbrekende craquelé dat zijn op schilderijen. Toen heb ik het contact beëindigd. Dat is alles. Meer is er tussen ons niet voorgevallen.

Ik heb deze feiten ook bij dat banket verteld en merkwaardigerwijs kwam er van dat anders zo levendige gezelschap slechts zwijgen. Ik kreeg daar voor het eerst het gevoel dat ik sindsdien steeds gehad heb wanneer Chatterton ter sprake kwam – dat ik mezelf, zonder het te willen, zat te verdedigen, wat ik ook zei. Er heerste een doffe stemming, waar ik niets van begreep, totdat iemand opmerkte: "En nu is die kwajongen dood." Toen was *ik* de laatste man in Londen, de laatste die dat nog moest horen. Zelfs Goldsmith wist het. Zo hoorde ik ook voor het eerst van zijn waanzinnige trots en eerzucht. Dat hij na mijn brief – niemand zei het, maar het bulderde in mijn oren – *door toedoen* van mijn brief heel Londen aan zijn voeten had zien liggen. Ik hoorde het hele ongeloofelijke verhaal, dat lachwekkend zou zijn als de dood, die grote bullebak, er niet in had rondgespookt – van de lauwerkransen, die niet meteen uit de hemel wilden vallen toen hij ijlings naar Londen was gekomen, van het brood dat de bakker hem niet kosteloos wilde verstrekken uit ontzag voor zijn genie, van de levenslange miskenning en teleurstelling die deze zeventienjarige tot zelfmoord hebben genoopt.

In elk van deze schotschriften, het zijn er bijna honderd, staat het in de goorste kleuren beschreven wat er op die vroege augustusochtend is gebeurd, in die achterbuurt waar ik nooit een voet gezet heb maar nu toch aanwezig blijk te zijn geweest. Hoe de zakkenmaakster bij wie hij een mansardekamertje had gehuurd, met schurende adem, binnensmonds scheldend, de vijf steile trappen beklom. Het is allemaal verzonnen, maar ook ik hoor tot in mijn dromen haar voetstap, het gepiep van haar longen, hoor haar roepen: "Master Chatterton! Master Chatterton!" en bonken tegen de deur, die nooit meer door hem geopend zal worden. Ik kan haar zelfs horen zwijgen en weifelen en ik hoef geen slotenmaker te gaan halen om te kunnen zien dat hij dood op zijn bed ligt. Zijn gezicht is grauw, maar hij glimlacht en inderdaad, u hebt allemaal gelijk, hij is mooi. Het zolderraam, dat uitkijkt over de stad, staat halfopen en over zijn slaap en zijn wang valt het strijklicht van zijn leugenachtige glorie, die al daagt boven de daken van Londen. Zijn dode hand omklemt een prop papier, op de vloer ligt een gebroken ampul, snippers liggen overal en op de tafel naast zijn bed staat een kaars te walmen. *Mijn* natte vinger heeft die kaars voortijdig gedoofd. Hoe durf ik dat te ontkennen?

Het zijn enkel de feiten, de arme verguisde feiten, waar ik die euvele moed uit put. In een van deze deeltjes vindt u mijn *Letter to the Editor of Chatterton's Miscellanies*, waarin ik ze gepubliceerd heb. Chatterton zou zich met opium van kant gemaakt hebben, vandaar die glimlach om zijn dode lippen. Dichters laten hun lijken graag glimlachen, ze smokkelen graag een beetje leven de dood binnen. Ik zal niet beweren dat hij geen opium at – resten ervan zijn trouwens door de lijkschouwer tussen zijn tanden uitgepulkt – maar voor een felo-de-se is iets krachtigers nodig, laten we zeggen arsenicum, of vitriool. Ik houd het erop dat hij gedronken heeft van de vitriool waarmee hij zichzelf probeerde te genezen, want deze jongen van nog geen achttien jaar had al zo innig met zoveel naaistertjes verkeerd dat hij beurs was van de venerische pokken. Ik wil hem zijn verheerlijkt lichaam niet betwisten, maar toen hij daar dood lag had hij een gezicht als een uitgewrongen dweil, de zakkenmaakster heeft dat zelf getuigd.

En dan te bedenken dat dit spook, met een beetje geluk, een achtenswaardig zeepzieder had kunnen zijn. Vlak voor zijn wanhoopsdaad schreef hij aan een schoolkameraad uit Bristol dat hij van plan was om de Parnassus vaarwel te zeggen. Hij wilde zich voortaan gaan wijden, schreef hij, aan het bereiden van "smegma", hetgeen Grieks is voor zeep, naar mijn goede vriend Mason me verzekert

Denk niet dat de leugens van uw dweeppoëzie geen kwaad kunnen. Zelfmoord is een rage tegenwoordig. Alle loopjongens en leerling-klerken die ooit twee regels aan elkaar gerijmd hebben en toen niet onmiddellijk zijn toegelaten tot het pantheon der onsterfelijken, grijpen naar het gif. Ze brengen het naar hun lippen, bij het krieken van de dag, besnuffeld door mist, leunend tegen een brugpijler of languit liggend tussen de schillen op Covent Garden. En wat zien die kwanten dan op zich afkomen? De lokkende gestalte van een bleke schoonheid, een jonge Lacedaemoniër. Ze zouden zich ik weet niet hoe snel uit de voeten hebben gemaakt als ze een welgedane zeepzieder hadden gezien, in een lakense jas, met een palmhouten pruik, een driekanten steek en een paar glazen port op. Dit feitje alleen al had tientallen levens kunnen redden.

Maar tegen zo'n appetijtelijk samenstel van leugens staan de feiten machteloos. Jaren geleden heb ik een boek geschreven met bezwaren tegen Shakespeare's voorstelling van Richard III. In mijn onschuld meende ik dat mijn bewijsvoering iets vermocht tegen de lasterpraat van de Bard. Zelfs geleerden die beter wisten wensten me niet te geloven. Voor Chattertonianen is dat boek zelfs een halve schuldbekentenis. Waarom zou ik die kindermoordenaar willen schoonwassen? Omdat hij en ik broeders in de misdaad zijn, natuurlijk! Richard is nog steeds hetzelfde monster. Toch heb ik geen spijt van mijn onderzoekingen. Ik heb er iets van geleerd: namelijk dat elk verhaal gelogenstraft kan worden, met de nodige speurzin en vasthoudendheid. Ik meende toen dat we de feiten van de geschiedenis moeten eerbiedigen, omdat ze werkelijk zijn en omdat alles wat werkelijk is eerbied verdient. Verzinsels als uw Chatterton-mythe dwingen de feiten tot een onderhuids, kwaadaardig bestaan. Niet slechts die van het verleden, ook de weerbarstige levende feiten van het hier en nu die zich niet naar uw mythe willen plooien. Ze veroorzaken dan een pijn die in eenzaamheid geleden moet worden, buiten de geschiedenis, door ieder afzonderlijk mens. Wie de geschiedenis vervalst zet een lange herhaling van doem en mislukking in gang. Ik ben daar nog steeds van overtuigd, maar dat de feiten daar iets aan kunnen doen geloof ik niet meer. Ze betekenen niets, op zichzelf. Ze zijn losse stenen, puin, zonder de mortel van de persoonlijkheden door wie ze zijn begaan. Toen ik mijn boek over Richard III schreef heb ik gemerkt hoe ieder voorval uit het verleden, elke overlevering, als je er maar lang genoeg op tuurt, onbegrijpelijk wordt en ook hoe je bedenkingen en twijfels allengs zekerheden worden en zich toch weer aaneenvoegen tot een nieuw leugenverhaal. Het geloof is sterker dan de rede. Clio kan niet zonder mythen. Het zijn haar valiezen op haar reis door de tijd. De riemen barsten, de sloten springen open en de vuile was tuimelt eruit. Geen nood! Ze stopt alles terug en gaat net zolang op het valies zitten met haar machtige keskedie tot het lid weer dicht kan.

Geen groter Jezebel dan Clio. De geschiedschrijving hangt aan elkaar van de leugens en de vervalsingen. Chatterton vervalste Rowley. De engelachtige dichter uit wiens naam u mij bent komen aanklagen is een vervalste Chatterton. Maar u zou de *historische* wonderjongen nog geen sou gegeven hebben. Ontken het niet, ik weet het zeker! De konterfeitsels van Chatterton en Ossian worden in elke salon gelezen en besproken; oorspronkelijke middeleeuwse poëzie is iets voor stoffige oudheidkundigen. In de schilderkunst gaat het precies eender. De meeste mensen vinden kopieën veel echter dan de oorspronkelijke werken waarnaar ze vervaardigd zijn. Kopieën strelen de eigentijdse smaak. Ze maken een knus kostuumstuk van dat verre, vreemde verleden. En ik wil mezelf niet beter voordoen dan ik ben: het namaakkasteeltje waarin we nu zo gezellig zitten te kouten bevalt me beter dan welk authentiek middeleeuws tochtgat dan ook. We hebben vervalsingen nodig om het verleden bewoonbaar te maken.

Ik zal u eens wat vertellen: op ditzelfde ogenblik, onder ditzelfde dak, is mijn typograaf Kirgate bezig om stiekem de dure boeken na te drukken die door mijn Officina Arbuteana zijn uitgegeven. Hij kan daar niet eens mee wachten tot ik dood ben, de ondankbare vlerk. De *Oden* van Gray doen momenteel vijf gienje in Londen. Maar ik laat deze week nog mijn testament veranderen. Ik zal hem krijgen!

Ach, ik begrijp de noodzaak wel van die Chattertonmythe. Door een zelfmoord voelen de nabestaanden zich geminacht en verworpen. Post hoc en propter hoc blijken ze gefaald te hebben. Daarom zijn ze maar al te bereid om een schuldige aan te wijzen. Men, dat naamloze almachtige wezen *men*, heeft besloten dat ik de beul ben van Chatterton. Ik had zijn dood kunnen voorkomen. Geen van allen die stenen naar mij gooien wensen in te zien dat hetzelfde voor hen geldt. Of ze gooien des te harder omdat ze het wel beseffen. De stommelingen. Zelfmoord, sterven als publiek gebaar – wat een dwaasheid, wat een ijdelheid! Is het niet de allergrootste bluf, om je het gezag aan te meten van het Onbekende? Maar ze trappen erin, ze trekken het zich aan. Als ik me nu, in mijn levensavond, eens buitenshuis waag, dan schrik ik van mijn reputatie. Een lange zwarte ongrijpbare schaduw wandelt voor me uit en verduistert de gezichten van de mensen die ik tegenkom. Mijn geschiedenis is geschreven: ik ben de moordenaar van Chatterton.

Alles wat ik gedaan heb valt in het niet bij wat ik, toen in '69, niet gedaan heb. Alles wat ik weet valt in het niet bij wat ik toen niet heb geweten. Ik wist niet dat Chatterton een waanzinnige dichter was. Ik hield hem voor een ordinaire vervalser. Alles wat ik verder heb betekend is van geen enkel belang meer. Mijn vriendschappen – het zijn vriendschappen met overledenen die niet meer voor me kunnen getuigen. Dit huis waar ik mijn leven lang aan gebouwd heb, deze curiosa die ik met eindeloos geduld bij elkaar heb gebracht – wanneer men straks niet meer weet wie de eigenaren zijn geweest van mijn apostellepels, mijn snuifdozen, mijn mottige handschoenen, dan onderscheidt dit huis zich in niets meer van de eerste de beste uitdragerij. Men zal me uitlachen wanneer men hoort dat ik die zilveren sporen daarginds gekust heb toen de handelaar ze mij kwam brengen. Ja, lacht u maar! Ik heb ze gekust, meneer, omdat koning Willem III ze heeft gedragen bij de slag om de Boyne.

Het ongeluk is dat ik nog niet dood ben. Ik sta in het portaal van het Huis des Levens. Ik zie hoe binnen het feest zonder mij verder gaat. Ik sta te wachten op Clio en haar rijtuig. Aan die monsterlijke reputatie van mij zit nog een broos mannetje vast. Ik kan nog lijden, jongeman, uw toorn tegen mijn naam treft ook deze grijsaard nog. Vroeger heb ik nooit naar macht getaald. Pas nu ik een hulpeloos wrak ben vreet aan mij het verlangen om mensen te laten sidderen, om ze stroop te laten smeren en te compromitteren. Iedereen bij je nadering in de houding te zien springen – wat moet dat heerlijk zijn!

Als u straks weggaat en de rivier oversteekt, dan komt u langs een vervallen poort. Daarachter lag vroeger het paleis van Sheen, waar onze oude koningin Elizabeth gestorven is. Ze was verzot op suiker, een zeldzame lekkernij in die dagen, en leed gruwelijke tandpijnen. Vijftien uur lang heeft ze staan sterven in dat paleis, zo stram en zo recht als een paal, de knokkels van haar vingers tussen haar tanden geduwd. Zolang de koningin stond mocht niemand van haar hofhouding gaan zitten. Vijftien uur heeft de hele hofhouding gestaan en toen haar hart het ten slotte begaf en ze dood terneerviel, viel haar gehele hof met haar. Zo zou ik ook willen sterven.

Wat zei u? Jawel, u zei iets. "Ook ik kan het niet laten om een beetje leven de dood binnen te smokkelen..." Daar zit wel iets in, ja. En weet u hoe dat komt? Doordat de dood zo volslagen oninteressant is. Er is geen geur of heerlijkheid aan. We kunnen er niet over praten zonder hem wat op te kalefateren. Maar zeker, u hebt gelijk, ik hoor me niet te spiegelen in zulke drogbeelden, op mijn leeftijd. Met de dag krijg ik meer bewondering voor uw Marie Antoinette. Toen het gespuis haar vroeg of ze nog iets te melden had voor ze haar hoofd zou verliezen zei ze slechts: *Rien.* Je moet maar kunnen.

Veel dommer echter is het om die slaapverwekkend saaie dood het leven binnen te smokkelen, en dat is wat u doet, met uw dépit voor de wereld, uw cultus van het genie. Zo veroordeelt u zichzelf tot eenzaamheid. Eenzaamheid is minstens zo erg als de dood. Voor uzelf bent u niets. Laat me u een goede raad geven: wees geen schorpioen, wees geen Rousseau. Dat leidt tot waanzin. U weet hoe het met Rousseau is afgelopen. Stel u niet te weer tegen de hele wereld, want dan zou de wereld u wel eens heel haar brede rug kunnen toekeren. Als u zo nodig subversief wilt zijn, wees het dan in het geniep. Hul u in de mantel van de huichel en de vleierij. Spring en zwets, ook al walgen uw oren van wat er uit uw mond komt. Leen geld van de wereld, dan bent u geen ogenblik uit haar gedachten. Alleen in haar gedachten hebben we onze ziel. Alleen door haar tong krijgen we vorm. De beer likt haar jongen, de dichter zijn verzen, de goegemeente likt u. Laat u likken door die grote ruige tong, het maakt niet uit of men kwaad van u spreekt of u prijst, door die warme natte tong kunt u groeien, zo groot dat men niet meer om u heen kan. De naam is alles. Waar er twee of meer in uw naam te zamen zijn, daar bent u. Wat heeft uw Chatterton gemeen met het prul dat door de straten van Londen zwierf, behalve zijn naam? En toch bestaat hij, meer dan bij zijn leven bestaat hij. En door hem besta ik. God geve dat er ooit een goedzak zal opstaan die zich zal inzetten voor mijn eerherstel, en met meer succes dan ik me beijverd heb om Richard III.

Zo. Ik heb u flink de waarheid gezegd en nu ga ik u een uitzonderlijke gunst verlenen. Ik zal u persoonlijk mijn huis laten zien. Waar is mijn stok? Nee, doe geen moeite, ik heb hem al. De laatste aan wie ik die eer heb bewezen was mijn oude vriendin Lady Diana Beauclerk. Een veelzijdige vrouw. Een van de torens aan de noordzijde heb ik naar haar vernoemd. Daarin bevindt zich een kabinet met zeven bisteraquarellen die zij geschilderd heeft. Het zijn illustraties bij een tragedie van mijn hand. Mijn enige tragedie. U hebt er vast al tien geschreven, jong als u bent. Mijn talent ligt meer in het komische. Zoals ik vroeger eens gezegd heb: het leven is een tragedie voor wie voelt, een komedie voor wie denkt. Nu moet ik heel voorzichtig opstaan. Zo-oo-oo-ja. Au! Helaas valt aan het gevoel niet meer te ontsnappen, als je zo oud bent als ik. Geef me nu uw arm. Wanneer ik straks dood ben zal mijn huis net als mijn lichaam in ontbinding geraken. Als maden en wormen zullen de opkopers zich door de gangen wringen en mijn verzamelingen kapotvreten. U bent bevoorrecht. U bent nog net op tijd voor het laatste flakkeren van mijn levenslicht. Bij dat licht kunt u dit alles nog eventjes in zijn ware samenhang en volle betekenis aanschouwen. En we gaan ook een kijkje nemen bij Kirgate. Wat zal hij schrikken! Kunnen we lachen. Nou, sta niet zo te treuzelen. Geef me uw arm. O, die verrekte lemen voeten van mij...

Uw arm! Kom dan, geef me uw arm!'

DAGWERK

Aantekeningen uit de Nieuwe Wereld

Deze woorden zijn gedagtekend 16 november 1981, te Minneapolis, hetgeen Babels is voor waterstad, in de waterstaat Minnesota, die anno domini 1843 is gesticht en zo genoemd door een paar mannen in de nederzetting Stillwater aan de St. Croix-rivier. Minne is Indiaans voor water. Mississippi betekent vader der wateren. Vlakbij zijn de Minnehaha Falls, waarover Longfellow ooit zo zoetvloeiend gedicht heeft. Minnehaha betekent inderdaad lachend water. Als een Nederlander pijn heeft zegt hij Au!, de Angelsaks zegt Ouch! en de Zuidafrikaan Eina!, maar als ze lachen roepen ze allemaal Haha!, net als de graaf in het Spaans.

Voorlopig ben ik nog bezig aan de verlengtijd van mijn zomer. Het blad aan de bomen heeft al de kleur van vuur, maar het is achttien graden Celsius, Indian summer. Het kan hier erg koud worden, zo koud dat je op heldere dagen vlak boven de einder drie zonnen ziet staan.

TOMAH. DE SQUAW

De bus maakt een tussenstop in het stadje Tomah. Elke plaats in dit land, dat geen middeleeuwen heeft gekend en daarom geen verschil maakt tussen dorpen en steden, is een *town*. Tomah is niet veel meer dan een parkeerplaats met daaromheen de bekende Burger King en Dairy Queen, de MrDonut en McDonald's, waar de passagiers een halfuur lang mogen verpozen.

Ik vind een vrije stoel aan een tafeltje dat reeds voor de helft is bezet door een rasechte squaw, een *shoppingbag lady* bovendien, die haar geheimzinnige rotzooi naast zich in een supermarktkarretje geparkeerd heeft staan. Ze is voorzien van allerlei eleganterieën, een vosje om haar schouders, een zwart hoofddoekje met zilverspikkel en zwarte glacé handschoentjes, en is in zoverre een prettige uitzondering op haar doorgaans pokdalige en dronken rasgenoten, dat ze een gaaf en glanzend gezicht heeft. Dronken is ze echter wel. We praten wat ('Ye talk like a real eddicaded guy – whereya from?'), maar ze blijkt te kampen te hebben met een ongemak waar veel beschonken lieden aan lijden, namelijk dat er een onderwerp is dat onwrikbaar als een kei in haar gedachten ligt en waar ze als een Sisyphus maar mee in de weer blijft – haar huidkleur.

Ze is een Britse, vertelt ze, half Engels, half Iers, en om dat te staven houdt ze haar hand naast de mijne. 'See? I am just as white as you are.' Door al het buitenleven en het regelmatig eten van rauwe wortelen ben ik niet zo bleek als de meeste Kaukasiërs, maar feit is dat haar huid bezwaarlijk rood genoemd kan worden. Mensen van haar soort heten hier ook geen redskins meer, ze worden met karakteristiek Amerikaanse gulheid 'native Americans' genoemd, wat overigens niet betekent dat niet-Indianen hun geboorterecht hebben opgegeven, evenmin als degenen die anderen 'colored people' noemen zelf allemaal albino's zijn.

'I am a Cook,' zegt ze, 'and my husband is a Brock.' Wat een Brock dan wel mag wezen? Dat is dus de naam van haar gewezen echtgenoot, een Duitser, en haar drie jongens die *zulke* lange wimpers hebben, net als alle Duitsers, ('Negers hebben ook van die lange wimpers, mevrouw Brock.' 'Mijn zonen zijn geen negers. Ze zijn Duitsers.') hebben het zich in hun hoofd gezet, ja hoe ze erbij komen snapt ze ook niet, dat ze *Indianen* zijn ('Ach, mevrouw Brock, dat doen jongens van die leeftijd bij ons ook, dat gaat wel over.'), wat wel weer het voordeel heeft dat ze nu tenminste niet iedere dag met de bus naar die nikkerschool gebracht hoeven te worden, tien mijl verderop, vanwege de rassenintegratie, want ze woont natuurlijk in een geheel blanke buurt.

Als je verwacht van Indianen iets diepzinnigs te horen over de hemellichamen of de jacht kom je bedrogen uit. Bij mij in de straat kom ik wel eens een oude Sioux tegen die een echte handgeweven kiel draagt. Hij heeft grijze manen, een streng en doorgroefd gelaat en ogen die honderd kilometer weg lijken te kijken, en waar hij het liefst over praat is hoe hij ooit zijn twee neefjes heeft meegenomen naar Disneyworld. ('So I said to my brother, Lester, I said, I'll take the kids along. Are you sure, he said, Lester said. Now listen here, I said, I make more money than you do, Lester, I said, working my butts off with Amtrack, I said, I can afford it, I said. Well, that's mighty nice of you, Lester said, but are you really sure you want to take those two boys all the way down to Florida, he said. Course I am, Lester, I said...')

Ze vraagt me hoe ik heet. 'Frans,' zeg ik, want het is hier de gewoonte om je achter de betrekkelijke anonimiteit van een voornaam te verschuilen. Zelf heeft ze eigenlijk geen voornaam, bekent ze. Haar vriendinnen noemen haar Alice. Maar hoe noemden uw ouders u dan, mevrouw Brock? Haar ouders? 'Oh, they called me Little Bear.'

STEDEN

Je hebt zo'n zeven à acht uur over dezelfde freeway gereisd. Namen als uit een gedicht van Paul van Ostaijen – Menomonie (spreek uit: m'*naaa*-m'nie), Eau Claire, Black River Falls, Milwaukie, de bierstad, waar op elke straathoek een r.k.kerk staat – zijn in je ooghoek verdwenen. Dan verstrengelt de weg zich geleidelijk met andere wegen – spaghetti junction – je nadert een grote stad.

Amerikaanse steden worden altijd geroemd om hun skyline. Dat is omdat ze alleen uit de verte een herkenbare gestalte hebben. Het is steeds weer dezelfde schering en inslag van avenues en streets waar je in terechtkomt.

Bij 135th St. beginnen de buitenwijken. Gazons die een meter hoger liggen dan het straatoppervlak. Houten huizen met veranda's. Ter hoogte van 60th St. vind je doorgaans de housing projects waar alleen kleurlingen wonen. Dan volgen de wolkenkrabbers, die elkaar steeds dichter gaan verdringen, zodat het op die brede straten even donker wordt als in de stegen van Napels of Barcelona. Waar is het centrum? Er is geen centrum. De Spaanse veroveraars hadden tenminste het benul om midden in hun koloniale steden een *zocalo* aan te leggen, maar hier vind je geen plein, geen rustpunt – het stratenplan en de gladde architectuur, die erom smeekt vergeten te worden, hebben je voor je het weet de stad weer uitgestuwd.

Boston is de uitzondering. In Boston is elke Amerikaan van buiten na vijf minuten de weg kwijt.

NIEUWSBERICHTEN

Minneapolis beweert een van de meest verlichte en verdraagzame steden in de USA te zijn, en terecht, maar dat is nog niets om trots op te wezen. Momenteel woedt hier een hetze tegen een rechter die zich heeft afgegeven met een paar schandknapen. In het kader van een serie over kinderverkrachters heeft WCCO-tv zijn gedrag aan de kaak gesteld. Hij is een briljante rechter, wordt met nadruk gezegd, alsof dat tegen hem pleit. Vanuit een boodschappentas gefilmde beelden van de man worden aan het publiek getoond. Hij loopt keurig over straat, met een hoed op. Beelden van zijn huis. Zijn naam en adres worden vermeld, want dat mag hier, ook al word je nog slechts verdacht van een misdrijf. De omroepmaatschappijen hebben onlangs toestemming gekregen om te filmen in de rechtszaal, want de brave burger heeft recht op informatie, op het schrijven van scheldbrieven en het gooien van bakstenen. De jongens, die bepaald geen minderjarige indruk maken, worden geïnterviewd. Ja, ze herkennen de rechter van de foto. Ze hebben twintig dollar van hem gekregen. Voor seks. Als iemand hen uit de misère had kunnen helpen, dan was hij het wel, snikken ze. Ze leggen hun verklaringen nog eens af, ditmaal gekoppeld aan een leugendetector. Wat een leugendetector meet is de elektrische spanning op het huidoppervlak. Niemand heeft nog duidelijk kunnen maken wat die met de waarheid heeft uit te staan. Het gebruik van het apparaat is in veel rechtbanken niet geoorloofd, ook niet in de rechtbanken van de staat Minnesota, maar dat vertelt WCCO-tv er niet bij. 'In my professional opinion,' zegt de deskundige die het apparaat bedient, 'they are truthful.' Het is weer een grote dag voor de gerechtigheid en de kijkcijfers.

President Reagan komt voor de buis blij vertellen dat de

werkloosheid sterk gedaald is. We'll be right back after this message. Twee minuten reclame en dan het volgende bericht. Volgens de laatste officiële cijfers is de werkloosheid sterk gestegen. Je hebt in dit land vrijheid van meningsuiting en je mag ook geloven wat je wilt.

Beelden uit Dayton, Ohio. Een dronken man komt uit een bar en houdt een gijzelaar een pistool tegen de slaap. Voor de bar staan drie politiewagens opgesteld, agenten op hun hurken erachter. De dronkaard roept dat hij zijn gijzelaar zal neerschieten als ze hem niet laten gaan. De gijzelaar weet met een simpele judogreep te ontkomen en de dronkaard valt op de grond, het pistool glijdt uit zijn hand en blijft een paar meter verderop liggen. De agenten schieten, vier keer, vijf keer. Hij is dood. Commentaar van de nieuwslezer: 'De politie verklaarde uit zelfbehoud te hebben gehandeld, aangezien de man op hen gevuurd had.'

De Verenigde Staten is een gevaarlijk land, omdat er zoveel ongelukkige mensen wonen. Het wordt geteisterd door vaderlandsliefde, vraatzucht en godsdienstwaanzin. Wanneer een Amerikaan emotioneel wordt rammelt hij je door elkaar en brult: 'I *love* this country!' Chauvinisme is wat een gevangene voelt voor zijn cel. Vrouwen zijn er trots op dat ze vrouw zijn, homoseksuelen dat ze homoseksueel zijn, Amerikanen dat ze Amerikaan zijn. Black is beautiful en if yer not Dutch, yer not much. Demopolis, Alabama, is de beste plaats op aarde en Groesbeek, Texas, ook. Gelukkig zijn er communisten, die niet in vrijheid en niet in God geloven, want het is makkelijker te haten dan lief te hebben. Vrijheid heeft te maken met stereotransistors, mooi weer, open convertibles en gewoon jezelf zijn. En God houdt van je, ook al word je door iedereen met de nek aangekeken.

LEVE HET REALISME!

Op wasdagen hangen ze aan de lijn, de mannen van Weduweneiland, of buitelen ze zonder ingewanden door de droogtrommel. Wanneer de weduwen in het dorp boodschappen gaan doen kun je hen vaak voor in de auto zien zitten. Bij het vallen van de avond zitten ze op de veranda, stil in een schommelstoel, met een pijp in hun mond waar geen rook uit komt. Staat er een harde wind, dan valt er wel eens een om en soms gebeurt het dat de weduwe vergeet om hem recht te zetten. Later op de avond zie je hen in het blikkerlicht van de televisie.

Ze drinken niet en hun roken is maar schijn, ze spreken niet tegen en hebben geen timmerbevliegingen. De mannen van Weduweneiland zijn altijd thuis en nooit ziek. Ook als je in ze knijpt zijn ze net echt. Je hoeft niet bang te zijn dat ze zomaar dood blijven en als je genoeg van ze hebt geef je hen mee met de vuilnisman. Ze zijn een beetje zielig en dat is goed voor de weduwen, medelijden houdt de ziel jong.

Sommige weduwen nemen hen mee naar bed. Daar staren de mannen zonder spijt of afkeer naar het weduwgezicht, dat er 's nachts uitziet als een verfrommelde papieren zak. Mevrouw Sturdevant (82): 'Ik ben in mijn leven driemaal gescheiden en van mijn vierde echtgenoot ben ik dus weduwe. Zo fijn als nu heb ik het nog nooit gehad. Ik zou echt niet anders willen. Als ik mijn Henry eerder had ontmoet zou ik me een hoop ellende hebben bespaard.'

Mevrouw Sturdevant ontvangt me in haar naaikamer. Er staan doosjes met kralen, met lovertjes, met kwasten en knopen. Strengen borduurwol hangen aan de muur. Op de tafel liggen rollen flanel en katoen. Het is er knetterend droog. Alle rimpels van haar bejaarde gezicht richten zich op de punt van haar naald, die door de droge stof steekt, en lijken er vervolgens aan te ontspringen, alsof die punt van goud is en haar rimpels stralen zijn, een schittering als van een monstrans die in een baan daglicht wordt getild. Er heerst een sacramentele ernst in deze naaikamer, waar drie jaar geleden de eerste man is geschapen.

'Het gebeurde toen regelmatig,' vertelt mevrouw S., 'dat er van het vasteland opgeschoten jongelui hierheen kwamen, gewoon over de tolbrug, of anders met een speedbootje, dat werd afgemeerd aan de noordzijde, waar het rotsachtig is en voor ons onbegaanbaar. Ze lummelden dan rond bij Fort Frederica, tot het donker werd – dan kwamen ze het eiland op, altijd met z'n tweeën. Zelf ben ik nooit overvallen, maar mevrouw Pommerenke van hiernaast is in een stoel gezet en vastgebonden, terwijl een zo'n knaap een mes onder haar kin hield. Al haar zilver hebben ze gestolen. Toen heb ik Henry gemaakt.'

Henry is de nestor van wat inmiddels is uitgegroeid tot een leger van zo'n honderd mannen, levensgrote mannen, al zijn ze dan iets kleiner dan hun dames, 'maar dat is gewoon voor het gemak,' verklaart mevrouw S. Als huid hebben ze een hoes van stevige katoen of flanel, met een chirurgisch litteken van rits of knoopjes, en hun ingewanden zijn vlokken schuimplastic – 'dat bobbelt wel iets, maar is veel beter wasbaar dan kapok.' 'Mijn eerste mannen heb ik helemaal afgewerkt,' herinnert mevrouw S. zich, 'maar omdat de meeste dames zelf ook handig zijn met naald en draad ben ik ze later gaan afleveren als halffabrikaat, cascomannen bij wijze van spreken, waar de dames dan hun eigen fantasie en tederheid op kwijt kunnen. Mevrouw Kolderei heeft de wrat die wijlen haar echtgenoot op zijn wang had heel aardig nagemaakt, en de bermuda's die ze van hem bewaard had, die trekt ze nu haar Desmond aan.'

Ze hebben ronde schouders, een buik als een zwemband en korte benen. 'Nee, het atletische type is helemaal niet gewild,' lacht mevrouw S. desgevraagd. 'Onze verbeelding is strikt realistisch. De werkelijkheid heeft zo haar eigen poëzie, nietwaar, en die overtuigt ook het meest. Alleen honden, die geloven niet in onze mannen. De hond van mevrouw Hanson sleept haar man dagelijks de trap op en laat hem dan van de treden stuiteren. De meeste reparaties die ik krijg zijn vanwege honden.'

Dienden de mannen in beginsel ter beveiliging van de weerloze weduwen en hun have en goed, algauw bleken ze nog veel meer noden te kunnen lenigen. Vrijwel alle dames hebben tegenwoordig *twee* mannen, een voor thuis en een voor uit. Op het strand zijn ze een rustpunt. Daar zetten de weduwen hen onder een dwergpalm, met een geïllustreerd weekblad op een klapstoeltje, 'om iets te hebben waar je van weg kunt lopen.' Ook wanneer ze visites afleggen nemen de dames dikwijls hun mannen mee, als beplukbaar en verschikbaar gespreksonderwerp, maar ook omdat de aanwezigheid van mannen het gesprek beschaafd houdt. Zeker wanneer ze er uitzien als defecte toneelgordijnen dreigen vrouwen onder elkaar gauw te vervallen tot kijven, katten of klagen. Net zoals het damesgesprek vroeger, in gehuwde tijden, stevigheid ontleende aan het herengesprek dat er kruiselings doorheen ging, zo is nu het gesprek van de popmannen een ijl doch sterk vangnet voor de woordcapriolen van de dames, met het bijkomende voordeel dat er geen loodzwaar geluidstapijt ontstaat.

En zaterdags komt uit Brunswick de heer Frank Sevillo naar Weduweneiland. Om acht uur 's avonds hebben de dames zich dan verzameld in de lounge van strandhotel Crown & Ancher. De heer Frank Sevillo gooit de denkbeeldige zwaluwstaart op van een denkbeeldige rok en neemt plaats achter het drieklaviers Wurlitzerorgel. Een spot wordt gericht op zijn handen, vonken schieten van zijn zeven ringen. Hij maakt een paar humoristische grappen ('Cross your legs, dear! I'm getting an echo') en lacht met gouden tanden naar zijn engelbewaarder, links boven tegen het plafond, de enige die hem geheel begrijpt. Weldra wordt het zachte snurken van de Atlantische oceaan overstemd door de vrolijke klanken van 'Tie a yellow ribbon', de romantische klanken van 'Fly me to the moon', en draaien de weduwen over de dansvloer, in de armen van hun mannen, die met hun voeten net de grond niet raken en elkaar over de schouders van hun partners in stille paniek aankijken, als kinderen in botsautotjes.

'Laten we vertrouwen op de Voorzienigheid, laten we wijsheid vergaren en inzicht in de huishouding der Natuur door de verrichtingen en de macht van de Schepper te onderzoeken en te overdenken, en laten we ernstig gehoor geven aan de goddelijke leidsman in ons.' Met die bede begint de natuurvorser William Bartram het hoofdstuk van zijn *Travels* waarin hij verslag doet van zijn bezoek aan het eiland St. Simon's, een subtropisch eiland voor de kust van de staat Georgia. St. Simon's is nog steeds de officiële naam van Weduwen-eiland. Bartram bezocht het in de maand maart van het jaar 1774 en haalde er zijn hart op aan de welriekende Crinum, door de eilanders Witte Lelie genoemd, en aan de koraalrode bessen die het hele jaar door de takken van de Lycium Salsum sieren. 'O gij Schepper in den hoge, Almachtige!' apostrofeert hij uit de volheid van zijn hart, halverwege het hoofdstuk, 'wat zijn Uw werken toch oneindig en onbegrijpelijk! volstrekt volmaakt en alleszins verbazingwekkend!'

NEW ORLEANS

Er rijdt geen tram meer naar Desire. Nog wel een bus, een witte, die de naam in aan- en uitknipperende lichtpuntjes op zijn zwarte voorhoofd draagt. Ik heb altijd gemeend dat die tram een beeld was voor verlangen, maar Tennessee Williams blijkt met zijn titel iets veel decadenters bedoeld te hebben, verlangen naar verlangen, een aftandse droom. Alleen over St. Charles Avenue loopt nog een tram, tussen twee tien kilometer lange rijen palmen, een antiek vierkant ding met houten banken, helemaal van het French Quarter, door het Garden District met zijn subtropische tuinen, langs Loyola en Tulane Universities, naar Carollton.

New Orleans is groen en wit en oudroze. De negers hebben gladde, ovaalvormige hoofden en ze zijn zwart als ebbehout. Tussen hun voortanden hebben ze vaak een stukje goud, waarmee ze hun haast ondraaglijk volmaakte schedelvorm aan scherven lachen. De vrouwen lopen aan één stuk door te mopperen en te ginnegappen, ongeacht of er iemand luistert.

Ik neem de bus naar Key West. De bus is vol. Nauwelijks zit ik, of naast me neemt Arlene plaats, driehonderd pond. Ze heeft al een paar uur op deze bank gezeten, want ze komt uit Baton Rouge en blijft voorlopig nog zitten ook, want ze gaat naar haar zuster in Orlando. Ze is een jonge vrouw, maar zo dik dat er een krans van rimpels om haar mond zit, zoals om een knoop die op een kussen is genaaid.

Platgedrukt tussen het raam en Arlene (ze heeft het benauwd, wat het mij op de een of andere manier onmogelijk maakt om het ook benauwd te hebben) kijk ik naar buiten. Wanneer de bus de lange brug over Lake Pontchartrain voorbij is eindigt de beschaving. Louisiana is gauw verlaten. Een stukje Mississippi, Biloxi. Een stukje Alabama, Mobile. Dan begint Florida. De streek tussen Pensacola en Tallahassee wordt de panhandle genoemd. De takken van de palmbomen, die nergens hoger komen dan drieëneenhalve meter, zijn geknakt, de bladeren bruin, het gras grijsbruin, dor blad is aan de roerloze loofbomen blijven hangen, en het is heet. Een landschap in de hel. De zon heeft abnormaal lang werk om op en onder te gaan en het grootste deel van de dag werpt hij lange schaduwen, schijnt hij de spaarzame voorbijgangers, oude mensen meestentijds, horizontaal in het rimpelige gezicht. De plaatsjes waar we door komen hebben voor hun gemeentehuizen, waar wij een beeldhouwwerk of een standbeeld zouden plaatsen, een afgedankte raket of bommenwerper staan, en geen gat zo klein of het hele godsdienstige spectrum is er vertegenwoordigd: de methodisten, congregationalisten, presbyterianen, Grieks-katholieken, zevendedagadventisten hebben er hun kerken, de baptisten hun tempel, de Jehova's hun koninkrijkszaal. Ergens wordt een gebedsdienst aangekondigd, waarin God een lagere rentevoet zal worden afgesmeekt. Een oude vrouw voert op haar nummerplaat de tekst 'God Co-Pilot'; voor op een andere auto staat 'Jesus Is Our Savior'. In een subtropische streek doet zoveel meestal calvinistische godsdienst even wrang en tegennatuurlijk aan als zout in je koffie.

Tegen middernacht, na vijftien uur rijden, komen we aan in Orlando. Arlene wordt afgehaald door haar zuster, die hamburgers bakt in Disneyworld en me nieuwsgierig maakt naar de rest van de familie, want Arlene blijkt niet eens de dikste thuis.

DE INWENDIGE MENS

Wat in de Verenigde Staten vooral gegeten wordt is de snack. De snack wordt in het openbaar en toch in eenzaamheid verorberd. Talrijk zijn de mensen op straat met die van de koe bekende glazige blik, die erop duidt dat het bloed zich van de hersenen naar de maag heeft begeven. De snack is een excuus om altoos te blijven eten, want hoeveel snacks men ook achter de kiezen heeft, nooit heeft men een volledige maaltijd genoten. Wanneer een Amerikaan een restaurant bezoekt zal hij steevast zeggen: 'Let's grab a bite' – nooit zal hij eens flink gaan nassen of bunkeren. Op de menukaarten vind je wat bij ons hoofdgerechten zouden heten onder het kopje *entrees*. Aan de muur hangt een handleiding met instructies voor First Aid In Choking.

Wanneer de Amerikaan niet eet, wil hij toch kauwen. Dickens beklaagde zich al over de bruine fluimen die op zijn schoenen werden gespogen en was verbijsterd toen hij zelfs in het Witte Huis geelkoperen kwispedoors zag staan. Wat de pruimtabak was in zijn tijd, zijn nu de kauwgom en de popcorn. Beide kunnen onbepaalde tijd genuttigd worden zonder ooit verzadiging te schenken. Onder elke tafelrand die je per ongeluk aanraakt, elke houten stoel die je wat dichter naar je toetrekt, zit een rijtje fossiele kauwgommoppen. Kauwgom heeft het voordeel van een vleesachtige substantie, die stevig malen noodzakelijk maakt. Nadeel is dat er niet bij geschoffeld kan worden. Die mogelijkheid biedt popcorn weer in overvloed. Hele bergen kunnen er van worden ingeladen, en ze laten geen spoor van verzadiging achter.

Van al dat kauwen krijg je honger. Je loopt dan even binnen bij de snackbar van een Wop, Dago of Chink. Daar koop je een burrito, souvlaki, Chinese eggroll of pizza. De pizza komt in twee soorten, de platte en de hier uitgevonden *pan* pizza, en in twee maten: 12″ en 18″. De Amerikanen geven jaarlijks evenveel uit aan pizza als aan ruimtevaart.

Of je duikt snel een winkel in. Bijna iedere winkelier heeft vlak naast zijn kassa een rek staan met junk food. Daarin laten zich twee hoofdcategorieën onderscheiden: crunchies en munchies. Crunchies zijn gezouten amandelen, pinda's, cornnuts et cetera. Munchies zijn er weer tweeërlei: enerzijds de ook bij ons bekende chocolade-met-caramel versnaperingen, Marsrepen, Milky Ways en dergelijke zoetigheid, anderzijds in cellofaan verpakte banketwaar. Carrot cake met mierzoete glazuur, oatmeal cookies, taai en zacht, die altijd net niet op schimmelen staan, en het meest gewild: Hostess Cupcakes, Twinkies, DingDongs en HoHo's. De dubbelzinnige babybabbel van die namen vertelt al genoeg over de geestesgesteldheid van de consument. Deze produkten bestaan uit moskovisch gebak in de vorm van hetzij een dubbelgeslagen omelet, hetzij een klok, al of niet bedekt met suikerglazuur of chocolade, waarin een slagroomsurrogaat verstopt zit dat uit het gebak komt spuiten als melk uit een tepel. En het heerlijkst van al is dat ieder Twinkie precies gelijk is aan ieder ander Twinkie, zodat je geen ruzie hoeft te krijgen, kinderen.

De trieste gevolgen van dit levenslange zuigelingschap lopen maar al te zeer in het oog. Dat er in de VS relatief veel dikke mensen zijn is maar een fractie van de gruwelijke waarheid. Die dikke mensen zijn zo dik dat je er bij ons voor naar de kermis zou moeten. Mannen wier geslachtsdelen hoog in een donkere spelonk hangen, als vleermuizen. Vrouwen met zijvleugels aan hun heupen. Ze kunnen niet liggen, want dan zouden ze onder hun eigen vet bezwijken. Als ze zitten vallen hun ledematen in slaap. Ze moeten almaar lopen, om een beetje leven in dat vlees te houden.

HEMINGWAY

Het is Kerstmis en op Key West bloeien de oleanders. Ik breng de hoogtijdagen door op het strand, kijkend naar de pelikanen die laag over het water scheren en, één en al snavel, loodrecht de oceaan induiken om een visje te verschalken. In de branding drijven blauwe kwallen die lijken op sierlijke Portugese fregatten.

Whitehead Street loopt van de Atlantische oceaan naar de Golf van Mexico en op nummer 907 staat het huis waar Ernest Hemingway twaalf jaar lang woonde, tot 1940, en driekwart van zijn werk schreef. Het is een negentiende-eeuws huis, gebouwd in Spaans-koloniale stijl en geheel omringd met een veranda. Key West is een vogelrijk eiland – J. J. Audubon woonde aan het begin van Whitehead Street en schreef er aan zijn *Birds of America* – maar in de tuin van nummer 907 is geen vogel te bekennen, want er wonen tweeënveertig katten die aan elke poot zes tenen hebben, allemaal nazaten van de katten die Hemingway hield.

Een vriend van de schrijver leidt me rond, een man van een jaar of zestig, met fanatieke Spaanse ogen. Hij draagt een openstaand zijden hemd van het soort rood dat scharlaken wordt genoemd en tussen zijn grijze borsthaar hangt een zware gouden ketting. Omdat hij bij de lunch uien en knoflook heeft gegeten wenst hij me niet te woord te staan voor hij uit een groen flesje wat muntextract op zijn tong heeft gedruppeld.

Hij praat honderd uit over de levensstijl van de schrijver, vooral over zijn drinkgewoonten, terwijl ik wat rondkijk. Het is een prettig huis. De verbouwing en inrichting zijn het werk van Hemingway's tweede vrouw Pauline, een *southern belle*, net als mijn gids geboortig uit New Orleans, reden waarom hij een diepe sympathie voor haar heeft opgevat. Ik word door ruime kamers met rode plavuizen geleid. Het licht dat door de hoge palmen binnenvalt is groen en gouden. Er liggen vrolijke vloerkleden. Er hangen veel kroonluchters in huis, daar was Pauline dol op. Wat uit Afrika meegebrachte souvenirs. Ik zie maar één behoorlijk schilderij, in de slaapkamer. Het is geschilderd door een neef van William Faulkner. Het enige echt bijzondere aan het huis is dat Hemingway er heeft gewoond.

Mijn gids loodst me naar buiten, naar het zwembad. Terwijl 'Ernest' in Spanje was om de burgeroorlog te verslaan, heeft Pauline het laten aanleggen in de rotsbodem van de tuin, voor een bedrag dat driemaal zo hoog was als het hele huis had gekost. Mijn gids wijst me op een glazen plaatje in het plaveisel, waaronder een dollarcent ligt, groen uitgeslagen door de zoute eilandlucht. 'When he came home and she showed him the pool, he threw that coin at her feet, saying "Here, take the last penny I've got!" He had a thing about money, you know. Whereupon she had the penny mounted in the cement. Ah, that lady had a lovely sense of humor!'

Dat 'thing about money' is iets waar ik Hemingway altijd om bewonderd heb. Ik ken geen andere schrijver die zo consequent materialist is. De tastbare wereld is bij hem absoluut en wordt daarom met de grootst mogelijke liefde en zorgvuldigheid tegemoetgetreden. Of hij nu een leeuw beschrijft, een vis, een zak wijn die rondgaat in een Spaanse bus, de manier waarop je wordt bediend door een ober – alles krijgt een eigen waarde en geld is voor zijn helden een middel om die waarde te erkennen en uit te drukken. Hoe mensen hun geld besteden is in zijn boeken een uiting van hun verhouding tot de wereld. En zoals Nick Adams, Jake Barnes en al die andere nice guys omgaan met hun dollars, zo gaat Hemingway om met woorden. Ieder woord wordt tien keer omgekeerd, zodat het rond en concreet wordt. Het woord *good* bijvoorbeeld. Je moet dat lezen met een vol Midwestern accent. De medeklinkers moeten een schil zijn, de klinker is sappig vruchtvlees. Het betekent zowel moreel goed als lekker, aangenaam. Als Hemingway schrijft 'The wine tasted good' hoeft er geen engeltje over je tong te fietsen – en als Jake in *The Sun Also Rises* platweg beweert 'I felt lousy', dan geloof je dat, ook zonder dat er een treurig achtertuintje wordt beschreven. Ford Madox Ford heeft de mooiste karakteristiek van zijn proza gegeven: bij Hemingway liggen de woorden op een pagina gerangschikt ('tesselated' schrijft Ford) zoals kiezelstenen op de bedding van een beek. Hemingway was al jong in de leer geweest bij Cézanne, zestig jaar vóór Peter Handke.

Nee, ik snap best waarom dat zwembad hem niet lekker zat. Mijn gids beweert dat hij gierig was. Over de echtgenoot Hemingway kan ik niet meepraten, maar de schrijver was het niet, dat weet ik zeker. Voor een vrek is geld een goed in zichzelf. Hij kent het verschil tussen een ton en een dubbeltje niet; wat voor hem telt is dat ze allebei uit de tabernakels van de bank komen. Hemingway moet zich diep ongelukkig gevoeld hebben in Amerika, waar geld het hoogste goed is.

Wanneer de rondleiding voorbij is zit ik met het soort probleem waar Hemingway graag over schreef: moet ik mijn sjieke gids een fooi geven of niet? Een kwestie van waarde en waardering. Ik geef hem het boek dat ik die ochtend heb uitgelezen, *The Book of Laughter and Forgetting* van Milan Kundera. Ik vond het een goed boek.

Wanneer ik terugkom in Minneapolis vriest het dertig graden en de Mississippi stoomt. De rivier is half dichtgevroren, maar de temperatuur van het water is nog zoveel warmer dan die van de lucht dat er dunne nevelslierten van opstijgen, die zich hogerop verzamelen in mist. Het water is zwart, het ijs grijs, de sneeuw blauw onder de heldere hemel. 's Avonds wordt de sneeuw eerst geel, dan roze, en 's nachts is hij enkel bleek. Langs de dakgoten hangen franjes van ijspegels. Lekke regenpijpen zijn veranderd in stalactieten.

Er is donzige sneeuw, die zacht over je heen valt. Sneeuw die scherp in je gezicht wordt geschoten. De oude sneeuw die een blizzard voor zich laat uitstuiven is grijs. Versgevallen poedersneeuw boven op oude sneeuw flonkert glasachtig. Onder de microscoop vertoont een sneeuwvlok een prachtige kristal, elke sneeuwvlok weer een andere.

Ik heb hier een auto die ik niet gebruik. Het is een roestig kreng. Nu er twee maanden lang sneeuw op gevallen is, is het een abstracte auto geworden. Alleen een sierlijke stroomlijn is er van over, die een paar maal uitvergroot, haarscherp en vederlicht in de lucht hangt.

Een missie

Ik zit in het restaurant van de Moskouse Schrijversbond, tegenover een gevierd sovjetauteur. Hij heeft miljoenen boeken verkocht, ettelijke prijzen ontvangen (die hij 'diploma's' noemt) en vrijwel wekelijks heeft hij zitting in een jury die andere sovjetauteurs zegent met prijzen en hoge verkoopcijfers. Eerlijk gezegd heb ik tijdens mijn verblijf in Moskou en Leningrad afgelopen juli tegenover meer van zulke schrijvers gezeten. Dat ik ze hier allemaal samenvat in één veelkoppige figuur is voor het gemak, maar niet alleen daarom, want al had deze Hydra in werkelijkheid steeds een ander gezicht, het zat ook telkens weer vast aan een en hetzelfde lichaam, de Schrijversbond van de USSR. (En tien tegen één dat zijn jongste roman zich afspeelt op een steppe, die groen of paars of geel oogt, al naar gelang het weer en het jaargetij, en dat het stortregent bij het weerzien van de gewonde soldaat en zijn geduldige geliefde, wier ferme borsten zich onder haar doornatte kleren hoopvol aftekenen, in afwachting van de film.)

Naast mij zit Natasja, mijn tolk, gids en toeverlaat, zonder wie ik deze tien dagen doofstom zou zijn geweest. Naast de Hydra zit Valentina, hoofdconsulente Scandinavische talen bij de Schrijversbond. De hoofdconsulente Nederlands is de stad uit. Valentina heeft haar kennelijk al vaker moeten vervangen, want toen ze me kwam afhalen van het vliegveld Sjeremetjevo vroeg ze me honderd uit. 'Hoe is het met Theun de Vries? En met Annie Schmidt? En hoe gaat het met Jaap ter Haar?' In Nederland zijn de schrijvers niet zo hecht georganiseerd dat ze elkaar allemaal kennen, moest ik tot mijn verontschuldiging aanvoeren. 'Maar hoe is het met al die frisse jonge auteurs van de Buzzige Buz? En met Joost de

Wit, van de Stichting voor Vertalingen? En met Charles Timmer? Still going strong?' Het is duidelijk dat ze zich een leven zonder Schrijversbond niet kan indenken. Ook vanavond draagt ze weer de roze gebloemde jurk met het opstaande kraagje, waardoor ik haar inmiddels van een kilometer afstand kan zien aankomen, en wanneer ik iets betoog houdt ze haar door levenslange vriendelijkheid gerimpelde hoofd naar rechts en knikt instemmend. Wanneer de sovjetauteur me vervolgens tegenspreekt knikt ze ook instemmend, maar dan met haar hoofd naar links.

Een fles wodka wordt tussen mijn gastheer en mij in gezet. Hij raadt me aan een klontje boter op mijn tong te nemen, 'dat absorbeert goed': we gaan toasten tot de fles leeg is. Hij heft het eerste glas 'op deze jeugdige schrijver uit Galland'. Ik ben hier onbetamelijk jeugdig; een jonge sovjetauteur telt op z'n minst vijfenveertig strenge winters. We drinken, de glazen worden bijgeschonken en ik stel een toast voor op onze gastheer, die zo vriendelijk is geweest om enige uren van zijn drukke leven op te offeren aan een onbekend iemand uit een onbekend klein land.

Waarmee zich voor de zoveelste keer de vraag van mijn leven aandient: Wat moet ik hier? Want alles welbeschouwd is het nogal absurd dat uitgerekend ik aan deze dis zit, achter zwarte en rode kaviaar, een salade vol verrassingen zoals zure knoflook, het gefonkel van glaswerk en gesprankel van wodka, champagne en mineraalwater.

Hetzelfde is me in vriendelijker bewoordingen gevraagd door Natasja, in de nachttrein van Leningrad naar Moskou, toen we het eindelijk zo goed met elkaar konden vinden dat zulke vragen mogelijk waren. 'Ons is namelijk van hogerhand verzocht om je uit te nodigen,' verduidelijkte ze openhartig. Ik heb haar de voorgeschiedenis verteld, voor zover ik die kende. Dat ik ruim een jaar geleden, vers terug uit de Verenigde Staten, op bezoek was bij een bevriend invloedrijk persoon. 'Vind je niet,' sprak hij, met zijn apollinisch profiel tegen het licht van een schemerlamp en de top van zijn wijsvinger peinzend tegen de rug van zijn neus, 'dat je nu ook eens een kijkje moet gaan nemen aan de andere kant, in de Sovjetunie?' Dat was nog niet bij me opgekomen. 'Hoezo?' 'Nou, om een evenwichtig beeld van de wereld te krijgen.' 'Waar heb ik een evenwichtig wereldbeeld voor nodig? Ik ben geen journalist, niet eens een politicus.' 'Je moet je blik verruimen, Frans. Put some solid software in that chip of yours,' voegde hij eraan toe in zijn Russisch geaccentueerde Engels. Hij ziet wel iets in me, maar mijn verhalen vindt hij veel te precieus, veel te beperkt. 'Dat gepriegel van jou, daar kun je geen leven lang mee doorgaan.' Ik wierp nog tegen dat mijn geestelijke bijziendheid ongeneeslijk was, maar dat vond hij onzin. 'Ik zorg ervoor dat die reis geregeld wordt.'

Hij heeft ervoor gezorgd, al bleek dat heel wat voeten in de aarde te hebben. De cultureel attaché van de sovjetambassade in Den Haag zegde me een uitnodiging toe. Brezjnev stierf. Ik hoorde niets, belde eens op, kreeg dezelfde toezegging en hoorde opnieuw niets. Andropov was intussen aangetreden en Tsjernenko fulmineerde tegen westerse invloeden. Ik vergat het plan.

Eind juni kreeg ik een telefoontje van de ambassade dat de zaak geregeld was. Tien dagen in juli. Ik was uitgenodigd door de Schrijversbond. Moest ik lezingen houden? Dat zou best eens kunnen. En zo stapte ik met drie lezingen onder mijn arm en nog steeds zonder schriftelijke uitnodiging in het vliegtuig naar Moskou.

Natasja moest lachen toen ik haar de drie manuscripten toonde. 'Stop die maar terug in je koffer. We houden hier niet van verrassingen. Bovendien, het is hoogzomer – iedereen zit buiten op zijn datsja.'

'Wat mezelf betreft ben ik hier uit nieuwsgierigheid,' zei ik haar. 'En verder – verder zal het wel te maken hebben met hogere politiek.'

Nu ik thuis de kranten heb doorgebladerd weet ik dat haast zeker. Zonnige zomerimpressies van Moskouse correspondenten, gloeiende verslagen van voorstellingen door het Russische staatscircus, een stuk over boekhandels in Moskou en het bericht dat onze handel met de Sovjetunie het afgelopen jaar met dertig procent is toegenomen. Het kan niet anders of mijn missie is onderdeel geweest van een stevig goodwill-offensief.

Ik leen me overigens van ganser harte voor die campagne. In het met donker eiken gelambrizeerde restaurant breng ik een dronk uit 'op de Russen' en al bij dat derde glas wodka schieten me de tranen in de ogen. In geen ander land heb ik zoveel vriendelijkheid en warmte ontmoet. Ik drink stilletjes op Marina en Sergej, met wie ik in Leningrad twee zilveren avonden heb doorgebracht langs de Neva. Op de parkwachter van het Majakovskiplein in Moskou die me vroeg wat het belangrijkste was in mijn leven en dat, tot mijn verbazing, oprecht wilde weten. Op de oude man met wie ik in de nachttrein een slaapcompartiment deelde en die me toen het licht uitging 'Goodbye!' wenste. Dostojevski had gelijk: afgronden zoals er gapen tussen ons westerlingen vind je niet bij de Russen. Vijfenzestig jaar marxistisch-leninistische vervreemding heeft daar weinig aan kunnen veranderen. (Over de continuïteit van de Russische beschaving werd me de volgende mop verteld. Het is pauze tijdens een topconferentie. De deelnemende staatshoofden presenteren elkaar een sigaretje. De Amerikaanse president opent een sigarettenkoker en toont de inscriptie: 'Van het Amerikaanse volk aan zijn morele held.' Giscard opent zijn koker: 'Van alle Franse vrouwen aan hun charmante president.' Brezjnev opent de zijne: 'Van Catharina II aan graaf Potemkin.')

'En,' ga ik maar meteen door, 'ik wil ook drinken op de liefde van de Russen voor hun literatuur. Want dat ze zulke prachtige mensen zijn, komt niet in de laatste plaats door de liefde waarmee ze hun klassieke schrijvers lezen.'

Dat is me gebleken uit ieder gesprek en ook, onbeholpener, uit de bloemen die dagelijks worden neergelegd voor het standbeeld van Poesjkin in de Moskouse Gorkistraat, uit de vrome eerbied waarmee men de houten flipperkast van Tolstojs jongste zoontje bewaart en in het sterfhuis van Dostojevski de hoed van de schrijver, onder een glazen stolp, en de sigaretten die hij net niet meer gerookt heeft. Wanneer er straks wat kille momenten komen aan deze tafel kan ik blij zijn dat dit gezegd is en overeind blijft.

Met Natasja – klein, tenger, donkerharig – wilde het niet meteen klikken. Achter in de zwarte Wolga, die ons van de ene afspraak naar de andere reed, maakte ze me aan het tandenknarsen met haar uiteenzettingen over het geheime leven van Mona Lisa. 'Mona' zou getrouwd geweest zijn met een Florentijns koopman, Giocondo genaamd. Uit haar hoofd zei ze lange gedichten van Jacques Prévert op. Ze had altijd actrice willen worden, bekende ze, en was van kindsbeen af goed geweest in imiteren. Toen we in Leningrad uit de Hermitage kwamen was ze ontroostbaar omdat Modigliani's *Vrouw met zwarte jurk* nergens te zien was geweest. Met een nare lachstuip begreep ik toen waarom ze een zwart jurkje droeg en drie dagen lang niets had gegeten. Ze kwam overal vandaan, behalve uit Rusland. Ze had ook een zwak voor jonggestorven kunstenaars. God bewaar me, ik was in handen gevallen van een bourgeois-bohémienne, een dweepster! En dat in het wetenschappelijkste land van de wereld. Het onderwerp kunst, en literatuur in het bijzonder, moest hoe dan ook vermeden worden. 'Luister, Natasja. Ik ben volstrekt gespeend van "gevoeligheid", "poëzie" is me wezensvreemd, wat ik schrijf is met geen mogelijkheid "mooi" of "ontroerend" te vinden. Ik ben een lompe Hollander met een banale honger naar cijfers en feiten!'

Maar had haar optreden niet iets te veel van een karikatuur? Probeerde ze soms opzettelijk decadent te doen, om bij mij in de gedegenereerde westerse smaak te vallen? Dat vermoeden werd bevestigd toen ze het over een andere boeg gooide en zich opwierp als strijdster voor seksuele bevrijding. Helaas had ik noch Erica Jong noch Gay Talese gelezen. Daarna probeerde ze het met Zinovjev en was eindelijk mijn belangstelling gewekt. Kende ze *Gapende hoogten*? Natuurlijk. Maar hoe dan? Nou, gewoon, van een fotokopie. Maar was het dan leugenachtige propaganda wat wij in Nederland altijd horen, dat kopieermachines in de Sovjetunie achter drie vergrendelde deuren bewaard worden? Natuurlijk. En die mannetjes met koffertjes, die we overal door kantoorgangen hadden zien lopen, dat waren dus niet de bij ons zo vermaarde kopiisten die bij gebrek aan dergelijke machines tot diep in de nacht op hun Remingtons zitten te hameren? Natuurlijk niet, die mannetjes waren iets anders, ze wist niet wat. En hoe kwam het dan dat we die apparaten nergens gezien hadden, terwijl we toch op plaatsen geweest waren waar je ze bij uitstek mocht verwachten, de redactielokalen van uitgeverijen en tijdschriften? Hoe zag een Russische kopieermachine er dan uit? Nou, ongeveer als een buffetkast, met gedraaide poten en houtsnijwerk. De Russen houden veel van ornamentiek.

Dat laatste viel niet te ontkennen. Ach, ze deed ook maar haar werk en voor het overige deed ze het beslist voortreffelijk. Met haar schwärmerische gezicht wist ze in restaurants waarvoor zich horden wachtenden verdrongen binnen de kortste keren een tafeltje te bemachtigen. Bij sinds weken uitverkochte theatervoorstellingen zaten we op de beste plaatsen en zonder consideratie voor de omzittenden vertaalde ze hard fluisterend elk woord dat op het toneel gesproken werd. Het lukte haar om onze chauffeur zo innig aan ons te verplichten dat hij draadjes van mijn colbert begon te plukken. 'Natasja, alsjeblieft. Ik geneer me voor zulke gunsten! Ik kom uit een democratisch land. Mij is van jongs af aan ingeprent dat ik niks beter ben dan een ander!' Niets mee te maken. Lijdzaam zuchtend trippelde ze rijen voetvolk voorbij. Ze verrichtte wonderen met haar pasjes en haar praatjes over de 'Gallandse delegatie', die uit niemand anders dan mijzelf bestond.

Maar ik kwam mijn ontsteltenis te boven en begon haar vermakelijk te vinden (haar epitheta: hartaanvallen waren onveranderlijk *terrible*, doelstellingen *lofty* en mensen, 'human beings', *vile*), ik vond haar zelfs sympathiek en nu de hooggeëerde sovjetschrijver een dronk uitbrengt op de dames, 'op Valentina, op Natasja', knipogen we naar elkaar door onze glazen. De sovjetschrijver stopt de foto van zijn moeder terug in zijn portefeuille en zegt: 'Aan een man z'n glimlach kun je zien of hij een goede inborst heeft, zoals Maxim Gorki schreef. Omdat ik veel op de televisie verschijn weet ik hoe feilloos de camera je innerlijk kan blootleggen.' Glimlachend kijkt hij Valentina aan, die zich verlegen in de stoffig blonde kuif grijpt.

De sovjetschrijver kucht en vervolgt: 'Ik heb geen camera bij me, maar meen toch aan uw glimlach te kunnen zien dat u een goed mens bent.' Ik verzwijg iets wat Maxim Gorki ook wel eens verzwegen zal hebben. 'U en ik komen uit verschillende ideologische blokken, maar goedheid trekt zich van ideologieën niets aan. Laat ons drinken op de goedheid.' We drinken op de goedheid. Hij veegt zijn lippen af en vervolgt: 'Ook de literatuur overschrijdt grenzen. Ik zou nu graag toasten op de onafhankelijkheid van de literatuur.' En daarmee begint het gedonder, of liever: het beleefde gemor, want het is mijn eer te na om hier geheel verzorgd en risicoloos de held te gaan uithangen. Deels om het volgende glas eventjes uit te stellen, deels omdat ik werkelijk niet weet of we hetzelfde bedoelen, maak ik een kanttekening. 'U bedoelt wellicht dat literatuur zich niet met ideologie moet inlaten. Ik zou eerder het omgekeerde bedoelen.' Tijdens de discussie over de Schrijversbond die zich nu ontspint krijgt het gezicht van de auteur de rubberen uitdrukking die ik al goed ken uit eerdere officiële gesprekken.

Het tehuis van de Moskouse Schrijversbond, vroeger de residentie van de familie Sologoeb, beantwoordde exact aan de beschrijving van Michail Boelgakov in *De Meester en Margarita*. Een hoefijzer van geelgeschilderde gebouwen omsloot een plantsoen, in het midden waarvan Leo Tolstoj zittend op een kubus van graniet het hoofd liet hangen. Wolga's stonden geparkeerd op het asfalt van de oprijlaan en ik zag er ook een Range Rover, zeker van een auteur die goed verkocht in het Westen. Hoofdconsulenten, voor Zuidafrikaans en Ethiopisch, Amerikaans en Canadees, Urdu en andere Indische talen, liepen bedrijvig af en aan. De kamers kregen net een nieuw verfje van schilderessen met koksmutsen op. Ze droegen werkbroeken waar wel drie mannen in konden.

De heer Sjoegajev, voorzitter proza van de Moskouse bond, beklaagde zich over de grafomanie van de Russen. Ik had stiekem wat kamers binnengegluurd en de hoge stapels gezien van in grijs pakpapier gewikkelde, met touwtjes omstrikte manuscripten. Herhaaldelijk benadrukte Sjoegajev dat de bond er is voor professionele schrijvers. Wat maakt iemand tot een professioneel schrijver? Vaste richtlijnen zijn daar niet voor te geven, legde hij uit, maar wil je in aanmerking komen voor het lidmaatschap van de bond, dan moet je in de regel twee boeken op je naam hebben. In gevallen van uitzonderlijk talent kan een novelle of een handjevol gedichten al voldoende zijn. Je kandidatuur moet gesteund worden door drie leden die geen zitting hebben in het bestuur, en over toelating wordt in een geheime stemming beslist. De bond telt tienduizend leden, de Moskouse afdeling achttienhonderd. Is dat niet aan de hoge kant, zelfs voor een land waar zevenenzeventig talen worden gesproken? De heer Sjoegajev was het roerend met me eens. 'En daarbuiten staan nog eens tachtigduizend journalisten te trappelen om toegelaten te worden!' Geen wonder dat ook hij het niet begrepen had op jeugdige schrijvers.

Wat doet de bond zoal? Ze beheert de datsja's waar auteurs ongestoord kunnen werken en deelt schrijfvakanties uit, 'van twee weken (kort verhaal, novelle) tot een jaar (roman, trilogie)', zoals Boelgakov schreef. Ze onderhoudt de contacten met uitgevers en redigeert de literaire tijdschriften – in Moskou zijn dat *Novyj Mir*, *Oktjabr*, *Sovetskaja Rossia* en *Sovremennik*. Maar bovenal is de bond er tot onderlinge steun van de leden. Hoe moet ik me dat voorstellen? Sjoegajev gaf een vreemd voorbeeld: 'Stel dat een boek controversieel blijkt, dan kan de schrijver het ten overstaan van zijn collega's verdedigen.'

Schrijvers trof ik aan in de kantine, waar ze drie sigaretten tegelijk kwamen bietsen, en in het restaurant, vroeger de balzaal van de Sologoebs, waar ik later zou dineren met de gedecoreerde Hydra. Ik trof Andrej Voznesenski, die me twee handen gaf – 'welkom, welkom!' Voznesenski heeft zo'n fijne neus dat hij, 'somehow' volgens de Engelse vertaling van zijn gedicht 'Longjumeau', dialectische geestkracht heeft kunnen ruiken in een zagerij. Die zagerij staat waar vroeger de school van Lenin stond. De avond na de handdruk zag ik hem opnieuw, na afloop van een door hem geschreven musical. Een trouw onderdaan van de Tsaar gaat in Californië een handelspost vestigen, maar hij wordt verliefd op Concita en de onderneming mislukt. Byzantijnse koorzang werd afgewisseld met hardrock, die telkens opklonk nadat een cowboy een pistoolschot had gelost. Agressieve, verderfelijke muziek, die rockmuziek, meende ik te moeten begrijpen, maar de musical zat er vol mee en het publiek kon er geen genoeg van krijgen. In het slotkoor werd, tegen elke verwachting in, met veel halleluja's de wereldvrede bezongen.

Eating your cake and having it, Voznesenski bleek een meester in die kunst. Een jonge vrouw met lang grijs haar vergezelde hem die avond. Natasja vroeg of ik haar leeftijd eens wou schatten. Veertig? Achtenzestig! En zelf was hij vijftig. Ze heette Zoja en was zijn echtgenote, alles had hij aan haar te danken, maar het gekke was – Natasja stond perplex – dat hij bij Zoja weg zou zijn. Hij had haar ingeruild voor een vrouw van tweeëntwintig die hem net een kind had gebaard; op de Schrijversbond was al weken over niets anders gesproken. Dit was een heel nieuwe tournure!

Ik heb bij deze en gene geïnformeerd welke sovjetauteurs van dit moment de moeite waard gevonden worden. Die blijken nooit uit Moskou te komen. De Siberiër Raspoetin is me meermalen genoemd. En van iedereen kreeg ik de naam van de Kirgies Dzjingis Ajtmatov te horen en de titel van zijn laatste roman, *Stormstation*, die tot dusver alleen in een tijdschrift is verschenen.

'Laten we nog eens drinken op de dames. Ik krijg dorst,' zegt de bekroonde Hydra. Ik zit achter een fraaie kroket van op Georgische wijze, onder hoge druk gaargestoomde kip. We drinken. 'En laat ons vervolgens drinken op een vrij cultureel verkeer, zoals bepaald in de akkoorden van Helsinki.' Niet zo haastig! Eerst moet ik iets kwijt over de culturele instellingen die ik bezocht heb.

In de Staatsbibliotheek voor buitenlandse literatuur, met vier miljoen boeken na de Leninbibliotheek de grootste van de

USSR, werd ik te woord gestaan door de onderdirectrice, mevrouw Pereslegina. 'We zijn zowel een openbare als een wetenschappelijke bibliotheek,' vertelde ze. Behalve met het beheren en ontsluiten van het boekenbezit en met de dienstverlening aan lezers houdt het personeel zich ook bezig met het organiseren van lezingen, cursussen en tentoonstellingen (op mijn rondgang door het gebouw zag ik een expositie van kinderboeken uit Polen, een andere van Cubaans drukwerk) en het uitgeven van bibliografieën, monografieën over buitenlandse auteurs en van een recensietijdschrift (artikelen over *Kladboek* van Jeroen Brouwers en *De weg naar Sacramento* van Gerrit Krol werden mij getoond).

Hoe werkt de acquisitie? De vakreferent – die voor Nederlands was ook hier met vakantie en liet zich verontschuldigen – maakt een lijst met desiderata, die dan naar de deskundige bij uitgeverij Radoega wordt gestuurd. Daar wordt gekeken 'of er geen blunders zijn begaan' en of er misschien sprake is van doublures. Ik heb deze deskundige ontmoet. Zijn naam is Sidorin en hij is een sleutelfiguur in de letterkundige betrekkingen tussen onze landen, want behalve redacteur bij Radoega is hij docent Nederlandse literatuur aan de Universiteit van Moskou en een belangrijk man in de Russische pendant van de Vereniging Nederland-USSR. Wanneer Sidorin de bestellingen heeft nagekeken moeten ze, voor ze geplaatst kunnen worden, eerst nog naar het Informatiecentrum van het ministerie van Cultuur. Wegens het nijpende gebrek aan buitenlandse valuta en de sterk gestegen boekprijzen in het Westen kan slechts de helft van de boeken via de handel worden gekocht; de andere helft wordt verworven door middel van ruil en schenkingen. Zo krijgt die immense USSR ten slotte telkens één exemplaar van een buitenlands boek in haar bezit.

De bibliotheek is gesticht in 1922 en daarom moet er ook naar het verleden toe druk gecollectioneerd worden. Door de revolutie zijn veel privé-verzamelingen in staatshanden gekomen en er wordt ook antiquarisch gekocht, in binnen- en buitenland. Mevrouw Pereslegina vertelde trots over een omvangrijke boekerij van achttiende- en negentiende-eeuwse Nederlandse literatuur die pas ontdekt was in Minsk en die op dat moment werd gerestaureerd en gecatalogiseerd. Het bezit aan Nederlandse boeken in haar bibliotheek schatte ze op vijfendertigduizend. Toen ik later tijdens de rondleiding voor de Nederlandse catalogus stond bleek dat een flinke kast, maar vijfendertigduizend fiches zaten er niet in. Ik trok een paar laden open. W.F. Hermans was volledig aanwezig; van Gerard Reve zag ik alleen *De avonden* en *Vier wintervertellingen*, van Karel van het Reve alleen *Klein Russisch leerboek*. Loog de heer Sidorin dan, toen hij me verzekerde dat de naoorlogse Nederlandse literatuur compleet aanwezig was? Misschien niet. Boven in dat gebouw aan de Oeljanovskstraat is een geheimzinnige afdeling, die slechts beperkt toegankelijk is.

'Zullen we proosten,' stel ik voor, als compromis, 'op het enthousiasme waarmee de culturele arbeiders bij bibliotheken, uitgeverijen en tijdschriften zich inzetten voor het vrije culturele verkeer?'

De grote staatsuitgeverij van de Sovjetunie heet Progress. Daaruit heeft zich twee jaar geleden een kleinere, uitsluitend literaire uitgeverij losgemaakt, Radoega (De regenboog), die jaarlijks één Nederlands en één Vlaams boek in vertaling brengt. Voor dit jaar staat een grote bundel met verhalen van Carmiggelt op het programma. Herhaaldelijk ben ik deze tien dagen aangeklampt door Russen die een deeltje Carmiggelt uit hun broekzak trokken en in een ontroerend ouderwets Nederlands vroegen: 'Wat is het Kinsey-rapport?' – 'Kunt u me zeggen wat vechtjassen zijn? Hebben die iets te maken met de rivier de Vecht?' – 'Wat betekent toch "in Lou zijn"?' Nog nooit hebben de kloven die volkeren scheiden me zo duizelingwekkend diep geleken als toen ik vertelde wat ik wist over Lou de Palingboer en zijn Mientje en de vragensteller dat allemaal ernstig opschreef, als betrof het een grote wereldgodsdienst. De staf van het Museum voor Religie en Atheïsme, dat aan de Nevski Prospekt te Leningrad de imposante kathedraal van Kazan ontheiligt, zit nu vast en zeker van mijn inlichtingen te smullen.

Ook bij de redactie van het tijdschrift *Inostrannaja Literatoera* (Buitenlandse literatuur) had men veel belangstelling voor Nederlands proza, als het tenminste niet te sensationeel over seks en drugs ging. Het blad publiceert behalve korte bijdragen ook complete romans, zoals in Rusland vanouds gebruikelijk is, en het heeft een oplage van een half miljoen. De hoofdredacteur van het tijdschrift van de Leningradse Schrijversbond, *Neva*, vertelde me dat hij bij een oplage van 310.000 (geen losse verkoop) een jaaromzet heeft van zeven miljoen roebel, waarvan twee miljoen roebel winst. 'Wij zijn een jong tijdschrift. We bestaan nu achtentwintig jaar.' Was ik ook niet redacteur van iets? Jazeker, van *De Revisor*. Het noemen van die titel bracht waar ik ook kwam een kakelend gelach teweeg. 'Het is meer een kwestie van zelfspot, dat we zo heten,' legde ik dan blozend uit, maar die aandoening kennen de Russen niet. '*De Revisor*' – potdomme – 'oplage iets meer dan drieduizend en over winst heb ik nog nooit gehoord.' Maar wat verdien ik daar dan, als redacteur? Hij had echt te doen met de Gallandse moezjiks, zei de hoofdredacteur van *Neva*, na mijn antwoord dat ik daar niets verdien – die heldhaftige Gallandse moezjiks die zich uit de naad werken op het Gallandse land. In '37 was hij vanaf Zeeland op een schip vol olie naar de Spaanse burgeroorlog vertrokken en mijn landgenoten hadden 's nachts het dek met bloemen bestrooid. Nooit zou hij dat vergeten. Eén Nederlandse schrijver kende hij van naam, Gorter, omdat Lenin hem ooit een veelbelovende jongeman had genoemd. En – was het nog wat geworden met Gorter? Zijn harde bruine oogjes straalden toen ik hem zei dat Lenin gelijk heeft gehad.

Hydra ontkent niet dat er censuur is in het moederland, maar hij zegt: 'Ach wat! Ik weet toevallig dat er bij Harper & Row jaarlijks twaalfhonderd manuscripten onuitgegeven blijven liggen.' Of je nu van de kat of de kater gebeten wordt... Bij zulke argumenten zwijg ik stil, wat me des te makkelijker valt omdat de drank me zo goed als monddood heeft gemaakt. De bodem van de wodkafles is bereikt met de kameraadschappelijke medewerking van een paar literatoren die hun complimenten zijn komen maken, maar in het gezicht van de haven heeft onze gastheer nog een karafje cognac laten brengen en we zijn nu bezig aan onze laatste, onze moeizaamste toast. De intentie luidde: 'Op de vriendschap tussen onze Schrijversbond en uw... eh...' 'Ons zootje ongeregeld.' Ik deed dus maar even alsof ik in mijn eentje de Nederlandse literatuur was en op een veel te laag toerental heb ik geantwoord dat ik daar gaarne op zou klinken, als we het erover eens konden zijn dat vrienden alles tegen elkaar moeten kunnen zeggen, in goed vertrouwen natuurlijk, en niet hun oren voor elkaar moeten sluiten en dus geen machtige Schrijversbond en geen aparte bibliotheek voor buitenlandse literatuur nodig hebben. Waarop Hydra zijn kulargument te berde brengt en het voor mij, met mijn ene hoofd, wel vaststaat dat ík van de kater gebeten zal worden.

De sovjetschrijver, een goedbedoelend en geduldig man, stelt voor om in plaats van op de vriendschap op de vrede te drinken, maar ook dat vind ik niet realistisch. 'Sinds de uitvinding van de atoombom zijn we de hoop op vrede kwijt. Sindsdien is het voorgoed oorlog. Het enige waarop we nog mogen hopen en drinken is een wapenstilstand voor onbepaalde tijd.' Ik praat liever niet over vrede met iemand die een bom achter zijn rug houdt. Het onderwerp is in vrijwel ieder gesprek aan de orde geweest. De Russische neerlandici die ik heb ontmoet hadden allemaal *De aanslag* gelezen. Ze wilden het boek graag vertalen, al verwachtten ze problemen met een passage over de Hongaarse opstand. 'Die nieuwe belangstelling voor de Tweede Wereldoorlog in Nederland,' zei de heer Sidorin me, 'die moet toch te maken hebben met de toenemende oorlogsdreiging.' (Nog een mop. Vraag: 'Wat is de agressiefste grootmacht?' Het correcte antwoord luidt natuurlijk: 'De Verenigde Staten.' Vraag: 'Waarom?' Antwoord: 'Omdat ze zich voortdurend inlaten met de binnenlandse aangelegenheden van de Sovjetunie, overal ter wereld.') Ik haalde dr. Lou de Jong aan, die gezegd heeft dat mensen zich in een tijd van morele onzekerheid graag spiegelen aan een situatie waarin goed en kwaad helder van elkaar te onderscheiden zijn. Hetgeen, mijns inziens, naast het verdriet om twintig miljoen doden, ook een reden is voor de onverminderde populariteit van de oorlog in de sovjetliteratuur.

In het Moskouse Huis van de Vriendschap kwam een oude dame op me af geschuifeld. Of ik haar even alles wilde vertellen over de Anne Frank-stichting, want daar moest ze een artikel over schrijven. Op de brief die ze naar Nederland had gestuurd met een verzoek om inlichtingen zou ze toch geen antwoord krijgen, dat wist ze nu al. 'Waarom willen die lui joden helpen? Is het soms een anticommunistische mantelorganisatie? De oorlog is voorbij, de fascisten zijn verslagen!'

Het woord antisemitisme betekent in de USSR iets anders dan bij ons. *Sem* is het Russische woord voor zeven en een antisemiet is een tegenstander van de verordening dat er na zevenen geen wodka mag worden verkocht. Bij zijn ambtsaanvaarding heeft Andropov bepaald dat er tegenwoordig ook op zondag wodka te koop is.

'Op de dames dan maar weer?' Eensgezind drinken de sovjetschrijver en ik 'op Valentina, op Natasja'. En dat is niet meer dan billijk, want aan hen zullen we onze behouden thuiskomst te danken hebben.

Langs de Muur

Mijn Berlijnse logeeradres ligt vlak naast station Bellevue, een van de weinige S-Bahnstations die nog in gebruik zijn. Via een roestige klapdeur onder het spoorwegviaduct kom je in de stationshal. Een kiosk is er niet. Van de drie trappen die naar het perron boven leiden zijn er twee met dranghekken afgesloten. De wijnhandel, de bakkerij en de Imbiss die er vroeger waren hebben hun deuren gesloten en de ramen zijn met witkalk ondoorzichtig gemaakt. Eén zaak is nog open: *Sofort-Reinigung*. Ik heb er op een maandag een paar overhemden naar toe gebracht. Vrijdags waren ze klaar.

De hal van station Bellevue is grauw, maar niet smerig. Netjes aangeveegd zelfs. Er zit geen vuil op de lichtgroene en gele wandtegels. Het lijkt er*in* te zitten. Een spinneweb zou hier van katoen zijn. De hal heeft het bordkartonnen, ademloze aanzien van een toneeldecor.

Het is een warme dag, echt een dag voor Strandbad Wannsee. Met onder mijn arm mijn handdoek en zwembroek in een rolletje gedraaid loop ik naar boven. Ondanks het mooie weer blijk ik de enige passagier. De perronwacht heeft de deur van zijn hokje opengezet en zit te soezen. Ik steek mijn hoofd naar binnen en vraag om een Fahrschein, maar dat gaat zomaar niet: naar het loket jij! Het loket bevindt zich aan een andere kant van hetzelfde bouwseltje. Ik klop op het luik, dat van de grendel gaat, en in ruil voor twee mark krijg ik van dezelfde man, nu in de functie van lokettist, een kaartje. Even later verschijnt onder de roestige overkapping een vooroorlogse trein, bont en vierkant als een kermiswagen. De man doet het luik op slot, zet een rode pet op zijn hoofd en loopt met een zendertje in de hand het perron op. Nu is hij de stationschef. Wanneer alle passagiers zijn uitgestapt (geen) en alle passagiers zijn ingestapt (ik) roept hij: 'Zurückbleiben!', hij brabbelt wat in zijn walkie-talkie, de deuren klappen dicht en een halfuurtje later zit ik aan de Wannsee deze regels te schrijven.

Ik zit in een soort wasmand, een van wilgetenen gevlochten zetel met een verstelbare huif waaraan een vlaggetje wappert. Mijn vlaggetje is oranje. Onder de zitting is een reuzehandige houten la om je spullen in op te bergen. De temperatuur van het water is eenentwintig graden. Er is een apart strand voor Schwerbeschädigden. Over een halfuur is er circus voor de kinderen. Maar daar gaat het nu niet om.

Zurückbleiben: – dat bevel heeft de afgelopen twintig jaar in deze context een dubbelzinnige klank gekregen. Wat erin meeklinkt is iets als: 'Ga weg achter mij, Satan!' Nog niet zo heel lang geleden was de Stadtbahn het belangrijkste middel van openbaar vervoer in Berlijn. Het net was achtmaal zo groot en vertakt als dat van de huidige U-Bahn. In 1961 werden de spoorverbindingen tussen Oost- en West-Berlijn doorgeknipt en toen de Muur werd gebouwd gingen de Westberlijners over tot een boycot van hun stadsspoorweg. Die werd namelijk beheerd door de Oostduitse Reichsbahn, zoals de metro in heel Berlijn beheerd werd door het Westberlijnse vervoersbedrijf, de BVG. De Oostduitsers zouden met de westmarken die ze aan de S-Bahn overhielden toch maar prikkeldraad kopen. (Dat prikkeldraad kwam uit West-Duitsland. Een verbod op de uitvoer van prikkeldraad naar de DDR lag kennelijk te zeer voor de hand.) Toen de Reichsbahn in 1980 besloot om het personeel van de kwijnende S-Bahn in te krimpen brak er in West-Berlijn een spoorwegstaking uit. Sindsdien is de S-Bahn op sterven na dood. De lijn Friedrichstrasse-Wannsee is de enige die nog een beetje gebruikt wordt, voor dagjes naar het strand of naar het Oosten. De in onbruik geraakte spoordijken zijn nu zo verwilderd dat je er 's avonds laat de nachtegalen kunt horen zingen. Dat het beperkte gebied van West-Berlijn zoveel dode, haast onbereikbare hoeken en gaten telt komt door het Zurückbleiben van de S-Bahn.

In de Hauptstadt der DDR is de S-Bahn vrijwel het enige

waaraan je merkt dat de stadshelften vroeger één geheel zijn geweest, het laatste ragdunne vezeltje dat de stukken van Duitslands gebroken hart nog verbindt. Je ziet er dezelfde treinen in dezelfde sjofele staat van onderhoud. De spoorwegbeambten dragen dezelfde grijsblauwe hemdjasjes en uit hun monden klinkt hetzelfde 'Zurückbleiben!' Alleen klinkt dat daar minder dubbelzinnig, want in de treinen en op de perrons is het een drukte van belang. Een ander verschil is het tarief: dat is er al vijfentwintig jaar niet meer verhoogd en bedraagt nog steeds twee groschen, oftewel twintig pfennig.

Het beheer van de Westberlijnse S-Bahn is in januari van dit jaar [1984] overgenomen door de BVG. Die heeft beloofd om de stadsspoorweg nieuw leven in te blazen. Als dat lukt komen er nieuwe uniformen voor de employés en nieuwe treinstellen. De gebeitste houten banken die het licht in de treinen de kleur van honing geven, zullen worden vervangen door banken van kunststof. Nog in 1970 hoopte de naar het Westen gevluchte schrijver Uwe Johnson op een nieuwe en verstandiger tijd, 'eine Zeit mit Fahrkarten von überallher, darauf steht nicht bloss Berlin Ost oder Berlin West, sondern: Berlin Stadtbahn'. (*Berliner Sachen*, Suhrkamp, 1975) Toen moeten die woorden utopisch hebben geklonken, nu klinken ze enkel nog dwaas.

Een der meest vermaarde ruïnes ter wereld is de stapel roodbruine baksteen die nog overeind staat van het Berlijnse Anhalter Bahnhof. Als je vandaar door de Anhalter Strasse naar de Muur loopt kom je bij een onzichtbare ruïne die minstens zo interessant is. Ze ligt onder Strapsharry's Autodrom, waar je à raison van twintig mark per uur mag autofahren ohne Führerschein.

Aan weerszijden van de ingang aan de Wilhelmstrasse staat een stellage van oude latten, een onbegrijpelijk artistiek geval dat alleen bedoeld kan zijn, als het al een bedoeling heeft, om er ooit vuurwerk op af te steken. Meteen links zie je een schilderhuisje dat is volgetimmerd met waarschuwingsborden: eigen weg, betreden van het terrein geheel op eigen risico, ab 20 U. bissiger Hund. Eingeschüchtert loop je het terrein op.

Acacia's met hun ruige stammen maken er een haast Afrikaanse woestenij van, waardoor een doolhof van asfaltweggetjes is aangelegd, stapels oude autobanden in de bochten. Een dijk van oude autobanden plus een stevige schutting omringen het kantoor van Strapsharry, een kleine vesting. Zodra je die betreedt komt er een detachement ganzen naar buiten, die om strijd in je kuiten beginnen te pikken.

Mijn vriend Reinhardt heeft me over Straps verteld. Als hij een trap beklimt neemt hij nooit minder dan drie treden tegelijk, hoewel hij de zeventig al een eindje gepasseerd is. Straps draagt een Stetson en een spijkerjack. Echt een bink om meneer tegen te zeggen, althans: boven de gordel. Daaronder gaat hij gekleed in een korte broek en zwarte netkousen die worden strakgehouden door de jarretels waar hij zijn bijnaam aan te danken heeft.

Strapsharry is de weeromstuit van Marlene Dietrich. Vandaag ligt hij languit op zijn bank, met een natte theedoek op zijn voorhoofd. 'Hau ab,' gromt hij, wanneer hij me zijn kantoor ziet binnenkomen.

Op de parkeerplaats voor het kantoor, waar een stuk of twintig roestige auto's staan te wachten, met slordig geschilderde nummers op de motorkap, zijn opvallend veel vrouwen. De gedachte dat die waarschijnlijk al ettelijke malen zijn afgegaan voor hun rijbewijs verwerp ik meteen als abject en seksistisch. Er zijn ook veel kleine jongens die dolgraag met zo'n auto zouden crossen maar geen twintig mark kunnen betalen. Straps heeft een zwak voor zulke Jungs. Hij ziet ze het liefst in jarretels. Aan de hekken van zijn Autodrom-terrein heeft hij overal reclameborden opgehangen voor *dreamboy's lachbühne*, zijn 'Crazy-Diskothek', waar hij ze iedere zaterdagavond in precies zo'n uitdossing als de zijne laat optreden. Al veertig jaar geleden had Straps in de gaten wat nu tot steeds meer mensen begint door te dringen: als je een afwijking hebt, neem er dan onmiddellijk patent op. Beschouw je deviatie als een diploma. Die experimentjes op je naargeestige jongenskamer waren een Galileo of Einstein waardig. Word beroeps!

Reinhardt heeft me verzocht om niet te vermelden dat zich onder Strapsharry's Autodrom nog steeds de folterkelders van de Gestapo bevinden. 'Dat is goedkope Journalismus,' vond hij. Even later – we liepen over de Nollendorfstrasse – wees hij me een huis aan: 'Hier was vroeger het pension van Fräulein Schröder, waar Christopher Isherwood woonde.'

Behalve dat bureau van de Gestapo, waar veel antinazistische Berlijners verhoord en gefolterd zijn, onder wie Dietrich Bonhoeffer, lag op dit terrein ook het Hotel Prinz Albrecht. Himmler ontwierp daar zijn keten van concentratiekampen. Ernaast bevond zich het Prinz Albrecht-Palais, het tehuis van Heydrich en zijn SS-Sicherheitsdienst. Ook de redactielokalen van de SA-krant *Angriff* bevonden zich hier. Al die gebouwen zijn met de grond gelijkgemaakt.

Het zou inderdaad goedkoop zijn om te suggereren dat er tussen de jarretels van Strapsharry en de Gestapo een meer dan toevallig verband is. Plaats is blijkbaar nauwelijks een dimensie van de geschiedenis. Ik kan hier slechts vaststellen dat de wandaden van de Hitlertijd deze plek nauwelijks zijn aan te zien. Eekhoorns snellen over de boomtakken, tussen het onkruid scharrelen brandmuizen, beige beestjes met een bruine streep over hun rug. Er fladderen citroenvlinders en witjes, er gonzen vliegen. Af en toe scheurt een gammele auto voorbij en klinkt het blije gegil van de bestuurster. Een accu wordt verwisseld door een wat oudere dreamboy met pijpekrullen die glanzen van de motorolie.

Er is nu een initiatiefgroep die de folterkelders wil uitgraven en er een documentatiecentrum over fascisme en verzet in wil vestigen. Het gevaar is dat dergelijke gedenktekens het tegenovergestelde bereiken van wat ze beogen. De bezoeker tast in zijn gemoed rond naar een passende emotie en vindt er geen. Nog nooit is de geschiedenis zo onwerkelijk voor hem geweest. Op de Wittenbergplatz staat een bord dat de voorbijgangers maant om nooit te vergeten wat er gebeurd is in de vernietigingskampen. Ik moet er wel tien keer langsgelopen zijn voor ik het opmerkte en wat me toen vooral trof was het plichtmatige van dat bord. De geschiedenis is veel echter in boeken.

Bewezen is dat een stad, als een lintworm, gerust in twee moten kan worden gehakt. Wat historisch half is blijkt in het platte vlak van het heden een compleet organisme. De Berlijnse muur, die historisch een litteken is, wildvlees, is langzamerhand geworden tot een natuurlijke barrière, evenzeer een feit als de rivieren die Minneapolis van St. Paul, Dordrecht van Zwijndrecht scheiden. Aan de ene kant ligt een glas-en-betonstad zonder centrum, zoals er op het Noordamerikaanse continent honderden zijn; aan de andere kant een schilderachtige Middeneuropese puinhoop. En precies in het midden een taxfree shop.

Tot voor vijftien jaar geleden werden langs de kloof prestigegebouwen neergezet die de wond moesten openhouden. In Oost-Berlijn de Fernsehturm, die na de televisietoren van Moskou de hoogste ter wereld is. Ook in West-Berlijn is die toren het opvallendste oriëntatiepunt, zodat je daar geen hoek kunt omslaan zonder eraan te worden herinnerd dat het centrum eigenlijk aan gene zijde ligt. Anderzijds heb je het klatergoud waarmee de Philharmonie en de Staatsbibliothek van architect Hans Scharoun, de wanden van Axel Springers uitgeverij aan de Kochstrasse bedekt zijn. De gouden tanden van ons welvaartsgebit. Ook nabij de muur ligt de Congreshal, in 1959 het meest gedurfde bouwwerk van Europa genoemd, en niet zonder reden, zoals vorig jaar bleek toen het dak instortte. Zo'n prestigebouwwerk, zo'n hoge ideologische borst (om even een andere metafoor te gebruiken), wordt doodmoe van zichzelf. Gevolg: geknakte pijlers, als door een kruiende rivier opgestuwde betonschotsen, betonijzer dat blindelings in de lucht grijpt.

Nog steeds komen bij de Brandenburger Tor Amerikaanse toeristen uit naam van het vrije Westen hun vuisten ballen, maar Berlijn zelf is wat anders gaan denken over het braakland langs de muur, hoe tartend het daarboven ook met zijn tanden staat te blikkeren. Was dat terrein eerst prijsgegeven aan stadstuintjes, krakers en Turkse vrijmarkten, nu is het stadsuitbreidingsgebied. In Neukölln is aan de muur een lichtblauwe woonwijk verrezen met zwevende straten waarlangs, vijf meter boven de grond, echte bomen groeien. In

Kreuzberg wordt het stucwerk van de oude woonkazernes in de oorspronkelijke staat hersteld en vrolijk opgeschilderd. En nu is het zover dat ook de ideologische woestijn langs Checkpoint Charlie zijn nederzettingen krijgt.

Niet ver van Springers talmi-sieraad, aan de Ritterstrasse, ligt nog wat eenzaam een blok woningen dat geldt als het allernieuwste op architectonisch gebied. Het is ontworpen door een groep architecten onder leiding van Rob Krier. De naam Rob Krier wordt door kenners in één adem genoemd met de namen Philip Johnson en Ricardo Bofill; waarmee ik wil zeggen dat hij een toonaangevende vertegenwoordiger is van het postmodernisme. In elke tak van kunst wordt het begrip anders gedefinieerd. Ik geloof dat postmodernisme in de muziek zoiets als nieuwe romantiek betekent. In de literatuur, zo heb ik me laten vertellen, vind je de trend op z'n zuiverst in de paranoïde tekensystemen van Thomas Pynchon. In de architectuur lijkt het woord te worden gebruikt voor een afkeer van gladde zakelijkheid, het lostornen van vorm en functie.

Wat de architectuur betreft is dat een nogal negatieve omschrijving van die raadselachtige noemer. Er worden zeer diverse gebouwen onder gerangschikt. Bofill tekent megalomane droomkolossen, zogenaamd ter verheffing van de gewone man. Maar als je de gewone man verheft moet je hem daar in de hoogte wel een beetje houvast te bieden hebben, anders valt hij zoals alles valt – naar beneden. Megalomanie is niet voldoende. Alleen de roomskatholieke Kerk mag bouwen op een schaal die groter is dan menselijk. Wie rondwandelt tussen de gebouwen van Bofill in Marne-la-Vallée voelt zich als Mussert toen hij in het Palazzo Venezia op bezoek kwam bij Mussolini. Hij voelt zich *klein*. Mussolini was, zoals de naam al doet vermoeden, nog kleiner dan Mussert, maar in die immense ontvangstzaal viel dat helemaal niet op. Dat is de mediterrane manier om iemand een kopje kleiner te maken. Ik heb zo'n idee dat Bofill om een dergelijke reden niet is verschenen op de lezing die hij deze zomer in Den Haag zou hebben gehouden – dat hij de zaal van Nouvelles Images niet reusachtig genoeg vond voor zijn ongetwijfeld kleine gestalte.

Rob Krier heeft de menselijke maat wel in acht genomen. Midden in zijn blok is een Grünanlage met speeltuin. Toen ik daar op een bankje plaatsnam om wat aantekeningen te maken kreeg ik gezelschap van een vijfjarig meisje. Ze legde me uit waar haar vriendinnen woonden. Achter dát balkon woonde die Monica, daarnaast die Debbie en helemaal aan de andere kant die Ursel. Ze hoefde maar in haar handjes te klappen en binnen de kortste keren was het feest. Met die menselijke maat zat het wel goed. En voorts? Voorts ziet het blok eruit als de examendroom van een student in de kunstgeschiedenis. Het middenstuk van de voorgevel is neo-Palladio, zo getrouw neo-Palladio dat je zou zweren een echt negentiende-eeuws gebouw voor je te hebben. Aan weerskanten vleugels die Bruno Taut citeren, de Berlijnse stadsarchitect van de jaren twintig. Tussen middenstuk en zijvleugels bouwseltjes waarin trappen die, in authentieke slaoliestijl, lusteloze tulpestelen nadoen. Citaten, overal citaten! Zeer eigenaardig om juist op deze plek, waar elk spoor van de geschiedenis door bommen en bulldozers is uitgewist, zo'n historische bloemlezing aan te treffen. Alsof de hand van de architecten door een wraakzuchtige genius loci is bestuurd.

Architectuur hoeft van mij niet per se mooi te zijn, maar wil je niettemin even een mooi gebouw zien, loop dan een eindje door naar de Neue Nationalgalerie van Mies van der Rohe. Geen architect wordt door de postmodernisten zo hartgrondig vermaledijd als juist deze Ludwig Mies van der Rohe. Als je zijn galerie ziet begrijp je ook waarom. Zijn gebouw is zo consequent, van een zo klassieke eenvoud, dat het alles in zijn omgeving ruïneert. Berlijn is op z'n lelijkst rond de Neue Nationalgalerie. Het gebouw zou een hele akropolis voor zichzelf moeten hebben, en verder wouden, zover het oog reikt.

Ik heb een postmoderne bui vandaag. Mijn stemming is er een van frivole ernst. Ik ben doordrongen van het besef dat het creatieve deel van de geschiedenis definitief achter ons ligt. Er is te veel geschiedenis. Er zijn zelfs momenten dat de atoombom me niet eens zo'n slechte oplossing lijkt. Laat ze maar komen, denk ik dan, de engelen des verderfs. Ik kijk naar onze vermoeide kunst en zie dat de architectuur niet meer is dan een stijlrepertorium, dat het toneel 'toneel' is, dat romans en gedichten tegenwoordig tussen de regels van de literatuur geschreven worden, dat de muziek dwangmatig wanklanken uitprobeert om niet te vervallen in de riedels van bepruikte voorvaderen. Onze kunst is hoogstens kritiek. En even vermoeid als de kunst zijn de politiek, de economie, de mode, noem maar op. De dappere pretentie dat we nog iets origineels kunnen doen, die laat ik vandaag kalmpjes varen. Als ik geen Adam kan zijn, dan ben ik maar een Jeremias. Lompenboeren zijn we, strandjutters, recyclers, neten in de pels van de geschiedenis. Alles streeft met een heimelijk verlangen naar het leesteken waarop het eeuwige wit zal volgen. Ons doel is de allerlaatste punt die de geschiedenis zal veranderen in een kunstwerk – af, uit, een ding. Alleen dat kunstje mogen we nog volbrengen. Onze gebaren, de politieke gebaren vooral, hebben iets onheilspellend artistieks, er popelt iets in van de finishing touch.

Het is een afscheidsstemming, eerlijk gezegd, dit is mijn laatste dag in Berlijn. Op het metrostation Gleisdreieck, waar anders nooit iemand instapt, rolt nu een bende postmoderne punks mijn treinstel binnen. Ze zijn dronken of anderszins speedy. Ze grijpen de dwarsstangen boven hun hoofden en slingeren zich door de wagen, als aapjes. Joelend, lallend. Wel mooie kinderen trouwens, ontroerend mooi... Eigenlijk zou ik graag even zo'n aapje op schoot houden. Maar wat is dat voor atavisme! Ben ik gevoelig voor conventionele schoonheid? Ik ken dat toch allemaal vanbinnen en vanbuiten, glanzend haar, helder oogwit, frisse wangen, lippen, vlezige mondholtes, enzovoort, telkens diezelfde jeugd iedere generatie opnieuw.

De kinderen hebben er zelf schoon genoeg van om voor de zoveelste keer fris en jong te zijn. Hun jeugd verveelt hen. De tondeuse erover, de spuitbus erop! Hun esthetisch ideaal is het autokerkhof. Toch is ook dat een esthetisch ideaal en wanneer ik hen wat langer gadesla merk ik dat hun gedrag, hun taal, hun uitdossingen, al hun grilligheden, tot in de finesses gestileerd zijn. Ze bestaan 'pour aboutir dans un livre', of een film, een grammofoonplaatje, doet er niet toe wat, als het maar kunst is.

Voor de laatste keer de Muur... En pas nu zie ik die Muur in zijn ware gedaante. De Muur is kunst. Zoals Christo de Rijksdag heeft ingepakt en in Biscayne Bay bij Miami negen eilandjes heeft ingebed in roze polyester, zo hebben de Oostduitsers deze Muur gebouwd: als landschappelijk kunstwerk. Bij zulke kunst, die ook kritiek moet zijn, wordt vaak een smoes geleverd ('Ik wil de levensstijl van de Floridanen aan de kaak stellen'; 'De DDR loopt leeg'), maar waar het om gaat is dat het kunstwerk zelf gaat irriteren, een maatschappelijke ontsteking wordt en dat, tussen de rode bloedlichaampjes van het leven, de witte bloedlichaampjes van de kunst in actie komen. De Muur heeft alle kenmerken van land art: het idee is far-out of *doof*, zoals de Duitsers zeggen, maf dus, de ambachtelijke uitvoering is oninteressant, honderdduizenden hebben er last van, het project is bovenal een triomf van organisatievermogen en consequente gekte. De Rijksdag is weer uitgepakt, de eilandjes voor de kust van Miami zijn weer bereikbaar, maar de Muur wordt wegens aanhoudend succes van jaar tot jaar geprolongeerd.

De Westduitsers hebben van hun kant het Wiedervereinigungsproject. Dat draagt het historische stempel waaraan je een postmodern kunstwerk meteen kunt herkennen – die frivole nostalgie naar wat voorgoed voorbij is, dat hooghartig en teleurgesteld terzijde schuiven van het heden. Wat waren de Duitsers boos op de Italiaanse minister van Buitenlandse Zaken Andreotti, toen die zich onlangs hardop zorgen maakte over de ontreddering die een herenigd Duitsland teweeg zou brengen in Europa. Kunst is kunst en het leven is iets anders. Andreotti had er niets van begrepen. Dat kwam doordat hij het hoofdartikel in de *Frankfurter Allgemeine* van 27 juli niet gelezen had. Het artikel constateerde dat er na vijfendertig jaar scheiding tussen de Duitslanden steeds minder persoonlijke contacten over en weer zijn. Een politiek die op lange termijn de Duitse hereniging mogelijk wil houden wordt daardoor – 'zinloos', zou je aanvullen met je gezonde verstand, maar de *FAZ* schrijft: moeilijker. En vervolgt: Juist nu de contacten met het Oosten haast even gering geworden zijn als die met willekeurig welk ander buitenland, moet het grensverkeer vergemakkelijkt en gestimuleerd worden, en wel om de politiek van Wiedervereinigung levend te houden.

'Wat!' riep ik uit toen ik dat las. 'Dient tegenwoordig de mens de politiek in plaats van andersom? Mooie boel!' Maar ik had de kunstzinnige intentie niet begrepen. Eventjes was ik net zo naïef als Andreotti. De kunst is autonoom. De Deutschlandpolitik is doel in zichzelf.

De kunst is lang, het leven kort. Deze uitspraak stamt niet van een ingebeelde oude dichter, zoals ik tot voor kort meende, maar van Hippocrates, die geneesheer was en het dus weten kon.

Per veerpont

Sinds men doende is om van de Nieuwe Amstelbrug een Nog Nieuwere Amstelbrug te maken vaart er tussen de Weesperzijde en de Amsteldijk een veerpontje. Telkens wanneer ik langs de aanlegplaats kom moet ik mee over, ook al kom ik dan helemaal verkeerd uit en moet ik mijn pleziervaart bekopen met een omweg van een halfuur. Veerponten zijn een levenslange idylle van mij. Wanneer in mijn kleuterjaren mijn moeder moest bevallen of mijn vader verkeerde in staat van faillissement, dan werd ik uit logeren gestuurd naar Millingen a/d Rijn. Vanuit dat dorp voer, en vaart nog steeds, viermaal daags een schouwtje de rivier over dat hooguit drie fietsen en vijf passagiers kan dragen. Viermaal daags bedelde ik een dubbeltje bij mijn tante om mee te kunnen naar de doodste hoek van Nederland, de zandwoestenij tussen Pannerden en Tolkamer. Daar wroetten varkens en woonde achter kippegaas een gerimpeld wijf. In de hel kon het niet troostelozer zijn, maar ik onderging graag een kwartierlang de eeuwige kwellingen om mee te kunnen schommelen met de golven en op de heenweg uit de verte de heuvels van Montferland te zien naderen, op de terugweg de werf van Bodewes en het Klaverland, waar het in het voorjaar tot aan de horizon knalgeel ziet van de vette boterbloemen. Ik vermoed dat veel mensen dat zwak voor veerboten met me delen. Tijdens het wachten op een pont merk ik tenminste nooit iets van het geijsbeer en het gedoe met polshorloges waarvan je op stations en bij tramhaltes zo misantropisch wordt.

Vorige week kwam ik weer over de Weesperzijde. Het was een mooie middag en ik kon de verleiding opnieuw niet weerstaan. Het bootje zat gezellig vol, in het geboomte langs de rivier braken de herfstkleuren door en terwijl we over het water tjoekten konden we ons koesteren in een krasse najaarszon. Er waren twee baby's aan boord, een bruinogige en onmiskenbaar mannelijke baby, die in het stuurzitje van zijn vaders fiets heerszuchtig zat te fronsen, maar bij wie gaandeweg, misschien wel vóor het eerst van zijn leven, de emotie stille tevredenheid veld won. Een meisjesbaby lag in een wandelwagen te slapen alsof ze nooit iets anders dan die emotie gekend had. De idylle in haar zuiverste vorm, kortom, een voorproefje van de hemel. En toen, op het kalmst van onze verrukkingen, moest ik ten prooi vallen aan de onwillekeurige reflex der luchtwegen, de gewelddadige nasale luchtuitstoting, die *niezen* heet. Het was je reinste terreuractie. Wég harmonie. De meisjesbaby opende haar ogen, die blauw waren, en begon feminien te zaniken. De veldheer in het stuurzitje zond me een blik toe van twee weken water en brood. Links en rechts smaalden de volwassenen hun gelukwensen uit.

'What hidden worm of guilt, or what malignant doubt, was I the victim of' – om met W.H. Auden te spreken – dat ik een bom moest werpen in onze gelukzaligheid? Daarover heb ik me sindsdien danig het hoofd gebroken. De tijd van pollen en graszaad was immers voorbij, die konden de neuszenuwen niet meer tergen. Lichtflitsen waar de oogzenuw van schrikt kunnen ook een neusexplosie tot gevolg hebben en weliswaar dartelden er triljoenen lichtjes op het water, maar het zou voor het eerst zijn dat ik daar last van had. Een goede vriend, met wie ik dit vraagstuk besprak, wist me te vertellen dat mensen dikwijls gaan niezen wanneer ze een bordje slakken voorgezet krijgen. Ik kreeg op dat moment geen bordje slakken voorgezet.

Ik heb me tot de Universiteitsbibliotheek gewend en was aangenaam verrast daar een beschouwing over het niezen te vinden, geschreven door mijn eerwaarde stadgenoot, de Nijmeegse jezuïet Bernardus van Meurs (1835-1915). In zijn verhandeling, die oorspronkelijk verscheen in de zevende jaargang van *De Studiën* (1874), bespreekt Van Meurs het niezen te zamen met andere aan het bovennatuurlijke rakende verschijnselen zoals de bliksem, het anagram en het slaapwandelen. Hij laat een keur van, meest Latijnse, citaten de revue passeren, uit Carolus Sigonius bijvoorbeeld, die geschreven heeft dat het niezen van een pestlijder de dood inluidt (vandaar de heilwens), uit Focke Simons, volgens wie het niezen van een pestlijder juist een teken was dat zijn ziekte een gelukkige keer had genomen (vandaar de heilwens), uit Montaigne, die meende dat men de niezer zijn complimenten maakt omdat niezen verre te prefereren valt boven luchtuitstotingen uit andere lichaamsopeningen. Volgens Aristoteles moet het niezen gehouden worden voor een bij uitstek heilige en vererenswaardige daad. Bij Augustinus staat te lezen dat iemand die 's ochtends onder het aantrekken van zijn schoenen moest niezen meteen weer in bed kroop, omdat dan de rest van de dag slechts ellende kon brengen.

Veel wijzer ben ik van al die geleerdheid niet geworden. Waarmee overigens niets ten nadele van Van Meurs gezegd is, want hij is een van onze beste dialectdichters geweest. Als ik me een kort citaat mag veroorloven uit zijn typering van 'Peter, ien de wandeling genuumd De Mop':

Um 't lief had ie 'n kapotjas zo vol goaten hangen
Dâ zes katten gen één muus er ien kossen vangen.

Dat zijn regels die Chaucer of Boccaccio hem niet hadden kunnen verbeteren.

Voor mijn gemoedsrust houd ik het erop dat niezen een blijde gebeurtenis is. Wyndham Lewis, de intelligentste schrijver van deze eeuw, heeft gezegd dat lachen het niezen van de geest is. Naar analogie daarvan poneer ik dat niezen moet worden beschouwd als het lachen van de neus. Dat het een onafhankelijkheidsverklaring is van de neus die, net als een ander, doorgaans kuis bedekt lichaamsdeel, wars is van goede smaak en dito manieren en zelf de momenten kiest waarop hij blijk geeft van zijn onstuitbare levensblijheid.

De giraf

Giraffen, die mogen van mij mooi heten.

(Toegepast op kunst is mooi een kwalijk woord. Wie schoonheid wil scheppen schept kitsch. De beoordelaar die mooi zegt – 'héél mooi' of '*mooi*', met zuinige nadruk – laat blijken dat het kunstwerk hem van harte koud laat. Maar buiten de kunst kan het woord duiden op authentieke verbijstering.)

Het oude Latijnse woord voor giraf is cameleopard. Dat is een andere manier van mooi zeggen. De Romeinen wisten niet wat ze van het dier moesten denken. Dus noemden ze het maar kameel, vanwege zijn grootte en misschien vanwege zijn snuit, en ook een beetje luipaard, vanwege zijn vlekken. Maar anders dan de onlangs gefokte scheit, die wel degelijk een kruising is van een schaap en een geit, lijkt de giraf noch op de kameel, noch op de luipaard. Hij lijkt op de Eiffeltoren.

De giraf is een stil dier. Hij loeit niet, gromt niet, balkt niet. Dat zwijgen maakt hem schilderachtig. Zijn vlekken zijn flagstones, zijn huid is een terras. Bij een giraf hoort een tuinameublement en een parasol. Hoewel een giraf algauw duizend kilo weegt ziet hij er niet zwaar uit. Hij ziet er integendeel licht uit, inklapbaar en portable, als een statief.

Als ik een tuin bezat zou ik daarin een giraf willen hebben, twee acacia's en een giraf. In een kudde giraffen is het prettig wandelen en picknicken. Er lopen giraffen rond op wier benen hartjes en pijlen zijn getatoeëerd. Op het omhakken van giraffebenen rust de doodstraf. Giraffen bloeien nooit, maar daar staat tegenover dat ze ook geen bladeren verliezen.

Het gebruik van ladders bij het beklimmen van de giraf moet worden ontraden: de giraf zou immers kunnen weglopen. Heeft men de giraf eenmaal beklommen, dan zal men nergens een gerieflijke zitplaats vinden. Daarom is het beter de giraf in het geheel niet te beklimmen.

Ziet men een rij keurig gekapte bomen, dan kan men er zeker van zijn dat er een giraf gepasseerd is, want hij is een wandelende tondeuse. Hij is een verwoed wandelaar. Ik woon éénhoog en wanneer er een giraf door mijn straat komt kuieren blijft hij meestal even staan om bij mij naar binnen te kijken. Nooit ontwikkelt zich dan een leuk gesprek, ten eerste natuurlijk omdat hij zo stil is, maar bovendien is hij, mét al zijn nieuwsgierigheid, intens verlegen.

In gezelschap is hij degene die blozend zit te zwijgen en een geheime liefde of antipathie koestert. Het is verkeerd te menen dat zachtmoedige wezens niet hartstochtelijk zouden zijn. Geen bot in je lijf blijft heel als een giraf je vijand is. Hij heeft een hekel aan rokers en aan lieden die sjamboks maken van zijn huid om daarmee zwarten af te ranselen. (Is de giraf zwart of blank?)

De verliefde giraf put zich uit in vermoeiende attenties. Hij is dol op natte kussen en wil steeds op schoot. In de dierentuin holt de giraf telkens opnieuw met onstuimige luchtverplaatsing naar het hek, alsof hij in de verte zijn verloofde ziet komen, maar dan ziet hij dat hij zich vergist heeft en stollen zijn bewegingen. Het woord giraf komt van het Arabische *xirafa*, 'hij die snel loopt'. De giraf zou een donkere bril moeten dragen. Hij is een onverbeterlijke optimist.

De Pasja van Egypte schonk in 1826 een giraf aan de koning van Frankrijk. Zij (een vrouwelijk hoefdier heet meestal een koe, maar die benaming bewaar ik liever voor runderen) – zij werd vanuit Alexandrië verscheept naar Marseille, onder begeleiding van een Franse consul, vier Arabieren en drie koeien die haar elke dag moesten voorzien van twintig liter melk, en met om haar nek bij wijze van amulet een reepje perkament waarop een paar spreuken uit de koran geschreven waren.

In Marseille moest ze overwinteren, in een quarantainegebouw dat daar speciaal voor haar was neergezet, en als het mooi weer was nam de prefect van Marseille haar mee uit wandelen in de stad. Ze droeg dan een dekkleed waarop het Franse wapen geborduurd stond, en men vertelt dat ze erg mak was, behalve dan dat ze bij iedere boom stilhield, niet om te wateren, maar om aan de blaadjes te knabbelen. Terwijl die openbare eigèndommen verwoest werden, kon de prefect slechts toezien, de leiband losjes en belachelijk in zijn hand.

Op 20 mei 1827 begon de voettocht naar Parijs. De prefect ging mee, ook een hoogleraar in de dierkunde, St. Hilaire genaamd, een reeks verzorgers en natuurlijk het trio melkkoeien. De herbergen waar het gezelschap overnachtte droegen afbeeldingen van giraffen op hun uithangborden en overal langs de weg verdrong zich het volk om het dier aan te gapen en toe te juichen, tot ongerustheid van de hooggeleerde dierkundige, maar de giraf zag het allemaal met welgevallen aan. Net als veel andere verlegen wezens zijn giraffen heimelijk trots en als je maar genoeg blijk geeft van je bewondering maakt hun verlegenheid plaats voor sprakeloze verwaandheid.

Het was een lange tocht, een van de koeien was mank geworden en werd onderweg afgemaakt, de heer St. Hilaire kreeg grijze haren, zoveel zorgen maakte hij zich om de giraf, maar toen de stoet op 30 juni in Parijs aankwam stapte het dier nog even sierlijk voort als bij haar vertrek. De mode in de lichtstad was intussen geheel 'à la giraffe': giraffevlekken sierden de jurken en handschoenen van de dames en de vesten van de heren, men bewoog zich in elegante slow motion, deed net alsof men een lange nek had en als een heer kennis wilde maken met een dame stak hij zijn neus tussen haar benen. 'Er is niets veranderd in Frankrijk,' heette het in die dagen, 'we hebben er alleen een nieuw beest bij.'

Eindelijk, in juli, werd de giraf naar St. Cloud geleid om te worden voorgesteld aan koning Karel x. Hij was de laatste echte koning van Frankrijk, geen burgerkoning, geen voormalige carbonaro, maar een aristocratische vorst. Hij droeg een kroon. De giraf droeg haar twee stompe horentjes. De koning stak zijn hand naar haar uit, er lagen een paar rozeblaadjes op. Ben ik nu hiervoor helemaal uit Nubië gekomen? moet de giraf gedacht hebben, maar ze heeft niets laten merken, schilderachtig zwijgend heeft ze toen die blaadjes uit de oude koningshand gegeten.

Muren

's Ochtends vroeg, ruim voor het uur van de post, viel het met een plof op mijn deurmat, het pakje. Ik stond boven aan de trap. Aan het pakpapier en het stuk passement met gouddraad dat er bij wijze van touw omheen gestrikt was zag ik al van verre wie de afzender moest zijn. Wie er, dacht ik, in deze vroegte langs mijn huis was geslopen en op datzelfde moment nog geen vijftig meter van me verwijderd en dus nog inhaalbaar, aanspreekbaar, misschien overreedbaar was. Maar ik haastte me niet. Ik had alles al geprobeerd. Ik wist wat er in dat pakje zat, dat die plof het verzamelde geluid was geweest van meer dan honderd liefdesepistels zoals ik die in de loop van een paar maanden, vrijwel dagelijks, een voor een op die andere deurmat had laten vallen. Al die zachte landingen waren nu samen een plof, al onze aanrakingen samen een optater, alle lieve woorden één grote leugen.

Beneden zag ik de ongeletterde poot van de adressering – dezelfde halen en krassen die me nog kort geleden zoveel vreugde en slapeloosheid hadden bereid. Ik wrikte een vinger tussen het pakpapier, tilde het een stukje op. Door die kier zag ik, zoals verwacht, een paar woorden in mijn eigen handschrift. Een hele dag kwam terug, maar door schaamte ontluisterd, belachelijk veranderd. Meer dan honderd tweezijdig beschreven vellen zaten er in dat pakje. Als ik die brieven herlas zouden ze me een ongeneeslijke weerzin tegen mezelf bezorgen. Wat een straf! Ik voelde me als een hond die met de neus door zijn eigen kots gewreven wordt.

Ik legde het pakje in een kast. Ik ging aan het werk, maar het werk had die dag mijn hart niet. Ik haalde het pakje uit de kast. Trok zachtjes aan het gouddoorstikte lint. Nee, toch maar niet. In plaats daarvan zocht ik de andere brieven, want al die kots van mij was beantwoord, en ging ze nerveus zitten herlezen. Ze vielen me mee, na een poosje. Mijn oog was niet meer zo jaloers en overgevoelig als toen ik ze voor het eerst las en er al een steek door mijn ziel ging bij het geringste vermoeden van slechte smaak of oneerlijkheid, toen ik achter iedere verschrijving een komplot zag. Ik begreep nu dat ik in die maanden een tikkeltje krankzinnig was geweest, een bar vermoeiende minnaar met mijn wezenloze extases, mijn achterdocht, mijn tranen en driemaal daags de gemeenschap des vlezes. Zelf had ik zo iemand als ik niet eens in mijn huis gelaten. Ze stelden me ten slotte gerust, die andere brieven, want ik zag dat de ogenblikken die in mijn herinnering heilig waren ook werkelijk heilig waren geweest. Ik had me niets verbeeld. Dus waarom dan al mijn post retour? Vanwaar die behoefte aan een schone lei?

Zou er inmiddels een ander zijn?

Een ander die beter beviel dan ik! Voor wie nu op zondagmiddag de gordijnen werden gesloten. Wiens lippen misschien meer warmte ontmoetten op die soms wat klamme huid. Die zich met meer recht in die armen genesteld had, in dat bed met de losse planken op die zolderkamer, honderd kilometer verderop. Mijn kijk op de wereld onderging een Copernicaanse wending. O moeders, noem uw zonen alsjeblieft nooit prins of baasje, want ze worden duizendmaal onttroond, duizendmaal gaan ze failliet.

Alles wat me vertrouwd was stond me tegen. De macabere memento's van mijn werkkamer, zoals het touw dat bungelde aan de hijsgalg van het tegenoverliggende pand. Dat touw bungelde daar al zolang als ik daar woonde, zeveneneenhalf jaar intussen, en vooral 's zondags bungelde het zeer dreigend. Ik keek uit het raam en zag de verbitterde dichter, die al zeveneneenhalf jaar twee keer per dag met vuurspuwende blik door mijn straat holde. Onophoudelijk geselde hij de wereld, die hem allang vergeten was, door niet meer te dichten. En al zeveneneenhalf jaar zat in mijn werktafel een gasmeter ingebouwd. Als ik eventjes wegdroomde maande het onverbiddelijke getik van dat apparaat me om mijn tijd te beiden. Een bruin verkleurde schedel naast mijn schrijfblad, of een rotte appel in mijn la, had ik nimmer nodig gehad.

Even later zat ik met mijn ogen dicht en de prullenmand tussen mijn knieën de brieven te verscheuren. Het lint en het pakpapier had ik opzij gelegd, voor mijn collectie fetisjen. Die moest voor mijn dood worden opgeruimd, maar voorlopig nog niet. Eerst wilde ik mijn huis verbouwen.

Het voelde aan als een reddend besluit. Als een inspiratie was het tijdens het scheuren bij me opgekomen. En de verbouwing moest beginnen met het verplaatsen van de gasmeter. Het getik had me al die jaren slechts als vriendelijke aanmaning in de oren geklonken, maar sinds de winter, toen om de haverklap bijstandsmoeders op de radio verklaarden dat ze van het geluid psychotisch werden, was het me gaan ergeren. Steeds vaker kreeg ik het gevoel dat ik er niet tegenop kon werken. Dan zette ik de kachel maar uit en ging buiten in de sneeuw lopen.

Er kwam een inspecteur van het GEB langs, in een lange lederen jas, met een lederen vliegenierspet op zijn hoofd. Hij beende met grote passen en woest wapperende konijneoren door mijn huis en keek overal dwars doorheen. Het was alsof ik woonde in een staketsel van een paar buizen en leidingen, waar hoogstens wat flinterdun tentdoek overheen hing. Alsof ik een soort nomade was, vogelvrij, en blij mocht zijn dat ik nog niet over de grens was gezet. Toen vertelde de inspecteur me dat wat ik wou niet mogelijk was.

'Die meter naar de gang verplaatsen? Geen denken aan. U deelt die gang met de bovenburen en volgens de voorschriften moet de meter zich bevinden *binnen* de woning. Die gang ligt buiten uw woning.' Zijn potlood verdween in zijn opschrijfboek, zijn opschrijfboek in zijn grote lederen jaszak.

Nou ja, dan maar niet, dacht ik. Als het moet van de voorschriften word ik maar knettergek. Of ik voer eindelijk mijn oude plan uit om naar Australië te emigreren. Maar al had ik de vleugels van de dageraad en vloog ik naar de grenzen der zee, nog zou het ongeluk me weten te vinden. Ik liet de man uit en was zo verstandig om hem, immers evenzeer als ik slachtoffer van 'het systeem', mijn woede te besparen. Maar op de drempel bleek dat ik weinig begrepen had van de psychologie van de ambtenaar. Op de drempel bleek wat ik wou ineens wél te kunnen.

'Als u hier in de gang, waar die leiding loopt, een kast bouwt, met een deur die op slot kan, dan mag u daar gerust de meter hebben.'

Vijf minuten eerder, toen we nog boven stonden, had ik hem gevraagd: 'En als ik nu beneden, waar de leiding loopt, een kast bouw met een slot...?'

'Nee nee!' riep hij toen, gruwend van mijn voorschriftontduikende reptiliteit.

Nu diepte hij zijn boek weer op en schetste vaardig en snel, als was hij Piranesi zelve, de situatie ter plekke, instippelend wat er veranderen moest.

'Kunt u bij de meter een T-stuk in de leiding laten zetten?' vroeg ik, het ijzer smedend nu het heet was. 'Ik wil in de ruimte hierbeneden ook een kachel plaatsen.'

Zo'n woord als T-stuk doet wonderen. Geen bezwaar.

'U moet wel vooruit betalen,' zei hij. 'Het GEB heeft geldgebrek. We hebben bij onze afnemers een schuld van zeven miljoen uitstaan waarnaar we hoogstwaarschijnlijk kunnen fluiten.' Hij snoerde de ceintuur van zijn jas strak aan, alsof hij ging parachutespringen. 'U krijgt de rekening morgen in de bus. Zodra we het geld binnen hebben kunt u de monteurs verwachten.'

De rekening van tweehonderd gulden kwam en werd betaald, de kast werd gebouwd en in de tijd die volgde ben ik een fervent voorstander geworden van privatisering van alle overheidsdiensten. Geef ons alsjeblieft ten minste *twee* gasbedrijven, twee postdiensten, twee telefoon- en twee spoorwegmaatschappijen. Want de hoop dat de verwachte monteurs ooit zouden komen opdagen werd allengs een hoopje as en een ander energiebedrijf kon ik niet inschakelen, want dat was er niet.

Ik belde de inspecteur eens op. Zijn bemoeienis was met

het bezoek aan mijn adres opgehouden, ik moest de installatiedienst hebben. De installatiedienst wist aanvankelijk van mijn geval niets af. Na een dag wist men echter dat de opdracht nog niet was doorgekomen omdat de rekening nog niet was voldaan. Ik bezwoer mijn gesprekspartner dat ik een giroafschrift voor me had liggen waarmee ik het tegendeel kon bewijzen. 'Dan is er een fout gemaakt bij de administratie. Daar moet de opdracht namelijk vandaan komen. We worden hier tureluurs van de administratie.' Ik belde de administratie, die het geld drie weken daarvoor ontvangen en de opdracht meteen verstrekt had. Ik belde de installatiedienst. 'Wij hebben geen opdracht ontvangen.' 'U maakt mij niet wijs dat zo'n formulier er langer dan drie weken over doet om van Tesselschadestraat 1 naar Tesselschadestraat 1 te komen.' 'We hebben geen opdracht ontvangen,' klonk het gemeente-energiek. Ik belde de administratie. Nee, een eens verstrekte opdracht kon niet nogmaals verstrekt worden, dat zou maar verwarring geven. Ik belde de installatiedienst met een suggestie. 'Zoudt u de opdracht misschien kunnen gaan zoeken?' 'Meneer, ik zit hier en ik heb geen opdracht ontvangen.' 'Zal ik naar u toekomen en u helpen om de opdracht te zoeken?' 'Meneer, ik wijk niet voor dreigementen.' 'Maar wat moet ik dan doen?' Een stilte die gonsde van behulpzaam nadenken. Toen: 'Belt u me nog eens, over een tijdje.'

Ik heb mijn gasmeter daarna, in afwachting van de monteurs, drie truien aangetrokken en een theemuts opgezet, en de verbouwing toch maar laten beginnen. Het was een betrekkelijk kalm begin. In het ondergedeelte van mijn huis, waar ik nooit kwam, werden twee muurtjes gesloopt, dunne muurtjes van korrelbetonstenen, een crisismateriaal dat zich hulpeloos omver liet duwen. Oude betimmering werd losgetrokken en er kwam een nog oudere betegeling te voorschijn en een geheime bergplaats van pornoblaadjes, dertig jaar oud, waaraan je kon zien dat zelfs naakt onderhevig is aan de mode. Duroxblokken, metselmortel, balken en planken werden bezorgd. Er werd een vloer gelegd. De enige keer dat ik me 's avonds laat beneden waagde greep ik in het donker een stuk loshangend elektriciteitsdraad beet en joeg tweehonderdtwintig volt door me heen. Ik had daar niets te zoeken.

De verbouwing was iets dat buiten me om ging, zolang ze zich beperkte tot die benedenverdieping. Ik had niet het idee dat ik aan iets onherroepelijks was begonnen. Ik hoorde natuurlijk de hamerslagen, maar hout en ook steen zijn elastisch, bijna even veerkrachtig als vlees. Alleen de kachel voorvoelde wat komen zou en stond nerveus op de vloer te dansen.

Toen werd er in mijn vloer een trapgat gezaagd. De honderd jaar oude planken waren verrassend blank en jong vanbinnen en dat gaf de eerste pijn. Het getimmer en het elektrische gezaag kwamen nu veel dichterbij, alsof er een zenuw was geraakt, en er was vooral stof, veel stof, dat mijn stomme huis uitstiet in plaats van kreten. De stemmen van de bouwvakkers, die onwillekeurige reflexen waren van wat hun handen deden, vervolledigden de indruk van spasmen en stuipen en net als bij een levend organisme bracht elke verandering onvoorziene complicaties met zich mee, meestal in de vorm van gasleidingen en elektrische bedradingen die moesten worden omgelegd. Sindsdien maakten de voetstappen die de hele dag op en neer en heen en weer klosten, het slaan met de deuren, de tocht, het boren en zagen en timmeren in het vlees van mijn huis, mij tot een patiënt. Ik lag op de operatietafel. Mijn huis, mijn tweede lichaam, onderging een lange reeks chirurgische ingrepen. Er was de angst die elk ziekbed erger maakt dan nodig is: dat het nooit over zou gaan.

Nu is het leed geleden. Zelfs de monteurs van het GEB zijn geweest. Het huis is hersteld. Er is een vleug blijven hangen van de verflucht waarmee dat herstel gepaard is gegaan, maar geen spoor van de tijd toen ik nog niet beschikken kon over de wintertuin die tot in de kieren achter de plinten gevuld is met verticaal licht, over de 'Romeinse' badkamer, het grote slaapvertrek en de kloosterachtige werkruimte boven. Die vertrekken zien eruit alsof ze er altijd geweest zijn en er altijd zullen blijven.

De bouwkunst schept een eeuwig heden. Ze tart de wijsneuzen die beweren dat het heden niet bestaat, of hoogstens een beetje graan is dat wordt vermorzeld tussen de molenstenen verleden en toekomst. Hier sta ik, zo vast als een huis, zegt mijn herboren woning. Met tijd heb ik niets te maken. Verleden en toekomst, dat zijn maar constructies van jou, om te verklaren waarom ik ben zoals ik ben. Ze vallen in het niet bij mijn tegenwoordigheid. Als je het heden niet kunt bevatten met je mensenverstand, kijk me dan maar eens goed aan, mijn onomstotelijke aanwezigheid die erin zwemt, net als in het licht. Stel je het maar voor als het licht. Negeer mijn heden, jij met je hoofd vol verbouwpijn en andere herinneringen, en je loopt tegen een muur, als een blinde.

Ik heb me sinds dat trapgat openging dikwijls afgevraagd wat me bezielde, om me af te kwellen met zo'n maandenlange verbouwing. De gewoonlijke reden waarom mensen gaan verhuizen of verbouwen, dat het makkelijker is om je omgeving dan om jezelf te veranderen, die ging zeker ook voor mij op. Maar de tirannie van de architectuur, merk ik nu, moet een belangrijker reden geweest zijn. Het is erg dat alles voorbijgaat, maar nog veel erger dat alles hetzelfde blijft. Ten overstaan van mijn arrogante nieuwe muren, deurpanelen en plafonds voel ik mezelf alweer in opstand komen. Zulke verwaten vlakken met hun levensduur die langer is dan die van mijn vlees prikkelen tot afbraak. Deze verbouwing (de derde in zeven jaar tijds) is niet de laatste geweest.

Kardinaal Simonis en de Kinderen van het Licht

Z.E. Adr. kardinaal Simonis heb ik eenmaal van nabij kunnen meemaken, juni vorig jaar, in Den Bosch. Een mij verder onbekende instelling, de Katholieke Raad voor Kerk en Samenleving, had me daar uitgenodigd voor een besloten beraad. 'Levensbeschouwelijke pluriformiteit en katholicisme' zou die middag het onderwerp zijn. Waaraan ik de eer te danken had wist ik niet goed. Het moest iets te maken hebben met mijn godslasterlijke boek *Mystiek lichaam*. De reden waarom ik ging was me ook niet erg duidelijk: uit nieuwsgierigheid, misschien om eens te kijken hoe katholiek ik nog was.

Plaats van samenkomst was sociëteit De Zwarte Arend, een proper achttiende-eeuws gebouw in de stille oude Peperstraat, onder de schaduw van de Sint-Jan. Ik kwam daar terecht in een gezelschap van zo'n twintig katholieke spraakmakers, meest hoogleraren en journalisten. Degenen van buiten de eigen kring die waren uitgenodigd, onder wie het kamerlid Evelien Herfkens en de wereldhervormer Roel van Duyn, hadden het in meerderheid laten afweten. Wat hun redenen ook geweest mogen zijn, het was tekenend voor de benauwenis waarin het katholicisme dezer dagen verkeert. Verder waren er drie bisschoppen: mgr. H. Bomers van Haarlem, zijn hulpbisschop Lescrauwaert en de reeds genoemde kardinaal Simonis.

Het was voor mij een bar onwennige middag. Tijdens de pauze stond ik bijvoorbeeld naast een heuse bisschop op het herenkabinet. Moet je beleefd je plas ophouden totdat de bisschop zijn water laat klateren, of moet je de eminentie juist een eindje op weg helpen door zelf als eerste het bevrijdende geluid te laten klinken? Een onverwachte vraag voor iemand die is opgevoed in de tijd dat priesters nog rokken droegen. Ook tegen het gesprek met zijn pastorale woordgebruik – 'gehoorzaamheidscategorieën', 'rituele omspeling van scharniermomenten' (bedoeld werden bruiloften en begrafenissen) – zat ik nogal vreemd aan te kijken. De sfeer die middag leek in niets op de roomse blijheid van mijn kinderjaren. Die sfeer was zwaar depressief, de sloten koffie, de krentenbollen en brandewijn met kandijsuiker ten spijt.

Het enige betoog dat me uit het hart gegrepen was kwam van professor Boerwinkel, die in het gezelschap de reformatie vertegenwoordigde. Terug *ad res et ad fontes*, smeekte hij in beverige volzinnen. Laten we alsjeblieft teruggaan naar de joodse oorsprongen van dit ontredderde christendom. Maar de meeste anderen verzandden in agitatie tegen het kerkgezag. Huisvaders, vermoedde ik, met opstandige kinderen. Achter die verhitte debatten over de eigenheid van het evangelie versus inculturatie, het vlees versus het woord, achter die botsing tussen moderne leken en starre bisschoppen moest heel wat huiselijk ongerief schuilgaan.

Het verhaal van Simonis was helder en eenvoudig, zoals het altijd is. Wat van leken verwacht mag worden is allereerst gehoorzaamheid, want alleen in gehoorzaamheid is de mens ontvankelijk voor de waarheid van het evangelie, die op eigentijdse wijze vertolkt wordt door het leergezag van de Kerk. De waarheid is eeuwig en onveranderlijk en de Kerk heeft haar in pacht – daar kwam het zo'n beetje op neer. (De conclusie dat levensbeschouwelijke pluriformiteit binnen de rooms-katholieke Kerk een monstrum zou zijn liet Simonis fijntjes aan de anderen over.) Het is een betoog dat staat of valt met de bezieling van degene die het houdt. Uit de mond van een functionaris als Gijsen klinkt het benepen, abject zelfs. Maar Simonis weet aan het woord 'gehoorzaamheid' zo'n lading van rust en vrede mee te geven en het woord 'waarheid' klinkt zo hemels van tussen die vlezige lippen dat je denkt: Wat prachtig dat die man zo geloven kan en wat jammer nou dat mij zo'n geloof ontbreekt.

's Maandags luister ik onder het eten van mijn middagboterham graag naar 'Het voordeel van de twijfel', een programma van het Humanistisch Verbond. Dat verbond verkondigt een gecastreerd christendom. Het wil zich nog wel houden aan de tien geboden – aan het ene wat strikter dan aan het andere –, maar van de God die ze heeft uitgevaardigd wil het niets meer weten. Intussen staart het vol afgunst naar de ballen van de geïnstitutionaliseerde religie, de metafysische ballen, maar vooral de subsidieballen die ze ontvangt voor haar kerkgebouwen en haar onderwijs. Humanistenvoorzitter Rob Tielman heeft een paar jaar geleden, met een schuin oog op die subsidieballen, het idee geopperd dat iedereen die niet tot een kerkgenootschap behoort 'eigenlijk' humanist is. Dezelfde truc die Richard Nixon heeft willen uithalen met zijn zwijgende meerderheid en de theoloog Karl Rahner (op heel wat betere gronden, overigens) met zijn anonieme christendom.

Geamuseerd kauwend op mijn boterham luisterde ik naar het gesprek tussen Steven de Winter, een keurige interviewer zo te horen, en een beminnelijke kardinaal Simonis. Ik zag de prelaat weer ten voeten uit voor me, in al zijn grote vlezigheid: zijn zware handen, zware lippen, zware pijp die almaar tussen die handen en lippen op en neer pendelde. Het gesprek was één groot misverstand, met als kern het begrip 'natuur'.

Voor Simonis is de natuur de door God gewilde ordening, zoals die uit de Schrift is afgeleid door de katholieke traditie en de heilige congregatie voor de geloofsleer. Met bloemetjes en bijtjes of het freudiaanse libido heeft zijn begrip niets te maken. Het is meer een bovennatuur, eigenlijk. De interviewer verstond onder 'natuur' nu eens het onderzoeksobject van de natuurwetenschappen en dan weer, als het zo uitkwam, de natuur van de Verlichtingsfilosofen, de aangeboren aard die 'goed' heet te zijn.

De Verlichtingsideologie is de geloofsleer van het humanisme. Je moet toch iets hebben. En dan zie je maar liever over het hoofd dat die opvatting van een 'goede' natuur heeft geleid tot het sociaal-darwinisme, het fascisme en al die zogenaamd vooruitstrevende vermommingen van het fascisme die ons heden ten dage teisteren. Een grove versimpeling,

Kellendonk! Zeker, het is maar één draad uit een geweldig ingewikkelde kluwen. Maar wat ik wil zeggen is dit: de Verlichting, die geleid heeft tot zowel het liberalisme als het communisme en hun beider wapentuig, tot zowel de knechting als de verheffing van de arbeider, tot emancipatie van de vrouw en terreur – een geestesstroming die zoveel tegenstrijdigs heeft voortgebracht kun je *als zodanig* niet meer met goed fatsoen beamen. In deze eeuw is de Verlichting al tien keer failliet gegaan. Behalve voor onoprechte politieke baasjes als Rob Tielman, die alle rampen van de Verlichting afschuiven op 'de reactie' en slechts de zegeningen willen zien. Wat het katholicisme in elk geval vóór heeft op de Verlichtingsideologie is een levendig besef van het kwaad.

In die verwarde natuurdiscussie is homoseksualiteit een brandpunt. Voor Simonis past die variant niet in de ordening van Godswege en is dus tegennatuurlijk. Punt uit. Voor de Verlichting is zoiets aangeborens vanzelfsprekend 'goed' en ze heeft zich de afgelopen twintig jaar van harte beijverd voor de emancipatie van de homoseksueel. Ze is zelfs verder gegaan. In haar ongebreidelde experimenteerlust heeft ze de homo tot heraut van een nieuwe sekscultuur gemaakt. De hetero ontkoppelde seks van voortplanting en met behulp van pillen, vasectomieën en wat de sekskraam nog meer te bieden heeft werd hij (of zij) een namaakhomo. De hemel van een levenslang narcisme leek opengegaan.

Maar nu is er aids. Hoe manhaftig men ook probeert te doen alsof aids een louter medisch-technisch probleem zou zijn, het schokt de Verlichtingsadepten tot in het diepst van hun ideologie. Hun ongebreidelde experimenteerlust komt hier wel akelig in botsing met de 'goede' natuur, die in haar oneindige goedheid zo'n in-gemeen virus heeft voortgebracht.

Aids is het zoveelste echec van de Verlichting. Je kunt een tijdje dapper doen alsof het maar om een inhaalmanoeuvre gaat. Tenslotte hadden de homo's het paradijselijk vergeleken met de hetero's ('Kijk, mama, zonder voorbehoedmiddelen!'). Nu moet iedereen een condoom: gelijke monniken, gelijke kappen. Maar dat stoïcisme houd je niet vol. Er vallen doden, steeds meer. In de homocultuur is zich een vervaarlijke boosheid aan het ophopen. Een van de eersten die daaronder is bezweken is humanistenvoorzitter Rob Tielman, tevens een hanige carrièrehomo en leider van een onderzoek naar de sociale oorzaken van aids. Of die er zijn weet ik niet, maar er zijn zeker sociale gevolgen, waarvan Tielman er één is. Hij verkondigt de theorie dat alleen zij die geneukt worden aids krijgen. Wie neukt heeft niets te vrezen. U mag één keer raden wat Tielman het liefst doet. Het is neuken of geneukt worden, erop of eronder. Dit is het einde van de homosolidariteit.

En al die verscheurdheid, al die woede wordt weer op 'de reactie' geprojecteerd. 'Kardinaal, zeg eens, vindt u dat een huisbaas een homoseksueel als huurder kan weigeren?' 'Nou, als zo'n man erg gewetensvol is,' zegt het rund, 'dan kan ik me die afweging wel voorstellen.'

Voor de goede orde: ik vind de uitspraken van de kardinaal volstrekt overbodig. Niemand is erbij gebaat, ze bieden geen enkel soelaas. Of je nu aan je gelijkgeslachtelijke neigingen toegeeft of niet, een oude mie word je toch. Dus kun je voor het te laat is maar beter een beetje plezier maken. Voor zover een condoom dat toestaat, uiteraard. De uitspraken zijn dubbel overbodig omdat homoseksualiteit geen afzonderlijk verschijnsel meer is sinds de Kinderen van het Licht het ganse liefdeleven hebben gehomoseksualiseerd. (Ik mag dit graag verkondigen aan progressieve, rechtgeaarde kennissen die geen kindertjes willen. Dan komen er heel wat vooroordelen bloot.)

Maar de kardinaal beweerde niets nieuws in dat vraaggesprek. Hij lichtte op verzoek de leer van de Kerk toe, zoals die onlangs opnieuw is uiteengezet in een brief van kardinaal Ratzinger. Daar is Simonis nu eenmaal kerkleraar voor. Tijdens de verdediging van zijn lezenswaardige proefschrift *Homoseksualiteit, een medische reputatie*, afgelopen vrijdag in Utrecht, stelde Gert Hekma dat de Kerk wel degelijk beïnvloed zou zijn door het veranderde denken over dit onderwerp. Volgens zijn theorie bestond er tot in de negentiende eeuw alleen homoseksueel handelen, dat sodomie werd genoemd. Daarna is de homoseksuele aanleg uitgedokterd, zodat de homo een medisch-psychiatrisch geval werd en er zich een homo-identiteit kon ontwikkelen. Zonder die uitdoktering zou de kardinaal nooit tot zijn uitspraken zijn gekomen, aldus Hekma. Maar dat geldt slechts voor de terminologie, niet voor de theologische inhoud. Simonis maakte hetzelfde onderscheid als Hekma, alleen noemde hij sodomie homoseksualiteit – die hij zondig acht, zoals de Kerk altijd heeft gedaan – en voor de homoseksuele aanleg bezigde hij het schijnheilige woord homofilie. Homofilie heeft hij niet veroordeeld. Het is haarkloverij waar geen mens iets wijzer van wordt, maar eerlijk is eerlijk.

En eerlijk is eerlijk: het Humanistisch Verbond wist precies wat het te horen zou krijgen toen het Simonis ondervroeg. En het wist ook precies hoe lang de tenen van het COC zijn. Het heeft het vraaggesprek twee maanden in de kast laten liggen, lang genoeg om zich te beraden over de vraag of uitzending niet onnodig kwetsend zou zijn voor al die benarde homozielen. De huidige stennis is kinderachtig en hypocriet. Eerst een beest tergen dat bekend staat om zijn scherpe klauwen en zijn onbehouwenheid en dan jammeren wanneer je een schrammetje hebt. Of er hier sprake is van discriminatie weet ik niet, maar dat er tot discriminatie is aangezet lijkt me duidelijk.

Maar in wezen gaat het geschil niet om discriminatie. Hier woedt een ideologieënstrijd. De katholieke visie op het geslachtsleven is een wonder van theoretische schoonheid, dat echter in de praktijk nog maar weinig verricht wordt. De seksuele revolutie heeft daar geen samenhangende visie tegenover kunnen stellen. Vrijheid blijheid, is steeds de leus geweest. De oude banden werden verbroken, met het gevolg dat de mensen machteloze eenlingen werden: rijp, niet voor de vrijheid, maar voor de totalitaire staat. Dat er met Rome geen gesprek mogelijk is kan niet slechts geweten worden aan de onverzettelijkheid van de katholieke leer. Je gaat niet in discussie om de ander te overtuigen, tenzij je zelf ook iemand bent die denkt de waarheid in pacht te hebben – en dan is het een geval van de pot verwijt de ketel. Je praat om je eigen visie bij te slijpen. Doordat die visie bij de Verlichtingsadepten volledig ontbreekt is een gesprek uitgesloten. En in hun frustratie hebben ze nu gegrepen naar het machtsmiddel van een kort geding. Laat de rechter maar beslissen wie er gelijk heeft.

Als ik rechter was zou ik daar mooi voor passen, maar welke uitspraak de president van de Utrechtse arrondissementsrechtbank zal doen blijft nog even in het ongewisse. Afgelopen donderdag hebben de dames en heren van de tabbaard zich in het seksgewoel gestort. De zitting ging grotendeels heen met formeel gekissebis. Was de klacht van het COC ontvankelijk? (Het COC speelde voor de beledigde partij.) Wat is precies de verhouding tussen de verschillende grondrechten, tussen artikel 1 van de Grondwet, dat discriminatie verbiedt, en de vrijheden van godsdienst en meningsuiting? Mr. B. Tomlow had de ondankbare taak om aannemelijk te maken dat de Utrechtse PSP-lijsttrekker H. Branderhorst, die een tweede aanklacht had ingediend voor het geval het COC als eisende partij niet ontvankelijk zou blijken, door de uitlatingen van Simonis geschaad zou zijn. Een aan de weg timmerend politiek baasje heeft helemaal geen baat bij zo'n rel, integendeel! De advocate van het COC, mr. A. Bierenbroodspot, schreide roze tranen over een geval van zelfmoord dat haar ter ore gekomen was. Door de opschudding over de uitlatingen van Simonis was een gewetensvolle rk-homo in het land zo overstuur geraakt dat hij zich had opgehangen. Waarop de raadsman van de werderpartij, mr. J.P. Wijn, gemakkelijk kon repliceren dat het COC het zijne aan die opschudding had bijgedragen. Het was geen homobeeld om trots op te zijn, dat daar ten behoeve van het COC en Branderhorst werd opgehangen. Niks geen heraut van een nieuwe sekscultuur. De homo was zielig, onderdrukt, ten achter gesteld, deze huilebalk diende *positief* gediscrimineerd te worden. Als ik niet zoveel eelt op mijn homoziel had, dan zou ik me op mijn beurt gegriefd, gekrenkt, geschaad en hoogst onzorgvuldig behandeld voelen, door eisers.

Mr. Bierenbroodspot, zij van de roze tranen, liet en passant merken dat ze niet besefte wat het leergezag van de Kerk feitelijk inhoudt. Leergezag heb je wanneer je iets kunt vertellen wat een ander niet weet. Leraren hebben het soms. Maar de Kinderen van het Licht erkennen geen ander gezag dan dat van het soevereine volk, dat wil zeggen: de staat met zijn machtsmiddelen. (Daarom moet de staat *alle* gezag op zich nemen, ook het gezag om te kunnen beslissen in een ideologieënstrijd als deze. De totalitaire staat is een rechtstreekse consequentie van de Verlichtingsdenkbeelden.) Wil je de katholieke Kerk serieus nemen – en wie zich door haar gegriefd wenst te voelen moet dat doen, althans voor de duur van een rechtszaak – dan dient die Kerk te worden voorgesteld als een staat. Er is toch zoiets als een Kerkelijke Staat, met ambassadeurs en zo? Nou dan! Terloops werd eraan herinnerd dat kardinaal Simonis in ons land na de koningin de hoogste protocollaire status heeft. (Onder het publiek stak een verontwaardigd geroezemoes op.) De katholieke Kerk is dus zoiets als een staat in de staat en alle katholieken zijn dubbelhartige kosmopolieten, Nederlanders in naam maar in feite aan Rome onderhorig. Dat werd door mr. Bierenbroodspot geïmpliceerd in een wel heel zonderling bezwaar dat ze tegen Simonis aanvoerde: 'Zijn meningen zijn niet representatief voor de rooms-katholieke geloofsgemeenschap in dit land. Minder dan tien procent van de katholieken wijst homoseksualiteit af!' Die staat in onze staat is geeneens een democratische staat! Simonis steekt onze koningin naar de kroon, maar hij lijkt in niets op een volkstümlich Nederlandse gezagsdrager. Hij vertelt helemaal niet wat de meerderheid van het volk graag wil horen.

Maar als anderzijds de meerderheid van het volk niet graag hoort wat het leergezag te vertellen heeft, dan is er toch iets rot in de Nederlandse kerkprovincie. Mr. Wijn sprak in zijn repliek op Bierenbroodspot met de stem van het imperium: de rooms-katholieke Kerk omvat de gehele wereld en daarin heeft die Nederlandse meerderheid heus niet zoveel te betekenen. Zo gaf hij toe dat er toch zoiets als een consensus bestaan moet. Ik moest weer denken aan wat ik mgr. Bomers in Den Bosch had horen zeggen. Hij vertelde toen dat het helemaal niet slecht gaat met de Kerk. In Oost-Afrika en Zuid-Korea zitten de seminaries vol. U in Nederland moogt dan de indruk hebben dat het katholicisme een crisis doormaakt, wereldwijd gezien beleven we een tijd van bloei.

De rooms-katholieke Kerk is een multinational en daarbinnen is Nederland hoogstens een onrendabele vestiging. Rome heeft besloten die vestiging te saneren. Het oude management is vervangen door een ploeg van theo-technocraten, die welbewust bezig zijn met het afstoten van boventallige gelovigen. Hun boodschap is simpel: als u de beginselen van onze club niet kunt onderschrijven, dan hoepelt u maar op. De Kerk heeft immers de waarheid in pacht. Liever dan aan die waarheid te tornen decimeert ze haar Nederlandse belangen, in het volste vertrouwen dat ook hier, ooit, haar waarheid weer zal zegevieren. De marges die katholieken worden toegestaan verschillen overigens van land tot land. Rome is bijvoorbeeld opvallend veel coulanter jegens de bevrijdingstheologie dan jegens de feministische theologie in Nederland, terwijl het in beide gevallen toch om het binnendringen van de verlichte emancipatiegedachte gaat. De winstverwachtingen zijn kennelijk hoger in Zuid-Amerika.

Het kort geding van het COC was huichelachtig. Waarom heeft het afgelopen september geen gerechtelijke stappen ondernomen, toen Surinaamse islamieten het vertikten om het COC te accepteren als naaste buur in de Zwolse Oranjeschool? De islam is toch ook een wereldgodsdienst met een flinke Nederlandse aanhang? En het COC werd toen veel directer in zijn belangen geschaad dan nu. Selectieve verontwaardiging. Groter medeleven verdienen de feministische theologen. Door het Romeinse saneringsbeleid komen ze geestelijk op straat te staan. De bezwaren die de kardinaal tegen hen heeft ingebracht zijn bovendien vergezocht en weinig steekhoudend. Zijn eicel-zaadcel-redenering is al duchtig door de mangel gehaald. Je zou haast gaan denken dat hij bekeerd was tot de 'goede' natuur van de Verlichting. Ik neem maar aan dat hij niet meer heeft willen zeggen dan: 'Goh, kijk eens wat geinig, het is net of die amorele celletjes zich precies volgens Gods wet gedragen.' (Zo heb ik de indruk dat de meeste videospelletjes over zaadcel-eicel gaan.) Ik neem maar aan dat hij metaforisch gesproken heeft. Het is jammer dat diezelfde metafoor al eerder is gebruikt, meermalen door Norman Mailer en ook door Harry Mulisch (in *Het seksuele bolwerk*: de wachtende eicel en een nek-aan-nekrace tussen spermatozoa, die natuurlijk gewonnen werd door Harry Mulisch), anders hadden we de impasse rond de P.C. Hooftprijs kunnen doorbreken door hem toe te kennen aan Z.E. Adr. kardinaal Simonis.

Het is uit betrokkenheid bij de Kerk dat de feministische theologen aanstoot nemen aan de veroordeling van de kardinaal. Juist die betrokkenheid heeft het hun onmogelijk gemaakt om naar de rechter te stappen. Bij het tweede kort geding dat afgelopen week tegen Simonis diende bleek dat eiseres, het inderhaast opgerichte Landelijk Interdisciplinair Overleg Feminisme en Theologie (LIO), geen enkele feministische theologe op de ledenlijst had staan. Het LIO werd meteen niet-ontvankelijk verklaard. Volgens raadsvrouwe mr. Ingrid van Westerlaak zouden de theologes niet durven te procederen omdat ze voor hun broodwinning op de Kerk aangewezen zijn. Die vlieger gaat niet op voor emeritus hoogleraar Catharina Halkes. Zij heeft al in december van het LIO afstand genomen. In een brief aan *NRC Handelsblad* (zaterdag 21 februari) verklaarde zij, mede namens haar vakzusters, een gerechtelijke actie geen goed middel te vinden om kritiek te uiten. Een vrije geest wast zijn ideologische varkentjes zelf.

Ook dit tweede kort geding is aangespannen door een stel doordrammers. Zonder blikken of blozen beweren ze mensen te vertegenwoordigen die zich van hen gedistantieerd hebben. Net als het COC achtte het LIO zich gediscrimineerd op grond van artikel 1 van de Grondwet. Dat artikel is bedoeld voor, zeg, een donkere landgenoot die geen lening krijgt van een Amersfoortse bank, terwijl diezelfde lening wél verstrekt wordt aan een even kapitaalkrachtige Kaukasiër. Maar de Kinderen van het Licht proberen het met geweld om te smeden tot een ideologisch terreurwapen.

Nog geen jaar geleden heb ik de opmerking laten vallen dat een multiculturele samenleving een onding is, dat een straat waar men op de ene hoek een katholieke kerk probeert te handhaven, op de andere een moskee en nog een hindoetempeltje ergens in het midden, een straat is waar binnen de kortste keren helemaal geen godsdienst en helemaal geen gemeenschap meer zullen zijn. De beschuldigingen van onverdraagzaamheid waren daarna niet van de lucht. De boodschapper kreeg weer eens de schuld van het slechte nieuws. Die onverdraagzaamheid *is* er, zoals sindsdien gebleken is in Zwolle (waar ook het evangelistenechtpaar Goeree terecht heeft gestaan) en nu weer in Utrecht. En ze komt niet alleen van de traditionele godsdiensten, maar evenzeer van hen die het evangelie van de vooruitgang prediken en intussen met artikel 1 als botte bijl alles proberen te slechten wat ze onverenigbaar achten met hun verlichte opvattingen. Een aartsbisschop die zulke totalitaire tendensen aan het licht weet te brengen, al is het maar uit pure runderigheid, kan niet gemist worden in de Nederlandse samenleving. Simonis moet blijven.

Sokken

Is er een mooier zinnebeeld van het geluk dan een paar gave sokken? Vooral als die twee spiegelbeeldige hulsjes in een bol gedraaid zijn. In een van mijn verhalen zou de held het liefst een bol sokken zijn. 'Een bol sokken ligt knus in de la van de linnenkast,' mijmert hij, 'rond, en perfect geplooid als yin en yang. Op een bol sokken kan worden gezeten en gestaan. Een bol sokken valt zonder schade van de trap.' Zeer geschikt ook als oefenmateriaal voor de beginnende jongleur, zo'n bol sokken. Gelukzaligheid is een paar verzorgde voeten, gebaad, gepedicuurd, ingewreven met mentholcrème en gemasseerd, elke teen driemaal linksom en driemaal rechtsom, en daaroverheen een paar gloednieuwe sokken. Dan besef je pas wat een goed huwelijk je voeten eigenlijk hebben.

Helaas ken ik ook geen beter zinnebeeld voor de kortstondigheid van het geluk. Om dat uit te leggen moet ik iets vertellen over de geschiedenis van mijn voeten en over een vrouw die ik nooit in levenden lijve ontmoet heb omdat ze al in 1934 is gestorven.

Ik ken haar alleen van twee foto's. De eerste is haar verlovingsfoto en toont een vracht bloedkralen die rust op een romig kussen, stevig gevuld met onderhuids bindweefsel. Daarboven een massa dik en ongezeglijk haar en een gezicht van een onweerstaanbare koddigheid, omdat het met een strenge en zedige blik zijn wulpse aard probeert te loochenen. Aan de tweede foto kun je zien dat fotografie geen kunst is, want die foto is een meesterwerk en is toch niet door een meester gemaakt. Hij is genomen op het kerkpad van het dorp Kekerdom in de Ooij en er staat een meisje op van een jaar of zes, met in haar krullen een grote afgezakte strik, een verse scheur in haar matrozenjurkje en dwars over haar schaterende toet een modderveeg. Het is zondagochtend op de foto en het meisje, naar me is verzekerd een vroegere schijngestalte van mijn moeder, vangt bijna al het zondagochtendlicht. Vanuit de schaduw buigt zich een magere, Virginia Woolf-achtige vrouw over haar heen, een schim van de vrouw op de verlovingsfoto. Dat is mijn grootmoeder, niet lang voor haar ellendige dood.

Mij is verzekerd – je moet zulke dingen maar geloven – dat ik op niemand zoveel lijk als op die grootmoeder. Haar erfelijke eigenschappen, die in mijn moeder hebben geslapen, zijn in mij weer ontwaakt. Daarbij zijn er vast veel die me tot dankbaarheid moeten stemmen, maar wat ik ook van haar heb, tot mijn levenslange chagrijn, dat zijn mijn voeten. Dikwijls heb ik het mijn tantes in koor horen roepen: 'Kiek toch es, kiek toch es, zoas gullie Frans loopt, 't is krek ons moeder!' En dat niet als compliment bedoeld.

Platvoeten. Eigen schuld, want ik heb het altijd vertikt om steunzolen te dragen, die blinkende martelijzers met leren tongen die 's ochtends voor mijn stoel lagen te grijnslachen. En ten gevolge van die platvoeten hamertenen met zaagnagels en overal schuurpapierachtig eelt. Sokken zijn na drie keer dragen gesloopt. Door twee paar over elkaar aan te trekken kan ik hun bestaan nog iets verlengen, en nog iets, wanneer ik dwars door die twee lagen gegaan ben, door van het bovenste paar links en rechts te verwisselen, maar dan is het echt afgelopen. Met de hand gebreide sokken houden het langer uit, maar wie breit er nog sokken tegenwoordig? Het laatste paar eigengebreide dat ik heb gehad, mij geschonken door een weldoenster uit Gouderak, is aan een ontijdig eind gekomen in de wasserette op de Oudezijds Achterburgwal. Het zal nu een jaar geleden zijn dat ik de linkersok verweduwd op de bodem van de waszak vond. Een triest gezicht, nog schrijnender doordat de wasmevrouw geprobeerd had om die sok te koppelen aan een bizar damesslipje.

Gestopt worden sokken ook niet meer, sinds alle Assepoesters prinsessen zijn geworden. Vroeger woonde er niet ver bij ons vandaan een vrouw die de kost verdiende met het herstellen van nylonkousen. Die werden op een ring gespannen waarboven een loep gemonteerd was. Met ellenlange draden en eindeloos geduld zat ze dag in dag uit ladders te mazen, werk waar ze een bult van kreeg en blind van werd. Met die vrouw mocht mijn moeder zichzelf graag vergelijken wanneer ze sokken zat te stoppen. Eerst werden die een voor een over haar linkervuist getrokken en op dunne plekken nagezien, waarbij ze even koddig keek als mijn grootmoeder op haar verlovingsfoto. Dan, tijdens het stoppen zelf, werd er meelijwekkend gezucht en af en toe gegild, wanneer ze zich van louter balorigheid tot bloedens toe in de vingers had geprikt. Ze is er algauw mee opgehouden.

Toch waren dat prachtige dagen, wanneer het wasgoed van de lijn was gehaald en er overal witte bergen lagen, een alpenlandschap binnenshuis. De geur van bleekwater en blauwsel en stijfsel, van wind en hemelse ozonsferen. Zo ruikt geluk. En dan de verknussing van die geuren onder het hete strijkijzer, de herstelde sokken die, als de chromosomen uit de biologieles, elkaar omarmen, in elkaar verdwijnen en herrijzen als sokkenbol, als complete cel.

Het ontvreemde gezicht

Het prettige van je eigen gezicht is dat je het niet hoeft te zien wanneer je daar geen zin in hebt. Als er gebeld wordt, dan hoef je niet bang te zijn dat het aan de andere kant van de deur een hartelijk welkom staat te eisen. Het hoort niet bij de gezichten die, op straat of in de trein, zomaar je geheugen binnenstappen en daar dan ongenood blijven logeren, dagenlang, soms zelfs voor de rest van je leven. Het maakt je dromen niet onveilig. 's Ochtends bij het scheren inspecteer je de kaakpartij, bij het kammen de kuif of wat daarvan over is, en het voelt zich niet gegeneerd als je het daarbij laat. Het is een vertrouwd gezicht, hoewel je het slechts ten halve kent, uit de donkere scheerspiegel, en je er misschien straal aan voorbij zou lopen als je het in het wild zou tegenkomen. Je eigen gezicht heb je voor anderen. Voor jezelf is het de duisternis van waaruit je 's levens schouwtoneel bekijkt. Het is bovenal een *discreet* gezicht, in tegenstelling tot al die brutale, verwaande, aanstellerige gezichten om je heen.

'Kijk, Frans, dat tweede mannetje van rechts, op de derde rij daar, dat ben jij.' Ik lees foto's als teksten. Ik heb geleerd dat de fysionomie die op de foto wordt aangewezen het symbool is waaraan anderen mij herkennen, zoals ik ook geleerd heb welke klank er hoort bij de letter a. Maar meer dan een symbool is dat mannetje niet voor mij. Toen een schilder me een paar maanden geleden vroeg of ik voor hem wilde poseren heb ik ja gezegd. Mijn eigen gezicht was er immers niet mee gemoeid.

Eerst is hij me bij mij thuis komen schetsen. Daarna heb ik op zijn atelier twee middagen tegen de achterkant van zijn schildersezel zitten aankijken. Schuin achter die driepoot zat de schilder zelf, met een doek over zijn knieën waar hij zijn kwasten aan afveegde, en op die doek zijn palet. Hij was bezig om de kleurverhoudingen in mijn gezicht vast te leggen, vertelde hij. Dat waren verhoudingen tussen groen en paars, blauw en geel. Uitstekend! Het kon me niet artistiek genoeg zijn.

Het machtsspel tussen de schilder en zijn model heeft iets van een psychoanalyse (bedacht ik me achteraf en veel te laat). De schilder heeft zich kwetsbaar gemaakt door het model te benaderen en zo blijk te geven van zijn belangstelling. Daarvan weet het model zich dus verzekerd en kan het misbruik maken. Maar de schilder kan het model vernederen met zijn esthetiserende blik, een blik waarin het al zo'n beetje het schilderij is dat hij maken wil. Dan trekt het model zich terug uit zijn geobjectiveerde lichaam, langzaam gaat het uit zijn bol en mediteert zich naar stralende hoogten. We spraken met elkaar als vanaf twee wolken, hij vanaf zijn esthetische wolk, ik vanaf mijn mystieke wolk, we lieten onze gedachten en zinnen half afgemaakt, om ze pas tien minuten later, wanneer onze wolkjes weer langs elkaar zeilden, te voltooien. Er was een intens bewustzijn van licht, dat over de muren van het atelier kroop en zoetjesaan verdween – tijd om op te houden.

Vorige week belde de kunstenaar me op: het werk was af, of ik eens langs wilde komen. Hij bleek twintig portretten van me geschilderd te hebben en, *horribile dictu*, er was er niet één bij waarin ik niet mijn eigen gezicht herkende. Dat herkennen was geen lezen, de portretten hadden niets symbolisch. Hij had mijn fysionomie binnenstebuiten gekeerd en mijn duistere, discrete eigen gezicht aan het licht gebracht. Ik vroeg hem wat hij met het werk ging doen. 'Verkopen,' zei hij.

Van alle verhalen die er zijn over ontvreemde gezichten is *Dorian Gray* het beroemdste, en het mooiste is de oude Florentijnse volksvertelling over *il grasso legnaiuolo*, de dikke schrijnwerker. Die gaat over een *beffa*, een practical joke die de architect Brunelleschi en zijn kornuiten met de dikkerd zouden hebben uitgehaald. De man had hen namelijk beledigd door niet te verschijnen op een diner waarvoor ze hem hadden uitgenodigd. De schrijnwerker gaat de architect zijn excuses maken. 'Neem me niet kwalijk, maestro Brunelleschi, dat ik gisteren niet aan tafel ben verschenen, maar mijn vrouw lag ziek te bed, de jongen was ervandoor, de brug stond open...' 'Wie ben jij?' 'Maar dat weet u toch, ik ben il grasso!' 'Kom nou, ik zal il grasso niet kennen! Gisteren nog heb ik met hem gegeten, en gelachen dat we hebben!' Confuus loopt de schrijnwerker door en hij is blij een van de kornuiten tegen te komen. Misschien kan die hem vertellen wat er met de architect aan de hand is. Maar ook de kornuit zegt: 'Wie ben jij?' 'Ik? Ik ben je vriend, de dikkerd!' 'Neem een ander in de maling. Met die dikke heb ik twee minuten geleden nog staan praten op de Mercato Vecchio.' Hevig verontrust loopt hij nu naar de markt. Daar staan de andere kornuiten, maar wat hij ook probeert om hun aandacht te trekken, het lukt hem niet, zo druk zijn ze in gesprek over een zekere dikke schrijnwerker. Ten slotte durft de dikkerd niet meer naar huis, bang dat hij daar die andere schrijnwerker zal aantreffen. 'Als *hij* er is, wat moet *ik* dan?'

De dikkerd durfde zijn huis niet meer in, ik durf het mijne niet meer uit. Hij is geëmigreerd naar Hongarije en als hij niet gestorven is, dan leeft hij daar nu nog. Maar hoe moet het nu verder met mij? De zaal waarin ik naar 's levens schouwtoneel kijk is helverlicht. Mijn gezicht is nu ook voor mezelf een van die brutale andere gezichten geworden. Achter mijn ogen is geen geborgenheid meer. Op iedere drempel zal ik straks stokken en mezelf de vreselijke vraag van de dikke schrijnwerker moeten stellen.

IV

VI

DE VEREN
VAN DE ZWAAN

Vooraf

De beschouwingen in deze bundel gaan over de schrijvers die ik de afgelopen jaren het liefst heb gelezen, de onderwerpen waarover ik het meest heb nagedacht. Als ze samen een thematisch patroon vertonen, dan is dat een spoor dat zonder erg door mijn smaak getrokken is. Voor de smaak die heeft geleid tot de stukken over het vertalen en over de Nederlandse anglistiek heb ik een heel alledaagse verklaring: ik heb de afgelopen jaren als vertaler en zo nu en dan ook als docent Engelse en Amerikaanse literatuur de kost verdiend. De smaak waaruit de overige stukken zijn voortgekomen is minder simpel toe te lichten. Bordewijk, James, Lewis, Pound: literair-historisch zijn die schrijvers alle vier onder de noemer 'modernisme' samen te brengen, maar het is geen historische belangstelling geweest waardoor ik me tot hen aangetrokken voelde, niet op het eerste gezicht althans. De liefde werd vooral gewekt door hun taalgebruik – hun syntaxis en hun woordkeus om precies te zijn.

Syntaxis is het verband dat de schrijver legt of voelt tussen de feiten die door de afzonderlijke zinsdelen en deelzinnen benoemd worden. In de syntaxis uit zich zijn verhouding tot de religie en de metafysica. De vier genoemde schrijvers waren ongelovig, tegenover metafysica stonden ze ambivalent of onverschillig; het gevolg was een leemte die hun zinsbouw moest overbruggen. De zinnen van Henry James zijn gebouwd als bruggen waaraan steeds nieuwe bruggen ontspruiten, eindeloos ingewikkelde structuren hoog in de lucht, die naar het lijkt geen pijlers hebben en overeind blijven door niets anders dan hun zichzelf voortstuwende ingewikkeldheid. De enkelvoudige, soms elliptische zinnetjes die Bordewijk in *De wingerdrank* schrijft worden vervolledigd en onderling gerangschikt door een spooksyntaxis, zoals ons doen en laten nog steeds geregeerd wordt door een overleden christendom. Lewis doet geen moeite meer om zijn zinnen syntactisch rond te krijgen en schrijft de anakoloeten van de spreektaal. Pound ontwikkelde zijn ideogrammatische methode en verving zo de zinsbouw door een muzikaal verband van stiltes en contrasten.

Het christendom had afgedaan voor deze schrijvers. De oude bruggen waren ingestort, met het gevolg dat de schoonheid uit de brokstukken, de afzonderlijke woorden moest komen. Die werden 'fragments shored against our ruin' en kregen de esthetische last van het kunstwerk te torsen. Vandaar het antiquarische idioom van Bordewijk, de heftige adjectieven van Lewis, de snuisterijen van Pound.

In de literatuur biedt het werk van Henry James een analogie met wat het logisch-positivisme in de filosofie heeft betekend. Het projecterende, mythemakende bewustzijn was voor hem het object van zijn artistieke onderzoek, zoals de logisch-positivisten het wijsgerige denken bestudeerd hebben. En zoals je wel eens genoeg krijgt van de logisch-positivisten omdat er meer is om over te denken dan alleen het denken zelf, zo kan James soms ook wat benauwend worden. Hij bevindt zich in het stadium van de kritiek, maar de andere drie schrijvers zijn verder gegaan. Zij hebben gezocht naar mythen die het christendom konden vervangen. Bordewijk ontwikkelde een eigenaardige astrologie, die overigens slechts impliciet in zijn werk aanwezig is en nooit tot systeem is verheven. Voor Lewis en Pound werd de religieuze leemte opgevuld door de ideologie. Het marxisme en het fascisme zijn de twee grote politieke pseudo-religies van deze eeuw geweest en omdat het marxisme te egalitair was voor deze artistieke eenlingen werden ze haast vanzelf naar rechts gedreven: Lewis heeft begin jaren dertig geheuld met Hitler, Pound zijn halve leven met Mussolini.

Zie je de loopbanen van deze schrijvers als doelgerichte ondernemingen – wat tot een grove vertekening leidt, want kunst is vooral reizen om het plezier van het reizen zelf –, dan blijkt aan het eind ervan telkens een fataal beeld, een fatale bekentenis te staan. James zag in zijn gouden schaal een onherstelbare barst. Pound bekende: 'I cannot make it cohere.' Lewis liet de held van *Self Condemned* eindigen als een monster zonder waarde. Bij Bordewijk is het paradijs veranderd in een namaaktuin met ijzeren agaven, stenen fruit.

Er bestaat mijns inziens geen scherpe grens tussen de kunst van het begin van deze eeuw en de huidige, de zogenaamde postmoderne, die nog steeds dezelfde vragen moet beantwoorden. Het verschil is hoogstens dat intussen ook de politieke pseudo-religies ontmaskerd zijn en de skepsis zich nu uitstrekt tot *alle* mythen, religieuze, politieke, natuurwetenschappelijke, de mythe van de kunst niet uitgezonderd.

De drie stukken waarmee deze bundel besluit hebben geloof en ongeloof als thema. Ze zijn voortgekomen uit mijn romans *Letter en Geest* en *Mystiek lichaam*. Deels zijn ze rationalisaties achteraf, deels denken ze erop voort. In 'Beeld en gelijkenis' heb ik een beschrijving willen geven van zowel de noodzaak als de onmogelijkheid om te geloven. Dat dilemma is verder uitgewerkt in de lezing 'Idolen', waarin idolatrie wordt gedefinieerd als de neiging om onze beelden van de werkelijkheid – bovengenoemde mythen – aan te zien voor de werkelijkheid zelf. Vervolgens ontwerp ik een geesteshouding die besef heeft van het verschil tussen beeld en werkelijkheid, tussen mythe en mysterie, een ontgoochelde vorm van geloven, en die heb ik ironie genoemd. Dat is niet de schouderophalende ironie waarvan de naam haas is. Het is de ironie van Mozes die, toen hij het gouden kalf en de reidansen zag, zijn stenen tafelen tegen de voet van de berg aan stukken smeet. 'Ons wilde Westen', ten slotte, is het verslag van mijn aanvaring met het kolenbrandersgeloof van de publieke opinie, een aanleiding om me te verdiepen in de verhouding tussen de literatuur en de journalistiek.

ZINSONTLEDINGEN

Het werk van de achtste dag

OVER DE VERHALEN VAN F. BORDEWIJK

I

Het heeft lang geduurd voor ik in de ban raakte van Bordewijk. Dat lag aan zijn romans, met hun houterige dialogen, hun beschrijvingen zo uitgewalst en taai dat de pagina's ermee geasfalteerd lijken, hun pietepeuterige secties op de personages van wie loop, lichaamsvet, beenderstructuur, tot en met het kleinste gaatje in het gebit, als aan de hand van een invulformulier worden geïnventariseerd. De romanpersonages zitten onder een stolp, en je weet nooit of dat een existentiële stolp is, een van alle eeuwigheid gegeven eenzelvigheid, dan wel een glas waaronder de schrijver hen zolang heeft gezet om hen beter te kunnen observeren. Als psycholoog is Bordewijk zeker scherpzinnig, maar beeldend, zoals een romanschrijver hoort te zijn, is hij in dat opzicht nauwelijks. Met een fractie van de details die hij vermeldt en een ietsje meer handigheid had hij zijn figuren veel meer leven kunnen schenken.

Hij had een negentiende-eeuwse opvatting van de roman: die was voor hem een grote boodschappentas waar je van alles in kunt stoppen. Je vindt in zijn romans veel borrelpraat, losse opmerkingen over de opmars der horden, het communisme, ongemakkelijk gepeins over het jodendom. De gesprekken op de herensociëteit zijn in de latere boeken een verplicht nummer. Er staat ook veel behartigenswaardigs in over het bedrijfsleven, de effectenhandel, de hogere kringen. Maar die documentaire functie van het genre is intussen overgenomen door de journalistiek met haar kleurenbijlagen en hoe goed Bordewijk ook geïnformeerd was, voor mij is dat geen reden om hem nu als een groot romanschrijver te beschouwen.

Hij was, als schrijver, niet muzikaal genoeg om zijn langere boeken in beweging te krijgen. Bordewijk speelde viool en piano, niet eens onverdienstelijk, als we zijn dochter mogen geloven; zijn vrouw was componiste[1], hij schreef in een huis waar muziek even vanzelfsprekend was als eten en drinken en toch was hij geen muzikale schrijver. Het muzikale element bij uitstek, de tijd, speelt in zijn werk geen rol van betekenis. Dat werk is statisch en komt pas echt tot leven in de herinnering, wanneer je alle blokken en blokjes waaruit het is opgebouwd simultaan kunt zien, als op een schilderij.

Bordewijk lijkt zich meer verwant gevoeld te hebben met de beeldende kunst. Als zijn romans boeien, dan komt dat niet door de toon of de dramatiek, maar door een meer grafische structuur, door het 'figure in the carpet' dat zich begint af te tekenen wanneer je je door tientallen bladzijden beschrijving hebt heen geploegd. Aanvankelijk begrijp je niet wat de schrijver bezield heeft om juist deze figuren in juist deze situaties bij elkaar te zetten; dan blijkt er toch een vormgevend beginsel te zijn, en dat is onveranderlijk het psychische magnetisme, de aantrekking zowel als repulsie, waaraan mensen in hun omgang met elkaar onderhevig zijn. Niet alleen individuen worden erdoor geregeerd, ook grote groepen van mensen: het lage volk en de bourgeoisie, joden en christenen, Nederlanders en Duitsers. Wat van roman tot roman langzaam verandert is het tijdsbeeld (ze zijn, na *Rood paleis*, allemaal min of meer contemporain); dat grondpatroon blijft constant. De korte verhalen die op datzelfde patroon geschreven zijn, 'Snikhete nacht' en 'Ziel en correspondent', zijn beter geslaagd dan de romans, en wel omdat Bordewijk daarin geen psychologische en realistische conventies in acht heeft genomen. Het patroon vindt zijn oorsprong in 'die ijle streken waar de geest niet meer leven kan, de rede veelmin'[2], en dat zijn streken waarin de ouderwetse roman moeilijk kan doordringen.

Alleen wanneer hij zijn romanpersonages toont in hun verhouding tot de architectuur raken ze eventjes bezield. Dan is hij net zo plastisch als in zijn verhalen en wordt er iets van die geheimzinnige, ijle streken zichtbaar. Iedere roman heeft zulke momenten van steen, en vaak van water: *Karakter* heeft het bastion van Dreverhaven, *Noorderlicht* de ijzerhandel, *De doopvont* het Delftse huis, *Tijding van ver* de Kadijken. In *Bloesemtak* komt bijvoorbeeld het volgende moment voor, dat in een paar regels voelbaar maakt hoe intiem de architect Van Marle omgaat met de dood:

> 'Uit een vlieringkamer met venster op het zuiden, over de oude daken der huizen van Rapenburg in verschoten rood heen, zag hij uit naar waar in de verte een mysterieus water lag dat hij niet precies kon, maar uit behoefte aan raadsel ook niet wilde bepalen. Het was een stil breed water, inktig, ommuurd door blinde pakhuizen, zonder wal; er leidde geen enkele weg heen, en hoe men zich ook op straat posteerde en de hals rekte, het bleef onzichtbaar. Hij had er nimmer een schuit zien varen. Het was een geheel van opmerkelijke levenloosheid dat hem trok. Maar ook hijzelf trok dat water, hij trok er iets uit omhoog, een gedachte.'[3]

De roman gaf Bordewijk de breedte, maar het verhaal dwong zijn exuberantie de hoogte in. *De wingerdrank* is in dat genre even vernieuwend als de *Trois contes* van Flaubert of *Dubliners* van Joyce geweest zijn. De stijl van *Blokken* en *Bint*, die niet helemaal ten onrechte een gewapend-betonstijl is genoemd, is in die bundel versoepeld en verrijkt tot een medium waarvoor nog steeds geen passende karakteristiek is gevonden. Barok, expressionisme, nieuwe zakelijkheid – die benamingen zijn ofwel te vaag, of verkeerd. Ik wil er wel een aan toevoegen, een architectonische: gotiek. Het proza van die verhalen heeft alle eigenschappen die door John Ruskin als noodzakelijke kenmerken van de gotiek zijn opgesomd: het is woest, grillig, werkelijkheidslievend, grotesk, weerbarstig, uitbundig. En straks hoop ik aan te tonen dat de beeldentaal van de verhalen bovendien geënt is op de metafysica waaraan ook de gotiek is ontsproten.

Juist het gekunstelde van het taalgebruik maakte een spontaneïteit van de verbeelding en een poëtische beknoptheid mogelijk die de romans missen. Tegen 1940 is Bordewijk begonnen om 'de stijlschroef wat minder vast aan te draaien', zoals Vestdijk hem had aangeraden in een bespreking van *Rood paleis*[4], een novelle die halverwege besluit dat ze een roman wil zijn. Hij moest dat wel doen omdat hij romans wilde schrijven. *Noorderlicht* is zijn beste, want strakste, roman. Dat boek mag van mij gerust een hoogtepunt in de Nederlandse romanliteratuur heten, maar naast 'IJzeren agaven' en 'Veuve Vesuvius' is het een logge machine. Het verhaal is het genre waarin Bordewijk een hemelbestormer is geweest. De Bordewijk over wie dit essay handelt is de schrijver van *De wingerdrank*, *Rood paleis*, *Bij gaslicht* en *Het eiberschild*.

2

'IJzeren agaven'[5] wordt in de ondertitel een 'studie in zwart met kleuren' genoemd. Het verhaal staat in *De wingerdrank*, en andere verhalen in die bundel hebben ondertitels die er ook goed bij zouden passen: 'moraliteit van deze eeuw' (daar spreekt de belerende Bordewijk), 'een climacterium' (alle verhalen gaan over de hysterische fugues die nogal eens voorkomen bij mannen in hun overgangsjaren) en 'een architectuur', de meest toepasselijke, want de verhalen zijn gebouwd als huizen, onderverdeeld in vertrekken, elk met een eigen titeltje, en architectuur is tevens hun thema.

'IJzeren agaven' opent met een preambule. Dat woord moet letterlijk genomen worden: we zien een schrijver aan de wandel. Hij is een nieuw-zakelijke schrijver, afkomstig uit de 'glanzende woonkristallen' van de buitenwijken. Op zijn zondagse wandeling door de regen belandt hij bij een vervallen villa, die is verfraaid met ijzeren agaven. Hij kijkt, hij is een camera en wat hij ziet is bijvoorbeeld dit: 'Het zware balkon boven de voordeur lekte door een gat midden in zijn vloer, de regen saamgebundeld viel als uit een keukenkraan, het balkon stond op een stang van regen.' Het ritme van die zin bootst het water na dat erin beschreven wordt, en zoals de zin stolt wanneer hij zijn punt bereikt, zo stolt tegelijkertijd het levende water tot metalen stang. Wanneer de schrijver vervolgens de ijzeren agaven ziet die op de borstwering van het balkon staan, kijkt hij 'gespannen naar de tijd die nabootsing had verkozen boven de natuur'. Die tijd heerst nog steeds in zijn eigen kijken. In tweede instantie blijkt dat niet het kijken van een orthodox nieuw-zakelijke camerablik. Het observeert zichzelf. De schrijver heeft in deze preambule zijn opwachting gemaakt om aan te geven dat het verhaal over het maken van beelden zal gaan, dus ook over zichzelf.

De hoofdpersoon van de geschiedenis die volgt is het failliete aannemertje Amatneeks, een naam als van een Egyptische god. Vroeger was hij een aannemertje met verbeelding. Hij gebruikte materialen van goede kwaliteit en in al zijn huizen verwerkte hij een zelfbedacht, speels detail. Tot hij in aanraking kwam met 'de promotor', een man met een zandstenen gelaat. Die stenen gast blijkt zijn Nemesis. Eerst laat hij de aannemer veel geld verdienen met fantasieloze huizen van slecht materiaal, en dan overreedt hij hem om met dat geld zijn verbeelding uit te leven, om kermisexploitant te worden. Het hoogtepunt van dat avontuur is een vuurwerk dat Amatneeks voor koninginnedag aanricht. Het verregent en hij gaat failliet. 'Toen, met de kermis, ben ik dichter geweest in mijn aanplakbiljetten, en ik heb getekend met licht en gebeeldhouwd met vuur!' herinnert hij zich wanneer hij steun trekt en in de agavenvilla, nu een verhuurbedrijf, een kamertje bewoont.

De bankroetier versmelt langzamerhand met de architectuur van de villa. Eerst lijkt er een voile voor zijn ogen te hangen. Dan is er om alles wat hij ziet, de modder buiten, de keien op straat, een randje van kwik. Dat kwik is een vondst van belang. Het laat zien hoe streng Bordewijk dacht wanneer hij dacht in beelden. Het is de synthese van het levende water en het dode metaal, *argentum vivum*. De stang van water en de planten van ijzer komen in dit kwik samen. Amatneeks is aan het stollen, een beeld aan het worden. 'Je had mensen van flanel, en ook van arduin, of van puimsteen, of van gemalen baksteen, en, laat eens kijken, van aarde, van zand, van *zandsteen*.'

De andere bewoners van de villa der agaven zijn al volkomen in de architectuur opgegaan. De huisheer bijvoorbeeld, die Dingeman Beeldgiter heet. De naam van de straat waaraan de villa ligt is De Kleynen Beeldgieter en stamt van een voorvader van Dingeman, die beelden goot. Dingeman zelf heet naar de straat. Zijn dochtertje heet Wiwi van den Diejen en is al vrijwel niemand meer. De door mensen gemaakte architectuur laat die mensen in zichzelf verdwijnen. Wat we maken is altijd kleiner dan we zelf zijn; als we ons handwerk verafgoden worden we kleiner dan ons werk en zullen we steeds kleinere dingen maken. De geschiedenis van Amatneeks, 'de kleine Amatneeks' zoals hij steeds genoemd wordt, lijkt op het uit elkaar nemen van Chinese doosjes: in ieder doosje blijkt een kleiner doosje te zitten, maar het laatste doosje is leeg. Het verhaal eindigt met een begrafenisstoet waarin een lege kist wordt meegedragen, en met een vuurwerk dat wordt afgestoken in de verbeelding van Amatneeks, een vuurwerk 'dat siste en bruiste en stikte' en opgaat in rook.

De belerende Bordewijk kom je in 'IJzeren agaven' niet tegen, of misschien heel even, wanneer hij de stenen gast iets te gemakkelijk vereenzelvigt met de duivel – 'hij toonde Amatneeks al de Koninkrijken der wereld en hun heerlijkheid'. Maar dat duivelse maakt hij volledig waar in de beelden die hij met een ijzeren logica uit elkaar laat volgen, en hij doet dat met het paradoxale doel om te waarschuwen tegen de gevaren van wat de huurders van de villa *grozigheid* noemen, de Luciferiaanse verbeelding, de hoogmoed die meent dat zijn schepsels net zo levend zijn als de schepsels van God.

3

Overdag was Bordewijk jurist. Hij bestudeerde procesverslagen, deurwaardersexploten. In die akten zag hij mensen geabstraheerd tot namen, hun dans om het gouden kalf tot een paar formules. 's Avonds was hij schrijver. Dan gaf hij de namen hun leven terug en de dans zijn beweging. Schrijven moet een soort dromen voor hem geweest zijn, de verwerking van dagresten. Maar het resultaat van dat dromen was opnieuw een document, dode letter.

'Alles wat door de mens heengaat, of dat nu voedsel is of

iets anders, is minderwaardig aan zijn oorsprong; is verbrandingsprodukt,' stelt hij in *Apollyon*[6]. Dat is de ene helft van wat ik uit het verhaal 'IJzeren agaven' heb gelezen. De andere helft is al bekend sinds Mozes: 'Gij zult u geen afgodsbeeld maken.' Het werk is minder dan de arbeider, de kunst minder dan de kunstenaar. Draaien we die verhoudingen om, dan zijn we afgodendienaars, onmensen zoals Howard Hughes, die leefde te midden van weckflessen waarin hij zijn eigen uitwerpselen bewaarde. Ik denk dat het niet zomaar pesterigheid was dat Bordewijk de gewoonte had om met ironisch dépit te spreken over 'de schrijver Bordewijk', al werd zijn interviewer Nol Gregoor er ook horendol van; Bordewijk moet argwanend tegenover zijn eigen schrijverschap hebben gestaan, en zich voor honderd procent vereenzelvigen met de beeldgieter in hem moet hij beschouwd hebben als een zonde.

De keerzijde van die zonde der idolatrie is, om het op z'n Heideggers te zeggen, de zonde der verdinglijking: het aan dode dingen schenken van liefde die toekomt aan wat levend is leidt ertoe dat het levende verstart en sterft. In de trilogie waarmee Bordewijk zijn naam gevestigd heeft, *Blokken*, *Knorrende beesten* en *Bint*, en waarin hij de verheerlijking van respectievelijk de staatsidee, de automobiel en de tucht heeft verbeeld, staat dat proces het duidelijkst beschreven. 'Gij zijt verliefd, met de harde liefde van uw zielen, op harde lijnen, figuren en vormen,' waarschuwt de profeet uit het verleden in *Blokken*. 'Ge zult u ten dode verwonden aan de scherpe kanten van uw levensstaat.' En verderop: 'Gij hangt niet het liefdevolle water aan, maar de liefdeloze ijsschots.'[7] Het staat er nogal plompverloren, maar toch heel wat subtieler dan bij George Orwell, bijvoorbeeld.

Tegen de achtergrond van idolatrie en verdinglijking moet ook Bordewijks obsessie met misbaksels en demonen worden gezien. Daarom nu iets over zijn mooiste monsterverhaal, 'Rosaura Salontis, een levensloop' uit *Bij gaslicht*[8]. Het verhaal begint in de regen, het levende water, dat meteen in de eerste alinea bevriest tot kralengordijn en kristalgetinkel, en het eindigt met een roerloos beeld, een foto. Dat zijn dezelfde extremen waartussen zich in 'IJzeren agaven' ook de kleine Amatneeks bewoog.

Rosaura is een misgeboorte. Ze is ruigbehaard en heeft een hondesnuit. Uit haar vaderland Colombia wordt ze door de exploitant Waltneger naar Europa gehaald, om daar op te treden in zijn rariteitenkabinet, samen met een reus, een dwerg en de dikste man van de wereld. Maar hoe bijzonder ze ook is, ze blijkt geen publiekstrekker, de mensen deinzen voor haar terug. Zelf is ze onkwetsbaar, gelukkig als een hond – 'ze leek beschermd, ze hoedde niemand'. Ze is geboren aan de rivier de Magdalena en misschien heeft Bordewijk daarmee willen zinspelen op de Magdalenalegende, volgens welke de heilige een geheel behaard lichaam had om haar naaktheid te onttrekken aan het schendig oog van haar belagers. (Er zijn nog meer heilige vrouwen met baarden: St. Galla, St. Paula en St. Wilgeforte of Vigiforte, die ook bekend staat als St. Liberata, en tot wie vrouwen die van hun man af willen hun gebeden richten.) Rosaura is in elk geval een wezen dat buiten de liefde staat. Tot op een kwade dag ene Senkel naar haar komt kijken, 'een automaat met een kleine kleefsnor van mahonie'. Deze kantoorbediende wordt verliefd op haar en zijn liefde wordt beantwoord. 'Die onverklaarbare eigenschap van haar, de mist die haar omringde,' lost nu op. Ze wordt van Waltneger overgenomen door de circusdirecteur Beckbag, die haar onafscheidelijke Senkel op de koop toe moet nemen. Pas nu komt het publiek in drommen naar haar toe.

Maar Senkel maakt haar zwanger, ze sterft in het kraambed en daarmee is de levensloop uit. Bordewijk beschrijft nu een foto, die de oorsprong van zijn verhaal geweest moet zijn: een portret van Rosaura en haar jongeman. De schrijver vindt Senkel bij nader inzien veel monsterlijker dan het hondmeisje. Hij gruwt van zijn opgetrokken neus en 'smalend constateren van iets onwelriekends', van zijn hele persoonlijkheid die 'zweeft als een raadsel boven de stof met iets van een sfinxachtige glimlach vol verachting'. De kantoorbediende is *groos*, bezeten van een duivelse hoogmoed. Hij is een schepper van leegte en dood, een man die door zijn liefde te schenken aan het onding Rosaura zelf een ding geworden is. 'Hij heeft een vol gezicht, maar kijk, zijn knieschijven staan in zijn broekspijpen toch duidelijk getekend, zijn mouwen hangen slap en los, hij schijnt per slot vrij mager, hij lijkt een ledepop.'

Siamese tweelingen, zeemonniken, hermafrodieten, cyclopen en hondmensen – de kynocefalen die al door Plinius zijn beschreven in zijn *Historia Naturalis* en die vandaag nog te zien zijn op de kapitelen van de Basilique de la Madeleine (daar heb je Magdalena weer!) te Vézelay – al die monsters zijn overschrijdingen van de grens die het menselijke van het demonische scheidt. De gedrochten die de gotische kathedralen bevolken waren een aanschouwelijke preek voor het middeleeuwse kerkvolk. Ze waren zichtbare tekenen van de machten die de heilsgeschiedenis dwarsbomen, die zonder ophouden in de weer zijn om de mens ten val te brengen.

De moeders van zulke gedrochten werden in de middeleeuwen beschuldigd van omgang met de duivel. Want hoe fantastisch ze ook lijken, veel ervan hebben werkelijk bestaan. De medicus J.F.A. Beins heeft aangetoond dat de demonische gestalten op de doeken van Jeroen Bosch veelal op werkelijke teratologische afwijkingen berusten[9]. Bordewijk zorgt ervoor dat Rosaura niet zonder meer naar het rijk der fabelen verwezen kan worden. Hij levert een verklaring voor de vacht van het hondmeisje – het nesthaar van de pasgeborene zou zijn blijven doorgroeien – en zijn circusdirecteur Beckbag, 'van Beckbag & Blaxon', is een onmiskenbare verwijzing naar P.T. Barnum, die in zijn vermaarde 'Greatest Show on Earth' inderdaad een kynocefaal liet optreden, Jo-Jo, the Dogfaced Boy[10].

Dat er tussen de wereld van de schrijver en die van Jeroen Bosch meer dan oppervlakkige overeenkomsten bestaan is al in 1953 geconstateerd door Pierre H. Dubois. Uit niets in Bordewijks biografie blijkt dat hij een christen, laat staan een katholiek, geweest zou zijn en toch trap je de duivel telkens op zijn staart in dit oeuvre. Je ziet hem bezig met zijn scheppingsarbeid, die meteen na de Sabbat van God is begonnen, hoe hij zich nestelt in de lusten van de mensen en monsters bij hen verwekt. Dat is het werk van de achtste dag dat volgens Dubois, en ik ben dat met hem eens, door Bordewijk geheel in de lijn van Bosch wordt uitgebeeld.

4

Het water dat de aarde bedekt weerspiegelt de hemel. Het huwelijk van hemel en aarde wordt in dat water zichtbaar. De pestplekken van eilanden en continenten zijn dooraderd met rivieren en kanalen waarop soms sterren staan. 'De baan van het water,' schrijft Bordewijk – en hij heeft het dan over Amsterdam – 'is het grondbeginsel van de orde in de chaos.' De baan wel, maar in de haaraders der grachten komt het water zelf tot stilstand en raakt overfloerst met vuilvliezen waarin je niets kunt zien. Onder in Rood Paleis aan de Passeerdersgracht is een bijkelder vol stilstaand water dat lijkt op ebonniet, en vol ratten 'die hun vluchtige krassen trokken op de ebonieten grammofoonplaat. [...] Indien er een instrument en een naald hadden bestaan voor deze plaat, ze zou hebben gekreten als de hel.'

Zo stolt ook in *Rood paleis*[11] het levende water tot beeld, en de hemel tot hel, precies zoals in de reeds besproken verhalen. Maar het onderwerp van deze novelle is niet het stollen, wel het gestold zijn. Ze staat in het teken van een ander element, vuur, het heraklitische element der verandering. Eerst zien we alleen rook, afkomstig van de sigaretten van Henri Leroy, die behalve tabak een tikkeltje opium en gevaporiseerde rozenolie bevatten. 'De ijle was hing van muur tot muur aan fijne lijnen in de kamer.' Een sliert van een beeld, sliertig verklankt, authentieke Jugendstil-kitsch. De rook walmt onheilspellender op uit de naam van bordeelhoudster mevrouw Doom, een pyromane, die geparfumeerde linten van gekleurd papier verstookt en verslaafd is aan vuur en vonken. Rood Paleis, haar bordeel, lijkt overdag potdicht, maar blijkt 's nachts vol kieren te zitten. Dan is het een 'lichtgeribd huis', een skelet van vuur.

Deze hel wordt bewoond door de intussen bekende Bordewijkse gedrochten, wezens die geboren zijn uit de omgang van de mens met de duivel en het midden houden tussen mens en dier of mens en ding. De hermafrodiet Benjohan lijdt aan de ziekte van Addison en zijn huid is dientengevolge bronsgroen verkleurd: hij heeft bloed van vloeiend brons, zijn aderen zijn een vlechtwerk van bronzen pijpen. (De markies van Sansevero, Mozarts demonische vriend, heeft een levende man ingespoten met een kwikzilverlegering en hem zo veranderd in een spaghetti van metalen aderen en bloedvaten, die nog altijd te bezichtigen is in Napels.) Andere bewoners zijn de vijfenveertigjarige foetus Fré, de uitsmijter Eduard, die het lichaam heeft van een buldog, en de gele hond W.L. van Brandhuizen, die de naam heeft van een mens. De meisjes hebben namen zoals alleen een entomoloog of Bordewijk ze kan verzinnen, obscene insektenamen: Labelliflos, Friolise, Fibris, Lucidarme. De naam van Lilith, Adams eerste vrouw, klinkt door die bizarre meisjesnamen heen. In de rabbinische literatuur wordt verteld dat ze gelijktijdig met hem geschapen werd en hem verliet omdat ze niet aan hem ondergeschikt wilde zijn. Deze allereerste feministe werd een demon en trouwde met de vorst van de duivels, die bekend staat als Samaël of Lucifer of Beëlzebub, de Heer van de Mestvaalt, de vliegengod[12].

Hoe afstotelijk de misbaksels van Rood Paleis ook zijn, zelf zijn ze niet slecht. De eigenlijke duivels zijn de heren die hen komen bezoeken, zoals in 'Rosaura Salontis' niet het hondmeisje, maar haar vrijer Senkel de belichaming van het kwaad is. Rood Paleis wordt in laatste instantie niet bestierd door mevrouw Doom, die karikatuur van een zeventiendeeeuwse hoofdstedelijke regentes in haar zwarte zijde, maar door 'grootvader', een oud heertje uit Bussum. Hij is het heertje der heerscharen. Mevrouw Doom is het noodlot, maar haar kracht is grootvaders bankpapier.

'Het papier is de edele grondstof,' mijmert Henri Leroy. 'En wij (de heren) verbruiken het, de advocaat in zijn stukken, de notaris in zijn acten, de bankier in zijn nota's. Het papierverbruik is het kenmerk van het intellectuele beroep. De adeldom van zijn beroep straalt zelfs af op het geld dat hij ermee verdient, want ook dat is weer papier.' Het door de heren gefinancierde noodlot keert zich tegen hen. Mevrouw

Doom doet niets liever dan papier verbranden. Rood Paleis, dat met zijn rode pijlers en rode ijzeren wenteltrappen op een brandweerkazerne lijkt, wordt een brandhaard, waarin de overbodige seksuele, economische en creatieve energie van het fin de siècle opvlamt tot oorlog, volgens de eerder aangehaalde Herakleitos de vader van alle dingen.

Rood paleis is onze *Zauberberg*. Bordewijk probeert, op wat Hollandser schaal dan Thomas Mann, de geestesgesteldheid aan de vooravond van de Eerste Wereldoorlog te peilen. Hij maakt de balans op van de negentiende eeuw, een tijd van 'technische vooruitgang, verbijsterend snel, en cultureel verval, even verbijsterend', die in een wereldbrand is ontaard. Burgerzoon Henri Leroy is op bezoek in Rood Paleis en flirt daar met de prostitutie, zoals burgerzoon Hans Castorp op bezoek is in het sanatorium van Dr. Behrens en daar flirt met de tuberculose. Beide romans eindigen ermee dat de hoofdpersoon de wapenrok aantrekt.

Het is dat gevoel te leven aan de vooravond van een omwenteling (die iets nieuws moet voortbrengen: uit Henri Leroy ontstaat Hendrik Lorrewa, de proletarische held), dat fin de siècle-gevoel, waardoor *Rood paleis* merkwaardigerwijs tegelijk gedateerd en actueel aandoet. Want de negentiende eeuw is nooit opgehouden, het fin de siècle duurt intussen al honderd jaar voort, uit de eerste wereldbrand is een tweede voortgekomen en het ziet ernaar uit dat we het gevoel te leven aan de vooravond van een derde wereldbrand pas zullen kwijtraken wanneer die inderdaad zal zijn uitgebroken. Daarom lijkt het nu, na vijftig jaar, een voorbarige beslissing van Bordewijk om Rood Paleis in het laatste hoofdstuk volledig in de as te leggen[13].

5

Bordewijks verbeelding is tot wasdom gekomen in een tijd toen Nederland nog een wijdverbreid lompenproletariaat kende. In de verhalen die teruggrijpen op jeugdervaringen neemt hij zijn lezers mee naar achterbuurten, waar onder de rook van muskusfabrieken en jeneverstokerijen een volk woont van foezeloliedrinkers, van kweeën, fleren, wezens als Horison Verdaan met zijn elefantiasis, bastaarden van de duivelse hoogmoed der industriële revolutie. 'De negentiende eeuw schafte de slavernij officieel af en schiep haar officieus,' heet het in *Het eiberschild*. 'Hij sneed daarmee in het vlees van het mensdom, maar hij sneed geen gezwel uit, hij gaf het integendeel ruimte tot ontwikkeling.'[14]

In de verhalen die spelen vóór 1914, 'Huissens', 'Keizerrijk', de verhalen uit *Bij gaslicht*, is het pauperdom het onderbewuste van de burgerlijke samenleving. De achterbuurten zijn daar één grote kermis, waar de burgerman zijn angsten en wensdromen kan uitleven. Na 1914 verdwijnt zowel de pauper als de bourgeois. 'In de twintigste eeuw,' zo gaat het citaat verder, 'is een geheel mensdom geestelijk geproletariseerd.'

Bordewijk heeft het fin de siècle gekenschetst als de overgangstijd tussen romantiek en nuchterheid. Zelf heeft hij die overgang nooit helemaal gewaagd. Hij is altijd ambivalent gebleven. Domineert de pool van de romantiek, een zwarte decadente burgerromantiek, zoals in zijn gaafste bundel *Bij gaslicht*, dan is hij op zijn evenwichtigst. De nuchtere kant is zijn zwakheid. Op een gegeven moment moet hij besloten hebben om maar te willen wat hij krijgen kon als hij niet krijgen kon wat hij wou, en de anti-utopie van *Blokken* stilletjes te aanvaarden. Zo heeft in *Rood paleis* Henri Leroy kunnen veranderen in de proletarische lorrenwagen waarmee het bric-à-brac van de bourgeoisie resoluut naar de vuilnisbelt wordt gereden. Zo komt het dat hij tegen het eind van *Bint* over de demonen in 'de hel' kan zeggen: 'Zij waren kerels allen, zij zouden reuzen worden.'

Maar uit dat woord 'reuzen' blijkt dat Bordewijk toch geplaagd werd door een gevoel van kwade trouw. Jongens van Jan de Witt, lijkt hij bij oppervlakkige lezing te bedoelen, maar hij verwijst er ook mee naar het bijbelhoofdstuk waarin het werk van de achtste dag wordt beschreven, Genesis 6:

'En het geschiedde als de mensen op de aardbodem begonnen te vermenigvuldigen, en hun dochters geboren werden, dat Gods zonen' – dat wil zeggen de gevallen engelen – 'de dochteren der mensen aanzagen dat zij schoon waren, en zij namen zich vrouwen uit allen, die zij verkoren hadden. [...] In die dagen waren er reuzen op de aarde, en ook daarna, als Gods zonen tot de dochteren der mensen ingegaan waren en zich kinderen gewonnen hadden: dezen zijn de geweldigen, die van ouds geweest zijn mannen van naam. En de Heere zag dat de boosheid des mensen menigvuldig was op de aarde, en al het gedichtsel der gedachten zijns harten te allen dage alleenlijk boos was. Toen berouwde het de Heere dat hij de mens op aarde gemaakt had en het smartte Hem aan zijn hart.' Waarna God tot de zondvloed besluit.

Wanneer bij Bordewijk de heren ingaan tot de hoeren, dan gaan de gevallen engelen in tot de dochteren der mensen. De hoer is in zijn werk middelares tussen de duivel en de mensheid. Bordewijk vertelt niet zomaar een historisch verhaal over proletarisering. Zijn fin de siècle is de zondeval die keer op keer plaatsvindt in de geschiedenis.

In 1946, met 'Veuve Vesuvius'[15], heeft hij een verhaal geschreven waarin het volk wordt gezien zonder burgerlijke projectie of valse idealisering. Het is een zomerse idylle. Tijd van handeling is het begin dezer eeuw, de plaats is een volkse enclave rond de Haagse Bagijnenstraat, waar het plebs Franse namen draagt. Dusaussois is daar verbasterd tot Dusoswa, Dusselier tot Dusseljee, zoals in *Rood paleis* Leroy verviel tot Lorrewa.

Drie leeglopende heertjes, een rentenier, een commissionair en een ambtenaar, frequenteren er het kroegje Au Vésuve, dat wordt uitgebaat door de onbestorven weduwe De Kok-Laburelle. Op een achterplaatsje serveert ze de beste biefstukken en het koelste bier van Den Haag en daarenboven een uitzicht dat, gezien door de ogen van de dichterlijke rentenier, de wat mij betreft fraaiste alinea in het oeuvre van Bordewijk oplevert:

> Een heelal van erfjes lag aan zijn voeten, gescheiden door schuttingen, door hagen, doch alle heel nederig, door een droge greppel, soms door geschilde stokjes op afstand. Hij

zag een duiventil van een klein plat omgeven, waarop parelgrauwe duiven stapten en in de maat knikten. Hij zag veel gebloemte, maar armetierig doorgaans en ijl geplant, ook kleine groentebedden, een sorbeboom, konijnenhokken, kippenrennen, een prieeltje van latten omhelsd door een magere wingerd, ergens vrijwel in het midden een prachtige arduinen pomp boven een wel, waar een smots met vreselijke menierode mond bezig was. Ze hield het gelaat pal naar hem toe, zonder hem te zien. Ten laatste zag hij alleen nog haar gebaar. Ze bewoog de zwengel langzaam, regelmatig, stevig, de zon op een glimp van de koperen knop raakte hem telkens even pijnlijk. Hij zag het water in kloeke gulpen vallen in de emmer. Ze kon de zwengelknop zelf hebben gepoetst, het kon haar trots wezen hem blank te houden. Ze was voor dit ogenblik heerseres, over de schone pomp, het schone element.

Dit is het paradijs van de proletariër, de bewaarplaats van zijn vitaliteit. Er loopt een kronkelend pad door van 'grappige eigenzinnigheid'. Over dat pad komt op een avond een blond meisje gewandeld. De commissionair tilt haar over het hek en neemt haar mee naar een kabinet boven de kroeg. Twee maanden later is het kind verslonsd en oud.

'Veuve Vesuvius' is het verhaal van de zondeval, maar dan verteld als natuurgebeuren. Het verstrijken van de zomer, van de jeugd, het proces van verpaupering, zijn erin vervlochten tot een Ovidiaans getoonzette mythe. De weduwe is Ceres. Haar dochter Katrien is Proserpina. Pluto is de gewezen echtgenoot De Kok, die terugkeert uit het dodenrijk. Hij is een mesties, een Bordewijkse bastaard, geboren op het eiland Kisar dat beroemd is om zijn gekruist ras[16]. Dit heerschap vergrijpt zich aan Katrien, zijn eigen dochter. De gebeurtenissen volgen elkaar loom en achteloos op, alsof ze het paradijselijke kronkelpad bewandelen, en leiden uiteindelijk tot een moord die niets tragisch of gruwelijks heeft, integendeel vreemd opvrolijkend is, zoals alleen een realisme kan zijn dat is ontstegen aan ieder 'psychologisch', 'sociaal' of 'fotografisch' idee van de werkelijkheid en eenvoudigweg (maar dat is wel een eenvoud die veel kunst vereist) waarachtig is.

6

In een kritisch opstel uit 1947, waarin hij zijn bewondering uitspreekt voor het verhaal 'Dr Klondyke' van W.F. Hermans, probeert Bordewijk ook een definitie te geven van het surrealisme. Hij noemt het een 'onttroning van het levende ten koste van wat wij de dode stof noemen, ten koste van het "ding"'.[17] Die definitie is er op een curieuze manier naast, niet alleen wat de formulering betreft (met 'ten koste van' zal hij wel 'ten behoeve van' bedoelen), maar ook inhoudelijk. Wat hij beschrijft is namelijk niet het wezen van het surrealisme, maar van twee complementaire genres: de humor en de horror.

De verwisseling van bezield en onbezield is, wanneer ze van buitenaf wordt waargenomen, de essentie van het komische. Volgens de beroemde stelling van Henri Bergson is lachen het inzicht dat het menselijke zich als dode stof gedraagt. De man die uitglijdt over een bananeschil blijkt evenzeer onderhevig aan de zwaartekracht als een bloempot. De tics die Dickens meegeeft aan zijn figuren zijn komisch omdat ze mechanisch en onwillekeurig zijn. Maar wanneer we de verwisseling aan den lijve voelen is ze huiveringwekkend. De zwaartekracht speelt in griezelverhalen een net zo grote rol als in de slapstick. Er wordt even hard in gevallen. Bij achtervolgingen zijn we slechts een zeker aantal kilometers per uur, niets meer dan onze auto of onze benen. Mechanische monsters, golems, het schepsel van Frankenstein, zijn griezelig omdat ze ons voorhouden dat ook wij maar machines zijn en zo de ziel ontkennen.

Deze verwisseling komt ook in het werk van Bordewijk dikwijls voor en de nadruk ligt dan meestal op het aspect van de horror. Hij voelde zich ten tijde van zijn vreemde definitie sterk aangetrokken tot het werk van Carel Willink, over wie hij toen tweemaal heeft geschreven. In de bundel *Zwanenpolder* staat het verhaal 'Het gele huis', een fantasie naar aanleiding van een gelijknamig schilderij van Willink, waarop een gevel je aankijkt met een menselijke en intrieste gelaatsuitdrukking. (Er zijn overigens twee schilderijen met die titel. Het bedoelde doek is dat van 1934, Jaffé nr. 154.) *De korenharp* bevat een beschrijving van het schilderij 'Château en Espagne' (Jaffé nr. 97), waarop alle menselijk leven ontbreekt, maar beeldhouwwerken een bedrieglijk schijnleven leiden. De definitie lijkt veeleer te slaan op de horror van Willinks magisch realisme en de stolling en verstening van het leven in Bordewijks eigen verhalen.

In 1947 wist Bordewijk nog niet wat surrealisme is. Een paar jaar later, met *Vertellingen van generzijds* en *Studiën in volksstructuur*, met het verhaal 'De fruitkar', waarover W.F. Hermans van zijn kant de loftrompet heeft gestoken, was Bordewijk zelf een surrealist geworden.

In 1950 vond hij het nodig om zich te distantiëren van Jeroen Bosch. Hij had de monsters van 'de hel' in *Bint* voor een doek van Bosch te Brugge een schok van herkenning laten krijgen en was zelf meermalen met Bosch vergeleken. Nu schreef hij: 'De fantasie van Bosch heb ik altijd meer curieus dan indrukwekkend gevonden.'[18] In datzelfde jaar liet hij zich opnieuw uit over het surrealisme: 'Mij persoonlijk trekt het genre sterk aan, vooral in de schilderkunst. Ik kan niet ontkennen dat de simpelheid waarmede schilders als Magritte in hun beste werk de verplaatsing bereiken' – hij bedoelt een verplaatsing 'van deze aarde naar elders, en wij weten niet waarheen' – 'mij meer zegt dan de wildste fantastiek van Jeroen Bosch, die ik eerder verstandelijk bewonder dan liefheb met mijn gevoel.'[19]

Zijn begrip van het surrealisme is in die drie jaar duidelijk gegroeid. De vergelijking tussen Bosch en Magritte is interessant, juist omdat ze niet voor de hand ligt. Je zou beide schilders fantastisch kunnen noemen, maar er is een wereld van verschil. Bosch betrekt de droom op de werkelijkheid en Magritte de werkelijkheid op de droom; bij Bosch gaat het uiteindelijk om de morele werkelijkheid en bij Magritte om de amorele droom. Dat is tevens het verschil tussen de Bordewijk van *De wingerdrank* en die van *Studiën in volksstructuur*.

De meeste verhalen uit de surrealistische periode zijn steriel. Leg 'Verplaatsing van elementen', dat gaat over een brommer onder zee, naast 'Brommer op zee' van J.M.A. Biesheuvel, en het is duidelijk dat hij te weinig hartstochtelijk fantaseert. Vaak plaatst hij de verhalen in het kader van een droom waardoor ze iets vrijblijvends krijgen. Maar 'Musselkanaal', over de man die op de Groningse veenkoloniën in een lieveheersbeestje verandert, heeft een geheimzinnige fascinatie en dat geldt ook voor het hallucinerende 'Drie balkons'.

Het werk van de achtste dag is in 'Drie balkons' voltooid. In een volkswijk van eindeloze monotonie, een dorre steenwoestenij, betrekt een jongeman een woning met een smal houten balkon. Dat balkon groeit. Over een terrein van erfjes, een naargeestige, met beton volgestorte versie van het proletariërsparadijs in 'Veuve Vesuvius,' groeit het toe naar een zwaar stenen volksbalkon, dat zelf ook groeit, en wanneer die twee balkons elkaar ten slotte bereiken, storten ze samen in, een val die de jongeman voorvoeld heeft toen hij zijn huurguldens door de gleuf van een blikken bus wierp.

De schrijver levert aan het eind van zijn verhaal zelf een interpretatie (iets over genialiteit versus de massa), een nogal schriele rationalisatie achteraf die het verhaal niet echt toegankelijker maakt. 'Drie balkons' bestaat uit droombeelden die volgens een eigen wetmatigheid uit elkaar voortvloeien. Sommige zijn onvergetelijk, zoals de sleutelbewaarder van de wijk, die zijn sleutels bij zich draagt in drie vesten met in totaal vierentwintig zakken. 'Met alle vingers van beide handen speelde hij over het vest, een speler van een orgel met lege windkast.' Dromen komen dikwijls voort uit woordspelingen en deze figuur lijkt ontstaan uit de verschillende betekenissen van het woord sleutel, of beter nog, van het Engelse woord *key*.

Wanneer de jongeman door de wijk loopt wordt hij ontroerd door de vaalrode kleur van de gevels. Hij weet niet of hij die kleur herkent van een schilderij of erover gedroomd heeft, en redeneert dan: 'Deze ervaring lag nochtans dieper, want, aldus dacht de jonge man, ik moest niet slechts dit rood zien, het is niet slechts vooraf beschikt, maar het is tevens, en vooral, redelijk dat ik het zie; en dan is het niet redelijk naar de maatstaf van aardse redelijkheid, maar naar een van bovenwereldlijke die wij als redelijkheid aanvoelen zonder haar wet te doorgronden.' Die intuïtie van een buitenlogische redelijkheid is de kern van het surrealisme. Het ontdekken van die redelijkheid is het doel van het psychische automatisme dat werd gepropageerd door André Breton. 'Drie balkons' ontwikkelt zich naar surrealistisch voorschrift volgens een rigoureuze en autonome droom-logica. Dat maakt Bordewijk tot een surrealist.

Deze Bordewijk is uiteraard niet van de ene dag op de andere ontstaan. Wie de boeken in chronologische volgorde leest zal merken dat twee elementen steeds belangrijker worden en zich langzamerhand verenigen tot een quasi-wetenschappelijk systeem. Het eerste element is de belangstelling voor de sterren, die je al vindt in het vroege verhaal 'Passage'. Het tweede is het 'ziel & correspondent'-thema, het thema van de geheimzinnige sympathieën en antipathieën waardoor mensen worden geregeerd. Deze elementen verbinden zich omstreeks de tijd van de roman *Noorderlicht* tot een eigen soort astrologie, die een parallellie en een wederkerigheid veronderstelt tussen het gedrag van mensen en dat van de sterren. Sindsdien spelen de kortere verhalen zich vaak af in de oneindigheid en de eeuwigheid. De personages worden steeds minder geïndividualiseerd, de platitudes over 'de mens' nemen omgekeerd evenredig toe. Het proza, dat vroeger precies was, is nu correct en krijgt een ambtelijke cadens. Het is geen proza meer dat doet wat het zegt, het is beschrijvend, niet beeldend. In deze latere verhalen wordt gepoogd om een harmonie weer te geven die alle begrip te boven gaat. Het eigenaardigst vind ik de afwezigheid van conflict, want doorgaans is het toch wrijving die schrijvers tot schrijven zet. Daardoor lijken de latere verhalen zonder noodzaak geschreven, maken ze een ijle en onpersoonlijke indruk. Ik heb er van alles op tegen en toch, soms zijn er indringende beelden, zoals dat van de sleutelbewaarder, het lieveheersbeestje, de 'witte, witbegroeide, ontzaglijke oorschelp' van de oude man in 'Gesprek achter de doodskist' en, inderdaad, de kar met het stenen fruit, een beeld dat Bordewijks problematiek even bondig samenvat als eerder het kwik en het beeld van de ijzeren agaven.

1. Over mevrouw Johanna Bordewijk-Roepman (1892-1971) staat een artikel in de eerste jaargang van *Mens en melodie* (1946), naast een grootogig portret met bedremmelde mond en parelsnoer. In bewoordingen waar de verbazing nog steeds van af te lezen valt vertelt de auteur, Wouter Paap, dat ze autodidact was en de grondbeginselen van de compositieleer nooit bestudeerd had. 'Mevrouw Bordewijk hield er een oorspronkelijke methode op na. Om de mogelijkheden der verschillende instrumenten aan de klank te toetsen nam zij bij verschillende orkestmusici eenige lessen, welke hieruit bestonden, dat de instrumentalisten alleen maar te antwoorden hadden op de vragen welke zij stelde.' Voor haar werk heeft Paap een hoofdschuddende bewondering. Dat ze er met haar drukke huishouden de puf voor heeft gehad verklaart hij, kennelijk onder dwang van haar meisjesnaam, uit haar 'innerlijke roepstem'. Het woord 'merkwaardig' vloeit hem bij herhaling uit de pen.

Zowel bij Bordewijk als bij zijn vrouw deed de innerlijke roepstem zich pas laat horen. Ze hoorden hem tegelijkertijd, zo rond 1919, en sindsdien hebben ze zich zij aan zij ontwikkeld, in belendende werkkamers. Het vreemde is dat ze maar twee keer hebben samengewerkt, in de opera *Rotonde* uit 1941 en acht jaar later in *Plato's dood*, een muzikaal noch literair interessant declamatorium voor spreekstem, koor en orkest.

Rotonde is een opera in één akte, die zich voltrekt in een hotellounge. Bureauliste Vera is verliefd op liftboy Duco, een akelige flirt. Maar wanneer Vera dreigt in te gaan op een huwelijksaanzoek van de hotelier komt de akelige liftboy tot inkeer. Aan het slot vertrekken de twee gelieven met de lift naar het geluk:

Wij wisten niet, maar weten thans;
Jeugd's liefde kent het wit der reis.

Zij streeft naar wolkelozen trans,
Naar een azuren paradijs.
En verder niet dan d'eigen woon
Behoeft haar dubb'le tocht te gaan.
Zoo richt uw voeten langs die baan,
Reist naar elkaar, reist naar elkaar.

Het is een hecht doortimmerd operaatje. Ieder personage spreekt zijn eigen muzikale taal. De componiste heeft zich het meest intens ingeleefd in Vera, wier gevoelens van beklemming en vrijheidsdrang ('Ik kan niet langer, neen, ik ga ten onder in deze atmosfeer!') elk een eigen motiefje hebben meegekregen. Hoewel *Rotonde* maar vijftig minuten duurt is alles wat een opera hebben moet aanwezig. Er is een heus ballet, dat net met de lift naar beneden komt wanneer de telefoon gaat met het bericht dat de voorstelling waarnaar het op weg is, is afgelast; van pure vreugde danst de troupe een walsje. Er is zelfs een slavenkoor, een reisgezelschap dat uitgeput de lounge komt binnensjokken:

Het weer is doorgaans slecht geweest,
Wij voelen ons als uitgefeest,
Gedreven door den modegeest,
Wij domme modeslaven.
En ongelukkig, onvoldaan
Met wat hem is voorbijgegaan,
Waarvoor hij soms heeft stilgestaan
Wil elk naar huis, zijn haven.

Muziek en libretto zijn beide even sprankelend conventioneel. Er is bij mijn weten van deze opera nooit een opvoering geweest. (Met dank aan Ed Spanjaard.)

2. 'Ziel en correspondent.' F. Bordewijk, *Verzamelde werken* ('s-Gravenhage, 1982-1991), VII, blz. 578.

3. *VW*, V, blz. 69-70.

4. S. Vestdijk, *Muiterij tegen het etmaal* ('s-Gravenhage, 1966[3]), I, blz. 39.

5. *VW*, VI, blz. 565-591.

6. *VW*, II, blz. 27.

7. *VW*, I, blz. 17-18.

8. *VW*, VII, blz. 197-219.

9. J.F.A. Beins, *Misvorming en verbeelding* (Amsterdam, 1948).

10. In *Freaks* van Leslie Fiedler (New York, 1978, blz. 22) staat te lezen dat Jo-Jo werd aangekondigd als 'the greatest an-thro-po-log-i-cal mon-ster-os-i-ty in captivity. Brought back at great expense from the jungles of Bary-zil. Walks like a boy. Barks like a dog. Crawls on his belly like a snake.'

Fiedler vertelt een ware geschiedenis die veel overeenkomst vertoont met de levensloop van Rosaura, behalve dat ze nog veel fantastischer is, zoals het ware geschiedenissen betaamt. Julia Pastrana was een behaarde vrouw, zo afstotelijk dat ze de titel 'Lelijkste Vrouw ter Wereld' mocht voeren. Ze trouwde met haar manager, een zekere Lent, en kreeg van hem een dochter die in lelijkheid niet voor haar onderdeed. Moeder en kind kwijnden weg en stierven algauw na de bevalling. Lent liet de lichamen mummificeren om ze tentoon te stellen. Daarmee niet tevreden zocht hij stad en land af naar het evenbeeld van Julia. Hij vond het in een zekere Marie Bartels, met wie hij hertrouwde. Ze werd omgedoopt tot Lenora Pastrana en Lent liet haar op kermissen en in circussen optreden als de zuster van zijn overleden echtgenote. (*Freaks*, blz. 145-147.)

11. *VW*, I, 159-337.

12. Lilith wordt uitvoerig besproken in M.D. Conway, *Demonology and Devil-Lore* (Londen, 1880[2]).

13. Die beslissing is ook verkeerd om een andere reden, een reden van authentificatie. Wie de moeite neemt om eens over de Passeerdersgracht te wandelen zal merken dat Rood Paleis er nog steeds staat. Het is niet het oude schoolgebouw dat zich die naam heeft toegeëigend, maar het tafeltenniscentrum schuin ertegenover, op nummer zeventien. Het is hetzelfde bakstenen gevaarte en ernaast ligt dezelfde slop. Alleen de kleur is veranderd, van lakbruin is het pikzwart geworden. Gebrand heeft het kennelijk wel.

14. *VW*, VII, blz. 561.

15. *VW*, VII, blz. 581-638.

16. Aldus Bordewijk. Op Kisar, of Kiser, een eilandje ten noordoosten van Timor, bevond zich in de achttiende eeuw een nederzetting van de Verenigde Oostindische Compagnie, en ook was het eiland een tijdlang zetel van de Residenten der Zuidwestereilanden.

A.B. Meyer berichtte in 1882 dat op Kisar nog een groep mensen van Nederlandse afkomst woonde, die zich juist *niet* met de oorspronkelijke bewoners had gemengd en een Europees uiterlijk had behouden. (A.B. Meyer, 'Die europäische Colonie auf der Insel Kiser im Ostindischen Archipel' in *Dr. A. Petermann's Mitteilungen aus Justus Perthes' geographischer Anstalt*, 28. Band, 1882, blz. 334-5.)

17. F. Bordewijk, *Kritisch proza* ('s-Gravenhage, 1982), blz. 44.

18. *Kritisch proza*, blz. 127. Zie ook 'Bosch en Brouwer' in *De korenharp* (*VW*, VII, blz. 59). In die schets verkondigt hij de misvatting dat de gotiek onaards zou zijn, het vulgaire 'spitsbogen'-idee van de gotiek, en beweert hij dat *Bint* veel nauwer verwant is met het groteske realisme van Adriaen Brouwer dan met de monsterwereld van Jeroen Bosch. Men komt zichzelf nu eenmaal niet graag tegen.

19. *Kritisch proza*, blz. 124.

Lijsten en kooien

HENRY JAMES EN HET PROBLEEM VAN DE KENNIS

De meeste boekenliefhebbers nemen liever duizend keer hun petje af voor Henry James dan dat ze één letter van hem lezen. Dat doet me verdriet, want ik beleef veel plezier aan zijn boeken en een plezier dat je niet met anderen kunt delen wordt licht een kwelling.

James heeft een aura van chic en eerbiedwaardigheid dat voor een groot deel berust op de 'prefaces' die hij bij zijn romans en verhalen heeft geschreven toen hij die, na een lange loopbaan van miskenning, verzamelde in de zogeheten New York Edition. Miskenning doet het werk van een kunstenaar nooit goed. James was een volumineuze kletskous en in die voorwoorden zit hij wel erg comfortabel op zijn praatstoel; hij prijst zichzelf uitbundig – bij gebrek aan anderen die dat voor hem wilden doen – en herleidt zijn schrijfervaring tot een methode, die uiteraard nooit als zodanig is toegepast, maar door zijn latere bewonderaars wél verheven is tot wet. En zo is James de Aristoteles van de roman geworden, de literaire dictator tot wie de meeste lezers liever een eerbiedige afstand bewaren.

Een ander bezwaar is dat je in zijn boeken niet de surrogaatervaring vindt die zo dikwijls van romans verwacht wordt. Hij beschrijft geen vreemde landen en volkeren, geen hartstochten waar men in het dagelijkse leven doorgaans te lui of te timide voor is. Zijn romanpersonages doen wat hij zelf ook bij voorkeur deed: praten. Onder het genot van een kopje thee analyseren ze hun gewaarwordingen, proberen ze de fijnere essentie van hun leven te definiëren. Die essentie is nooit echt benoembaar, wordt meestal aangeduid met 'the thing', 'the real thing', 'the sacred rage' of een andere vaagheid, en toch: wanneer je de laatste zin van zo'n roman gelezen hebt – meestal iets nietszeggends, zoals 'Well, there we are' – is uit al die omtrekkende bewegingen het silhouet van die essentie voor je opgedoemd.

De verbeelding van James was middelpuntzoekend. Telkens keerde hij terug naar dezelfde thema's en situaties – morele onderdrukking en chantage, de spanning tussen Amerikaans puritanisme en het mondaine Europa – en probeerde hij ze nog nauwkeuriger onder woorden te brengen. De ingewikkelde zinnen van de latere James tonen dat obsessieve proces in miniatuur: het zijn zinnen die hoog in de lucht kringelen en staan te bidden en dan onverwachts op een woord afduiken. Dat woord wordt dan door de volgende zin weer weggesnaaid, waarna het definitiewerk op een ander niveau van voren af aan begint.

Zowel thematisch als formeel is er een hechte samenhang tussen de romans en verhalen van James. Nogal wat aspecten van die samenhang zijn uitputtend beschreven door de literatuurwetenschappers, bijvoorbeeld de opvattingen die James huldigde over het vertelperspectief. Maar in ten minste één opzicht heeft zijn kunst niet voldoende aandacht gekregen: dat van zijn beeldspraak. In dit essay wil ik, aan de hand van de roman *The Awkward Age*, een syndroom van metaforen uiteenrafelen. Het belichaamt het probleem van de kennis, een van de thema's die steeds terugkomen in zijn werk. Ik zal het hebben over lijsten, kooien, valstrikken, en over wat die beelden verbindt.

The Awkward Age is een van de meest experimentele en waarschijnlijk daarom ook een van de minst gelezen romans van Henry James. Zoals hij wel vaker deed, heeft hij dit boek geënt op een modieus genre, de *roman dialogué* ditmaal, een genre dat in de vorige eeuw werd beoefend door de Franse auteurs Henri Lavedan en 'Gyp', de schrijfster Gabrielle Martel de Janville. Hun boeken hadden het typografische aanzien van toneelstukken: op de naam van de spreker volgde zijn claus en de schrijver onthield zich van elk commentaar. James geeft dat commentaar wél, maar het beperkt zich tot een beschrijving van wat de telkens weer opduikende scherpzinnige waarnemer als vanaf een theaterstoel ziet: nauwkeurig wordt verteld waar en hoe iemand zit, staat of loopt en als er al iets wordt gezegd over de roerselen van de personages, wordt dat onder groot voorbehoud afgeleid uit woord en gebaar.

Dat toneelmatige zit 'm ook in de strak schematische opbouw van het boek, de zorgvuldig geplande peripetieën. Om die wendingen op de juiste plaats te laten vallen moet je het boek eigenlijk lezen zoals je kijkt naar een toneelstuk: je moet je aanpassen aan het tempo van de handeling en niet, zoals je gewend bent bij het lezen van romans, zelf je tempo bepalen. De tien delen van *The Awkward Age* zijn als tien bedrijven van een marathontoneelstuk, elk vernoemd naar een der hoofdfiguren en elk gewijd aan één enkele gebeurtenis. Zelf heeft James die delen vergeleken met lampen die in een kring om een 'central object' staan en het uit tien verschillende hoeken belichten. Het woord kring is niet zomaar gekozen: het laatste deel heet naar Nanda Brookenham, evenbeeld van haar grootmoeder Lady Julia, naar wie het eerste deel is vernoemd.

In het voorwoord dat James bij het boek schreef toen het werd herdrukt als deel negen van zijn verzameld werk ging hij uitvoerig in op die dramatische methode. Bij die gelegenheid weidde hij ook uit over het 'central object', het probleem dat hier van tien kanten wordt belicht: de *Salonfähigkeit* van Nanda Brookenham. Wat moet je aan met zo'n meisje in de moeilijke jaren, tussen servet en tafellaken, dat om aan de man te komen overal met haar neus vooraan bij moet zitten, maar nooit onraad mag ruiken? Daarom zijn het ook moeilijke jaren voor haar moeder, die maar moeilijk een blad voor de mond kan nemen, want haar conversatie is haar lust en haar leven, en ook voor Vanderbank en Mitchy, die moeten besluiten of ze al dan niet zullen trouwen en een eind zullen maken aan hun liaisons met mevrouw Brookenham en Lord Petherton. Het zijn de jaren van het *fin de siècle*, van verwilderde zeden, moeilijke jaren voor de scherpzinnige waarnemer meneer Longdon, die uit een andere tijd stamt.

Lijsten zijn al nadrukkelijk aanwezig in het eerste hoofdstuk van *The Awkward Age*, wanneer meneer Longdon fotoportretjes bekijkt van Nanda en haar vriendin Kleine Aggie. Je zou de personages van James kunnen onderbrengen in een stamboom; elk boek is dan een generatie en Nanda blijkt dan, via de heldin van *What Maisie Knew*, af te stammen van Pansy Osmond uit *The Portrait of a Lady*, wier lijdzaamheid en heldere blik ze heeft geërfd. Andere eigenschappen van Pansy zijn overgegaan op Kleine Aggie, de komische tegenpool van Nanda: Aggie is een kunstbloem, gevormd door nonnen, een creatuurtje van Italiaanse conventies. Deze meisjes moeten een man zien te vinden in de decadente kring waarover mevrouw Brookenham de skepter zwaait. Nanda hoopt ten huwelijk te worden gevraagd door haar moeders minnaar, Vanderbank, maar die kan zichzelf er niet toe brengen en ze zal met lege handen achterblijven. Aggie zal trouwen met meneer Mitchett, die een homoseksuele verhouding heeft met Lord Petherton, wiens maîtresse zij worden zal.

> [Vanderbank] wees naar een voorwerp op een van de tafels, een fotootje in een zeer brede lijst van iets dat op karmozijnrood bont leek.
>
> Meneer Longdon pakte het portret op; hij was nu serieus. 'Ze is bijzonder mooi, maar een klein meisje is ze niet.'
>
> 'Ze rijpen snel in Napels. Ik denk dat ze pas zeventien of achttien is; maar ik weet nooit hoe oud – of liever, hoe jong – meisjes zijn. Ik ben er niet zeker van. [...] Ze is inderdaad erg knap – met haar bijzondere rode haar en bijpassende gelaatskleur; erg zeldzaam, geloof ik, voor dat ras en op die breedtegraad. Zij heeft me het portret geschonken – met lijst en al. De lijst is zeer Napolitaans en Kleine Aggie is zeer bekoorlijk.' Toen voegde Vanderbank eraan toe: 'Maar niet zo bekoorlijk als kleine Nanda.'
>
> 'Kleine Nanda? – hebt u *haar* ook?' De oude man brandde van nieuwsgierigheid.
>
> 'Zij staat ginds naast de lamp – ook een cadeautje van het origineel.'
>
> Meneer Longdon was erheen gelopen – kleine Nanda

zat achter een ruitje, in een lijst van witgelakt hout. Hij pakte haar op en hield haar voor zich; even zei hij niets, maar al gauw keek hij, over zijn bril heen, nog vorsender naar zijn gastheer dan hij had gekeken naar de vervaagde afbeelding. 'Schenken ze hun portretten tegenwoordig?'

'Kleine meisjes – onschuldige lammetjes? Jawel, aan goede vrienden. Deden ze dat in uw tijd dan niet?'

Zo maakt meneer Longdon met de meisjes kennis. Over hun gezichten wordt niets gezegd – alleen de lijsten zijn aanwezig; de meisjes worden gedefinieerd door wat hen omringt. Aggie zit vervat in 'iets dat op karmozijnrood bont leek'. Bont is een vreemde bedekking voor een fotolijst en het bijvoeglijk naamwoord maakt het nog vreemder, want een karmozijnrood pelsdier komt in de natuur niet voor. Met dat oxymoron bereidt James ons voor op de buitenissige opvoeding van Aggie. Volgens de Hertogin, haar stiefmoeder, is ze het wezenlijke, het 'natuurlijke' meisje, maar het meisjesideaal waarnaar ze zich voegen moet is door en door gekunsteld.

Nanda is vrij van zulke dubbelzinnigheden. Om te zien dat haar lijst vervaardigd is van glanzend wit hout heeft meneer Longdon aan één blik genoeg. Toch heeft dat simpele witte hout associaties die nog onheilspellender zijn dan wat zich bij karmozijnrood bont zoal denken laat. Het heeft iets arctisch, iets dat zelfs nog killer is, want van glanzend wit hout worden doodkisten voor kinderen gemaakt.

Geleidelijk aan komt hij erachter wat die portretlijstjes voorstellen, waar de meisjes werkelijk door worden omringd, wat voor lucht ze moeten inademen. Het is een *mal'aria*, een pestlucht, volgens de veritaliaanste Hertogin; de meisjes rijpen in een broeikas van ontucht. Na honderdtachtig bladzijden vat meneer Longdon zijn indrukken samen in een van de meest beeldende, geestige en ontroerende passages van de roman. De kracht ervan berust voor een belangrijk deel op de latente aanwezigheid van het karmozijnrode bont en het witgelakte hout. Eerst mijmert hij over Aggie:

Er was gepoogd een bepaald rond en kleurig onschuldje te

scheppen en de vrucht was tot volmaakte wasdom gekomen, als een perzik op een beschutte muur. Dat deze eigenschap was gekwéékt zou hem wellicht het gevoel kunnen geven dat hij met iets heel nieuws van doen had. Kleine Aggie verschilde van alle jongelui die hij ooit had ontmoet doordat ze met opzet voor consumptie was toebereid en daar bovendien door haar meegaande aard enorm toe had bijgedragen. In vergelijking met haar was Nanda een Nordische wilde en deels lag dat aan het feit dat de bestanddelen van *haar* aard nu al, in het openbaar, haast onwelvoeglijk actief waren. Ze waren al werkzaam, ten goede of ten kwade; de ervaring moest nog komen en wat eruit zou groeien was nog een geheim; de som zou in elk geval het resultaat zijn van de cijfers die nu op het leitje stonden. Op het leitje van Kleine Aggie moesten de cijfers nog geschreven worden; en dat gaf hun oppervlakkige verschillen voldoende aan. In zijn ogen waren beide meisjes lammeren, voor wie de grote slachtplaats van het leven nog in het verschiet lag; maar terwijl het ene, met een roze strik om haar nek, niet beter wist dan dat het altijd gevoed zou worden door de hand met het zoete koekje van de onberispelijke kennis, had het andere te kampen met instincten en voorgevoelens, met een bang vermoeden van haar doem en de lucht van bloed die tot in de bebloemde velden kwam gewaaid.

De harigheid van het bont gaat hier over op het beeld van de perzik. Het glanzende wit van Nanda's lijst wordt vertaald in de betiteling 'Nordische wilde', die vooruitwijst naar haar uiteindelijke lot: ze zal ongetrouwd blijven, worden ingevroren, als het ware. Dan zien we de meisjes als lammeren op weg naar de slachtbank. Ze zijn donzig en maagdelijk wit. De vacht van Nanda zal altijd wit blijven: haar bange voorgevoelens ten spijt zal haar maagdelijkheid veranderen in frigiditeit. Nu begrijpen we ook hoe de vacht van Aggie karmozijnrood is geworden: ze is voor consumptie toebereid, haar vacht zal besmeurd worden door eigen bloed. De onnoembare seksuele feiten zijn levendig aanwezig in de beeldspraak.

Waarmee een gemeenplaats van de kritiek is gelogenstraft, namelijk dat het taalgebruik van James analytisch zou zijn, in plaats van associatief en beeldend, en dat hij van beeldspraak een eerder decoratief dan organisch gebruik zou maken.

De romans van James beschrijven altijd een leerproces. Bij hem is dat een proces van verdieping, waarin het tweedimensionale er een dimensie bij krijgt, zoals hier voor meneer Longdon de vlakke portretjes in een driedimensionale wereld van ontmaagding en frigiditeit veranderen. Vaak zijn de helden en heldinnen van James met niets anders dan boeken en plaatjes op het leven voorbereid. In *What Maisie Knew* bestaat de scholing van het meisje Maisie slechts uit verhaaltjes. De literatuur is het enige referentiekader voor dit kind van gescheiden ouders. Het mag niets weten van de nieuwe verhoudingen die haar ouders aangaan, maar raakt er toch van op de hoogte, bijvoorbeeld in het volgende fragment, waarin ze door Regent's Park kuiert met haar stiefvader Sir Claude:

> Voor hen lag een grote groene weide met hoge oude bomen en in de lommer daarvan, tussen het jonge gras, de kronkelweg van een landelijk paadje. 'Dit is het woud van Arden,' had Sir Claude zojuist zalig te kennen gegeven, 'en ik ben de verbannen hertog, en jij bent – hoe heette die jongedame ook weer? – de ongekunstelde plattelandsdeerne. En daarginds,' vervolgde hij, 'is dat andere meisje – hoe heet ze, Rosalind? – en (weet je nog wel) die kerel die haar het hof maakte. Alsjemenou, hij maakt haar inderdaad het hof!'
>
> Hij zinspeelde op een paar dat, aan de overkant van de weide, zij aan zij, dezelfde richting uitliep. Hun kuiergang (waarbij ze zo innig naast elkaar liepen dat hun iets vooroverhangende hoofden elkaar bijna raakten) gaf ampele gelegenheid tot het bekijken van de twee ruggen, die van een kennelijk rijzige dame, zeer gedistingeerd zo te zien, en die van een heer wiens linkerhand een eindweegs door haar arm gestoken bleek terwijl achter zijn rug zijn rechterhand een stok vasthield die hij telkens liet opwippen. Het idylli-

sche beeld dat haar metgezel had opgeroepen hield de verbeelding van Maisie even in zijn ban: toen bleef ze ineens staan en riep zo klaar als een klokje: 'Nee maar – als dat Mama niet is!'

De sprookjeswereld van *As You Like It* wordt onttoverd en wat overblijft is de aanblik van vulgair overspel. Het literaire model wordt gerekt tot het uiterste, met het gevolg dat het ogenblik waarop het knapt des te gewelddadiger en pijnlijker is. Hoe pijnlijk die doorbraak is van tweedimensionaal naar de volte des levens, blijkt wel uit een metafoor die James gebruikt wanneer Maisie door haar moeder aan de borst wordt gedrukt: 'Ze voelde zich, tussen die wirwar van sieraden, alsof ze plotseling, met groot gerinkel van glas, de etalage van een juwelier werd ingeduwd.'

De indringendste beschrijving van het proces is te vinden in *The Ambassadors*. De hoofdpersoon van dat boek, de Amerikaan Lambert Strether, is een zoon van meneer Longdon, in de genealogie van de Jamesiaanse personages. Op vijfenvijftigjarige leeftijd wordt hij omgeschoold in de leerschool van Europa. James beschouwde *The Ambassadors* als zijn meesterwerk, omdat hij daar zijn ideaal van één het hele verhaal omvattend en belichtend vertelperspectief het best verwerkelijkt zou hebben. Strether levert het gezichtspunt en zijn blik is in hoge mate schilderkunstig. Wanneer hij Madame de Vionnet ontmoet, de dubbelzinnige vrouw in wie zowel de schoonheid als het verderf van het oude Europa belichaamd zijn, kan hij haar niet anders zien dan door cinquecento-ogen. Hij ziet geen vrouw, maar een portret van een vrouw. James beschrijft haar alsof hij een verbaal equivalent van een schilderij wil scheppen, met minutieuze aandacht voor stofbehandeling, lichtval, kleur; het woord 'composed' duikt in die beschrijvingen telkens veelzeggend op.

In het elfde boek van de roman besluit Strether om eens een dag door te brengen op het Franse platteland, 'waarnaar hij tot dusver slechts gekeken had door het rechthoekige raam van de schilderijlijst'. Hij kent dat platteland alleen van een kleine Lambinet (een van de mindere goden uit de school van Barbizon), die hij lang geleden bij een Bostonse kunsthandel gezien heeft en verzuimd heeft te kopen. Wat hij op zijn wandeling hoopt te aanschouwen is het landschap van dat schilderijtje of, zoals James zegt, 'hij had slechts een afspraak met een achterhaalde Bostonse mode'. Dan 'trekt de rechthoekige lijst zijn omsluitende lijnen'. James laat merken dat de lijst nog steeds voelbaar aanwezig is, dat die een onvervreemdbaar deel van het schilderij uitmaakt. Wat Strether ervaart is Tremont Street, Frankrijk, Lambinet: hij wandelt door Frankrijk, maar tegelijkertijd bevindt hij zich in de kastanjekleurige galerie aan Tremont Street in Boston, waar lang geleden het schilderijtje hing.

> De rechthoekige vergulde lijst trok zijn omsluitende lijnen; de populieren en wilgen, het riet en de rivier – een rivier waarvan hij de naam niet kende en ook niet wilde kennen – vormden nu samen een compositie, een zeer geslaagde, tussen die lijnen; de hemel was zilver en turkoois en vernis; het dorp aan de linkerkant was wit en de kerk aan de rechterkant was grijs; alles was er, kortom – dit was wat hij wilde: het was Tremont Street, het was Frankrijk, het was Lambinet. Bovendien liep hij er vrij in rond. Dat laatste deed hij een uur lang naar hartelust, in de richting van de lommerrijke beboste horizon, en hij boorde zo diep in zijn gewaarwordingen en zijn ledigheid dat hij er misschien doorheen had kunnen stoten, tegen de kastanjekleurige muur.

De lijst is verguld – omsluit het schilderij met idealisering – en in een bladzijdenlange beschrijving, een ware tour de force, laat James zien hoeveel werkelijkheid de lijst bevatten kan en op welk punt hij breken moet, namelijk wanneer er een bootje het schilderij komt binnengevaren. Daarin zitten Madame de Vionnet en Strethers protégé Chad Newsome en ze blijken samen een verhouding te hebben, een onthutsende ontdekking voor Strether. Die Bostonse lijst om het schilderij van Lambinet is het referentiekader van de Amerikaan, de hoeveelheid kennis en ervaring die zijn werkelijkheid vormen, en zin na zin blijken zijn werkelijkheid en die van het Franse landschap precies samen te vallen, maar met elke zin komt ook het moment dichterbij dat de lijst uit zijn voegen moet barsten.

De fantasie die James pas in zijn onvoltooid gebleven roman *The Sense of the Past* expliciet gebruikt heeft – die van een man die een schilderij binnenstapt – is als metafoor al veel eerder aanwezig in zijn werk. Strether slaagt erin om zijn denkraam te verruimen, maar vaker gaat het anders. Wanneer de helden en heldinnen van James het tafereel binnenstappen en dat tafereel krijgt diepte, een derde dimensie, dan verandert ook de lijst: van slechts een begrenzing om een plat vlak verandert hij in een driedimensionaal omhulsel, een doos, een kooi. De verbeelding, gevoed door literatuur en beeldende kunst, en aanvankelijk een bron van hoop, wordt met het toenemen van kennis en ervaring een gevangenis, een doodkist.

In de vroege roman *Washington Square* eindigt Catherine Sloper als gevangene: 'In de salon had Catherine intussen haar handwerkje opgepakt en was er weer mee gaan zitten – levenslang als het ware.' Dat is de laatste zin van het boek. Ook Isabel Archer, de heldin van *The Portrait of a Lady*, belandt ten slotte in een kerker: 'Ze kon het opnieuw ervaren, de ongelovige schrik waarmee ze de maat van haar woning had opgenomen. Tussen die vier muren had ze sindsdien geleefd; ze zouden haar de rest van haar leven omringen. Het was het huis der duisternis, het huis der stomheid, het huis der verstikking.' Het vergaat Nanda Brookenham in *The Awkward Age* niet beter. Wanneer Vanderbank voor het laatst bij haar op bezoek komt maakt hij een reeks ongelukkige toespelingen: ze is een prinses in een toren die uitkijkt op het noorden, de glanzend witte streek vanwaar nooit een prins zal komen. Zoals het boek begon met een portret van haar, eindigt het met een portret van hem, 'onder opgewreven glas in een lijst van goudgerand marokijn dat blijk gaf van Piccadilly en Kerstmis'. Nanda is een oude vrijster geworden en de lijst getuigt van de bijbehorende mottige smaak. De gelijkenis is bovendien geflatteerd: Vanderbank is romantisch verheerlijkt en zal altijd onbereikbaar blijven.

Vlak voor het slot van het boek is er een uitbarsting van hartstocht, de enige gelegenheid in de hele roman dat iemand zijn emoties niet beheersen kan, en die is even zorgvuldig voorbereid en uitgesteld als de kus van Caspar Goodwood in *The Portrait*. Meneer Longdon is bij Nanda, in haar toren, op visite en probeert haar te vertellen dat ze veel te veel om Vanderbank geeft.

> 'O!' liet Nanda zich ontvallen, als wilde ze er iets op afdingen, maar dat klonk zo overhaast en ook zo onbestemd dat ze zich aanvankelijk met haar houding niet goed raad wist. 'O!' herhaalde ze ogenblikkelijk, maar dat leidde, alleen nog veel sterker, tot hetzelfde. Waarna ze daar welbewust, als om haar gezicht te redden, snel iets aan toevoegde. 'Beste meneer Longdon, bent u zelf niet veeleer degene...?'
>
> 'Het zou gemakkelijker voor me zijn,' ging hij onverstoorbaar verder, 'arm kind, als je niet zo ongelooflijk veel van hem zou houden.'
>
> 'Maar ik houd niet van hem – *echt* niet, neem dat alstublieft van me aan!' Die ineens oplaaiende woorden werden uitgestoten met een vreemde triller die tot iets nog vreemders leidde – ze liet zich plotseling in de dichtstbijzijnde stoel vallen, waar een stortvloed van tranen haar de adem benam. Ze hield haar handen voor haar gezicht dat toen nog slechts aan die vloed kon toegeven en ze snikte het uit, met een hartstocht die even heftig en kort was als het rondrennen van een wild diertje dat even uit zijn kooi wordt gelaten.

De dialogen in *The Awkward Age* zijn wellevend en ook al vinden ze plaats onder vier ogen, toch is het alsof de muren oren hebben. Ze staan altijd ironisch scheef op de waarheid. De Franse schrijfster Natalie Sarraute heeft een term bedacht die deze Jamesiaanse dialogen verheldert, *sous-conversation*, het werkelijke gesprek dat zich afspeelt onder het mom van vrijblijvende wellevendheid. In dit afscheidsgesprek tussen

Nanda en meneer Longdon bezwijkt de ironie omdat de kloof tussen waarheid en verwoording te breed is geworden. Het elastiek knapt en de dierlijke beeldspraak, die in het verborgene steeds met het meisje verbonden is geweest, springt te voorschijn. Het wilde diertje wordt even uit zijn kooi gelaten. Ze is nu geen lam meer. Ze is een klein knaagdier, een fret of, beter nog, een hermelijn, dat wilde beestje uit het noorden met zijn helderbruine zomervacht die 's winters wit wordt.

Niet alleen in de groei van de personages, ook in de constructie van de verhalen over hun wederwaardigheden is het syndroom van metaforen te herkennen. James dacht over de techniek van het vertellen in ruimtelijke termen, ontleend aan de schilderkunst en de architectuur. In zijn voorwoord bij *The Portrait of a Lady* spreekt hij over 'the house of fiction', dat vele ramen telt die elk een eigen, uniek uitzicht bieden op het menselijke verkeer buiten. De roman zelf noemt hij een ruim en vierkant huis dat hij steen voor steen heeft opgetrokken rond zijn heldin Isabel Archer – een huis dat bij zijn voltooiing geen uitgang blijkt te hebben.

Nog uitdrukkelijker als gevangenis is *The Sacred Fount* gebouwd. Het boek heeft een epistemologisch thema en dat wordt behandeld op een manier die we pas in de jaren zestig van deze eeuw opnieuw tegenkomen, in het werk van Thomas Pynchon en in *De pornografie* en *Kosmos* van Witold Gombrowicz. De verteller, een voyeur met een levendige verbeelding, brengt met oude kennissen een weekend door op het land. Sommige van die kennissen hebben een vreemde verandering ondergaan. Een vroeger intelligente man is nu dom, terwijl een suffe vrouw ineens erg schrander blijkt. Een jongeman is twintig jaar ouder geworden, terwijl een oude vrouw wonderbaarlijk verjongd is. De verteller probeert de 'heilige bron' te ontdekken waarlangs de eigenschappen van de een overvloeien in de ander. Hij heeft zo'n vermoeden dat overspel de bron is (de woorden heilig en geheim, 'sacred' en 'secret', zijn bijna homofoon) en zijn weekend gaat heen met het uitpuzzelen van de buitenechtelijke verhoudingen waarin deze lieden volgens hem verwikkeld moeten zijn. Maar het raadsel blijft onopgelost en de lezer blijft achter met het vermoeden dat de ik-verteller wellicht, net als Oedipa Maas in Pynchons *The Crying of Lot 49*, een wereld geprojecteerd heeft, verstrikt is geraakt in zijn eigen hersenspinsels.

Ook het beroemde spookverhaal *The Turn of the Screw* is in elkaar gezet als een val voor de lezer. Het begint op een gezellige manier, als een raamvertelling in de trant van Boccaccio of Toergenjev. De lezer maakt kennis met een gezelschap waarin bij het haardvuur griezelverhalen worden uitgewisseld. Dat is de omlijsting. Vervolgens opent zich verschiet na verschiet, het verhaal wordt als een telescoop uitgetrokken. Er is een ik-verteller die verslag doet van wat een tweede verteller, Douglas genaamd, het gezelschap heeft medegedeeld. Hij laat Douglas een document voorlezen dat in de eerste persoon enkelvoud is neergeschreven door de heldin van het verhaal, een naamloze gouvernante. We worden gewaarschuwd dat haar manuscript lijkt op een ramp uit de doos van Pandora: het werd door haar in een la bewaard en kort voor haar dood heeft ze het doen toekomen aan Douglas, die het vlak voor zijn eigen dood weer heeft doorgegeven aan de eerste verteller. Dan stappen we het verslag van de gouvernante binnen – en merken tot onze schrik dat we nooit terug zullen keren naar het knapperende haardvuur, de gezellige omlijsting. De gouvernante heeft het laatste woord. Het verhaal is geconstrueerd als een fuik: we zijn door drie telkens kleinere ramen gegaan en zitten klem.

Er is een compromis tussen een lijst en een kooi, een tussenvorm. Dat is het toneel, een kooi die aan één kant open en omlijst is. Hoe vanzelfsprekend James van een schilderkunstige op een theatrale metafoor kon overschakelen blijkt op het hoogtepunt van Strethers uitstapje in *The Ambassadors*. Daar staat te lezen: 'Want dit was de hele dag eigenlijk de bekoring van het schouwspel geweest – dat het in wezen bovenal een decor en een toneel was, dat het ruisen van de wilgen en de tint van de hemel iets toneelmatigs hadden. Zonder dat hij het wist hadden het stuk en de figuren heel deze ruimte voor hem bevolkt.' Terwijl het platte vlak van het schilderijtje diepte krijgt, terwijl er hier en daar wat gaat bewegen, geluid begint te weerklinken, verandert het in een toneel. Alles wat gebeurt binnen de nog steeds aanwezige omlijsting lijkt overeen te stemmen met een voorgeschreven tekst. De komst van het roeibootje is het enige dat nog ontbrak om het tafereel geheel in overeenstemming te brengen met Strethers verwachtingen, maar zal die verwachtingen tegelijkertijd definitief verstoren.

In 1890 had Henry James de roman vaarwel gezegd. Hij had toen al een heel oeuvre bij elkaar geschreven, maar roem of geld had het hem niet gebracht. Die zocht hij vervolgens in het theater: in vijf jaar tijds schreef hij zes avondvullende stukken en een eenakter, maar alleen zijn bewerking van *The American* werd een bescheiden succes. Het stuk dat zijn grootste triomf had moeten worden, *Guy Domville*, werd in 1895 van de planken gefloten. Teleurgesteld vatte hij toen zijn oude stiel weer op. Toch liet het theater hem niet los. In 1907 probeerde hij het opnieuw; hij schreef nog eens drie stukken, plus een eenakter en een dramatische monoloog, met even beroerd resultaat. Wie de moeite neemt om een paar bladzijden van James' toneelwerken te lezen zal al gauw merken waarom het niet wilde lukken. De dialogen zijn gekunsteld en wijdlopig, de handeling is melodramatisch of ontbreekt. Wat populair is, lijkt hij geredeneerd te hebben, is slecht geschreven; als ik succes wil hebben moet ik dus slecht gaan schrijven. Maar hij vergat dat goede schrijvers lang niet zo goed slecht kunnen schrijven als slechte schrijvers.

We hebben al gezien dat *The Awkward Age* geregeerd wordt door de architectuur van het theater. Het boek verscheen in 1899, de eerste grote roman na het echec van *Guy Domville*. Het is de wraak van James op het toneel. Hij is niet alleen de auteur van dit stuk in tien bedrijven, maar ook de dramaturg, de decor- en kostuumontwerper, en vooral een regisseur – een choreograaf haast – die elk gebaar, elke gelaatsuitdrukking tot in de subtielste kleinigheden kan bepalen. Zo op het eerste gezicht lijkt het boek een monument van tegendraadsheid, niet meer dan een curiosum.

Eerder curieus dan belangwekkend lijkt ook dat delicate kwestietje, de onschuld van Nanda. James dacht met zijn romans tevens sociale geschiedenis te schrijven en sommige romans van hem hébben een politieke of sociale strekking, *The Bostonians, The Princess Casamassima* en het bij zijn dood onvoltooid, half droom gebleven boek *The Ivory Tower*, maar doorgaans is er nauwelijks verschil tussen de wereld waarin zijn verhalen zich afspelen en de wereld van – laat ik maar iets ergs noemen – Barbara Cartland: een milieu van miljonairs, adel en mensen die graag miljonair en van adel zouden worden. Verdedigers van James voeren wel eens aan dat deze mensen, net als de koningen en edellieden in Shakespeare's historiespelen, ooit de geschiedenis hebben bepaald, maar geld en macht interesseerden James vooral om de invloed die ze hebben op de individuele ziel, niet om de invloed die ze hebben op de geschiedenis, en vaak lijken de mensen in zijn boeken te leven in een maatschappelijk vacuüm.

Maar het is niet het documentair gehalte dat een roman tot roman maakt. Wie wil weten hoe het er vroeger aan toe ging kan beter oude kranten lezen.

De boeken van James zijn praatboeken. Zijn romanhelden zijn altijd buitengewoon verbaal, en dat geldt eens te meer voor de priesters in mevrouw Brookenhams tempel der analyse aan Buckingham Crescent, waar alle actie noodzakelijkerwijs verbale actie is. Wanneer wij in een gesprek iets zeggen zwermen daaromheen gewoonlijk allerlei onuitgesproken bedenkingen – zelfkritiek, ironieën, ontkenningen. Veel van die bedenkingen worden door deze priesters wél uitgesproken, maar hoe meer er uitgesproken wordt, des te uitgestrekter blijkt, paradoxaal genoeg, het gebied van het onzegbare. Het zal duidelijk zijn dat zulke dialogen, die op papier onmiddellijk overtuigen, op het toneel niet zo best bekken.

The Awkward Age is een studie in hypocrisie. Niet in Victoriaanse preutsheid, ook al is er een grote terughoudendheid ten aanzien van de blote feiten; de dialogen in het boek zijn van een adembenemende intimiteit, juist *omdat* de feiten nooit bij hun naam genoemd worden, slechts worden getoond in hun persoonlijke betekenis. Wat de priesters proberen te verhullen is iets anders: een gemis aan simpele menselijke goedheid, aan het vermogen tot liefde. Kritici die klagen dat die coterie van mevrouw Brookenham eigenlijk maar een verachtelijk zootje is, vergeten dat ze die goedheid juist zo erg missen omdat die, op een negatieve manier, haarscherp in dit boek staat afgetekend. De priesters, die zijn behept met een gehypertrofieerd bewustzijn en een grote intelligentie, weten waar het hun aan schort en hun niet aflatende ironie blijkt ten slotte een symptoom van morele stuurloosheid, van wanhoop. Kennis dáárvan zou fataal zijn voor Nanda.

Daarom is die dramatische methode, met haar afstandelijkheid, voorbehoud, buitenkantigheid, precies goed. De afstand van de lezer tot de romanfiguren is even groot als de afstand tussen die figuren onderling en de scherpzinnige waarnemer, die zo af en toe door James wordt opgevoerd en dan door het rookgordijn der ironie heen iets tracht te ontwaren, is daarom niet zomaar een romantechnisch hulpstuk, maar de buitenstaander die iedereen is in dit boek. In *The Sacred Fount* zal hij de hoofdpersoon worden, een duivels slimme man die niets van andere mensen begrijpt. 'My poor dear, you *are* crazy,' zegt een vrouw tegen hem, aan het eind van dat verhaal, en hij bekent dan: 'It wasn't really that I hadn't three times her method. What I too fatally lacked was her tone.' Dat die toon, van echte verstandhouding, ontbreekt beseffen de ironische priesters in *The Awkward Age* even pijnlijk.

De humorsoldaat

DE SATIRE BIJ WYNDHAM LEWIS

Wyndham Lewis (1882-1957) was van oorsprong beeldend kunstenaar. Hij studeerde aan de Londense Slade School of Art. Daarna verbleef hij zeven jaar lang op het Europese continent, waar hij zich op eigen gelegenheid verder bekwaamde. Hij woonde toen in Haarlem, het Haarlem van Frans Hals, in München, het Madrid van Goya, maar meestentijds in Parijs. In de kunstgeschiedenis staat hij te boek als de voornaamste schilder van het vorticisme, het Engelse antwoord op kubisme en futurisme. De futurist F.T. Marinetti had in zijn manifest van 1909 gesproken over 'de vortex van het hedendaagse leven' en de dichter Ezra Pound, de impresario van het modernisme, koos het woord vortex als benaming voor de groep kunstenaars die zich verzameld had rond het tijdschrift *Blast*, dat in 1914 en 1915 door Lewis werd geredigeerd en grotendeels volgeschreven. Lewis nam meteen afstand van Marinetti en de zijnen: hun aanbidding van de machine bestempelde hij als naïef. In het kubisme verwierp hij de voorkeur voor het stilleven. Zelf gebruikte hij in die jaren een geometrisch idioom om menselijke en sociale energieën gestalte te geven. Zijn onderwerp was altijd de mens.

Hoe hij tot schrijven kwam heeft Lewis uitgelegd in zijn opstel 'Beginnings' (1930): 'Mijn verhalen waren de kristallisatie van wat ik buiten mijn bewustzijn moest houden terwijl ik aan het schilderen was. Anders zou het schilderij een slecht schilderij zijn geworden. Zo begon ik serieus te schrijven.' Hoewel hij als schilder dus strikt on-literair trachtte te zijn, was hij een schrijver met een in eerste instantie visuele inspiratie. Hij wenste een monumentale of, zoals hij zelf zei, een klassieke kunst, ook in zijn literaire werk, een kunst die aansluiting zocht bij het formalisme van de Chinezen en de Egyptenaren en niet bij het naturalisme van de Grieken. Ook als schrijver was hij eerst en vooral een *beeldend* kunstenaar, die zijn onderwerp van buitenaf benaderde, niet invoelend was, maar een standpunt innam buiten, en liefst tegenover, zijn materiaal. Net als de gelijknamige held uit 'Bestre' maakte hij al zijn zintuigen ondergeschikt aan het oog.

In 1903 had hij te Parijs de colleges van Bergson gevolgd. Bergson werd zijn bête noir. Hij stelde de filosoof verantwoordelijk voor wat hij 'de mystieke tijdscultus' noemde. Dat was een verzamelnaam voor allerlei aversies die hij breed etaleerde in zijn essayistische boeken uit de jaren twintig (*The Art of Being Ruled*, *Paleface* en *Time and Western Man*): de verheerlijking van de natuurmens en het primitivisme in de kunst, de verheerlijking van de jeugd en de infantilisering van de westerling, de homocultuur en de verheerlijking van het vrouwelijke, de mechanisering van arbeid en samenleving en het linksisme, allemaal tendensen die, zo stelde hij, ertoe leidden dat het tijdloze intellect de slaaf werd van de tijdgebonden affectieve geest. Bergson bepleitte een onderdompeling in 'het leven', het intuïtieve, driftmatige bestaan. De consequentie daarvan was volgens Lewis de Cartesiaanse machinemens die zich vaderlandslievend liet afslachten langs de Somme, de Aisne en de Marne. Lewis trok zich liever terug in zijn Platoonse ziel, het bovenpersoonlijke niet-ik.

Van oudsher heeft de roman in het medium tijd gezwommen. Zonder tijd geen intrige, geen psychologie, alles wat de roman zo levensecht maakt staat of valt ermee. Voor de andere modernisten, Proust, Joyce, Virginia Woolf, werden de tijd en de bijbehorende doodsgedachte een obsessie. Joyce voerde de levensechtheid ten top in *Ulysses* – 'een grot van Aladdin, volgestouwd met onwaarschijnlijke snuisterijen, een compacte massa dode troep,' oordeelde Lewis. Hij zette het tijdselement overboord. Proza was voor hem een statische kunstvorm. In *Blast* publiceerde hij typografische experimenten, zoals Paul van Ostaijen zou doen in ons taalgebied. Later behandelde hij taal zoals een schilder verf behandelt, met dik impasto en een geraffineerde slordigheid. Adjectieven werden door hem schots en scheef op elkaar gestapeld. Plot of vooruitgang kenden zijn verhalen niet, ze dansten pesterig in een kringetje. Ingrepen die andere schrijvers zoveel mogelijk proberen te verhullen – wisselingen van perspectief en decor – verrichtte hij bij voorkeur als een stomdronken toneelknecht. Weg met de kunst van indrukken en gewaarwordingen, het murmelend gekabbel van stream of consciousness en innerlijke monoloog, al die naturalistische uitwassen. 'Niet aan de kwal die drijft op de onderaardse stroom van het "duistere" Onbewuste geef ik de voorkeur, maar aan het schild van de schildpad, of de starre stilistische geledingen van de sprinkhaan. [...] In een levend organisme zie ik het liefst de beenderstructuur, niet de ingewanden.' (*Satire and Fiction*)

Dat niet-ik, wat is dat? Een kille lachspiegel, iets passiefs dat pas wanstaltig tot leven komt wanneer de een of andere sufferd er per ongeluk langsloopt. Lewis was dwangmatig in de contramine. Hij koesterde die rol: in 1927 riep hij zichzelf uit tot The Enemy, de professionele vijand. In de prozastukken die bijeen zijn gebracht in de bundel *Cantleman en ander vroeg proza*, en die in eerste versie allemaal geschreven zijn tussen 1909 en 1920, krijgt zijn openbare persoonlijkheid gestalte. Cantleman, het eerste persona, is de hoofdfiguur van een onvoltooid gebleven autobiografische roman die *The Crowd Master* moest gaan heten en waarvan alleen een paar fragmenten zijn overgeleverd. Hij is een naïeve jongeman, die overrompeld wordt door het uitbreken van de Eerste Wereldoorlog. 'Bedoelen die idioten allemaal echt –?! En is het *mogelijk*! Waarop maar één antwoord past. JA.' Terugblikkend op die tijd, in de volgende wereldoorlog, toen hij een balling was in de 'schijnheilige vrieskist' Toronto, schreef Lewis aan zijn vriend T. Sturge Moore: 'Wat waren die dagen vóór het tijdperk van oorlogen en sociale revolutie toch kalm. Het waren de laatste dagen van de Victoriaanse wereld, van kunstmatige vredigheid. Toentertijd wist ik niet beter, mijn jonge verstand beschouwde dat als de normale gang van zaken. Jij – vermoed ik – wist dat het zinsbegoocheling was. Je hebt me veel geleerd. Maar dát niet. Ik kwam erachter in 1914 – met stijgende verrassing en weerzin.' (*Letters*, ed. W.K. Rose, 15 juli 1941.)

Sinds Lewis als artillerie-officier de slachting van Passchendaele had bijgewoond was voor hem gewelddadigheid het hoofdkenmerk van mensen en hun samenleving. Hij schiep afstand tussen zichzelf en het menselijke gekrioel door zich de blik aan te meten van de entomoloog Jean-Henri Fabre, die hij hogelijk bewonderde: hij bekeek mensen alsof ze gepantserde insekten waren, overgeleverd aan hun hysterische instincten. Door de schok van de oorlog viel hij voorgoed uiteen in een kil en passief niet-ik en een hartstochtelijke mensmachine. Cantleman ziet zich gedwongen om zijn soortgenoten *en masse* te observeren. Al hoort hij zelf bij de massa, hij is een intellectueel en een Nietzscheaan, die zich er tegelijkertijd boven kan stellen. Hij en zijn broers Beresin, Pringle en Ker-Orr zijn ingebeelde Übermenschen die hun blik niet omhoog, maar gefascineerd omlaag richten. In navolging van Nietzsche hebben ze de dekmantel der moraal van het sociale verkeer weggerukt en zien daaronder slechts gewelddadige machtswil, die zich het meest exact laat bestuderen in de heftige kleinzieligheden, de stormen in glazen water, van het echtpaar Chalaran, van Bestre en de nep-Amerikaan Monsieur de Valmore. 'Van het oppervlak van het bestaan komt een goor en dramatisch schuim omhooggeborreld, dat zich ophoopt tot de personages die we zien,' schreef Lewis in zijn opstel 'Lagere religies'. 'Op nog geen vijf meter van andermans ogen bevinden we ons op een kratertje dat, indien het tot uitbarsting zou komen, als een cacaoblik vol stikstof uiteen zou spatten.'

Een schrijver die zijn onderwerp consequent van buitenaf benadert wordt vanzelf een satiricus en heeft meteen een satirische strategie: door te weigeren om de gevoelens van zijn personages als excuus voor hun gedrag te aanvaarden verandert hij hen in bizarre machines die, zonder die psychologische smeerolie, een akelig geknars laten horen. Ze zijn holle harnassen die een onverklaarbaar en kletterend eigen leven zijn gaan leiden. 'Hysterisch' noemt Lewis hen, 'dogmatisch', 'nurks', 'blaffend', 'star'.

Maar hoe consequent is Lewis? Alle humorsoldaten van deze verhalen, met hun stuitende lach en blikkerende tanden, dreigen telkens in de kuil te vallen die ze voor hun vijand hebben gegraven. Eensdeels blijft Cantleman onderworpen aan de massageest, waarvan hij anderdeels niets begrijpt, en wanneer hij in 'Cantleman met lentewijfje' de Natuur te slim af denkt te zijn, blijkt de Natuur hem toch een slag voor geweest. De ingebeelde aristocraat Beresin krijgt zijn trekken thuis in de vorm van zijn potsierlijke oorlogsbaby. Het amerikanisme van Monsieur de Valmore is bespottelijk, maar is Ker-Orr niet evenmin een Engelsman als De Valmore een Amerikaan is? Zijn biologische vader is een Schot, zijn financiële vader een Hongaar en waarschijnlijk is het die Hongaar die hem aan het eind van het verhaal sommeert om naar Boedapest te komen.

(De afkomst van Lewis was even kosmopolitisch als die van Ker-Orr. Zijn vader, kapitein Charles Edward Lewis, was een hoogst Amerikaanse Amerikaan, tot kapitein bevorderd wegens de heldenmoed die hij betoond had in de Burgeroorlog. Zijn moeder was een Engelse, van Schots-Ierse origine. Zelf had Lewis de Canadese nationaliteit: hij was geboren voor de kust van Nova Scotia, op het jacht van zijn vader. Toen hij zes jaar oud was verhuisde hij naar Engeland, waar zijn ouders al spoedig scheidden. Hij kreeg een orthodoxe Engelse opvoeding op de beroemde public school van Rugby, broedplaats van Brits edelgermanendom. Zijn leven lang dreef hij woest de spot met het protofascistische racisme en chauvinisme van de Engelse 'gentleman'; het verhaal 'Sigismund' is daar een fraai voorbeeld van en waarschijnlijk een verrassing voor degenen die Lewis slechts kennen als de man die 'fout' was.)

In 'Bestre' komt een oerscène voor waarin Lewis de verborgen identiteit van de satiricus en zijn slachtoffer onthult. Ker-Orr wordt als het ware uit Bestre geboren wanneer hij door een raam gluurt en daar tot zijn schrik zijn tronie ziet. 'Ik had sterk het gevoel dat er inbreuk gepleegd werd en daarom besefte ik aanvankelijk niet dat ik degene was die inbreuk pleegde. Dat het raam niet mijn raam was en dat het gezicht niet naar binnen maar naar buiten gluurde.' De satiricus is een spiegel: hij ontleent zijn identiteit aan zijn slachtoffer. Met zijn spot treft hij zichzelf en daarom is het vroege werk van Lewis niet de triomf van het niet-ik die je na lezing van zijn essayistische proza verwachten zou. Het dramatiseert veeleer de tweespalt tussen intellect en instinct en die ambivalentie doet zich tot in het taalgebruik gelden. Het begin van 'Cantleman met lentewijfje' parodieert de pastorale, maar die parodie werkt niet subversief: ze is een hommage aan de onverwoestbare vitaliteit van de natuur en heel wat overtuigender dan enige bucolische lofzang van dartelende Damons en Daphnissen.

Hetzelfde gebeurt in *Tarr*, de eerste roman van Lewis, die hij schreef tussen 1908 en 1914, in de tijd dus waarin ook deze verhalen zijn ontstaan. *Tarr* is het verhaal van twee schilders, Frederick Tarr en Otto Kreisler, wier paden kruisen wanneer ze in Parijs hun maîtresses blijken te delen. Tarr is een spreekbuis voor Lewis zelf. Voor hem bestaat er een absolute tegenstelling tussen de kunst en het leven. 'Kunst moet allereerst dood zijn,' vindt hij, 'en op de tweede plaats mag ze geen ziel hebben, in de menselijke en sentimentele betekenis van het woord. Goede kunst mag geen binnenkant hebben.' De eisen die Tarr aan de kunst stelt, stelt hij ook aan de kunstenaar. Dagelijks voert hij een taaie strijd om *niet* naar zijn Duitse verloofde, Bertha, te gaan. Zodra hij bij Bertha is glijdt hij pijlsnel af naar de verfoeide zinnelijkheid. Hij wil alle geestkracht, alle artisticiteit, die de *homme sensuel* volgens hem besteedt aan zijn liefdeleven, voor zijn kunst bewaren.

Net als in de verhalen uit deze periode wordt in *Tarr* over vrouwen allerlei onaardigs gedebiteerd. 'De psychische ontladingen van vrouwen deden hem onveranderlijk denken aan de aanblik van iemand die zeeziek is.' De borsten van Anastasya, de vrouw die Tarr later ontmoet en die, anders dan de lijdzame Bertha, begenadigd is met een agressieve seksualiteit, worden vergeleken met speenvarkens in een slagersetalage. Vrouwen zijn de draagsters van het automatische en instinctieve leven: ze zijn een valstrik voor het niet-ik, dat hen met al zijn satirische geweld bestookt. Maar, hopeloze ironie, daar worden de dames alleen maar aantrekkelijker van.

Otto Kreisler is het tegenbeeld van Tarr. Hij levert zich met huid en haar over aan zijn machinale driften, zonder zichzelf enige intellectuele discipline op te leggen. Kreisler is een middelmatig kunstenaar, hij is de bourgeois-bohémien, de *homme sensuel* die zich een tijdlang verbeeld heeft dat hij een schilder is en dan, zoals Tarr zegt, 'weer terug wil naar de seks', naar de kunstvorm van het grauw. Voor Kreisler zijn vrouwen 'een lommerd zo groot als de wereld, waar je je smoking niet kunt belenen maar jezelf wel, tijdelijk, in ruil voor het goud van het menselijk hart en wie weet ook voor ander goud, als dat toevallig voorhanden is' – en waar je jezelf, met een beetje pech, dus ook voor altijd kunt verliezen. Langzamerhand wordt duidelijk dat Kreislers sterkste drift doodsdrift is. Zijn verloedering wordt verhaald in een reeks groteske taferelen, een party waar hij alle aanwezigen schoffeert, een duel dat uitloopt op moord, zijn zelfmoord door ophanging in een politiebureau aan de Frans-Duitse grens. De rechtzinnige Tarr is intussen van de voorgrond verdrongen, het loeder Kreisler is de hoofdpersoon. Zoals Milton met *Paradise Lost* de wegen Gods wilde rechtvaardigen en uiteindelijk de tragedie van de Duivel schreef, zo is Tarr uiteindelijk geen roman over Frederick Tarr, maar over de Duitser Kreisler, in wie Lewis een scherpzinnig portret getekend heeft van het hele Duitse volk, dat onder aanvoering van een andere mislukte schilder hetzelfde lot tegemoet zou gaan.

Telkens weer loopt die satirische fascinatie van Lewis op hetzelfde uit: hij raakt zo in de ban van zijn tegenstander dat hij zich met hem gaat vereenzelvigen, dat hij zelf De Vijand wordt. Op die dubbelzinnigheid van de fascinatie heeft Lewis trouwens zelf gewezen in 'Een humorsoldaat', waar hij over Don Quichot schrijft: 'Mystiek en humoristisch als hij is, eigenlijk over alles verbaasd, heeft hij de neiging om te aanbidden en te bespotten, om als een doldrieste mot het komische en onbewuste licht dat hij ontdekt te achtervolgen; het te beoorlogen en tegelijkertijd als een minnaar te liefkozen.' De kringen waarin de mot ronddwarrelt lijken op een ander bewegingspatroon dat Lewis even daarvoor heeft genoemd: Don Quichot bestaat in een draaikolk van enerverende en burleske ontmoetingen. Hij bestaat in een *vortex*. Wie in een maalstroom verzeild raakt komt niet tot rust voordat hij het punt bereikt heeft waar hij in steeds engere kringen omheen heeft getold.

Deze verhalen blijken dus geen satires te zijn. Een echte satiricus giet zijn pek uit over de vijand vanaf een onwrikbaar en superieur standpunt. Ze gaan over een satirische impuls die zichzelf noodzakelijkerwijs ondermijnt, zodat de humorsoldaat telkens weer door zijn tegenstander wordt meegesleurd. Pringle en Ker-Orr zijn voyeurs, daklozen. 'Timide' is wel het laatste woord dat op deze militante figuren van toepassing lijkt en toch zijn ze behept met een passieve gevoeligheid waardoor ze altijd één tel te laat zijn, altijd in de reactie gedwongen worden.

'Sigismund' is de uitzondering. In dat verhaal, chronologisch het laatste in *Cantleman en ander vroeg proza*, is de Humorsoldaat van het toneel verdwenen, of liever: hij is verinnerlijkt, de onzichtbare schrijver heeft zich zijn spottende blik en toon toegeëigend. 'Sigismund' is een zuivere satire, evenals de romans die zouden volgen, *The Childermass* uit 1928, de monstergalerij *The Apes of God* (1930) en *The Revenge for Love* uit 1937, een verhaal over het noodlottige geklungel van Engelse communisten in de Spaanse burgeroorlog. Dat zijn glanzend gepolijste en onaantastbare boeken, zeker als je ze vergelijkt met deze ruw behouwen verhalen; het zijn meesterwerken, maar ze zijn minder oprecht. Lewis kon zijn satirische probleem slechts oplossen door het niet meer als probleem te stellen: hij verplaatste het simpelweg van zijn verbeeldingswereld naar het publieke toneel waarop het personage Wyndham Lewis, 'The Enemy', zijn aanstootgevende fratsen vertoonde. Voortaan was hij zelf de Humorsoldaat en zijn boeken en schilderijen waren de beledigingen die hij zijn tegenstander, de roze-rode Engelse intelligentsia, in het gezicht smeet. Bekketrekkend voor de spiegel schilderde hij begin jaren twintig zijn 'Zelfportret als Tyro' (een 'tyro' is een rekruut), waarop zijn eigen smoel geautomobiliseerd staat afgebeeld.

Maar Lewis had even weinig houvast als Ker-Orr. Al door de eerste wielingen van de naderende Tweede Wereldoorlog werd hij meegesleurd. Hij meende dat die oorlog ontketend zou worden door de Sovjetunie en haar marxistische gewelddideologie. Eind 1930 bezocht hij Berlijn. Hij walgde van de economische en morele ontbinding daar, die voor Auden en Isherwood in diezelfde tijd een muffe charme hadden, en haastig schreef hij zijn boekje *Hitler*, dat hem tot op de dag van vandaag kwalijk wordt genomen. In Hitler zag hij de man van het volk (van het *Duitse* volk, weliswaar, en dus een nogal vulgaire padvinder, een droogkloot van een humorsoldaat), de man die Duitsland zou redden. Hij meende dat Hitler nooit een oorlog zou beginnen, maar in tegenstelling tot de lakse Engelsen had hij gelukkig wel het benul om zich te bewapenen tegen het communisme. In pamfletten met lugubere titels als *Left Wings Over Europe* en *Count Your Dead: They Are Alive!* waarschuwde hij Engeland dat het opnieuw onvoorbereid verwikkeld zou raken in een lange oorlog. Lewis wilde vóór alles de vrede waarborgen, maar tot zijn verdriet moest hij merken dat Hitler zijn oorlogsbaby was. Met het verstrijken van de jaren dertig werd het ook hem duidelijk dat de wereldvrede meer te duchten had van het nationaal-socialisme dan van het communisme. Lewis kon de politiek toen nog slechts zien als het bedrijf van laffe en agressieve schurken en op 2 september 1939, één dag voordat Engeland aan Duitsland de oorlog verklaarde, ging hij scheep naar zijn geboorteland Canada, waar hij zes jaar lang armoe en kou zou lijden.

Zijn Canadese ervaringen noopten hem om zijn oude problematiek weer op te vatten en in wat zijn radicaalste boek zou worden, *Self Condemned* uit 1954, opnieuw de satiricus ten tonele te voeren. Voor het eerst sinds zijn vroegste verhalen geeft Lewis daarin een held van binnenuit gestalte. René Harding, die gedecoreerd is met het lintje van het Légion d'Honneur, emigreert net als zijn schepper aan de vooravond van de Tweede Wereldoorlog naar Canada. Hij is een oude en grimmige humorsoldaat, een historicus die het menselijke gekrioel op klinische afstand heeft gadegeslagen. 'De mens had ontdekt dat hij op een reusachtige bal rondraasde door een koude, zwarte leegte. Dat was heel wat meer dan de ijsbeer of de aap wisten. De ijsbeer was krankzinnig, hij werd geobsedeerd door zijn ijsbeerheid: en ook veel mensen waren krankzinnig, niet in staat om van buitenaf naar zichzelf te kijken. Waarom sommigen in dit gekkenhuis vol functionele persoonlijkheden gezond waren geworden wist eigenlijk niemand.' De mens is voor René, net als voor zijn naamgenoot Descartes, grotendeels een machine, het houten paard van Ker-Orr. Zijns inziens hoort de historicus zich bezig te houden met de overwinningen van de ziel op de functionele mens, maar de geschiedenis die gedoceerd wordt is een bloedige schandkroniek van menselijke zwakte. Daarom heeft hij zijn Londense leerstoel opgegeven.

Bij ontstentenis van maatschappelijke vrijheid moet hij in zichzelf een eigen vrijheid scheppen. Met zijn vrouw Hester betrekt hij een kamer van zeven bij drieëneenhalf, in een bakstenen gevaarte met valse façade, het Hotel Blundell in de Canadese stad Momaco. In dat hotel beoorlogen Angelsaksen en Frans-Canadezen elkaar, de staf bestaat uit dronken portiers en hoerenmadams, kakkerlakken worden met een gasgeweer van de ene kamer naar de andere gedreven. Wanneer René in de hotelbar murw is geslagen en dubbelgevouwen ligt over zijn pijn, 'als een boek dat vanzelf was dichtgeklapt', beseft hij dat hij niet aan de geschiedenis heeft kunnen ontsnappen door naar Canada te emigreren. Hoe innig macrokosmos en microkosmos verstrengeld zijn, blijkt hem wanneer in de winter van '43, midden onder de wereldbrand, ook het Hotel Blundell in vlammen opgaat. Het verandert in 'een vlammend spookbeeld, een vurige ijsberg. Op plekken waar de muren van vlammen verschoond bleven waren ze een solide ijsmassa geworden. Het water dat uit de brandslangen langs de muren droop was bevroren tot een metersdik ijspantser.'

Het kwaad dat de wereld verziekt blijkt zelfs werkzaam in de nog kleinere microkosmos van zijn huwelijk. In zijn 'zenuwlijdersduet' met Hester woekert een vijandschap die zal voeren tot haar dood. Hester wordt verteerd door heimwee naar Engeland en raakt in paniek bij alles wat René onderneemt om hun verblijf in Canada te veraangenamen en aldus, meent ze, te bestendigen. Ze is de vrouw van Lot, die door om te kijken naar de verwoesting van Sodom in een zoutpilaar verandert. Ze gooit zich in Momaco voor een vrachtwagen en wordt vermorzeld tot een 'graffitovrouw', maar haar hoofd blijft ongeschonden, ter bespotting van het strenge intellectualisme van René, de geschiedkundige die meende dat hij buiten de geschiedenis kon blijven.

In deze roman, die Lewis schreef toen hij zeventig was en geheel blind ten gevolge van een hersentumor, laat hij geen spaan heel van de hooghartige buitenstaanderspose waarin hij dertig jaar lang had volhard. 'Als je de flauwekul, de plunderingen en het bloedvergieten veroordeelt die door ons als "geschiedenis" zijn verheerlijkt, werp je jezelf dan niet terug op de futiliteit van je dagelijkse leven, dat dan evenzeer veroordeeld dient te worden?' vraagt René zich af. Op die vraag stuiten tenslotte alle doemdenkers: Hebben ze met hun ontmoedigende voorspellingen en aanklachten misschien slechts de weg geëffend voor de rampen die ze willen voorkomen? Is het mogelijk dat ze, met al hun goede bedoelingen, evenzeer handlangers van de duivel zijn als hun tegenstanders? 'Ik zie een vurige mist, waar ik ook kijk,' zegt René, 'maar dat vuur brandt niet buiten mij, het brandt in mijn hersens.' Nu ontvouwt zich de volle betekenis van de titel: door het bouwwerk van de geschiedenis onbewoonbaar te verklaren heeft René ook zijn eigen persoonlijkheid onbewoonbaar verklaard. Maatschappelijk herstelt hij zich, hij wordt hoogleraar aan een Amerikaanse universiteit, maar, zo zegt de laatste zin, 'zijn collega's hadden niet het flauwste vermoeden dat onder hen geen man, maar een lege ijshuls was komen wonen, en wel omdat ze zelf ook leeg waren, op een beetje academisch vulsel na.' René is een monster zonder waarde geworden.

Wanneer een satiricus niet de spot drijft met modieuze en voorbijgaande verschijnselen, maar dieper snijdt, dan snijdt hij zich uiteindelijk in zijn eigen vlees. Dat laat het werk van Lewis zien. Je zou ook kunnen zeggen dat zijn werk de uiterste consequentie trekt uit een denkfout: de strenge scheiding van lichaam en ziel. Maar dat is wel een denkfout die door de hele geschiedenis heen gemaakt is wanneer mensen zich moesten harden tegen waanzin, oorlog en de dood, en een ander verweer tegen die onontkoombaarheden is er nog steeds niet.

Het mannetje van de radio

DE PISAANSE CANTO'S VAN EZRA POUND

I

Uit *Hugh Selwyn Mauberley* (1920):

There died a myriad
And of the best, among them,
For an old bitch gone in the teeth,
For a botched civilization.

(Ontelbaren zijn dood,
Grote mannen onder hen,
Om een tandeloos oud wijf,
Om een verknalde beschaving.)

Aan de vooravond van de Eerste Wereldoorlog beleefden de kunsten in Londen een kleine renaissance. Er werden harde, exacte gedichten geschreven die afrekenden met wolligheden van de Victoriaanse poëzie. Wyndham Lewis schilderde in die tijd zijn geschubde doeken, de beeldhouwer Henri Gaudier-Brzeska legde primitieve energieën bloot in steen. Drijvende kracht achter de opleving was een in 1908 via Venetië naar Engeland gekomen Amerikaan, de dichter Ezra Pound. Hij was Henry James achternagereisd, naar een gedroomde Europese beschaving. T.S. Eliot zou een paar jaar later in hetzelfde kielzog volgen.

Pound schreef een programma voor de nieuwe dichtkunst en doopte haar het imagisme. Ook in het programma van Lewis en Gaudier, het vorticisme, had hij de hand. Maar de oorlog smoorde de renaissance in de kiem. Gaudier en de imagist T.E. Hulme sneuvelden aan het front, met nog tien miljoen anderen die voor de nieuwe kunst het publiek hadden moeten zijn. Henry James was in 1916 gestorven. 'Toen hij overleed,' zou Pound zich veel later herinneren, 'was het of je niemand meer iets kon vragen. Tot dan had je het gevoel dat er iemand was die het wist.' De overlevenden, Pound, Lewis, Eliot, beseften nu wat James had bedoeld met de pathetische woorden die hij de held van zijn verhaal 'The Middle Years' in de mond gelegd had: 'We werken in het duister – we doen wat we kunnen – we geven wat we hebben. Onze twijfel is onze hartstocht en onze hartstocht is onze taak. De rest is de waanzin der kunst.' Ze stonden er voortaan alleen voor.

De beschaving was verknald door een misdadige oorlog. Die ramp moeten we vooropstellen als we willen begrijpen hoe Pound, die een nobele man was, heeft kunnen collaboreren met het fascisme en hoe in hem de nauwlettende gevoeligheid van zijn poëzie heeft kunnen samengaan met botte rassenhaat. En begrip moet worden opgebracht, want het gaat niet aan om zijn poëzie te prijzen en zijn politiek te verketteren – daarmee verbannen we de poëzie uit de wereld. Om de poëzie dan maar mét de politiek weg te gooien is even dwaas als de politiek omwille van de poëzie te omarmen. En de opvatting die lang reçu is geweest, dat zijn magnum opus, de *Cantos*, het werk zou zijn van een gedegenereerde Pound, is niet vol te houden: Pounds beste poëzie staat in de *Cantos*. Als geheel is dat levenswerk misschien mislukt, maar er zijn mislukkingen die wel honderd successen waard zijn en de *Cantos* is er zo een.

2

Uit Canto I (oorspronkelijk III, 1915-1925):

And then went down to the ship,
Set keel to breakers, forth on the godly sea, and
We set up mast and sail on that swart ship,
Bore sheep aboard her, and our bodies also
Heavy with weeping, so winds from sternward
Bore us out onward with bellying canvas,
Circe's this craft, the trim-coifed goddess.
Then sat we amidships, wind jamming the tiller,
Thus with stretched sail, we went over sea till day's end.

In de vertaling van H.C. ten Berge:

> En daalden toen af naar het schip,
> Richtten de kiel op de branding, recht op de goddelijke zee, en
> Wij hesen mast en zeil op dat zwart schip,
> Droegen schapen aan boord, en ook onze lichamen
> Zwaar van tranen; aldus, met zwellend zeil
> Dreven ons winden van het achterschip voorwaarts,
> Het werk van Kirkè, de kortgekuifde godin.
> Daarop zaten wij midscheeps, terwijl wind de roerpen preste:
> Zo, met volle zeilen, gingen wij voort over zee tot het eind van de dag.

Het plan voor de *Cantos* was al voor de oorlog beraamd. Het was een totalitaire onderneming. Pound wilde een gedicht schrijven 'that contains history', dat de geschiedenis zou omvatten en bedwingen. Toen de tijd rijp was om het plan uit te voeren lag de geschiedenis aan gruzelementen: 'two gross of broken statues' en 'a few thousand battered books', meer was er niet van over. En hoe moest je een epos schrijven na de teloorgang van het christendom, zonder de leidraad die de theologie van Sint Thomas voor Dante geweest was en het verhaal van de zondeval voor Milton?

De overtuiging dat hij het klaren kon kreeg Pound toen hij bovenstaande vertaling voltooid had van het Odysseefragment waarin de listige zeevaarder met zijn makkers op weg gaat naar het schimmenrijk. Die vertaling werd Canto I en de periplus, de Homerische kustreis, werd zijn model. Hij meende dat die vorm open genoeg was om de verrassingen te kunnen verwerken die de geschiedenis hem nog bereiden zou op zijn dooltocht naar het paradijs. Zijn vertaling was duizelingwekkend polyfoon. Het was een vertaling van een vertaling, een herdichting in Oudengelse heffingenverzen van de Latijnse versie die de Renaissance-dichter Andreas Divus gemaakt had van de Odyssee. Drie tijden, drie talen, drie beschavingen zingen mee in dat Canto en brengen toch een twintigste-eeuws geluid voort, overeenkomstig Pounds strijdkreet 'Make it new'.

Het epos werd een levenswerk. De maker werd erdoor gemaakt. Hij werd een polyglotte stemmenimitator die binnen het bestek van één zin van Cockney op Frans op Negerengels kon overgaan. Hij werd een man met duizend maskers, nu eens Odysseus, dan John Adams, Dante, de condottiere Sigismundo Malatesta en met het vorderen van de *Cantos* steeds meer Ezra Pound. Het gedicht was een poging tot samenhang. De vraag die het stelde was: Kan ik, Ezra Pound, onder deze tijdsomstandigheden uitgroeien tot een coherent mens? Omdat Pound zich als 'one of the best' beschouwde had het antwoord op die vraag een meer dan persoonlijke draagwijdte: het epos was een experiment waarvan het slagen of falen tevens het slagen of falen van de beschaving zou betekenen. Moed en grootheidswaan zijn bij Pound niet van elkaar te onderscheiden.

3
Uit Canto XLV (1937):

Stonecutter is kept from his stone
weaver is kept from his loom
WITH USURA
wool comes not to market
sheep bringeth no gain with usura
Usura is a murrain, usura
blunteth the needle in the maid's hand
and stoppeth the spinner's cunning.

(Steenhouwer komt niet bij zijn steen
wever niet bij zijn getouw
MET USURA
komt geen wol naar de markt
van het schaap geen profijt met usura
usura is een pest, door usura
stompt de naald in de maagdehand af
en stremt het vernuft van de spinner.)

Maar als de poëzie buiten de sociale en economische orde staat kan ze weinig uitrichten. In de naoorlogse samenleving had ze vooralsnog minder te betekenen dan ooit. Het beste deel van het publiek was gesneuveld, er viel voor kunstenaars geen droog brood te verdienen. Pound teerde op de zakken van zijn vrouw en zijn vader. Lewis moest zich in leven houden met vernederende portretopdrachten. James Joyce, ook een ontdekking van Pound, bestond van schenkingen die de grote impresario links en rechts voor hem lospraatte. Hoe is het mogelijk, vroeg Pound zich af, dat een economie vier jaar lang een zinloze, verkwistende oorlog kan bekostigen en in vredestijd niet eens bij machte is om haar beste kunstenaars een bestaan te verschaffen?

(Er is veel veranderd sindsdien. Joris Ivens krijgt op zijn zesentachtigste alsnog het geld dat hij vroeger zo goed had kunnen gebruiken. Drommen hoogleraren verdienen de kost met het aan elkaar uitleggen van Pound en Joyce. Wanneer de schilderijen van Lewis wisselen van eigenaar worden er bedragen neergeteld van honderd maal de som die Lewis er zelf voor mocht ontvangen. Er is zelfs werk van hem vervalst en voor grof geld verkocht aan Christie's en de Tate Gallery, volgens een bericht van 11 juli '83 in *NRC Handelsblad.* Te worden uitverkoren door vervalsers, echte vaklui die tenminste iets maken dat ergens op lijkt, dat is wel de innigste accolade die de samenleving je geven kan!)

Toen Pound kennis maakte met de theorieën van majoor C.H. Douglas, dacht hij een verklaring én een oplossing voor alle economische ellende in handen te hebben. Douglas redeneerde zo: Bekijk je de wereldeconomie als geheel, dan blijkt het geld dat door producenten wordt verdiend niet voldoende om de prijs van hun produkten te betalen, en wel omdat die prijs elementen bevat die je aan de produktiekant niet terugvindt. De aan banken verschuldigde rente is het grootste van die elementen. Banken verdienen hun geld niet met produktie, maar met het bezit van geld, ze scheppen geld uit het niets en veroorzaken zo inflatie, ze verdelen het geld bovendien verkeerd, lenen het liever aan oorlogszuchtige regeringen dan aan een eerlijke ambachtsman. Rente, ofwel woeker, veroorzaakt armoede. *Usura*, het Romeinse woord voor woeker, werd een banvloek voor Pound.

Sociaal krediet was de oplossing die Douglas bedacht had. Het moest overheden onmogelijk worden gemaakt om zich bij banken in de schulden te steken en hun burgers dan voor de rentelasten te laten opdraaien. De staat zou de beheerder moeten worden van het nationale erfgoed – dat ook de kunst behelst, van zowel het heden als het verleden – en op dat erfgoed dividend moeten uitkeren aan de burgers, die er allemaal aandeelhouders in zijn. Het systeem van Douglas werd volgens Pound nog verbeterd door een uitvinding van de Oostenrijker Silvio Gesell, *Schwundgeld*, geld dat geleidelijk in waarde vermindert zodat een gestage omloop gewaarborgd is.

Dat nationale erfgoed – alle kennis, ervaring, bezit, cultuur van een volk – is een reëlere dekking dan goud, zilver of dollars, zolang de hoeveelheid papiergeld maar in overeenstemming wordt gehouden met het volume van de beschikbare goederen en diensten. De overheid kan haar geld in circulatie brengen dóor er de in haar opdracht verrichte werkzaamheden mee te betalen. Belastingen en alle gezeur van dien kunnen dan worden afgeschaft. In zijn boek *Money* noemt J.K. Galbraith majoor Douglas een *crank*, zijn volgelingen noemt hij *lowbrows*, maar in datzelfde boek beschrijft hij ook hoe sociaal krediet avant la lettre met succes werd toegepast in een aantal Amerikaanse koloniën. Pounds eigen grootvader had iets dergelijks uitgeprobeerd in Wisconsin.

4

Uit een praatje voor Radio Rome (4 mei 1942):

> De antimoraal van de bolsjewieken komt uit de talmoed, de smerigste leer die *dat* ras ooit gecodificeerd heeft. Uit de talmoed, en daaruit alleen, is het systeem van de bolsjewieken geboren, en als er nog christenen zijn in de VS, dan zouden ze deze waarschuwing eens ter harte moeten nemen en eens moeten letten op het verschil tussen de Griekse en de Hebreeuwse delen van de bijbel. En ze moesten

dan eens objectief het verslag van de Hebreeuwse barbarij lezen en hoe de Evangeliën beschrijven waarom Christus in opstand kwam.

Waarom werd Christus gekruisigd? Hij werd gekruisigd omdat hij een gangsterbende probeerde op te rollen.

Vlak voor zijn tweeëntachtigste verjaardag heeft Pound zijn antisemitisme 'stupid' en 'suburban' genoemd. Dat is veel te zacht uitgedrukt. Dom en burgerlijk was het antisemitisme van Henry James, van Hemingway, van Fitzgerald wanneer hij de draak steekt met joodse namen in *The Great Gatsby*. Weinig Amerikaanse schrijvers uit die tijd zijn ervan vrij te pleiten. Het was de huiver van de blonde protestante Amerikaan die moest toezien hoe donkere types uit de getto's van Oost-Europa het aangezicht van zijn land veranderden.

Dom en burgerlijk was het racisme van Pound misschien in aanleg, maar zijn economische obsessies maakten er iets veel giftigers van. Alle schurkachtige bankiers waren joden, dus alle joden waren schurkachtige bankiers. Die redenering was niet zomaar dom, het was een leugen waarin hij tegen beter weten in volhardde. Hij *wist* dat de gewone jood niets had uit te staan met het zogenaamde joodse kapitaal. Hij *wist* dat er met het imperialisme een staatskapitalisme was gegroeid en dat de voorstelling als zouden regeringen marionetten in de handen van hun geldschieters zijn een grove versimpeling was. Maar de waarheid interesseerde hem niet, omdat hij intussen politieke propaganda bedreef.

In 1938 schreef hij in zijn *Guide to Kulchur* (zijn spelling is een van zijn vele zonden): 'Racisme is bedrog, het werktuig van de bankroete intellectueel en de neppoliticus.' Hij *wist* dat racisme onzin is en dat alles wat in dat verband beweerd wordt, pro en contra, dus ook onzin is. Net als bijvoorbeeld astrologie is racisme een onderwerp waarover mensen die niets weten en niets gemeen hebben toch samen kunnen praten. Hoe hoger het flauwekulpromillage van een onderwerp, des te groter de gezelligheid. In een verknalde beschaving kun je de vervreemde eenlingen, die geen cultuur met elkaar delen, alleen nog met zulke onzin verbroederen. De irratioaliteit, de nep, die zo kenmerkend heet te zijn voor het fascisme, is een onontbeerlijk ingrediënt van iedere moderne massapolitiek en bij het racisme – onverhuld dan wel vermomd als antiracisme – worden nog steeds grote klossen politiek garen gesponnen.

Als de beschaving niet van onderop wilde groeien, dan moest ze maar van bovenaf worden opgelegd, desnoods met middelen die regelrecht met het doel in strijd waren. Het totalitaire gedicht vereiste kennelijk een totalitaire staat. Het vereiste een hoop valse knusheid en een leider die een held en een heilige was. In 1925 had Pound zich gevestigd in Italië, waar Mussolini zich met behulp van wonderolie een weg naar de macht had gebaand. Pound had zijn leider gevonden. Hij bestookte het Quirinaal met brieven vol wijze raad over sociaal krediet, de plaats van de poëzie in de samenleving, het pasteuriseren van melk, de kurkfabricage op Sicilië. De Duce kreeg ze allemaal op zijn bureau, zij het dan soms met de ambtelijke aantekening dat il collaboratore Pound blijkbaar geestelijk gestoord was.

Vanuit Pounds woonplaats Rapallo werd elk boek dat hem voor de nieuwe orde van belang leek naar Rome opgestuurd. Hij schreef pamfletten waarin Mussolini werd vergeleken met Thomas Jefferson en Confucius, stille wenken aan de dictator om zich wat meer naar die grote voorbeelden te richten. Eén keer werd hij door de 'Boss' in audiëntie ontvangen en de opmerking die hij toen over zijn poëzie te horen kreeg, 'è divertente' ('leuk!'), wordt in de *Cantos* meermalen als blijk van groot doorzicht geciteerd. Zo geestdriftig als ouders zijn wanneer hun wellicht zwakbegaafde peuter een zweem van intelligentie vertoont, zo geestdriftig was Pound over Mussolini.

5

Uit Canto LXXXI (*Pisaanse Canto's*, 1948):

The ant's a centaur in his dragon world.
Pull down thy vanity, it is not man

Made courage, or made order, or made grace,
Pull down thy vanity, I say pull down.
Learn of the green world what can be thy place
In scaled invention or true artistry,
Pull down thy vanity,
Paquin pull down!
The green casque has outdone your elegance.

In de vertaling van Paul Claes & Mon Nys:

De mier is in zijn drakenland centaur.
Leg af uw ijdelheid, want niet de mens
Schiep moed, schiep orde, schiep bevalligheid,
Leg af uw ijdelheid zeg ik, leg af.
Leer van de groene wereld waar gij staat
Op de trap van vernuft of ware kunst,
Leg af uw ijdelheid,
Paquin leg af!
De groene helm versloeg uw sierlijkheid.

Twintig jaar achtereen heeft Pound propaganda gemaakt voor zijn economische en politieke denkbeelden, almaar verbetener en schreeuweriger naarmate hij de Tweede Wereldoorlog dichterbij voelde komen. Het stond voor hem vast dat die oorlog het werk was van woekeraars, net als de Eerste, en in radiopraatjes die vanuit Rome naar zijn vaderland werden uitgezonden probeerde hij de Amerikanen daarvan te doordringen, ook na Pearl Harbor, toen de Verenigde Staten met de asmogendheden in oorlog waren en hij zich dus schuldig maakte aan heulen met de vijand, aan landverraad.

Sant'Ambrogio, waar Pound tijdens de laatste oorlogsjaren woonde, werd op 3 mei 1945 door Amerikanen en partizanen bevrijd. De dichter werd voor verhoor meegenomen naar Genua en drie weken later overgebracht naar het American Disciplinary Training Centre te Pisa. Daar werd hij gevangengezet in een van de tien kooien die bestemd waren voor de zwaarste misdadigers. De kooien waren vervaardigd van beton en staaldraad en de zijne was extra verstevigd met stalen banden. Hij kreeg er een paar dekens, later ook een veldtentje en een stretcher. Zon, stof en regen hadden er vrij spel. 's Nachts werd een schijnwerper op hem gericht.

Hij had bij zijn arrestatie nog gauw de Confucius-uitgave van Legge en een Chinees woordenboekje in zijn zak kunnen steken. In het kamp kreeg hij ook een bijbel. Dat was al zijn lectuur. Verder had hij er het gras, de mieren, sprinkhanen, de berg in de verte die hij Taishan noemde naar de heilige berg van China. Hij bestudeerde de 'scaled invention' van de cicade, zijn gepantserde vernuft, zijn vindingrijkheid op de toonladder. De groene wereld en het Hebreeuwse boek Prediker zetten de zestigjarige aan het denken over ijdelheid. Hij vermagerde tot op het bot, zijn ogen raakten ontstoken, hij leed aan geheugenverlies en moest na enige weken verhuizen naar een tent in de medische afdeling van het kamp, waar hij nog een halfjaar zou blijven en de elf Pisaanse Canto's schreef.

Pound heeft tot zijn dood volgehouden dat zijn hitserige en verwarde radiopraatjes – waarnaar overigens alleen de FBI luisterde – bedoeld waren ter verdediging van de Amerikaanse constitutie en dus onmogelijk landverraad konden zijn. Hij had zijn landgenoten immers gewezen op het grondwettelijke recht om hun eigen geld te munten, een recht dat door de verrader Roosevelt (Rosenfeld of Oozenstink, volgens Pound) aan de banken was verkwanseld. Hij heeft dat argument nooit voor een jury kunnen aanvoeren omdat hij te zwak werd bevonden om terecht te staan. Pound is nooit veroordeeld, maar wel zwaar gestraft. Hij werd geïnterneerd in de psychiatrische afdeling voor misdadigers van St. Elizabeth's Hospital te Washington DC en door een hetze van kwezels die zich met terugwerkende kracht goede vaderlanders wilden betonen heeft hij daar dertien jaar, van '45 tot '58, gevangen moeten zitten.

Mettertijd werd die opsluiting zo'n schandaal dat hij moest worden vrijgelaten, op voorspraak van vooral de presidentiële hofdichter Robert Frost, ook al een ontdekking van Pound. Zodra hij weer voet op Italiaanse bodem zette bracht hij de fascistengroet. De jaren in St. Elizabeth's hadden hem gestijfd in zijn opvattingen, hij had er alleen met neofascistische geestverwanten verkeerd. Pas in Italië begon hij te begrijpen dat hij het contact met de geschiedenis kwijt was. De twijfel die zijn hartstocht was geweest, hoe hard hij ook geprobeerd had hem te overschreeuwen, sloeg hem nu met stomheid. Hij zweeg, tien jaar lang, als schrijver, in de omgang. Zijn levenswerk was een allegaartje, hij kon er geen touw meer aan vastknopen. 'I cannot make it cohere' bekende hij in de reeks 'Drafts & Fragments', de sisser waarmee de *Cantos* aflopen. In Canto CXX, het laatste, gepubliceerd in 1969, heeft Paquin al zijn ijdelheid afgelegd:

I have tried to write Paradise

Do not move
    Let the wind speak
        that is paradise.

Let the Gods forgive what I
        have made
Let those I love try to forgive
        what I have made.

6

Hoe lees je de *Pisaanse Canto's*, honderd bladzijden gedrongen poëzie van een dichter die zijn eigenaardige eruditie als bekend veronderstelt, die voor droomlezers schrijft? Je begint maar gewoon vooraan, brengt de regels in je hoofd tot klinken, vaak zonder te weten wat er verwoord wordt, blij wanneer je af en toe de indruk hebt dat iets je niet ontgaat. Je laat de poëzie in haar eigen ritme door je hoofd gaan, de uit hun verband gehaalde citaten die in een meestal duister nieuw verband gezet zijn, de Chinese ideogrammen, twee pagina's notenschrift, de fascistenpraat die tussen al die esoterica ineens geen verklaring behoeft. Uit de wartaal klinkt dan een elegische muziek op, het duidelijkst in de latere Canto's, wanneer de polyglotte clown zijn maskers heeft afgelegd en spreekt in eigen persoon, eerst schuchter in het Frans, 'Les larmes que j'ai créées m'inondent', dan met minder omhaal in 'What thou lovest well remains', in de vermaning aan Paquin, in de beschouwingen over de groene wereld,

When the mind swings by a grass-blade
    an ant's forefoot shall save you
the clover leaf smells and tastes as its flower

(Wie zich vastklampt aan een grashalm
    vindt redding bij een mierepoot
het klaverblad ruikt en smaakt als zijn bloem),

en in 'Oh let an old man rest'.

Je beseft dat de vijf, zes bladzijden lyrische hoogtepunten die je na eerste lezing zijn bijgebleven niet kunnen worden losgemaakt uit het organische geheel van de *Cantos*, dat door alle regels van dat epos hetzelfde bloed stroomt, en je begint opnieuw vooraan, nu met behulp van de geannoteerde vertaling door Paul Claes & Mon Nys, ook de bezorgers van *Mauberley en andere gedichten.* Je leest de honderdvijfendertig pagina's summiere aantekeningen, bij haast elke regel een noot. Je hoort nu noten, geen muziek. De muziek, die je eerst liet doorlezen, verwaait nu door het heen-en-weer-bladeren.

De tweede lezing is een voorbereiding op de derde. Pas bij de derde lezing grijpen klank en betekenis in elkaar, en met een precisie waardoor Pounds poëtische steno volkomen wordt gewettigd. De volgende regels uit Canto LXXIV, over het paradijs dat *spezzato* is, verbrijzeld, tappen hun helderheid uit diep verborgen bronnen:

in stone is no imprint and the grey walls of no era
    under the olives
    saeculorum Athenae
    glauks, glaukopis,
        olivi
that which gleams and then does not gleam
  as the leaf turns in the air

(In steen geen afdruk, de muren een tijdloos grijs
    onder de olijven
    saeculorum Athenae
    glauks, glaukopis,
                olivi
dat wat glimt en dan weer niet glimt
    zoals het blad draait in de lucht)

De regels komen pas tot leven wanneer je weet dat Pound verwijst naar een boek van Allen Upward. Daarin wordt verband gelegd tussen de Griekse woorden *glauks* (uil), *glaukos* (blikkerend of olijfgroen), en *glaukopis* (uilogig of groenogig), het Homerische epitheton voor de godin Athene, beschermvrouwe van Odysseus. Uil en olijfboom zijn allebei attributen van Athene, en dat heeft volgens Upward een visuele reden: wanneer de uil met zijn ogen knippert zie je nu eens het glanzende oog, dan ineens het doffe ooglid, precies zoals olijfbladen in de wind nu eens hun blinkende bovenkant en dan weer hun doffe onderkant tonen. Uil en olijfblad rijmen. Pound maakt het geblikker voelbaar door de rangschikking van zijn woorden. Door het Grieks en het Engels met een klikkende alliteratie aan elkaar te koppelen laat hij zien dat Athene *saeculorum* is, van alle tijden, in tegenstelling tot het tijdloze grijs van de muren.

Nog meer reliëf krijgt de passage wanneer je weet dat de jonge Pound een estheet was die zwijmelde bij de clichés van de laat-romantische Franse poëzie. 'Yeux glauques', zeegroene ogen, was daarvan een van de meest typerende. De dichter is zijn leven lang in de weer geweest om van de zachte jonge Pound een harde Pound te maken. In *Mauberley* nam hij afstand van het cliché door 'Yeux glauques' te gebruiken als titel voor een paar meewarige kwatrijnen over het estheticisme, maar hij bleef ermee bezig, tot hij er hier een frisse, exacte en diahistorische betekenis aan had gegeven.

Met alleen de trefwoorden die Claes & Nys geven valt zoiets niet uit te vogelen. Pound schreef geen cryptogrammen. De noten verklaren niets, het zijn aanwijzingen waarmee de lezer zelf aan het werk moet. Tot die zelfwerkzaamheid ben ik niet altijd bereid. Vooraan in het eerste Pisaanse Canto heeft Pound het over 'snotty barbarians ignorant of T'ang history'. Dat is zo zijn manier om zijn lezers met wat leergierigheid te schoppen. Claes & Nys geven trouwhartig de jaartallen van de T'ang-dynastie, maar deze barbaarse snotneus weet dan nog niets en heeft voorlopig ook geen tijd om zich te verdiepen in de geschiedenis van China. Zo zijn er meer passages die geraaskal moeten blijven, hoe keurig de tekstbezorgers ze ook hebben nagetrokken.

Soms, bijvoorbeeld wanneer ze uitleggen wie Gustave Flaubert en Henry James geweest zijn, annoteren Claes & Nys naar mijn smaak wat te veel. Dat gebeurt al meteen bij de allereerste zin: 'De immense tragiek van de droom in de gekromde/rug van de boer.' Die krijgt een verwijzing naar *Ulysses*. De leer der intertekstualiteit eist schriftuurlijke bronnen, maar zo zeker is het niet dat hier op Joyce wordt gezinspeeld, Pound had ook de landman van Van Gogh of Brueghels *Val van Icarus* in gedachten kunnen hebben, evenmin mag worden uitgesloten dat hij, daar in Italië, met eigen ogen een boertje heeft zien ploeteren en bovenal: het beeld is zonder meer duidelijk.

Pound is zelf voorbeeld en slachtoffer van de beschavingscrisis die hij wilde opheffen. Wil je zijn poëzie van a tot z kunnen volgen, dan zul je je zijn belezenheid eigen moeten maken, je zult Pound moeten *worden*, en dat is nogal veel gevraagd, want hij was niet volstrekt voorbeeldig en net als iedereen was hij voor ongeveer de helft een samenraapsel van omstandigheden. Dat heeft tot extreme reacties geleid: sommigen grijpen elk excuus aan om de *Cantos* niet te hoeven lezen ('fout', 'krankzinnig', 'wartaal'), anderen vreten ze met antisemitische huid en fascistisch haar. Claes & Nys hebben het beste deel van het epos nu iets toegankelijker gemaakt, zodat niemand nog in uitersten hoeft te vervallen en deze poëzie eindelijk eens kritisch gelezen kan worden. Ze verdienen onze dank.

7
Uit Canto LXXXII:

fluid CHTHONOS, strong as the undertow
of the wave receding
but that a man should live in that further terror, and live
the loneliness of death came upon me
(at 3 P.M. for an instant)
dakrúoon
enteũthen
three solemn half notes
their white downy chests black-rimmed
on the middle wire
periplum

In de vertaling van Ten Berge:

fluïdum CHTHONOS sterk als de stroom
onder krimpende golven zuigt
maar dat een mens in die verdere verschrikking moet leven,
en blijven leven
de eenzaamheid des doods overviel mij
(om 3 uur sochtends, even maar)
dakrúoon
enteũthen
drie stemmige halftonen
witdonzen borst zwartomrand
op de middelste draad
periplus

Claes & Nys:

vloeibare CHTHONOS sterk als de onderstroom
van de terugtrekkende golf
maar dat iemand moet leven in zo'n verschrikking, en
blijven leven
de verlatenheid van de dood overviel mij
(om 3 uur 's middags, een ogenblik)

dakrúoon
enteũthen
drie plechtige halve noten
hun donzige witte borsten zwartomrand
op de middelste draad
periplum

Pound vertalen is simple comme bonjour waar het gaat om de exotische citaten. Verder is er geen beginnen aan, want hoe moet je een driedubbele vertaling of parafrase zó vertalen dat alle tekstlagen zichtbaar blijven in je Nederlands, en wat maak je van een dialectnabauwing als 'Tyke 'im up ter the bawth' ('Neim 'em mei noar bad' volgens Claes & Nys)? En wanneer Pound in een paar bladzijden de hele geschiedenis van de Engelse prosodie in zijn regels verwerkt, moet je hem dan pasticheren en het metrum van Chaucer vervangen door dat van de Beatrijs, de versmaten van Lovelace en Ben Jonson door die van Jan van der Noot en Hooft? Claes & Nys blijven bij Pound in de pas.

Ik heb hierboven een fragment van hun Canto LXXXII naast de eerdere versie van Ten Berge gelegd. (*Chthonos* is Grieks voor aarde, *dakrúoon enteũthen* voor: wenend, om die reden.) Ten Berge maakt blunders waarop je hen niet zult betrappen. Drie uur 's middags wordt bij hem drie uur 's ochtends, zodat de toespeling op het stervensuur van J.C. verloren gaat, en de zwaluwen die in de laatste regels worden beschreven zitten op hun telegraafdraden als noten, niet als tonen. Maar Ten Berge is vormvaster: 'sterk als de stroom/ onder krimpende golven zuigt', dat is een zin die trekt als de onderstroom zelve, en 'witdonzen borst zwartomrand' is beknopter en beter dan de 'donzige witte borsten', die voor zulke kleine vogeltjes veel te wulps en weelderig zijn.

Claes & Nys zijn een tikkeltje doof voor de muziek van Pound. Ze lijken de opvatting te huldigen dat een zogenaamd 'vrij' vers in vertaling een haast onbeperkt aantal extra lettergrepen kan torsen. Pound had zich voorgenomen om de Engelse pentameter open te breken, maar niet opdat de poëzie voortaan vormeloos zou zijn. Een van zijn imagistische geboden was: 'Wat ritme betreft: laat je bij het componeren leiden door de muzikale frase, niet door een metronoom.' Wanneer zijn verzen niet metrisch zijn hebben ze wel degelijk een eigen ritmische plastiek. De hardhorendheid van de vertalers blijkt al uit hun inleiding, waar ze schrijven dat de *Cantos* 'niet zuiver lineair gelezen' en 'spatieel, multidimensioneel ervaren moeten worden' en dat 'de dansende bladschikking met haar insprongen en witruimtes' visueel bedoeld is. Wil het vlechtwerk van motieven tot zijn recht komen, dan moeten de *Cantos* beslist gewoon van voren naar achteren gelezen worden en de bladschikking is slechts visueel in de oppervlakkige zin van McLuhan, volgens wie het gedrukte woord überhaupt een visueel medium is. De inspringingen en witruimtes zijn een muzikale notatie, bedoeld om de stem van de lezer te dirigeren.

Vertaalfouten – ach, wie zoekt zal ze altijd vinden. Zo zijn in het glauks-fragment de grijze muren volgens de vertalers 'van alle tijden'. Maar het is Athene die van alle tijden is; de muren zijn 'of no era', van geen enkele tijd. Het is geen kunst om in poëzievertalingen fouten te vinden, wat overigens geen reden is om het zoeken te staken. Juist omdat de vertaler er altijd naast zit vertelt hij je meer over een tekst dan welk commentaar dan ook. Daarom heb ik maar één ernstig punt van kritiek op deze uitgave: ze had echt tweetalig moeten zijn.

8

De poëzie van de *Cantos* is uiterst sober en direct, en dat maakt haar moeilijk. Toen Pound in zijn jonge jaren het programma van het imagisme formuleerde drong hij aan op 'direct presentation of the *thing*'. Abstracties waren voor hem uit den boze. Die opvatting heeft hij later uitgewerkt tot wat hij zijn ideogrammatische methode noemde. De Chinese ideogrammen voor abstracte begrippen zijn samengesteld uit tekens die concrete verschijnselen voorstellen: het *ming*-ideogram, bijvoorbeeld, dat onder andere voor het begrip intelligentie wordt gebruikt, bestaat uit het teken voor de zon en het teken voor de maan die achter een raam schijnt. Op analoge wijze heeft Pound heel diverse citaten en concrete beelden in een muzikaal verband aan elkaar geklonken. Wanneer je dat verband hebt doorgrond word je beloond met een flits van een uniek inzicht. Dat inzicht is dan tegelijk zintuiglijk en abstract.

Het compliment aan Henry James dat ik in het begin van dit stuk heb aangehaald ('Toen hij overleed was het of je niemand meer iets kon vragen') staat in een interview met Donald Hall uit 1960. Het is een terloopse toespeling op Dante's 'maestro di color che sanno', de verzen over Aristoteles te midden van zijn wijsgerige zonen. In hetzelfde vraaggesprek wijdde Pound een paar woorden aan een stilistische eigenaardigheid van James, de tussenzin: 'Je merkt dat degene tegen wie je spreekt zich niet bewust is van de verschillende stappen. Die neem je dan een voor een met hem door. In feite heeft de Jamesiaanse parenthese een geweldige opgang gemaakt. Volgens mij is dat iets typisch Amerikaans. De strijd die je leveren moet wanneer je iemand tegenkomt met veel ervaring om het punt te vinden waar de twee ervaringen elkaar raken, zodat hij weet waarover je het hebt.'

Pounds ideogrammatische methode was een poging om de Jamesiaanse omweg af te snijden. In plaats van eerst de kloof te verkennen die tussen de gesprekspartners gaapt (en bij James heeft die doorgaans de omvang van de Atlantische Oceaan) waagt Pound een ferme sprong, op het gevaar af in onbegrip te verdwijnen. Wanneer er geen cultuur bestaat die gemeengoed is gaapt die kloof tussen alle burgers. De beschaafde eenling is dan een specialist of, zoals Pound, een eclecticus. James met zijn tot in het oneindige uitdijende zinnen en Pound met zijn beknoptheid die hem ten slotte tot zwijgen heeft gebracht – allebei beseften ze uitzonderlijk goed hoe precair de communicatie is geworden. En communicatie is waar het hun om ging. Je zou het niet verwachten van zo'n politieke ketter, maar Pound was net als James een typisch Amerikaanse ijveraar voor werkelijke democratie. James, die nooit een woord heeft vuilgemaakt aan Pinochet e tutti quanti, is door Pound een strijder tegen tirannie genoemd. Hij schreef over de tirannie die onder je eigen dak ontstaat wanneer je huisgenoten tegen elkaar zwijgen. Zonder communicatie, en zonder een aristocratie die het peil van de communicatie bewaakt, kan er geen samenleving bestaan, zeker geen democratische. Een land waarin men niet meer met elkaar praat en alleen nog stembiljetten invult, is een concentratiekamp. Of zoals Pound schreef in Canto CXV: 'When one's friends hate each other/how can there be peace in the world?'

TUSSENPERSONEN

De veren van de zwaan

SHAKESPEARE VAN BURGERSDIJK TOT KOMRIJ

De biografen hebben van William Shakespeare een koopman gemaakt, een magistraat, humanist, zeevaarder. Ze hebben altijd omhooggezeten met de schamele feiten die hun ten dienste stonden. Dat al die onsterfelijke werken bij elkaar geschreven zouden zijn door een boerenpummel uit Stratford-on-Avon, een ordinaire toneelspeler, wilde er bij hen niet in. Hij zou Vlaams bloed gehad hebben, net als Beethoven. William Shakespeare was helemaal William Shakespeare niet; hij was een edelman en heette Francis Bacon, Viscount St. Albans. Dat is een theorie die hartstochtelijk wordt beleden in het democratische Amerika, in weerwil van het feit dat de adel bar weinig kunstgenieën heeft opgeleverd. De Baconianen lezen het werk als één reusachtig cryptogram, dat alleen geschreven zou zijn om het auteurschap van Bacon te verhullen. Als ze gelijk hebben, dan is dat de Viscount slecht gelukt. Tegenwoordig zijn er ook veel geleerden die menen dat Shakespeare een vrouw was.

Wie zo'n veelzijdige schrijver vertalen wil moet zelf een beetje een Proteus zijn. In Nederland hebben we het geluk dat dr. L.A.J. Burgersdijk (1828-1900) zo iemand geweest is. Aanvankelijk studeerde hij medicijnen, maar na zijn kandidaats stapte hij over op natuurlijke historie. Toen hij vierentwintig was promoveerde hij op *Annotationes de quibusdam Crustaceis indigenis*, een dissertatie over enige inheemse schaaldieren dus, en werd hij leraar, vervolgens hoogleraar, aan de Koninklijke Militaire Academie te Breda. In 1864 verhuisde hij naar Deventer, waar hij docent werd aan de HBS (in die tijd, lang voor de verloedering van ons middelbaar onderwijs, was het blijkbaar geen stap terug om van hoogleraar leraar te worden) en tevens aan de zogenaamde pillenschool, de apothekersopleiding. Aan de Deventer Burgeravondschool gaf hij bovendien les in de kosmografie.

Het ogenblik dat de geest van Shakespeare over Burgersdijk vaardig werd is even exact gedateerd als de verschijning van de H. Maagd aan de kinderen te Fatima. Op 26 januari 1877 woonde hij bij de vereniging 'Kunstzin' in zijn woonplaats een opvoering bij van *Othello*, door de Italiaan Ernesto Rossi. Een uitgave van *Twelfth Night* lag toevallig thuis op zijn schrijftafel, en de bioloog, die tot dan toe alleen binnen zijn vakgebied had gepubliceerd, begon luttele dagen later aan een vertaling van dat stuk. Hij hield niet meer op met vertalen tot hij Shakespeare volledig in het Nederlands had overgezet; die allerlaatste punt zette hij op 9 augustus 1885, achter *Pericles*.

Dat Burgersdijk achteneenhalf jaar lang met Shakespeare opstond en naar bed ging is te zwak uitgedrukt: dikwijls genoeg kon hij er niet van slapen. Was mevrouw Burgersdijk er eindelijk in geslaagd om haar man een keertje mee te krijgen naar de Buitensociëteit en troffen ze daar aan het tafeltje naast hen dansmeester De Jong, in het gezelschap van zijn dochter Rika, dan begon hij een gesprek over de maat van oude volksdansen in *Het winteravondsprookje*. Als je in huize Burgersdijk een hele avond was doorgezaagd over de Zwaan van de Avon en zuchtend zei: 'Kom, ik ga eens naar moeder, het is al laat,' dan haalde de oude heer Julia aan, 'Wilt gij reeds gaan? Het is nog lang geen dag!' en je was niet zo goed of je bleef tot de leeuwerik zong. Engelse les had Burgersdijk nooit gehad, hij maakte zich de taal door zelfstudie eigen, en zijn eerste bezoek aan Engeland bracht hij pas in 1889, toen alle twaalf delen van zijn vertaling al verschenen waren. De mensen daar hoorden raar op wanneer de Hollander zijn snor had leeggezogen en verklaarde: 'Gadzooks! Ne'er have I tasted a cup of tea as wondrous savoury as this!'

Voordat Burgersdijk met zijn vertalingen kwam was hier te lande de algemene opvatting dat Shakespeare in het Nederlands niet kón. Hij werd wel opgevoerd in de bewerkingen van de Fransman J.F. Ducis, ellendige verhaspelingen, de acteurs Ludwig Barnay en Ernst Possert brachten zijn werk hier in het Duits, in Deventer deinsde men er niet voor terug om het in het Italiaans te gaan bekijken, maar Shakespeare rechtstreeks in het Nederlands vertaald – ondenkbaar! De hoogste notabelen moesten achter hun bureaus vandaan gehaald worden om de vereniging Het Nederlandsch Tooneel zover te krijgen dat ze Burgerdijks *Romeo en Julia* op de planken wilde brengen. Dat gebeurde op 22 oktober 1879, met in de hoofdrollen Louis Bouwmeester en Josephine de Groot. De secretaris van het gezelschap, J.H. Rössing, herinnerde zich in *Eigen Haard* (jaargang 1900): 'Na het groote artistiek en nog grooter geldelijk succès van *Romeo en Julia* zou men meenen, dat het gemakkelijk ging andere werken van Shakespeare ten tooneele te brengen. Niets minder waar. De tooneelisten werkten in den aanvang niet mee. Zij verklaarden "de taal van Burgersdijk niet te kunnen leeren, zij braken er hun tanden mee".' Wat er ook veranderd is in Nederland, de acteur zeker niet. Er moesten eerst nog opvoeringen komen van *Hamlet* en van *De koopman van Venetië*, waarin Louis Bouwmeester als Shylock de rol van zijn leven speelde, voordat Burgersdijk gelijk kreeg van zijn landgenoten.

Shakespeare was al eerder volledig in het Nederlands verschenen. Er bestond een achttiende-eeuwse prozaversie, waarvan de levendigste gedeelten verzorgd waren door de geheimzinnige Bernardus Brunius, en zo'n kwarteeuw voor Burgersdijk had A.S. Kok uit Roermond een metrische vertaling gemaakt. Maar die teksten waren ongeschikt voor het toneel en wemelden van de blunders. De bondigheid en accuratesse van Burgersdijk zijn nog steeds moeilijk te overtreffen. Hoe grondig hij zijn Shakespeare kende besef je pas wanneer je een moderne teksteditie zoals de Arden-uitgave naast zijn vertaling legt; bij de gebrekkige stand van de Shakespeare-Forschung van zijn dagen blijkt hij dan keer op keer oplossingen gevonden te hebben waarmee hij de geleerde tekstbezorgers een eeuw vooruit was. Maar Burgersdijk had de pech om te werken nét voordat de Tachtigers onze literaire taal kwamen vernieuwen, zodat zijn Nederlands al snel verouderd aandeed. Jammer voor Burgersdijk, maar een zegen voor onze Shakespeare-traditie. Op het fundament van gewapend beton dat hij gelegd heeft bouwen de vertalers nu al honderd jaar voort. Vertalers als Edward B. Koster, Nico van Suchtelen (wat heeft die man *niet* gedaan?), Jacobus van Looy, A. Roland Holst, Martinus Nijhoff, J.W.F. Werumeus Buning, Evert Straat, Gerard den Brabander (die zo tegendraads was om Shakespeare's blanke verzen te berijmen), Hans Andreus, de Belg Willy Courteaux, Bert Voeten, Pé Hawinkels en de afgelopen vier jaar ook Gerrit Komrij.

Vertalen is een verkleedpartij – en met welke veren kun je oogverblindender pronken dan met de veren van de Zwaan? Het is uitleggen, passen, meten, inspelden, vastrijgen, en tot slot een gedaanteverwisseling. De vertaler is een travestiet. Door zijn zwoegen vergeet hij zijn schonkige schouders en knokige benen (die voor anderen heel goed zichtbaar blijven) en kan hij zich schitterend wit en donzig wanen, op-en-top Zwaan. Had er maar een Burgersdijk geleefd in de tijd van Vondel, dan had onze literatuur niet zo lang voor aap hoeven lopen in die flodderalexandrijnen.

Maar vertalen is meer dan ijdelheid, het is ook: twee talen aan elkaar laten snuffelen, Nederlandse woorden en zegswijzen tegen Engelse laten aanschurken en kijken of er iets moois ontstaat. Dat lukt het best wanneer de talen van ongeveer hetzelfde ras zijn. Haiku in het Nederlands is de vrijage van een keeshond en een pekinees. George Steiner schrijft in *After Babel* dat de Fransen de kloof tussen het Engels en hun eigen taal al zo immens vonden dat ze het Frans zijn gaan ervaren als een afwezigheid van Shakespeare. De culturele afstand moet afzienbaar zijn. In het Duits en het Nederlands is Shakespeare een voelbare aanwezigheid, dank zij A.W. von Schlegel en Burgersdijk, zij het dan dat die Shakespeare nogal verschilt van de Engelse. Het Nederlands kan in handen van de Shakespeare-vertaler verliefd worden, het kan bezeten raken van dat gevaarlijke mengsel van bezitsdrang en overgave dat de beminde eert en vervalst, miskent en verheerlijkt.

Vertalen is ook een krachtmeting. De wedstrijd tegen

Shakespeare's Engels is de moeilijkste en de spannendste die je het Nederlands kunt laten spelen. Wanneer de uitslag luidt dat Shakespeare zich desnoods ook in het Nederlands had kunnen uitdrukken – even natuurlijk als Othello en Julia zich van het Engels bedienen, terwijl ze toch eigenlijk Italiaans spreken –, dan is dat een hart onder de riem van onze moedertaal. En zo niet, dan ziet het er somber voor ons uit. We moeten van tijd tot tijd met ons Nederlands naar Shakespeare, om te zien of we nog helemaal de oude zijn.

Ik ga nu wat glossen en vlossen. Uit elk van de vijf toneelstukken die Gerrit Komrij de afgelopen jaren heeft vertaald heb ik een paar glansregels gekozen, regels waarvan verondersteld mag worden dat hij er zijn best op heeft gedaan. Ik ga die fragmenten vergelijken met wat Burgersdijk en andere vertalers ervan hebben gemaakt, om zo eens te zien wat voor beweging er zit in onze honderdjarige Shakespeare-traditie. Dat lijkt misschien een beetje saai, ongedurige lezer, maar is het geenszins. Er is geen betere manier om deze poëzie te belichten. Iedere vertaling is een spiegel die het oorspronkelijke Engels van weer een iets andere kant weerkaatst. Beklagenswaardige Engelsen! Ze zullen hun volksbard nooit zo helder kunnen lezen als wij.

In *Troilus en Cressida* (1602?) heeft de entropie, de desorganisatie van de energie, haar hoogtepunt bereikt. De oorlog tussen de Grieken en de Trojanen is ingezakt. In beide kampen heerst een loden vadsigheid, besluiteloosheid, wanorde. Achilles mokt in zijn tent en Odysseus probeert hem eruit te lokken (III, iii, 145-180):

Time hath, my lord, a wallet at his back
Wherein he puts alms for oblivion,
A great-siz'd monster of ingratitudes.
Those scraps are good deeds past, which are devour'd
As fast as they are made, forgot as soon
As done. Perseverance, dear my lord,
Keeps honour bright: to have done is to hang
Quite out of fashion, like a rusty mail

In monumental mockery. Take the instant way;
For honour travels in a strait so narrow
Where one but goes abreast. Keep then the path;
For emulation hath a thousand sons
That one by one pursue; if you give way,
Or hedge aside from the direct forthright,
Like to an enter'd tide they all rush by
And leave you hindmost.

Burgersdijk:
De tijd, heer, draagt een knapzak op den rug,
Waarin hij brokken zamelt voor 't vergeten,
Een monster, lijvig van ondankbaarheden;
De brokken, goede daden zijn 't, verslonden
Zoo ras ze ontstaan zijn, even ras vergeten
Als zij volbracht zijn; slechts volharding, vriend,
Houdt de eere blank: want vroeg're daden hangen
Terstond oudmodisch, als een roestig harnas,
Ten toon voor spot. Treedt immer voort, terstond,
Want de eere wandelt op een pad, welks smalte
Voor één slechts ruimte heeft. Dus, houdt het pad,
Want roembegeerte heeft een duizend zoons,
Die, de een den ander, dringen; wijkt gij uit,
Of treedt gij zijwaarts van het rechte pad,
Dan stroomen ze allen toe als 't wassend tij,
Voorbij u, u vooruit.

Voeten (1959):
De tijd, vriend, draagt een knapzak op zijn rug
voor aalmoezen, om die dan te vergeten;
tijd is een monster van ondankbaarheid.
Die brokken? Goede daden, even snel
vergeten als zij zijn ontstaan, vergeten
zodra zij zijn volbracht. Alleen volharding
houdt roem in stand; al wat men vroeger deed
hangt nu ten spot, zoals een roestig harnas
dat niemand meer wil dragen. Neem de weg
die voor je ligt; roem volgt een pad zó smal

dat er niet meer dan één voorop kan gaan.
Blijf op dat pad; afgunst heeft duizend zonen
die zich verdringen. Als je wijkt of 't pad
een ogenblik verlaat, dan komen zij
als springtij op en stormen je voorbij.

Komrij (1981):
De tijd, vriend, draagt een knapzak op zijn rug
Die een vergeetzak is voor aalmoezen.
Dat vette monster van ondankbaarheid
Verslindt de daden van eertijds als kliekjes.
Hij eet ze even snel als ze ontstaan,
Vergeet ze even snel als ze volbracht zijn.
Alleen door vol te houden blijft je naam
In omloop. Wat je eenmaal hebt gedaan
Wordt heel snel ouderwets, een roestig torso
Dat hoogstens nog een smalend lachje wekt.
Je moet je eigen weg gaan – want de roem
Loopt langs een pad dat slechts aan één man plaats biedt.
Eén man kan slechts voorop gaan. Volg dit pad,
Want eerzucht is een volk van duizend zonen
Die zich verdringen. Zet één stap opzij
Of wijk één ogenblik van 't rechte spoor,
En als een springvloed walsen ze je om.

Oblivion: Komrij volgt de interpretatie van Voeten, niet die van Burgersdijk, die toch de juiste is – de vergetelheid is het monster van ondankbaarheid, niet de tijd. *Alms* en *scraps*: kleingeld en kliekjes, wat overschiet dus. Burgersdijk vertaalt beide woorden als 'brokken' om de aandacht op hun identiteit te vestigen; Voeten kiest voor 'aalmoezen' en wijst met 'die brokken' nog terug; Komrij heeft 'brokken' vervangen door 'kliekjes', maar het verband met de aalmoezen is zoek. Dat kan gebeuren wanneer je niet uit het Engels maar uit je voorgangers vertaalt. Komrij's 'Alleen door vol te houden blijft je naam in omloop' is slecht Nederlands: niet je naam houdt vol, maar jij.

Quite out of fashion: ouderwets, zeker, maar ook 'uit de vorm', als een voetballer die sigarenboer geworden is. *Monumental mockery* is een pregnante samenstelling: een gedenkteken dat zichzelf bespot, een voorwerp zo lachwekkend dat het de hoon belichaamt, een lachwekkend gedenkteken. *Take the instant way* is niet 'je moet je eigen weg gaan', maar 'zorg dat je haantje de voorste bent, en in de volgende regels is Komrij omslachtiger dan Voeten en herhaalt hij zichzelf onnodig.

Emulation is inderdaad 'eerzucht' of 'wedijver'; 'afgunst', zoals Voeten vertaalt, is fout. *Entered tide*: Komrij heeft gelijk om te kiezen voor Voeten, niet voor Burgersdijk, en 'springvloed' te vertalen. *Rush by*: je staat naast de stroom, op dat moment, die je dus 'voorbijstroomt', zoals Voeten terecht stelt. Word je 'omgewalst' (Komrij), dan sta je er middenin. *And leave you hindmost*: twee versvoeten in plaats van de gebruikelijke vijf. Komrij en Voeten maken die regel vol, ten onrechte. Deze metrische onregelmatigheid is een goed voorbeeld van Shakespeare's empathie: het gat waar de lezer in valt is analoog aan de verbouwereerdheid van de achtergebleven zoon, die zijn mededingers door een stofwolk in de verte ziet verdwijnen.

For Time is like a fashionable host
That slightly shakes his parting guest by th'hand,
And with his arms out-stretch'd, as he would fly,
Grasps in the comer. Welcome ever smiles,
And farewell goes out sighing. O let not virtue seek
Remuneration for the thing it was;
For beauty, wit,
High birth, vigour of bone, desert in service,
Love, friendship, charity, are subjects all
To envious and calumniating Time.
One touch of nature makes the whole world kin –
That all with one consent praise new-born gauds,
Though they are made and moulded of things past,
And give to dust that is a little gilt
More laud than gilt o'er-dusted.

The present eye praises the present object.

Burgersdijk:
De tijd is als een gastheer naar de wereld,
Die flauw de hand drukt van een gast, die gaat,
Maar de armen uitbreidt of hij vliegen wil,
Naar hem die komt; het welkom wordt geglimlacht,
Het afscheid flauw gezucht. O nimmer wachte
Deugd eenig loon voor wat zij eenmaal was;
Wat schoonheid, geest, geboorte,
Krijgsroem en lichaamssterkte, liefde, vriendschap,
Weldadigheid, 't is alles aan den tijd,
Die nijdig is en last'rend, onderworpen.
Eén trek maakt heel de wereld saamverwant:
Eenstemmig prijst men nieuwgeboren pronk,
Ofschoon gemaakt, vervormd van oude zaken;
En heeft voor stof, met klatergoud bedekt,
Meer lof veil dan voor overstoven goud.
Het oog van nu prijst enkel 't iets van nu.

Voeten:
De tijd is een wellevend gastheer, die de
vertrekkende bij 't afscheid flauw de hand drukt,
en met de armen wijd, of hij wil vliegen,
de komende begroet; het welkom glimlacht,
het afscheid zucht. Laat men geen loon verlangen
voor wat men in 't verleden heeft verricht;
want schoonheid, kracht, geest, adel, krijgsroem, liefde,
vriendschap en meelij, zij staan alle bloot aan
de afgunst en de laster van de tijd.
De mensheid heeft één wezenstrek gemeen:
zij prijst eenstemmig 't nieuwe ook al is dat
geschapen en gevormd uit wat geweest is;
zij stelt meer prijs op stof vol klatergoud
dan op echt goud dat stoffig is geworden.
Het heden prijst alleen het huidige.

Komrij:
De tijd, mijn vriend,
Is een moderne kastelein die flauwtjes
De hand drukt van de gast die afscheid neemt,
Maar met een breed gebaar de gast begroet
Die binnentreedt. Wie komt wordt toegehijgd,
Wie gaat is al vergeten. Reken nooit
Op dank voor wat je ooit betekend hebt.
De harteloze tijd kent geen erkenning.
Want schoonheid, geest,
Prestaties, wapenfeiten, vriendschap, adel
En naastenliefde, alle zijn ten prooi aan
De laster en de afgunst van de tijd.
Eén wezenstrek heeft iedereen gemeen:
Eenstemmig wordt de nieuwste gril geprezen,
Al is die vroeger nog zo vaak vertoond,
En heel wat beter ook. Glinsterend stof
Wordt luider toegejuicht dan stoffig goud.
Voor nieuwkomers begint alles opnieuw.

Het ritme van de eerste vier regels bootst het opvliegen en neerduiken van een roofvogel na. De eerste twee regels zijn regulier, bij de derde valt de cesuur na *out-stretch'd*, dat een zware nadruk krijgt, zodat de gastheer bij *fly* zowat van de grond komt en in de volgende regel de metrische inversie *grasps in* des te effectiever wordt. Burgersdijk vertaalt correct naar de inhoud, maar ritmisch vervlakkend. Voeten neemt het venijn weg door 'wellevend' te kiezen voor *fashionable* (modieus, maar ook kneedbaar, plooibaar); het enjambement 'die de/vertrekkende' is een verslechtering ten opzichte van Burgersdijk; de derde regel is goed gedaan, maar de ritmische coup in de vierde blijkt onhaalbaar. Komrij maakt van zijn gastheer een Amsterdamse kastelein; 'flauwtjes' aan het eind van de regel krijgt te veel nadruk, zodat de handdruk krachtig wordt in plaats van slap; het geinige beeld van de vliegende gastheer wordt door hem geofferd voor een nietszeggende alliteratie.

Virtue: in een moderne speeltekst zijn personificaties kennelijk taboe. Komrij's 'wat je ooit betekend hebt' is beter dan 'wat men in het verleden heeft verricht' (Voeten); *remuneration* betekent echter niet 'dank', maar 'verdiend loon'. Om dat recht te trekken voegt Komrij een extra regel in: 'De harteloze tijd kent geen erkenning.' *For beauty, wit* is een regel op zichzelf, zoals blijkt wanneer je de voorafgaande regel scandeert, en Komrij handhaaft die majestueuze kortheid. *Love, friendship, charity* is een opgaande reeks; geen der drie vertalers maakt dat duidelijk, al vertaalt Komrij *charity* terecht als 'naastenliefde' in plaats van 'weldadigheid' of 'meelij'. 'Ten prooi aan' is ook beter dan 'staan bloot aan', omdat het een grotere onderworpenheid uitdrukt.

Ook in de laatste vijf regels weet Komrij zijn voorgangers in details te verbeteren, maar over het geheel genomen is hij slechter. *Gauds* (fraai ogende, maar waardeloze opsmuk), dat bij Voeten verdwenen was, wordt door hem teruggehaald als 'gril'. Het is jammer dat hij de mooie oplossing 'geschapen en gevormd' voor *made and moulded* niet van Voeten heeft overgenomen. Uit de vertaling van Komrij zou je afleiden dat er ook in het verleden grillen werden vertoond en daarmee ondergraaft hij de betekenis van de hele passage. De kruisstelling 'glinsterend stof' en 'stoffig goud' is daarentegen een knappe vondst. De laatste regel is het best bij Voeten: 'het heden prijst alleen het huidige'. Komrij maakt er een waarheid als een koe van. Dat nieuwkomers geen historisch besef hebben spreekt vanzelf; waar het om gaat is dat mensen niet verder kijken dan hun neus lang is.

Ik heb tegen de vertaling van Komrij zo mijn bezwaren, maar anderen denken er heel anders over. 'Een helder lijkende vertaling,' vond Jan Spierdijk in *De Telegraaf*, met terecht voorbehoud; 'messcherp' (Max Arian, *De Groene*); 'vrij letterlijk' en 'pittig', gaf regisseur Gerardjan Rijnders, die het stuk als dijenkletser heeft gebracht, in vraaggesprekken met *de Volkskrant* en *Het Vrije Volk* te kennen; 'vindingrijk en brutaal' (Jac. Heijer, *NRC*); 'raak en giftig' meende H. van den Bergh in *Het Parool*, hoe vaak dat gif ook naast het doel gespogen wordt, en ook Daniël de Lange van *de Volkskrant* achtte de vertaling 'met gif geschreven', net als Ko van Leeuwen in het *Haarlems Dagblad*: 'een agressieve vertaling, die het niet in bloemrijke ontboezemingen zoekt. Komrij perst verborgen gif naar boven.'

Tot de opvoering door Globe, najaar '82, was *Pericles* in Nederland nog nooit gebracht. Het stuk is door regisseur Paul Vermeulen Winsand aangegrepen om de personages, naar de trant van Pirandello, tegen Shakespeare in opstand te laten komen. Een daad van verbluffende intellectuele kranigheid, als je weet dat de tekst maar ten dele van Shakespeare's hand is en het stuk tot de zwakke broeders in de canon behoort.

Koning Pericles van Tyrus ontmoet zijn doodgewaande dochter Marina, het evenbeeld van zijn doodgewaande echtgenote Thaïsa (v, i, 107-115):

I am great with woe, and shall deliver weeping.
My dearest wife was like this maid,
And such a one my daughter might have been:
My queen's square brows; her stature to an inch;
As wand-like straight, as silver-voiced;
Her eyes as jewel-like and cased as richly;
In pace another Juno;
Who starves the ears she feeds, and makes them hungry,
The more she gives them speech.

Burgersdijk:
'k Ga groot van wee en tranen breng ik voort.
Mijn dierb're vrouw geleek op deze maagd;
Zoo kon mijn kind zijn: 't voorhoofd van mijn vrouw;
En juist haar grootte; juist zoo slank van bouw;
Haar zilv'ren stem; haar oogen even zulke
Juweelen, rijk gevat; haar gang als Juno;
En voedt zij 't oor, zij maakt het hong'riger,
Hoe meer zij spreekt.

Komrij:
Mijn hart is zwaar van wee, ik breng alleen

Nog tranen voort. Mijn teerbeminde vrouw
Leek op dit kind, en zoals zij had ook
Mijn dochter kunnen zijn: dat hoge voorhoofd,
Dat ook mijn koningin had; dat postuur
En die kaarsrechte houding, alles net zo;
Die stem van zilver en die ogen, tussen
Teer-gouden wimpers, net zulke juwelen;
Als die van Juno is ook haar gang; en
Het oor komt om van weelde – hoe meer voedsel
Het van haar lippen krijgt, hoe knagender
De honger.

In de eerste regel zegt Pericles dat hij zwanger is van verdriet en geween zal baren of, zo je wilt, zal baren in tranen. ''k Ga groot', zoals Burgersdijk vertaalt, is weinig gangbaar Nederlands en is kennelijk niet begrepen door Komrij, bij wie de zwangerschapsmetafoor zoek is. *Square brows*: ik zou *brows* hebben opgevat als pars pro toto en 'open gelaat' hebben vertaald. *Stature*: niet zozeer 'postuur' als lengte. *Wand-like*: recht als een jonge tak en, gezien de magische sfeer van het stuk, ook als een toverstaf. *Cased as richly*: Komrij grijpt voor zijn vertaling terug op een eerdere scène (III, ii) waarin de tovenaar Cerimon koningin Thaïsa uit de dood opwekt en spreekt over de *fringes of bright gold* van haar ogen. 'Het oor komt om van weelde' is geen oxymoron zoals *starves the ears she feeds*. En Komrij heeft voor zijn vertaling van deze toch al niet erg geserreerde regels veel te veel woorden nodig.

De kritiek vond de vertaling 'fraai' (Joost Sternheim, *HP*), 'prachtig en ritmisch uitgebalanceerd' (Kester Freriks, *NRC*), 'bijzonder geraffineerd' (*Haagsche Courant*), en roemde de 'poëtische geladenheid' (Dirkje Houtman, *Trouw*) en 'virtuoze passages' (H. van den Bergh).

Komrij's vertaling van *De koopman van Venetië* is 'pittig en doordacht', volgens Ko van Leeuwen. 'De heel levendige, heldere en scherpzinnige vertaling van Gerrit Komrij verdient zeker nadere kennismaking,' vond Piet Ruivenkamp in de *Haagsche Courant*. Jij je zin, Ruivenkamp. Portia's lofzang op de genade (IV, i, 180-193):

The quality of mercy is not strain'd,
It droppeth as the gentle rain from heaven
Upon the place beneath: it is twice blest,
It blesseth him that gives, and him that takes,
'Tis mightiest in the mightiest, it becomes
The throned monarch better than his crown.
His sceptre shows the force of temporal power,
The attribute to awe and majesty,
Wherein doth sit the dread and fear of kings:
But mercy is above his sceptred sway,
It is enthroned in the hearts of kings,
It is an attribute to God himself;
And earthly power doth then show likest God's
When mercy seasons justice.

Burgersdijk:
Genade wordt verleend, niet afgedwongen;
Zij drupt, als zachte regen, uit den hemel
Op de aarde neer, en dubblen zegen brengt ze,
Zij zegent hem, die geeft, en die ontvangt;
Ze is 't machtigste in den machtigste; ze siert
Den koning op zijn troon meer dan de kroon;
De scepter toon' zijn wereldlijk gezag,
Zij 't zinbeeld zijner macht en majesteit,
Wekke eerbied en ontzag voor 't koningschap,
Maar boven dezen scepter heerscht genade;
Zij heeft haar zetel in der vorsten hart;
Zij is een eigenschap der godheid zelf;
En aardsche macht zweemt meest naar die van God
Wanneer genade 't recht doortrekt.

Voeten (1951):
Genade kan niet afgedwongen worden.
Zij valt als zachte regen uit de hemel
Op onze aarde en brengt tweemaal zegen:
Zij zegent hem die geeft en hem die neemt.
Zij is het machtigst in de machtigsten;
Zij staat een koning beter dan zijn kroon.

Zijn scepter toont de wereldlijke macht,
Hij is het zinbeeld van zijn majesteit
En wekt vrees en ontzag voor 't koningschap.
Maar boven dit regiem regeert genade;
Zij zit in 't hart der koningen ten troon
En is een eigenschap van gode zelf,
En aardse macht komt goddelijke het meest
Nabij indien genade het recht verzacht.

Komrij (1982):
Genade heeft niets uit te staan met dwang.
Zij daalt als zachte regen uit de hemel
Neer op de korst der aarde. Dubbel is
Haar zegen: wie haar schenkt en wie haar krijgt.
Die zegen zij. Zij is het machtigst in
De machtigsten, zij siert wie 't hoogste zetelt
In majesteit en praal meer dan zijn kroon.
Diens scepter is het beeld van aardse macht,
Het zinnebeeld van zijn gezag – het maakt
De koningen geducht en ontzagwekkend –
Maar boven dit symbool zweeft de genade,
Zij zoekt haar troon op in het hart van heersers.
Zij is het zinnebeeld van God, en goddelijk
Wordt pas het aards bestier wanneer genade
Gerechtigheid doorhuivert.

Shakespeare klinkt hier als Vondel, waardig, wijs, meer dan menselijk. Maar in de dramatische context is deze lofzang van Portia nogal achterbaks. Ze staat in de rechtszaal en houdt daar een pleidooi dat een parafrase is van het onzevader. Haar statige dictie verhult een kinderachtigheid die eigen is aan elk gebed: Almachtige Vader, ik weet dat U zich door een ellendeling als ik niet laat beïnvloeden, maar ik probeer het toch. Ze smeekt Shylock om de christelijke genade voor het joodse recht te laten gelden, ze smeekt hem in feite om zich te bekeren. Ze doet dat met een beroep op zijn hoogmoed: als je genadig bent, dan ben je godgelijk – eigenlijk ben je een duivel, met andere woorden.

Quality: genade is een gave, je hebt 't of je hebt 't niet. Die onafdwingbaarheid van de genade wordt uitgewerkt in het beeld van de regen die valt *upon the place beneath*, hier wel, daar niet, in plaatselijke buien. 'Drupt... van omhoog/op wat omlaag is,' luidde in 1913 de versie van Edward Koster, die het misschien vermoedde, maar deze vertalers hebben het niet overgebracht. Zij leggen alle nadruk op het verkwikkende van de genade, vooral Komrij met zijn 'korst', die droog is en rijmt op dorst. Zijn eerste regel is slordiger dan die van Voeten. ('Die zegen zij' is vermoedelijk wat de zetter heeft gemaakt van 'krijgt,/Die zegent zij.')

Ik zal nu niet op alle slakken zout leggen, drie moeten volstaan. Het woord *attribute* komt tweemaal voor. Burgersdijk vertaalt het de eerste keer met 'zinnebeeld', wat kan, hoewel ik dan 'attribute *of* awe and majesty' verwacht zou hebben. 'Toebehoorsel' of gewoon 'attribuut' was juister geweest. De tweede keer vertaalt hij 'eigenschap'. Voeten volgt hem. Komrij vertaalt beide keren 'zinnebeeld' en de tweede keer is dat echt fout, want de genade is geen zinnebeeld, maar een gave of eigenschap van God. Dat het aards bestier goddelijk zou kunnen worden, zoals Komrij Portia laat zeggen, is blasfemisch en vind je niet bij Shakespeare, en 'doorhuivert' is eerder een vertaling van Burgersdijks 'doortrekt' dan van *seasons*, dat oorspronkelijk 'kruiden' en vandaar 'veraangenamen, verzachten' betekent. Wat het ritme betreft: Voeten vondelt beter dan Komrij, die de statige verzen telkens beentje licht met zijn enjambementen.

In *Richard III* (1593) zien we hoe de wraak zich keert tegen de wreker, een gegeven dat terug zal keren in *Macbeth*. Het is Shakespeare's eerste meesterstuk en biedt melodrama op z'n best: een schurk die zegt 'Kijk eens hoe slecht ik ben!' en zo het publiek aan zijn streken medeplichtig maakt. De theatersituatie, het kijken naar het leven, is ook de situatie van Richards ziel, een loge van waaruit hij zichzelf ziet acteren. De monoloog waarmee het stuk begint brengt zijn gespletenheid meteen aan het licht. Richard is net terug van de slag bij Tewkesbury, die is geëindigd met een zege van het Huis van York op het Huis van Lancaster. De oorlog is Richards element. Hij betreurt het dat hij de wapenen heeft moeten weghangen en dat zijn strijdros nu op stal staat (*barbed steed*: Burgersdijk vertaalt 'geharnast ros' en Komrij 'stalen ros', wat het verrassende beeld oproept van een korps wielrijders in 1471). Voor de vrede vindt Richard zichzelf te lelijk (I, i, 14-27):

But I, that am not shaped for sportive tricks,
Nor made to court an amorous looking-glass;
I, that am rudely stamped, and want love's majesty
To strut before a wanton ambling nymph;
I, that am curtailed of this fair proportion,
Cheated of feature by dissembling Nature,
Deformed, unfinished, sent before my time
Into this breathing world, scarce half made up,
And that so lamely and unfashionable
That dogs bark at me as I halt by them;
Why, I, in this weak piping time of peace,
Have no delight to pass away the time,
Unless to spy my shadow in the sun
And descant on mine own deformity.

Burgersdijk:
Doch ik, geenszins gevormd voor snaaksche grappen,
Of om verliefde spiegels 't hof te maken,
Die, ruw gestempeld, de' adel mis van gang,
Die 't oog bekoort van dart'le, luchte nimfen,
Ik, in dien juisten bouw te kort gedaan,
Valsch door Natuur van evenmaat verstoken,
Verknoeid, onafgewerkt, te vroeg de wereld,
Die ademt, ingezonden, nauwelijks half
Voltooid en wel zoo lam, zoo vreemd van vorm,
Dat honden bassen, als ik langs hen hink, –
Ik ken, in dezen tijd van vreêschalmeien,
Voor mij geen enkel lustig tijdverdrijf,
Dan 't staren op mijn schaduw in de zon
En 't heeklen van mijn eigen wangestalte.

Roland Holst:
Maar ik, op speelse kunsten niet gebouwd,
Noch toonbaar voor der lusten spiegel, ik,
Grof afgestempeld, missend liefde's hoogheid
Om trots de dartle nymph te naadren, ik
Tekort gedaan in bouw, misdeeld in trekken
Door de bedriegende natuur, misvormd,
Onklaar, geboren voor mijn tijd in deze
Aadmende wereld, amper half voltooid,
En dat nog mank, ontoonbaar, zodat honden
Mij aanblaffen als ik maar stil blijf staan; –
Ik, dan, bij dit laf pijpen van de vrede
Breng niet in vreugd de tijd door of 't moest zijn
Met gluren naar mijn schaduw in de zon
Of met uitweiden over mijn mismaaktheid.

Komrij (1983):
Ik – niet geschikt voor zulke gymnastiek,
Of voor vrijages met verliefde spiegels –
Ik echter, ruwe klomp, gespeend van veren
Om op te zetten voor kokette nimfen:
Ik, die wat harmonie betreft misdeeld ben,
De schone schijn niet meeheb van nature,
Verminkt ben en onaf, en die arglistig
Op deze wereld werd gezet om daar
Te vroeg te ademen, niet half voltooid –
Zó kreupel, zó onooglijk dat de honden,
Wanneer ze mij voorbij zien hinken, aanslaan –
Ah ik ken, nu die slappe vredesdeun klinkt,
Geen tijdverdrijf, ik kan alleen nog maar
Mijn eigen schaduw zoeken in de zon
En vals over mezelf als monster krassen.

Wat een verschieten hier voor de vertaler! De Hollandse eend als Zwaan, de Zwaan op zijn beurt als lelijke eend. Geen wonder dat de aanminnige spiegel op slag verliefd geworden is.

Sportive betekent dartel, geil, en heeft met sport niets te maken. Toch is Komrij via die verkeerde weg op het toepasselijke, zij het anachronistische, 'gymnastiek' gekomen, dat Richards jaloerse minachting voor de strapatsen der liefde goed weergeeft. *Rudely stamped* zinspeelt op de klei waaruit God ons heeft geboetseerd en Komrij's 'ruwe klomp' is de mooiste vertaling. De veren, in dezelfde regel, zijn echter z'n eigen imitatie-zwaneveren: Shakespeare heeft het over de fiere tred van de minnaar en de wiegende loop van de nimf, in verzwegen tegenstelling tot Richards hobbelgang. *Curtailed*: een van zijn benen is te kort en daarom is hij inderdaad 'te kort gedaan', zoals Burgersdijk en Holst dichten, en Komrij niet lijkt te beseffen.

Fair proportion verwijst naar het Elizabethaanse ideaalbeeld van de mens in wie alles de juiste verhoudingen heeft; *feature* in de volgende regel is meer specifiek een fraai uiterlijk, en niet slechts een fraai gelaat. Burgersdijk komt er het dichtst bij met 'juiste bouw' en 'evenmaat'. In Shakespeare's tijd meende men, zoals men stiekem nog steeds meent, dat een fraai uiterlijk een fraai innerlijk weerspiegelt, en vice versa. Richard vindt dat hijzelf een uitzondering is op die regel. Daarom heeft de natuur hem bedrogen, een valse vermomming meegegeven. Van Komrij's 'de schone schijn niet meeheb van nature' begrijp ik steeds minder naarmate ik er langer over nadenk; de schijn is in dit geval de lelijkheid.

Kijk eens naar dat 'onklaar' van Roland Holst: daar hebben de twee talen transcendent gevrejen! Komrij's 'arglistig' had hij nog over van *dissembling*, maar staat hier verkeerd. Burgersdijk neemt *unfashionable* het letterlijkst: 'vreemd van vorm'. Roland Holst wist niet dat *to halt* hinken betekent. *Piping* in de volgende regel is pastoraal fluitspelen, in tegenstelling tot de marsmuziek van de oorlog. We zien de vertalers nu in een Echternachse processie. Burgersdijks 'schalmei', of herdersfluit, is goed gevonden, maar hij moet *weak* offeren, Roland Holst is het volledigst; Komrij vertaalt *weak* tweemaal, in 'slap' en 'deun', maar bij hem weer geen fluit. Zo kom je nooit ergens. In de laatste twee regels maakt Komrij van Richard een raaf. 'Gluren' is de beste vertaling van *spy*. *Descant* is: een variatie zingen op een hoofdmelodie en vandaar: uitweiden, preken; 'vals krassen' betekent het niet.

Het koor der kritiek: 'felle uithalen in een hedendaagse taal' (Ko van Leeuwen), 'mooi rollende verzen' (H. van den Bergh), 'het is mooi van een toneelgezelschap als het Gerrit Komrij de vertaling laat verzorgen' (Ton Olde Monnikhof in *AD*). Het wordt almaar mooier.

Romeo en Julia is dit lopende seizoen door de Haagse Comedie gebracht, als vanouds met groot artistiek en nog grooter geldelijk succès. Het is een gruwelijk stuk, waarin romantische Romeo een moordenaar wordt en jubelende Julia een leugenaarster, maar dat is niet wat de mensen ervan bijblijft. Weinig stukken van Shakespeare zijn hier zo dikwijls vertaald: behalve Burgersdijk en Komrij hebben J. van Lennep (1852), Jacobus van Looy (1910), Werumeus Buning (1942), W. Courteaux (1964) en Michel van der Plas (1968) zich eraan gewaagd.

Julia voor het raam, tot Romeo in de tuin (II, ii, 176-181):

'T is almost morning, I would have thee gone,
And yet no farther than a wanton's bird,
That lets it hop a little from his hand
Like a poor prisoner in his twisted gyves,
And with a silken thread plucks it back again,
So loving-jealous of his liberty.

Burgersdijk:
't Is uchtend schier; ik wensch nu, dat ge gaat;
Maar verder niet dan 't vinkje, dat een meisje
Al spelend even van haar hand laat springen,
Een arm, gevangen, vastgebonden dier,
Dat zij met zijden draad terug kan trekken,
Uit liefde angstvallig, dat het vrijheid zoek'.

Komrij (1984):
't Is bijna morgen – beter dat je gaat:
Maar verder niet dan een ondeugend kind
Zijn vogel van zijn hand laat trippelen

– Arme gevangene in gevlochten boeien –
Om hem meteen weer aan zijn zijden draad
Terug te trekken, liefdevol-benauwd
Dat het de vrijheid zoekt.

Ze wil dat hij gaat, ze wil dat hij blijft. Haar gebeuzel met de zijden kettingen der liefde voel je in het lome heen-en-weer van de pentameters, tot de vijfde regel, waar je bij *silken thread plucks* ineens een ruk krijgt, twee beklemtoonde lettergrepen achter elkaar. De enige die gepoogd heeft om die ruk ook in het Nederlands voelbaar te maken, en wel door middel van een enjambement, is Komrij. Jammer is dat hij het woord 'willen' heeft weggehaald uit de eerste regel, want Julia's geweifel geeft de passage haar dynamiek. Een *wanton* is een ongezeglijk kind, niet per se een meisje; volgens de *Oxford English Dictionary*, waarover Burgersdijk nog niet beschikken kon, is dit de eerste keer dat het woord in die betekenis voorkomt. Komrij's 'trippelen' in regel drie volgt de klank van *hop a little* getrouw, maar 'huppelen' was beter geweest, want dat doet een vogeltje dat op wil vliegen. De gedachtenstreepjes in regel vier zijn misleidend: die *twisted gyves* (niet 'gevlochten boeien' – Van Looy had 'geweven boeien' – maar strak aangedraaide voetkluisters) hebben het vogeltje en de arme gevangene letterlijk gemeen. *Jealous* betekende in 1595 nog niet 'jaloers', zoals alle andere vertalers schrijven; Komrij volgt terecht Burgersdijks 'angstvallig'. Hij is hier, in toneelkritisch jargon, *pittiger* dan Burgersdijk, maar nog lang niet foutloos.

Hoewel: 'schitterend en inventief' (Lien Heyting, *NRC*), 'getuigt opnieuw van de stilistische vindingrijkheid waarmee hij ook nu weer levend en tintelfris Nederlands heeft gemaakt van Shakespeare's gecompliceerde verzen' (H. van den Bergh), 'kloek – ik kan er geen beter woord voor bedenken' (Hans Oranje, *Trouw*) – kloek? –, 'elegant, soms homo-erotisch' (Ton Olde Monnikhof) – kloek? –, 'archaïsch-parmantig taalgebruik' (Piet Ruivenkamp). 'Af en toe had ik het moeilijk. Zo wekken de familienamen Capuletti en Montecchi bij mij vooral associaties met de maffia,' schrijft Marian

Buys van het *Haarlems Dagblad*, die maar nooit naar Italië moet gaan, en alsof dit allemaal nog niet wonderlijk genoeg is heeft Peter Liefhebber het in *De Telegraaf* over 'de als altijd taalgevoelige, rijmloze vertaling van Gerrit Komrij', terwijl het stuk kwinkeleert van de klinkdichten – en reken maar dat die rijmen bij Komrij.

Maar – kloek?

De vertalingen van Komrij bevatten beslist goudkorrels – als je goed zoekt tussen de modder. Het zijn vertalingen die prachtig klinken – als je niet echt luistert. Zeker, ik heb makkelijk vitten en kritiseren, en inderdaad, ga er maar eens aan staan, maar bedenk ook dat Shakespeare vertalen tegenwoordig, met onze vertaaltraditie van een eeuw, voor de helft niets anders is dan noppen lezen uit de staart van een reeks vaak eerbiedwaardige voorgangers. Wanneer Komrij het Engels begrijpt vertaalt hij soms briljant, maar veel te vaak blijkt hij niet eens genoeg Engels te kennen om te begrijpen wat Burgersdijk tot zijn oplossingen heeft bewogen. Gebrek aan kennis is geen ongeneeslijke ziekte en het is waar, de laatste twee vertalingen zijn al wat beter. Toch is Komrij niet vooruitgegaan met de sprongen die je van zijn Pegasus zou verwachten, hij blijft wisselvallig. Ik kan daar wel een paar redenen voor bedenken.

Het toneelklimaat waarin deze vertalingen gewrocht zijn is te schraal voor Shakespeare. De toneelmakers vinden dat Shakespeare geactualiseerd moet worden, waarbij ze actualiteit strikt journalistiek opvatten. Zijn stukken moeten gaan over het fascisme – waarvan niemand nog weet wat het is, en waarover iedereen dus ontzettend boos kan worden. Ze moeten gaan over antisemitisme, over Punk, over de Mobiele Eenheid, over Pieter van Vollenhoven. De fiets, de video, de portofoon kende Shakespeare nog niet, en dat is wel wat achterlijk van hem, maar op het gebied van het menselijke is hem niets ontgaan. Alles wat er dienaangaande te bedenken is vind je in zijn poëzie, als je lezen kunt, en nog veel meer. Veel te veel! Daarom wordt van de tekst doorgaans de helft geschrapt, om plaats te maken voor de veel leukere grappen van de regie. Dat is geen stimulerend vooruitzicht voor een vertaler.

Het lijdt geen twijfel dat Komrij een groot talent is. En het staat ook vast dat die afwezigheid van twijfel heerlijk rustgevend is voor de kritiek. Die drukt een knop in van haar Yamaha-orgeltje en de preset-melodie 'Mooi en Prachtig' klinkt volelektronisch door heel Nederland, *semper crescendo.* De krachtigste versterkers heeft Martin van Amerongen die, naar aanleiding van *Richard III*, in *Vrij Nederland* schreef: 'Een enigszins verstandige minister van Cultuur was allang met Komrij in onderhandeling getreden over de vertaling van de complete Shakespeare. Het klinkt allemaal even fris, krachtig en poëtisch.' Zo prijst het heden het huidige, *kloek.* Het publiek heeft zijn gehoorgangen met Ohropax verzegeld en vindt dat alles wat je doet allemaal even fris, krachtig en poëtisch klinkt. Een groot talent slooft zich niet uit voor dovemansoren.

Bij Het Spectrum in Utrecht verscheen een facsimile-herdruk in twaalf delen van *De werken van William Shakespeare*, vertaald door Dr. L.A.J. Burgersdijk, naar de eerste uitgave, waarvan deel I een eeuw geleden uitkwam bij E.J. Brill te Leiden.

Over Burgersdijk staan gegevens in het *Nieuw Nederlands Biografisch Woordenboek* van Molhuysen en Blok, en in de volgende tijdschriftartikelen: J.H. Rössing, 'Dr. L.A.J. Burgersdijk', *Eigen Haard*, jrg 1900, blz. 110-112; J.F.L. de Balbian Verster, 'Dr. L.A.J. Burgersdijk herdacht', *De Telegraaf*, 10 maart 1928; Dr. G.A. Dudok, 'De Bard en Burgersdijk', *Elsevier*, 8 februari 1964.

Nederengels

DE ANGLISTIEK IN NEDERLAND

Aan onze universiteiten wordt een letterkundig vak beoefend dat zich de anglistiek noemt. Nooit hoor je er wat van. Dat is niet verwonderlijk als je weet dat de Nederlandse anglisten zichzelf deerlijk dwarszitten in hun beroepsuitoefening. Ze willen bijvoorbeeld uitsluitend in namaak-Engels communiceren met hun studenten, die zich liever de tong afbijten voor ze in dat taaltje iets terugzeggen. Onderwijs wordt zo vrijwel onmogelijk. Ook van onderzoek komt weinig terecht. Je zou denken dat er werk genoeg is voor anglisten: goede vertalingen van Engelse en Amerikaanse klassieken zijn schaars en het Nederlandse publiek met zijn grote leeshonger heeft veel voorlichting nodig. Maar zulk werk is nuttig en wat nuttig is kan geen wetenschap zijn. Liever begeven ze zich in een bij voorbaat verloren concurrentieslag met hun collega's in Engeland en Amerika. Twintig jaar of nog langer werken ze aan proefschriften, waarvan het enige handschrift op gezette tijden uit de kofferruimte van de Citroën DS wordt gestolen.

Opdat het Nederlandse publiek voor altijd verstoken blijve van hun geschriften hebben ze een eigen blad opgericht. Het heet *DQR*, voluit: *Dutch Quarterly Review of Anglo-American Letters.* Een onbevangen leek zou misschien menen dat 'Anglo-American' Anglo-Amerikaans betekent; het is echter namaak-Engels en betekent Engels én Amerikaans. Het blad wil aan de buitenlandse collega's laten zien wat Nederlandse anglisten zoal presteren. Het wordt dan ook grotendeels gevuld door buitenlandse collega's die hun stukken niet aan hun eigen bladen kunnen slijten.

Wanneer er een hoogleraar benoemd moet worden raken onze anglisten in paniek. Niemand van hen heeft ooit iets gepresteerd wat zo'n benoeming zou wettigen! Dan hebben ze altijd dezelfde oplossing: ze halen een verdienstelijke buitenlander hierheen, die zich graag een Nederlands salaris laat betalen, maar veel te oud, te getrouwd of te verwaand is om voor zijn gastland ooit meer dan, in het gunstigste geval, meewarige belangstelling te voelen.

Maar kijk eens! Kort na elkaar zijn er in het Nederlands liefst *twee* overzichten van de Amerikaanse literatuur verschenen, een Nijmeegs en een Utrechts. En we hadden al een Amerikaanse literatuurgeschiedenis van A.G. van Kranendonk, een trouwe winkeldochter in vele antiquariaten, en ook een overzicht van de naoorlogse Amerikaanse roman door G.A.M. Janssens. Het kan ineens niet op.

Het Nijmeegse boek, van professor T.A. Birrell, blijkt bij nader inzien echter geen daad van Nederengelse letterkunde te zijn. De auteur stelt in zijn voorwoord met nadruk dat het een Engelse visie op de Amerikaanse literatuur behelst, want ook al werkt professor Birrell sinds 1949 in ons land, Engelsman is hij volstrekt gebleven. Zijn boek is geen naslagwerk en, hoewel het chronologisch en naar genre is geordend, ook geen literatuurgeschiedenis. Washington Irving bijvoorbeeld, in zijn tijd toch een schrijver van belang, wordt er niet in genoemd. Van de naoorlogse auteurs worden alleen J.D. Salinger en Saul Bellow het bespreken waard geacht; alle anderen worden als schrijvers van 'sociale streekromans' van tafel geveegd. Wat het boek biedt is een literair-kritische pogrom, in orthodox-Leavisiaanse trant.

Birrells leermeester, F.R. Leavis, eiste van literatuur dat er een morele visie uit sprak en wat de roman betreft had hij een zo starre voorkeur voor psychologisch realisme dat hij tot op hoge leeftijd blind is gebleven voor de grootheid van Charles Dickens. De Amerikaanse romantraditie is altijd tegengesteld geweest aan de Engelse, metafysisch en symbolistisch terwijl de Engelse ethisch en realistisch was, en dat maakte me benieuwd naar de reactie van Birrell. Die viel me erg mee. Voor Shakespeare had Leavis het concept bedacht van het 'dramatic poem' – je moet een toneelstuk lezen als een lang gedicht, een weefsel van metaforen – en later is hij, samen met zijn echtgenote, Q.D. Leavis, ook romans op die manier gaan lezen, zodat Dickens alsnog een groot schrijver kon blijken. Omdat Birrell die latere benadering heeft gekozen voor de Amerikaanse klassieken kan hij Melville en vooral Hawthorne goed tot hun recht laten komen, maar op Henry James loopt hij vast.

James is immers een pronkstuk in Leavis' pantheon der grote realisten, 'The Great Tradition'. Daar komt bij dat James de ambitie had om een transatlantische Balzac te worden en het realisme beschouwde als het hoogste waartoe de roman in staat was. Voor zover hij inderdaad realist was, dat wil zeggen tot ongeveer 1890, heeft hij de volle sympathie van Birrell. Een van de beste stukken in *Amerikaanse letterkunde* is een zorgvuldig pleidooi voor *The Bostonians*, een roman die lang ondergewaardeerd is geweest, vooral door het laatdunkends dat James er zelf over heeft gezegd. Maar rond 1890, de tijd van de grote immigratie uit Zuid- en Centraal-Europa die de Verenigde Staten tot in het hart veranderde, veranderde ook het werk van Henry James. Hij ging beseffen dat de wereld waarover hij tot dusver had geschreven voorgoed tot het verleden behoorde. Daarom, en om financiële redenen, besloot hij toneel te gaan schrijven. Toen hij een paar jaar later terugkeerde naar het verhalende proza was hij een andere schrijver geworden. *The Turn of the Screw*, dat uit 1898 stamt, is een romance in de traditie van Hawthorne en wanneer Birrell vindt dat het verhaal te veel op sensatie is gericht, dan spreekt hij vanuit een realistisch vooroordeel dat hem bij de minstens even sensationele verhalen van Hawthorne geen parten speelt. Het latere werk van James heeft allerlei sprookjesachtige elementen die nieuw zijn, een obsessie met het kwaad bijvoorbeeld die metafysisch is en niet meer louter psychologisch zoals in de vroegere romans. De stijl van de oudere James vloeit logisch voort uit de opvatting van de roman als een weefsel van metaforen en is alleen 'volkomen ontoegankelijk' (blz. 114) voor wie dat niet zien wil.

Met James wordt voor Birrell het realisme weer de norm. Uitgebreid bespreekt hij Edith Wharton. Voor Dos Passos toont hij een verrassende sympathie en hij schrijft enthousiasmerend over James T. Farrell. Tegelijkertijd neemt de aandacht voor de biografie van de auteurs toe en die biografische gegevens dienen dan meestal om vermeende tekortkomingen van het werk te verklaren. Uit de poëzie van Ezra Pound zou een gebrek aan affectie spreken; hij was een enig kind, vandaar. Een paar bladzijden later wordt het enig kind Scott Fitzgerald geprezen om zijn tederheid. Zulk gepsychologiseer is altijd precies zo lang als het breed is. (Wie meer wil weten over de persoonlijkheid van Pound leze *Discretions*, de herinneringen van zijn dochter Mary de Rachewiltz.) Wanneer Birrell veroordeelt lijkt zijn afkeer a priori vast te staan en is geen argument hem te dol om die afkeer te staven. *Henderson the Rain King* heeft 'te veel van een handboek voor sociale antropologie'. Bij lange na niet zoveel als *Moby Dick*, een roman die wél serieus wordt genomen, van een handboek voor de walvisvaart heeft. Maar Birrell is op zijn best wanneer hij kan prijzen. De kleine essays, waaruit zijn overzicht is opgebouwd, munten dikwijls uit door hun veelzeggende beknoptheid. Walt Whitman, T.S. Eliot en Robert Frost worden trefzeker geciteerd en bijzonder *ad rem* becommentarieerd. Wie in kort bestek greep wil krijgen op Wallace Stevens, een gesloten of, zoals Birrell fraai zegt, *verlegen* dichter, zal veel hebben aan het hoofdstukje dat aan hem is gewijd.

Birrell heeft een stimulerend boek geschreven, ook omdat het af en toe hoogst irritant is. Een ergerlijk trekje dat me minder goed beviel is de neerbuigende hulp die deze Engelsman van tijd tot tijd aan zijn Nederlandse lezers verstrekt. Zo wordt het 'Territory' van Nevada met onze Generaliteitslanden vergeleken. Alleen degenen die ooit een krijgsdans van inboorlingen te Grubbenvorst hebben bijgewoond of een *stampede* hebben gezien op de Hinthamerstraatweg zullen de juistheid van deze vergelijking beseffen.

Met de vertaling van J.M. Blom, wetenschappelijk hoofdmedewerker aan de Universiteit van Nijmegen, zijn we weer terug op het terrein van de Nederengelse letterkunde. Blom buigt nog veel dieper dan zijn superieur. Een negermin wordt 'baboe' genoemd, aangezien Nederlanders het verschil tussen zwarten en blauwen toch niet kennen. Te diep buigt hij wanneer hij zelfs de naam vertaalt van de boekhandel die in Parijs werd gedreven door Sylvia Beach; 'Shakespeare & Co.' wordt dan 'Shakespeare n.v.' De heer Blom komt zeker niet uit het zakenleven. Plannen worden niet beraamd, maar 'ontworpen', en er wordt voorzien in alle 'denkbeeldige' behoeften. Over de houding van Faulkner ten aanzien van het negervraagstuk lezen we dat Faulkner 'tegen afscheiding was, maar voor de rechten van de staat'. Even dacht ik dat dit niet op het negervraagstuk, maar op de Burgeroorlog moest slaan; terugvertalend kreeg ik door dat Faulkner tegen rassenscheiding was, maar vond dat de zuidelijke staten het vraagstuk zelf, zonder federale bemoeienis, moesten oplossen. Ook is Blom veel te professorabel om even de catalogus van een Openbare Leeszaal geraadpleegd te hebben. Daar had hij kunnen zien dat *The Turn of the Screw* in het Nederlands niet 'Het draaien van de schroef' heet (de schroef is in deze vertaling dol geworden), maar *In de greep*. *The Awkward Age* heet niet 'De onbehouwen jaren' maar, terecht, *De moeilijke jaren*. Geconstateerd wordt dat *The Bostonians* en *The Portrait of a Lady* nooit in het Nederlands zijn vertaald (anglisten, aan de slag!) en dan volgt een zinsnede waarop ik een tijdje heb zitten turen: 'misschien is dat een negatieve getuigenis van [Henry James] z'n subtiliteit als schrijver.' Ik vermoed dat met 'negatieve getuigenis' iets als 'bewijs uit het ongerijmde' wordt bedoeld. Matigt men zich een mening aan over de subtiliteit van onze taal? Dat kan haast niet, want daarvoor moet je die taal toch eerst spreken en bovendien heb ik met mijn vertalingen bewezen dat het Nederlands zelfs voor James subtiel genoeg is. Wordt hier iets gezegd over de subtiliteit van de Nederlanders? In elk geval laat de zinsnede zien hoe glibberig subtiel de auteur en de vertaler zijn.

Amerikaanse letterkunde is uit het Engels vertaald, maar nog veel vertaalder leest de *Geschiedenis van de Amerikaanse literatuur*, die met grote ijver en een schrijnend gemis aan brille in het Nederlands is geschreven door de Utrechtse doctores

Bertens en D'haen. De anglicismen die het Nederlands van Blom ontsieren zijn bij hen uitgegroeid tot een liederlijke builenpest. Er wordt in deze boeken 'geresulteerd', 'gesitueerd', 'gejuxtaponeerd' en 'gejuxtaposeerd'. Ideeën zijn meestal 'idiosyncratisch'. Er is sprake van 'advertentietrucjes' wanneer reclametrucs worden bedoeld. Schrijvers zijn 'succesvol' of zelfs 'onsuccesvol' en soms zijn ze 'enorm invloedrijk geweest'. Iemand verliest zijn 'zelf-controle' en presidenten 'administreren'. Onze anglisten weten wellicht wat ze daarmee bedoelen, maar of Edna Gerutti dat weet wanneer ze haar bandje met oorlogsgedruis heeft opgezet en voor Tros Aktua berichten voorleest uit de *Jerusalem Post*, dat betwijfel ik. Ze vertelt dan over het Israëlische leger dat 'de West Bank controleert' en over het jongste communiqué van de 'Reagan administratie'. Nooit ben ik er gerust op dat ze zich dat leger niet voorstelt als een soort Fiscale Opsporingsdienst en Reagan als een klerk met gummimanchetten en een potloodje achter zijn oor.

'Geboren in St. Paul, studeerde Scott Fitzgerald aan Princeton,' lezen we bij de Utrechtenaren. Hoe vaak ik ook in St. Paul ben geweest, mij is nooit iets gebleken van die hechte band met Princeton. 'Gefilterd en geïnterpreteerd door een opeenvolging van commentatoren en vertellers volgen wij de geschiedenis van Thomas Sutpen.' Zo grondig hebben deze auteurs zich bekwaamd in het namaak-Engels dat deze zin de belabberdste is die ik ooit in druk heb gezien.

Bertens en D'haen geven een globaal overzicht van de Amerikaanse geschiedenis, volgens de lijnen die door Nevins en Commager zijn uitgezet in *A Short History of the U.S.A.*, een veelgebruikt highschool leerboek, en voorts wordt er kritiekloos gebotaniseerd en gedetermineerd in schrijversland. Menige bloem wordt vermorzeld onder hun zevenmijlslaarzen. 'Brian Tate, een ambitieuze hoogleraar van even in de veertig, begint een verhouding met een studente. Hij verlaat zijn vrouw Erica en hun twee kinderen, maar aan het slot van het boek, wanneer ook Erica een kortstondige verhouding heeft gehad, verzoenen zij zich weer bij gebrek aan een alternatief.' Dat is wat er overblijft van *The War Be-*

tween the Tates. En toch heb ik met die roman ooit zeer genoeglijke uren beleefd. Schrijvers 'wijzen vooruit' of 'grijpen terug', ze zijn 'representatief', zetten tendensen voort of kappen met tradities, alsof ze geen romans en gedichten maar literatuurgeschiedenis hebben geschreven. Het belang van Scott Fitzgerald ligt niet in zijn verbeeldingswereld, vinden deze auteurs, maar 'in het oriënteren van de Amerikaanse roman – ten tijde van zijn debuut nog grotendeels beheerst door de naturalistische traditie – in de richting van de consolidatie van Jamesiaanse technieken'. Met rammelende kettingen waart het spook van de geschiedenis door deze bladzijden, en een griezel dat het is! Dat blijkt wel uit de verontschuldiging die ik las op pagina 215: 'Voor de hedendaagse periode moeten wij terugvallen op persoonlijke voorkeur en oordeel.' (Het oordeel is niet persoonlijk, begrijp ik.) 'Met wat volgt lopen wij dan ook het risico dat toekomstige critici ons oordeel in twijfel zullen trekken en ons wellicht hier en daar in het ongelijk zullen stellen.' En in de bange waan dat ze een oordeel en misschien zelfs gelijk zouden hebben stappen ze over de drempel van de moderne tijd, deze zevenmijlsschijtlaarzen.

Nu hoor ik verontrust geschuifel van lezersvoeten, ik hoor keelgeschraap en iemand zegt: 'Dat kan allemaal wel waar zijn, dat het in het algemeen zo droevig is gesteld met de Nederlandse anglistiek, en met de andere moderne talen zal het niet veel beter zijn, maar is er afgelopen april niet een boek verschenen, ik bedoel niet zoiets flauws als een literatuurgeschiedenis, nee, een echte studie, *Engel en afgrond* van Ernst Braches, met als onderwerp dezelfde Henry James over wie je het almaar hebt? En is dat geen erudiet en geinig boek, geen toonbeeld van tegelijk strenge en vrolijke wetenschap, geschreven in een levendig Nederlands en met een plezier dat je van iedere zin afleest? En mag zo'n boek niet opwegen tegen de wanprestaties van die pakweg veertig zogenaamde wetenschappers?'

U geeft een juiste kenschets van dat boek, lezer, en het zou inderdaad hebben opgewogen tegen veertig loopbanen van overbetaalde lijntrekkerij, als Ernst Braches een anglist was geweest. Maar dat is hij niet. Hij heeft zijn studie geschreven in de weekeinden en in de avonduren, in een fractie van de tijd die anglisten nodig hebben voor hun onzalige dissertaties. Hij heeft dat gedaan uit liefhebberij, of zeg maar gerust uit liefde. En hoe reageerde de anglistiek? De anglistiek reageerde voornamelijk niet. Alleen de anglist J.J. Peereboom heeft het besproken. J.J. Peereboom, die in zijn lange leven nog nooit iets wetenschappelijks heeft gedaan, zette zijn gezicht voor die gelegenheid in een wetenschappelijke plooi en op dat boek waarvan u zo genoten hebt, lezer, heeft J.J. Peereboom toen *gesmaald*. Mag dat misschien de deur dichtdoen?

In februari 1986 werd tot mijn verrassing het feit herdacht dat een eeuw daarvoor J. Beckering Vinckers te Groningen was aangetreden als de eerste Nederlandse hoogleraar in de Engelse Taal- en Letterkunde. Een eeuw! Ik had steeds gemeend dat de anglistiek nog in de puberfase verkeerde. Wat ik voor groeipijntjes had gehouden – een identiteitscrisis, een onzekere toon, onzekerheid over de toekomst – bleken ineens symptomen te zijn van een gestuite ontwikkeling.

Ik heb het – begrijp me goed – slechts over de literaire anglistiek. De Engelse taalkunde hier te lande is een volwassen vak, dat zich altijd bewust is geweest van zijn positie op de grens tussen het Engels en het Nederlands. Het heeft daaraan zijn identiteit ontleend en er zijn voordeel mee gedaan. Maar de letterkunde heeft zich voor die grenspositie steeds geschaamd, en wel zozeer dat het, na honderd jaar literaire anglistiek in Nederland, nog steeds voorbarig is om van een Nederlandse anglistiek te spreken.

Dat het vak zo blind is voor zijn eigen aard moet, behalve aan de lamlendigheid van de beoefenaars, ook geweten worden aan het succes van de natuurwetenschappen, die een paradigma zijn geworden voor alle andere wetenschappen, de letterkunde incluis. Wie zich bezighoudt met, zeg, thermodynamica kan overal op aarde zijn onderzoek verrichten, mits hij over het benodigde instrumentarium beschikt, en de uitkomsten zullen in Tasmanië niet minder belangwekkend zijn dan in Finland. Maar voor een literatuurwetenschapper maakt het nogal wat uit of de literatuur die hij bestudeert geschreven is in zijn moedertaal of in een vreemde taal, en of hij haar bestudeert op buitenlandse of op eigen bodem. De natuurkunde is een internationaal vak, maar de benadering van de literatuurwetenschapper moet veranderen al naar gelang de culturele context waarin hij werkt. Het ideaal van een 'internationale anglistiek' waarmee men zich breed maakt in geleerde debatten is een dwaallicht. Methoden kunnen met internationale maatstaven worden gemeten, maar een eenvormigheid van benadering zou alle buitenlandse anglisten op het tweede plan doen belanden, omdat dan de autochtone benadering de norm zou zijn.

Dat dwaallicht wordt in Nederland niettemin kritiekloos nagejaagd. Door de misvatting dat het vak gelijk blijft, ongeacht de omgeving waarin het beoefend wordt, hebben de Nederlandse anglisten zichzelf veroordeeld tot minderwaardigheid en de twijfelachtige troost die je daaraan kunt ontlenen. Op het moment van het eeuwfeest tel ik onder de hoogleraren Engelse en Amerikaanse letterkunde hier slechts twee Nederlanders. Ik tel ook een groot aantal vacatures waarvoor geschikte Nederlandse kandidaten nauwelijks te vinden zijn. Het is toch een bewijs van onvermogen dat het vak in de honderd jaar van zijn bestaan niet eens een eigen kader heeft kunnen voortbrengen en maar doorgaat met het inhuren van buitenlanders, die bij een eigen Nederlandse anglistiek nu eenmaal weinig belang hebben.

Men laat zich koeioneren en frustreren door een misverstand. Men voelt zich verplicht om zich als Engelstaligen te gedragen. Een Engelse dan wel Amerikaanse canon of mode bepaalt welke onderwerpen geschikt zijn voor onderzoek. Er wordt in het namaak-Engels onderwezen en, als er al wordt gepubliceerd, dan gebeurt dat in het namaak-Engels. Dat taaltje staat stijf van de hypercorrecte gemeenplaatsen. Het is huichel-Engels, de praat van de volleerde papegaai, een medium waarin het onmogelijk is creatief te denken en te schrijven. En de taal schept weer het beest dat haar spreekt. Dat beest verandert in een tweeslachtig, zielloos wezen, de Anglofiel, kenner van cream teas, opgetuigd met knickerbockers en een Norfolk jacket, zo Brits dat hij een buitenlander moet zijn, een balling in eigen land.

Het is hoog tijd voor een discussie over de doelstellingen van de Engelse letterkunde in dit land. Uitgangspunt zal dan moeten zijn dat de meesten van ons tijdens de eerste achttien jaar van ons leven, de vormende jaren, Nederlands hebben gesproken en gelezen. Leidraad zal dan moeten zijn dat de Nederlandse anglistiek verantwoording schuldig is aan de cultuur die haar voorziet van studenten, faciliteiten, salarissen: de Nederlandse cultuur. Tot dusver zijn die feiten genegeerd en verdoezeld. Ze zijn een blok aan het been van de anglistiek geworden, in plaats van het pluspunt dat ze zo gemakkelijk hadden kunnen zijn, getuige het voorbeeld van de taalkunde. Die eigenaardige en unieke plaats op de grens tussen twee verschillende doch verwante culturen zou de koers van het vak moeten bepalen. Het zou de Engelse en Amerikaanse literatuur voor het Nederlandse publiek toegankelijk moeten maken. Dat is de natuurlijke en eigenlijke taak die het heeft, en zijn enige bestaansrecht.

'Broodschrijverij!' zal mijn verontruste opponens nu in het midden brengen. 'Journalistiek! Laat dat maar aan anderen over!' Toch is er niets minderwaardigs aan dat werk. Misschien is het vaak slecht gedaan, maar dat wil niet zeggen dat het daarom niet beter waard is. Als de universiteit van oudsher heeft neergekeken op recenseren en vertalen – wat zo duidelijk nuttig is moet wel vulgair zijn – tant pis voor de universiteit.

'En bovendien,' (aldus opnieuw de verontruste opponens) 'die en die bespreken wel eens een boek – de Universiteit van Leiden heeft haar Sir Thomas Browne Institute ter bestudering van Engels-Nederlandse betrekkingen – een academische anglist die vertaalt wil me zo gauw niet te binnen schieten, maar zo'n mafkees zal ook wel ergens bestaan – en kijk verdorie eens naar de andere literaire secties aan onze universiteiten, die bakken er ook niets van!' Dat geef ik allemaal volgaarne toe, maar voor we in de casuïstiek verzeild raken stel ik nogmaals vast dat bemiddeling nooit de voornaamste zorg van de Nederlandse anglistiek is geweest en dat het schrijven voor het Nederlandse publiek altijd beschouwd is als iets oneigenlijks, zo niet onoirbaars.

Want laten we de vraag eens naar behoren stellen: Welke invloed heeft de anglistiek in de eeuw dat ze nu bestaat op de Nederlandse cultuur uitgeoefend? Welke Engelstalige schrijvers die van belang zijn gebleken voor de ontwikkeling van onze eigen literatuur zijn hier door anglisten bekend geworden? Eliot? Die werd hier geïntroduceerd door de dichter Nijhoff. Pound? Door Ten Berge en Rein Bloem. Stevens? Nooit van gehoord. Joyce? Door Simon Vestdijk en John Vandenberg. Faulkner? Opnieuw door Vestdijk en Vandenberg. D.H. Lawrence, de held van onze literaire secties waar de volgelingen van Leavis al dertig jaar de skepter zwaaien? Het enige boek van hem dat hier gelezen wordt is *Lady Chatterley's Lover.* De 'New Criticism', hier nagevolgd door *Merlyn,* heeft deze streken zonder hulp van de anglistiek bereikt. De bijdrage van anglisten aan onze rijke Shakespeare-traditie is beschamend klein. Henry James hebben we links laten liggen, tot schade van de romankunst in Nederland. In Frankrijk en Duitsland is hij een vertrouwde figuur, in die landen zijn al zijn belangrijke romans en verhalen vertaald en nog steeds in druk, zelfs zijn journalistieke werk is in het Frans verkrijgbaar. *De moeilijke jaren,* de enige omvangrijke roman van James die in het Nederlands te koop was, is onlangs verramsjt.

Krijg ik een anglistisch proefschrift onder ogen, na twintig jaar wachten, dan dringt zich steeds weer de vraag op wat de promovendus bezield heeft om te schrijven over George Herbert of T.F. Powys, en niet over iets anders. Waarom meende hij daarvoor de aangewezen persoon te zijn? Telkens blijft het antwoord dan uit. Terwijl er toch zoveel taken zijn waarvoor Nederlandse anglisten als enigen zijn toegerust. Er bestaat bijvoorbeeld geen index van Engelse poëzie in Nederlandse vertaling, een hulpmiddel dat vertalers node missen. Aan de grote Burgersdijk heeft de wetenschap der anglistiek nog nooit een afzonderlijke publikatie willen wijden. Ook moet het eerste artikel nog geschreven worden over de achttiende-eeuwer Bernardus Brunius die, toen hij wegens schulden gegijzeld was in het Amsterdamse Nieuwe Werkhuis, pionierswerk heeft verricht met zijn vertalingen van Shakespeare en Lawrence Sterne. Er zijn allerlei interessante, kleurrijke en vooral nuttige taken, anglisten, op het gebied van de bibliografie, van vertalingen, van de *haute vulgarisation.* Een betere therapie voor uw onderhand zielige identiteitscrisis is er niet.

OPRECHT VEINZEN

Beeld en gelijkenis

OVER GOD

Drie passen achter de bontjas van mijn moeder, op weg naar de kerk – het weerspannig stuk ellende waarin ik nog steeds moeiteloos mezelf herken. Scheve knoop in mijn stropdas. Schoenveter los. 'Til je voeten op, jongen! En loop niet zo krom.' Missaal en zakdoek vergeten.

Die bontmantels werden zondags gedragen tot het hoogzomer was en zodra de *r* in de maand zat weer uit de kast gehaald. De meeste dames waren te kort van hals om helder over de dikke jaskragen heen te kunnen bidden en daarom moesten ze elkaar in het oog houden met inquisiteursblik, de kinnen geheven, loensend langs de matglans van hun neuzen. Bij het massaal opstaan, knielen, gaan zitten veroorzaakten die jassen een geritsel en geruis alsof er storm op til was. Ik voelde me in de kerk alsof ik te vondeling was gelegd in een naargeestig woud en daar ontwaakt was te midden van een kudde ogenschijnlijk goedmoedige, maar in werkelijkheid zeer kwaadaardige herkauwers.

Vlak voor het Woord verkondigd ging worden kwam het ogenblik dat mijn vader, lid van het college van collectanten, een functie die hem een verbouwing had opgeleverd aan het koor van de kerk, waar het altaar in die tijd naar voren moest worden geplaatst, met zijn zwarte handschoenen en een gezicht dat lijkbleek zag van schijnheiligheid snel de collectezak aan mijn moeder en mij voorbijduwde. Dat scheelde weer een paar centen. Er was nog iemand die angstvallig door hem werd overgeslagen, een buurvrouw die jaren daarvoor eens een klap onder de zak had gegeven, niemand heeft me ooit willen vertellen waarom. De munten waren over de tegels van het middenpad gerinkeld, onder de banken, in de kieren tussen de planken gerold. 'Stof zul je vreten!' had die buurvrouw geschreeuwd, terwijl mijn vader op zijn knieën dubbeltjes had moeten rapen en lospeuteren.

De pastoor had een monotoon stemgeluid dat het onmogelijk maakte om de eucharistie met begrip te volgen. Hij was klein en rond en zijn gezicht was zo rooddooraderd dat het, de huidcrème die hij erop aanbracht ten spijt, in een netje leek te hangen, als een nieuwe plastic voetbal. Op zijn al te vleeskleurige lippen zat roze parellipstick. Hij had wulpse handjes die zich onweerstaanbaar tot elkaar aangetrokken voelden en elkaar onophoudelijk knuffelden en opvrijden. Er werd gefluisterd dat hij het met een vrouw hield.

Op een goede dag kregen we een hulpkapelaan, een jonge franciscaan met zwart haar en felle bruine ogen, die in zijn sandalen geen sokken droeg van witte zijde, zoals de pastoor, maar blote voeten die rood zagen van de kou. Hij is maar kort gebleven. Eén keer heeft hij gepreekt en de arme gelovigen, die gedoopt waren voor ze 'pap' konden zeggen, die elke week trouw hun plaatsengeld en collectegeld hadden betaald, en ook voor de missieacties regelmatig een kleinigheid hadden afgedragen, die toch mochten menen dat ze al met één been in de hemel stonden, kregen van hem te horen dat ze heidenen waren. 'Bekeert u!' snauwde hij hen van de kansel toe. Zo zout hadden ze het nog nooit gegeten. Hij bestond het bovendien om die brave mensen voor zondaars uit te maken. De brave mensen vonden dat hij beter naar z'n eigen kon kijken. Maar ik vond dat getier van hem een weldaad, na de fluwelen dwingelandij waar ik aan gewend was, en toen ik hoorde dat hij wegens zijn te grote ijver spoedig weer zou moeten vertrekken ging ik op een vrijdagavond bij hem te biecht. Terwijl hij achter het luikje nog zat te bidden voor de vorige biechteling, een geruststellend onderkeels gebrom, af en toe onderbroken door een diepe zucht, zei ik mijn oefening van geloof; daarna bekende ik de zonden die ik altijd bekende en hij wilde me al de penitentie opgeven toen ik ten slotte durfde te stotteren: 'Eh... pater... Pater, ik moet u nog iets zeggen... Ik, eh, scháám me altijd zo vreselijk. En ik weet niet hoe het komt.'

Zo was het precies. Ik, een zondagskind, een en al levenslust en plezier, was me in mijn elfde levensjaar een etterende leproos gaan voelen. Zomaar, ineens. Ze konden me thuis in die tijd met geen stok onder de tafel vandaan krijgen. Er was werkelijk niets waar ik me niet voor schaamde. Ik schaamde me voor mijn moeder, die altijd die verkeerde kleren droeg. Voor mijn vader, die zo gruwelijk 'd'r neven' kon zwetsen, en voor zijn duitendieverij. Voor de neuzen van mijn schoenen. Voor mijn oren en mijn stem en het meest van al en eigenlijk voor het blote feit dat ik was wie ik was.

'Zo, je weet dus niet hoe dat komt. Je voelt je, als het ware, een verstotene?'

'Ja, pater.'

'Een misbaksel, een nietsnut, een oud vod?'

'Ja, pater.'

'Te smerig om aan te raken, nog onwaardiger dan het straatvuil onder je schoenen' (snerpend, almaar snerpender) 'een beerput vol ongerechtigheid, een drol, een plas kots?'

'Nou, zo erg niet, pater.' Ik begon een beetje te begrijpen waarom de parochianen zo'n hekel aan hem hadden. 'Maar ik schaam me wel verschrikkelijk.'

'Dat komt door de erfzonde, mijn zoon.' Zijn stem werd nu zo warm dat je erin zou willen slapen en hij vertelde dat de erfzonde van oorsprong misschien een vloek, maar uiteindelijk een zegen is. Ik had de jaren des onderscheids bereikt, zei hij, en kennis gekregen van goed en kwaad. Hij zei dat de mens zich door die kennis godgelijk kan wanen, maar in zijn eigen ogen ook altijd te kort moet schieten. Dat ze van de Duivel komt en ons dichter brengt bij God. Dat Jezus Christus om de erfzonde aan het kruis is gestorven en de poorten van de hemel voor ons heeft geopend. In de mond van de overijverige franciscaan kregen deze woorden, voordien tiranniek geraaskal van een hoofdpijnverwekkende onzinnigheid, de kracht en de pracht van een openbaring. 'Stel je bij alles wat je doet Hem ten voorbeeld, mijn zoon, want Hij is de weg, de waarheid en het leven, en bid nu samen met mij een oefening van berouw en voor je de kerk verlaat nog drie onzevaders en drie weesgegroeten.'

Ik had niet veel op met Jezus Christus, een man in een

soepjurk, die zich een doornenkroon op het hoofd had laten drukken, edik had gedronken van een spons en die, als hij in moeilijkheden zat, dreigde zijn vader erbij te halen. Zijn vader was een toornige ijdeltuit, die nooit genoeg geloofd en geprezen kon worden. Van dat stel had ik altijd een gezonde afkeer gehad, maar nu dat van die erfzonde pijnlijk waar bleek te zijn besloot ik toch maar om een vrome katholiek te worden.

Godsdienst was in de praktijk van alledag een kwestie van centen en stuivers. Door te sjacheren om een handjevol geld kwam je erachter wat een onbegonnen werk het is om zonder Gods genade de eeuwige zaligheid te verdienen. Eeuwig was zoiets als een oneindige wiskundige reeks, het leven niet meer dan schaapjes tellen voor je in slaap valt. Ik deed thuis elke dag de afwas, voor twee cent. Zeemde wekelijks de ramen en vroeg mijn moeder me daarvoor niet met een gulden, maar met een kwartje te willen belonen. Ik nam een krantenwijk. Ik stond 's ochtends om halfzes op, en voor ik de kranten ging rondbrengen bad ik driemaal de rozenkrans. Bij het zien van een lekke band genoot ik al de voorsmaak van het zweet mijns aanschijns en na het plakken verwijderde ik met staalwol het roest, niet alleen van de velgen maar ook van elk der spaken. Voor een stuiver knipte ik op mijn knieën de randjes langs het gazon en het was enkel schaamte voor mijn schaamte die me ervan weerhield daarbij een nagelschaartje te gebruiken. Als er een strand bij ons in de buurt was geweest had ik vast geprobeerd om iedere korrel zand van een nummer te voorzien.

Maar mijn schaamte was zo groot als de eeuwigheid. Ik kon stof vreten tot ik van steen was, het hielp niets. Het min of meer mijns ondanks bij elkaar gezwoegde geld droeg ik van tijd tot tijd af aan een bouwpastoor die zijn domicilie had in een houten keet achter de schoenfabriek van Swift. In die tijd moet ik al bevroed hebben dat ik hoogstwaarschijnlijk onontvankelijk ben voor de gave des geloofs. Dat was de reden, denk ik nu, waarom ik die bouwpastoor toen verzocht het geld te bestemmen voor de aanschaf van een doopvont. Hij was zo goed dat te beloven. Toen de kerk klaar was ben ik de vont gaan bekijken: een achthoekig blok basalt, met in het midden een rond, ondiep bekken, waarop mijn geld en ik evenmin sporen hadden achtergelaten als God en Zijn genade op de wereld.

Ik ben nog even vast overtuigd van de werkelijkheid van de erfzonde en ik schaam me nog steeds ongelukkig over alles wat ik doe en ben. Zo beleef ik althans het feit dat de mens een onaangepast schepsel is en dat er tussen zijn binnenwereld en de buitenwereld zonder ophouden een strijd woedt die diepe ellende voortbrengt, maar ook wonderbaarlijke kunst. Zijn bestaan en zijn gedoe schreeuwen om de rechtvaardiging van een transcendent verband. Je zou denken dat het voor mij nu tamelijk eenvoudig moet zijn om na de erfzonde ook de rest van de katholieke santenkraam te aanvaarden.

Ik heb zelfs een godsbeeld. Eerlijk gezegd wist ik niet dat ik er een had, tot ik ten behoeve van deze bladzijden mijn verspreide gedachten over het Opperwezen bijeen moest garen. Over God begon ik hevig na te denken toen ik op school, ik meen van een leraar, een apologetisch boekje te lezen kreeg. Het heette *Orthodoxie* en met veel verbale grollen en een gezond Engels verstand werd erin aangetoond hoe onredelijk het is om geen christen te zijn. Ik was er diep van onder de indruk, vooral van een hoofdstuk met de titel 'De ethica van sprookjesland'. De schrijver, G.K. Chesterton, betoogde daarin dat we een scherp onderscheid moeten maken tussen de wetenschappen van de mentale betrekkingen, zoals de wiskunde, die echte wetten kennen, en de wetenschappen van de natuurlijke feiten, die geen wetten kennen, alleen 'merkwaardige herhalingen', zoals hij ze noemde, en dat we daarom elk moment van de dag blij mogen zijn dat onze neus van voren zit en niet opzij.

Telkens als er een proef mislukte in onze natuur- en scheikundelessen zag ik hoe waar dát was. Later, toen ik bij Hume las dat er geen noodzakelijk verband bestaat tussen de feitelijkheden die we oorzaak en gevolg plegen te noemen, begreep ik beter waar Chesterton op doelde. Het was wonderlijk dat de godloochenaar Hume me een overtuigender argument voor het bestaan van God bood dan ik ooit had kunnen vinden in de traditionele godsbewijzen, zoals het bewijs waarin God wordt voorgesteld als de Onbewogen Eerste Beweger ('De schepping moet een oorsprong gehad hebben, jongens, en die oorsprong noemen we God.' 'Maar kan de schepping dan niet altijd al bestaan hebben, pater?' 'Zoiets kunnen we met ons mensenverstand niet bevatten.' 'Kunnen we God dan wel met ons verstand bevatten, pater?' 'Neen, maar in Hem kunnen we geloven.') – en daarin gaat het slechts om een historische God, van Wie je nog kunt aannemen dat Hij, na hemel en aarde geschapen te hebben, op Zijn lauweren is gaan rusten en de boel verder de boel heeft gelaten. Nu ik inzag dat niet één moment in de geschiedenis noodzakelijkerwijs volgde uit enig voorafgaand moment, kon ik er niet onderuit dat God Zich nog voltijds met Zijn schepping moest bemoeien, dat Hij Zijn wereld elk moment opnieuw schiep en er geen blad in de wind bewoog zonder een speciale wilsbeschikking Zijnerzijds, en ik stelde me de wereld voor als een soort sensurroundfilm, een rolfilm van afzonderlijke scheppingsdaden met een oneindig veel hogere frequentie dan vierentwintig per seconde.

Elk ogenblik is dan een wonder. Een wonder in de gebruikelijke zin is dan een bovennatuurlijk ingrijpen waardoor we er eventjes aan herinnerd worden dat de hele natuur een voortdurend bovennatuurlijk ingrijpen is. Het is een vergissing van de continuity-girl, de schaduw van de regisseur die even over het beeld valt, het kleine foutje dat de grote schoonheid doet uitkomen. Vreemd, dat uitgerekend Hume het nodig vond aan het bestaan van wonderen te twijfelen.

God is voor mij (hier komt dan mijn godsbegrip) bovenal de Schepper, de Kunstenaar. Wat Hij zo goed vond, aan het eind van Zijn eerste werkweek, was niet meer dan een eerste, beslissende opzet; het scheppingswerk is sindsdien steeds in volle gang geweest. God leeft ermee in taaie onvrede. Soms verbaast Hij Zichzelf, soms wanhoopt Hij en telkens als er iets van voltooid dreigt te raken bekruipt Hem die aan kunstenaars zo welbekende walging, een voorgevoel van Zijn dood. Tussen God en Zijn schepping bestaat wederkerigheid: Hij schept haar, maar tegelijkertijd schept zij Hem, want het werk dat aan de kunstenaar ontspruit gaat een eigen leven leiden dat zijn wil zowel gehoorzaamt als onderwerpt. God is bezig door mij Zichzelf te scheppen. Daarom ben ik zowel vrij als onvrij en daarom mag ik, die immers gemaakt ben naar Zijn beeld en gelijkenis, Hem gerust een beetje vermenselijken. Tot nog toe heeft Hij zich het volledigst, maar nog steeds niet volmaakt, uitgedrukt in Jezus van Nazareth, met wie ik inmiddels veel beter kan meevoelen dan in mijn gezonde kinderjaren. Jezus is het thema van de schepping, de meest wezenlijke mens. Hij is te kort geschoten en wij schieten nog veel schromelijker te kort, want we leven in een onaf kunstwerk, waarin alles streeft naar uitdrukking, maar niets vooralsnog uitdrukking is. Er bestaat zelfs een gerede kans, dunkt me, dat God over enige tijd zal besluiten dat Hij er niet uitkomt. Mocht het echter toch uitlopen op zoiets als de voltooiing der tijden, dan zullen God en Zijn schepping elkaar volkomen uitdrukken en ophouden afzonderlijk te bestaan. Ze zullen dan in elkaar verdwijnen en opgaan in wat door Johannes Gods woning onder de mensen is genoemd, het nieuwe Jeruzalem.

En eh... *geloof* ik ook in die God van mij? Van de wenselijkheid, zeg maar gerust de noodzaak, van zo'n geloof ben ik geheel doordrongen, maar wat geloven is en hoe het moet heb ik nooit kunnen ontdekken.

Ik heb altijd een nieuwsgierig ontzag gehad voor mensen die de gave des geloofs wél heten te bezitten. Toen ik een jaar of veertien was werd ik op aanraden van een psychiater, 'om wat meer onder de mensen te komen', op een internaat geplaatst, waar ik bijna twee jaar zou blijven. Elke dag zag ik daar op naar een portret van St. Thomas van Aquino, dat aan een muur van de studiezaal hing. Hij was minstens zo corpulent geweest als G.K. Chesterton, zo te zien. Mij werd verteld dat ze voor zijn buik een stuk uit de reftertafel hadden moeten zagen, omdat hij anders niet met zijn armen bij zijn bordje kon. En toch had St. Thomas volgens tijdgenoten met zo groot succes de *castitas* beoefend dat er altijd een ozongeur om hem heen hing, alsof het zojuist geregend had. Zo'n heilige wilde ik graag eens in het echt ontmoeten.

Voor een deel was dat internaat een seminarie, maar welke jongens roeping gevoelden viel moeilijk uit te maken en was ook niet algemeen bekend, hoe vaak ik er ook over speculeerde met klasgenoten die net als ik zeker wisten dat ze andere ambities hadden. Ze verkeerden onder ons als de laatsten der rechtvaardigen onder de joden, die priesterstudenten. Daar zal wel wijs beleid achter hebben gezeten, om hun de gelegenheid te bieden zonder gezichtsverlies van hun roeping af te zien, want het was de tijd dat steeds meer paters het klooster verlieten. Dat uittreden ging gepaard met vaste symptomen. Eerst werd het witte habijt (het waren dominicanen) voorgoed in de kast gehangen en liepen ze de hele dag rond in een zwart kostuum met witte boord zoals daarvoor alleen buitenshuis was gedragen. Het zwarte kostuum moest vervolgens wijken voor een terlenka pantalon met vlotte trui. Dan duurde het nooit lang voor ze in het gezelschap van een vrouw werden gesignaleerd, zonder duidelijke aanleiding begonnen te blozen en geen orde meer konden houden. Waarna de prefect op een ochtend het leslokaal binnenkwam en grimmig vertelde dat de zoveelste pater de wereld was ingegaan, dat zijn lessen zouden worden overgenomen door een interimaris, meestal een halfwassen, pijprokende student, en dat hij, de prefect, er niet met ons over wilde praten.

Naarmate er ook steeds meer leerlingen verdwenen traden de jongens met roeping vanzelf aan het licht, als de karkassen die boven water komen in een plas die wordt drooggemalen. Het bleken jongens te zijn die me daarvoor nooit waren opgevallen. Jongens met grote botten, peenhaar, fletse ogen, afkomstig uit de Peel of Alkmaar.

Met een van hen, een knaap met roestkleurig haar en sproeten, ging ik in die tijd veel om. Het liefst sloop hij door de benauwde kruipgangen onder het gebouw. Broeder kok hield in de keuken twee poezen, smoezelige beesten, die daarbeneden gemiddeld tweemaal per jaar een nest wierpen. Het krioelde er van de verwilderde katten die nog nooit licht hadden gezien. Mijn stijve, knokige vriend bleek in die kruipgangen onverwacht snel en lenig en met die fletse ogen van hem zag hij er zelfs beter dan de katten, die hij meestal beet had in één keer grijpen. Met een jutezak vol katten gingen we dan naar de plaats achter de keuken. Hij sloeg zich op de knieën van de pret wanneer de beesten als we ze loslieten, eerst verblind bleven zitten, dan radeloos rondtolden, om maar te ontkomen aan het zonlicht waar geen ontkomen aan was. Dan werden ze voor de tweede keer in hun nek gegrepen en aan een stuk ijzerdraad opgehangen of werd ze met een baksteen de schedel ingeslagen. Soms kon ik hem overhalen om ze te verdrinken in een sloot, waar we de zak dan onder de dotterbloemen zagen verdwijnen, allebei vol wroeging, ik om die onschuldige leventjes, hij om de misgelopen slachtpartij. Ik meen te weten dat hij tegenwoordig missionaris is op de Filippijnen.

Het is me niet gelukt om het geheim van zijn roeping te doorgronden. Hij kon beter grijnzen dan praten. Bijzonder lekker rook hij niet. Niemand heeft me nog duidelijk kunnen maken wat geloven is. Ik ben wel eens bang dat het geloof, zoals ik het me voorstel, niet eens bestaat.

Dat godsbegrip van mij is niet meer dan een fraaie constructie, een hypothese. Ik heb in het hart van de schepping een leemte ontdekt waar God, als Hij bestaat, mooi in zou passen, maar helaas is het niet zo dat het geloof begint waar het verstand ophoudt. Chesterton leek in zijn boek te menen dat je langs de weg van de rede tot God kunt geraken, maar Chesterton kon dat denken omdat hij al geloofde. Hij noemde die in diepste wezen ondoorgrondelijke werkelijkheid feeëriek. Soms vind ik dat ook; maar vaak, bijvoorbeeld als ik me bedenk dat de stoel waarop ik zit voor het overgrote deel uit leegte bestaat en verder uit een paar losse atoompjes, of als ik me afvraag hoe ik zo zeker weet dat ik van alles gemeen heb met andere mensen, slaat me de angst om het hart. Het ontbreekt me aan vertrouwen en dat komt weer doordat het me aan geloof in God ontbreekt. Geloven, lees ik in mijn handboek van de katholieke leer, is 'geen door eigen arbeid verworven inzicht, maar overgave'. Waar moet ik me dan aan overgeven? Aan het geloof.

Ongeloof plaagt me voortdurend, als een suffe bui, of een hardnekkige kater, als iets dat zal overgaan, met andere woorden, hetgeen me de troost geeft dat ik het in elk geval nooit zonder de hoop hoef te stellen. Van dag tot dag weet ik me heel aardig te redden door mijn ongeloof op te schorten met behulp van een paar flinke doses agnosticisme. Maar dat is oppervlakkig en onoprecht, aspirine voor de ziel. Het geloof waar de agnosticus zijn schouders over ophaalt belijdt hij met zijn voeten. Hij gelooft dat morgen de zon weer zal opgaan, maar wenst dat geloof nergens op te stoelen. Hoe een agnosticus er een ethiek op na moet houden weet ik niet. Hij gelooft niet in de geboden van de eerste tafel en ontneemt daarmee de overige geboden hun rechtsgrond. Hij probeert zich uit dat dilemma te redden door te beweren dat die overige geboden een soort natuurwetten zijn, maar als ze dat al zijn, dan behoren ze toch tot de sfeer der natuurlijke feiten die, zoals gezegd, slechts feeërieke of angstaanjagende, maar hoe dan ook op een mysterie terugwijzende regelmatigheden kent. Op die manier zul je nooit een mens uit één stuk worden.

Intussen voegt ieder verhaal dat ik schrijf zich ongemerkt naar de ritus van de éne, heilige, katholieke en apostolische Kerk, zoals ik die jarenlang minstens eenmaal per week heb meebeleefd. Hersenspoeling? Ik denk liever dat ik, een ongelovige, toch Gods werk doe, dat ik Zijn blinde handlanger ben en door mijn werk mezelf schep naar Zijn beeld en gelijkenis, zoals Hij Zichzelf schept door mij. Misschien, denk ik nu (en mijn onbehagen wordt zo groot als de kosmos), twijfelt God wel net zo hevig aan Zijn schepping als ik twijfel aan Hem, en is werkelijk geloven pas mogelijk in het Nieuwe Jeruzalem, waar Hij en ik één volmaakt lichaam zullen zijn.

Idolen

OVER HET TWEEDE GEBOD

De Amerikaanse grondwet wordt vaak geniaal genoemd omdat ze het nu al meer dan tweehonderd jaar heeft weten te bolwerken. Hoeveel genialer zijn dan niet de tien geboden! Het is drieduizend jaar geleden dat ze zijn uitgevaardigd op de berg Sinai, maar wie wil meedoen met het beschaafde leven heeft zich er nog steeds aan te houden.

De profeten die na Mozes zijn gekomen hebben van alles geprobeerd om die geboden te seculariseren en te humaniseren. Jezus van Nazareth deed in zijn bergrede wel alsof hij de decaloog aanscherpte, maar hij sprak alleen over de wetten van de tweede tafel, die de betrekkingen tussen de mensen onderling regelen – over de verplichtingen tot God hield hij toen zijn mond. Marx meende nog rigoureuzer te kunnen zijn en met veel wetenschappelijke omhaal bracht hij de hele moraal terug tot 'Gij zult niet stelen'. Sindsdien lijkt de god van de joden voorgoed verdwenen achter de rug van de zich steeds breder makende mens.

Maar in de sociale praktijk blijken alle tien geboden onmisbaar. Ze zijn opgesteld door een vernuftige en ervaren jurist. Een samenleving kan moord noch meineed dulden. Afgunst maakt de buurt even onveilig als diefstal. Wil je het thuis gezellig houden dan moet je je ouders eren en geen echtbreuk plegen. En als je wilt weten van *wie* dat allemaal moet, dan ontdek je achter de brede rug van de mens een instantie – rechtsfictie of persoonlijke god – waarvan de naam zo heilig is dat die op prinsjesdag zelfs door de koningin niet mag worden uitgesproken.

Christenen zijn lang niet zo wettisch als joden, maar aan de tien geboden hebben ze zich altijd strikt willen houden. Waarom wel daaraan, en niet aan alle rituele voorschriften die toch ook door Mozes zijn uitgevaardigd? Het traditionele antwoord, van christenen en ook nog steeds van postchristenen zoals wij, is dat die geboden helemaal geen geboden zijn, maar meer zoiets als wetten van de menselijke natuur. Ze zitten zo gebeiteld dat we degenen die zich er niet aan storen abnormaal vinden. Khadaffi is een gevaarlijke gek. De man die zich mateloos ergerde aan dat eentonige 'Gij zult!' en 'Gij zult niet!', die uit naam van de 'vrije, godgelijke mens' de oorlog verklaarde aan 'dit vergift waarmee zowel joden als christenen de vrije, prachtige instincten van de mens bedorven en bezoedeld en tot het niveau van hondse vrees omlaaggedrukt hebben' – we zijn het er allemaal over eens dat die Adolf Hitler een onmens was en liever dan toe te geven dat onze prachtige instincten inderdaad nog nooit van de tien geboden hebben gehoord verklaren we het Duitse volk in de naziperiode van zijn geschiedenis collectief krankzinnig.

Er is echter één gebod waarvan bijna niemand nog de zin begrijpt, en dat is het tweede: 'Gij zult u geen godenbeeld maken, noch enig beeld van wat in de hemel is daarboven, op de aarde beneden, of in het water onder de aarde.'

Katholieken hebben dat altijd maar een raar gebod gevonden. Ze hebben het weggefoezeld door het op te vatten als een subartikel van het eerste, dat het hebben van andere goden dan Jahweh verbiedt. Erg logisch kan ik dat niet vinden, want de waarschuwing is gericht aan het adres van de kunstenaar; de afgodendienaar wordt buiten beschouwing gelaten. Ook strookt die kunstgreep niet met Deuteronomium 4, waar Mozes een toelichting geeft: 'En omdat gij dus in het geheel geen gedaante aanschouwd hebt, toen Jahweh op de Horeb midden uit het vuur tot u sprak, daarom moet gij u er zorgvuldig voor wachten misdadig een beeld van een afgod te maken, onder welke gedaante ook.' Niet uit vrees voor vreemde goden, maar omdat Jahweh erdoor te kort gedaan wordt, moet je je ervoor wachten om afbeeldingen van hem te maken. En niet alleen Jahweh doe je zo te kort, ook jezelf. In het Boek der Wijsheid, dat dateert uit de eerste eeuw voor Christus, wordt de leembewerker gehoond die er eer in stelt om namaak te vormen, een nietige god uit hetzelfde stof waaruit hij werd geboren en waarnaar hij zal terugkeren.

Mijn bijbelvertaling, in 1937 uitgegeven door de apologetische vereniging 'Petrus Canisius', monkelt in een voetnoot dat het voorschrift door de latere farizeese joden veel te slaafs is uitgelegd als een verbod op *alle* beelden. Neem je de woorden van Mozes letterlijk, dan is dat inderdaad de juiste lezing en die was ook vrij algemeen ten tijde van Flavius Josephus. De joden onthielden zich toen streng van alle iconische, of representatieve, kunst. Alleen aniconische voorstellingen waren geoorloofd. Dat kon tot lastige scherpslijperij leiden. Reliëf was verboden, bijvoorbeeld, maar intaglio mocht wel, zodat een zegelring met daarin een verzonken figuur wel gedragen, maar niet gebruikt mocht worden; had de ring daarentegen een figuur in reliëf, dan was hij als sieraad uit den boze, maar mocht er weer wel een afdruk mee worden gemaakt.

Exclusief joods zijn die skrupules trouwens niet. De koran stelt dat wie zelf geen vis kan maken ook geen vis mag afbeelden, en sommige vroege christenen werden door dezelfde gewetensbezwaren gekweld. In zijn traktaat *De Idolatria* schreef de montanist Tertullianus rond het jaar 200 dat alle afbeeldingen van levende wezens afgoden zijn, dat de makers ervan door de Duivel zelf op de wereld zijn gezet en uit de Kerk geweerd moeten worden. Geen tegel van je levensweg, of er ligt wel een idolate drol op, zo blijkt uit zijn casuïstiek, en hij besluit: 'Tussen deze klippen en kreken, zandbanken en engtes der afgoderij schippert het Geloof, de zeilen vol van de Geest Gods; veilig indien behoedzaam, veilig indien nauwlettend. Liever de dood, dan afgodische lichtzinnigheid!' Bij latere oprispingen van iconolasme heeft, behalve de sacrale, ook de wereldse kunst het dikwijls moeten ontgelden, in het bijzonder het toneel.

Het tweede gebod zit me hoog. Niet omdat ik een fundamentalist zou zijn: de gave des geloofs is mij nooit geworden, en ik kan niet anders dan hier voor alle gezindten preken. Maar het gebod roert een vraagstuk aan dat, zoals wel meer vraagstukken die in de Heilige Schrift ter sprake komen, allesdoordringend is, namelijk: Hoe dienen we om te gaan met het onbekende? Voor de joden was dat onbekende God, ik zal het de werkelijkheid noemen. Die twee begrippen kunnen naar believen worden opgevat als analoog dan wel als identiek, voor wat ik te zeggen heb maakt dat weinig uit. En hoewel het tweede gebod, zo bezien, niet slechts op de representatieve kunsten van toepassing is, maar ook op allerlei andere voorstellingen die gebruikt worden in de wetenschap en in het dagelijkse leven, zal ik me hier, om niet reddeloos op drift te raken, zoveel mogelijk beperken tot de discipline die mij het meest vertrouwd is, die van het verhalende proza.

Werkelijkheid is een begrip dat door literatuurbeschouwers van de naïeve soort – en dat zijn, zo niet de meeste, dan toch de luidruchtigste – als een absolute toetssteen wordt gehanteerd. De vooronderstelling is dat ons aller ervaring op de wezenlijke punten overeen zou stemmen en dat uit die overeenstemming, op min of meer democratische wijze, objectiviteit zou voortvloeien. 'We weten waar we het over hebben.' In die houding blijkt een vreemde tegenspraak te zitten als je erop doordenkt: de wezenlijke overeenstemming die communicatie mogelijk moet maken, maakt haar tevens overbodig, want als je het al zo gloeiend met elkaar eens bent, waarom zou je dan nog communiceren?

Ook ik zal hier het woord werkelijkheid bezigen, maar met de aantekening dat ik dan helemaal niet weet waar ik het over heb. Het is een leeg woord voor mij. Zelfs al zou het zo zijn dat onze ervaringen wezenlijk overeenstemmen, wat ik tegen veel twijfels in manhaftig probeer te geloven, dan is het geheim daardoor nog lang niet ontsluierd, want wat we delen is een menselijke doorsnee of plak van de werkelijkheid, een smal reepje van een groot en pikkedonker bos zoals dat, vol valse schaduwen en spookachtig verkleurd, oplicht in het schijnsel van een zaklantaarn.

'We weten waar we het over hebben' – die impliciete consensus van kunstenaar en kunstgenieter, van zorgeloze kritiek en zorgeloos realisme, heeft zich lang in de rug gesteund geweten door de knusse zekerheden van tijd en ruimte, van de causaliteit en de stevigheid der materie. De realistische roman is samen met de natuurwetenschappen tot bloei gekomen. Maar elke vooruitgang schept zijn eigen achterlijkheid. Het realisme is een bijgeloof geworden nu de objectieve wereld van de natuurwetenschappen als een illusie van de zintuigen is ontmaskerd. De regelmatigheden die we vroeger natuurwetten noemden blijken geen wetten van de natuur, maar regelmatigheden van de zintuiglijke waarneming te zijn, en de kritiek die de moderne fysica op de natuurkunde van Newton heeft uitgeoefend moet ze logischerwijs ook uitoefenen op zichzelf. Natuurkundige wetten vertellen ons voortaan niet meer de waarheid over de werkelijkheid, ze hebben een *ad hoc* karakter en horen thuis op het smalle raakvlak tussen de werkelijkheid en het waarnemend bewustzijn.

Kennistheoretisch is er dus niet meer zo bar veel verschil tussen de exacte wetenschappen enerzijds en anderzijds de religie, de metafysica, de kunst. Het zijn allemaal manieren om de geheimzinnige werkelijkheid voor menselijke bewoning geschikt te maken, en de ene manier is niet per se objectiever dan de andere. De werkelijkheid is voor elk wat wils. De dichter krijgt zijn beelden, de apotheker zijn medicijnen, de quantumfysicus, die in zijn werktijd quantumantwoorden op quantumvragen krijgt, kan zich daarbuiten toch blijven verlaten op de zintuigen waarmee hij geboren is en in een Newtoniaanse wereld de trein van vijf uur twintig halen. Juist die gevoeglijkheid maakt de werkelijkheid zo geheimzinnig, en dat die woningen van beelden en symbolen niet helemaal op zand zijn gebouwd komt alleen doordat we voor een deel ook zelf tot de werkelijkheid behoren. Voor een raadselachtig deel, uiteraard, even onbereikbaar en toch dichtbij als een droom waarvan, na het wakker worden, slechts een blind gevoel over is. We noemen het intuïtie, een begrip dat ongeveer gelijk te stellen is met het vage en voorlopige begrip instinct dat we voor niet-menselijke beesten gebruiken. De intuïtie levert de grondslagen van de wiskunde en de logica, de grammaticale dieptestructuur van de talen die we spreken, de esthetische beginselen die ons vertellen of de beelden die we maken coherente beelden zijn.

Nu de waan van het positivisme voorbij is kunnen we ten overstaan van het geheim weer het primitieve ontzag van de holbewoner voelen. We weten weer wat des mensen is, beseffen zo weer enigszins hoe groot het onbekende moet zijn en daardoor worden we weer ontvankelijk voor de twee tegengestelde impulsen die ervan uitgaan: een gevoel van avontuur en tegelijkertijd een gevoel van ontzetting. Die impulsen komen overeen met de emoties die volgens Aristoteles een goede tragedie moet opwekken: medeleven en huiver. Hoe moedig een kunstwerk is kun je altijd afmeten aan de spanning tussen die twee tegengestelde bewegingen.

Mijn bezwaar tegen het realisme is hetzelfde bezwaar als de joden hadden tegen iconische afbeeldingen: de pretentie als zouden we weten waar we het over hebben kleineert het mysterie. Idolatrie is onwil om op de uitdaging van het mysterie in te gaan. Het woord idool, eidolon, is een verkleinwoord, van eidon, en betekent: vormpje. In plaats van op avontuur te gaan blijft de realist thuis en beoefent daar een soort animisme. Zoals poppen met spelden worden doorstoken om de vijand te kwetsen, of een gehaat staatshoofd tijdens een demonstratie in effigie wordt verbrand, zo vleit de realist zich met de illusie dat hij met de werkelijkheid bezig is wanneer hij zandtaarten bakt van zijn vormpjes.

Het gaat altijd om macht, bij zogenaamd natuurgetrouwe afbeeldingen. Het realisme veinst een weerspiegeling van de werkelijkheid te zijn, maar stiekem gaat het afbeelden precies andersom: aan de werkelijkheid wordt door het realisme een beeld opgedrongen. Vandaar dat herkenning het hoogste realistische criterium is. Het is zeker van zijn zaak, maar wil dat graag nog even bevestigd zien. Lijkt dat portret niet goed? De gelijkenis is frappant, striking, treffend, als het een portret van een ander is tenminste. Dan is het een klap op de kop van die ander. Sta je tegenover je eigen konterfeitsel, dan is je onwillekeurige reactie: 'Dat ben ik niet!' Je voelt je gekleineerd. Een zelfportret is een poging om jezelf onkwetsbaar te maken, desnoods door alvast het ergste over jezelf te vertellen.

Oppermachtig heerst het realisme in de meest alledaagse

vorm van literatuur die we kennen: de journalistiek. Die geeft zich zonder voorbehoud uit voor naakte werkelijkheid. Het journalistieke wereldbeeld decreteert dat wat in Den Haag gebeurt belangrijker is dan wat gebeurt in Wijk bij Duurstede. Het decreteert dat twee doden een incident zijn en veertig doden een ramp, zodat de moordpartij in het Heizelstadion een 'ramp' werd, waarvoor vervolgens 'oorzaken' gevonden moesten worden; alleen wanneer de positivistische eigenwaan gekrenkt wordt, zoals toen onlangs een ruimteveer verongelukte, dan zijn voor een ramp zeven doden al genoeg. Dat wereldbeeld heeft duidelijke categorieën voor alle denkbare gebeurtenissen en die categorieën zijn weer gerangschikt in een krankjoreme, doch duidelijke hiërarchie. 'De wereld in een halfuur!' Niets is zo levend, of deze geestdodende vervreemdingsmachine weet het onverwijld op maat te snijden.

In de overzichtelijke waanwereld van kranten en weekbladen voelt de literatuurbeschouwing die weet waar ze het over heeft zich het prettigst. Haar belangstelling gaat uit naar de mens achter het kunstwerk. Die mens is de werkelijkheid waarvan het kunstwerk de uitdrukking is. De paradox van het zichzelf verijdelende realisme werkt hier op volle kracht. Als kunst niets anders is dan het verbloemen van naakte feiten die een journalist in een handomdraai uit de schepper weet te trekken, dan is kunst toch overbodig? De lezer van het onthullende vraaggesprek, dat geniepige mengsel van portret en zelfportret, heeft aan het kunstwerk geen boodschap meer. Hij weet al waar het over gaat. Intussen is de kunst niet uit de werkelijkheid verklaard, maar is, integendeel, de werkelijkheid via de beproefde transformaties van dweepzucht en roddel naar het vormpje van de journalistiek gebakken.

En kijk, hier staan we plotseling op een ontmoetingspunt van twee uitersten. Want de roman die geen werkelijkheid erkent buiten de taal, die meent dat alles bestaat om uit te monden in een boek – een boek dat, bij ontstentenis van lezers, tot in alle eeuwigheid ongeopend moet blijven –, en het realisme dat onder het mom van werkelijkheidsliefde de werkelijkheid om zeep probeert te brengen – beide ontkennen het geheim, beide streven naar een inerte toestand van een kunst die de werkelijkheid heeft opgeslokt, een verzadigde kunst omwille van de kunst. De tegenstelling tussen de journalistieke en de kristallijnen roman, tussen de roman van het straatrumoer en die van de ivoren toren, die tegenstelling blijkt, als je haar maar ver genoeg op de spits drijft, nergens op te berusten en het maar voortzeurende debat tussen die twee blijkt een debat van lood om oud ijzer. Een verschil is wel dat het estheticisme tenminste niet huichelt, en ook veel mooiere vormpjes maakt.

Realisme is verholen wensdroom. Legendes die vertellen hoe de realistische kunst in de wereld kwam herleiden de uitvinding tot gefnuikte verlangens. Bij Plinius staat te lezen hoe Butades, een burger van Sicyon, de kunst van het reliëf heeft uitgevonden. Op een muur van zijn huis ontdekte hij een skiografia, een silhouet, dat getekend bleek te zijn door zijn verliefde dochter. Bij het laatste bezoek van haar aanbedene had ze stilletjes de omtrek van zijn schaduw overgetekend. Butades, die een moderne vader geweest moet zijn, kwam toen op de gedachte om de ruimte binnen het silhouet op te vullen met klei, zodat de afwezige figuur in bas-reliëf naar voren stak. Zo vond hij het reliëf uit, en in één klap het prototype van de opblaasbare sekspop.

Ook het eerder aangehaalde Boek der Wijsheid herleidt de uitvinding van de kunst tot behoefte aan troost. Een door rouw gekwelde vader zou een beeld hebben gemaakt van zijn overleden kind. Maar, zoals iedereen merkt die foto's bekijkt van zijn geliefde doden of ze voor de zoveelste keer over het videoscherm laat draven (achteruit, versneld, in slow motion), het dode kind werd daar alleen maar doder van. De ontroostbare vader, die de eenzaamheid van zijn lege gevoel niet kon uithouden, besloot een eredienst voor het beeld in te stellen. 'Hij verordende voor zijn onderhorigen mysteriën en inwijdingsriten. Daarna werd dat goddeloos gebruik, met de tijd verstevigd, als wet onderhouden en werden gesneden beelden op bevel van heersers godsdienstig vereerd.'

Het verhaal van de verdrietige vader laat zien waarom de

joden geen verschil maakten tussen sacrale en wereldse kunst en met hun wereldse zegelringen even angstvallig omsprongen als met de inrichting van hun synagogen. Kunst heeft de neiging saoraal te worden. Eén goddelijk attribuut in het bijzonder eigent ze zich toe: onsterfelijkheid. Niets wijst erop dat kunst minder vergankelijk zou zijn dan ander mensenwerk en toch is er een hardnekkig bijgeloof volgens welk het geslaagde, klassieke kunstwerk eeuwigheidswaarde zou hebben. Toen het vel over zijn enkels begon te slobberen, zag Horatius zichzelf in een hemelse zwaan veranderen en, zeker van zijn onsterfelijkheid, kon hij hooghartig afstand doen van rouwklachten en een grafmonument. Je zou verwachten dat die gemeenplaats van de oude poëzie wel aan kracht moest inboeten naarmate ons wereldbeeld verder geseculariseerd en vermenselijkt raakte, maar ze blijft met onverminderde hartstocht beleden worden. Shakespeare wist heel goed wat des mensen is en wat niet, maar hij was ontroostbaar over de verwoestingen van de tijd en meende toch in zijn sonnetten zijn geliefde vereeuwigd te hebben. Proust dacht de tijd te slim af te zijn door zichzelf alvast te begraven. Het speelse en wrede werk van de balling Nabokov is een en al wensdroom en gefnuikt verlangen. De laatste wens van Humbert Humbert is dat hij Lolita tot leven mag wekken in de hoofden van latere generaties. 'Ik denk aan oerossen en engelen, het geheim van duurzame kleurstoffen, profetische sonnetten, het toevluchtsoord van de kunst. En dat is de enige onsterfelijkheid die jij en ik kunnen delen, mijn Lolita.' Eén onsterfelijkheidje, het lijkt weinig, maar het is genoeg voor de hele eeuwigheid.

Onsterfelijk zijn voor zover bekend alleen sommige eencellige organismen. En de dood, die is ook onsterfelijk. Idolatrie is verstarring, een proces van organisch naar mechanisch, van levend naar dood. In haar boek *Art and Ardor*, dat me bijzonder gestimuleerd heeft bij het denken over deze materie, herinnert Cynthia Ozick eraan dat bij de poorten van Auschwitz de muziek van Mozart ten gehore werd gebracht. Het gevaarlijke van idolen, schrijft ze, is dat ze zich ophouden buiten de menselijke geschiedenis en mededogen opeisen dat aan mensen toekomt. Het is waar dat gebrek aan historische relativering zowel bij grote moordenaars als bij grote kunstenaars voorkomt. Hitler vond dat heel Duitsland maar samen met hem ten onder moest gaan toen het Duizendjarig Rijk werd afgelast, en Picasso dacht dat de kunst van het verleden slechts bestond om uit te monden in Picasso en dat er na Picasso geen noemenswaardige kunst meer mogelijk was. Het vreselijke van het kernbomidool (laat ik dat ook maar even noemen nu ik toch met zwaar geschut bezig ben) is niet eens dat de bom wellicht ooit vallen zal, maar dat onder de schaduw van die dreiging de geschiedenis tot stilstand komt, bevriest in een voortdurend machtsevenwicht – en voortdurend evenwicht is een aardige omschrijving van dood.

Wanneer ik bloed zie vloeien in een film, dan reageer ik als een struisvogel op een rode lap, bij wijze van spreken, en moet snel wegkijken wil ik geen flauwte krijgen. Maar in het dagelijkse leven kan ik best tegen bloed, zolang het tenminste niet in overstelpende hoeveelheden op me afkomt. Een poosje heb ik gemeend dat ik misschien ook zelf zo'n fijngevoelige kampbeul was. Maar ik denk nu dat Cynthia Ozick toch een te simpele voorstelling van zaken geeft. Het klopt niet dat de kampbeul makkelijker kan moorden omdat hij van Mozart houdt, dat de emotie die hij schenkt aan de muziek aan zijn slachtoffers wordt onthouden. Emotie is geen koek (behalve misschien wanneer ze ook naar koek smaakt). Mijn uiteenlopende bloedreacties tonen aan dat de sfeer van de kunst en de sfeer van het leven veel minder met elkaar te maken hebben dan doorgaans wordt aangenomen in discussies over representatieve kunst. In een film zit je in een gedetermineerde wereld. Wanneer daar bloed vloeit ben je machteloos. Daarom wil je eruit weg en word je beroerd. Op straat heb je de vrijheid om eerste hulp te bieden en een ambulance te bellen. Idolaat zou je pas zijn wanneer je ook op straat je hoofd zou afwenden.

Zo wordt ook begrijpelijk waarom de televisie, die prachtige bewustmakingsmachine, alleen onverschilligheid en onverantwoordelijkheid teweegbrengt. De wereld van de vrijheid wordt in dat apparaat, liefst simultaan of *live*, zoals het verneukeratief heet, omgetoverd tot een gedetermineerde beeldwereld. De enige vrijheid die de kijker overblijft is zijn hoofd af te wenden en programma's te eisen die zijn gevoelens ongemoeid laten, onbenullige programma's. Dit ligt nogal voor de hand, en toch wordt algemeen geloofd dat de onechte situaties van de kunst bij de kunstgenieter echte gevoelens zouden oproepen en dat kunstzinnige mensen meteen ook beschaafde mensen moeten zijn. Maar kunstemoties zijn ontologisch anders dan dagelijkse emoties en voor er kan worden gepraat over de morele werking van kunst moet de psychologie eerst maar eens uitzoeken wat precies de status van kunstemoties is.

Het tweede gebod waarschuwt ons dat we de sfeer van onze beelden streng gescheiden moeten houden van de sfeer der vrijheid. Dat is voor mij de diepere zin ervan. Als je nagaat hoezeer je leven door beelden beheerst wordt, door verhalen, theorieën, ideologieën, dan begrijp je waarom het gebod zo hoog op de ranglijst staat, maar tevens blijkt dan dat het ondoenlijk is om je eraan te houden. Voor wie niet in staat is om in mystieke zelfvergetelheid rechtstreeks te communiceren met het mysterie – en wie durft van zichzelf te zeggen dat hij dat kan? – zit er niets anders op dan het mysterie een menselijk mombakkes op te zetten. Als zonde afstand is tot God, dan is idolatrie, na bewuste godloochening, inderdaad de meest wezenlijke, maar ook een onvermijdelijke zonde.

Gelukkig is er een goed-katholieke manier om te zondigen en toch vrijuit te gaan. Niet alle godgeleerden hebben het tweede gebod weggemoffeld achter het eerste. Er zijn er ook die het serieus hebben genomen en zij hebben er iets op gevonden. Het eerst is die uitweg ontdekt in de achtste eeuw, door de Heilige Johannes Damascenus. Door de menswording van Christus, zo redeneerde hij, mogen christenen zich op het punt van het tweede gebod van de joodse wet ontslagen achten. Daardoor heeft God immers een tweeledige natuur gekregen: een menselijke zowel als een goddelijke. In Zijn goddelijke natuur mag Hij ook door christenen niet worden afgebeeld, maar als mens, en alleen als zodanig, mag Hij gerust geportretteerd worden.

Als ik nu zorgvuldig de christologie uit deze redenering wegpeuter, dan krijg je ongeveer het volgende. Het mysterie is mens geworden in onze voorstellingen. Maar wat die ons openbaren is slechts de menselijke natuur van het mysterie, niet zijn volle wezen. (Het antwoord op de vraag van de sfinx luidt: de mens.) Daarom is representatieve kunst waardoor die beperking verdoezeld wordt uit den boze. Alleen kunst die eerlijk uitkomt voor haar kunstmatigheid is geoorloofd.

De nogal ongrijpbare problematiek van het tweede gebod is in één brandpunt samengebracht door F. Bordewijk, in zijn verhaal 'IJzeren agaven'. Het heeft me voor een raadsel gesteld, dat ik geprobeerd heb in deze lezing op te lossen. 'IJzeren agaven' is het verhaal van een afgodendienaar die, net als de leembewerker in het Boek der Wijsheid, door het verafgoden van het werk zijner handen gedurig kleiner wordt. De kist waarin hij ten slotte wordt begraven is leeg. Ik zal het verhaal nu niet uitvoerig bespreken omdat ik dat al gedaan heb in 'Het werk van de achtste dag'. Kort gezegd komt het raadsel hierop neer: hoe is het Bordewijk gelukt om zo moralistisch over idolatrie te schrijven in de vorm van een verhaal, zelf idolatrie, zoals hij met zoveel woorden te kennen geeft, en toch niet de grond onder zijn eigen voeten weg te slaan? Het antwoord is, denk ik nu, dat zijn proza steeds de aandacht vestigt op zichzelf. De taal is een Bordewijkse kunsttaal, de figuren zijn geen herkenbare mensen, het plat dat ze spreken is een synthetisch plat. Er ontstaat zo een effect dat ik, bij gebrek aan een beter woord, maar ironie zal noemen.

Het woord ironie is door zoveel schrijvers op zoveel manieren uitgelegd dat ik er hier een eigen uitleg aan moet geven, en helaas zet die de oorspronkelijke betekenis, van geveinsde onwetendheid, op z'n kop. Enerzijds contrasteer ik ironie met cynisme. Terwijl cynisme de houding is van 'tegen beter-weten in', is ironie een houding van 'tegen nietweten in'. Ironie is spreken en handelen in oprechte onwetendheid, maar gaat toch gepaard met veinzen, zoals blijkt wanneer ik de houding anderzijds met realisme contrasteer. Ik heb me maar niet bekreund om de wijsgerige en historische vraagtekens die je bij het begrip realisme kunt zetten, omdat het met de slagzin 'We weten waar we het over hebben' voor mijn doeleinden afdoende gekarakteriseerd is. Welnu, in plaats van te zeggen: 'We weten waar we het over hebben', zegt de ironie: 'We doen net alsof we weten waar we het over hebben, en we vergeten geen moment dat we maar doen alsof.' Mijn definitie van ironie luidt in twee woorden: *oprecht veinzen*.

De ironie erkent het mysterie, en dus ook haar eigen voorlopigheid. Ze kan zichzelf ieder gewenst ogenblik corrigeren, maar ze ondermijnt zichzelf niet bij voorbaat. Iedereen kent de houding wel een beetje uit zijn eigen leven als Nederlander, waarin hij moet veinzen dat hij de wet kent en dat alle mensen gelijkwaardig zijn. Postchristenen die de tien geboden onderhouden doen dat in ironische geest. Eerlijk gezegd kan ik me de geestesgesteldheid van de gelovige alleen als ironie indenken, niet als het hogere inzicht van een bevoorrechte. De gelovige heeft met nog wat gelijkgestemden God verzonnen, en met hun allen doen ze vervolgens alsof die nuttige fictie echt bestaat. Maar ze zouden vierkant van hun geloof afvallen als Hij binnenkwam en zei: 'Hier ben Ik.'

Van ironie moeten onze beelden doordesemd zijn. De lucht van het voorbehoud moet er overal in zitten. Dat is de dikke dogmatische punt die ik achter deze overwegingen zou willen zetten. Kunst moet nadrukkelijk onecht zijn. Ze mag niet meer geloof eisen dan ze voor zichzelf nodig heeft. Ze mag zich nooit beroepen op 'het leven', anders ontstaat er een gesloten systeem, een vicieuze draaikolk die haar opslokt. Als het goed is probeert het kunstwerk de geheimzinnige werkelijkheid te gehoorzamen, maar dat gebeurt in een sfeer die zelf niet de werkelijkheid is. Die sfeer dient even streng van de buitenwereld te worden afgeschermd als een biotechnisch laboratorium. Idolen die uit dat laboratorium ontsnappen vormen alles om naar eigen beeld en gelijkenis, zodat het verschil tussen kunst en leven verdwijnt en er uiteindelijk kunst noch leven meer bestaan zal.

De ogenblikken dat een verhaal of een gedicht eerlijk bekent dat het van taal gemaakt is, dat een schilderij blijk geeft van zijn verf, of een beeldhouwwerk, tegen alle regels van de representatie in, het materiaal waarvan het is vervaardigd gehoorzaamt, dat zijn voor mij de bevrijdende ogenblikken in de kunst. Dan toont het mysterie zijn geheimzinnigheid. De gekunstelde vormen zijn mij het liefst. In beginsel houd ik meer van komedie dan van tragedie, meer van groteske dan van psychologische waarachtigheid, meer van poëzie dan van proza. Rijm is een toevallig spooksysteem van de taal dat niet voortkomt uit haar dieptestructuur, maar slechts een tic is, iets onwillekeurigs, oppervlakkig als een luchtspiegeling. Bij elke kunstervaring moet het transparante venster waar je voor zit af en toe beslagen raken met rijm, en moet het glas zichtbaar worden door de spookachtige ijsvarens die erop groeien.

Ons wilde Westen

LITERATUUR EN PUBLIEKE OPINIE

Wanneer ik 's avonds na gedane arbeid een borrel ga pakken, dan raak ik wel eens aan de praat met een kennis die journalist van zijn vak is. Tussen de journalistiek en de literatuur bestaat van oudsher een haat-liefdeverhouding en regelmatig zitten we te hakketakken, grote kinderen die we zijn, over de vraag wie van ons het moeilijkste beroep heeft. Ik beweer dat de journalist het moeilijkste beroep heeft. Hij beweert hetzelfde van de kunstprozaschrijver, die immers al zijn stof uit zichzelf moet opdelven, daarmee onafzienbare papieroppervlakken moet bedekken, en dat zonder CAO, helemaal voor eigen risico, en voor een publiek dat maar een fractie is van het publiek dat hij met de krant bereikt.

Ik geef dat allemaal grif toe. 'Maar,' zeg ik dan, 'laten we nu eens afzien van de arbeidsomstandigheden. Laten we het liever hebben over het vak zelf. Of je over feiten dan wel over verzinsels schrijft maakt weinig uit; de kunst is juist om ze waar te maken op het papier. En dat is voor jou veel lastiger dan voor mij.'

Nee hoor, het schrijven valt hem juist veel gemakkelijker. En hij kan me precies vertellen hoe dat komt. Hij voelt namelijk niet die fnuikende drang om hoge kunst te scheppen. Hij hoeft alleen zijn gedachten te ordenen en hup, hij heeft zijn verhaal op papier. En als hij geen gedachten heeft, dan heeft hij altijd nog zijn bandrecorder.

'Toch heeft die kunst van jou ook wel iets hoogs,' zeur ik inconsequent verder. 'Herinner je je die kwestie waarover we de vorige keer zo'n boom hebben opgezet? Toen ik je artikel daarover las, een paar dagen later, klonk je ineens als een kamerlid of een bisschop. Zo verheven! De lust tot tegenspraak was me totaal vergaan.'

Dat komt door de toverkracht van het gedrukte woord, legt hij me uit. 'Het is alsof mijn woorden vleugels krijgen bij het vooruitzicht dat ze gedrukt zullen worden. Ik stijg boven mezelf uit. Noem het bevlogenheid, noem het inspiratie. Ik hoef er in elk geval niets voor te doen, het komt me vanzelf aangewaaid.'

'Ongelooflijk!' – ik smeer mijn verbazing breed uit. 'Je stem leek wel het Urker mannenkoor. De mening die je me hier verkondigd had was plotseling een publieke opinie. De hele krant, alle lezers galmden mee. Het is wel even wennen, dat ik nu weer tegenover een eerste persoon enkelvoud zit.'

'Noem het maar bevlogenheid.'

'Ach, bevlogenheid... Iets van vliegen had het wel, maar dan naar beneden. Ik noem het liever *bathos.* Het gedrukte woord heeft een logheid die de stijl omlaagtrekt. Ik heb er zelf genoeg mee te stellen, met dat bathos. Een geploeter dat het me kost om mijn stem te laten spreken namens mij en namens niemand anders! Het gedrukte woord probeert ook mij de wet voor te schrijven, me mee te trekken in zijn ingesleten denkgroeven. Als ik niet oppas breng ik een correct literair geronk voort. Wat jouw stem in de krant had gewonnen aan volume had hij aan levendigheid ingeboet. Ik hoorde een gedreun dat er niet was toen we hier zaten te praten. Dubbele ontkenningen, "natuurlijk", "onmiskenbaar", "het staat buiten kijf", "laten we wel wezen" – uitdrukkingen als armen die joviaal en tiranniek om mijn schouders werden geslagen. In een gesprek onder vier ogen zou die retoriek nogal onfatsoenlijk zijn.'

'Ik kan natuurlijk niet de hele dag op mijn woorden zitten letten, zoals jij. Ik moet af en toe wat kopij inleveren, laten we wel wezen.'

'Daarom is jouw vak ook zoveel moeilijker! Naarmate je dichter tegen een deadline aan zit, trekt het bathos harder, het hardst in de journalistiek dus. Alles spant samen tegen de journalist die een eigen geluid wil laten horen. De media waarvoor hij werkt produceren fabrieksmatig. Hij moet een formaat of een tijdsspanne vullen die van tevoren gegeven zijn, als worstvellen. De bureaucratie en de technologie eisen dat hij regelmatig en veel werk levert. Daardoor is de intensiteit van zijn stijl laag. Schier onoverkomelijk zijn die problemen. En pet af dus voor de journalist die het desondanks lukt om persoonlijk te schrijven, in een eigen idioom en een oorspronkelijk ritme. Die verdient de hoogste lauweren.'

De grootste moeilijkheid op de weg van de journalist heb ik maar niet genoemd. Die is van ideologische aard en van een gesprek daarover komt gauw ruzie. De journalistieke media zijn allemaal verpolitiekt. Elke krant, elke omroep heeft zijn eigen plekje in het partijpolitieke spectrum. Mijn kennis schrijft in een linkse krant. Door het blote feit dat hij in die krant schrijft, al is het maar over kinderwagens, krijgt wat hij schrijft een links aroma. Kunnen de kinderwagens ermee door naar zijn oordeel, dan zijn het voortaan *linkse* kinderwagens.

De ideologie is de wereld van het uitgeschakelde denken en de volautomatische moraal. Er zijn maar twee partijen: wij, die goed zijn, en de anderen, die niet deugen. Het is een wild-westwereld, bevolkt door rechtse cowboys en linkse Indianen, waar het prettig overzichtelijk is, zolang je tenminste niet vraagt wat die tweedeling precies inhoudt. Doe je dat wel, dan wordt het je snel troebel voor ogen. Staatscentralisme, een links dogma, kan voor rechts worden uitgekreten; arbeiderszelfbestuur is een uitvinding van het rechtse syndicalisme, maar heet tegenwoordig links. Probeer in zulke termen maar eens helder te schrijven.

In Nederland doet zich het gekke verschijnsel voor dat de ideologie meer greep op het denken krijgt naarmate haar praktische toepassing in de politiek geringer wordt. De politiek is bij ons in treurig verval. Het defensie- en buitenlandse beleid worden in Washington bepaald. Het economische beleid is gericht op het handhaven en versterken van onze concurrentiepositie, en die wordt bepaald door onze concurrenten. Blijft alleen wat plussen en minnen over, waar nauwelijks eer aan valt te behalen. Dat wordt door de zichzelf respecterende intellectueel liever overgelaten aan de gortentellers en krentenwegers van centrum-rechts. Onze intelligentsia heeft in geen tijden iets met de actieve politiek te maken gehad. Ze schampert wat, ze hoont wat, het is een moroos *far niente*. Er heerst in deze barre tijden alom nostalgie naar de Franse Revolutie, de jaren dertig, toen politiek nog opwindend was. Het is slecht voor je ziel om steeds gefixeerd te moeten zijn op die Deet-, Buk- en Brinkmannetjes, daar ga je van krimpen op den duur. De ideologie raakt weemoedig los van deze wereld, ze wordt transcendentaal.

Het is dat mijn journalistieke kennis niets moet hebben van religie – die in zijn ogen synoniem is met kleinburgerlijke kerksheid – anders zou ik zweren dat de politiek zijn godsdienst is. De anderen zijn slecht, dus voelt hij zich goed – is dat niet de oude kwezelachtigheid die tegelijk met de religie overwonnen had moeten zijn? En die religieuze oeremoties die zich nu nergens anders dan in de politieke discussie een uitweg kunnen banen, de drang naar gemeenschap, verkettering, verlossing... Cultuurfilosofen speculeren wel eens of de kunst misschien de opengevallen plaats van de religie zou kunnen innemen, maar ik zou zweren dat die plaats bij ons allang bezet is door de ideologie. Die is in Nederland van het praktische leven verhuisd naar theologische, zelfs naar eschatologische sferen. Goed en fout, bokken en schapen, hemel en hel, dat zijn de onwereldse vragen waar het in de ideologie om gaat.

Uit het debat met jezelf ontstaat poëzie. Uit het debat met anderen, retoriek. Aldus de dichter Yeats. Ik wil die stelling hier een beetje uitbreiden. Literatuur is het debat tussen het ik en het zelf. Journalistiek het debat tussen de eerste persoon meervoud en de anderen, die niet deugen. U moet me maar ten goede houden (u, samen met wie ik een wij ben) dat zo bezien veel literatuur eigenlijk journalistiek is en dat er, in een hoekje van de krant, wel eens literatuur wordt geschreven. Het bloed kruipt nu eenmaal waar het niet gaan kan. Dat deze twee soorten *discours* elkaar niet verdragen is me in elk geval dikwijls gebleken, niet alleen aan de cafétafel, ook wanneer ze elkaar tegenkwamen in de literaire kritiek, die in Nederland overwegend dag- en weekbladkritiek is.

Dat zelfingekeerde, haast autistische van de kunst is een lastig probleem voor de journalistieke eerste persoon meervoud. Een boek schrijven, louter om het plezier van het schrijven zelf, eraan beginnen en niet weten waar je uitkomt – dat strookt niet met de ideologie van de krant, die alleen waarde hecht aan wat je kunt opeten of verkopen. Iets moet er toch gebaat zijn, bij al dat gezwoeg? Het onpersoonlijke discours houdt niet van het eigenaardige en onherleidbare en zal met alle geweld proberen om het even algemeen en onpersoonlijk te maken als het zelf is. De doelgerichte kriticus spant netten waarin het zinloze verschijnsel gevangen kan worden, het net van de sociologie, dat van de *Geistesgeschichte*, van de biografie. De schrijver mag dan niets willen bereiken met zijn literatuur, de kriticus heeft er wel zo zijn bedoelingen mee. Opperbeste bedoelingen, meestal. Hij wil aan de literatuur het burgerrecht teruggeven dat haar door Plato ontzegd is tot ze haar nut kan bewijzen.

Wanneer er besprekingen van zijn werk verschijnen ontwaakt de schrijver even uit zijn scheppingsroes. Met een kater van jewelste. Dacht hij iets volkomen anders gemaakt te hebben, nu leest hij in de krant dat het toch weer hetzelfde is, hetzelfde als zijn vroegere werk, als het werk van anderen, precies passend binnen het raam van een of ander isme. Het had dus evengoed niet geschreven kunnen worden, begrijpt hij. Maar die overbodigheid blijkt juist een aanbeveling te zijn ('De Vestdijk van de jaren tachtig!' juicht de bespreker. 'Eindelijk een Nederlandse Thomas Mann!'). Als overbodigheid de turf moet zijn waaronder hij zijn boek bij het publiek mag binnensmokkelen, dan zal hij niet morren. Hij mort ook niet wanneer hij leest hoe zijn boek, dat hij woord voor woord, beeld voor beeld, heeft opgebouwd tot een geheel met om en nabij de complexiteit van een symfonie, wordt teruggebracht tot wat voor hemzelf slechts een bijprodukt is: het verhaaltje – leuk om in de toekomst gerecycled te worden door de filmindustrie, maar toch het minst wezenlijke van zijn werk. Hij houdt zijn mond. Als hij maar gelezen wordt! Het kost moeite, maar het lukt hem om zijn kaken stijf op elkaar te houden wanneer hij merkt dat het verhalende proza nog steeds niet als een kunst wordt beschouwd, dat de boekbespreker normen aanlegt die, toegepast in de muziek, zouden leiden tot de zaligverklaring van de Selvera's, in de schilderkunst tot de doorgroefde visserskop met pijp waar nu de *Nachtwacht* hangt. Laat maar. Het is de prijs die hij betalen moet voor de mazzel dat het proza nog een vrij populair medium is.

Maar de bek wordt hem opengebroken wanneer de kritiek zich uitspreekt over de ideeënmuziek in zijn roman.

Strikt literair gesproken – en anders dan strikt literair hoeft een recensent niet te spreken – zijn de denkbeelden in een roman figuren als alle andere figuren. Ze vereisen geen speciale instemming, evenmin als de personages of de symbolen die de schrijver opvoert. De kanttekening 'ik ben het niet eens met de ideeën in dit verhaal' is precies zo gratuit als 'dit is een verhaal over een blonde vrouw en ik houd toevallig niet van blonde vrouwen'; je moet iets heel speciaals voor de criticus voelen om dat belangwekkend te vinden. De literatuur van het verleden zou onleesbaar worden als we voor honderd procent akkoord moesten zijn met haar denkwereld. We nemen de kosmologie van Homerus en het geloof van Vondel gewoon voor wat ze zijn en zoeken hun wijsheid waar die zit, in de kleur en beweging van hun woorden.

Maar gaat het om eigentijdse ideeën, zeker als die zich vertakken tot in het politieke, dan ontstaat makkelijk een verwarring zoals ook een sleutelroman kan stichten. De verleiding om buiten zijn boekje te treden kan de bespreker dan te machtig worden en in plaats van het kunstwerk becommentarieert hij de ervaring waaruit het ontstaan is. Vaak niet eens tot ongenoegen van de schrijver, die beter dan wie ook beseft dat zijn boek een voorlopig en onvolledig antwoord op die ervaring is, en er graag wat over doorpraat. Schrijver en criticus hebben althans dit gemeen, wanneer het gesprek dan op ideeën komt, dat hun interesse niet allereerst de vorm ervan geldt – die is het terrein van de beroepsdenker. Ze kijken liever hoe ermee wordt omgegaan, dat wil zeggen: hun betrokkenheid is ethisch. Maar daar wreekt zich de onverenigbaarheid van het 'ik' en het 'wij'. Voor de schrijver is ethiek iets persoonlijks. De journalist preekt een publieke moraal.

Ethiek betekent voor het 'ik': het kwaad in zichzelf onderkennen. Zonder die twijfel zou zijn denken geautomatiseerd en dus niet meer creatief zijn. De eerste impuls tot een verhaal krijgt een schrijver wanneer hij het met zichzelf oneens is. Twijfel en geloof zijn voor hem complementaire tegengestelden. De twijfel is wat losmaakt, het geloof wat aaneenvoegt tot gehelen die, om steeds inclusiever te kunnen worden, telkens weer moeten worden ontbonden. Samen zijn ze de systole en diastole van zijn creatieve hart. Schrijft hij over ideeën, dan zal hij ze mank laten gaan, in conflict brengen met de ervaring. Zonder conflict is er geen drama, geen poëzie. Ook al schrijft hij over ideeën die hem als burger heilig zijn, in zijn roman zal hij ze op losse schroeven zetten, belachelijk maken desnoods. Als schrijver is hij wijzer dan als burger.

Voor wat er gebeurt wanneer die twijfels openbaar gemaakt worden heeft Sartre al eens gewaarschuwd: 'Wees inschikkelijk voor jezelf en de andere inschikkelijken sluiten je in hun armen. Laat niets heel van je buurman en de andere buren zullen lachen. Maar pijnig je eigen ziel en alle zielen schreeuwen moord en brand.'

De publieke opinie kent geen 'ik'. Twijfel en geloof zijn haar beide wezensvreemd. Ze is extravert. Zelfkritiek is in haar ogen ziekelijke zelfkwellerij. Ze doet aan zelfrechtvaardiging. Om haar eigen voortreffelijkheid aan te tonen zoekt ze een tegenstander die ze met modder kan bekogelen. Kritiek is voor haar etikettering, nooit discussie. Een idee is voor haar een dogma of een ketterij. Het staat altijd in het gelid van een partijprogramma, dat weer in het gelid staat van een ideologie. Het draagt een geweer en daarom moet ze het wel partijdig bejegenen.

Maar de literaire kritiek neigt toch meer naar de persoonlijke bespiegeling, naar het essay? De kriticus is toch een mondige lezer die alleen namens zichzelf spreekt? Wanneer hij in de krant schrijft, zelden. Dat is me wel duidelijk geworden uit de zonderlinge ontvangst die mijn roman *Mystiek lichaam* bereid is.

Die roman is een moderne moraliteit, waarin het paulinische beeld van de samenleving als organisme, als mystiek lichaam, wordt afgezet tegen distinctiedrift, seksverslaving, de nepwaarde van het geld die werkelijke waarden vernietigt. Het is geen knus boek en dat wil het ook niet zijn. Zoveel had de recensent van *de Volkskrant* er wel van begrepen. Geen prettig boek voor de eerste persoon meervoud. In nietsontziende braafheid besloot hij toen de kreet 'antisemitisme!' aan te heffen. Een onzinnige kreet, maar ook een bij uitstek oncontroversiële – aan de kwaadaardigheid van het antisemitisme twijfelt niemand – en daarom bij uitstek geschikt voor een journalistieke controverse. 'Antisemitisme!' jankten daarna vrijwel alle recensenten, als een troep honden door die bokking van het spoor gebracht. Er kon geen bespreking verschijnen of het schandalige woord prijkte breeduit in de kop, weliswaar voorzien van vraag- en aanhalingstekens, naar de mores van de roddelpers, maar desalniettemin. Dat er mensen zijn die zouden kunnen schrikken van zo'n loos alarm, daaraan liet men zich niets gelegen liggen; de buitenkans om met z'n allen een historisch gebrandmerkte schurk aan te brengen en gezellig een bijltjesdag te houden was veel te aanlokkelijk.

Antisemiet is puur slecht. Sta je eenmaal als puur slecht te boek, dan kunnen je de dolste opvattingen worden aangewreven, want voor de publieke opinie staan opvattingen, net als geweren, in rotten. Mij is door de pers verteld dat ik een jezuïet zou zijn, dat ik de godshuizen van andersdenkenden wil sluiten, dat ik Nederland wil volplempen met blanke baby's, dat ik een vijand van de Verlichting ben. Allemaal mond-op-mondbeademing voor een zieltogende spitsburger, die met mij niets gemeen heeft. De recensent van *Het Parool* prakkezeerde in zijn stuk uitgebreid over de vraag of ik wellicht voor de rechter gedaagd zou kunnen worden. Wat de aanklacht was vermeldde hij niet. Een misdaad is niet meer nodig als je puur slecht bent.

Dezelfde bedienaar van het vrije woord meende in mijn proza, op grond van een paar regels natuurbeschrijving, een verwantschap te ontwaren met 'het protofascistische proza' van Antoon Coolen. Een aardig aperçu. Antoon Coolen was een verzetsman, die ook na de oorlog is doorgegaan met zijn strijd tegen de collaborateurs. Blijkbaar heeft die zelfwerkzaamheid hem niet kunnen verlossen van het oerfascistische stigma dat hem volgens de *Parool*-recensent aankleeft. Wie van meer dan één vol-katholieke grootouder afstamt of zelf tot de roomse Kerk behoort is fout en ten eeuwigen dage verdoemd. Goed en fout zijn geen kwalificaties van je daden, het zijn kleuren van je ziel en om die kleuren aan het licht te brengen hoeft de journalistieke geestdrijver zich slechts in gedachten te verplaatsen naar de oorlog. Niet naar de echte oorlog, waarin Antoon Coolen een der besten was, maar naar een gemythologiseerde oorlog waarin hij, een benedenmoerdijker immers, beslist fout zou zijn geweest. Dat is de lakmoesproef die de vermeende foutheid 'onmiskenbaar' aantoont. Goed zijn is vervolgens een wissewasje. Het is een kwestie van zo schofterig mogelijk doen tegen de fouten. En als er niet genoeg fouten zijn om je goedheid op bot te vieren, dan maak je er zelf een paar bij. Geen wonder dat de godsdienst heeft afgedaan. Men kan zijn benepenheid ruimschoots kwijt in de verpolitiekte literatuurjournalistiek.

In het derde boek van zijn *Historiën* vertelt Herodotus over Otanes, een van zeven samenzweerders die in Perzië de macht hadden gegrepen. Toen moest worden uitgemaakt wie van de zeven de nieuwe heerser zou worden hield hij een pleidooi tegen de tirannie. Het was vergeefs en hij zag toen maar van mededinging af. 'Ik zal niet regeren,' beloofde hij, 'op één voorwaarde, dat ik ook niet geregeerd zal worden.' Zijn eis werd ingewilligd en Herodotus besluit zijn verhaal met de zin: 'Tot op de dag van vandaag is de familie van Otanes de enige vrije familie in Perzië.'

Niet regeren en niet geregeerd worden – een mooie definitie van vrijheid. Er blijkt meteen uit dat vrijheid in politieke zin onbestaanbaar is, ook waar iedereen geregeerd wordt door iedereen, zoals in een democratie. Maar in de kunst kan vrijheid wél bestaan, zolang ze zich tenminste niet inlaat met de macht. Daarom een paar aanbevelingen. Schrijf vrijmoedig over politiek, maar schrijf er in vredesnaam nooit *onder*. Weersta de opinie van de opiniemakers, want die leidt tot censuur in haar meest sluipende vorm, die van zelfcensuur. Politici en hun journalistieke handlangers zijn vijanden van de kunst omdat ze altijd actie boven verlichting zullen stellen. De staat van hun dromen is een totalitaire kleuterschool. Je moet er strijden tegen het kwaad in anderen, maar het kwaad in jezelf mag je niet eens zien. Kamerleden, actievoerders, journalisten, al die doe-mensen hebben van het denken alleen maar last en vroeg of laat zullen ze proberen om het te beknotten. Laat de literatuur daarom alsjeblieft uit de staat verbannen blijven, zoals Plato in zijn onpeilbare wijsheid heeft bevolen.

GESCHILDERD ETEN

Vooraf

Deze lezingen over Vondels *Altaergeheimenissen* zijn niet bedoeld als een bijdrage aan de Vondelkunde. Ze zijn geschreven zonder specialistische kennis van Vondels tijd of van de traditie waarin hij werkte. Deskundigen, die onderhand meer weten van Vondel dan Vondel wist van zichzelf, zullen merken dat ik geprobeerd heb om hem als tijdgenoot te lezen. Ze vinden wellicht dat ik het gedicht uit zijn historische verband heb gerukt, bijvoorbeeld door aan de dichter denkbeelden toe te schrijven die niet uit zijn eigen koker komen. 'De arend zou volgens Vondel recht in de zon kunnen kijken,' zeg ik ergens. 'Maar dat beeld vind je al bij Augustinus!' heeft een kenner me tegengeworpen. Die kenner zal wel groot gelijk hebben, maar zijn gelijk interesseert me nauwelijks. Wat mij interesseert is dat je het beeld bij Vondel vindt. Ik heb hem gelezen als een schrijver die mij iets te zeggen heeft, niet als een knooppunt van invloeden en tradities. Deze colleges zijn de respons van een twintigste-eeuwse lezer op een moeilijk, monsterlijk en nog altijd aangrijpend gedicht.

Na afloop van de lezingen in de Leidse Pieterskerk is me een paar keer gevraagd waarom ik me, als modern mens, nog zou willen verplaatsen in de barokke gedachtenwereld van de *Altaergeheimenissen*. 'Geloof je soms zelf in God en de Hemel en wat er verder nog staat te verstoffen op onze metafysische rommelzolder?' Die vraag heeft me doen besluiten om een korte tekst met de titel 'Grote Woorden', die ik in april jongstleden heb voorgedragen in het Amsterdamse theater De Balie, als naschrift aan dit boekje toe te voegen.

Dank ben ik verschuldigd aan de Universiteit van Leiden en aan de Vereniging voor Onderwijs, Kunst en Wetenschap, die mij in de gelegenheid hebben gesteld om me in Vondel te verdiepen. Aan Klaas Vos, August Fry en Oek de Jong, voor gesprekken die me bemoediging en helderheid hebben verschaft. Dank ook aan mijn studenten in Leiden, met wie ik het navolgende in eerste versie heb mogen doorspreken.

Amsterdam, 1 december 1987

Stof

OPENBAAR COLLEGE 6.11.1987

Er zijn nogal wat redenen waarom ik heb besloten om deze openbare colleges te wijden aan Joost van den Vondels *Altaergeheimenissen*. De voornaamste zullen in de loop van mijn betoog vanzelf duidelijk worden. Hier noem ik er slechts twee, die geen van beide erg dwingend zijn. Het zijn toevalligheden, maar bij elkaar opgeteld krijgen ze iets van een vingerwijzing.

De eerste reden is dat ik het gedicht al meer dan vijfentwintig jaar in mijn bezit heb. Ik vond het als jongen van tien tussen de oude kranten, in de uitgave van A.H.J. van Delft, een omstandigheid waardoor het een van die boeken is geworden die, zonder dat je ze gelezen hebt, toch ongemeen vormend zijn. Stiekem is een gedicht voor mij nog steeds een lijvig boek met op elke linkerpagina, keurig gerangschikt, een heleboel plechtige en sonore woorden, die allemaal iets anders betekenen dan je zou denken, zoals op elke rechterpagina door een exegeet met 'Pr.' achter zijn naam wordt uiteengezet. Ik heb veel poëzie gelezen in de afgelopen vijfentwintig jaar, maar hoe meer poëzie ik las, des te archetypischer werden die *Altaergeheimenissen*, juist doordat ze al die tijd ongelezen bleven en zo konden uitgroeien tot een hardnekkige droom. Wanneer me gevraagd werd wat naar mijn smaak de tien beste boeken aller tijden waren, dan verzuimde ik nooit die spookachtige *Altaergeheimenissen* te noemen. Het lezen van het gedicht is een poging om de droom in vervulling te doen gaan of, mocht dat mislukken, in elk geval een exorcisme.

Een wel erg persoonlijke reden, zoals ik al aangaf, die misschien toch een wat grotere geldigheid krijgt wanneer je bedenkt dat dit voor mij archetypische gedicht is geschreven door een dichter die, voor het Nederlandse bewustzijn, al even archetypisch, want even monumentaal en ongelezen is. Vondel heeft voor dat bewustzijn dezelfde hardnekkige onwerkelijkheid die zijn *Altaergeheimenissen* steeds voor mij gehad hebben. Een dichter met een eigen park, een eigen museumpje, in elke stad van enige omvang een eigen straat en zolang als het duurt nog een eigen bankbiljet, doch zonder lezers; een dichter die er voornamelijk is omdat een echte natie behalve een vlag, een munt en een taal ook een volksbard moet hebben. Hij vult een leemte, of liever: Vondel is de naam die we aan die leemte gegeven hebben.

Toen ik de uitnodiging kreeg om in de maand november van het jaar 1987 de Albert Verwey-lezingen te houden lag het onderwerp voor de hand. Want juist deze maand wordt de vierhonderdste verjaardag van Vondel gevierd: op 17 november 1587 werd hij geboren in de Keulse Witschgasse. Albert Verwey, dit jaar precies een halve eeuw dood, was een Vondelaar van belang en de sacrale omgeving van de Pieterskerk vraagt om een sacraal onderwerp – en dat zijn Vondels *Altaergeheimenissen* bij uitstek.

–

Het gedicht neemt bovendien een centrale plaats in, zowel in het werk als in het leven van Vondel. Het verscheen in 1645, kort na zijn officiële overgang naar de kerk van Rome, en het is van die overgang de literaire bezegeling. Dat Vondel bekeerd zou zijn is te sterk uitgedrukt, zoals van katholieke zijde gesteld is door Gerard Brom en van doopsgezinde zijde is bevestigd door Jan Romein. Er is bij Vondel veeleer sprake geweest van een gestage geestelijke groei, waarbij niets van wat hij in zijn opvoeding had meegekregen verworpen werd of zelfs maar verloren ging. Vondel groeide op in een doopsgezinde omgeving en de helft van zijn leven heeft hij in die kringen verkeerd. Kenmerkend voor de dopersen – of Mennisten, zoals ze naar hun voorman Menno Simons werden genoemd – was dat ze geen beroepspredikanten kenden. Elk gemeentelid was zelf theoloog. Ze vertegenwoordigden het ene uiterste van de slingerbeweging tussen centraal leergezag en persoonlijk oordeel, het grote strijdpunt van de Reformatie.

Door hun afkomst uit de mystiek, hun nadruk op individuele inspiratie, is scheurmakerij de reformatorische kerken ingebakken, wat ten tijde van Vondel pijnlijk duidelijk werd in het gekrakeel tussen Arminianen en Gomaristen. Al zijn hekeldichten richtten zich tegen dat sektarisme. Je zou denken dat Vondel, door te kiezen voor Rome en voor een centraal leergezag, van het ene uiterste terug in het andere is geschoten, maar uit lezing van de *Altaergeheimenissen* en ook van zijn andere leerdichten, *Bespiegelingen van Godt en godtsdienst* en *De heerlyckheit der Kercke*, blijkt algauw dat hij een nogal vreemde katholiek was, een katholiek namelijk die het gezag van de Kerk pas kon aanvaarden nadat hij het van a tot z tot zijn persoonlijk oordeel had gemaakt. Die gedichten zijn een eigen doorwerking, een verinnerlijking van de katholieke orthodoxie. 'Ik wensche Christus' Kerck met mijnen zang te bouwen' luidt de eerste regel van *De heerlyckheit der Kercke*; hij kon zich pas tot die Kerk bekennen nadat hij haar steen voor steen zelf had nagebouwd. Hoe groot zijn hang naar gezag ook mocht zijn, het beginsel van vrij onderzoek en de Mennist in zichzelf heeft hij nooit verloochend.

De *Altaergeheimenissen* behoren tot het genre van het leerdicht, maar dat woord heeft hier een aantal betekenissen waaronder de meest gangbare de minst belangrijke is. Het is een leerdicht omdat het onderwerp een leer is, de leer van de Kerk inzake de tegenwoordigheid van Christus onder de gedaanten van brood en wijn. Het is een leerdicht omdat het de neerslag is van een leerproces: Vondel laat zien wat hij heeft opgestoken van de *Disputationes* van kardinaal Bellarminus en van de godsdienstlessen die hij gevolgd heeft bij de pastoor van het Amsterdamse Begijnhof, Leonardus Marius. De didactische bedoeling, die bij een leerdicht doorgaans vooropstaat, is hier te verwaarlozen, alleen al omdat Vondels bondige formuleringen pas hun volle betekenis ontvouwen wanneer je teruggaat naar de bronnen die hij gebruikt heeft.

Wat de leer voor hem betekent vertelt Vondel met een

woordspeling in het tweede boek van zijn gedicht. De leer is een ladder:

Uw Reden kan dien hemel niet bereicken:
Zy schiet te kort naer die bestarrende as,
En hoeft een leêr, als Jakobs ladder was... (II, 164-6)

Er speelt door deze regels ook een andere metafoor. Een jakobsladder was in Vondels tijd een hoekmeetinstrument waarmee je sterren kon schieten. Het werd op zee gebruikt om het astronomische bestek op te maken. De leer reikt hoger dan de rede, maar is zelf niet meer dan een instrument, een middel. Het beeld van de leer als ladder kom je overal in de wijsheidsliteratuur tegen. Je vindt het in de geschriften van het boeddhisme en ook nog aan het slot van Wittgensteins *Tractatus*, waar hij zegt dat zijn proposities slechts de sporten zijn van een ladder die je na beklimming moet wegtrappen.

—

Vondel is voor het Nederlands nooit geweest wat, zeg, Dante geweest is voor het Italiaans. Zijn tegendraadse karakter en de vaderlandse verzuiling hebben er samen voor gezorgd dat hij altijd een teken van tegenspraak is gebleven. De eerste helft van deze eeuw heeft een opbloei van Vondelstudies te zien gegeven, in het werk van de zogenaamde Nijmeegse school. Hoe briljant het vaak ook was – mijn eigen voorkeuren zijn *Vondels geloof* van Gerard Brom, de Wereldbibliotheekuitgave van de volledige werken, alleen al voor het oog een lust, en Anton van Duinkerkens voorbeeldige editie van de *Leeuwendalers* – toch was dat werk naar katholieke gewoonte eerder apologetisch dan kritisch van aard. De Nijmeegse school heeft een rooms Vondelbeeld geschapen, dat alle onroomsen meteen al tegenstond en gedoemd was om met de ontkerkelijking hopeloos te verstoffen. Nog meer schade heeft de dichter geleden door het Wereldcup-aspect van de Vondelwaardering. Hij is daardoor deel geworden van het Nederlandse minderwaardigheidscomplex. Vondel is inderdaad geen Dante, geen Shakespeare, geen Corneille. Vondel is Vondel.

De leerdichten komen mijns inziens het eerst in aanmerking om met de plumeau bewerkt te worden. Vondel laat zich daarin op zijn veelzijdigst zien, ze kunnen hem het best toegankelijk maken. In zijn toneelstukken heeft hij, om de schijn van een historisch of mythisch verleden op te houden, alle eigentijdse toespelingen moeten onderdrukken. Zijn gelegenheidsgedichten zijn te scherp toegesneden op de gelegenheid om aan de hele Vondel recht te kunnen doen. De leerdichten, waarvan de *Altaergeheimenissen* het beste is, zijn afwisselend dramatisch, betogend, polemisch, lyrisch. Ze tonen Vondel van al zijn kanten.

Omdat er onder mijn gehoor maar weinigen zullen zijn die de *Altaergeheimenissen* hebben gelezen, zal ik er eerst een korte beschrijving van geven. Het dichtwerk bestaat uit drie boeken, 'Offerspijze', 'Offereere' en 'Offerhande' getiteld, die elk rond de zeventienhonderd verzen tellen. Daarmee is het een van de langere gedichten in de Nederlandse taal, korter dan Gorters *Pan*, maar een stuk langer dan de *Mei*. In het boek 'Offerspijze' wordt bij monde van de evangelist Johannes betoogd dat in de eucharistie brood en wijn waarachtig in het lichaam en bloed van Christus veranderen. In 'Offereere' komt een door Vondel zelf verzonnen aartsengel aan het woord, Godtvruchtigheit genaamd, en hij verklaart waarom het passend en juist is dat Christus in het Heilig Sacrament wordt aanbeden. De stem van het leergezag wordt in het laatste boek vertolkt door de apostel Paulus, die uitlegt dat de Mis een verzoenende offerande is. Uit deze samenvatting zou je de indruk krijgen dat het hier gaat om een theologisch traktaat, om de een of andere dwaze reden op rijm gezet, maar lees je het gedicht van regel tot regel, dan merk je wel dat Vondel niet echt een theoloog was. Zijn geest werkte associatief. Telkens zie je dezelfde verhalen, beelden en redeneringen op een nieuwe manier terugkomen. Het gedicht lijkt nog het meest op een rund, met zijn vele magen, waarin dezelfde stof almaar fijner wordt verteerd.

—

Het begint als volgt:

Ick zing van Godts Altaergeheimenissen;
Van d'Offerspijs der heilige offerdisschen;
Van Offereere, en eeuwige Offerhant.
Wat Serafijn, wat Goddelijck trouwant
Zal, daer de Kerck gevult met zoom en slippen*
Van Godts gewaet, nu mijn besmette lippen
Toch zuiveren met vier van 't hoogh Altaer?
Waer voor ick my met nederigh gebaer
Ter aerde worp, al siddrende en verlegen
Om 't stercke licht: geen arent magh hier tegen.
De troonwacht zelf bedeckt haer aengezicht
En voeten, voor dit onverdraeghzaem licht;
En rollende den galm van driemael heiligh
Elckandren toe, staet naulix vast en veiligh,
De pijler beeft: de muren beven oock,
Gelijck verbaest: 't gewelfsel hangt vol roock. (I, 1-16)

Het metrum dat Vondel heeft gekozen is de jambische vijfvoet, ook wel *vers commun* genaamd. Zijn enige andere langere werk in dat metrum – een paar vertalingen daargelaten – is de tragedie *Jephta*, en in het 'Berecht' voor dat stuk citeert hij de Franse dichter Pierre Ronsard, 'die deze dichtmaet hooghdravender oordeelt, en beter van zenuwen voorzien en gesteven, dan d'Alexandrijnsche [...] die zoo veel langer, naer zijn oordeel, flaeuwer vallen, en meer op ongebonde reden trecken' – meer op proza lijken, met andere woorden.

Dat alexandrijnen langer zijn dan *vers communs* is alleen typografisch juist. Door hun typografische lengte vragen zulke regels om een duidelijke, zware cesuur en worden ze eerder dan de jambische vijfvoet in twee stukken gebroken, zodat ze voor de adem – zij het dan niet voor het oog – uit kortere eenheden bestaan. Een alexandrijns regelpaar bestaat syntactisch veelal uit vier delen, die elkaar twee aan twee spiegelen. Zo'n regelpaar is algauw een in zichzelf besloten geheel, een vermomd kwatrijn.

* Lees: gevuld is.

In een vijfvoet is de cesuur van minder belang, alleen al omdat zo'n regel geen mathematisch midden heeft en de cesuur, als ze voorkomt, van de ene kant naar de andere dwaalt, zodat er bij de lezer geen vast verwachtingspatroon kan ontstaan. Pas aan het regeleind verwacht de lezer een rust, en daardoor zijn de syntactische eenheden langer, 'beter van zenuwen voorzien' zoals Vondel zegt, en heeft het *vers commun* een grotere longinhoud en meer spankracht.

De zinsbouw is de voornaamste bekommernis van Vondels verskunst. Het strenge metrum en de strikte afwisseling van mannelijk en vrouwelijk rijm zorgen voor een raster waartegen de syntaxis zich kan aftekenen.

Het gedicht heeft een epische aanhef: 'Ik zing.' Met die twee woordjes zinspeelt Vondel op het begin van de *Aeneïs*, 'arma virumque cano', en getuigt hij van zijn humanistische ambitie om te zingen van Gods altaargeheimenissen zoals Vergilius eertijds zong van wapenen en een man, en om zo een christelijk gedicht te schrijven dat zich meten kan met de meesterwerken van de oudheid. Maar er is een wanverhouding tussen de monosyllaben van 'ik zing' en het lange woord 'Altaergeheimenissen', het lijdend voorwerp van dat zingen. De brede klank van het Latijnse 'cano' is bij Vondel ineengeschrompeld tot het tingeling van een misdienaarsbel. Het gedicht dat hier wordt ingeleid is weliswaar episch van lengte, maar verder heeft het niets van een epos, want het is ontsproten aan een geest die meer geneigd is tot betogen dan tot verhalen, meer tot theologiseren dan tot mythologiseren.

Wat Vondel mist – wat zijn tijdsgewricht mist – is de klassieke eenvoud. Meteen al verschijnt er een barokke tweespalt, tussen een uiterste zelfvernedering en een uiterste zelfverheffing. Op de titelprent van de *Altaergeheimenissen* staat een kerkinterieur afgebeeld en dat is ook het decor van deze regels. Van een monstrans op het altaar straalt een verblindend licht – 'geen arent magh hier tegen'. (De arend zou volgens Vondel recht in de zon kunnen kijken, reden waarom die vogel het symbool is van de evangelist Johannes, die een kijkje in de hemel heeft mogen nemen en straks sprekend zal worden ingevoerd.) De dichter werpt zich op de kerkvloer, in het stof, want hij voelt zich onbekwaam om de taak die hij zichzelf gesteld heeft te volbrengen. Zo werken deze eerste zestien regels toe naar het woord waarmee de volgende strofe zal openen: *worm*.

Toch vernedert de dichter zich hier slechts om verheven te worden. Tussen de regels door geeft hij te kennen dat hij niet alleen poëtisch, maar ook profetisch wenst te spreken, want woord voor woord volgt hij Jesaja (of Isaïas, zoals dat bijbelboek heet in de Vulgaatvertaling) en wel hoofdstuk zes, waarin de roeping van de profeet wordt beschreven: 'Ik zag den Heere, zittende op een hoogen en verheven troon, en zijne zoomen vervullende den Tempel. De serafs stonden boven Hem; een iegelijk had zes vleugelen: met twee bedekte ieder zijn aangezicht, en met twee bedekte hij zijne voeten, en met twee vloog hij. En de een riep tot den ander en zeide: Heilig, heilig, heilig is de Heere der heirscharen, de gansche aarde is van zijne heerlijkheid vol; zoodat de posten der dorpelen zich bewogen van de stem des roependen, en het Huis werd vervuld met rook.'

Wanneer Jesaja klaagt dat hij een man is met onreine lippen, komt er een serafijn aangevlogen met een tang waartussen een altaarkooltje geklemd zit en zuivert de lippen van de profeet. Vondel vraagt of ook zijn lippen gezuiverd mogen worden. Dat altaarvuur krijgt zijn tegenbeeld in de vurige tongen van het Nieuwe Testament. Het is een goddelijk imprimatur, een vergunning om de stem van de hemel te vertolken. De taak die in oudtestamentische tijden was toebedeeld aan de profeten, en aan de apostelen in nieuwtestamentische tijden, valt nu toe aan de kunstenaar.

—

Hoe durf een worm dan 't Offerweb beginnen?
Wat zegh ick? kan een zyworm zydraet spinnen:
Bestelt een visch ons purper: en bekleên
De worm en visch gekroonde mogentheên:
Wat schroomte kan my dienen tot verschooning;
Indien ick nu den Bethlehemschen Koning

En zijne kribbe ontzegh mijn' offerplicht;
Het arm geschenck van een Altaergedicht?
Borduursels, die van gout en zilver kraecken,
En diamant en purper en scharlaken
Vercieren wel het Offerheilighdom;
Maer gaven zijn, naer 't hart is, wellekom:
't Gewilligh hart heeft eerst Godts wit getroffen.
De hemel neem' mijn werck aen om de stoffen. (I, 17-30)

Voor ons is het woord 'worm' van een oriëntaalse kruiperigheid, maar Vondel zal het wat minder uitheems in de oren hebben geklonken: de Mennisten plachten zichzelf 'wormkens Christi' te noemen. 'Offerweb' is een samenstelling die kenmerkend is voor Vondels taalgebruik. Hij was verzot op die pregnante samenvoegingen. In zijn *Aenleidinge ter Nederduitsche dichtkunste* noemt hij ze 'koppelwoorden' en trots schrijft hij dat 'onze spraeck daerin niet min geluckigh dan de Grieckschel is'. De oppervlakkige betekenis van 'offerweb' is hier: weefsel ter ere van het Heilig Sacrament. Maar het beeld dat door het woord wordt opgeroepen is dat van een wreed ritueel: een spinneweb waarin een hulpeloos slachtoffertje spartelt. Ik vermoed dat die samenstellingen Vondel juist om hun dubbelzinnigheid zo lief waren. Door hun beknoptheid komt vaak een ontstellende bijbetekenis bloot te liggen. Zo noemt hij de dag waarop het martelaarschap van de H.H. apostelen Petrus en Paulus herdacht wordt hun 'martelfeest'. De herdenking van een gruwel wordt door die contaminatie veranderd in een sadistische orgie. Een woord dat meer naar het masochistische neigt is 'temlust'. Het zedig intomen van de lusten is in dat woord zelf een lust geworden, een binnenstebuitenkering die de psychologie van de kwezel scherp blootlegt.

In deze tweede strofe wordt een vernuftig woordspel gespeeld met het woord 'stof'. Het wordt gebezigd in drie, misschien wel vier betekenissen. Daal je af naar de etymologische diepten van het woord, dan blijkt dat in die simpele klank twee lijnrecht tegengestelde begrippen verenigd zijn: het begrip opvullen, dat nog voortleeft in ons werkwoord ‘volstoppen’ en in het Engelse ‘to stuff’, en het begrip uiteenvallen, verwaaien, zoals we dat nog kennen in het werkwoord ‘stuiven’. Stof is wat zowel vergaard als verstrooid, zowel geschapen als vernietigd wordt. ‘Stof zijt gij en tot stof zult gij wederkeren.’

De eerste – impliciete – betekenis is hier die van aarde, de grond waarop de machteloze dichter zich geworpen heeft en waarop hij zich nietswaardig voelt als een worm. Tot het vreten van dat stof is de paradijsslang veroordeeld en Adam moet er al zijn levensdagen in wroeten. Stof is het element van de gevallen schepping.

Maar zoals de dichter zich eerder van een smekeling tot een profeet heeft verheven, verheft hij zich hier door van die worm terloops een zijderups te maken en het woord stof een betekenisverschuiving te laten ondergaan die al besloten zat in het woord ‘offerweb’: van gruis of slijk naar weefsel, en dan maar meteen naar het kostbaarste weefsel, namelijk zijde. De legendarische kousenwinkel die Vondel in de Warmoesstraat zou hebben gedreven was in feite een kwijnende nering in zijden stoffen. Hij was bovendien door zijn eigen huwelijk en door dat van zijn zuster vermaagschapt aan de familie van zijdehandelaars De Wolff, die hem financieel ondersteunde. Stof in deze tweede betekenis was eten en drinken voor hem.

Dat offerweb is een geschenk, vergelijkbaar met het goud, de wierook en de mirre waarmee de drie koningen naar Bethlehem kwamen. Zo wordt de worm een koning. Het laagste en het hoogste onder de levende wezens die op dit ondermaanse te vinden zijn worden door de dichter in zijn eigen persoon samengebracht, en zo vereenzelvigt hij zich bovendien met de Godmens, door wie die uitersten ook omspannen zijn. Van Christus, hier de Bethlehemse koning genoemd, wordt verderop gezegd:

O mensch! o worm! wat zijt ghy JESUS *schuldigh,*
Die, als een worm, voor u langs d’aerde kruipt,
Daer, in den hof, zijn bloet van ’t aenschijn druipt... (I, 1486-8)

Wanneer de dichter in de laatste regel onderdanig vraagt: 'De hemel neem' mijn werck aen om de stoffen,' vindt er opnieuw een betekenisverschuiving plaats, van stof in de zin van weefsel (textus, tekst) naar stof in de zin van onderwerp, van bekleding naar datgene wat bekleed wordt. 'Hemel, aanvaardt mijn werk alstublieft om het heilige onderwerp. Mijn gedicht lijkt nergens naar, maar het komt uit een goed hart' – dat is op het oog de strekking van dit verzoek. Maar in het licht van het voorafgaande wordt er gezegd: 'Aanvaardt mijn werk zowel om de vorm als om de inhoud.' De verleiding is groot om ook aan een vierde betekenis te denken die het woord 'stoffen' of 'stofferen' in het zeventiende-eeuwse Nederlands had, in de uitdrukking 'stoffende poëten' bijvoorbeeld, de betekenis van snoeven, begoochelen. Want wat Vondel hier met dat woordje uithaalt is een adembenemende goocheltoer, een bluf van jewelste.

Vondel geeft in deze strofe een beschrijving van zijn dichterschap. Voor hem is het dichten zowel een organisch als een ambachtelijk proces. Hij spint zijn poëtische garen zoals een zijderups zijn zijdedraden spint, vanzelf, door zich te voeden met zijn bijbelse stoffen, door te verteren, te leven. Om van dat organische produkt de weefsels te maken die worden beschreven als 'borduursels, die van gout en zilver kraecken' – brokaat, anders gezegd – is een ambachtelijke bewerking nodig en moet die zijdedraad geweven worden op het getouw van maat en rijm. (Brokaat heeft een onooglijke keerzijde, van losse eindjes en vrijhangende scheringdraden. Die keerzijde wordt in deze lezingen getoond.) De 'zoom en slippen van Godts gewaet', waar de dichter in de eerste strofe zo diep van onder de indruk was, zijn hier zijn eigen maaksel geworden. Nadat hij zich de functie van profeet heeft toegeëigend, lijkt hij zich hier te willen meten met de drager van dat gewaad, de priester.

In het Oude Testament wordt God op aarde vertegenwoordigd door drie ambtsdragers: de koning, die het goddelijke gezag uitoefent, de priester, die door te genezen en te verzoenen heil brengt, en de profeet, die het geloof zuiver moet houden. In die drie ambten herken je de drie personen

Gods – Vader, Zoon en Heilige Geest – en ze zullen in de volheid der tijden worden overgenomen door de Messias, de gezalfde. (Daarom is Jezus behalve koning der joden ook medicijnman en leermeester.) Het koningschap is in de joodse geschiedenis een instelling van vrij late datum en de joden hebben het met hun koningen meestal slecht getroffen. De profeet en de priester zijn veel ouder en eerbiedwaardiger. Oorspronkelijk zijn ze broers: Mozes en Aäron. In het boek Exodus wordt verteld dat Mozes terugschrok voor zijn opdracht om als Gods woordvoerder op te treden. Hij vond zichzelf niet welbespraakt genoeg, een stamelaar, net als Vondel in zijn proloog. God gaf hem toen zijn broer Aäron als helper: 'Hij zal uw tolk en gij zult zijn God zijn.' Het priesterschap is van de drie ambten het meest representatieve. Minutieus wordt in Exodus voorgeschreven wat voor kleren de priester dragen moet. Zelfs de belletjes en granaatappeltjes aan de zomen van zijn gewaad worden niet vergeten. Wanneer Vondel in zijn vroege werk *De helden Godes des Ouden Verbondts* een portret van Aäron schetst maakt hij een opgedirkte pop van hem. De priester is een praalhans, een en al schitter en flonkering, een man die gemaakt wordt door zijn kleren, en die kleren worden op hun beurt gemaakt door de kunstenaar.

–

Want al wat hier ontbreke aen 's Dichters maght,
(Die niet's vermagh, en smekende verwacht
De heldre vlaegh van eenen Pinxterzegen)
Dat kan de stof, te zwaer in 't overwegen,
Voltrecken; en voltrecken niet alleen,*
Maer hemelhoogh verheffen, en van 't kleen
Ja van een Niet onendelijck vergrooten.
Zoo wort het slot gekust om 't ingesloten.
Zoo vat metael den edelsten robijn.
*Zoo blinckt de zon in 't brosse kristalijn.**

* *Voltrecken:* aanvullen.

Mijn boezem gaet van eene Godheit zwanger,
Verheffende den toon van haren zanger. (I, 31-42)

Met deze strofe wordt de proloog afgesloten. Het zal duidelijk zijn dat die is opgebouwd als een pleidooi, volgens de regels van de klassieke retorica. De details van 'exordium', 'peroratio' en wat dies meer zij moet ik hier achterwege laten, want ik weet er bar weinig van. Wel wil ik erop wijzen hoe Vondel de syntactische spanning door middel van enjambementen opvoert en dan tot een oplossing brengt met een reeks sententies of slotakkoorden die rijm en metrum krachtig bevestigen – in deze derde strofe zijn het er maar liefst vier. Een andere retorische kwestie die ruimer aandacht verdient is de soort argumentatie die Vondel voor zijn pleidooi gebruikt. Alle redenen die hij aanvoert zijn analogieën. 'En de zijderups dan?' 'En kijk eens naar de relikwieschrijn!' Wanneer ik vroeger mijn zin niet kreeg en begon te zeuren van 'En Henkie dan?', was het antwoord steevast: 'Als Henkie van de Waalbrug springt, spring jij dan ook?' Maar Vondel kon er blijkbaar nog van uitgaan dat zijn analogieën indruk zouden maken.

Die weefbeweging, het van het ene uiterste naar het andere schieten, is behalve voor de ambachtelijke kant van Vondels dichtkunst ook kenmerkend voor zijn manier van denken. Zijn wereld was er een van hoog en laag, van almachtige koningen en nietswaardige wormen, edele robijnen en plebejische metalen, waarin ieder verschijnsel zijn eigen plaats en waarde had. In de *Ilias*, aan het begin van het achtste boek, pocht Zeus dat hij een gouden ketting heeft waaraan hij de hele schepping – land, water en alles erop en erin – naar de top van de Olympus kan trekken. Naar dat beeld wordt die hiërarchische ordening wel de grote bestaansketen genoemd.

Een aanschouwelijker beeld is misschien dat van een veelgelaagde taart. De bodem van die taart bestond uit zware, onbezielde stenen en metalen. Dan kwam er een plantaardige laag, dan een dierlijke en vervolgens het hoogste dat er op dit

* *Kristalijn:* glas.

ondermaanse te vinden was: de menselijke soort. Die menselijke laag had door de zonde een wat bedorven smaak gekregen. Boven de maan werd het luchtiger, dat was het slagroomgedeelte van de taart. Daar had je de zuivere hemelsferen die het domein van de engelen waren. Helemaal bovenop, als een brandende kaars, prijkte God.

Behalve die verticale hiërarchie kende dit wereldbeeld – dat uit de oudheid stamt en gedurende de middeleeuwen in christelijke zin werd uitgewerkt en verfijnd – ook een parallelle ordening binnen elke afzonderlijke laag. De olifant en de leeuw waren de gekroonde hoofden van het dierenrijk, de mieren het werkvolk. De negen engelenkoren van de contemplatieve serafim, cherubim en tronen bovenaan tot en met de wat wereldser aartsengelen en gewone engelen – waren min of meer georganiseerd volgens de kerkelijke hiërarchie op aarde. Het leven onder water weerspiegelde het leven op het droge tot in de kleinste kleinigheden, met zijn zeeleeuwen, zeekoeien, zeegras en zeemeerminnen – waarbij laatstgenoemden waarschijnlijk een soort missing link in de onderwaterketen waren. Het bekendste voorbeeld van die correspondenties is de leer der astrologie. Tegenwoordig wordt die op een quasi-natuurwetenschappelijke manier opgevat, alsof de sterren een onnaspeurlijke invloed zouden uitoefenen op de menselijke levensloop, maar een dergelijk causaal denken was de middeleeuwer vreemd. Zijn denken werd beheerst door spiegelingen en harmonieën. Zoals het aan de hemel gaat, zo gaat het ook op aarde – dat was de achterliggende redenering.

Het is voor ons onbegrijpelijk geworden hoe dit malle wereldbeeld het zo lang heeft kunnen uithouden. In Vondels tijd begon het al danig in verval te raken, maar de ziel ervan, het vermoeden van een wezenlijke eenheid en harmonie der schepping, was nog springlevend en is ook daarna voor allerlei geesten, van zweverige godzoekers tot streng-empirische natuurvorsers, de motor van hun streven geweest. Zonder die holistische kitsch zouden we nu nauwelijks een beschaving kennen. De taal, de meest geduchte vijand van de vooruitgang, heeft die achterlijke verzinsels in ere gehouden en we spreken nog steeds van de koning der dieren en van edele en onedele metalen. En de literatuur doet in die conservatieve taal telkens dezelfde ontdekkingen: het denkbeeld van de correspondenties is, ietwat geseculariseerd, teruggekeerd in de *correspondances* van Charles Baudelaire en in de eigenaardige astrologie die het werk van F. Bordewijk beheerst. Al het metaforische denken gaat terug op dit wereldbeeld. Wil een revolutie kans van slagen hebben, dan zal ze eerst de landstaal moeten vervangen door Volapük.

De figuur van Jezus Christus zette het mes in de wereldtaart. Datgene waarop Zeus zich in de *Ilias* beroemde wist Christus te volbrengen, niet door de gouden ketting naar zich toe te trekken, maar door erlangs naar de aarde af te dalen en daar de kruisdood te sterven, bestemd voor slaven en de zwaarste misdadigers. De horizontaal gelaagde bestaanssferen, die elkaar in eeuwige harmonie lagen te spiegelen uit naam van een brandende kaars in de buitenste kosmos, werden nu doorsneden door zijn verticale figuur. In hem kwamen hemel en aarde lichamelijk bij elkaar en ook de uitersten van elke afzonderlijke sfeer: zijn armen reikten van het oosten tot het westen, hij was slaaf en koning, leeuw en worm. Dat betekende een ongekende verlevendiging en ook democratisering van het oude wereldbeeld. Voortaan drukten de correspondenties geen harmonie meer uit die buiten de schepping lag, geen onbereikbare Platoonse idee; de schepping werd nu middelpuntzoekend. Christus was het oorspronkelijke beeld, waarvan al het andere een afspiegeling was.

Wanneer Vondel in zijn *Altaergeheimenissen* de Heiland beschrijft door de ogen van de goede moordenaar, laat hij de gekruisigde Christus met de schepping samensmelten:

De Moorder, die den dootkreet ving van 't leven;
Mijn Godt, mijn Godt, hoe hebt ghy my begeven?
*En 's hemels tong zagh proeven gal en eeck**;
Daer Godt geen' mensch, maer eenen worm geleeck;
Zagh door 't geloof, als door een verrekijcker,

* *Eeck:* edik, azijn.

Godts Zoon, Godt zelf, gehangen aen den spijcker,
En drijven op drie yzers, naeckt en bloot,
Die d'assen draeit van 's hemels ronden kloot,
En 't Paradijs, zijn Noortstar, zijn verlangen.
Hy badt om in dien arm te zijn ontfangen,
Die aen het hout gereckt hing en gehecht.
*Dat heet aen Godt gelooven, slecht en recht**;
Verzoecken heil aen een' gekruisten Koning,
Die zelf gestraft, met d'opperste belooning
Zijn' dienaer troost, in 't bitterste der pijn.
Het punt van scherp geloof dringt door den schijn. (II, 615-30)

Golgotha is een driemaster die over de nachtelijke zeeën zwalkt, de goede moordenaar een zeeman met een verrekijker. De hemel, voorgesteld als 'ronde kloot', is de hemel van het armillarium, een opengewerkte globe met de aarde als middelpunt en als buitenste schil de 'wielen binnen wielen' langs de velgen waarvan de veranderlijke sterren draaien – ongeveer het model dat soms nog gebruikt wordt voor het atoom. Door de verrekijker van zijn geloof ziet de moordenaar dat Christus God is: dat de albeweger, die de assen van de kosmische wielen draaiende houdt, hier zelf aan ijzers hangt, net als zijn schepping.

—

Een dichter wiens verbeelding werd beheerst door het oude wereldbeeld moet van metaforen een opvatting hebben gehuldigd die diepgaand verschilt van de onze. Voor ons is poëzie allerindividueelste expressie en juist in zijn metaforen komt de individualiteit van de dichter het meest treffend tot uitdrukking. Maar voor Vondel had een metafoor een bovenpersoonlijke, objectieve waarde. Door een verband aan te geven tussen de ene bestaanslaag en andere – tussen het werk van de zijderups en het werk van de dichter, of tussen het broze vlees dat goddelijk geïnspireerd wordt en het broze

* *Slecht en recht:* eenvoudig en oprecht.

glas dat de stralen van de zon weerkaatst – licht hij een tip op van de sluier waarachter de wereldharmonie schuilgaat. Juist in zijn beeldspraak is hij profeet. Vandaar dat hij bij hoog en bij laag beweert uit zichzelf niets te kunnen. Hoe groter klungel de dichter, des te goddelijker de schoonheid van zijn poëzie. Vandaar ook dat hij niet origineel, in de huidige zin van afwijkend, wenste te zijn.

Dat beeldspraak onder invloed van de nieuwe wetenschap steeds meer figuurlijk werd en je er steeds vaker een 'als het ware' bij moest denken, blijkt bijvoorbeeld uit het werk van de Engelse dichter John Donne. Een van zijn 'Holy Sonnets' begint aldus:

At the round earths imagin'd corners, blow
Your trumpets, Angells...

De oude bijbelse kosmologie is daar een wijze van spreken geworden. De hoeken van de aarde zijn maar denkbeeldig. Vondel wist net zo goed als Donne dat de aarde rond is en uit de *Bespiegelingen* blijkt dat hij goed bekend was met het systeem van Copernicus, al bleef hij liever denken dat de aarde het middelpunt van het heelal is en dat de zon 's ochtends opkomt en 's avonds weer ondergaat. Maar twee kosmologieën laten botsen zoals Donne doet in zijn sonnet moet hij hebben beschouwd als een dichterlijke zelfmoord, een moedwillige verstoring van de harmonie die voor hem het wezen van de poëzie was. Huygens had enkele 'diepzinnige puntdichten' van de Engelsman vernederlandst en Vondel schreef op die vertaling een versje waarin hij te kennen geeft dat hij het werk barbaars en onbegrijpelijk vindt. Huygens, zo dichtte hij, 'watertandt naer kavejaer, naer snoftaback en smoocken, die raeuwe harsens koken'.

Toch springen, op een afstand van drieëneenhalve eeuw, de overeenkomsten met Donne veel meer in het oog dan de verschillen. De vergelijking tussen het geloof en een nautisch instrument als een jakobsladder of een verrekijker is geheel in de geest van de Engelsman, het soort beeld dat in de Engelse poëzie bekend staat als een 'metaphysical conceit'. Vondel weet de meest uiteenlopende verschijnselen met elkaar in verband te brengen, net als Donne en de andere 'metaphysical poets'. In de *Altaergeheimenissen* vergelijkt hij de zuiverende werking van het geweten met die van een kreeftsoog. Zo'n kreeftsoog is een kalksteentje dat tussen de maagwanden van de rivierkreeft wordt aangetroffen en dat diende om het oog van vuiltjes te reinigen: het werd onder het ooglid geplaatst en wandelde dan vanzelf over het netvlies tot het oog helemaal schoon was. Die metafoor had George Herbert, een tijdgenoot van Donne, befaamd om zijn huis-, tuin- en keukenbeeldspraak, Vondel niet kunnen verbeteren. In de *Bespiegelingen* vind je, naast dreunend geketter tegen Epicurus, Averroës en Spinoza, ook een passage waarin Vondel precies weet uit te leggen hoe een windroer en een veldkortouw werken, hoe de wijnverlater met behulp van een blaasbalg de wijn van het ene vat in het andere overhevelt, hoe een goochelaar tien eieren over een stok laat rollen. Voorbeelden die moeten aantonen dat de onzichtbare lucht gekend wordt uit haar werken en dat de onzichtbaarheid van God derhalve niet tegen zijn bestaan hoeft te pleiten. Waarin Vondel van Donne verschilt, is de vanzelfsprekendheid van zijn vergelijkingen. Er is bij hem geen sprake van 'heterogeneous ideas... yoked by violence together', zoals dr. Samuel Johnson over Donne klaagde. Geen sprake van een gewilde originaliteit. Vondel legde die verbanden niet, hij zág ze.

Althans, zo lijkt het. Er wrong wel degelijk iets bij Vondel, net als bij Donne. Alleen uitte het zich bij hem anders, in een hypertrofie van de rede, een herculische systeembouwerij. Een belangrijke reden waarom hij van gezindte veranderde moet de aantrekkingskracht zijn geweest die de alomvattende katholieke theologie op hem uitoefende. Hij zou die vaste burcht niet nodig gehad hebben zonder het vermoeden van een zwakke plek in zichzelf, zonder een bang besef dat de hem zo dierbare harmonie, de eenheid van zijn levensgevoel, ernstig werd bedreigd. Daarom ontwikkelde hij zich tot de roomse dichter-wijsgeer, met een zo uitgewerkte levensbeschouwing dat voortaan alles koren op zijn molen was. Niet alleen de zang van de merel of een echtverbintenis van vrienden waren adrenaline voor zijn dichtader, hij zou er ook geen been in hebben gezien om – ik noem maar iets – de bouwverordening van de gemeente Amsterdam te berijmen. Die had evengoed haar plaats in zijn kosmische orde. Het is nogal goedkoop om daar je hoofd over te schudden, nu de dichtkunst haar oude gezag en haar lange adem kwijt is en steeds meer wit, steeds meer prijsgegeven terrein, het gedicht is gaan omringen. Maar feit blijft dat je in de leerdichten, naast brokaat waarin het verhevene en het alledaagse kunstig met elkaar verweven zijn, ook lange lappen onpoëtische poëzie aantreft. Over dat bange besef van Vondel wil ik het hebben in mijn volgende lezing, wanneer ik kom te spreken over het hoofdthema van de *Altaergeheimenissen*, het leerstuk van de transsubstantiatie.

De een zijn dood is de ander zijn brood

OPENBAAR COLLEGE 13.11.1987

De *Altaergeheimenissen* verscheen ter gelegenheid van de driehonderdste verjaardag van het Mirakel der Heilige Stede. Dat wonder (het eerste van een reeks, overigens, want een wonder komt zelden alleen) mag een van de onsmakelijkste heten waarop de Kerk kan bogen. Een zieke aan de Amsterdamse Nieuwezijds had van een priester de Heilige Teerspijze ontvangen, maar nauwelijks was de priester weg of de patiënt kotste zijn maag leeg. De vrouw die hem verzorgde veegde de boel bij elkaar en gooide die in het vuur, zonder te weten dat het Lichaam des Heren zich onder de kots bevond. Toen ze later weer in de kamer kwam zag ze de hostie wit en ongeschonden tussen de vlammen staan en kon ze hem uit het vuur halen zonder haar vingers te branden.

De geschiedenis vermeldt niet of de zieke een ketter of godloochenaar was, maar Vondel kan moeilijk anders gedacht hebben. Uit de beeldspraak van zijn *Altaergeheimenissen* moet je tenminste wel afleiden dat ongeloof voor hem gelijkstond met maag- en darmstoornissen, geloof daarentegen met een gezonde spijsvertering. De fraaie opbouw van de biografie die Geeraardt Brandt over de dichter heeft geschreven is vooral te danken aan de coïncidentie dat Vondels overgang naar de Kerk van Rome, die samenvalt met het midden van zijn volwassen leven, tevens samenvalt met een ommekeer in zijn gezondheid. Zag hij er voordien bleek en mager uit, ten gevolge van een ziekte die – aldus de biograaf – 'de Geneesmeesters melancholia hypochondriaca noemen, omdat ze haeren oorsprongk heeft uit het ingewandt', na zijn toetreden werd hij mollig en kreeg hij een blozende gelaatskleur. Het Heilig Sacrament was volgens Vondel een 'artsenij voor alle kranken' en hij heeft de hele avondmaalstrijd kernachtig samengevat in het volgende distichon:

De hemel biet zich zelven tot een spijs:
Maer d'aerde steeckt de walgh van 't Paradijs. (I, 1435-6)

Een van de innemende trekken die Brandt heeft geboekstaafd is dat Vondel tot op hoge leeftijd graag lekker mocht eten, en dan vooral hartige spijzen. Het woord 'lekker' komt in de *Altaergeheimenissen* nog vaker voor dan in Vondels overige poëzie en van het sacrament maakt hij zich een tandentergende voorstelling. In het eerste boek vertelt hij hoe het manna, die voorafbeelding van het latere levensbrood, door de engelen wordt toebereid. Hoog aan de hemel geselt de aartsengel Gabriël tijm, rozeblaadjes en lelies die met honingdauw beladen zijn, terwijl onder hem een detachement engelen winterkille koude door de lucht blaast. Door de kou stremmen de vallende honingdauwdruppels tot hagelslag, waarmee de woestijn vervolgens als 'met koriander en rijp' wordt bestrooid. Het is een tafereel dat zó dienst kan doen als reclamespot voor Venz of Van Houten.

Maar dat is kinderspijs vergeleken bij wat ons onder het Nieuwe Verbond wordt opgedist. Je zou haast gaan denken dat het leven en lijden van Christus niets anders is geweest dan het toebereiden van een hemels gerecht. Vondel stelt de schoot van de Heilige Maagd voor als een oventje waarin het levensbrood wordt gebakken. ('She's got a bun in the oven,' zeggen de Engelsen van een vrouw in gezegende omstandigheden.) In het tweede boek spreekt hij van 'het Lam, door 't vier der liefde, aen 't kruis gebraden'. Hij had geen enkel probleem met de zweem van kannibalisme die de Mis altijd heeft omringd.

Zijn tegenstanders schildert hij af als ziek en walgelijk. De enige keer dat hij in het gedicht figuren uit de klassieke mythologie opvoert is wanneer hij de calvinisten uitmaakt voor 'verwatene* harpijen': wezens half mens, half vogel, die in de *Aeneis* de blinde koning Fineus het eten uit de mond stelen en

* Niet verwaten, maar verdoemd, in de ban gedaan.

zijn tafel bevuilen. Vondel vertelt aanschouwelijk hoe dat bevuilen in zijn werk gaat:

... de maegh, van honger, eeuwigh raest;
De dunne buick vast vloeit en druipt, van weeckheit,
En 't aenzicht zit vol magerheit en bleeckheit. (I, 808-10)

Het geraas der antikatholieken wordt door hem afgedaan als flatulentie. Mochten zijn woorden twijfel laten bestaan over het beeld dat hij voor ogen had, dan wordt die wel weggenomen door zijn krachtige alliteraties:

Wie slechts met stanck zijn stercker wil verbazen,
Ontbeert bewijs, en stelt zijn kracht in 't blazen. (I, 1149-50)

De *Altaergeheimenissen* is een stofwisselingsgedicht. Dat is, naast het herkauwende karakter ervan, nog een reden waarom ik het vergeleken heb met een rund. De beeldtaal is ontleend aan het stofwisselingsproces. Het onderwerp, het dogma van de transsubstantiatie en wat daar zoal aan vastzit, betreft een symbolische stofwisseling. De manier van bijbeluitleg die Vondel in dit bijbelse gedicht beoefent, de allegorese, is een methode om de stoffen van het Oude Testament om te zetten in die van het Nieuwe. Tenslotte wordt in dit gedicht roomse dogmatiek verteerd en omgevormd tot poëzie. Aan die verschillende soorten van stofwisseling – lichamelijk, symbolisch, theologisch en poëtisch – zal ik in deze tweede lezing en ook in de derde aandacht besteden.

–

Wie een poosje in het werk van Vondel grasduint komt al snel tot de bevinding dat de man, om het wat technisch te zeggen, oraal gefixeerd was. Hij was een lebberaar. Zijn houding ten aanzien van de natuur is kinderlijk en hebzuchtig: hij waardeert haar om de melk en de honing die ze voortbrengt. In *Adam in ballingschap* geeft Gabriël, de geselaar van leliën en rozeblaadjes, een beschrijving van het paradijs waarin je vergeefs zoekt naar prachtige vergezichten, dramatische luchten of ruisende wouden. In plaats daarvan raakt de watertandende aartsengel maar niet uitgepraat over zwellende muskadeldruiven, sappige appelsienen, duizend lekkernijen. 'De boom zweet honighdauw. De beeck geeft room en wijn. De boomschors is kaneel.' Het paradijs is bij Vondel een luilekkerland.

Dat kinderlijke, haast dierlijke, kenmerkt ook zijn opvatting van de geslachtsdrift, die bij hem 'teelzucht' heet. Er zit veel meer seks in zijn werk dan je, afgaand op zijn stoffige faam, zou vermoeden, maar elke romantische rompslomp ontbreekt eraan. Hij kon de geslachtsdrift slechts zien als een functie – een erg prettige functie, overigens – van de universele stofwisseling. Dat hij niettemin heel goed wist wat buitenechtelijke hitsigheid is, blijkt wel uit *Joseph in Egypten*. Daar heeft hij Jempsar, de vrouw van Potiphar, een liefdeslyriek in de mond gelegd die even broeierig en overrijp is als die van Shakespeare's Cleopatra. Maar de brave Joseph is geen Anthony. Hij laat zich niet ompraten. Hij scheldt Jempsar uit voor 'doortrapte krokodil' en vertikt het om schipbreuk te lijden op het 'albaste en streelend bedt' van haar boezem en op haar 'korale klippen', waarmee haar orale lippen zijn bedoeld.

Seks is bij Vondel doorgaans kerkelijk goedgekeurde, binnenechtelijke seks. Die heeft zijn hartelijke instemming, zoals te lezen valt in het gedicht dat hij schreef op Karel van Savoy's portret van Isabella Benzi. Daarin spoort hij de geportretteerde aan om haar echtgenoot ter wille te zijn, en hij bedient zich dan opnieuw van een taal die ontleend is aan de gastronomie:

Gij schoone, laef zijn hart met die robijne schael
En necktar van uw' mont, en laet hij zich verzaden
Met leckernyen van uw lippen, zoet van tael.

In zijn opstel over Vondel uit 1937, later opgenomen in *Erflaters van onze beschaving*, verwijt Jan Romein de dichter een gebrek aan erotiek en, daarmee samenhangend, een gebrek aan humor. Welke samenhang Romein precies beoogt, wordt uit het opstel niet duidelijk, maar er is bij Vondel tussen humor en erotiek zeker een overeenkomst aan te wijzen. Zijn humor, die ruim voorhanden is in de hekeldichten, is van de boertige soort en zijn erotiek is dat ook. Erotiek in de zin die Romein bedoelt, is pas veel later algemeen in zwang gekomen. Pas tijdens de Romantiek, toen de liefde onverenigbaar werd met het burgermansbestaan, moest het verlangen zich onthechten van het alledaagse, om in het niemandsland van overspel en perversie vormen aan te nemen, zo grillig, zo geïdealiseerd, dat geen mens van vlees en bloed er ooit aan beantwoorden kon. De erotiek die Romein bedoelt is vergeestelijkte liefde, door D.H. Lawrence 'sex in the head' gedoopt. Bij Vondel vind je juist een onomwonden lichamelijkheid. Hij spreekt onbeschroomd over zaken waar wij, na generaties preutsheid en de heftige reactie daartegen van de laatste jaren, slechts besmuikt, sentimenteel of obsceen over kunnen spreken.

Ik ken in zijn werk maar één preutse passage, en het is veelbetekenend dat die zich afspeelt onder engelen. In de *Lucifer* vertelt Apollion aan Beëlzebub dat hij in het paradijs iets schandaligs heeft aanschouwd. Hij had van schrik zijn vleugels voor zijn gezicht geslagen, maar door de veren heen kon hij toch zien hoe Adam en Eva de liefde bedreven. 'Zo wordt er met der tijd een wereld aangeteeld?' vraagt Beëlzebub dan losjes en zakelijk. Dat is inderdaad het gevolg, blijkt uit het antwoord van Apollion, want ze zijn er de godganselijke dag mee bezig, maar wat Adam in feite bezielt is iets 'wat men best verzwijge, eer dit een geest bekoor'. Voor een geest moet zoiets noodzakelijkerwijs geestelijk blijven.

Vondel heeft er herhaaldelijk op gewezen dat de naam 'Eden' wellust betekent. Het is de aardse wellust die de afgunst van de engelen wekt, want die kan bevredigd worden, terwijl de engelen, geestelijke wezens immers, nooit verzadiging bereiken kunnen. In de Romantiek zijn ook de mensen engelen geworden, maar Vondel staat nog stevig met beide benen op de grond. Hij mocht dan een burger zijn, een bourgeois was hij nog lang niet.

—

Een besef van Vondels boerse lichamelijkheid is van belang als je zijn standpunt in de strijd om het sacrament van de eucharistie goed wilt begrijpen. Die strijd ging over de waardering van het stoffelijke, het zintuiglijke, en er zit dus behalve een theologische ook een esthetische kant aan.

Het hoofdpunt van verschil tussen het katholicisme en het reformatorische christendom, vooral het calvinisme, is de genadeleer. Volgens de Moederkerk is de schepping doorregen van wat ze, met een van haar wonderlijk dubbelzinnige termen, *ingestorte genade* noemt. Met behulp van die genade kan de gelovige zelf zijn eeuwig heil bewerkstelligen. Voor de calvinist ligt de verlossing van de mens geheel in Gods handen. De mens is zijns inziens door en door zondig, de schepping zal pas van haar val kunnen opkrabbelen bij de wederkomst van Christus. De calvinist is eschatologisch gericht, met andere woorden. De eenheid in Christus, die in het sacrament gestalte krijgt, is voor hem een utopie en het sacrament zelf is voor hem een hart onder de riem, niet de vervulling die het voor de katholiek is.

In het tweede boek van de *Altaergeheimenissen*, 'Offereere', dat handelt over de eer die in de eucharistie aan het Heilig Sacrament wordt bewezen, trekt Vondel een vergelijking tussen zijn calvinistische tegenstander en een hond met een stuk vlees tussen zijn tanden. De hond kijkt in het water en probeert het weerspiegelde vlees te pakken, met het jammerlijke gevolg dat het echte vlees hem uit de bek valt:

Zoo grijpt de hont de vleeschschim in het nat,
En mist den buit van 't vleesch, alree gevat. (II, 1269-70)

Het is een vergelijking die je eerder van zijn tegenstrevers zou verwachten. Zij noemen de roomse eredienst immers een brooddienst, een geschilderd eten, een aanbidding van het symbool ten koste van het gesymboliseerde. Degenen die beeld en spiegelbeeld verwarren zijn juist de katholieken, zou je denken. Maar voor Vondel is het symbool niet zomaar een spiegelbeeld of zinnebeeld, geen loutere verwijzing naar een utopisch paradijs. Het is een tegenwoordigheid. Christus is waarachtig tegenwoordig onder de gedaanten van brood en wijn, niet slechts als belofte of ideaal. Terwijl het geestelijke, voor Calvijn de hoofdzaak, voor hem een vale afglans is. Beter één vogel in de hand dan tien in de lucht, houdt hij de calvinisten hier voor.

In de eucharistie is de stof vorm én inhoud, teken én betekenis. Het stoffelijke is daar heilig en het heilige stoffelijk, net als in Vondels sacrale poëzie. Wanneer de dichter komt te spreken over de wezensverandering van brood en wijn in het lichaam en bloed van Christus, kortweg transsubstantiatie genoemd, zijn het opnieuw analogieën die inzicht moeten geven, en opnieuw zijn ze ontleend aan de natuurlijke voedselketen. Dat brood en wijn in lichaam en bloed veranderen, ervaren we dagelijks, betoogt hij, namelijk wanneer we ons ermee voeden. Er is ook een stofwisseling tussen hemel en aarde: de plant drinkt regen en maakt daar plant van. En er is een stofwisseling tussen moeder en kind: het kind drinkt moedermelk en verandert die in zijn eigen vlees en bloed.

De zooghbre vrouw ziet haren boezem zwellen
Van weeligh zogh, terwijlze drinckt en eet,
Het geen zy aen zich zelve wel besteet,
Daer na aen 't kint; 't welck hangende aen de tippen
Van moeders borst, zoo gratigh met zijn lippen
Haer, onder 't hart, de melck van 't harte treckt,
Uit deze bron, die altijt springt en leckt... (I, 1194-1200)

Omgekeerd kleuren die aan de natuur ontleende voorstellingen weer Vondels beleving van het sacrament. De vijf wonden van Christus worden bronnen van rode en witte wijn, waaraan de vrome dichter zich het eeuwige leven drinkt. Bloed, etter en lijkvocht worden in de keuken van zijn poëzie omgekookt tot hemelse lekkernijen. Het sensualisme van de Contrareformatie was nog een graadje erger dan dat van de middeleeuwen, waar Luther al ongans van werd. Dat was volks en naïef, maar bij Vondel, en ook bij andere dichters van de Contrareformatie – lees bijvoorbeeld zijn Engelse tijdgenoot Richard Crashaw – is het gewild, haast tegendraads. Het heeft zich bij hen ontwikkeld tot een bizarre *mystique de la merde*, die in onze hygiënische eeuw slechts weerzin kan wekken.

—

De oorsprong van dat halsstarrige sensualisme ligt een heel eind terug in de geschiedenis. De strijd om het sacrament des altaars is al meteen bij de instelling begonnen. Johannes vertelt erover in het zesde hoofdstuk van zijn evangelie. Na de wonderbare broodvermenigvuldiging en zijn wandeling over het meer van Tiberias maakt Jezus in de synagoge van Kafarnaüm bekend dat hij het brood des levens is, waarvan het manna dat de Joden in de woestijn heeft gespijsd de voorafbeelding is geweest. Hij bezweert zijn toehoorders dit vooral letterlijk te nemen: 'Mijn vlees is waarlijk spijs en mijn bloed is waarlijk drank.' De leerstelling van de werkelijke tegenwoordigheid lag zijn volgelingen al meteen zwaar op de maag. Daar in Kafarnaüm kreeg de Reformatie haar eerste voorlopers. 'Toen zij dit hoorden zeiden velen van zijn leerlingen: "Dit is toch stuitende taal. Wie is er nog in staat om naar Hem te luisteren?"' En dan lijkt Jezus hen tegemoet te komen met een uitspraak die tot onafzienbaar geharrewar heeft geleid: 'Het is de geest die levend maakt, het vlees is van geen nut. De woorden die ik tot u gesproken heb zijn geest en leven.'

De Kerk van Rome heeft steeds onverkort vastgehouden aan de werkelijke tegenwoordigheid van Christus onder de gedaanten van brood en wijn, en niet alleen binnen de liturgie, ook erbuiten. De verering van het sacrament kreeg gestalte in processies, in wonderverhalen zoals dat van het Mirakel der Heilige Stede, in legenden over hosties die bloedden wanneer ze doorstoken werden met een speld. De kritiek van de Reformatie op dat naïeve concretisme kan worden samengevat in drie standpunten. Het meest vergaande was dat van Zwingli, die verkondigde dat brood en wijn slechts tekenen of allegorieën zijn van het lichaam en bloed van Christus en dat de eucharistie niet meer is dan een herdenking van zijn dood. Zwingli loochende de werkelijke tegenwoordigheid. Luther deed dat niet: hij loochende alleen de transsubstantiatie. Volgens Luther was het lichaam van Christus weliswaar bij het nuttigen in het brood tegenwoordig, maar bleef het brood samen met het lichaam bestaan. Calvijn hield het midden tussen die twee hervormers: de mond nuttigt het brood als een teken van het lichaam, maar de geest wordt door het lichaam zelf gespijsd.

Op het concilie van Trente werden in 1551 de opvattingen van de Kerk inzake de eucharistie in twee canones geformuleerd, met de bedoeling om de leer voor eens en altijd vast te leggen en zo een eind te maken aan de godsdiensttwisten. De eerste canon verklaarde dat het sacrament 'waarlijk, reëel en substantieel het lichaam en bloed te zamen met de ziel en de godheid van onze Heer Jezus Christus en dus de gehele Christus bevat'. Iedereen die meende dat Christus slechts figuurlijk, als in een teken, of slechts door zijn werkdadigheid aanwezig was – Zwingli dus – moest in de ban. De tweede canon, waardoor de transsubstantiatie verheven werd tot dogma, was meer in het bijzonder tegen Luther gericht. 'Mocht iemand beweren dat in het hoogheilige sacrament van de eucharistie de substantie van brood en wijn blijven bestaan te zamen met het lichaam en bloed van onze Heer Jezus Christus en die wondervolle en unieke verandering loochenen van geheel de substantie van brood in het lichaam en van geheel de substantie van wijn in het bloed, terwijl toch de gestalten van brood en wijn blijven, welke verandering de Katholieke Kerk zeer geschikt transsubstantiatie noemt, hij weze in de ban.' Uit de onsympathieke formulering wordt al duidelijk waarom het nooit meer goed gekomen is.

—

Om zulke beuzelarijen stond in die tijd de ene helft van Europa de andere naar het leven. Zou er dan toch vooruitgang bestaan in de geschiedenis? Ik vrees van niet. Als je door de godgeleerde taal probeert heen te kijken, zul je merken dat daarachter een eeuwig esthetisch probleem schuilgaat – en misschien ook dat die taal vaak veel nauwkeuriger en minder hybridisch is dan het huidige kunsttheoretische jargon. De uiteenlopende standpunten kun je plaatsen op een glijdende schaal, met aan het ene eind de sensualistische opvatting en aan het andere de Zwingliaanse. Een opake tegenwoordigheid aan de linkerkant, een transparante allegorie rechts en daartussen een scala van beelden die, als je van links naar rechts gaat, aan lichamelijkheid inboeten en toenemen in rationaliteit. De waaier van betekenissen, eigen aan de werkelijke tegenwoordigheid, wordt gaandeweg dichtgeklapt, totdat er bij de pure allegorie nog maar één smalle betekenis over is, waarin het oorspronkelijke beeld onzichtbaar opgevouwen zit.

Het had geen kwaad gekund als ze daar in Trente ook eens van de esthetische kant naar het geschilpunt hadden gekeken. Beschouw je de Heilige Mis als theater, dan blijkt dat die reële presentie een gewichtige term is voor een simpel ervaringsfeit. Het maakt nogal wat verschil of Pierre Bokma Prins Hamlet *is* of slechts speelt. Als het goed is, dan kun je Pierre Bokma niet meer zien door de Hamlet die voor je op het toneel staat. Wanneer de priester op het meest dramatische ogenblik van de eucharistie de rol van Christus op zich neemt en in de directe rede zegt: 'Dit is mijn lichaam' en 'Dit is de kelk van mijn bloed', dan is dat niet zomaar een verwijzing naar het lijden: hij maakt die woorden op dat moment waar. Anders dan een hoed op een stoelzitting of een verkeersbord is het sacrament geen plaatsvervangend of verwijzend teken. Het is een theatrale handeling die tegenwoordig maakt.

Wie ook maar enigszins muzisch is, zal met de eerste Tridentijnse canon geen problemen hebben. Die beginnen pas wanneer je hem wilt gaan beredeneren, en de leerstelling van de transsubstantiatie is een beredenering en uitbreiding van de werkelijke tegenwoordigheid. In Johannes 6 wordt er althans nergens over gesproken. Als je het mij vraagt had Luther gelijk, en kunnen brood en wijn het lichaam en bloed van Christus zijn en intussen gerust brood en wijn blijven. Waarbij moet worden aangetekend dat hun dagelijkse gedaante geheel verbleekt in het licht van hun eucharistische gedaante. Het was nogal flauw van Luther om over die dagelijkse gedaante door te zagen, even flauw als het is om tijdens de voorstelling koppig vol te houden: 'Die Hamlet, dat is *eigenlijk* Pierre Bokma.' Dat mag dan waar zijn, in zekere zin, maar het is op zo'n moment van weinig belang. Als je voor die werkelijke tegenwoordigheid per se een rationele verklaring hebben wilt, dan moet je die zoeken in het feit dat een ritueel spel, of het nu in het theater dan wel in de kerk gespeeld wordt, zijn eigen wereld schept, waarbinnen eigen regels gelden.

Maar voordat iemand een verklaring gaat zoeken, moet hij zijn geloof in het spel al enigszins verloren hebben, of althans een vervreemdende afstand hebben genomen. De strijd om het sacrament des altaars laat zien hoe zich in de zestiende eeuw een verandering van een mythisch naar een rationalistisch denken begon te voltrekken. Theorievorming is het verval van het intuïtief begrip en de theologie is het verval van de religie. Was in de middeleeuwen de godgeleerdheid het domein van serafijnse specialisten, van Albertus, van Bonaventura, van Thomas, tijdens de Reformatie kwamen hun in bedompte kloosterlucht gewrochte hersenspinsels overal op de markt. Iedereen begon te theologiseren. Wanneer mensen op eigen gelegenheid gaan redeneren blijkt algauw dat de ratio het enige is dat ze gemeen hebben, en soms die niet eens. De Contrareformatie is het binnendringen geweest van het reformatorische rationalisme in de leer van Rome, getuige het feit dat de Tridentijnse concilievaders het nodig hebben gevonden om hun gebrekkige theorie van de transsubstantiatie tot dogma te verheffen.

—

Men kon die wezensverandering in die dagen slechts natuurfilosofisch beredeneren. Ze moest gehoorzamen aan voor altijd en overal geldende wetten. In plaats van te betogen dat het sacrament zich een eigen wereld schept, probeerde men de bestaande natuurwetten zo om te buigen dat ze strookten met het sacramentele mirakel. De paradox dat brood en wijn het lichaam en bloed van Christus zijn en voor de zintuigen toch gewoon brood en wijn blijven, werd opgelost met behulp van het Aristotelische onderscheid tussen accidens en substantia, toeval en zelfstandigheid in het Nederlands van Vondel. Volgens Aristoteles konden die twee – een eigenschap en de drager ervan – niet los van elkaar bestaan, maar de bijbelse theologie wist daar onderuit te komen door zich te beroepen op het boek Genesis. Daar staat immers geschreven dat God op de eerste dag het licht schiep en pas op de vierde dag zon, maan en sterren, de zelfstandigheden waarvan het licht een toeval is. Als zelfstandigheid en toeval los van elkaar konden bestaan, dan kon de zelfstandigheid van Christus' lichaam ook wel samengaan met het toeval van brood en wijn. Klaar ben je.

Een variant op die redenering wordt gevolgd in de *Altaergeheimenissen*. God, de zelfstandigheid of eerste oorzaak waarop alle andere zelfstandigheden berusten, heeft die andere zelfstandigheden of tweede oorzaken niet nodig om zich toch met hun eigenschappen te bekleden:

Oock strijt het niet met 's hemels alvermogen,
Dat toeval, wien zijn grontslagh wort onttogen,
Door d'almaght blijve in wezen: want gelijck
d'Almogentheit, oneindigh werreckrijck,
De wercken der tweede oirzaecke uit kan voeren,
Oock zonder die tweede oirzaeck eens te roeren;
Dewijl Godts kracht de dingen schiep uit niet:
Alzoo kan 't Woort, en onbepaelt gebiet,
De wercken der tweede oirzaecke ondersteunen,
Oock zonder datze op die tweede oirzaeck leunen.
Rust toeval op zelfstandigheit zoo vast;
Hy rust op Godt met minder noot en last. (I, 1225-36)

God kan alles, dus kan hij ook wel doen alsof hij brood en wijn is. Dat is de magere strekking van deze wijsgerige dikdoenerij. Nog daargelaten dat zo'n argumentatie een belediging is voor het gezond verstand, blijkt ook dat Vondel er geen poëzie van weet te bakken. Leg deze regels naast die over de zogende vrouw, en het zal duidelijk zijn dat ze elke zintuiglijkheid missen. Mechanische herhalingen en inversies moeten al het werk doen. Dit is onlichamelijke poëzie, zonder gevoeld ritme: regels vijf, zes en tien staan stram van de stomme e's. Dergelijke pseudo-poëzie is in de *Altaergeheimenissen* nog betrekkelijk zeldzaam; in de *Bespiegelingen* van zeventien jaar later is ze schering en inslag geworden.

Zolang Vondel de transsubstantiatie als een zintuiglijk feit ziet, weet hij er echte poëzie van te maken, maar als hij haar probeert te beredeneren moet hij zijn verzen, en waarschijnlijk ook zichzelf, geweld aandoen. De keerzijde van Vondels op de spits gedreven sensualisme was een op de spits gedreven rationalisme. Wat bij hem wrong was de spanning tussen die twee. Hij was een man van uitersten, de belichaming van de barokke tweespalt. Uit passages als de zojuist geciteerde blijkt dat hij geen intellectuele dichter was, ondanks het beeld van de dichter-wijsgeer dat een overgedienstige kritiek van hem heeft opgehangen. Hij was beslist een dichter en een denker is hij misschien ook geweest, maar die twee afdelingen zijn nauwelijks een vruchtbare samenwerking aangegaan.

Er zat in Vondels katholicisme iets onwerkelijks. In zijn studie *Vondels vers* heeft Albert Verwey over het leerdicht *De heerlyckheit der Kercke* een opmerking gemaakt die hij gerust wat meer gewicht had mogen toekennen: 'Zijn verheerlijking van de Kerk was tegelijk haar veroordeling. Zoals *hij* haar wenschte bestond zij al sedert eeuwen niet. Maar de dichter die reeds in zijn jeugd de Kerk van Christus bouwen wou, die gezag beminde en eenheid, en de tweedracht van kerken zo min kon lijden als die van vorsten, had in haar, niet de werkelijkheid, maar de droom gevonden, waarin zijn bespiegelende geest weiden kon, en verheerlijkte hem.' Wat Verwey hier zegt over Vondels gemeenschapsideaal is ook van toepassing op het ideale mensbeeld waaraan de dichter zich in zijn geloof en in zijn poëzie spiegelde, dat van de man uit één stuk. Hoe ijverig hij ook probeerde om met behulp van zijn moderne rationalisme zijn middeleeuwse sensualisme te rechtvaardigen, het doel overwon de middelen niet en de tweespalt bleef.

Moeten we Vondel dus maar als een escapist beschouwen en zijn werk terugzetten in de kast? Ik zou dat doodzonde vinden, alleen al om de talrijke bladzijden waarop hij zijn theologie vergeten lijkt. Bovendien komt in zijn werk – en dat geldt speciaal voor de *Altaergeheimenissen* – een cultuurhistorisch moment van belang tot uitdrukking. T.S. Eliot heeft gewezen op de 'dissociation of sensibility' die optrad in de beschaving van de zeventiende eeuw. Het denken en het voelen gingen elk hun eigen weg, en de poëzie ging de weg van het gevoel – uiteindelijk, in de Romantiek, die van de waanzin. De tweespalt is sinds Vondels dagen alleen maar groter geworden. Zijn eenheidsideaal geeft ons op z'n minst een maatstaf waaraan we onze verscheurdheid kunnen afmeten. Het blijft verhelderend om zijn engelen bolhoeden en jacquets te zien dragen en zijn paradijs geënsceneerd te zien als een puinhoop.

Crucifer

OPENBAAR COLLEGE 20.11.1987

Er zijn twee kleuren die in Vondels poëzie steeds weer gepaard voorkomen: wit en rood. De boezem van Potiphars vrouw is wit als albast, haar lippen zijn koraalrood. In het gelaat van Isabella Benzi mengen zich 'blanck en root, bezielde leliën en levendige roozen'. Wit en rood zijn de conventionele kleuren van de Petrarcaanse liefdespoëzie. Voor Shakespeare was die conventie al tot op de draad versleten. In Sonnet 130 ('My mistress' eyes are nothing like the sun') dichtte hij: 'Coral is far more red than her lips red. If snow be white, why then her breasts are dun.' Toch was de conventie daarmee nog lang niet ten einde. Maarten 't Hart heeft in een van zijn essays laten zien hoe de kleurstelling nog bij Van Schendel dwangmatig doorwerkt.

Bij Vondel hebben die twee kleuren, behalve een erotische, ook een godsdienstige betekenis. Het zijn de kleuren van hoon en schimp: Jezus werd op last van koning Herodes met een witte spotmantel bekleed, de soldatenmantel die hem om de schouders werd geworpen toen hij de doornenkroon kreeg opgezet was rood. Maar het zijn ook de kleuren van de verheerlijkte godheid, die in de Apocalyps door Johannes van Patmos gezien wordt: 'En zie, in de hemel stond een troon, en op die troon was iemand gezeten, van aanschijn gelijk sneeuwwitte jaspis- en bloedrode sardis-steen.' Hoon verkeerde in heerlijkheid door middel van het lijden. Voor Vondel waren rood en wit bovenal de kleuren van het lijden, van het slachthuis.

De god van het Oude Verbond is rood. Jesaja, de grootste dichter onder de profeten, schildert hem af als een wijnboer die toornend rondstampt in zijn wijnpers, een gruwelijk beeld. 'Waarom zijt gij rood aan uw gewaad,' wordt hem gevraagd, 'en zijn uwe klederen als van een die in een wijnpers treedt?' De kwade god antwoordt: 'Ik heb de pers alléén getreden, en daar was niemand van de volkeren met mij; en ik heb hen getreden in mijnen toorn en heb ze vertrapt in mijne grimmigheid en hunne kracht is gesprengd op mijne klederen, en al mijn gewaad heb ik bezoedeld.' Dit is God de Slager. Geen theologie, geen wijsbegeerte is bij machte om die irrationele en onberekenbare god wit te wassen. Er is vijandschap tussen hem en alle pacifisten, macrobioten, eugenetici, de vooruitgangsadepten die menen dat het lijden kan worden uitgebannen en die, zoals Bordewijk eens heeft gezegd, voor een eeuwige zomer strijden.

Deze gruwelgod houdt duchtig huis in Vondels werk. Voor zijn *Gijsbrecht* is het abattoir het meest passende decor. Zuigelingen worden daar aan het zwaard geregen en de witte bellen moedermelk mengelen zich op hun lippen met bloed. Een clarissenklooster wordt uitgemoord tot op de laatste godverloofde non, met een fraai plaatje als resultaat: 'Zy lagen by elckandere in 't rond, gelijck een krans van roozen, wit en rood.' Vooral op maagden had Vondel het voorzien. Het wit van hun onschuld schreeuwde erom met martelinkt te worden beschreven. De heilige Ursula en niet minder dan elfduizend christinnen worden in het toneelstuk *Maeghden* door Atilla en zijn Hunnen te Keulen afgeslacht. De god van de wijnpers wordt in het derde bedrijf van dat stuk bezongen door een rei van Agrippiners (Keulenaars):

De wijnpers van Godts grimmigheit
Zal witte en purpre druiven parssen,
En met een' rooden dauw vervarsschen
Dit veld, dat om vervarssing schreit.
Godts snoeimes strecken zwaerd, en spiessen;
Zijn wijnbergh 't Ellefduizendtal,
De druiven, die hy parssen zal,
En aan den wijnstock Jesus wiessen.
De paerdevoet dreight in dees druif
Te trapplen met bloeddroncke hoeven
(Helaes hoe drucken ons dees schroeven!)

Dat hen het sap om d'ooren stuif.
Die most wil ons te bitter smaecken,
Maer alle Hunnen droncken maecken.

Het bontst maakt Vondel het in zijn *Brieven der Heilige Maeghden.* Daarin vertellen de christelijke martelaressen met hun laatste adem hoe ze zijn verkracht, met zwaarden doorstoken, opengereten, gevierendeeld. De eerste maagd die desondanks de pen ter hand neemt, de heilige Aacht, verontschuldigt zich dat ze 'niet machtig [is] veel te schrijven'. Dat laat zich begrijpen, want Vondel heeft net verteld dat ze in het aanschijn is geslagen, gekerkerd, met paardhoofd, roeden en toortsen gepijnigd, dat de borst haar is afgescheurd en ze in gloeiende kolen is gewenteld. Bij zoveel gruwelen schoot zelfs Vondels verbeelding te kort.

Over de vraag naar doel en oorsprong van al deze ellende heeft Vondel zowel dichterlijk als theologisch diepgaand gepiekerd, maar hij heeft er geen antwoord op, evenmin als wie ook. Lees je zijn *Lucifer* als theodicee, als een rechtvaardiging van God tegenover het kwaad in de wereld, dan moet je vaststellen dat hij de oorsprong van het kwaad, de zondeval, van de aarde naar de hemel verplaatst heeft. Eén stap verder, en hij zal de ketterij verkondigen dat het kwaad van God zelf komt. Als theoloog weet hij geen raad met het probleem. Als dichter kan hij het wél dramatiseren en het zo toch een schijn van een functie toekennen binnen de metafysische economie, de functie van loutering. De Agrippiners uit de eerder aangehaalde rei bidden de engelen om elk met een schaal neder te dalen en het vergoten bloed, de bittere gal en tranen op te scheppen teneinde ze in de hemel te distilleren tot 'puik van wijnen'.

Dezelfde Jesaja die God heeft afgeschilderd als een toornende wijngaardenier, heeft ook de volgende belofte opgetekend: 'Al zijn uw zonden als scharlaken, ze zullen wit zijn als sneeuw, of rood als purper, ze zullen blank zijn als wol.' De rode god van het Oude Verbond is in het Nieuwe Testament wit als sneeuw, blank als wol geworden. Voor de ogen van Petrus, Johannes en Jacobus openbaart Christus zijn goddelijkheid op de berg Tabor, uit een wolk klinkt Gods stem die zegt: 'Deze is mijn beminde zoon, in wien ik mijn welbehagen heb; luistert naar hem,' en op dat ogenblik worden de kleren van de Heiland wit als sneeuw, glanzend als het licht.

In het derde boek van zijn *Altaergeheimenissen* betoogt Vondel, keer op keer en in allerlei bewoordingen, dat de bloedige offers van de joodse eredienst door Christus' lijden veranderd zijn in het onbloedige offer van de Heilige Mis. Voorbij is het blaten, bulken, loeien, reutelen en bloeden van schapen, koeien en kalveren, ten offer vetgemest. De geur van kissend ossebloed en rundervet is voorgoed weggetrokken en in plaats daarvan is er nu het witte offer van 'weite en wijn'. Weite – tarwe – is oorspronkelijk hetzelfde woord als wit. Wit is bij Vondel het mystieke woord. Het duidde in het zeventiende-eeuwse Nederlands niet alleen de kleur aan, die de kleur is van Pasen, van de opstanding; het had ook de betekenis van doel en bedoeling, zoals nog steeds in ons woord doelwit. Etymologisch is het verwant aan *weten*. Christus wordt door Vondel diepzinnig en beknopt 'het wit der wet' genoemd, doel en bedoeling van de Mozaïsche boeken. Wit is de kleur van het volle licht dat alle andere kleuren zichtbaar maakt – 'geen arent magh hier tegen'. Wit is het woord voor goddelijke kennis.

In deze laatste lezing zal ik de omzetting van rood in wit, van oud- in nieuwtestamentisch, van lijden in kennis, vanuit twee gezichtspunten belichten. Het eerste is literair en betreft Vondels manier van lezen, inzonderheid van bijbellezen. Het tweede is psychologisch en betreft Vondels sadomasochisme.

—

Vondel las zijn bijbel typologisch, wat zeggen wil dat hij het Nieuwe Testament las als de vervulling van het Oude, en het Oude, tot in de kleinste details, als de voorspelling van het Nieuwe. In de voorrede bij zijn vertaling van Ovidius' *Metamorphoses* schrijft hij hierover: 'De waerachtige godtsdienst, door Mozes uit Godts mont ingesteld, ja bykans al het oude verbont en de wet begrypen beelden, voorbeelden, en schaduwen van iet beters, gelyk ook d'openbaeringen, droomen en gezichten der aertsvaderen en profeeten, waer door d'allerhooghste zynen wil uitdrukt, om toekomende eeuwen te verlichten. In den naem van den oppersten leermeester wort voorzegt: *Ik zal mynen mont in gelykenissen openen.*

De meest uiteenlopende bijbelplaatsen worden in de *Altaergeheimenissen* volgens deze typologische methode, ook wel allegorese genoemd, met elkaar gerijmd. Niet alleen het manna dat de Joden spijst in de woestijn wordt geduid als een voorafbeelding van het Heilig Misoffer, ook de passage in Genesis waar Abraham met brood en wijn tegemoet wordt getreden door de aartspriester Melchisedech, en zelfs het vreemde verhaal over Samson die, op weg naar de Filistijnen, een leeuw doodt en wanneer hij later langs dezelfde weg terugkeert in de muil van het leeuwekreng een honingraat vindt. Dat allegoriseren van het Oude Testament is al lang uit de mode. Het Romeinse missaal draagt er nog de sporen van: daar bestaat de woorddienst uit een nieuwtestamentische perikoop die wordt voorafgegaan door een paar verzen uit het Oude Testament. Maar een overeenkomst wordt zo slechts gesuggereerd, niet dwingend beredeneerd, zoals in Vondels allegorese. Het is een onhistorische manier van lezen, die het Oude Testament van zijn joodse eigenheid berooft. Het is tegelijkertijd een hoogst literaire manier van lezen, waardoor de diverse bijbelse stoffen tot één boek herschreven worden.

Strikt logisch bezien is de typologie opgelegd pandoer. Ze berust op een omkering van oorzaak en gevolg, van beeld en spiegelbeeld. Want het is uiteraard het Nieuwe Testament dat het Oude weerspiegelt, en niet andersom. Intertekstualiteit en citaatkunst zijn geen twintigste-eeuwse uitvindingen: ze werden al bewust en kundig beoefend door de evangelisten. 'Opdat vervuld zoude worden hetgeen gezegd is door de Profeet' – dat is het eeuwige refrein waarmee Mattheus zijn evangelie belangrijk probeert te maken. Jezus zelf lijkt wel het produkt van een tekstmontage: vanaf de kribbe, waar de os en de ezel uit Jesaja 1 hun opwachting maken, tot aan het kruis, wanneer hij psalm 22 aanhaalt, is zijn levensverhaal één groot citatenmozaïek.

De heilige boeken van het jodendom, die met een letterwoord Tenach genoemd worden, lopen uit in de geschiedenis. Hoewel de Tenach zijn vervolg heeft gekregen in de zogenaamde mondelinge Tora, is hij daarmee niet afgesloten. Hij blijft toekomstgericht, hij moet in de geschiedenis zijn vervulling vinden. De evangeliën lijken geboren uit ongeduld. Wanneer een verhaal zijn eigen vaart en volheid krijgt, dicteert het zelf zijn besluit. Het is alsof de Tenach ten tijde van Jezus al zozeer tot één verhaal gelezen was, dat men wel een voorschot op de afloop *moest* nemen. De figuur van Jezus is ontstaan uit de taaldrang van de oudtestamentische boeken, hij is er de literaire slotsom van. (Dat er ook een historische Jezus heeft bestaan doet daar niets aan toe of af, want alles wat we van hem weten is tot ons gekomen via de vroegchristelijke, literaire traditie.)

In Mattheus 5 zegt Jezus: 'Denkt niet dat ik gekomen ben om Wet en Profeten op te heffen. Ik ben niet gekomen om op te heffen, maar om de vervulling te brengen.' Toch is die vervulling wel degelijk een opheffing, namelijk een verplaatsing naar een ander werkelijkheidsniveau. Doordat Jezus het boek voltooid heeft is het aan de geschiedenis onttrokken: van een wetboek is het een kunstwerk geworden, en moet het in plaats van letterlijk symbolisch worden gelezen. De typologische methode is onzinnig volgens de logica van oorzaak en gevolg, die de logica van de geschiedenis is, maar hij heeft zijn geldigheid binnen de logica van het literaire kunstwerk, dat immers de pretentie heeft buiten, of nauwkeuriger, naast de tijd en geschiedenis te staan, als een commentaar of een glosse in de kantlijn.

Door Christus is de bijbel een afgerond taalkunstwerk geworden. Dat is één van de betekenissen die je kunt hechten aan de proloog tot het evangelie van Johannes, waarin de evangelist het scheppingsverhaal herschrijft en God vereenzelvigt met het Woord: 'En het Woord was bij God en het Woord was God.' Een groter verschil dan tussen de diepzinnige eenvoud van het Johannesevangelie en de bombast van de Openbaringen is moeilijk denkbaar, maar één gerechtvaardigde grond om beide geschriften aan dezelfde auteur toe te schrijven is er zeker, want ook in de Openbaringen wordt God met de taal gelijkgesteld: hij heet daar de alfa en de omega. Het idee lijkt Johannes van Patmos vervolgens nogal te beklemmen. Hij laat de oudtestamentische stoffen die in Jezus een synthese hebben bereikt althans opnieuw tot stof uiteenvallen, in een wilde warreling van beeldspraak. Met het denkbeeld van de wederkomst en het laatste oordeel probeert hij die dichtgelezen bijbel weer open te breken en in te voegen in de stroom van de geschiedenis.

–

Allegorese ontstaat wanneer de lezer, door de tijd en door culturele verschillen, van een tekst vervreemd is geraakt. Toen de mythen en legenden van Homerus en Hesiodus niet meer letterlijk genomen konden worden, trachtten de tekstgeleerden van het hellenisme ze voor hun eigen tijd te behouden door ze te allegoriseren. De wijsgeer Philo Judaeus, die ten tijde van Christus in Alexandrië leefde, deed hetzelfde met de heilige boeken van het jodendom, met de bedoeling zijn geloof ingang te doen vinden in de Griekse wereld – en dat is hem een tijdje aardig gelukt. In zijn kielzog ontstond de Alexandrijnse school, waartoe de kerkvader Origenes behoorde, die de typologie in de christelijke traditie invoerde.

De typologie brengt tussen de beide testamenten een stofwisseling op gang, zodat rood veranderen kan in wit, toorn in barmhartigheid. Het is een manier van lezen die prachtig strookt met het schrijven van Vondel, want meer nog dan scheppend was dat herscheppend. Een vast bestanddeel van zijn letterkundige arbeid was het vertalen. Al vroeg in zijn loopbaan verdictste hij Du Bartas, en later waagde hij zich aan Horatius, Vergilius, Ovidius, Sophocles, Euripides en, niet te vergeten, een berijming van de psalmen. Zijn prozavertaling van Vergilius, de dichter die zijn lichtend voorbeeld was, heeft hij later weer in poëzie vertaald en ook de *Altaergeheimenissen* kan worden beschouwd als een vertaling, zoals professor Molkenboer heeft laten zien in zijn studie over de bronnen van het gedicht: een omzetting van prozaïsche godgeleerdheid in poëzie. De titel die Vondel aan zijn Ovidiusvertaling meegaf, *Herscheppinge*, is behalve een vernederlandsing van het woord 'metamorphoses' ook programmatisch voor zijn eigen werk, niet alleen zijn vertaalwerk, maar voor heel zijn oeuvre, dat één grote herschepping is van vooral bijbelse stoffen.

Metamorfose en transsubstantiatie zijn tegengestelde begrippen. Het een is een gedaanteverandering waarbij de identiteit gelijk blijft, en het ander een identiteitsverandering waarbij de gedaante gelijk blijft. Maar beide veronderstellen een radicale scheiding tussen uiterlijk en wezen, vorm en inhoud. De gewoonte van het vertalen, gevoegd bij de renaissancistische idealen van imitatio en emulatio, heeft bij Vondel geleid tot de opvatting dat poëzie inkleding of bekleding zou zijn, alsof er een aan zichzelf gelijk blijvende inhoud zou bestaan die allerlei vormen kan aannemen. Ook in zijn literatuurtheoretische uitlatingen steekt het onderscheid tussen substantia en accidens de kop op en voel je dezelfde spanning als in het leerstuk van de transsubstantiatie: die tussen de allegorie aan het ene uiterste en aan het andere de werkelijke tegenwoordigheid. Wanneer hij over literatuur theoretiseert, zwaait de slinger naar de allegorische kant, weg van de werkelijke tegenwoordigheid die hem als gelovige zo dierbaar was. In de eerder geciteerde voorrede bij zijn Ovidiusvertaling noemt hij de fabels en mythen van die dichter bewimpelingen, allegorieën van de christelijke waarheid. Hij wijst op de parallellen tussen het scheppingsverhaal in de *Metamorphoses* en dat in Genesis, alsof Ovidius zich typologisch zou verhouden tot de bijbel.

De klassieken heeft Vondel pas tamelijk laat in zijn leven leren kennen, toen zijn ratio al sterk ontwikkeld was. Wanneer hij in zijn eigen werk 'Jupijn', 'Neptuin', 'Merkuur' of 'Vulkaan' laat opdraven, zijn dat decoratieve allegorieën, zonder vlees of bloed. Vondel en de klassieken is een grotendeels vervelend onderwerp. Maar de bijbel kende hij van kindsbeen af. Die prikkelde vooral zijn verbeelding, vaak in weerwil van zijn theologie. De theologiserende Vondel mag dan nog zo nadrukkelijk beweren dat het manna een 'schaduw van iet beters' was, een allegorie van het nieuwtestamentische levensbrood, toch wordt het tafereel van de als met koriander en rijp bestrooide woestijn ('noit droegh winter witter verwe') die vervolgens gaat 'grimmelen' van de uitgehongerde pelgrims, zwart als mieren, zo aanschouwelijk en concreet voorgesteld dat de allegorie slechts een boventoon wordt, zelf een schaduw van een hoogst zintuiglijke tegenwoordigheid.

Abraham, die Izaäk offeren moet, is volgens de allegorese een voorafbeelding van God die zijn eniggeboren zoon zal offeren. Maar de dichter weet de strijd van de oude man zo voelbaar te maken, door het zeulende en tegenstribbelende, haast struikelende ritme van zijn zinnen, dat die allegorische duiding vrijwel achter de horizon verdwijnt en daar zorgt voor een indirect licht op het tafereel. Het gevolg is een dramatisch clair-obscur, uitgesproken Rembrandtesk, ondanks het feit dat Vondel doorgaans een veel sterker verwantschap voelde en toonde met Rubens, Jordaens en andere Vlaamse schilders.

Vijf zinnen gaen te velde tegens Godt,
En worstelen, drie nachten en drie dagen,
Terwijl hy klimt op 's hemels streng behagen
Ten offerbergh; de Zoon gelaên met hout
Op zijnen rugh; de Vader, stram en out,
Met vier en zwaert, tot opening van ader
En strot des kints, zijn hart; dat zeit: mijn Vader,
(O bitter woort! bezweeck de vader niet,
Toen hem die naem van vader 't hart doorstiet?)
Mijn vader, hier zijn vier en hout en banden;
Waer blijft het schaep, om op 't altaer te branden?
De vader schiet als uit een bangen slaep,
En droom: mijn zoon, Godt zal het outerschaep
Bestellen: en hy valt, vol strijts, aen 't bouwen
Van 't berghaltaer; en leit het hout, gehouwen
Ter offerhande, op 't outerplat; en 't kint
Het welck hy eerst de handen kruiswijs bint,
Op 't offerhout; en grijpt, met zoo veel krachten

Als 't hart noch heeft, het mes, om 't kint te slaghten...

(III, 790-808)

—

Ik wil niet beweren dat de allegorie per definitie slecht is en de werkelijke tegenwoordigheid per definitie goed, alleen dat Vondels opvattingen hem te veel naar de allegorische kant deden overhellen. In feite leiden beide uitersten tot minderwaardige literatuur, het ene tot aangeklede theorie, het andere tot plat realisme. Maar ertussen ligt een spanningsveld waarop concrete ervaringen kunnen uitgroeien tot symbolen. Een passage waarin die herschepping van herinnerde ervaring tot symbool Vondel fraai gelukt is, is die over het graan, in het tweede boek van de *Altaergeheimenissen*. Het is een nogal algemeen graan dat in deze regels wuift en gegeseld wordt. En toch voel je dat in de algemene, synthetische uitbeelding een leven van ervaring vervat zit. Dat gevoel wordt gewekt door de woordkleur en het ritme van de zinnen. Vondel treft hier precies het evenwicht tussen de veelheid van de verschijnselen en de eenheid van de idee.

't Gezaeide graen lijt onder d'aerde last,
En boven d'aerde, en worstelt, daer het wast,
Met regen, zon en vorst en schrale vlagen:
't Wort dickwils van een hagelbuy geslagen;
Terwijl het bloeit, of in zijn airen schiet
En zwelt: het lijt van mist en lucht verdriet:
En schoon de zein het maeide op 't velt ter neder,
Noch worstelt het met wisseling van weder
En winden, eer het op den dorschvloer raeckt:
Daer gaet het op een beucken, dat het kraeckt:
De vlegel spaert dan halm, noch kaf, noch koren:
De korenair wort tot verdriet geboren. (II, 277-88)

De klemtonen komen zwaar neer op de rijmende regeleinden, die door middel van alliteraties nog extra verzwaard zijn, zodat er een fysieke gewaarwording van slaan en beuken ontstaat. De verdeling van lange en korte klinkers – de drie open a-klanken in de eerste regel, die brede zaaigebaren oproepen en dan in de korte klinker van 'last' ondergronds gaan –, de afwisseling van mannelijk en vrouwelijk rijm, de alliteraties, worden hier stuk voor stuk met groot beeldend effect benut.

De rijkdom van Vondels taal is op het randje van de overdaad. Er is maar een klein, zij het dan wezenlijk, verschil tussen het begin van dit citaat en 'Het Spaanse graan heeft de orkaan doorstaan'. En er zijn ook wel passages aan te wijzen waarin Vondel over de schreef is gegaan, de volgende bijvoorbeeld, waarin het klokgelui van de Sint-Pieter tijdens de sacramentsprocessie beschreven wordt:

... dan stapt hy, op 't gebrom,
Het grof gebrom der domklocke, uit den Dom
Van 't om end om befaemde en roemrijck Rome;
Wiens hooft het past, dat oost en west betoome... (II, 1309-12)

Pater J.J. Zeij S.J., die aan het begin van deze eeuw jarenlang retraitehuizen is afgereisd met lichtbeeldenlezingen over de *Altaergeheimenissen*, schrijft in zijn commentaar bij deze regels dat 'negenmaal de korte ô-klank en dan nog vijfmaal achter elkaar de lange oo-klank zóó betoond zijn, dat wij niet alleen het gebeier zelf, maar ook het samenvloeien en vermengen der verschillende klokketonen in de hooge lucht hooren'. Wat ik daar nog bovenuit hoor is iemand die met dik impasto aan het klankschilderen is. Vondel is zelf nooit in Rome geweest, misschien is dat de verklaring voor deze edelkitsch.

Mimetische klankeffecten – wanneer ze tenminste een ervaring weergeven en niet een Romeins klokgebeier van horen zeggen – roepen het beschrevene in het leven. Wie een inspannend karwei verricht zal daarbij onwillekeurig mondgrimassen maken. Die nabootsing of begeleiding door de mond van wat het hele lichaam doet, verhoogt de concentratie, maakt de handeling voor het bewustzijn tegenwoordig. Het bewustzijn gaat door de mond. Taal is symbolische actie. In het Hebreeuws worden woord en daad door dezelfde term aangeduid: *dabar.* Spreken is scheppen in die taal, zoals blijkt uit het begin van Genesis, waar op de woorden van God 'Er zij licht' als bij toverslag licht ontstaat. Het bijbelse spreken – en dat geldt ook voor het dichterlijke spreken – is magisch. Elk woord is daar een simsalabim. De taal is daar geen middel dat verwijst naar een reeds bestaande wereld; de wereld wordt door het spreken geschapen. Dat is weer een andere betekenis van 'In den beginne was het Woord'.

Wat doet de dichter precies in die regels over het graan, wanneer we zijn spreken daar opvatten als symbolisch handelen? Het merkwaardige is dat hij er tegelijk twee verschillende rollen in lijkt te spelen. Enerzijds vereenzelvigt hij zich met het gepersonifieerde koren, maar door het geweld van zijn taal anderzijds ook met de elementen die het mishandelen. Dat blijkt nog duidelijker verderop, waar hij zegt:

... noch moetze in 't einde lijden,
Dat 's maeiers vuist haer koom' met zeissens snijden;
Dat d'ackerman haer binde en slepe en torss';
De vlegel haer op 's huismans dorschvloer dorsch';
De wan haer wann'; de molensteen haer breke;
De voet haer knede, en 's ovens gloet haar steke
Op 't hooft en sluit' de kruim in eene korst. (II, 295-301)

Je vindt hier op wat ruimere schaal dezelfde binnenstebuitenkering die ik in miniatuur bespeurd heb in samenstellingen als 'martelfeest' en 'temlust'. Wat hier bloot komt te liggen is een sadomasochisme. In Vondels gelaagde wereld zijn er altijd analogieën, en het sadomasochisme van de graanpassage krijgt zijn volle zin wanneer Vondel er een strofe over het lijden van Christus op laat volgen. Dan wordt het door slaan, geselen en kneden toebereide brood getranssubstantieerd tot vlees.

Zy zien de garf, en JESUS *schuilt'er onder;*
Emmanuël; wiens overstreepte borst
Met roeden wiert gegeesselt en gedorscht:

De met de vuist, des nachts, geslage kaken:
Dat aenschijn, om wiens schoonheit hemels blaken
En flickeren: dat hooft, gestelt ten toon,
Omvlochten met een scherpe doornekroon:
Dat bloedigh lijf, geprickt, gekneet, gemalen:
Die borst, geweeckt in hartewaterstralen,
En bronnen, root van onwaerdeerbaer bloet:
Dat vleesch, ons broot, geroost voor zulck een' gloet
Van liefde, uit liefde, om 't hongrigh hart te spijzen. (II, 348-59)

Dit is slechts een van de vele beschrijvingen van de gemartelde Christus in de *Altaergeheimenissen*, en in de rest van Vondels werk zijn er nog veel meer. Behalve de traditionele vijf wonden, de doornenkroon en de geselstriemen vermeldt Vondel ook vaak een zenuwpijn die, naar ik vermoed, van autobiografische herkomst is. Hij heeft het over 'de zenuwen gereckt en uitgespannen' (I, 1133) en maant zijn lezers: 'Bezie eens hoe zijn ingewanden krimpen,/Van pijn op pijn: hoe 't lichaem nagelvast/Aen 't hout, verwelcke, en door zijn' eigen last/De zenuw spanne...' Dat gevoel van ondraaglijke spanning zou wel eens de 'melancholia hypochondriaca' kunnen zijn waarover Brandt schrijft in zijn leven van Vondel. Het past in elk geval goed bij de agressiviteit waar de dichter bekend om stond.

Zulke beschrijvingen doen denken aan de plastische wellust waarmee zieken anderen deelgenoot van hun lijden proberen te maken. Het zeventiende-eeuwse Nederlands leende zich daar beter toe dan het huidige, omdat de medische terminologie toen nog niet verwetenschappelijkt was. De beschrijvingen uit die tijd van breinen die aan het hollen slaan en bloed dat in de aderen stremt zodat je vlees als marmer wordt, zijn ijzingwekkend. Die plastische wellust is enerzijds een bedelen om sympathie, anderzijds ook een poging om op magische wijze, namelijk door te spreken, iets van de pijn en, omdat pijn altijd een straf is, ook iets van de schuld af te wentelen. Het beeldend spreken tilt het lijden boven de eenzaamheid van het strikt persoonlijke uit. De toehoorders voelen zich intussen helemaal niet schuldig. Die blijven alleen luisteren om zichzelf gelukkig te kunnen prijzen dat hun al die ellende bespaard is gebleven. Uit leedvermaak, zeg maar. Zo komt iedereen aan zijn trekken in Gods natuur.

—

In onze dagen wordt de ethische kant van de religie benadrukt ten koste van de mythologische, gewelddadige kant. Priesters en predikanten houden ons een gerationaliseerde, bloedeloze Christus voor. Over het aanstootgevende lijden, het schandaal van het kruis zoals Paulus het noemde, is een grote pleister geplakt. Maar de religie gaat goeddeels aan de ethiek vooraf. Die beschaafde *dégoût* van onze pastores komt voort uit de geruststellende opvatting dat de mens van nature goed is: het goede is wat je overhoudt wanneer je het kwaad verwijdert. Als dat waar zou zijn, hadden we geen religie nodig. De meesten van die pastores hebben zich dan ook omgeschoold tot maatschappelijk werker. In het barokke katholicisme van Vondel is het goede niet aangeboren. Het is een verworvenheid. Contemplatie en viering van het lijden dienen om je asociale aandriften tot goedheid om te vormen.

Pas wanneer we Christus als zondebok zien kunnen we de bizarre beeldspraak doorgronden die zich aan hem heeft vastgehecht. Wat betekenen zulke vreemde benamingen als 'bloed waarin de bezoedelde zielen worden schoongewassen' of het 'Lam Gods dat de zonden van de wereld wegneemt' van Johannes de Doper? De bok die in Leviticus met zonden beladen de woestijn wordt ingejaagd is aanvankelijk voorwerp van ieders verachting, maar doordat hij de zonden wegneemt ten slotte ook voorwerp van ieders verering. Hij brengt genezing. Het Griekse woord voor zondebok is niet voor niets *farmakos*. Christus, de patiënt, wordt een geneesheer door de agressie van de gelovigen. Zijn geschonden vlees wordt het brood van het eeuwige leven, zijn misdadig ergoten bloed een hemelse medicijn. Vondel noemt hem in de *Altaergeheimenissen* een koperen slang: 'Die voor elcx oogh gehange, kopre slang,/ Genezende d'aenbidders, onder 't eten,/Van 't moortvergift der helsche slangebeten.' Zo betitelt Christus zichzelf in Johannes 3 : 14 en hij zinspeelt daarmee op het boek Numeri, waarin Mozes een koperen slang aan een paal laat bevestigen ter genezing van slangebeten. Die slang is de aesculaap, de Griekse god der geneeskunst die onder de gedaante van een slang werd vereerd.

De moord op de zondebok maakt van gif tegengif, het vervloekte land wordt er vruchtbaar van. Het toppunt van roomse bizarrerie wordt wel bereikt in Vondels gedicht 'De kruisbergh'. Bij katholieken is het lange tijd een van zijn meest geliefde gedichten geweest; voor ongelovigen moet het de quintessens van wansmaak zijn. Vondel laat in dat gedicht de doornenkroon veranderen in een rozenhaag. Bijtjes komen uit de hoofdwonden honing puren. 'Ze zuighen zoete honingh uit/De gal en gift en bitterheden/En alsem van het doornenbosch.' Vogels nestelen zich tussen de doornen, waar ze tot de hemel kwinkeleren, en de vijf wonden veranderen in geneeskrachtige bronnen.

Hier springt, voor al die dorstigh sijn,
Een bron van roode en witte wijn,
Soo lecker als oit tong kon keuren.
Hier waschtmen het bevleckt gemoed
In 's levens kostelijcken vloed,
Vergadert uit vijf suivre sprongen.
Hier levren d'aders purper uit,
Tot pracht der Koningklijcke Bruid,
Wiens lof van David is gesongen
En van den wysen Salomon;
Doense in dees speer en spijckerbron
Bevochtighden hun goude tongen;
Doen David stelde luisterscharp
Op dat geruisch sijn schelle harp,
En Salomon sijn hooge klancken.
O bloed en waterrijcke rots!
O hartebron der wijsheid Gods!
O artzeny voor alle krancken!
Vergun my oock een' druppel nat:
Bevloey mijn dor en dorstigh blad,
En leerme myn' verlosser dancken...

De driften die in de eucharistie symbolisch doorgewerkt en omgevormd worden, zijn zeker primitief, maar dat betekent niet dat ze in de loop van de geschiedenis overwonnen zouden zijn. Het woord slachtoffer, zoals het gebezigd wordt bij verkeersongelukken, oorlogen en natuurrampen, duidt daar al op. Slachtoffers worden bij zulke gelegenheden zelfs 'geëist'. Er is een verborgen zondebokritueel waardoor het woord slachtoffer bevredigender wordt geacht dan bijvoorbeeld 'gevallene' of 'dode'. Een onverhuld zondebokritueel mochten we vorig jaar beleven, met de heksenjacht op de weduwe Rost van Tonningen. Die bereikte zijn apotheose toen de journalist Jaap van Meekren haar, zwetend van afschuw en met uitpuilende ogen, voor de televisie de huid volschold. Van Meekren was vlak daarvoor zelf ongunstig in het nieuws geweest wegens belastinggefoezel. 'Oude geit, die de zonden van de wereld wegneemt' – je hoorde het hem haast bidden.

Het geval van de zwarte weduwe laat zien hoe moeilijk het is om de schuldspiraal te doorbreken. Wanneer er een moord heeft plaatsgevonden – zeker een zo ten hemel schreiende massamoord als tijdens de laatste wereldoorlog – dan vereenzelvigen we ons met het slachtoffer. Dat lijkt een eis van naastenliefde, we worden daar bovendien toe aangezet door ons schuldgevoel. Maar zo wordt het onbegrijpelijk hoe de moord heeft kunnen gebeuren. De daders worden dan geheel anders dan wij, volstrekt ondoorgrondelijk en volkomen slecht. En voor je het weet vindt er opnieuw een misdaad plaats en vallen de daders op hun beurt ten offer aan onze agressie. Volgens René Girard, die zeer verhelderend over het zondebokritueel heeft geschreven, is dit de structuur van de heidense tragedie, van *Oedipus*, *Elektra*, *Hamlet*, de spiraal van wraak en weerwraak die onvermijdelijk uitloopt op een toneel vol lijken.

In het lijdensverhaal van Jezus Christus wordt die spiraal doorbroken, zo betoogt Girard. Het stellen van de schuldvraag, in strafrechtelijke zin, is daar een ontkennen van je verantwoordelijkheid. De antisemitische lezing van het verhaal gaat regelrecht in tegen de geest ervan. De vervolgers van Jezus zijn samen een coalitie, van het onderdrukte Joodse volk en de Romeinse onderdrukkers. Ze zijn een massa, en handelen zoals een massa altijd handelt. Hun leiders zijn politici. Kajafas, de hogepriester, heeft een eerbiedwaardige *realpolitische* reden om tot de vervolging van Jezus over te gaan: 'Het is beter dat één man lijdt dan dat een heel volk lijdt.' Pilatus is politiek evenzeer gerechtigd om hem zijn fiat te geven. Ze hebben allebei argumenten in de trant van 'je kunt geen omelet bakken zonder eieren te breken'. En omeletten moeten er nu eenmaal gebakken worden. (De uitdrukking komt trouwens van Jozef Stalin. In zijn moedertaal, het Georgisch, heeft het woord eieren dezelfde betekenissen als in het Nederlands.) Kajafas en Pilatus zijn politieke realisten, ze volgen de massa zoals politieke leiders altijd doen.

Maar er ontstaat een kortsluiting doordat Jezus, het slachtoffer, zelf ook de massa volgt. Girard beklemtoont de onschuld van Jezus, maar dat kan ik niet met hem eens zijn. Jezus zoekt zijn ondergang willens en wetens, en is er dus even schuldig aan als zijn vervolgers. Zijn schuld weegt zelfs nog zwaarder, want terwijl hij van zijn vervolgers kan zeggen 'Heer, vergeef het hun, want ze weten niet wat ze doen', geldt dat excuus niet voor hemzelf. Wanneer Petrus oppert dat Jezus er wellicht verstandig aan zou doen om zich aan zijn lot te onttrekken, op een moment dat daartoe nog volop gelegenheid is, krijgt hij de wind van voren. Petrus denkt zoals de mensen denken, hij wordt door de mensenzoon zelfs uitgemaakt voor satan. Door de medeplichtigheid van het slachtoffer wordt dit lijden een *acte gratuit*, een zinloze daad die de zinloosheid van het zondebokritueel aan het daglicht brengt.

De dichter Joseph Brodsky heeft in zijn essaybundel *Less than One* een korte verhandeling opgenomen over het principe van geweldloos of lijdzaam verzet. Dat principe beroept zich op een vers uit de Bergrede: 'Als iemand u op de rechterwang slaat, keer hem ook de andere wang toe.' Maar met dat toekeren van de andere wang is de tekst nog niet afgelopen. Die gaat aldus verder: 'Wil iemand u voor het gerecht dagen, en u het onderkleed nemen, laat hem ook de mantel. Dwingt iemand u duizend schreden te gaan, leg er met hem tweeduizend af.' Brodsky komt dan tot de volgende conclusie: 'Deze verzen blijken erg weinig te maken te hebben met geweldloos of lijdzaam verzet, met het beginsel dat je niet met gelijke munt moet betalen en kwaad met goed moet vergelden. Deze regels geven aan dat het Kwaad door overdrijving belachelijk gemaakt kan worden; ze geven aan dat je het Kwaad belachelijk kunt maken door een overmaat aan gehoorzaamheid. Zoiets geeft een slachtoffer een zeer actieve rol, de rol van een geestelijke aanvaller.'

In het lijdensverhaal heeft Jezus zijn eigen raad in praktijk gebracht. Hij is in plaats van duizend schreden tweeduizend schreden gegaan door niet zomaar een hulpeloos slachtoffer te zijn, maar een medeplichtige van zijn vervolgers te worden. Hij offert zichzelf met opzet, om zo aan te tonen dat het bij vervolgingen altijd om een onbewust offerritueel gaat. Hij doorbreekt de keten van wraak en weerwraak door het zondebokmotief te thematiseren. Wat in de heidense tragedies een structurerend beginsel is, verborgen zoals zulke beginsels altijd zijn, maakt hij tot een expliciet thema. En wij, van onze kant, worden door de beschouwing van zijn lijden dader en slachtoffer tegelijk, wat een eenzijdige toewijzing van schuld verijdelt. We zijn gedwongen dieper te graven en het zondebokmechanisme bloot te leggen. Zo komt er een psychische stofwisseling op gang waardoor het rood van het lijden in het wit van de kennis verandert. En dat is ook wat gebeurt in de sadomasochistische lijdenslyriek van de *Altaergeheimenissen*.

Naschrift: Grote Woorden

En toen kwam de gewetensvraag: 'Geloof je daar nu ook zelf in, in God, Hemel, Heilig, al die grote woorden van Vondel?'

Hct lijkt misschien een wat academisch probleem, dat van geloof en literatuur. Het ontstaat door de verplichte leeslijst, het gezag van de canon. Wie zich alleen door zijn eigen, reeds gevormde smaak laat leiden, zal er weinig last van hebben. Een atheïst zal niet makkelijk naar de *Altaergeheimenissen* grijpen. Een communistenvreter gaat blindelings voorbij aan de romans van Gladkov en Gorki. Natuurlijk deel ik Vondels geloof – waarom zou ik anders aan zijn werk begonnen zijn?

Omdat ik een van die lezers ben die in de literatuur iets anders dan zelfbevestiging zoeken. Voor hen is de literatuur een bron van kennis – kennis van andermans kennis van het leven – en doorgaans valt er meer te leren van wat je antipathiek is dan van wat zonder kauwen en slikken door je intellectuele keelgat glijdt. Voor zulke lezers – en schrijvers, kritici, studenten en docenten in de letterkunde horen allemaal zulke lezers te zijn – is die kwestie van geloof en literatuur wel degelijk van belang.

Het vreemde is dat lezers die bergen science fiction kunnen verstouwen ineens moeten kokhalzen wanneer ze iets krijgen voorgezet waar christendom in zit, al is het maar een zweempje. Zodra er geloofsovertuigingen in het spel zijn, kom je niet meer uit met de 'suspension of disbelief' die verondersteld werd door S.T. Coleridge. Het appèl dat die overtuigingen op de lezer doen gaat dieper, en het verzet ertegen is navenant heftiger. Wie dat verzet in zichzelf niet op de proef stelt, begaat de zonde der zelfgenoegzaamheid.

En de meeste lezers, beroepslezers incluis, zijn zelfgenoegzaam. De literatuur van het verleden wordt beschouwd als iets voor specialisten. Alleen eigentijdse schrijvers worden serieus genomen. De curricula van de literaire faculteiten kennen een strikte scheiding tussen oudere en moderne letterkunde. De oudere krijgt een filologische en historiserende behandeling. Voor kritiek komt alleen de moderne literatuur in aanmerking. Maar dat is literatuur die veilig binnen de grenzen van het eigentijdse denkraam blijft. Kritiek daarop is me niet radicaal genoeg. Ik lees Vondel omdat juist in deze post-christelijke tijd het christendom opnieuw een uitdaging is geworden. Laatst vroeg ik een vooraanstaande criticus en christenhater hoe hij bijvoorbeeld Pascal las. 'Ik lees Pascal *minus* zijn geloof,' was het parmantige antwoord. Je vraagt je af wat er dan van Pascal overblijft. Niet genoeg voor een intellectueel gevecht, lijkt me.

Ik zie maar weinig verschil tussen het geloofsprobleem in de literatuur en het geloofsprobleem erbuiten. Over dat laatste heb ik al eerder geschreven, in *De veren van de zwaan. Op* de gewetensvraag zou ik het volgende antwoord geven. Nee, ik geloof niet in God, Hemel, Heilig, wanneer geloven wordt opgevat in de vulgaire zin van: voor waar aannemen zonder bewijs. Ja, ik geloof wel in God, Hemel, Heilig, wanneer geloven wordt opgevat als een werkzaamheid van de scheppende verbeelding. Maar door zo'n scheppend geloof krijgen die grote woorden van vroeger een andere lading, en daarover wil ik nu iets meer zeggen.

Volgens de spraakmakende gemeente bestaan er twee duidelijk onderscheiden groepen van denkers: rationalisten en obscurantisten, de kinderen van het licht en de kinderen van de duisternis. Eerstgenoemden laten zich leiden door de rede of, demagogischer uitgedrukt, het gezonde verstand. De obscurantisten daarentegen beroepen zich op allerlei metafysische hocuspocus. Voor de hokjesgeest is het een hoogst bevredigende tweedeling, en er gaat een grote wervende kracht van uit, want de keus tussen zin en onzin is niet moeilijk. Helaas overkomt het mensen in beide kampen dat ze zich niet helemaal thuis voelen aan hun eigen kant van de scheidslijn.

Ik ben zelf een overtuigd aanhanger van de rede, al was het

maar omdat communicatie mijn vak is. De rede is het geheel van de spelregels die de communicatie ordenen. Door middel van de rede maken we onze gedachten voor elkaar begrijpelijk en vatbaar voor kritiek en verbetering. En ik wil nog wel verder gaan ook. Die spelregels zijn volgens mij niet zomaar een willekeurig bedenksel: ze zijn nauw verbonden met de structuur van mijn bewustzijn. Ze maken mij tot mens, voor zover een mens iets anders is dan een hoopje stof of een grashalm of een dier.

Maar daarmee ben ik nog geen rationalist, want het rationalisme is van oudsher *nog* verder gegaan. Het heeft aangenomen dat de rede niet slechts iets is dat mensen met elkaar gemeen hebben, maar ook datgene waarin de mens en de wereld met elkaar overeenstemmen. In de rede komt niet alleen de structuur van het bewustzijn, maar ook de structuur van de wereld tot uitdrukking, en daarom zijn wij, rationele wezens, in de unieke gelegenheid om de wereld te ontraadselen. Die overtuiging, expliciet geformuleerd door de filosofen van de Verlichting, heeft van oudsher het project van de wetenschappen bezield. Ze is de stuwende kracht geweest achter de ontwikkeling van het Westen. Alle wetenschappelijke ondernemingen, van de speurtocht naar de steen der wijzen tot het onderzoek naar het kleinste elementaire deeltje, hebben aangenomen dat de wereld rationeel geordend is rond een geheim, een kern, en die kern noemen we de waarheid. Dat is het grote woord uit naam waarvan zoveel andere grote woorden – God, het goede, het schone – ontmaskerd zijn, maar het is tevens het punt waarop het rationalisme wel degelijk een metafysisch geloof blijkt te zijn. Het gelooft in een transcendente waarheid.

Ik noem die waarheid transcendent omdat ze verborgen is, ontoegankelijk voor de onmiddellijke ervaring. Plato zette haar in een Hemel der Ideeën, waarvan de zintuiglijk waarneembare wereld een gebrekkige afspiegeling is. Die geringschatting van wat je ogen en oren te vertellen hebben is evenzeer eigen aan de moderne wetenschap, die volhoudt dat de waarheid aangaande je hart beter tot uitdrukking komt op een elektrocardiogram dan in het gevoel in je borst. Economische tabellen en grafieken zijn een betere graadmeter voor het welbevinden dan je maag of je gemoed. En als de schapen in de wei radioactief zijn omdat er ergens een kerncentrale is ontploft, dan maken we ze weer gezond door de stralingsnormen te verhogen.

Sinds Kant heeft de rede haar kritiek echter ook op zichzelf en haar theorieën gericht. Dat heeft geleid tot een inzicht dat het bondigst onder woorden is gebracht door Wittgenstein. Stel u de wereld voor als een wit vlak, zegt hij, met hier en daar wat zwarte stippen. Leg daarover een net met vierkante mazen. Dat net stelt je dan in staat om die stippen te beschrijven; het is een raster waarbinnen die stippen relaties aangaan. Maar die relaties bestaan alleen binnen het net, niet binnen het witte vlak, want je kunt daarover ook andere netten leggen, met grovere of fijnere, driehoekige of zeshoekige mazen. Die netten zijn onze theorieën van de wereld. Ze ordenen de wereld zodat we haar kunnen beschrijven, maar ze onthullen niets.

Met dat inzicht is er een eind gekomen aan het wetenschappelijke monisme. Het project van de wetenschappen, in opzet een eenparige beweging die vooruitgang werd genoemd, verbrokkelt tot een groot aantal diverse ordeningen die nooit de synthese zullen bereiken waarvan het positivisme droomde. De vraag doet zich voor of er wel een raadsel op te lossen valt, of de wereld wel een waarheid in zich bergt. Waarheid, het laatste grote woord, is de weg van de andere grote woorden gegaan.

Nou, dan maar geen monisme, zeg je wanneer je een goedmoedige liberaal bent. In plaats van het monisme belijden we voortaan het pluralisme. Leven en laten leven, dat is voortaan mijn motto. De vraag naar het doel van die hele westerse onderneming moet iedereen maar voor zichzelf beantwoorden, als het al een zinnige vraag is.

Voor mij als eenling blijkt het verdwijnen van die transcendente waarheid een heerlijke bevrijding te zijn. Ik val weer samen met mijn lichaam, nu er geen waarheid meer is die mijn zintuigen hun gezag ontneemt. Ik kan me weer op mijn gewaarwordingen verlaten in het besef dat de verhouding tussen mijn lichaam en de wereld, hoewel slechts één uit een veelheid van verhoudingen, niettemin mijn verhouding is – niet *de* waarheid, maar een verhouding met een eigen waarde die zich niet hoeft te laten kleineren vanuit een mythische ideeënhemel. Eerst heb ik me bevrijd van God, en nu bovendien van de waarheid – eindelijk ben ik mondig.

Het denken verliest zijn agressiviteit. Het objectiveert niet meer. Het legt de wereld niet meer op de snijtafel om haar vervolgens ontleedkundig te vermoorden. Ik ben een subject tussen de subjecten en breng mijn dagen door in vriendelijke ontmoetingen met de dingen. Ik ontdek in mezelf een talent voor geluk dat om zich te ontplooien niets meer nodig heeft dan het gevoel te leven, de alledaagse tinteling van het bloed in mijn aderen, de kleur en de klank waarmee de dingen tot mij spreken. Het geheim zit aan de buitenkant.

Zo heeft Lodewijk van Deyssel, op het felst van de Tweede Wereldoorlog, tot de overtuiging kunnen komen dat we hier op aarde in de hemel leven. Dit is de *Rückzug ins Private* die we in de jaren zestig en zeventig hebben gekend. Het is een tevredenheid die je alleen gegeven is tussen de muren van je eigen woning.

Wanneer ik de deur van mijn woning achter me sluit en de straat op ga, blijkt daar de geschiedenis van het Westen zo'n vaart te hebben genomen dat ze ook zonder monistische motor kan blijven voortdenderen. We hebben onze netten niet alleen uitgeworpen over de wereld om haar te kunnen beschrijven, maar ook om haar te vangen, te temmen en om haar onze wil te kunnen opleggen. Er is daarbuiten geen wereld meer waarmee ik mij van subject tot subject kan verhouden. Het poolijs en de regenwouden van Brazilië en Borneo, de bodem van de oceaan en de ozonlaag in de bovenste atmosfeer, ze zijn voor hun voortbestaan allemaal afhankelijk geworden van menselijke beschikking. Er is geen natuur meer waarmee onze cultuur een vitale polariteit kan aangaan, tenzij we ons terugtrekken en de zaak de tijd gunnen om weer op krachten te komen – maar dat kost jaren, en er is een wereldbevolking van vijf miljard zielen die allemaal moeten

eten. Als we de wereld uit onze netten willen bevrijden, dan is een theoretische bekering van monisme naar pluralisme een machteloos gebaar, meer niet.

Intussen gaat de intimidatie van de zintuigen gewoon door. Wanneer ik de straat op ga word ik er meteen weer afgeduwd door de overdreven denkbeelden die mensen van zichzelf hebben, en die ze, met behulp van staal en chroom en glas en rubber, tot auto's hebben verduurzaamd. Onmiddellijk treedt er een bewustzijnsverandering bij me op en wordt ook mijn lichaam een auto: het is niet meer mijn contact met de wereld, maar een vervoermiddel dat ik afstandelijk langs andere vervoermiddelen stuur. Uit kroegen en winkels komt een elektronische muziek die geen andere functie heeft dan de oren te verdoven, uit etalages een visueel bombardement waaronder de blik zich in zichzelf terugtrekt. Gevolg is een reusachtige anesthesie. Er is in een omgeving die de zintuigen onophoudelijk koeioneert geen andere bestaanswijze dan de roes, en in een pidgin dat mij aanduidt als 'Hey, man!' of, nog simpeler, als 'Pssst!' krijg ik van drie, vier kanten methadon en ander lekkers aangeboden. Boven mijn hoofd houden lichtreclames het midden tussen de dingen en hun hemelse gedaante, en de grootste en hoogste is die van het Leger des Heils: *Twijfel niet, God is er.* De naam van die god is geld, het idee der ideeën waarin het goede, het schone, het ware zijn opgegaan.

Ieder voor zich, en de economie voor ons allen – dat is het liberale pluralisme in de praktijk. We zijn nog steeds een wingewest van de hemel. Er is een loodzware inertie in de samenleving, omdat door het verdwijnen van de waarheid ook het begrip democratie is uitgehold. Was de oorspronkelijke gedachte achter de democratie dat twee meer weten dan één en dat de kans om de waarheid te ontdekken daarom het grootst is wanneer zoveel mogelijk mensen aan die zoektocht deelnemen, nu wordt de democratie verdedigd met het argument dat de waarheid niet bestaat en dat daarom de meerderheid maar de doorslag moet geven. Zo hebben we de democratie stilzwijgend weer vervangen door de wet van de jungle, want het recht van de meerderheid is een getalsmatige versie van het recht van de sterkste. En het sterkst zijn altijd de gevestigde belangen.

Die grote woorden van vroeger zijn allemaal loze woorden gebleken. Als we ons al iets kunnen voorstellen bij het woord God, dan berust die voorstelling niet op een onmiddellijke ervaring, maar op een ervaring van het menselijk tekort. Hetzelfde met eeuwigheid – dat begrip moet wortelen in onze ervaring van de tijd. Het absoluut goede ontkent de eindigheid van wat we hier aan goeds ervaren, het absoluut schone de vergankelijkheid van aardse schoonheid. Al die begrippen zijn ontkenningen, en ontkenningen komen in de natuur niet voor, alleen in het menselijk bewustzijn. Ze spruiten voort uit het verlangen om de kloof te dichten die gaapt tussen het bewustzijn en de wereld, de 'absence in reality' zoals de dichter Wallace Stevens die kloof heeft genoemd. Daarom heeft men achter de wereld der verschijnselen een hogere wereld geprojecteerd waarin de scheiding opgeheven is, de wens tot vader van de gedachte gemaakt en onze aarde laten koloniseren door de Hemel der Ideeën, met alle verwoestingen vandien.

Toch is er een tijd geweest, zeg maar voordat de invloed van Plato zich deed gelden, toen die grote woorden het leven hebben geheiligd in plaats van vernietigd, de menselijke maat hebben geëerd en niet gekleineerd, en ook daarna is hun invloed niet alleen ongunstig geweest: ze hebben het verlangen vorm en richting gegeven, ze hebben gemeenschap gesticht. Ik denk dat het mogelijk moet zijn om ze in die zin te reconstrueren en volgens mij is dat ook nodig, omdat je misschien wel die grote woorden kunt afschaffen, maar niet het verlangen waarvan ze altijd hebben geleefd. De 'absence in reality' blijft. Het levensontkennende van die woorden zat hem in hun absolute karakter en daarvan moeten we ze ontdoen door ze gewoon te nemen voor wat ze zijn: uitingen van verlangen, verzinsels die heilzaam kunnen zijn, maar kwaadaardig worden zodra ze een absoluut bestaan gaan leiden. De religie van de hemel moet een religie van de aarde worden. Geloof is dan geen zekerheid, maar schepping. Betekenis wordt dan niet ontdekt, maar gegeven. Oorsprong en doel staan niet buiten de geschiedenis, het zijn verzinsels die de geschiedenis van binnenuit vorm geven. Het goede bestaat niet, niet in de hemel en ook niet hier, tenzij het gedragen wordt door een voortdurende reeks van goede daden. Heilig is wat geheiligd wordt en God troont op de gezangen van de mensen.

VERANTWOORDING

Voor de indeling van *Het complete werk* zijn de schriftelijke aanwijzigingen gevolgd die Frans Kellendonk gaf in een wilsbeschikking met betrekking tot het beheer van de literaire nalatenschap. Daarin heeft de auteur tevens aangegeven welk 'verspreid werk' hij onder de rubriek 'Dagwerk' opgenomen wenste te zien, met de uitdrukkelijke toevoeging dat al het andere verspreide werk daarin geen plaats dient te krijgen. Ook het onderbrengen in de derde afdeling van de verhalen 'Achter het licht' en 'De waarheid en mevrouw Kazinczy', oorspronkelijk deel uitmakend van de bundel *Bouwval*, is geschied conform de genoemde aanwijzingen van Frans Kellendonk.

I

Bouwval gevolgd door *Achter het licht & De waarheid en mevrouw Kazinczy* verscheen in mei 1977 in de Meulenhoff Editie. De tweede druk verscheen in juni, de derde druk in augustus, de vierde druk in september en de vijfde druk in oktober van datzelfde jaar. De zesde druk verscheen in juni 1979, en de zevende druk, als Literair Moment, dateert van maart 1979.

De nietsnut. Een vertelling verscheen in oktober 1979 in de Meulenhoff Editie, de tweede en derde druk volgden in dezelfde maand. In september 1987 verscheen, als Meulenhoff Pocket Editie, de vierde druk. Een vijfde druk verscheen in 1988 bij Baanbrugge, Grote Letterbibliotheek.

Letter en Geest. Een spookverhaal verscheen in maart 1982 in Meulenhoff Editie, de tweede druk volgde in november 1982.

II

Mystiek lichaam. Een geschiedenis verscheen, in een gebonden uitgave, in mei 1986. De tweede druk, in de Meulenhoff Editie, verscheen in dezelfde maand, de derde druk in juni 1986. In juni 1987 verscheen de vierde druk, in augustus 1987 de vijfde druk. In april 1988 volgde, in de Meulenhoff Pocket Editie, de zesde druk, in juli 1990, opnieuw in de Meulenhoff Editie, de zevende druk. De achtste druk dateert van juli 1992.

III

De verhalen 'Achter het licht' en 'De waarheid en mevrouw Kazinczy' maakten deel uit van de bundel *Bouwval.*

Namen en gezichten verscheen in september 1983 in de Meulenhoff Editie; in september 1984 volgde de tweede druk. De derde druk verscheen in juni 1989 in de Meulenhoff Pocket Editie.

'Buitenlandse dienst' verscheen oorspronkelijk in *De Revisor* 1983/4.

'Tsunami' verscheen oorspronkelijk in *De Revisor* 1982/6 en werd tevens opgenomen in de bundel *Eerste liefde* (diverse auteurs, Amsterdam, Meulenhoff, 1983).

'Overige bestemmingen' verscheen eerder in *De Revisor* v/1 (1978) en in de bundel *Het hart in het hoofd* (diverse auteurs, Revisor Boeken, 1979).

'Clara' verscheen eerder in *De Revisor* IV/5 (1977) en in de bundel *Moet je lezen* (diverse auteurs, Amsterdam, Querido, 1978[1]).

IV

De veren van de zwaan verscheen in maart 1987 in de Meulenhoff Editie.

'Het werk van de achtste dag' is een bewerking van zeven columns die in de periode november 1984/juni 1985 zijn verschenen in het Amsterdamse universiteitsblad *Folia Civitatis*, en werd in 1985 afzonderlijk uitgegeven ('s-Gravenhage, Nijgh & Van Ditmar).

Een deel van het essay 'Lijsten en kooien' verscheen eerder als nawoord bij Henry James, *De moeilijke jaren* (Amsterdam, De Arbeiderspers, 1981), dat ook door Frans Kellendonk werd vertaald.

'De humorsoldaat' verscheen eerder als nawoord bij de door Frans Kellendonk samengestelde en vertaalde bundel Wyndham Lewis, *Cantleman en ander vroeg proza* (Amsterdam, Meulenhoff, 1984), die onder andere de volgende teksten bevatte: 'Cantleman met lentewijfje', 'De oorlogsbaby', 'Pringle heeft pech', 'Sigismund', 'Een humorsoldaat', 'Bestre' en 'Lagere religies'.

'Het mannetje van de radio' is een bespreking van Ezra Pound, *De Pisaanse Canto's*, ingeleid, vertaald en toegelicht door Paul Claes & Mon Nys (Amsterdam, De Bezige Bij, 1985), en verscheen eerder in het Cultureel Supplement van *NRC Handelsblad* (11-10-85).

'De veren van de zwaan' verscheen eerder in het Cultureel Supplement van *NRC Handelsblad* (11-1-85).

'Nederengels' is een bespreking van T.A. Birrell, *Amerikaanse letterkunde* (Utrecht, Het Spectrum, 1982) en Hans Bertens en Theo D'haen, *Geschiedenis van de Amerikaanse literatuur* (Amsterdam, De Arbeiderspers, 1983), eerder verschenen in het Cultureel Supplement van *NRC Handelsblad* (11-11-83), en werd door de auteur aangevuld met een korte tekst die hij op 16 januari 1986 heeft uitgesproken te Groningen, ter gelegenheid van het eerste eeuwfeest van de Nederlandse anglistiek.

'Beeld en gelijkenis' verscheen eerder in *Over God* (Amsterdam, Tabula, 1983)

'Idolen' is de tekst van een lezing in de reeks 'De Brandende Kwestie', uitgesproken op 18 februari 1986 in theater De Balie te Amsterdam, en verscheen eerder in het Cultureel Supplement van *NRC Handelsblad* (28-2-86).

'Ons wilde Westen' is de tekst van een lezing die de auteur op 18 oktober 1986 hield ter gelegenheid van de uitreiking van de vijfde Anton Wachterprijs aan Wessel te Gussinklo, en verscheen eerder in het Cultureel Supplement van *NRC Handelsblad* (24-10-86).

Dagwerk bevat een aantal verspreide teksten die Frans Kellendonk onder deze titel in een verzameld werk opgenomen wenste te zien. Daaronder bevinden zich ook de teksten die in 1989 in de Meulenhoff Editie verschenen onder de titel *De halve wereld. Reportages*, zij het veelal in een eerdere versie.

'Aantekeningen uit de nieuwe Wereld' werd in 1984, in een oplage van vijftig exemplaren, uitgegeven door J. Meyer te Amsterdam. Gedeelten werden eerder gepubliceerd in *De Revisor* (1982/2) en in het Cultureel Supplement van *NRC Handelsblad* (23-12-83). Een enigszins verkorte versie werd opgenomen in de bundel *De halve wereld*. Een gedeelte werd gebruikt voor de inleiding die Kellendonk maakte voor *Florida. Verhalen van een schiereiland* (Amsterdam, Meulenhoff, 1984); deze inleiding werd onder de titel 'Bimini' opgenomen in *De halve wereld*.

'Een missie' verscheen eerder in het Cultureel Supplement van *NRC Handelsblad* (19-8-93), in *De geneugten van de roem* (diverse auteurs, Amsterdam, Meulenhoff 1985) en ten slotte, onder de titel 'Wodka en diplomatie', in *De halve wereld*. Het naschrift bij deze laatste versie is, volgens aanwijzingen van de auteur, in deze uitgave weggelaten.

'Langs de Muur' werd eerder gepubliceerd in de Meulenhoff-krant *Reis om de wereld* (Amsterdam, mei 1985) en *De halve wereld*.

'Per veerpont' verscheen onder de titel 'Niezen' eerder in *Folia Civitatis* (19-10-84) en in het Meulenhoff-boekje *Reizen om de wereld* (Amsterdam, Meulenhoff, 1985).

'De giraf' verscheen eerder in *De kortste verhalen* (Amsterdam, Tabula, 1986).

'Muren' verscheen eerder in *Afgezien van Italië* van John Torenbeek (Amsterdam, Tabula, 1986); een bibliofiele uitgave verscheen in 1986 in een oplage van vijfentwintig exemplaren bij Gerard Timmer.

'Kardinaal Simonis en de Kinderen van het Licht' verscheen eerder in *Haagse Post* (28-2-87); de tekst volgt het typoscript.

'Sokken' verscheen eerder in *NRC Handelsblad* (8-1-85); de tekst volgt het typoscript.

'Het ontvreemde gezicht' verscheen eerder in *Folia Civitatis* (16-11-84); de tekst volgt het typoscript.

Geschilderd eten bevat de volledige tekst van de Albert Verwey-lezingen die door Frans Kellendonk werden uitgesproken op 6, 13 en 20 november 1987 in de Pieterskerk in Leiden. Het verscheen in 1988 in boekvorm (Leiden, Martinus Nijhoff/Amsterdam, Meulenhoff). Deze lezingen werden gehouden in het kader van het gastschrijverschap van de Leidse Universiteit, onder auspiciën van de Leidse letterenfaculteit en de Vereniging voor Onderwijs, Kunst en Wetenschap.

Het [illegible] de [illegible] eerder in [illegible] [illegible] de tekst [illegible].

[illegible] van de [illegible] Ver-[illegible] die door [illegible] november [illegible] [illegible] Amsterdam [illegible] Universiteit [illegible] en de Faculteit der Letteren [illegible] de Vereniging voor [illegible], Kunst en Wetenschappen